近世寺社伝資料『和州寺社記』・『伽藍開基記』

神戸説話研究会 編

和泉書院

序

本書は近世初期に成立した『和州寺社記』と『伽藍開基記』の厳密な翻刻である。『和州寺社記』は大和（和州）一国の、『伽藍開基記』は畿内諸国を中心としながらも視線を全国的に広げた寺社縁起の集成といえる。

われわれ神戸説話研究会は、所属や年齢、専門等の如何を一切問わず、入退会も全く自由な集まりであるが、長い歴史を重ねるうちに、どんな作品の輪読に際しても、本文の厳密な諸本校合、関連資料の博捜と詳細な比較等が、いつのまにか不可欠の前提と考えられ、実行されるようになった。

その間、輪読する作品のみならず、会員各自の研究対象も、ずいぶん広がっていったが、近世初期には社会的な安定とともに出版業なども一般化し、南北朝以前の作品研究のためにも有益な作品や史資料が数多く出現している。『和州寺社記』と『伽藍開基記』もその一端だが、前者は写本でしか残存せず、後者はその成立過程を示すがごとき写本一本の他には、完成された姿を示す版本があるものの、いずれもまだ活字化された前例はない。

これらの作品の活字本を気軽に机辺に置けるようになったら、さぞかし便利であろうという思いが、これらの翻刻を思い立たせ、実行に移させた基本的な理由であった。

翻刻の作業に従事してくれたのは、これもこの会での前例と同じく、比較的若く、かつ現実にはこの会の活動の中核を支えてくれている人たちである。面倒な統一作業や相互点検に精魂込めて従事している姿を、私は横で見ていた傍観者に過ぎないが、本書が多方面に有益かつ意義のある作品であることは、確言できるつもりでいる。

なお、本書の詳しい内容、性格や成立事情については、『和州寺社記』については森田貴之氏の、『伽藍開基記』には山崎淳氏の「解説」を付載しているが、これらは単なる解説の域を超えた、重厚な「論文」というべき詳論である。熟読をお願いしたい。

神戸説話研究会一同
代表　池上洵一

目次

序……池上洵一……1
『和州寺社記』
凡例……二
巻上……五
巻下……四四
近世大和国地誌史における『和州寺社記』の位置――『和州寺社記』解題――……森田貴之……八九
『和州寺社記』収録寺社分布図……一三〇
『伽藍開基記』
凡例……一三三
巻第一……一三五

巻第二……一四三
巻第三……一七二
巻第四……二〇九
巻第五……二三九
巻第六……二六三
巻第七……三一四
巻第八……三五三
巻第九……三八一
巻第十……四一七
近世における寺誌・僧伝の形成と受容――『伽藍開基記』解題――……山崎　淳……四四五
『伽藍開基記』収録寺社地域別所在一覧……四八七
あとがき……田中宗博……四九七
索引　神仏名・人名……五六一
地名・寺社名……五三一
書名……五〇一

『和州寺社記』

『和州寺社記』凡例

❖底本

独立行政法人国立公文書館蔵内閣文庫本『和州寺社記』上・下（資料番号：和 34974, 192-103）を底本とした。

❖本文

一、本文は底本通りの改行は行わず、追い込みとした。但し和歌や話題の転換などによる段落分けは底本に従った。
一、底本に句読点等はないが、読解の便に鑑み、適宜句読点を付した。
一、割書や小字箇所は、〈　〉で括り本文に挿入した。
一、傍注や、例外的に本文上部余白部に付された書き込みは、［　］で括り適宜本文に挿入した。
一、漢字、仮名表記の別は、原則として底本通りとした。ルビも、仮名・片仮名表記の別も含め、底本のままとした。但し小字書の送仮名は、平仮名表記に統一し、本文とした。また、読解の便を鑑みて訓点を加えた箇所や漢文体を残した箇所がある。
一、漢字の字体は、原則として通行の字体とし、旧字体や異体字は、通行の字体に改めた。但し固有名詞など一部の漢字に底本の字体を用いた箇所がある。
一、仮名の字体は、原則として通行の字体とし、「ゟ」等の合字は「より」などとひらいた。但し、「于今」「于時」などは書き下さず残した。
一、底本に明らかな誤字のある場合は、本本を訂し、底本の情報を「＊」を付して頭注箇所に掲した。

❖頭注

頭注は、原則として『和州寺社記』での標題寺社および一つ書きとして立項された項目についてのみ付したが、一部大伽藍寺社の有名堂舎については、頭注を付した場合がある。各頭注に記載した情報は以下の通りである。

一、当該項目の所在地、別称等を示した。

一、当該項目が他の版行された大和国関係地誌類に収録されている場合、その収録地誌名、収録箇所を示した。なお、収録項目名が『和州寺社記』での立項名と異なる場合は、収録項目名も示した。

一、対象とした地誌とその略記法は、以下の通りである。

・南霊…万治二年（一六五九）刊『南北二京霊地集』（大岡山書店・琉球神道記：弁蓮社袋中集）
・南集…延宝三年（一六七五）刊『南都名所集』（角川書店・日本名所風俗図会・第九巻（奈良の巻））
・奈名…延宝六年（一六七八）刊『奈良名所八重桜』（角川書店・日本名所風俗図会・第九巻（奈良の巻））
・和幽…延宝九年（一六八一）序『和州旧跡幽考（大和名所記）』（豊住書店・奈良県史料・第一巻）
・南記…元禄一五年（一七〇二）頃刊『南都名所記』（角川書店・日本名所風俗図会・第九巻（奈良の巻））
・大名…延享四年（一七四七）頃刊『大和名所記』（勉誠社『略縁起集成』第三巻）
・大志…享保二一年（一七三六）刊『大和志』（現代思潮社・覆刻日本古典全集『五畿内志』下巻）
・大図…寛政三年（一七九一）刊『大和名所図会』（角川書店・日本名所風俗図会・第九巻（奈良の巻））
・吉独…寛文一一年（一六七一）刊『吉野山独案内』（角川書店・日本名所風俗図会・九巻（奈良の巻））
・吉夢…元禄八年（一六九五）刊『吉野夢見草』（勉誠社・近世文学資料類従・第一六巻（古板地誌編））

❖略校異

底本（増補本系統）と系統を異にする原撰本系統の伝本、および増補本系統の伝本との対校結果を、顕著な異同がある場合に限って頭注箇所に示した。原撰本系統の本文は天理大学附属天理図書館蔵本、増補本系統の本文は国立国会図書館蔵本で代表させ、異同は、本文該当箇所に「※1」などと傍記し、頭注箇所に示した。但し、底本の脱落を国会本（増補本系統）によって補った箇所は、（　）を付して本文に挿入し示した。この略校異は、対校に用いた各本の本文の完全な復元を意図したものではない。校本本文利用の際は、原本を参照されたい。

なお、該本には現代の人権意識からみて不適切な表現を含む場合があるが、本書の学術的な刊行目的に鑑み、全て厳密に原本通りに翻刻したことを諒とされたい。

和州寺社記巻上目録※1

一　東大寺　付名所ノ事
二　八幡宮　付名所ノ事
三　般若寺　付名所幷和州城州国境ノ事
四　眉間寺　付名所ノ事
五　興福尼院※2
六　不退寺　付名所ノ事
七　海龍王寺
八　法花寺※3　付阿閦寺亡所ノ事
九　超昇寺　付神宮山ノ事
十　招提寺
十一　西京薬師寺
十二　喜光寺　付伏見里ノ事
十三　秋篠寺　付名所ノ事
十四　西大寺
十五　高山八幡※4
十六　長弓寺
十七　金剛山寺
十八　霊山寺※5

※1　天理本「目録」ナシ。

※2　天理本「五　興福尼寺」とする。

※3　天理本「八　法華尼寺　付阿閦寺亡所之事」とする。

※4　天理本「十五　高山八幡宮」とする。

※5　天理本「十八　霊山寺　名所ノ事」とする。

十九　生駒山※6　付名所ノ事
廿　竹林寺　付河州和州国境ノ事
廿一　信貴山　付古城ノ事
廿二　龍田本宮※7
廿三　法隆寺　付中宮寺ノ事
廿四　額安寺
廿五　法楽寺
廿六　大福寺
廿七　達磨寺
廿八　当麻寺※8
廿九　高天寺
卅　葛城明神
卅一　金剛山　付千早城跡之事
已上※9

※6　天理本「十九　生駒山　付生駒明神事　小倉寺ノ事」とする。
※7　天理本「廿二　龍田本宮　名所ノ事」とする。
※8　天理本「廿八　当麻寺　名所事」とする。
※9　天理本、国会本「已上」ナシ。

※1 天理本、国会本「和州寺社記巻第上」の内題あり。

【一 東大寺】 奈良県奈良市雑司町。南霊、南集二、奈名一、和幽二、南記、大名、大志二、大図一。

一[※1]　東大寺〈寺領弐千弐百拾壱石四斗余、廿七ケ寺、高知弐百弐石壱斗六升、中知五拾九石、下知拾三石宛〉

東大寺は、聖武天皇菩薩の大願を発し給ひ、金銅盧舎那仏の大像を造り給ふ。帝宣はく、天下の富有ものは朕也。天下の勢有ものは朕也。此富勢を以て霊像を作らんに、事は成り安くして、心意は至りかたし。民の財をも不可奪、人の心をも不可破。只智識を勧めて、朕とひとしく盧舎那仏を作らんと云は、稲一把或は草一拳を天下の民に勧めて作らんに、必妨事なるへし。され共、我国は歴代崇神を、今仏宇を営まん事、若神意にも戻らんや。伊勢皇太神宮は天照太神の廟也。其機宜を試給はんとて、天平十三年、行基法師に詔し給ひ、仏舎利一粒を授け、勢州に詣て大神宮に献るへきと也。行基、内宮の南門大杉の下に縛廬して居し、七日を期す。第七日の夜、神殿自ら開け、内より大声に唱へて宣はく、実相真如之日輪は、照二却シ生死之長夜一ニ、本有常住之月輪ハ、爍二破煩悩之迷雲一ヲ。我今逢二難レ遭大願一ニ、如二渡ニ得レ船ヲ。又受二難レ得宝珠一ヲ、如二暗得レカ炬ヒヲ。其時持せる舎利蔵二埋テ飯高郷一、頼二ヨ邦家一と也。行基、其時神託に任せ仏舎利を捧、彼所に治めて都に帰り、事を詳に奏聞有る。帝大に悦ひ給ひ、同十一月三日、重て右僕射橘公を勅使とし給ひ、勢州に詣しむ。同十五日、僕射復奏す。其夜、帝の御夢にも太神宮告て宣はく、日輪は是毘盧舎那也。帝此心を得せしめ、営興なし給へとて、忽日輪の相現し給ふ。其光赫如たり。帝夢覚て感激し給ふ故を以て、天平十五年〈癸未〉十月十五日、近州志賀の京にて、始て沙門良弁に詔し給ひ、良弁も又帝を勧め奉り、同十六年、甲賀寺におゐて、先土像模を作らせて叡覧ましく〳〵、音楽を調。帝、其縄を引悦ひ給ひ、同十

＊「盤」→「磐」。

七年〈乙酉〉八月廿三日、和州添上郡東大寺の勝地に移し、三年の内改め鋳事八度にて、大像ならせ給ふ。扨上に可塗金なし。因茲、聖武金峰山に祈らせ給けれは、蔵王権現宣はく、此山の金は弥勒の世に可用金にて、我は只守護する迄也。近江国滋賀郡河嶋の磐＊の上に、漁翁坐して有。彼に詔し給ひ、其巌の上に如意輪観音を作り居へて祈り給ふへしと示給へり。其時、天皇良弁法師を遣し、権現おしへに任せ、観音の像を安置して、はたして陸奥国より始めて黄金九百両を奉る。因茲改元し給ひ、天平勝宝とは云ひき。彼所こそ、今の石山の観世音とて、第一の霊験所とは云伝へし。扨天平勝宝元〈己丑〉年九月十三日、金銅の盧舎那仏成就。御長拾六丈、殿の高さ十五丈六尺。東西廿九丈、南北拾七丈。柱の数九十六本。鋳具黄金壱万五千両、銀銅七拾万一千五百斤。東西の両塔、各々高さ三拾弐丈、廻廊東西八拾五間、南北百間。此時の職人、大仏師百済国の国公麿、鋳師和州高市郡の真麿、柿本男玉、大工は稲部百世、益田縄手也。同十一月、帝孝謙及上皇聖武御幸有て、仏を礼し給ふ。供養の時に及て、行基菩薩をさし給ひ、講師とせんと宣ふ。行基の云、我は是辺土の凡身也。いかてか加様の開眼をなさんや。近比南天竺より壱人の聖者来朝あるへし。彼を待給へとて、其期にのぞみ、明日其時なりと奏して、九十九僧幷治部、玄番、雅楽三司を引率て、摂州難波の浦に至り、浜の側にして音楽を調、閼伽を備、香を焼、花を摘、船こしらへして待給ふ所に、遥の沖中に片舟見ゆる。行基、待得たりとて近付、悦ひ給ふ。程なくかの舟着岸して、一人の梵僧陸に上り給ふ。其時行基、梵僧の手を取て、和歌を唱て問給ふ。

霊山の釈迦の御前に契りてし

真如不朽相見つるかな

又異国の聖者答給ふ。

伽毘羅衛に共に契し甲斐有りて

文殊の御貌相みつるかな

と詠し、互に梵語や和歌なと宣ひき。梵僧、大唐天竺の間、林邑国の洋中にして、仏哲龍にせめらるゝに逢。彼僧をもたすけ、唐に入、誘引して来り、先行基御寺に入給ふ。此仏哲は楽人也。本朝楽部の内、菩薩、抜頭の楽、林邑の楽は、此哲伝へしと也。又初より菅原寺西の村に老翁有。三年伏て物いわす。折々頭をあけて、東の方を窺ひしか、梵僧来り、行基御寺に入給ふ時始て、時なる哉〳〵と云ひて悦ひ、彼菅原寺に走り入。彼是四人、起て舞、座してうたひ、其後、此諸僧と良弁会遇して、美々敷供養有。開眼導師は天竺の菩提、講師は隆尊律師。彼化人也。読師は延福禅師、呪願は大唐*道璿律師、大施主聖武*皇帝は救世観音の化身、天竺の菩提は普賢の化身、行基菩薩は文殊の化身、良弁法師は弥勒の化身。か様の聖者集り給ひ、万事吉祥して東大寺と名付給ふ。時に治承四年十二月廿八日、平清盛乱劇によつて頭重衡焼之、其後、後鳥羽院の御宇、俊乗坊重源、右大将頼朝に頼れ諸国奉加のたすけを得て、建久六年三月十二日、大仏殿いにしへのことく再興せられ、帝も此寺に行幸まし〳〵、右大将頼朝公の警固し給ひ、仁和寺の覚憲僧正、導師として供養し給ひ、其時の職人、鋳師宋の陳和桂、日本草部是助、仏師康慶、運慶、定覚、快慶、大工伊勢国物部為里、桜嶋国宗也。然るに又、永禄十年十月十日松永弾正焼失して、戦場とす。初聖武天皇造立し給ひ、両度の兵火に残りしは

＊「道濬」→「道璿」。

＊「黄帝」→「皇帝」。

一大仏殿　南霊、南集二、奈名一、和幽二「東大寺」、南記、大志二「東大寺」、大図一。

[二]南大門、[三]手蓋之門、[四]鐘つき堂、[五]三倉、[六]二月堂、[七]法花堂、今に有。大仏草創天平十五年より当寛文六年迄凡九百廿四年に成る。治承四年焼失して、建久年中俊乗坊再興し給ひ、其後永禄十年、松永弾正焼失して、当年迄は百年に成る。

一、聖武天皇、盧舎那仏の大像成就し給ひ、天下の人是を崇、大仏殿奉造すへきとの義あり。時仏の御正面より東の方四町は良弁開かるへし。正面の西の方四町は辛国開くへしとの勅有り。然れは、辛国奏していわく、僧を帰依する事験によるへし。何そあなかち良弁のみ帰依せらるへし。早く召合て我と験くらべあらしめ、其後勝負に任せて崇徳をもせられ、殿をも建らるへしと云へり。其時帝、良弁、辛国弐人の行者を召て、験くらへのありしに、忽に辛国負て、大きにいかり断食して、飢死す。其後、良弁霊験勝れたりとて、東大寺方八町を開き堂を建、寺を造り、八宗兼学の霊地として繁栄せり。辛国の住し其跡、今こくやの前、[八]気比明神の地是也。辛国は天竺より来朝せし僧なるよし。

一、良弁前の名は金鐘と云し。生国は相州の人なるか、其母、常に子なき事をなけき、観音に祈りて持し子也。赤子の時わらにて作りたるふこと云物に入置、母桑を取て樹の陰に置。其時、大鷲飛来、翅にはさみ何地ともなく飛去。母悲み跡をしたひてなけゝ共、不帰。其後、東大寺法花堂のわき、大櫟の木の下に置。かの童児金剛神の足に縄を付引動して聖朝安穏増長宝寿と唱。其比、帝は奈良さなかしまの宮に御座しに、御殿へ光さし、其唱る声かすかに聞ゆ。帝あやしみ思召勅使を立、御覧すれは、彼児童、此所は殊勝の霊地にてまします。伽藍を建、仏法興隆せんと思ふに、私の力には難及。只帝王の御徳になん当りたらんと云ひし。勅使帰て此旨を奏す。帝只ならさりし児童ならんと思

二　南大門　南霊、南集二「大仏殿」、奈名三、和幽二「東大寺」、南記、大図一。
三　手蓋之門　奈名一、大図一。
四　鐘つき堂　南集二「念仏堂」、奈名三「三昧堂」、和幽二、南記、大志二「東大寺」。
五　三倉　南集二「知足院」、和幽二「勅府倉」、大志二「東大寺」。
六　二月堂　南霊、南集二、奈名二、和幽二、南記、大名、大志二「東大寺」、大図一。
七　法花堂　南霊、南集二、奈名二、和幽二、南記、大志二「東大寺」、大図一。
八　気比明神　奈名三「八幡の池」、和幽二「西塔」、大志二「東大寺」。

召、義淵と云ひし僧にあたへ養育して、花厳の奥旨を受。ひとなりて、帝おもんし給ひ、盧舎那仏の大像もすゝめ、伽藍の供養をとけらるゝ事、天下に隠れなかりし。母、淀川の渡り船にて其事を聞、東大寺へ尋来り、供養の庭にて人をして云ひし。良弁、其しるし有りやと問給ふ。母の云く、我か子なき事をなけき、観音に祈り持たりし子なる故、一寸八分の観音の像を作り、はたに付置し也、と語る。其時良弁手を打給ひ、我師義淵、鷲の落し時、此観音有り、一世の内守りにせよとて給はり、はだをはなさず持たりき。疑ひなしとて老母の手を引、寺に帰り、孝行をなし給ふと也。今、東大寺大仏殿礎居の脇に小社有。世に[九]子安の明神といふ。彼良弁母の社なりと云伝へし。法花堂の辺に[10]良弁杉と云へる木有。其前は大櫟の木なるよし。され共、天永四年の九月大風に倒れし。今の杉は其以後のしるしか。此良弁僧正は相州阿部利山大山寺おも開基し給ふと云伝へし。

一、二月堂は孝謙天皇の御宇、天平勝宝四年、良弁僧正弟子実忠和尚、夢の告を信し、山州笠置の龍穴にて行を付属し、東大寺の山の半腹に堂を建。本尊は十一面観音の銅像を安置し、又実忠和尚、摂州難波の津にあそひ給ひし時、閼伽器の浪に浮ひ近つくを見給へは、十一面観音の像なり。悦ひ是を取て見給へは、御長七寸の銅像にて暖なる事、人膚のことし。依之、此尊像を安置し、毎年二月朔日より十四日迄二七日、兜率軌を修し給ふ。初夜の時、諸神を勧請し名簿をよみて供し給ふに、若州遠布の明神、託して宣はく、我、実忠か行ひの声を聞、偈仰の心ふかし。閼伽の水を献るへきと也。人々あやしみ思ひけるところに、忽に黒白の鵜二つ飛来、はしにて石をたゝく。其跡より[＊]甘泉沸出る。其後、閼伽井のもととして[二]若狭井と名付る。即井の傍に[三]鵜の社も有。毎年朔日よ

九 子安の明神　南集二「三昧堂」、奈名三「八幡の池」、和幽二「良弁杁」、南記。
10 良弁杉　南集二「三昧堂」、奈名二「手向山」、和幽二、南記、大図一。
＊「木泉」→「甘泉」。
二 若狭井　南集二「二月堂」、奈名二「仏生院」・「二月堂」、

り十四日迄二七日、衆僧九戒を持ち行ひ給ふ。十二日の夜寅の剋、閼伽の水を汲に僧一人、井のもとに寄、諸僧は垣の外にて加持有。必此剋に水出る。此時は若州遠布明神の前川の瀬鳴やむ。依之、音無川と名付るよし。則此井の水にて牛玉を摺、病人飲て多くは愈る。牛の玉をうしの像に入、内陣の隅に置、此像の鼻より燈心を大縄にして付、仏前に掛る。十二日暮方に大松明をとぼし廻廊を廻る。暁に及て内陣を廻る。松明をふりかけて祈るに、此縄焼る事必なしと也。参籠の諸人物いみする事は、諸神を勧請し給へる故、魚鳥五辛の忌迄恐るゝと也。実忠和尚、五十八年の間此法を修せられ、其後今に断絶なし。又実忠此後堂にて、天平宝字五年より二月十五日、毎年涅槃会を修し一生おこたり給はす。于今おゐて如此。この堂、建立天平勝宝四年より当寛文六年迄凡九百五十年に成る。

一、※2寛文七年〈丁未〉二月十四日卯の下剋、東大寺羂索院二月堂炎上。本堂内陣より令出火焼失。残物之覚（記右にあり）。

一、開基実忠和尚、摂州難波の浦にして拾ひ給ひし生身十一面観音、御長七寸の銅像、是を本堂の本尊として厨子に安置し給ひしか、今度院に出火之砌、宝厳院といひし寺僧、黒煙の中に飛入彼生身の観音を負奉て出る。則[亖]法花堂へ移して仮りに安置す。

一、実忠和尚、彼生身の仏像を安置せん為、自ら長八尺の十一面観音の銅像を鋳させて、本堂建立の最初大観音と伝し秘仏と修して、実忠、五十八年の間、毎年二月朔日より二七日の間勤行し給ひたる。立像の仏、火中に猶直にして立給ひしか、玉のやうらく合掌の御手無恙残居し給ひ、黒煙忽天上して蓮花降りしを、諸人仰見して、奇異の思ひをな

和幽二「二月堂」、南記、大志二「東大寺」、大図一。

三 鵜の社　南集二「二月堂」、奈名二「二月堂」、和幽二「二月堂」、南記、大図一「若狭井」。

※2 天理本「一、寛文七年〈丁未〉～不損残れり」の一九行分ナシ。（）内は国会本の形、「残物之記右にあり。」

亖 法花堂　南集二、奈名二、和幽二、南記、大志二「東大寺」、大図一。

（ ）内は国会本にて補う。
※3 天理本「（一、木座上に〜無恙残れり）」ナシ。
[四] 三昧堂 南集一、奈名三、和幽一、南記、大志二「東大寺」、大図一。

して拝礼せしと也
一、観音の坐し給ひし蓮花座、九重の木座共に彩色少も不変して残れり。
一、聖武皇帝震筆紺紙銀泥の花厳経、幷光明后宮自筆の書写し給ひし涅槃経、都て一百二十巻、黒塗之箱は焼失して御経七十余巻残れり。此御経は中興征夷大将軍尊氏、当寺の観音を尊崇し給ひ、古昔聖武宸筆の御経を求出し疑なしとの自筆の書札を加へ、観音の木座の上に安置し給ひしか、今度尊氏書札共に残れり。
一、実忠羂索院建立之最初、天竺より香水を渡して壺に入納置給ひしか恙なく残れり。
一、仏舎利十五粒、白済国より渡して木座の上に安置し給ひしか無恙残り給ふ。
一、仏前に有し牛玉の板木幷朱板、庄の牛玉の板木、弘法大師修給ひし尊勝陀羅尼梵字の板木、悉く脇裏は焼て表の文字は一点も不損残れり。
（一、※3木座上に聖武皇帝納置給ひし伽羅四拾五匁七ト有しか無恙残れり）
一、つり鐘の長さ一丈三尺六寸、口の幅九尺壱寸三分、厚さ八寸三分、貫目に積て四万八千九百貫目有り。東方の小堂には、観音地蔵の霊像幷舎利塔も御座す。傍に中興大殿造立し給ひし俊乗房御影堂有。此重源は元醍醐の僧にて、渡唐なともし給ひたるよし。此堂再興の時、諸国勧進をせられし時の杖笠も有。
一、法花堂は八つ棟作也。天平五年〈癸酉〉造立。世に三月堂と云。本尊は一面八臂の羂索菩薩御座す。其故羂索院とも又金鐘寺とも云へり。古へ良弁僧正、最初に此堂を建立し給ひたると云伝へし。此後堂に執金剛神まします。
一、[四]三昧堂、世に四月堂と云へり。本尊は不賢三昧御座す故、三昧堂とも又は不賢堂とも云へり。
一、[一五]三倉は[※4]聖武皇帝崩御の後建立。宝物納給ひ勅符也。慶長七年〈壬寅〉六月十一日、破損内見の為開符有。勅使は広橋右中弁、勧修寺右中弁。此時之奉行は本田上野介。翌年〈癸卯〉二月廿五日、修理加へ給ふとて開符有。勅使前の両人。奉行大久保石見守。御宝物御倉へ納め給ふ時も右の石見守本田上野介。此時は長持三十棹新調給ふと也。同十七年〈壬子〉御倉へ盗人入、御宝物改め給ふ勅使柳原右中弁。奉行永井弥右衛門。同年十一月十二日に勅符有。其後五十五年目寛文六年三月四日、破損内見之為開符有り。宝物改め給ふ勅使は日野右中弁。上使川口源兵衛。奉行土屋忠次郎。同七日勅符有。宝物多しといへ共、中にも唐名黄熟香と云し伽羅、聖武天皇改名し給ひ蘭奢待とて世に類ひなき宝物也。東大寺といへる文字も此らんしやたいと云文字之内に見へたり。長五尺弐寸五分、末朕三寸八分、切欠の孔にて三尺壱寸壱分、重め三貫三百五十目有。同、大紅沈と云伽羅有。長三尺五寸、切欠短き所にて弐尺四寸、ふとさ指渡し壱尺八分、末口九寸壱分、小切三つ、此重目四貫六百目有。[※5]其外十六俣の鹿角、或はたひまひの御杖なとも有。余の宝物多きにより難記。[※6]三倉北の方鐘取大明神の御社有。
一、大仏西の方に[一六]戒壇院と云寺有。此戒壇堂は、天平勝宝六年鑑真和尚来朝し給ひ、天竺五台山の土にて戒壇を築給ふ。此時仏舎利三千粒将来し、帝より勅詔にて傍に、寺を建立。則戒壇院と号し給ひ、仏舎利五百粒を本尊とし給ふ。帝孝謙及上皇聖武御受戒まし〳〵、其後嵯峨法皇御受戒の御時、件の仏舎利金塔に入給ひ、高さ四尺程の舎利塔今に有。[※7]もつけい和尚の十六羅漢、がんひの十六羅漢、尺迦文殊普賢の三幅一対、其外和

[一五] 三倉　南集二「正倉院」、奈名一「密蔵」、和幽二「勅封倉」、大図一「勅封倉」。
※4 天理本「聖武皇帝崩御の後建立。宝物納給ひ」ナシ。
※5 天理本「其外十六俣の〜御杖なとも有」ナシ。
※6 天理本「三倉北の方鐘取大明神の御社有」ナシ。
[一六] 戒壇院　南集二、奈名三、和幽二、大志二「東大寺」、大図一。
※7 天理本「もつけい和尚の〜三幅一対」ナシ。

漢両朝の宝物多し。

二　八幡宮[※1]〈付名所、社家一軒、祢宜二十七軒〉

八幡の御影向は、天平勝宝元年〈己丑〉九月十三日にてまします。其子細は、大仏殿成就有て、帝孝謙及上皇聖武、仏を礼拝し給ふ時託宣有。盧舎那仏を拝し給はんか為、宇佐より遥々此所に参給ふとて、少女堂内に走り入、仏を礼す。又前の夜聖武御夢にも如斯。因茲東大寺の鎮主とし給はんか為、同十二月、石川の朝臣年足、藤原の朝臣魚名を勅使とし、五位散位衛府舎人なとを遣し、行路の穢をきよめて勧請し給ふ。先添下郡に迎ひ奉り、東大寺の東の山に新殿を造り、吉日良辰を撰ひ、戊寅の日遷宮し給ふと也。本地仲哀*天皇、神宮皇后、応神天皇にてまします。傍に若宮も三社有り。然るを寛永十九年十一月廿七日未の剋、南都大火に及ひし時、此御社も類火にて焼失し、今はかりの御殿にて、其傍に鎮座し給ふ也。

一、神前に唐より渡りたるとて、柑子の木有。其名を福柑子と云へり。古への木は類火に及て枯れ、今は其実植にて、かり殿の傍に有り。此柑子を拾ひたる者には、必福をあたへ給ふなと、語り伝へし。

一、八幡の影向、天平勝宝元〈己丑〉年九月十三日より当寛文六年迄は凡九百十九年に成る。

一、手向山[一]とは、八幡山を云よし。

一、洞の紅葉[二]、手向山の内に有。今は枯れて少し残りたるよし。

【二　東大寺八幡宮】奈良県奈良市雑司町。手向山神社。南霊「東大寺大仏」、南集二、和幽二、南記「八幡若宮」、大名「八幡社」、大志二「八幡神祠」、大図一「鎮守八幡宮」。

※1　天理本「同八幡宮」とする。

＊「中哀」→「仲哀」。

一 手向山　歌枕。奈良市雑司町。若草山の西端部分。武蔵塚とも。南集二、奈名四「武蔵野」、和幽一「武蔵塚」・二、南記、大図一。

二 洞の紅葉　奈良市雑司町の手向山にあった霊木。奈名二「二月堂」。

三 よしき川　歌枕。奈良市春日野町の春日山に発し東大寺南大門の前を流れ佐保川に注ぐ川。南集四「北向荒神付吉城川」、奈名三「南大門」、和幽二「宜木川」、南記「南大門」、大志二「宜寸川」、大図一「宜寸川」。

四 若草山　歌枕。奈良市雑司町。春日山北方の山。南集二、奈名四「武蔵野」、和幽一、南記「わか草山」、大志二、大図一。

※2　天理本「犯」国会本「狂」とする。

一、[三]よしき川、東大寺南大門の前、今は高橋と云。

一、[四]若草山、今は葛籠折ともいへり。三笠山の北の方也。毎年正月此山の芝を焼く。其故か木無し。山上に野神とて、七夕神有。山のこしに走り石とて岩有。麓より人々はしりのほり、彼石廻り老若ともに※2興とする石也。

一、[五]千手院山とて、若草山の麓に有。いにしへ千手院と云ひし鍛冶此所に住居し、太刀かたなをうちたると云伝へし。

一、[六]手蓋町、東大寺西の方の町筋八町之間を云へり。則手蓋門とて、東大寺の裏門有。古へ小野小町乞食せし時、此門に住たるなと、語り伝へし。

一、[七]雲居坂、手貝町はつれ南の方の小坂を云よし。

一、[八]轟《トヾロキ》の橋、雲井坂を越て細き溝有。いにしへは橋ありたるよし。今はなし。

三　般若寺　〈寺領三拾石、※1坊舎弐軒〉　奈良之内北の方

般若寺、草創は聖武天皇、三部大乗崇給ひ、紺紙金泥の大般若経宸筆にあそはし、此勝地に納め給ひ、其上に十三重の石塔立給ひ、依之般若寺と号す。金堂の本尊は文殊支利菩薩、講堂の本尊は地蔵菩薩。三論宗の祖、恵灌、宣恵等此寺に住居し給ひ、其後、聖宝僧正（、観賢僧正）なとも住居し給ひし。其比は坊舎も一千余軒も有たるよし。されとも、治承四年十二月廿八日、重衡兵火にて焼失し、※2僧坊なとも断絶しけるを、亀山院の御宇、文永年中、西大寺の興正菩薩再興し給ひ、それより律宗を弘通し、戒法を持ち、然共、後土御門御宇、延徳二年〈庚戌〉、応鐘下旬に又炎焼。※3本尊は無恙出し奉り、い

五 千手院山　手向山神社（奈良市雑司町）南西の谷。南集二「若草山」、南記「わか草山」。

六 手蓋町　奈良市手貝町。東大寺転害門（雑司町）近接の町。東大奈名一「日輪山東大寺」、大図一「輾磑門」。

七 雲居坂　歌枕。奈良市手貝町の南から押上町の北付近にあった坂。南集四「拍子神」、奈名六「氷室神社」、和幽三「雲井坂」、南記「雲井坂」、大志二「雲井坂」、大図二「雲井坂」。

八 轟の橋　歌枕。東大寺・興福寺の中間（奈良市押上町付近）にあった橋。南集四「拍子神」、奈名六「氷室神社」、和幽三「轟橋」、南記、大志二「轟ノ橋」、大図二「轟橋」。

【三　般若寺】 奈良県奈良市般若寺町。法性山般若寺。南集七、奈名一二「法性山般若寺」、和幽三、南記、大志二、大図二。

※1　天理本「〈坊舎弐軒〉奈良の内北の方」ナシ。

（　）内は国会本にて補う

※2　天理本「僧坊なとも断絶しけるを」ナシ。

※3　天理本「本尊は～安置す」まで「今の文珠堂は古への一切経蔵也」とする。

にしへの一切経蔵に安置す。楼門は焼残りて今に有り。霊宝には、中比大塔宮箱の中にかくれ引かつき給ふ大般若経幷大安寺八幡宮に（有し）神宮皇后、新羅、白済国、ケイタン国を攻《セメ》給ひし御弓箙かふら矢、其後菅相丞八幡宮の俗別当たりし時、自筆に書給ひし縁起有。此宝物は、大安寺零落によつて、此寺に縁有りて伝りたると云々。

一、奈良坂[一]は、即なら北の方。町はつれ也。

一、佐保《サホ》山[二]、奈良北の方にあたりたる山を云。今は平野と云へり。

一、佐保の川[三]、奈良の北はつれに流るゝ川を云。水上は華山、芳山の間より出る。

一、大和、山城の国境は、木津の宿より三十町程南の方の小坂に、ちいさき石塔立て有。※4此石塔に、袋中上人自筆の六字名号有り。

四　眉間寺　〈寺領百石〉　※1奈良の内北の方

眉間寺は天平勝宝八年〈丙申〉五月二日、聖武天皇、御年五十六歳にして崩御し給ひ、此所に葬奉り、傍に寺を建、今に廟あり。二重の塔有。本尊は地蔵菩薩、霊宝には聖武御所持の舎利、同御受戒の持衣、宸筆の最勝王経有。毎年五月二日、東大寺の諸僧、会合して法事有。本堂うしろの方に光明皇后の廟有。天平宝字四年〈庚子〉六月七日、御年六十歳にして逝去、此所に葬奉るよし。其傍に淡海公児の墓所も有。宗旨は戒律宗也。

一、みさゝきか森[一]とは此眉間寺山を云よし。

五　興福尼院　〈寺領弐百石〉　※1奈良の北町はつれ五六町有

（　）内は国会本にて補う。

一 奈良坂　奈良市東北部から京都南部へ通じる京街道の坂道。南集七「般若寺」、和幽三、大図二。

二 佐保山　歌枕。奈良市北部にあり京都府との境をなす丘陵。南集六「佐保川」、和幽四、大志二。

三 佐保の川　歌枕。奈良市春日野町の春日山東側に発し、大和郡山市で初瀬川と合流して大和川となる。南集六、奈名一二「佐保山眉間寺」、和幽三、大志二、大図二。

※4 天理本「此石塔に～名号有り」ナシ。

【四　眉間寺】 奈良県奈良市法蓮町にあった。佐保山眉間寺。眺望寺とも。南霊、南集七、奈名九「佐保山眉間寺」、和幽四、南記「佐保山眉間寺」、大図二。

※1 天理本「奈良の内北の方」ナシ。

一 みさゝきか森　奈良県奈良市法蓮町。聖武天皇佐保山南陵。和幽四「聖武天皇陵」、大図二「佐保山南陵」。

【五　興福尼院】 奈良県奈良市

興福尼院は其初、秋篠氏の末葉なりしか、おさなかりしより浄土を心さし、自ら剃髪し、春日御作の阿弥陀如来を中尊とし、脇士に観音勢至を安置し、上品上生の台に座せんと誓ひ給ひし。其次、興秀尼も同氏たりしか。天正年中、大和亜相公より領知を寄付し給ひ、其後、年老果給ひ、彼領知なともなかりしに元祖の弟子猶有。道心の聞え、世に有し故、時に寛永年中、征夷大将軍家光公は昔の領知を改め給ひ、新知として下し賜る。依之、御仏殿を奉造し、御位牌を安置して朝夕の勤行おこたりなく、時に寛文五年の秋、征夷大将軍家綱公より奈良の北の方の山腹に霊地を下し賜り、仏殿を建、庵を造り、弥勤おこたりなし。境内は方一町有しか。同行の庵なと五六軒有りと見へたり。

六　不退寺　〈寺領五拾石〉　[※1]奈良より乾の方拾八町

不退寺は在原の業平朝臣の本願也。其前は平安城にて嵯峨天皇に御位を譲り給ひ、此所に、かやの御所を造らせて移り給ふ。崩御の後、第三の皇子、阿保親王住給ふ。女后は桓武天皇第八の皇女、伊豆内親王と申奉り、業平朝臣の御父母也。有時、業平、伊勢天照大神へ参詣し、通夜し給ふ。其時、太神出現し給ひ遥々との参宮納受し給ふとの託宣にて、みつから神鏡を業平に付属し給ひ、此鏡は我本地にて尊崇せしむ。汝も是を奉拝。又眷属国土の民にも拝ますへし。此鏡を拝したる者は参宮同事たるへしとの神勅有。故に業平、此神鏡を安置せん為仁明天皇へ奏し奉り、父母の住給ひしかやの御所を下し賜り、旧殿を改め、みつから観自在菩薩の尊像を作り、其外、霊仏所々より乞求、彼神鏡を安置し給ふ。観自在の尊像は秘仏にて住寺一世に一度、開帳有り。業平自毫の御影に

法蓮町。法蓮山興福尼院。興福院、弘福院、弘文院とも。もとは奈良県奈良市尼ヶ辻北町にあった。南集七「興福院」、奈良名一二「興福院」、和幽五、大名、大図三。
※1　天理本「奈良の北町はつれ五六町有」ナシ。

【六　不退寺】　奈良県奈良市法蓮東垣内町。金龍山不退転法輪寺。もとは萱の御所。別名在原寺、業平寺。南集七、和幽四、大名、大図二。
※1　天理本「奈良より乾の方拾八町」ナシ。

陽成院、讃あそはしたる絵像も有り。毎年五月廿八日、諸人詣て拝し奉る。扨又、神勅に任せ不退寺門前の諸民、長谷川等の武士、此鏡を拝して今に参宮せさると也。[※2]宗旨は律宗にて西大寺法流也。

一、とくまか原、不退寺の少し艮に当りたる山ばらを云よし。

七　海龍王寺　〈寺領百石〉　[※1]奈良より乾の方十七町

海龍王寺は世に隅寺と云。法花寺より少東の方也。是は古へ玄昉僧正、渡唐し給ひし時、祈祷のため建給ひし寺なるよし。今は戒律宗也。[※2]光明皇后御守り本尊とて十一面観音の霊像御座すと也。

八　法華尼寺　〈寺領二百弐拾石〉　[※1]奈良より乾の方十八町

法華寺は、[※2]或は法花滅罪寺とも云へり。光明皇后の御願所にて、天平勝宝五年〈癸巳〉造立し給ふ。夫草創し給ひし子細は、東大寺の内陣へ女人を入給はぬ事、悲しみ思召御心のまゝに、仏を信し給へきとて、造らせ給ふ。東大寺と此尼寺との間、十五町。其間南北に鴫の毛の屛風を立、御順礼なとし給ふと也。古へは此寺の金堂にて維摩会を行ひ給ひけるが、砌りせはしとて興福寺に移させ給ふ。其時西向きに作り居たる浄名居士、みつから巽の方に向ひ給ひ興福寺の方をしたひ給ふとて今は巽の方に向ひて御座す。本堂は十一面観音異国の仏師作れり。其比、天竺健達羅国王の后観音に帰依ましく〳〵、常々生身の観音を拝し給ひ度と願ひ給ふ。有夜の夢中に童子来りて云ひけるは、生身の

※2　天理本「宗旨は律宗にて西大寺法流也」ナシ。

一とくまか原　未詳。

【七　海龍王寺】　奈良県奈良市法華寺町。隅（角）寺、隅院とも。南集七「海竜王寺」、和幽四、大名、大図二「海竜王寺」。
※1　天理本「奈良より乾の方十七町」ナシ。
※2　天理本「光明皇后～御座すと也」ナシ。

【八　法華尼寺】　奈良県奈良市法華寺町。法華寺、法華滅罪之寺とも。南霊「法花寺」、南集七、和幽四「法華滅罪寺」、大名、大図二「法華寺」。
※1　天理本「奈良より乾の方十八町」ナシ。
※2　天理本「或は法花滅罪寺とも云へり」ナシ。

＊「郡臣」→「群臣」。

観音を拝せんと思ひ給はゝ、是より東、日本の光明后を拝し給ふへきと也。后、夢覚礼拝し給ひて後、群臣＊に語り給ふ。其時僉議して云く、来るへき人にあらす、又行給ふへき人もあらす。只仏師を遣し像を模し取て拝し給へ、とて仏師来朝して不比等に語る。仏師拝光明后聞召て逆へきにあらす、然らは我歩む姿を見せよとて庭上を歩行し給ふ。仏師拝見し模して見るに少もたかはす。大きに悦ひとりて帰りしと也。其時今一躰作らせ給ひ、其像を此寺に安置し給ふ。扨又件の仏師に皇后宣ふは、我親孝行の為に安置せん弥陀の像を作らせよと宣ふ。仏師の云く、親孝行の仏には釈迦に過たる事あらしとて、釈迦の像を作れり。其像は、光明后の御母橘氏の御為に興福寺西金堂を造立して安置し給ふと也。古へは法花寺も繁昌の霊地なりしか何の比よりか衰て一宇一塔也。むかしの願主の威勢故、今に戒律正敷、安居し給ひ、御寺のうちへは酒肉五辛を禁断し、いと有難き御所也。此寺鳥居のもとより巽の方、少し隔りて、光明后湯屋を建させ、沐浴の功をつみ、一千人の垢を摺らせ給ひ、生身の阿閦菩薩に逢ひ給ひし御寺の跡、田の中に有。其沐浴の具、中比般若寺うしろの方に有しを、天正年中郡山の城石垣の為に取、大石槽なとも引せけるなと云伝へし。其阿閦寺なきか故に委は不記也。

九　〈添下郡〉　超昇寺　〈付神宮山之事〉　奈良より※1乾の方一里

超昇寺は、平城天皇の皇子、如真親王の御建立也。此親王は、平城天皇と嵯峨天皇御戦の後、荘を落して入道まし〳〵弘法大師の御弟子となり、建給ひたる御寺也。其後清海と云道人、もとは常陸国の武士なりしか、此寺に籠り居て念仏し、浄土の曼陀羅を感得

【九　超昇寺】奈良県奈良市佐紀町にあった。南霊「超勝寺」、南集七、和幽五、大名、大図三。

※1 天理本「奈良より乾の方一里」ナシ。

したる霊地也。され共いつの比よりか悉く破滅して民屋の地となり、わつか一間斗りの板庇の内に昔の大日如来ましますと也。

一、超昇寺乾の方に[一]神宮皇后の陵有。世神宮山と名付。いにしへ皇后、筑前の国香椎の宮にて崩御し給ひ、御遺勅にて金棺に入、椎の木の枝上に置奉り、其後三年して此所に葬奉るよし。御廟の傍に草庵の観音堂有。此堂守あさきよめもせらるゝよし。

十　（〈添下郡〉）招提寺　〈寺領三百石、坊舎拾軒、外二坊、長老坊十六石、或は拾五石、斎戒六人、或は廿六石、或は六石宛〉（奈良より西の方一里）

招提寺は、聖武天皇、東大寺を造り給ひて後、仏法は弘めつれとも、僧と云ものなくは誰か是を行へき。戒律を伝、僧の種を継はやと思召て、栄叡《ヤウエイ》、普照と云僧二人、清河の宰相を大使とし、名代《ナハシロ》を副使とし、僧侶四人を勅使として、大唐の戒師を請しに遣さるゝ。此人々海を渡り波をしのき、遥々大唐に行て、戒律明なる僧を尋らるゝ。時に終南山の道宣禅師の門流、鑑真和尚と云へる僧、戒珠瑩て光りを増し、尸羅を織て色鮮なり。勅使頭を低、聖武勅詔之旨を語らるゝ。其時、先弟子の僧とも答て云く、日本は是雲の波、烟のなみはる〳〵遠し。我等争か渡らんと云ひし。鑑真宣ふは、我身を軽くし法を重くし、彼国に至り戒律を弘めて群生を利せん。其故は大唐と日本とは其交りむつまじき事、二つ有。一つは大唐の衡山に行ひし聖有。其名を念禅師と云ひし。日本の皇子聖徳太子と生れて、仏法を弘め群生を利せしめ給ふ。又日本国長屋の皇子、千帖の袈裟を縫て大唐千人の僧に供養し給ふ。其袈裟の縁に絶句の詩を織付たり。詩の詞に云く、

一 神宮皇后の陵　奈良県奈良市山陵町。神功皇后狭城盾列池上陵。南集七「超昇寺」、和幽五、大図三「神功皇后山陵」。

【十　招提寺】　奈良県奈良市五条町。唐招提寺とも。南霊、南集七、和幽五「唐招提寺」、大名、大志三「唐招提寺」、大図三「唐招提寺」。

（　）内は国会本にて補う。

山ト川ト異レスレトモ[*]域《ヲモイ》ヲ風ト月ト同レシ天、寄ニテ諸《カタエ》ノ仏師一ニ共ニ結ニハン来レル縁一ヲと有。日本は人心情有所也。吾は必命を不惜行べしとて、三千粒の仏舎利、又いろ〳〵の道具を取持せ、天平勝宝六年二月四日、二十四人の僧を伴ひ、難波の津に来着し給ふ。聖武天皇、待請悦ひて、五台山の土にて戒壇を築給ふ。是よりして僧徒は国に盛也。于時天皇、天平七年に薨し給ふ。新田皇子の旧宅一所を賜りて、天平宝字三年〈己亥〉唐招提寺のやうを遷し造り、彼仏舎利を本尊として安置し給ふ。此舎利を龍神ほしかり、薩摩の浦にして既にとられける。鑑真和尚の弟子しだら律師、火の玉を以て海中に入、龍王とたゝかひ、事故なく取て帰り、六年を経て来着し給ふ。其故に龍神を鎮守とし給ひ、池の辺に社有。此舎利は瑠璃の壺に入、亀の上に座し給ふ。其説多し。帝孝謙、及上皇聖武、光明皇后、其外月卿雲客等、四百三十余人、法を授給ふと也。境内は方三町半、律宗真言兼学也。

一、鎮主は輪[一]蓋龍王の社也。伽藍の火難を防き給ふよし。傍に孤[二]山の松とて名木有。其前なる堂え毎日舎利を出し奉り、其勤行おこたる事なし。彼松の枝上へ龍神と春日と影向し給ひ、仏舎利を拝せ給ふなと語り伝へし。

十一　〈添下郡西の京〉　薬師寺　〈寺領二百石、坊舎二十軒〉　奈良より西の方一里

薬師寺は白鳳九年〈庚辰〉十一月、天武天皇の后、病苦し給ふ。因茲、御悩を安せんか為に、天皇、薬師丈六の像を造り奉らんと発願し給ひ、御悩忽に癒させ給ふ故に此銅像を鋳させて、いまた金をも不塗、誓願満給はすして、同十四年の九月、天皇崩御し給ふ。時に皇后、御位を継給ひ、持統天皇と申奉りしか、太上天皇の思召置し御事を遂給はん

＊「異城」→「異域」。

一　輪蓋龍王の社　南集七「招提寺」、和幽五「唐招提寺」、南記、大図三「唐招提寺」。
二　孤山の松　南集七「招提寺」、和幽五「唐招提寺」、大志三「唐招提寺」、大図三「唐招提寺」。

【十一　薬師寺】奈良県奈良市西ノ京町。南霊、南集七、和幽五、大名、大志三、大図三。

とて、高市郡に寺を建、彼薬師の像を安置し給ふ。其後、元明天皇、平城の都に移り給ひ、養老二年に彼高市郡より奈良の西の京に移し給ひて七堂伽藍を建、龍宮の様を遷し給ふと也。金堂の本尊は薬師如来、是日本丈六仏の最初也。脇士には日光の※1二菩薩、其脇に十二神将まします。内陣の敷石は瑪瑙石也。され共、文安年中、炎焼に及ひしか、本尊は無恙出給ひ、今の金堂は其後の造立也。三重の東塔は二重屋ね也。是は古へ造立の塔也。文殊堂の本尊は行基菩薩の作也。東院堂本尊は観世音菩薩、白済国より渡して長屋親王造立し給ふ。四天王は増長の※2作也。西院堂本尊は弥勒菩薩、天武天皇第四の皇子舎人親王の御建立也。護摩堂本尊は大聖不動明王、弘法大師の作也。鐘楼の鐘は白済国より渡りたるよし。開山は祚蓮和尚、戒明和尚、入唐し給ひ、法相、真言兼学し給ひ、今に一宗の本寺也。霊宝には両面の黒筒、同大般若経、魚養の筆也。金堂の舎利は戒明和尚伝来し給ふよし。寺内は方四町、坊舎弐拾軒余有よし。

一、鎮主は八幡宮。御廊、楼門、鐘楼有。若宮社、龍王の社、惣して末社十五ケ所あり。

十二　〈添下郡〉　喜光寺　〈寺領三拾石〉　奈良より西の方一里余

喜光寺、又は菅原寺とも云。行基菩薩造立して住給ひし御寺也。本尊は阿弥陀如来、八尺の座像也。有時、聖武天皇参詣し給ひ、先仏を礼し給はんとて仏前に向ひ給へは、像、光りを放ち給ふ故に、帝喜ひ給ひ、寺号を改めて喜光寺と名付給ひ、此寺は弥陀の本願に叶ひ、歓喜光仏なりと宣ひし霊仏也。其後、行基菩薩、五畿内に四十九ケ所の精舎を建らる丶。又、天竺の婆羅門、林邑国の仏哲来朝有し時、先此寺に着して一七日休息有、

※1　天理本「日光月光」とする。

※2　天理本「定朝」とする。

一　八幡宮　薬師寺南門の南にある休ケ岡八幡宮。南集七「薬師寺」、和幽五「薬師寺」、大志三「薬師寺」、大図三「鎮守八幡宮」。

【十二　喜光寺】　奈良県奈良市菅原町。別名菅原寺。南霊、南集七「菅原寺」、和幽五「菅原寺」、大名「貴光寺」、大志三「菅原寺」、大図三「菅原寺」。

大仏殿の供養を遂らる丶。其後、婆羅門僧菩提は大安寺東の坊に入寺し給ひ、帝より時服なと下し賜り、任僧正、天平宝字四年二月廿五日に遷化有しと也。

一、伏見の里、菅原寺よりおもての方の村也。古へ此所に老翁有。三年伏て物いわす、折々頭をあけ東の方をうか丶ひしか、梵僧仏哲来朝の時、初て時なる哉〳〵と云て悦ひ、菅原寺に走り入、互に舞をなし、大仏供養の講師遂給ふ。化人の居給ひける所也。依之伏見の里と名付。其後、彼ふし給ひたる所に伽藍を建、仏法弘通有しか、断絶して今はなし。

十三　〈添下郡〉秋篠寺　〈寺領百石、坊舎八軒※1〉奈良より乾之方一里余

秋篠寺は、光仁天皇桓武天皇御二代の御願所にて、本尊は薬師如来、行基菩薩の作にて、宗旨※2は真言也。本堂の側に、大元明王堂、其前鳥居有。此明王は、醍醐浄教和尚の作也。堂内に香水の井有。毎年禁中より下部の御使来り、十二月晦日酉の尅、此井水を汲、本堂薬師の前に備へ置、元日より七ケ日間行ひ有。又薬師堂仏壇の下の土を取、籠に入、件の水と二種、正月八日に御使取持て、先醍醐利生院え持来し、此所にて十三日迄加持有、同十四日暁天に禁中へ奉納せらる丶。件の土にて年始御祈祷、護摩壇の上塗し、彼水を香水とし、御祈念有し嘉例、今に至て断絶なし。秋篠寺より十町余乾の方に、八大龍王有。雨乞※3の時は此所にて、興福寺の衆僧祈祷し給ふと語り伝へし。鎮主廿一社所々に鎮座し給ふ也。

一、外山　秋篠の北の方に有里也。清水流る。

―伏見の里　歌枕。奈良市菅原町のあたり。南集七「菅原寺」、和幽五「伏見岡」、大志三「菅原寺」、大図三「伏見岡」。

【十三　秋篠寺】奈良県奈良市秋篠町。南集七、大名、和幽五、大志三、大図三。

※1　天理本「〈坊舎八軒〉」ナシ。

※2　天理本「宗旨は真言、坊舎八軒あり」とする。

※3　天理本「雨乞の時は此所にて興福寺衆祈祷有。惣して鎮守廿一社あり」とする。

―外山　歌枕。南集七「秋篠寺」、和幽五「外山里」、大図三「外山里」。

十四　西大寺〈寺領三百石、坊舎十九坊、長老坊廿石、西室十七石、平坊八石五斗宛〉

奈良より西の方一里半

西大寺は、称徳天皇天平神護元年〈乙巳〉に建立し給ふ。本尊は七尺金銅四天王の像を鋳させて安置し給ふ。三体は速に成らせ給ふ事、御心のことし。今一体は七度迄ならせ不給。然故に、天皇誓ひ給ふ。朕、若此功によつて永く女体を捨て、仏道可成は、銅の沸《ワク》うちへ御手を入給はんに、無恙成就有へし、若又成ましくは朕か手焼損すへし、それをしるしとせん、と誓ひ給ひしに、御手無恙其像成就し給ふ。諸人群集して、奇異の思ひをなせり。彼像は南方の増長天なるよし。金堂は都率天宮と号して、内には弥勒の内院の様を造られ、銅の瓦にて葺れしか、貞観年中の旱に融て流落、其後常の瓦にて葺れしと也。然るを伽藍焼失して、中興の願主興正菩薩、再興し給ひ、本堂には嵯峨の釈迦を木像にうつして三尊を安置し給ふ。塔は四方正面、観音薬師弥勒釈迦、傍に愛染堂有。此愛染明王は、興正菩薩、夢想に天照太神より賜はりたるとて、于今有。世の人、諸願成就多くあるとて、群集して詣る。其脇に興正菩薩の御影有。みつから造らせ給ふ像なり。其後、堂塔炎焼せし時、像を負奉りて出しか、御頭、鴨居に当り、血出なかれたりとて、其跡今に有。此興正菩薩は木曽義仲と結縁有とて、帰依せられ、ものゝ具太刀かたなと寄付して、鉄塔造られたるとて今に有。古へ百万か子を見失ひし、柳陰の跡も有。寺内も方三十町の霊地なりしか、今はわつか方弐町（には過す。東の方に鎮守清涼権現の宮も有。二町）余わきに奥の院とて興正菩薩の墓所有。中興戒律宗の本寺は、此寺なるよし。

【十四　西大寺】 奈良県奈良市西大寺芝町。南霊、南集七、和幽五、大名、大志三、大図三。

(一) 内、国会本にて補う。

十五　〈添下郡鳥見谷〉　高山八幡宮　奈良より乾の方四里

鳥見谷高山の八幡宮は、聖武天皇、筑紫宇佐より東大寺に八幡宮を勧請し、鎮主とし給はんとて、先此所に社を造り八幡をむかい奉り、其後、吉日良辰を撰、東大寺に新殿を作り、戊寅の日、遷宮し給ふと也。其かりの社、于今有。末社も三社まします。山内は方三町。里人氏神と崇奉る也。

十六　〈添下郡鳥見谷〉　長弓寺　※1〈坊舎八軒〉　奈良より乾の方四里

真弓山長弓寺は、聖武天皇の御建立。古へは七堂伽藍所なるよし。※2されともいつの比よりか零落して、本堂一宇塔一基残しか、※3大破に及ひし。本堂の本尊は十一面観音、塔の本尊は大日如来、側に鎮主八王子の社有。境内は方三町余。※4宗旨は真言。無知行にして、草庵の坊あり。

十七　〈添下郡〉　金剛山寺　奈良より西の方三里

金剛山寺は、世に矢田寺と云へり。仁明天皇御宇、満米上人建立し給ふ。其初め、上人、炎魔王に大乗戒を受へきと願給ひ、然に、其比、小野篁、不思議の人にて、常々地獄に往来する人也。因茲、彼に命し給ひ、具して地獄に行る丶。満米、炎王に大戒を受、獄苦を見給ふに、一人の僧、獄火に焦る丶有。是地蔵菩薩也。告て云く大悲代受苦のゆへに如斯、汝人間に反て人を勧めて我に帰せしめよとて、満米、帰に漆ぬりの箱一つ人をして賜る。上人明て見給ふに、是白き米也。いか程取ても一生尽る事なし。依之、仏工

【十五　高山八幡宮】　奈良県生駒市高山町。和幽五「高山八幡」、大志三「八幡神祠」。

【十六　長弓寺】　奈良県生駒市上町にある真弓山長弓寺薬師院。大名「真弓山長弓寺」、大志三、大図四「真弓山長久寺」。

※1　天理本「〈坊舎八軒〉」ナシ。

※2　天理本「されともいつの比よりか」ナシ。

※3　天理本「大破に及ひし」ナシ。

※4　天理本「宗旨は真言。無知行にして、草庵の坊あり」ナシ、「坊舎八軒（、真言宗也）」とする（（）内は大和志本）。

【十七　金剛山寺】　奈良県大和郡山市矢田町にある矢田山金剛山寺。矢田寺とも。南霊、南集一〇、和幽五「矢田寺」、大名「矢田金剛山寺」、大志三、大図三。

に命し地蔵菩薩の像を作り安置し給ふ。彼仏工は、春日大明神四人の工と変し一日に作り給ふ。御長五尺の像也。満米初めの名は満慶と云ひし。炎王米を給はりて、世の人、満米と名付るよし。本堂巽の側に骨堂有。諸人死骨そり髪なと納る。是より一町程山の頂に、仁明天皇御影堂有。其側に坊有。真言宗也。

十八　〈添下郡〉　霊山寺　〈寺領百石、坊舎拾四軒〉　奈良より西の方二里半

鼻高山霊山寺は聖武天皇の御草創、開山は行基菩薩也。行基、金の鼻高を埋給ふ故に、鼻高山と名付。寺号は天竺の霊鷲山を移さるゝ。因茲、霊山寺と名付給ふよし。本堂の本尊は、薬師如来、秘仏の尊像、脇士は観音勢至。十二神将、其外二天も有。聖武御建立の堂は零落して、其後弘安年中再興有し堂也。本堂西の傍に、行基住給ひし御寺有しか、零落して持仏堂斗残て有。本尊は地蔵菩薩、春日の御作也。其脇に行基の作り給ふ千体の地蔵有。東の側に灌頂堂有しか、零落して今はなし。本堂巽の方に鐘楼有。三層の塔有、本尊は阿弥陀如来、其脇に四天王の像も有。内陣は極彩色の五大尊、涅槃の絵像有。何も金岡か書たるよし。側に一切経蔵有しか、零落して今はなし。本堂の前に阿弥陀堂有。傍に大威徳堂、龍王の社有。阿弥陀堂の前に菩提樹有。其脇に行者堂、其下に閼伽の井有。毎日此水を薬師の香水に汲と也。其前に蓮池有。境内は東西拾町余、南北五町程有よし。真言宗にて坊舎拾四坊有。鎮主十六権現の御社なりしか、本地弥陀如来也と語りし。左右に観音勢至御座、其側に住吉大明神の御社有。

一、五六町程西の山上に、野神の宮とて山神の御社有。是より三四町、猶西の方に霊山

【十八　霊山寺】 奈良県奈良市中町。鼻高山霊山寺。南集一〇、和幽五、大名、大図三。

一野神の宮　不明。南集一〇「霊山寺」の絵中に有り。

寺奥院有。弘法大師御開基の弁才天まします。石に五筆の梵字を切付給ひ、其前に瀧有。

一、霊山寺東の方に鳥見川[二]有。其側にて聖徳太子と達磨と対語し給ひし所有と云。され共此説は葛下郡の内片岡にての説有。此所と云へるは覚束なし。

十九　〈平群郡〉　生駒山　〈付生駒明神の事、小倉寺之事〉　奈良より西の方四里半　〈近[※1]年生駒山鳳山とて真言の高僧住居して仏寺の建立あり、此僧色々奇特ある事とも世に称する事多し、略之〉

生駒山の事。当国艮に当て三笠山有。巽に当て音名山有、此峰に蔵橋山と云所有。古へ聖徳太子の妃芹橘化生し給ひし所なるよし。坤に当て金剛山有。乾に当て生駒山有。此四つの山は、誠に囲繞にして和州の四柱なり。此山には、古へ寒中に瓜なと造られし仙人も住給ひし。生駒山の半腹に、鬼取と云へる所有。其側に小倉寺[一]とて役の小角開基し給ひし寺有。古へは伽藍有たるよし。何の比よりか衰破して霊仏も散々になり、今は草庵五六坊残り。夫より艮の方に、極めて嶮岨なる小石嶂有。世話に鬼か城と云ひ伝へし。生駒大明神の御社七所有。本地神宮皇后、同母皇葛城の高額媛《タカヌカヒメ》の御社なるよし。生駒谷十七口の氏神なり。され共寛文五の年正月二日の夜、焼失す。天火なりと聞えし。楼門所々の小社残りて今に有。

廿　〈平群郡〉　竹林寺　〈付和州河州の境〉　奈良より西の方四里半

竹林寺は、元明天皇の御宇に行基菩薩開基し給ひ、本堂に文殊支利菩薩の尊像をみつか

二鳥見川　富雄川のことか。大和川の支流で、生駒山地北部に発し、奈良市・生駒郡斑鳩町を南西に流れて佐保川に合流する。南集一〇「霊山寺」の絵中に有り。→参照廿三・四

【十九　生駒山】　歌枕。大阪府と奈良県の境にある生駒山地の主峰。南霊、南集一〇、大名、大図三。

※1　天理本「〈近年生駒山～略之〉」ナシ（国会本にもナシ）。

一小倉寺　生駒山東方の中腹、鬼取村北方にあった小倉山教弘寺か。南集一〇「生駒山」、和幽六「小鞍嶺」、大図三「教弘寺」。

【廿　竹林寺】　奈良県生駒市有里町。文殊山竹林寺。南集一〇、和幽六、大名、大図三。

ら作りて安置し給ふ。遷化の後、廟を建、安置す。此行基菩薩は、添下郡菅原寺にて遷化有しか、此寺造立の時、我死せは此堂の下に葬へしと宣ひしとて、本堂の下に墓を築、其上に行基自作の文殊の像を安置せしと也。其脇に、行基自作の御影も有。本堂東の方に大日堂有り。霊宝には、行基御所持の舎利、同御骨有。境内は方四町、其内に草野仙房とて、行基老母を孝養めされし所あり。竹林寺の奥の院とて、行基の母公十廻光菩薩の墓所也。又竹林寺西の方の山腹に、般若岩屋と云所有。麓に弁才天の御社有り。

一、竹林寺より廿余町西山の頂より南の方の道端に、大和河内の境目有。世に闇峠とて摂州大坂への大道也。

廿一　〈平群郡〉　信貴　〈付古跡の事、[※1]坊舎九軒〉　奈良より坤の方七里

[※2]信貴山は、聖徳太子十六才の御時、守屋を討給はんとて稲村の城にして三度退き給ふ。其時、生駒山の西坂にして阿多伽大臣と名乗て太子にまみえ、又麓にては坂本の大臣と名乗、互ひに先陣したまひて勝給ふ。蘇我の大臣[※3]かなわしとや思ひけん、西をさして逃るとて、誰人の先陣そや大恩有と大声に唱ふ。其時、阿多伽は兜率天の弥勒菩薩なりと答給ふ。是は、本地河内国遠地大明神なり。坂本は南無大悲多門天と二音唱て、二人光を放、虚空に飛去給ふ。其時太子は此山に向ひ給ふて、信し貴へしと[※4]の給ひて、拝礼し給ふ。故に信貴山と名付、伽藍を建、毘沙門を安置し給ふ。[※5]されは、毘沙門は延喜十〈庚午〉年出現し給ふと云伝へし。真言の法を弘め給ふ。本堂西の方に鎮主三社まします。天照皇太神、八幡大菩薩、春日大明神の[※6]御社なり。宝物には焼残りの笛、弘法大師

一闇峠　大阪府東大阪市と奈良県生駒市の境にある生駒山地中央部の峠。椋ケ嶺峠とも。和幽六「鬼取」（暗越）、大図三「椋嶺越」。

【廿一　信貴山】　大阪府と奈良県の境をなす生駒山地の一峰、信貴山の山腹に位置する信貴山朝護孫子寺。平群町大字信貴畑。南霊、南集一〇、和幽六、大名、大図三。

※1　天理本「〈坊舎九軒〉」ナシ。

※2　天理本「信貴山の毘沙門は聖徳太子の御建立也。太子十六才の御時」とする。

※3　天理本「かなわしとや思ひけん、西をさして逃るとて」ナシ、「逃時」とする。

※4　天理本「の給ひて、拝礼し給ふ」ナシ、「のたまふ」とする。

※5　天理本「されは、毘沙門は～と云伝へし」ナシ、「開山は妙蓮上人神護景雲八年に」とする。

せみをれのすゑ竹にて作り給ふ。山伏の笛は聖徳太子の作らせ給ふ也。
一、此寺北の方山の頂に[一]古城の跡有。其傍に岩屋有。名をくわんきくと云へり。毘沙門入定し行ひ給ふ所なるよし。此古城は、古へ吉川喜蔵と云ひし人取立たるよし。三方は谷ふかく、南の方毘沙門山つゞきて深山也。谷を越、河州境に出城の跡有。本丸は頂上にて、昔の大手とて東の方に路一筋有。其後永禄年中、松永霜台、南都[＊]多聞山の城を落され、此城に籠り居住せられしか、郎従心替りして、却て霜台をせめ、切腹有しと也。
一、毘沙門堂より十五六町程麓に、[二]信貴畑と云所有。古へ、此所の諸民不信心なりとて毘沙門いかり給ひ、一郷の米を集め、末世の掟にし給はんとて焼給へる跡今に有。土をほれは、焼たる米いか程も出ると也。

廿二　〈平群郡〉　龍田本宮　〈知行拾弐石〉　奈良より坤の方四里半

龍田大明神の本宮は、立野と云所に御座す。人王十代崇神天皇の御宇に鎮座し給ひ、龍田やまの峰に風の神と顕れ給ふ。凡当寛文六年迄は千七百六拾余年になるよし。本地は補陀落山に住給ふ聖観自在菩薩にてまします。于時人皇三拾代欽明天皇第四の皇子用明[＊※1]天皇、厩戸皇子、日本初而仏法興隆し堂塔を造り給はんとて橘の京より平群の郡に歩行し給ひ、勝霊の地を尋給ひしに、椎坂にして壱人の老翁出、皇子にむかひて誰人そと問給ふ。聖徳太子、答てのたまわく、我は是厩戸の皇子なり。堂塔造立し、仏法を弘めんか為、勝地を尋ね給ふと也。翁のいわく、是より東に斑鳩と云所あり。尤霊勝の地なり。彼所に伽藍を建、仏法弘め給ふへし。然らは翁導引すへしとて、太子の御手を取、斑鳩

※6　天理本「御社なり」を「御社なるよし。坊舎九軒」とする。

一　古城の跡　信貴山城跡。南集一〇「信貴山」、和幽六、大図三「古城跡」。

＊「多門山」→「多聞山」。

二　信貴畑　朝護孫子寺の所在地である平群町大字信貴畑の地名に重なる。南集一〇「信貴山」、和幽六、大図三「米尾」。

【廿二　龍田本宮】　奈良県生駒郡三郷町立野。龍田大社。南集一〇「龍田」、和幽六「龍田社」、大志四、大図三「龍田神社」。

＊「用明天皇二」→「用明天皇」。

※1　天理本「用明天皇」を「用明天皇の皇子」とする。

の山中に入、此所こそ仏法興隆し堂塔造り給ふへき霊地なり。我は龍田山の麓に住翁なり。必鎮主となり守へしとて、失たまひぬ。其時、太子、かの斑鳩に伽藍を建立し給ふ。※2今の法隆寺是也。故に本宮を勧請し給ひ、龍田新宮とて法隆寺の傍にあり。本宮は立野に有。其社は東向の二殿、第一風神級長戸辺命にて、女神にてまします。第二火神。北面二殿、天照皇太神、住吉大明神、平岡大明神、春日大明神にてまします。南向殿三門、第一今御前、二殿は地主神にてまします。坤の小宮は吉野の蔵王権現。其外多宝塔は毘沙門、護摩堂は不動明王、如法経堂は三十番神、御室堂は地蔵菩薩。薬師堂、拝殿、御供所、舞台、鳥居有。

一、たつた川[一]、本宮よりは坤の方九町程有。

一、三室山[二]は、本宮より四町程有り。

一、三室の岸[三]迄は二町程有。

一、神南の森[四]、本宮より三町余有り。

一、ならしの岡[五]、みむろ山、つゝき也。

一、神南備川[六]、いわせ迄六町有。

一、立野本宮より龍田新宮[七]迄一里有。平群の内十八郷に龍田の末社有。何れの社も南向也。依之、川の名も神南備川と云へり。毎年四月四日、本宮の祭礼有。此日はいわせにやなをうち、初て魚を取、供御に備ると也。此やなは古へより立野の侍（分）にて氏有もの打そむるよし、于今おゐて如斯。

※2 天理本「今の法隆寺是也。故に」ナシ、「因茲」とする。

一 たつた川　歌枕。奈良県生駒郡斑鳩町を流れる川。南集一〇「龍田」、和幽六、大志四、大図三。

二 三室山　歌枕。奈良県生駒郡三郷町の三室山と同郡斑鳩町の三室山がある。両者の混同があるか。南集一〇「龍田」、和幽六、大志四、大図三。

三 三室の岸　歌枕。南集一〇「龍田」、和幽六「三室岸」、大志四「神南備」、大図三「三室岸」。

四 神南の森　歌枕。奈良県生駒郡三郷町の三室山の森か。南集一〇「法隆寺」、和幽六「神南」、大図三「神奈備」。

五 ならしの岡　歌枕。斑鳩町龍田とする説がある。和幽六「毛無乃岳」、大志四「毛無岡」、大図三「毛無岡」。

六 神南備川　歌枕。和幽六「神南川」、大志四「平群川」、大図三「神南備」。

七 龍田新宮　奈良県生駒郡斑鳩町の龍田神社。南集一〇「法隆寺」、和幽六「新龍田社」、大名「新立田の社」、大志四「龍田比古龍田比女神社二座」、大図三「龍田新宮」。

（）は国会本にて補う。

【廿三　法隆寺】奈良県生駒郡斑鳩町。南霊、南集一〇、和幽六、大名、大志四、大図三。

※1　天理本「仏法を弘め給ひ、法相の霊地也」を「法相を弘めたまふ」とする。

＊「多門」→「多聞」。

廿三　〈平群郡〉法隆寺　〈寺領千石四斗余、学侶二十ケ寺、堂方二十七軒、其外無縁寺都合七ケ寺〉奈良より坤の方四里

法隆寺は人王三十二代用明天皇の皇子聖徳太子、龍田明神のおしへに任せ、斑鳩の里に伽藍を造立し、仏法を弘め給ひ、法相の霊地也。[※1]当寛文六年迄は凡千八拾年余也。境内東西七町、南北四町半余有。南大門、西大門、東門、四足の門、不明の門、廻廊、鐘楼、大経蔵有。楼門に二王有。金堂は四方正面、本面は釈迦の三尊、左の方は薬師如来、御父用明天皇の御為に作り給ひ、右の方は阿弥陀如来、御母間人皇后の御為に作り給ふ。其脇に多聞天、広目天、何も鞍作鳥仏師作にて金仏也。其前に持国天有。鎮護国家七曜の御剣を持せ給ふ。多聞天[＊]、吉祥天、増長天有。是は孝謙天皇の御願なるよし。東面は聖観音、推古天皇の御願造。西面は弥陀の三尊、光明皇后の御願造。北面は虚空蔵菩薩、其脇に弥陀の像有。善光寺如来の写にて、西明寺時頼公寄進せらるゝよし。五重の塔、四方正面、本面は弥陀の三尊、東面は文殊、浄名、西面は荼毘入棺、北面は涅槃像、何れも鳥仏師、土にて作りし仏也。初め聖徳太子御子山背の大兄の皇子、斑鳩の宮に御座し、皇極二年十一月、蘇我の入鹿、兵を以て彼宮を囲、皇子をうたんとせし所に、皇子獣の骨を集め、殿の内に置給ひ、子弟を引率し、生駒山に隠れ給ふ。其時入鹿、兵を以て宮を焼、灰中の骨を見て、皇子は焼死し給ひたると思ひ、囲を解さりぬ。其後六日を過、皇子山より出給ふ時、皇子の兵、入鹿を討せんと思ひし。皇子宣はく、彼は大姓、おそらくは人を殺事多からんとて、子弟二十三人引率し、塔内に入、誓ひ給ふ。我垢濁の身を以て暴逆の臣に替り、蒼天の雲に昇り、浄土の蓮に座し給はんとて、香炉を捧、

＊「勅符」→「勅封」。

＊「小学」→「小字」。

※2 天理本「小経蔵は秘密経

黙然として各々経死し給ふ。須臾にして香煙天雲に通し、男は天仙と成り給ひ、女は天女となり、雲に駕し、西の方に飛去給ふ。天花散し、天楽の音せり。時の人、仰見し礼拝し、奇異の思ひをなせりと也。其跡今塔内につまひらかに見ゆ。大講堂は薬師の三尊、四天王の像、賓頭盧尊者。上堂は釈迦の三尊、脇士に四天王有。惣社は三十番神。拝殿もあり。西円堂は八角の宝形也。本尊は薬師如来、十二神将有。行基菩薩の作也。世の人、諸願成就多く有とて、太刀かたな、其外鏡、色々の物を納る。諸人群集して詣る也。其脇に熊野権現の社有。三経院、本尊は阿弥陀如来、四天王有。行基菩薩の作、毎年夏中法華、勝万、維摩の三経、此所にて講しらるゝ。聖霊院、太子の像有。沈水香木にて自ら作り給ふ由。其脇に三殊勝地蔵、如意輪観音有。百済国より渡りたるよし。四間ばりに十四間の綱封蔵有。＊勅封にて開事なし。舎利堂、釈迦如来左眼、南無仏の舎利、三国相承の宝物也。太子誕生の御時、御手に握り給ひ御出生有よし。毎日午の剋、七つ鐘をつきて開く。古へ紫式部の歌にも、

　南無仏の舎利を出せる七つかね昔もさそないまも双調

とよめり。釈迦如来の御説法は午の時、鐘の調子は双調也。故に、午の時かねをつき、彼舎利塔を出し奉り、諸人に拝させしむ。其他霊宝には太子梵網経を御自筆にあそはし、外題には御手の皮を剥て押付書給ふ。又＊小字の法花経、沈の箱に入て有。或は投石取《イシナドリ》の翫物は、八臣の瓢、弓矢物の具、和漢両朝の宝物多く有。絵殿は聖徳太子一生の絵図有。御間太子の像有。聖武天皇の作らせ給ふよし。伝法堂に弥陀の三尊有。如法経堂には普賢菩薩、十羅刹女、三十番神有。護摩堂には不動明王、智証大師之作なるよし。※2小経蔵

は秘密経蔵なるよし。大湯屋有。四足の門、其外東室、西室、北室有。常楽寺は大日如来。牛頭天皇の社有り。

一、上宮王院[一]は太子の住給ひし宮也。此所にて太子入定し様々の事を悟り給ふ故に、時の人、夢に見させ給ふかと思ひて、夢殿とも名付。其後、福貴寺道詮と云ひし法師、宣旨を下し給はり、八角の堂形になせり。本尊は十一面観音也。東西両方六十間の廻廊、其外鐘楼、礼堂有。是は龍宮の上に建たるとて、柱垣朽て潮さし引するよし。几帳のうちに秘所有。中比の人は目を塞て捜るに、身の毛竪て則死す。古への人は後の方を捜り奉り、生身の十一面観音、御長壱尺一寸の像ましますと云伝へり。太子三世を悟り、仏法弘め給ひしは此所也。

一、中宮寺[二]は推古告貴三年、聖徳太子の御母間人皇后の御願所にて、御衣の袂に土を入、運ひ給ひ、一々のも（の）に御手を触、堂塔を建立し給ひ、太子御自作の二臂如意輪観音を本尊として、間人皇后、太子の御乳母、二人の比丘尼、此寺に住給ひたるよし。五百余歳過て、衰破したるを、文永年中、河州西林寺の日浄上人、太子に再興を祈り奉る。西大寺の思縁上人、談話して比丘尼真如房を住しめ、法隆寺舎利堂の側、艮の方一壁を隔て移し作り、一宇一坊再興して于今有。

一、鎮主龍田大神の新宮[三]三社御座。傍に末社四所有。当年寛文六年迄は凡一千八拾年余に及へり。毎年九月十三日に祭礼有。法隆寺より法施の僧侶出らるゝ事、于今断絶なし。拝殿の前に小野道風筆也とて龍田大明神とかきたる額有。本社の前に神木なりとて楓の木有。龍田川に紅葉流るゝ、[※3]とよめるは、此神木の事也。

蔵なるよし」ナシ、「新堂、弥勒の三尊、四天王の像、鳥仏師の作なるよし」とする。

一 上宮王院　法隆寺東院伽藍の八角円堂。夢殿。南霊「法隆寺」、南集一〇「法隆寺」、和幽六「法隆寺東院」、大図三「夢殿」。

二 中宮寺　奈良県生駒郡斑鳩町。南霊、南集一〇「法隆寺」、和幽六、大名、大志四、大図三「法隆寺」。
（　）内は国会本にて補う。

三 新宮→既出廿二・七

※3 天理本「とよめるは、此神木の事也」ナシ、「と云は此神木か」とする。

一、[四]富の緒川、斑鳩の東に添て南へ流る、川を云。小泉の中より落る川なり。

一、龍田新宮より十町余東の方、[五]物持寺と云里に（堂）有。聖徳太子十六歳の御時、みつから作らせ給ふとて、御長三尺余の立像御座す。堂の額には芦墉宮と書て有り。左の側に鎮主三社まします。天照皇太神、八幡大菩薩、春日大明神の御社なるよし。

廿四　〈平群郡〉額安寺　〈寺領拾弐石〉奈良より坤の方三里余

額安寺は聖徳太子、在々所々に四十六ケ所の伽藍を建立し給はんと思召、御宿願の為、先此寺を造り給ふ。本尊は十一面観音、極彩色の像也。傍に薬師堂有。額安寺と云寺号は、推古天皇、御ひたひに腫物出来、御悩以之外苦み給ふ。其時此薬師如来え御祈祷有し故に、御腫物忽に癒させ給ふ。因茲宣下せられ、ひたひ（を）安すると書て額安寺と号す。然るに中興の開山忍性菩薩、右大将頼朝帰依せられし僧たるによつて、頼朝公薨去の後、寺の側に社を奉造し、明神と[※1]崇め給ふとて、されども此忍性法師は後二条院の御宇、嘉元元年に寂し給ふ。其前此忍性、伏見院御宇永仁弐年、摂州天王寺の石鳥居を立給ふと云伝へし。然は頼朝帰依僧と云しは、年来の相違覚束なし。霊宝には頼朝の御守本尊、赤栴檀の尊木にて春日御作の小仏、涅槃の像、地蔵菩薩、脇士にいろ〳〵の小仏有。同母公の御鏡、頼朝の御珠数《ジュツ》、其前東大寺大仏殿供養の時、婆羅門僧正将来の舎利塔、弘法大師御所持の杵三鈷、うしの玉、都率の曼陀羅、唐絵の涅槃、からゑの三千仏なと有。此寺の艮の方、柏木と云所に、性空上人住給ひし寺也とて、于今有。いろ〳〵の霊仏在り。

四 富の緒川　歌枕。富雄川。和幽六「富小川」、大志四「富川」、大図三「富小川」。→参照十八・二

五 物持寺（芦墉宮）　奈良県生駒郡三郷町にあった。和幽六、大志四「廃物持寺」、大図三。

（ ）内は国会本にて補う。

【廿四　額安寺】大和郡山市額田部寺町。南集一〇、和幽六、大名、大志四「額田寺」、大図三。

（ ）内は国会本にて補う。

※1 天理本「崇め給ふとて～覚束なし」ナシ、「尊崇し給ふ。其宮今に有」とする。

廿五　〈式下郡〉　法楽寺　〈寺領六石四斗余〉　奈良より南の方※1四里半

法楽寺は人王七代孝霊天皇の廟所也。此所は古へ黒田の都とて※2天皇の京地也。御年百廿七歳にして崩御し給ひ、此陵に葬り奉る。其後弘法大師、※3霊勝地也とて開基し、堂塔を造立し給ふ。本堂の本尊は勝軍地蔵、秘仏也。其側に聖武天皇みつから作給ふ地蔵菩薩の像有。弘法大師の御影堂、其外坊舎二十五軒有しか、何の比よりか衰破して、今は一宇一坊にて*真言也。傍に天皇の社有。毎年九月祭礼在り。

廿六　〈広瀬郡箸尾〉　大福寺　〈※1坊舎六軒、寺領三拾石〉　奈良より南の方五里

満嶋山大福寺は推古天皇の御宇、聖徳太子の御本願也。本堂の本尊は薬師如来、聖徳太子の御作、不動明王、覚鑁の作、并十一面観音の像まします。其外阿弥陀堂、弘法大師の御影堂、鐘楼有。鎮主天満天神の社、白山権現の社、満嶋弁才天の社、是は弘法大師勧請し給ふ御社なるよし。霊宝には不動明王の御影、智証大師の御筆なるよし。金岡か書たりし両界の曼多羅、十二天は弘法大師の御筆、真雅の書給ひし八祖大師の像、其外天満天神は古法眼の筆なるよし。宗旨は真言、坊舎六軒、境内は長弐町に横一町半余あり。

廿七　〈葛下郡〉　達磨寺　〈寺領卅石〉　奈良より坤の方五里余

達磨寺は、推古天皇即位廿一年〈癸酉〉、聖徳太子、河州石川郡科長山下の墓所に参り給ふ。斑鳩の宮に還らせ給ふとて片岡を通り給ふに、黒の馬立留りて不進。太子鞭を加

【廿五　法楽寺】奈良県磯城郡田原本町黒田。和幽一三、大名、大志一三、大図四。

※1　天理本「四里半余」とする。
※2　天理本「天皇住給ひし所也」とする。
※3　天理本「霊勝地也とて」ナシ。

*「真宗」→「真言」。

【廿六　大福寺】奈良県北葛城郡広陵町。和幽七、大名「満嶋山大福寺」、大志五、大図三。

※1　天理本「〈坊舎六軒〉」ナシ。

【廿七　達磨寺】奈良県北葛城郡王寺町。片岡山達磨寺。南霊、南集一〇「龍田」、和幽八、大名「片岡山達磨寺」、大志七、大図三「片岡山達磨寺」。

へ給へ共猶留りき。其時あたりを見廻り給へは、道の傍に飢人臥て有。いかなる者そと問せ給へ共、いらへもなし。其時太子、馬より下り、飢人のあたりへ立寄給ひ、しはし物のたまひて、紫の御衣を脱給ひ、飢人の上に覆て和歌を賜る。

※1［永享三年三月五日、征夷大将軍源朝臣書之、か様に書たる太子、達磨の御影有り］

　科照《しなてる》耶《や》片岡《かたおか》山に飯《いひ》に飢《うへ》て
　　臥せる旅人哀れおやなし

と詠し給ひき。飢人頭を起て返歌を献る。

　　怒鹿や富の緒川の絶はこそ
　　我か大君の御名はわすれめ

彼飢人は顔長くして頭ら大きに、耳なかく目細なかくして、眼を開く時は内に金の光有。身の香ことに薫して、太子対談し給ふ事、人更に知る事なし。班鳩の宮に還らせ給ひて、使をして見せしめ給ふに、飢人は、はや死けり。太子大きに悲しみ給ひて、蘇我の大臣馬子大夫等*に仰て美々敷葬礼せさしめ、大きに墓をつかせ給ひぬ。一七日過、太夫に又仰て、汝早く片岡に行き、彼墓を開き見るへしと也。太夫勅を承り、彼所に行、棺を開き見るに、骸はなくなり、其内甚た薫敷、紫の衣裳も帖《タヽミ》て、棺の上に有。大きにあやしみ、太子の不可思議をも讃て、其儘帰り、此由を奏せしか、太子も朝夕したひ給ひて常々彼歌を誦給ふと也。其後年久敷して、解脱上人、彼墓所に三重の塔を建、※2達磨寺（と）号し給ひしか。※3其塔は零落して、其後三間四面の堂を再興し、側に草庵も有。宗旨は北京南禅寺の流義也。

※1 天理本［ ］内頭注ナシ（大和志本あり）。

*「御寺」→「等」。

※2 天理本「達磨寺（と）号し給ひしか」ナシ、「草庵を造り達磨寺と名付給ふ也」とする。（ ）内は国会本にて補う。

※3 天理本「其塔は零落して～北京南禅寺の流義也」ナシ。

廿八　〈葛下郡〉　当麻寺　〈寺領三百石、[※1]真言十二ケ寺、浄土三ケ寺（、尼寺四ケ寺）〉

（奈良より坤の方七里）

二上山万法蔵院当麻寺は、用明天皇第四の御子麻魯古の皇子、御兄聖徳太子の御勧めによつて、河州山田郡に禅琳寺を建給ふ。其後皇子の御夢に、此寺を役の行者の住給ふ当麻へ移し給へと也。其時、帝聞召て、刑部卿親王を勅使として麻魯古の皇子を添て行者の方へ遣し、当時*住給ふ当麻をあたへ給へ、寺を造給はんとの宣旨也。行者夢の告を感し、其上皇子行啓し給ふ事を悦ひ、勝地を奉り、白鳳九年〈辛巳〉河内の国より禅琳寺を移し、行者もろ共に造り給ひ、当麻寺と号し給ふ。供養の導師は、高麗より来朝し給ふ恵灌僧正とて、[※2]太子の師匠と云伝へし。此恵灌は、推古三十三年に来朝し給ひ、三論宗を弘め給ふと聞えし。其前推古三年に高麗より恵慈来朝有。聖徳太子の師とし給ふとは聞えし。年来の相違如何なれ共、当麻寺の縁起に任せしるし侍へる。其後孝謙天皇の御宇、天平宝字七年、藤原の右大臣横佩の息女中将姫十四才にして此寺に入、落髪し給ひ、安養を心さし発願し、生身の弥陀如来を拝せんと誓ひ給ふ。有時老尼来り、汝志の切なる事を知りぬ。弥陀の本願をあらはし極楽の尊影を見せんとて、みつから蓮の糸を取、井をほりすゝぎ給へは、おのつから五色に染りぬ。又乙女のかたちなるいとたえなるか来りて、糸既になれりやと問給ふ。老尼出来たりと答へ、蓮の糸を彼乙女にあたへ給ふ。乙女、とりて一夜の内に方壱丈五尺の曼多羅を織給ひ、浄土の有様を念比に顕し、又一丈五尺のふしなき竹を軸とし給ひ、乙女は観音大慈なりと宣ひて失給ひぬ。老尼は西方教主弥陀如来也と語り、雲に入、西の方に去給ふ。其後、中将姫いよ〱仏を願ひ

【廿八　当麻寺】奈良県葛城市当麻。二上山禅林寺とも。南霊、南集一〇、和幽八、大名「二上山当麻寺」、大志七「禅林寺」、大図三。

※1　天理本「〈真言十二ケ寺浄土三ケ寺（、尼寺四ケ寺）〉」ナシ。

（　）内は国会本にて補う。

＊「当寺」→「当時」。

※2　天理本「とて、太子の師匠～しるし侍へる」ナシ、「也。僧正は聖徳太子の師匠也」とする。

行ひて御座す。終に正覚をとけ、雲上にのほり給ひしと也。本堂の本尊は曼多羅、此後堂に乙女織給ひしはたの具、今に有り。金堂の本尊は弥勒菩薩、四天王の像有。是は役行者白済国より渡し給たる像也。其外みつから作り給ふ御影有。講堂は弥陀如来、地蔵菩薩の像也。側に薬師堂有。法花堂の本尊は釈迦如来。此堂は右大将頼朝、熊谷小次郎＊直家を奉行として建立し給ふよし。東西に塔二基有。四方正面の塔也。＊石光寺本尊は弥勒の三尊※3なりとて、赤色の石仏一体御座す。是は天智天皇の御宇、此所に夜な〳〵光を放つ。帝怪み思召て、勅使を立、御覧するに、大き成石、其形仏のことく成るか有。故に※4其石弥勒三尊に見え給ふとて、堂を建、彼石仏を安置し給ふと也。高尾寺本尊は、観音、薬師。其外、鐘楼有。境内は方六町余有。此寺の山上を二上か嶽と云へり。此所にて、行者法術を行ひ通路を残し給ひたる岩谷有。其側に中将姫籠り給ひ経を書行ひ給ひし其跡。或は三上の閼伽井の水、名にふれたる霊地有。其麓なるか故、二上山と名付られし。※5宗旨は役行者弘通し給ひし真言坊舎十二軒、中将姫行ひ給ひし浄土の坊舎三ケ寺、尼寺四ケ寺有。宝物には、乳房の舎利。是は釈迦如来御乳にてましますと云伝へし。紫石の鏡のうらに仏菩薩、鳥類、畜類、虫類を切付たる。松陰の硯、是は平氏清盛入道唐の帝へ黄金を参らせられ、返報に賜りし硯なるを、頭中将相伝して、重衡一の谷にて囚人となり給ひ、鎌倉へ下り給ひし時、都にて法然上人戒師として法談聴聞有し時、上人御布施に給はりたる硯なるよし。利剣の名号、是は善導大師の御口筆なるよし。するどに書せ給ふとて、利剣とは名付たり。中将姫御母公の御髪の毛にて織らせ給ふ縫の名号、法然上人の御骨、青磁の壺に有。勅符なるよし云伝へし。或は恵心僧都の書給ひし

＊「真家」→「直家」。
＊「石見寺」→「石光寺」。
※3 天理本「なりとて、赤色の石仏一体御座す」ナシ、「おはします」とする。
※4 天理本「其石弥勒三尊に見え給ふとて」ナシ、「其石にて弥勒三尊を作らせ」とする。
※5 天理本「宗旨は役行者～と云伝へし」まで「宗旨は真言、坊舎十六坊、内乳ふさの舎利、是は釈迦如来御乳にてましますと云伝へし、浄土宗三ケ寺、尼寺三ケ寺有、宝物には」とする。

十界の屏風、或は中将姫書写し給ひし称讃浄土の摂受経、中将姫着し給ひし（蓮糸の御袈裟、弥陀如来より付属し給ひし）御数珠、恵心僧都の新曼多羅。其外和漢両朝の宝物あまた有り。

一、染殿井[一]、是は石光寺の側に有。蓮の糸をあらはせ給ひ、おのつから五色に染りし井なるよし。

一、花桜[二]、石光寺の前に有。役行者植給ひ、五色の華咲し名木なるか、其後枯て、今は其実植なるよし。

一、当麻寺の辺り、中村と云里有。此所に古へ当麻と云ひし鍛冶住たるとて、かなとこ[三]石方二尺斗なるか、川の中に有。此鍛冶は地蔵菩薩かよひ給ひ、常々力を添、うたせ給ひたる鍛冶なるよし。

廿九　〈葛下郡〉　高天寺　奈良より坤の方九里半

高天寺は金剛山の麓にて草庵五六坊有。古へは七堂伽藍所なるよし。いつの比よりか零落して今はわつか[※1]三間四面の本堂に、十一面観音幷釈迦の像を安置す。其側に遍照院と[※2]云草坊の庭に、古へ孝徳天皇の御宇、鶯留り居て和歌を詠したる梅の木、于今有。又其辺に蛛のいわやと云所有。古へ此所に大蛛有て、内裏へ御悩をなせし故に、帝より勅使を立、殺させ給ひ、此岩屋に築こめ給ひしと也。件の蛛には千筋のあし有たると云伝へし。今も余所よりは大きなる蛛有ると語りし。金剛山よりは一里[※3]北之方の山下也。

（　）内は国会本にて補う。

一 染殿井　奈良県葛城市染野の慈雲山石光寺の染殿の井。南集一〇「当麻寺」、和幽八「石光寺」、大志七「石光寺」、大図三。

二 花桜　石光寺の「糸掛桜」。南集一〇「当麻寺」、和幽八「石光寺」、大図三「桜樹」。

三 かなとこ石　未詳。南集一〇「当麻寺」。

【廿九　高天寺】　奈良県御所市高天にあった。現高天寺橋本院が本尊を伝える。南集一〇「当麻寺」、和幽一二「高天山」、大志一六、大図五。

※1 天理本「三間四面」ナシ、「草庵」とする。

※2 天理本「草庵坊の庭前に」とする。

※3 天理本「北之方の山下也」ナシ、「あるよし」とする。

卅　〈葛下郡〉　葛城明神　奈良より坤の方九里半

葛城明神は一言主とて、女体之神にてまします。元かつらき山の嶽に宮居し給ひしか、今其※1麓の田に御座。文武天皇の御宇、役の小角葛城山に籠り、岩窟に住給へる事三十余歳。藤かつらを衣とし、菓を食として、神呪を行ひ給ふ。有時山神に向ひ葛城の峰より金峰山の間、嶮難にして通しかたし。我命に応し、此谷に石橋を懸給へと也。神うけさせ給ひて、夜に至り石を運ひいとなみ給ひしか、※2半して夜明空しくなりしか、一言主の御歌に

　一岩橋の夜の契りもたえぬへし明てくやしきかつらきの神

と詠め給ひし。役の小角大きに怒《いか》り、何そ早くなさゝらんや。※3然らは其しるし見せんとて、忽側に呪縛しておきぬ。依之一言主宮人に詫し宣ふは、我窃に役小角が行ひを見るに、必国家を窺心有、急に治めすんは可危と也。其時宮人、文武天皇に奏し奉る。帝も驚き給ひ、行者を召禁獄し給はんとて、官人を遣し召せ共不来。※4弥々法術を行ひ、山に登り雲に入、虚空飛行す。其時勅使、行者の母を※5尋出し、獄舎にいましめて置給ひぬ。小角其事を聞、母の苦みをなけき、みつから来りて囚《とら》はれ、終に伊豆の大嶋へ配し給ふと也。其岩はしの跡于今在り。

卅一　〈葛下郡〉　金剛山　〈付河州千早古城ノ事、※1坊舎七軒〉　奈良より坤の方十一里

金剛山は宣化僧徳元年〈丙辰〉西の空大菩薩〳〵と鳴り来る。帝怪み思召て、伊勢大神宮へ勅使を立、祈り給ふ。神託には、吉事也。仏法来るへき瑞相に、霊山の金剛窟辰巳

【卅　葛城明神】奈良県御所市森脇字角田。一言主神社とも。南集一〇「当麻寺」、奈名五「三十八所神社」、和幽一二「一言主神」、大志一六「葛木坐一言主神社」、大図五「葛木坐一言主神社」。

※1 天理本「麓の田に御座」ナシ、「麓に御社有」とする。

※2 天理本「半して」ナシ。

※3 天理本「然らは其しるし見せんとて」ナシ。

※4 天理本「不来。弥々」ナシ、「小角」とする。

※5 天理本「尋出し、獄舎に」ナシ、「尋出す。帝其老母を」とする。

【卅一　金剛山】奈良県と大阪府の境を成す金剛山地の主峰。南霊、和幽一二、大名「葛城山金剛山寺」、大志一六「葛城山」、大図五「葛城山」。

※1　天理本「〈坊舎七軒〉」ナシ。

一　朝原寺　奈良県御所市南郷にあった。南集一〇「当麻寺」、和幽一二「金剛山」、大図五。

二　石寺　奈良県御所市鴨神の高宮廃寺跡付近にあった。和幽一二「金剛山」、大図五。

の角闕て、紫雲に乗来り、金剛山と成へし。金精大明神は、東金窟の護法神なり、と答給ふ。其後役の小角此山に入、孔雀明王の呪を加持して、五色の雲に駕し、仙法を行ひ、年久しくして此寺を開基し給ふ。本堂の本尊は、法起菩薩・不動明王・蔵王権現也、三尊共に行者の作也。此堂にて毎年正月三ケ日大峰八大金剛童子に供物を備、葛城心経と云行ひ有。天下泰平の祈祷なるよし。開山堂とて役行者の像有。此所にて毎年六月七日に法事有。堂内には毎事行者講とて、法事有。護摩堂、此前にて毎年六月七日、柴燈の護摩有。弘法大師の御影堂、大黒堂、求聞持堂、弁才天の社、文殊の岩屋とて石の宝殿有。鎮主三十八社宮有。坊舎七坊、内二軒は山の半腹に有。別に注す。金剛山は大和・河内境なるよし。世に云へるは、本堂は大和の内、五坊の寺は河内なりと云ひし。されは境内は皆和州の内なりと所の人の語りし。

一、本堂より廿八町坂中に、朝原寺[一]と云寺。金剛山七坊の内也。此寺の霊宝には役行者自筆の御影、伝教大師作り給ふ大黒の像、春日御作の釈迦如来、田うへ毘沙門とていにしへ自ら田をうへ給ひし毘沙門の霊像有。今に御足に土付て有。八王子の社、中比比叡山の八王子断絶に及ひし時、此所より勧請して繁栄せしと也。金剛童子堂、弁才天の社、三十八所の鎮主有り。

一、本堂より廿八町紀州の方の坂中に石寺[二]とて坊有。本尊は石仏の薬師如来。是は役の行者白済国より負て来り、此所に安置し給ふ。故に石寺と号す。境内は方十町余有よし。行者堂、葛城明神、金剛童子堂、弁才天の社、三十八社の鎮主有。此寺も金剛山七坊の内也。

一、本堂より廿町程西の方、河州の内山腹に千早の城[三]とて古へ楠木正成[*]住し跡有。南北五町程、東西一町余有。四方へ谷ふかく、嶮岨也。金剛山の方へは少し山つゝき也。谷口に井有、終に旱る事なし。四方磐石にて上りがたし。麓に千早村とて在家有り。

和州寺社記巻上終[※2]

三 千早の城　大阪府南河内郡千早赤阪村千早にあった。大図五。

＊「政成」→「正成」。

※2 天理本「和州寺社記巻上終」ナシ。「乗田八兵衛丈」とあり。

※1 天理本、国会本「巻第下／目録」とする。

和州寺社記下目録[※1]

一　興福寺　付名所ノ事
二　春日社　付名所ノ事
三　元興寺　付極楽院曼陀羅ノ事
四　大安寺
五　新薬師寺
六　白毫寺
七　円照寺
八　忍辱山
九　在原山　付名所ノ事
十　石上布留社　付名所之事
十一　内山永久寺
十二　桃尾山
十三　菩提山
十四　釜ノ口
十五　三輪社
十六　法貴寺
十七　長谷寺　付名所ノ事

十八　室生寺
十九　多武峰
廿　岡寺
廿一　橘寺
廿二　本元興寺
廿三　阿倍山　付古跡ノ事
廿四　天香具山　付古跡ノ事
廿五　壺坂山　付高香山ノ事
廿六　久米寺　付神武帝ヨリ四代帝王陵ノ事
廿七　吉野　付名所古跡ノ事
廿八　天川
已上※2

※2　天理本、国会本「已上」ナシ。

※1　天理本、国会本「和州寺社記巻第下」の内題あり。
【一　興福寺】 奈良県奈良市登大路町。もとは山階寺、厩坂寺、月輪山の山号。南霊、奈名九「月輪山興福寺」、和幽三、南記、大名、大図二。
※2　天理本「斉明天皇～女王の為に」まで「天智天皇即位八年〈己巳〉嫡室鏡女王、大織冠の御為に」とする。

＊「多門」→「多聞」。

一[※1]　興福寺〈領知弐万千百拾九石五斗余、内六千七百拾五石余春日神供領幷社家祢宜領、社家弐十六人、祢宜四百三十弐人、坊舎百軒、内高知三百五石四斗余一軒、百石余十二軒、下知九拾石より八石迄八拾七軒〉

日輪山興福寺は本は山階寺と云ひ、次に厩坂寺と名付。其後、興福寺と号す。斉明天皇[※2]即位三年の十月、藤原の大織冠、女王の為に山城国宇治郡山階郷に伽藍を造立し給ひ、其時は山階寺と云ひ、次に天武天皇即位元年〈壬申〉和州高市郡に遷都し給ひ、彼山階寺をも同高市郡厩坂に移し造りて厩坂寺と改名し、元明天皇の御宇、和銅二年〈己酉〉添上郡、平城の宮に遷都し給ひ、同三年〈庚戌〉内大臣正胤淡海公、勝地を卜して伽藍を造立し、父大織冠作り給ひし釈迦三尊の霊仏を安置し給ひ、興福寺と号し、同第七年〈甲寅〉遂供養し給ふと也。寺内方四町の伽藍所也。金堂の本尊は丈六釈迦の三尊、其脇に薬王薬上無尽意妙幢菩薩多聞＊持国増長広目の四天王の像まします。此丈六の霊仏は大織冠作り給ふ。初め皇極天皇［女帝］の都、大和国高市郡明香川原の宮の御時、蘇我入鹿の大臣、山背大兄皇子［皇極二年］を弑し、其後、入鹿、大きに侈り、我宅を宮闕と云ひ子を王子と云へり。同御宇四年〈乙巳〉中の大兄の皇子［天智天皇の事］と大中臣の内大臣大織冠愁ひ給ひ、帝と軽の王子［後、孝徳天皇云］と謀り給ひ、彼入鹿を討給はんため、今の多武峰は其比、都よりは東深山の奥なれは皇子と鎌足、常に行合給ひて、彼入鹿を討て天下の政を直し給はんと謀り給ふ。故に多武峰をむかしは談の峰と云ひし。因茲、鎌足誓ひて丈六釈迦の像を作り、仏力を乞、像に降魔の相有り。同四年六月宮中にして如思、入鹿を刺殺し給ふ。其後、天智天皇、大織冠を如祖憐み給ひ、藤原の姓にも替り給ふと也。薨去の後、彼霊仏を山階寺に安置し、後厩坂寺に移し、又和銅三年、淡海公、不比等、此堂建立によつて、鎌足、遺意のことく丈六の三尊を安置し給ふ。[一]金堂うしろの両脇に鐘楼有。[二]講堂の本尊は阿弥陀如来三尊、脇士に*四天王の像も御座す。天平十八年〈丙戌〉長岡大臣の御願、武智麿の女、同男恵美の大臣、母の為、造立し給ふよし。一説に光明皇后の御建立とも。興福寺の秘所也。大会にあらされは開く事なしと也。此堂にて毎年正月十八日、弘法大師の御作、五大力菩薩の牛王を摺る。此次に[三]北室西室有。是は古への僧侶、我か坊とて持給はさる時、此室に住給ひたるよし。今も大会の時は諸僧集居し給ふ。[四]食堂の本尊は千手観音、淡海公の御願、金堂同時に建立し給ふ。[五]東金堂の本尊は薬師如来。神亀三年〈丙寅〉七月、元正天皇御悩の時、寝膳平安御祈りのため、聖武天皇の御建立、太上元正は聖武御為には御伯母也。此堂、後門に本元興寺の尺迦の三尊御座す。此尊像は敏達天皇即位八年〈巳亥〉十月に新羅国より渡せし金銅の霊仏成るか、聖徳太子宣はく、此尊像は尺迦牟尼仏の遺像也。末世に是を尊崇し奉らは災を消し幸を蒙るへし。若、是をしのかは必災を招て命を促むへしとて、安置し供養し給ひしか、今此堂に伝りて御座と也。[六]西金堂の本尊は釈迦如来、天竺健達羅国の仏師作れり。天平六年〈甲戌〉光明皇后、御母橘氏、往生菩提の御為に建立し給ふ。如何なるにか此尊像の眉間をは作らさるよし。それは眉の間より光を放ち給ひければ、且さてありぬとて玉をは入さりけると語り伝へし。此堂の内に十一面観音御座。自然湧出、生身の観音也。古しへ山階寺の別院伝法院修円僧都と云ひて止事なき高僧なりしか、尾張国に請用して下り具して登りし弟子寿広已講と云ひし僧、加茂坂の南こした

* 「四天皇」→「四天王」。
一 金堂　南集三「中金堂」、和幽三「中金堂」、南記「中金堂」、大名「中金堂」、大図二「中金堂」。
二 講堂　南霊、南集三、和幽三、南記、大名、大図二「大講堂」。
三 北室西室　南記「東室・西室・北室」。
四 食堂　南集三、和幽三、南記三。
五 東金堂　南霊、南集三、和幽三、南記、大図二。
六 西金堂　南霊、南集三、和幽三、南記、大図二。

の池を通るとて寿広と呼音有。見廻れとも人なし。怪み思ひ立留りて聞は、池より西田の中に観音の像御座て呼給へり。貴く又あわれに悲しく覚へて其儘負奉り、山階寺の南大門へ居へ置、衆僧を催して安置の堂を定めて曳奉るに、千万人手を掛くれ共聊も動き給はす。西金堂へ移し奉らんとて曳けれは、かろ〳〵と成て入らせ給ふ。其以後、正面の南の扉を開事なし。此霊像は堂内南の方、横ひろなる厨子の中に御座す。此宝蔵に官紘硅も有。[※3]しゆひん石、西向不背の珠有所は堂守正法院[※4]住持秘伝にて大会を執行し給ふ。僧より外へは伝へ給はす。[七]五重の塔、四方正面、本尊は、観音、薬師、弥陀、尺迦、天平二年〈庚午〉光明皇后、御建立、高さ拾五丈壱尺あるよし。一説に房前大臣建立とも云へり。覚束なし。[八]北円堂本尊は弥勒菩薩、養老四年〈庚申〉淡海公の御為、元正天皇御造立と云へり。或は、恵美押勝建らるゝ共云。又一説、西向不背の珠、取返さんとて死せる。海女か菩提の為、不比等建らるゝ共云へり。され共淡海公は其年八月三日に薨せらるゝ。何れか覚束なし。[九]南円堂本尊は一面八臂三目の不空羂索観音幷四天王の像を安置し八角の宝形也。尊像は長岡右大臣内麿、藤原氏の衰へたるを歎き、弘法大師の勧めによつて此像を作り給ひしか、いまた仏殿を作るに及はすして薨し給ひぬ。前の閑院大政大臣、藤原冬嗣、先考の志を遂給はん為に弘仁四年〈癸巳〉此堂を建立し供養を遂給ふと也。鎮壇は弘法大師、壁板には景果の御影を書れたりし。此堂供養の日は源氏六人迄失せにしより源氏は参らす。代々院の御幸にも源氏の公卿は参られぬと也。此堂、壇を築時、一人の赤童子来り。人に交り詠して云く、

　補陀洛や南の岸に堂立て北の藤なみ今そさかゆる

※3　天理本「しゆひん石、西向不背の珠有所は」ナシ。
※4　天理本「住持秘伝にて〜伝へ給はす」までナシ、「預る」とする。
七　五重の塔　南霊「五層ノ塔」、南集三、南記、大図二。
八　北円堂　南霊、南集三、和幽三、南記、大図二。
九　南円堂　南霊、南集三、和幽三、南記、大図二。

と読て失ぬ。是春日大明神の化現か。末代の藤原氏、此大臣の流也。補陀洛山は八角の山也。彼山には藤の花盛に滋ひし。此堂は彼山の有様を移し造り給ふと也。不空羂索観音は左の肩に鹿の皮を懸給へり。春日は鹿を使者とし御座て鹿嶋より三笠の杣もりに移り給ふ。皆因縁有と也。西国卅三所の御順礼札を打つ。此堂の前にとこなつの橘[一〇]の木有。傍に岸の藤波[一一]とて藤の木有。古への木は枯れて近き比、又植置し木なる由。此堂の内に興福寺の六祖　行賀　常騰　心叔　善珠　玄賓　玄昉の御影あり。

一、額塚[一二]とて南円堂の前に有。世に茶臼山と云、古へ日輪山と書たる額、南大門に有しが、夜な〳〵蛇来り喋る。博士、悪事也と占ひたるとて、此所に埋み、其後額塚と名付たるよし。

一、南円堂坤の方に三重の塔[一三]有。四方正面にて、本尊は観音、薬師、弥陀、尺迦、傍に聖天の宮[一四]、窪弁才天の社[一五]有。弘法大師勧請し給ふよし。

一、達天の宮[一六]とて、葛城の明神一言主の宮有。古へ此社の前に木患樹[一七]有たるよし。平氏伽藍を焼し時、烟、木患樹の孔に入て薫る。諸人水を灌共消す。七十余日有りて自ら消し。其後清盛熱病を煩ひ給ひし。其時、彼孔より烟火起り、浄海薨し給ふ期に及ひ、忽消しと也。然て枝葉茂りたるを人々奇異とせし。其後幾年も有しが、終に枯れて今はなし。

※5 一、薪能[一八]は興福寺衆徒執行之。中比、衆徒及断絶し時、家康公知行御寄付、依之任先例執行して無断絶。又元和五年之夏　将軍秀忠公、御上洛之砌、於北京衆徒訴訟して猿楽芸能悉く御改、其上毎年能組御照覧可被為成との上意にて、其礼義于今正しく、式目の

一〇 とこなつの橘の木　右近の橘。南集三「南円堂」、奈名一一「右近橘」、大図二「橘」。

一一 岸の藤波　左近の藤。南集三「南円堂」、奈名一一「左近の藤」、大図二「藤」。

一二 額塚　奈名九、和幽三「興福寺」、大図二。

一三 三重の塔　南集三「三宝の塔」、和幽三「窪弁財天」、南記「聖天宮」。

一四 聖天の宮　葛城一言主を祀る宮。南集三「聖天宮」、奈名一一「聖天祠」、和幽三「窪弁才天」、南記、大図二「一言主祠」。

一五 窪弁財天の社　南集三。奈名一一。和幽三、南記、大図二。

一六 達天の宮　不明、咜天の宮か。南集三「咜天宮」。奈名一一「陀天の祠」。和幽三「咜天の宮」。

一七 木患樹　聖天宮の前の樹。南集三「窪弁財天」。奈名一一「南円堂」。和幽三「一言主の社」。

※5 天理本「一、薪能は興福寺～雨降り候へは延引」までナシ。

一八 薪能　南集四。奈名九「南大門」。和幽三、南記「南大門」、大名「興福寺」、大図二「薪の能」。

義は於更如往昔。

薪能猿楽芸式目之覚〈舞座は南大門前之芝之上にて芸能勤之〉[※6]

一、二月六日より至十四日まで九ヶ日之内に七日之都合芸能相勤之也。初日六日に南大門にて四座猿楽立合芸能勤之。

第二日目〈七日に〉　同行

第三日目〈八日〉　金春一座春日若宮え上り芸能仕候。御前日に衆徒より暇を遣し、明日御社え上り法楽之能可相勤旨申付候。残る三座として大門の能勤之。

第四日目〈九日に〉　金剛一座御社え上り同行。残三座南大門勤之。

第五日目〈十日に〉　観世一座御社え上り同行。残三座南大門勤之。

第六日目〈十一日に〉　宝生一座御社え上り同行。残三座南大門勤之。

第七日目〈十二日に〉　南大門まで四座打込立合芸能勤之。如此七日之都合勤之。其内[※7]雨降り候へは延引。

一、五重の塔の前に惣社の宮有り。此前に鳥居有り。

一、興福寺東の方に[一九]大湯屋の釜有り。鳥羽院御宇永久五年に鋳之よし。

一、[二〇]中院の屋、本尊は地蔵菩薩也。春日御相伝の舎利も有り。此屋に寺僧毎夜五人宛参[※8]籠有。此屋を勧学院共云。（此屋西の方に宝蔵有。）

一、寺内に[二一]一条院御門跡の御寺有。うしろの方に池あり、[二二]喜多院家の寺有。中比之住持、興晴僧都と云ひし僧八十一歳にして天上めされしと也。其時下部老人とり付のほりしを、僧都ふみおとされしとて、しるしの石于今有り。

※6　国会本「〈舞座は南大門前之芝之上にて芸能勤之〉」ナシ。

※7　国会本「其内雨降り候へは延引」ナシ。

一九　大湯屋の釜　南集三「東金堂」、奈名一〇「大湯屋」、南記「大湯屋釜」。

二〇　中院の屋　南集三、和幽三。

※8　天理本「参籠有。此屋を勧学院共云」ナシ、「参籠あるよし」とする。

（　）内は国会本にて補う。

二一　一条院御門跡の御寺　南集三「中院屋」、和幽三、大図二「一乗院」。

二二　喜多院家の寺　南集三「中院屋」。

二三　八重桜　南集三「観禅院」、奈名一〇「八へざくら」、和幽三、南記「観禅院」、大図二。

（ ）内は国会本にて補う。
※9 天理本「一、南大門の前芝の上にて毎年二月六日より十四日まで薪の能有」とする。

一、東円堂うしろの方に[三]八重桜の跡有。今にしるし少し有り。
（一、[※9]南大門前の芝は薪能相勤る舞台なり。）
一、興福寺建立和銅三年より三百三拾七年目後冷泉院の御宇、永承元年〈丙戌〉十二月廿四日諸堂焼失して同三年に諸堂造立供養有。其後十三年目平康三年〈庚子〉五月四日諸堂焼失して八年目、後冷泉院御宇、治暦三年〈丁未〉造立供養有。又廿九年目、嘉保二年〈丙子〉九月廿五日焼失して九年目、堀川院御宇、康和五年〈癸未〉造立供養有。又七拾九年目、高倉院御宇、治承四年〈庚子〉十二月廿八日、平重衡兵火を以て焼失し拾五年目、後鳥羽院御宇、建久五年〈甲寅〉造立供養有。又八拾四年目、後宇多院御宇、建治三年〈丁丑〉七月廿六日、雷火にて焼失し廿四年目、後伏見院御宇、正安二年〈庚子〉造立供養有。亦廿八年目、後醍醐天皇御宇、嘉暦二年〈丁卯〉三月十六日焼失して七拾三年目、後小松院御宇、応永六年〈己卯〉造立供養有。
一、興福寺は、法相宗玄昉法師、霊亀三年奉勅入唐し給ひ智周法師に謁して法相の深旨を請。唐の帝より紫衣を賜り、天平七年経論章疏五千余巻、其外仏像なと持来し給ひ、同八年任僧正。仏法弘め給ひしか、同十八年の六月、筑紫観世音寺造立によつて、供養の導師し給はんとて彼地に下り、輿に乗り、既に殿に入らんとし給ひしか、空中より黒雲覆重り忽に見え給はす。其後、玄昉の頭、空中より興福寺唐院の庭に落したるよし。是は藤原広継の霊にて、今の松浦明神也と語り伝へし。後玄昉僧正伝来の経籍は、帝より勅にて興福寺に納め給ひ、法相の仏法弥盛なるよし。
一、和銅三年〈庚戌〉、淡海公不比等此寺建立し給ひしより、当寛文六年〈丙午〉迄凡九百五十一年に成る。今の伽藍、応永六年造立有しより当年迄は弐百六拾七年になる也。

一、見とりの池[二四]は、興福寺艮の方路の傍に有。是より春日大鳥居は南の方にて四町有。されとも、鳥居の影此池水に移るとて、人々奇異とせし。

一、拍子の宮[二五]、興福寺東の方路の側に有。古へ新禅院の住持守敏僧都の社なるよし。

一、大御堂[二六]、南大門東の方也。本尊は阿弥陀如来。傍に鐘楼有り。此所にて四月十六日より三十講と云寺役有之也。

一、楊貴妃桜[二七]、南大門の前、猿沢の側に有。是は古へ興福寺の僧に玄宗と云法師、庭前に植置愛せられしが、此所に移し、其後世に楊貴妃と名付るよし。花の輪大きにして、色香殊に勝れたり。

一、猿沢池[二八]、南大門の前に有。東西五拾間余、南北四十間余有。是は天竺獮猴池をうつせる池なるよし。此池の中に龍宮へ通りたる井有と云へり。鯉、鮒、金魚なと多く有り。古しへ此池の辺に猿多く集り居、池水に移る月影を見て、其うつれる影をとらんとて、手に手を取組、月影を取らんとせし所に、跡に引へたる猿、取組たる手をはなす。因茲、猿多く池水に沈みて死しぬ。其後、此池を猿沢池とは名付し。彼猿埋たるしるしとて、池の傍に松有。又一説に松院と云ひし寺に、古へ弘法大師住給ひ、毎朝勤行し給ふ時、猿菓を持て来り捧しか、或時仏壇の前にて死しけるを、此池の辺に埋み、墓をつかせ給ひ、それより猿沢と名付るとも云へり。

一、猿沢西の側に采女の社[二九]有。鳥居の内、後向の宮也。古へ奈良の帝［天智天皇のこと。

二四　見とりの池　奈良県奈良市登大路町。奈名六「みどりが池」。

二五　拍子の宮　奈良県奈良市登大路町。拍子神社。南集四「拍子神」、奈名六「拍子神」。

二六　大御堂　菩提院。興福寺の一院。南集四「菩提院」、奈名九、和幽三「菩提院児観音菩薩」、南記、大図二。

二七　楊貴妃桜　猿沢池の北東畔に立つ桜の木。奈名九、和幽三、南記、大図三。

二八　猿沢池　歌枕。奈良県奈良市登大路町。南集四、奈名八、和幽三、南記、大志二、大図二。

二九　采女の社　猿沢池北西畔の采女神社。南集四「采女宮」、奈名八「采女祠」、和幽三「采女宮」、南記「采女宮」、大図三「采女祠」。

三〇　絹かけ柳　猿沢池の南東畔に立つ柳。南集四「絹懸柳」、奈名八「衣掛の柳」、南記「衣掛柳」、大志二「猿沢ノ池」、大此時の都は岡本の京」の御もとに有し女なるが、帝召て御心指有難く思ひしに、其後又とも召さりければ、限なく恨み奉り、此池に身を投空しくなりぬ。事の序に人々奏しければ、帝も哀に思召、此池の辺に行幸有て、人々に歌なとよませ給ひ、帝も同しく御製有り。

わきもこかねくたれ髪を猿沢の池のたまもと見るそ悲しき

猿沢の池もつらしなわきもこがたまもかつかは水そひなまし

扨池の辺に墓つかせ給ひしとなん。社は其跡なるよし。

一、絹かけ柳[二〇]、采女身を投し時、きぬを懸置たる木也。古しへの柳は枯て、其後又植置し木なるよし。

一、かすり井[二一]、猿沢西の町の側に有。弘法大師符せられし井也。奈良中の酒を此井水にて造り初る。かすれ共干る事なし。依之、世にかすり井と名付る也。

一、大宿所[二二]、猿沢の西[※10]餅飯殿町に有。此堂は[※11]遍照院とて、毎年十一月朔日より[※12]春日若宮祭礼の役人、願主人と云て、大和侍あつまり居。同廿八日迄物いみして、御祭礼、流鏑馬の役勤る。此堂の前に毎年仮屋を作り、雉子、兎、狸、[※13]狐、塩鯛なとの掛物有。雉子千弐百五十六羽、兎百卅四耳、狸百四拾弐疋。同廿一日より廿五日迄に、国中より是を集る。

一、興福寺の内に山之上と云所に、勧修坊[二三]と云寺有。源義経吉野山より落給ふ時、此寺に忍ひて御座し、鎧の小手残し置給へるとて今に有り。

一、高坊[二四]と云所有。中将姫の父横萩右大臣の石塔有。其辺に誕生堂と云草庵有。此所に

図二「衣掛柳」。

二一　かすり井　奈良県奈良市餅飯殿町にあった。奈名八、大志二「可須理井」、大図二「可須理井」。

二二　大宿所　奈良県奈良市餅飯殿町。遍照院。南集六、和幽三「餅飯殿町」、大志二「興福寺」、大図一。

※10　天理本「餅飯殿」ナシ。

※11　天理本「遍照院とて」ナシ。

※12　天理本「春日若宮祭礼の役人」ナシ。

※13　天理本「狐、塩鯛なとの」ナシ。

二三　勧修坊　興福寺内にあった。和幽三、大志二「興福寺」。

二四　高坊　奈良県奈良市井上町。元興寺の一院高林寺。奈名七「高林寺」。

二五　浅香山　奈良県奈良市高畑町。南記、大図二「朝香山」。

二六　野田四恩院　奈良県奈良市春日野町にあった。興福寺の一院。南集四「野田付四恩院」、奈名三「四恩院」、和幽二「野田」、大志二「興福寺」。

※14　天理本、国会本とも「毎年五月に千部の論も有之」ナシ。

二七　春日大鳥居　春日大社の参道入り口に立つ一鳥居。南集一「大鳥居付馬出橋」、和幽一、南記。

二八　尾華か谷　奈良県奈良市高畑町、尾花谷地蔵尊の辺か。南記「尾花谷」。

て中将姫生れ給ひたると云伝し。

一、[三五]浅香山とは、成身院うしろの山、菩提谷迄を云よし。

一、[三六]野田四恩院は、興福寺より住持置る、。十三重の塔有。四方正面、本尊は観音、薬師、弥陀、尺迦。傍に龍王の社有。祈雨なと有時は、興福寺の諸僧此龍王の前にて祈祷有り。※14 毎年五月に千部の論も有之。毎朝春日への加持、御供も此所より備ると也。

一、[三七]春日大鳥居は、南大門より二町程東方に有り。

一、[三八]尾華か谷、大鳥居より右の方、菩提谷より荒池迄を云よし。

一、[三九]つた葉の森、大鳥居より坤の方、今藪の内也。

（一、春日御旅所、大鳥居より二町余東の方也。）

一、[四〇]春日野とは、御旅所の前を云よし。

一、[四一]飛火、北向荒神の辺。今は跡少し残りたるよし。

一、[四二]野守の池、鷺原の辺に有池也。

一、[四三]雪消の沢、野田の西口一町程南の方に有る沢を云よし。

二　春日社

〈神供領三千四百七拾五石九斗余、社家領千五百五拾四石弐斗余、燈明領祢宜方千六百五拾壱石八斗余、合六千七百拾五石余、興福寺御朱印之内に有り〉

春日大明神は称徳院の御宇、神護景雲弐年〈戊申〉十一月九日［神社考には正月九日とあり］、三笠山に移り給ふ。其由来、神秘多し。有増爰に記す。其先聖徳太子廿七歳の

三九 つた葉の森　未詳。
（ ）内は国会本にて補う。

四〇 春日野　歌枕。奈良県奈良市春日野町。春日大社一帯。南集一、奈名六、和幽一、大志二「春日山」、大図一。

四一 飛火　歌枕。奈良県奈良市春日野町。春日野のなかでも春日山麓を指す。飛火野。南集一「野守鏡池」、奈名六「飛火野」、和幽二「飛火野」、南記「飛火野」、大志二「春日山」、大図二「飛火野」。

四二 野守の池　奈良県奈良市春日野町。飛火野にあった池。南集一「野守鏡池」、奈名六「野守が池」、和幽二「野守池」、大図二「野守池」、南記「野守池」。

四三 雪消の沢　歌枕。奈良県奈良市春日野町。飛火野北西の池。南集「春日野」、奈名三「雪消沢」、和幽一、南記「雪消沢」、大志二「春日山」、大図一「雪消沢」。

【二　春日社】奈良県奈良市春日野町。南霊、南集一、奈名五、和幽一、南記、大名、大志二「春日祭神四座」、大図一。

一　四所大明神　南霊「春日四所大明神」、南集一、奈名五、和幽一、南記、大名、大志二「春日祭神四座」、大図一。

御時、虚空飛行の黒の駒に駕し、日本国を三日三夜に廻給ひ、常州鹿嶋の宮に御留り、明神御対語、我入滅の後、六宗の法問将来すへし。殊に法相大乗の宗、和州に弘通有へし。其時出現し給ひ、守護の神と成て三笠山に垂迹し給へと語り給ふ。明神納受し給ひて、其後神護景雲元年六月二日、中臣の連時風、秀行と云者、弐人を氏人とし給ひ、白鹿に駕、榊の枝を以て鞭とし、先伊賀国名張の郡夏身の郷［神社考には伊勢と有。名張は伊賀也］に渡り、同年の冬　同国薦生の中山に移り、同二年の春［十二月七日とあり］、和州阿倍山に渡り、同十一月九日［二年正月九日とあり］、添上郡三笠山に移り事を三神に告給ひ、共に四所神移り給ふとは云伝へし。或は神、白鹿に駕し給ひ、鞍の上に五色の雲覆ひ、雲の上に形を現し給ひて五の鏡となり、其光赫然として鹿嶋より三笠山に移り給ひ、宮柱を磐の根にふとく立て、以て四所大明神と崇め奉ると云へり。

一之殿　武雷槌命［又武甕槌神と名く］〈鹿嶋大明神、本地釈迦〉常陸国

二之殿　斎主命［又経津主の神と名く］〈香取大明神、本地薬師〉下総国

三之殿　天津児屋根命〈平岡大明神、本地地蔵菩薩〉河州牧岡

四之殿　姫大神※1〈又相殿とも云〉〈天照大神之分身、本地観音〉伊勢国

大宮四所は南向也。楼門、廻廊、御廊、御供所有。［南門は］慶賀門と云。［中門は］清浄門と云。［北門は］内侍門。其外、検非違使、車宿、舞殿、直会殿、内侍方なと有。※2本門南向也。西の方之御前の大路には世々の人々寄進せられし石燈籠なと数多有。南門の前には春日と弘法対語し給ひししるしの故に今有。清和天皇御宇、貞観元年〈庚戌〉十一月九日に勅使参向し給ひて、始て祭礼執行有り。其後に今至迄二月申の日、十一月

※1 天理本「〈又相殿とも云〉」を割書でなく傍書する。

※2 天理本「本門南向也〜寄進せられし」ナシ、「其外」とする。

※3 天理本ここに「于今断絶なし」とある。

※4 天理本「定日して于今毎年断絶なし」ナシ。

二 若宮　南霊「若宮祐通」、南集一、奈名五、和幽一、南記、大名、大志二「春日祭神四座」、大図一。

三 水谷の社　奈良市春日野町。水谷神社。南集一、奈名四「水谷祠」、和幽一、南記、大志二「春日祭神四座」、大図一。

四 紀の社　若宮外院小社、紀伊神社。南集一、奈名五、和幽一「若宮外院小社」、南記、大志二「春日祭神四座」、大図一「若宮外院小社」。

五 祓戸の社　春日社外院小社、祓戸神社。南集一「二鳥居」、奈名五「祓戸神社」、和幽一「二鳥居」・「中間道」、南記、大志二「春日祭神四座」、大図一。

六 榎の本の社　奈良市春日野町。榎本神社。南集一「一宮」、奈名五「榎本神社」、和幽一、南記、大志二「春日祭神四座」、大図一。

七 卅八所の社　若宮外院小社、三十八神社。南集一、奈名五、和幽一「若宮外院小社」、南記、大図一「若宮外院小社」。

八 船渡　春日社外院小社、船戸

神社。南集一「水屋社」。
九 金剛童子の社　春日社中院小社、多賀神社。和幽一「小社」、南記、大図一「外院小社八座」。
一〇 風の宮　同、風宮神社。奈名五「風宮神社」、和幽一「小社」、南記「椿本社」、大志二「春日祭神四座」、大図一「外院小社八座」。
一一 椿本　同、椿本神社。奈名五「風宮神社」、和幽一「小社」、南記、大図一「外院小社八座」。
一二 岩本　同、岩本神社。奈名五「八講屋」、和幽一「内院小社」、南記「椿本社」、大図一「中院小社六座」。
（　）内は国会本にて補う。
一三 手力雄命　春日内院小社、手力雄神社。奈名五、和幽一「内院小社」、南記「椿本社」、大図一「内院小社二座」。
一四 飛来の天神　同、飛来天神社。奈名五、和幽一「内院小社」、南記「椿本社」、大図一「内院小社二座」。
一五 八龍神　同、八雷神社。奈名五、和幽一「小社」、南記「椿本社」、大図一「外院小社八座」。
一六 海本　同、海本神社。奈名五、和幽一「小社」、南記「椿本社」、大図一「外院小社八座」。
一七 栗辛　同、栗柄神社。奈名五、和幽一「小社」、南記「椿本社」、大図一「外院小社八座」。
一八 佐軍　同、佐軍神社。奈名五、和幽一「小社」、南記「椿

申の日、二季の祭礼断絶なし。春日御影向弐百卅五年後、一条院の御宇長保五年〈癸卯〉三月三日巳之剋、若宮御出生ましませしを、時風五代の孫、中臣の是忠拝見申よし語り伝へし。其後、又百三十年して崇徳院御宇、長承四年〈乙卯〉二月廿七日、別社遷宮し給ふ。若宮は天押雲命［本地文殊］にてましますと也。是は天児屋根命の御子を勧請し給ふと聞えし。其後三年目若宮神主中臣の祐房直に蒙神託、保延二年〈丙辰〉九月十七日初て祭礼所行し給ひ、[※3]後花薗院御宇、寛正年中より十一月廿七日に成る。[※4]定日して于今毎年断絶なし。保延二年祭礼初まりしより、当寛文六年迄は凡五百三十三年になる。興福寺造立和銅三年より五十九年目、神護景雲二年、春日三笠山に移り給ひて当年迄は八百九拾年になる。

一、[二]若宮は大宮より巽の方、社の前に、横九尺長一丈余有。拝之屋有。此内にて毎年二月薪之内に法楽之能、猿楽、四座替る〳〵能勤之神前は西向也。拝殿の前、神楽所有。御廊有。

春日末社、有増略して記す。

一、[三]水谷《ヤ》の社は素盞鳥尊、大巳貴命にてまします。
一、[四]紀の社は日の前の宮、大屋の姫、稲田姫命、五十猛《イソタケ》の命にて三笠山地主の神にてまします。
一、[五]祓戸の社は瀬織津姫の命にてまします。
一、[六]榎の本の社、猿田彦、抓《クニ》津姫の命也。
一、[七]卅八所の社は神武天皇、子守、勝手の神也。

本社」、大図一「外院小社八座」。

一九 杉本　同、杉本神社。和幽一「小社」、大図一「外院小社八座」。

二〇 青榊　春日社中院小社、青榊神社。奈名五、和幽一「中院小社」、南記、大図一「中院小社六座」。

二一 辛榊　同、辛榊神社。奈名五、和幽一「中院小社」、南記、大図一「中院小社六座」。

二二 穴栗　同、穴栗神社、奈名五、和幽一「中院小社」、南記、大図一「中院小社六座」。

二三 井栗　同、井栗神社。奈名五、和幽一「中院小社」、南記、大図一「中院小社六座」。

二四 神宮子　神宮寺。中院にあった。奈名五「神宮寺」、南記「神護寺」。

二五 通合の社　若宮内院小社、通合神社。和幽一「内院小社」、大図一「内院小社」。

二六 兵主　同、若宮外院小社、兵主神社。和幽一「内院小社」、南記「兵主明神」。

二七 南宮　同、南宮神社。和幽一「若宮外院小社」、南記「南宮明神」。

二八 一童　同、三輪神社。和幽一「若宮外院小社」、南記「若宮外院」。

二九 鬼子母　同、広瀬神社。奈名五「広瀬神社」、和幽一「若宮外院小社」、大図一「外院小社」。

一、[八]船渡は道祖神也。

一、[九]金剛童子の社は多賀明神、伊弉諾尊也。

一、[一〇]風の宮は龍田姫の御神、級長津彦の命にて、又級長戸辺之命也。

一、[一一]椿本は三見の宿祢、角振の神也。

一、[一二]岩本は住吉大明神、底筒男（に）てまします。

一、[一三]手力雄命は戸隠明神也。

一、[一四]飛来の天神は天御中主の尊也。

一、[一五]八龍神は八種《ヤノモノ》雷の神にてまします。

一、[一六]海本、大物忌の命、水神也。

一、[一七]栗辛は隼房、火《ホ》酢《ス》芹尊也。

一、[一八]佐軍は布留明神、又は思《ヲモヘリ》　姫にてまします共云。

一、[一九]杉本は松尾火雷神、又大山土作《ヲ、ヤマツクリノ》命と、若山作の命也。

一、[二〇]青榊、青和幣《アヲニキテ》也。

一、[二一]辛榊、白和幣也。

一、[二二]穴栗、穴吹の神也。

一、[二三]井栗、高　魂《タカミムスヒノ》　尊也。

一、[二四]神宮子は不開殿。弘法大師勧請し給ふよし。

一、[二五]通合の社は天の太玉の命、又中臣の祐房とも云。

一、[二六]兵主は諏訪の明神、建御名方命にてまします。

一、[二七]南宮は金山彦の尊にてまします。
一、[二八]一童は三輪の明神、大己貴尊也。
一、[二九]鬼子母は広瀬の明神、倉稲魂《ウカノミタマ》尊也。
一、[三〇]懸橋は葛城鴨の明神、事代主命にてまします。
一、[三一]左投は西の宮、蛭児の神也。
一、[三二]弁才天は天川より弘法大師勧請し給ふよし。
一、[三三]竈殿は奥津彦奥津姫にて、是は清和天皇、貞観年中造立し給ふ末社の屋也。
一、[三四]酒殿は酒弥豆《サカミツラ》男、酒弥豆女也。
一、[三五]一言主は葛城明神、一言主尊也。
一、[三六]白乳は風の神、級長戸辺の命也。
一、[三七]赤乳は稚日姫《ワカヒルヒメ》にてまします。
一、[三八]野神は七夕神、若草山に鎮座し給ふ。
一、[三九]本宮は浮雲の明神にてまします。
一、[四〇]長尾の社は五社并大神宮也。
一、[四一]高山の社は五社并龍王也。
一、[四二]高野社は熯速日《ヒノハヤヒ》舎人、武甕槌命にて、すさは大明神也。
一、[四三]高野寺、春夜の記之沙汰。
一、[四四]率川《イソカハ》〈子守の川筋を云〉※5社は開化天皇、子守、住吉、三枝大明神也。此開化天皇は人王九代の帝にて、都を此所に移し給ふ故に率川の宮と申奉る。同御宇六十年天皇崩御

三〇 懸橋　同、葛城神社。奈名五「葛城神社」、和幽一「若宮外院小社」、大図一「外院小社」。
三一 左投　同、佐良気神社。奈名五「佐良気神社」、和幽一「若宮外院小社」、南記「佐良気明神」、大図一「外院小社」。
三二 弁才天　同、宗像神社。奈名五「弁才天社」、和幽一「若宮外院小社」、南記、大図一「外院小社」。
三三 竈殿　春日社外院小社。南集二、奈名五、大志二「春日祭神四座」、大図一「直会殿」。
三四 酒殿　同。奈名五、大志二「春日祭神四座」、大図一「直会殿」。
三五 一言主　同、一言主神社。南集二「聖天宮」、奈名一一「聖天祠」、和幽三、南記「聖天宮」、大図二。
三六 白乳　奈良市高畑町。白乳神社。奈名六「白乳明神」。
三七 赤乳　奈良市白毫寺町。赤乳神社。奈名六「赤乳明神」。
三八 野神　奈良市春日野町。野上神社。奈名四。
三九 本宮　奈良市春日野町。本宮神社。奈名四「本宮山」和幽二「本宮嵩」
四〇 長尾の社　奈良市阪原町。長尾神社。奈名四「長尾山」大志二「春日祭神四座」、大図一。
四一 高山の社　奈良市春日野町。高山神社。南集一「香山」、大志二「春日祭神四座」。奈名四

し給ひ、率川坂本の陵に葬奉る。其後藤原の右大臣是大明社を造立《営》し給ひ、春日祭の翌日此祭礼を行ひ給ふよし、今子守の明神是也。三枝の明神は此天皇の皇子なるよし。〈摂州住吉四社は、伊弉尊、日向国檍原に祓ひ玉ひ時、海底より三神出玉ふ。底筒男、命中筒男命、表筒男命是也。神宮功后、新羅をせめさせ玉ひし時、三神顕して先陣し玉ひ、国を治。後、長州に祝ひ、功皇、摂州津に至り玉ふ時、住吉に祝ひ玉ふ。一、天照大神一座。一、三輪一座。一、田霧姫一座。一、神功皇后一座四所とは申す也。〉

一、興福寺諸僧、春日参籠神役勤らる丶、屋五ケ所あり。

一、[四五]西の屋〈僧侶四人宛〉一、[四六]新造の屋〈僧侶三人宛〉一、[四七]本談義の屋〈僧侶三人宛〉

一、[四八]瓦《カハラ》屋〈僧侶三人宛〉一、[四九]上《ウヘ》の屋〈僧侶三人宛〉右五ケの屋に毎夜参籠して神役つとめらる丶。此外安居の屋とて毎年一夏を結はれし屋も有。

一、[五〇]松の屋、是は世々公方家の御屋也。零落して今は無し。西左近預り。

一、[五一]但馬の屋、近衛殿の御屋也。※6零落して有しを、貞享五年〈戊辰〉卯月初比より一乗院御門主御再興旨成。むかしのことく也。

一、[五二]船渡の屋、九条殿の御屋也。

一、[五三]杉之屋、一乗院御門主の御屋也。

一、[五四]椿の屋、大宮神主の屋也。

一、[五五]三大社之屋、若宮神主の屋也。

一、[五六]渡りの屋、社家惣中の屋也。

※7一、[五七]菊の屋、弥宜預り。

「高山」

四二 高野社　奈良市春日野町。神野神社。奈名四「神野祠」。

四三 高野寺　奈良市春日野町にあった。神野寺。奈名四「神野寺」。

四四 率川社　奈良市子守町。率川神社。南集六「率川大明神」、和幽三、大志二「率川大神御子神社三座」、大図二。

※5 天理本、国会本とも「〈子守の川筋を云〉」ナシ。

四五 西の屋　奈良市登大路町辺りにあった。南集一、奈名五、和幽一「屋」、大図一「五箇屋」。

四六 新造の屋　同。南集二、奈名二、和幽一「屋」、南記、大図一「五箇屋」。

四七 本談義の屋　同。南集一、奈名五、和幽一「屋」、大図一「五箇屋」。

四八 瓦屋　同。奈名五、和幽一「屋」、大図一「五箇屋」。

四九 上の屋　同。奈名五、和幽一「屋」、大図一「五箇屋」。

五〇 松の屋　同。和幽一「屋」、大図一「五箇屋」。

五一 但馬の屋　同。奈名五、和幽一「屋」、大図一「五箇屋」。

※6 天理本「零落して有しを、貞享五年〈戊辰〉卯月初比より一乗院御門主御再興旨成。むかしのことく也」ナシ。「零落してなし」とする。

五二 船渡の屋　同。奈名五「船戸屋」、和幽一「船戸屋」、大図

一、般若の屋[58]、是は古へ道心者有しか、此屋に籠り大般若経を読書し此屋に納め置し。依之般若の屋と名付る也。

一、内侍房[59]とて、細蔵赤蔵の屋二ケ所有。是は内裏の内侍、皇后御参詣の時、御けはい所にて御座。初め、永祚元年三月廿二日、一条院行幸、上東門院供奉の御時、此屋に入御し給ひ、是より神前に参り給ふ由。其後大宮炎焼に及ひし時、四所大明神の御身体を後の山に移し奉る。其時俄に白雲たなひき御垣となりし奇瑞有。因茲其夜、此二ケ所の屋へかりに移し奉り、赤蔵の内に御影向の間とて上壇有。又神鏡四面有。廿一年目、上下遷宮の時、此鏡を掛奉る。由来多き屋也。至徳三年に此内侍房を廻廊の内へ造り入、はしめの名を改め細蔵赤蔵とは云ひし。

一、つるきの沢[60]、春日西の屋の方へ少行て有沢を云よし。

一、神垣の森[61]、春日はらひ殿の東の方、北面を云由。今はしるし見ゆる也。

一、暮あひの橋[62]、春日大宮と若宮との間、本道の下に小路有。それに懸りたる橋を云也。

一、武蔵野[63]、水谷乾の方の芝を云由。今は松生茂りて見えかたし。

一、羽かひ山[64]とは、高山、三笠山、若草山、此三つの山を見合て云よし。

一、[奈良南北の]天満天神、漢国明神、子守三枝の明神、御霊の御神、氷室明神、八幡大菩薩、祇園之社、初度の明神、常陸の明神は、所々に御座し、奈良中の氏神にてそれ〳〵に守護し給ふとかや。

三　元興寺　〈寺領五拾石〉　奈良之内南方

一「五箇屋」。

五三　杉之屋　同。和幽一「屋」、大図一「五箇屋」。

五四　椿の屋　同。奈名五、和幽一「屋」、大図一「五箇屋」。

五五　三大社之屋　同。和幽一「屋」、大図一「五箇屋」。

五六　渡りの屋　同。奈名五、和幽一「屋」、大図一「五箇屋」。

※7　天理本ここに「一、竹の屋、祢宜清左衛門預り」とあり。

五七　菊の屋　同。奈名五、和幽一「屋」、大図一「五箇屋」。

五八　般若の屋　同。和幽一「屋」、大図一「五箇屋」。

五九　内侍房（細蔵・赤蔵）　同。和幽一「屋」、大図一「五箇屋」。

六〇　つるきの沢　奈良市春日野町。奈名五、大図一「五箇屋」。

六一　神垣の森　春日社境内藤鳥居辺りにあった。南集一、奈名五、和幽一、南記、大志二「春日祭神四座」、大図一。

六二　暮あひの橋　春日社拝殿と本社の間にあった。奈名五。

六三　武蔵野　若草山西麓辺りを指す古称。南集二、奈名四、大図一。

六四　羽かひ山　三笠山・高円山・若草山の三つを指す古称。南集四、奈名六、和幽一、南記、大志二「春日山」、大図一。

【三　元興寺】　猿沢池南方に

元興寺は、推古天皇の御宇より仏法盛に弘まる故、天皇豊原の宮に寺を造り、白済国より渡りし仏像を安置し行ひ給ひ、故に元興寺と号し、或は建興寺、又は建通寺とも名付給ふ。敏達天皇御宇、新羅より釈迦の銅像を渡させて安置し給ひしが、其後山階寺の東金堂へ遷して今に有。又白済国より渡りし石仏の弥勒の像を元興寺の金堂に安置し給ひしか、多武峰の僧盗取たると云伝へし。元明天皇、藤原のみやより奈良の京に移り給ひ、其後元正天皇、彼高市郡より本元興寺を平城に移し、霊仏霊宝なとわけて安置し給ふと也。件の弥勒仏は盗し故、其石座斗安置して、仏法弘め繁昌せしか、興福寺建立の後衰破せしと語り伝へし。古へは寺内も六町有たるよし。いつの比よりか次第に民屋の地となり、今はわつか方五拾間の内に昔の塔一基、堂一宇残れり。本堂の本尊は観音にて、推古天皇の御作、塔は高さ廿四丈五重の塔、本尊は大日如来、推古天皇の御作にてまします。宗旨は真言、東大寺の末寺にて、法事法会なとも彼寺より執行有よし。側に極楽院と云寺有。古へは元興寺の内にて、元祖智光法師感得せられし弐尺四方極楽の曼陀羅于今有。日本浄土三曼多羅の最初なるよし。今は寺外にて寺領も百石有り。戒律宗にて、西大寺の法流也。

四　大安寺　※1奈良より坤の方十町余

大安寺は、初め熊凝の村に有しと也。上宮太子、最期に熊凝の寺を新壮し給へと遺言し給ふ。因茲舒明十一年長谷川の末、百済川の辺に移して大寺と成故、百済大寺と云。後天武十二年、高市郡に移して大官大寺と云。元明天皇の御宇、和銅三年奈良の京に移し、

あった。現在は芝新屋町の華厳宗元興寺、西新屋町の小塔院、中院町の極楽坊に寺地が点在。南霊、南集五、奈名七、和幽三、南記、大名、大志二、大図二。

【四　大安寺】 奈良県奈良市大安寺。南霊、南集七、和幽四、大名、大志二「大安廃寺」、大図二「大安寺旧趾」。

※1 天理本、国会本とも「奈良より坤の方十町余」ナシ。

聖武天皇天平元年〈己巳〉、大殿新になさしめんと思召、差図を沙門道慈に問給ふ。道慈唐の西明寺の図を献す。帝大きに悦給ひ、則其差図を以て造らしめ、大安寺と勅号有り。天竺の祇園は兜率の内院に准し、唐の西明寺は祇園に准し、大安寺は西明寺に准すと云て、道慈の後、行教、伝教、弘法なとも住給ひ、南天竺の菩提婆羅門、東大寺供養の時来朝し、此寺の東之坊に住給ひ、帝帰依し給ひ任僧正。其後天平宝字四年二月廿五日遷化し給ふ。東大寺、西大寺、此寺を南大寺なととて、大伽藍所なりしか何比よりか衰破して、諸仏の像も散々になり、わつか弐間四面の草庵にして、往来旅人の休み所となり、哀也。

五　新薬師寺　〈寺領百石、坊舎弐軒〉　奈良之内高畠[※1]

新薬師寺は、東大寺の末寺也。聖武天皇、御眼を煩はせ給ひし時、光明皇后御祈祷の為造らせ給ひ、天皇御目の病忽癒させ給ふ。依之本尊薬師如来の御目もきら〳〵敷作らしめ給ふと云伝へし。今も諸人、眼の病又は瘧病の煩あれは参籠して忽癒るとて、老若貴賤群集して詣る。

六　白毫寺　〈寺領五拾石、坊舎弐軒〉　奈良より巽の方三十町

白毫寺は、天智天皇の御願、権操僧正の開基にて律宗也。本堂の本尊は阿みた如来にて、春日の御作也。地蔵堂の本尊は小野篁か作、炎魔大王は菅相丞の作也。塔の本尊は文殊支利菩薩、弘法大師の作也。其脇に鐘楼有。色々の霊宝なとも有し。され共何の比より

【五　新薬師寺】　奈良県奈良市高畑町。日輪山新薬師寺。南集六、和幽四、南記、大志二、大図二。

※1　天理本、国会本とも「奈良之内高畠」ナシ。

【六　白毫寺】　奈良県奈良市白毫寺町。高円山白毫寺。南霊、南集四、奈名六「岩淵寺」、大名「高円山白毫寺」、和幽一、大志二、大図一。

か衰破して、今は坊舎弐軒有り。（鎮主は春日大明神弁才天二社御座す。）

七　円照寺　奈良より巽の方一里余

普門山円照寺は、世に矢嶋の御所と云。当延成法皇第女一梅の宮の御庵室にて、法名を文智と申奉る。明暦元年、北京より此所に移らせ給ひ、みつから普門山円照寺と号し給ふ。草庵の内に如意輪観音を安置し、自ら閼伽の水を汲、朝夕御経をあそはし、毎月十八日には御同行十五六尼有しか、各々仏前にて法事を執行し、草庵の庭前に卒塔婆なと立給ひ、香を焼、花を摘、御経読誦おこたり給はす、御寺の内へは酒肉五辛の禁断し、御衣には布木綿の外めし給はす。御物語なとにも歩行し給ひ、かりそめにも駕輿なとには召給はす。御同行は猶如此。誠に有難き御道心也。境内は方三町余も有と見えし。され共竹木も生茂らす、物さひたる御寺也。

八　〈添上郡〉　忍辱山　〈寺領弐百卅五石、※1坊舎廿三ケ寺〉　奈良より東之方二里余

忍辱山円成寺は、後白川院の御宇、寛弁大僧正の開基し給ふ。本堂の本尊は阿弥陀如来、増長の御作也。其脇に二重の塔有。本尊は大日如来、運慶の作。鐘楼、廊門有。側に宝蔵有。霊宝には唐仏の千手観音、浄土の三部経、（後）白川院御寄進の幡、華鬘、舎利塔有。宗旨は真言。山内は南北一里、東西は十八町も有よし。

九　〈山辺郡〉　在原山　〈寺領五石〉　奈良より南二里余

（　）内は国会本にて補う。

【七　円照寺】 奈良県奈良市山町。普門山円照寺。山村御殿とも。

【八　忍辱山】 奈良県奈良市忍辱山町。忍辱山円成寺。南集四、和幽四、大名「忍辱山円成寺」、大志二「円成寺」、大図二。

※1 天理本「〈坊舎廿三ケ寺〉」ナシ。

（　）内は国会本にて補う。

【九　在原山】 奈良県天理市櫟

本町にあった本光明山補陀落院在原寺。在原山観音院本光明王寺とも。南集八「在原寺」、和幽一四「磯上寺」、大名「在原山本光明寺」、大志一六「在原寺」。

※1　天理本「十一面とて」ナシ、「十一面観音の化現、垂迹をいは、岩本大明神にてましますとて」とする。

一　井筒　在原神社（奈良県天理市櫟本町市場垣内）に残る。和幽一四「磯上寺」。

ニ　闇　不詳。現奈良県天理市田部町に位置するか。南集、奈名、和幽一四「磯上寺」、南記、大志、大図

【十　布留社】　奈良県天理市布留町にある石上神宮。南集八、和幽一四「磯上布留社」、大名「布留大社」、大志一六「石上坐布留御魂神社」、大図四「石上布留社」。

磯の上在原山本光明寺は、自然涌出の峰也。本尊は十一面観音、在原業平朝臣の旧跡也。彼業平は平城天皇第三の皇子阿保親王の五男、御母は桓武天皇第八の皇女伊豆内親王にてまします。又従四位下雅楽頭兼下野権守紀在常と云ひし人、此所に住給ひしか、其娘おさなかりしより業平通ひ給ひ、此里に居住し、元慶四年五月廿八日、終に逝去し給ふ。彼朝臣の本地を尋ぬれは、十一面とて※1其旧跡に一宇の精舎を建立し、観音の尊像を安置し、在原山と号し、菩提を弔ひしと也。寺内巽之方に閼伽井有、其傍に小塚の上に薄生て有。世に是を一本薄と名付たり。

一、井筒一、在原寺より四町程艮の方にあり。

一、闇ニ、石上より三町余南、田辺と云所也。古へ、業平、河内国高安の郡へ通ひ給ひしを、在常の娘爰にて見うしなひし所也とて、今に闇と云也。

十　〈山辺郡〉　布留社　〈付名所〉　奈良より南方三里

石上布留大明神は、素戔尊の御子、大巳貴命にてまします。鳥居、楼門、拝殿有。中興白川法皇建立し給ふ御社也。山内は方五町余有、側に御倉有。此内に五尺四方の箱有、錠に神符し給ふとて、終に開事なし。宝物には小狐の剣とてあまのむらくもの剣まします。是は素戔嗚尊の帯し給ふ十握の御剣也。此剣にて八岐の大蛇を斬給ひ、其後、蛇の麁《アラ》正と名付、此宮に納め給ふと也。其外、明神の御鎧、御兜、大般若経、舎利塔有。正月卯の日、御田植有。祭礼は四月卯の日、十一月卯の日、御供を備へ、祈祷有。六月晦日、八握の御剣とて袋に入たる御剣は、昔、布留の川上より一の剣流れ、是に触るもの

は石木とても砕截すと云事なし。有時、賤女、河の辺にて布を洗しか、其布に留りて不流。因茲、神と崇め奉るよし。七月七日、内山永久寺の僧、桃尾山の僧、氏子五十余郷の内に居住する僧、三ケ所の寺僧、一年替りに神前におゐて護摩を焼、法事を執行し、其上御倉より笈三きやく出し、僧衆、是を懸け拝殿にて牛玉のおとりと云事有。九月十五日は、氏子五十余門の諸氏参詣して御供をそなへ、おとりなとも有よし。古へは繁昌の大社也しか、いつの比よりか衰破して宝物も散々になり、今は神人もなき故、氏子五十余郷の内にて年預して朝きよめなともするよし。依之委は難記。

一、ふる川[一]は、宮山[二]より六町程北の方に有。彼御剣流れ留りし川也。

十一　〈山辺郡〉　内山永久寺　〈寺領九百七拾壱石、坊舎五拾弐軒、[※1]知行寺卅五六〉　奈良より巽方三里

内山永久寺は、鳥羽院の御願にて、御受戒の師寛恵上人開基し給ふ霊場也。永久年中草創し給ひ、宣旨を下し賜り、故年号を以て寺号とす。其地五鈷の姿にして内に壱つの山有。因茲、内山と云ひ、当寛文六年迄は五百六十四年になる。本堂の本尊は阿弥陀如来、此後の方に同弥陀の三体御座す。中尊の前に多聞[*]、持国の二天有、傍に役行者の像、普賢、大黒。後堂には釈迦、文殊、普賢、十六羅漢有。後の庭に閼伽の井有、傍に鐘楼有。南の方には十一面観音堂、其脇に御供所有。内に経蔵有、其傍に十三層の石塔有。本堂坤の方に千体の地蔵堂。是より西に智恵光院と云護摩堂有。本尊は不動明王、八大童子、傍に鐘楼、太鼓有。灌頂堂の本尊は大日如来、中間の両方には八祖大師の絵像、本尊後

一 ふる川　歌枕。奈良県天理市を流れる布留川。和幽一四「布留川」、大志一六「布留川」、大図四「布留川」。

二 宮山　奈良県天理市乙木町。たいこ山。夜都岐神社が鎮座。

【十一　内山永久寺】　奈良県天理市杣之内町にあった内山永久寺金剛乗院。南集八「内山」、和幽一四「永久寺」、大名、大志一六「永久寺」、大図四「内山金剛乗院永久寺」。

※1　天理本「〈知行寺卅五六〉」ナシ。

＊「多門」→「多聞」。

の張付西の方には十二天、裏には四天王、何も金岡か書たる由。堂内乾の方に開山寛恵上人の御影有。此後に宝蔵有。一切経、灌頂の道具、諸色有。巽の方に閼伽井有。傍に弘法大師の御影堂、八角の宝塔に古へは五智の如来を安置せしか、何の比にか盗人取たるとて、其後弥勒の像を安置せり。傍に丹生明神の御社有。此上には開山寛恵上人十三層の石塔有。鎮守三社有、春日大明神、熊野権現、布留明神の御社也。傍に白山権現の社、拝殿有。灌頂堂後の方に座主上乗院の御寺有。此内に正産の本尊とて観音堂有。此観音は開山寛恵上人、男山八幡宮に参籠し給ひ、奇異の霊夢を蒙り感得し、帝え奏聞し給ふ尊像也。帝、叡感まし〳〵七重の唐櫃に納め尊秘せられ、勅符をなし下し給はり、此堂に安置し給ふと也。上み壱人より下万民に至迄、子孫を生する事、道の常也といへとも、懐胎より恐れをなさされは、生産に及ひ邪魔しやうけをなして安からす、或は母を苦め、或は生する子も平かならす。必平産うたかひあらしとの霊夢也。

一、灌頂堂下の壇の廻り、百廿間余の池[一]有。中に嶋有。北の方に如法経堂有り。

一、西谷薬師院[二]と云僧坊に三重の塔有。本尊は薬師如来、乾のかたに如法経堂有。

一、東の惣門より八町程上の山に不動堂[三]有。是より北の方に燈籠堂有り。

一、惣門の外二町程東の山に玉垣大明神[四]の社有り。

一、境内は方四町余、東西南北の谷之惣門之内に寺有。宗旨は真言、坊舎五拾弐軒、醍醐金剛院之法流にて当山方の山伏の法頭也。古へ後醍醐天皇、*大塔宮入御し給ひし御寺也。

一 池　如法経堂　ともに未詳。
二 西谷薬師院　大図四「内山金剛乗院永久寺」。
三 不動堂　南集八「内山」、大図四「内山金剛乗院永久寺」。
四 玉垣大明神　奈良県天理市別所町にある山辺御県神社。玉垣宮。大図四「内山金剛乗院永久寺」。
＊「太塔宮」→「大塔宮」。

十二　桃尾山　〈寺領百石、坊舎拾六軒〉　奈良より巽の方三里余

桃尾山龍福寺は行基菩薩開基し給ふ。古は七堂伽藍所也しか、何の比よりか、零落して、わつか残れり。本堂の本尊は十一面観音。傍に阿弥陀堂有。鎮主十二所熊野の権現、其脇に春日大明神の御社有。側に鐘楼有。宗旨は真言。坊舎十六軒有。

一、桃尾の瀧とて五六丈程みなきり落る瀧有。岩に弘法大師ゑり付給ふとて、不動明王の尊形あり。

十三　菩提山　〈寺領三百石、坊舎八拾軒余〉　奈良より巽の方弐里半

菩提山正暦寺龍花樹院は、一条院の勅願也。正暦三年八月十二日の暁天、御霊夢によつて、勅使を立らるゝ。然に山路険隘にして、一歩も進みかたし。時に一人の老翁忽然と来り、勅使を導引、巌窟に至りて、本尊薬師如来を拝せしむ。然て老翁宣はく、我は是春日大明神也。帝都守護の為出現し導引す、と宣ひて去り給ふ。因茲、其地に社を構へ、春日大明神を勧請し給ふ。今の鎮守是也。扨、彼薬師如来は龍樹菩薩の所造にて、善无畏三蔵の将来也とて、勅使立帰り、詳に奏聞有。帝限なく叡感まし〳〵、法興院摂政殿下の遺子兼俊僧正、其時洛陽東寺の長者たるによつて帝より勅詔にて、兼俊僧正開基し給ひ、正暦寺と号し、薬師如来を安置して、尊崇せらるゝ。其後文治年中、月輪禅定の賢息信円大僧正別院を構へ顕密の両宗を立らるゝ。然共、法相は百余年退転に及ひしと也。其後当寺の蓮光法師、黒谷の法然上人に浄土宗を兼学せらるゝ。其故に、法然、仏牙を寄付し給ひて、此堂に安置し、今に至り渇仰有る。是日本仏牙の一なるよし。宗旨

【十二　桃尾山】奈良県天理市滝本町にあった桃尾山龍福寺。現在の大親寺。南集八、和幽一四「龍福寺」、大名「桃尾山竜福寺」、大志一六「龍福寺」、大図四「桃尾山竜福寺」。

一桃尾の瀧　歌枕。布留の滝とも。奈良県天理市滝本町。南集八「桃尾山」、和幽一四「布留瀧」、大志一六「布留山」、大図四「布留滝」。

【十三　菩提山】奈良市菩提山町。菩提山龍華樹院。南集八、和幽四、大名「菩提山正暦寺」、大志二「正暦寺」、大図二「菩提山正暦寺」。

は真言。坊舎八拾軒余有り。

十四　釜口　〈寺領百石、坊舎拾軒余〉　奈良より巽の方三里半

釜口長岳山長岳寺は、弘法大師の御開基也。本堂の本尊は虚空蔵菩薩、其傍に弘法大師の御影堂有。本堂巽の方に池有。傍に愛染堂有。真言宗にて坊舎拾軒余有。

長岳寺より西之方、山の頂に[一]古城之跡有。古へ十市と云へる人住たる所也。此城せめける時、落城せし方のしるしなりとて、山腹に大きなる松の木有。麓に千塚とて、古き塚多く有。一戦の時、討死せしもの、墓なるよし。

一、釜口より十七八町南の方に[二]穴師明神の社有り。

十五　三輪社　〈社領百七拾四石九斗八枡、社家五軒、祢宜廿七人、社僧廿ケ寺、外若宮別当一ケ寺〉　奈良より巽の方五里

三輪大明神は素戔嗚尊の御子大己貴命にてまします。天の羽車に駕し給ひ虚空を飛、妾を求め給はんか為、節渡の懸《アカタ》に下り潜に大陶祇《スエツミ》の女活玉依姫のもとに通ひ給ふ。其往来し給ふ事、人更に知る事なし。彼娘初て孕み給ふ。父母怪み、誰人の来れるそと問給ふ。女のいわく、其来り給ふ所を知らす、神人なるか、屋の上より来り、共に枕を双ふと宣へり。因茲、其来り給ふ所を顕はし見んとて、苧玉巻に針を着て神人の裳に懸、其糸をしたひて見給ふに、節渡山を経て吉野山に入、三輪に留。其綰《ワカス》する所の糸三丸残れり。故三輪山と号。是大三輪の神なるよし。又、神、小蛇と成て蟠て玉櫛笥に有。彼娘、人

【十四　釜口】　奈良県天理市柳本町釜口。釜口山長岳寺。釜口大師とも。南集八、和幽一三「釜口寺」、大名「釜口ちやうかくじ」、大志一二「長岳寺」、大図四「釜口山長岳寺金剛身院」。

一 古城　奈良県天理市にあった穴師山城。和幽一三「痛足山」、大志一六「龍王山城」、大図四「痛足山」。

二 穴師明神　奈良県桜井市穴師。穴師坐兵主神社。南集八「釜口」、和幽一三「穴師社」、大名「穴師大明神」、大志一二「穴師坐兵主神社」、大図四「穴師坐兵主神社」。

【十五　三輪社】　奈良県桜井市三輪。大神神社。南霊「三輪明神」、南集九「三輪」、和幽一三「三輪神社」、大名「三輪山びやうどうじ」、大志一二「大神大物主神社」、大図四。

をして見せしめ給ふに、其後神終に来り給はす。其蛇蟠屈して三輪となれり。故に名付るとも云へり社壇なく杉材を以て本社と崇め奉る。一の鳥井より三の鳥居迄三町余、此間に楼八ケ所有。拝殿、楼門、御倉有。若宮は太田々根子にてまします。苧玉巻の杉、又は衣懸の杉有。勅使の屋、社家の屋、一夜酒の宮、天皇の宮、鴻の宮、神拝所、安全所、麓に檜原の宮とて、八所権現御座す。祭礼は四月、十一月、何も卯の日也。卯三つ有れは、中の卯の日祭礼有。渡り物、やぶさめなと有。社家寺僧勤之。勅使あれは丑の日也。十二月、正月も卯の日、社家勤之。平等寺の僧侶、古は仁王会、舎利会なと執行せられし。されとも中絶して今はなし。山内は一里四方麓を廻れば三里十八町有。

一、[一]古河野辺、三輪山南の方に有り。

一、[二]さのゝ渡り、三輪より七八町南の方也。東より西へ流るゝ長谷川の末也。古へ定家卿、駒留てと詠し給ひし所なるよし。

十六　〈弐下郡〉　法貴寺　〈寺領拾七石五斗〉　奈良より南の方四里

法貴寺実相院は聖徳太子の御願。古へは七堂伽藍所なりしか、何の比よりか衰破して、今は本堂一宇残れり。本尊は白済国より渡りし薬師如来を安置し給ふ。霊宝には唐絵の十六羅漢有。側に天皇の社有。所の民、氏神と崇め奉る也。

十七　長谷寺　〈寺領三百石、坊舎学侶行人十五坊〉　奈良より巽の方七里

豊山長谷寺は世に泊瀬寺共云。御長二丈六尺十一面観音の霊像を石の上に安置し奉り、

一 古河野辺　歌枕。古河は奈良県天理市布留を流れる布留川。和幽一三、大志一六「布留川」、大図四「古河野辺二本杉」。

二 さのゝ渡り　歌枕。本来は和歌山県新宮市三輪崎町および佐野町だが大和国佐野が定着。和幽一三「佐野渡」、大図四「佐野渡」。

【十六　法貴寺】奈良県磯城郡田原本町法貴寺にあった。現在は塔頭の千万院のみが残る。和幽一八、大志一三、大図四。

【十七　長谷寺】奈良県桜井市初瀬。豊山神楽院長谷寺。豊山寺・泊瀬寺・初瀬寺とも。西国

三十三ヵ所第八番の札所。南霊、南集九、和幽一三、大名、大図四。

其上に堂を造覆へり。草創は聖武天皇の御宇、房前の大臣奉勅詔、徳道聖人をして建立し給ふ。此徳道、本播磨の国の人なりしか、十一歳の時父におくれ、十九にて母に離るゝ。生涯を渡る思ひ永く止りて父母の報恩を思ふ事深し。因茲、自頭の荘を落し、古郷を離れ、諸国修行して、此初瀬山に留り給ふ。扨、仏の御曽木は〈丁酉〉の年の洪水に、近江国高嶋郡三尾崎の山より流れ出、其長八丈有る楠木也。近隣の諸氏、其木の端をこりて焼。其所、疫病盛にして皆亡びし。博士、此木の祟《タヽリ》なりとトす。故に、人々恐れをなし大津の浦へ引捨。又大津にても如斯。此木、常に雷のことく響鳴。依之、人々霹靂の木と名付。爰に、和州高市郡八木の里、内子と云ひしもの、大津に住居せしが、夫死て後、其妻、父母又は夫の為に仏像を作らんと思ひ、此霹靂の木は必霊木にて有へきとて、用明天皇即位元年、和州高市郡八木の里に曳置しか、彼妻願ひ満せすして死。其後、葛下郡の、沙弥法勢、此霊木にて十一面観音の作らんと思ひしか、便りなく過る程に願成就せすして死しぬ。其後、又当麻の郷に疫病はやる。此霊木の所為也とて、天智天皇の御宇、長谷河の辺に捨て去りぬ。又三十九年を経て、徳道此事を聞。霊木にこそと思ひ、若三宝の徳を蒙らは此木にて十一面観音を作り奉らんと深く誓願して、養老四年〈庚申〉の二月、彼霊木を我庵室の辺へ請し八ケ年に及。然とも、三衣綻はたへ不陰、一体空く露命続きかたし。され共、只観音の孝誓耳ふかく、此山に作り居奉らんと祈られし。然所に、房前の大臣班田の勅使に立給ひしか、事の序に泊瀬山に詣て、徳道に遇。此霊木を拝し、徳道心さしの深き事を感し、聖武天皇へ奏し給ひ、神亀三年三月二日、官符宣を給はり、大和国税稲《サイトウ》三千米を下し賜り、徳道拝悦し、宿願をはたして此像を作り奉る。仏工は稽文会稽主勲父子也。世に春日の作なと、て尊崇せしむ仏像は、皆此父子の作れる像也。春日大明神にはあらす。扨、二丈六尺の像作り畢り、此峰嶮くして、堂を構へ尊像居奉るへき地を爰かしこ尋らる、。有夜、夢中に霊神忽に出現し、此北の峰の山腹に大磐石有、元より今に不顕。是類なき霊石也と語る。其時、雷夥敷鳴り、水流れ出。夢寤《サメ》、天晴て後、是を見れは、方八尺の磐石顕れ出。其面鏡のことし。徳道いよ〳〵嬉敷思ひ、彼盤石の上に安置し奉る。又古老のかたり伝へしは、南閻浮提の大地の底に磐石有。枝を三つに分、一つは摩伽陀国の中心、金剛座の石也。三世の諸仏、此石の上に座して悟らせ給ふ。南方の一つは南海の補陀落山也。又一つは此長谷寺の観音の石座也。元より、菩薩行給へる御足の跡、彫かことくに有。徳道の作り給ふ尊像の御足に斉く叶ひしを、諸人奇異とせし。扨、供養の導師は行基菩薩、開山は徳道上人にて、観音堂を長谷寺とは名付たり。其外、不動堂の本尊は智証大師の作、独焔魔堂本尊は小野篁作、本長谷寺の本尊は釈迦如来、三層の塔の本尊は大日如来、四天王の脇士有。地蔵堂、愛染堂、蔵王堂、勧学院、鐘楼、観音の御供所、奥院の覚鑁堂、集会所の寺、与喜天神、拝殿、御供所、試観音堂、愛宕権現の御社、開山堂、三十番神の御社、鎮主の御社三社、拝殿有。坊舎学侶行人共に十五坊、其外所化寮余多有り。真言宗也。

一、寺内に貫之か梅[一]の木有り。

一、同、二[二]本の杉とて名木有り。

【十八　室生寺】奈良県宇陀市

十八　室生寺〈寺領三千石、但[※1]興福寺御朱印の内にて遣〉奈良より巽の方九里

一 貫之か梅の木　紀貫之が初瀬で詠じた「人はいさ心も知らず古郷は花ぞ昔の香ににほひける」（古今集・春上）を故事とする梅の木。大図四「貫之梅」。

二 二本の杉　和歌や源氏物語に見える、初瀬川沿いにあるという二本の杉。南集九、和幽一三「古河野辺」。

室生。宀一山室生寺。室生山、悉地院とも。南集一〇、和幽一七、大名、大図四。
※1　天理本「〈但興福寺御朱印内〉」とする。
※2　天理本「護摩の崛于今有」ナシ、「慈尊院と云寺今有。側に弘法大師護摩の崛有」とする。

【十九　多武峰】　奈良県御破裂山南腹にあった多武峰寺。明治期に談山神社となった。奈良県桜井市多武峰。南霊、南集九、和幽一九、大名「談山多武峰寺」、大図六。

宀一山室生寺は精進峰とも云へり。桓武天皇御宇延暦年中、法相の先徳賢憬僧都開基し給ふ。日本第一の秘所也。山に五部の嶺有。故に五智円満を表し、河に七つの渕有。体に至らさる所なく、清浄身密也。此山には宀朱を埋み給ひ、四十九院内有。其後、弘法大師も住給ひ、則護摩※2の崛于今有。灌頂堂、弥勒堂、薬師堂、五重塔、四方正面、大師堂、守敏堂有。其外、善女龍王の社は弘法大師の勧請し給ふ由。水谷の社、天神、弁才天、門守の社有。長老坊住職は、西大寺、招提寺戒壇院、律宗之内にて、器量の僧を撰、興福寺より定め給ふ。夏坊とて、毎年四月十五日より七月十五日迄、興福寺より僧侶弐人宛、結番せらる丶坊有り。

十九　多武峰　〈寺領二千石弐升、坊舎五十軒余〉　奈良より巽の方七里半

多武峰妙楽寺護国院は、天照太神の補佐天児屋根命より廿二世大中臣の鎌足、降霊の勝地也。然共鎌足在世の時、人王三十六代皇極天皇御宇、蘇我の入鹿と云ひし逆臣、皇位をかたふけ、みつから位につかんと欲し、山背の大兄の皇子を初め御子孫廿三人斑鳩の宮にして弑せり。故に鎌足中大兄皇子〈後天智天皇と云〉を伴ひ、此山に上り、藤の華盛なる下にして、入鹿退治の謀を談し給へり。依之後此山を談の峰と云ひし。皇子鎌足の智謀を聞召、大きに悦ひ給ひ、吾若此本意を遂、天位に至りなは、臣か姓を改め、藤原と下し給らん、と契約し給ひ終に大化元年の六月宮中にして、鎌足、入鹿を誅殺し給ひ、国家安全に治り、皇位豊饒に御座しき。其後孝徳天皇其恩賞を報し給はん為、大紫冠を授け、内大臣に任し、所領一万五千戸幷懐妊の寵妃、車持夫人を下し賜る。其時勅

約し給ひて、生る、所の子男子ならは臣か子にせよ、女子ならは朕が子にせん、とて下し給はりしか、はたして男子を生り。故に鎌足の子とし、ひとなりて後、沙門恵陰に付属し、出家せさしめ、其名を定恵と名付給ひしか、白雉四年遣唐使に随ひて入唐し、長安城に至り、恵日寺の神泰を師として法相を習学し給ふ。定恵在唐之内、鎌足、入鹿退治の本願として、城州山階郷に精舎を造立し、釈迦の三尊并観音の霊像を剋彫し、然て天智天皇八年の十月病患を受給ふ。其時天皇鎌足の室に行幸有り。病苦叡覧まし〳〵古への契約を思召出し、天武天皇いまた皇子にて御座せしを勅使とし、大織冠を授け、大中臣の姓を改、藤原氏を下し賜りぬ。先数日鬚髪を剃除し薨し給ふ。期に及ひて帝金之香爐を下し賜り、翌朝十六日に行歳五十六にして薨し給ひぬ。不比等是を摂州阿威山に葬、御門公卿百辟に詔し給ひ、皆喪に赴しむ。此大織冠は本和州高市郡にて誕生し世々天地の祭礼を掌り、母の胎内に有りては声外に聞え孕る事十二月にして誕生し、性仁孝にして博学也。定恵在唐の内大織冠夢中に現し給ひ、我既に入滅し、今都率天に上りぬ。汝談の峰におゐて堂塔を建、仏教を弘通せは、わか神常に彼峰に来下し、国家を擁護し、子孫大臣に昇らん事を守るへし、と告給へり。故に定恵清涼山宝池院に詣て、十三重の塔を模し取て帰朝し、在唐の内霊夢の事を弟の不比等に語り、丞相是を聞涕泣し、誠に先君の薨し給ひしは其年月日也。師の夢不誤、とて奇異の思ひをなし、定恵と伴阿威山に登り、其遺骸を取て談峰に改め葬。多武峰と号し、十三層の塔を構へ給へ、其塔財は定恵帰朝に及ひ舶に載、舶窄して一層を残し、只十二層を建給ひ、一層唐に残し置。造式の全からさりし事を愁給ふ。然るに一夕雷風して山震動す。朝に天晴是を見れは、唐に残し置し塔財宛然として飛来て羸欠なし。僕射州民に至迄、手を打て感嘆せすと云事なし。因茲不比等文殊支利菩薩の霊像を作り、塔内に安置し、是を以て当寺の草創とし、則定恵和尚を開山とす。其後和尚大織冠の宝殿を造立し大臣の尊像を安置し給ひ、今に至て国家の再難、王臣不吉の砌は、必山鳴動し、異光四方に現し、或は尊像破裂し給ひ、定恵又在唐の内霊夢の事を思ひ、大講堂を造立し、大織冠城州山科にて作り給ふ観音の霊像を本尊とし、毎年十月に大臣の忌日を向へ一七日の間法花、維摩の両経を読誦し、尊神誓約の旨を仰き、国家の安全を祈り給ふ事、于今断絶なし、又淡海公不比等、彼山階の精舎を南都興福寺に移し作り、丈六釈迦の三尊を安置し給へり。其後後醍醐天皇当寺の院号を護国院と号し給ひ、大織冠大明神と勅号有。其外王臣武家建立の堂社多しと云共略し侍りぬ。中興の開山如覚禅師は、俗名藤原の高光少将といひし。并に増賀上人、此両僧は、比叡山におひて慈恵大師を師とし、顕密二教の奥旨を学ひ、大織冠の霊夢によりて此寺に来住し、四教三観の教法を弘通し給ふ故に、定恵和尚伝来し給ふ法相の五性各別の法義を閣、其後、専ら天台の教風を仰く。是即時宜にかなふの謂か。青蓮院門主を寺務と定む。坊舎五拾軒有。本社の両方に法蔵有。其外小堂多し。

一、醍醐天皇延長四年惣社を建立し給ひ、勅号にて談山の権現と号し給ふ。高倉院御宇嘉応二年平の資（盛）潜に関白藤原の基房を伺て、宮中に参り給ふとて、車を大路に*繋く、是より先に大織冠の御影破裂し給ふ。是其しるしなるといひ伝へし。

一、多武峰南の方へ廿町程登り、山のこしに[一]細峠と云所有り。

一、[二]龍門峠南の方一里程下りて龍門西谷と云所有り。右の方は山、左の方は畑也。榧木

（　）は国会本にて補う。
＊「撃く」→「繋く」。
一　細峠　奈良県吉野郡吉野町西谷。南集九「多武峰」。
二　龍門　竜門郷。奈良県桜井市の南部と吉野町の北部一帯の郷名。南集九「多武峰」、大図六、吉夢五。

多く二十余町之所は日影も見えかたし。それより一里程南に龍門の巻と云里有り。是より南は吉野、東の方は伊勢と大和の国境、艮の方十七八町山之頂に大き成瀧有。其名を龍門の瀧と云よし。

廿　〈高市郡〉　岡寺　〈寺領弐拾石〉　奈良より巽の方七里余

東光山龍蓋寺真珠院は、世に岡寺と云。天智天皇の御願にて、法相の先徳義淵僧正の開基也。其後、弘法大師も住給ひ、真言を弘め給ふ。本堂の本尊は如意輪観音なりしか、中興弘法大師、再興し給ふ砌、天竺震旦我朝三国の土にて、御長一丈六尺の観音を作り、其像内に往昔の如意輪を作りこめ給ひ、今は其土仏を尊崇し奉る。西国三十三所の順礼七番目の札所也。此所は古へ岡本の京とて、天智天皇、橘の都より移らせ給ふ帝都也。因茲、世に岡寺とは名付。其御殿の跡を開基し給ひ、堂塔建立し、坊舎二十軒余有りしか、何の比よりか零落して、今は一坊有り。密教の勤行、今に断絶なし。

廿一　〈高市郡〉　橘寺　奈良より南方七里半

仏頭山上宮王院菩提寺は、世に橘寺と云へり。推古光允二年〈丙寅〉皇居を以て寺とし給ふ。其故は帝、聖徳太子を請し給ひ、説法を講し給ふ。太子、御袈裟をかけ給ひ、麈尾を握り師子の座に坐し、儀式沙門のことくして、勝鬘経を誦し給ふ事三日三夜、廻向の日、大さ三尺斗の蓮花降り下り、庭上に積る事三四尺也。太子、其花を集め給ひ、石櫃に納め地に沈め、其上に金堂を建。残る花を傍に押寄せ、吉野川の小石を召てみつか

【廿　岡寺】 奈良県高市郡明日香村岡。東光山真珠院龍蓋寺。岡寺は地名による通称。南集九、和幽一五「龍蓋寺」、大名、大志一四「龍蓋寺」、大図五「東光山竜蓋寺」。

【廿一　橘寺】 奈良県高市郡明日香村橘。仏頭山上宮皇院菩提寺。橘寺は地名による通称。南集九、和幽五、大名、大志一四「菩提寺」、大図五「仏頭山上宮院菩提寺」。

ら一字一石の法花経をあそはし、其上に覆ひ給ふ。是石経の初め也。御説法之時、庭前南の清涼山に釈迦、阿弥陀、弥勒等の諸仏来光し給ひ、唯仏の頭のみ顕れて聴聞し給ふ故に、仏頭山と号す。山の高さ拾四五丈。むかしの檮の木、今に一本残り。太子、此地は過去諸仏の説法所と宣ふ。講堂丈六の釈迦の三尊、金堂は十一面観音、弥勒の石像、又白済国よりみつから飛来まします四天王も立給ひたるよし。され共、何の比よりか衰破して、今は講堂一宇残りて、太子三十五歳の御時みつから作り給ふ立像の御影まします。余は只礎の跡のみ残り。抑此橘寺と申は、古へ欽明天皇より五代の帝都にて橘の都といひし其清涼殿にして、説法有しを即寺とし給ひ、世に稀なる奇瑞有。境内、山林ともに方四町、霊宝には太子一生の絵図有り。

廿二　〈高市郡〉　本元興寺　奈良より南の方七里半

本元興寺安居院は、聖徳太子御建立、橘の都の大仏殿也。用明天皇即位弐年〈丁未〉草創し給ひ、元興寺と号す。其後、元正天皇の御宇、此元興寺を平城の京に移し、仏像を分けて安置し給ふ。故に此寺を本元興寺と云ひ、推古天皇即位四年〈丙辰〉四月十六日より恵慈、恵聡此寺に居し給ひ、一夏を結はれ、安居院と号し、傍に井を掘り、即安居井と名付給ふ。其井、今に有り。本朝安居の初め是也。同年十一月に名を法興寺と改め、猶二名を加へ、四門に四つの額を掛け、東門は飛鳥寺、西門は法興寺、南門は元興寺、北門は法満寺。太子建立の最初、此寺三百年後、必火難有らんと未来を記し給へり。令言たかはす、仁和三年十二月晦日焼失す。天災なりと云伝へし。其後、再興有しか、何

【廿二　本元興寺】奈良県高市郡明日香村飛鳥。鳥形山安居院。飛鳥寺とも。南霊「元興寺」、南集五「元興寺」、奈名七「元興寺」、和幽一六「飛鳥寺」・「元興寺」、南記「元興寺」、大名「飛鳥寺」、大志一四「飛鳥廃寺」、大図五「飛鳥寺」。

の比よりか衰破して、本尊耳残れり。推古十三年〈乙丑〉異国より来朝せし鞍作鳥仏師に依て、金銅丈六釈迦の像を作り、是日本大仏殿の初めにて、其銅像于今有。宗旨は真言。古へは境内も方二町余有し。されとも、わつか残りて、今は草庵の一坊有り。

廿三　〈十市郡〉　安陪山　〈寺領五石、坊舎十三軒〉※1　奈良より南の方六里

安陪山崇敬寺知足院は、人王三十七代孝徳天皇御願として大化年中に開基し給ひ、所の名を以て山号とし、寺号は、帝、豊崎の宮にまし〳〵しより此寺に行幸有り、霊地を尊崇し給ふ。依之崇敬寺と云ひ、院号は大日*遍照六大法身の真体を摸して本尊*とす。故に知足院と号し、世に是を本堂と云へり。満願寺とは今の文殊堂是也。本尊の由来は、此山巽之方に石窟有り、其名を浅古と云へり。或時穴中に光り有、彼石窟に落つ。諸民、奇異の思ひをなし、彼石窟を尋ね見るに一寸*八分黄金文殊の霊像まします。温なる事人はたのことし。是を感得して、安陪山に安置す。猶光りを放ち給ひ、霊託厳重の告在り。因茲、安阿弥に命して御長九尺の木像を作り、彼金銅の真仏を眉間に彫籠奉り、七宝獅子の座に安置し、優塡王、善財童子、仏陀婆梨三蔵、西聖老人の像を模して脇士とし、其形于今有。故に、当国安陪山の尊像、奥州永江の妙体、丹州切門の霊体は日本三文殊とて、利生効験の本尊とす。中にも此文殊は利剣を提給ひ、中道を得せしめ、諸願成就有とて、満願寺と号す。下の盤屋、文殊堂の東の方に有。盤石を切て壁とし、覆とす。其面なめらかにして、木をけつりたるかことし。上の盤屋、本堂東の方に有。自然に石をたゝみ、なめらかなる事、鏡のことし。弘法大師、石像の不動明王を安置し給ひ、此

【廿三　安倍山】 奈良県桜井市阿部。安倍山崇敬寺文殊院。南集九「安部」、和幽一九「阿部崇敬寺」、大名「阿部山万願寺」、大志一五「崇敬寺」、大図六「阿部山崇敬寺智足院」。

※1 天理本「〈坊舎十三軒〉ナシ（大和志本にはあり）。

*「大目」→「大日」。

*「とす。故に知足院と号し、世に是を本堂」（以上衍文）

*「八部」→「八分」。

前に閼伽の井有り。
一、此安陪山は中興邏覚上人、教円上人、密灌修練の道場として密教伝持の大徳、五智の法水今に絶す。境内は方四町有。本堂巽の方、鎮主白山権現[一]の社有り。
一、仁階堂[二]、退転して年久敷、只礎の跡のみ残り。是は古へ聖徳太子の后膳夫妃養母古勢女といひし人を太子召て、宮中にして仕へ諸事を弁し、老て剃髪せしを、太子、入阿弥と名付給ひしか、死して後、本の草盧に移し、菩提の為に、膳夫妃、此堂を建、虚空蔵を安置し、仁階堂と名付給ふと語り伝へし。
一、阿倍山より二町程西の方、田の中に、古へ聖徳太子の后膳夫の妃、芹つみ給ひし所有り。冷水常に流れ、根うるはしき芹、于今生ると也。
一、仲麿塚[三]、二階堂艮の方、田の中に有。古へ安陪仲麿の塚なるよし。近き比迄方壱丈も有しか、おのつから崩れて、今は少しあり。諸民、此塚の土を取（は）忽絶死するとて、恐をなせり。

廿四　〈十市郡〉　天香久山　〈寺領三拾石、坊舎五軒〉※1　奈良より南の方六里
天香久山興善寺文珠院は、草創の事、其説まち〳〵にして必定なし。先山号の説多し。或は天香来山、或は青香久山、或香具山、或は神護山。世に香久山と書て、かこ山ともよめるよし。諸書に其説詳なるよし。され共、所の人語りしは、旧事記、日本記にも見えたり。古へ天照太神、法楽舎たるによつて、其勤、今に断絶なし。太神宮の威光、鎮護国家の秘軌を修し、真俗の善を興す故、興善寺と号し、即太神宮、磐戸を開き給ひし

一 白山権現の社　南集九「安部」。
二 仁階堂　和幽一九「二階堂」、大図四「二階堂」・六「二階堂」。
三 仲麿塚　南集九「安部」、大志一五「阿倍墓」。
（ ）内は国会本にて補う。

【廿四　天香久山】　奈良県橿原市戒外町。興善寺。香山寺とも。南集一〇、和幽一九「興善寺」、大名「香久山寺」、大志一五「興善寺」、大図六「香久山興善寺文殊院」。
※1　天理本「〈坊舎五軒〉」ナシ。

所也。院号は文珠院と申は、文珠薩埵を本尊とす。故文珠院と号す。され共、其説詳ならす。中興隆俊上人、梵閣を営み給ひ、安阿弥の作りし文珠の霊像を安置し給ふ。因茲、基本とし、其尊像今に有。真言宗にて、坊舎五軒※2。境内方三町を以て、寺領三拾石とし下し賜り、関白秀吉公より当家御三代の御朱印有り。

一、天磐戸[一]、興善寺の西のかた一町半余、南浦と云所に有り。太神宮、此岩戸に閉こもらせ給ひし時、思兼尊、一千の神々達をかたらひ、御湯を奉り、榊の枝に八咫の鏡を付て、神楽を奏し給ひし時、天照太神、岩戸を少開き給ふしるしなりとて、岩二つにわれて今に有。かりそめにも凡人、其地を踏事更になし。太神宮、筑紫日向国より此所に移らせ給ひ、是より城州吉田に移り給ひ、吉田より伊勢内宮に鎮座し給ふよし。城州吉田は今の明神の地是也。其後、天児屋根命の移らせ給ひたるとて、吉田大明神と申奉るよし。

一、榊、岩戸の前に有。神代よりの霊木なるか、枝葉茂りて無双の大木也。今にあり。

一、湯篠[二]とて、神世より生つゝきたる篠、于今断絶なし。磐戸よりは半町余南の方に有。祭礼の時は、必此榊、湯篠を用るとなり。

一、御鏡の池[三]、興善寺より三四十間程坤の方に有。古へ石凝姥命をして八咫の鏡を鋳させ給ひし跡なるよし。何も由来多き池也。され共、有僧記す。

廿五　〈十市郡〉　壺坂山　〈寺領五拾石、坊舎十三軒〉　奈良より南之方八里

壺坂山南法華寺は、文武天皇の御宇に開き初め給ひしを、其後元正天皇御願所とし給ふ。

※2　天理本「坊舎一軒」とする。

一　天磐戸　南集一〇「天香久山」、大図六「天磐戸」。

二　湯篠　和幽一九「天香久山」、大図六「湯笹」。

三　御鏡の池　和幽一八「鏡池」・一九「鏡池」、大志一五「埴安池」、大図六「鏡作伊多神社」・「埴安池」。

【廿五　壺坂山】　奈良県高市郡高取町壺阪。壺阪山平等王院南法華寺。壺坂寺とも。南集一〇

開山は本元興寺に住給ひし海弁僧正也。勅詔にて此寺を造立し、仏法弘通し給ひ、本堂の本尊は千手観音、西国卅三所順礼第六番目の札所也。側に三層の塔有、本尊は大日如来。其外鐘楼有。楼門に二王有。境内は方八町。真言宗にて、坊舎十三軒有。鎮主は龍蔵権現。壺坂よりは一里、*吉野川の内赤根が渕に住給ふ龍神にて御座す。本地虚空蔵菩薩也とかたりし。

一、[一]高香山とて、壺坂より八町程東の方に、近き頃、本田因州安置し給ふとて、五百羅漢を切付たる石、両界の曼陀羅きり付たる石仏御座す。

廿六　〈高市郡〉　久米寺　〈付神武天皇陵事〉　奈良より巽の方七里

釈迦山東塔院久米寺は、古へ久米仙人の建給ひし寺也。此仙人はもと添上郡の人なりしか、山に入仙術を学ひ、神通飛行し給ひ、古郷のかたへ飛過るとて、衣を洗女の脛の白きを見て通を失ひ、忽地に落て只人と成給ふ。其時、金銅丈六薬師の像、同二菩薩を鋳させて、此寺を建、安置し、後又仙術を行ひ、虚空に飛去給ふと也。然を推古天皇勅願所とし、伽藍を建立し給ひ、其後、養老二年に善無畏三蔵来朝し、此寺に住居し、仏法を弘め給ふ。依之、善無畏を中興開基とす。され共、何の比よりか衰破して、本堂一宇残れり。仙人修出されし薬師の像、今に御座す。側に塔有、本尊は大日如来。此塔は近き比、仁和寺古御殿を下し賜り再興せし塔なる由。宗旨は真言にて、則仁和寺の末寺也。霊宝には善無畏三蔵自筆の御影、弘法大師自筆の御影も有。弘法大師、此寺にて大日経を感得し給ふと云伝へし。世に慈明寺山と云。其麓にて、境内は長二町に横一町余有。

「壺坂」、和幽一六「壺阪寺」、大志大名「壺坂山南法花寺」、大志一四「南法華寺」、大図五「壺坂山南法華寺」。

＊「吉野川のの」→「吉野川の」。

一 高香山　香高山。壺阪寺の東方にある山。和幽一六「壺阪寺」。

【廿六　久米寺】　奈良県橿原市久米町。霊禅山東塔院久米寺。南霊、南集一〇、和幽一六、大志一四、大図五「霊禅山東塔院久米寺」。

一 橿原の京　畝傍山の東南、現奈良県橿原市久米町・畝傍町周辺。南集一〇「天香久山」、和幽一六、大図五。

二 神武天皇の陵　奈良県橿原市大久保町。畝傍山東北陵。南集一〇「天香久山」、和幽一六、大志一四「畝傍山東北陵」、大図五。

三 綏靖天皇の陵　奈良県橿原市四条町。桃花鳥田丘上陵。南集一〇「久米寺」、和幽一五「桃花鳥田丘上陵」、大志一四「桃花鳥田丘上陵」、大図五。

坊舎五軒余。され共、寺領なき故、耕作を業とし、朝夕いとなみけるよし。

一、此所は古へ橿原[一]の京とて、人皇の御初神武天皇の都也。久米寺より五十町程艮の方に、神武天皇陵[二]の跡有。世に畝傍山と云伝へし。

一、久米寺より乾の方に、綏靖天皇[三]の陵有。世に是を鳥田の丘と云よし。

一、同坤の方に、安寧天皇[四]の陵有。御影の井上と云よし。

一、巽の方に、懿徳天皇[五]の陵有。繊沙上《アナシヤカミ》の陵と云よし。

廿七　吉野山　〈寺領千石余〉　奈良より巽の方十一里

吉野山は、文武天皇大宝年中に建。役の行者此峰に攀登り、修行勤行して、通化自由し大峰山上山下に伽藍を造立し、金胎両部の法窟とし、此上にて加持し給ひ、初て釈迦の像現れ給ふ。行者の云く、此形は衆生を度しかたし。帰り給へとて、又加持し給ふ。次に弥勒の像顕れ給ふ。行者猶未し、帰り給へとて、又加持し給ふ。次に蔵王権現十五童子の涌現し給ふ。甚怖るへき貌也。行者の云く、是こそ末代の悪世能化の姿也とて尊崇し給ふ。此蔵王は夜叉の形にして、鉾を持給ひ、一足踏下し給ふは下衆生を化し、一足挙給ふは上求菩提なるよし。宗旨は天台、坊舎廿四五軒、満堂とて真言の坊舎廿四五軒、宮仕とて真言にて子守、勝手の祢宜十人余、寺役、社役勤る也。

一、六田[一]より一[二]の蔵王迄廿町程、此間にしでかけと云所有り。

一、一の蔵王より長峰[三]の薬師堂迄十町余有。此間に丈六寺有り。

一、薬師堂より金[四]の鳥居迄八町余有。此間に大橋有。千本の桜、日本か花関屋と云名所

四 安寧天皇の陵　奈良県橿原市吉田町。畝傍山西南御陰井上陵。南集一〇「久米寺」、和幽一六、大志一四「畝傍山西南御陰井上陵」、大図五。

五 懿徳天皇の陵　奈良県橿原市西池尻町。畝傍山南繊沙谿上陵。南集一〇「久米寺」、和幽一六、大志一四「畝傍山南繊沙渓上陵」、大図五。

【廿七　吉野】　奈良県吉野郡吉野町吉野山。金峰山寺。山下蔵王堂とも。南霊、南集九、和幽一一、大名「由之山金峰山寺」、大図六、吉独一。

一 六田　奈良県吉野郡大淀町北六田と吉野町六田との間、吉野川の渡津。和幽一一、大図六「六田淀」、吉独一、吉夢「六田柳」。

二 一の蔵王　吉野町吉野山。吉野神宮。和幽一一「蔵王堂」、大図六、吉独一。

三 長峰の薬師堂　大図六、吉独一、吉夢一「薬師桜」。

四 金の鳥居　和幽一一、大図六、吉独二、吉夢一「仁王門桜」。

有り。

一、金の鳥居より二王門[五]迄二町余有。此二王は運慶、湛慶の両作なるよし。是より蔵王堂迄拾四五間程有。本堂は七間四面高さ十一丈、中尊の蔵王は身体釈迦、左の蔵王は身体千手観音、右の蔵王は身体弥勒仏にてましますよし。堂内東の方に役の行者の御影、西の方には不動明王の像有。本堂前左の方に天神の社、同阿弥陀堂有。側に手水の屋、右の方には順礼観音堂、四本桜の名木有。護摩堂の本尊は不動明王、千体の地蔵有。側に鐘楼有。此外古へは金堂、講堂、食堂、大塔、二天門、木本の弁才天の社など有しか、退転して今はなしと也。

一、本堂西の方に学頭の坊、実城寺[六]と云寺有。古へは一乗寺と云へるよし。後醍醐天皇、村上天皇の皇居にて御位牌有。弁慈現大師の御影も有り。

一、蔵王堂より勝手大明神迄三町半有。此間に稲荷の社、多天山吉水院[七]と云寺有。古へ後醍醐天皇此寺をかりの皇居とし給ひ、其後一乗寺へ入御し給ひたるよし。源義経も忍ひて御座す。其後太閤秀吉公も入御し給ひたるよし。

一、勝手大明神[八]〈身体毘沙門〉の社二社まします。側に若宮〈（身体文殊）〉[※1]の社も有。幣殿、拝殿、楼門、東経蔵、西の経蔵、峰の八王子の御社有。此後に袖ふり山とて名所有。此山之頂を那良志山と云よし。

一、勝手より東の谷に塔尾山如意輪寺[九]とて、日蔵上人開基の寺有。此日蔵はもと洛陽の人なるよし。十二歳の時椿山寺にして落髪し給ひ、密教を学び金峰山に往来し給ふ上人也。本尊は如意輪観音、阿弥陀如来、蔵王権現、天満天神まします。蔵王御厨子の内に

五 二王門　大図六「二天門」、吉独二、吉夢一「仁王門桜」。

六 実城寺　吉野町吉野山。和幽一一、大図六、吉独三、吉夢二「実城寺桜」。

七 多天山吉水院　吉野町吉野山。吉水神社。和幽一一、大図六、吉独三、吉夢二「吉水院桜」。

八 勝手大明神　吉野町吉野山。南集九「吉野山」、和幽一一、大図六、吉独三、吉夢二「勝手社桜」。

※1（　）内は国会本も脱。同系他本にて補う。

九 塔尾山如意輪寺　吉野町吉野山。和幽一一、大図六、吉独三、吉夢二「塔尾山桜」。

金岡か書たる吉野・熊野の絵図有。其上に後醍醐天皇御宸筆に讃をあそはしたる、四首の絶句有。

一、如意輪寺後の方に[10]後醍醐天皇の陵有。古へは陵の上に塔有たるよし。其後零落して今は三層の小石塔有。廟前に鳥居有。艮の方に向はせ給ふ。折々鳴動する事有と語り侍へし。

一、勝手より子守迄十八町有。此間に[11]雨師龍王、[12]観音堂、[13]大将軍の社、[14]世尊寺の尺迦堂、[15]鷲尾の鐘楼有。古へは天皇の社有たるよし。退転して今はなし。

一、[16]子守大明神〈身体地蔵菩薩〉大宮三社まします。幣殿、拝殿、楼門、廻廊、東経蔵、西経蔵、鳥居有。（側に若宮〈身体阿弥陀〉、三十八所〈身体観音〉、御供所、穀屋、八王子の御社有。）神前に灯籠、湯釜有。此社は慶長年中秀頼公、建部内匠頭を奉行とし、再興有し社なるよし。側に岸間薬師堂有り。

一、此社より五六町程巽の方の山上に、[17]つゝじの岡有。是より南へ行右のかたに大杉の釜有。佐藤忠信義経に代り、空死せし所也。

一、子守より二の鳥居迄十八町、此間に[18]城橋とて土橋有。牛頭天王社、三社有、山神社門、八王子、赤八王子、幣殿、拝殿、高算堂有。是より安禅寺迄二町半、此間に弁才天の社有り。

一、[19]安禅寺本尊は蔵王権現。左の方に役行者、右の方に大黒天神、左の側に宝塔有。是より谷に下り[20]蹴抜の塔とて五重の塔有り。

一、蔵王権現の本堂より此安禅寺迄五十町有。此間左右皆桜の木也。或は雲居桜、或は

一〇 後醍醐天皇の陵　吉野町吉野山。後醍醐天皇塔尾陵。和幽十一、大図六、吉独三、吉夢二「御陵桜」。

一一 雨師龍王　和幽一一、吉独四、吉夢三「雨師夢違桜」。

一二 観音堂　和幽一一。

一三 大将軍の社　吉独四、吉夢三「大将軍桜」。

一四 世尊寺の尺迦堂　吉野町吉野山。世尊寺跡。和幽一一、大図六、吉独四、吉夢三「世尊寺桜」。

一五 鷲尾の鐘楼　和幽一一「世尊寺」、吉独四、吉夢三「鷲尾鐘桜」。

一六 子守大明神　南集九「吉野山」、和幽一一、大図六、吉独四、吉夢三「子守社桜」。（　）内は国会本にて補う。

一七 つつじの岡　和幽一一、大図六、吉独四、吉夢三「躑躅岡桜」。

一八 城橋　吉独四。

一九 安禅寺　吉野町吉野山。南集九「吉野山」、和幽一一、大図六、吉独五、吉夢四「安禅寺桜」。

二〇 蹴抜の塔　南集九「吉野山」、和幽一一「金情大明神」、大図六、吉夢四「蹴抜塔桜」。

華矢蔵とて、忠信かふせき矢射し所、或は華の源、布引の桜なと、て名所多し。
一、奥院[二一]、安禅寺より二町有。本堂は四方正面、聖観音、不動明王、愛染明王、地蔵菩薩の像ましします。其脇に蔵王権現堂有り。
一、是より一町余南の方に、古へ西行法師住給ひし跡有[二二]。猶南の方に瀧有。西行法師座禅し給ひし所なるよし。
一、奥院より東の方に大峰へ通ふ路有り。
一、安禅寺より山上[二三]の蔵王堂迄、四里半有。此蔵王は秘仏也。右の方に行者の御影二体ましします。小角みつから作り給ふよし。其外等覚門、一牛玉、妙覚門、子守、三十八所、下山の灌頂堂、八所、白山の弁才天ましします。本堂の前に鏡石とて、蔵王権現涌出し給ひ所有。うしろ入道とて参詣の諸人此山を廻るよし。
一、安禅寺より此所迄、道筋の名所、金掛[二四]、鷹の鳥屋、西ののぞきなと、て名所有。
一、入道の道には護摩の岩屋、胎内くゝり、東ののそき、飛石、蟻の唐渡り、行堂岩なと、云所有り。
一、蔵王堂より小篠[二五]え十六町有。是は山伏秘密の所なるよし。
一、奥院より二里程谷へ下り、晴明か瀧[二六]とて広さ一丈余、高さ十丈余落る瀧有り。
一、[二七]西河《ニジツカワ》の瀧は晴明か瀧より七八町西に有。青き大石両方よりせき合、高さ三丈余落る瀧なり。何も吉野川の水上なり。則傍に西河と云里在り。
一、宮瀧[二八]、西河より一里半余西の川下に、有広さ三丈余高さ六七丈も落る。此瀧にて岩飛とて、里人岩の上より瀧坪へ飛入事有り。寔にあやうく見えし。

[二一] 奥院　吉独五。
[二二] 西行法師住給ひし跡　和幽一一「苔清水」、大図六「苔清水」、吉独五、吉夢四「苔清水桜」・「西行菴桜」
[二三] 山上の蔵王堂　和幽一一「山上」、大図六「山上嶽」。
[二四] 金掛　奈良県吉野郡天川村洞川。以下・次項共大峰山内の行場。
[二五] 小篠　奈良県吉野郡天川村洞川。小篠の宿。和幽一一。
[二六] 晴明か瀧　奈良県吉野郡川上村西河。吉野川支流音無川に在。大図六「蜻蛉瀧」、吉独五、吉夢四「蜻螟瀧桜」。
[二七] 西河の瀧　奈良県吉野郡川上村大滝。吉野川に在。南集九「吉野山」、吉独五、吉夢四「西河瀧桜」。
[二八] 宮瀧　奈良県吉野郡吉野町宮滝。吉野川に在。南集九「吉野山」、大図六、吉独六、吉夢五「宮瀧桜」。

一、此外御船山、桜木の宮、高城、青根、清川原、夏箕、大川辺、蒙山、御垣原、水分山、妹背山なと、て、名所旧跡おほし。

廿八　〈吉野郡〉天の川　奈良より南方十八里
[一]天川の弁財天は、吉野郡の内、壺のうちと云所にまします。草創の由来未勘へかたし。毎年十月亥の日の亥の時、開帳有て御湯を進め奉り、諸人詣る。側に有る堂社の名斗記レス之。

本社弁財天　役行者堂　護摩堂　地蔵堂　鐘楼　舞台　千手堂　陀天堂
聖天宮　側に二重の塔有　十王堂　求文字堂　薬師堂　御影堂　大将軍の社　毘沙門堂　阿弥陀堂　牛頭天皇の社　側に拝殿有り

一、本社より後の方二里程山上に、弥山[二]とて、弁才天の奥院有り。
一、本社より巽の方に大蔵山、或は入谷、或はめうか平、或はうるし谷、或は高嶽、或は釈迦嶽[三]と云大山有。此嶽へは、本社より七里、或は十里余有よし。
一、本社の前に川有。則是を天の川と名付。又坤の方に大山有り。

外に[※1]
南都町之内御朱印寺
一、百石　〈東大寺の内律家〉真言院
一、三拾石　〈同三論宗〉観音院

【廿八　天川】 奈良県熊野川水系十津川上流の呼称。南集九「吉野山」、和幽一一。
一 天川の弁財天　奈良県吉野郡天川村坪内。天川大弁才天社。南集一「紀伊御社」・九「吉野山」、大図六。
二 弥山　奈良県吉野郡天川村北角。天川村と上北村の境。大図六「山上嶽」。
三 釈迦嶽　奈良県吉野郡十津川村旭釈迦ケ岳。吉独五、和幽一一。
※1 天理本、国会本とも「外に」ナシ。

一、六石九斗四升六合　法雲院屋敷
一、弐石六斗九升　楽人并正法院屋敷
一、百石　〈中院町律宗〉極楽院
一、三拾石　〈清水町律宗〉福智院
一、五拾石　〈林小路町律宗〉円証寺
一、百石　〈子守町律宗〉伝香寺
一、三石五斗七升　本光明寺屋敷
一、弐拾石　〈高畠律宗〉不空院
一、※2五拾石　〈十輪院町真言宗〉十輪院
一、弐拾石　〈紀寺町浄土宗〉正覚寺
一、弐拾石　〈同浄土宗〉蓮成寺
一、三拾石　〈菖蒲池町浄土宗〉称名寺
一、五拾石　〈大豆山町浄土宗〉崇徳寺
一、三拾石　〈北袋町浄土宗〉安養寺
一、壱石七斗六升四合　〈川上町〉五劫院阿弥陀堂屋敷
一、三石四升　〈郡山〉洞泉寺屋敷
一、三拾石　〈宇智郡〉金剛山寺領
※3已上惣軒数合千百拾弐軒

※2　天理本、十輪院の前に正覚寺を掲出する。

※3　天理本「以上／寛文六〈丙午〉年五月廿七日に記畢／和州寺社惣軒数合千百拾弐軒」とする。国会本「以上／和州寺社記巻下／惣軒数合千百拾弐軒」とする。

和州寺社記巻下終[※4]

※4 天理本「和州寺社記巻下終」ナシ。「延宝三季〈乙卯〉年八月十七日写之／乗田八兵衛丈」とあり。

近世大和国地誌史における『和州寺社記』の位置

――『和州寺社記』解題――

森田貴之

一、概要と諸本

『和州寺社記』（以下、『寺社記』と略称する）は、著者不明の近世初期の大和国地誌である。その書名の通り、基本的に寺社に特化し、上・下巻頭の目録には、上巻三十一ヵ所、下巻二十八ヵ所の寺社名を掲げる。金剛山や吉野山などに及ぶ大和国全域を対象とし、各寺社の項では、主に開創の縁起や霊験、祭礼・堂塔の由来などを略述し、坊舎数や寺領石高、奈良（現在の奈良市街）から見た方角や距離なども示す。また、付近の名所旧跡にも触れるほか、東大寺や興福寺、吉野山などの大伽藍に関しては、その堂塔名なども列挙する。また、下巻末には南都町内の御朱印寺一覧が付されている。

この『寺社記』の成立時期は、「寛文六年五月」の本奥書を持つ写本の存在に加え、本文中にも「大仏草創天平十五年より当寛文六年迄凡九百廿四年に成る。」（巻上・一「東大寺」（便宜上、翻刻本文頭注の【】内の表記を用いる））などと、寛文六年（一六六六）を基準とする記載が散見されることから、[1]およそ寛文六年に成ったと考えてよい。

ただし、現存する写本のなかには、本書が底本とした内閣文庫本など、寛文六年奥書のない写本もある。そして、それらの写本には共通して、「一、寛文七年〈丁未〉二月十四日卯の下尅、東大寺羂索院二月堂炎上。本堂内陣より令出火焼失。」（巻上・一「東大寺」）、「一、但馬の屋、近衛殿の御屋也。零落して有しを、貞享五年〈戊辰〉卯月初比より一乗院御門主御再興旨成。むかしのごとく也。」(2)（巻下・二「春日社」）などと、寛文七年（一六六七）や貞享五年（一六八八）の出来事にも触れる箇所がある。このほか寛文六年奥書本に比して、「東大寺」項では約九条が増え、「興福寺」項では薪能関連の詳細な記述が追加されるなどしている。また、各寺社の見出しの体裁なども若干整えられている。

興味深いのは、こうした増補以前にも僅かな字句の修正は行われていたらしいことである。例えば、以下のうち、天理図書館本と国学院大学本の「興福寺」条は、ともに薪能については簡略な記事のみで長文の増補記事がないものであるが、その冒頭部の本文にはやや差異があることがわかる。そして、増補記事を持つ内閣文庫本は、そのうち国学院大学本と一致する本文を持つのである。

【天理図書館本】

・冒頭

日輪山興福寺は本山階寺と云ひ、次に厩坂寺と名付。其後、興福寺と号す。天智天皇即位八年〈己巳〉嫡室鏡女王、大織冠の御為に山城国宇治郡山階郷に伽藍を造立したまひ、其時山階寺と云ひ、次に…

・「一、東円堂」のあと

一、南大門の前芝の上にて毎年二月六日より十四日まで薪の能有。

【国学院大学本】

・冒頭

日輪山興福寺はもと山階寺と云ひ、次に厩坂寺と名付。其後、興福寺と号す。斉明天皇即位三年丁巳十月〈己巳〉、藤原の大織冠、嫡室鏡女王のために山城国宇治郡山階郷に伽藍を造立し、其時は山階寺と云ひ、次に…

・「一、東円堂」のあと

一、南大門の前芝のうへにて毎年二月六日より十四日まで薪の能あり。

【内閣文庫本】

・冒頭

日輪山興福寺は本は山階寺と云ひ、次に厩坂寺と名付。其後、興福寺と号す。斉明天皇即位三年の十月、藤原の大織冠、女王の為に山城国宇治郡山階郷に伽藍を造立し給ひ、其時は山階寺と云ひ、次に…

・「一、東円堂」のあと（内閣文庫本脱文につき、国会図書館本）

一、南大門前の芝は薪能相勤る舞台なり。（内閣・国会両本「一、達天の宮」のあとに長文の薪能関係増補記事あり）

国学院大学本は、山階寺創建時期を、『建久御巡礼記』などの記す時期から『元亨釈書』などの記す時期に改めたと思われるが、それが内閣文庫本にも引き継がれていることがわかる。

大幅な増補記事を持たない国学院大学本が増補系の伝本と本文を共有する例は、左記の例以外にも見られる。つまり、寛文六年に原撰本がいったん成立した後、若干の字句の修正があり、その修正後の伝本に対してさらに加筆・整理がなされ、新たに増補本が作られたと考えられる。少なくとも二度あった修正の、どちらの段階で寛文六年奥書が消去されたのかは、残念ながら国学院大学本が下巻途中までの残欠本であるため不明だが、国学院大学本には年号を記した増補記事は見られないため本奥書を消す理由はなく、おそらく貞享五年以降の増補の際と思われる。以下に、一応の諸本分類を示した（なお、注意すべき異同については本書頭注に示してある）。

【原撰本系統】（寛文六年奥書有）
天理図書館本・無窮会図書館神習文庫本・早稲田大学千涯文庫本・尊経閣文庫本・『大和志』所収本（底本不明）・東京国立博物館本（徳川本。下巻のみ。冒頭末尾欠丁あり）
【原改訂本系統】
国学院大学本（一冊本で、下巻「春日社」条途中までの残欠本。目録も持たない）
【増補本系統】（寛文六年奥書無）
内閣文庫本（宮内庁書陵部に大正期謄写本二本あり）・東大寺図書館本・国会図書館本（高木文庫旧蔵本）・神宮文庫林崎文庫本(3)

この『寺社記』は写本でのみ流通し、刊行されることはなかったらしいが、『謡曲拾葉抄』（寛保元年〈一七四一〉年成立、明和九年〈一七七二〉刊行(4)）に、その利用例が指摘できる。

『謡曲拾葉抄』「葛城」
女体の神とおぼしくて
一言主神は男體也　然るを此謡に女體に作るは是いぶかし　和州寺社記云葛城大明神は一言主とて女體にておはします。本葛城山の嶽に宮居し給ひしが其麓の田の中に御在す云云

『和州寺社記』巻上・卅「葛城明神」
葛城明神は一言主とて、女体之神にてまします。元かつらき山の嶽に宮居し給ひしか、今其麓の田に御座。

『謡曲拾葉抄』には、他に「白楽天」「采女」「海人」「春日龍神」の項にも『寺社記』の書名をあげており、『寺社

記』が大和の寺社について参考とするに足る地誌として認知されていたことを窺わせる。
この『寺社記』は「全般的に平易詳細な編輯ぶりで、江戸初期における勝れた寺社記と称するに吝かではない」とも評されるが、(5)郷土史誌『大和志』にその本文が分割掲載されて以来、(6)詳しい紹介はなされていなかった。そこで、先学と重複するところもあるが、『寺社記』について些かの考察を加えておきたい。

二、『南北二京霊地集』との関係

近世初期の大和国地誌は、浄土宗名越派の僧・良定袋中《たいちゅう》上人の手になる『南北二京霊地集』（寛永元年〈一六二四〉成立、以下『霊地集』と略称する）の上巻部分をその嚆矢とする。(7)その名称が示す通り、南北二京（上巻：奈良・下巻：京都）の神社仏閣の縁起などを説くもので、上巻は大和国全域の主たる社寺を扱い、その末尾では高野山・熊野三山にまで及ぶ。寺院に特化した大和国の地誌的作品という点で、『霊地集』は、『寺社記』の先行例として重要である。実際、『寺社記』と『霊地集』上巻との収録寺社には重複が多い。『霊地集』上巻の大項目は三十五項目あるが、それを『寺社記』と比較してみると、『霊地集』にのみ見えるものは、冒頭の「和州城事」や末尾の大峰・高野山・熊野権現（已上三山紀州」と記される）を除くと、阿閦寺、中宮寺、向原寺、興厳寺、比曽寺の五項目のみであり、(8)『霊地集』収録寺社のほとんどが『寺社記』にも収録されていることがわかる。そして、その本文においても両書には顕著な一致が見られる。以下に、「大安寺」の例を示した。

『南北二京霊地集』(9)「大安寺」（〈　〉内は割注、原文は漢字片仮名表記）
大安寺者《と》、推古二十五年〈丁丑〉、釈書二八上宮太子入定有て、末世の皇運を見玉ふ。即チ奏して言《の玉はく》、季葉《すえば》王代に難多し、願は寺を立て、これを鎮《じ》玉へと。帝諾《だく》す。即ち熊凝《くまごりの》の村に立。後に太子、最後に言《の玉はく》、願は熊凝《の》寺を新壮し玉へと。故に舒明十一年戊戌百済河《くだらがは》の〈長谷河の末なり〉辺に移て、大寺とする故に、人、百済の大寺と呼。役人等、材を神林にして取故に、神《かみ》瞋て寺を焼く〈其時の本尊未だしらず〉。後に天智帝、寺を再興し、丈六の釈迦幷に二菩薩を造立玉ふ〈仏師化人なりと云〉。又天武十二年〈癸未〉高市《たけいちの》郡に移て大官大寺と号す。元明和銅三年〈己酉〉奈良に移す。聖武天平元年〈己巳〉、新に大殿ならしめんとて、差図《さしづ》を沙門道慈に問たまふ〈祇園精舎の差図《さしづ》は舎利弗、須達長者に教らる〉。慈、唐の西明寺の図を献ず。帝大に悦玉て成就せり。此時大安寺と改む。世人南大寺と呼。天竺の祇園は兜率の内院に准ず。唐の西明は祇園に准ず。和の大安寺は西明に准ずと云ふ。私云 惜哉、今哀廃して本堂のみ残れり。爾に慶長年中、自朽壊して本《と》の芝《しば》原なり〈今見るに諸像を二間四面の舎に重《かさ》ね置《おき》。本尊も分分す。仏面をば行路の人休時にとり毀して。庭の芝の中に布《しき》物とす。某拾来して簷《のき》に置《おき》。空く弥勒の出世を待《つ》。痛哉。〉吁《あ》、霊山も鹿の臥土、祇園も礎石《いしずえ》のみ。

『和州寺社記』巻下・四「大安寺」（以下、基本的に内閣本を用いたが、原撰本系統の本文についても確認した）

大安寺は、初め熊凝の村に有しと也。上宮太子、最期に熊凝の寺を新壮し給へと遺言し給ふ。因茲舒明十一年長谷川の末、百済川の辺に移して大寺と成故、百済大寺と云。後天武十二年、高市郡に移して大官大寺と云。元明天皇の御宇、和銅三年奈良の京に移し、聖武天皇天平元年〈己巳〉、大殿新になさしめんと思召、差図を沙門道慈に問給ふ。道慈唐の西明寺の図を献す。帝大きに悦給ひ、則其差図を以て造らしめ、大安寺と勅号有り。天竺の祇園は兜率の内院に准し、唐の西明寺は祇園に准し、大安寺は西明寺に准すと云て、道慈の後、行教、伝教、弘法なとも住給ひ、南天竺の菩提婆羅門、東大寺供養の時来朝し、此寺の東之坊に住給ひ、帝帰依し給ひ任僧正。其後天平宝字四年二月廿五日遷化し給ふ。東大寺、西大寺、此寺を南大寺なととて、大伽藍所なりしか何比よりか衰破して、諸仏の像も散々になり、わつか弐間四面の草庵にして、往来旅人の休み所となり、哀也。

『霊地集』の本項目は、傍注に示された通り、ほぼ『元亨釈書』本文を読み下し、割注を付し、末尾に「私云」以下の記述を追加したものである。『寺社記』は、その『霊地集』の内容を簡略化しつつ、割注部分も含めて利用している。特に、傍線を付した末尾付近の大安寺の現状を延べる箇所などは、『霊地集』においては「私云」と傍記され、また「今見るに」ともあるように作者袋中上人自身の実見による感想を延べている箇所である。『寺社記』は、『霊地集』作者独自の感慨をも、そのまま引き継いでいることになる。

『霊地集』には見られない『寺社記』波線部の内容は、『元亨釈書』巻十五・菩提僊那伝に該当する記述を見出すことができ、『寺社記』の本項目は、『霊地集』を主たる取材源とし、さらに『元亨釈書』を再参照することで成ったものといえる。

『霊地集』は、成立から三十数年後の万治二年（一六五九）には、京都・村上勘兵衛によって刊行されていた。(10)『寺社記』に先行し、刊行されてもいた『霊地集』が、『寺社記』の主要な素材の一つであったことは疑いない。(11)

もちろん、「薬師寺」「招提寺」「当麻寺」など、『霊地集』と一致する寺社を採録していながら、その記事内容が大きく異なる場合もあり、各項目の内容の増補態度や典拠等については、さらなる検討が必要だが、それらについては後考を俟ち、(12)ひとまず『霊地集』との比較から、『寺社記』の項目選択の基準について考えてみたい。

三、寺社の立項方法

まず、『霊地集』にあって『寺社記』が立項していないものの一つである「阿閦寺」について見てみたい。実は、『寺社記』は「阿閦寺」を大項目としては立項していないものの、目録に「法花寺 付阿閦寺亡所ノ事」と記されているように、「法華尼寺」項の末尾に「阿閦寺」ついて簡略に記している。そして、その内容は、やはり『霊地集』「阿閦寺」項の内容にほぼ対応する。

『和州寺社記』巻上・八「法華尼寺」
此寺鳥居のもとより巽の方、少し隔りて、光明后湯屋を建させ、沐浴の功をつみ、一千人の垢を揩らせ給ひ、生身の阿閦菩薩に逢ひ給ひし御寺の跡、田の中に有。其沐浴の具、中比般若寺うしろの方に有しを、天正年中郡山の城石垣の為に取、大石槽なとも引せけるなと云伝へし。其阿閦寺なきか故に委は不記也。

『南北二京霊地集』「阿閦寺」
時に病人大光明を放て云。后阿閦仏の垢を去こと、又人と語こと勿と。后驚て見玉ふに、三十二相八十種好、異香天楽して失玉ふ。后大に感じて、其地の伽藍を立、阿閦寺と号す。諺に云。其沐浴の具をば、般若寺の後へ移《ろ》し玉ふ。近代〈天正年中〉郡山の城主、石垣の為に皆其石を取り、大石槽《おほいしぶね》をも曳《ひか》せけるとなん。本末倶に迹なし。唯其名のみ。古歌を思〈瀧の音絶て久く成ぬれど名こそ流てなを聞えけれ〉。又法花寺の東北に寺あり。俗、角寺と云。実には海龍王寺なり。玄昉僧正、入唐渡海の祈念に立らる、と云。

『寺社記』は、『霊地集』が独立項目とする「阿閦寺」に関する記述を、あえて「法華尼寺」項内に移して記載しているのである。その理由は、『寺社記』に「其阿閦寺なきか故に委は不記也」とある通り、『寺社記』の成立した寛文六年時点において既に現存していなかったからであろう。執筆時の現況に応じて、「法華尼寺」項に吸収する形で記載したものと考えられる。

類似の改変は、「中宮寺」についても指摘できる。『霊地集』は「中宮寺」を大項目として詳述するが、『寺社記』は、「法隆寺」項目内に略述するのみで、「阿閦寺」の例と重なる。この中宮寺もまた、『霊地集』に「今は後の破壊散乱を思て、法隆寺の内に移す〈舎利堂の丑寅の方に壁を隔て、立。塔なし。堂一宇坊一舎なり〉。」とあるように、既に法隆寺の一部がごとくになっていたらしい。やはり『寺社記』は、その伽藍の現況に対応するように、『霊地集』の大項目を整理していったと考えられる(13)。

これとは逆の例が「海龍王寺」に見られる。『霊地集』は先掲の「阿閦寺」項目末尾で、「海龍王寺」について触れているが、『寺社記』では別に独立させて立項しているのである。そして、その内容は、ほぼ『霊地集』「阿閦寺」に拠っていることは明白である（増補系のみわずかな増補がある）。廃寺となった「阿閦寺」を立項しないかわりに、現存する「海龍王寺」を新たに立項したのであろう。

『和州寺社記』巻上・七「海龍王寺」

海龍王寺は世に隅寺と云。法花寺より少東の方也。是は古へ玄昉僧正、渡唐し給ひし時、祈祷のため建給ひし寺なるよし。今は戒律宗也。

この「海龍王寺」のように、『霊地集』が他項目内で言及している寺社を、『寺社記』が独立項目とした例は、他に、巻上・廿の「竹林寺」および巻下・五の「新薬師寺」が挙げられる。それぞれ『霊地集』では、「竹林寺」は「生馬《いこま》山」の項に、「新薬師寺」は「薬師寺」の項に記載が見られるものである。これらの寺院も、それぞれ江戸初期に再興が果たされており、やはり『寺社記』成立期の現況に即している。他には、寛永一九年（一六四二）に焼失し、万治元年（一六五八）に仮殿が再興されたばかりの「東大寺八幡宮」（巻上・二）を新たに立項している点にも同様の意識が見られようか。

このように『寺社記』は『霊地集』上巻の大和国関連部分を独立させ、増補・整理を行って成ったものといえる。

そしてその際には、寛文六年現在の寺社の現況に即して項目を適宜変更しているのである。この点において、『寺社記』は、過去への意識の強い縁起集(14)から、現在に目を向ける名所記(15)へと、その一歩を踏み出しているといえよう。

四、寺社の配列方法

『霊地集』の寺社配列は、春日大社、大安寺、元興寺、東大寺、興福寺など南都周辺の寺社から始まり、大峰、高野山、熊野など大和国南部の国境付近へと至り、おおむね北から南へと進んでいく。一方、『寺社記』では、『霊地集』冒頭七寺社だけを比べてもわかるとおり、寺社の順序がかなり入れ替えられ、しかも、上下巻に振り分けられていることがわかる（寺院名の下の数字はそれぞれの掲載順）。『寺社記』の配列は、必ずしも『霊地集』にそのまま従っているわけではない。では、『寺社記』はどのような配列意識を持っているのだろうか。

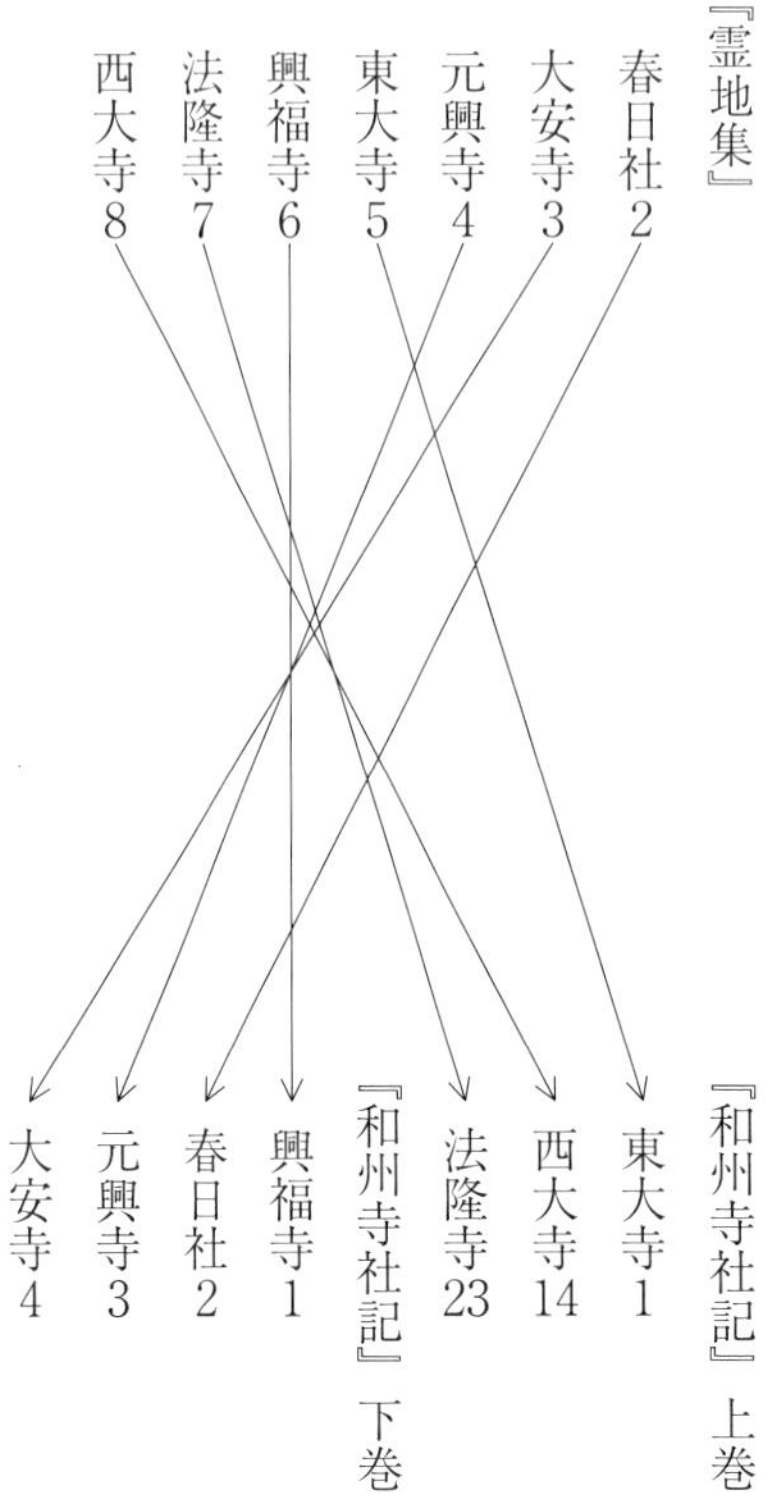

『寺社記』上巻は、冒頭に東大寺（1）、東大寺八幡宮（2）、般若寺（3）などを配し、『霊地集』同様、南都中心部付近の寺院から始まり、招提寺（10）・西大寺（14）など西の京から長弓寺（16）など大和国北西部にも触れながら生駒山（19）・信貴山（21）を通り、法隆寺（23）等斑鳩付近を通過して葛城明神（30）・金剛山（31）に至る。これは平城京の朱雀大路から藤原京へと大和盆地を南北に通る、いわゆる古代大和の下ツ道（近世期は中街道・現在の国道24号線）の西側に位置する寺社をめぐりながら南下していく形になっている（収録寺社分布図参照）。

そして、下巻もまた、興福寺（1）、春日社（2）、元興寺（3）など南都中心部付近の寺院から始まり、長谷寺（17）・室生寺（18）などを大和国南東部、多武峰（19）、本元興寺（22）など桜井および明日香（飛鳥）の諸寺を通過して壺坂山（25）から吉野（27）へと至り、ちょうど下ツ道・中街道の東側の領域を南下していく形になっている（久米寺（26）は、唯一この区分に反するが、下ツ道・中街道付近に近接し、例外として扱ってよい）。つまり、『寺社記』上・下巻には、南都中心部を除くと、下ツ道・中街道を挟んで、西側と東側とに位置する寺院がそれぞれに配分されているのである。

実は、こうした大和盆地を東西に区分し、北（南都）から南（紀州・河州境界付近）へと至る構成は、大和国の小型案内記類の構成とも重なる。

元禄年間以降、『大和名所記』『大和名所独旅』『大和廻り名所記』などと称される、「大和国の寺社や名所旧跡を簡潔な解説とともに列記する」[16]観光ガイド的小型案内記が繰り返し出版された。この小型案内記類は、大和国の寺社を「南都東山より南の山迄」「南都より西山北より南迄」「南都より南平地」「南都より西北南迄平地」に四分類するという特徴がある。試みに小型案内記『大和名所記』に分類記載されている寺社名を『寺社記』の収録箇所（括弧内に示した）と対照させてみた[17]。

奈良の内
東大寺（上1）・八幡社（上2）・興福寺（下1）・春日四社（下2）・（元興寺（下3））
南都東山より南の山迄
忍辱山円成寺（下8）、菩提山正暦寺（下13）、桃尾山龍福寺（下12）、室生山室生寺（下18）、鷲峰山竹林寺、雲雀山紫雲菴、豊山長谷寺（下17）、吉野山金峰山寺（下27）、談山多武峰寺（下19）、壺阪山南法華寺（下25）、岡寺（下20）、橘寺（下21）、飛鳥寺（下22）、香具山寺（下24）、安部山万願寺（下23）
南都より西山北より南迄
真弓山長弓寺（上16）、鼻高山霊山寺（上18）、平尾山小倉寺、般若山宝山寺、生馬大明神（上19）、生駒竹林寺（上20）、鍋蔵山東明寺、矢田金剛山寺（上17）、槇原寺、補陀落山松尾寺、信貴山朝護国孫寺（上21）、二上山当麻寺（上28）、葛城山金剛山寺（上30）、金剛山半腹口名寺（上31）
南都より南平地
高円山白毫寺（下6）、穴栗四社明神、帯解寺、森本光明寺、布留大社（下10）、内山永久寺（下11）、釜口長岳寺（下14）、大大和大明神、穴師大明神、三輪山平等寺（下15）
南都より西北南迄平地
興福尼院（上5）、不退寺（上6）、法華寺（上8）、海龍王寺（上7）、超昇寺（上9）、秋篠寺（上13）、西大寺（上14）、喜光寺（上12）、招提寺（上10）、薬師寺（上11）、大安寺（下4）、額安寺（上24）、満鳩山大福寺（上26）、法楽寺（上25）、百済大寺、法隆寺（上23）、中宮寺、叶堂安明寺、新立田の社（上22）、清水山吉田寺、片岡山達磨寺（上27）

一見して、南都中心部に近い「大安寺（下4）」を除き、「南都より西北南迄平地」「南都より西山北より南迄」収録寺院が、『寺社記』上巻に対応し、「南都東山より南の山迄」「南都より南平地」収録寺院が下巻に対応していることがわかる。

また、『霊地集』未収録で『寺社記』で新たに収録追加された寺社を見ると、増補された寺院の多くが、『大和名所記』にも見える寺社（傍線を付した）であり、空白地域を補うかのように増補がなされていることもわかる。

上巻：東大寺八幡宮（2）、般若寺（3）、興福尼院（5）、不退寺（6）、秋篠寺（13）、高山八幡宮（15）、長弓寺（16）、霊山寺（18）、龍田本宮（22）、額安寺（24）、法楽寺（25）、大福寺（26）、高天寺（29）、葛城明神（30）

下巻：円照寺（7）、忍辱山（8）、在原山（9）、布留社（10）、内山永久寺（11）、桃尾山（12）、菩提山（13）、釜口（14）、法貴寺（16）、室生寺（18）、岡寺（20）、本元興寺（22）、安倍山（23）、天香久山（24）、壺坂山（25）、天川（28）

「大和もの」に先行する、「京都もの」案内記については、「寺社や名所旧跡を単に羅列するのではなく、日割りのモデルコースを設定するなどして、巡覧の便宜を図っている点も大きな特徴となっている」(18)との指摘があり、小型案内記は実際の巡覧のための実用性を持っていたらしい。上述『大和名所記』に代表される「大和もの」小型案内記の配列にも、その実用的性格の一端は伺うことができる。(19)そうした実用的配列に『寺社記』は近づいており、少なくとも『大和志』『大和名所図会』といった、郡などの行政区画によって配列する地誌とは大きく異なる配列意識を持っている。

近世期の奈良観光の定番ルートは、南都から長谷・多武峰などを廻って吉野・高野山などから大阪へ抜けるルートだったといわれ[20]、上巻が南都から金剛山へ、下巻が南都から吉野山へ、という『寺社記』の寺社配列方法は、完全なモデルコースの提示とまでは言えないが、その収録寺社は当時の観光・参詣対象寺社を覆うものとなってはいる。

例として、『寺社記』成立期に近い、寛文四年（一六六四）の紀行文『所歴日記』（石出吉深著）[21]に見られる大和国観光経路を、『寺社記』での収録順（括弧内に示した）と較べて見た。

般若寺（上3）↓春日社（下2）↓東大寺（上1）↓興福寺（下1）↓不退寺（上6）↓西大寺（上14）↓喜光寺（上12）↓薬師寺（上11）↓大安寺（下4）↓招提寺（上10）↓元興寺（下3）↓在原寺（下9）↓布留社（下10）↓内山永久寺（下11）↓法隆寺（上23）↓龍田明神（上22）↓達磨寺（上27）↓磯長山叡福寺（×）↓当麻寺（上28）↓大和神社（×）↓大神神社（下15）↓多武峰（下19）↓長谷寺（下17）↓安倍山崇敬寺（下23）↓本元興寺（下22）↓岡寺（下20）↓橘寺（下21）↓吉野（下27）↓高野（×）

一部上下巻をまたぐ箇所があるほか、多少の前後があり、巡路そのものは一致を見ないが、『寺社記』の収録寺院の多くが、現実の観光コースに重なるものであることが確認できよう。

さらに、「大和もの」小型案内記類の特徴として「「奈良之内」以外の部分では、多くの項目で、奈良からの里程および方角が記されており、奈良を中心に据えた記述がなされている」[22]ことが指摘されている。上述の通り、『寺社記』もまた各寺社に奈良からの里程や方角を記しており、その特徴は、例えば貝原益軒『和州巡覧記』（元禄九年〈一六九六〉）[23]など、紀行文での里程の示し方と比べればより明白になる。『和州巡覧記』が、近隣の地名からの里程を示すのに対し、奈良を基準とする『寺社記』と案内記の性格の近さがわかるだろう。

『大和名所記』「矢田金剛山寺」奈良より三里南西也
「法隆寺」ならより三リ半ひつしさる
『和州寺社記』「金剛山寺」奈良より西の方三里
「法隆寺」奈良より坤の方四里
『和州巡覧記』「八田寺」郡山の南に有。大道の西にあり
「法隆寺」小泉より一里、郡山より二里

また、「大和もの」小型案内記類には、大和全域を対象とするもののほかに、南都周辺のみを対象とし、興福寺・東大寺などの大規模寺社境内の名所を詳しく記す、もう一つの系統が存在する。特に、貞享元年（一六八四）刊の『南都名所道筋記』が、『南都名所記』（元禄一五年〈一七〇二〉頃刊）、『改正絵入南都名所記』（絵図屋庄八板・宝暦四年〈一七五四〉刊行が最初か）といった名称で繰り返し出版されたことが知られている(24)。

『寺社記』も東大寺や興福寺・春日社などの大寺社については、境内内外の名所を豊富に示しており、これら南都中心の案内記類と重なる名所も多い。もっとも、『南都名所道筋記』が「京都の小型案内記にみられるモデルコースほどではないが、各項目は単に羅列されているのではなく、大半は規則的にならべられ(25)」、その書名の通り観光の道筋を示すのに対して、『寺社記』は南都部分が上下巻に分かたれてしまっており、完全な案内記的配列とは異なる。しかし、堂舎に限らず、細かな名所を列挙していく姿勢は、やはり案内記と共通する(26)。大和全域の寺社の配列方法のみならず、こうした南都内の名所への言及姿勢からも、『寺社記』が大和・南都の案内記的性格を帯びはじめていることは指摘できよう(27)。

五、後出地誌への影響

五—一、『南都名所集』

『南都名所集』（以下、『名所集』と略称する）十巻十冊は、延宝三年（一六七五）の序文を持つ地誌である。書名には「南都」とあるが、当時の狭義の南都を扱うのは巻一～巻六までで、巻七～巻十までは、南都を離れて大和一円に及び、その対象範囲はほぼ『寺社記』に重なる。そして本文上においても、『寺社記』が有力な素材となっている箇所がある。

『南都名所集』(28) 巻九「岡寺」

岡寺　辰巳方七里余

この地は岡本の宮の跡なり。これ舒明天皇の皇居たり。天智天皇の御願、義淵僧正の開基、本尊は如意輪観音なり。また東光山竜蓋寺真珠院ともいふ。中興は弘法大師なり。三国の土をもつて丈六の観音を作り、胸中に昔の如意輪をつくり籠めたまひしとかや。ある説に、願主は弓削道鏡とも云ふ。義淵僧正開基のよしは『釈書』第二に見えたり。

寺野なのおかごにめすや花見衆

『和州寺社記』巻下・廿「岡寺」

〈高市郡〉岡寺〈寺領弐拾石〉奈良より巽の方七里余

東光山龍蓋寺真珠院は、世に岡寺と云。天智天皇の御願にて、法相の先徳義淵僧正の開基也。其後、弘法大師も住給ひ、真言を弘め給ふ。本堂の本尊は如意輪観音なりしが、中興弘法大師、再興し給ふ砌、天竺震旦我朝三国の土にて、御長一丈六尺の観音を作り、其像内に往昔の如意輪を作りこめ給ひ、今は其土仏を尊崇し奉る。西国三十三所の順礼七番目の札所也。此所は古へ岡本の京とて、天智天皇、橘の都より移らせ給ふ帝都也。因茲、世に岡寺とは名付。其御殿の跡を開基し給ひ、堂塔建立し、坊舎二十軒余有りしが、何の比よりか零落して、今は一坊有り。密教の勤行、今に断絶なし。

右の通り、『名所集』の「岡寺」項は、奈良からの方角と距離なども含めて、『寺社記』を出典として利用し、簡略化や記事順序の入れ替え、『元亨釈書』の再参照などを経てできあがっていることがわかる。(29)

『名所集』序文において、編著者の村井道弘は、

ここに太田氏叙親先生は、ここら名にある所々の、光あるをば玉と顕し、光なきをば石や瓦と、過ぎにしころよりこれを集めて懐にしたふけるを、幸なるかな、予は何事もこせう丸のみ、からからぬ御代にこれをひろめて、諸人を道引かば、かつは神慮にもかなひ、仏意にもそむかじとて、このたび共にこれを撰みて、(中略)ただこの辺の名所古跡を、見ぬ人あらばしらせんとてなり。よりて、南都名所集と名付け侍る。

と述べている。これは「叙親の収集した資料を、道弘が主となって編集し、執筆したという『名所集』の成立事情を示したもの」である。(30)その「叙親の収集した資料」に『和州寺社記』が含まれていたということになろう。つまり、『名所集』は、刊行されることのなかった『寺社記』を比較的早い段階で利用しているわけである。このことから「寛文六年に成つた『和州寺社記』は、或いは叙親の著ではなかつたかと想像してゐる。」とする説もある。(31)その当否

には慎重でありたいが、『寺社記』は、たしかに『名所集』作者の周辺にあり、その有力な素材となったことは間違いない。また、各標題下に奈良からの里程を示す、『寺社記』と『名所集』との形式的な類似も見逃せない。『名所集』が挿絵を付されて刊行され広く流布したのに対し、『寺社記』がついに刊行されなかったのは、あるいは『寺社記』が『名所集』として発展的に吸収されるような形となったことが原因だったとも考えられる。

五―二、『広大和名勝志』・『大和名所図会』

大和国を扱う近世地誌のうち、最も著名で、かつ最も大部なものは、『大和名所図会』（寛政三年〈一七九一〉刊、秋里籬島著・竹原春朝斎画、以下、『名所図会』と略称する）であろう。この『名所図会』は、その跋文から「『広大和名勝志』（以下、『名勝志』と略称する）の編纂なかばに没した植村禹言《のぶこと》の遺志を受け、その草稿を得て著した」ものであることがわかっている。その草稿本『名勝志』は、大和国の名所旧跡などについて、種々の参考文献を列挙したものだが、「『広大和名勝志』において多く引用された文献は、南都の部分では『平城趾跡考』と『和州寺社記』、その他の部分では『大和志』と『和州旧跡幽考』である」という指摘がなされているように[32]、『名勝志』には、しばしば「和州寺社記」や「大和寺社記」という書名を見ることができる。『名勝志』を介して、近世大和国地誌のうち最も著名な『名所図会』にまで『寺社記』は影響を及ぼしていたことになる。ただし、注意が必要な例もある。以下に「秋篠寺」の例を見てみたい。

『広大和名勝志』巻六「秋篠寺[33]」

大和寺社記云、本尊薬師如来は行基の作、十二神将は春日作。光仁天皇の御建立。然に伽藍造立の功いまだ遂させ給はずして、帝崩御ありし故、桓武天皇追て造営ありて供養を遂させ給けるなり。

（中略）

和州寺社記云、本堂側に大元明王あり、其前に鳥居有。此明王は醍醐常暁和尚の作なり。堂内に香水の井あり。毎年禁裏より下部《しもべ》の御使来り、十二月晦日酉の尅、此井水を汲、本堂薬師如来の前にそなへ置、元日より七ケ日間行ひあり。又薬師堂仏壇の下土を取、籠に入、件の水と二種、正月八日に御史取持て、醍醐利性院へ持来し、此所にて十三日まで加持有、同十四日暁天に禁裏へ上る。此井水を香水とし、御祈念あるよし、今に断絶なし。

『大和名所図会』巻三「秋篠寺」(34)

大和寺社記曰、本尊薬師如来は行基の作。十二神将は春日の作。光仁帝の御建立。しかるに伽藍造立の功いまだ遂させたまはずして、帝崩御ありしゆゑ、桓武帝追て造営ありて供養を遂げさせたまひけるなり。

『和州寺社記』巻上・十三「秋篠寺」

秋篠寺は、光仁天皇桓武天皇御二代の御願所にて、本尊は薬師如来、行基菩薩の作にて、宗旨は真言也。本堂の側に、大元明王堂、其前鳥居有。此明王は、醍醐浄教和尚の作也。堂内に香水の井有。毎年禁中より下部の御使来り、十二月晦日酉の尅、此井水を汲、本堂薬師の前に備へ置、元日より七ケ日間行ひ有。又薬師堂仏壇の下の土を取、籠に入、件の水と二種、正月八日に御使取持て、先醍醐利生院え持来し、此所にて十三日迄加持有、同十四日暁天に禁中へ奉納せらるゝ。件の土にて年始御祈祷、護摩壇の上塗し、彼水を香水とし、御祈念有し嘉例、今に至て断絶なし。

『名勝志』が、「大和寺社記」「和州寺社記」から引用し、そのうち「大和寺社記」の内容が、そのまま『名所図会』に用いられていることがわかる。

このうち「和州寺社記」引用に関しては現存『寺社記』とほぼ同文である（他の引用例から見て原撰本系統を利用し

ているこ とがわかる)が、同項目内で引用されるもう一つの「大和寺社記」本文は、現存『寺社記』には見られない。実は『名勝志』がここで「大和寺社記」として引くものは、前述の『南都名所集』である。

『南都名所集』巻七「秋篠寺」

それ当寺は光仁天皇の御建立、本尊は薬師如来、行基の作。十二神将は春日の御作なり。しかるに伽藍造立の功いまだ遂げさせたまはずして、帝崩御ありしゆゑ、桓武天皇追つて造営ありて供養を遂げさせたまひけるなり。かたへに太元明王あり。

『名所図会』は、『名勝志』の記載をそのまま引き継いでおり、『南都名所集』からの引用であることがわかりにくくなっているのである。こうした箇所は少なくない。

また、次の東大寺関連項目の例のように、『奈良名所八重桜』[35]〈延宝六年〈一六七八〉刊行、大久保秀興・本林伊祐著、菱川師宣画〉が「寛文名所記」「寛文記」といった、『和州寺社記』と紛らわしい名称で引用されている場合も多い。

『広大和名勝志』青瀧明神祠

寛文名所記云、良弁杉の南に真言宗の守神青瀧明神の祠有。此神は弘法大師入唐して青龍寺の地主青瀧明神の祠に詣ふで仏法東漸の事を祈玉ひ、帰朝の後上下醍醐に祠を建、青瀧明神と崇め、其後此所に勧請し玉ふと也

『広大和名勝志』三昧堂

寛文記云、普賢寺といふ有。三月堂の後建立有し故、俗に四月堂といふ。本尊は普賢菩薩、十一面観音なり。作しれず。一説に観音は光明皇后玄昉への艶書にて張子にせられしと云。

『奈良名所八重桜』巻二・青瀧明神祠・普賢寺

この杉の南に真言宗の守神青瀧明神の祠有り。この神を真言宗に用ゆる事は、そのむかし弘法大師入唐して青龍寺にいたり、彼の地主青瀧明神の祠に詣でて、仏法東漸の事を祈られ、帰朝ののち上の醍醐、下の醍醐両所に社をたて、青瀧明神と号せられしのち、またここにも勧請したまふとなり。さてまた、この近き辺に、普賢寺といふ有り。三月堂ののち建立有りしゆゑに、世俗、四月堂といひならはしぬ。本尊は普賢菩薩と十一面観音にておはします。作しれがたし。但し、一説にいふは、観音は光明女、玄昉への艶書にて張子にせられしと云ひ伝ふ。

『和州寺社記』巻上・一「東大寺」

一、三昧堂、世に四月堂と云へり。本尊は不賢三昧御座す故、三昧堂とも又は不賢堂とも云へり。

他にも『広大和名勝志』には六十例を超える「寛文記」引用があるが、実はそのほとんどが『奈良名所八重桜』の引用であり(36)、南都部分では最も多く用いられているのはむしろこの『奈良名所八重桜』である。

このように、『広大和名勝志』の引用書目標示はやや不統一な点もあり、一見『和州寺社記』を多用しているように見えるが、実際には『和州寺社記』の引用はそれほど多くない。しかし、『和州寺社記』の典拠資料について、興味深い情報を得ることができる。次に、「禅林寺（当麻寺）」項を見てみたい。

『広大和名勝志』「紫雲菴」

慶長年和州寺社記云、中将姫は当麻寺の実惟法師を師として髪をおろし善心尼とも妙意とも云。又改名して号二法如尼一。紫雲菴といふいほりをむすんで念仏し玉ふ。紫雲菴は当麻寺の東の方に小堂あり。尼寺なり。此を紫雲菴といふ也。中将姫死去の所也。

『広大和名勝志』同「石光寺」

慶長和州寺社記云、染寺は号二石光寺一。当麻へ入らんとする四町斗前にあり。染殿の井は染寺の前にあり。彼蓮の糸を染し水也といへり。

『広大和名勝志』同「桜樹」

慶長和州寺社記云、此桜染寺の前にあり。蓮の糸をかけてほされし桜なりといへり。度々植かへたる成べし。


この項目では、長文での「慶長和州寺社記」引用（内容は『元亨釈書』に類似）に加え、「紫雲菴」「石光寺」「桜樹」などの小項目でも「慶長和州寺社記」が引用されている。その一方で、「講堂」「法華堂」「諸堂霊宝」などの小項目では「大和寺社記」が引用されている。そして興味深いことに、そのうち「大和寺社記」の引用箇所は現存『寺社記』と一致するのに対して、以下の「慶長和州寺社記」の引用は、現存『寺社記』には全く見られない内容となっている。

そもそも、『霊地集』との関係などから見て、現存『寺社記』が慶長以前に存した可能性はありえない。つまり、『名勝志』の記述を信じる限り、寛文六年成立の現存『寺社記』とは別に、なんらかの「寺社記」が存在したと考えざる得ない。それでは、慶長と寛文の二つの寺社記はどのような関係にあるのだろうか。次は「猿沢池」についての記述である。


『広大和名勝志』「猿沢池」

和州寺社記云〈慶長《寛文》年之記〉猿沢池は古へ此池の辺に猿多く集り居て池水に移る月影を見て手に手を取くみ月影を取らんとせし処に跡にひかへる猿手をはなちければ因茲に猿多く池水に沈みて死す。其後此池を猿沢とは名付く。彼猿埋みたるしるしとて池の側に松ありと云々。
大和寺社記云〈慶長年記〉松院と云寺に、弘法大師住給ひける時、毎朝勤行の時猿菓《このみ》を持て来り捧しが、有時仏壇の前にて死す。此池の辺に埋み墓つかせ給ひそれより猿沢と名付しといふ云々。

ここでも二つの書名が別々に引用されているが、不思議なことに、これらの記述はともに現存『寺社記』「興福寺」の内容に一致している。ただし、現存『寺社記』を見るに、以下の通り、現存『寺社記』でも本記事は二つに分かたれ、「又一説に」以前が『名勝志』のいう「寛文和州寺社記」にあたり、それ以降が「慶長大和寺社記」にあたっているることがわかる。つまり、現存『寺社記』のいう「一説」とは、『名勝志』のいう「慶長大和寺社記」を利用したものだ、ということが判明する。

『和州寺社記』巻下・一「興福寺」(37)

一、猿沢池　南大門の前に有。東西五拾間余、南北四十間余有。是は天竺獼猴池をうつせる池なるよし。此池の中に龍宮へ通りたる井有と云へり。鯉、鮒、金魚なと多く有り。古しへ此池の辺に猿多く集り居、池水に移る月影を見て、其うつれる影をとらんとて、手に手を取組、月影を取らんとせし所に、跡に引へたる猿、取組たる手をはなす。因茲、猿多く池水に沈みて死しぬ。其後、此池を猿沢池とは名付し。彼猿埋たるしるしとて、池の傍に松有。又一説に松院と云ひし寺に、古へ弘法大師住給ひ、毎朝勤行し給ふ時、猿果を持て来り捧しか、或時仏壇の前にて死しけるを、此池の辺に埋み、墓をつかせ給ひ、それより猿沢と名付るとも云へり。

『和州寺社記』で他に「一説」を掲出する箇所は、同じ「興福寺内」条の以下の二ヵ所のみである。

講堂の本尊は阿弥陀如来三尊、脇士に四天王の像も御座す。天平十八年〈丙戌〉長岡大臣の御願、武智麿の女、同男恵美の大臣、母の為、造立し給ふよし。一説に光明皇后の御建立とも。興福寺の秘所也。大会にあらされは開く事なしと也。

五重の塔、四方正面、本尊は、観音、薬師、弥陀、尺迦、天平二年〈庚午〉光明皇后、御建立、高さ拾五丈壱尺あるよし。一説に房前大臣建立とも云へり。覚束なし。

これらの箇所も「慶長和州寺社記」と関わる可能性があるが、『広大和名勝志』はこれらの箇所では『奈良名所八重桜』を用いていて『和州寺社記』に触れておらず、この「一説」の来歴については不明である。しかし、同じ「興福寺」条にある点は注意されてよい。

また、次の「高天寺」の例を見るに、「慶長和州寺社記」「寛文大和寺社記」二種の「寺社記」の内容は一部重複する部分もあったらしい。実際、ここでの『名勝志』の「寛文大和寺社記」引用は現存『寺社記』に一致する。ただし、『名勝志』記事末尾の記述には「慶長年和州寺社記亦之に同じ」とあることから、やはり一貫して「寛文大和寺社記」の他に「慶長和州寺社記」が別に存在したという姿勢を見せている。

『広大和名勝志』「高天寺」

寛文大和寺社記云、高天寺在二和州葛上郡一、奈良坤方九里半。当寺金剛山の麓にて草菴五六坊あり。古へは七堂伽藍所なる由、いつの比よりか零落してわづか三間四面の本堂に十一面観音并に釈尊の霊像を安置す。其側に遍照院と云草菴の庭前に、古へ孝謙天皇の御宇に鶯とまり居て和歌を詠じたる梅の木今にあり。〈慶長年和州寺社

記亦之に同じ〉

『和州寺社記』巻上・廿九「高天寺」

高天寺は金剛山の麓にて草庵五六坊有。古へは七堂伽藍所なるよし。いつの比よりか零落して今はわつか三間四面の本堂に、十一面観音幷釈迦の像を安置す。其側に遍照院と云草坊の庭に、古へ孝徳天皇の御宇、鶯留り居て和歌を詠したる梅の木、于今有。

つまり、現存『寺社記』は、その「慶長和州寺社記」を典拠資料の一つとして用いたために、部分的に重複する内容を持っているのだと考えられよう。『名勝志』執筆段階（作者植村禹言晩年の安永年間〈一七七二～〉か）では、おそらくは「慶長和州寺社記」なる書が別に存在しており、現存『寺社記』と区別し得る環境にあったのだろう。したがって、厳密には、現存『寺社記』は、「慶長和州寺社記」とは区別して、『寛文和州寺社記』ないし『寛文大和寺社記』などと年号を付して呼ぶのが適切なのかもしれない。無窮会図書館神習文庫蔵本（山川正宣校本）の外題は「寛文大和寺社記」となっており、実際に書名として用いられていたことも確認できる。むろん、〝慶長和州寺社記〟なる書がいかなる書で、現存『寺社記』にどの程度〝慶長和州寺社記〟が用いられているのかは不明である。その解明は〝慶長和州寺社記〟完本の出現を俟つほかない。

六、おわりに

一般に、大和国を扱う地誌は、先行する京都の地誌を追うように、寛文・延宝頃を境に多数出版されるようになる。それらの地誌は、地域別に見ると、『奈良名所八重桜』『南都名所記』のような南都周辺を中心に扱うもの、『南都名所集』『和州旧跡幽考』など大和国全体を対照とするもの、『吉野山独案内』『吉野夢見草』などの吉野周辺に特化したものに分類できる。『和州寺社記』は、大和国一円を扱いつつも、南都・吉野周辺では細かな名所等をかなり詳しく紹介しており、その扱う範囲において、後出の大和国全域を覆う地誌の先駆けともいえる。

そして、本稿で述べてきたように、本文上は『南北二京霊地集』の縁起集的要素を濃厚に引き継ぎつつも、寺院とは直接に関連しない歌枕などの名所旧跡にも言及することで名所記的性格へと踏み出し、その寺社の配列も、単なる地域別ではなく、上巻・下巻がそれぞれ大和盆地を北から南下し、奈良からの距離や方角を記すなど、後代の案内記へと通じる性格をも持っていた。『和州寺社記』には、後出地誌に見られる様々な要素の萌芽が見てとれるのである。その意味で、中世的な縁起集から地誌への過渡期に位置する作品と評価できよう。

さらに、その享受においては、『和州寺社記』は、かなり早い時期に成った大和国地誌ではあったが、挿画もなく、他の地誌のようには出版されることはなかった。しかし、本稿で述べてきたように、まとまった大和国地誌としては最初の『南都名所集』に利用されているほか、『広大和名勝志』の中に引用されたことで、その一部は最大の地誌『大和名所図会』にまで引き継がれていった。直接的、また間接的に、多くの後出地誌へと影響を及ぼしており、近世の大和国地誌の成立・発展史の中に一所を与えられるべき一書であるといえる。

また、近代の問題としては、仏書刊行会『大日本仏教全書』寺誌叢書第二・第四（一九一三年・一九一一年）所収の縁起のうち、少なくとも「704西京薬師寺縁起」「706法華尼寺縁起」「714超昇寺縁起　付　神宮山之事」「730本元興寺縁起」「735興福尼院縁起」「733橘寺縁起」の六点は、それぞれ、『和州寺社記』（増補系のもの）巻上・十一「薬師寺」、巻上・八「法華尼寺」、巻上・九「超昇寺」、巻下・廿二「本元興寺」、巻上・五「興福尼院」、下巻・廿一「橘寺」各項目そのものである。これらの「縁起」がどのような経緯で『寺社記』から切り出され、『大日本仏教全書』に収録されるに至ったかについては不明であり、鈴木学術財団編の各解題（一九七三年）においても『寺社記』との関係については触れられていなかったが、想像以上に『寺社記』は広く影響を及ぼしている。記事の出典や地誌以外の作品への影響、他地域（おもに京・江戸）の地誌の出版状況との関わりや多くの紀行文・略縁起との関係など、論じられるべき点もまだ多い。本『近世寺社伝資料』の刊行が、そうした課題の究明に寄与することを祈念して稿を閉じる。

注

（1）「時に寛文五年の秋、征夷大将軍家綱公より奈良の北の方の山腹に霊地を下し賜り、仏殿を建、庵を造り、弥勤おこたりなし。」（巻上・五「興福尼院」）「され共寛文五の年正月二日の夜、焼失す。天火なりと聞えし。」（巻上・十九「生駒山」）など、寛文五年の出来事に言及する箇所もある。

（2）神宮文庫本はこの箇所を不審に思ったか、空行としている。

（3）神宮文庫所蔵本のうち実見できたものは所蔵番号四七七三番のもののみ。所蔵番号一六二八番のものは、『神宮文庫図書目録』（神宮司庁・一九二二年）には記載があるが、『神宮文庫所蔵和書総目録』（戎光祥出版・二〇〇五年）には記載がない。

（4）『謡曲拾葉抄』の引用は『国文註釈全書』（国学院大学出版部）による。『謡曲拾葉抄』の凡例には「名所旧蹟は、近国の分は人に尋ね、或は先達の抄物をもて書之。遠国の旧跡などは定かにしれがたし。依て多く書き漏らしぬ。」とある。大和国は「近国」にあたるだろうから、「先達の抄物」の一つに『寺社記』も入っていたのだろう。『謡曲拾葉抄』の地誌利用については、伊藤正義「謡曲拾葉抄について―著者とその方法―」『人文研究』三〇（一）（一九七八年）参照。

（5）平井良朋「近世奈良地誌小考（一）」『大和文化研究』九‐八（一九六四年八月）

（6）大和国史会『大和志』三‐三、四、五、六、九（一九三六年三月、四月、五月、六月、九月）に、「和州寺社記―巻第上―」「和州寺社記―巻第上―」「和州寺社記―第三回―」「和州寺社記―第四回―」「和州寺社記」の計五回連載された。底本の情報はないが、寛文六年書写奥書を持つもの。なお、『大和志』は吉川弘文館から一九八二年に復刻されている。

（7）平井良朋前掲注（5）は「本書の存在は正しく江戸初期における郷土奈良の地誌的刊行物の劈頭を飾るものと言うべきであろう」とする。

（8）このうち阿閦寺、中宮寺に関しては、『和州寺社記』は別項目内で触れている。この点は後述する。なお、平井良朋前掲注（5）も「『霊地集』のみ存するものは、向原寺・興厳寺（この二寺に関する内容的混淆については専門家のご教示を俟ちたい）・比曽寺の三件のみにしか過ぎない」と指摘する。

（9）『南北二京霊地集』の引用は横山重『琉球神道記　弁蓮社袋中集』（大岡山書店・一九三六年）による。万治二年刊本を底本とするもの。

（10）万治二年刊本は、その刊記によれば、袋中が寛永元年四月に書き上げた自筆本を底本とし、門弟の東暉が奈良念仏寺の正本によって校合したものという（『近世文学資料類従　古板地誌編15　吉野山独案内　南北二京霊地集』（勉誠社・一九八一年））。袋中上人については、五来重「袋中上人と『琉球神道記』」『日本人の仏教史』（角川書店・一九八九年）があり、『霊地集』について「単なる縁起研究のためのものでなく、説経の種本として、『神道集』と一対をなす『仏法集』だった」とされている。

（11）『寺社記』巻上・三「般若寺」（『霊地集』には未収録）の項には、増補本系統写本には、「大和、山城の国境は、木津の宿より三十町程南の方の小坂に、ちいさき石塔立て有。此石塔に、袋中上人自筆の六字名号有り。」との記述があることも注意される。また、版本『霊地集』には自筆編本『霊地集』にない項目（眉間寺、白毫寺等）があり、そのいずれもが『寺社記』に見られ、版本『霊地集』が用いられたことを証する。

（12）他の地誌類の状況等を鑑みれば、『元亨釈書』の他には『本朝神社考』や文保本系の聖徳太子伝などが出典として注目されよう。鈴木健一「林羅山と近世初期名所記の関係について」『汲古』九（一九八六年六月）、神谷勝広「名所記と羅山編書―『本朝神社考』『徒然草野槌』を軸に―」『国語国文』六四‐七（一九九五年七月）、松本真輔「橘寺の略縁起と聖徳太子伝」『近世略縁起論考』（和泉書院・二〇〇七年）、榊原小葉子「地誌としての寛文刊本『聖徳太子伝記』―近世太子信仰の展開に関する一考察―」『太子信仰と天神信仰』（思文閣出版・二〇一〇年）など参照。

（13）『寺社記』の該当する本文は「西大寺の思縁上人、談話して比丘尼真如房を住しめ、法隆寺舎利堂の側、艮の方一壁を隔て移し作り、一宇一坊再興して于今有。」である。同様の意識は、『寺社記』が『霊地集』から採用しなかった「向原寺」「興厳寺」「比曽寺」が全て寛文六年段階では廃絶している点などにも指摘できる。『南北二京霊地集』にそれぞれ「此より此寺永く破壊し了ぬ」（向原寺）、「今見るに金堂と塔との礎石のみ残れり、寺内皆野となり田園となる」（興厳寺）とある。比曽寺は享保年間（一七一六〜三六）になって、朴導秀拙が再興し世尊寺と改称された。

(14) 向原寺・興厳寺については、平井良朋前掲注（5）が「この二寺に関する内容的混淆については専門家のご教示を俟ちたい」と指摘する。たしかに両寺は同一の場所に存したが、『霊地集』は蘇我稲目が百済からもたらされた仏像を安置し、その後、物部尾輿によって廃絶された「向原寺」（「日本にて精舎の初なり」）と、その後、聖徳太子が建てた「向厳寺（興厳寺）」（「日本最初の仏閣なり」）とを区別しており、やはり「縁起」への意識が強い。なお、「縁起集」という呼称は、山田浩之「近世大和の参詣文化—案内記・絵図・案内人を例として—」『神道宗教』一四六（一九九二年三月）の「寺社の縁起・由緒等のみを記した本があるが、「縁起集」と仮に名付けてはどうか」という提案にしたがった。

(15) 「名所記」という呼称は、山近博義「近世奈良の都市図と案内記類—その概要および観光との関わり—」『奈良女子大学地理学研究報告』Ⅴ（一九九五年）のによる分類法に従った。すなわち、名所記（『南都名所集』『奈良名所八重桜』等）・節用集的地誌（『奈良曝』等）・名所図会（『大和名所図会』等）・小型案内記（『大和名所記』『南都名所記』等）という分類である。なお、『京雀』『江戸雀』など町鑑に分類されるものは、大和については刊行が知られていない。なお、山近博義「近世名所案内記類の特性に関する覚書—「京都もの」を中心に—」『地理学報』三四（二〇〇〇年三月）は、「京都もの」名所案内記に関してさらに細かい分類を提案している。

(16) 山田浩之前掲注（14）および山近博義前掲注（15）。

(17) 元禄八年（一六九五）年頃刊『大和名所記』（クレス出版『近世大和紀行集』第四巻所収影印および吉海直人「『大和名所記』二種・『南都名所記』一種の影印と解題：「絵図屋」前史として」『同志社女子大学日本語日本文学』一一（一九九九年一〇月））掲載影印を用いた。ただし、「奈良の内」に関する部分は版によってやや異同があり、元禄八年（一六九五）頃刊『大和名所記』には「元興寺」はなく、延享四年（一七四七）頃刊『大和名所記』（山村重三郎版）（勉誠社『略縁起集成』第三巻所収翻刻および吉海直人前掲論文掲載影印）で「元興寺」が増補された。

(18) 山近博義「「京都もの」小型案内記にみられる実用性」『地図と歴史空間：足利健亮先生追悼論文集』（大明堂・二〇

〇〇年）。また、金廷恩「近世案内記における観光モデルコースの登場―貝原益軒著『京城勝覧』から見えるもの」『日本研究』四一（二〇一〇年三月）も観光モデルコースと案内記の関係について論じている。

(19)『大和名所記』など「大和もの」案内記類も「蓋し大和巡りする俗流の為に作れる簡便本」（和田万吉「大和名所記」『古版地誌解題』（和田維四郎・一九一六年））と位置づけられている。ただし、「もっとも、各項目の並べ方は、たとえば「長谷寺」→「吉野山金峰山寺」→「多武峰」の順になっているなど、必ずしも、先述のモデルコースのような巡覧の便が考慮されたものとはなっていない」（山近博義前掲注（15））と、その不十分さが指摘されている。

(20) 原淳一郎「出版文化と旅の情報受容」『江戸の旅と出版文化　寺社参詣史の新視点』（三弥井書店・二〇一三年）は近世道中記を分析し、①（伊勢）―東大寺―猿沢―長谷寺―多武峰―（吉野・高野山）②（伊勢）―東大寺―西大寺・唐招提寺・薬師寺―法隆寺・龍田明神―当麻寺―三輪山―長谷寺―飛鳥・多武峰―（吉野・高野山）③（大坂）―当麻寺―吉野―多武峰―飛鳥―長谷寺―三輪山―龍田・法隆寺―薬師寺・唐招提寺―西大寺―東大寺―（宇治）の三経路を紹介している。

(21)『所歴日記』は、宮内庁書陵部図書寮文庫本（所蔵番号：黒二〇五）を国文学研究資料館所蔵和古書・マイクロ／デジタル目録データベース掲載画像によって閲覧した。なお、『所歴日記』については、板坂耀子「『所歴日記』の伝承記事」『近世文芸』四四（一九八六年六月）や同『江戸の紀行文―泰平の世の旅人たち』（中公新書・二〇一一年）が詳しい。

(22) 山近博義前掲注（15）。

(23)『和州巡覧記』の引用は『益軒全集巻之七』（益軒全集刊行部・一九一一年）を用いた。

(24) 元禄一五年（一七〇二）頃刊『南都名所記』は『南都名所道筋記』の改題本だが、元興寺のあとに般若寺が追加されている。後に、さらに新薬師寺・眉間寺などが増補され、一部順序等も変えられて絵図屋庄八板『改正絵入南都名所記』（安永三年〈一七七四〉初版）ができあがる。明和六年（一七六九）刊『大和名所記』（井筒屋庄八刊）（クレス出版『近世大和紀行集』第四巻所収影印）は、『大和名所記』（前掲注（17））冒頭の「奈良の内」部分に『南都名所記』をあてたもので、大和・南都両方の案内記的性格を併せ持つ。

(25) 山近博義前掲注（15）。

(26) また、南都周辺同様に、もう一つの観光拠点であった吉野についても、吉野周辺に特化した案内記類『吉野夢見草』『吉野山独案内』なども出版されていた。『寺社記』は、吉野についても多数の名所に触れており、やはり案内記的様相を呈している。

(27) 永島福太郎『日本歴史叢書　奈良』(吉川弘文館・一九六三年)の「古代にすぐれた巡礼記があったが、中世でも『七大寺巡礼記』や『諸寺縁起集』がある。それを近世に模したものが、まず寛文六年(一六六六)の『和州寺社記』(三巻《ママ》)である。」や矢守一彦『都市図の歴史　日本編』(講談社・一九七四年)の「寺社参詣便覧ともいうべき「和州寺社記」」という位置づけも、こうした案内記的性格を重視してのものであろう。

(28) 『南都名所集』の引用は『日本名所風俗図会　奈良の巻』(角川書店・一九八四年)を用いた。

(29) 「岡寺」は、『南北二京霊地集』未収録の寺院であり、『寺社記』の直接の典拠資料は未詳。

(30) 岡本勝「解題」『近世文学資料類従　古板地誌編14　南都名所集』(勉誠社・一九八一年)

(31) 金井寅之助「『南都名所集』の著者村井道弘」『西鶴考　作品・書誌』(八木書店・一九八九年)

(32) 藤川玲満「『大和名所図会』考」『秋里籬島と近世中後期の上方出版界』(勉誠出版・二〇一四年)

(33) 『広大和名勝志』は、著者植村禹言の自筆稿本である内閣文庫本(一七二一-〇一九八)を用いた。植村禹言は伝未詳だが、本居宣長『玉勝間』巻三にも紹介されている。

(34) 『大和名所図会』の引用は、『日本名所風俗図会　奈良の巻』(角川書店・一九八四年)を用いた。

(35) 『奈良名所八重桜』の引用は、『日本名所風俗図会　奈良の巻』(角川書店・一九八四年)を用いた。

(36) 『奈良名所八重桜』は延宝六年刊行だが、天理図書館蔵の写本(『南都名所集』の著者村井道弘の子である村井古道の書写)の識語では「寛文十二年〈壬子〉歳」の成立としており(平井良朋「近世奈良地誌と無名園古道」『ビブリア』七七(一九八一年一〇月))「寛文記」の名で引用される妥当性がないわけではない。

(37) なお、本条「一説」の内容等は、笹本正治「猿沢池が地に染まる―伝承と場のイメージ―」『中世文学』五三(二〇〇七年三月)が江間氏親『南遊行嚢抄』(元禄九年〈一六九六〉自序)に見られる所説として取り上げ「延宝六年(一六七八)刊行の「奈良名所八重桜」にも見られ、近世に存在した説明であった」と紹介されたものだが、『行嚢抄』の記載内容は『寺社記』をそのものである。

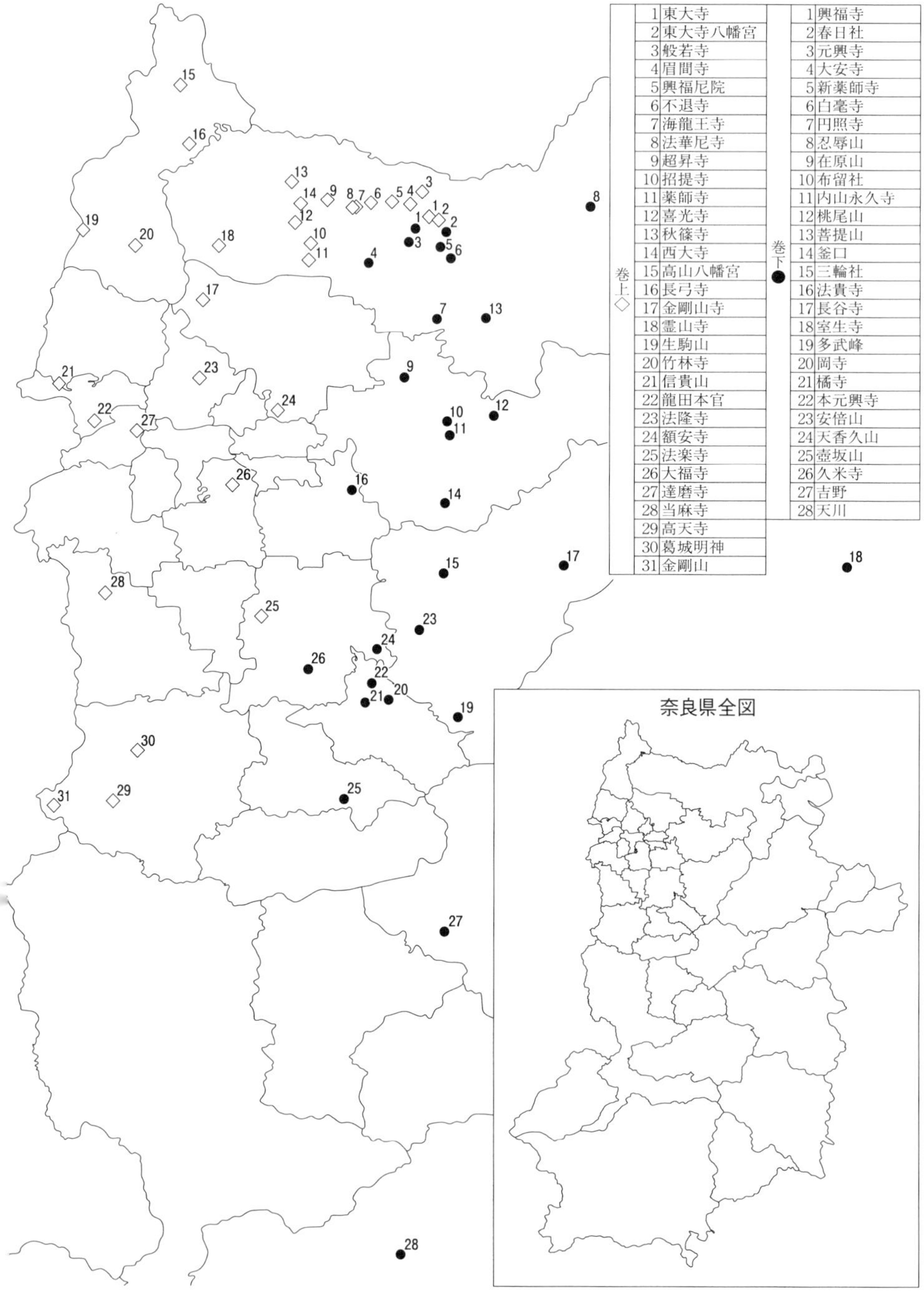

巻上◇		巻下●	
1	東大寺	1	興福寺
2	東大寺八幡宮	2	春日社
3	般若寺	3	元興寺
4	眉間寺	4	大安寺
5	興福尼院	5	新薬師寺
6	不退寺	6	白毫寺
7	海龍王寺	7	円照寺
8	法華尼寺	8	忍辱山
9	超昇寺	9	在原山
10	招提寺	10	布留社
11	薬師寺	11	内山永久寺
12	喜光寺	12	桃尾山
13	秋篠寺	13	菩提山
14	西大寺	14	釜口
15	高山八幡宮	15	三輪社
16	長弓寺	16	法貴寺
17	金剛山寺	17	長谷寺
18	霊山寺	18	室生寺
19	生駒山	19	多武峰
20	竹林寺	20	岡寺
21	信貴山	21	橘寺
22	龍田本宮	22	本元興寺
23	法隆寺	23	安倍山
24	額安寺	24	天香久山
25	法楽寺	25	壺坂山
26	大福寺	26	久米寺
27	達磨寺	27	吉野
28	当麻寺	28	天川
29	高天寺		
30	葛城明神		
31	金剛山		

『和州寺社記』収録寺社分布図

＊地図上実線は現在の奈良県内行政区分である。本図は森田貴之が作成した。

『伽藍開基記』

『伽藍開基記』凡例

❖底本

筑波大学付属図書館蔵『伽藍開基記』（請求番号：185.9-Sh12）を底本とした。

❖本文

一、底本巻第一には全巻に亙る標題寺社・地名の「目次」が掲載されている。これを「目録」とし、寺社・地名の上に、算用数字で巻毎の通し番号を振った。この番号は、各巻の標題に付した番号と対応している。なおこの「目録」記載寺社名と本文寺社名とで、用字に違いのある場合がある。

一、本文冒頭に標題として掲出された寺社・地名に算用数字で番号を与えた。この番号は、巻第一冒頭「目録」に振った番号と対応している。

一、刷りむらや版木の欠損などで、底本本文が判然としない場合、同じ元禄五年刊本である内閣文庫蔵本（資料番号192-77）や、岩瀬文庫蔵写本（資料番号109函32号）などを参照して補った箇所がある。

一、虫損箇所は「□」とし、残画から推定出来る場合は、その文字を「□」で囲んだ。

一、本文は、底本版面通りの改行は行わず、追い込みとした。但し話題の転換などによる段落分けは底本に従った。

一、丁数表記は、原則として各冊底本の柱に記された丁数を、本文中に「（3ウ）」のように挿入した。

一、底本本文上部欄外に、標題寺社所在地情報他（「紀州」「竹田」「〇」など）が付されている場合、これを〔　〕で括り、番号と標題寺社名との間に示した。

一、底本各巻本文冒頭一行目は、書名と巻数表記、二行に「禅林勝地」（巻第八）などの小見出と道温編輯の由が記されるが、巻第一・二のみ小見出が三行目に入る。本書では見易さを考慮し、小見出は巻三以下も次行に移して翻刻し、小見出の前には空き行をとった。
一、読解の便に鑑み、適宜句読点を付し、会話文・心内語などには「　」、話中話などには『　』を適宜付した。
一、漢詩や偈、経文などを底本が二字下げに記す箇所、本文中に一字分の空きを設ける箇所は、原則として底本に従った。
一、底本の「。」が、経文や偈の句切れを示す場合は、適宜一字分の空白をあけるか句読点をうち、事物を列挙する場合は「・」で翻刻した。底本に「。」が入っていない場合も、読解の便に鑑み、適宜「・」や一字分の空白を補った箇所がある。
一、本文中、割注や小字右寄となっている箇所は、巻第一冒頭「目録」を除き、〈　〉で括りこれを示した。
一、傍注は付された語の下に［　］で括って本文に挿入した。
一、底本本文標題寺社名他に付された「●」や「○」などの記号は、原則として底本のまま掲出した。
一、漢字の字体は、原則として通行の字体とし、旧字体や異体字は、通行の字体に改めた。但し固有名詞など一部の漢字については、底本の字体を用いた箇所がある。
一、送仮名やルビ等は原則として底本のまま記した。捨仮名や、本文に「也」字がありながら送仮名に「ナリ」を入れている場合も、すべて底本のまま翻刻した。
一、底本の送仮名は原則として片仮名表記であるが、希に含まれる「給」「時」「云」「也」「以」などの漢字表記は残した。なお、「玉（王）」・「下」は「給」、「上」は「奉」、「寸」は「時」と翻刻した。
一、送仮名に用いられた「ヿ」「ヒ」等の合字は、すべて片仮名で「コト」「トモ」などとひらいて翻刻した。
一、底本の返点は原則として底本のまま翻刻した。但し、連字符号（合符）は原則として掲載せず、返点との関わりで必要と認められる場合のみ、音合・訓合にかかわらず中央に引く形で残した。

❖略注・校訂

一、標題寺社にかかわる所在地、異称・別称、現時点で確認した密接な関連のある文献などの情報を、【注】として本文末に付した。

一、関連文献は、大日本仏教全書・続々群書類従所収のものはこれを利用し、『和州寺社記』は本書、『河内鑑名所記』は上方藝文叢書、『東渡諸祖伝』『洗雲集』『黄檗大円広慧国師遺稿』は高泉全集（黄檗山萬福寺文華殿発行、二〇一八年）に拠った。

一、右【注】とは別に、「※」を付し例外的に注記を付した箇所がある。

一、底本に明らかな誤字・誤刻がある場合は本文を訂し、底本表記の情報を【校訂】として付した。また、校訂箇所の本文に番号を、行頭に「＊」を振った。

なお、該本には現代の人権意識からみて不適切な表現を含む場合があるが、本書の学術的な刊行目的に鑑み、全て厳密に原本通りに翻刻したことを諒とされたい。

諸宗伽藍記序　（印「臨済正宗」）

徒僧温懐玉、自リレ少聡明敏捷ニシテ、凡ソ事皆不レシテ学而能ス。至テ二于読ムレ書ヲ、亦タ不レ由二師訓ニ一、悉ク能ク了ス二其ノ大義ヲ一。及テ二年長トナルニ一、審ニシテ下世界如ク二（1オ）演劇場ノ一然モ無キコトヲ中一トシテ実ナル者ノ上、乃チ浩然トシテ長往。従テレ予ニ鬀落シ、習ヒ二沙門ノ行ヲ一、公務ノ之暇マ、嘗テ折テレ紙ヲ為シ二梵夾ト一、書シ二五大部経ヲ一、幷ニ絵キ二観世音ノ像千幅ヲ一、復タ印二造テ西方三（1ウ）聖ノ像ヲ一、不レ知ラ二其ノ幾許《ハク》ト云コトヲ一。悉ク以テ施スレ人ニ。数年ノ前、予以テ二其ノ能ク治ヲレ事ヲ、命シテ住セシム二※志源菴ニ一。間中常ニ閲シ二法苑珠林ヲ一、凡ソ見テハ下有テレ所レ可二警誡スル一而モ切ナル二於修持ニ一者ヲ上、必ス手ラ録シテ而（2オ）蔵テレ之、号ス二珠林輯要ト一。年来又タ編テ二本国諸宗伽藍記十巻ヲ一、使《シム》下観ル者ヲシテ知ラ中某ノ山・某ノ刹乃ヒ某ノ宗ノ先徳ノ所中開闢スル上。距テレ今ニ或ハ千歳、或ハ百歳、不レ煩サ三遍ク捜ルコトヲ二冊籍ヲ一、（2ウ）可シ二一覧シテ而尽ク識ルレ之ヲ。其ノ用ルコトレ意、良ニ亦勤タリ矣。因テ呈シテレ予ニ検閲セシム。予喜コト甚シ。見テ三簡端ニ有ヲ二余楮一、乃チ援テレ筆ヲ書レ此ヲ、以テ塞クトレ白ヲ云。

時（3オ）

元禄己巳二年嘉平月

既望

仏国澂老人題於

瑞竹軒（印「一字高泉」）（印「性澂之印」）（3ウ）

※**志源菴**　京都市伏見区深草大亀谷古御香町の仏国寺にあった。編者道温が住した。

伽藍開基記目次

巻第一

○巻首序

1 興造縁起　2 向原寺　3 桜井寺　4 坂田寺　5 天王寺
6 法興寺　7 蜂岡寺　8 大安寺　9 聖徳太子（首オ）　（白紙）（首ウ）

巻第二

○摂州霊区

1 勝尾寺　2 箕面寺　3 金龍寺　4 甲山摩尼山　5 有馬温泉寺
6 中山寺　7 再山大龍寺　8 総持寺　9 昆陽寺　10 満願寺
11 神峰《カブ》山　12 摩耶山　13 清澄寺　14 久安寺　15 多田院
16 尼崎浄光寺　17 此寺在河内鷲尾山　18 尼崎大覚寺　19 須摩寺　20 鷲林寺

○河内勝地

21 西琳寺　22 上太子叡福寺　23 下太子勝軍寺（1オ）　24 道明寺　25 金剛寺
26 河合寺　27 誉田八幡宮　28 相応寺　29 観心寺　30 井上寺
31 葛井《フジイ》寺　32 観心寺　33 龍泉寺　34 弘川寺　35 高貴寺
36 天野山　37 光徳寺　38 獅子窟寺（1ウ）

巻第三

○和州名利

1元興寺
2大安寺
3当麻禅林寺
4薬師寺
5興福寺
6長谷寺
7東大寺
8招提寺
9西大寺
10多武峰
11菅原寺
12阿閦寺
13般若寺
14子嶋寺
15久《ク》米《メ》寺
16矢田金剛山寺
17龍門寺
18中川寺
19坂田寺
20伝香寺
21忍辱山
22法隆寺
23菩提山
24法華寺
25海龍王寺
26超勝寺
27霊山寺（2オ）
28秋篠寺
29中宮寺
30額安寺
31竹林寺
32石光寺
33達磨寺
34今来寺
35如意輪寺
36永久寺
37来迎寺
38橘寺
39川原寺
40国源寺
41壺坂寺
42大蔵寺
43阿部崇敬寺
44吉野山大峰
45天川弁才天
46興善寺
47白毫寺
48龍福寺
49長岳寺
50本光明寺
51法貴寺
52室生寺
53本元興寺
54龍泉寺（2ウ）

巻第四

○山州名利

1頂法寺六角堂
2広隆寺太秦
3神護寺高尾
4愛宕山
5鞍馬寺北山
6延暦寺叡山
7東寺九条
8清水寺東山
9禅林寺永観堂
10泉涌寺東山
11六波羅密寺洛東
12戒光寺泉涌寺境内
13智積院東山
14方広寺大仏
15蓮華王院卅三間堂

16大谷寺知恩院　17知恩寺百万遍　18金戒光明寺黒谷　19無動寺叡山　20感応寺
21観勝寺東山　22光堂寺町　23円成寺　24貞観寺　25修学院叡山西麓
26法成寺京極北　27行願寺寺町（3オ）　28大通寺　29真如堂寺町　30浄華院寺町
＊31東北院寺町　32誓願寺三条寺町　33平等寺因幡薬師　34大報恩寺北野釈迦堂　35蓮台寺[1]千本
36北野天満宮　37霊岩寺北山　38心浄光院壬生地蔵　39仁和寺　40円宗寺
41桜井寺西山　42四条道場金蓮寺（3ウ）

【校訂】 1蓮台寺―〈底〉蓮基寺

巻第五

○山州名利

1広沢遍照寺　2大覚寺　3清涼寺　4法輪寺　5愛宕月輪寺
6梅尾高山寺　7槙尾寺　8大原勝林寺　9大原来迎院融通念仏　10寂光院
11霊山寺　12西岩倉金蔵寺　13栗生光明寺　14良峰寺　15西山海印寺
16西山三鈷寺　17山崎寺　18山崎宝積寺　19男山八幡宮　20石清水法園寺
21竹田安楽寿院　22竹田九品寺　23下鳥羽恋塚寺　24山階寺　25八嶋寺
＊26元慶寺　27山科[1]安祥寺（4オ）　28洛東観修寺　29小野随心院　30醍醐寺
31深草真宗院　32大亀谷即成院　33小栗栖法琳寺　34六地蔵大善寺　35日野薬師法界寺
36平等院　37三室寺　38宇治橋寺浄光寺　39宇治慧心院　40蟹満寺
41鷲峰山　42浄瑠璃寺　43笠置寺（4ウ）

【校訂】1山科―〈底〉山得

巻第六

○諸州精藍

1 江州 建福寺　2 江州 崇福寺　3 江州 園城寺　4 江州 新羅明神　5 江州 石山寺
6 江州 一乗寺　7 江州 梵釈寺　8 紀州 粉河寺　9 紀州 高野山　10 高野 伝法院
11 根来 円明寺　12 播州 法華山　13 播州 犬寺　14 播州 書写山　15 築紫 観世音寺
16 肥後 正法寺　17 丹波 穴穂寺　18 若州 神願寺　19 美州 谷汲寺　20 下野 薬師寺
21 下野日光 補陀落山　22 常州 築波山　23 信州 善光寺　24 越前 越知山　25 加州 白山
26 伊勢太神宮　27 加州 那谷寺（5オ）　28 播州 大渓寺　29 高野之新別処 円通寺　30 紀州 熊野山
31 相州 覚園寺　32 鎌倉 光泉寺幷極楽寺　33 但馬 温泉寺　34 築紫 善導寺
35 播州 清水寺　36 豊州 彦山　37 参州 東観音寺　38 参州 鳳来寺　39 武州 増上寺
40 武州 東叡山　41 泉州 水間寺　42 泉州 槇尾寺　43 江州 竹生嶋　44 江州木ノ本地蔵 浄信寺
45 伊勢津 円明寺　46 淡州 鳥飼八幡宮　47 肥前 温泉山　48 伯耆 大山寺　49 丹波 観音寺
50 丹波 岩瀧寺　51 丹後 松尾寺　52 丹後 成相寺　53 但馬 進美寺　54 但馬 帝釈寺
55 但馬 今瀧寺　56 江戸浅草観音 浅艸寺　57 播州 浄土寺　58 羽州 鳥海山　59 羽州 保呂羽山（5ウ）

巻第七　四国遍礼之霊場

○阿州名利

1霊山寺　2極楽寺　3金泉寺　4黒谷寺　5地蔵寺
6瑞運寺　7十楽寺　8熊谷寺　9法輪寺　10切幡寺
11藤井寺　12焼山寺　13一宮寺　14常楽寺　15国分寺
16観音寺　17明照寺　18恩山寺　19立江寺 幷取星寺　20慈眼寺
21鶴林寺　22大龍寺　23平等寺　24薬王寺

○讃州霊区（6オ）

25善通寺　26出釈迦寺　27曼陀羅寺　28甲山寺　29本山寺
30観音寺　31琴弾八幡　32大興寺　33雲辺寺　34金毘羅
35弥《ヤ》谷《コク》寺　36金倉寺　37道隆寺　38道場寺　39妙成就寺
40国分寺　41白峰寺　42根《ネ》香《コロ》寺　43一宮寺　44屋島寺
45八栗寺　46志度寺　47長尾寺　48大窪寺

○土州勝地

49最《ホツ》御《ミ》崎《サキ》寺　50津照寺　51金剛頂寺　52神峰寺　53大日寺
54国分寺（6ウ）　55神宮寺　56竹林寺　57禅師峰寺　58高福寺
59種間寺　60清瀧寺　61青龍寺　62金剛福寺　63延光寺

○予州梵刹

64観自在寺　65観世音寺　66仏木寺　67明石寺　68大宝寺
69岩屋寺　70浄瑠璃寺　71八坂寺　72西林寺　73浄土寺
74繁多寺　75石手寺　76太山寺　77円明寺　78延命寺

79光明寺　80泰山寺　81仙遊寺　82国分寺　83横峰寺
84香苑寺（7オ）　85宝寿寺　86吉祥寺　87里前神寺　88三角寺幷仙龍寺（7ウ）

巻第八　禅林勝刹

○京兆幷鎌倉

1洛東建仁寺　2洛東東福寺　3東福内万寿寺　4東山南禅寺　5洛北大徳寺
6嵯峨天龍寺　7洛西妙心寺　8洛中相国寺　9洛北龍安寺　10洛北等持寺
11安国寺　12嵯峨臨川寺　13嵯峨檀林寺　14長興寺　15宇治黄檗山
16伏見仏国寺　17宇治●興聖寺点黒圏者洞宗下也　18地蔵寺　19葛野松山寺　20洛西浄住寺
21洛東高台寺　22東山慈照寺銀閣寺　23北山鹿苑寺　24洛東真如寺　25太秦龍翔寺
26嵯峨宝幢寺　27鳴瀧妙光寺（8オ）　28西岡西芳寺　29宇治田原●禅定寺

○鎌倉五山

30寿福寺　31建長寺　32浄妙寺　33円覚寺　34浄智寺（8ウ）

巻第九

○諸州禅刹

1築前聖福寺幷報恩寺　2築前崇福寺　3博多承天寺　4豊前万寿寺幷報恩寺朝日寺円通寺妙楽寺
5豊前光隆寺幷興源寺　6豊後万寿寺　7豊後●泉福寺幷日州太平寺玉林寺築後大生寺雲峰寺豊後永照寺　8薩摩●福昌寺
9薩摩●宝福寺　10日向●安居寺幷永泉寺大明寺泉徳寺　11日向大光寺　12肥前安国寺

13 肥後●大慈寺
14 芸州仏通寺
15 雲樹寺 并大雄寺
16 但馬大明寺 并円通寺 大同寺 禅昌寺
17 丹波高源寺（9オ）
18 丹波●永沢寺
19 丹波●永谷寺
20 丹波龍興寺
21 阿波宝冠寺
22 淡州安国寺
23 摂州水田●護国寺 并越中立山立川寺 南明寺
24 河内楞伽宝寿寺
25 紀州西方寺
26 伊勢安養寺 并大福寺
27 江州永源寺
28 江州退蔵寺
29 江州曹源寺
30 江州妙円寺
31 若州高成寺
32 摂州有馬清涼院
33 肥後岩戸雲岩寺
34 肥後釈迦院
35 摂州福海寺
36 摂州禅昌寺
37 摂州海清寺
38 伊勢朝熊《アサマ》岳
39 丹後切戸智恩寺
40 肥後●広福寺
41 摂州多田庄●普明寺
42 丹波安国寺
43 丹波円悟寺
44 丹波常観寺（9ウ）

巻第十

○諸州禅林勝利

1 越前●永平寺
2 越前●弘祥寺 并善応寺 吉祥寺
3 越州●慈眼寺
4 越州●龍門寺
5 越州双林寺
6 加州●大乗寺
7 能州●総持寺 并永光寺 浄住寺
8 越中国泰寺
9 越中興化寺 并兜率寺
10 濃州大興寺
11 尾州定光寺
12 尾州妙興寺
13 遠州方広寺
14 信州開善寺
15 信州安楽寺
16 甲州慧林寺
17 甲州向岳寺
18 武州国済寺
19 下野泉龍寺
20 下野雲岩寺
21 下野浄因寺
22 ●慶徳寺
23 奥州普応寺 并鎌倉長寿寺（10オ）
24 奥州勝満寺
25 越前●龍泉寺

○付

26 僧綱階
27 戒壇
28 度者ノ制禁
29 私ニ営㆓スルノ寺院ヲ㆒禁
30 貿㆓易スル寺宇ヲ㆒禁
31 男女入㆑寺ニ制
32 放生
33 神祠ノ舎利

跋（10ウ）

伽藍開基記巻第一

天王山志源菴釈道温　編輯

1〇興造縁起

瞿曇出二雪山一ヲ、須達金ヲ布レ地ニ、祇樹茂二シテ万古一ニ、為二ル苦海ノ舟航一ト。白馬至二支那一ニ、銅像献二シテ日域一ニ、三国始テ有レリ寺矣。

時ニ天、語二テ須達長者一ニ云ク、「汝往テ見レヨ仏ニ。得レルコト利ヲ無量ナラン。正使ヒ令レトモ得二百車ノ珍宝一ヲ、不レ如下転二シテ足一歩一ヲ至テ趣中ンニハ世尊上ニ。正使ヒ令レトモ得二百象ノ珍宝一ヲ、不レ如下挙二テ足一歩一ヲ往テ趣中ニハ世尊上ニ。正使ヒ令レトモ得二一四天下ノ満レラン中ニ珍宝一ヲ、不レ如下挙二シテ足一歩一ヲ至リ向中ンニハ世尊上ニ。所レノ得ル利益、盈二-逾センコト於彼一ニ百千万倍ナリ。」聞已テ歓喜ス。仏為ニ説レ給法ヲ、成二ス須陀洹果一ヲ。爾ノ時須達、請二テ祇陀太子一ニ欲三ス買レテ園造二ラント精舎一ヲ。太子ノ（1オ）言ク、「若シ能ク以二テ黄金一ヲ布レ地ニ、令二メハ間無一レラ空者、便[1]チ当二ニ相与一フ。」須達曰ク、「諾ク。謹テ随二ハン其ノ価一ニ。」太子祇陀言ク、「我レ戯語ナラク耳ノミ。」須達言ク、「太子不レ応二妄語一ス。」即共ニ与ニ訟フ。時ニ首陀会天、化シテ作二テ一人一ト、為ニ評詳シテ言ク、「夫太子ノ法、不レ応二妄語一ス。価ヒ既已ニ決ヌ。不レ宜二ク中悔一ス。」太子ノ遂ニ与レ之。便チ使二人象シテ負レ金ヲ、出二ス八十頃ノ中一ニ。須臾ニ欲レス満ント。残余二ス少地一ヲ。祇陀言ク、「勿二レ更ニ出レスコト金ヲ。園地ハ属レス卿ニ。樹木ハ属レセヨ我ニ。我レ自上レテ仏ニ、共ニ立二ヘシ精舎一ヲ。」須達歓喜シテ即然二-可ス之一ヲ。即便帰レテ家ニ、*当レニ施二功作一ヲ。六師聞レテ之、往テ白二国王一ニ、「長者須達買二テ祇陀園一ヲ、欲下為[2]二ニ瞿曇沙門一カ興中立ント精舎上ヲ。聴二ルセ我カ徒衆与共ニ角レンコト術ヲ。沙門得レハ勝コトヲ、便聴二ルセ起立一ヲ。若シ其不レンハ如カ、不レ得レ起ルコト也。」王報二ス須達一ニ、「六師出二如レシテ此言一ヲ。」須達愁悩シテ不レ楽。舎利弗怪テ（1ウ）問レ不レルコトヲ楽。達、具ニ述テ報レス之。舎利弗言ク、「正使ヒ六師満二テ、閻浮提一ニ、数如二モ竹林一ノ、不レ能レ動二スルコト吾カ足上ノ一毛一ヲ。欲レ角二ント何等一ヲ。自恣ニ聴レセ之。」須達歓喜シテ即報二ス国王一ニ、「却後七日、当レニ於二城外ノ寛博ノ之処一ニ。」時ニ舎利弗、共二労度差一ト各〻現二ス神変一ヲ。外道不レ如。時ニ舎利弗、既ニ見二テ外道受レルヲ屈ヲ、即為ニ説レ法。

随二テ其ノ本行宿福ノ因縁一ニ各〻得二タリ道迹一。六師カ徒衆、三億ノ弟子、於二テ舎利弗ノ所一ニ出家学道ス。既ニ角技訖已テ、各〻還二所止一ニ。長者須達、共二ニ舎利弗一ト往テ図二ル精舎一ヲ。須達自手捉二縄ノ一頭一ヲ。時ニ舎利弗自ラ捉二テ一頭一ヲ、共ニ経《ハカル》二精舎一ヲ。時ニ舎利弗欣然シテ含レ笑ヲ。須達問言ク、「尊者何ソ笑。」答言ク、「汝始テ於レテ此ニ経レル地ヲ。六欲天ノ中宮殿已ニ成ル。」即借二シテ道眼一ヲ、悉ク見二セシム六天厳浄ノ宮殿一ヲ。問二テ舎利弗一ニ言ク、（2オ）「是ノ六天、何ノ処カ最モ楽ヤ。」舎利弗言ク、「下ノ三ハ色染アリ。上ノ二ハ憍逸ナリ。第四天ノ中、少欲知足ニシテ、恒ニ有二テ一生補処ノ菩薩一来テ生二ス其ノ中一ニ。法訓不レ絶。」須達言テ曰ク、「我レ当レニ生二ス第四天ノ中一ニ。」出レシ言ヲ已竟テ、余宮悉ク滅ス。唯第四天ノ宮殿湛然タリ。須達経レルコト地已竟テ起二立シテ精舎一ヲ、為レニ仏ノ作レ窟ヲ。以二テ妙梅檀一ヲ用テ為二シ香泥一ト、施設已ニ竟テ欲二シ往テ請一レセント仏ヲ、即往テ白レ王ニ。王聞テ即遣テ請レス仏。世尊与二メニ諸ノ四衆一ノ前後囲遶セラレテ、放二大光明一ヲ、震二動シテ天地一ヲ、偏ク照二給三千一ヲ。城中伎楽不レ鼓セ自鳴。盲聾病者ノ皆得二具足一スルコトヲ。男女大小観二テ斯ノ瑞応一ヲ、歓喜踊躍シテ来二詣仏ノ所一トニ。十八億ノ人、都テ悉ク来テ集聚ス。爾ノ時ニ世尊、随レテ病ニ投レシ薬ヲ、為ニ説二給妙法一ヲ。各〻得二タリ道迹一ヲ。仏告二ハク阿難一ニ、「今此ノ園地ハ須達カ所レ買、林樹華果ハ祇陀カ所有ナリ。（2ウ）二人同レシテ心ヲ共ニ立二精舎一ヲ。応ニ当三与ニ号二太子祇陀樹給孤独食園一ト。名字流布シテ伝二示スヘシ後世一ニ。」是レ天竺伽藍之ノ始ナリ也。自レ時レ厥ノ後一千余歳、漢ノ永平中ニ明帝夜夢ラク、金人飛レテ空ニ而至ルト。乃チ大ニ集二テ群臣一ヲ、以テ占レフ所レヲ夢ミル。通人傅毅奉レ答、「臣聞ク、西域ニ有レ神。其ノ名ヲ曰レ仏ト。陛下所レロ夢ル、将ニ必ス是カ乎。」帝以テ為レス然リト。即遣二シテ蔡愔・秦景・王遵等一十八人一シテ、使下往二テ天竺一ニ尋中訪ハ仏法上ヲ。得二摩騰・法蘭等一ヲ。以二テ仏像梵夾一ヲ載二テ白馬一ニ而還ル。明帝大ニ悦。館二ス鴻臚寺一ニ。永平十一年、於二テ城西ノ雍門ノ外一ニ立二※白馬寺一ヲ、以テ処レク之ニ。是レ漢土伽藍ノ之権輿ナリ也。自レ此後経二テ五百年一ヲ、本朝第三十主欽明皇帝十三年、百済国ノ聖明王貢二献ス釈迦ノ銅像・経論等一ヲ。帝賜二像ヲ于稲（3オ）目一ニ。稲目大ニ悦テ立二テ、向原寺一ヲ安レス像ヲ。是レ日域寺院ノ之始ナリ也。自レ是遂ニ広ク興二起仏法一ヲ。寺院僧坊、茸然如二シ竹葦一ノ。至二テ于今一ニ四海九州無三シ処トシテ不レ云コト有二ラ寺院一。上自二リ王臣一下モ及二テ士庶一ニ、靡レシ不レ云コト帰二セ三宝一ニ。猗歟《ア、》偉ナル哉ナ。

※ **白馬寺**　中国江南省洛陽県。

【注】『法苑珠林』巻三九 伽藍篇三六。『神僧伝』巻一「摩騰」。

【校訂】1使—〈底〉使　2為二—〈底〉為三

2向原寺〈神武三十代欽明天皇十三年創安置釈迦銅像。即本朝寺院像設之始也。自此至元禄己巳二年一千百三十九年矣。今河内古市郡之西琳寺是也〉

神武三十代欽明天皇元年七月己丑、遷都和州磯城嶋《シキシマ》。十三年十月十三日、百済国聖明王、使西部姫氏達率怒利斯致貢献釈迦銅像・経論・幡蓋若干。上表曰、「是法、於諸法中最為《タリ》殊勝。難解難入。周公・孔子尚不能知也。是法、能生無量無辺福徳（3ウ）果報。乃至成弁無上菩提。譬如人懐随意宝。所須依情。是法宝復然。1所願依意無所乏鈌。且夫遠自天竺洎《ヲヨンテ》三韓、順教奉持。*無不尊敬。由斯百済王臣明、謹遣倍臣怒利斯致奉伝帝国流通寰宇。又仏之所記、我法東流。聖識不徒。天皇知之。」帝大悦、詔使者曰、「朕従昔以来、未曽聞如是微妙之法。然朕不自決。姑待議焉。」乃歴《アマネク》問群臣曰、「西蕃献仏。其貌偉麗也。不知、可拝不。」大臣蘇稲目《イナメ》奏対曰、「海蕃諸国一皆礼奉。豊秋日本豈独否乎。況百済王世承皇化。若貢妖神、曷為忠藩。願陛下勿慮也。」大連物《モノヽ》尾輿《ヲコシ》、中臣《ナカトミ》鎌子等言、「我国家之治天下也、恒以天（4オ）地社稷一百八十神春夏秋冬祭拝有典。方今改拝蕃神、恐致国神之怒。」帝曰、「卿等言爾也。然聖明之貢、不可捨也。誰奉斯神者。」稲目稽首請之。帝賜像蘇氏。稲目安小墾田《ヲハルタ》家。又捨向原宅、為寺奉像。是本朝寺院像設之権輿也。

初仲哀天皇〈神武十四代帝〉八年、神託皇后征新羅国。帝疑而不発。九年春二月、帝崩。於是后皇神功、懼帝不用神言而崩、冬十月、浮海到新羅。新羅王、見日域旌旗器仗之荘麗曰、「伝

聞ク、東海ニ有二神国一。名ヲ曰二日本一ト。恐クハ是レ神兵カ乎。不レ可レ敵ス也。」乃チ素服面縛、自ミ持二シテ図籍一ヲ来二テ于海壖一ニ曰ク、「願クハ毎歳貢二セン金銀縑帛八十船一ヲ。不二敢テ衄《チヌラ》一（4ウ）也。」此ノ時高麗・百済ノ二国ノ主、聞三テ新羅降二ルト於扶桑一ニ、密ニ伺二テ軍勢一ヲ、知二ル其ノ不レンコトヲ克タ。又自ラ急ニ馳テ納レテ款ヲ曰、「従レ今以後、永ク称二シテ西藩一ト不レ絶二タ、朝貢一ヲ。」自レ茲三韓皆貢二ス於本朝一ニ〈当二レル後漢ノ末献帝ノ建安五年一ニ也。自レ此至二元禄二年一ニ一千五百二年矣〉。

○聖徳太子誕生〈神武三十一代敏達帝ノ二年癸巳正月朔日ニ生ル。用明天皇ノ第一子也〉。敏達帝六年十一月、百済国ヨリ貢二ス仏経論及ヒ禅師・律師・比丘尼及ヒ呪禁師・仏工・寺匠一ヲ〈自レ此至二元禄二年一ニ千百十二年矣〉。八年十月、新羅国ヨリ貢二ス釈迦ノ像一ヲ。上宮太子〈年七歳〉奏シテ曰、「此ノ像ハ甚タ霊ナリ。崇レハ之則銷レシ災受レク福ヲ。蔑レスル時ハ之則招レ菑ヲ縮レメン寿ヲ。」帝聞レテ之敬崇供養ス。今見ニ在二興福寺ノ東金堂一ニ。

○十二年、百済ノ日羅、説レテ偈ヲ拝二ス聖徳太子一ヲ。皇帝遣下二シテ紀ノ押《ヲシ》（5オ）勝《カツ》一ヲ召中サ日羅上ヲ。押勝自二百済一帰リ奏シテ曰ク、「百*済王愛《ヲシム》レ羅ヲ。」於レ是乎復タ[2]使下二シテ吉備ノ羽嶋一ヲ召中サ羅ヲ于王上ニ。王懼レテ以レテ羅ヲ従二ヘ羽嶋一ニ来ル。太子試ニ窃カニ視レル之ヲ。羅指二太子一ヲ曰、「神人ナリ也。」具ニ在二太子ノ伝一ニ。

【注】向原寺　奈良県高市郡明日香村豊浦。現在は広厳寺、向原寺。『元亨釈書』巻二〇「欽明皇帝」、「敏達皇帝」。

【校訂】 **1**遣下二シテ―〈底〉遣下シテ　**2**使下二シテ―〈底〉使下シテ

3桜井寺〈敏達帝十三年九月蘇馬子創レス之。自レ此至二元禄二年一ニ一千一百五年矣〉

十三年九月、百済使麻《マ》深《フカ》臣、持二シテ弥勒ノ石像一ヲ而来ル。蘇馬子、於二石川ノ宅一ニ構レテ殿ヲ安レス像ヲ。十月、馬子令三高麗ノ慧便シテ度二シ善信・禅蔵・慧善ノ三尼一ヲ、於二テ石川ノ精舎一ニ供給ス〈本朝僧尼ノ之始ナリ〉。一日設二ク大斎会一ヲ。善信ノ之父司馬達等予《アツカル》焉。於二テ斎饍ノ上一ニ得二テ仏舎利一ヲ献二ス馬子一ニ。其ノ舎利、神異不レ測ラ。馬子益〻厚二ス浄信一ヲ。

*○十四年二月、僕射蘇[1]公起二テ塔ヲ于大野ノ丘一ニ、設二ク大斎会一ヲ。（5ウ）三月大ニ疫アリ。物ノ守屋《モリヤ》・中勝海奏シテ曰、「癘災ノ流

衍、専ラ由レリ二蘇氏ノ佞スルニ一レ仏ニ也。」因テレ此ニ停ム二仏法ヲ一。於レ是ニ太子〈十三歳也〉曰、「痛シヒ哉ナ、二子ノ之味キコト也。仏法説ク二因果ヲ一。亦猶ヲ二積善慶殃ノ之余ノ一矣。二子殆ト不シトレ免レ焉。」三月二十八日、守屋自往テ二大野ニ一、縦テレ火ヲ焼二塔殿ヲ一。収テ二燼余ノ仏像ヲ一棄ツ二難波ノ堀江ニ一。是ノ日又無シテレ雲雨ル。又錮ス二三尼ヲ于海石榴ノ市亭ニ一。于時帝患フレ瘡ヲ。及ヒ守屋天下殆ト徧シ。死者相枕ル。其ノ患ル者ノ皆言ク、「如クレ焚カ如シレ撻ツカ。」人人曰、「焚ニ寺像ヲ一打ツ二浄尼ヲ一之報也ト也。」六月、蘇馬子奏シテ曰ク、「比来禁ス二仏事ヲ一。以テレ故ヲ臣疾未レ愈。非ンハ二三宝ノ力ニ一殆ト不レ起タ。願ハ許ルセレ復ヲ。」勅シテ曰、「独リ許スレ卿ヲ。余ハ不可也。」乃以テ二三尼ヲ一賜二馬子ニ一。馬子大ニ悦テ営二精舎ヲ一、供ス二三尼ヲ一。帝疾ヒ愈〳〵重シテ不レ差ヘ。八月十五日ニ崩ス。（6オ）

【注】**桜井寺**　2向原寺の通称。『元亨釈書』巻二〇「敏達皇帝」。
【校訂】**1**蘇―〈底〉藤

4坂田寺〈神武三十二代用明天皇二年ニ創。自レ此至テ二元禄二年ニ一千百二年矣〉

【注】**坂田寺**　奈良県高市郡明日香村阪田にあった。『元亨釈書』巻二〇「用明皇帝」。

5四天王寺

用明二年四月、帝不予ナリ。語テ二侍臣ニ一曰ハク、「朕思レ帰セント二三宝ニ一。卿等議《ハカレ》レ之。」守屋・勝海共ニ言ク、「何ソ背テ二国神ニ一奉セン二異域ノ神ニ一。先皇ヨリ以来タ未タ二之レ有ラ一也。」蘇馬子曰ク、「已ニ承二叡旨ヲ一。何ノ異謀カ之有ラン二於是ニ一。」皇弟穴穂《アナホノ》王子、召シテ二豊国法師ヲ一入レ内ニ。聖徳太子〈年十六歳〉握テ二蘇子ノ手ヲ一曰ク、「三宝ノ之奥、庸人不レ委セ。奸党交〳〵進テ抑二蔽ス聖明ヲ一。卿不レ屈セ二邪誣ニ一。可シレ謂ツ二忠直ト一矣。」蘇子叩テレ頭ヲ曰、「頼ル二殿下ノ之明徳ニ一耳。」守屋睨《ニランテ》二蘇子ヲ一而怒ル。太子語テ二左右ニ一曰、「大逆不レ知二因果ヲ一。其ノ敗可二跂《クハタテ》而待ツ一矣。」帝疾ヒ篤シ。鞍部多須那《クラツクリノタスナ》奏シテ曰、「臣乞、為ニ二陛下ノ一出家修道セン。」（6ウ）帝嘉スレ之。四月初九日、崩御ス。乃建二坂田寺ヲ一。命シテ二百済ノ仏工ニ一、刻テ二丈六ノ仏像ヲ一安スレ之。六月、百済使来ル。善信尼謂テ二馬子ニ一曰、「夫レ出家ハ者、以テレ戒ヲ為レ本ト。此方戒学不レ興ラ。願ハ如《ユイテ》二百済ニ一受ン二戒法ヲ一。」七月、蘇馬子誘二諸王子ヲ一、謀テ二守屋ヲ一、太子群臣師テレ師サヲ到ル二渋河《シフカハ》ニ一。守屋*拒ムレ之。其ノ兵甚鋭シ。官師[1]三ヒ却ク。太子乃斮《キツテ》二白膠木《ヌルテノキ》ヲ一刻二四天王ノ像ヲ一、置二頂髪ノ中ニ一、誓曰ク、「官軍得ハレ勝ツコトヲ、当ニレ作ル二護世四天王寺ヲ一。」馬子又誓テ、「営二寺宇ヲ一興ント二三宝ヲ一。」於テレ是ニ太子舎人赤檮《イチヒ》、放テレ矢ヲ曰ク、「是レ四天ノ之箭也。」便チ貫テ二守屋カ胸ニ一而死ス。物氏殲《ツキヌ》焉。冬、摂州ノ玉造リノ岸上ニ建二四天王寺ヲ一。分テ二守屋カ田貨ヲ一為レ二ト。一ハ納レ二于寺ニ一、一ハ賜二赤檮ニ一〈自レ此至二元禄二年ニ一一千百二年〉。其ノ後推古元年、移ス二四天王寺ヲ于難波ノ荒（7オ）陵ニ一。

【注】四天王寺　大阪市天王寺区四天王寺。荒陵寺、難波寺、堀江寺、天王寺とも。『元亨釈書』巻二〇「用明皇帝」、巻二八「四天王寺」。

【校訂】1官師――〈底〉宮師

6法興寺〈神武三十三代崇峻帝元年ニ蘇馬子建ツ。自レ此至テ二元禄二年ニ一一千百一年也。今ノ之南都元興寺是也〉

崇峻帝元年三月、百済ヨリ貢ス二仏舎利及ヒ沙門幷ニ画工瓦工ヲ一。表ノ略ニ曰、「陛下践祚、肇メテ興ス二仏道ヲ一。漢帝東流ノ之夢メ、法王西来ノ之猷《ノリ》、於レ今ニ信《シルシアリ》矣。伏シテ請フ、陛下照シ二仏日ヲ於若木ノ之国ニ一、覆二慈雲ヲ於扶桑ノ之邑ニ一ト。」云云。十月、蘇馬子営テ二法興寺ヲ一、酬ユ二渋河ノ役誓ニ一也。

○三年三月、善信尼自リ二百済一帰リ、止ル二桜井寺ニ一。是ノ年、鞍部ノ多須那出家ス。法名ハ徳斉。同ク薙髪スル者ノ善聡等八人。得度ノ者ノ多シ。是レ男僧ノ始也〈善信尼、徳斉ハ者司馬達等カ之子ナリ也。自レ此至テ二元禄二年ニ一一千（7ウ）九十九年矣〉。

○神武三十四代推古天皇元年正月、営二法興寺ノ塔ヲ一。以二仏舎利ヲ一置二柱礎ノ中ニ一。四月初十、冊シテ二厩戸皇子ヲ一為二太子ト一〈年二十二〉。詔シテ曰、「朕ハ婦人也。不レ解セ二政事ヲ一。万機ノ之務メ皆委ス二太子ニ一。」百僚悦フ焉。二年二月、詔シテ二皇太子ニ一興シム二三宝ヲ一。群臣構フ二仏宇ヲ一。

○五年四月、百済王子阿佐、来朝ス。見二テ太子一ヲ作礼シテ曰ク、「敬礼大悲観音菩薩、妙教流通東方日本、四十九歳伝灯演説スト。」聖徳太子眉間ヨリ放二ツ白光一ヲ。阿佐再拝シテ而出ツ。

【注】**法興寺**　奈良県高市郡明日香村飛鳥にあった。現在は飛鳥寺。『元亨釈書』巻二〇「崇峻皇帝」、「推古皇帝」。

7 蜂岡寺　今ノ之広隆寺ナリ也。〈自レ此至二元禄二年一二一千八十五年矣〉

推古十一年十一月ニ、太子語二テ侍臣一ニ曰ク、「我ニ有二リ一像一。誰カ（8オ）能ク奉レセン之。」秦《ハタノ》川勝ツ進テ曰ク、「臣願クハ奉レン之ヲ。」乃チ建二テ蜂岡寺一ヲ安レス像ヲ。像ハ阿逸多ナリ也。

推古十二年四月、太子作二ル憲章十七条一ヲ。其ノ第二ニ曰ク、「篤ク信二三宝一ヲ。三宝ハ者仏法僧ナリ也。四生ノ之終帰、万化ノ之極宗、何ノ世何ノ国ニカ不レ嚮《タトヒ》二是ノ法一ヲ。人鮮二シ尤モ悪一キコト。能ク教レハ乃化ス。不レレハ帰二セ三宝一ニ、何ヲ以カ直レクセン枉ルヲ。」

十三年、天皇勅二シテ太子群臣一、鋳二シム丈六ノ釈迦及ヒ二菩薩ノ像一ヲ。十四年四月、銅像成ル。安二ス元興寺一ニ。設二ク大斎会一ヲ。此ノ夕五雲覆レ殿ヲ、銅像放レ光ヲ。

二十二年八月、蘇馬子疾ヒス。勅シテ度二ス比丘比丘尼一千人一ヲ。祈レル病ヲ也。馬子疾革《スクヤカ也》。太子使レ其シテ剃髪一セ、自授二ク具戒一ヲ。（8ウ）二十四年ノ夏、帝不予也。五月、太子営二テ精舎一ヲ祈レル之。帝ノ疾愈ヌ。百僚多ク建二ツ寺塔一ヲ。七月、新羅王貢二ス金像一ヲ。長ケ二尺。安二ス蜂岡寺一ニ。其ノ像時時放レツ光ヲ。

【注】**蜂岡寺**　京都市右京区太秦蜂岡町。広隆寺。『元亨釈書』巻二〇「推古皇帝」。

8 大安寺〈自レ此至二テ元禄二年一ニ一千七十一年矣〉

推古二十五年、太子入レテ定ニ、観二シ皇運一ヲ、及レテ出レルニ定ヲ奏シテ曰ク、「後代皇祚多二シ災害一。非二レハ仏力一ニ不レ可レ救ヲ。願クハ建二テ一ノ精舎一ヲ、護二ン皇基一ヲ。」帝准フ。奏シテ即チ造二ル寺ヲ于熊凝《クマコリ》村一ニ。今ノ之大安寺ナリ也。

【注】**大安寺**　奈良市大安寺。『元亨釈書』巻二〇「推古皇帝」。

9聖徳太子薨。〈神武三十四代推古帝二十九年二月二十二日ナリ。年シ四十九也。自レ此至テ二元禄二年ニ一千六十八年矣〉

太子ハ者、神武三十二代用明天皇ノ第一子ナリ也。母ハ某后。夢ニ金色ノ比丘語テ曰ク、「我ニ有リ二救世ノ願一。願ハ仮ン二后ノ胎一ヲ。」后問、「卿チ為《スル》レ（9オ）誰レト。」曰ク、「我ハ是レ救世ノ菩薩也。家ハ在二西方一ニ。」后曰ク、「妾カ身垢穢ナリ。其可ナランヤ乎。」曰ク、「我不レ厭レ穢ヲ。但欲スル二度生ヲ一耳ミト。」言ヒ已テ、飛テ入二口中一ニ。覚テ即チ有レ娠コト。僅ニ八月ニシテ胎中ニ有レ声。敏達二年癸巳正月朔日、后遊二御馬厩一ニ。太子忽チ降生ス。時ニ有テ二赤黄ノ之光一、自レ西而来テ照ス二宮中一ヲ。方ニ四月ニシテ而能ク言フ。知ル二人ノ挙止一ヲ。且体甚香シ。太子甫メテ二歳、当テ二仏涅槃ノ日一ニ、挙テレ手向テレ東ニ称ス二「南無仏一ト。」有テ二舎利一出ス二掌中一ヨリ。大サ如二薮粒一ノ。今尚ヲ存リ。太子五歳ノ時、百済国ヨリ貢ス二仏経論一ヲ。太子奏レ帝ニ、「欲ス二披閲一セント。」帝問、「奚ソ知ルヤレ之。」対テ曰ク、「昔シ在二陳国南岳山一ニ。略《ホヽ》見ル二斯ノ文一ヲ。」帝大ニ異也トス。明年、太子奏シテ曰ク、「毎月六斎日、諸天検二察ス国政一ヲ。乞レ令ント二天下シテ止一レメ殺ヲ。」制シテ曰ク、「可ナリト。」推古三年五月、高麗ノ沙門慧慈来ル。号シテ為二博物一ナリト。勅シテレ慈ニ為ラシム二太子ノ師一。太子語曰ク、「法（9ウ）華ノ某ノ句、闕ケリ二一字一。公知ルヤレ之乎。」慈曰ク、「我カ本国ノ経ニモ亦無シ二此ノ字一。」太子曰、「昔シ吾カ所持ノ経ニ有二此ノ字一。」慈曰ク、「経在ル二何ノ処一ニ。」太子曰、「隋国ノ衡山寺ト。」推古十五年七月、差二野妹子《イモコ》一ヲ入レ隋ニ。嘱シテ曰、「我先身所持ノ法華、在二衡山ノ般若台一ニ。汝之ヒテレ彼ニ取テ来レ。彼ノ山ニ我カ有二法友三人一。」乃以二三法衣一ヲ付シテ二妹子一ニ曰ク、「此ノ信衣施セ二三僧一ニ。」妹子承テレ命ヲ入レ隋ニ、登ル二南岳一ニ。果シテ遇ヘリ二三僧一ニ。陳ヘ二太子ノ之旨一ヲ与フ二三袈裟一ヲ。三僧驚怪感喜シテ、乃チ取テ二一ノ漆経函一ヲ付スレ之ヲ。十六年ニ妹子得テレ経ヲ而帰リ、献ス二太子一ニ。曰ク、「此ノ経ハ非二我カ所持一ニ。老僧耄悞シテ寄ス耳。」斑鳩《イカルカ》ノ宮ニ有二浄殿一。号ス二夢殿《ユメトノ》一ト。九月、太子入二夢殿一ニ、閉テレ戸不ルコトレ出一七日。宮中大ニ怪。慧慈曰ク、「太子入二三昧一ニ矣。」八日ノ之晨タ、玉几ノ上ニ有二一ノ経巻一。太子告テレ慈ニ曰ク、「是レ我カ先身（10オ）所持ノ之本耳。一部複《フクセリ》二一巻一ニ也。妹子取リ来ルノ之者ハ我カ弟子ノ之経ナリ也。吾レ定中取リ来レリ也。」乃以テ二落字之所一ヲ示スレ慈ニ。慈、大ニ奇也トスレ之。世伝フ今ノ之法隆寺ノ妙経是ナリ也。十七年九月、隋使来テ曰ク、「去秋、太子駕シテ二青龍車一ニ、取テ二南岳旧坊経一ヲ、凌テレ虚ヲ而去ル。」二十一年十二月、遊テ二片岡一ニ逢フ二達磨一ニ。初メ敏達十二年〈太子十一歳〉、百済ノ日羅来リ拝シテ二太子一ヲ曰ク、「敬礼救世観音、伝フ二灯ヲ東方粟散国一ニ。」太子従容トシテ而謝スレ之ヲ。日羅放ツレ光ヲ。太子モ亦タ眉間ヨリ出スレ光ヲ。謂テ二左右一ニ曰ク、「在シトキレ陳ニ彼レ為《タリ》二弟子一ニ。」推古二十七年十月、語テ二妃膳氏一ニ曰ク、「我在テ二南岳一ニ承テ二達磨ノ勧誘一ヲ生ス二此ノ土一ニ。我今只タ世縁一期耳《ノミ》。」二十八年、太子寝ヌレ病ニ。帝慰問シテ曰ク、「太子有リヤレ所レ思乎。朕乞フ不レ迄ハ。」対テ曰ク、「臣以テ二不佞一ヲ居二儲位一ニ、久ク柄《ツカサトル》二機務一ヲ。聖（10ウ）恩未タレ報セ。余ハ何ヲカ思ンヤ。唯熊凝《クマコリ》ノ精舎湫隘ナリ。願ハ上、改メ造リ給ヘ。亦宏二壮センカ帝基一ヲ故ヘナリ也。」帝許スレ之。今ノ大安寺ナリ也。二月二十二日、語テ二膳氏一ニ曰ク、「我レ昔シ在シトキ二震旦一ニ持ス二法華一ヲ。今為タリ二日域ノ副弐一ト。流二伝シテ仏法一弘ニ宣フ二一乗一ヲ。吾レ能事畢シヌ矣。不レ楽三久ク住ルコトヲ二于世一ニ。」妃不レ覚ヘ涙零ツ。太子曰ク、「我今夕当ニレ去ル。子チ可シ二与倶一ナル。」乃与レ妃沐浴シテ入レ宮ニ。如シレ入ルカ二三昧一ニ。翌朝、太子及ヒ妃不レ起キ。侍嬪褰《カ、ク》レ帷ヲ。二人長逝ス。太子年シ四十九。其ノ夜、天地変瑞甚多シ。四海ノ万民、如レ喪スルカ二考妣一ヲ、哀号ノ之声盈二衢路一ニ。慧慈、在テ二高麗一ニ聞テ二太子ノ訃一ヲ慟哭シテ曰ク、「太子ハ大聖人也。既ニ捨テレ我ヲ而去ル。我何ソ独リ存センヤ。来歳二月、必ス与二太子一同日ニシテ逝セント矣。」時至テ果シテ然リ。太子ニ有二六名一。誕ス二厩ノ辺一ニテ。故ニ曰二厩子《ミマ》一ト。用明帝愛敬シテ、居シム二宮南ノ上殿一ニ。故ニ曰二上宮一ト。八人奏レス（11オ）事ヲ。一時ニ善ク聴ク。故ニ曰二八耳一ト。叡明仁恕ナル故ニ曰二聖徳一ト。豊聡・耳聡者、八耳ノ之同称也。太子所造ノ大伽藍有レ九。四天王寺・法隆寺・元興寺・中宮寺・橘寺・蜂岡寺・池後寺・葛城寺・日向寺ナリ。（11ウ）

【注】『元亨釈書』巻一五「聖徳太子」。『東国高僧伝』巻一「聖徳太子」。

伽藍開基記巻第二

天王山志源菴釈道温　編輯

〇摂州霊区

1 勝尾寺〈神武四十九代光仁帝宝亀八年建。自此至元禄二年九百十二年。本尊観世音菩薩ナリ。開山開成ハ光仁帝ノ之子也也〉

開山、名ハ開成。本朝四十九代光仁帝ノ子、桓武天皇ノ之兄ナリ也。幼テ敏頴ニシテ而志仏乗。帝甚タ鍾受ス。天平神護元年正月一日潜カニ出テ、宮ヲ入勝尾山。畳テ石ヲ為塔ト、禅宴其ノ側ラ。二月（1オ）十五日、仲・算ノ二師経行シテ山中、見テ而問テ曰ク、「深山孤寂ナリ。為メカ何ノ居ル此。」皇子述フ其ノ素志ヲ。二師曰ク、「已ニ四旬余、以テカ何ヲ為食ト。」対テ曰ク、「二烏日ニ銜テ物ヲ至ル。我嘗ルニ之味甘シ。不知何物ナルコトヲ也。且ツ雨露モ亦不霑サ。」二公相顧テ驚嘆シテ、延テ帰ル菴中。即日就テ二師剃落受戒ス。毎ニ品坐シ、談論シ仏法ヲ、一日二師舎テ、其ノ菴ヲ而去ル。成、居ス焉。将ニ書セント般若経ヲ、欲ス求ント清浄ノ金水ヲ。約シテ七日ヲ祈ル夢、一ノ衣冠ノ人、授ルニ以ス金泥ヲ。成問、「卿何人ソ。」答ルニ以ス偈ヲ。曰ク、「得道以来不動サ性ヲ、自八正道垂ハ権跡ヲ、能ク得解脱スルコトヲ苦ノ衆生ヲ。故ニ号ス八幡（1ウ）大菩薩ト。」天明テ得金錠ヲ於凡上。成、感喜交モ集、又祈ル水。夢ム人取リ天竺白露池ノ水ヲ而来ル、詢フ其ノ名ヲ、曰フト信州諏方ノ南宮ト也。覚テ後チ見ル清泉満ヲ閼伽器。既ニ得金水ヲ。乃棲桂窟、如法繕写ス。宝亀三年二月ニ夢ラク、八面八臂ノ之鬼、率キテ百千鬼ノ類ヲ、各〳〵取テ経紙ヲ投ケ棄ツト山谷。成、知テ是魔障ナルコトヲ、欲祭ント之。未タ知軌則ヲ。忽有二烏。銜テ儀軌ヲ至ル。成、依テ而祭ル之。自是世ニ伝其ノ軌ヲ。所謂荒神供是ナリ也。経畢テ立テ道場ヲ、以テ安ス之。遠ク期ス弥勒ノ之会ヲ、故ニ号ス弥勒寺ト。成誓テ曰、「我以テ此ノ福ヲ回施ス六道四生。更ニ冀クハ、（2オ）天子万歳庶民晏楽ナランコトヲ。」誓已テ、五体投シテ地、時ニ四方ノ山木皆悉ク俯ス地。食頃ニシテ而起ク。只西方ノ一松樹、独猶ヲ傴《クユル》。然シテ後三百年、自朽《ヲ》倒ス。

光仁帝聞其行業、施官租、為建如法堂。移桂窟之居及弥勒寺成、納田百畝。天応二年十月四日、手執香炉、西向而寂。寿五十八。成、嘗手刻薬師像。至是日、其像有涙零。像至今猶在。涙痕如新。

善仲・善算、摂州太守藤致房之二子也。母源氏、夢空中降双蓮華入口、有娠。和銅元年正月十五日誕。一（2ウ）胞之中二子相対。不啼哭、常含笑。九歳師事天王寺栄湛、十七剃髪受菩薩戒。学通内外。嘗嫌所居近塵寰、白其師欲遁山谷。師不許。一日、二人潜出遥見一峰、有紫雲。乃入勝尾山、縛草菴宴居清修。経行之地、苔鮮痕分、禅榻之畔、鳥獣群伏。常願、不捨此身、必往浄刹。神護景雲二年二月十五日、仲乗草座、忽飛去。年六十一。爾後、算、不語禅坐。三年七月十五日、忽乗空而西没。

勝尾寺講堂観自在像者、宝亀八年堂成。九年九月日、向州沙門興日、語座主開成曰、「伝聞、講堂已成未有像。我有八尺白檀香木。願捨、為像材。」成許之。而未（3オ）有良工。十一年七月十五日、比丘妙観者来曰、「我能刻像。得否。」成許諾。三日後、僧俗童輩総十八人、伴観来雕像、千臂千目、荘麗端厳。又加四天王像、凡三十日而成。八月十八日妙観合掌対像而化。所従十八人、一時不見。時人曰、「刻像之日十八日、像成日刻像之人十八、観死之日十八、霊応之数不虚《イタツラ》設也〈国俗以十八日為観世音日矣〉。此像感験日新。正暦元年庚寅〈大宋淳化元年〉、宋商二人来。一台州人周文徳、一務州人場仁紹。二商曰、「百済国后妃有美姿、国主愛重。未邁壮齢《スキ》、其髪早白。后愁之服霊薬求法験。二事無効。王又憂之。一夕夢、『日本国勝尾寺観世音霊感無比。汝祈之。』覚後、后（3ウ）悦甚。便向日本作礼祈求。又夢、日本国一山、出光照掖庭。夢覚、后髪紺碧過前。以是令我等二人以閼伽器・金鼓・金鐘等物遥献彼像。不知、勝尾寺為何処。太宰府使シメ二使者シテ送テ到ラレ寺ニ。」云。
釈ノ行巡ハ為《タリ》二勝尾寺第六代ノ座主一。貞観中ニ、清和天皇不予ナリ。乃勅シテレ巡ニ赴シムレ都ニ。巡、不《ス》レ赴カ。宣使金吾校尉藤ノ佐道曰ク、「我聞ク、率土ノ之浜莫シレ不云コト二王臣一ニ。師雖レ在リト二方外一ニ、豈ニ不スヤレ居ラ二王地一ニ乎。願ハ速ニ奉ンコトヲレ詔ヲ」。巡、便チ卓テ二*杖ヲ於地一チ而坐ス。中使[1]曰ク、「杖下豈ニ非スヤ二王土一ニ耶。」巡即チ踊シテ二身ヲ空中一ニ卓然シテ而住ス。校尉驚異シテ奏ス二於帝一ニ。帝倍〳〵生シ二敬仰一ヲ、重テ下シテレ勅ヲ曰ク、「師既ニ不《ス》レ臨トモ、願クハ垂レヨ二覆護一ヲ。」巡、以テ二法衣念珠ノ二物一ヲ付シテレ使ニ、命シテ献シムレ帝ニ。使至テ二中途一ニ二物自飛テ入レ雲、已ニ（4オ）到二御前一ニ矣。帝起シテレ身ヲ作礼ス。病即愈、大ニ悦テ賜テ二荘田一ヲ、永ク為二寺産一ト。初メ此ノ寺名ニ弥勒寺一ト。巡、不レ応セレ詔ニ而承ケ二帝眷一ヲ、以テ二疋夫一ヲ勝二天子一ニ。故ニ勅シテ改テ賜二額ヲ勝尾寺一ト〈山ノ麓ヲ云レ尾ト〉。

【注】 **勝尾寺**　大阪府箕面市粟生間谷。応頂山菩提院。『元亨釈書』巻一五「開成」、「善仲」、巻二八「勝尾寺像」、巻一〇「行巡」。

【校訂】 **1**中使―〈底〉中便

2〔○〕箕面寺〈神武四十一代持統天皇ノ御宇ニ役ノ小角所ナリレ創。自レ此至テ二元禄二年一ニ九百九十余年矣〉
開基役小角ハ者、賀茂ノ役公氏也。和州葛木上ノ郡茆原村ノ人ナリ。少シテ敏悟博学ナリ。郷フ二仏乗一ヲ。三十二ニシテ棄テレ家ヲ入二葛木山一ニ。居ルコト二岩窟一ニ者三十余歳、藤葛ヲ為レ衣ト、食ヒ二松果一ヲ、持シテ二孔雀明王ノ呪一ヲ、駕シテ二五色ノ雲一ニ遊二仙府一ニ。駆逐シテ二鬼神一ヲ、以テ為二使令一ト。日域霊区修歴殆ト偏シ。至二摂州箕面《ミノヲ》山ノ瀧一ニ。小角夢ラク、入二瀧ノ口一ニ謁スト二龍樹菩薩一ニ。覚テ後、搆二伽藍一ヲ、号ス二箕面寺一ト。為ス二龍樹ノ浄刹一ト。

【注】 **箕面寺**　大阪府箕面市箕面公園。滝安寺。旧名は箕面寺。『元亨釈書』巻一五「役小角」。

3〔○〕金龍寺〈神武六十二代村上天皇応和年中ニ建。自レ此至テ二元禄二年一ニ及二七百二十余年一ニ矣〉（4ウ）

開基沙門千観ハ者、姓ハ橘氏。父母無レシ子。祈二ル観音千手ノ像一ニ。母夢ニ得二タリ蓮華一茎一ヲ。因テ而有レ妊ムコト。及レテ生ニ、名二千観一ト。入二テ園城寺一ニ学二ヒ顕密ノ教一ヲ、為レリ人ト慈順ニシテ面無二シ嗔色一。応和二年ノ夏、旱リス。朝議シテ勅レシテ観ニ祈レラシム雨ヲ。観、時ニ居二テ摂州ノ箕面山一ニ、撰二ス法華三宗相対釈文一ヲ。中使到レテ菴ニ宣レフ旨ヲ。菴ノ之後ロ三里ニ有二大ナル瀧一。瀧ノ上ニ大柳樹偃蹇シテ亘二ル瀧ノ口一ニ。観、将二テ宣使一ヲ至二瀧ノ所一ニ、上二テ柳樹一ニ、手ニ擎二テ香炉一ヲ啓白持念ス。于時ニ炉煙聳ヘ騰テ満二ツ山谷一ニ。黒雲相和シテ甘雨大ニ灑テ、観及官使霑レシテ衣ヲ而帰ル。初メ観、止二テ三井一ニ旁ラニ修二ス浄土一ヲ。園城ノ之背シロ西峰巍峨トシテ不レ便二ナラ日観一ニ。乃遠ク覓二テ勝地一ヲ至二摂州一ニ。有レリ山。出二ス金色ノ雲一ヲ。観、思二テ霊区一ナリト而卜居ス。今ノ之金龍寺ナリ也。池ニ有レ龍。故ニ名ク焉。観、多ク抄二ス台宗ノ奥旨一ヲ。方今三井ノ竪義学者、取テ則レトル焉ニ。（5オ）嘗テ以二テ八誓十願一ヲ導二利ス四部一ヲ。臨終ノ時、安詳ニシテ而寂ス。

【注】金龍寺　大阪府高槻市成合。邂逅山紫雲院。『元亨釈書』巻四「千観」。

4
〈武庫《ムコ》ノ郡リ甲山〉摩尼山〈神武五十三代淳和帝天長二年ニ皇妃如意尼建レ之。自レ此至二テ元禄二年一ニ八百六十四年矣〉
開基如意尼ハ者、淳和天皇ノ之次ノ妃ナリ也。丹州ノ余佐郷ノ人也。居無二シ常ノ処一。相二羊ス山水ノ之間一ニ。十歳ニシテ入二京師一ニ。常ニ詣二テ如意輪観音ノ霊場一ニ、或ハ衆人闐咽スレトモ、未レタ有下見二ル妃ノ面一ヲ者上ノ。弘仁十三年、帝在二マス儲位一ニ春ノ初メ、得二霊夢一ヲ。遣二華使ヲ於頂法寺一ニ、物色シテ而得レタリ妃ヲ。妃入レ宮ニ。儀容端麗ニシテ婦徳柔順ナリ。帝敬テ嬖ス焉。性慈仁ナリ。盤二撤シテ肉味一ヲ好ク行二ス檀施一ヲ。不二トモ沐浴一セ体無レシテ垢、天香自然ニシテ不レ用二薫染一ヲ。持二シテ如意輪呪一ヲ、為二日課一ト。帝又奉二ス如意輪ノ像一ヲ。一時、帝修二ス如意輪ノ法一ヲ。期二シテ七日一ヲ願レフ見二ンコトヲ真身一ヲ。第六夜夢ラク、天童曰ク、「陛下欲レハ見二ント大悲ノ真身一ヲ、即チ第四ノ妃ナリ也〈第四ノ妃ハ如意也〉。」覚テ後、益〱加二敬重一ヲ。（5ウ）妃一七日修二ス如意輪供一ヲ。第七ノ後夜ニ空中ニ有二妙音一。告テ曰ク、「摂州ニ有二宝山一。号二ス如意輪摩尼峰一ト。昔シ神功皇后征二シテ新羅一ヲ而、還テ埋二ム如意珠及ヒ金甲・冑弓・箭宝・剣衣服等一ヲ。故ニ亦曰二武庫《ムコ》一ト。汝盍《サル》レソ居レラ彼ニ。」妃聞レテ言見レレハ之、天女乗二シテ白龍一ニ擁二シテ白雲一ヲ、向二テ西南一ニ飛去ル。妃怪喜焉。蓋シ天女ハ者弁才天ナリ也。白龍変ス二石像一ト。今猶ヲ在二此ノ地一ニ。又是レ役ノ小角ノ之旧趾也ト也。天長五年二月十八日ノ夜、妃共ニ宮女二人一潜カニ出テ、宮ヲ、赴ク二摂州一ニ。金吾校尉橘ノ親守、為タリ二後従一。詣ス二南宮ノ神祠一ニ。神啓テ二殿戸一ヲ与レ妃晤語ス。而二女得レ見ルコトヲ。余ハ者不レ知ラ。此ノ日、又詣二広田神祠一ニ。宛モ如シ二南宮一ノ。次ノ日、入レ山ニ。山ノ西北ニ有レ池。池ノ中ニ出二五色ノ光一ヲ。池辺皆白石ニシテ似タリレ玉ニ。進テ而登二摩尼峰一ニ。紫雲来覆、一ノ美女来テ曰ク、「此ノ山ヲ（6オ）曰二究竟摩尼霊場一ト。四神相応ノ之勝区ナリ也。我レ蔵ム二珍宝ヲ於此ノ地一ニ。毎日禺中、我レ降ル二此ノ地一ニ。宜ク立ツ二道場一ヲ。」言已テ不レ見ヘ。是レ広田神ノ之化現ナリ也。妃大ニ喜テ営二梵宇一ヲ。合郡官吏富民不シテレ期セ自来リ、傾ケレ財ヲ勠セレ力ヲ三十三日ニシテ落成ス。妃及ヒ二女、於レ是ニ精修シテ誦ス二如意輪呪一ヲ。昼夜無シレ間。妃出テ、宮ヲ後、帝尋ルニ之不レ得。便チ勅シテ二右丞真王ニ厳ク加二捜索一ヲ。入テレ山ニ宣フ二帝緒一ヲ。妃語テ二真王一ニ曰ク、「妾自リ持テ二宮掖一ヲ、夙ニ志ス二山野一ニ。幸ニ遂ク二素情一ヲ。豈ニ駕シヤ二帰輦一ニ。又、帝頃ロ帰ス二如意輪尊一ニ。妾亦タ此ノ地修ス二此ノ法一ヲ。不三多ク乖カ二叡情一ニ乎。」真王還テレ宮ニ奏ス。帝潜然タリ。妃雖レ逃ル二於此一ニ、上賜二存問一ヲ。諸ノ后妃、懐テ二嫉妬一ヲ謀ル二焼ントレ山房一ヲ。上知テ二此ノ事一ヲ勅シテ二真王ニ佯《イツハッテ》焼ク二山下ノ茆屋一ヲ。諸妃遥ニ見レ煙以為《ヲモヘラク》、「焚クト二真房一ヲ。」妬心乃止ム。今其ノ焼地、俗曰二焼寺一ト。是ノ年シ（6ウ）十一月、妃請シテ二空海僧都一ヲ入レ山ニ、一七日修ス二如意輪ノ法一ヲ。第三ノ夜、月輪俓タリ三尺。乗シテ二紫雲一ニ入二壇場一ニ。天長六年正月、妃入壇灌頂。七年二月十八日、受二秘密灌頂一ヲ。三月十八日、妃欲スレ造ント二如意輪ノ像一ヲ。覓テレ木至ル二山頂一ニ。有二大桜樹一。放レ光ヲ。妃喜怪ス。即延テ二弘法大師一ヲ、到ル二木ノ所一ニ。大師就テ二桜所一ニ持誦ス。中夜ニ地大ニ震ヒ、須臾ニ桜木移ル二山南一ニ。大師即テ二其地一ニ刻ムレ像ヲ。取二妃ノ身量一ヲ為レ準ト。凡ソ経コトレ日ヲ三十三日。其ノ間、妃日夜持ス二如意輪呪一ヲ。未タ曽テ暫モ断ヘ礼拝ス。又日夜ニ各〻三千、已ニシテ而像成ル。弘法大師刻ムレ像時、以レ偈讃シテ曰ク、「敬礼救世如意輪　理智不二微妙体　不レ捨二造悪ノ諸ノ衆生一ヲ　三世ノ有情同ク利済ス」于時ニ像ノ樸《ミソキ》点頭ス。妃一日語二空海一ニ曰ク、「此ノ山ノ西峰ニ有二一ノ八面臂ノ鬼一。号ス二轟（7オ）乱神一ト。常ニ作ス二法障一ヲ。為セン之ヲ如何ン。」空海曰ク、「東谷ニ有二大石一。就テレ上ニ供ハレ神ヲ無ケンレ事也。」妃如クスレ教ノ。神不レ為レ障ヲ也。又問曰ク、「常住仏法ノ守護為スル二何ノ天一トカ。」弘法大師曰ク、「大弁才天女、是ナリ也。」妃即受テ二天女ノ法一ヲ修スレ之。第七ノ夜、天女率テ二十五童子一ヲ降臨シ、誓テ曰ク、「我住シテ二此ノ山ニ一、為ニ二一切貧乏ノ衆生ノ一施ン二財宝ヲ一。」八年十月十八日、妃屈シテ二弘法大師ヲ一落二慶ス大殿ヲ一。大師唱テレ偈曰ク、「峰ニ有二摩尼如意宝一。大聖為ニレ利センカ二諸ノ衆生ヲ一、普ク雨ラス二一切珍財ノ具ヲ一。入ニ二此ノ地ニ一者ノ得ニ二豊栄ヲ一。」妃又合掌シテ曰ク、「自性阿字不二ノ一門中ニ有ニ二大宝一。名ニ二如意ト一。吾レ献ス二大悲菩薩ノ前ニ一。歓喜納受シテ施ス二一切ニ一。」此ノ日、妃自截テレ髪ヲ束テ為ニ二三分ト一。一ハ献ス二大悲ノ像ニ一。一ハ奉ス二宮中ニ一。一ハ施シ二弘法大師ニ一、就テ二大師ニ一剃落シ受ニ二具足大戒ヲ一。名曰ニ二如意ト一。二女同時ニ薙レ（7ウ）髪。一ハ曰ニ二如一ト一、二ハ曰ニ二如円ト一。三尼爾ショリ来タ持誦益〻勤タリ。故ニ号シテ二此ノ所ヲ一名ニ二神呪寺ト一。承和二年正月、帝幸ス二山中ニ一。如意尼対レ帝ニ演説ス。皇情大ニ悦、後従甚盛ナリ。三月二十日五更ノ時、如意向テ二南方ニ一趺坐シテ、誦シテ二如意輪呪ヲ一合掌シテ而化ス〈自レ此至テ二元禄二年ニ一八百五十四年也〉。妃嘗テ蓄フ二一篋ヲ一。人不レ得レ見ルコト二裏面ヲ一。世ニ曰、天長二年ニ大旱、守敏ト空海ト先後相競テ法雩ス。海得テ二妃ノ篋ヲ一修ス二秘奥ヲ一。以テレ故ヲ、雨沢洽シ二天下ニ一。妃ノ之同閭、有ニ二水江浦島カ子ト云*者ノ一。先ツコトレ妃ニ数百年、久ク棲ム二仙郷ニ一。所謂ル蓬萊ト云者ノ也。天長二年、還テ二故里ニ一浦島[1]カ子曰ク、「妃ノ所持ノ篋ヲ曰ニ二紫雲篋ト一。」空海刻ニ二桜像ヲ一時、妃蔵ム二篋ヲ像ノ中ニ一。

【注】 **摩尼山**　兵庫県西宮市甲山町。摩尼山神呪寺、甲山。『元亨釈書』巻一八「如意尼」。

【校訂】 1島―〈底〉鳥

5 〔〇〕常喜山温泉寺〈神武四十五代聖武帝神亀元年ニ行基創レ之。至テ二元禄二年ニ一九百六十五年〉

開基菩薩僧行基、神亀元年居ス二武庫《ムコ》郡ノ之昆陽寺ニ一。一（8オ）日詣ニ二有馬温泉ノ所ニ一、値ニ二一ノ病叟ニ一。臥スニ二道ノ旁ニ一、基問ニ其ノ故ヲ一。叟曰ク、「我将ニレ抵ント二温泉ニ一。以ニ二病劇シク肚飢ヲ一弗レ克レ進ムコト。願ハ師憫レメレ焉。」基則チ与レ食ヲ。病人曰ク、「我カ所ハレ食者非レハ二鮮魚ニ一不レ能レ飽コト也。」基乃チ往テ二長洲ニ一得テレ魚而、返テ烹テ二其ノ半ヲ一以テ餉スレ之。病人命シテレ其ニ先ツ嘗シム。基嘗ムルレ之有ニ異味一。殆ト非ス二世ノ之所ニ一レ有。病人又曰、「我カ挙身糜爛シテ痛ミ不レ可レ忍。能ク為ニレ我吮スハレ、之、楽ミ莫大ナラン焉。」基覚フ二其ノ病体臭穢ニシテ不ルコトヲレ可レ近ク。然トモ以ニ二慈憫ヲ一故ニ忍テ而吮フレ之ヲ。俄ニ成ル二紫磨金色ノ之身ト一。視ハレ之乃チ薬師如来ナリ也。基驚駭作礼ス。如来告テ曰ク、「我常ニ在ル二温泉ニ一。為ニレ試カ二聖者ヲ一、故ニ示スレ病ヲ耳《ノミ》ト。」言已テ乃没ス。基感嘆不レ已、尋テ以二前ノ之半魚ヲ一縦《ハナス》二于昆陽《コヤ》ノ池ニ一。遂ニ成テ二一目ノ金鱗ト一、游泳シテ而去ル。至レ今猶ヲ有二其ノ類一。里民莫シ二敢取リ食フ一。食ヘハレ之則癩トナリヌ。基惟テ二仏慈広大感（8ウ）応不測ナルコトヲ一、特ニ就テ二温泉ノ之右ニ一創テ二精舎ヲ一安シ二薬師ノ像ヲ一、号ス二温泉寺ト一。令ント下一切ノ人シテ履ミ二其ノ地ヲ一、瞻二其ノ像ヲ一、沐シテ二其ノ泉一、現世無シテレ疾延ヘレ齢ヲ、将来証シテ二菩提ノ果ヲ一得中金色ノ身ヲ上。其ノ願力如シレ此。承徳元年、当山罹テ二水災ニ一一一蕩尽ス。久シテ之鞠《キハメテ》為ル二艸奔ノ之場・狐免ノ之穴ト一。無シ二復タ知ルコトレ有ルコト二遺址一矣。後鳥羽院ノ御宇建久二年ニ、吉野ノ仁西法師、因ニ詣ス二熊野ノ神祠ニ一。有テ二遺身ノ之誓一、感ス三神現シテレ夢ニ令ルコトヲレ重二興セ之ヲ一。自レ時厥ノ後、佹《シキリニ》廃レテ佹リニ興リ、至二於今日ニ一而勝境益〻盛也矣〈自此至二元禄二年ニ一四百九十八年矣〉。

【注】**常喜山温泉寺**　兵庫県神戸市北区有馬町。『洗雲集』巻一三「馬邑温泉記」。

6〔〇〕紫雲山中山寺〈神武三十二代用明二年ニ聖徳太子創レ之。自レ此至テ二元禄二年一一千百二年〉

開基聖徳太子創二四天王寺ヲ一時、有二逆臣一。死シテ為テレ魔ト以テ障エ二仏法ヲ一、太子祷ルレ之。有テ二天人一告テ曰ク、「紫雲靉靆スル処有二霊区一。可シレ（9オ）立二梵刹ヲ一。」太子験ニレ之ヲ、果シテ然リ。尋テ登レ山ニ創建シ、命スルニ以ス二今ノ名ヲ一。寺成テ延テ二百済ノ慧聡・慧便ノ二僧ヲ一処シムレ之ニ。天正ノ間、嘗テ罹テ二兵火一所有ユル殿堂僧舎、悉ク為二煨燼ト一。後徙二于今ノ地ニ一。其ノ下ニ有レ河。乃チ太子洗フレ馬ヲ河ナリ也。養老二年〈自レ此至テ二元禄二年ニ一九百五十七年也也〉、和州ノ長谷《ハセ》寺ノ徳道上人、暴ニ死シテ見ユ二閻王ニ一。王曰ク、「閻浮日域ニ有リ二三十三所観音ノ霊場一。蹈ム二此ノ地ヲ一者ノハ、不レ堕セ二悪趣ニ一。卿チ還テ二本土ニ一、当ニ下勧メテ二人民ヲ一巡礼ス上。」即チ賜二以テ宝印ヲ一。徳道既ニ甦テ而宝印在レ手ニ。尋テ以テ二石函ヲ一鎮ス二是ノ山ニ一。輒チ勧テレ人巡礼ス。而モ信従スル者ノ夥シ。後二百余歳ニシテ而廃シテ不レ行ハレ。時ニ石川寺ノ僧仏眼、念テ二巡礼ノ功徳ヲ一、特ニ奏ス二華山法皇ニ一〈神武六十五代〉。適〻書写山ノ性空上人夢ニ、琰摩天子請シテ転シム二法華ヲ一。空、因テ告曰ク、「末世ノ衆生多ク造ル二衆悪ヲ一。将ニ二何ノ法ヲ以テカ救レ之ヲ。」琰摩（9ウ）曰ク、「吾レ向ニ曽テ嘱シテ二徳道上人ニ一令レ巡二礼セ観音ヲ一。便チ可キレ救耳《ノミ》。」空寤メテ後即奏スレ上ニ。上感シテ二一僧ノ之言ヲ一、勅シテ取ル二宝印一ヲ。時ニ寺僧弁光・良重・祐快等、齎レテ印ヲ上進ス。上歎異ス。乃与ニ性空・仏眼及ヒ中山ノ三僧一巡一レ礼ス霊迹一ヲ。其ノ後〈七十七代〉後白川ノ法皇、亦行ニス巡礼ノ之法一ヲ。由レテ是ニ国人効レフ之ニ。迄レ今ニ不レ絶ヘ也。殿中ニ安ニス十一面観音ノ三像一ヲ。蓋シ本国観音三十三所ノ之一ナリ也。其ノ中尊ハ、乃チ太子先世生ニセシ舎衛国一ニ時、所レ鐫毎ニ一鐫一而三礼ス者而、霊応特ニ甚シ。左右ノ二尊ハ、即チ本国ノ名匠運慶湛慶奉ニシテ勅命一ヲ而造ル。至レテ今ニ儼然シテ処ニ于殿上一ニ。

【注】紫雲山中山寺　兵庫県宝塚市中山寺。『洗雲集』巻一四「紫雲山中山寺記」。

7〈摩耶在レ西ニ、俗称ニ再《タヽヒ》山《サン》一ト〉摩尼山大龍寺〈神武四十八代称徳帝神護景雲二年ニ建。自レ此至ニテ元禄二年一ニ九百廿一年矣〉

開基亜相清麻呂公、神護景雲二年ニ夢ニム老僧一ヲ。勧レ発ニンコトヲ大（10オ）心一ヲ覚テ而異レトス之。後三日、復タ夢ニム前僧一ヲ。以ニ宝珠一ヲ納ニル其ノ懐一ニ。亜相益〻異トス焉。未レタ幾ク得ニ一ノ如意輪観自在ノ像一ヲ。始テ知ニル夢ノ感一ヲ。其ノ像ハ乃チ菩薩僧行基ノ所レ鐫ル、一鐫ニシテ而三礼スル者ナリ也。亜相得レテ之ヲ如レシ護ニスルカ目睛一ヲ。特ニ樹ニテ、刹ヲ于此一ニ、以事ニフ其ノ像一ニ。故ニ命ニシテ其ノ山一ヲ曰ニ摩尼一ト。榜ニシテ其ノ堂一ヲ曰ニ如意輪一ト。自レ是其ノ霊応日ニ彰ル。延暦甲申ノ歳シ、弘法大師将ニ入唐シテ求レメントト法ヲ、特ニ乞ニ霊ヲ于像前一ニ。大同ノ間タ、大師伝レテ法ヲ東旋シ、復来テ礼ニス大士ノ像一ヲ。尋テ駐レテ錫ヲ、以テ修ニス密法一ヲ。一日欲レ索ニメント浄水一ヲ、俄于ニテ岩ノ罅一ニ沸一レ出シテ甘泉一ヲ、足レリ供ニ所レノ需ムル。因テ就ニテ岩中一ニ斲ニシテ弥陀・弥勒・曼殊・偏吉・不動尊王等ノ像及ヒ諸ノ梵宇一ヲ、以テ福ニス人天一ニ。厥ノ後、厄ニシテ於火一ニ、所有ル琳宮紺宇悉ク為ニル煨燼一ト。独リ大士ノ像無レシ恙。而モ祥光燭レヤク天ニ。時ノ人、見ニ像ノ如レナルヲ故一トノ、悲喜交〻集ル。乃チ相ヒ与ニ樹ニテ（10ウ）草堂一ヲ、以テ棲レム之ニ。観応二年ニ、本州ノ刺史赤松範公、思三菩薩ノ勝迹不レヲ可ニ湮墜一ス、施レ金ヲ重テ新ニ締構ス。無レシテ何クモ而丹輝碧明ニシテ、復タ照一レ曜ス于岩径一ヲ。又捨ニテ、田圃数十頃一ヲ、以充ニ禅悦一ニ。延ニテ大比丘善妙公一ヲ為ニ中興ノ之祖一〈自レ此至ニ元禄二年一ニ三百卅八年〉。妙ハ蓋シ本州ノ名族ノ之裔ニシテ而徳重ニシ当世一ニ。永和ノ乙卯ノ春、後円融帝有レ疾。勅ニシテ諸僧一ニ禳レフニ之、弗レ効ルシ。乃チ詔レシテ妙ニ試ニ其ノ法一ヲ。甫ニテ七日一ニ而疾愈ユ。皇情大ニ悦、賜ニ宸翰宝器一ヲ。以テ旌一レ異ス之一ヲ。迨ニテ妙ノ逝後一ニ成ニテ戦国一ト、于戈縦横ニシテ而梵宇復壊ス。田圃荒穢久シテ、之竟ニ化シテ為ニ灌莽ノ之墟一ト。

杳ニ絶二人跡一ヲ。寛文ノ中ニ、南都招提寺ノ沙門実祐公、来居シテ有二リ興復ノ之意一。不幸ニシテ即化シ去ル。其ノ徒賢正上人、継テ之不レ忘二レ先志一ヲ創二ス殿堂一ヲ。毎歳以テ二三月十八日一ヲ設二ケ観音会一ヲ、四方ノ道俗随（11オ）喜瞻礼ノ者、憧憧不レ絶。

【注】摩尼山大龍寺　兵庫県神戸市中央区再度山。再度山大龍寺。『洗雲集』巻一四「摩尼山重興大龍寺記」。

8〔〇〕惣持寺〈第五十九代宇多ノ天皇寛平二年ニ創ム。至二元禄己巳二年一ニ七百九十九年矣〉

摂州島下郡富田ノ西ニ有二名刹一。即チ関西三十三所ノ観音之ノ霊場也也。越前ノ太守藤ノ高房、志性清慎ニシテ、常ニ帰二ス観世音一ニ。承和中ニ遷二ル筑ノ之太宰府一ニ。嘗テ乗二シテ舟ニ于淀河一ニ、偶〻至二ル穂積《ホスミ》ノ橋一ニ。時ニ遇三テ漁人携二ル亀若干一ヲ、悉ク贖テ而放レツ之ヲ。忻然シテ曰ク、「今日乃チ大士ノ誕辰也也。」時ニ有二一ノ大亀一。挙レテ首ヲ顧二テ高房一ヲ而去ル。時ニ二月十九夜ナリ也。玉兎漸ク落テ金烏乍チ出。有二乳嫗一。抱二テ小公子一ヲ悞テ堕二ス水中一ニ。高房愕然シテ念二シテ観音一ヲ曰ク、「或ハ漂二流シ巨海一ニ、龍魚諸ノ鬼難波浪モ不レストレ能レ没スルコト。」既ニシテ而見下ル一亀負レテ児ヲ浮二于水面一ニ微笑上スル而已《ノミ》。高房驚喜シテ曰ク、「信トニ大悲神力不レ少。又一善能ク除二ク衆禍一ヲ。昨（11ウ）日放レ亀ヲ、今日救レ子ヲ。何ソ感応ノ之速ナルヤ乎。」遂ニ至二ル宰府一ニ。時ニ有二唐国ノ人僑ト云者一ノ。高房語レテ之ニ曰ク、「我欲レシテ造二ント大悲ノ像一ヲ、未レタ得二良材一ヲ。」僑曰ク、「吾カ本邦清涼山ノ麓ノ湖中ニ有二白檀香木一。時時リ放レ光ヲ。有二仏母院ニ僧一。将ニ欲レシテ刻二マント聖像一ヲ、不レシテ果而逝ス。」高房大ニ喜テ、特ニ以二テ黄金一ヲ付レ僑ニ、使《シム》レ帰レラ国ニ。僑、既ニ帰テ得二テ像材一ヲ、乃チ欲レシテ赴二ント日域一ニ聞二ス官府一ニ。不レ許サ。僑、乃題二シテ其ノ木一ニ曰ク、「此ノ旃檀香木、長ケ三尺六寸周リ四尺八寸、寄二スト日本高房一ニ。」如レ是題シ已テ、輒チ投二ス于南海一ニ。無レシテ何クモ高房薨ス。其ノ子為二テ黄門郎一ト遷二ル鎮西府一ニ。因テ巡按スル次テ、村民告曰ク、「此ノ海畔毎ニ有二光怪一。」黄門以テ為二シテ不祥一ト、乃チ至二其ノ処一ニ。視レ之則チ清涼ノ之香木也也。感激特ニ甚シ。因テ当下ニ造二テ大悲ノ像一ヲ以テ奉中ス先君ノ遺意上ニ。乃携二テ香木一ヲ赴二ク京師一ニ。至二摂州ノ島下郡一ニ少時ク憩ウ。像材（12オ）重シテ而不レ能レ揺スルコト。黄門驚怪、密ニ祈呪シテ曰ク、「若シ於レ此ニ有レラハ縁者、願クハ至二リ京師一ニ像成テ当レニ安二ス此地一ニ。」於レ是ニ軽キコト如レシ故トノ。乃択二テ良工一ヲ謁二シテ長谷寺一ニ祷レル之。七日ニシテ而大士告曰ク、「明晨当レニ遇二其ノ人一ニ也。」翌日果シテ有二一ノ童子一。持二シテ一刀一ヲ来ル。其ノ形甚タ醜シ。黄門問曰ク、「汝能ク為ニ㆑吾カ刻ンヤ㆓大悲ノ像ヲ㆒否ヤ。」童子答曰ク、「我乃拙工ナレトモ、君若シ許サハ当ニ㆑効ス㆓小伎ヲ㆒。」黄門甚喜テ、乃携テ帰ル[1]㆑京-師ニ。家人視テ㆓童工ヲ㆒議シテ曰ク、「此ノ良材、不㆑可㆓再得㆒。先ッ以テ㆓他木ヲ㆒試ム㆑之ヲ。」其ノ容貌絶妙也。因テ構㆓一室ヲ㆒、延テ㆓童子ヲ㆒造シム㆑之。童曰ク、「我レ閉テ㆑戸ヲ、誓テ㆓千日ヲ㆒刻㆓千臂ヲ㆒。君若シ能ク結㆑斎ヲ禁セハ㆓女婦ヲ㆒、可ナリ也。」黄門諾シテ㆑之、便チ斎戒精進スルコト三年、及テ㆑期ニ啓テ㆑戸ヲ視ルニ㆑之、不シテ㆑知㆓童子ノ所在ヲ㆒、而モ千手大悲ノ像儼然シテ荘厳具足シテ尊容端麗也。於㆑是ニ方ニ知ル、童子ハ者即チ長谷ノ観音ノ之応化也也。（12ウ）此ノ像霊応如シ㆑響ノ。未タ㆑幾黄門西帰ス。時ニ仁和四年二月四日也也。有㆓七男七女㆒。寛平二年、値テ㆓先厳大祥ノ諱辰ニ㆒、以テノ㆓遺誓ヲ㆒故ニ、就テ㆓今ノ之地ニ㆒創テ㆓宝殿ヲ㆒安ス㆓其ノ像ヲ㆒。号シテ曰㆓補陀洛山惣持寺ト㆒。以テ薦ス㆓冥福ヲ㆒。自㆑是霊験益新也。厥ノ後、後小松帝賜㆓宸翰ヲ㆒。由テ㆑是愈〳〵増㆓光耀ヲ㆒。四衆謁スルモノ㆑之ニ如ク㆓水ノ赴クカ㆑壑ニ㆒、至テ㆑今ニ関東ノ之庶民、春秋ノ間タ礼謁スル者ノ、不㆑可㆓勝テ計㆒也。万治年間、黄檗開山老和尚嘗テ謁シ㆓当寺ニ㆒、手ラ書テ㆓偈語ヲ㆒讃㆓美之ヲ㆒。其レ真ニ希有也矣。

【注】**惣持寺**　大阪府茨木市総持寺。補陀落山総持寺。

9〔○〕崑崙山昆陽寺〈天平五年ニ創テ、至㆓元禄己巳二年ニ㆒九百五十余年矣〉

摂州河辺《カハナベ》郡ニ有㆓蘭若㆒。乃チ行基菩薩開創ノ之所ニシテ、五畿ノ之内四十九所ノ之一也也。開山、名ハ行基。姓ハ高志氏、泉州大鳥郡ノ人、百済国王ノ之胤ナリ也。天智七年ニ生テ、甫テ十五歳ニシテ薙（13オ）染シテ、居テ㆓薬師寺ニ㆒学ヒ㆓瑜伽唯識等ノ論ヲ於新羅ノ慧基ニ㆒、又依テ㆓義淵法師ニ㆒益シ㆓智証ヲ㆒、受ケ㆓具足戒ヲ于徳光法師ニ㆒、既ニシテ而声光四モニ聞ヘ、基ノ所ノ㆑至ル処士庶靡然トシテ莫シ㆑不ト云㆓帰仰セ㆒。道化ノ之暇トマ、常ニ勤タリ㆓利済ニ㆒。或ハ逢テ㆓嶮難ニ㆒架シ㆑橋ヲ修ス㆑道ヲ。或ハ穿チ㆓溝渠ヲ㆒、或ハ築ク㆓堤塘ヲ㆒。時ニ本朝四十五主聖武帝ノ天平五年ニ、就テ㆓当地ニ㆒創テ㆓精藍ヲ㆒、手ラ造テ㆓薬師仏ノ像ヲ㆒以テ安ス㆑之。又造テ㆓十一面大悲及ヒ梵釈二天ノ像ヲ㆒、置㆓殿中ニ㆒。時ニ聖武皇帝聞㆓其ノ興造ヲ㆒、賜テ㆓工糧若干ヲ㆒遂ニ成ル㆓大伽藍ト㆒。号シテ曰㆓崑崙山昆陽寺ト㆒。基、自開テ㆓茅地ヲ㆒為シ㆓荘田ト㆒、収テ㆓米一千五百石ヲ㆒以テ為㆓寺産ト㆒。諸堂仏閣魏魏堂堂トシテ大ニ振フ㆓道化ヲ㆒。四来ノ黒白帰仰スル者ノ如シ㆑市ノ。時ノ人咸ク称スト㆓摂

州第一名刹云。惜天正年間罹寇火悉為煨燼。後於遺趾搆小宇、置（13ウ）本尊及開山像。詳在本記。茲略之。

【注】**崑崙山昆陽寺**　兵庫県伊丹市寺本。『元亨釈書』巻一四「行基」。

10〔〇〕満願寺〈神亀年間創。至元禄己巳二年凡及九百七十年矣〉

此寺、昔勝道法師開闢之所。道、姓若田氏、下野州芳賀《ハカ》郡人也。妙年出塵鑽仰勝業。聖武帝神亀年中、就摂州河辺郡多田《タタ》神秀山創満願寺、乃安千手観音像勤修精進大利四衆。其像霊応如響。無願不満。故号曰満願寺。時人称道曰満願上人。既而還本州登日光山、創精藍。其後、第六十一代朱雀帝承平年中、摂津守源満仲公、就多田地搆城郭居焉。時公欽当山霊区、欲為国家延福、帰仰此寺。満仲有季子。名美丈御前。投慧心僧都薙髪受戒号円覚。移錫居之。道化（14オ）益盛。武蔵前司平泰時公、建三層宝塔。乃八条若狭前司之夫人、以阿弥陀三尊像奉於塔中。又建久二年、最勝園寺貞時公、立楼門置二金剛大力士、奉安弥陀仏像於大殿。又有奥院。安千手大悲像。又有法華堂。置普賢大士像。或常行堂置無量寿仏像。又有経蔵・鐘楼・食堂・浴室等、実大伽藍也。其後、後醍醐帝正仲二年、天台座主二品法親王奏為官寺。於是愈増光耀、文武百僚車駕塡門。各捨私田以資香積。故黒白男女礼謁者如市。後為祝融氏所廃、皆為煨燼。唯奥之一院無事。至慶安年間、寺僧募諸檀信復重興之。寺之南有瀑布。名最明寺。昔鎌倉副元帥平時（14ウ）頼公、下髪号最明寺。巡按次偶游此地、因以為名焉。

【注】**満願寺**　兵庫県川西市満願寺町。神秀山満願寺。『元亨釈書』巻一四「勝道」。

11〔〇〕根本山神峰《カフセン》山寺〈第四十二代文武帝元年創テ、至三元禄己巳二年一ニ九百九十二年矣〉

此ノ寺在二摂州嶋上郡一ニ。乃チ役《エン》ノ小角ノ開創ノ之所ニシテ、摂津ノ之名山ナリ也。小角、嘗テ居二テ河ノ之葛城《カツラキ》山一ニ精勤苦行ス。一日遥ニ見二北山一ヲ有二リ金光一。遂ニ尋テ其ノ地ヲ至二リ根本山一ニ、見二テ林嶽幽邃一ナルヲ曰ク、「此必ス霊区ナリ也。」輒チ欲レ創二ント精舎一ヲ。俄ニ有二テ金剛蔵王一、駕二テ紫雲一ニ而来ル。又有二童子一。従二瀧ノ中一出現シテ、自称二シ金毘羅一ト告テ曰ク、「吾ハ当山ノ之地主ナリ也。日本開闢ヨリ以来タ我レ住二テ此ノ地一ニ而擁二護ス万民一ヲ。」言已テ遂ニ隠ル。時ニ文武帝元年丁酉也也。小角、既ニ創二テ梵宇一ヲ未レタ安二セ本尊一ヲ。童子又曰ク、「本山ノ之南ニ有二一峰一。名二ク明王嶽一ト。彼ニ有二（15オ）霊木一。乃チ藍婆・毘藍婆ノ二鬼領レス之ヲ。公能ク乞二得ハ此ノ木一ヲ者、我レ当三ニ為二造ル護世多聞天ノ像一ヲ。」既ニ得二テ霊木一ヲ而、像成テ安レス之。時ニ十万ノ金剛童子・無量ノ夜叉王出現シテ慶讃シテ曰ク、「我等擁二護シテ仏法一ヲ、遠ク至二龍華ノ三会一ニ。」時ニ有二テ光明一照二映シ山川一ヲ天楽鳴レル空ニ。以レテ故ヲ号シテ曰二神峰山寺一。厳麗殊妙ニシテ照二曜ス林巒一ヲ。尊像ノ之霊日ニ新ニシテ、緇白謁スル者ノ如レシ蟻ノ。後聖武天皇詔二シテ当寺一ニ写二シメ大般若経一ヲ、勅二シテ泰澄法師一ニ為二落慶ノ導師一ト。天平二十一年、賜二テ荘田八百畝一ヲ永ク資二ク僧膳一ヲ。宝亀五年三月、勝尾寺ノ開成、有二テ夢ノ感一至二此ノ山一ニ、建二ツ霊雲宝塔ノ二院一ヲ。成、約二シテ七日一ヲ誦二ス妙経一ヲ。散朝至二テ第二十六品一ニ、多聞天王現レシテ形ヲ助誦シテ而曰ク、「我レ為下ノ愍二諸ノ衆生一ヲ亦タ護中スルカ法師上ヲ故ナリト也。」成、感激シテ不レ已マ。光仁帝詔シテ転二シメテ般若経一ヲ（15ウ）攘二天下ノ災厲一ヲ。因テ賜二庄田二百一ヲ、以テ充二ツ如法経会ノ之需一ニ。成、道化弘ニ振ヒ、亦勤二タリ興建一ニ。山中置二僧坊十二所一ヲ使《シム》レ学二顕密ノ教一ヲ。由レテ是ニ称レテ成ヲ以テ為二中興ノ之祖一ト也。元慶年間ニ、水尾ノ上皇幸二シ給当山一ニ、以二テ本尊之霊一ナルヲ特ニ賜二宸翰一ヲ。其ノ略ニ曰ク、「慈悲被レ物ヲ称二ス仏陀智一ト。陰陽不レルヲ測号二ス神明ノ徳一ト。多聞ノ明感如三シ水ノ分二カ千月一ヲ。智羅霊応似三タリ鏡ノ写二ニ万形一ヲ。喜哉ナ、丸《マロ》カ〈猶ヲ如レ称レ朕〉適〻受二盲亀人身一ヲ。嬉哉ナ、朕希ニ得二仏教ノ浮木一ヲ。念スル時ハ則必通ス。如二シ影ノ随レカ身ニ。称スル時ハ則定テ酬フ。似二タリ響ノ応レルニ声ニ。」云云。厥ノ後正和二年、有二テ讒臣ノ之変一、殿閣悉ク廃ス。至二テ応安甲寅ノ年一ニ、征夷大将軍義満公、復タ重二興テ之一ヲ、雖二トモ往昔一ト亦タ不二多ク譲一ラ焉。従レ此後経二テ百五十余年一ヲ、大永七年、又タ為二寇火ノ所一レ廃セ、皆ナ為二煨燼一ト。於レ是ニ払レテ燼ヲ僅ニ構二テ小宇一ヲ移シ（16オ）レ像ヲ、漸次ニ営レス之ヲ。既ニシテ而有二高槻《タカツキ》ノ城主高山右近ト云者一ノ。帰二ス外道一ニ。天正ノ末年、遭二フ会昌ノ之沙汰一ニ。無レシテ何クモ高山氏歿ヌ。於レテ是ニ僧徒還レリ山ニ、漸クニ復二ス旧観一ニ。至二テ慶安二年八月一ニ、大相国賜二テ令旨一ヲ挙テ為二官寺一ト。由レテ是ニ殿堂・仏閣・子院・僧房、凡ソ所レノ当レキ立者ノ、皆悉ク落成ス。山川復タ増レス色ヲ。此ノ山幾ヒカ逢二トモ変怪一ニ、以二テ役君肇啓ノ之処一ニシテ而多聞護法ノ力一ヲ、誠ニ不レ也可レ磨ス矣。夫レ当山ハ者日域七山ノ之一ナリ也。所レ謂比叡・比良《ヒラ》・伊吹《イブキ》・神峰《カブ》・愛宕《アタコ》・金峰《キンブ》・葛《カツラキ》城《キ》是レ也ナリ。本尊ノ左右ニ有二慈覚大師所造ノ不動ノ像、行基菩薩手ラ造ル地蔵一。又置二梵釈二天ノ像一ヲ。皆ナ行基所レ也造也。又有二仏舎利百八十粒一。本殿ノ東北ニ設二テ稲荷・山王・金毘羅ノ三祠一ヲ、為二護伽藍神一ト。又有二東照権現ノ霊廟一。本殿ノ之西ニ搆二開山塔一ヲ。其ノ（16ウ）前ニ有二光仁天皇ノ之十三層ノ石浮屠一。又西南方ニ有レ殿。安二シ慈覚手造ノ阿弥陀仏一ヲ、常念仏ス。又立二テ、円通閣一ヲ置二ク観音ノ像一ヲ。山門頭ニ有二二金剛力士一。其ノ前ニ有二二王石一。又有二笈笛《ヲイカケ》掛石・八部ノ松・飛龍瀧・影向ノ松・九頭瀧等ノ諸勝一。実ニ一方ノ霊場ナリ也。初メ仁明帝承和二年、小野ノ篁、従二リ閻王宮一持二シ一偈一ヲ来テ示二ス于世一ニ。其ノ偈ニ曰ク、

熊野・金峰・神峰山《カブゼン》ハ者　上品三生浄土ノ蓮台
高野・天王・大安寺ハ者　中品三分極楽ノ霊地
獅子・東寺・東大寺ハ者　下品三輩安養浄刹
雖二トモ不信ノ者一ト亦タ免二ル三悪一ヲ　信シテ運レフ歩ヲ人ハ定テ生二ス報土一ニ

利益山ヨリモ高ク弘誓海ヨリモ深シ（17オ）

【注】**根本山神峰山寺**　大阪府高槻市原。根本山宝塔院。

12
〔〇〕摩耶山〈至二元禄己巳二年一ニ凡ッ一千三十余年矣〉

摂州兎原《ウハラ》郡ニ有二観世音ノ之霊刹一。号二ス仏母摩耶山忉利天上寺一ト。乃チ天竺法道仙人ノ所レ創ニシテ ムル而、在二坂陽城ノ西シ海畔

八里ニ。其ノ峰最モ高シテ而衆山仰ク之ヲ。登ハ之ニ者飄然トシテ如シ御スルカ雲ニ。遥ニ望ム時ハ南海則チ漫漫トシテ無シ際リ。誠ニ一方ノ名山ナリ也。初メ法道在テ天竺霊山ノ仙苑ノ中ニ、与ト五百ノ持明仙同ク修シ梵行ヲ、各〳〵獲テ道果ヲ而モ遊テ十方界ニ利益ス人天ヲ。嘗テ乗シテ紫雲ニ欲ス赴ント日域ニ而至ル支那国ニ、謁ス西明寺ノ道宣律師ニ。律師、乃チ以テ閻浮檀金所造ノ十一面大悲ノ像其ノ長ケ三寸ナルヲ、付シテ法道ニ曰ク、「此ノ尊像ハ者、昔シ釈尊年四十二ノ時、鋳テ之ヲ以テ与ヘ給フ忉利天摩耶夫人ニ。及テ仏泥洹ノ之後ニ、摩耶為ニ利セシカ下界ノ之衆生ヲ、以テ此ノ像ヲ付与ス阿那律尊（17ウ）者ニ。其ノ後、有テ毛音毛頭ト云者ノ、持シ其ノ像及ヒ仏舎利・経論等ヲ来テ寄ス此ノ寺ニ。諒ニ此レ必ス霊像ナリ也。法道、遂ニ携テ之ヲ至ル于当山ニ。乃チ創メ精藍ヲ、尋テ造テ長ケ一尺六寸ノ十一面観音ヲ、納テ金像ヲ於胸中ニ、以テ奉ス之ヲ本殿ニ。故ニ号シテ曰フ仏母摩耶山忉利天上寺ト。遂ニ成テ大伽藍ト、子院僧坊不下ラ三百所ニ。晨鐘昏鼓響キ応シ山川ニ、四来ノ黒白礼謁スル者ノ甚多シテ、実ニ摂州第一ノ名刹ナリ也。漸ク廃シテ、今有子院八所。

【注】摩耶山　神戸市灘区摩耶山町。忉利天上寺。

13　〔〇〕清澄寺〈第五十九代宇多ノ天皇寛平五年ニ創ム。至元禄己巳二年ニ七百九十五年矣〉

摂州河辺郡ニ有梵刹。号ス蓬萊山清澄寺ト。本朝五十九主宇多ノ天皇ノ本願所ナリ。寛平五年四月二十四日、皇后夢ニ有三老僧。来テ告曰ク、「三山ノ之神仙、常ニ遊ニ於此ノ処ニ。仏法（18オ）豊饒ノ之霊区也也。当ニ置ク我等ヲ於此地ニ。則チ天下昇平、人民豊盛ナラン矣。」因テ以テ香木ヲ授テ之、乃覚ム。帝亦同ク夢ム。遂ニ召テ群臣ヲ議ス之。臣等奏シテ曰ク、「聞ク説ラク、三山ハ者蓬萊・方丈・瀛洲、雨ラス如意宝ヲ、実ニ神仙ノ所居也也。又三僧ハ豈ニ非スヤ如来ノ之三尊ニ乎。」龍顔大ニ悦給テ、乃勅シテ於テ其地ニ創テ精藍ヲ、即チ以テ所ノ夢ニ感スル香木上ヲ、命シテ仏工定円法眼ニ造テ三尊ノ像ヲ以テ安シ之、延テ静観僧都ヲ為ニ開山ノ之祖ト。時ニ寛平六年ナリ也。越テ明年二月十三日、詔シテ重テ造テ丈六ノ三大像、蔵メ先像ヲ於腹内ニ、左右ニ置ニ薬王・薬上・多聞・持国及ヒ十大声聞等ノ諸像。又建ニ常行堂・法華堂・三層ノ宝塔・鐘楼・千手堂・護摩堂・灌頂堂・食堂・

経蔵・浴室・楼門・中門・十五神社等ヲ一、遂ニ成二大伽藍一ト。八年十一月十八日ニ落成シテ、（18ウ）乃チ詔シテ二益信僧正ニ一為二慶讃導師一ト。此ノ日、開山静観於テ二壇上ニ一放ツ二光明ヲ一。帝不レ覚ヘ起給テレ座ヲ礼拝スルコト七度、由テレ是ニ百僚士庶莫シレ不云コト二感歎セ一。時ニ空中ニ有テ二天楽一遥ニ鳴リ、金色ノ神蛇・白髪ノ老翁乗シテ二白雲ニ一来テ告曰ク、「皇后ハ即チ弁財天女ノ之化身也ト也。」言ヒ訖テ現ス二種種ノ神変ヲ一。於テレ是ニ黒白男女来謁スルコト、猶ヲ二万水ノ之赴クカ[1]レ叡ニ一。一ヒ渉ル二此ノ地ニ一者ノ、靡シレ不ト云コト遂ケ二其ノ願ヲ一矣。自レ時レ厥ノ後、慈心房尊恵上人駐テレ錫ヲ居ルレ焉ニ。時ニ第八十代高倉帝ノ承安二年十二月廿二日、閻羅王修シ二法華十万部融通本願会ヲ一、請テ二尊恵上人ヲ一為二慶讃導師一ト。閻王、手書金字ノ妙経ヲ以テ嚫シテレ之曰ク、「大日本国ニ有二三十七所往生浄土ノ梵刹一。清澄寺其ノ一ナリ也。」其ノ経至テレ今ニ猶ヲ在リ二当寺ニ一。寿永二年、罹テ二源平ノ之寇火ニ一、悉ク為ル二煨燼一ト。唯タ（19オ）三仏ノ像、移テ在テ二後山ノ之岩上ニ一、而モ放ツ二光明ヲ一。時ニ大将軍源ノ頼朝公、聞テ二尊像ノ之霊ヲ一奏シテレ上ニ、奉シテレ勅ヲ復タ重二興ス之ヲ一。於テレ是ニ山川増シレ色ヲ、雖トモ二往昔一ト亦タ不二多ク譲ラ一矣。此ノ後、有テ二大空上人一来リ、住持シテ苦行精進ス。亦タ勤ムルコト二利済ヲ一二十年、常ニ行テ教化乞丐シテ以テ施ス二貧者ニ一。或ハ建テ二五支提ヲ一置二五仏ノ像ヲ一、以テ期ス二龍華ノ三会ヲ一。又設テ二三宝荒神ノ之祠ヲ一、為スレ守二護ト万善融通ノ之人民ヲ一也。其ノ霊応如シレ響ノ。故世人称シテレ之曰二荒神ノ寺一ト矣。

【注】清澄寺　兵庫県宝塚市米谷。蓬萊山清澄寺。通称は清荒神。

14〔〇〕久安寺〈神亀二年ニ創テ、至ニ元禄己巳二年ニ一九百六十四年矣〉

此寺、菩薩僧行基ノ開創ノ之所ニシテ、観音大士ノ之霊場也也。初メ号ス二大沢山安養院一ト。人皇四十五代聖武天皇神亀二年ニ、行基菩薩、抵テ二摂州豊嶋《テシマ》郡猪名川《イナカハ》ノ辺ニ一、有テ二一ノ老翁一、持テ（19ウ）銀弓金箭ヲ一、謂テレ基ニ曰ク、「吾レ待ツコトレ師ヲ久シ矣。」基、問曰ク、「翁ハ何ニ人ソ耶《ヤ》。」曰ク、「自リレ是之テレ東ニ、有二観自在ノ遊化ノ之刹一。吾レ常ニ住テ二其ノ山ニ一而護ス二仏法ヲ一。師於テ二此ノ地ニ一能ク立ハ二精舎ヲ一者、有ルコトレ益ニ群生ニ一多ラント矣。」乃チ挽テレ基ヲ赴ニ其ノ地ニ一。山下ニ有テ二大川一、不シテレ得レ渡ルコト而基密ニ持ス二神呪ヲ一。水忽逆流シテ如シ二陸ヲ行一カ。故ニ名レ之ヲ曰二逆《サカ》川一ト。既ニ登ハ二山上ニ一林巒幽邃ニシテ而東ニ望長河湯湯タリ。南ニ有二朱雀池一。北ニ有二

霊峰、名玄武嶽。常起五雲。誠是四神相応之霊区也。輙有創立之意。老翁曰、「有時逢聖師、即吾願満足矣。吾是白山妙理権現也。応当守護仏法。」言已不見。時異香満山。紫雲靉靆天楽遥鳴、従沢中放光、現閻浮檀金所造之千手大悲像。其長一寸八分。基、大喜乃以僧伽梨奉之、既而構小（20オ）宇以安之、精修勤行。時天皇聞其霊瑞、詔迎尊像入金闕。拝覧即勅、創精藍以安之、其左右置不動多聞天及二十八部衆。又朱雀池之西畔構三宝荒神祠、以為護伽藍神。金堂安薬師仏像。又設講堂置毘盧遮那仏、其旁置五大尊。又有多宝塔。置五仏像及仏舎利。又有食堂・鐘楼・僧房等若干。楼門之西別構一院、安無量寿仏像。号曰安養寺。又千代《チヨ》橋之南建菩提寺、安地蔵菩薩、其左右置冥官十王像。又設鎮守神社経蔵等、又於山頂置北天王・弁財天・大黒天神、号慈園寺。山中有子院若干所、実大伽藍也。厥後第五十三代淳和帝天長年間、弘法大師駐錫宣密教。（20ウ）或書写般若経攘災疫、或請善女龍王消旱荒、或写両部曼荼羅。時有異人来、詢法要云。後六十八主後一条帝治安三年、勅使仏工定朝一刀一礼而造長一尺八寸千手大悲像、納金像於胸中。其霊感日新也。保延六年之冬、厄於火本殿講堂悉為煨燼。大衆凌焰火入本殿、不見本尊。既至夜見西山之岩上、有光怪。尋見大悲尊像儼然。既而近衛天皇聞菩薩霊験、於久安元年勅重興之〈自此至元禄二年五百四十四年矣〉。移置尊像、特賜宸書額号久安寺。又賜荘田七十余町永充香積。又建子院四十九所、以表観史之七七摩尼殿。又安養寺之西旁構六尼院。晨鐘夕梵響応林嶽、乃（21オ）一方名刹也。時住持賢実上人、不測人也。道高徳広。不知其姓氏。其術如神。帝詔賢実入内殿説法。允称皇情、龍顔大悦特賜宸書、勅建四十九院。推賢実上人為中興之祖。詳在本記。茲略焉。

【注】久安寺　大阪府池田市伏尾町。大沢山久安寺。

15〔○〕鷹尾《タカヲ》山多田院〈本朝六十四代円融帝天禄元年ニ創。至㆓元禄二年㆒ニ七百十九年矣〉

摂州ノ河辺郡多田《タタ》ノ院ハ者、摂津ノ守源ノ満仲公ノ之塔院ナリ也。本朝六十四代円融帝天禄元年ニ創テ、使シム㆓源賢僧都シテ主トラ㆑之。僧都ハ即チ満仲公ノ之第三子也。満仲ハ乃チ清和天皇ノ之玄孫ナリ也〈清和天皇――貞純《サタスミ》親王――六孫王経基――多田ノ満仲〉。延喜十二年壬申四月十日ニ生テ、年シ二十四ノ時、始テ賜㆓源姓㆒ヲ。由㆑是ニ為㆓源家ノ之祖㆒ト矣。華山上皇寛和二年、幸給テ㆓当山㆒ニ勅シテ満仲ニ剃髪セシム。法ノ諱ハ覚（21ウ）信。長徳三年八月廿七日、染テ㆑疾ニ召テ㆓侍臣㆒ヲ曰ク、「吾カ逝後、以テ㆓全身㆒ヲ廟セヨ㆓于当院㆒ニ。吾レ当ニ㆑擁護ス㆓弓箭ノ之家㆒ヲ。亦タ鳴動シテ㆓廟窟㆒ヲ而使メン㆑知ラ㆓国家ノ之安危㆒ヲ。」言已テ安祥トシテ而逝ス。寿八十六歳。奉シテ㆓遺命㆒ヲ廟ス㆓于当山㆒ニ。諒ニ聖語不㆑虚ナラ。至㆑今ニ其ノ霊瑞猶ヲ在リ。其ノ後、忍性菩薩中興シテ㆓之㆒ヲ、道化弘ニ振。第百四代後土御門帝文明四年八月十七日ニ、中使トシテ㆓菅原朝臣在数㆒ヲ、満仲ニ賜贈㆓従二位㆒ヲ。自㆑是霊瑞益〱新也矣。至テ㆓寛文年間㆒ニ大将軍命シテ㆓有司㆒ニ再興㆓之㆒。堂社仏閣荘厳具足シテ、本殿ニ安ス㆓満仲公ノ影㆒ヲ。其ノ像、著テ㆓甲冑㆒ヲ乗ス㆓龍馬㆒ニ。乃チ是レ二十四歳ノ時所㆑造也。又設テ㆓頼光・頼信・頼義・義家等ノ之祠㆒ヲ、号ス㆓万代守護権現宮㆒ト。詳ニ在㆓本記㆒ニ。茲ニ略ス㆑之。（22オ）

【注】鷹尾山多田院　兵庫県川西市多田院にあった。現在は多田神社。

16〔○〕浄光寺〈天長年中ニ創。至㆓元禄己巳二年㆒ニ凡及㆓八百六十余年㆒ニ矣〉

摂津ノ之河辺郡ニ有㆓観世音ノ聖跡㆒。号ス㆓補陀洛山浄光寺㆒ト。乃チ本朝五十三主淳和帝天長年間ニ、弘法大師開山ノ之所ナリ。昔シ釈ノ慧満一夕夢ム㆘、礼ス㆓観音大士ノ像㆒ヲ、大士告曰ク、「仏放㆓一光㆒ヲ。我及ヒ衆会見㆓此ノ国界㆒ヲ。種種ノ殊妙、諸仏神力、*智慧希有ナリ。又放ツテ㆓一浄光㆒ヲ照スト㆗無量ノ国㆖ヲ。」覚メテ而異[1]也トス㆑之。翌日、遊テ㆓海浜㆒ニ、見㆘水中ニ放㆑光ヲ現スルヲ㆗大悲ノ金像㆖。満、大ニ喜テ、乃チ以テ㆓僧伽梨㆒ヲ捧ク㆑之。其ノ長ケ一寸八分。慈容殊妙ニシテ殆ント非ス㆓世ノ之所ニ㆑有ル。以テ奉テ㆓小菴㆒ニ事ルコト㆑之ニ甚タ謹メリ。経テ㆓数十歳㆒ヲ天長年間ニ、弘法大師遊㆓此ノ地㆒ニ。以テ㆓大士ノ霊感㆒ヲ構テ㆓精藍㆒ヲ安シ㆓金像㆒ヲ、号シテ曰㆓補陀洛山浄光寺㆒ト。

其ノ霊如シレ響ノ。厥ノ後、本州ノ刺史某シ、捨テ二私稲ヲ一修二-葺シ之ヲ一、且給フ二僧（22ウ）膳及ヒ薪林若干クノ所ヲ一。於テレ是ニ諸堂仏閣荘厳華麗ニシテ照二-曜ス林巒ヲ一。時ニ文保元年ノ秋、住持沙門頼鑁、命シテ二良工ニ一造テ二大像ヲ一、納メ二金像ヲ於胸中ニ一以テ奉スレ之。後天*正七年、罹テ二寇火ニ一悉ク為ニ二煨燼ト一。於レ是ニ寺僧、締テ二小菴ヲ一移二-置キ尊像ヲ一、尋テ有ニ二興復ノ之志シ一。又タ逢テ二豊臣公ノ之変[2]ニ一、此ノ地為ニ二田疇ト一。因テ別ニ構テ二小宇ヲ一移シ二本尊ヲ一、号シテ曰ニ二慈眼院ト一。至テ二慶長ノ秋ニ一鯨波大ニ作テ人家倶ニ淹没シテ、遂ニ成ル二瓦礫ノ之場ト一。時ニ沙門慶海、奉シテ二像ヲ於伝法浦ニ一、還テ結レ茅以テ置クレ之。日月積累シテ風雨侵凌シテ、莫シ下知ル二其ノ所以ヲ一者上ノ。唯タ里民称シテレ之曰ニ二浄光ト一而已《ノミ》。至テ二延宝年中ニ一、性海法印、乗シテ二夙願ニ一来テ居スレ之。貞享丙寅ノ春、夢ニ巡二-謁ス関西三十三所観音ノ之霊刹ヲ一。其ノ像放ニ二金光ヲ一。覚メテ而異レ也トス之。未タレ越ヘレ月ヲ而本郡ニ有テ二一ノ信士一、新ニ発心シテ於テ二郡中ニ一（23オ）定メ二観音三十三所ヲ一、欲シレ使ント二村民男女シテ巡礼セ一、因テ以テ二浄光寺ヲ一欲レ登ンレト之ヲ。未タレ詳カニ二其ノ来由ヲ一。時ニ小浜邑ニ有リ二隠士正和ト云者一。語テ曰ク、「吾嘗テ抵テ二能勢ニ一遊テ二一ノ山院ニ一、得タリ二黄金所造ノ大悲ノ像幷ニ縁起一本ヲ一。今猶ヲ在リレ焉。是レ即チ補陀洛山浄光寺ノ之記ナリ也。」海、聞テレ之大ニ喜テ而就テ二正和ニ一求ム二其ノ記ヲ一。里長聞テレ之ヲ与ニ二村民ト一倶ニ戮テレ力ヲ修二-葺此ノ寺ヲ一、以テ迎ニ二尊像ヲ一。其ノ本山京兆ノ智積院ノ僧正信盛、使三衆僧シテ以テ為サ二落慶ヲ一。自レ是准テ二古規ニ一、毎歳至テ二三月十八日ニ一、修ス二観音懺会ヲ一。由テレ是黒白男女接テレ踵ヲ而至ル。実ニ観音ノ霊刹ナリ也。具ニ在ニ二本記ニ一。茲ニ略ス焉。（23ウ）

【注】**浄光寺**　兵庫県尼崎市常光寺。補陀落山浄光寺。

【校訂】**1** 異レ也トス ―〈底〉異レ也ス　**2** 変ニ一 ―〈底〉変テ一

17
〔此寺在河内州〕鷲尾山

河州交《カタ》野ノ郡ニ有ニ二蘭若一。号シテ曰ニ二鷲《ワシノヲ》尾山鷲仙寺ト一。或ハ曰ニ二祇園院ト一。乃チ役行者ノ開創ノ之所ニシテ、本殿ニ安ニ二行基菩薩ノ手造ノ千手観音ノ像ヲ一。其ノ長ケ四尺五寸。山中ニ有ニ二大桜樹千株一。其ノ花可シレ愛。乃チ開山小角所レ植ル也。

【注】**鷲尾山**　大阪府東大阪市上石切町。現在は興法寺。旧名は鷲尾寺、鷲仙寺。『河内名所記』巻五「鷲尾山鷲仙寺祇薗

院」。

18大覚寺〈本朝三十四代推古天皇八年ニ創テ、至二元禄己巳二年一ニ已ニ一千八十九年矣〉

寺ハ在二テ摂ノ之尼崎一ニ、号二ス月峰山大覚寺一ト。乃チ聖徳太子ノ所二ナリ開闢一シ給也。推古八年ニ、百済国ノ沙門日羅、奉二テ太子ノ之命一ヲ為ニ求二テ勝地一ヲ、至二ル長洲ノ浦ノ之漁村一ニ。漁人謂テ曰ク、「遥カ望二テ北山一ニ、毎夜有レリ光。人皆ナ怪レム也之。」乃チ挽二テ日羅一ヲ、至二ル能勢ノ之月ノ峰一ニ。其ノ山険峻林（24オ）巒幽邃ニシテ、中ニ有二リ大槻樹一。枝葉垂布シテ高キコト若干ク丈。有二テ金色ノ光一、映二徹ス山川一ニ。日羅異レ也トシテ之、還テ啓二ス太子一ニ。太子、「是必ス霊区ナリト也。」即チ与二日羅一倶ニ詣二其ノ山一ニ。乃チ伐二テ其ノ木一ヲ、手ラ造二千手大悲ノ像一躯一ヲ。即チ創二テ精舎一ヲ以二テ其ノ一躯一ヲ安レス之。其ノ像霊験日ニ新ナリ。由レテ是諸堂次第ニ具足シテ、遂ニ成二大伽藍一ト。号スルニ以二ス今ノ名一ヲ。湧殿飛楼上凌二雲漢一ヲ、四衆雲クニ集テ道風益盛ナリ。其ノ後、有レテ故漸ク及二衰微一ニ。今所レル有者ハ、観音殿・薬師堂・大門・僧舎等ナリ。又有二リ弁才天・貴《キ》布《フ》祢《ネ》明神等ノ祠一。村民奉レテ之以テ為二土神一ト、皆ナ尊二崇之一ヲ。老少男女謁者ノ常ニ不レ絶。此ノ寺属二シテ南都招提寺一ニ所レナリ管。

（24ウ）

【注】**大覚寺**　兵庫県尼崎市寺町。月峰山大覚寺。

19須磨寺〈自レ此至二元禄己巳二年一ニ凡及二八百余年一ニ矣〉

摂ノ之坂陽城西ニ去ルコト十余里ニシテ、抵二テ須磨ノ郷一ニ有二リ観世音ノ聖跡一。号二ス上野山福祥寺一ト。世ニ称二ス須磨寺一ト。後ロニ擁二シ群巒一ヲ、前ハ臨二ミ南海一ニ、長風時至テ浪花接レ天ニ。漁舟商船或ハ王者ノ楼船来往シ簫鼓棹歌。白鷗鴛鴦出二没シ其ノ間一ニ、平沙ノ塩竈緑雲丹丹トシテ、其ノ風景絶出ニシテ未レタ可下以二筆舌一ヲ陳上。非二スヤ南海補陀ノ之梵刹一ニ乎。昔シ此ノ海中ニ毎夜有レテ光達二ス雲漢一ニ。衆人異レメリ之。既ニシテ而有二テ漁人一ニ下レシテ網ヲ捕レル魚ヲ。得二テ一ノ檀木所造ノ観音ノ像一ヲ、乃チ締二テ小宇一ヲ以テ安二置ス之一ヲ。其ノ霊応特ニ甚シテ、凡ソ有レハ所レ求靡レシ不レ云コト随レ意ニ。由レテ是ニ達二シ朝廷一ニ、光孝天皇仁和二年、勅二シテ文鏡上人一ニ営二ス宝殿一ヲ。丹青爛絢トシテ照二映シ林岳一ヲ、遂ニ成二梵刹一ト。於レテ是懐レニシテ香ヲ瞻礼スル者ノ、日ニ接二ス踵ヲ於道一ニ。迄レテ今ニ（25オ）八百余載ニシテ而モ聖跡猶存ス。厥ノ後至二テ久寿年間一ニ、源三位頼政《ヨリマサ》公、重テ新ニ修二葺シ殿宇・支提・鎮守神社等一ヲ煥然トシテ一新ス。山川増レシ色ヲ霊感益〻盛ナリ。先レ是ヨリ、平城帝ノ之玄孫黄門在原ノ行平ト云者ト、有レテ故謫二ス此ノ地一ニ。期二シテ七昼夜一ヲ謁レス像ニ。期満スル夜夢ニ一ノ白衣ノ異人告曰ク、「我レ非レ不レニハ護レ汝ヲ。以二テ汝カ夙業一ヲ所レ也感スル。自作テ自受ク。如二ク蚕ノ処レスルカ繭ニ、如二シ蛾ノ赴レカ灯ニ。若シ能ク修レシ善積レハ徳ヲ、三歳ノ之後、必ス得レン遂レクルコト心ヲ。」覚メテ而欣然トシテ感激ス。無レシテ何クモ有二テ蜑女姉妹一、来テ給二侍ス左右一ニ。儀容端麗ニシテ柔順慈仁アリ。一ハ曰二松風一ト、二ハ曰二村雨一ト。経二テ三白一ヲ果シテ蒙レリ恩ヲ帰レル京ニ。嗚呼、観世音菩薩悲心無尽ニシテ愍二念シ給フ衆生一ヲ。猶ヲシ如二シ一子一ノ。是ノ故ニ現二シテ種種ノ形一ヲ利二益衆生一ヲ、使レメハ非二サラ大悲方便ノ力一ニ、安ンソ能ク爾ランヤ乎。臨レテ別ニ手ラ栽二テ松樹一ヲ、以テ志レ之。俗曰二磯馴松一ト。至レ今ニ猶（25ウ）存ス焉。

【注】 須磨寺　兵庫県神戸市須磨区須磨寺町。上野山福祥寺。

20 鷲林寺〈自レ此至二元禄己巳一年一ニ八百五十六年矣〉

摂ノ之武庫《ムコ》ノ郡ニ有二観音ノ霊跡一。弘法大師開創ノ之所ニシテ、号二ス武庫山一ト。其ノ山嶕嶤ニシテ林木隠隠トシテ秀テ、接二シ蒼穹一ニ、常ニ有二魔魅一処レス之ニ。昔シ淳和天皇天長五年、尼大師如意ハ者皇妃ナリ也。嘗テ開二テ摩尼山一ヲ方ニ落成ノ時、忽チ林中ニ有二テ大鷲一起二シ黒雲一ヲ、而モ出二テ火焔一ヲ直ニ至二リ摩尼山一ニ、欲レ焚二ント其ノ殿宇一ヲ。如意、知二テ是レ魔ノ所障一也ト、乃チ以二テ香水一ヲ灑レキ之ヲ、念二ス如意輪呪一ヲ。魔既ニ退ク。如意、告二テ弘法大師一ニ曰ク、「此ノ西峰ニ有二テ八面臂ノ鬼一号二シ⿱鳥麤乱神一ト、為レニ法ノ作レス障ヲ。為《セ》二ン之ヲ奈何《カン》一。」大師曰ク、「東ノ谷ニ有二リ大岩一。就レテ上ニ祭レラハ之ヲ則チ無レケン事也。」如意如レクス教ノ。厥ノ後果シテ無レシ聞レクコト焉。天長十年、大師就二テ此ノ地一ニ創二梵宇一ヲ。乃チ取二テ桜（26オ）木一ヲ、手カラ刻二テ十一面大悲ノ像一ヲ以テ安二置シ之一、並ニ設二テ鷲鳥⿱鳥麤乱神ノ祠一ヲ、為二伽藍神一ト。号シテ曰二鷲林寺一ト。遂ニ成二名刹一。至二テ天正七年一ニ厄二ラレテ于兵火一ニ悉ク為二煨燼一ト。従レ此之後無二ク人ノ重興一スル、今僅ナル結二テ茅宇ヲ一移二置キ本尊ヲ一、而モ無二僧侶一。唯村民守レ之。

【注】**鷲林寺**　兵庫県西宮市鷲林寺町。六甲山鷲林寺、十林寺。『元亨釈書』巻一八「如意尼」。

河内州霊区

21 〔○〕西琳寺〈第三十代欽明帝十三年創テ、至二元禄二年一一千一百三十九年矣〉（26ウ）

此ノ寺、初メ号二向原寺一ト、在二河州古市郡一ニ。本朝三十代欽明天皇十三年十月十三日、因テ百済国ノ聖明王、貢二献ス釈尊ノ像及ヒ閻浮金所造ノ十一面大士・経論・仏舎利等一ヲ。帝乃チ賜二与蘇ノ稲目一ニ。蘇氏大ニ喜テ、特ニ捨テ二向原宅一ヲ為レ寺ト、以テ奉ス二尊像一ヲ。是レ日本寺院像設ノ之始也。厥ノ後革メテレ之、号ス二西琳寺一ト。昔シノ遺趾甚多シ。今僅ニ有二本殿及ヒ不動ノ堂一。於テ二山上一ニ有二蔵王堂一。又本殿ノ之西ニ有二安閑天皇ノ霊廟一。本殿ノ左右ニ置二不動明王・降三世明王ノ像一。乃チ弘法大師ノ之手造ナリ也。又有二安阿弥カ所ノレ造ル十一面観音并ニ菅ノ天神ノ所造ノ地蔵等一。又有二百済王所レ献スル閻浮檀金ノ十一面大悲ノ像一。其ノ余ノ宝物若干ク咸在レ焉。（27オ）

【注】**西琳寺**　大阪府羽曳野市古市。向原山西琳寺、古市寺。『元亨釈書』巻二〇「欽明皇帝」、巻二八「向原寺」。『河内鑑名所記』巻二「西琳寺」。

22 〔上太子〕叡福寺〈第三十四主推古帝ノ御宇ニ創ム。至二元禄二年一ニ凡ソ一千九十年矣〉

河州石川ノ郡ニ有二聖徳太子ノ霊廟一、号ス二科長《シナカ》山叡福寺一ト。俗曰二上ノ太子一ト。昔シ推古天皇ノ御宇ニ、聖徳太子嘗テ喪シレ母ヲ欲下択テ二勝地一ヲ而葬ント上レ之ヲ。遥ニ見ルニ二西山一ヲ有テ二金色ノ光一射ルレ天ヲ。遂ニ尋テレ光ヲ至二科長山一ニ。乃チ曰ク、「此ノ地必ス霊区ナリト也。」乃チ奉シテ二玉棺一ヲ廟ス二于当山一ニ。以テ二其ノ轅《ナカヘ》一ヲ卓ツ二于廟前ノ之地一ニ。既ニシテ而生ス二枝葉一ヲ。因テ字シテレ之ニ曰二大乗木一ト。至レ今ニ猶ヲ鬱茂ス。後チ推古二十七年九月、太子語テ二妃膳氏一ニ曰ク、「我レ在二南岳一ニ、承テ二達磨ノ勧誘一ヲ生ス二此ノ土一ニ。我今世縁只タ一期耳《ノミ》。」二十九年、太子染レ病ニ。至二二月二十二日一ニ、又語テ二膳氏一ニ曰ク、「我レ昔シ在テ二支那一ニ持シ二法華一ヲ、今為二日域ノ副弐一ト。流二伝シテ仏法一ヲ、弘二宣フ一乗一ヲ。吾カ能事畢ヌ矣。不レ楽三久ク住スルコトヲ二于世一ニ。我レ今夕当レ二去ル。子チ可シ二（27ウ）与ニ倶一ニス。」乃チ与ニ沐浴シテ入レ宮ニ、如レ入ルカ二三昧一ニシテ而二人倶ニ化ス。太子年シ四十九。其ノ夜、空中現レ瑞ヲ、大地震動ス。諸ノ臣等、乃チ奉シテ二全身一ヲ葬ル二于先皇后ノ之廟内一ニ。故ニ称シテ二此ノ処一ヲ曰二御墓《ミハカ》山一ト。其ノ左右ニ有二石仏一。凡ソ四百九十尊。廟ノ之左ニ有二宝殿一。安ス二弘法手ラ造ル阿弥陀仏ノ像一ヲ。其ノ旁ニ復タ有レ殿。置二太子三十五歳ノ時ノ像一ヲ。其ノ中ニ立二歴代帝王ノ神御一ヲ。又有二太子十六歳ノ時ノ影堂一。其ノ後ヘニ有二宝殿一。安ス二如意輪観音ノ像一ヲ。乃チ太子ノ之手造ナリ也。其ノ旁ニ復タ建二二層ノ仏塔一ヲ。廟ノ之左ニ設二三祠一ヲ。所謂ル弁財天・長神社・九社明神是也也。大門ニ置二二金剛神一ヲ。又有二鐘楼・大日堂・大師堂等一。又有二大将軍頼朝公ノ之石塔一。其ノ外宝物甚多シ。或宸書ノ経典、或ハ霊仏名画等若干ク咸在レリ焉。（28オ）

【注】**叡福寺**　大阪府南河内郡太子町。科長山叡福寺、聖霊院。石川寺、転法輪寺、磯長寺。通称は上太子。『河内鑑名所記』巻三「上の太子」。

23〔下太子〕勝軍寺〈用明帝二年ニ創。至二元禄二年一ニ一千一百二年矣〉

河州渋河《シフカハ》郡椋樹山勝軍寺ハ、世人称シテレ之曰二下ノ太子一ト也。本朝三十二代用明天皇二年七月、聖徳太子、為ニ二国家ノ討一ツ二叛臣守屋《モリヤ》一ヲ。嘗テ領シテレ兵ヲ至二渋河《シフカハ》一ニ、守屋拒ムレ之ヲ。其ノ勢甚タ鋭シ。太子将ニ危シ。有リ二大ナル椋《ムク》ノ樹《キ》一、忽チ分開シテ而其ノ中虚ナリ。太子乃チ隠レ入ル。守屋既ニ退ク。太子取テ二白膠《ヌルテ》ノ木一ヲ刻テ二四天王ノ像一ヲ置キ二髪中一ニ誓テ曰ク、「官軍得ハレ勝ツコトヲ、当ニ下作リ二護世四天王寺一ヲ興ス中三宝上ヲ。」及テ二再ヒ攻ムル一ニ、守屋乃チ中テレ箭ニ而死ス。遂ニ建二四天王寺ヲ於摂州一ニ。尋テ至テ二椋樹一ニ述テレ偈ヲ曰、

神妙ナリ椋樹悲母ノ木　我身出生ス広大恩
紹隆ス仏法今成就　日日影向ノ不二退転一セ

乃チ於テ二此ノ地ニ一創二精藍ヲ一、以テ利ス二人民ヲ一。以テノ下草木ノ無情モ亦タ有リ二如レ是ノ（28ウ）之霊異一欲スル上レ使メント二後人シテ知ラレ之ヲ故ニ、号シテ曰二椋樹山勝軍寺一ト也。其ノ樹至レ今ニ猶ヲ在リ。後逢テ二舞馬之変一ニ、今僅ニ有テ二一宇一、置二太子十六歳ノ時ノ像一ヲ。即チ太子ノ之手ラ刻、其ノ頂髪ハ即チ太子ノ之髪ナリ也。故ニ世人目ケテレ之、櫂髪《ウヘカミ》ノ太子ト云フ。又有リ二手造四天王及ヒ自書ノ三千仏名経等一。其ノ外霊像宝物等甚多シ。

【注】**勝軍寺**　大阪府八尾市太子堂。椋樹山勝軍寺。上太子（叡福寺）に対し、通称は下太子。『河内鑑名所記』巻六「下の太子勝軍寺」。

24 〔〇〕道明寺

河州志紀郡リ土師ノ里有二精舎一。号ス二道明寺一ト。神武三十四代推古天皇ノ本願ニシテ、以テ二聖徳太子ヲ一為ス二開創ノ之祖一ト。至テレ今ニ一千余載ニシテ而聖跡猶ヲ存ス。本殿ニ安ス二菅ノ天神一刀三礼シテ所レ造ル十一面大悲ノ像一ヲ。其ノ長ケ三尺許リ。又有二天神ノ祠一。此ノ神乃チ村上天皇天暦元年ニ、始テ垂ル二跡ヲ於京兆ノ北野一ニ。其ノ時設ク二祠ヲ於（29オ）当寺一ニ。蓋シ天神ノ之姨娘《ヲハ》居ス二于此ノ地一ニ。因テ以テ建ツレ之ヲ。又有二天照太神宮一。其ノ旁ニ有リ二木槵樹一。相伝、「此ノ寺初闢ノ之時、嘗テ写テ二五大部経ヲ一瘞ムレ之ヲ。其ノ上ニ生スト二此ノ樹一。」云。又有二薬師堂・鐘楼・及ヒ僧坊八所一。

【注】**道明寺**　大阪府藤井寺市道明寺。蓮土山道明寺。旧名は土師寺。『河内鑑名所記』巻四「道明寺」。

25 〔〇〕金剛山〈未レ詳二年月一ヲ。至二元禄二年一ニ凡及二一千余年一ニ矣〉

大和河内両州ニ有二高山一。号ス二金剛一ト。乃チ法起菩薩ノ浄刹也也。華厳経諸菩薩住処品ニ云、「海中ニ有レ処。名ク二金剛山一ト。*従レ昔シ已来タ、諸ノ菩薩衆於レ中ニ止住ス。現ニ有二菩薩一。名ヲ曰二法起一ト。与二其ノ眷属衆千二百人一倶[1]ニ常ニ在二其ノ中一ニ而演二説スト法ヲ一。」云。即チ此ノ山是ナリ也。昔シ役ノ小角、就テ二当山一ニ創二精藍一ヲ、乃チ安ス二法起菩薩ノ像一ヲ。其長ケ丈余。又置テ二不動明王・蔵王権現ノ像一ヲ、号シテ曰二転法輪寺一ト。（29ウ）精修苦行シ以テ二藤葛一ヲ為レ衣ト、食ヒ二松果一ヲ持テ二孔雀明王ノ呪一ヲ、駕テ二五色ノ雲一ニ遊二仙府一ニ。駆二使シテ鬼神一ヲ、日域ノ霊区修歴殆ント偏シ。本殿ノ前ニ有二石ノ宝殿一。置二七大金剛童子一ヲ。於テ二其ノ前一ニ修ス二柴灯ノ護摩ノ法一ヲ。大殿ノ之右ニ有二大黒天ノ堂一。又有二神廟一。曰二三十八社一ト。又有二開山塔・護摩堂・大師堂等及ヒ子院六所一。此ノ山、或ハ曰二葛木《カツラキ》一ト、又曰二一乗山一ト。碧峰峨峨トシテ而聳ヘ二衆山一ニ、玉樹蓁蓁トシテ而蔭テ二巌岫一ヲ、実ニ河州第一ノ名山也也。其ノ中ニ有二瀑布一。名二大日瀧一ト。本殿ノ之西南至テ二十八町一ニ〈六十歩ヲ曰二一町一ト〉、有二古ノ名将楠正成カ之城跡一。自二本殿一至二十八町西ノ方一ニ有二酒堂寺一。安ス二蔵王権現一ヲ。又北ニ去ルコト六十六町ニ有二神廟一。名ク二水分大明神一ト。左ノ方ニ有二日光月光ノ二神ノ祠一。右ノ方ニ有二呉子孫子二神ノ祠一。又有二拝殿鐘（30オ）楼等一。

【注】金剛山　奈良県御所市高天。金剛山転法輪寺。金剛山寺。『河内鑑名所記』巻一「金剛山」、「酒堂寺」、「水分神社」。

【校訂】1倶二―〈底〉倶キ

26〔〇〕河合寺《カハイ》

河州丹南郡ニ有二観世音ノ之霊刹一。本朝三十九代天智天皇ノ之本願ニシテ而、役ノ小角為タリ二開創ノ之祖一。手ラ造テ二十一面大悲ノ像一ヲ以テ安レシ之、号シテ曰二河合寺一ト。此ノ像霊応如テレ響ノ而、礼謁スル者ノ莫レシ不レトモフ得二其ノ利一ヲ也。

【注】河合寺　大阪府河内長野市河合寺。宣珠山河合寺。『河合鑑名所記』巻二「河合寺」。

27〔〇〕誉田《コンタ》八幡宮〈人皇三十代欽明帝二十年ニ創テ、至二元禄二年一ニ一千百三十年矣〉

河内州古市郡誉田ノ八幡宮ハ者、人皇十六代応神天皇ノ之神廟ナリ也。山陵ヲ号ス二長野一ト。昔シ第三十代欽明天皇二十年ニ始テ建二霊廟一ヲ。乃チ詔シテ八幡大神ヲ以テ為ス二宗廟一ト。二月十五日、天皇幸シ給コト二当社一ニ七日。自リレ此歴代皇帝皆ナ行幸ス焉。其ノ祠ノ（30ウ）左右ニ有二小社若干一ク。有二神官四人一。又有二巫覡等若干ク人一。其ノ中有二密寺一。号ス二護国一ト。本殿ニ安二阿弥

陀仏《ノ》像《ヲ》一。又有二宝蓮華寺一。乃《チ》学《フ》レ律《ヲ》者《ノ》所住《也》。又有二僧坊十五所一。又有二観音宝殿一。或《ハ》神社仏宇甚《タ》多《シ》。

【注】誉田八幡宮　大阪府羽曳野市誉田。『河合鑑名所記』巻四「誉田八幡宮」。

28〔○〕相応寺〈神武五十六代清和帝貞観年中《ニ》沙門壱演創レ之。自レ此至《テ》二元禄二年一《ニ》八百一十余年矣〉

開基釈《ノ》壱演、姓《ハ》大中臣氏、洛城《ノ》人《ナリ》。父備州《ノ》刺史《ナリ》也。演、少《シテ》翔《ケル》二仕途《ニ》一。二兄相《ヒ》継《テ》而亡《ス》。因《テ》而厭《ヒ》レ世《ヲ》抛《テ》二冠纓《ヲ》一、礼《ヒシテ》二薬師寺《ノ》戒明《ヲ》一薙髪《ス》。承和二年、受《ケ》二具足戒《ヲ》一常《ニ》持《ス》二金剛般若《ヲ》一。真如闍梨、見《テ》為《ト》二法器一授《ルニ》以《ス》二密教《ヲ》一。演、居止不レ定。或《ハ》宿《シ》二市廛《ニ》一、或《ハ》住《ス》二水辺《ニ》一。適〳〵至《ル》二河内《ニ》一。一《ノ》老嫗譲《テ》レ宅《ヲ》曰《ク》、「此《ノ》地商売《ノ》之巷《ト》魚塩《ノ》之津《ナリ》。非《ハ》二師《ノ》深悲《ニ》一、誰《カ》諭《サン》二愚頑《ヲ》一耶。願《クハ》居《テ》二此《ノ》宇《ニ》一成《セヨ》二精藍《ト》一（31オ）焉。」演、平《クシテ》二其趾《ヲ》一。土中《ニ》得《タリ》二古朽《ノ》仏像《ヲ》一。支体不レ全《カラ》。人伝《テ》為レ異《ナリト》。漸達《ヌ》二天聴《ニ》一。勅《シテ》二将作監《ニ》一監《セシム》二営構《ヲ》一。賜《テ》レ額《ヲ》曰《ニ》相応寺《ト》一。演、運《テ》二黒土《ヲ》一築《テ》二方丈《ノ》壇《ヲ》一、安《ス》二尊像《ヲ》一。変《ス》レ白《ニ》。恰《モ》似《タリ》レ塗《ニ》レ粉《ヲ》。見《ル》者《ノ》奇《シム》レ之。又皇太后不予《ナリ》。延《テ》レ演《ヲ》持念《セシム》。病即《チ》愈《ユ》。貞観七年、太師藤《ノ》良房寝《ヌ》レ疾《ニ》。百方不レ治《セ》。屈《シテ》レ演《ヲ》加持《セシム》。所レ患《ユル》立《ロニ》差《ユ》。上、大《ニ》悦《テ》擢《テ》、為《ニ》僧正《ト》一。抗《アケテ》レ表《ヲ》辞《ス》レ之。不レ許《サ》。九年七月十二日、乗《シテ》二小舟《ニ》一浮《テ》レ水《ニ》奄然《シテ》遷化《ス》。年《シ》七十五。諡《ス》二慈済《ト》一〈自レ此至《テ》二元禄二年一《ニ》八百二十二年矣〉。

【注】相応寺　底本に「河内州」とあるが、京都府乙訓郡大山崎町にあった。『元亨釈書』巻一四「壱演」。

29〔○〕観心寺〈神武五十三代淳和帝天長四年、弘法大師《ノ》之徒実慧創レ之。自レ此至二元禄二年一《ニ》八百六十二年矣〉

開基釈《ノ》実慧、姓《ハ》佐伯氏、讃州《ノ》人《也》。初《メ》事《ヘテ》二大安寺《ノ》泰基《ニ》一学《ニ》唯識《ヲ》一。後《ニ》従《テ》二弘法大師《ニ》一稟《ク》二両部《ノ》密法《ヲ》一。弘法称告《シテ》曰《ク》、「我《カ》法《ノ》（31ウ）之興《ラン》、汝《カ》之力也。」付《ルニ》以《ス》二東寺《ヲ》一。天長四年《ニ》建《テ》二内州《ノ》観心寺《ヲ》一、大《ニ》修《ス》二密法《ヲ》一。承和十年、奏《シテ》於二東寺《ノ》灌頂院《ニ》一、修《ス》二春秋《ノ》結縁灌頂《ヲ》一。初《メ》二三年《ニ》勅《シテ》為《ス》二東寺《ノ》長者《ト》一。此《ノ》任自《リ》レ慧始《ル》。嵯峨《ノ》天皇・淳和

天皇、崇信過タリ二流輩一ニ。十四年十一月十三日ニ化ス。寿六十三〈自レ此至テ二元禄二年一ニ八百四十二年矣〉。

【注】**観心寺**　大阪府河内長野市寺元。檜尾山観心寺。現在は32「観心寺」と同寺。『元亨釈書』巻三「実慧」。

30　〔〇〕井上寺《イカミ》〈神武三十四代推古帝ノ御宇ニ高麗ノ沙門慧灌創レ之。自レ此至テ二元禄二年一ニ及ブ二一千六十年一ニ矣〉
開基慧灌法師ハ高麗国ノ人ナリ。入レ隋ニ受ク二嘉祥吉蔵ノ三論ノ之旨一ヲ。推古三十三年正月ニ、本国ヨリ貢シ来ル。勅シテ住セシム二元興寺一ニ。其ノ夏天下大ニ旱ス。詔シテレ灌ニ祈シムレ雨ヲ。灌著テ二青衣一ヲ講ス二三論一ヲ。天降ス二大雨一ヲ。帝大ニ悦テ擢テ、為ス二僧正一ト。後ニ於テ二内州一ニ創テ二井上寺一ヲ、弘ム二三論宗一ヲ。

【注】**井上寺**　河内国志紀郡（大阪府藤井寺市大部分と周辺一部を含む地区）にあった。『元亨釈書』巻一「慧灌」。

31　〔〇〕葛井寺《フジイ》〈至テ二元禄二年一ニ凡ソ及ブ二九百五十年一ニ矣〉（32オ）
此ノ寺、或ハ曰ク二剛琳寺一ト。在リ二河ノ之丹南郡一ニ。昔シ聖武天皇所ニシテ二勅創一ノ、中ニ安ス二千手観音金色ノ像一ヲ。乃チ詔テ二行基菩薩一ニ為ス二慶讃ノ導師一ト。此ノ像ハ、仏工稽主稽文等一刀三礼シテ所レナリ造ル也。其ノ高五尺二寸許リ、関西三十三所観音ノ霊刹ナリ也。
其ノ後、第五十一代平城天皇、詔シテ二阿保親王一ニ復タ重二興ス之一ヲ。当寺ノ之南ニ、有リ二本朝十九主反正天皇ノ之陵一。

【注】**葛井寺**　大阪府藤井寺市藤井寺。紫雲山三宝院剛琳寺、葛井寺、藤井寺。『河内鑑名所記』巻四「葛井寺」、「反正天皇後廟」。

32　〔〇〕観心寺〈未レ詳ニ年月一ヲ。至テ二元禄己巳二年一ニ凡及ブ二一千余年一ニ矣〉
河州檜尾《ヒヲ》山観心寺ハ、乃チ役ノ行者ノ所ニシテレ創ル、如意輪観音ノ之霊区ナリ也。迄テレ今ニ一千余載ニシテ而聖跡猶ヲ存ス。厥ノ後、弘法大師復タ重二興ス之一ヲ。乃チ手ラ造テ二如意輪大悲ノ像一ヲ、以テ安スレ之。其ノ高二尺五寸許リ。本殿ノ之右ニ有リ二鬼子母神ノ祠一。殿之左ノ山ニ有二弘法（32ウ）大師ノ之影堂一。又有二護摩堂一。安ス二不動尊ヲ一。又有二鐘楼及ヒ仏宇神社若干ク所一。於テ二山上ニ一有二後村上天皇ノ之陵廟一。山中ニ有テ二僧坊四十六所一実ニ一方ノ宝坊ナリ也。本朝五十四代仁明皇帝、以テ二当山ノ霊場ナルヲ一特ニ賜テ二宸翰ヲ一讃二美シ給之ヲ一。又有二後醍醐帝ノ之綸旨数章一。

【注】**観心寺**　大阪府河内長野市寺元。檜尾山観心寺。現在は29「観心寺」と同寺。『河内鑑名所記』巻一「観心寺」。

33〔〇〕龍泉寺

此ノ寺ニ自レリ昔シ有レリ池。有テ二悪龍一処ス二其ノ中ニ一。兇暴毒害ス。人皆憂フレ之ヲ。時ニ大臣蘇我ノ公、志性清白ニシテ常ニ帰シ二三宝ニ一、以テレ仁ヲ化スレ民ヲ。乃チ曰ク、「此ノ悪龍害物、不レ可レ不ンハレ降二伏セ之ヲ一。」乃チ就テ二其ノ池上ニ一誦スルコトレ呪ヲ至ル二七昼夜ニ一。龍遂ニ退キ去ル。池水亦タ涸レヌ。於レ是ニ創テ二梵刹ヲ一安シ二薬師如来ノ像ヲ一、利二益ス万民ヲ一。厥ノ後、寺衆苦シムレ無キコトレ水。偶〳〵弘法大師遊二其ノ地ニ一、（33オ）為ニ作シテレ法ヲ加持ス。忽ニ清泉沸ク。因テ号ス二龍泉ト一。其ノ中ニ有二宝池四所一。於二一ノ大池ノ中ニ一設テ二三祠ヲ一、置二弁財天・韋駄天・聖天等ヲ一。又有二牛頭天王ノ之殿及ヒ弘法大師ノ之影堂一。山門頭ニ有二大師手ラ造ル二王ノ像一。其ノ中ニ所レ有子院僧坊二十五所。又有二遺趾若干ク所一。

【注】**龍泉寺**　大阪府富田林市龍泉。牛頭山医王院龍泉寺。『元亨釈書』巻一「空海」。『河内鑑名所記』巻一「龍泉寺」。

34〔〇〕弘川《ヒロカハ》寺

役ノ小角創テ二此ノ寺ヲ一、乃チ手ラ刻テ二薬師仏ノ像ヲ一以テ安シレ之、号シテ曰二龍池山弘川寺ト一。其ノ像長ケ二尺五寸許リ。有二仏舎利一。乃チ清水原ノ天皇所ニシテレ感スルレ夢ニ而一顆ニ分ツ二五彩ヲ一。又後鳥羽帝賜二宸翰ヲ一。殿ノ之傍ニ有二宝殿一。安二観音大士ノ像ヲ一。又有二弘法大師手ラ造ル自像二軀一。山中ニ有二子院六所一。（33ウ）

【注】**弘川寺**　大阪府南河内郡河南町弘川。龍池山瑠璃光院弘川寺、広川山善成寺。『河内鑑名所記』巻一「弘川寺」。

35 〔〇〕高貴寺

神下山高貴寺ハ役ノ小角開基ノ之所也。初メ号二ス香花寺一ト。後高野大師、革レテ之名二高貴一ト。大師手ラ造二テ五大尊ノ像一ヲ以テ安レシ之道化大ニ振。時ニ高貴王菩薩応二現シテ当山一ニ、号二ス岩船大明神一ト。乃設レテ祠ヲ為二鎮守神一ト。故ニ号シテ曰二神下山高貴寺一ト。山中ニ有二大石四十八一、其ノ形如レシ船ノ。山上ニ有二求聞持堂一。其ノ余ノ諸勝霊跡有二若干ク所一。大師手ラ造二テ自像一ヲ置二ク之ヲ堂中一ニ。此ノ堂自レ此至レテ今ニ猶ヲ在リ焉。一夕四更ノ時ニ有二一鳥一。如下シ唱二ル仏法僧一ヲ之音上ノ。大師聞レテ之、乃チ賦レシテ詩ヲ曰ク、

　閑林ニ独坐ス草堂ノ暁　三宝ノ之声聞二ク一鳥一ニ

　一鳥有レ声人ニ有レ心　声心雲水倶ニ了了（34オ）

後鳥羽帝、亦タ有二御歌一。天下皆ナ誦レス焉〈我国ハミノリノ道ノヒロケレハ鳥モトナフル仏法僧哉〉。

【注】高貴寺　大阪府南河内郡河南町平石。山号は神下山、葛城山。『河内鑑名所記』巻一「高貴寺」。

36 〔〇〕天野《アマノ》山〈未レ詳二年月一。至二元禄二年一ニ凡及二九百余年一矣〉

河州天野山金剛寺ハ、乃チ菩薩僧行基ノ所ニシテ闢ク、大伽藍ナリ也。其ノ後弘法大師、主二テ此ノ寺一ヲ大ニ弘二ム密法一ヲ。大殿ニ安二ス丈六ノ大日如来ノ像一ヲ。其ノ左右ニ置二不動明王・降三世明王一ヲ。楼門ニ有二毘沙門・持国ノ二天ノ像一ヲ。又有二薬師観音ノ之殿一。東南ニ有二多宝仏塔一。殿ノ之南ニ有二護摩堂及ヒ大師堂一。或ハ弁財天・善女龍王・丹生《ニウ》ノ明神・水分明神等、各〻設レテ祠ヲ為二護伽藍神一ト。其ノ余ノ神社・仏閣・子院・僧坊等甚多シ。中ニ有二聖武天皇手書ノ最勝王経及ヒ弘法大師ノ手書金字ノ法華等一。又後白河帝・高倉帝・後鳥羽院・後醍醐天皇・後村上帝等倶ニ有二綸（34ウ）旨一。又有二鎌足大臣・光明后宮・中将姫等ノ手書ノ妙経一。又大将軍頼朝公及ヒ代代将軍、倶ニ有二リト令旨一云。

【注】天野山　大阪府河内長野市天野町。天野山金剛寺。『河内鑑名所記』巻二「天野山」。

37 〔〇〕照曜山光徳寺〈第六十四代円融帝御宇ニ創。至二元禄二年ニ一凡及二七百余年ニ一矣〉

此ノ寺、第六十四主円融上皇勅創ノ之所ニシテ、法円法師ヲ為二開山ト一。号シテ曰二東広山照曜寺ト一。雖レ称スト二大伽藍ト一、以テ二年代久遠ヲ一漸クニ廃ス。其ノ後、八十五代後堀河帝安貞二年ニ、三井寺ノ俊円僧都、有テ二信貴《シキ》山毘沙門天ノ之夢ノ感一、奏二聞ス于帝ニ一。勅シテ重二興ス之一。乃チ易テレ其ヲ榜シテ曰二照曜山光徳寺ト一。俊円、移レ錫ヲ居スレ焉。本殿ニ安ス二沙門浄蔵貴所ノ手ラ造ル阿弥陀仏ノ像ヲ一。以至諸堂仏閣亦タ一新ス矣。自レ時レ厥ノ後、次第ニシテ而廃ス。今僅ニ有二本殿及ヒ鼓楼大鐘堂一。又殿ノ之旁ニ有二春日大神ノ之祠一。其ノ内ニ置二多聞（35オ）天王・龍王等一。又山上ニ有二照曜権現ノ神廟一。

【注】照曜山光徳寺　大阪府柏原市雁多尾畑。旧名は東広山照曜峰寺。『河内鑑名所記』巻三「鴈田尾畑松谷光徳寺」。

38 〔〇〕獅子窟寺

河内州普見山獅子窟寺者ハ、本朝四十五代聖武天皇所ニシテ二勅造ノ一、以テ二行基菩薩ヲ一為二開創ノ之祖ト一。亦タ一方ノ霊場也也。其ノ後廃壊久シテ之、至テ二寛永八年ニ一、光影律師、抵テ二此ノ地ニ一念テ二名山聖跡ヲ一、有二興復ノ之志一。乃チ縛テレ茅ヲ以テ栖ミ、禅誦精進ス。既ニシテ而建二梵宇一所ヲ一。以テ安二薬師・日光・月光三聖ノ像并ニ十二大将ヲ一、及ヒ僧舎鐘楼等亦タ次第ニ落成シテ、遂ニ成ル二宝坊ト一。実ニ時節因縁ナリ也。光影、諱ハ窒通、姓ハ稲垣氏、京兆ノ人。自レ幼慕テ二出世ノ法ヲ一、登リ二金剛峰ニ一、投シテ二光宥法師ニ于蓮華三昧院ニ一、薙髪シテ学二密法ヲ一。其ノ後、至テ二槙尾山ニ一受二具足戒ヲ一、研二究ス毘尼ノ奥旨ヲ一。又従テ二金理律（35ウ）師ニ一稟二密旨ヲ一、大ニ振二其ノ法ヲ一。至テ二寛文四年甲辰閏五月四日ニ一而化ス。寿六十有五。葬ムル二于当山ニ一。又有二亀山天皇廟一。（36オ）

【注】獅子窟寺　大阪府交野市私市。普賢山獅子窟寺。『河内鑑名所記』巻五「獅子の窟寺」。

伽藍開基記巻第三

天王山志源菴釈道温編輯

和州霊区

1元興寺〈本朝三十三代崇峻帝元年ニ創テ、至二元禄二年一ニ一千一百一年矣〉

此ノ寺、係三上宮太子討二スル守屋一ヲ時、蘇ノ馬子誓二フ造営一ヲ。故ニ於二テ飛鳥《アスカ》ノ地一ニ創二テ法興寺一ヲ、請二シテ沙門慧慈・慧聡一ヲ居レシム之。因改テ号二ス元興寺一ト。厥ノ後、道昭住二シテ此ノ寺一ニ弘ニ振二化風一ヲ。

釈ノ道昭ハ内州丹北郡ノ人ナリ也。有二戒行一。白雉四年五月、奉レシテ勅ヲ入レ唐ニ、至二テ長安一ニ謁二ス三蔵玄奘一ニ。一日玄奘語テ曰ク、「経論文博ク労多シテ功少シ。我ニ有二リ禅宗一。其ノ旨微妙ナリ。汝承二テ此ノ法一ヲ可レシ伝二東徹一ニ。」昭欣愜修習シテ早ク得二タリ悟解一ヲ。又指シテ見二シム相州隆化寺ノ慧満禅師一ニ。満委曲ニ開示シ以二テ楞伽経一ヲ付レシテ之印レス心ヲ。又玄奘以二仏（1オ）舎利・経論及ヒ相宗ノ章疏一ヲ付レス之ニ。昭辞シテ帰国シテ、止二テ元興寺一ニ道風盛ニ行フ。後ニ於二テ元興寺ノ東南ノ隅一ニ、別ニ営二ス禅苑一ヲ。従レテ昭ニ学レム禅ヲ者ノ多シ矣。昭坐禅ノ之間タ、或ハ三日ニ一ヒ起チ、或ハ七日ニ一ヒ食ス。或ハ暮夜誦経スル時ハ則両牙ヨリ放レ光ヲ。文武四年三月、沐浴趺坐シテ而化ス。光明盈レ室ニ。寿七十二。

釈ノ智光共二ニ礼光一ト止二元興寺一ニ、得二タリ智蔵ニ三論ノ之深旨一ヲ。蔵ノ之室中、推二シテ二人一為二神足一ト。礼光、暮年ニ禁二ス語音一ヲ。智光問レフ之ヲ。不レ答。数歳ニシテ礼光逝ス。智光嘆曰ク、「礼光ハ者少年之莫逆ナリ也。近歳持二ス不語一ヲ。思ニ精修ナラン也。不レ知、受二クト生ヲ何ノ処一ニ」。祈念スルコト三一月、一夕夢ラク、至二ル礼光ノ所一ニ。厳麗光潔タリ。智光問フ、「此ノ処何ソヤ乎。」対テ曰ク、「極楽界ナリ。以二ノ子カ誠懇一ヲ故ニ、得レ来ルコト此ニ。然トモ非二ス子カ所レニ居ル。宜二ク早ク去一ル。」智光（1ウ）曰ク、「若シ是レ安養ナラハ、乃チ我カ夙楽ナリ。何ソ須ク帰ル乎。」礼光曰ク、「子無二シ行業一。不レ可レ居ル。」智光曰ク、「我レ生平見二ルニ子ノ行一ヲ無レシ過レタル我ニ。

近コロ只タ持ス二不語ヲ一耳。又言フヤレ我ヲ乎。」礼光曰ク、「我洽ク見テ二経論ヲ一頗ル委ス二浄業ヲ一。往生ノ資糧無シレ加《マスハ》二観想ニ一。是ヲ以テ絶テ二言語ヲ一謝ス二人事ヲ一。四威儀ノ中、専ラ観ス二弥陀ノ相好及浄土ノ荘厳ヲ一。積ミレ功ヲ累テレ徳ヲ、今生ス二楽邦ニ一。我若シ不ンハレ絶二言語ヲ一、不レ謝セ二人事ヲ一。不ンハレ謝セ二人事ヲ一、不レ至ラ二純想ニ一。子今詰《ナシル》レヤ我ヲ乎。」智光曰ク、「然ハ則乞フ。受ケンレ訣ヲ。」礼光曰ク、「子盍《サル》ソレ問二弥陀ニ一。」智光即共ニ二礼光ト一、詣ル二仏ノ所ニ一。荘厳光色、又過タリ二礼ノ所ニ一。智光頭面ニ作礼シテ、白シレ仏ニ言ク、「何等カ是レ往生正修ノ之業。」仏告テ二智光ニ一言ク、「観セヨ二如来ノ相好及ヒ浄土ノ荘厳ヲ一。」智光曰ク、「今見ルニ二此ノ界ヲ一、広博厳麗ニシテ心眼不レ及ハ。況ヤ又如来ノ相好、豈ニ凡愚ノ之所ランヤレ堪ル乎。」於テレ是弥陀便チ挙ク二右ノ（2オ）手ヲ一。智光見ルニ二掌中ヲ一、現ス二小浄土ヲ一。厳飾具足セリ。智光既ニ覚メテ、命シテレ工ニ図シテ二仏掌ノ浄土ヲ一、常ニ自観スレ之。其ノ後、吉祥ニシテ而逝ス。其ノ図見ニ在リ二元興寺ニ一。世ニ争ヒ摸写ス。

【注】**元興寺**　奈良市中院町。『元亨釈書』巻二八「元興寺」、巻一「道昭」、巻二「智光」。

2大安寺〈本朝三十四代推古天皇二十五年ニ創テ、自レ此至テ二元禄二年ニ一一千七十二年矣〉

聖徳太子、推古二十五年ニ入テレ定ニ見ル二皇運ヲ一。出テ奏シテ曰ク、「後代ノ皇祚多シ二災害一。非レハ二仏力ニ一不レ可レ救フ。願ハ建二一ノ精舎ヲ一、守二護セン皇基ヲ一。」帝随フ。奏シテ構フ二于熊凝《クマコリ》村ニ一。其ノ後舒明天皇〈三十五代〉十一年、移シ二百済《クタラ》河ノ側ニ一、改テ号ス二百済大寺ト一。取ル二材ヲ于神林ニ一。神瞋テ火ス二其ノ寺ヲ一。又皇極帝〈三十六代〉元年、天智帝〈三十九代〉七年ニ、屢〱構修ス。又天武天皇〈四十代〉十二年、移シ二高市郡ニ一、改テ曰二大官大寺ト一。元明帝〈四十三代〉和銅三年ニ遷二平城ニ一。聖武天皇〈四十五代〉天平元年ニ、（2ウ）欲シ二修新セント一、求二宏規ヲ一。沙門道慈献ス二西明寺ノ図ヲ一。帝大ニ悦テ加二鉅構一。所謂ユル印度ノ祇桓精舎、以二兜率ノ内院ヲ一為レ準ト。唐ノ西明寺ハ以二祇桓ヲ一為レ準ト。今ノ大安寺模ヲ倣フト二西明ニ一云。〈自レ此至二元禄二年ニ一九百六十年矣〉

【注】**大安寺**　奈良市大安寺。百済大寺。『元亨釈書』巻二八「大安寺」。

3禅林寺〈本朝三十四代推古帝御宇ニ用明帝第四ノ子麻魯古所レ創。初メ在二内州ノ山田ノ郷一ニ。四十代天武帝白鳳二年ニ移二于当麻一ニ。

自レ此至二元禄二年一ニ千十六年矣〉

和州ノ禅林寺ハ者、俗号ス二当麻《タヘマ》寺一ト。用明帝第四ノ子麻魯古、因テ二兄聖徳太子ノ垂訓ニ一所レナリ創也。推古帝挙テ為二官寺一ト・初メ号二万法蔵院一ト。在二内州ノ山田郷一ニ。本朝四十代天武帝白鳳二年ニ、麻魯古得テ二瑞夢ヲ一移ス二于当麻一ニ。当麻ハ者、役ノ小角ノ之本地ナリ也。天武帝聞二夢ノ事ヲ一、勅シテ二刑部親王ニ一諭トス二于小角一ニ。麻魯王子伴テ二刑部親王ニ一、至ル二役ノ所一ニ。役感シ二霊夢ヲ一欽ミ二皇詔ヲ一、又喜テ二二王（3オ）子ノ之来ヲ一、便チ捨テ、其ノ地ヲ一為ス二伽藍一ト。十年二月寺成ル。改テ名ク二禅林寺一ト。落慶ノ導師ハ慧灌僧正ナリ也。小角曰ク、「我カ先高賀茂間賀介《タカカモマカケ》、及ヒ渡都岐《トツキ》、有二山川数百里一。今皆廻二施ス三宝ニ一也。」厥ノ後四十七代廃帝天皇ノ天平宝字中ニ、僕射藤拱佩有レリ女。性無シ二世染ヲ一、不レ納レ二聘礼ヲ一、専ラ志シ二安養ニ一、七年六月、入テレ寺ニ薙リレ髪ヲ誓テ曰、「我不ンハレ見二弥陀真身ヲ一、不レ出二寺門ヲ一。」其ノ志シ確乎トシテ不レ抜。数日ニシテ一ノ比丘尼至ル。不レ知二従来ヲ一。儀相端正ナリ。語テ曰ク、「我レ令下汝シテ見セ二浄土ヲ一観セ中弥陀ヲ上。須クレ集ム二百駄ノ蓮茎ヲ一。」於レ是ニ新尼奏ス二于朝一ニ。勅シテ送ル二蓮茎ヲ一。二日ニシテ而満ツレ数ニ。化尼自ラ折テレ茎ヲ取リレ糸ヲ、穿テ二新井ヲ一灌キレ之、五色ニシテ燦然タリ。又数日ニ一女来ル。容貌端麗ナリ。問二化尼ニ一曰ク、「糸ト成ルヤ否ヤ。」対テ曰ク、「成ル。」化女得テレ糸ヲ、於テ二殿ノ之西北ノ角ニ一織ルレ之。機杼軋軋タリ。始テ二（3ウ）于初更ニ一終フ二于四更ニ一。其ノ幅《ハタハリ》一丈五尺。以二藁ラ三把ヲ一浸テ二油二升ニ一為レ燭ト。化女捧テ授ク二化尼ニ一。化尼与二新尼ニ一浄土ノ衆相荘厳備足タリ。新尼大ニ悦、又以テ二無レ節竹ヲ一為レ軸ト。化女忽然シテ不レ見ヘ。化尼作テレ偈ヲ礼シテレ図ヲ曰ク、「往昔迦葉説法ノ所、仏事新ニ起ル。又有レ故。感シテ二君カ懇志ヲ一我レ来ルレ此ニ。一ヒ至ラハ二是ノ場ニ一永ク離レンレ苦ヲ。」新尼問曰ク、「善哉。善知識、従カレ何レ来ルヤ耶。又向《キ》ノ婦人為ルレ誰トカ。」対曰ク、「我レ豈ニ異人ナランヤ乎。西方ノ教主ナリ也。向《キ》ノ女ハ観音大士ナリト也。」言已テ凌テレ空ヲ而西ニ去ル。新尼自レ是精修益ス〱勤タリ。光仁帝ノ〈四十九代〉宝亀六年三月十四日、安坐念仏シテ而逝ス〈自レ此至二元禄二年一九百十四年〉。染井ノ側ラニ有二精舎一。昔シ天智天皇ノ〈三十九代〉時、其ノ地毎夜有リレ光。帝使二使シテ見セレ之。有二三ノ大石一。形チ似タリ二仏像ニ一。勅シテ刻二弥勒ノ三尊ノ像ヲ一、其ノ上ニ建レ殿ヲ。俗以テレ近ヲ二（4オ）染井ニ一号ス二染寺一ト。役小角、殿前ニ植テ二一ノ桜樹ヲ一曰ク、「仏法沮《ツキハ》桜樹枯レン。」自リレ爾以来タ、旧枝漸ク朽テ新梢荑秀ス。枝葉鬱茂シテ花果鮮麗ナリ。見ニ今存ス焉。

【注】禅林寺　奈良県葛城市当麻。通称は当麻寺。『元亨釈書』巻二八「禅林寺」。

4薬師寺〈本朝四十代天武帝白鳳九年十一月ニ創。自レ此至二元禄二年一ニ一千九年也〉

*天武皇帝白鳳[1]九年十一月ニ、皇后有レ病。勅シテ建二テ、薬師寺一ヲ、以テ祈二ル冥祐一。恨ラクハ不レ知二営搆ノ之規一ヲ。沙門祚蓮、入レテ定ニ見二テ龍宮ノ之伽藍一ヲ、出レテ定ヲ録二奏ス造式一ヲ。帝大ニ悦テ建レ之、后ノ病愈。以レ故ヲ薬師寺特ニ称二ス壮麗一ナリト云。

【注】薬師寺　奈良市西ノ京町。『元亨釈書』巻二一「天武皇帝」。

【校訂】1白鳳―〈底〉白凰

5興福寺〈本朝四十三代元明帝和銅三年、従二難波一遷二都ヲ奈良一ニ。三月ニ鎌足ノ子不比等創二建之一ヲ。自レ此至二元禄二年一ニ九百七十八年矣〉

興福寺ハ者元明帝ノ和銅三年三月、藤ノ丞相不比等、於二テ（4ウ）和州ノ平城一ニ創建ス。其ノ大殿ノ之像ハ太織冠ノ之所レ也造也。初メ皇極〈三十六代〉元年十一月、蘇ノ入鹿《イルカ》弑二ス山背ノ大兄王子ノ弟一ヲ。其ノ後奢侈甚シ。簒逆端《ハシ》露ル。宅ヲ曰二宮闕一ト、子ヲ称二ス王子一ト。中大兄王子〈三十九代天智帝也〉及中臣鎌足愁レテ之ヲ、帝与二軽《カル》ノ王子〈三十七代孝徳帝也〉及二人一ト、謀レル誅二ント入鹿一ヲ。而恐二テ事ノ不一レコトヲ済ナラ、於レテ是ニ鎌足発二シテ大誓一ヲ、作二テ丈六ノ釈迦ノ像一ヲ乞レ援ヲ。皇極四年六月刺二ス入鹿ヲ於宮中一ニ。自レ是藤氏繁延ナリ。以レ是不比等、建レ寺ヲ安二ス斯ノ像一ヲ。又大織冠鎌足ノ之遺意也。

西金堂〈四十五代聖武帝天平六年正月ニ、聖武ノ皇后光明子ノ所レナリ建ル。自レ此至二元禄二年一ニ九百五十五年矣〉

南円堂〈五十二代嵯峨天皇弘仁四年ニ、諫議太夫藤ノ冬嗣、於レ寺ニ建二南円堂一ヲ、安二ス不空羂索（5オ）並ニ四天王像一ヲ。自レ此至二元禄二年一八百七十六年矣〉

東金堂ノ釈迦像ハ〈本朝三十一代敏達天皇八年十月、新羅国ヨリ貢二ス釈迦像一ヲ。聖徳太子奏曰、「此ノ像ハ甚霊也。崇レハ之、則銷レ災受レ福。蔑レ時ハ之、則招レ蓄ヲ促レム寿。」帝聞レ之敬崇供養ス。今ノ之興福寺ノ東金堂ノ之釈迦ノ像是也〉

【注】**興福寺**　奈良市登大路町。『元亨釈書』巻二八「興福寺」、巻二一「元明皇帝」。なお巻二二「聖武皇帝」天平六年に西金堂建立記事あり。

6長谷寺〈本朝四十五代聖武帝神亀四年ニ成ル。自レ此至二元禄二年一ニ九百六十二年矣〉

開基比丘道明、沙弥徳道〈乃法道仙人也〉、勠レテ力ヲ建レツ之。其ノ像材ハ、自二リ近州高嶋郡三尾ノ山一流出ル霹靂ノ木也。此ノ木ノ之所レ至ル、有二疫災一。漸ク流漂テ、至二ル和州葛下ノ郡リ神河ノ浦一ラニ。道明、欲下スルニ取二テ此ノ木一ヲ刻上マントレ像ヲ而モ無二シ資力一。専心ニ礼レシテ木ヲ祈求ス。光禄大夫藤房前《フササキ》、奏シテ賜二テ和州ノ租稲三千束一ヲ、乃チ刻二ム十一面観音ノ像一ヲ。高サ二丈六尺。震雷破二シテ巌石一ヲ為レス座ト。方八尺。仏工稽主勲、稽文会〈5ウ〉作レル之。或人曰ク、「此ノ材ハ乃昔シ、辛酉ノ洪水、自二リ近州ノ高嶋郡三尾ノ崎一流出ル橋木ナリ也。所ノレ至ル之処火災疾疫アリ。和州ノ葛下ノ郡出雲ノ大満、聞二テ木ノ事一ヲ思二必ス霊材一ナルコトヲ、発レシテ願ヲ欲レ

*刻二ント十一面ノ像一ヲ。而モ此ノ木巨材ニシテ、不レ可二容易ニ動一ス。試ニ繫レテ縄ヲ引レク之。軽キコト如二シ片木一ノ[1]。路人驚怪シテ合レテ力ヲ扶ケ牽ク。遂ニ至二ル和州城《シキノ》下ノ郡当麻《タヘマ》ノ郷一ニ。不レシテ幾大満即レ世ニ。此ノ材徒ラニ歴二八十余年一ヲ。其ノ村里疫亦タ起ル。村民引テ棄二ツ長谷ノ川上一ニ。又過二テ三十年一ヲ有二リ沙弥徳蓮一ト云モノ。養老四年ニ移テ置二ク峰頂一ニ。蓮欲二ルニ雕造一ント而無レシ由。朝暮向レテ木ニ悲泣礼拝ス。時ニ藤房前奉レシテ勅、与二テ官租一ヲ弁レシム之。神亀四年ニ成ル。屈二シテ行基僧正一ヲ落慶ス。初メ刻レ像ヲ時ニ蓮夢ラク、神人告曰ク、『此ノ山北峰ノ土中ニ、有二大ナル巌石一。平正ニシテ無レ瑕。鑿レテ土立レツヘシト像ヲ。』覚テ後往レテ彼ニ穿レル土ヲ。果シテ有二大石一。方八尺。〈6オ〉上ニ印二ス足跡一ヲ。与《ト》二像脚一同シ。如二夢ノ言一ノ。安二ス像ヲ其ノ上一ニ。」二事少キ有レ異ナルコト。

【注】**長谷寺**　奈良県桜井市初瀬。『元亨釈書』巻二八「長谷寺」。

【校訂】**1**片木一ノ―〈底〉片木一ヲ

7東大寺〈○本朝四十六代孝謙帝天平勝宝元年十月二十四日ニ大仏成ル。自レ此至二元禄二年一ニ九百四十年矣〉

〈○自レ是後四百三十年、人王七十七代後白河帝ノ治承四年ニ寇火ス。自レ此至二元禄二年一ニ五百十年矣〉

〈○自二治承四年ノ之火一後十六載ニシテ而、建久六年三月ニ俊乗坊重テ建レ之。自レ此至二元禄二年一ニ四百九十四年矣〉

〈○又自レ是後三百七十二年ニシテ、本朝百七代正親町帝ノ永禄十年十月十日ノ夜、松永弾正ト与二三好日向守一因レ戦火ス之。自レ此至二元禄二年一ニ百二十二年矣〉

〈○又東大寺ノ龍松院発二シ興復ノ之大願一ヲ、元禄元年四月二日ニ始テ起レ工ヲ。集二木匠五百一供二養千僧一ヲ。一七日シテ而止〉


東大寺ハ者、本朝四十五代聖武天皇天平十五年十月十五日、帝於二テ近州ノ信楽《シカラキ》ノ京一ニ創レム之。鋳二ル盧舎那仏ノ銅像一ヲ。（6ウ）長ケ一十六丈〈二十四間半七寸五分〉。帝製二シテ発願ノ疏一ヲ、普ク告二テ天下一ニ曰ハク、「有二ツ天下ノ之富一ヲ者ハ朕ナリ也。持二スル天下ノ之勢一ヲ者ハ又朕ナリ也。以二テ此ノ富勢一ヲ成二ンコト彼ノ像設一ヲ、不レル為《セ》レ難ント矣而已。然トモ亦少シ有レリ思コト焉。夫レ像ハ者、金銅一十六丈ノ之毘盧遮那仏ナリ也。庇二蔭セン是ノ像一ヲ殿宇又宏ニシテ、竭二シテ国銅一ヲ而鋳、傾二テ国材一ヲ而搆。度《ハカル》二ニ斯ノ巨役一ヲ、也タ雖レ寛二スト租賦一ヲ、恐ハ傷二ン氓黎一ヲ。是以二四海一ヲ為二費資一、万姓ノ為二助友一ト。一針一草、各人各、仏像成ランノ之日、不二ス独リ朕カ有一ニ。以二テ此ノ勝利一ヲ天下ニ共レニセン之。宜下ク以二テ朕カ意一ヲ普ク告中ク天下上ニ。」帝闢二ク寺基一ヲ。於レテ是ニ行基法師率レ徒ヲ、並ニ勧二テ士庶一ヲ助レク役ヲ。帝ノ之大搆、元是レ良弁法師ノ之所レ也勧ムル也。初メ沙門良弁為レニ帝ノ重ラル。勧レテ帝ヲ営二像宇一ヲ。一夕帝夢ラク、良弁前身為二支那ノ比丘一ト。求レテ法ヲ赴二ク天竺一ニ。到二テ流沙一ニ有二大河一。弁、無レシテ銭不（7オ）レ得レ度ルコト。淹留スルコト数月。帝時ニ為《タリ》二渡子一。憐二テ弁カ求法一ヲ、不レ言二ハ傭賃一ヲ。乃渡レス之。弁先身発レシテ誓ヲ曰ク、「願クハ爾チ来世必ス登二ラン王位一ニ。」因レテ此ニ主二タリ日域一ニ。覚テ後帝創二ム此ノ像一ヲ。十六年十一月、於二テ甲賀寺一ニ造二ル像模一ヲ。帝親カラ引二其ノ縄一ヲ、勅二シテ大常一ニ奏レス楽ヲ。十七年八月、移二和州ノ添上《ソウノカミ》ノ郡一ニ改シテ造ル。郡ニ有レ寺。曰二金熟一ト。優婆塞金熟居レス焉ニ。故ニ名レク之。持二スル一執金剛神ノ像一ヲ。以レ縄ヲ繋レテ脛ニ捉レク之。念修昼夜不レ休。一夜、像ノ脛放レテ光ヲ照レス宮ヲ。天皇驚怪、勅シテ尋レテ光ヲ至レ此ニ。中使以聞ス。乃チ召二金熟一ヲ問、「欲レ求二ント何事一ヲ。」奏シテ曰、「求二得度一ヲ。」勅シテ許レス之。四事供給ス。時ノ人号二ス金熟菩薩一ト。以二テ此ノ地一ヲ為二勝区一ト、遷レ之。執金剛ノ像、今在㆓羂索院㆒。天平勝宝元年十月二十四日、大仏成ル。経ルコト㆑年ヲ三歳、改鋳コト八度、殿ノ高サ十五丈六尺〈二十四間也〉、東西二（7ウ）十九丈〈四十四間半七寸五分也〉、南北十七丈〈二十六間壱尺六寸〉、東西ノ両塔各〱高サ二十三丈〈三十五間二尺五寸〉。十二月丁亥、帝及ヒ聖武上皇幸シテ㆑寺ニ礼ス㆑仏。此ノ日八幡大神入㆑寺礼ス㆑仏ヲ。

聖武天皇ハ者、文武帝ノ〈四十二代〉之太子ナリ也。養老八年二月即位。饗《ウクルコト》㆑国ヲ二十五年。流㆓王沢ヲ㆒崇フ㆓仏乗ヲ㆒。異国ノ聖賢郷《ムカテ》㆑風ニ来応ス。所謂ル西域ノ菩提・仏哲、東震ノ道璿・鑑真ナリ也。本朝ノ英傑亦多ク還沓ス。行基・良弁・道慈・泰澄等ナリ也。天平二十一年、就テ㆓行基法師ニ㆒受㆓菩薩戒ヲ㆒。七月二日禅リ㆓位ヲ太子ニ㆒〈孝謙帝也〉、年シ五十ニシテ出家修道ス。

法ノ諱ハ勝満。天平勝宝八年五月二日ニ崩ス。聖寿五十八〈自㆑至㆓元禄二年ニ㆒九百二十三年也〉。

良弁法師者、姓ハ百済《クタラ》氏、近州志賀《シカ》ノ里ノ人〈或ハ曰ク相州〉。其ノ母祈テ㆓（8オ）観世音ニ㆒而得タリ。二歳ノ時母采㆑桑ヲ、置ク㆓児ヲ於樹陰ニ㆒。忽チ大鷲落テ捉ヘテ㆑児ヲ而去ヌ。母悲望シテ趁テ㆑鷲ヲ而往キ不㆑帰㆑家ニ。時ニ南京ノ義淵《イン》、詣テ㆓春日ノ神祠ニ㆒見レハ㆓鷲鳥ヲ于野ニ㆒、将《ヒキユ》㆓小児ヲ㆒也。鷲見テ㆑人而避ル。淵収テ而帰ル。甫テ㆓五歳ニ㆒就㆑学ニ、聞テ㆑一ヲ知ル㆑十ヲ。稍〱長テ淵誨ルニ以ス㆓相宗ヲ㆒。又従テ㆓慈訓法師ニ㆒受㆓華厳ノ奥旨ヲ㆒。聖武帝加㆓崇敬ヲ㆒、東大寺ノ大像ヲ観化シ也。天平五年ニ建㆓金鐘寺ヲ㆒。宝字四年ニ為㆓僧正ト㆒。宝亀四年閏十一月十六日ニ卒ス〈自㆑此至㆓元禄二年ニ㆒九百十六年〉。初メ母尋テ㆑児ヲ跋㆓渉ス山川ニ㆒。経テ㆓三十余年ヲ㆒、不シテ㆑得㆑已ムコト回ル㆓故里ニ㆒。乗シテ㆑舟ニ溯ボル㆓淀河ヲ㆒。舟中ニ人相ヒ語テ曰ク、「世ニ有㆓奇事㆒。南都ノ東大寺ノ良弁法師、年纔ニ三十余、学超㆓倫輩ニ㆒擢テ、為ル㆓帝師ト㆒。昔シ義淵僧正見テ㆓鷲ノ弄スルヲ㆑児ヲ、取テ而育フ㆑之。長大シテ成ル㆓此ノ国器ト㆒。」母聞テ㆑之、疑フ㆓是レ我児ナリト㆒。乃往テ㆓（8ウ）南都ニ㆒潜ニ尋テ㆓東大ノ比丘ヲ㆒、語ル㆓此ノ事ヲ㆒。比丘曰ク、「弁公ハ高貴ナリ。嫗ノ之言似タリ㆑瀆《ケガス》ニ㆑徳ヲ。吾不㆑欲㆑聞セント。嫗若シ実ニ母ナラハ伺テ㆓其ノ出ヲ㆒、書テ㆓事ヲ于簡ニ㆒置ケ㆓路ノ傍ラニ㆒。」母如ニス㆑教ノ。弁如《ユク》㆓春日ノ祠ニ㆒。留テ㆑輿ヲ視テ㆑簡ヲ乃問㆑之。母告ク㆑実ヲ。弁曰ク、「我師義淵挙ス㆑我ヲ。実ニ如シ㆓嫗ノ言ノ㆒。我亦タ思フニ㆑見ト㆑母ヲ、未シ㆑由也。今偶〱相逢、我甚嘉ス㆑之。然トモ生平有リヤ㆑験シ乎。」母泣テ曰ク、「我レ昔シ無シ㆑子。祈㆓観世音ノ像ニ㆒。以㆑故ヲ、刻テ㆓一寸一分ノ大悲ノ小像ヲ㆒掛ク㆓児ノ頸ニ㆒。鷲捉シ㆑児ヲ時ニ、像猶ヲ在リ焉。不㆑知ラ、公稚タシ時有リヤ㆑諸レ。」弁嗚咽シテ而言ク、「我レ七歳、淵公授テ㆓観音ノ小像ヲ㆒曰ク、『我得テシレ汝ヲ時ニ、此ノ像懸ルニ汝カ頸ニ一。恐クハ汝カ父母付ルカレ之乎。汝カ不レ知ニ父母ヲ一。見テレ像ヲ即チ見也。』我レ自リレ爾シ奉持シテ、未タニ嘗テ離サレ体ヲ。然則ハ、嫗ハ者実ニ我母ナリ也。」自ニ懐中一出シレ像ヲ呈スレ母ニ。母見テレ像ヲ宛如タリ也。母又知ルニ弁ノ之真子ナルコトヲ一也。弁、便チ奉シテレ母ヲ帰リ、（9オ）舎シテニ院ノ側ニ一、竭シテレ誠ヲ供養ス焉。

沙門重源、号スニ俊乗坊ト一。黒谷ノ源空之ノ徒ナリ也。仁安二年入宋シ、適〱与ニ明菴西公一遇フニ于四明ニ一。相伴テ上テニ台山ニ一、拝スニ蒸餅峰ノ阿羅漢ヲ一。又返テニ明州ニ一見ルニ鄮嶺ノ舎利ノ瑞光ヲ一。三年ノ秋偕ヒテニ明菴ヲ一帰ル。高倉帝ノ治承四年ニ東大寺罹ルニ寇火ニ一。朝廷令ム三源シテ領セニ幹事ヲ一。源以為ラク、「昔シ聖武大帝挙クニ斯ノ役ヲ一。以テニ王者ノ之威福ヲ一、猶ヲ募ルニ幹縁ヲ于天下ニ一。蓋シ分ツトニ勝利ヲ于万姓ニ一也。故ニ聖疏ニ曰ク、『一針一草、各人各仏。』、況ヤ近世王室多シレ故。非スニ官司ノ之独リ有スルニ一也。我レ盍ソ贔負シテ而禆《タスケ》ニ官造ヲ一乎。」源有ニ巧思一乃作リニ一輪ノ車ヲ一、大サ可《ハカリ》レ容ル、身ヲ。車ノ之左ニ奉シニ詔書ヲ一、右ニ置キニ幹疏ヲ一、巡二行シテ州県ヲ一勧二励ス万民ヲ一。其ノ巨楹碩梁長サ二百尺、大サ数十囲。源巧画妙計運転スルコト如（9ウ）レ神ノ。梓人皆付テ而乞ニ指授ヲ一。凡ソ十余歳ニシテ建久六年三月落慶ス。上〈八十二代後鳥羽院〉大上皇従テニ百司ヲ一幸レ寺ニ。大将軍源ノ頼朝公監護宿衛ス。法事ノ之壮観也。重源逝シテ置ニ遺像ヲ于寺ニ一。側ニ其ノ旧履柱杖至テレ今ニ尚ヲ存ス。厥ノ後永禄十年十月十日ノ夜、松永弾正与ニ三好日向守一因テレ戦ニ火之。今東大寺龍松院公慶上人常ニ有ニ興復ノ之志一。貞享中ニ奏シテ奉ニ聖旨ヲ一、乃偏ク募リニ四海ニ一、元禄元年戊辰四月二日、始テ起スニ営建ノ之工ヲ一。集ニ五百ノ木匠ヲ一、供二養スルコト一千ノ沙門ヲ一一七日矣。

二月堂〈本朝四十六代孝謙帝天平勝宝四年ニ実忠建レ之。自レ此至ニ元禄二年ニ一九百三十七年〉

実忠ハ良弁ノ之徒ナリ也。嘗テ神二遊兜率ノ内院ニ一、見ニ四十九重ノ摩尼殿ヲ一。有リニ一所一。榜シテ曰ニ常念観音院ト一。見ニ其ノ修法ノ儀ヲ一、心甚タ信（10オ）慕シ、便チ乞テニ聖衆ニ一而得レ軌ヲ。還テ後チ欲スルニニ修法ント一而無シニ尊像一。常ニ持念祈求ス。一日游二歴ス摂州難波ノ津ニ一。忽見ニ閼伽器ノ浮テレ水ニ而来ルヲ一。視レハ之則チ十一面大悲ノ像ナリ也。忠喜テ而取ルニレ之、銅像ナリ也。長ケ七寸、暖ナルコト如シニ人ノ膚ノ一。朝廷聞テレ之、於テニ東大寺ニ一建テ、ニ羂索院ヲ一安スレ之。忠、毎歳自ニ二月朔日一至テニ十四日ニ一、二七日対シテレ像ニ修スニ兜率軌ヲ一。自リニ天平勝宝四年一至テレ今ニ不レ絶ヘ。俗号スニ二月堂ノ行法ト一。初メ忠修スニ二月懺ヲ一。初夜ノ時請シテニ衆神ヲ一、読テニ名簿一ヲ供レス之。若州ニ有二遠敷《ヲニフ》明神一、威霊甚シ。予二レリ此ノ会一ニ。聞二テ忠ノ懺一ヲ生二シテ渇仰一ヲ託シテ曰ク、「願クハ献二セン閼伽水一ヲ。」忽黒白ノ二鵜穿二テ石地一ヲ而出テ飛テ上二ル傍樹一ニ。其ノ迹ト涌二ク甘泉一。忠甃《タヽンテ》レ石ヲ為二閼伽井一ト。旱歳ニ井涸《カル》。二月修中ニ欠二ク閼伽一ヲ。其ノ衆集二テ井ノ辺一ニ、遥ニ向二テ若州一ニ持念ス。須臾ニ其ノ水盈満ス。二月十二夜ナリ（10ウ）也。其ノ若州ノ之神祠ノ前ニ有レ河。此ノ時絶レテ流無レシ音ト。州民大ニ怪ム。蓋シ神送二テ河流一ヲ通二セリ閼伽井一ニ也。爾ノ後州人聞二テ此ノ事一ヲ、名二其ノ河一ヲ曰二無レシ音ト河一。有レ病者ノ飲二ハ閼伽井一ヲ多ク愈ユ焉。

【注】東大寺　奈良市雑司町。『元亨釈書』巻二八「東大寺」、巻二二「聖武皇帝」、巻一七「聖武皇帝」、巻一四「重源」。

二月堂　『元亨釈書』巻九「実忠」。

8 招提寺〈本朝四十七代廃帝天皇ノ天平宝字三年八月ニ創ム。自レ此至二元禄二年一ニ九百三十年矣〉

和州ノ招提寺ハ者、天平宝字三年八月、鑑真法師薦二テ聖武上皇一ヲ所レナリ建ル也。初メ以二テ皇子儀同田部王ノ旧宅一ヲ賜レフ真ニ。逮二テ上皇崩一スルニ成二ス仏寺一ト。諸ノ八卿及ヒ沙門等共ニ営ス。大殿ハ者唐ノ僧如宝建テ安二ス丈六ノ盧舎那仏一ヲ。講堂ハ者捨二シテ平城ノ朝集殿一ヲ而成ル。弥勒及ヒ二菩薩ハ唐ノ法力所レ也造ル也。食堂ハ者藤仲公捨二ス家屋一ヲ。経蔵ハ者唐ノ義静造レル之。納二メ仏舎利半合及ヒ仏菩薩ノ像・経律論一切ノ宝物一ヲ、羂索堂ハ者藤ノ清河施レシテ屋ヲ、安二ス金色ノ（11オ）不空羂索ノ像並ニ八部神衆一ヲ。又賢璟法師為二国家一ノ書二シテ大蔵四千二百巻一ヲ度レク之。

鑑真律師、姓ハ淳于氏。大唐揚州江陽県ノ人ナリ也。年シ十四ニシテ従レテ父ニ入レ寺ニ、見二テ仏像一ヲ有二リ出家ノ志一シ。父付二テ大雲寺ノ智満一ニ為二沙弥一ト。神龍元年随二テ道岸律師一ニ受二ケ菩薩戒一ヲ、遊二テ二京一ニ究二ム三蔵一ヲ。又廻二テ江淮一ニ教二授ス戒律一ヲ。本朝天平五年ニ＊栄叡・普照等ラ、随二テ遣唐使一ニ入レテ唐ニ留学ス。唐ノ玄宗ノ天宝元年ニ、真於二テ揚州[1]ノ大明寺一ニ開二ク律講一ヲ。叡照等預二ル肆席一ニ。一日作礼シテ曰ク、「仏法東ノ方流二ル日域一ニ。而モ乏二シ教授ノ人一ニ。昔シ我カ聖徳太子記シテ曰ク、『我カ後三百年ニ異域ノ人興二サント真教一ヲ。』今当二ル其ノ期一ニ。願ハ事二トセヨ東遊一ヲ。」真曰ク、「我聞ク、南岳ノ思公生二レ和国一ニ弘二仏法一ヲ。太子ノ事我レ知レル之ヲ。」乃チ天平勝宝六年（11ウ）甲午正月十二日ニ著ク二太宰府一ニ。四月ニ入レ京ニ。帝勅シテ館ス二東大寺一ニ。天竺ノ婆羅門僧菩提、唐ノ道璿《セン》、共ニ来テ慰問ス。王公士庶奔波シテ作スレ礼ヲ。真表ヲ以献ス二将来ル仏舎利三千粒・阿育王ノ塔様銅支提・止観・玄義・文句・菩提子三斗・晋ノ王右軍カ真行ノ書一巻一ヲ。聖武上皇遣シテレ使伝宣シテ曰ク、「朕造テ二東大寺一ヲ已ニ十年。此ノ土未タレ有二戒壇一。願ハ師営メレ之。」真、敬テ承リレ詔ヲ。上皇大ニ悦テ受二菩薩戒一ヲ。皇帝皇太后太子公卿以下、同ク受ル者ノ四百三十余人。乃於テ二大殿ノ西一ニ構フ二戒壇院一ヲ。天下至マテレ今ニ資《トル》二羯磨一ヲ焉。又勅シテ賜二皇子開府義同田部ノ旧宅一ヲ。真成シテ二宝坊一ト号ス二招提寺一ト。本朝戒法此ノ時方ニ熾ナリ。天平宝字二年ニ賜フ二号ヲ大和尚一ト。七年五月六日ニ結跏趺坐シテ向テレ西ニ而化ス。寿七十七。預シテ言二寂（12オ）日一ヲ。至テレ此ニ無シレ背コト〈自レ此至二元禄二年一ニ九百三十一年矣〉。初メ真在シレ唐ニ時、裁テ二納袈裟一千・布ノ伽梨二千一ヲ、施ス二五台ノ諸ノ沙門一ニ。又写ス二大蔵一ヲ。初メ本朝ノ大蔵経論、多シ二烏焉ノ之誤一リ。及テ二真カ之至ル一ニ、勅シテ加シム二整勘一ヲ。真流サレン二日南国一ニ時、暑毒入テレ眼ニ患テレ之失スレ明ヲ。而大蔵ノ文句多シレ所二暗誦一スル。数〱下ス二雌黄一ヲ。又諸ノ薬物此ノ方不レ知二真偽一ヲ。勅シテレ真ニ弁スレ之。真、以レ鼻ヲ聞レ之。一モ無シ二錯誤一。度シレ人授クルコトレ戒ヲ凡ソ四万余人。

【注】**招提寺**　奈良市五条町。唐招提寺。『元亨釈書』巻二八「招提寺」、巻一「鑑真」。

【校訂】1揚―〈底〉陽

9 西大寺〈本朝四十八代称徳帝天平神護元年ニ創テ、自レ此至二元禄二年一ニ九百二十四年矣〉

天平神護元年、称徳帝建テレ寺ヲ、鋳ル二四天王ノ銅像一ヲ。長ケ七尺。三像已ニ成ル。只タ増長天王ノ一像不レ成。改メ鋳ルコト六度、皆不レ就ラ。至テ二第七度一ニ、帝親カラ幸シテ二治処一ニ誓テ言ク、「朕若シ因テ二是ノ功勲一ニ来世転シテ二女身一ヲ成セハ二仏道一ヲ手ラ、攬テ二熟銅一ヲ無シテ二傷損一而モ像成ラン矣。若シ不ンハレ然ラ手（12ウ）爛テ像不レ成ラ。」便チ以テ二玉手一ヲ攬二洋銅一ヲ。御手無シテレ傷コト像便チ成ル。見聞スルモノ無シレ不云コト二嗟嘆一セ。

称徳帝ハ者、本朝四十五代聖武皇帝之女ナリ。母ハ光明后ナリ也。天平二十一年七月初二日ニ受レ禅ヲ〈四十六代孝謙帝也〉。

天平勝宝八年五月初二日、聖武上皇崩ス。其ノ年孝謙帝譲リ二位ヲ天武天皇ノ〈四十代主〉之孫舎人《イヘヒト》親王第七ノ子ニ一〈四十七代廃帝天皇〉。八月初一日ニ帝受レ禅ヲ、元年正月改元。天平宝字四年十月遷ス二都ヲ近州ノ保良ニ一。此ノ年義淵ノ之徒道鏡、弓削氏、有リ二梵学一、召シテ入テ二内道場ニ一修ス二如意輪観自在ノ供ヲ一。孝謙上皇疾ニ二保良ニ一詔シテレ鏡ニ看侍セシム。宝字七年九月、道鏡ニ賜二号ヲ大臣禅師ト一。道鏡媚フ二孝謙上皇ニ一。於レ是ニ政権在リ二孝謙上皇ニ一。当今只タ当ルレ（13オ）宇ニ而已。太師藤仲患ヘ二道鏡ノ之寵ヲ一、謀テ以テスレ誅ンコトヲレ鏡ヲ。上皇聞三当今ノ知ルヲ二藤仲カ事ヲ一、遣シテレ兵ヲ囲ム二藤仲ヲ一。仲、拒ム二官師ヲ于近州高嶋ノ郡ニ一。太師仲敗テ走リ、乗シテ二扁舟ニ一浮テレ湖ニ而逃ク。帝懼レテ退テレ位ヲ降テ為二淡路公ト一、配ス二淡州ニ一〈廃帝在位七年〉。天平神護元年乙巳正月初一日、孝謙帝復位〈四十八代称徳皇帝〉。正月初七改元。天平神護元年、帝建二西大寺ヲ一。二年十月、道鏡転ス二法皇位ニ一。神護景雲元年六月、私取稲二万束・牛六十頭ヲ納ル二西大寺ニ一。八月、斎ス二沙門六百人ヲ于西宮ニ一。二年正月、修ス二御斎会ヲ于大極殿ニ一。六月造二弥勒ノ浄土ヲ于西大寺ニ一。十月幸シテ二長谷寺ニ一礼ス二観音ヲ一。三年正月、道鏡受レ朝ヲ而居テ二西宮前殿ニ一、受ク二百僚ノ朝賀ヲ一。七月ノ初メ太宰ノ神主阿曽、矯《イツハテ》二八幡大神ヲ一託シテ曰ク、「道鏡登ラハレ極ニ（13ウ）天下太平ナラント。」蓋シ阿曽諂二媚シテ也於鏡ニ一也。道鏡聞テレ之、偽喜フ。於レ是帝夢ラク、八幡大神告曰ク、「我カ国家開闢ヨリ以来タ、天日皇緒無シレ移ス。継統比来、孽臣・邪神・淫祠・妖言ス。帝其レ無シレ撼《ウコクコト》。早ク掃二除セヨ之ヲ一。」因テレ茲ニ帝勅シテ二和清ニ一詣テ二宇佐ノ宮祠ニ一、親聴ク二神令ヲ一。神託如シレ夢ノ。景雲四年二月、西大寺塔礎、時時ニ鳴声アリ。不シテレ幾ナラ帝不予ナリ。卜スルニ石ノ為ストレ崇ヲ。四月、造ル二三級ノ小塔一百ヲ一。七月、転シ二般若ヲ一停ム二酒肉ヲ一。八月初四、日帝崩ス。光仁帝即テレ位ニ摂シテ二政令ヲ一曰ク、「道鏡隠慝巳ニ形ル。罪当ル二大辟ニ一。然トモ而先皇ノ所レ厚スル、且ク従二軽恕ニ一任ス下造ルノ二下野ノ薬師寺ヲ一之使ニ上。」〈光仁帝ハ者三十九代天智帝ノ之孫、志貴王子ノ第六ノ子也〉。

【注】西大寺　奈良市西大寺芝町。『元亨釈書』巻二八「西大寺」、巻二二「孝謙皇帝」、「廃帝（淳仁）」、巻二三「高野皇帝（称徳）」。

10 多武峰〈本朝四十代天武帝白鳳九年ニ創テ、自㆑此至㆓元禄二年㆒ニ九百九十三年矣〉

開山定慧、大織冠鎌足之長子ナリ也。初孝徳帝〈三十七代〉有㆑（14オ）妃。孕テ已ニ六月ナリ。大織冠寵遇厚シ。賜テ㆑妃ヲ為㆓夫人㆒ト。約シテ曰ハク、「所ノ㆑生スル児、若シ男ナラハ為《セヨ》㆓卿カ子㆒ト。女ラハ為ン㆓朕カ子㆒ト。」既ニシテ而生テ男ナルカ故ニ、以テ名ク㆓鎌足ノ之子㆒ト。投シテ㆓沙門慧隠㆒ニ出家シテ号ス㆓定慧㆒ト。白雉四年、入唐シテ到リ㆓長安城㆒ニ、師トシテ㆓慧日寺ノ神泰㆒ヲ受㆑業ヲ。学成テ白鳳七年九月ニ帰朝ス。慧、在シ㆑唐ニ時キ大織冠已ニ薨ス。慧問テ㆓弟ノ丞相不比等㆒ニ曰ク、「先墳何処ソ。」対テ曰ク、「摂州ノ阿威山ナリ。」慧曰ク、「先公昔シ潜ニ語テ曰ク、『和州談峰《タウノミネ》〈今日㆓多武峰㆒ト〉霊勝ノ之区。不㆑下タラ㆓大唐ノ五台㆒ニ。我若シ墓セハ㆑彼ニ子孫益〱昌ヘント。』我在シトキ㆓台山㆒ニ時ニ夢ラク、我身居ルト㆓談峰㆒ニ。告曰ク、『吾已ニ生ス㆑天ニ。汝於㆓此ノ地㆒ニ営㆓寺塔㆒ヲ、修セヨ㆓仏乗㆒ヲ。吾亦降テ㆑此ニ擁㆓-護セン後昆㆒ヲ。』時ニ己巳ノ歳十月十六夜二更ナリ也。」丞相聞已テ涕泣シテ曰ク、「先君ノ薨ハ実ニ某ノ年月日ナリ也。師ノ夢不㆑虚也。」定慧与㆓徒属㆒上㆓阿威山㆒ニ、取テ㆓遺（14ウ）骸㆒ヲ改㆓-葬ム談峰㆒ニ。就テ㆑上ニ構フ㆓十三層ノ塔㆒ヲ。其ノ材、慧在シ㆑唐ニ時キ皆悉ク弁具ヌ。及テ㆑帰ルニ載ス㆓材ヲ於船㆒ニ。船窄シテ余ス㆓一層㆒ヲ。其ノ塔模ス㆓清涼山ノ宝池院ノ塔㆒ヲ也。既ニ而営建ス。只タ十二層也。慧怨ム㆓一層ノ不ヲ㆑足。一夕、奔雷飛電風雨震㆑山ヲ。明日天晴レ、遺余ノ一層宛然トシテ飛来ル。慧大ニ悦テ、乃チ刻テ㆓文殊大士ノ像㆒ヲ安ス㆓塔中㆒ニ。慧、和銅七年ニ化ス〈自㆑此至㆓元禄二年㆒ニ九百七十五年矣〉。

大織冠鎌足ハ、和州高市ノ郡ノ人也。其ノ先天児屋根命《アマノコヤネノミコト》ノ之裔ナリ也。世〱掌トル㆓天地ノ之祭祀㆒ヲ。在トキ㆑胎ニ声ヘ聞㆓于外㆒ニ。孕テ十二月ニシテ而誕ス。性仁孝ナリ。博学玄鑑ニシテ風姿挺特ナリ。本姓ハ大中臣、賜テ㆓藤氏㆒ヲ柄リ㆓宰権㆒ヲ、奉ス㆓仏法㆒ヲ。天智八年十月十六日ニ薨ス。先キ数日ニ剃㆓-除ス鬚髪㆒ヲ。臨テ㆑薨ニ帝賜テ㆓純金ノ香炉㆒ヲ曰ク、「已ニ聞ク㆓出家㆒ヲ。可シ㆑持ス㆓法具㆒ヲ。卿（15オ）執テ㆓此ノ炉㆒ヲ従ヒ㆓天仙ノ後㆒ニ、昇テ㆓兜率天㆒ニ到リ㆓慈氏ノ前㆒ヘ、証セヨ㆓真如ノ法㆒ヲ。」勅シテ㆓公卿百辟㆒ニ皆赴シム㆑喪ニ。自リ㆑古ヘ宰輔ノ之遇、未タ㆑有ラ㆓如㆑是之盛㆒ナルハ矣〈自㆑此至㆓元禄二年㆒ニ一千二十年矣〉。

【注】多武峰　奈良県桜井市多武峰。多武峰寺。現在は談山神社。『元亨釈書』巻九「定慧」、巻一七「鎌足」。

11菅原寺〈本朝四十五代聖武帝御宇行基菩薩創之。自此至元禄二年及九百五十余年矣〉

開基名行基、姓高志氏、泉州大鳥郡人也。百済国王之胤也。天智七年生。時胎衣纏身。其母以為不祥懸於樹枝。経宿出、胎能言。父母悦収而乳之。童稚与群児遊。輒讃仏乗。村里牧豎捨牛馬而、従者数百人及其帰也牛馬四散。将謂、「失去。」基登高一呼皆応声而至。率以為常。志学之歳、脱白居薬師寺、学瑜伽唯識等論於新羅慧基。又依義淵法師益智証。受具足戒于(15ウ)徳光法師。名翼四振。凡所過処、耕者息耒、織者投杼追随参礼無余地。或逢嶮難輒架橋修道。指某地可耕種某水可灌漑、或穿溝渠、或築堤塘。皆揮霍而成。国人至今頼之。

*五畿之内所立伽藍四十九所。嘗遊化故里。里人捕魚宴[1]於池畔。少年者戯以魚膾与焉。基喫已須臾臨池吐出。皆成小魚遊泳而去。見者驚嘆。一日犯私度沙弥禁于獄。而身遊里閈。獄吏以聞。詔赦之。聖武帝特加敬重、天平十七年為大僧正。時有智光法師者。多才智。嘗疏諸経頗自負。聞基嬰聖眷、不満其意、懐恨隠於山谷。俄暴死。十日而蘇語諸徒曰、「有冥使。駆我行。路次見金殿。高広光曜。我問、『何(16オ)処。』曰『汝自負智者。奈何不知。此行基僧正受生処也。』前行見焰燄漲空。悪境可畏。詢之。曰『即汝当堕之処。』既而到王所。王呵曰、『汝在閻浮提、不自《ミ》検察。妄嫉大僧。今召汝。治其罪。非命終也。』即令抱火銅柱骨肉糜爛。而後放還。」光、語已、詣基懺罪。時基在摂州造難波橋。見光微笑。光伏地発露礼謝。天平二十一年正月、帝詔授菩薩大戒。及両宮天眷皆預戒法。特賜行基大菩薩之号。二月二日於菅原寺東南院右脇而終。寿八十有二〈自此至元禄二年九百四十年矣〉。

【注】**菅原寺**　奈良市菅原町。清涼山、喜光寺。『元亨釈書』巻一四「行基」。

【校訂】**1**宴―〈底〉晏

12阿閦寺〈本朝四十六代孝謙帝天平勝宝ノ間ニ光明皇后創レ之。自レ此至ニ元禄二年ニ及ニ九百三十余年一矣。此ノ寺今ノ法隆寺ノ東南方ニ有ニ遺趾一〉（16ウ）

皇后光明子ハ者、淡海公第二ノ女メナリ也。聖武帝儲弐ノ時、納レテ為レ妃ト。天平元年八月、冊シテ為ニ皇后一ト。相貌美麗ニシテ似レタリ有ルニ光耀一、故ニ名ク焉。生ムニ孝謙帝及ヒ皇太子一ヲ。而太子夭薨ス。六年正月、薦スニ先妣橘氏ヲ於興福寺一ニ。建テ、西金堂一ヲ＊安スニ釈迦十大弟子等ノ像一ヲ。荘麗妙絶ナリ。聖武帝造[1]ルニ国分寺・東大寺一ヲ、皆后ノ之勧発ナリ也。又置ニ悲田施薬ノ二院一ヲ。及テニ東大寺成ルニ一、后皇以謂ラク、「大像大殿皆已ニ備足セリ。帝勖《ツトメ》ニ于外一ニ、我ハ営ムニ于内一ニ。勝功鉅徳不レ可レ加ス也。」且タ有ニ詫《ホコル》意一。一夕閤裏ノ空中ニ有レテ声曰ク、「后莫レ誇ルコト也。妙触宣明、浴室澣濯、其ノ功不レ可レ言。」后驚喜テ乃建テニ温室一ヲ、令ニ＊貴賤シテ取レ浴ヲ。后又曰ク、「我誓テ去シニ一千人ノ之垢一ヲ。」君臣憚レ之、后ノ一念不[2]レ沮マ。既ニシテ而竟フニ九百九十九人一ヲ。最後ニ有ニ一人一。偏（17オ）体疥癩臭気充レ室ニ。後難カルレ去ルニ垢ヲ。又自思テ而言ク、「今満ツニ千数一ニ。豈ニ避ケヤレ之哉。」忍テ而揩《スル》レ背ヲ。病人言ク、「我レ受テニ悪病一ヲ、患フニ此ノ瘡一ヲ者久シ。適〳〵有ニ良医一。教テ曰ク、『使《シメ》ハニ人シテ吸ハレ膿ヲ、必ス得ンニ除愈一ヲ。』而世上無カニ深悲ノ者一ノ故ニ、我カ沈痼至ルニ于此一ニ。今后、行シニ無遮ノ悲済一ヲ、発スニ無尽ノ之大願一ヲ。后有レヤ意乎。」后不シテレ得レ已ムコト吸ヒレ瘡ヲ吐クコトレ膿ヲ、自リレ頂キ至マテレ踵皆遍シ。后語テニ病人一ニ曰ク、「我レ吮《スフ》ニ汝カ瘡一ヲ、慎テ勿レ語ルコトレ人ニ。」于時ニ病人、放テニ大光明一ヲ告曰ク、「后去クトニ阿閦仏ノ垢一ヲ。又慎テ勿レ語ルコトレ人。」后驚キ而視レハ之、妙相端厳ニシテ、光耀馥郁タリ。忽然シテ不レ見。后驚喜無量ナリ。就テニ其ノ地一ニ構テニ伽藍一ヲ、号スニ阿閦寺一ト。宝字二年、受ニ尊号一ヲ。四年六月ニ崩ス。年シ六十〈自レ此至ニ元禄二年ニ九百二十九年矣〉。

【注】阿閦寺　奈良市法華寺町周辺にあった。『元亨釈書』巻一八「光明子」。

【校訂】　**1**造ルニ国分寺・東大寺一ヲ――〈底〉造ルニ国分寺ヲ東大寺　**2**不レ沮マ――〈底〉不レレト沮マ

13般若寺〈本朝六十代醍醐帝延喜ノ之末ニ沙門観賢ノ所レ建也。自レ此至ニ元禄二年ニ及ニ七百七十年一〉（17ウ）

開基、名ハ観賢、姓ハ秦《ハタ》氏、讃州ノ人也。為《タリ》二聖宝ノ上足一。延喜十九年ニ為二醍醐寺ノ座主一ト。二十一年天皇夢ラク、弘法大師奏シテ曰ク、「空海衣モ弊朽セリ。願ハ陛下見レン賜ヲ。」覚テ後、勅レシテ賢ニ送二ル紫衣一襲一ヲ。賢、入レ山ニ啓二クニ定扉一ヲ、如レ隔二ルカ雲霧一ヲ、不レ見二儀容一ヲ。賢作礼シテ曰ク、「少年ヨリ修レシ道ヲ、梵行無レシ瑕。況ヤ奉二シテ遺法一ヲ累二ヌ歳月一ヲ乎。」黙祈スルコト須臾。始テ見ル、淵然トシテ入二ルコトヲ於那伽ノ之中一ニ。其髪甚長シ。尋テ為ニ剃落シ、更二フ其ノ衣一ヲ。時ニ侍子淳祐在レ側ニ。賢顧ミテ問曰ク、「汝能見ヤ否ヤ。」曰ク、「不レ見。」賢曰ク、「大師ノ定身我尚ヲ難レシ見。況ヤ下レレル我ニ者ヲヤ焉。」乃チ令下以レテ手摸ラ上レ之。覚二テ軟暖一ニシテ如レシト生ルカ、忻幸シテ不レ已。侍子、其ノ後両手ノ香気経レテ歳不レ滅。賢、創二和州ノ般若寺一ヲ、弘ニ修二ス仏事一ヲ。延長三年、為二僧正一ト。是ノ年シ六月十一日ニ化ス〈自レ此至二元禄二年一ニ七百六十四年矣〉。其ノ後経二テ三百余年一ヲ、釈忍（18オ）性、知徳戒行異レ也常ニ、説戒ノ之余リ切二ナリ于興福一ニ。募二テ衆縁一ヲ造二丈六ノ文殊大士ノ像一ヲ、安二ス般若寺一ニ。寛元ノ初メ、集二王畿ノ癩人万余一ヲ、施スニ以レシ食ヲ、授ルニ以二テス八関斎戒一ヲ。薦二ムト也母氏ノ之諱一ニ也。時ニ奈良坂ニ有二癩者一。手足繚戻シテ難二ム于行丐一ニ。数日無レシ食スルコト。性、在二テ西大寺一ニ憐レミ之、暁キ至二坂ノ宅一ニ、負レテ癩置二キ廛市一ニ、夕ニ負テ帰二ル旧舎一ニ。如レスルコト此ノ者数祀、隔レテ日而往ク。雖二風雨寒暑一ト不レ鈌焉。癩者臨亡誓テ曰ク、「我必ス再ヒ生二テ此ノ間一ニ、為二テ師ノ役一ト酬二ヒン師ノ徳一ニ。而モ面ニ留二テ一瘡一ヲ為レ信ト。」後チ性之徒、果シテ有下リ瘡二アル于面一ニ者上ノ。善二ン供給一ニ人、呼テ為二癩ノ之後身一ト。

【注】**般若寺**　奈良市般若寺町。『元亨釈書』巻一〇「観賢」。巻一三「忍性」。

＊14子嶋寺〈本朝四十七代廃帝天皇、天平宝字四年三月ニ所レ創也。自レ此至二元禄二年[1]一ニ九百二十九年〉

開基報恩法師、十五歳ニシテ離レ家ヲ、三十ニシテ入二吉野山一ニ、持二ス観世音ノ呪一ヲ。四五載間タニ、早ク得二霊感一ヲ。孝謙帝不予ナリ。勅レシテ恩ニ加持セシム。帝ノ（18ウ）疾乃チ愈ユ。時ニ賜二名ヲ報恩一ト。天平勝宝四年三月ニ、恩、於二テ和州ノ高市ノ郡子嶋《コシマ》ノ神祠ノ畔一ニ建二テ伽藍一ヲ、安二シ一丈八尺ノ観自在ノ像及ヒ四天王ノ像一ヲ、号シテ曰二子嶋寺一ト。其ノ後桓武帝不予ナリ。勅シテ加持シム。恩、応レシテ詔ニ入レ宮ニ、閉レテ目ヲ持二スルコト根本呪一ヲ五十遍。宮中大ニ動ス。大悲菩薩現レシテ身ヲ、上ノ疾立ロニ痊ユ。起テ為レニ恩ノ作レシ礼ヲ、賞賜甚タ渥シ。延暦十四年六月ニ寂ス〈自此至二元禄二年一ニ八百九十四年〉。

【注】子嶋寺　奈良県高市郡高取町。『元亨釈書』巻九「報恩」。

【校訂】1 二年一ニ ― 〈底〉一年ニ。

15久米寺〈未レ詳二年代一。久米仙ノ之所レ建也〉

開基久米ノ仙ハ者、和州上ノ郡ノ人。入二テ深山一ニ学二ヒ仙法一ヲ、食二ヒ松葉一ヲ、草衣ニシテ而飛行ス。会〻婦人ノ以レテ足ヲ踏二ミ浣フ衣一ヲ。其ノ脛キ甚タ白シ。忽チ生二ス染心一ヲ。即時ニ堕レス地ニ。漸ク喫二シテ煙火一ヲ、復二ル塵寰一ニ。然トモ郷党契券、当レテ署二スルニ其ノ名一ヲ、皆書二ス前ノ仙某一シト。嘗テ於二高市ノ郡一ニ建二精舎一ヲ。鋳二テ丈六ノ薬師ノ金（19オ）像並ニ二菩薩像一ヲ、号二久米寺一ト。後又修二シテ仙道一ヲ而、凌レテ空ヲ飛ヒ去ル。

【注】久米寺　奈良県橿原市久米町。『元亨釈書』巻一八「久米」。

16金剛山寺〈本朝五十二代嵯峨帝ノ之御宇ニ、満米法師建レ之、安二地蔵菩薩像一ヲ。自レ此至二元禄二年一ニ及二八百七十余年一ニ矣〉

和州ノ金剛山寺ハ者俗号二ス矢田《ヤタ》寺一ト。満米法師、戒行純淑ニシテ名被二シム朝野一ニ。時ニ名臣小野諫議篁《タカムラ》、展二フ弟子ノ礼一ヲ。篁ハ又不レルノ測ラ人ナリ也。身列二テ朝班一ニ而神二遊ス冥府一ニ。琰王一時嘆シテ曰、「澆季ノ有情、罪障至渥シ。我雖二正直一ナリト、頗ル罹二ル余殃一ニ。是レ我カ夙業ノ之不レル純ナラ也。為《セ》二ン之ヲ奈何一ン。」琰臣議シテ曰ク、「乞フ、大王受二給ヘ菩薩戒一ヲ。」琰王曰ク、「争《イ》二奈ン陰府無二キコト戒師一何《セ》ン。」于時ニ篁奏シテ曰ク、「臣ニ有レリ師、戒業純浄ナリ。在二閻浮利日本国一ニ。可レシ屈ス耳。」琰王悦テ曰ク、「卿チ早ク請シ来レ。」篁詣レテ寺ニ告二ク其ノ事一ヲ。米、便チ随レテ篁ニ赴二ク地府一ニ。琰王請レテ米ヲ、昇二シメテ師子ノ座一ニ、受二菩（19ウ）薩ノ大戒一ヲ。琰王ノ曰ク、「戒徳至テ重シ。何ヲ以テ表レセン嚫ニ。」米カ曰ク、「我レ欲レス見二ント地獄ノ苦報一ヲ。願ハ大王聴許シ給ヘ。」王便チ将レテ米ヲ、往二ク阿鼻城一ニ。鉄門、銅釜、火聚、刀山、諸ノ苦具殆ント不レ可レ言《ノフ》。至二ル一所一ニ。熾焔迸リ騰ル。一比丘随レテ焔ニ上下ス。米問二テ琰王一ニ曰ク「彼ノ沙門為レル誰トカ。何ノ等罪報テカ在二ル此ノ火中一ニ。」王ノ曰ク、「師自問レヘ彼ニ。」米待テ随レテ烟二下一ルヲ、忍レテ熱ヲ近二テ*比丘ノ所一ニ問レフ之ニ。比丘対テ曰ク、「我ハ是レ地蔵菩薩也也。汝来テ二此ノ界一ニ説二ク[1]戒法一ヲ。地獄ノ有情、離レル、苦ヲ者多シ。我又随喜ス。我レ受二ク如来ノ親属一ヲ。不レ惶二チ猛火一ヲ。大悲代レテ苦ニ化二ス諸ノ衆生一ヲ。我レ雖レ行二フト等慈一ヲ、無縁ノ衆生不レ得二済度一スルコトヲ。汝反二テ人間一ニ、告二テ四衆一ニ帰二投セヨ于我一ニ。亦言二ヘシ苦相一ヲ。」米、已ニ辞二ス地府一ヲ。琰王、令下メ冥使ヲシテ擎ケ中一ノ漆篋上ヲ、嚫二ス于米一ニ。米啓レクニ篋ヲ、白粳米也也。随レテ取ニ随ヒ満ツ。終レマテ世ヲ不レ竭キ。米、素トヨリ持二ス地蔵一ヲ。自二リ地府一帰テ招二テ良工一ヲ、刻二テ獄中ノ地蔵ノ相一ヲ安二ス于寺一ニ。其ノ像今尚ヲ在リ。長ケ五尺。或ハ（20オ）曰ク、米、本ノ名ハ満慶。得二テ琰米一ヲ後、時ノ人改二ム今ノ名一ニ。

【注】金剛山寺　奈良県大和郡山市矢田町。矢田山金剛山寺、矢田寺。『元亨釈書』巻九「満米」。

【校訂】1 説二ク一 ―〈底〉説一ク

17龍門寺〈本朝四十二代文武帝ノ之御宇ニ、義淵創レム之ヲ。自レリ此レ至二テ元禄二年一ニ及二フ也九百九十年一ニ也〉

開基義淵、姓ハ阿氏、和州高市郡ノ人ナリ。其ノ父無レシ子。祈二ル観自在ノ像一ニ。一夕聞二テ児ノ呱《ナク》一ヲ出テ、見レハ之ヲ、柴籬ノ上ニ有二リ一包一。香気芬郁タリ。開テ而視レハ之ヲ小児也也。父母喜テ而収メ養フ。不二シテ数日一ナラ而長ス。天智聞レテ之ヲ、勅シテ同二ク皇子一ト鞠二育ス岡本ノ宮一ニ。後出家シテ従二テ智鳳法師一ニ学二ヒ唯識一ヲ、又入レリ唐ニ禀二ク智周法師相宗ノ之訣一ヲ。周ハ即チ慈恩基公ノ之上足也也。淵、帰朝シテ創二テ龍門寺一ヲ而、盛ニ倡二フ相宗一ヲ。受二ル其ノ業一ヲ者、行基・道慈・玄昉・良弁・宣教・隆尊等也也。勤二タリ営建一ニ。龍蓋寺・龍福寺、皆淵ノ之構造也也。大宝三年、為二リ僧正一ト、神亀五年十月ニ寂ス。帝勅二シテ礼部一ニ監二護セシム喪事一ヲ〈自レリ此レ至二テ元禄二年一ニ九百六十一年矣〉。

【注】龍門寺　奈良県吉野郡吉野町にあった。『元亨釈書』巻二「義淵」。

18中川寺〈未レタ詳ニセ年代一ヲ〉（20ウ）

開基、名ハ実範。姓ハ藤氏、諫議大夫顕実カ子ナリ也。投シテ二興福寺ニ一学二相宗ヲ一、又至テ二醍醐寺ニ一稟ク二密法ヲ于厳覚ニ一。又之《ユヒ》テ二横川ノ明賢カ所ニ一問二台教ヲ一。範、捜二-索ス諸宗ヲ一。在テ二忍辱山ニ一採テレ花ヲ、至ル二中ノ川ノ山ニ一。見テ二地勝ヲ一乃チ申テレ官ニ、建二伽藍ヲ一。名テ曰二成身院ト一。大ニ振二化風ヲ一。嘗テ嘆ス二律幢ノ之傾頽スルコトヲ一。乃一シテレ心披尋ス。乃チ念言スラク、「戒ハ貴フ二伝授ヲ一。我レ雖二精究スト一争《イ》二-奈無キコト二師承一何セン。」一夕夢ラク、自二招提寺一以二銅筧ヲ一、通ス二清水ヲ于中川ニ一。既ニ覚メテ、以テ為ス二好相ト一。明晨、赴二招提寺ニ一見ニ、院宇荒廃シテ無シ二僧衆一。庭廡ノ之間タ半ハ為ル二田疇ト一。範、入レ寺ニ不レ見二比丘ヲ一。傍ラニ有二禿丁一。鞭テレ牛ニ耕スレ田ヲ。範、問テ曰ク、「真公ノ影堂何ニカ在ル。」禿丁指ス二其ノ所ヲ一。範、亦曰ク、「此ノ寺ニ無ンヤ二比丘一乎。」対テ曰ク、「我雖レ不トレ全セ二儀相一、曩《ムカシ》曽少シ聴ク二四分戒本ヲ一。」範、生シ二難遭ノ想ヲ一、就テ乞二禿丁ニ一。便チ脱キレ犂ヲ放レ牛ヲ、洗テ二手ヲ（21オ）盥水ニ一、将ヒテレ範ヲ向テ二影堂ノ中ニ一、親ク授クレ範ニ。既ニ伝戒シテ即チ帰リ二中川寺ニ一、開キ二律法ヲ一行ス二羯磨ヲ一。自レ此戒法亦タ興ル。範、後移テ居テ二光明山ニ一而終フ。嘗テ述ス二大経要義七巻ヲ一。

【注】中川寺　奈良市中ノ川町にあった。『元亨釈書』巻一三「実範」。

19〔高市郡〕坂田寺〈本朝三十二代用明帝二年ニ創ム。自レ此至二元禄二年ニ一一千百二年矣〉

用明二年四月、帝不予ナリ。語テ二侍臣ニ一曰ハク、「朕思レ帰ント二三宝ニ一。卿等議カレレ之。」守屋・勝海共ニ言ク、「何ソ背テ二国神ニ一奉セン二異域ノ神ニ一。先皇ヨリ以来タ、未タ二之レ有ラ一也。」蘇ノ馬子曰ク、「已ニ承給ヒ二叡旨ヲ一、何ノ異謀カ之有ラン二於是ニ一。」皇弟穴穂《アナホノ》王子、召シテ二豊国法師ヲ一入レ内ニ。聖徳太子握テ二蘇子ノ手ヲ一曰ク、「三宝之奥、庸人不レ委セ。奸党交〳〵進テ抑二-蔽ス聖明ヲ一。卿チ不レ屈二邪誣ニ一。可シレ謂ツ二忠直ト一矣。」蘇子叩テレ頭ヲ曰ク、「頼ル二殿下ノ之明徳ニ一耳《ノミ》。」守屋睨《ニランテ》二蘇子ヲ一而怒ル。太子語テ二左右ニ一曰ク、「大逆不レ知二因果ヲ一。其ノ敗（21ウ）可シ二跂《クワタテ》而待ツ一矣。」帝疾篤シ。鞍部《クラツクリ》ノ多《タ》須《ス》那《ナ》奏シテ曰ク、「臣乞、為ニ二陛下ノ出家シテ一修センレ道ヲ。」帝嘉スレ之ヲ。四月初九日、崩御ス。乃チ於テ二和州高市郡ニ一建二坂田寺ヲ一、命シテ二百済ノ仏工ニ一刻テ二丈六ノ仏像ヲ一安スレ之。

【注】坂田寺　奈良県高市郡明日香村にあった。『元亨釈書』巻二〇「用明皇帝」。

20〔南都〕伝香寺〈第百七主正親町帝永禄年中ニ創。至二元禄二年一ニ凡ッ及二一百三十年一ニ矣〉

開基象耳律師、諱ハ泉奘、駿州ノ人也。姓今川氏。幼年ニシテ投二シテ華蔵山一ニ、薙髪シテ礼二シテ招提寺ノ高範律師一ヲ、受二具足戒一ヲ。深ク究二メ律学一ヲ、兼テ探二ル密乗一ヲ。某年奉レシテ勅ヲ主二ル泉涌寺一ヲ。永禄帝召シテ入二宮掖一、受二菩薩大戒一ヲ。自レ是常ニ詔シテ内宮ニシテ講演セシム。大檀越和州ノ太守筒井順慶公、創二テ伝香寺一ヲ、延レテ奘ヲ主レシム之ヲ。公、軍務ノ之暇マ毎ニ詢二法要一ヲ、益〳〵増二ス喜意一ヲ。晩レニ応レシテ請董二シ招提ノ之席一ヲ、講二ス南山ノ疏鈔一ヲ。学徒蟻聚ス。奘、容貌古雅、性度質朴ニシテ、律身甚タ厳ナリ。食不レ過レ中ヲ。常ニ（22オ）唱二慈氏ノ之号一ヲ、誓レフ生二ンコトヲ覩史一ニ。天正十六年五月十八日、終二于泉涌寺一ニ。寿七十有一〈至二元禄二年一ニ一百一年矣〉。

【注】**伝香寺**　奈良市小川町。『律苑僧宝伝』巻一四「象耳奘律師」。

21忍辱山円成寺〈第六十八代後一条帝ノ万寿三年ニ創テ、至二元禄己巳二年一ニ六百六十三年也矣〉

和州平城東ニ去ルコト五句盧舎ニ有二梵刹一。号二ス忍辱山円成寺一ト。本朝六十八主後一条帝万寿三年ニ命禅法師ノ所レ也創ムル也。開山、名ハ命禅。姓ハ野《ヲノヘ》、春時《トシトキ》之胤子也。妙年ニシテ薙髪シテ投二シテ大安寺ニ学二ヒ相宗一ヲ、後従二テ寛空阿闍梨一ニ受二ケ瑜伽ノ密旨一ヲ、兼テ探二リ顕密ノ教一ヲ、日ニ増二智証一ヲ。梵行無レ欠ルコト。声光著レ聞フ。常ニ事二ヘテ観世音一ニ甚勤シテ謹メリ。嘗テ住二ス三輪《ミワ》ノ五大輪寺一ニ。時ニ万寿三年、経二行シテ諸刹一ニ、礼二謁ス聖像一ヲ。偶〳〵至二テ忍辱山一ニ見三テ林巒幽邃ニシテ如二ナルヲ千葉芙蕖一ノ、諒ニ此地必ス霊区也ト也。輒チ創二テ精藍一ヲ、乃チ安二シテ春日大明神所造ノ十一（22ウ）面大悲ノ像一ヲ、遂ニ成二シテ大伽藍一ヲ榜シテ曰二円成寺一ト。崇広厳麗上凌二雲漢一ヲ、晨鐘夕梵響徹二シ山川一ニ、大士ノ霊感日ニ益ス新ニシテ而、四方黒白男女登レテ山ニ礼謁スル者ノ、靡レシ不二云コト歓喜歎美一セ矣。長久元年、禅示二シ微疾一、乃チ著二テ僧伽梨一ヲ至二リ観音像前一ニ趺坐シテ結二テ定印一ヲ而寂ス。世寿七十有八、法臈若干〈自レ此至二元禄二年一ニ六百六十九年矣〉。厥ノ後経二テ八十七年一ヲ、天永三年、小田原ノ院主迎接上人巡二礼シテ諸ノ名藍一ヲ、偶〳〵登二リ忍辱山一ニ、礼二シ観世音一ヲ而観二テ当山ノ勝境一ヲ、歎シテ曰ク、「何ソ異二ナランヤ安養浄刹一ニ乎。」重テ奉二シ無量寿仏ノ像ヲ於大殿一ニ、移二シ置テ観世音一ヲ在レキ左ニ、還二ル小田原一ニ。自レ此毎月十五日登山シテ供養シ勤修精進スルコト、凡ソ十二年。雖二トモ風雨寒暑一ト未二タ曽テ厭倦一セ。一日示二シ微疾一ヲ、面レテ西ニ唱二テ弥陀ノ宝号一ヲ安祥シテ而逝ス。実ニ保安四年四月十（23オ）日也也〈至二元禄己巳二年一ニ五百六十六年矣〉。夫レ此弥陀ノ尊像ハ者、大相国藤ノ頼通《ヨリミチ》公〈世ニ号二ス宇治ノ関白一ト〉、使二仏工定朝シテ造一レ之。其ノ高八尺許リ。此ノ像霊応日ニ新ニシテ、四来ノ黒白不レ遠二セ千里一ヲ。接レテ踵ヲ而至リ一瞻一礼スル者ノ悉皆増二益テ信心一ヲ、而モ臨命終ノ時、面タリニ見二如来一ヲ。蒙二ムル接引一ヲ者ノ甚多シテ而、現在脱二ル諸ノ危難一ヲ者ノ亦タ不レ可二称計一ス。自レ是当山愈〱増二光耀一ヲ。時ニ支那国ニ有二妙智居士ト云者一ノ。常修二ス浄業一ヲ。一夕夢ラク、異僧告レテ之ニ曰ク、「汝欲下ハ往二生シテ安養界一ニ礼中セント阿弥陀仏上ヲ者、可レシ至二ル日本ノ之忍辱山一ニ。」覚メテ大喜テ、乃凌二テ烟波一ヲ至二此ノ山一ニ、瞻二礼シテ尊像一ヲ而帰ルト云。其ノ余ノ霊験非レ一。詳ニ在二リ本記一ニ。茲ニ略レス之。又前大僧正寛遍ハ者具平親王ノ的孫、前ノ御史大夫師忠公ノ之子也。乃チ密宗ノ英特ナリ也。仁平三年、卜二居シテ高野大師ノ之塔畔一ニ、専ラ（23ウ）修二シ浄土ノ業一ヲ、毎日修二ス弥陀ノ護摩ノ法一ヲ。時ニ有レテ感レ夢ノ、即至二テ当山一ニ瞻二礼尊像一ヲ、甚感激シテ誠ニ如レシト到二ルカ西方浄土一ニ矣。於レテ是ニ駐二テ錫ヲ此ノ地一ニ大ニ弘二ム密法一ヲ。便チ振二フ広沢六流ノ之一義一ヲ。世ニ伝テ曰二忍辱山ノ流義一ト也。遍僧正、勤修精進スルコト越二タリ乎倫類一ニ。一字金輪ノ法一座・尊勝呪一千編・宝篋印陀羅尼経一巻・理趣経六巻・法華経一品・弥陀ノ宝号一千編、以レ之ヲ為二日課一ト。又誓二テ一万日一ヲ修二ス不動ノ護摩一ヲ。自レ是道価達二於朝野一ニ、受レテ勅ヲ為二東大寺ノ別当一ト、兼二ヌ東寺ノ長者職一ヲ。以レ故ヲ不レ能レ住二スルコト忍山一ニ而就二テ洛ノ之東山一ニ営二一ノ蘭若一ヲ。移レ錫居シ焉、号シテ曰二新忍辱山一ト。至レ今ニ存ス焉。往昔自二リ支那国一所ノ請レスル蔵経并ニ千手大悲ノ像、在二当山一ニ。慶長十四年、東照大権現請レシテ之納二メ于日光山一ニ、謝スルニ以二ス（24オ）荘田一百五石一ヲ。本田共ニ二百三十石、永ク充二ツ僧糧一ニ。於レ是ニ山川増レス色ヲ。殿前ニ有二宝池一。池ノ之東南ニ有二リ子院若干所一。晨鐘昏鼓、上ミ徹二ス霄漢一ニ。自レ古ヘ至レ今ニ、毎歳三月十五日、就二テ大殿一ニ設二ク大法会一ヲ。実ニ和州第一ノ勝藍ナリ也。

【注】忍辱山円成寺　奈良市忍辱山町。

22 法隆寺〈至二元禄己巳二年一ニ千一百余年矣〉

和州平群《ヘクリ》ノ郡法隆寺ハ、聖徳太子ノ開創之所也。神武三十二代用明天皇元年、太子方ニ十五歳ニシテ而、以テ安レシ国ヲ、利レスルハ民ヲ莫レシト如《シク》ニハ仏乗一ニ、乃チ欲下創ニテ精藍一ヲ利中ント万民上ヲ而、択ニテ勝地一ヲ至ニリ平群ノ郡一ニ、時ニ俄ニ有ニテ一ノ老翁一至リ、告テ曰ク、「君若シ欲レハ建ニント伽藍一ヲ者、自レ是東斑鳩《イカルカ》ノ山ニ有ニ四神相応ノ地一。我レ当ニ擁護一ス。」言已テ乃隠ル。是即竜田《タツタ》大明神也。因テ以レ之ヲ為ニ法隆ノ鎮守神一ト。太子乃チ就ニテ其ノ地一ニ創ニ（24ウ）大伽藍一、号シテ曰ニ法隆寺一ト。自レ此至レ今ニ一千余年、諸堂仏閣厳然猶ヲ在リ。太子常ニ在ニテ此ノ地一ニ而、万機ヲ委ネ之、大ニ興ニ仏法一ヲ。時ニ有ニ一ノ宝殿一。号ニス夢殿《ユメトノ》一ト。太子嘗テ閉レテ戸ヲ入ニルコト三昧一ニ七日、至ニ陳国南岳山一ニ、取ニ夙生所レノ写ス法華経一ヲ。今在ニ当寺一ニ。故ニ此ノ殿、又タ名ニク上宮王院一ト。置ニ十一面大悲ノ像一ヲ、*常ニ鎖レシテ龕ヲ不レ啓カ。本殿ニ安ニ釈尊三聖ノ像一ヲ。又置ニ弥陀・薬師等一ヲ。皆仏工鳥カ之以ニテ金銅一ヲ所レ鋳也。又礼堂ニ安[1]ニシ観音一ヲ、左右ニ有ニ梵釈二天ノ像一。又有ニ舎利殿一。乃チ太子左拳ニシテ而生ル。越テ二年二月十五日、向ニテ東方一ニ唱ニテ南無仏一ト開レク拳ヲ。乃チ有ニ舎利一。又有ニ多宝塔一。置ニ大日如来像一ヲ。又有ニ伝法堂一。安ニ九品ノ弥陀仏ノ像一ヲ。各左右ニ有ニ観音勢至一。或ハ有レ殿。名ニク御相一ト。置ニ太子七歳ノ時ノ像一ヲ。乃チ聖武帝ノ之手造也（25オ）也。又有ニ五層ノ宝塔一。置ニ仏工鳥カ之所塑ノ涅槃像一ヲ。諸天・菩薩・四衆・八部、皆備レル之。或ハ講堂ニ置ニ薬師ノ三聖並ニ四天王ノ像一。或ハ西円堂ニ亦タ置ニ薬師仏及ヒ十二大将一ヲ。乃チ行基菩薩以ニ抹香一ヲ造レ也之也。或ハ有ニ護摩堂・勧学院・律学院・三経院・中宮堂・北室院・聖皇院・三宝院・絵殿等共ニ二十一宇一。其ノ余有ニ鐘楼・浴室・僧坊・子院等若干一。又有ニ諸仏菩薩天像共ニ二百七十余軀一。又有ニ画像百余幅一。或ハ有ニ諸ノ宝物三百余種一。其ノ余ノ珍物、不レ可ニ勝テ計一也。

【注】 **法隆寺**　奈良県生駒郡斑鳩町。

【校訂】 **1**安ニシ――〈底〉安一シ

23菩提山〈正暦年中ニ創。至ニ元禄二年ニ凡及ニ六百九十余年一ニ矣〉

和州添上《ソフノカミ》郡菩提山正暦寺ハ、或ハ曰ニ龍樹院一ト。本朝六十六代一条帝正暦年間ニ、兼俊僧正奉レシテ勅ヲ所レ也造ル。本殿ニ安ニス

（25ウ）薬師如来ノ像ヲ一。乃チ龍樹菩薩ノ手造ニシテ二而、持シ二善無畏三蔵一来ト云。寛永六年、寺災アッテ皆倶ニ壊ス。独リ此ノ像出テ二于灰燼ヲ一、不レ損セ二一毫モ一。於レ是ニ王公士庶、瞻礼シテ莫シレ不ト云コト二感激セ一。開山兼俊ハ、摂政法興院兼家公ノ之子ナリ也。
*其ノ後八十四代順[1]徳帝建保六年、信円大僧正中二興シテ之ヲ一、大ニ開テ二甘露門ヲ一、奔二走ス四衆ヲ一。当寺有二仏牙ノ舎利一。乃チ法然上人ノ之徒蓮光法師所レ也ト寄スル云。

【注】**菩提山**　奈良市菩提山町。正暦寺。『和州旧跡幽考』巻四「菩提山」。

【校訂】**1**順―〈底〉須

24法華寺〈天平年中ニ創テ、至二元禄二年己巳ニ一凡及二九百五十年ニ一矣〉

此ノ寺、係ル下聖武帝ノ之后光明移シテ二父淡海公ノ之宅ヲ一為セ上レ寺ト。手ラ造テ二十一面大悲ノ像ヲ一、以テ安レテ之為二国分尼寺ト一、号ス二法華滅罪寺ト一。時ニ聖武天皇、天平九年ニ勅シテ令三天下各州シテ建二国分寺ヲ一、安二丈六ノ釈迦ノ三尊ノ像ヲ一、並ニ納二大般若経六百巻ヲ一。特ニ賜テ二封（26オ）五十戸・荘田十町ヲ一、充二二十僧糧ニ一。号シテ曰二金光明四天王護国寺ト一。又詔シテ使三テ毎レ州ニ造ラ二国分尼寺ヲ一、納二荘田ヲ一。既ニシテ而勝宝元年、南都ノ国分金光明寺ニ賜テ二田四千町ヲ一、修セシム二最勝王経会ヲ一。又尼国分法華寺ニ賜テ二米田一千町ヲ一、修セシム二法華妙典ヲ一。其ノ後寛元三年、西大寺ノ大律師興正菩薩、重二興シテ之ヲ一授二文篋ニ沙弥尼戒ヲ一。又建長元年、授二慈善等ニ大比丘尼戒ヲ一。自リレ是此ノ寺、属二西大派下ニ一為二律寺ト一。後至二慶長六年九月ニ一、関白秀頼公命シテ二有司片桐市ノ正ニ一、為二先妣ノ一再二興スト之ヲ一云。

【注】**法華寺**　奈良市法華寺町。『和州旧跡幽考』巻四「法華滅罪之寺」。

25海龍王寺〈天平三年創。至二元禄己巳二年ニ一九百五十八年矣〉

法華寺ノ之北ニ有二精舎一。号ス二海龍王寺ト一。乃チ光明皇后、天平三年ニ所ナリレ創也。或ハ曰二興福寺ト一。玄昉僧正求テレ法ヲ入レ唐ニ。

洋中（26ウ）俄ニ逢テ二風難ニ一、時ニ誓テ営ムトレ之云フ。玄昉、姓ハ阿刀《アト》氏。投シテ二義淵ニ一学ニ唯識ヲ一。霊亀二年、奉シテレ勅ヲ入唐シテ謁シ二智周法師ニ一、受ニ相宗ノ奥旨ヲ一。唐帝賜ニ紫衣ヲ一。本朝天平年間ニ帰テ、以テ二伝来ノ経論章疏五千余巻及ヒ仏像等ヲ一、献スニ尚書省ニ一。八年、賜ニ封百戸・田百畝及ヒ侍童八人ヲ一。九年八月、為ニ僧正ト一。十八年六月、築紫ノ観世音寺成ル。勅シテレ昉ニ為ニ落慶ノ導師ト一。

【注】**海龍王寺**　奈良市法華寺町。『和州旧跡幽考』巻四「海龍王寺」。

26超勝寺〈未レ詳ニ年月一。至ニ元禄二年ニ一凡及ニ八百六十余年ニ一矣〉

添下郡超勝寺ハ、真如法親王ノ開創ノ之所ニシテ、雖トモ二大伽藍タリ一、以テ二年代久遠ナルヲ一漸ク毀壊シテ、今僅ナル小殿存ス焉。中ニ安スニ大日如来ヲ一。開山真如ハ、乃チ本朝五十一代平城天皇第三ノ子也也。大同四年、帝譲リ二位ヲ於皇太弟ニ一、号スニ嵯峨ノ天皇ト一。太子真如皇子初メ名クニ（27オ）高岳ト一。立為ニ皇太子ト一。時尚侍藤ノ薬子及ヒ兄ノ仲成、勧テ二上皇ヲ一為レ変ヲ。由テレ是廃スニ太子ヲ一。太子素トヨリ有ニ出世之志一。乃チ薙髪シテ学ニ三論ヲ於東大寺ノ道詮ニ一、稟ケニ密教ヲ於弘法大師ニ一、天性聡敏ニシテ能ク通スニ内外ニ一。既ニシテ而得テ二阿闍梨位ヲ一、勤タリニ于教授ニ一。嘗テ言フ、「欲ストレ入ニ支那ニ一究ントレ密乗ヲ。」貞観四年ニ表奏シテ、浮レ海ニ入レ唐ニ。遍ク叩テ二名徳ヲ一未タレ契ニ其ノ意ニ一。遂ニ杖レ錫ヲ赴ニ西域ニ一、不レ知レ所ヲレ終。其ノ後、遊唐釈ノ中瓘寓書ヲ報シテ曰ク、「伝ヘ聞ク、真如皇子遥ニ過テ二流沙ニ一至ニ羅越国ニ一。逆旅ニ遷化スト。」云云。

【注】**超勝寺**　奈良市佐紀町にあった。超昇寺。『元亨釈書』巻一六「真如」。『和州旧跡幽考』巻五「超昇寺」。

27霊山寺〈未レ詳ニ年月一。至ニ元禄二年ニ一已ニ九百五十年矣〉

此ノ寺ハ在ニ添下郡ニ一。行基菩薩所ニシテレ創、中ニ安ニ薬師如来ノ像ヲ一。号シテ曰ニ鼻高山霊山寺ト一。厥ノ後弘安二年、復タ重二興ス之一。納ムニ寺産（27ウ）一百石ヲ一。

【注】**霊山寺**　奈良市中町。『和州旧跡幽考』巻五「霊山寺」。

28 秋篠寺《アキシノ》〈寺産有二一百石二〉

和州添下郡有二蘭若一。号ス二秋篠寺一ト。光仁桓武両帝ノ本願ノ之所ニシテ、善珠僧正ヲ為二開山ノ之祖一ト。本殿ニ安二薬師ノ尊像一ヲ。開山僧正、姓ハ安部氏、京兆ノ人。少シテ魯鈍ナリ。以テレ此為レ恥ト、学二唯識宗一ヲ、習ヒ二因明論一ヲ、勤テ探リ二三蔵一ヲ、日ニ増二智証一ヲ。声光著レ聞フ。延暦十六年ノ春正月、為二僧正一ト。其ノ年四月化去ル。寿七十五〈至二元禄二年一ニ八百九十二年矣〉。当寺ニ有二香水井一。昔シ弘法大師、承和元年ニ奏シテ乞下准シテ二唐国内道場一ニ置中カンコトヲ真言院ヲ於宮中上ニ。勅シテ以テ二勘解由司庁一ヲ為二曼荼羅道場一ト。毎歳正月後七日、息災増益ノ修スレ法ヲ。至テレ今不レ絶。其ノ後、山州小栗栖《ヲクルス》ノ常暁法師ニ詔シテ入二内道場一ニ、修二セシム（28オ）大元帥ノ法一ヲ。以テ二此ノ香水一ヲ為二阿伽一ト。自レ此至レ今ニ、猶ヲ用フレ之ヲ。

【注】**秋篠寺**　奈良市秋篠町。『元亨釈書』巻二「善珠」、巻一「空海」。『和州旧跡幽考』巻五「秋篠寺」。

29 中宮寺

此ノ寺、或ハ曰二鵤《ホニ》尼寺一ト、又曰二法興寺一ト。在二和州平群《ヘグリ》ノ郡法隆寺ノ之東北ノ方一ニ。推古帝三年、聖徳太子ノ之母間人《ハシウト》皇后ノ所也レ創也。以テ二太子手造ノ如意輪大士一ヲ置二本殿一ニ。後チ文永年中ニ、河ノ之西林寺ノ日浄上人ヲ為二中興一。又西大寺ノ思円法師復タ修二葺シテ之一、使シム二真如尼ヲシテ為二住持一セ。当寺ニ有二天寿国ノ之曼陀羅一。其ノ荘厳殊妙ナルコト、豈ニ凡筆ノ所ロナランヤ二能ク及一哉。

【注】**中宮寺**　奈良県生駒郡斑鳩町。『和州旧跡幽考』巻六「中宮寺」。

30 額安寺〈推古帝二十五年ニ創テ、至二元禄二年一ニ一千七十二年矣〉

和州法隆寺東ニ去ルコト一里、額田部《ヌカタヘ》村ニ有ニ額安寺一者。推古帝二十五年ニ、上宮太子、入テ二三昧ニ観シ二皇運一ヲ、及テレ出ルニレ定ヲ奏シテ曰ク、（28ウ）「後代ノ皇祚多シ二災厄一。非ンハ二仏慈ニ一不レ可レ救。願クハ建給ヘ二一ノ勝藍一ヲ。」帝乃チ勅シテ創レ之、安ス二十一面大悲ノ像一ヲ。既ニシテ而推古帝ノ額ニ生スレ瘡ヲ。太子、為ニ手ラ造テ二薬師如来ノ像一ヲ、以テ祷ルレ之。無シテレ何クモ平復ス。以テレ故ヲ号ス二額安寺一ト。又構テ二推古天皇ノ之廟一ヲ、為ニ二鎮守神社一ト。其ノ後、鎌倉ノ極楽寺ノ忍性菩薩為ニ中興一ト云。

【注】額安寺　奈良県大和郡山市額田部寺町。『和州旧跡幽考』巻六「額安寺」。

31竹林寺〈未レ詳二年月一ヲ。至二元禄二年一ニ凡ソ余レリ二九百年一ニ矣〉
此寺ハ、行基菩薩開山之所ニシテ、在二平群《ヘグリ》郡往駒《イコマ》山ノ之麓一ニ。本殿ニ置二文殊大士ノ像一ヲ。号シテ曰二大聖竹林寺一ト。行基、天平二十一年二月二日ニ終二于菅原寺一ニ。門人以テ二遺命一ヲ葬二于当寺一ニ。自レ此西ノ之山阿ニ有二聖跡一。名ク二般若岩屋《ハンニヤカイハヤ》一ト矣。

【注】竹林寺　奈良県生駒市有里町。『和州旧跡幽考』巻六「竹林寺」。

32石光寺〈此ノ寺自レ創。至二元禄己巳二年一凡及二一千余年一ニ矣〉（29オ）
葛下ノ郡石光寺ハ、或ハ曰二染野《ソメノ》寺一ト。本朝三十九代天智天皇御宇、以テ二此ノ地夜夜有レヲ光、帝勅シテ二侍臣ニ物二色ス光所一ヲ。奏シテ曰ク、「光中ニ有二三大石一。其ノ形似タリ二仏像一ニ。」帝勅シテ二仏工ニ令レテ造ラ二弥勒ノ三尊一ヲ、乃チ創二精藍一ヲ、榜シテ曰二石光寺一ト。其ノ像、霊感益盛也。黒白男女礼謁スル者ノ如シレ蟻ノ。遠ク期二龍華ノ之会一ヲ云。

【注】石光寺　奈良県葛城市染野。『和州旧跡幽考』巻八「石光寺」。

*33達磨寺〈未レ考二年代一。至二元禄二[1]年一凡及二五百年一ニ矣〉
和州葛下ノ郡片岡《カタヲカ》山達磨寺ハ者、勝月上人ノ所ニシテ二開創一ノ、中ニ安ス二聖徳太子ノ手造ノ達磨大師ノ像一ヲ。因テ以テ為レ名ト。或ハ曰、

笠置《カサギ》解脱上人、就達磨之墳上建三層塔。其旁構浄室、号達磨寺云。夫達磨墳者、昔推古二十一年*十二月朔日、聖徳太子遊和州片岡。時有弊衣飢人、臥路傍2。眼（29ウ）中有光。其体甚香。太子見之、問其姓名。不答。太子作和歌問之。飢人復以和歌。其歌世伝、咸知之矣。太子賜衣食、已還宮。既而遣人視之。飢人已殂。太子悲哀不輟。便率臣僚赴其所。勅葬之、居数日、太子語侍臣曰、「此非飢人。乃達磨大師也。」即使使開壙而、所賜之衣在棺上、余無所有。其地、今達磨寺是也。〈至元禄二年己巳、一千七十六年矣〉

【注】**達磨寺**　奈良県北葛城郡王寺町。

【校訂】**1** 二年一―〈底〉二年　**2** 傍ニ一―〈底〉傍ニ

34 今来寺《イマキテラ》〈第六十八代後一条帝寛弘年間創。至元禄二年已六百七十年矣〉

開基蓮入法師、居伯州大山《タイセン》寺勤修精進。寛弘年中、謁和之長谷寺、期七日誓曰、「願大悲尊、示我来生。」第七夜、夢一僧従殿中出告曰、「自此西南九里、芳野《ヨシ》郡（30オ）有勝地。汝止彼修練。必生観史内院。」覚而大喜、尋至其地。東西山高地形幽邃而、無堂宇、又絶人跡。入趺坐樹下。及夜西方有光。入以謂魅怪矣。毎夜如是。一日、就光所視之、大岩上有石板。腐葉埋積、苔苺固封。乃払苔葉拭石板。有弥勒三尊像。其刻画奇妙、豈人工所及也。乃偏告四来黒白創精舎、号曰今来寺。或曰石光寺。入後終于当寺。爾時果有祥瑞云。

【注】**今来寺**　奈良県葛城市にあった。『元亨釈書』巻一四「蓮入」。『和州旧跡幽考』巻一一「今来寺」。

35 如意輪寺

塔尾山如意輪寺ハ者、観音ノ之霊区ナリ也。有ニ蔵王権現一。其ノ龕扉ニ有ニ吉野ヨリ熊野ノ之図一。後醍醐天皇御書讃ニ曰ク、

崝嵋月前為ニ教主一ト　金峰嵐底現ニ蔵王一（30ウ）
班荊禅客安居砌キリ　緇素群焉ノ満ニツ願望一
慈風扇レ境四流渇ス　惑霧晴テレ心六度差フ
碧樹集レ雲ヲ飛ニ鷲嶺一ニ　黄金敷レ地ニ契ニ龍華一ニ
風月澄レ心文道ノ祖　火雷宥ムレ忿ヲ法陀ノ尊
日蔵聖惑瑞夢ノ処　大政天為ニ教海繁一也ト
両山梯峻古仙ノ跡　四海船浮権化神
行積テニ僧祇一ヲ鑑ニ末世一ヲ　威政鬼類縛スニ其ノ身一ヲ

後醍醐天皇、南朝延元三年八月十八日崩。因テ葬ニ于蔵王堂東北ノ之林岳一ニ。

【注】**如意輪寺**　奈良県吉野郡吉野町。『和州旧跡幽考』巻一一「如意輪寺」。

36永久寺〈永久年中創テ、至ニ元禄二年ニ凡及ニ六百一十余年ニ矣〉

山辺ノ郡内山金剛乗院ハ者、号シテ曰ニ永久寺一ト。乃本朝七十（31オ）四代鳥羽帝ノ之本願ヲ以テ、永久年間ニ亮慧法師、創レテ之大ニ振ニ密宗一ヲ。寺産有ニ米田九百七十一石一。

【注】**永久寺**　奈良県天理市杣之内町にあった。『和州旧跡幽考』巻一四「永久寺」。

37来迎寺

多田ノ来迎寺ハ、在ニ内山ノ永久寺ノ東北一里半一ニ。有ニ唐ノ善導大師ノ像。乃チ大師ノ自造也也。示寂ノ後八十七年、本朝天

平宝字七年、乗レ船ニ著二ク博多《ハカタ》一ニ。因テ安二ス極楽寺一ニ。越テ明年ノ春、移二シ置和州十市郡ノ藤井ノ三光寺一ニ。其ノ後建暦元年、罹二テ兵乱一ニ移二ル当寺一ニ。此ノ像有二威霊一。或ハ現レシテ僧ト示レシ法ヲ、或ハ託レシ夢ニ、或ハ其ノ像甚タ重シテ如二シ大磐石一ノ。而瑞応極テ多シ。至レ今ニ猶ヲ存ス焉。

【注】**来迎寺**　奈良市来迎寺町。『和州旧跡幽考』巻一四「来迎寺」。

*38 橘《タチハナ》寺〈至二元禄己巳[1]二年一ニ一千八十三年矣〉

和州高市郡ノ橘寺ハ者、推古帝ノ本願ニシテ、聖徳太子ノ開創ノ之（31ウ）所ニシテ、号二ス仏頭山菩提寺一ト。本朝三十四代推古天皇十四年ニ、太子著二ケ袈裟一握二テ麈尾一ヲ、於二テ橘ノ宮清涼殿一ニ講二説勝曼経一ヲ。時ニ天花乱墜シテ而、千ノ仏頭出二現ス于山上一ニ。龍顔大ニ悦給テ、乃チ以二テ橘ノ宮一ヲ為レ寺ト。故ニ号シテ曰二橘仏頭山菩提寺一ト也。

【注】**橘寺**　奈良県高市郡明日香村。『元亨釈書』巻一五「聖徳太子」。『和州旧跡幽考』巻一五「橘寺」。

【校訂】1 二年ニ一〈底〉二年ニ

39 川原寺〈斉明帝元年ニ創テ、至二元禄二年一ニ一千三十四年矣〉

高市郡飛鳥《アスカ》川原ニ有二梵刹一、号二ス川原寺一ト。或ハ曰二弘福寺一ト。神武三十八代斉明天皇元年ニ、移テ在二マシ飛鳥之川原ノ宮一ニ、以テ勅シテ創レメ給フ之ヲ。因テ以テ為レ名ト。後四十主天武天皇、幸二シ給寺中一ニ、賜二荘田若干一。至二テ五十三代淳和帝弘仁九年一ニ、以二テ此ノ寺一ヲ賜二弘法大師一ニ。大師、於二テ東南院一ニ盛ニ唱二密乗一ヲ。又定慧和尚、住二シテ西南院一ニ、大ニ振二フト其ノ法一云。（32オ）

【注】**川原寺**　奈良県高市郡明日香村。『和州旧跡幽考』巻一五「川原寺」。

40 国源寺

此ノ寺、人皇六十四代円融帝天延二年三月十一日、泰善法師、因ニ過二高市郡畝傍《ウネビ》山ノ之東北ノ道一ヲ、有二一ノ老翁一。謂テ曰ク、「師、於テ二此ノ地一ニ為ニ二国家栄福ノ一講二説スヘシ一乗ノ法一ヲ。我ハ是レ本朝第一主神武皇ナリ也。永ク護二セント仏法一ヲ。」言已テ不レ見ヘ。泰善大ニ喜テ、自レ是毎歳三月十一日、於二此ノ地一ニ講二スル法華経一ヲ。及ヒ経テ二四年一ヲ至二貞元二年一ニ、当州ノ太守藤ノ国光、聞テ二其ノ霊感一ヲ、乃チ創テ二精藍一ヲ安二シ観世音ノ像一ヲ、号シテ曰二国源寺一ト。以テ安レシ国ヲ利レスト民云。

【注】国源寺　奈良県橿原市大久保町。『和州旧跡幽考』巻一六「国源寺」。

41壺坂寺

和州高市ノ郡土佐《トサ》ノ街上、距ルコト二東南一ニ一里許リニ有二観世音ノ霊刹一。号ス二壺坂寺一ト。或ハ曰二南法華寺一ト。本殿ニ安二千手大悲ノ像一ヲ。乃チ（32ウ）道基上人所二開創一スル也。或ハ曰二元興寺ノ海弁僧正ノ開基一スト。又曰下文武帝大宝三年、佐伯《サヘギ》姫メ足子発心薙染シテ名ク二善心尼一ト、因テ建二ツト此ノ寺一ヲ上。不レ知、孰レカ是ナルコトヲ。其ノ後五十四代仁明天皇承和十四年ニ、挙テ為二官寺一ト。設テ二龍蔵権現ノ祠一ヲ為二鎮守神一ト。此ノ寺東ニ去ルコト五百歩ニ有二高香山一。其ノ中ニ有二五百ノ石羅漢並ニ両部ノ曼荼羅一。亦タ可レシ謂ツ希有ナリト矣。

【注】壺坂寺　奈良県高市郡高取町。『和州旧跡幽考』巻一六「壺坂寺」。

42大蔵寺

*雲管山大蔵寺ハ、在二和州宇陀[1]東南一ニ去ルコト一里栗野ノ之阿一ニ。係ル二聖徳太子所一レニシテ創、中ニ安二シ薬師如来ノ像一ヲ、名二医王院一ト。後チ役ノ小角、寓シテ二此ノ地一ニ精修勤行ス。従リレ此後チ嵯峨ノ天皇ノ御宇ニ、弘法大師奉シテレ勅ヲ復タ重テ新ニスレ之。特ニ賜二宸書ノ大蔵寺ノ額一ヲ。当山ニ有二愛（33オ）染明王ノ像一、其ノ長ケ僅ニ二寸許リ。弘法大師在唐ノ時、恵果《ケイクワ》阿闍梨以テ二此ノ像一ヲ付スレ之ヲ。乃チ携ヘ帰テ而置ク二当寺一ニ。其ノ霊感甚多シ。或ハ白月ニハ自二胸上一現ス二舎利一ヲ。或ハ黒月ニハ自二腰間一出ス二舎利一ヲ。其ノ神異

至レ此ニ可ンヤレ不ルレ重セ歟。

【注】**大蔵寺**　奈良県宇陀市大宇陀栗野。『和州旧跡幽考』巻一七「大蔵寺」。

【校訂】1宇陀―〈底〉宇陽

43阿部《アベノ》崇敬寺〈大化年中ニ創。至二元禄己巳二年一凡ツ一千四十余年矣〉

和州十市郡ニ有二文殊大士ノ霊刹一。号ス二阿部山崇敬寺ト一。或ハ曰二智足院ト一。人皇三十七代孝徳天皇大化年間ニ所也レ創。中ニ安ス二大日如来ノ像ヲ一。又有二宝殿一、置テ二文殊大士ノ像ヲ一、榜シテ曰二満願寺ト一。其ノ像甚異也。昔シ空中ニ有テレ光震二動ス山川ヲ一。時ニ有テ二黄金所造文殊大士ノ像一、降ル二于岩窟一ニ。其ノ長ケ僅ニ一寸八分。温ナルコト如シ二人ノ膚ヘノ一。四方ノ緇素謁スルコトレ之、如シ二水ノ赴クカレ叡一ニ。厥ノ後、使メ三仏工安阿弥シテ造ラ二（33ウ）大像ヲ一。蔵ム二金像ヲ於眉間一ニ。霊感益新ナリ也。奥州ノ永井、丹州ノ切門《キレト》、及テ二当山一ニ、為二本朝ノ三文殊ト一。承暦三年、暹覚法師中二興シテ之一、旁ニ構テ二草室一ヲ以テ居リ、勤修精進ス。暹覚、姓ハ壬生氏、豊後州ノ人也。承暦三年ニ入二当山一ニ。後経テ二六十年一ヲ、保延六年ノ春、示シ二微疾一ヲ、率テ二衆僧一ヲ唱ヘ二仏号一ヲ、瞻二仰シテ弥陀ノ像一ヲ目不二暫モ捨一テ、端座シテ而逝ス。後経テ二二十七日一ヲ手印不レ解ケ、面色如シレ常ノ。遺言ヲ以テ瘞ム二于仏堂下一ニ。至レ今ニ肉身不レ壊セ。寿九十一、臘六十六〈自レ此至二元禄二年一ニ五百五十年矣〉。

【注】**阿部崇敬寺**　奈良県桜井市阿部。安部山崇敬寺文殊院。『元亨釈書』巻一一「暹覚」。『和州旧跡幽考』巻一九「阿部崇敬寺」。

44〇吉野山大峰〈自レ此至二元禄己巳二年一ニ凡及二九百九十余年一ニ矣〉

開基役ノ小角ハ者、和州茆原村ノ人ナリ。賀茂ノ役公氏、今ノ之高賀茂ト云者也《ノナリ》。小角、少シテ敏悟博学ニシテ兼テ郷フ二仏乗一ヲ。年シ三十二ニシテ棄テレ、（34オ）家ヲ、入二葛木山一ニ。居ルコト二岩窟一ニ者三十余歳、以テ二藤葛一ヲ為レ衣ト、食ヒ二松果一ヲ持シテ二孔雀明王ノ呪一ヲ、駕テ二五色ノ雲一ニ遊二仙府一ニ、駆テ二鬼神一ヲ為二使令一。日域ノ霊区遊歴スルコト殆ント偏シ。一日謂テ二山神一ニ曰ク、「自リ二葛木《カツラキノ》嶺一至二金峰山一ニ。其ノ間危嶮ニシテ、雖二苦行ノ者一ト猶ヲ難《ナヅム》。汝等、当下ニ架二石橋一ヲ通中ス行路上ヲ。」衆神受レテ命ヲ、夜夜運テ二岩石一ヲ督タス二営搆一ヲ。小角呵レシテ神ヲ曰ク、「何ツ不二早ク成一ラ。」対テ曰ク、「葛城《カツラキノ》峰ノ一言主《ヒトコトヌシ》ノ神、其ノ形甚醜シ。難ハンテ二以昼ノ役一ニ待レテ夜ヲ方ニ出、以レテ故ヲ遅キ耳ミ。」小角促《ウナガ》二一言主一ヲ。一言主不レ順ハ。小角怒テ、以テ呪二縛ス之ヲ深谷一ニ。神託シテ二宮人一ニ曰、「我レハ是レ管スルノ二逆寇一之神ナリ也。窃ニ見ルニ二役ノ小角一ヲ、潜ニ窺フ二国家一ヲ。不ンハ二急ニ治レ之、則チ国危カラント矣。」宮人以テ聞ヌ。文武帝下レテ勅ヲ召二小角一ヲ。小角騰レテ空ニ飛去ル。不レ得二追捕一スルコトヲ。官使、設レテ計ヲ収《カラム》二其ノ母一ヲ。小角不レ得レ已ムコトヲ、自来テ就レ囚レニ。遂ニ配ス二豆州ノ大（34ウ）嶋一ニ〈文武三年五月某日〉。居ルコト三年、昼ハ守レテ禁ヲ而居リ、夜ハ必ス登ル二富士山一ニ。行道或ハ履レ水ヲ而行ク。疾キコト如モ二飛鳥一ノ不レ可レ及也。黎明《アクルコロヲヒ》帰ルレ嶋ニ。大宝元年、放シ廻ス。近テ二京師一ニ、凌テレ虚ラヲ飛ヒ去ル。既ニシテ而就テ二吉野山一ニ、欲レ創ント二精藍一ヲ。時ニ示二現釈迦ノ尊像一。小角白シテ二尊像一ニ言ク、「末法ノ衆生、我慢剛強ニシテ、以テ二如来像一ヲ恐クハ難シトレ度シ也。」。次ニ現ス二弥勒菩薩ノ像一。小角亦曰ク、「未タシ也。」於テレ是ニ出二現ス金剛蔵王一。其ノ形如ク二夜叉一ノ、色如シ二藍靛一ノ。手ニ持テ二金剛杵一ヲ而挙テ二一脚一ヲ、其ノ威神可シレ畏。蔵王告テレ之曰フ。「行者既ニ置二我ヲ於此ノ山一ニ。願ク永ク護シ二正法一ヲ、使メン二天下シテ昇平万民楽業一ナラ。」小角、忻幸シテ即チ建テ二梵宇一ヲ、以テ安ス二蔵王ノ大尊像一ヲ。其ノ外、神社・仏閣・子院・僧坊甚タ多シ。且丹耀テ碧明ニシテ、実ニ為二祝国安民ノ大道場一ト也。自レ時至テ二一百六十余年一ニ而、偏山榛塞シテ無シ二行路一。（35オ）山州醍醐寺ノ聖宝法師、援テ二葛藟一ヲ而*開レ之。復タ成二梵刹一ヲ、由レ是苦行ノ之者ノ相ヒ継テ而至ル。其ノ外ニ立二金銅ノ華表一ヲ、其ノ上《ミ》ニ有リ二大門一。中ニ置キ二運慶・湛慶[1]カ所造ノ二金剛大力士一ヲ、殿上ニ安ス二蔵王ノ像三軀一ヲ。表二示ス釈迦・弥勒・観音ノ三聖一ヲ。其ノ東ニ置二役ノ小角ノ像一ヲ、西ニ置二不動明王ノ像一ヲ。殿ノ之前ニ建二弥陀堂及ヒ天神ノ社一ヲ。其ノ傍ニ有二巡礼観音ノ堂・護摩堂・千体地蔵堂・鐘楼等一。本殿ノ之西ニ有リ二蘭若一、号ス二実城寺一ト。乃チ後醍醐天皇遷幸之旧跡ニシテ而、中ニ有リ二天皇ノ神御一。又有二勝手《カツテ》大明神ノ社一。其ノ東ノ谷ニ有二精舎一、号シテ曰二如意輪一ト。是レ日蔵上人ノ所二草創一也。其ノ後ロニ有二後醍醐帝ノ之陵一キ、上ニ立テ二三層石浮図一、前ニ有二華表一。又有リ二神廟一、名ク二子守《コモリ》三社大明神一ト。前ニ搆二拝殿及ヒ楼門・華表等一ヲ。又其ノ中ニ若（35ウ）宮二十八所并ニ八王子ノ社アリ。其ノ傍ニ有二薬師堂一。又自レ此レ上ニ去ルコト十八町ニシテ、有二第一ノ華表一。此ノ間ニ有二牛頭天王ノ社一。其ノ上二百歩許リニ有二霊区一。号ス二安禅寺一ト。殿中ニ安ス二蔵王権現ノ像一ヲ。左ニ置二役ノ行者ノ像一ヲ。右ニ有リ二大黒天ノ像一。其ノ傍有リ二支提一、号二蹴抜《ケヌケ》ノ塔一ト。従リ二下ノ蔵王堂一至テレ此ニ五十余町、其ノ路辺ニ有リ二桜桃樹一。皆ナ名花ナリ。所ルレ謂雲居桜、或ハ曰二布引一ト矣。安禅寺ノ之上ニ有二奥ノ院一。本殿ニ安ス二観音・地蔵・不動・愛染等ノ像一ヲ。其ノ傍ニ構二蔵王堂一ヲ。自レ是南ニ去テ有二西行法師カ遺跡一。其ノ傍ニ有二瀑布一。奥ノ院ノ之東ニ有二大峰ノ之道一。自レ是山上ニ登《ノル》コト五里ニシテ而至テ二大峰一ニ、本殿ニ安ス二蔵王権現ノ像一ヲ。其ノ殿ノ之傍ニ有二役行者ノ手ラ造ル肖像一ノ。殿ノ之下ニ有二坊舎六所一。此ノ山ノ上ニ険難甚タ多シ。西ノ望《ノソキ》・鐘掛・護摩ノ岩屋《イハヤ》・胎内蹻《タイナイタヽリ》・東ノ（36オ）望《ノソキ》・蟻ノ唐渡《タウワタリ》・行道岩等ナリ也。役ノ小角、嘗テ自ラ坐二草座一ニ、載《ノセテ》二母ヲ於鉢一ニ、泛テレ海ニ入ルレ唐ニ。莫シレ知ルコト二其ノ終一ヲ。

【注】**吉野山大峰**　奈良県吉野郡の山。『元亨釈書』一五「役小角」。

【校訂】1湛慶―〈底〉琪慶

45〇天川弁才天

和州吉野ノ郡天ノ川ノ弁才天ノ祠ハ者、未タレ詳ニ二其ノ開始一ヲ。中ニ有二役ノ行者ノ影堂一。豈ニ行者ノ開基ナランヤ乎。所ルレ有神社仏宇甚多シテ、極二其ノ荘厳一ヲ、為二一方ノ之大霊社一ト也。毎歳十月亥ノ日、啓テ二殿戸一ヲ以テ供二香湯一ヲ、修ス二祭祀ノ会一ヲ。中ニ有二阿弥陀・薬師・地蔵・観音等ノ殿并ニ鐘楼・護摩堂・毘沙門堂・求聞持堂・十王堂等一。其ノ傍ニ有二二層ノ宝塔一。又有二大将軍及ヒ牛頭天王ノ社一。社ノ之後ヘ、上ルコトレ山ヲ一里許ニシテ有二奥ノ院一。名ク二弥仙《ミセン》一ト。

【注】**天川弁才天**　奈良県吉野郡天川村坪内。『和州寺社記』下一八「天川」。

46〇興善寺（36ウ）

寺在二和ノ之十市郡一ニ。号二香久《カコ》山興善寺一ト。或ハ曰二文殊院一ト。未タレ詳二開基来由一ヲ。昔シ天照太神、於テ二此ノ地一ニ現テ二秘法ノ要一ヲ、為二福シレ国ヲ益レ民ヲ、令三真俗シテ興二レ善ヲ。故ニ名テ曰二興善寺一ト。至レ今ニ修二スル其ノ法一ヲ。後有テ二隆俊上人一中コ興シテ之一ヲ、以テ置二名工安阿弥カ所ノレ造文殊大士ノ像一ヲ、大ニ弘二ム密法一ヲ。賜二寺産若干石一ヲ。従二豊臣秀吉公一至二テ今代一ニ、給二テ令旨一ヲ尚ヲ存スレ焉。

【注】**興善寺**　奈良県橿原市戒外町。『和州旧跡幽考』巻一九「興善寺」。

47〇白毫寺〈未レ詳二開始ノ年月一。至二元禄己巳二年一ニ凡ッ及二一千年一ニ矣〉

＊和州白毫寺ハ者、律宗ノ梵刹ニシテ、乃チ天智天皇所レニシテ立テ給、而モ勤[1]操僧正ノ開山ノ之所ナリ。本殿ニ安二シ春日神ノ所造ノ阿弥陀如来ノ像一ヲ、即チ以テ二春日一ヲ為二護伽藍神一ト。又有二地蔵堂一。置二小野ノ篁カ所ノレ刻ム尊像一ヲ。又有二閻羅大王ノ像一。菅ノ丞相所ナリレ彫ル也。有二宝塔一、安二ス弘（37オ）法大師ノ手造文殊大士ノ像一ヲ。其ノ傍ニ有二鐘楼・弁才天祠及僧坊二所一。此ノ寺、往昔ミ称二ス大伽藍一ト。漸クニ及二零落一ニ、今所レ存スル止レレリ此ニ矣。

【注】**白毫寺**　奈良市白毫寺町。『和州旧跡幽考』巻一「白毫寺」。『和州寺社記』下六「白毫寺」。

【校訂】**1**勤操―〈底〉種操

48〇龍福寺

南都東南至二テ三里一ニ、有二密宗ノ道場一。号二ス桃尾山龍福寺一ト。乃チ行基菩薩ノ開基ノ之所ニシテ、古ヘ大伽藍ナリ也。今廃シテ僅ニ所ハレ存者、本殿ニ安二シ十一面観音ノ像一ヲ、殿ノ之傍ニ有二弥陀堂幷ニ熊野十二所権現・春日明神等ノ祠一。為二鎮守神一ト。其ノ傍ニ立二鐘楼一ヲ。中ニ所ルレ有子院・僧坊十六所。又有二瀑布一。名二ク桃尾瀧一ト。高サ五六丈。岩前ニ有二不動明王ノ像一。乃チ弘法大師所レニシテ彫ル、而モ精巧特異ニシテ、風景尤モ可レ愛ッ也。（37ウ）

【注】**龍福寺**　奈良県天理市滝本町にあった。現在は大親寺。『和州寺社記』下一二「桃尾山」。

49〇長岳寺

和州釜ノ口長岳寺ハ、以テ二高野大師ヲ一為二開山始祖ト一。乃チ虚空蔵菩薩ノ之梵刹ナリ也。殿ノ傍ニ有二弘法大師ノ影堂一。又有二宝池一。池ノ畔ニ建二愛染堂ヲ一。山ノ中有二僧坊十所一。本殿ノ之西ノ山頂ニ有二古ノ城跡一。其ノ山ノ麓トニ有テ二墳塚一甚タ多シ。名テ曰二千塚ト一。瘞ムルト云二戦死ノ之者ヲ一。

【注】長岳寺　奈良県天理市柳本町。『和州寺社記』下一四「釜口」。

50〇本光明寺

寺在二和州山辺ノ郡一ニ。係ルニ在原業平《アリハラノナリヒラ》朝臣之遺跡ナリ也。業平ハ、乃チ本朝五十一代平城天皇ノ之第三ノ子阿保親王ノ之第五男ナリ也。母ハ曰二伊豆ノ内親王一ト、即チ桓武帝ノ之第八ノ皇女ナリ。業平、元慶四年五月二十八日ニ逝ス。後チ以二其ノ地ヲ一為二精舎ト一。安テ二十一面大悲ノ像ヲ一、号シテ曰二在原山本光明寺ト一。（38オ）

【注】本光明寺　奈良県磯城郡田原本町。『和州寺社記』下九「在原山」。

51〇法貴寺〈在二南都ノ之南四里一ニ〉

和州式下ノ郡法貴寺ハ者、聖徳太子ノ開創ノ之所ニシテ、古ヘ称二大伽藍一ト。年代久遠ニシテ、漸次ニ衰微シテ今僅存ス。本殿ニ奉ス二百済国ヨリ所レ至ル薬師如来ノ像ヲ一。其ノ傍ニ有二天王ノ廟一。村民以レ之ヲ為二土神ト一。住持ノ之坊ヲ号ス二実相院ト一。中ニ有二唐画ノ十六羅漢ノ像一。

【注】法貴寺　奈良県磯城郡田原本町。『和州寺社記』下一六「法貴寺」。

52〇室生寺《ムロヲ》

*和州宀[1]一山室生寺ハ者、乃チ賢憬法師所二ナリ草創一ノ也。憬ハ尾州ノ人。妙年ニシテ入レテ道学二ヒ業ヲ於興福一ニ、天平勝宝ノ間タ入二テ東大寺一ニ、従二テ鑑真律師一ニ受二具戒一ヲ。為レニ法ノ忘レレ身ヲ、剝レキ皮燃レシ指ヲ、苦行精進ス。延暦年中、就二テ此ノ地一ニ建二テ、精藍一ヲ、以テ興二ス其ノ法一ヲ。後チ弘法大師、駐二メテ錫ヲ此ノ山一ニ修二ス秘密ノ法一ヲ。山上ニ有二大師ノ影堂一。其ノ下ニ有二護摩窟一。（38ウ）本殿ニ安二シテ釈・薬・慈・観・文ノ五大聖尊ノ像一ヲ、又有二五層ノ宝塔及ヒ灌頂・弥勒・薬師等ノ堂一。其ノ傍ニ有二守敏ノ影堂一。外ニ有二善女龍王・弁才天・自在天神ノ祠一。此ノ山ニ有二五智円満ノ妙峰・七流所滅ノ霊淵一。実ニ一方ノ霊岳ナリ也。

【注】室生寺　奈良県宇陀市室生。

【校訂】1宀一山―〈底〉密一山

53〇本ト元興寺〈自レ此至二元禄己巳二年一已ニ一千百一年矣〉

高市ノ郡本《モト》元興寺ハ者、本朝三十三代崇峻天皇元年、聖徳太子討二スル逆臣守屋一ヲ時、太子誓テ建二天王寺一ヲ、又蘇ノ馬子誓テ創二テ法興寺一ヲ、延二テ百済ノ沙門慧慈・慧聡一ヲ居レク之ニ。厥ノ後第四十四主元正天皇ノ御宇ノ時、移二シ建テ、奈良ノ京一ニ、因テ改テ号二ス元興寺一ト。以二其ノ旧跡一ヲ故ニ称シテ曰二本元興寺一ト。

【注】本元興寺　奈良県高市郡明日香村にあった。飛鳥寺。『元亨釈書』巻二〇「崇峻皇帝」、巻二八「元興寺」。

54〇龍泉寺〈自レ此至二元禄己巳二年一已二一千二十二年矣〉（39オ）

和州ノ都支多山龍泉寺ハ者、役ノ小角開山ノ之所ニシテ、以二テ弘法大師一ヲ為二中興ノ之祖一ト。弥勒菩薩ノ浄刹ナリ也。恒ニ禁二ス女人上一レルコトヲ山ニ。昔シ役ノ行者、偶〻至二洞籠川《ドロカワ》一ニ。時ニ弥勒菩薩、乗二テ白雲一ニ而、天童持レテ蓋ヲ、従二リ兜率天宮一至二給ヒ洞籠崛一ニ、告二テ行者一ニ曰ハク、「汝為二メ諸ノ衆生一ノ故ニ勤苦精進ス。故ニ特ニ降レ此ニ。」乃チ現二ス覩史ノ四十九院一ヲ。各有二テ五百万億ノ宝宮一、皆ナ七重ノ闌楯七宝所成ニシテ而、有二テ無量ノ天子一、各〻出二ス五百億ノ光明一ヲ。有二リ五百ノ宝蓮華一。一一ノ蓮華、化二作ス五百億七宝ノ行樹一ヲ。有二五百億ノ金光一ヲ。光中ニ出二ス百億天宝女一ヲ。住二立シテ樹下一ニ、奏二ス妙音楽一ヲ。有二テ無数菩薩一、囲二繞テ慈氏尊一ヲ演二説ス不退ノ法輪一ヲ。又自然有二テ微風一、演二説ス苦空・無常・無我・諸ノ波羅蜜一ヲ。諸天聞者ノ、発二無上ノ道心一ヲ。爾ノ時小角、歓喜踊躍シテ恭（39ウ）敬礼拝ス。弥勒大士告レテ之ニ曰ク、「若シ創二テ梵宇一ヲ置二ハ我カ像ヲ於此ノ地一、天下昇平万民楽業ナラン。」行者大ニ喜テ、乃チ建二テ精藍一ヲ、以テ奉二シ尊像一ヲ、遂ニ成二大伽藍一ト。号スルニ以二ス今ノ名一ヲ。時ニ本朝三十九代天智帝六年丁卯八月ノ初五、慶二讃ス落成一ヲ。時ニ不動明王・金剛蔵王及ヒ龍天・天神地祇・八百万神同時ニ出現ス。朝廷聞二給テ其ノ霊験一ヲ幸二ス此ノ寺一ニ。文武百僚輿馬塡レツ門ニ。由レテ是四来ノ謁者、猶二ヲ万水ノ之赴レクカ壑一ニ。後チ弘法大師再二興シテ之一、手ラ書二シテ龍泉寺ノ額一ヲ、*以テ掛二大殿一ニ、大ニ振二其ノ法一ヲ。時ニ有二八大龍王一、各〱化シテ作二リ童子一ト、護[1]二助ス大師一ヲ。殿ノ之左ニ県崖壁立タル、其ノ下ニ有二岩洞一。名二ク龍宮門一ト。霊泉溢出ス。若シ有レル病者ノ飲レハ之、則チ愈ユ。有二護摩堂一。安二ス行者所レノ造ル不動ノ尊像一ヲ。又有二不動嶽《タケ》一。大師修二スル柴灯ノ護摩ノ法一ヲ処ナリ也。其ノ余ノ諸（40オ）勝甚多シ。寺中ニ所レ有宝物、乃チ大師従レリ唐請シ来ル兜率曼荼羅、唐ノ太宗皇帝ノ賜フ十六善神ノ画像。又有二善女龍王ノ画像一。本朝淳和天皇因レテ勅ニ、大師祈レテ雨ヲ所レ也賜。此ノ山、慈氏大尊ノ聖跡、十善報応勝妙福処也。若シ過二テ此ノ地一ニ一瞻一礼スル者ノ、必ス生二シ覩史宮一ニ、及ヒ証二セン無上ノ之果一ヲ。心地観経ニ仏説レテ偈言ハク、

一切世界諸ノ有情　聞レ名見レ身ヲ及ヒ光相
幷ニ見二テ随類諸ノ化現一　皆成二スルコト仏道一難二シ思議一
弥勒菩薩法王子　従二リ初発心一不レ食レ肉ヲ
以二是ノ因縁一ヲ名二ク慈氏一ト　為レニ欲レ成二熟ント諸ノ衆生一ヲ
処二シ於第四兜率天一ニ　四十九重如意殿
昼夜恒ニ説二不退ノ行一ヲ　無数ノ方便度二ス人天ヲ（40ウ）
八功徳水妙華ノ池　諸ノ有縁者ノ悉ク同生

我カ今ノ弟子付二ス弥勒一ニ　龍華会中得二解脱一ヲ
於テ二末法ノ中一ニ善男子　一摶ノ之食ヲ施二衆生一ニ
以二是ノ善根一ヲ見奉テ二弥勒一ヲ　当レニ得二菩提ノ究竟ノ道一ヲ

【注】 **龍泉寺**　奈良県吉野郡天川村洞川。

【校訂】 **1**護コ助ス—〈底〉護コ助ヲ

伽藍開基記巻第三終（41オ）

伽藍開基記巻第四

天王山志源菴釈道温編輯

山城州霊地

1〔六角堂〕頂法寺〈本朝三十二代用明帝ノ之御宇ニ聖徳太子創ム。自レ此至二元禄二年一ニ一千百余年矣〉

俗号ス二六角堂一ト。昔シ淡州ノ海浜ニ有リ二朽篋一。順テレ浪ニ而来ル。聖徳太子、適〻游フ二浜渚一ニ。見テ二此ノ篋一ヲ啓クレ之。有二如意輪観自在ノ像一。大ニ悦テ奉持シ、常ニ不レ離サレ身ヲ。爾ノ後、営二四天王寺一ヲ。采テ二材ヲ諸所一ニ、来ル二此ノ地一ニ。偶〻浴ス二泉水一ニ。太子脱テレ衣ヲ、便チ解テレ像ヲ置二槲《カシハ》ノ樹ノ枝間一ニ。浴已テ取ルレ像ヲ。像重シテ不レ上ラ。太子懼テ対テレ像ニ祈求ス。其ノ夜夢ラク、「我レ為ニレ汝カ所ルコトレ持セ、已七世矣。今又縁在リ二此ノ地一ニ。故ニ爾ル耳。」太子欲ス二構レ宇ヲ安セントレ像ヲ。時ニ一ノ老嫗至ル。太子問テ曰ク、「我思レ造ント二殿宇一ヲ。近ク有ヤレ材乎。」嫗曰ク、「此ノ地ノ傍ニ有二大杉一。毎朝紫雲覆フレ之。恐ハ霊材カ歟。」太子、翌早伺レ（1オ）之、果シテ如二嫗ノ言一ノ。太子便斬テ創ムレ之。其ノ杉甚大ニシテ不レ容レ二他木一ヲ、一株ニシテ而成ル。其ノ宇六稜ナリ。以テ安スレ像ヲ焉。桓武帝、遷ス二都ヲ此ノ州一ニ。官司画カク二城路一ヲ。是ノ堂当ルレ途ニ。官司患フレ之。於テレ是、黒雲下リ垂テ覆フレ宇ヲ。乃チ躍テレ北ニ而避ル之。其ノ遠五丈。故ニ名テ二其ノ路一ヲ為ス二六角一ト焉。或ハ曰ク、此ノ像ハ高麗国ノ光明寺ノ像ト。本国ノ僧徳胤、令ムト二太子シテ迎レ之ヲ。長ケ一尺二寸〈本朝五十代桓武天皇延暦十三年ニ遷ス二都ヲ山城州ノ平安一ニ。自レ此至二元禄己巳二年一ニ八百九十一年矣〉。

【注】頂法寺　京都市中京区堂之前町。『元亨釈書』巻二八「頂法寺」。

*2〔太秦〕広隆寺〈本朝三十四代推古帝十一年十月ニ創。自レ此至二元禄二[1]年一ニ一千八十五年矣〉

推古帝十一年十月、聖徳太子語テ二侍臣一ニ曰ク、「我ニ有二一ノ弥勒菩薩ノ像一。誰カ能ク安センレ之。」秦川勝《ハタノカハカツ》進テ曰ク、「臣願ハ得ントレ

之ヲ。」乃チ建二テ、蜂岡寺一ヲ安レス像ヲ。今ノ之広隆寺是也也。（1ウ）

【注】広隆寺　京都市右京区太秦蜂岡町。旧名は蜂岡寺。『元亨釈書』巻二〇「推古皇帝」。

【校訂】1 二年ニ一―〈底〉二年

3 高尾山神護寺〈本朝四十九代光仁帝勅建之所ナリ。自レ此至二元禄二年一ニ九百十余年矣〉

神護寺ハ者、光仁天皇受二テ八幡大神ノ之託一ヲ所レナリ建ル也。初メ沙門道鏡受二ケ幸ヲ於称徳帝一ニ、天平宝字八年ニ、太師恵美仲伏レス誅ニ。神護元年ニ道鏡為二リ太師一ト、二年授二ク法皇ノ位一ヲ。誇二テ寵遇一ニ有下昇二ルノ大宝一ニ之意上。屢〱感二激ス帝情一ヲ。欲レス禅二ラント帝位ヲ於鏡一ニ。先ツ勅二シテ中使ヲ和清一ニ、白二ス八幡大神一ニ。神現レシテ形ヲ告テ曰ハク、「天下善神ハ少シテ而邪神ハ多シ。善神ハ不レ受二ケ邪幣一ヲ。邪神ハ貪二ル邪幣一ヲ。道鏡、祭二テ邪神一ヲ覬《ネカフ》二宝位一ヲ。邪神ハ多レシ党。令《シム》三帝シテ有二ラ是ノ譲一。然モ我カ国家、日種相ヒ継テ膺レル運二。自二リ開闢一以来《ノタ》、未レ厠《マシヘ》二他氏一ヲ。道鏡豈ニ発レンヤ迹ヲ哉。汝還レテ闕ニ奏二セヨ我カ意一ヲ。又奏シテ建二テ、一ノ伽藍一ヲ保二護セハ帝祚一ヲ亦絶《タヽン》二如レノ是濫窺一ヲ。汝帰レラハ宮ニ、（2オ）道鏡必ス加二ン誣枉一ヲ。汝莫レレ懼ルコト也。我レ当二ニ助護一ス。」清、復二ス神言一ヲ。帝及道鏡、果シテ怒テ処二ス流刑一ニ。清、赴レテ配ニ過二ク胆《イ》駒《コマ》山一ヲ。鏡、使《シム》下刺客シテ伺中ハ山路上ヲ。会〱雷電晦冥ニシテ不レ能ハ加レルコト害ヲ。四年八月四日帝崩ス。清、遭レテ赦ニ重テ奏二ス神旨一ヲ。光仁帝、乃チ勅レシテ清ニ創レム寺ヲ。初メ名二ク神願寺一ト。其ノ後天長二年、淳和帝〈五十三代〉改二テ神護国祚寺一ト賜二フ弘法大師一ニ。自レ時レ厥ノ後、廃亡久シテ之、又後鳥羽帝〈八十三代〉之朝ニ、沙門文覚重二興ス之一ヲ。至レ今ニ不レ絶ヘ矣。文覚、姓ハ藤氏、親衛校尉持遠之子ナリ也。覚、俗名ハ盛遠。以二テ家業一ヲ早ク備二ル宮掖ノ衛兵曹一ニ。十八歳ニシテ誤テ断二ツ婦ノ首一ヲ。因テ以テ剃髪シテ、修二歴シテ霊場一ヲ、後、回二テ京師一ニ至二ル高尾山一ニ。堂宇朽頽シテ茅茨埋レム路ヲ。覚、以謂ラク、「昔シ弘法大師、与《ト》二八幡大神一親ク於二テ此ノ地一ニ唱二和ス密乗一ヲ。況ヤ宝字・神護ノ之間タ国祚有（2ウ）レ虞。故ニ八幡、託二シテ和清一ニ建二ツ精舎一ヲ。是以テ光仁帝、号二ス神願寺一ト。天長帝、改二今ノ名一ニ。雖二トモ如レ是霊場一ト今圮廃ス之。」於レ是ニ有二リ志シ於修営一ニ。乃作二テ化疏一ヲ普ク募二ル諸檀一ニ。覚、有レテ故ヘ与二源ノ頼朝公一善シ。依レテ之搆復不レシテ久而成ル。至レ今ニ堂宇儼然タリ

〈自レ此至二元禄二年ニ一及二五百年ニ一矣〉。

【注】**高尾山神護寺**　京都市右京区梅ケ畑高雄町。『元亨釈書』巻二八「神護寺」、巻一四「文覚」。

*4愛宕山白雲寺〈本朝四十九代光仁帝之朝ニ創之。自レ此至二元禄二年ニ一及二九[1]百十余年一〉

開基慶俊、姓ハ藤井氏、内州ノ人。事テ二道慈ニ一学二空宗ヲ一。居リ二大安・法華等ニ一。嘗テ開テ二愛宕山ヲ一為タリ二第一世一。天応元年ニ為二僧都ト一。性懐キ二悲愍ヲ一、好テ施ス二貧病ニ一。

【注】**愛宕山白雲寺**　京都市右京区嵯峨愛宕町。現在は愛宕神社。『元亨釈書』巻一四「慶俊」。

【校訂】**1**九百十余年一―〈底〉九百十余年

5〔北山〕鞍馬寺〈本朝五十代桓武帝ノ延暦年中ニ創。自レ此至二元禄二年ニ一及二九百年ニ一矣〉

大中大夫藤伊勢人《イセント》ノ之所ナリレ創也。大夫帰スルコトレ仏甚タ篤シ。常ニ思、「得テ二勝地ヲ一建二道場ヲ一安セン二観音ヲ一。」延暦ノ間タ、夢ニ貴船《キフネ》明神告テ曰ク、「此ノ（3オ）地ニ営ハ二練若ヲ一、利益無量ナラン。」既ニ覚メテ、大夫騎テ二白馬ニ一向フ二城北ニ一。至二一ノ山阿ニ一、於テ二茅草ノ中ニ一得二毘沙門天ノ像ヲ一。創二一宇ヲ一安シレ像ヲ、号ス二鞍馬寺ト一。大夫自念、「我レ平生欲レ安ント二観自在ノ像ヲ一。今只置スト二多聞ノ像ヲ一。」其ノ夜、有二童子一。年シ十五六計カリ。告テ曰ク、「当ニレ知、観世音・毘沙門、名異ニシテ体同シト。」然シテ後、建テ二一堂ヲ一安ス二観音ノ像ヲ一。今寺ノ西シ観音院是也。其ノ後東寺ノ峰延、一日望ムニ二北山ニ一有リ二紫雲一。向レ北ニ尋行テ至ル二鞍馬寺ニ一。而数日坐禅ス。大中大夫、便チ署シテレ延ヲ為ス二寺主ト一。峰延、延喜中ニ逝ス。

【注】**鞍馬寺**　京都市左京区鞍馬本町。『元亨釈書』巻二八「鞍馬寺」、巻九「峰延」。『雍州府志』巻四「鞍馬寺」。

6比叡山延暦寺〈本朝五十代桓武帝ノ延暦七年ニ創。自レ此至二元禄二年ニ一九百一年矣〉

開基伝教大師、名ハ最澄。姓ハ三津氏。近州ノ滋賀郡ノ人也。（3ウ）其ノ先ハ後漢ノ献帝ノ之孫也。国亡テ竄《カクル》二民間一ニ。至二ル来テ本朝一ニ。応神天皇〈十七代主〉憐二テ其ノ王孫一ナルヲ、賜二テ滋賀ノ地一ヲ為二采邑一ト。父百枝《モ、エ》富二メリ内外ノ学一ニ。里閭敬レフ之。嘗テ愁レテ無レキコト嗣、祈二ル叡山ノ神祠一ニ。其ノ妻乃娠ム。神護景雲元年ニ誕ス。七歳ニシテ受レク学ヲ。聡明絶倫ナリ。十二ニシテ投二シテ行表法師一ニ出家シテ習二フ唯識一ヲ。旁ニ探二ル経論一ヲ。延暦四年秋七月、上二叡山一ニ。縛二テ草菴一ヲ読二法華・金光明等ノ大乗経一ヲ。時ニ年十九ナリ。七年ニ於二テ山頂一ニ創二一宇一ヲ。名テ曰二一乗止観院一ト。今ノ之中堂ナリ。所謂ル延暦寺是也。澄、手カラ刻二テ薬師仏ノ像一ヲ安レ之。乃能ク講演ス。然トモ介《ハサム》三懐ニ於無二コトヲ師承一也。是以テ有二踰海ノ之志一シ、延暦二十一年ニ賜二テ入唐求法ノ詔一ヲ而、二十三年ノ秋七*月、著二ク明州ノ界一ニ。乃赴二台州一ニ。至二テ天台山ノ国清寺一ニ、道邃法師一ヒ見テ器許ス。邃[1]ハ即荊渓ノ上足、智（4オ）者七世ノ之的孫ナリ也。邃、授二テ所レノ伝一心三観ノ之旨一ヲ曰ク、「弘レルコト道ヲ在レリ人ニ。人能ク持レス道ヲ。吾道ノ化行、今其時ナルカナ哉。」幷ニ付二ス菩薩ノ三聚大戒一ヲ。又見二ユ仏隴寺ノ行満座主一ニ。満、語レテ澄ニ曰ク、「昔シ智者大師告二テ門人一ニ曰ク、『我カ滅後二百余歳ニ、我法伝二ント東国一ニ。』祖讖不レ虚カラ。子ハ其ノ人ナリ也。」乃ヒ以二荊渓ヨリ以上《カンスカタ》諸籍秘賾一ヲ、傾倒シテ而付シテ曰ク、「汝持二シテ此ノ法文一ヲ為二レト海東伝灯ノ之始祖一ト。」又如二ヒテ越州ノ龍興寺一ニ遇二テ順暁阿闍梨一ニ、受二三部灌頂密教一ヲ。又於二唐興県一ニ逢二テ沙門脩然一ニ、*得二達磨ノ一派牛頭山ノ法一ヲ。本朝延暦二十四年五月、付二テ大使藤[2]ノ賀能カ船一ニ著二ク長州一ニ。秋入二洛城一ニ。以テ西土ニ所レノ得天台密宗ノ諸教文・経論・疏記二百三十余部幷ニ五百巻、又金字ノ法華・金剛般若等ノ経、智者大師ノ禅鎮、白角ノ（4ウ）如意等、随レテ表ニ奉進ス。帝、大ニ悦テ勅シテ曰ク、「大唐受法ノ供奉、最澄闍梨伝来ル。天台諸ノ典籍流二布シ天下一ニ、宜下ク為二七寺一ノ書中写ス七通上ヲ。」即給二テ禁中ノ上紙一ヲ、付二国子祭酒和弘世《ワケノヒロヨ》一ニ監写ス。又詔シテ曰、「真言ノ秘教未レタ伝二此ノ方一ニ。最澄阿闍梨、幸ニ得二タリ此ノ法一ヲ。立テ、為二国師一ト。」九月一日勅シテ於二清瀧ノ峰高雄ノ道場一ニ、起二テ都会ノ大壇一ヲ撰二テ諸寺ノ智行兼備ル者一ヲ、受二シム灌頂三摩耶一ヲ。道証・修円・権操・正能・延秀・広円等、同ク預ル者八人。野公岑守《タカモリ》奉レシテ勅検二校法事一ヲ。是レ本朝密灌ノ之始ナリ也。澄、弘仁五年ノ春、詣二テ宇佐八幡ノ神祠一ニ講二ス妙法華一ヲ。講竟テ神託シテ曰ク、「不レ受二法味一ヲ、久ク歴二歳華一ヲ。今聴二ク微言一ヲ。何以テカ報レセン徳ニ。我ニ有二法衣一。願ハ表二セン嚫達一ニ。」乃啓二テ斎殿一ヲ推二出シ紫衣一領一ヲ。神官ノ巫祝各〻相謂テ曰ク、「我等未三タ嘗テ見二如レノ斯（5オ）霊感一ヲ。其ノ一ハ七条衣、二ハ袷衣也。」今尚ヲ在二山院一ニ。弘仁十年三月、奏シテ乞レ建二ンコトヲ円宗大乗戒壇一ヲ。其ノ条四科。帝降二テ表ヲ南京ノ諸寺一ニ、詳二定ス建否一ヲ。沙門護命抗《アケテ》レ表ヲ斥レ之。十一年ノ春二月、澄述二テ顕戒論三巻一ヲ表進ス。其ノ詞、激切著明ナリ。上、又降二ス其ノ書ヲ於南寺一ニ。南寺ノ諸師、無二シ敢テ議スル者一ノ。澄、有レテ願造二リ六塔婆一ヲ、置二六千部ノ経王一ヲ。東州ニ二所、中国ニ二所、西邦一所。今叡山ノ東西ノ両塔ハ者、中国ノ二所也。初延暦十六年、以二智行ノ誉一ヲ上二供奉ノ列一ニ。勅二シテ近州ノ租一ヲ充二山厨ノ供一ニ。弘仁十三年二月、賜二宸書ノ伝灯大法師位ノ記一ヲ。夏六月四日、於二中道院一ニ右脇ニシテ而寂ス。年五十有六〈自レ此至二元禄二年一ニ八百六十七年矣〉。十四年二月、賜二寺ノ額一ヲ曰二延暦一ト。自後経二四十五載一ヲ而清和帝貞観八年七月、（5ウ）勅シテ謚二ス伝教大師一ト。

【注】比叡山延暦寺　滋賀県大津市坂本本町。『元亨釈書』巻一「最澄」。

【校訂】　**1**邃ハ―〈底〉邃ニ　**2**藤―〈底〉滕

7〔九条〕東寺〈本朝五十代桓武帝延暦十五年勅創。自レ此至二元禄二年一ニ、八百九十三年矣〉

桓武天皇延暦十五年、勅シテ大中大夫藤伊勢人《イセント》為二造寺使一ト而創二東寺一ヲ。其ノ後チ、嵯峨帝〈五十二代〉弘仁十四年正月、賜二テ東寺ヲ于沙門空海一ニ為二密寺一ト。天長元年、大ニ旱ス。春三月、勅レシテ海ニ於二テ神泉苑一ニ修二シム請雨経ノ法一ヲ。時ニ守敏法師奏シテ曰、「守敏、世寿法臘共ニ邁《スキタリ》二于海一ニ。先ニ承レルヲ詔ヲ為レ適《カナヘリ》レ宜ト二。」乃詔レス敏ニ。敏、以二七日一ヲ為レ期ト。散朝ニ陰雲厚布テ、都下暗コト如レ夜ノ。雷鳴リ雨灑ク。挙レテ朝ヲ感異ス。勅シテ見二セシム雨ノ之所レヲ霑ス。只タ東西ノ京而已《ミ》也。亦詔レス海ニ。過二テ七日一ヲ不レ雨ラ。海入二テ三摩提一ニ見レルニ之、守敏呪二シテ諸龍一ヲ入二ル一瓶一ニ。海奏シテ延二フ二日一ヲ。告二テ諸徒一ニ曰ク、「池中ニ有レ龍。号二ス善女一ト。阿耨達池ノ龍王ノ之（6オ）族也。此龍現レハ形ヲ、必ス得二ン悉地一。」時ニ金龍出ツ。長ケ九尺許カリ。弟子真雅・実慧・真暁・真然等ノ七人、得レ見ルコトヲ。海奏レス事ヲ。勅二シテ和ノ真綱一ニ以二テ幣物一ヲ供二ス神龍一ニ。散日ニ重雲震雷シテ大ニ注二ク膏雨一ヲ。池水盈溢レテ至二火壇ノ之畔一リニ。霖沛三日、天下皆洽《アマネシ》。勅シテ加二優賞一ヲ。内州ニ有二一寺一。其ノ地元ト龍ノ池ナリ。移二テ他処一ニ池又涸《カル》。

寺衆苦無水。海、点一所加持。清泉忽沸。因号龍泉寺。嘗修不動使者法。海、身出火燄。或入水想観、室内成池。其神異多類此。承和元年、海、奏〈五十四代仁明皇帝〉乞准唐国内道場置真言院於宮中。勅以勘解由司庁為曼荼羅道場。毎年正月後七日息災増益修法、至今不絶〈自此至元禄二年八百五十五年矣〉。三年五月、詔曰、「毎歳三長斎日於東寺灌頂院、選（6ウ）三七比丘修息災増益法、鎮護国家為永式。」沙門実慧有密学。勅為東寺長者。此任自慧始。

【注】**東寺**　京都市南区西九条蔵王町。『元亨釈書』巻一「空海」。

8〔東山〕清水寺〈本朝五十代桓武帝延暦十七年創。自此至元禄二年八百九十一年矣〉

宝亀九年四月、沙弥延鎮〈或曰報恩〉、有夢事泝淀河而行。見一支派、有金色流。鎮、窮水源至瀧下。側有草菴。白衣老翁居焉。鎮、問、「住此幾年。姓名為誰」。答曰、「吾名行叡。隠約此地已二百歳。持千手千眼神呪。我待汝者久。今来也。我有東州之行未果。汝暫替我棲此。此地又好建練若。」乃指庭前株杌曰、「我以是擬大悲像材。吾若遅帰汝先営之。」言已向東而去。過期不返。鎮、出菴尋求不能相見。一日到山科《ヤマシナ》東峰、見翁履。鎮、取履（7オ）而帰思念、「恐此翁、大悲之応現也。遺履者示其迹耳。」便欲刻像、恨無資。荏苒歳月。延暦十七年、鎮守府将軍坂田村、猟鹿来此、因憩庵。鎮、語上事。将軍感嗟、与妻善高子謀移自宅為寺、刻像置焉。初二年、禁民間私営寺院。二十四年、賜清水寺于坂田村。於是、将軍田村営堂宇。至今益盛矣。

【注】**清水寺**　京都市東山区清水。『元亨釈書』巻二八「清水寺」。

9 〔東山永観堂〕禅林寺〈本朝五十五代文徳帝斉衡二年創。自此至元禄二年八百三十四年矣〉
開基真紹法師、幼事弘法大師薫知見之香。長受密灌于実慧公。斉衡二年、建禅林寺。貞観十五年七月七日逝〈自此至元禄二年八百二十六年矣〉。厥後、永観法師居此寺。観、初投東大寺有慶学三論、兼聞諸宗。晩帰洛東禅林（7ウ）故居、謝絶交往。偏慕安養。作七宝塔安仏舎利二粒。乃誓曰、「我、若生清泰舎利必増。」明年成倍。又於薬王院造丈六弥陀像当浄業。嘗以南京衆選申官、領東大寺務。雖司鈴鑰、不受寺供。私畜斎糧以為日飡。性慈仁。常往獄問飢寒。又多病。気力微弱。而修学不弛《ユルヘ》。嘗言、「病者善知識也。我、因病苦益堅進修。」天永二年秋、染疾語徒曰、「昔世尊八十涅槃。我、今寿同。不踰年取滅足也。」十月二日、沐浴而念仏。異香芬郁。中夜頭北西面而寂。柴雲垂房壁。従是俗曰永観堂云〈自此至元禄二年五百七十年〉。

【注】禅林寺　京都市左京区永観堂町。『元亨釈書』巻一四「真紹」、巻五「永観」。『東国高僧伝』巻三「真紹」。

10 〔東山〕泉涌寺〈本朝五十五代文徳帝斉衡三年創。自此至元禄二年八百三十三年矣〉（8オ）
此寺斉衡三年、左僕射緒嗣《ヲツキ》之所建也。初名法輪。後改仙遊。俊芿又改泉涌。洛東之勝区也。芿、字不可棄、肥後州飽田《アキタ》郡人。母藤氏、生而数日母棄樹下。経三日無禽獣之害。阿姉、往見之以為祥、抱帰付母乳養。以故以芿自字焉。或問所由。曰、「十八部主中有大不可棄者。生棄池中。魚鱉戴浮。三日不死。然後収育。予生似之。故自名。」云。四歳時、母氏与其舅池辺寺珍暁。童稚而有老成之量。七歳読仏書。纔終即誦。十四従飯田山寺之真俊学顕密之教。十八落髪、十九於太宰府観世音寺受具戒。便往来南北二京、扣諸名宿、建久十年五月、浮海入宋、遊歴名刹。入臨安登径山（8ウ）、至四明依景福寺如庵了宏律師習律部、又之台州居赤城寺。明春、礼智者塔到秀州華亭県超果教院。印、開室湔払。歴八歳、天台教観精習無遺。印、嘗謂曰、「伝聞、日東盛行密教。恨此土一廃不起。子已通串。盍《サル》廻既倒[1]之瀾乎。」印薦奏芿、欲習李唐不空三蔵安西結壇例。然時論骫靡而不果。為《スル》可惜而已。本朝建暦元年*来帰、四月至建仁寺。西公率衆迎接。請待甚厚。二年冬、移崇[2]福寺。建保六年〈八十五代後堀河帝〉夏、和州刺史朝散大夫中信房、以仙遊寺与芿居。此寺、斉衡三年、左僕射緒嗣之所建、東山之勝区也。寺経数百歳廃頽尤甚。芿、便作化疏奏元暦上皇〈八十二代後鳥羽帝〉。上皇、降（9オ）施甚渥。貞応三年七月、勅黄門侍郎源通方上為官寺〈自此至元禄二年四百六十五年矣〉。芿、改寺曰泉涌。嘉禄元年十月、於寺建重閣講堂、結安居、並啓講席。元暦上皇、於賀陽宮受菩薩戒。又建暦上皇〈八十四代順徳皇帝〉、受菩薩戒芿。三年春、寝病。閏三月七日、集大衆自起焼香告辞。苦口遺嘱至八日夜、書偈曰、「生来偏学経律論教。一時打摙寂然無窖《アナ》。」写了向弥陀像、合掌面西右脇而逝。年六十有二〈自此至元禄二年四百六十二年矣〉。

【注】 **泉涌寺**　京都市東山区泉涌寺山内町。『元亨釈書』巻一三「俊芿」。

【校訂】 **1**倒ルノ―〈底〉例ルノ　**2**崇福寺ニ―〈底〉崇福寺ニ

11〈洛東〉六波羅蜜寺〈本朝六十二代村上帝天暦五年創之。自此至元禄二年七百三十八年〉

開基光勝、不言姓氏。為沙弥時自称空也。少好佚遊。（9ウ）天下殆遍所過道途、多為利済。荷鋤鏟《ケツリ》嶮、拾石鋪湿、架破橋修廃寺、無水之地多穿井。必甘冷也。以其常唱弥陀号、*俗名弥陀井。往往而在焉。遇無主遺骸、聚之唱弥陀名、灌油而焼過。時人、号市上人[1]焉。年二十於尾州国分寺薙髪為沙弥、天慶元年入王城。於市中唱弥陀号勧化人。天暦二年四月、

上テ二天台山ニ一為リ二大僧ト一、五年、京師大ニ疫、死スル者ノ無量ナリ也。憐テレ之、自刻テ二十一面大悲ノ像ヲ一祈ルレ之。像成テ疫止ム。其長ケ十尺。於テ二洛東ニ一勧テ二四衆ヲ一立レ寺ヲ、安スレ像ヲ。号シテ曰二六波羅蜜寺ト一。至テ二播州揖穂《イヒホ》郡ノ峰合寺ニ一看ル二大蔵ヲ一。有レハ二不ルレ通セ処一、夢ニ金人来テ説ク。阿州ノ海中ニ有レ島。曰二湯嶋ト一。観自在感応ノ之地ナリ也。也、焚テ二香ヲ臂上ニ一七日夜、不シテレ動セ願フレ見ント二大悲ノ（10オ）真身ヲ一。其ノ像放ツレ光。又帰二京師ニ一、見ル三老翁ノ倚ルヲ二城垣ニ一。其ノ貌甚寒シテ歯牙相ヒ戦フ。空也曰ク、「老者日月寒シ。何ソ立ツヤレ此ニ乎。」対曰ク、「我ハ是レ松ノ尾明神ナリ也。頃コロ受テ二般若ノ法味ヲ一、未レ上《ノラ》ニ白牛綩綖ノ之車ニ一。以レ故ヲ貪凝ノ之風逼二我カ膚ニ一。師善ス二法華ヲ一。願クハ有レヤ意乎。」空也脱キレ衣ヲ、度与シテ曰ク、「我著テ二此ノ衣ヲ一読ムコト二法華ヲ一者四十年スト。」神喜テ而受レ之。応和三年八月、延テ二名徳六百人ヲ一、於テ二六波羅蜜寺ニ一慶二讃ス金書ノ大般若経ヲ一。此ノ日、文殊大士現シテ二比丘ノ身ヲ一受クレ供ヲ。初メ也、写スレ経ヲ。欲下ス以二水精《セン》ヲ一為中ト軸頭上ト。須クレ用二一千二百顆ヲ一、不レ可ニ二易ク得一。詣テ二長谷寺ニ一帰ル途ニ、次ル二勝部《カツヘ》寺ニ一。遇〱一ノ比丘問フ、「何ノ所ニカ往クヤ。」也、説ク二軸ノ事ヲ一。比丘曰ク、「此ノ寺ニ昔シ有二沙門一。発シテレ願ヲ而未ルニレ書セレ経ヲ、先ツ貯フ二軸頭ヲ一。不幸ニシテ命終ル。誓テ曰ク、『我レ来世必ス竟ント二其ノ功ヲ一。莫レ令ルコト二散失一。』乃チ造二石（10ウ）函ヲ一埋テ在二地中ニ一。今聞クニ二君ノ言ヲ一、必ス夙願カ乎。」便将ヒテレ也ヲ穿ツレ地ヲ。果シテ得タリレ之。奥羽ノ二州、夷狄ノ之地、仏化少シレ至ルコト。也、負テ二像経ヲ一往テレ彼ニ説法ス。二州順レ化ニ者ノ多シ。天禄三年九月十一日、著二浄衣ヲ一執テ二香炉ヲ一、端坐シテ語テ二門人ニ一曰ク、「無量聖衆、倶ニ来テ迎レ我。」即泊然シテ而化ス。手中ノ炉不レ傾。香気満レ空ニ、音楽嘹喨タリ。世寿七十〈自レ此至二元禄二年ニ一七百十七年矣〉。

【注】 **六波羅蜜寺**　京都市東山区轆轤町。『元亨釈書』巻一四「光勝」。『東国高僧伝』巻五「空也」。

【校訂】 **1**上人一ト——〈底〉上人ト

12〔東山〕戒光寺〈第八十五主後堀川帝ノ安貞二年創。至二元禄己巳二年ニ一四百六十一年矣〉

開基律師、諱ハ浄業、字ハ法忍、号ス二曇照ト一。未レ詳二姓氏ヲ一。舞象ノ年シ剃落シ、弱冠ニシテ受具シテ、博ク通シ二毘尼ニ一、達ス二台密ノ二教一二。聞テ二大宋律法盛ナリト一、乃浮テレ海ニ南遊シテ、謁二鉄翁一律師ニ于巾峰一二、重テ受具シ得二律宗ノ之深旨一ヲ。理宗皇帝聞テ二其ノ名一ヲ、延見シテ咨二詢法要一ヲ。業、奏答（11オ）称レ旨二。龍顔大ニ悦テ賜二忍律法師ノ之号一ヲ。本朝安貞二年ニ帰テ入二京師一二。光照シ二十方一ヲ、無量ノ聖衆前後囲繞。覚メテ後迹《タツヌル》ニレ之、果シテ獲タリ二吉壌一。奏聞ス。勅シテ就テ二其ノ地一ニ創二戒光寺一ヲ。安ス二丈六ノ之釈迦ノ像一ヲ。蓋シ*表スト也二瑞夢一也。自レ時厥ノ後、律門ノ之徒、競至テ毘尼ノ之風、大振[1]二於世一二。天福ノ初メ、再ヒ入レ宋叩テ二聖刹一ヲ、多ク得テ二仏像梵夾一ヲ而帰リ、就テ二筑ノ之太宰府一二建二律院一ヲ。号シテ曰二西林一ト。講シレ律弘ムレ法ヲ。嘗テ事ス二如意輪観音一二。霊応非レ一。四衆帰*仰スルコト、雖トモ二先哲一ト亦不二多ク譲一ラ焉。後、於二洛ノ之東山一二亦造テ二梵宇[2]一ヲ、曰二東林一ト、為二戒光寺ノ之子院一ト。令二上首ノ徒浄因公シテ住持一セ。既ニシテ而業、退テ休シテ二静室一二勤二修念仏三昧一ヲ。臨終観念堅固ニシテ端坐シテ而逝ス。時ニ（11ウ）正元元年二月二十一日ナリ也〈至二元禄己巳二年一二四百三十年矣〉。寿七十三、坐五十三夏。古徳伝フ、「業ハ是レ如意輪大士ノ化身也ト。内ニハ秘ス二菩薩ノ行一ヲ。外ニハ現スト二声聞ノ形一ヲ」云。此ノ寺、今在二泉涌寺ノ之境内一二。

【注】 **戒光寺**　京都市東山区泉涌寺山内町。泉涌寺の塔頭。『律苑僧宝伝』巻一一「曇照業律師」。

【校訂】 **1**振―〈底〉扼　**2**梵宇―〈底〉梵字

13〈東山〉智積院〈自二慶長元年一至二元禄二年一二九十三年矣〉

僧正、諱ハ玄宥、字ハ尭性。姓ハ滕付氏、下野州ノ人也。七歳ニシテ投シテ二持明院一二為リ二駆烏一ト、受具ノ後、登テ二根嶺一二学二密教一ヲ、業成テ主二持明院一ヲ。又習ヒ二三論・華厳ヲ於東大一二、聴二倶舎ヲ於三井一二、稟ケ二台教ヲ於叡山一二。既ニシテ而元和五年、住二根嶺智積院一二。十三年ノ春、羅ル二兵火一二。有公避テレ乱ヲ寓ス二洛陽一二。慶長元年二月、擢テ、為二僧正一ト。時ニ　東照大神君、賜二東山豊国ノ古寺一区一ヲ。並ニ付二山林荘田若干頃一ヲ、永ク充二香積一二。以テ二宥僧正一ヲ為ス二智積中興第一世一ト。素ヨリ（12オ）重テ二其ノ風猷一ヲ、毎ニ二謁見シ給一自起テ把テ二僧正ノ臂一ヲ、延テ令レ著レ席二。十年十月朔日、示シ二微疾一ヲ、至テ二四日ノ旦一ニ遺二誡シ諸徒一ニ畢テ、泊然トシテ而寂ス。年シ七十有七。及テ二宥僧正遷化ニ一、祐宜僧正補ス二其ノ位ヲ一。至テ二第三世日誉僧正ニ一徒衆益ス多シテ、以テ寺境狭隘ニシテ而不レ足レ容ルニ二巨衆ヲ一。大神君、重テ賜二今ノ地ヲ一。此ノ地、本ト禅刹ノ之遺趾ナリ也。因テ遷改テ為二智積教院ト一。自レ是相ヒ継テ元寿・隆長・宥貞公等、主二其ノ席ヲ一。第七代泊如僧正、福智双足テ徳臘倶ニ高シテ、一衆皆仰テ而尊レ之ヲ。尋常学徒、凡ソ及二七八千指或ハ一万余指ニ一。天和ノ初メ、挙テ二僧正信盛公ヲ一主シメ二其ノ位ヲ一、乃チ退二隠ス于洛陽大報恩寺ニ一。今ノ之僧正信盛公、其ノ徳亦タ重シテ而学徒亦タ盛也。此ノ寺、素ヨリ与ト二和州ノ長谷一為シテ二新義ノ之上司ト一而、密宗出世ノ大道場ナリ也〈本朝ノ密宗ニ有二古〈12ウ〉義新義両派一〉。

【注】智積院　京都市東山区東瓦町。

14〔大仏〕方広寺〈第百七主正親町院ノ天正十四年ニ創。至二元禄己巳二年ニ一一百二年矣〉

洛陽五条橋ノ之東有二大殿一。中ニ安ス二一十六丈ノ盧舎那仏ノ大像ヲ一。故ニ俗号ス二大仏ト一。天正十四年、豊臣《トヨトミ》太閤秀吉公所ニシテレ創ムル、号ス二方広寺ト一。便チ命シテ二仏工ニ一刻テ二大像ヲ一安シレ之、欲下請シテ二大徳寺ノ古渓和尚ヲ一住ント上レ之ニ。無シテレ何クモ渓寂ス。既ニシテ而大像成ル。即チ請二聖護院ノ道澄公ヲ一為二寺主ト一。慶長元年閏七月、大地震動シテ大像毀壊ス。秀吉公以為ヘラク、「此ノ像無シテレ霊而不レ知二於己身ノ之毀壊スルコトヲ一。何ヲ以テシテ信向センヤ耶。」乃チ以レ矢射レ之ヲ。便チ請二信州善光寺ノ之本尊ヲ一安スレ之。時ニ白雪満レ天ニ、甚寒侵二於人民ヲ一。諸人曰ク、「公射二仏像ヲ一、又推シテ請スル二善光寺ノ之金像一故也ト也。」三年八月十七日、還ス二金像ヲ于〈13オ〉善光寺ニ一。翌日、秀吉公葬ス。慶長七年、関白秀頼公〈秀吉公之子也〉欲下鋳テ二銅像ヲ一安センコト上レ之。発下於リ二像模ノ中一火ヲ上、大殿為ル二煨燼ト一。公又タ欲シテレ重二興セント之ヲ一、先ツ鋳テ二大像ヲ一而後ニ搆二大殿ヲ一。已ニ成テ使シム二聖護院ノ興意法親王シテ主レ之。時ニ大殿上梁ノ法語及ヒ大鐘ノ銘ニ有二不祥之句一。由レ是止二慶讃ヲ一、法親王退レ職ヲ左遷ス。無シテレ何クモ放廻シテ建テ二照高院ヲ于白河ニ一居スレ焉。賜二田一千碩ヲ一充二香積ニ一。元和元年庚申十月七日ニ化ス。厥ノ後、延テ二妙法院法親王ヲ一為二方広寺ノ主ト一。寛文四年甲辰五月地震。銅像又毀ヌ。於レ是ニ以二良材ヲ一彫レ之ヲ、以二漆金ヲ一為二厳飾ヲ一。寛文七年丁未、大像成〈自レ此至三元禄己巳二年二二十三年矣〉。

【注】**方広寺**　京都市東山区茶屋町。『雍州府志』巻四「方広寺」。

15〔卅三間堂〕蓮華王院〈第八十代高倉天皇治承二年ニ創。至三元禄己巳二年二五百十二年矣〉（13ウ）此ノ寺、本朝七十七主後白河院ノ本願ニシテ而、安二千手大悲ノ像一千軀ヲ一。号ス二蓮華王院ト一。第八十代高倉帝治承二年十月二十七日ニ落慶ス矣。東西五弓、南北六十六歩。竪ルノレ柱ヲ間タ三十三。由テレ是ニ世ニ謂二三十三間堂ト一矣。近代ノ之武士善スルレ射者ノ、至二此ノ堂廡ニ試ム二射数ヲ一也。

【注】**蓮華王院**　京都市東山区三十三間堂廻り町。『雍州府志』巻四「蓮華王院」。

16〔洛東〕大谷寺智恩院〈本朝八十代高倉帝承安四年創。自レ此至三元禄二年二五百十五年矣〉開基法然上人、字ハ源空。姓ハ漆氏、作州稲岡ノ人ナリ也。父ハ時国、母ハ秦氏。父母無シレ子。祈ル二仏神一ニ。母夢ラク、呑ムト二剃刀ヲ一。覚テ語ル二于夫一ニ。夫ノ曰ク、「汝其有ンレ身ムコト乎。恐ハ薙染ノ之人ナラン矣。」因テ而孕ム。母不レ茹ハ二葷腥ヲ一。長承二年四月七日ニ生ル。頭坏《クボカニシテ》而稜《カト》アリ。眼黄ニシテ而光アリ。宗族（14オ）異シムレ之。至二四五歳一ニ挙止、動スレハ向レ西ニ。九歳ニシテ父被ル二寇害セ一。一家噪逃ス。空、自二屏処一偵《ウカヽヒ》レ之、以二小弓矢ヲ一射ルレ寇。中ル二其ノ眉間一ニ。寇者源ノ長明ハ寛治帝ノ〈七十三代堀河院也〉之衛曹ナリ也。為三其ノ額ノ瘡ノ可カ二証発ス一遁レ去ル。因呼テ為二小矢児ト一。郡ノ之菩提寺ノ観覚、聞テレ之乞テ為二弟子ト一。性善ク学フ。覚、惜テ二其ノ器ヲ一、携テ与フ二台山ノ源光一ニ。光曰ク、「此レ良驥ナリ也。豈ニ朽索ノ所ランヤ二能羈《ツナク》一哉。」乃送テ至二功徳院皇円公一ニ、薙染受戒。時ニ年シ十五。未タレ及二千日一ニ通二受台教ヲ一。去テ従テ二黒谷ノ叡空一ニ稟ク二密乗及ヒ大乗律ヲ一。繙二繹三蔵聖教一、諸宗章疏靡シレ不ト云コト二検閲セ一。暇日毎ニ、与二蔵俊・慶雅ノ二師一談二唯識・華厳ノ旨趣ヲ一。二師皆称二道ス之ヲ一。晩年ニ見テ二信師ノ往生要集ヲ一大ニ喜ヒ、遂ニ棄テ二所習ヲ一専ラ修ス二浄土ノ業ヲ一。承安四年ニ出テ二黒谷ヲ一遷リ二洛東ノ吉水一ニ、盛ニ説二円修及ヒ大（14ウ）乗ノ戒法ヲ一。緇白靡然シテ向レ風ニ。嘉応帝〈八十代高倉院〉、特ニ加テ二礼重ヲ一詔シテ入テ二大内ニ一受戒ス。藤相国兼実公、請シテ問二浄*土ノ之業ヲ一。述テ二選択集ヲ一以テ上ル。蓮社ノ之徒、取テ為二秘要ト一。間、或ハ転スレハ二華厳ヲ一、几[1]案ノ下ニ有二小蛇一。修レハ二法華三昧ヲ一、見ル三白象現ヲ二於道場ニ一。皆是護法神ナリ也。謁シ二藤相国ニ一既ニ出レハ、相国輒チ従テレ後ヘニ而拝シ、謂テ二左右ニ一曰ク、「源公ノ頂上ニ有二金色ノ円光一。若チ等ラ知ルヤレ之乎。」対テ曰ク、「不レ見。」自レ此相国益〱加レ敬ヲ。空公、嘗テ於テ二三昧ノ中ニ一屢〱見ル二浄土ノ勝相ヲ一。

*元久二年正月四日、弥陀ノ之三尊現ス二室中ニ一。建永二年、竄セラルコト二讃州ニ一五歳。帰スル者ノ益ス盛ナリ。空曰、「我レ不ンハレ因[2]ハ二遷謫ニ一、安ソ能ク化及ンヤ二海浜ニ一耶。」建暦元年、蒙テレ恩ヲ遷ル二都城ニ一。二年正月、居二大谷ニ一示レ疾。二十五日ノ早、高声唱ヘ二仏号ヲ一、諸徒助和ス。久シテ而皆声嗄《カル》。空、独リ不レ衰ヘ。至二（15オ）午後ニ一著ケ二僧伽梨ヲ一、面テレ西ニ而誦シテ二光明遍照ノ偈ヲ一而化。寿八十、僧臘六十六。空、亡ノ之前二三日、紫雲降リ二垂ル坊上ニ一〈自レ此至二元禄二年ニ一四百七十七年矣〉。

【注】大谷寺智恩院　京都市東山区林下町。『元亨釈書』巻五「源空」。『東国高僧伝』巻八「源空」。

【校訂】 **1**几―〈底〉凡　**2**因ニ―〈底〉因ンハ二

17〔百万遍〕知恩寺〈未レ詳二年代一〉

此寺初メ為シテ二賀茂ノ神宮寺ト一而、殿中置二天台慈恵大師ノ手造丈六ノ釈迦像ヲ一。以テ号ス二賀茂ノ河原屋《ヤ》ト一。厥ノ後、賀茂ノ之神官、請シテ二法然上人ヲ一住シムレ之。時ニ小松平ノ重盛公之孫、備中ノ守平ノ師盛ノ之子、勢観房源智、投シテ二法然ニ一得法シテ移レ錫ヲ住スレ焉。革テレ之号二知恩寺ト一。本殿ニ安二阿弥陀仏ノ像ヲ一、別ニ構テ二宝殿ヲ一移シ二置釈迦ノ像ヲ一。又立二賀茂大明神ノ之祠ヲ一、為二鎮守神ト一。専ラ修二浄業ヲ一、道化弘ニ振フ。殿中ニ有二大念珠一。其ノ長数十尺。若シ有ル時ハ二疫災一、則チ庶民（15ウ）以レ之為ニ念スルコト二弥陀宝号ヲ一至ル時ハ二百万編一、則チ疫止ム。由レ是此ノ寺称ス二百万編ト一矣。亦浄土宗門四寺ノ之其ノ一ナリ也。本朝第一百六主後奈良院賜二宸書知恩寺ノ額ヲ一。至レ今化風猶ヲ盛ナリ。

【注】知恩寺　京都市左京区田中門前町。『雍州府志』巻四「知恩寺」。

18〔黒谷〕金戒光明寺

洛ノ之東山有二招提一。法然上人ノ開創ノ之所也。法然嘗テ居二シテ台山西塔ノ黒谷一ニ、専ラ修二浄土ノ業一ヲ。一日遥ニ見二ルニ於山下一ヲ、紫雲在二テ石上一ニ光明烜赫タリ。乃就二其ノ地一ニ創二精藍一ヲ。号シテ曰二紫雲山金戒光明寺一。大ニ弘二ム浄土専念宗一ヲ。故ニ世人称二ス新＊黒谷一ト。浄土宗門四寺ノ其ノ一也。殿中ニ安二法然ノ頂相一ヲ。傍ニ有二一向宗ノ之祖親鸞ノ之像一。山頂[1]ニ有二三層ノ支提一。置二文＊殊大士ノ像一ヲ。山中ニ有二リ子院一。号二ス蓮池院一ト。有二熊谷《クマカヘ》蓮生カ之像一。山上ニ有二平ノ敦盛《アツモリ》公（16オ）幷ニ熊谷カ塔[2]一。本殿ノ西北ノ＊隅[3]ニ有二西雲院一。誓テ二一万日一ヲ修二ス念仏会一。故ニ世人称二ス万日寺一ト。此院、昔シ豊臣太閤秀吉公征二ス高麗国一ヲ。特ニ虜二シテ一人一帰。此ノ人天生無レシ根。故ニ秀吉公使レ事二夫人一ニ。厥ノ後、従二テ知恩院満誉上人一剃髪、号二心誉宗厳一ト。於レ是創二西雲院一ヲ。

故ニ若シ有二テ朝鮮ノ人一西帰スル時ハ、則葬二ルト於此ノ院一ニ云。

【注】**金戒光明寺**　京都市左京区黒谷町。『雍州府志』巻四「金戒光明寺」。

【校訂】1山頂ニ―〈底〉山頂ヲ　2塔一―〈底〉塔　3隅ニ―〈底〉隅一

19〔叡山〕無動寺〈本朝五十六代清和帝貞観六年ニ、慈覚大師ノ之徒、相応法師創レ之。自レ此至二元禄二年一ニ八百二十五年矣〉

開基相応、姓ハ櫟氏、近州ノ人ナリ。母夢レテ呑レト剣ヲ而娠ム。天長八年ニ生レ、年シ十五ニシテ登二台山一ニ事二慈覚大師一ニ。十七ニシテ蒙レテ恩ヲ薙髪シテ、精勤練行スルコト六七歳、一日モ不レ欠。貞観五年、応、等身ノ長ニ刻二ミ不動ノ像一ヲ、六年、創二テ一宇一ヲ安置シテ号二ス無動寺一ト。美声洋洋シテ達二ス于禁闕一ニ。（16ウ）寛平二年ノ秋、上、有二歯ニ病一。詔レシテ応ニ加持シム。誦二ス理趣分一ヲ。上、夢ム二＊八僧与レ応相ヒ和一スト。覚テ後、所レ患之歯落テ而不レ知二所在一ヲ。上、以レ夢ヲ告レク[1]応ニ。応、奏シテ曰、「理趣般若ニ有二八大菩薩一。豈非三スヤ菩薩擁二護スルニ聖躬一ヲ耶。」応及レテ還ルニ山ニ見三歯在二経篋ノ上一ニ。持シテ以テ上進ス。上、喜歎シテ曰ク、「応師ハ非二凡人一也。」賜二僧官ト度牒一ヲ。応、受二テ其ノ度牒一ヲ而辞二ス其官一ヲ。一日、藤皇后患レ妖、如レ寐ルカ如レ酔ヘルカ。経二テ数月一ヲ諸僧呪レス之。皆弗レ験アラ。后曰ク、「非二ンハ諸仏ノ出世一ニ、誰カ能ク降レセン我ヲ乎。」上、召レ応ヲ入レ内ニ。二日マテニ不レ能ハ降ルコト。乃還レテ山ニ持シテレ呪ヲ祷ル二於不動明王ノ像前一ニ。像忽西ニ向。応、即西ニ持ス。像転ス二四方一ニ。応、亦随テレ之終ニ不二退堕一セ。至二於涕泣悲訴スル一ニ曰、「有テカ二何ノ触忤スルコト一而相背クコト至ルレ是ニ。願ハ乞二神慈ヲ一示二我カ蒙昧ヲ一。」恍惚ノ之間ニ見ル二明王ノ告テ曰一ヲ。「昔シ者沙門真済持ス二我カ明呪ヲ一。（17オ）有二大功力一。我レ願スレ護ルコトヲレ彼ヲ。奈セン、彼レ於二皇后一ニ有二一念ノ之差一リ。故ニ相触悩ス。今后ノ所レハ患、即済カ之霊ナリ也。故ニ我背クレ汝ニ耳。今汝誠懇ニ至レ此ニ。不レ能二終ニ却一ルコト。示ン二汝ニ一訣一ヲ。汝至テ二后ノ辺一ニ密カニ語テレ之曰ヘ二『你ハ豈ニ真済ノ之霊ナルカト邪一。』彼レ聞ハ必ス有ン二愧ル色一。汝于テ二爾ノ時一ニ、即以テ二大威徳明王ノ之法一ヲ加セハレ之、定テ得ン二降伏ルコト一。」応、乃如ニシテレ教ノ而行ス。后ノ病、立コロニ止ム。初メ貞観八年、奏二請ス台山伝教・慈覚二大師ノ謚号一ヲ。本朝大師号始ル二于此一ニ焉。延喜十五年、応、祷テ二於明王一ヲ願レ示ント二来世ノ生処一ヲ。夢ニ明王携テ坐セシム二於須弥ノ之頂一ニ。普ク見ルニ二十方国土一ヲ、如シ二掌中ノ菴摩羅果一ノ。明王曰ク、「随レ意ニ取レレ生ヲ。」応、後ニ念仏面テレ西ニ而化。寿八十八。是ノ日有二天楽慶雲ノ之瑞一。応生平奇瑞多シ。略レ之。（17ウ）

【注】**無動寺**　滋賀県大津市坂本本町。比叡山延暦寺の塔頭。『元亨釈書』巻一〇「相応」。『東国高僧伝』巻四「相応」。

【校訂】**1**告クレ―〈底〉告ハクレ

＊20感応寺〈本朝五十六代清和帝貞観ノ間ニ一[1]演法師ノ所レ創也。自レ此至二元禄二年一ニ八百二十余年〉

開基一演法師、嘗テ持シテ二観世音ノ像一ヲ、欲シ下得テ二勝地一ヲ安セントレ上之、広ク求ム二霊区一ヲ。貞観年間ニ到二平安城ノ東北鴨河ノ西岸一ニ。于時此ノ地、揺震トシテ紫雲降リ垂ル。蓮華紛乱シ奇香薫郁ス。演、喜テ而構フ二伽藍一ヲ。以テレ故ヲ号ス二感応寺一ト。一日、老翁持シテ二釣竿一ヲ出二河中一ニ、語レ演ニ曰ク、「我此ノ地ノ之主ナリ也。自レ今応ニレ為ル二護伽藍神一ト。我有テ二神力一能ク除キ二魔障一ヲ去ル二疫癘一ヲ。又結ヒ二好《ヨシミ》ヲ夫婦一ニ調二適ス育産一ヲ。所謂ル牛頭天王ト云者ノ也也。我好ムレ眠ヲ。一歳三百六十日、只タ五月五日ニ醒ム。余日ハ皆臥ス。端牛ノ之朝初テ起テ、向テレ天ニ吐クレ気ヲ。其ノ気或ハ為二雲霞一ト、或ハ為二雨露一ト。触テレ万ニ不レ同。其ノ所ロレ触ル、或ハ為レ薬ト、或ハ為レ毒ト、或ハ為二悪瘡一ト、或ハ為二（18オ）疾疫一ト。皆是有情ノ之業感ナリ也。非スト二我レ強テ為一スニ也。」言已テ形隠ル。演、録シテ二神ノ言ヲ一奏スレ朝ニ。勅シテ二黄門侍郎藤長良ニ一就テ二其地ニ一、七日夜、行道念誦シテ以テ報ス二神徳ニ一。

【注】感応寺　京都市上京区梶井町にあった。河崎観音堂、一条河崎観音寺、感応寺。『元亨釈書』巻二八「感応寺」。

【校訂】1法師ノ―〈底〉法ノ師

21〔東山〕観勝寺

菩薩僧行基ノ開闢ノ之所ニシテ、後チ三井ノ行円、中ヿ興シテ之ヲ一大ニ弘ム二其ノ法ヲ一。有テ二大円法師一居シテレ焉修ス二観行ヲ一。円、性慈忍ニシテ有二戒行一。人皆ナ慕フ二其ノ徳ヲ一。行円・大円ノ之伝、共ニ在リ二東国高僧伝ニ一。茲ニ不レ及ハレ記。近来称テ為二安井門跡ト一。

【注】観勝寺　京都市左京区の東岩倉山にあった。『東国高僧伝』巻六「行円」、巻八「大円」。『雍州府志』巻四「感勝寺」。

22〔寺町〕光堂〈本朝七十三代堀河帝応徳年間ニ廷尉源ノ親元所レ建也。自レ此至二元禄二年ニ一及二六百余年ニ一矣〉

開基ハ者房州ノ太守源ノ親元也。家世《ヨヽ》武臣ナリ。延久帝ノ〈七十一代後三条〉（18ウ）為二金吾ト一、移二廷尉ニ一司テレ獄ヲ而行ス二陰徳ヲ一。答杖減スレ数ヲ。刑罰緩ニスレ法ヲ。年過テ二四十ニ一務ム二仏事ヲ一。於テ二洛東ニ一作二一宇ヲ一、安ス二弥陀ノ像ヲ一。華麗燿煜ナリ。俗号ス二光リ堂ト一。嘉保二年、守タリ二房州ニ一。以テ二俸余ヲ一建二精舎ヲ一。又勧テ二吏民ヲ一官務ノ之暇ニ唱シム二念仏ヲ一。浄信ノ之者ノ、適〱犯テレ法ヲ逢ヘハ二勘鞠ニ一、必ス弛ルフ二其ノ刑ヲ一。以テレ故ヲ州民多ク帰ス二仏乗ニ一。秩満テ、廻ルレ京ニ。庶民遮テレ路ニ泣キ留ム。如レ離ルカ二父母ヲ一。不シテレ入レ京ニ、径ニ往テ二園城寺ニ一薙ルレ髪。長治二年十一月七日、頭北西面右脇ニシテ而逝ス。年六十八。家人不レ知ラ。屋上ニ有二祥雲一。驚テ而入テ見レハ、合掌ノ之手不レ解ケ、顔色如シレ生ルカ矣〈自レ此至二元禄二年ニ一五百八十四年也〉。

【注】光堂　21「観勝寺」にあった東山光堂光明院。『元亨釈書』巻一七「源親元」。

23円成寺〈本朝六十代醍醐帝ノ御宇ニ創テ、自レ此至二元禄二年ニ一、及二七百八十余年ニ一矣〉

開基益信僧正、姓ハ品治《ホンチ》氏、備後州ノ人也。武内大臣ノ之裔、（19オ）行教和尚ノ之弟也也。始メ学フ二相宗ヲ于大安寺ニ一。後従テ二源仁闍梨ニ一受ク二灌頂密旨ヲ一。昌泰二年、太上皇〈五十九代宇多帝、寛平法皇也〉於テ二東寺ニ一礼シテレ信ヲ落髪受戒。延喜元年、上皇就テ而稟ク二密灌ヲ一。初信、住ス二東山ノ椿ノ峰ニ一。尚侍藤淑子有レ病。延テレ信ヲ加持シム。疾便愈ユ。尚侍乃舎テ二山荘ヲ一為シ二伽藍ト一、号ス二円城寺ト一。昌泰三年、為ニ僧正ト一、延喜六年三月七日ニ寂ス。年八十〈自レ此至二元禄二年一ニ七百八十三年矣〉。

【注】円成寺　京都市北区鷹峰北鷹峰清雲山円成寺、岩戸妙見宮。『元亨釈書』巻四「益信」。

24 貞観寺〈本朝五十六代清和帝、貞観十六年ニ創。自レ此至二元禄二年一ニ、八百二十五年矣〉

開基真雅僧正ハ者弘法大師之ノ弟也也。九歳ニシテ出家シテ而入レ洛ニ、事テ二弘法ニ一稟ク二密学ヲ一。十九ニシテ受二具足戒ヲ一。貞観帝〈清和天皇〉降誕ノ之初メ、入テレ宮ニ加持ス。相国忠仁公、与レ雅謀テ建テ二精舎ヲ一、安シ二尊像ヲ一祝ス二宝祚ヲ一也。後勅シテ名ク二貞観寺ト一。貞観十六年二月二十三（19ウ）日、設テ二大斎会ヲ一落慶ス。初メ貞観六年、為二僧正ト一聴ス二輦車ヲ一。比丘ノ之輦自リレ雅始ル。十六年、年シ盈二七十ニ一。秋七月、上テレ表解ク二僧正ヲ一。帝不レ許サ。表三ヒ上ル。皆不レ許サ。元慶三年正月三日ニ化ス。寿七十五〈自レ此至二元禄二年一ニ、八百十年矣〉。

【注】貞観寺　京都市伏見区深草にあった。『元亨釈書』巻三「真雅」、巻二八「貞観寺」。

25〔叡山西麓〕修学院〈自レ此至二元禄己巳二年一ニ、凡ソ及二七百年一ニ矣〉

開基勝算法師ハ京兆ノ人也。年シ十四ニシテ薙レ髪ヲ学ヒ二台教ヲ一、有テレ故捨テレ、之習ヒ二密乗ヲ一、勤修精進シテ疾ク得二霊応ヲ一。時ニ本朝六十六主一条帝、冬日不予ナリ。思レ食シ給ンコトヲ二生梅ヲ一。算、向テレ樹ニ持念ス。翌日梅子如シ二午月ノ一。上、嘗レ給テ之ヲ病瘥ユ。至テ二於皇后帝女ニ一但有レハ二病患一、勅シテレ算ニ呪願セシム。莫レ不二云コト感応一。又相国藤ノ道長ノ之公子病篤シ。昇ヒテ入リレ院ニ求二算ニ救護ヲ一。至テ二中路ニ一気絶ス。相国、哀懇切ニ至ル。算、懐テ二其ノ公子ヲ於（20オ）膝ノ上ニ一作法持誦ス。少時ラクアテ即蘇ル。相国、大ニ喜テ為ニレ之下拝ス。播州ノ太守佐伯公、素トヨリ与ニ算公一為スニ方外ノ交一ヲ。欽テニ其ノ名徳一ヲ、就テニ叡山ノ西ノ麓一ニ創テニ修学院一ヲ、延テレ算ヲ住セシ焉。寛弘八年、示寂ス。年シ七十三。賜ニ号ヲ智観一ト。厥ノ後、廃亡久シ之。第百九主後水ノ尾帝、以テニ其ノ遺趾一ヲ為ニ遊幸ノ之園一ト。林木華果玲瓏トシテ如シレ珠ノ。遥ニ望メハニ南ノ方一ニ洛中野外、其ノ風景絶出ニシテ非スニ筆舌ノ之能ク述一ル也。其ノ中ニ有レ湖。大サ百余歩。湖中ニ有ニ小石山一。鴛鴦鳬雁游泳スニ其ノ間一ニ。傍ニ搆テニ一亭一ヲ曰ニ窮邃一ト。又有ニ隣雲亭一。水畔ニ有リニ小宇一。名クニ止斎一ト。湖水ノ東ニ有ニ瀑布一。従リニ天台一流下ル。其ノ前ニ有レ台。曰ニ洗詩一ト。園外過テニ数百歩一ヲ有ニ別院一。於レ中ニ設ニ蓮池一ヲ。池ノ之左ニ有レ閣。名クニ寿月観一ト。其ノ左右ニ名華種種、清風明月不レ分ニ四時一ヲ。別是一世界ナリ也。（20ウ）

【注】**修学院**　京都市左京区修学院藪添にあった。現在は修学院離宮。『元亨釈書』巻一一「勝算」。

26〔京極北〕法成寺〈本朝六十八代後一条帝、治安二年ニ創。自レ此至ニ元禄二年一ニ、六百六十七年矣〉

大相国藤ノ道長公、寛仁三年三月出家シテ而薙リレ髪ヲ、秋九月受ニ戒スニ于東大寺一ニ。治安二年ニ創ニ法成寺一ヲ。七月十四日ニ落慶ス。皇帝率テニ后妃太子百僚一ヲ幸スレ寺ニ。延暦寺ノ院源法師ニ命シテ為ニ落慶ノ導師一ト。相国藤公及ヒ王臣莫レ不云コトニ嗟伏一セ。皇帝賜ニ封五十戸一ヲ。本尊ハ仏工定朝造ルレ之。道長公大ニ悦テ擢ツニ綱位一ニ。仏工ノ綱位定朝為タリレ始メ。

【注】**法成寺**　京都市上京区にあった。『元亨釈書』巻四「院源」。

27〔京極通〕行願寺〈本朝六十六代一条帝寛弘二年ニ沙門行円所レ建也。自レ此至ニ元禄二年一ニ、六百八十五年。俗呼テ曰ニ革堂一ト〉

開基行円法師ハ鎮西ノ人ナリ。寛弘二年、遊ニ洛陽一ニ。頭ニ戴キニ宝冠一ヲ、身ニ披スニ革服一ヲ。市人呼テ為ニ革上人一ト。円、持スニ千手大悲呪一ヲ。又欲下ス（21オ）得ニ好木一ヲ刻中ント大士ノ像上ヲ。一夕夢ラク、沙門来テ告曰ク、「明日送ンニ爾ニ異材一ヲ。」翌朝果シテ一僧至。語テ曰ク、「賀茂神祠ノ側ニ有ニ一ノ槻《ツキ》ノ木一。莓苔纒封シテ不レ知ニ幾ク千百歳一ト云コト。其ノ外似タリレ朽ルニ。内甚堅実也。毎レ至ルニ六斎日一ニ、槻ノ畔リニ有下誦ニ千手ノ神呪一ヲ音上。近ク見レハ無シレ物。遠ク聞ケハ有レ声。是レ子カ之所ノレ求材ナリ也。」古老伝テ言、『昔シ城北ノ出雲路《イツモチ》有二小女一。臨テ二鴨河ニ一浣フレ衣ヲ。一ノ箭沿《ソウ》テレ流ニ而来ル。女取テ見ハ之、鴨ノ羽ヲ加レ筈《ヤハツ》ニ。女携テ還レ家ニ。捕ム二簷牙ニ一。自レ此女娠ム。已ニシテ而生ム二男児ヲ一。父母問二其ノ夫ヲ一。女曰、『無シ。』父母以為ラク、『匿セリト也。』児三歳ノトキ、父母議シテ曰ク、『世ニ豈ニ無シテレ父而有ンヤレ児乎。思ニ此ノ里人カ乎。宜下ク具ヘ二酒膳ヲ一大ニ宴シテ二里夫ヲ一令中此ノ児シテ持シテレ杯ヲ試上ム。』告言ク、『以二此杯ヲ一置二汝カ父ノ所ニ一。其ノ得ルノレ杯ヲ之人、便チ児カ之父タラン也。』議已テ多ク会ス二郷人ヲ一。数爵ノ之後、令二児シテ送レ杯ヲ。時ニ児、取テレ杯ヲ穿テ二衆（21ウ）人ヲ一出レ堂ヲ而置二簷上ノ鴨ノ箭ノ所ニ一。父母及ヒ諸人怪レ之。相議シテ曰ク、『是ノ箭属ス二鴨ノ羽ニ一。宜下ク姓シテ二此ノ児ニ一為中ス賀茂氏上ト〈鴨和訓賀茂也〉。』於レ是ニ児化シテ成テレ雷ト上レ天ニ。母又同時ニ登ルレ天而去ル。今ノ之賀茂ノ中祠ハ昔シ為タリ二田中一。時ニ田主已ニ播スレ秧《ナヘ》ヲ数畝、其苗俄ニ変シテ成ル二槻樹ト一。母氏降テ二樹下ニ一為レ神ト。今ノ賀茂ノ中宮是ナリ也。児又降テ為レ神ト。賀茂ノ上ノ宮是也。其ノ槻歳久シテ偃仆ス。世貴テ為二霊木ト一、不レ厄セ二樵材ニ一。故ニ至ル二於今ニ一也。子チ乞テ二神主ニ一刻メ二菩薩ノ像ヲ一。」円、喜テ而至テ二神主ニ一告クレ事ヲ。神主不レ斬《ヲシマ》。不シテレ日ナラ而成ル。像長ケ八尺。営テ二行願寺ヲ一安スレ之。以二円衣ルヲレ革ヲ、俗呼テ二行願寺ト一為ス二革堂ト一。後チ仁弘法師得テ二余材ヲ一又造テ二八尺ノ像ヲ一安ス二良峰寺ニ一。

【注】**行願寺**　京都一条の北にあった。現在は京都市中京区行願寺門前町。霊麀山行願寺。通称は革堂。『元亨釈書』巻一四「行円」。

28 〔京兆〕万祥山大通寺〈第八十九代亀山帝ノ弘長元年ニ創。至二元禄二年ニ一、四百八十八年〉（22オ）

開基律師、諱ハ真空、字ハ廻心、号ス二中観ト一。洛陽ノ人、親衛小将軍定親ノ之子ナリ也。自レ幼聡敏好レ学ヲ。凡ソ書一ヒ過レハ目ヲ、輒チ長記シテ不レ忘。幼歳ニシテ礼シテ二醍醐行賢阿闍梨ヲ一、剃落シテ受レ業ヲ。其ノ後、依テ二南京ノ東南院貞禅法師ニ一学二三論ヲ一。禅、一見シテ器許ス。心、服勤スルコト久シテ之、既ニ去テ而参二叩シテ諸刹ニ一研二究シテ秘奥ヲ一、復タ帰テ二醍醐ニ一従テ二賢公ニ一受二両部灌頂ヲ一。自レ是日ニ増シ二智証ヲ一、機弁敏捷ニシテ所ノレ至議論、莫三敢テ嬰ル二其ノ鋒ニ一。嘉禎三年、入二大悲菩薩ノ之室ニ一師資道契。乃受二満分戒ヲ一。律宗ノ教典鉤二探ス幽極ヲ一。一日、大悲謂テレ心ニ曰ク、「吾カ宗于レ子ニ大ニ興ン。子チ其レ懋メヨヤ哉。」心、由テレ是ニ用心

不怠、居木幡観音院大弘法化。名光燁然。俄聞聖一国師講宗鏡録於慧日山、特往聴之。国師以心精于三論数称于衆。且（22ウ）示以禅要。心有証悟。其後、応実相照公之請至南都戒壇院、講法華義疏三論玄義。既而住金剛三昧院。居歳余而退帰木幡。弘長元年、行具支灌頂。時八条禅尼、創万祥山大通寺請心為開山祖。弘振道化、晨鐘昏鼓上徹霄漢。実一梵刹也。此地有六孫王経基《ツネモト》源公旧廟。即設祠為護伽藍神也。禅尼時時礼謁詢法要、恨相見之晩。乃捨予州親居荘田、永資僧糧。心、唱律之外弘真言三論二宗、兼修浄土之業。文永四年、心六十四歳、会鎌倉無量寿院虚席。衆議曰、「非廻心和尚、不足以厭服衆心。」遂請心。心辞以老病。衆請再三、不得已而赴。四衆雲集惟恐後焉。一日、心安坐（23オ）一室、面西結定印泊然而逝。実文永五年七月初八日也〈至元禄二年、四百二十一年矣〉。世寿六十有五。坐若干夏。所著有往生論註鈔・十因文集・三廟鈔等若干巻。

【注】万祥山大通寺　京都市南区八条町にあった。現在は西九条比永城町。『律苑僧宝伝』巻一二「廻心空律師」。

29 〔京極通〕真如堂〈第六十四代円融帝、永観二年創。至元禄二年、七百六年矣〉

洛陽今出川有梵刹。号曰鈴声山真正極楽寺。時人称之曰真如堂。本殿安慈覚大師手造阿弥陀仏像。此像初在台山。永観二年、戒算上人一夕夢像告曰、「移置我於京師。利諸衆生。」算、覚以告台衆、無肯信者。既而算、移像於雲母《キララ》坂地蔵堂。復夢曰、「但見神楽岡《カクラヲカ》。一夜生檜樹千株。即是仏法有縁之霊地也。」覚後、果然乃就其地創蘭若、移置尊像。後、遷江州穴太宝光（23ウ）寺。文明九年三月二十六日、移京師一条。近来亦移今之地。自是此寺益繁栄而、礼謁者如水赴壑。其後、因夢感、毎歳自十月初六夜至十六早修法会。世人称此会曰十夜法事。浄土宗門偏ク修レス之ヲ。

【注】真如堂　京都市左京区浄土寺真如町。『雍州府志』巻四「真正極楽寺」。

30清浄華院〈貞観四年ニ創ム。至ニテ元禄二年一ニ、八百二十七年矣〉

此ノ寺ハ、本朝五十六代清和天皇貞観四年、天台慈覚大師開闢ノ之所ニシテ、為ニタリ禁闕ノ内道場一也。自レリ時レ厥ノ後、経ルコト二年代ヲ一久フシテ之、賜ニテ誓哲上人一ニ移ニシ金闕ノ外一ニ、哲居シテレ焉ニ専ラ修ニシ浄業ヲ一盛ニ弘ニム道化ヲ一。於テレ是ニ為ニル浄土宗門四寺ノ之一ト一也。当寺第三代等熙上人、俗姓出ニッ朝臣万里《マテ》小路ノ家一ニ。初メ熙居ニス寺中ノ子院一ニ。後ニ移ニテ本寺一ニ住スレ之ニ。後円融帝及ヒ後小松ノ院、称光帝各〻詔シテレ（24オ）熙ニ受ケレ戒ヲ、特ニ賜ニフ仏立恵照国師ノ之号ヲ一。浄土宗門国師ノ之号、以テレ熙ヲ為スレ始ト。又黒谷金戒光明寺廃スコトレ已ニ久シ。熙重ニ興シテ之ヲ一移シテレ錫ヲ居ル。焉ニ化風益〻盛也。

【注】清浄華院　京都市上京区北之辺町。『雍州府志』巻四「清浄華院」。

31〔京極〕東北院〈本朝六十八代後一条帝、長元三年ニ創ム。自レリ此レ至ニテ元禄二年一ニ、六百五十九年矣〉

後一条帝長元三年八月二十一日、皇大后建ニツ東北院一ヲ。延ニテ僧正慶命一ヲ落慶ス之。賜ニフ封七十戸一ヲ。其後、長暦帝〈六十九代後朱雀帝〉、長久元年九月十日、京極ノ離宮火《ヤケ》テ大内未レタ成ラ。故ニ天皇遷ニ幸ス東北院一ニ。

【注】東北院　京都市上京区北之辺町にあった。現在は左京区浄土寺真如町。『元亨釈書』巻二五「寛仁皇帝（後一条）」、「長暦皇帝（後朱雀）」。

32〔京寺町三条下〕誓願寺〈第三十九代天智天皇ノ勅創。至ニテ元禄二年一ニ、及ニフ千二十年一ニ矣〉

此ノ寺ハ、初メ於ニテ南京一ニ慧隠法師ノ所ニ也開闢一ス也。本朝三十五代舒明天皇御宇ニ、隠入唐シテ学テレ法ヲ、十一年九月ニ帰ル。白雉三（24ウ）年、帝勅シテ隠ヲ入テ㆓内宮ニ㆒、講ゼシム㆓無量寿経ヲ㆒。厥ノ後、天智帝勅シテ創ム㆑之ヲ。安ス㆓阿弥陀仏ノ像ヲ㆒。延テ㆑隠ヲ為ス㆓開山ト㆒。此ノ像ハ者、春日大明神ノ所造ニシテ而備㆓五蔵六腑於腹内ニ㆒矣。自リ㆑時レ厥ノ後、桓武天皇遷ス㆓都ヲ山州平安城ニ㆒時、此ノ寺ヲ移シテ㆓深艸ノ里ニ㆒而革テ㆓三論宗ヲ㆒為ス㆓浄土ト㆒。西山流義深草派ノ之本寺也。奉シテ㆓法然上人ヲ㆒為ス㆓遷改ノ之開山ト㆒。近来為ル㆓永ク賜紫ノ之道場ト㆒矣。嘗テ自リ㆓深艸㆒移ス㆓洛陽一条ノ之上ニ㆒。於テ㆑是ニ為メニ㆓祝融氏ノ㆒所ル㆑廃セ。文明九年、十穀法師発シ㆓興復ノ之志ヲ㆒、乃チ徧ク募テ㆓檀信ニ㆒重テ建ツ㆑之ヲ〈自リ㆑此至テ㆓元禄二年ニ㆒、二百十二年矣〉。自リ㆑是後、移ル㆓今ノ地ニ㆒。又豊臣秀吉公ノ愛妾、名ヲ曰フ㆓松ノ丸ト㆒、捨テ㆑金ヲ新ニス㆑之ヲ。荘厳華麗ニシテ、都下ニ所也㆑少レナル也。雖ヘトモ㆓風雨寒暑ト㆒、貴賎男女接テ㆑踵ヲ至ル。昼夜不㆑絶タ㆓鳴シ㆑鐘ヲ念仏スルコトヲ㆒。実ニ京師念仏第一ノ道場ナリ（25オ）也。

【注】**誓願寺**　奈良から京都市伏見区深草等への移転を経て（諸説あり）、現在は京都市中京区桜之町。『元亨釈書』巻一六「慧隠」。

33　〈因幡堂〉平等寺〈天徳三年ニ創ム。至テ㆓元禄己巳二年ニ㆒、七百三十六年矣〉

洛陽五条烏丸《カラスマル》ニ有リ㆓梵宇㆒。号ス㆓平等寺ト㆒。本朝六十二代村上天皇天徳三年、黄門郎橘ノ行平《ユキヒラ》、偶〳〵遊㆓因幡州一ノ宮ニ㆒、忽臥ス㆑病ニ。夢ニ有リ㆑人、告テ曰ク、「当州加留津ノ海底ニ、有リ㆓西域ノ之医王㆒。請シテ㆑之ヲ瞻謁セハ則チ病差ン矣。」既ニ覚テ令ルニ㆓漁夫ヲシテ下サ㆑網ヲ、果シテ得㆓薬師仏ノ像ヲ㆒。行平大ニ喜テ起テ而礼スルニ㆑之ヲ、病即チ痊損ス。因テ奉テ㆓尊像ヲ㆒還リ㆓京師ニ㆒、建テ㆓宝殿ヲ㆒号シテ曰フ㆓平等寺ト㆒。使ム㆓沙門光朝ヲシテ主タラ㆑之ニ。朝ハ即チ行平ノ之子也也。世人称ス㆓因幡堂ト㆒。本尊自リ㆓因州㆒以ノ㆑来ルヲ故也也。或ハ曰ク、此ノ尊像ハ即チ天竺祇園精舎療病院ノ之本尊也也。

【注】**平等寺**　京都市下京区因幡堂町。福聚山平等寺。通称は因幡薬師。『雍州府志』巻四「平等寺」。

34　〈洛之北野〉大報恩寺〈本朝八十五代後堀河帝貞応二年ニ落成ス。自リ㆑此至テ㆓元禄二年ニ㆒、四百六十七（25ウ）年矣〉

洛北千本有梵刹。号瑞応山大報恩寺。本殿安釈迦世尊像。故俗称曰釈迦堂。開山義空上人自号求法。其父忠明者、羽州太守秀衡《ヒデヒラ》之子也。其母嘗祷瑠璃光仏即娠。空公自少穎悟慕出世法、恒願為僧建梵刹以報四恩、年甫舞象投相之月輪執童子役、十九染衣受戒、尋登台山謁澄憲和尚、学教観深得其旨。兼稟秘密瑜迦旁探倶舎。業既成方憶、弘台密倶舎之三宗。即就今之地僅設小堂、以奉釈尊像及十大弟子。至貞応二年将建大殿、苦無大木。時有尼崎富翁。名浄金。夢一金色老僧告曰、「我今在洛北営寺。汝所（26オ）蔵大木当与我。」富翁許諾。老僧乃執筆印之。已覚而印文儼然。富翁愕然、乃到洛北而物色之。果見興作。而所夢老僧、乃堂中迦葉尊者也。富翁大喜即以大木捨之。不日落成、遂成名刹。至第八十六主四条帝嘉禎元年、奉勅弘三宗。大利四衆云。近来洛之東山智積院第七世泊如老僧正、退休于当山。如僧正、道高徳広其才越倫、最善筆札。声光著聞挙国仰其名徳、輿馬莫不到門。毎歳自二月七日至十五日修涅槃会、誦遺教経。於是黒白男女礼謁者如蟻〈元和五年、台徳大君賜当寺於智積院、永為退隠処〉。

【注】大報恩寺　京都市上京区溝前町。通称は千本釈迦堂。

35〔京千本〕蓮台寺（26ウ）

此寺聖徳太子開創之所、厥後、寛空僧正住焉。空姓文室《フンヤ》氏、河内人也。自生已来《コノカタ》、神府聡利稟密灌於寛平法皇。嘗為僧正。六十二主村上天皇勅請雨。過期不応。或者哂之。空、著法服捧香炉、入宮廷誦呪。忽陰雲四起雨似河傾。人皆歎美。至年八十九卒。実天禄三年二月初六日也〈自此至元禄己巳二年、七百十七年矣〉。

【注】蓮台寺　京都市北区紫野十二坊町。上品蓮台寺。『元亨釈書』巻一〇「寛空」。

36北野天満宮〈本朝六十二代村上帝天暦元年六月九日始テ移二ル北野一ニ。自レリ此至二テ元禄二年一ニ、七百四十二年矣〉

洛陽北野天満大自在天神ハ者、菅ノ丞相ノ之霊也也。昌泰四年〈第六十主醍醐天皇〉、因二テ左僕射藤ノ時平ガ之讒一ニ左二遷セラレテ太宰府ノ都督一ニ而薨ス〈自レリ此至二テ元禄二年一ニ、七百八十八年矣〉。未レタ死セ之先キ、自裁レチ疏《ミタ》ヲ訴二フ天（27オ）帝一ニ。故ニ其ノ霊奮激シテ為二ル威徳天神一ト也。天慶四年八月、有二リ沙門道賢一ト云モノ。借レテ冥ヲ見二ユ金峰山ノ金剛蔵王菩薩一ヲ。時ニ五色ノ光照二ス金峰山一ヲ。賢、白フシテ曰ク、「此ノ光何ノ祥ソ。」蔵王ノ曰ク、「今マ大政威徳天来ン也。」須臾ノ之間ニ、西方ノ空中ヨリ千万人至ル。儀衛偉如トシテ、宛モ似二タリ王者ノ之郊礼一ニ也。其ノ衆奇形異貌也。或ハ如二ク金剛力士・雷電神・夜叉・羅刹一ノ甚タ可二シ怖畏一ス。各〳〵持二ス器杖弓矢矛戟一ヲ。大政天与二蔵王一語リ已テ而欲二ス帰リ去一ントス。顧レテ賢ヲ曰ク、「将ニ此ノ人ヲ見二セン我カ居一ヲ。何如ン。」蔵王許レス之ヲ。使三メ賢ヲシテ乗二ラ一ノ白馬一ニ行クコト数百里、疾キコト如レシ風ノ。至二ル一ノ大池一ニ。池中ニ有二リ大島一。広サ百余里。中ニ有二リ方壇一。有二リ蓮華台一。其ノ上ニ有二リ宝塔一。塔ノ中ニ安二ス妙法蓮華経一ヲ。塔ノ東西ノ壁ニ懸二ケ両部ノ大曼陀羅一ヲ、其ノ塔厳麗不レ可レラ言フ也。北ニ有二リ大城一。城門ノ禁衛甚タ厳ニシテ又（27ウ）多シ。大政天語レテ賢ニ曰ク、「我レハ是レ上人ノ本国菅ノ丞相也也。忉利天帝字レシテ我ヲ呼二フ日本大政威徳天一ト。我レ讒配ノ時、非レス不レルニ動レサ心ヲ。我主二ル国土一切疾病災難ノ事一ヲ。我レ欲下ス悩二シ君臣一ヲ傷中ント人民上ヲ。*又思下フ以二テ我カ生前悲泣ノ之涙一ヲ化シテ為二シ大[1]雨一ト、浸二シテ本国一ヲ為二シ水海一ト、経二テ八十四年一ヲ成二立シテ国土一ヲ、為中ント我カ住城上ト。然レトモ此ノ国普賢・龍猛流二伝スルノ密教一ヲ之地也也。又応化ノ諸聖、以二テ悲願力一ヲ借二テ名ヲ明神一ニ、游二住シテ諸処一ニ覆二護ス衆生一ヲ。彼ノ諸ノ明神常ニ慰二諭ス我一ヲ。我レ又愛二重ス仏教一ヲ。故ニ不レ成二サ巨害一ヲ。但我カ十六万八千ノ諸ノ眷属、暴悪鬼神等、随レテ処ニ興レス災ヲ。我レ尚難レシ禁シ。我レ受二ケ神慰一ヲ味二フ法楽一ヲ。故ニ昔日《ソノカミ》ノ怨懟少シ息ム耳《ノミ》。」賢カ曰ク、「我カ国ノ人民、倶ニ称二シテ火雷神一ト尊重礼敬スルコト猶ヲ如二シ世尊一ノ。何ソ有レンヤ怨ラミ乎。」大政天ノ曰ク、「国俗以レテ我ヲ為二ス仇讎一ト。誰レカ敢テ尊（28オ）敬セン。又火雷神ハ者、我カ第三ノ使者火雷気毒王ト云者也也。非二ス我カ名一ニ也。我カ在世ノ時所レノ歴ル官位、有二レハ人ノ居一ルコト之我レ起二ス害意一ヲ。

是レ昔怨ノ之甚也也。而今立二テ、一ノ誓一ヲ遺二ス本邦一ニ。上人伝レテ之ヲ普ク属二シ給ヘ流布一ヲ。若シ人作二リ我カ形一ヲ称二シテ我カ名一ヲ慇勤ニ尊重セハ、我レ必擁護セン。若シ人聞二テ上人ノ言一ヲ信受シ崇奉セバ、我レ亦不レ為二如レノ上ノ之害一ヲ。」賢、反二テ金峰一ニ陳二フ上ノ事一ヲ。蔵王ノ曰ク、「我レ令三ルハ汝ヲシテ向二ハ彼ノ城一ニ者、使レント也知二ラ世間災難ノ之根本一ヲ也。」又有二テ満徳天一語レテ賢ニ曰ク、「彼ノ大政威徳天十六万八千ノ眷属、作二ス毒害一ヲ者、天下ノ善神不レ能二ハ遮リ止一ルコト。延長八年ノ夏、藤ノ清貫、平ノ希世逢二テ雷震一ニ而死スルハ者、彼ノ火雷気毒王ノ之為《シワザ》也也。亦崇福・法隆・延暦・檀林等ノ諸ノ大寺及ヒ大内ノ之焼災、皆是レ第三ノ使者ノ之所レロ也作ス也。如レク是ノ諸ノ悪神滅レシ法ヲ害レスルコト生ヲ、皆昌（28ウ）泰帝〈第六十代醍醐天皇〉独受二其ノ殃一ヲ。譬ハ如二キノミ衆流ノ之宗レスルカ海ニ耳。乃至暴風、疾雨、疫癘、時行、逆寇間〻起ル。並ニ是レ彼ノ眷属悪神ノ之所レ也発スル也。然レトモ、金峰八幡及ヒ我レ満徳天、堅ク執シテ不レ許サ。故ニ不二自恣一ニセ。」天慶三年七月十六日、託二シテ右京七条坊ノ婢文子《アヤコ》一ニ欲レス棲二ント右近ノ馬場一ニ。其ノ女甚タ賤シ。不レ能二ハ営搆一スルコト。纔ニ祠二家ノ側一ニ。天暦元年六月九日、始テ移二ス北野一ニ。其ノ制猶ヲ卑シ。九年三月、近州比良ノ神官良種カ児、年七歳託シテ曰ク、「我レ昔シ任二セシ僕射一ニ先キ夢ミラク、松生二テ我カ軀一ヲ而便チ折ルト。是ヲ以テ我レ知ル、上二テ三公一ニ又逢二ンコトヲ貶竄一ニ。以レテ故ヲ我カ所居ノ之地必ス当レニ生《シト》レス松ヲ。」不レシテ幾一夜ノ間、数千株ノ松生二ス北野一ニ。於レテ是ニ朝日寺ノ沙門最珍、与二右京ノ婢文子一ニ勠レセテ力ヲ造二ル霊祠一ヲ。天徳三年、右丞相藤師輔改二ム規ヲ大廈一ニ。自レリ爾レ霊威日ニ新也。世ニ（29オ）曰二フ十一面観自在ノ霊応一。

【注】**北野天満宮**　京都市上京区馬喰町。『元亨釈書』巻一八「北野天満天神」。

【校訂】1大雨―〈底〉大両

37

〔洛之北山〕霊岩寺〈至二テ元禄己巳二年一ニ、凡ツ梵及二フ八百五十年一ニ矣〉

釈円行、杲隣法師ノ之高弟也也。嘗テ入レテ唐ニ従二テ青龍寺ノ義真和尚一ニ、受二ク両部ノ密教一ヲ。本朝五十四代仁明帝承和六年ニ帰テ、就二テ洛ノ之北山一ニ建二テ、霊岩寺一ヲ居レリ焉ニ。伝二ヘ来ル経書六十九部一ヲ。後不レ知レラ所レヲ終ル。

【注】霊岩寺　京都市北区の北山にあった。霊厳寺。現在は円成寺。『元亨釈書』巻一六「円行」。

38〔壬生地蔵〕心浄光院

此ノ寺、京兆四条ノ之西、在リ二壬生《ミブ》ニ一。故ニ称ス二壬生寺ト一。又曰フ二宝幢寺ト一。大殿ニ安ス二地蔵菩薩ノ像ヲ一。不レ知ラ二何レ人ノ之開闢ト云フヲ一。殿内ニ有リ二鑑真律師ノ像一。此ノ像、世人誤テ為ニ夜又神ト一。初メ此ノ寺、真言律ニシテ而為リ二南京ノ招提寺ノ之派下一。豈ニ鑑真所ナランヤ二開基スル一乎。厥ノ後、本朝（29ウ）六十六主一条帝ノ正暦年間、快賢僧都ト云者《ヒト》中二興シテ之ヲ一居リレ焉ニ。精修勤行シテ有リレ年。自リレ時レ厥ノ後、円覚上人、正安年中、移シテレ錫ヲ居シテレ焉ニ、始テ修ス二融通念仏ノ法ヲ一〈自リレ此レ至テ二元禄二年一ニ、三百九十余年矣〉。自リレ是レ至テレ今ニ、毎歳自リ二三月十四日一至テ二二十四日一ニ、修ス二念仏ノ法会ヲ一。念仏ノ之暇、壬生村ノ民作ス二俳優演劇ヲ一。或ハ猿猴ノ戯レ、或閻王呵二責ス罪人ヲ一、或ハ地蔵救フ二有縁ノ之衆生ヲ一等ノ事也也。蓋シ為メヲレ導カンガ二不信ノ之愚人ヲ一乎。至テ二此時一ニ、黒白男女礼謁スル者、不レ知ラ二幾ク千万人ト云コトヲ一。誠ニ菩薩ノ大慈方便力也也。猗《アヽ》歟偉イナル哉〈朝臣壬生忠岑ノ之旧趾在リ二寺ノ之北一ニ矣〉。

【注】心浄光院　京都市中京区壬生梛ノ宮町。心浄光院宝憧三昧寺。通称は壬生寺。

39〔御室〕仁和寺〈本朝五十九代宇多ノ天皇ノ寛平元年創ムレ之ヲ。自リレ此至テ二元禄二年一ニ、八百年矣〉

寛平皇帝ハ者〈五十九代宇多ノ天皇〉、仁和帝〈五十八代光孝皇帝〉第七ノ子也也。仁和三年十一月、即テレ位ニ亨ルコトレ国ヲ十年。寛平元年、創ム二仁和（30オ）寺ヲ一。八月落成ス。沙門真然ヲ為ス二慶導師ト一。帝幼ニシテ不レ御セ二腥羶ヲ一。志慕ヒ二三宝ヲ一丱歳ニシテ上テ二叡山ニ一游観シ、耽二楽シテ僧儀一而忘ルレ帰ルコトヲ。常ニ遊二歴ス諸寺一ニ。歳十七白シテ二母后ニ一求ム二出家ヲ一。后ノ曰ク、「汝カ志可シレ貴フ也。然レトモ大屋寺ニ有リ二応俊法師ト云者一。精修ノ之士也也。汝先ツ事ヘヨレ彼ニ。出家未タレ晩《ルノミ》カラ耳。」又以テ二前志ヲ一白ス二仁和帝ニ一。帝ノ曰ク、「善ヒカナ哉善ヒカナ哉。堕ス二三宝ノ数ニ一。且ツ見二世相ヲ一漸ク成セヨ二梵儀ヲ一。」時ニ仁和在マス二諸藩ニ一。後数月ニ登ル二宝位ニ一。難シレ犯シ二

天威《ヲ》。不暇《アラ》復奏《スルニ》。踰《テ》三歳《ヲ》継《給テ》帝祚《ヲ》在位十年《ニシテ》而、禅《ル》位《ヲ》于皇太子《ニ》。昌泰二年十月十四日、従《テ》益信法師《ニ》出家《シ給フ》。法《ノ》諱《ハ》空理。即《チ》奉《シテ》書《ヲ》辞《ス》太上天皇《ノ》尊号《ヲ》。昌泰帝〈六十代醍醐天皇。寛平法皇《ノ》之長子《也》〉懇《ニ》授《ク》。遜譲益〻固《シ》。不《シテ》得已《ムコトヲ》而随《フ》之《ニ》。十一月受《ケ》戒《ヲ》於東大寺《ニ》延喜元年十二月、於《テ》東寺《ニ》受《ク》灌頂《ヲ》于（30ウ）益信《ニ》。営《テ》御室《ヲ》於仁和寺《ノ》側《ニ》、精《ニ》修《ス》禅宴《ヲ》。四年三月、建《テ》円堂《ヲ》安置《ス》金剛界会三摩耶戒《ヲ》。即《チ》立《テ》、誓《ヲ》曰《ク》、「昔為《ニ》人君《ト》、万姓作《ル》悪《ヲ》。皆帰《ス》我《ニ》。今成《ル》仏子《ト》。一身修善普《ク》利《ス》他《ヲ》。」又幸《シテ》叡山《ニ》謂《テ》増命法師《ニ》曰《ク》、「昔少年《ノトキ》登臨《シテ》此《ノ》山《ニ》、志求《ス》出家《ヲ》。中間万機瞬、息十祀今果《ス》本志《ヲ》。不任《ヘ》喜幸《ニ》。願《クハ》従《テ》師《ニ》受《ン》菩薩大戒及《ヒ》瑜伽《ノ》深旨《ヲ》。」便《チ》亦勅《シテ》作《ル》御室《ヲ》千光院《ニ》。乃《チ》於《テ》戒壇院《ニ》受《ク》大戒《ヲ》於命《ニ》。時《ニ》壇上《ニ》現《ス》紫金光《ヲ》。十年九月、就《テ》命《ニ》受《ク》灌頂*阿闍梨《ノ》位《ヲ》。自《リシテ》爾《シ》屢〻啓《キ給テ》、密席《ヲ》稟《ル》灌頂《ヲ》者多《シ》。承平元年七月十九日《ニ》崩《ス》。叡算六十五〈自《リ》此至《テ》元禄二[1]年七百五十八年矣〉。

【注】仁和寺　京都市右京区御室大内。『元亨釈書』巻一七「寛平皇帝（宇多）」。

【校訂】1至《テ》元禄二年―〈底〉至《テ》元禄二年

40円宗寺〈本朝七十一代後三条帝延久二年《ニ》建《ツ》。自《リ》此至《テ》元禄二年《ニ》、六百十九年矣〉

後三条帝、延久二年於《テ》仁和寺《ノ》之南《ニ》建《ツ》円宗寺《ヲ》。而二（31オ）月二十六日、落慶《ス》之。天皇幸《シテ》寺《ニ》親《ラ》営《ニ》法事《ヲ》。寺荘厳華麗《ニシテ》冠《タリ》都下《ニ》矣。三年六月、設《ケ》大会《ヲ》天皇幸之。四年十月置《ス》法華会《ヲ》。十二月、帝幸《シテ》寺《ニ》而供《ス》一万沙門《ヲ》。

【注】円宗寺　京都市右京区御室にあった。『元亨釈書』巻二五「延久皇帝（後三条）」。

41〈西山〉桜井寺〈本朝三十一代敏達帝十三年九月、僕射蘇馬子所《也》創《ル》也。此寺、元於《テ》内州石川《ニ》建《ツ》之《ヲ》。自《リ》此至《テ》元禄二

年ニ一千一百五年矣〉

此ノ寺ハ者、敏達帝十三年九月、僕射蘇馬子建テ二、精舎ヲ一安ス二仏像ヲ一。十月、令メ三高麗恵便ヲシテ度セ二善信・禅蔵・慧善ノ三尼ヲ一、於テ二桜井寺ニ一供給ス。一日設ク二大斎会ヲ一。善信ノ之父司馬達等予ル焉。於テ二斎膳ノ上ニ一得テ二仏舎利ヲ一献ス二馬子ニ一。其ノ舎利神異不レ測ラ。薭馬子益〻厚ス二浄信ヲ一。善信尼ハ司馬達等カ之女也也。敏達十三年十月、従テ二恵便ニ一出家ス。同伴二女共ニ薙ルレ髪ヲ。一ハ禅蔵、梁ノ人夜（31ウ）善カ之女メ。二ハ恵善、錦織壺カ之女ナリ也。善信、用明二年、白シテ二大臣蘇馬子ニ一曰ク、「出家ノ之*人、以テレ戒ヲ為レ地。願クハ赴テ二百済ニ一受ン二戒[1]学ヲ一。」崇峻元年、馬子付シテ二信ヲ百済使ニ一、求テレ法ヲ発遣ス。三年ノ春、善信等ノ三尼、自リ二百済一帰テ住ス二桜井寺ニ一。司馬達等ニ有リ二男女一。男ハ鞍部《ツクカリ》多須那《タスナ》、女ハ島。出家シテ曰フ二善信ト一。是レ本朝尼僧ノ始也也。*鞍部多須那、出家シテ法名徳斉。是レ男僧ノ之権輿也也。〈自リレ此至テ二元禄二[2]年ニ一、一千九十九年矣〉此寺、元於テ二内州石川ニ一建ツレ之ヲ。

【注】**桜井寺**　奈良県高市郡明日香村豊浦の桜井寺（本書巻第一3）のことと推測されるが、京都の西山という伝承もある（『京羽二重』巻四「洛西山」）。『元亨釈書』巻二〇「敏達皇帝」、巻一八「善信尼」。

【校訂】**1**戒学ヲ一―〈底〉戒学ヲ二　**2**二年ニ一―〈底〉二年ニ

42〔四条道場〕金蓮寺〈本朝九十四主花園帝応長元年ニ創テ、自レ此至三元禄二年ニ一、已ニ三百七十九年矣〉

洛陽四条ノ金蓮寺ハ者、乃チ花園帝ノ勅創ニシテ而浄阿真観上人ノ開山ノ之所ニシテ、為タリ二時衆宗四条派ノ之上司一矣。俗称ス二四条ノ道場ト一。嘗テ上人依テ二熊野ノ神ノ所託ニ一、嗣テ二元祖一遍智心上人ノ（32オ）之法脈ヲ一、大ニ弘ム二其ノ法ヲ一。浄阿上人ハ、本ト上総州牧野太郎源頼氏ノ之子ナリ也。建治元年正月朔日ニ生レ、気宇不レ凡、稟性明敏ニシテ、方テ二七歳ニ一見テ二飛花落葉ヲ一知テ二世相ノ無常ヲ一、無レ意二於栄達ニ一、有リ二脱塵ノ之志一。永仁元年、甫テ二十九歳ニ一謁シテ二本州ノ円通寺ニ一薙髪染衣シテ、既ニシテ而投シテ二鎌倉ノ極楽寺良観法師ニ一、受二具足戒ヲ一。従レ此叩テ二諸刹ノ碩徳ヲ一日ニ増二益シ智証ヲ一尋テ、参テ二由良ノ法燈国師ニ一有レ省。徳治元年正月初八日、詣テ二熊野新宮一ニ祈ル二証菩提ノ事一ヲ。其ノ夜、因テ二夢ノ感一ニ覚二了離三業安心ノ事一ヲ。神賜フニ以テス二三種ノ宝物〈神作ノ大黒天ノ像・荒神宝珠・仏舎利等也〉、及ヒ弥陀宝号ノ之印等一ヲ〈六十万人決定往生。南無阿弥陀仏是也也〉。神告テ曰ハク、「他日以テ二此ノ宝印一ヲ授ハ二諸ノ人民一ニ、則チ利益不レ少シト矣。」上人不レ勝ヘ二感喜一ニ。即手ラ写二其ノ神像一ヲ、為二道場擁護ノ（32ウ）神一ト〈名テ曰二御正体一。朝廷聞ヒテ二其ノ神異一ヲ、特ニ賜二綸旨一ヲ〉。上人従レ是巡二行州郡一ヲ利二済ス万民一ヲ。延慶二年、到テ二京兆祇陀林寺一ニ修二念仏三昧ノ法一ヲ。得ル二其ノ化一ヲ者ノ不レ可二称計一。本朝九十四代花園帝ノ慶長元年、辛亥ノ春、後伏見院ノ〈第九十二主也〉皇后患テ二産難一ヲ、時ニ因テ二夢ノ感一ニ、勅二使トシテ三条ノ大外記師宗一ヲ請ヒ給二宝号ノ印一ヲ。上人不二敢テ献一セ。中使再四、上人不シテレ得レ已コトヲ細書シテ献レス之ヲ。皇后大ニ悦テ即チ服二用之一ヲ。及テ二分娩一ニ見二皇子左拳ニシテ而生因テ開ヒテレ拳ヲ、乃チ有二宝号印一。時ニ花園帝、欽ヒテ二其ノ霊異一ヲ勅シテ創二此ノ寺一ヲ。特ニ賜テ二宸書ノ額一ヲ、曰二綿綾山太平興国金蓮寺一ト。又賜テ二綸旨一ヲ建二四足門一ヲ。又賜二号ヲ浄阿上人一ト。及ヒ諡トス二乃祖等ノ号一ヲ。此ノ宗、素トヨリ無シ二僧綱ノ之職一。以テ二浄阿上人ノ道徳一ヲ故ニ、自レ是相続テ皆ナ有二是ノ任一也。上人化縁已テ示シ二微疾一ヲ、時節既ニ（33オ）至テ索レテ筆ヲ書シレ偈ヲ、已テ投シテレ筆ヲ面テレ東ニ泊然トシテ而化ス。実ニ暦応四年辛巳夏六月初二日ナリ也。享ルコト二世寿一ヲ七十有四、僧臘五十又五。本殿ニ安ス二行基所造ノ阿弥陀如来ノ像一ヲ。此ノ尊像、乃チ洛東鶴カ林ノ宝福寺ノ之本尊ナリ也。其ノ寺已ニ廃テ、有テ二遺趾一今猶ヲ属ス二当山一ニ。本尊ノ右ニ有二釈迦ノ像一。即チ嘉慶元年、所レニシテ奉スル二将軍義満公一ノ而嵯峨ノ清涼寺ノ旃檀仏ノ之模像ナリ也。左ニ置ク二名工運慶カ所作ノ地蔵大士ノ像一ヲ。運慶嘗テ喪シテレ父ヲ甚タ哀ス。一夕夢ニ父告テ曰ク、「汝為ニレ我カ刻テ二地蔵菩薩ノ像一ヲ以テ資クヘシトレ冥福一ヲ。」覚メテ而造ルレ之ヲ。故ニ衆人称テレ之ヲ曰二親恋ノ地蔵一ト。自レ此至テレ今ニ庶人七七ノ忌日、謁シテ二此ノ像一ニ而シテ解クレ服ヲ矣。又有二僧坊一。号ス二十住心院一ト。中ニ安ス二弘法大師手造ノ裸形ノ地蔵ノ像一ヲ。其ノ霊応特ニ甚シ。四方ノ道俗、随喜瞻礼スル者ノ憧（33ウ）憧トシテ不レ絶。清和天皇ノ之母ヲ名二染殿一ト。欽ヒテ二其ノ威霊一ヲ、常ニ命シテレ輿ヲ詣レ之ニ曰ハク、「願ハ大士、為給ヘト二我家ノ之守護神一ト。」以レ故ヲ国俗呼テ染殿地蔵トス。又本殿ノ後ニ有二古松樹一。名ク二杜鵑松一ト。孟夏杜鵑来テ二此ノ松一ニ初テ発スレ声ヲ。故ニ名ク。時ニ東山慈照院義政将軍、駐テレ駕ヲ詠シ二和歌一ヲ、特ニ給下北野天神在ニ二筑紫太宰府一ニ一夜白髪ノ之画像幷ニ鶉文台等上ヲ。其ノ精微至巧ナリ也。至テレ今ニ蔵テレ之ヲ以テ為ス二家宝一ト。其ノ余ノ宸翰・

綸旨・宝物甚多シ。詳ニ在二本記一ニ。茲ニ略レス之ヲ。

【注】金蓮寺　京都市中京区中之町にあった。現在は北区鷹峰藤林町。

伽藍開基巻第四終※（34オ）

※「終」字、半文字分程行の右側に出る配置。

伽藍開基記巻第五

天王山志源菴釈道温編輯

山城州霊地

1〔広沢〕遍照寺〈当寺年代久遠、已ニ廃シテ而、不動ノ像及ヒ寛朝ノ之像、今在二リト広沢池ノ南ノ小菴一ニ云フ〉

此ノ寺、寛朝僧正於二テ洛西広沢一ニ剏建シ、号シテ曰二フ遍照密寺一ト。大ニ弘二ム密法一ヲ。寛朝者敦実親王ノ之子ニシテ而、寛平法皇孫也。依二テ寛空阿闍梨一ニ稟二ク密旨一ヲ。徳声孔タ昭也。永祚二年、円融帝詔シテ朝ニ受二ク密灌一ヲ。寛和二年、為二ル大僧正一ト。賜二フ封百戸一ヲ。長徳四年六月十二日ニ化シ去ル〈至二テ元禄己巳二年一ニ六百九十二年矣〉。朝大ニ興二ス密学一ヲ。密宗ノ行法ニ有二リ両派十二流一。広沢流ノ之六義ハ者自レリ朝始ル。小野流ノ之六義ハ者仁海僧正ヲ為レ始ト。仁海ハ未レタス詳二セ姓氏一ヲ、受二ク密（1オ）学ヲ於元杲闍梨一ニ。極テ称二ス博洽一ト。開二ク密席ヲ於小野一ニ。学徒雲集シテ号二ス小野ノ密派一ト。有二リ六流義一。寛仁二年、夏旱魃為レス虐ヲ。朝廷勅シテ祷レラシム雨ヲ。立トコロニ応ス。如レクスルコト是ノ者九度、時ノ人雅号シテ為二ス雨僧正一ト。賜二フ封七百戸一ヲ。許二サル乗輦車一ヲ。永承元年五月十六日入寂ス。寿九十有二〈至二テ元禄二年一ニ六百四十三年矣〉。

【注】**遍照寺**　京都市右京区嵯峨広沢西裏町。通称は広沢不動尊。『元亨釈書』巻四「寛朝」、「仁海」。『東国高僧伝』巻六「寛朝」、「雨僧正」。

2〔嵯峨〕大覚寺〈本朝五十六代清和帝ノ貞観十八年ニ建ツ。自レリ此至二テ元禄二年一ニ八百十三年矣〉

*開基沙門恒寂ハ者天長帝〈五十三代淳[1]和帝也也〉第二ノ子也也。容儀端正也。好ク通二シ経史一ニ綴二ル文辞一ヲ。承和帝〈五十四代仁明帝也也〉冊シテ為二皇太子一ト。監撫ノ之暇志三慕ス仏乗一ヲ。常ニ辞二シテ儲位一ヲ、事二トス逃逸一ヲ。帝不レ許サ。承和七年、淳和上皇

*崩ス。九年、嵯峨上皇崩ス〈五十二代〉。太子廃シテ（1ウ）為ル二金紫光禄太夫ト一。謂テ二左右ニ一曰ク、「吾レ元ト志ス二[2]逃佚ニ一。今是レ時也ト哉。」乃チ隠ル二淳和院ノ東亭子ニ一。嘉祥二年、薙髪シテ受ク二沙弥戒ヲ一。時ニ年二十五。貞観二年、受ク二具足戒ヲ一。勅シテ従テ二真如阿闍梨ニ一、稟ケ二両部ノ密法ヲ一、晩ニ以テ二荘田資産ヲ一捨ツ二大覚寺ニ一。此ノ寺ハ者嵯峨天皇ノ故宮也也。淳和帝ノ大后改テ為レ寺。寂造ル二丈六ノ弥陀ノ像ヲ一。又庋《ヲク》二諸ノ経論等ヲ一。寺供僧額皆寂ノ之所也レ置ク也。仁和元年九月廿日、沐浴浄衣シテ入リレ室ニ、禅座シテ向テレ西ニ逝ス。年六十〈自リレ此至テ二元禄二年ニ一八百四年矣〉。恒寂善シ二草顛ニ一。

【注】**大覚寺**　京都市右京区嵯峨大沢町。『元亨釈書』巻一四「恒寂」。

【校訂】1淳和―〈底〉清和　2逃佚ニ一―〈底〉逃佚ニ

3〔嵯峨〕清涼寺〈本朝五十六代清和帝ノ貞観年中ニ創ム。自リレ此至テ二元禄二年ニ一及フ二八百十余年ニ一矣〉

此ノ寺ハ者、嵯峨天皇ノ勅願ニシテ而恒寂ノ之所也レ創ムル也。釈迦ノ尊像ハ（2オ）奝然法師自リ二宋国一請シ来テ而安ス二清涼寺ニ一。奝然初メ居シテ二東大寺ニ一学ビ二三論ヲ一、又受ク二密乗ヲ于元杲ニ一。永観元年ノ秋、入テレ宋ニ巡二礼シ勝地ニ一歴二観ス明師ニ一。遂ニ於テ二汴都ノ西華門ノ外ニ一啓テ二聖禅院ヲ一礼ス二優塡第二ノ模像ヲ一。乃チ雇テ二仏工張栄ヲ一模刻シテ而得レ之ヲ。太宗皇帝、詔二問ス日本ノ皇系暦祚ヲ一。然ノ答辞詳備也。君臣称嘆シテ賜テ二紫衣ヲ一、乃チ辞シテ帰ル二本朝ニ一。永延元年也也。然得二仏像・大蔵五千四十八巻及ヒ十六羅漢ノ画像ヲ一来ル。其ノ優塡ノ模像ハ見ニ今在リ二此ノ寺ニ一。然長和五年ニ卒ス〈自リレ此至テ二元禄二年ニ一六百七十三年矣〉。

【注】**清涼寺**　京都市右京区嵯峨釈迦堂藤ノ木町。『元亨釈書』巻一六「奝然」。

4〔嵯峨大井川〕法輪寺〈本朝四十三代元明帝ノ和銅六年ニ創ムレ之。号ス二葛井寺ト一。其ノ後改ム二法輪寺ト一。淳和帝ノ天長七年、沙門道昌為二開祖ト一。自レ此至テ二元禄二年ニ一八百六十年矣〉（2ウ）

沙門道昌、姓ハ秦氏、讃州香河《カカハ》ノ人ナリ。幼歳ニシテ離レレ家ヲ学ビ二三論ヲ一。弘仁九年、於二東大寺ニ一受二具足戒ヲ一。諸宗ノ講場遍歴シテ従二テ神護寺ノ弘法大師一ニ登二ル灌頂ノ壇一ニ。淳和帝召シテ為二仏名懺主一ト。昌一日宴坐シテ見三ル虚空蔵菩薩現二ルヲ衣袖ノ上一ニ。乃割レテ衣図レテ之安二ス法輪寺一ニ。貞観元年、為二三会ノ講師一ト。初メ承和中ニ値二大井川ノ溢一ルニ、率レテ衆ヲ以テ隄レス之。多人群リ来テ不レシテ日而成ル。古老合掌加レテ額ヲ曰ク、「豈二疑ラクハ行基菩薩復タ見二ントハ于今時一ニ。我等何ソ多レキ幸焉。」貞観十六年ニ為二僧都一ト。十七年二月示寂ス。寿七十八。昌講二スルコト法華一ヲ五百七十座〈自レ此至二元禄二年一ニ七百九十八年矣〉。

【注】 **法輪寺** 京都市西京区嵐山虚空蔵山町。『元亨釈書』巻三「道昌」。

＊5 月輪《ツキノワ》寺〈在二愛宕[1]ノ山阿一ニ。自二開創一至二元禄二年一ニ九百八年矣〉

此ノ寺、第四十九代光仁天皇天応元年、愛宕ノ開山慶（3オ）俊僧都ノ所レニシテ創ムル、安二千手観音ノ像一ヲ。号シテ曰二鎌倉山月輪寺一ト。俊嘗テ准二シテ支那ノ之五岳一ニ、建二五精藍一ヲ。即是其ノ一ナリ也。後チ空也上人、因二テ夢ノ感一ニ、駐二錫ヲ於当山一ニ。其ノ後、八十三主土御門帝ノ朝臣九条ノ兼実藤公、退二寓スト之一ニ云。当寺属二愛宕ノ福寿院一ニ。

【注】 **月輪寺** 京都市右京区嵯峨清滝月ノ輪町。『雍州府志』巻五「月輪寺」。

【校訂】 1愛宕―〈底〉愛岩

6〔梅尾〕高山寺〈本朝六十代醍醐天皇ノ延喜中ニ台山ノ座主法性坊尊意ノ之所レ也創也。自レ此至二元禄二年一ニ七百八十余年也。其後久シテ之廃圮ス矣。八十三代土御門ノ御宇ニ明恵上人重興ス。自レ此至二元禄二年一ニ四百八十余年矣〉

沙門高弁、号二ス明恵一ト。姓ハ平氏、紀州在田郡ノ人ナリ。父ハ重国。嘗テ為二嘉応帝ノ〈八十代高倉院〉衛兵曹一ト。父母各〱詣二シテ仏祠一ニ求レム子ヲ。母夢レテ得二ルト柑子一ヲ而孕ム。承安三年正月ニ生ル。端正ニシテ可レシ愛シツ。甫二ンテ四歳一ニ父戯テ以二テ烏帽一ヲ安レシテ頭ニ曰ク、「如レノ是美児、安ソ得二早ク長成一ヲ、加二冠巾一ヲ登二シメン（3ウ）仕途一ニ。」時ニ児私カニ念シテ云、「我カ志シ学レス仏ヲ。世栄ハ非レス所レニ願フ也。父以二テ我カニ有レヲ相、冀二フ我ヲ為レンコトヲ官ト。今当レニ毀二ル其ノ相一ヲ。」乃投二ス于庭下一ニ。家人以テ為二失レ足ヲ扶起ス。又以二火箸一ヲ焼二其ノ臂一ヲ。九歳ニシテ投二高雄山ノ文覚師一ニ読二倶舎一ヲ。旬日ノ間ニ能ク誦ス。覚異トス。十歳ニシテ而学ビ二密乗ヲ於尊実一ニ、十六歳ニシテ剃髪シテ登二東大寺ノ戒壇一ニ受二具戒一ヲ。十九歳ニシテ従テ二興然阿闍梨一ニ稟ク二両部ノ密法一ヲ。遂ニ止テ二高山寺一ニ大ニ唱二賢首ノ之宗一ヲ。梅尾《トカノヲ》ハ者古ノ練若ノ之地、廃圮久シ矣。弁居テレ此ニ復ス二院宇一ヲ。承元二年、還テ二紀州一ニ於テ二内崎山一ニ創メ二伽藍一ヲ、四年ニ又タ帰ル二梅ノ尾一ニ。寛喜四年正月十五日ノ夜、対シテ二弥勒ノ像一ニ、禅坐シテ入観ス。傍人看レハレ之、如レ無カ二気息一。於時ニ尊像ノ宝座ノ角ノ宝珠、忽ニ出ス二香煙一ヲ。漸クニ上テ如レ雲ノ。其ノ像譬ハ若レ在スカ二天雲ノ中一ニ。於テレ是ニ弁又タ口ノ中ヨリ放ツ二白光一ヲ。移シテレ刻ヲ出テ*定ヲ、（4オ）告テ二諸徒一ニ曰、「我ガ期已ニ近シ。」便宜ニ臨終ノ法儀一。十九日ノ清朝ニ広ク説キ二修学ノ之法一ヲ、然[1]シテ後ニ挙テレ声ヲ唱ヘ二慈氏ノ号一ヲ、右脇ニシテ微笑シテ而化ス。寿六十〈自レ此至二元禄二年一ニ四百五十七年矣〉。

【注】高山寺　京都市右京区梅ケ畑栂尾町。『元亨釈書』巻五「高弁」。『東国高僧伝』巻九「高弁」。

【校訂】1然シテ―〈底〉然レ

7槇尾寺〈弘法大師ノ之徒智泉上人所レ創也。其後本朝一百八代後陽成帝慶長五年、明忍律師重二興ス此寺一ヲ。自レ此至二元禄二年一ニ八十九年矣〉

開基智泉上人ハ者弘法大師ノ之姪ナリ也。性至孝也。母死シテ哀毀甚シ。乃祈テ二諸聖一ニ曰ク、「願クハ知ラント二亡母ノ生処一ヲ。」数歳ノ後、感シテレ夢ヲ曰、「汝カ母堕ス二地獄一ニ。」泉益ス悲泣シテ啓シテ二大師一ニ曰ク、「亡母在リト二地獄一ニ。以テ二何ノ方便一ヲ救ンレ之。」大師曰、「修セヨ二破地獄ノ法一ヲ。必ス可レシ救矣。」泉精修シテ不レ怠。一夕夢ニ其母曰ク、「承テ二子カ救護一ヲ、今生スト二天上一ニ矣。」初メ於テ二槇尾山一ニ創テ二練若一ヲ修ス二密法一ヲ。自レ此厥ノ後廃圮久シ矣。慶長五年ニ明忍（4ウ）律師興二復シテ此ノ寺一ヲ而竪ツ二律幢一ヲ。明忍字ハ俊正、出ツ二京兆ノ中原氏一ニ。大外記康綱九世ノ孫、少内記康雄ノ次子也。天正四年ニ生ル。天性敏悟ニシテ越ヘレ倫、七歳ニシテ従テ二高尾ノ晋海公一ニ学ヒ二内外ノ典一ヲ、二十四歳ニシテ就テ二海師一ニ薙髪。稟テ二瑜伽ノ密行一ヲ、不二少クモ懈一ラ。其ノ後登二高山寺一ニ求メ二好相一ヲ、自誓テ受戒シ、再ビ竪ツ二律幢一ヲ。於レ是ニ重二興シテ槇ノ尾寺一ヲ、与ニ二西大寺ノ高珍公一闡ク二律学一ヲ。俄ニシテ而寝レ疾ニ、経ルコト久シテ弗レ愈ヘ。

自知不起、乃作書以遺其師、自鳴犍稚、唱仏号、願生安養。忽見紫雲靉靆宝華繽紛西方聖衆示現雲端。於是怡然而逝。時慶長十五年六月七日也。寿三十有五〈自此至元禄二年七十九年矣〉。

【注】槙尾寺　京都市右京区梅ケ畑槙尾町。槙尾山西明寺。『元亨釈書』巻九「智泉」。『東国高僧伝』巻十「明忍律師」。

8 〈大原〉勝林寺〈本朝五十三代淳和帝天長二年創。自此至元禄二年八百六十四年矣〉（5オ）

開基寂源者左僕射雅信之子也。従池上皇慶学顕密之教。天長二年、入洛北大原山、創勝林院、六時行道。一日毘沙門天執蓋随後。其天降之室、今猶存。臨終之時、紫雲垂布床上云。

【注】勝林寺　京都市左京区大原勝林院町。勝林院。『元亨釈書』巻一一「寂源」。

9 〈大原〉来迎院〈本朝七十四代鳥羽帝天仁二年建。自此至元禄二年五百八十年矣〉

開基良忍法師尾州富田人也。登叡山聞台教於良賀、稟密灌于永意。承徳之始、隠棲大原山、創来迎院。夷其趾作結界法。鬼魅相語曰、「師之法力雖駆逐我等、法末之時、我等当又帰止。」時忍親聞焉。待賢皇后宮人、有問道於忍者、常常来院。一日未通謁、先憩殿階自思言、「我是婦人。屢〳〵入精舎、悪少之者恐貽《ノコサ》疑謗。（5ウ）不利吾師。我雖慕道切、不亦来矣。」忍在殿内開扉告曰、「姉之先思、又無妨。只願固志於此、不亦美乎。」宮人自茲思忍之不凡、而就薙染。法名法性。忍修八字文殊法。庭上大石変為師子、廻旋吼瞰。一日異人来謁。言曰、*「師盍唱融通念仏乎。」忍曰「何謂。」対曰、「廻我所[1]唱、融会衆人、衆人之唱又通于我。是融通念仏也。其功踰独称。不可勝計。何以故衆生無辺故。師願以此事、勧誘四海。我又

広ク倡ン二天神地祇ヲ一耳。」忍曰ク、「公ハ誰ソヤ乎。」対テ曰、「鞍馬寺ノ毘沙門天ナリト也。」語已テ不レ見ヘ。忍自レ此常ニ唱二融通念仏ヲ一。又作レテ疏、博ク勧ム二四衆ヲ一。天仁二年、来迎院成ル。忍於テ二此ノ地一ニ唱二顕密ヲ一、又闢ク二声明梵唄ヲ一。天承二年二月一日ニ化ス。年シ六（6オ）十一〈自レ此至二元禄二年一ニ五百五十七年矣〉。忍建テ二一宇ヲ一、庋テ二大蔵経律論ヲ一、名テ曰二如来蔵ト一。所レノ持弥陀経、時時ニ放レ光ヲ。其ノ徒収レテ之置ク二蔵中一ニ。

【注】 **来迎院**　京都市左京区大原来迎院町。『元亨釈書』巻一一「良忍」。

【校訂】 **1**所レヲ唱ユル―〈底〉所レヲ唱ユル

10〔大原〕寂光院　融通寺〈共ニ良忍法師ノ之所レ開也〉

【注】 **寂光院**　京都市左京区大原草生町。**融通寺**　大原付近にあったか。

11〔大原〕霊山寺〈本朝八十二代後鳥羽帝ノ建久三年ニ法然上人ノ所レ創也。伝記見タリ二大谷寺一ニ。自レ此至二元禄二年一ニ四百九十七年矣〉

【注】 **霊山寺**　京都市左京区大原付近にあったか。

12〔西岩倉〕金蔵寺〈未詳年代〉

当山ハ、乃チ本朝四十四代元正天皇ノ之本願也。而モ隆豊禅師為二開基ノ之祖一ト。其ノ後、賀登上人中二興之一ヲ。隆豊嘗テ遥ニ見ル二一峰ヲ一、有二紫雲一。乃尋二至テ其ノ山一、于レ路ニ逢二異人一ニ。告曰ク、「我自リ二日向ノ州一来テ而栖ム二此ノ地一ニ。汝若シ創ハ二蘭若ヲ一者、我須ク為二護伽藍神一ト。」言已テ即隠ル。乃是レ神武天皇ノ霊廟向日明神也。於レ是ニ（6ウ）豊就二岩倉山一ニ創二梵宇ヲ一、号シテ曰二金蔵寺ト一、安ス二観世音ノ像ヲ一。殿南ニ搆テ二一宇ヲ一置二阿弥陀仏ノ像ヲ一。傍ニ設二伊勢春日八幡ノ三祠ヲ一。又有二弁財天女ノ祠一。楼門頭ニ有二金剛大力士一。殿前ニ有二古松樹一。大サ四囲許リ、其ノ枝梢蟠屈シテ可レシ愛シツ。亦有二大桜桃樹一。山中有二子院四所一、曰二西室ノ坊・宝地院・桜本ノ坊・上ノ之坊一ト也。

【注】**金蔵寺**　京都市西京区大原野石作町。『雍州府志』巻五「金蔵寺」。

13 〔西山粟生ヲ〕報国山光明寺〈第八十五代後堀河帝ノ安貞ニ二年創テ、至二元禄己巳二年一ニ四百六十一年矣〉

此寺、乃チ法然上人開山ノ之所ニシテ、浄土宗門西山立義ノ之本寺也。本朝八十三代土御門帝建永二年ノ法然因二テ法義ノ之事一ニ、謫二ラル讃州一ニ。無レ何クモ、冬十二月八日、蒙レテ恩、帰テ摂州ノ寓二勝尾山一ニ。凡ソ経二テ四載一ヲ而、順徳帝建暦元年、承レテ勅還二リ大谷一ニ、二年壬申正月二十五日ニ逝ス。寿八十有四。門人奉二シテ（7オ）全身一ヲ葬二ル于大谷一ニ。初メ法然述二シテ選択集一ヲ勧二ム浄土之ノ業一ヲ。於レ是叡山法師定照ト云者ノ著レシテ書ヲ、破二テ選択集一ヲ而、誹レ之ヲ。時ニ法然ノ之徒僧隆寛、作二テ徹選択集一ヲ、答テ誹二ス台宗一ヲ。是ノ時台徒大ニ怒テ、嘉禄三年丁亥六年、大衆蜂起シテ至二于大谷一ニ〈法然逝後十六年也〉。欲下毀二法然ノ之塔一ヲ失中却セントト其ノ屍上ヲ。由レテ是勢観・隆寛等ラ於二テ其夜一ニ発レ塔、奉二シテ遺骸一ヲ密ニ移二于広隆寺ノ之来迎院一ニ。越テ明年、又移二西山ノ幸阿弥カ之菴一ニ。乃二十五日清早ニ行二ス荼毘ノ法一ヲ。時ニ紫雲下覆照二耀ス林巒一ヲ。以レ故ヲ名テ曰二光明寺一ト。法然上人ヲ以テ為二開山ノ之祖一ト。于時ニ安貞二年也也。

【注】**報国山光明寺**　京都府長岡京市粟生西条ノ内。『雍州府志』巻五「光明寺」。

14 〔西山〕良峰寺〈本朝六十八代後一条帝ノ長元三年ニ創。至二元禄己巳二年一ニ六百五十九年矣〉

開基源算ハ者因州ノ人ナリ。母娠ム時労苦異レナリ常ニ、及レテ誕ニ以為二不（7ウ）祥ノ子一ト、棄二ツ之ヲ路ノ傍一ラニ。牛馬不レ践マ、鳥獣不レ害セ、三日マテ無二シ少モ傷一ルコト。隣人怪レテ之収テ而育レフ之。及二テ総角一ニ上二テ叡山一ニ、経レテ年ヲ剃髪受戒ス。壮歳ニシテ還俗ス。丁二テ母ノ喪一ニ不レ任二ヘ哀毀一ニ、返二テ本山一ニ登レ壇ニ重受ク。時ニ年シ四十五。後ニ至二西山ノ良峰《ヨシミネ》一ニ、枕レニシ石ヲ嗽レテ流ニ、清修自適ス。欲レ創二ント道場一ヲ。其址不レ平ナラ、岩石磊砢トシテ難レ施二畚鍤《ホンサク》一。算愁レフ之。一夕夢ラク異僧告テ曰ク、「上人莫レ愁レフ。我助二ケン健夫一ヲ。」次ノ夜、野猪数千鑿レリ岩ヲ負レ土ヲ。翌早見レハ之、基地坦衍ナリ。乃創二ム精舎一ヲ。算持二ス仏舎利三粒一ヲ。一朝失二ス一粒一ヲ。算常ニ憂レ之。寛治五年九月、啓二テ法華講会一ヲ、供二ス舎利一ヲ。席上ニ得二一粒ノ舎利一ヲ。即所レノ失之者ナリ也。算悦コト之甚シ。始メ失二テ舎利一ヲ、後チ左肩ニ生レテ疣ヲ、已ニ数年也矣。及二テ舎利ノ返一ルニ疣自愈ユ。乃知ヌ、舎利包テ在二ルコトヲ疣中一ニ。聞見異レシム之。自レリ入二テ良峰一ニ七十余年、不（8オ）レ践二紅塵一ヲ、長ク臥二ス白雲一ニ。京師辺地、慕レフテ風ヲ奔赴ス。漸クニ成二ス宝坊一ヲ。徒衆益〳〵繁シ。算厭二テ諠閙一ヲ、去レルコト寺ヲ不レシテ遠、別ニ構二テ草菴一閉レテ門宴坐ス。動スレハ経二時日一ヲ。七十年来不レ破ラ斎ヲ。或ハ数日断レス湌ヲ。池蛙閬爾トシテ庭鳥相馴ル。承徳三年三月、結二テ定印一ヲ端坐シテ而逝ス。経レテ日ヲ容貌不レ変セ。其ノ徒閟《トヅ》二全身一ヲ。年シ一百一十七歳

〈自レ此至二元禄二年一ニ五百九十年矣〉

【注】**良峰寺**　京都市西京区大原野小塩町。善峰寺。『元亨釈書』巻一四「源算」。

15〈洛之西山〉海印寺〈未レ詳二年月一。開山逝後ヨリ至二元禄二年一ニ八百二十八年矣〉

洛ノ之西山ニ有二両寺一、在二ヲ山上一ニ名二奥海印寺一ト、在二村中一ニ曰二下海印寺一ト。皆弘法大師ノ之徒道雄僧都ノ開創ノ之所ニシテ習二密宗一兼二ヌ華厳一ヲ。安二ス本殿観世音ノ像一ヲ。山上奥ノ寺ニ有二護摩堂一、置二不動尊一ヲ。楼門頭ニ有二二金剛大力士一。乃チ仏工運慶カ所レ也造也。開基道雄、姓ハ佐伯《サイキ》氏也。自レ幼敏悟稟質不レ凡ラ、従二テ慈勝（8ウ）法師一ニ受二唯識ノ之旨一ヲ。尤モ通二シ因明論一ニ、尋テ依二テ長歳和尚一ニ学二華厳宗一。又投二弘法大師一ニ習二密法一ヲ。欲レ創二ンコト伽藍一ヲ未タレ得二勝地一ヲ。一夕夢ニ山州乙訓《ヲトクニ》ノ郡木《コ》上《カミ》山ノ境致霊区ナリト。翌日覓二ルニ其ノ処一ヲ果シテ如二シ夢中一ノ。奏シテ営二精藍一ヲ、官給二テ工糧一ヲ、遂ニ成二大伽藍一ト。号シテ曰二海印寺一ト。置二テ華厳教一ヲ、大ニ弘二ム密法一ヲ。第五十四主仁明帝承和十四年、勅シテ為二律師一ト。嘉祥三年、任二ス僧都一ニ。仁寿元年六月ニ化ス。

【注】**海印寺**　京都府長岡京市奥海印寺周辺にあった。現在は寂照院のみが残る。『雍州府志』巻五「海印寺」、『元亨釈書』巻二「道雄」。

16〔西山〕三鈷寺〈未詳年月。至元禄二年凡及六百余年矣〉

平城西去四句、廬舎有精藍、曰三鈷寺。乃良峰寺源算法師所創為退休之所也。初号往生院。後某年挙為官寺、改名三鈷寺。蓋忌往生之字也。以当山似三鈷杵、故名焉。源算自手刻阿弥陀仏像、事之。兼学台（9オ）密律浄土四宗。算因州人。母娠時甚艱。及誕以為不祥棄之于路。至三日無害。隣人収而育之。及総角上台山。経年薙髪受戒、壮歳還家、丁母喪不勝哀毀、後返本山重受具。時年四十五。其後就洛之西山、創良峰寺居焉。道風盛振。算自入良峰七十年不下山。京師緇素、慕風奔赴。算厭諠閙就当山、創蘭若居之。山門外立石、不許女人並酒肉五辛入門内。其碑石至今尚存。承徳三年三月、結定印端坐而寂。寿一百十有七歳〈自此至元禄二年五百九十年矣〉。

【注】三鈷寺　京都市西京区大原野石作町。『雍州府志』巻五「三鈷寺」、『元亨釈書』巻一四「源算」。

17山崎寺〈本朝六十代醍醐帝延喜年間建。自此至元禄二年及七百八十年矣〉

開基慈信法師者、不知何処之人。有神異、常飛鉢乞（9ウ）食。故世号空鉢上人。初摂州中山有十一面観音像。昔聖徳太子令《シム》百済仏工刻之。像成時時放光。古老伝、「像放光照岩、其崛成金色。」延喜年中、信対像啓曰、「我此日域何地為霊区乎。我願殫《ツクサ》力於営幹。」其夜夢像告曰、「我平等慈悲無刹不現。然山州山崎、其民縁熟。」信乃移像於彼。又飛鉢求営造。邪輩多作侮慢。此類咸受疾。邪衆悔過、帰像。疾尽愈。一日、信採花而出。還見無像。旁《アマネク》尋四方去房半里、像在草裏而立。信、已到此、像語曰、「我非厭子而去。此地、後来多吉祥。故我来此。子只帰院安居。」信以像言書側石、四来聞見傾伏営搆。不日而成。（10オ）

【注】山崎寺　未詳。『元亨釈書』巻一四「慈信」。

18〔山崎〕宝積寺〈神亀四年ニ創。至二元禄己巳二年一ニ九百六十二年矣〉
此ノ寺ハ、本朝四十五主聖武天皇神亀四年ニ勅創シテ。奉二シ観音大士ノ像一ヲ、号シテ曰二補陀落山宝積寺一ト。世ニ称二ス山崎ノ宝《タカラ》寺一ト。有二安阿弥カ所レノ造ル不動尊北天王ノ像一。往昔、山中ニ有二子院十二坊一。厥ノ後、廃壊シテ而今六坊存ス焉。所謂ル覚昇・極楽・円隆・仙涼・東ノ坊・松ノ坊是レ也也。此ノ坊各〈限二テ一歳一ヲ、輪流二シテ知二ル寺ノ事一ヲ。昔シ聖徳太子令三百済ノ仏工シテ刻二サ十一面大悲ノ像一ヲ、為二山崎寺ノ之本尊一ト。其ノ後寺廃シテ、其ノ像今移テ在二当山本殿一ニ。傍ニ置二太子ノ像一ヲ。又有二行基・弘法・慈恵三師ノ之像一。毎歳二月十五日又七月十六日・十八日、啓レテ帳ヲ令二諸人シテ瞻礼一セ。有二庄田一収二ムト米六十余石一ヲ云。（10ウ）

【注】宝積寺　京都府乙訓郡大山崎町銭原。通称は宝寺。『雍州府志』巻五「宝積寺」。

19男山ノ八幡宮〈本朝五十六代清和帝ノ貞観元年移二于男山一ニ。自レ此至二元禄二年一ニ八百三十年矣〉
八幡大神ハ者欽明帝〈三十代ノ主〉三十一年、豊前州ノ宇佐郡ノ厩岑菱潟《ヒシカタ》池ノ畔リノ民家ノ児、甫メテ三歳託シテ曰ク、「我ハ是レ第十六主〈応神帝也〉誉田《コンタ》天皇広幡八幡也。我ヲ名二ク護国霊験威身神大自在王菩薩一ト。諸州諸所ニ垂二ル跡ヲ於神明一ニ。今顕テ坐二ス此ノ地一ニ耳。」因レテ之勅シテ建レ祠ヲ。霊験日〈ニ新ナリ也〈自レ此至二元禄二年一ニ一千一百十八年〉。自レ此厥ノ後、大安寺ノ沙門行教、貞観元年詣二リ豊州ノ之宇佐八幡ノ神祠一ニ、一夏九旬昼ハ読二大乗経一ヲ、夜ハ誦二ス密呪一ヲ。法歳已ニ満。夢ラク大神曰ク、「久ク受二ク法施一ヲ。不レ欲レセ離ルコト師ヲ。師廻二ラハ王城一、我又随行テ居二テ王城ノ側一ニ、当レニ護二皇祚一ヲ耳。」教漸クニ著二ク山州ノ山崎一ニ。其ノ夜又夢ラク、大神曰ハク、「師見二ルヤ我カ所居一ヲ。」俄ニ覚テ便起テ見三ル東南男山《ヲトコヤマ》鴿ノ峰ノ上ニ（11オ）現二ルヲ大光一ヲ。凌晨至二ル光*処一ニ。実ニ霊区ナリ也。教便チ録二シテ一事一ヲ表奏ス。帝詔二シテ橘工部一ニ、准二シテ宇佐[1]ノ祠規一ニ、建二ツ新宮一ヲ。世ニ言ユル、教祈レル見二ント大神ノ本身一ヲ。於レ是ニ弥陀観音勢至ノ三像現二袈裟ノ上一ニ。因レテ是ニ殿内ニ安二ス三像一ヲ。

【注】**男山八幡宮**　京都府八幡市八幡高坊。石清水八幡宮。『元亨釈書』巻二〇「欽明皇帝」、『元亨釈書』巻一〇「行教」。

【校訂】**1**宇佐―〈底〉宇作

20〈石清水〉法園寺〈第八十六代四条帝ノ嘉禎年間ニ創。至二元禄二年一四百四十余年矣〉

開基律師、諱ハ聖守、号二ス中道一ト。和州ノ人也。少ニシテ出家シテ、有二リ遠志一。稟二ク密乗ヲ于報恩院ノ憲深僧正一ニ。又従二テ樹慶大徳一ニ学二三論一ヲ。括一レ究幽隠一ヲ。自レ是日ニ益二智証一ヲ、中一レ興南都真言院一ヲ以テ居シ、弘二ム顕密ノ二教一ヲ。嘗テ受レテ請ヲ講二ス三論一ヲ。輪下ノ聴者、不レ可二勝テ計一。嘉禎年間、依二テ大悲菩薩一ニ重テ受二具戒一ヲ、博ク究二律部一ヲ。時ニ有二石清水ニ検校行清公一。新ニ建二法園寺一ヲ、延レテ守ヲ為二開山一ト。於レ是ニ道風益〳〵（11ウ）盛ニシテ黒白靡然シテ帰仰ス。一旦示二微疾一ヲ、臨終ニ手ニ執二テ金剛杵一ヲ端坐シテ如レニシテ入二カ那伽一ニ而化ス。実ニ正応四年十一月二十七日ナリ也。閲世七十有三、僧臘若干歳〈至二元禄己巳二年一ニ三百九十八年矣〉。

【注】**法園寺**　京都府八幡市八幡源氏垣外。『律苑僧宝伝』巻一二「中道守律師」。

21〈竹田〉安楽寿院〈保延三年ニ創。至二元禄二年一ニ五百六十六年矣〉

皇城南ニ去ルコト不レ遠、有二名利一。其ノ地ヲ名二竹田一ト、寺ヲ号二ス安楽寿院一ト。有二子院十二坊一。分二チ収テ荘田五百石一ヲ、以テ各〳〵為二寺務一ト矣。此ノ寺、本朝七十四代鳥羽皇帝保安四年正月、譲二リ位ヲ于皇太子一ニ、乃就二城南ノ鳥羽一ニ搆二離宮一ヲ駐二鳳輦一ヲ、帰二シ心ヲ仏乗一ニ常ニ慕二給密法一ヲ。時ニ聖算二十一。後、保延三年於二今ノ之地一ニ創二精藍一ヲ安二無量寿仏ノ像一ヲ。榜シテ曰二安楽寿院一ト。十月十九日、詔シテ覚行法親王ヲ為二落慶ノ導師一。中ニ有二五層ノ宝塔一、曰二本御塔《ホンミタウ》一ト。丹（12オ）青焜煌トシテ照一レ映ス林巒一ニ。永治元年三月初十日、上皇祝髪シテ詔二シテ僧正信証一ニ授二シム菩薩戒一ヲ。法ノ諱ハ空覚。近臣革レメテ服ヲ、同ク稟受スル者ノ六人、乃チ於二寺中一ニ、設二テ坊舎一ヲ居レス焉ニ。今ノ新御塔ノ之六坊是ナリ也。久安三年、離宮ノ傍ニ設二九寺一ヲ。皆置二阿弥陀仏ノ像一ヲ、以テ表二シ九品浄刹一ヲ勤修精進給ト云。其ノ後、保元元年秋七月ニ崩シ給。聖寿五十有四。葬二于当寺一ニ。建二五層ノ宝塔ヲ於其ノ上一ニ、安二春日大神所造ノ阿弥陀仏ノ像一ヲ号二ス新御塔一ト。是乃チ七十五主崇徳帝ノ后皇美福門院及ヒ八条ノ女院ノ本願ニシテ而〈女院ハ者美福門院ノ之女也〉、納二レテ荘田若干頃一ヲ以テ充二香積一ニ。遂ニ成二大伽藍一ト冠二タリ於都下一ニ。厥ノ後、為二祝融氏ノ所一レ廃セ、＊悉ク為二ル煨燼一ト。於レ是ニ其ノ地多クハ者為二田疇一ト。今僅ニ有二小殿両塔僧坊十一所山門[1]等一。至二テ慶長年（12ウ）間一ニ関白秀頼公、建二一層ノ支提ヲ於新御塔ノ遺趾一ニ、依レテ旧ニ名レク之。又於二大殿ノ遺趾一ニ構二テ小宇一ヲ、乃安二行基菩薩手塑ノ薬師仏ノ像一ヲ、号二ス新堂一ト。毎歳修二ス如法経会一ヲ。法皇嘗テ欽二テ高野伝法院ノ覚鑁上人ノ徳一ヲ、便チ於二テ宮掖一ニ設二精舎一ヲ、号二伝法院一ト。延レテ鑁ヲ問二ヒ給法要一ヲ。既ニシテ而鑁自手刻二不動ノ尊像一ヲ。其ノ長丈余、威容可レシ畏レツ。以テ安レス向レテ北ニ。蓋シ為レメ也護二センカ金闕一ヲ也。故ニ世人有二リト北向ノ不動ノ之名一云。

【注】安楽寿院　京都市伏見区竹田中内畑町。
【校訂】1山門等一―〈底〉山門等

＊22〈竹田〉九品寺〈未レ詳二年月一。至[1]二元禄二年一ニ凡及二五百六十余年一ニ矣〉

当寺ハ、本朝第七十四主鳥羽法皇就二テ洛ノ之南於竹田ノ中一ノ構二離宮一ヲ、其ノ傍ニ建二九寺一ヲ、安二阿弥陀仏ノ像一ヲ而、表二ス安養九品一ヲ。号シテ曰二九品寺一ト。以二年代久遠一ナルヲ皆ナ廃壊シテ、唯タ此ノ寺存レス焉。（13オ）

【注】九品寺　京都市南区東九条上御霊町。『雍州府志』巻五「九品寺」。
【校訂】1至二―〈底〉至一

23〈下鳥羽〉恋塚寺

寺在二紀伊ノ郡下鳥羽ニ一。開基高尾山ノ文覚上人、姓ハ藤氏、親衛校尉持遠カ之子也。俗名ハ盛遠。以テ二家業ヲ一早ク備ル二宮掖衛兵曹ニ一。十八歳ニシテ誤テ殺スレ婦ヲ。因テ剃髪シテ就テ二此地ニ一創二精舎ヲ一、葬二婦ノ之遺骸ヲ一。号シテ曰二恋塚《コイツカ》寺ト一。其ノ後、誤テ建二其ノ碑ヲ於上鳥羽ノ鯉塚《コイツカ》ニ一。此塚ハ者、昔シ池中ニ有二大鯉魚一。作テ二妖怪ヲ一驚スレ人ヲ。村民殺シテ以テ埋レ之ヲ、封シテレ土ヲ名ク二鯉塚ト一。以ノ二恋ノ字与レ鯉和訓同ヲ一故ニ、誤テ以テ立ト二碑ヲ于此ニ一云フ。此ノ寺初メ密宗タリ。其ノ後革テ属ニ二知恩院ニ一派下タリ也。

【注】**恋塚寺**　京都市伏見区下鳥羽城ノ越町。『元亨釈書』巻一四「文覚」。『雍州府志』巻五「恋塚寺」、巻十「恋塚」。

24 山階寺〈本朝三十八代斉明帝三年ニ創。至二元禄二年ニ一一千三十二年矣〉

斉明帝三年十月、内臣鎌子於二山州ノ陶原家ニ一、創二山階《ヤマシナ》寺ヲ一、設二維摩斎会ヲ一。維摩会自リレ此始ル。四年ノ冬、請シテ二呉ノ僧元興（13ウ）寺ノ福亮ヲ於陶原家ニ一、講シム二維摩経ヲ一。厥ノ後、聖武天皇神亀元年ノ秋七月、山階寺ニ営レ殿、安シテ二薬師ノ像ヲ一而、祈ル二太上皇ノ病ヲ一也。又天下放生、九月詔シテ曰ク、「朕聞ク、古先哲王君二臨寰宇ニ一、順シテ二両儀ヲ一以亭ス二亭毒ヲ一。叶テ二四序ニ一而斉成ル。陰陽和シテ而風雨節アリ。災害除テ而休祥臻ル。故ニ能ク騰ケレ茂ヲ、飛ハスレ英ヲ。鬱《サカリ》ニ為ル二称首ト一。朕以二寡薄ヲ[1]一嗣二膺ス景図ヲ一。戦戦競競シテ夕ヘマテ惕ソル、コト若レ厲《アヤウキ》カ。懼チ二一物之失コトヲ所ヲ一、瞻《カヘリミ》二懐生ノ之便安ヲ一、教命不レ明、誠信無シレ感。天示シ二象変ヲ一、地顕ス二震播ヲ一。熟〱惟レハ災眚ノ責メ在リ二予躬ニ一。昔シ殷宗修シテレ徳消シ二雊雉《ナクキヂ》ノ之災一、宋景善シテレ言ヲ弭《ヤム》二熒惑之異ヲ一。遥ニ瞻ル二前軌ヲ一寧ロ忘センヤ二後徴ヲ一。宜ク乙令メ下有司シテ択テ二三十人ヲ一出家セ上、並ニ左右ノ京及ヒ和州ノ管内諸寺、始テ二今月二十三ヨリ一一七日ノ之間転経修励ス甲。憑テ二茲ノ勝利ニ一冀ハ攘ハン二災異ヲ一。」天平（14オ）十年、納ル二封一千戸ヲ一。孝謙帝、納二田一千畝ヲ一。廃帝天皇宝字四年、納レテ二田四百畝ヲ一、祝ス二帝祚ヲ一矣。

【注】**山階寺**　京都市山科区御陵大津畑町にあった。『元亨釈書』巻二一「斉明皇帝」、巻二二「聖武皇帝」。

【校訂】**1** 寡薄一ヲ―〈底〉寡薄ヲ

25 八嶋寺〈本朝五十代桓武帝延暦二十五年ニ創。自レ此至ニ元禄二年一ニ八百八十三年矣〉
桓武天皇延暦二十五年冬、山階《ヤマシナ》ノ地ニ建ニ八嶋寺一ヲ。勅ニシテ天下一ニ分ニテ州租一ヲ入ニテ別倉一ニ運ニ納八嶋寺一ニ。毎歳置ニテ度者一人一ヲ薦ニス崇道天皇一ヲ也。

【注】**八嶋寺**　奈良市八島町にあった八嶋寺のことと推測されるが、山科にあったという伝承もある（『扶桑略記』巻二一「平城天皇」、『扶桑京華志』巻三「八島寺」）。『元亨釈書』巻二三「桓武皇帝」。

26 〔山科〕元慶寺〈本朝五十六代清和帝ノ貞観十一年ニ創。自レ此至ニ元禄二年一ニ八百二十年矣〉
此寺ハ者、清和天皇貞観十一年ニ於ニ山科一ニ創ニ精藍一ヲ。陽成帝〈五十七代〉元慶元年、配ニシテ紀元一ニ曰ニ元慶寺一ト。八年九月、以ニ惟首安然ノ二師一ヲ充ニテ元慶寺ノ阿闍梨位一ニ教ニ授シム密乗一ヲ。仁和元年九月、近州高嶋郡ノ野地ヲ納ニル元慶寺一ニ。（14ウ）

【注】**元慶寺**　京都市山科区北花山河原町。『元亨釈書』巻二四「元慶皇帝（陽成）」、「仁和皇帝（光孝）」。

27 〔山科〕安祥寺〈至ニ元禄己巳二年一ニ凡ッ及ニ八百四十四年一ニ矣〉
開基慧運法師ハ京兆ノ人ニシテ東寺ノ実慧公ノ之徒ナリ也。本朝五十四代仁明帝承和五年、与ニ円仁師一ト同レシテ舟ヲ、入レ唐ニ参ニ謁シテ碩師一ニ、凡ソ経ニテ十年一ヲ帰ル。為ニ安祥寺第一世一ト。貞観十三年九月ニ去レル世ヲ。年シ七十有四。

【注】**安祥寺**　京都市山科区御陵平林町。『元亨釈書』巻一六「慧運」。

28 〔京之東〕勧修寺
洛陽東ニ去ルコト二里ニ有ニ梵刹一、号ニス勧修寺一ト。以ニテ範俊僧正一ヲ、為ニ開山ノ之始祖一ト而、密宗小野ノ六流ノ之一源也也。範俊事ニヘテ東寺ノ成尊一ニ与ニ義範一斉レス名ヲ。尊病革《スミヤカ》也。時ニ七十一主後三条帝、遣ニシテ中使一ヲ存問。宣曰ク、「俊与レ義孰レカ愈レル。」

対曰ク、「二子無シ二優劣一。」中使以聞ス。且奏シテ曰、「雖トモレ爾リト而、尊ノ之意、実ニ在レ俊ニ也。」永保二年、天（15オ）久ク旱リス。帝詔シテレ俊ニ於テ二神仙苑一ニ祈シムレ雨ヲ。義懐ヒテ二怨恨一ヲ、入テ二醍醐山一ニ作法シテ、以テ障フレ之。雖ニ油然トシテ作コスレ雲ヲ、而モ醍醐ヨリ風起テ雨不レ下ラ。由テレ此孺子歌テ曰ク、「範俊雲又馳ス、義範風復起ル。」俊恥テレ之、潜カニ遁ルニ二那智山一ニ。属ル三皇畿有ルニ二災祥一、帝甚憂フ。帝夢ニ人奏シテ曰ク、「応シト下請テ二竹人一ヲ禳ハレ之乃チ可ナル上。」寤テ後詢フ二群臣一ニ。無二能ク諭スル者一ノ。都督江公奏シテ曰ク、「以テ臣度ルニレ之、範俊是也也。範ノ字従レ竹ニ、俊ノ字従レ人ニ。」帝感悟シテ遂ニ詔シテレ俊ヲ入レ都ニ為ニ僧正一ト。厥後、此ノ寺有ニ法親皇一住焉、号ス二門跡一ト。

【注】**勧修寺**　京都市山科区勧修寺仁王堂町。『元亨釈書』巻一〇「範俊」。

29〔小野門跡〕随心院

寺ハ在二洛東小野一ニ。釈ノ増俊ヲ為二開基ノ之祖一ト。未レ得二其伝記一ヲ。事ト未タレ詳ナラ。此ノ寺、密宗小野ノ六派ノ之第一ナリ也。今称スル二小野ノ門跡一ト是ナリ也。（15ウ）

【注】**随心院**　京都市山科区小野御霊町。

30醍醐寺〈本朝五十六代清和帝ノ貞観ノ之末ニ創テ、自レ此至二元禄二年一ニ八百十余年矣〉

開基聖宝ハ讃州ノ人、光仁帝ノ〈四十九代〉之後也。年シ十六ニシテ投シテ二真雅法師一ニ得度シテ、学二三論ヲ于元興寺ノ願暁・及ヒ円宗唯識ヲ于東大寺ノ平仁・華厳ヲ于同寺ノ玄栄一ニ。又謁シテ二金剛峰寺ノ真然一ニ稟ク二密教一ヲ。復従テ二源仁一ニ益〻得タリ二奥秘一ヲ。宝好テ二修練一ヲ経二歴ス名山霊地一。金峰ノ之嶮径、役君ノ之後、榛塞シテ無シ二行路一。宝援テ二葛《トツ》藟一ヲ而踏開ク。自レ是苦行ノ之者ノ相ヒ継テ不レ絶。貞観ノ之末ニ創テ二醍醐寺一ヲ而演フ二顕密ノ二教一ヲ。又建テ二東大寺ニ東南院一ヲ、講ス二三論ノ之宗一ヲ。凡ソ造ルコト二丈六ノ大像一ヲ二十余軀。又勤タリ二悲済一ニ。置二衛役ヲ于金峰山一ニ、設ク二渡舟ヲ于吉野河一ニ。仁和三年ニ勅シテ賜二伝法阿闍梨位一ヲ。寛平二年、

為貞観寺座主、延喜二年為僧正〈六十代主醍醐帝朝〉。（16オ）九年、賜醍醐為官寺。四月於普明寺寝病。太上皇幸問〈寛平法皇也〉。七月六日逝。年七十八〈自此至元禄二年七百八十年〉。宝有所持如意。背刻五師子。面雕三鈷杵。表顕密並学也。宝没歴世伝授在東大寺東南院。興福寺維摩講師、必執此如意応演唱。両寺有事、東大寺不出如意。若無如意措《サシヲク》講会。至是朝廷宣東大寺、出如意、行法事。其秘重如此。

【注】**醍醐寺**　京都市伏見区醍醐東大路町。『元亨釈書』巻四「聖宝」。

31〔深草〕真宗院〈未詳年月。至元禄二年凡及四百二十余年矣〉

洛陽南、深草里霞谷有勝刹。乃円空法師開創之所、浄土宗門西山派深草流義之道場也。開基名立信、円空其号也。十五離家、従西山善慧公学浄業、二十（16ウ）余年如一日。慧解天縦邁儕輩。就洛南艸山創真宗院、弘其法。緇白帰崇者多矣。本朝第八十八主後深草上皇、欽其徳、嘗詔請問法。信奏答称旨。龍顔大悦、勅建仏殿山門経蔵等、又構般舟堂。令修念仏三昧、給以僧糧。而皇太后亦帰之。丞相久我公、亦助斎糧三百碩。其為至人所重、為若此耶。信常与衆講経。座下聴者無不悦服。所出弟子皆一時碩徳、若如円・道教・明戒・信一・法慧等。至於台宗妙観院僧正願公、亦入其室。且博学多識、嘗撰観経疏記十巻伝於世。中年住往生遺迎二院、後遷京兆誓願寺、大揚其道。四衆帰之如水赴壑。惟恐後焉。暮年帰本院一心念仏（17オ）不捨昼夜。弘安七年四月十八日、端坐唱仏而化。時有瑞雲、覆其室。経久不滅、見者嘆異。寿七十二、臘五十八〈至元禄二年四百二年矣〉。

【注】**真宗院**　京都市伏見区深草真宗院山町。『東国高僧伝』巻一〇「円空」。

32 〔伏見大亀谷〕即成院〈本朝六十六代一条帝ノ正暦二年ニ創。至二元禄二年一ニ六百九十九年矣〉

伏陽藤ノ森神廟ノ東ニ有二古寺一。昔シ慧心ノ僧都於二宇治ノ之慧心院一ニ為レ衆ノ説法ス。時ニ有二一ノ老翁一、至リ謂テレ心ニ曰ク、「肯テ師到二吾カ草菴一ニ、領二センヤ一飯一ヲ乎。」心以為ラク「非常ノ人也ト。」乃応レ之ニ相伴テ抵二ル草菴一ニ。時ニ老翁為ニ設二法饌一ヲ、其ノ香味異レ也常ニ。既ニシテ而翁示スニ以二テス浄土ノ之相一ヲ。謂テレ心ニ曰ク、「吾ハ是レ南都ノ之護伽藍神ナリト也。」言已即隠ル。其ノ草菴モ亦失ス。心曰ク、「是レ必ス維摩ノ之化身也ト也。」乃於二此ノ地一ニ創二精舎一ヲ、使三仏工定朝シテ刻二西方三聖ノ像並ニ二十五菩薩ノ像一ヲ。悉ク以テ安（17ウ）レ之、号シテ曰二光明院一ト。時ニ正暦二年辛卯八月十五日ニ慶讃ス。其ノ後経テ二八十余年一ヲ、白河帝御宇ニ宣陽門院欽テ二其ノ霊区一ヲ納二ル下野ノ之那須ノ庄田若干頃一ヲ。於レ是ニ堂宇益〻加二フ荘厳一ヲ。或ハ曰ク、後鳥羽帝元暦元年正月、源ノ義経公集テレ兵ヲ謀ル二平氏一ヲ。時ニ那須ノ与一宗高従レ軍ニ偶〻遊二此ノ寺一ニ礼シテ二仏像一ヲ而モ祈ル二於勝一ンコトヲ。遂ニ亡シレ敵ヲ武勇大ニ播ス。故ニ捨二那須ノ之荘田一ヲ、革テレ之号ストニ即成院一ト云。至テレ今ニ有二与一カ之石塔一。故ニ世人称ス二那須ノ与一カ之寺一ト也。

【注】即成院　京都市伏見区深草大亀谷にあった。現在は京都市東山区泉涌寺山内町。『雍州府志』巻五「即成院」。

33 〔小栗栖〕法琳寺〈至二元禄二年一ニ凡ソ及二八百五十余年一ニ矣〉

此ノ寺ハ釈ノ常暁所レ建ル也。暁公ハ不レ知二何ノ許ノ人一ト云コトヲ。世ニ伝フ、為二小栗栖《オクルス》ノ路ノ傍ラノ棄《ステ》子一也ト。稍《ヤヽ》長テ師二トシ事ヘテ南都元興寺ノ豊安公一ヲ受レ業ヲ。承和元年、入唐シテ寓二シ淮南ノ広陵館一ニ、値テ二文璨阿闍梨一ニ、稟ケ二密教一、（18オ）尋テ謁シテ二華林寺ノ元照大徳一ニ、請二フ益ス密奥一ヲ。照公授ルニ以二テシ阿闍梨位一ヲ、兼テ受二大元帥ノ秘法一ヲ。此ノ法霊妙ニシテ、唐国有テレ禁、不レ許サレ伝ルコトヲ。照公重シテ二其ノ器一ヲ、乃密ニ授クレ焉。暁忻幸シテ不レ已。明年帰テ於テ二小栗栖一ニ建テ二、法琳寺一ヲ、修ス二其ノ法一ヲ。本朝五十五主文徳帝ノ斉衡ノ間タ、天下大ニ旱リス。朝廷勅シテ於テ二神仙苑一ニ禁《マツラ》シムレ雨ヲ。忽有二白龍一蟠テ二於播ノ上一ニ、即チ大ニ雨フル。皇情大ニ悦、観者歎シテ異也トス。又詔シテ入レ二内道場一ニ修ス二大元帥ノ法一ヲ。後於二貞観七年霜月晦日一ニ化シ去ル。

【注】法琳寺　京都市伏見区小栗栖北谷町にあった。『元亨釈書』巻三「常暁」。

34〔六地蔵〕大善寺〈人皇五十五代文徳天皇仁寿元年創、至元禄己巳二年八百三十九年矣〉

伏陽東六地蔵村有霊区、号大善寺。初此寺、名浄妙。或曰木幡寺。昔有諫議小野篁《タカムラ》者。不測人也。身列朝廷而、神遊冥府。最後奉閻王之勅、手造地蔵像六軀、（18ウ）置当地、以利六道衆生。此像霊応不爽。時文徳天皇、聞地蔵之霊、特勅創宝殿、以安六軀尊像、使千僧慶讃。以宝幡偏掛山林之上、貧者施以飲食米銭。故此地号曰木幡。時仁寿元年七月二十四日也。其後第五十七主陽成帝元慶五年、勅重新修葺使天台智証大師住之。又村上天皇及白河帝、皆復興之。後一条帝治安三年夏四月、京師大疫死者無数。時祇陀林寺住寺仁康法師、学浄業勤修精進。一夜夢、異僧告曰、「汝観生死無常憐愍疫死者否。」康答曰、「我観無常如風灯。亦念衆生過于一子。」異僧歎云、「善哉、欲使一切衆生脱三塗苦患亦治疫者、応教諸人胆礼六（19＊オ）地蔵[1]。則事事如願矣。我常住木幡寺。」言已即覚大喜、乃至当寺瞻礼地蔵、乃知夢中僧者即地蔵也。因以告四衆黒白男女接踵瞻礼者如市。於是疫止霊感日新。七十七代後白河帝保元二年丁丑七月二十四日、大相国平清盛公欽地蔵之霊、欲使諸人民礼謁、分置地蔵六所、為不忘其根本、当村名六地蔵云〈自此至元禄二年五百三十三年矣〉。自時厥後、西光法師七月廿四日始巡謁六所地蔵輒勧人巡礼。自是至今毎歳七月二十四日、巡謁其六所者不知幾千万人。又隣郡之庶民、或二十人、或三四十、一列而鳴鐘撃鼓唱弥陀宝号、巡謁六所者不可勝計矣。明応四年五月二十（19ウ）四日、征夷大将軍義澄公奉勅重新之。既成大蔵僧都行誉命為落慶導師。永禄四年六月、浄土宗門頓誉林上人中興之。方丈安阿弥陀仏像、革寺号大善、属京兆知恩寺矣〈・六所者・六地蔵・鳥羽・桂・太秦・御菩薩池・山科是也〉。

【注】**大善寺**　京都市伏見区桃山町西町。通称は六地蔵尊。

【校訂】1地蔵上ヲ。―〈底〉地蔵一ヲ。

35〔日野薬師〕東光山法界寺〈弘仁二年創。至ニ元禄己巳二年一ニ八百七十八年矣〉
法界寺ハ者、本朝五十二代嵯峨天皇弘仁十二年六月、台山伝教大師奉レ詔建ニ戒壇一ヲ。時ニ藤ノ浜成公ノ之子参議侍郎家宗為《タリ》ニ使臣一。伝教大ニ喜テ、乃以ニテ薬師ノ銅像並ニ貝葉ノ薬師経一ヲ、以テ謝レス之。家宗還レテ京ニ即就ニ宇治ノ郡日野ノ之地一ニ、創ニテ法界寺一ヲ安ニシ其ノ像一ヲ、請ニ伝教大師一ヲ為ニス開山一ト。後永承六年二月、式部大輔資業公隠ニル日野ノ之山一ニ。因テ而新ニニス薬師ノ本（20オ）殿一ヲ。又立ニ文庫一ヲ聚ニ諸ノ経書一ヲ置レ之。其ノ後、武臣織田《ヲタノ》信長公ノ之罹ニリ寇火一ニ、悉ク為ニ煨燼一ト。唯タ弥陀堂存レス焉。移シ二置ク薬師及ヒ十二大将其ノ中一ニ。今有ニ僧坊十所一、分ニテ寺産ノ之田一ヲ各〻自耕シテ而収ニテ米一百石一ヲ、以テ供ニ薬師仏ノ香灯一ニ云。

【注】東光山法界寺　京都市伏見区日野西大道町。通称は日野薬師。

36〔宇治〕平等院〈本朝七十代後冷泉帝ノ永承六年ニ創。自レ此至ニ元禄二年一ニ六百三十八年矣〉
藤頼通公、永承六年三月ニ改ニテ宇治ノ別業一ヲ号ニ平等院一ト。沙門延幸ヲ為ニ落慶ノ導師一ト。治暦二年ノ冬十月ニ天皇幸ス之。頼通公、世ニ号ニス宇治ノ関白一ト。

【注】平等院　京都府宇治市宇治蓮華。

37〔宇治〕三室戸寺〈本朝四十九代光仁天皇ノ勅建之。自レ此至ニ元禄二年一ニ九百十余年也〉
開祖ハ三井寺ノ智証大師也。其ノ後仁和寺ノ寛空上人為ニ中興ノ之祖一ト。（20ウ）

【注】三室戸寺　京都府宇治市菟道滋賀谷。『元亨釈書』巻二五「永承皇帝（後冷泉）」。

38〔宇治橋寺〕常光寺〈不レ詳二年月一。至二元禄二年一凡及二一千年一矣〉

此寺、昔シ和州元興ノ道昭法師開闢ノ之所也。昭ハ内州丹北郡ノ人也。本朝三十七代孝徳天皇白雉四年、奉シテレ勅ヲ入レ唐ニ、伝テレ法ヲ還二本邦一。居シテ二元興寺一ニ大ニ振二道化ヲ一。唱導ノ之暇、甚タ勤二利済タリ一。或ハ鑿二義井ヲ一、或ハ設二渡船一。山州宇治ノ之大橋ハ即チ昭ノ所レ造也。乃於二橋ノ之東ニ一創二精舎ヲ一、号シテ曰二常光寺ト一。故ニ世人称ス二橋寺ト一矣。厥ノ後寺廃ス。南都ノ西大寺大律師興正菩薩、復タ重二興シテ之ヲ一、真風大ニ振。時ニ平等院ノ衆僧、請シテ二律師ヲ一開二講セシム戒経一。聴者蟻聚シテ漁人為レ之カ改ムレ業ヲ。律師悉ク収二其ノ網舟ヲ一、埋二之ヲ水底ニ一、建二十三層ノ石支提ヲ於其ノ上ニ一。乃チ教二漁人ニ一、曝スルコトレ布ヲ為レ業ト。又新ニス二大橋ヲ一。時ニ有二龍神一。従レ河而出テ礼シテ二律師ヲ一受ク戒ヲ。正応三年八月(21オ)二十五日、著ケ二僧伽梨ヲ一結テ二定印ヲ一端坐シテ而終フ二于西大寺ニ一。寿九十〈至二元禄二年一四百年矣〉。

【注】常光寺　京都府宇治市東内。通称は橋寺。『元亨釈書』巻一「道昭」。『東国高僧伝』巻一「道昭」。『律苑僧宝伝』巻一二「興正菩薩」。

39〔宇治〕慧心院

宇治大橋之東ニ有二蘭若一、号ス二慧心院ト一。乃チ慧心僧都創テ之、安二薬師如来ノ像ヲ一、為二四部ノ演法一ス矣。僧都、名ハ源信、姓ハト氏、和州葛木ノ郡ノ人也。父ノ名ハ正親、母ハ清氏。未タ曽テ二子アラ一、因テ祷ル二於高雄寺ニ一。夢ニ僧授クルニ以ストニ白玉一枚ヲ一、即チ有レ孕ムコト。信幼ナリシ時、嘗テ夢テ高雄寺ノ蔵堂ノ壁上ニ有二鏡数円一。或ハ大、或ハ小、或ハ明、或ハ暗ナリ。一僧取二一ノ小鏡ヲ一与レ之且ツ暗也。信曰ク、「此ノ不明ノ之鏡何ソ用ン。当レ恵ニ二我ニ一ノ大明ナル者ヲ一。」僧曰ク、「汝持シテ至テ二横川ニ一磨セハレ之可ナリト也。」及テレ覚ルニ大怪ム。且不レ知二横川何クニ在一。後至二台山ニ一事ヘテ二慈慧大師ニ一、始テ知ル横川ノ即台(21ウ)山ノ之境ナルコトヲ。乃昼夜励レ志ヲ、究二顕密ノ教ヲ一。五種ノ法師、四種ノ三昧、無シレ不ト云コト二薫練セ一。屏二跡ヲ横川ニ一、以テ二著述ヲ一為レ事ト。有二一乗要訣・往生要集・弥陀ノ疏等六種一、行ル二於世ニ一。天台教法、此ノ時為レ盛也ト。四方ノ学子負テレ笈ヲ相従フ者ノ、指ヲ不レ勝ヘレ屈スルニ。

台宗ノ二十七疑、寄セ二問フ宋国南湖ノ知礼法師一ニ。礼嘆シテ曰ク、「不リキレ意ハ、東方ニ有ラントハ二深解ノ之人一ノ。」乃一一酬答ス。於レ是ニ音問常ニ往還スルコト不レ絶焉。其ノ一乗要訣トハ者、顕シテ二衆生成仏ノ之義一ヲ、斥二定性無性ノ之執一ヲ也。此ノ書、既ニ成テ夢ニ馬鳴龍樹菩薩摩頂シテ讃歎シ給。伝教大師合掌シテ告曰、「吾カ宗ノ教法、今属セリレ汝ニ矣。」又夢ニ観音微笑シテ授ルニ以ス二金蓮一ヲ。多聞天王持シテレ蓋ヲ而従フ。一日、告二諸ノ門人一ニ曰ク、「今生相見只タ在二今日一ニ。若シ教法ノ中有ラハ二所疑一者、可シ二疾ク問一フ之。毋レレ致スコト二後悔一。」門人且ハ泣キ、（22オ）且ハ問。信一一示誨シ已テ乃曰、「我レ以二一乗ノ善根一ヲ回二向浄土一ニ。当ニレ得二上品下生一ヲ。今二天童来迎ヘテ上ス二兜率一ニ。我語テレ天ニ曰ク、『兜率ノ之生固ニ所也レ喜也。然トモ我レ有レ願、必ス生テ二安養一ニ、親ク観ヘ二弥陀一ニ、然後方ニ謁セン二慈尊一ニ。』天童乃隠ル。須臾ニ観自在菩薩至テ曰ハク、『素志不レ移サ、我レ来テ迎レ汝ヲ。』」信歓喜シテ垂レ涙ヲ、遂ニ結テレ印ヲ而化ス。実ニ寛仁元年六月十日也也。時ニ天楽鳴レ空ニ異香満レ院ニ、四山ノ草木悉ク皆西ニ靡ク。伝ヘテ至二趙宋一ニ。皇帝特ニ建二塔廟一ヲ、以テ祝スト二其ノ像一ヲ云〈自二滅後一至二元禄己巳二年一ニ六百七十二年矣〉。

【注】恵心院　京都府宇治市宇治山田。『雍州府志』巻五「慧心院」。『東国高僧伝』巻六「源心」。

40 〔久世郡〕蟹満《カニマン》寺

往昔シ、有二山州久世《クセ》ノ郡ニ民人一、合家善慈ニシテ奉レス仏ニ。有二一女一。七歳ニシテ誦ス二法華普門品一ヲ。数月ニシテ而終フ二全部一ヲ。一日出テ遊フ。村人捕テ（22ウ）レ蟹ヲ持去ル。女問、「捕テレ此ヲ何ニカ為ル。」答テ曰ク、「充ツレ飡ニ。」女曰、「以レ蟹恵シテレ我。我家ニ有レ魚。相ヒ報謝」村人与レ之。女得テ放ツテ二河中一ニ帰テレ家ニ、多ク貺《アタフ》二乾魚一ヲ。其父耕ス二田中一ニ。一蛇追テ二蝦蟇一而含ムレ之。父憐テ而不シテレ意ハ曰ク、「汝捨ハ二蝦蟇一ヲ以テレ汝為ンレ婿《ムコ》ト。」蛇聞テレ言ヲ挙テレ頭ヲ見レ翁ヲ、吐テ二蝦蟇一ヲ而去ル。父帰テレ舎ニ思念ラク、「誤テ発スレ言ヲ。恐クハ失ン二愛子一ヲ。」懊悩シテ不レ食セ。婦及女問テ曰ク、「翁何ソ有テ二憂色一而不レ食セ。」父告レ実ヲ。女曰、「莫レ慮ルコト也。早ク食シ給ヘ焉。」父悦テ受クレ膳ヲ。初夜ニ有二叩クレ門ヲ人一。女曰、「是蛇ナリ也。只言ヘ二三日ノ後来一レト。」父開クレ門ヲ。有テ二衣冠ノ人一曰ク、「依テレ約ニ来ルト。」父随テ二女ノ語一ニ曰、「且ツ待ツコト三日セヨ。」冠人去ル。女語ルレ父ニ、「択テ二良材一ヲ固ク造レト二小室一ヲ。」室成テ女入テレ内ニ閉居ス。三日ノ後、冠人果シテ来リ、見テ二女ノ屏室ヲ一生シ二忿恨ノ心ヲ一、乃復二本形ニ一。長ケ数丈ノ以テレ身ヲ纏テレ室挙テレ尾ヲ敲クレ戸ヲ。父母大ニ恐テ不レ得二争奈モスルコト一。半（23オ）夜ノ後、叩ク声息テ聞ク二悲鳴ノ声ヲ一。頃刻ニ悲声又止ム。明旦ニ父見ルニレ之、大螃蟹百十手足乱離、蛇又被ス二瘡百余所ヲ一。並ニ皆死ス。女開テレ室ヲ出ス。顔色不シテレ変セ曰ク、「我レ聞クニ二戸外ヲ一大小ノ蟹千百夾ミ二殺ス此蛇ヲ一。大蟹多ハ帰テ小蟹死ス。今存ル者ノ皆小蟹耳。然トモ大ナリ二於尋常ヨリ一。我レ通夜ラ誦ス二普門品ヲ一。有二一ノ菩薩一、長尺余語テレ我曰ハク、『無シレ怖ルコト也。我擁二護ス汝ヲ一。』」父母大ニ悦テ、便穿テレ土埋二衆蟹及ヒ蛇ヲ一。就テ二其ノ地ニ一営二寺ヲ一、以テ薦ム二冥福ヲ一。故ニ号ス二蟹満寺ト一。又曰二紙《カ》幡《ハタ》寺トモ一。

【注】**蟹満寺**　京都府木津川市山城町綺田。『元亨釈書』巻二八「蟹満寺」。

41鷲峰山寺〈役ノ行者某年ニ創。至二元禄二年一凡及二一千年ニ一矣〉

山州相楽郡和束《ワツカ》ノ辺ニ有二梵刹一。乃役《エンノ》小角所ニシテレ創ムル、安二弥勒ノ尊像ヲ一、以テ期ス二龍華ノ之会ヲ一。養老年間、神僧越智ノ泰澄重テ新ニレ之大ニ行ス二道化ヲ一。後京兆東寺ノ道賢法師、飛シテレ錫ヲ居シ焉、盛唱二（23ウ）密法ヲ一。賢感シ二金峰山ノ蔵王権現ノ之託ヲ一、改テレ名ヲ曰二日蔵一。世ニ所謂ル笙ノ岩屋ノ日蔵ト云者ト是レ也也。伏見帝〈第九十一主也〉嘗テ幸シ給テ二当山ニ一勅シテ建二宝塔ヲ一置二愛染明王ノ像ヲ一。於レ是ニ山川増スレ色。其中子院有二四所一、曰二新蔵・多門・福寿・智徳院ト一也。

【注】**鷲峰山寺**　京都府相楽郡和束町原山。金胎寺。『雍州府志』巻五「鷲峰山寺」。

42浄瑠璃寺〈天元年間ニ創テ、至二元禄二年ニ一已ニ七百一十年矣〉

*此ノ寺、在二山州相楽郡木津川ノ之東シ西シ小田原ニ一。本朝六十四代円融帝天元年間、多《タ》田《タノ》満仲源公就テ二[1]当山ニ一創二精藍ヲ一、安二置菩薩僧行基手造ノ之薬師仏ノ像ヲ一。号シテ曰二浄瑠璃寺ト一。納二荘田若干頃ヲ一為二寺産ト一。後六十余年ニ有二義明上人一。移二錫ヲ於此ノ山ニ一、以テ二仏工定朝所造ノ阿弥陀ノ大像九軀ヲ一置二当寺ニ一。第七十八主二条天皇有二宸書ノ額一、曰二秘密荘（24

オ）厳院一ト。鎌倉将軍実朝源公、納二米田一千石銅銭一千貫一ヲ、以テ資二僧糧一ヲ。山中有二テ子院若干所一、実ニ一ノ大精藍ナリ也。惜クハ年代久遠ニシテ皆廃シテ唯九軀ノ弥陀ノ像存ス焉。故ニ庶民不レシテ知二寺号一ヲ、称レシテ之以テ曰二九体仏一ト也。

【注】**浄瑠璃寺**　京都府木津川市加茂町西小札場。『雍州府志』巻五「浄瑠璃寺」。

【校訂】1当山二ニ―〈底〉当山ニ

43 笠置寺《カサギ》

山州相楽郡笠置寺者、平安城南ニ去ルコト三由旬ニ有レ山、名二ク鹿鷲山一ト。本朝第四十主天武帝ノ之大津ノ皇子、偶〻猟二ス于山上一ニ。時ニ山神怒テ、俄ニ黒雲四ニ暗ク、雷声闐闐トシテ雨メ如二シ車軸一ノ。太子惶怖シテ密ニ念二ス諸仏一ヲ。于レ時虚空蔵菩薩現前シテ而護助ス。太子大ニ悦テ感二シテ菩薩ノ之大慈一ヲ、欲レシテ令二後人シテ知一レラ之、乃チ脱レテ笠ヲ以テ置二此ノ山一ニ。於レ是ニ改レテ山名二ク笠置一ト也。後解脱上人来テ居レシ之而、道ニ（24ウ）化、弘ニ振。解脱、諱ハ貞慶、給事中藤ノ貞憲カ之子也也。母夢下テ一ノ高僧自ミ称二シテ貞慶一ト入中ルト其ノ懐上ニ、因テ而有レ孕ムコト。生来シテ便チ有二テ出塵ノ之志一、投二南都ノ興福寺一ニ。薙染シテ後、奉二書ヲ於母一ニ、識レシメテ之曰二貞慶一ト。母異レシトシテ之信ニ是レ比丘ノ之再来ナリ也。天性敏利ニシテ有二逸才一。然トモ貧キコト甚シ。一日応レシテ詔ニ赴二最勝会講経一ニ、諸ノ会衆先ニ到ル者ノ皆ナ装束厳整、列二坐ス堂上一ニ。而慶後レテ至ル。又衣衫破弊也。官僚緇俉皆匿ニ笑。慶曰ク、「杜多ノ之行ハ先仏ノ遺訓也也。競テ尚二ハ奢侈一ヲ非二ス白衣スラ所レニ宜キ、況ヤ釈子ヲヤ乎。」自レ此不レ帰レ寺ニ、隠二テ於笠置一ニ勤修精進ス。後鳥羽ノ上皇、初メ好テ射レル鹿ヲ。暮年悔テ過ヲ立二梵宇一ヲ。聞二其ノ徳望一ヲ、詔シテ演レシム法ヲ。慶携二テ一杖一笠一ヲ飄然シテ而応ス。至ル時ハ則置二テ杖笠一ヲ登レ殿ニ、意気自若也。及二拠レテ座ニ説法一スルニ、辞弁瀏亮也。因テ挙シテ及二鹿苑ノ之事一ニ、上皇（25オ）百僚無レ不二ト云コト感嘆一セ。其ノ後、詣二ス春日山一ニ。群鹿皆ナ折二ルト前足一云。建保元年ニ化ス。寿五十有九歳。当寺本ト大伽藍タリ。以テ年代久遠ニシテ漸ク廃シテ而今僅ニ有二子院六所一。各〻行二ス密乗一ヲ。有二解脱手書講式一巻一並ニ縁起一巻、倶ニ在二福寿院一ニ云。

【注】**笠置寺**　京都府相楽郡笠置町笠置笠置山。『雍州府志』巻五「笠置寺」、『元亨釈書』巻五「貞慶」。『東国高僧伝』巻

九「貞慶」。

伽藍開基記巻第五終※（25ウ）

※「終」字、半文字分程行の右側に出る配置。

伽藍開基記巻第六

天王山志源菴釈道温編輯

諸州勝地

1 〔近州〕建福寺〈本朝三十九代天智天皇七年正月創。自此至元禄二年一千二十一年矣〉

天智帝六年三月、遷都自和州近州志賀。七年正月、天皇、創建福寺于志賀都。当平基趾得宝鐸。長五尺五寸。又得白石。長五寸、夜有光。帝、喜奇瑞斬左手無名指納殿前灯幢石壇中。又安丈六釈迦像。荘厳極人工。皇帝、一夜持誦像前謂左右曰、「朕、以浄信厳像設。不知真容肖不。」五更天女降。容貌端麗、衣服光耀、香気甚烈。礼像了白帝曰、「我昔霊山親観真儀。今見此像、毫無差迕。此土王臣、可謂清信。」言已飄然入雲。（1オ）帝、大悦慶讃。紫雲下覆、天楽遥鳴。

【注】**建福寺** 滋賀県大津市にあった。『元亨釈書』巻二一「天智皇帝」。

2 〔近州〕崇福寺〈本朝三十九代天智帝七年二月創。自此至元禄二年一千二十一年矣〉

天智天皇、初欲創伽藍。求勝地未得。七年二月三日夜夢、一沙門、奏曰、「西北之山有霊区。」帝、俄覚。于時四更也。便出殿陛望西北。火光細騰高十余丈。明旦勅侍臣物色光所。侍臣、反宮奏曰、「光所有屋廬。傍掛瀑布。有優婆塞経行念誦。臣等問名不言。其容儀似非常人。」帝、聞之乃幸其地。優婆塞、出迎白帝曰、「此地古仙霊窟、伏蔵之処也。」言已不見。帝、感喜立㆓精舎ヲ㆒。

【注】崇福寺　滋賀県大津市滋賀里にあった。『元亨釈書』巻二八「崇福寺」。

3〔近州〕園城寺〈本朝四十代天武帝ノ之御宇ニ創。至㆓元禄二年㆒ニ及㆓一千十余年㆒ニ矣〉

此ノ寺ハ者大友与多ノ之所也㆑建也。初メ天智帝、勅㆓シテ太師大友（1ウ）氏㆒ニ移㆓テ崇福寺ヲ㆒建㆓テ此ノ地㆒ニ安㆓ス丈六ノ弥勒ノ像ヲ㆒。天皇、有㆑テ夢又勅㆓シテ太師㆒ニ還シテ遷㆓ス本地㆒ニ。太師薨ス。其ノ子与多、承㆓テ顧命ヲ㆒奏㆓テ天武帝㆒ニ創㆑ム之。亦是太師ノ之家基ナリ也。天安二年、円珍法師、以㆓テ唐国伝来ノ経籍ヲ㆒蔵㆓ム尚書省㆒ニ。新羅明神、現㆑シテ形ヲ曰ク、「是レ日域ノ中已ニ占㆓勝地ヲ㆒。師、聞㆑シテ官ニ建㆑テ院ヲ置㆓ケ此ノ書ヲ㆒。」既ニシテ而珍、与㆓新羅・山王ノ二神及ヒ二比丘㆒到㆑寺ニ、問㆓経始ヲ寺僧㆒ニ。時ニ老比丘、来テ曰、「我カ名ハ教待、年シ一百六十二。伝ヘ聞ク、寺成テ以来タ過㆓ル我寿㆒ニ者ノ殆ト二十歳。現ニ今有㆓檀家之孫㆒。乞クハ問㆑ヘ彼ニ。」待、即チ呼㆓ヒ彼ノ人ヲ㆒来ル。大友氏、具ニ説㆓ク寺ノ事ヲ㆒。又曰、「待公、日者《ヒコロ》説㆓ク師ノ之誕育遊学ヲ㆒。今朝言ク、『当㆑ニ来ル《シト》。』我レ需《マツ》㆑コト師ヲ者久シ矣。」便以㆓テ寺ノ之四至契券ヲ㆒併テ授ク焉。珍、問㆓テ大友氏㆒ニ曰ク、「此ノ寺曰㆓コト御井《ミイ》㆒ト何ソヤ。」答曰ク、「寺ノ之西岩ニ有㆓（2オ）泉井㆒。天智・天武・持統ノ三皇降誕ノ時、汲㆓テ此ノ井水ヲ㆒為㆓浴湯㆒ト。俗、因テ而号㆓ス御井《ミイ》寺㆒ト。」珍、聞㆓此ノ事ヲ㆒見㆓ルニ地勢ヲ㆒、宛モ似㆓タリ唐ノ青龍寺㆒ニ。又思㆓テ新羅明神ノ言ヲ㆒規シテ為㆓霊区㆒ト。乃改㆓テ御井ヲ㆒為㆓ス三井㆒ト。曰ク、「取㆓三皇浴井ノ之事ヲ㆒也〈御ト三㆒ト和訓近故ニ〉。」又曰、「我斛《クンテ》㆓此ノ水ヲ㆒為㆓シテ一部ノ灌頂ノ之閼伽㆒ト、至㆓ラン慈氏三会ノ之期㆒ニ。故ニ改㆓ムル三ノ字㆒ニ耳。」珍、与㆓一僧㆒還テ詣㆑テ闕ニ奏㆓ス三井ノ事ヲ㆒。勅シテ造㆓テ一宇ヲ㆒名㆓唐ノ坊㆒ト。移㆓シテ尚書省ノ経籍ヲ㆒置㆑焉〈今曰㆓唐院㆒ト〉。又大友太師所㆑ノ捨四至界畔、依㆑テ勅ニ全ク帰ス。且ツ免㆓シテ官租ヲ㆒永ク充㆓ツ寺供㆒ニ焉〈自㆑此至㆓元禄二年㆒ニ八百三十一年矣〉。

円珍、姓ハ和氏、讃州那珂郡ノ人ナリ。父ハ宅成、母ハ佐氏、弘法大師ノ之姪也。其ノ家巨富ナリ。郷閭推重ス。弘仁六年ニ生ル。而性警敏ナリ。両眼ニ重瞳アリ。雖㆓トモ幼稚㆒ト有㆓老成ノ之量㆒。見者ノ異㆑ス之。十四ニシテ辞㆑シテ（2ウ）家ヲ入㆑リ洛ニ、十五ニシテ師㆓シ事テ延暦寺ノ座主義真㆒ニ受㆓ケ菩薩戒ヲ㆒、年シ十九ニシテ依㆑テ例ニ棲㆑ムコト山ニ一紀、薫修精練シテ名達㆓ス輦下㆒ニ。承和帝〈五十六代仁明天皇〉親ラ降テ二綸綍ヲ一加ニ慰問ヲ一、官給ニ資糧ヲ一寵遇隆盛ナリ。嘉祥三年ノ春、夢ラク、山王明神告テ曰、「入レ唐ニ求レ法ヲ、勿レ為スコト二留滞ヲ一。」珍、抗《アケテ》レ表ヲ以聞ス。上、感激シテ制可ス。仁寿三年ノ秋八月十五日、入レ唐ニ著ク二福州ノ境ニ一。至ニ開元寺ニ一。適〻中天竺那闌陀寺ノ三蔵般若怛羅、在リレ焉ニ。就テ学ヒ二梵字悉曇ノ章ヲ一、兼テ授ク二金剛界大悲胎蔵大日仏印・七倶知曼素室利ノ印法・梵夾経等ヲ一。至ニ温州ノ開元寺ニ一。如ヒテ二台州ニ一上ニ天台山ニ一、到ニ禅林寺ニ一。入テ二長安ニ一謁ス二青龍寺ノ法全ニ一。全、所レ蘊ム倒レテ底ヲ完付ス。及ニ人定ノ時ニ一、授ク二三摩耶戒ヲ一。平旦ニ付ス二阿闍梨位灌頂ヲ一。又見ヘテ二興善寺ノ三蔵智慧輪ニ一承ケ二両部ノ*（3オ）大曼荼羅ノ秘旨ヲ一、兼テ授カリ二新訳[1]ノ持念経法ヲ一、天安二年ニ自レ唐帰テ而入ニ帝都ニ一。表コ上ス所レノ得ル台宗ノ密蔵及ヒ諸宗経書千余巻ヲ一。貞観六年ノ秋七月、有テレ旨於テ二仁寿殿ニ一結ニ大悲胎蔵灌頂壇ヲ一、上、親入壇ス。僕射藤良相及ヒ官僚ノ之預ル者ノ三十余人。珍ノ叡山ノ房ニ有ニ山王明神ノ座一。或曰ク「山王受ルレ戒ヲ時ノ坐ナリ。」此ノ故ニ人呼テ二珍ノ房ヲ一曰ニ山王院ト一。八年ニ奏シテ建ニ持念壇ヲ于冷泉院ニ一。祝スレ聖ヲ也。十年六月、尚書省ニ劄シ以ニ近州ノ園城寺ヲ一為ニ伝法灌頂道場ト一。賜テレ珍ニ安コ置ス唐地伝来仏像経籍ヲ一。又延暦寺ノ為ニ座主ト一。寛平二年、任ス二僧都ニ一。四月二十九日、謂テ二門人ニ一曰ク、「如来、以テレ法為レ身ト、比丘ハ以レ慧ヲ為レ命ト。法慧苟モ伝ヘハ有シヤ二何ノ死カ一乎。汝等、宜クレ知之。」其ノ日斎供如シレ常ノ。黄昏ニ結テ二定印ヲ一端坐シテ念仏ス。（3ウ）五更ニ乞レ水ヲ嗽キレ口取テ二伽黎ヲ一戴キレ之右脇ニシテ而逝ス。年シ七十八〈自レ此至ニ元禄二年ニ一七百九十九年矣〉。其ノ暁キ満山聞ク二天楽ヲ一。珍、授ル二阿闍梨位ヲ一者ノ一百余人、手ラ剃ルレ髪ヲ為ニ大比丘ト一者ノ五百余人。延長五年ノ冬十二月、賜ニ諡ヲ智証大師ト一〈逝後三十七年、醍醐天皇ノ時矣〉。

【注】園城寺　滋賀県大津市園城寺町。長等山園城寺、三井寺。『元亨釈書』巻二八「園城寺」、巻三「円珍」。

【校訂】1訳―〈底〉択

4　〔近州〕新羅明神宮〈本朝五十五代文徳帝ノ天安二年、自ニ新羅国一来ル。自レ此至ニ元禄二年ニ一八百三十一年〉

明神者ハ、天安二年ニ智証大師、泛レ海ニ自リレ唐帰ル。洋中ニ忽ニ有ニ老翁一、現シテ二船ノ舷《ハタ》ニ一曰ク、「我ハ是新羅国ノ之神ナリ也。誓テ護二持シテ師ノ教法一ヲ至ルト二慈氏ノ下生一ニ。」語已テ不レ見ヘ。珍、入レテ京ニ将テ二伝来ノ教籍一ヲ蔵ム二尚書省一ニ。時ニ海上ノ翁来テ曰ク、「此ノ所不レ堪レ置クニ二経書一ヲ。是日域ノ中、有二一ノ勝地一。我已ニ先ツ相ル二攸ヲ一。師、聞シテレ官ニ建二院宇一ヲ庋《ヲケ》二此ノ典籍一ヲ。我鎮ヘニ加護セン。又仏法ハ是レ王法ノ之治具ナリ也。仏法若シ衰ヘハ王法亦タ衰ヘン。」語リ（4オ）已テ形隠ル。珍、帰リ二叡山一ニ至ル二山王院一ニ。時ニ山王明神、現シテレ形ヲ曰ク、「伝来ノ経書、宜クレ蔵ム二此ノ所一ニ。」新羅明神、又出テ、曰ク、「此ノ地来世必ス有ン二喧争一。不レ可レ置也。南ニ行クコト数里、是レ為《タリ》二勝処一。」珍、乃与二新羅・山王二神及ヒ二比丘一到ル二滋賀郡ノ園城寺一ニ。寺僧教待、説ク二寺ノ事一ヲ。既ニシテ而山王廻ル二叡山一ニ。新羅明神、語テレ珍ニ曰ク、「我レ卜セン二居ヲ寺ノ之北野一ニ。」時ニ百千ノ眷属、倏ニ来リ囲繞ス。唯珍独リ見ル。他人不レ知。於レ是有二乗輿ノ人一、儀衛甚多シ。以テ二美饍ヲ一饗ス二新羅一ニ。教待、来リ賀ス。而後乗輿ノ人、形隠テ不レ見。珍、問二明神一ニ、「執鞷ノ者ノ、為ル誰レトカ。」新羅ノ曰ク、「三尾ノ明神ナリ也〈祠今在二寺ノ之南一ニ〉」。自レ此新羅明神、威霊益ス顕ル。

【注】新羅明神宮　滋賀県大津市園城寺町。新羅善神堂。『元亨釈書』巻一八「新羅明神」。

〔近州〕石山寺〈本朝四十五代聖武帝ノ御宇ニ釈良弁ノ所レ創也。自レ此至二元禄二年ニ及二九百五十年一ニ矣〉

石山ハ者、聖武天皇創二東大寺一ヲ、鋳二一十有六丈ノ銅像一ヲ、多ク（4ウ）聚テレ金ヲ為レ薄ト。此ノ時本朝未タレ有ラ二黄金一。帝、語テ二良弁法師一ニ曰ク、「伝聞、和州ノ金峰山、其ノ地皆黄金ナリト也。師、祈テ二金剛蔵王一ニ得テレ金ヲ資テ二銅像ノ薄一ニ不ヤ二亦宜一ナラ乎。」弁、入テ二金峰山一ニ持念ス。夢ラク、蔵王告テ曰ク、「此ノ山ノ黄金不二敢テ自恣一セ也。今示ン二汝ニ別所一ヲ。近州ノ湖西ノ勢多県ニ有二一ノ山一。如意輪観自在ノ霊応ノ之地ナリ也。汝、至テレ彼ニ持念セヨ。必ス得ン二黄金一ヲ。」弁、便赴ク二勢多一ニ。時ニ老翁、坐シテ二大石ノ上一ニ釣ル魚ヲ。弁問テ曰、「汝何ニ人ソ。」対曰ク、「我ハ是山主比良明神ナリ也。此ノ地観音ノ之霊区ナリト。」言已テ不レ見。弁、就テ二其ノ石一ニ縛テレ廬ヲ安ス二如意輪ノ像一ヲ。持念不シテレ幾奥州ヨリ始テ貢ス二黄金一ヲ。爾レヨリ後、刻二丈六ノ大悲ノ像一ヲ蔵ム二先像ヲ於中一ニ。亦造テ二金剛蔵王及ヒ執金剛神一ヲ安ス二左右一ニ。其ノ像各〻八尺。当テレ夷クルニ二基趾一ヲ地中得二五尺ノ宝鐸一ヲ。益ス為二霊地一ト。（5オ）

【注】石山寺　滋賀県大津市石山寺。『元亨釈書』巻二八「石山寺」。

6〔近州〕一乗寺〈本朝七十代後冷泉帝ノ康平六年ニ創ム。自レ此至三元禄二年二六百二十六年矣〉
康平六年十二月、皇后上東門院、於二テ江州ノ西坂下一ニ建二一乗寺一ヲ、供二養ス衆僧一ヲ。

【注】一乗寺　京都市左京区一乗寺にあったか。『元亨釈書』巻二五「永承皇帝（後冷泉）」。

7〔近州〕梵釈寺〈本朝五十代桓武帝ノ延暦五年ニ創ム。自レ此至三元禄二年二九百二年矣〉
桓武天皇、延暦五年ノ春正月、於二テ近州一ニ建二梵釈寺一ヲ。延レテ衆落慶ス。十一年正月、沙門施暁奏シテ曰ク、「窃ニ以レハ、真理無二、帝道惟一ツ、敷レクノ化ヲ之門雖レ異ト、覆載ノ之功乃同シ。故ニ衛二護スルコトハ万邦一ヲ唯資二ル於仏化一ニ。弘二隆スルコトハ三宝一ヲ靡レシ非二云コト帝功一ニ。又夫レ沙門釈子ハ三界ノ旅人ナリ。離レレ家離レテ郷ヲ、無レク親無レシ族。或ハ坐二シテ山林一ニ而求レメ道ヲ、或ハ蔭《カケシ》二松柏一ニ而思レフ禅ヲ。雖レ有二ト避レケ世ヲ出レル塵ヲ之操一ヲ、不レ忘二護レリ国ヲ利レスル人之行一ヲ。而糧粒罕レ也得ルコト。飢餓常ニ切ナリ。伏シテ望ラクハ本州国分ノ之供分テ給ヘ二（5ウ）彼ノ所一ニ。然ル時則緇徒得二不レシテ虞《ハカラ》而修一スルコト。聖恩有二弗レシテ督《タヽサ》而化一ニ。」制可シテ乃田一千畝納二ル梵釈寺一ニ。十四年九月、勅曰ハク、「真教有レ属、隆二スル其ノ業一ヲ者ノハ人王ナリ。法相無辺、闡二ク其ノ要一ヲ者ノハ仏子ナリ。朕、位膺《アテ》二四大一ニ、情存二ス億兆一ニ。導レキ国ヲ斉レフシ礼ヲ、雖レ遵二フト有国ノ之規一ニ、妙果勝因、思レ弘二ンコトヲ無上ノ之道一ヲ。是以テ披二ラキテ山水ノ之名区一ヲ草二創シ禅地一ヲ、尽二シテ土木ノ之妙製一ヲ荘二厳シテ伽藍一ヲ、名テ曰二梵釈寺一ト。今置二ク禅師十員一ヲ。三綱在二其ノ中一ニ。納二テ近州ノ田千畝・越州五十戸一ヲ以テ充二ツ寺供修造ノ之費一ヘニ。所レハ冀運邁《スギテ》二馳驟一ニ永ク流二ヘ正化一ヲ、時ニ変二トモ陵谷一ヲ恒ニ崇二メン仁祠一ヲ。以二茲ノ良因一ヲ普ク覃二サン一切一ニ。上ミ奉二テ七廟一ニ臨二テ法界一ニ而増レシ尊ヲ、下モ及二テ万邦一ニ登二寿域一而洽レ慶ヲ。」又勅二シテ永忠一ニ主二シム梵釈寺一ヲ。忠ハ者京*兆人也。姓ハ秋篠氏。宝亀ノ之初メ入唐留学シテ、延暦[1]ノ之季ニ随レ使ニ帰ル。（6オ）渉二リ経論一ニ解二シ音律一ヲ、善ク摂二シテ威儀一ヲ斎戒無レシ欠ルコト。桓武帝、勅シテ主二シム梵釈一ニ。弘仁七年四月ニ滅ス。年七十四。遺レシテ表ヲ上二ル唐ヨリ所レノ得ル律呂旋宮ノ図・日月ノ図各〻二巻・律管十二枚・塤《フエ》一枚ヲ一。

【注】梵釈寺　滋賀県大津市にあった。『元亨釈書』巻二三「桓武皇帝」、巻一六「永忠」。
【校訂】1延暦―〈底〉延喜

8〔紀州〕粉河寺〈本朝四十九代光仁帝ノ宝亀元年ニ創ム。自レ此至二元禄二年ニ一九百十九年矣〉

*開基孔子古《クシコ》ハ者、姓ハ大[1]伴氏、紀州那賀郡ノ人也。光仁帝宝亀元年ニ創ムレ之。伴氏常ニ好ム二射猟ヲ一。郡ノ之棲テ二山谷ニ一、屛シテ二身ヲ樹上ニ一夜窺テ二猪鹿ヲ一而射ル。一夕山中ニ有レ光、大サ如シレ笠ノ。伴氏、驚怖疑怪ス。下リレ樹ヲ欲レ見ント二光ノ処ヲ一、進去レハ髣髴トシテ無シ二定所一。如レ是現コトレ光ヲ三四夜。伴氏、熟〻看テ乃知ル二其ノ地ヲ一。猛省シテ曰ク、「吾レ非ンハ二宿因ニ一争カ逢ン二瑞光ニ一。」便チ就二光ノ処ニ一結テレ菴ヲ又思フ、「安ソ得テ二仏像ヲ一営マント二精舎ヲ一。」居コト未ルニレ幾有二一ノ童子一。乞二宿ヲ伴家ニ一許スレ之。童悦テ語テ曰、「家主、有ル二何ノ所カレ須ムル。我願クハ（6ウ）加助シテ報セン二宿託ノ恩ニ一。」伴氏語テ二瑞光ノ事ヲ一曰、「我レ此ノ地ニ思レ安ンコト二仏像ヲ一。未タレ得二仏工ヲ一耳。」童曰ク、「我是拙工ナレトモ家主若シ許ハ願クハ効《イタサン》二小伎ヲ一。」伴氏大ニ悦テ曰、「我ニ有テ二一願一刻ムレ像ヲ。一ニハ為二法界ノ有情ノ一、二ニハ我カ息任ス二奥州ノ吏ニ一、願ハ安穏ニシテ還ンレ郷ニ。」伴氏、延テレ童ヲ至ル二菴所ニ一。童曰ク、「我於テ二此ノ菴中ニ一七日刻マンレ像ヲ。其ノ中間、願クハ莫レ二来見ルコト一。功畢テ吾往テ告ン。」伴氏、諾クシテ去ル。童、入リレ菴ニ閉レ戸ヲ。至テ二第八ノ暁キニ一聞ク二叩クレ門ヲ声ヲ一。伴氏、出見レハ無シレ人。乃詣ルレ菴ニ。金色ノ千手観音ノ像儼然トシテ而モ不レ見レ童ヲ。伴氏喜怪。自レ此投シテ二弓矢ヲ一供シテレ像ニ精修ス。其ノ後河内ノ渋河ノ郡ニ有二佐大夫ト云者ノ一。一子病臥ス。諸医拱クスレ手ヲ。一日童子来ルレ舎ニ。佐大夫語ル二病子ノ事ヲ一。童曰ク、「我試ニ呪センレ之。」即誦ス二大悲陀羅尼ヲ一。病立ロニ愈ユ。父母大ニ喜テ賂ノフレ童ニ。不シテレ受唯取テ二一ノ箸筒ヲ一而出ツ。大夫送テレ門ニ曰ク、（7オ）「恩意深シ。不レ知レ謝ヲ。所住何ノ処ソ。屢〻通ン二音問ヲ一。」答曰ク、「我カ住ハ紀州那賀郡ノ風市村粉河《コカハ》*寺ナリト。」語已テ辞シ去ル。不シテレ幾大夫牽テ二婦子ヲ一向レ彼ニ至二風市村ニ一。無シ[2]二粉河寺ト云者一。踟躕シテ顧視レハ傍ニ有二一ノ澗一、亘タル二東西ニ一。沿テレ流ニ而下ル。河水甚白シテ如シ二粉漿ノ一〈以レ故号二粉河寺ト一〉。見ルニ二林中ヲ一有二一宇一。閉テレ戸無シレ人。便チ思念ラク、「恐ハ

是歟。」未決偶日已没。体労疲。開戸而入。無火燭。雖不見像以其仏宇採花置几而已。衆人共困睡。中夜像前灯盞自然点火。堂内赫奕。大夫驚起見之、千手大悲宛然。近看童所取箸筒掛菩薩臂也。即知、童子此像之応化。感嘆敬礼普告四来。於是伊都郡渋田村富家寡婦、聞此事捨住宅改精舎。爾来《シタ》霊応日新矣。（7ウ）

【注】**粉河寺**　和歌山県紀の川市粉河。『元亨釈書』巻二八「粉河寺」。

【校訂】**1**大伴――〈底〉大半　**2**無粉河寺云者――〈底〉無粉河寺云者

9 〔紀州〕高野山金剛峰寺〈本朝五十二代嵯峨帝弘仁七年創。自此至元禄二年八百七十三年矣〉

開基弘法大師、姓佐伯《サエキ》氏、讃州多度郡人。父田公、母阿刀《アト》氏。夢、梵僧入懐。而有妊。在胎十二月、宝亀五年生焉。十八就沙門勤操落髪受沙弥戒。初名教海、後自改如空。延暦十四年、登東大寺壇受具足戒。又改空海。二十三年五月入唐、謁青龍寺慧果阿闍梨。果、見而喜曰、「我先知汝来相待者久矣。」顧諸徒曰、「是沙門者第三地菩薩也。」果曰、「我両部大法・秘密印信、皆悉授汝。宜帰本土法興。」得密乗已、大同元年八月、帰本朝而大興密教。弘仁七年、遊紀州求勝地。漸上高野山。岩巒嶒崒林木榛蕪、不知所之。時婦人出来曰、（8オ）「妾者山神也。夙負殺罪苦処幽陰。思帰真乗。未逢其人。今師到此。妾之幸也。此山方数百里、願施師懺罪。」乃導海至山中平坦所曰、「是福地也。営構於此。」初自唐将帰朝泛船之日、手執三鈷杵祈願曰、「密教入日域久属流伝者、願此杵先占霊区。」便向本邦擲之。其杵飛入雲中、到此其杵懸松枝。於是知神女之言不虚也。便奏建金剛峰寺。安宝塔、高一十六丈。為密乗興繁之勝場。神女者丹生《ニウ》明神也。承和二年三月二十一日、結跏趺坐作毘盧印泊然入定。先七日、

共二ニ諸ノ弟子一ト念二ス弥勒ノ宝号一ヲ。至二テ此ノ日一ニ瞑《アハセテ》レ目ヲ気絶フ。蓋シ持二定身一ヲ待二ツト龍華一ヲ也。年六十二。門人為二ス七七ノ忌一ヲ。＊其ノ間鬚髪生テ身体暖ナリ。（8ウ）経二テ五旬一ヲ諸徒剃レリ髪ヲ整レテ衣ヲ斂二メ[1]全身一ヲ、畳レテ石造レリ壇ヲ上ニ立二率兜波一ヲ〈自レ此至二元禄二年一ニ八百五十四年矣〉。自レ是後八十七年、醍醐天皇延喜二十一年十月、賜二諡ヲ弘法大師一ト。是ノ歳、上夢ラク、大師奏シテ曰、「我衣弊朽セリ。願ハ賜二宸恵一ヲ。」覚テ後、勅二シテ醍醐寺ノ観賢一ニ送二ル紫衣一襲一ヲ。賢、入レテ山ニ啓レク塔。如レ隔二カ重雲一ヲ、不レ＊見二其ノ身相一ヲ。乃稽首作礼シテ殷勤ニ祈請。良久シテ淵然シテ入二ル[2]於那伽ノ之中一ニ。其ノ髪甚長シ。尋テ為ニ剃落シ更二フ其ノ衣一ヲ。時ニ侍子淳祐在レリ側ニ。賢、顧テ問テ曰ク、「汝能ク見ルヤ否ヤ。」曰ク「不レ見」。賢曰ク、「大師ノ定身我レ尚ヲ難レシ見。況ヤ下レレル我ニ者ヲヤ焉。」乃令二以レ手ヲ摸一レラ之。覚二フ軟暖ニシテ如一レコトヲ生ケルカ。祈幸シテ不レ已。侍子其ノ後両手ノ香気経レトモ歳不レ滅セ。又沙門祈親ト云者ノ、七歳ニシテ喪レヒ父ヲ、十三ニシテ喪レス母ヲ。出家シテ常ニ持二法華一ヲ、以テ薦二ス其ノ親一ヲ。因以テ為レ号ト。至二テ年シ六十一ニ忽自＊（9オ）念シテ言ク、「早ク失二ス二親一。不レ知二生処一ヲ。豈ニ人子ノ之情ナランヤ乎。」尋テ詣二テ[3]長谷寺一ニ持経シ期二シテ七昼夜一ヲ願レフ知二ンコトヲ父母ノ生処一ヲ。至二第三夜一ニ夢ニ人告テ曰、「可下シ往二テ高野金剛峰一ニ祈レラハ之即知上ル矣。」其ノ人遂ニ挙レシテ指ヲ放レ光ヲ、即見二金剛峰一ヲ。山川殿宇瞭然シテ在レ目ヘニ。翌日至二高野一ニ。此ノ山弘法入定ノ後至レ今ニ八十余年、廃毀尤甚シ。荊棘塞レル路ニ。親、披二テ榛莽一ヲ到二リ塔所一ニ、祈求スルコト如二シ長谷一ノ。一日忽ニ浄二テ眼根一ヲ自見二観史ノ内宮一ヲ。有二リ三蓮華一。菩薩各〱坐二ス一華一ニ。一華未レタ開。親問テ曰ク、「是ノ一菩薩ハ者誰ソヤ耶。」有レテ対ルモノ曰ク、「即卿ミノ父母ナリ也。是卿ノ持経ノ所感ナリ。其ノ未レタ開者ノハ乃待レツ卿ヲ耳。」親、見二テ山中殿宇荒廃一ヲ委レネテ身ヲ修葺ス。不レシテ久復煥然シテ一新ス焉。高野ノ之再興ハ者実ニ親ノ之力ナリ也。

【注】 **高野山金剛峰寺**　和歌山県伊都郡高野町高野山。『元亨釈書』巻一「空海」、巻一八「丹生明神」、巻一四「祈親」。『東国高僧伝』巻五「観賢」、巻三「祈親」。

【校訂】 **1**斂――〈底〉歛　**2**入二ル――〈底〉入二ルコトヲ　**3**詣二テ長谷寺一ニ――〈底〉詣テ長谷寺ニ

10 〔高野〕伝法院〈本朝七十五代崇徳帝ノ大治五年覚鑁所レ創也。自レ此至二元禄二年一ニ五百五十九年矣〉（9ウ）

【注】伝法院　和歌山県伊都郡高野町高野山にあった。

11〔紀州根来〕円明寺〈崇徳帝ノ保延六年ニ覚鑁上人建レ之。自レ此至二元禄一年一ニ五百五十年矣。此ノ寺俗因二地ノ名一ニ呼テ為二根来寺一ト〉

開基諱ハ覚鑁、号二ス正覚一ト。出二肥前州ノ平氏一ニ。桓武帝五世ノ孫也也。其ノ父有二武略一鳴二天下一ニ、郷党畏敬。母ハ橘氏。鑁、在二シ童稚一ニ時、神志高邁ニシテ父母鍾愛ス。忽有二テ催レス租ヲ吏一至二リ其ノ家一ニ、喧呼シテ自恣也。時ニ有二リ僧ノ在一ル。鑁問テ曰、「彼レハ何ニ人ソ。敢テ辱二シム我父一ヲ。」僧曰、「彼ハ官吏ナリ也。刺史ノ所レ差スル、凡ソ九州ノ之内皆聴二命ヲ於刺史一ニ爾。」鑁曰ク、「始メ謂ラク、天下ノ之貴キコト無レシト如二シクハ我父一ニ。寧ロ知レンヤ有二ルコト刺史一耶。」僧曰ク、「刺史不二自貴一カラ。承二ク于宰臣一ニ。宰臣ハ承二ク于天子一ニ。夫レ天子ト云ハ者天下ノ之至尊ナリ也。」鑁曰、「有下リヤ過二ル天子一ニ者上ノ乎。」曰ク、「諸天。」鑁曰ク、「尚ヲ有レヤ踰二ヘタル於天一ニ乎。」曰ク、「有レ仏。仏ハ三界ノ独尊ナリ也。」鑁曰ク、「世ニ有三リヤ人能ク登二ル仏位一ニ否ヤ。」（10オ）曰、「方ニ今薙髪染衣、精進修行ノ者ノ必ス得二其ノ位一ヲ。」鑁曰ク、「其ノ人何ニカ在ル。我将レニ求レント之ヲ。」曰ク、「高野弘法大師ノ之場ニ有二阿闍梨定尊ト者一ノ。精二シ於密学一ニ。子当レニ求レ之。」自レ是懈然シテ有二出塵志一。至二仁和寺一ニ稟二ケ密学一ヲ、又受二三井ニ秘密灌頂一ヲ。凡ソ是密学ノ之法、必ス竭二ス其ノ余一ヲ。後上二テ高野一ニ侍二シテ定尊一ニ、益〱入二閫奥一ニ。大治五年、鑁年シ三十六、創二テ伝法院一ヲ奏二ス於朝一ニ。上皇、大ニ悦テ賜二荘田一ヲ。以テ充二ツ僧膳一ニ。保延六年庚申、鑁年シ四十六歳、奏二シテ於朝一ニ於二テ根来《ネコロ》山一ニ創二円明寺一ヲ。以テ為二終焉ノ之所一ト。尋テ有レテ旨為二御願寺一ト。俗因二テ地ノ名一ニ呼テ為二根来寺一ト。乃造二ル仏塔・神祠・僧坊等数十区一ヲ。無レシテ何クモ致二ス其ノ美奐一ヲ。山ヲ号二ス一乗一ト。一日、鑁訪二フ藤相国忠通公一ヲ。相国、執二テ弟子ノ之礼一ヲ躬ラ迎二フ庭下一ニ。鑁問レフ故ヲ。相公曰ク、「昨夜夢二ム大唐ノ（10ウ）慧果阿闍梨至一ト。」鑁嘿然タリ。鑁向来ノ異跡甚著《シルシ》。毎下ニ修二スル三昧一時上、或ハ感二ス山神衛レルヲ法、或ハ成二リ不動明王一ト、或ハ涌二シ五百ノ仏ヲ于地上一ニ、或ハ現二阿字輪ヲ于壁間一ニ。似二タル此レ等一ニ事、緇白倶ニ見ル。真ニ哲人ナル哉ナ。是ノ故ニ上ミ自二王臣一ニ下モ及二マテ士庶一ニ、靡レシ不二ト云コト望レ風ヲ向レ化一ニ焉。一日遘二風疾一ニ。衆誦レシテ呪ヲ而祷ルコト者七日、鑁曰ク、「生死無常、其レ誰カ得レン免コト。唯祷二ル速ニ証二菩提一ヲ可ナリ也。」久シテ之於二円明寺ノ西廂一ニ趺坐シ結二秘印一ヲ恬然シテ而寂ス。実ニ康治二年十二月十二日也。世寿四十九。滅後至二トモ浹旬一ニ顔色如レ生ルカ、膚体暖ニシテ鬢髪漸クニ長ス〈自レ此至二元禄二年一ニ五百四十六年矣〉。

【注】円明寺　和歌山県岩出市根来。根来寺。『東国高僧伝』巻八「覚鑁」。

12〔播州〕法華山寺〈本朝三十七代孝徳帝ノ白雉元年ニ法道仙ノ所レ建也。自レ此至二元禄二年一ニ一千三十九年〉

＊開基法道仙人ハ者、天竺ノ人也。初メ霊鷲山ノ中ニ有[1]二仙苑一。五（11オ）百ノ持明仙、修二シ金剛摩尼法一ヲ皆能ク得レ道ヲ。須臾ニ遊二テ十方刹一ニ便チ還二ル本処一ニ。神力如レ是。寿無量歳ニシテ導二利ス人天一ヲ。法道ハ者其ノ一ナリ也。一時乗二シテ紫雲一ニ出テ、仙苑一ヲ、経二支那一ヲ、過二テ百済一ヲ、入二本朝一ニ、下二ル播州ノ印南《イナミ》郡ノ法華山一ニ。其ノ山八朶。故ニ為レ号ト也。于時ニ渓谷出二ス五色ノ光一ヲ。道、見テ為二シテ霊区一ト居リ焉。常ニ誦二シ法華一ヲ修二シ密観一ヲ、所ノレ持スル道具ハ千手大悲ノ銅像・仏舎利・宝鉢而已ノミ也。余ハ無二一物一モ。一日多聞天王、駕レシ雲ニ来テ語レ道ニ曰ク、「大仙久ク棲レメ此ニ。我レ当下ニ擁二護シ正法一ヲ鎮中撫ス国家上ヲ。」又牛頭天神、現二シテ形ヲ西峰一ニ曰、「我願ハ任二除災ノ之役一ニ。」道、得二タリ千手宝鉢ノ法一。天龍鬼神来往奉事ス。常ニ飛レシテ鉢ヲ受レ供ヲ。州人称二ス空鉢仙人一ト。生石《ヲシコ》大神請フ、「置二ケ鉢ヲ于石上一ニ。奉レント供ヲ。」其ノ地今尚ヲ号二シテ空鉢塚一ト在二リ神祠ノ西南一ニ。大化元年ノ秋（11ウ）八月、船師藤井、載二テ官租一ヲ而過ク。道、飛レシテ鉢ヲ乞レ供ヲ。藤井曰ク、「御厨ノ精粳ナリ。不レ遑二アラ私情一ニ。」鉢便チ飛ヒ去ル。於レ是ニ乎船中ノ群米随レテ鉢ニ飛ヒ連ル、猶ヲ如三シ雁陣ノ入二ルカ山中一ニ。藤井、大ニ驚テ奔テ到二テ庵所一ニ悔謝シテ乞レ憐ヲ。道、笑テ而諾ス。言已テ米石如レ前ノ飛帰ル。其ノ米千石、無レシ有二ルコト遺失一。只其ノ一俵落二ツ南河ノ上一リニ。自レ茲レ此ノ地富人多シ矣。俗号二ス米堕《ヨネダ》村一ト。又曰二米田一ト。藤井入レテ都ニ奉レス事ヲ。孝徳皇帝大ニ加二感嘆一ヲ。五年五月、上不予ナリ。診治弗レ瘳ヘ。乃宣二シテ左僕射阿部《ヘノ》倉内一ニ召レシテ道ヲ加護シム。道、入レテ宮ニ持念。玉体平復ス。六宮羅拝ス。止レルコト宮ニ七日、弘二演ス釈門ノ奥旨一ヲ。君臣嘆美ス。因レテ之ニ設二ク無遮会一ヲ。道、帰レ山ニ。勅シテ於二山中一ニ建二大殿一ヲ安二ス所持ノ観音及舎利宝鉢一ヲ。白雉元年九月、落成ス。帝幸レス寺ニ。始メ本朝重レシ神ヲ軽レス仏ヲ。属三シテ道ノ之唱二ルニ真（12オ）乗一ヲ、天下翕然シテ反レス之。二年三月、宮中大蔵会アリ。三年季冬、僧

尼ニ宮斎ス。皆ナ道ノ之諭化ナリ也。道、居ルコトレ山ニ数十年、一日告テレ衆ニ曰ク、「我本ト棲ム二耆崫ノ之仙苑ニ一也。暫ク来テレ此ニ誘導ス耳。今当ニレ帰ル。」乃説テレ偈曰、「我レ化ントシテ二有情ヲ一来リ二此ノ地ニ一、留二下ス像鉢舎利羅ヲ一。一ヒ渉ルモノ二斯ノ境ニ一所ヲレ求ムル得、永ク出テ二三途ヲ一見ント二仏陀ヲ一。」即放テ二大光ヲ一飛テ入二雲中ニ一。道、多ク営二精舎ヲ一。諸州往往ニシテ而在リ。今存者ノ称ス二道ノ遺徳ヲ一。

【注】**法華山寺**　兵庫県加西市坂本町。法華山一乗寺。『元亨釈書』巻一八「法道」。

【校訂】**1**有二仙苑一。五百ノ持明仙一　〈底〉有二仙苑五百ノ持明仙一

13〔播州〕犬寺〈本朝三十七代孝徳帝ノ之御宇ニ建レ之。自レ此至二元禄二年ニ一及二一千三十年一矣〉

此ノ寺ハ者枚夫ト云者ノ所レナリ建也。初メ蘇ノ入鹿《イルカ》、大ニ召シテレ兵ヲ亡ス二太子ノ之属ヲ一。時ニ従フレ軍ニ。枚夫有レ妻好シ。枚夫ノ之僕、以レ間ヲ潜ニ通ス。既ニシテ而枚夫帰ル。僕恐テ二事覚《アラハレ》テ受ンコトヲレ誅ヲ語レ主ニ曰、「山中有二一所一、鹿猪ノ之所レ集ル。人未タレ知。我能ク知レリレ之。願ハ与二君ト二人一潜ニ往テ猟レ之。不レ令二他（12ウ）人シテ知ラ一。」枚夫、大ニ喜テ与二僕及ヒ二狗一入二山中ニ一。行クコト十里許ニシテ而僕上テ二高所ニ一彎キレ弓ヲ架シテレ矢曰、「我昔シ主トスレ君ヲ。此来匹敵ナリ也。此ノ山無シレ鹿。我レ給ムヒテレ君ヲ至ルレ此ニ也。此ノ一箭可シレ得二君ノ命ヲ一。不レ知ラ有リヤレ所レ思乎。雖レ奪トレ命ヲ能ク済ン二君ノ身後ヲ一。」枚夫曰ク、「甚シイ哉ナ、我カ之哀タルコト也。未レ知二此ノ事ヲ一。余ハ又何ヲカ言ンヤ乎。但タ有二一事一。願ハ子且ク待コト須臾セヨ。」枚夫呼テ二犬ヲ一腰ノ分テレ糧ヲ為レ二ト、各〳〵与テレ之便チ撫テ二二犬ヲ一曰ク、「我畜コト二汝等ヲ一者有レ年。恩意宛モ如シ二子弟ノ一。此ノ飯是レ我カ之餐ナリ也。今与フ二汝等ニ一。我ニ有二一言一。汝等聞ケレ之。我今死セハ二於此ニ一、汝二犬一時嚙テ二其ノ屍ヲ一莫レ令ムルコトレ有二遺余一矣。所二以ハ然ル一者、我レ自リ二少壮一得二雄武ノ之誉ヲ一。故ニ又従フ二蘇氏ノ之軍ニモ一也。恥ラクハ今為ニ二僕奴ノ一所レ給カ空ク死セハ二山中ニ一、国人競ヒ来テ定テ見テ二我屍ヲ一指シ笑ン。是我大ニ患ナリ也。」二犬不シテレ啜ラハ垂レテレ耳而聴キ、（13オ）言已テ一犬高躍テ嚙ミ二断ル僕ノ之弓絃ヲ一。一犬又躍テ嚙ミ二僕ノ喉ヲ一而死ロス。枚夫将テ二二犬ヲ一而返テレ家ニ、乃逐ヒ二其ノ妻ヲ一、又語テ二親属ニ一曰ク、「我レ因テ二二犬ニ一得レ命ヲ。自レ今立三二犬ヲ一為二我子ト一。我カ之荘田資財皆是二犬ノ之有ナリ也。」畜齢短促ニシテ不シテレ幾二犬自斃《タフル》。枚夫曰ク、「我郷《サキニ》以二二犬ヲ一為レ子ト付ス二資財ヲ一。今其レ殂《シヌ》矣。前言不レ可レ

渝《カハル》也。」便捨テ二田貨ヲ一建テ、伽藍ヲ一安シテ二千手観音ノ像ヲ一薦シ二冥福ヲ一、祠シテ二一犬ヲ一為二地主神ト一。此ノ像霊感日ニ新ナリ。野火四面ニ而来ル。伽藍無シレ恙、凡ソ三度也。桓武天皇聞給レ之、勅シテ為二官寺ト一、賜二田数頃ヲ一。

【注】**犬寺**　兵庫県神崎郡神河町中村。金楽山法楽寺。『元亨釈書』巻二八「犬寺」。

14〔播州〕書写山円教寺〈本朝六十六代一条帝ノ永延二年ニ創。自レ此至二元禄二年ニ一七百一年矣〉

開基性空上人ハ平安城ノ人、大中大夫橘ノ善根之子ナリ也。母ハ源氏。空、始メ生ル時、拳ニス二右手ヲ一。母展ヘ視レハ得二一針ヲ一。三日ノ後ニ忽ニ失ス二（13ウ）空ノ所在ヲ一。既ニシテ而見ル三空在ヲ二花叢ノ中ニ一。十歳ニシテ持ス二法華ヲ一。而三十六ニシテ始テ出家シテ欲レ求ント二人跡ノ所ノレ不レ到処ヲ一。乃往テ二日州ノ霧カ島ニ一結テレ廬ヲ居レリ焉。毎ニ二数日一一飧、或币レトモレ旬ニ絶レ食ヲ。而無シ二飢タル色一。光彩過クレ人ニ。越テ二数載ヲ一遷ル二筑前ノ背《セ》振《フリ》山ニ一。凡ソ誦経ノ次則有テ二群稚子一与《ト》レ之同ク誦ス。風貌清奇、音韻和雅ナリ。経已レハ即没ス。一夕夢ム三金剛薩埵授ルニ以スト二両部ノ密教ヲ一。覚テ即能ク通ス。適〻台山篤上人至ル。空、質《タヽス》レ之。篤曰ク、「両界ノ印明事事無シレ差コト。但タ一印与二予カ之軌ト一少シ異ナリ。然トモ所レ夢ル甚詳ナラン。恐ハ予カ軌ノ之誤ナランカ乎。」初メ永延二年、有二化人一告テレ之曰、「播州ニ有二書写山一。是レ鷲嶺ノ之一峰ナリ也。居ル者ノハ必ス浄メ二六根ヲ一発ニ二大心ヲ一。」空、即廬ス二其ノ上ニ一。藉イテレ草ヲ為レ座ト、練テレ紙ヲ為レ衣ト。山禽野獣無シテレ機而自馴レ、漸ク成ス二蘭若ヲ一。号ス二円教寺ト一。毎歳三九月、建テ二、経（14オ）会ヲ一為ニ二州民ノ一植フレ福ヲ。偶〻因テレ事ニ闕クコト二載、忽有テ二霊禽一鳴テ二於樹ニ一云、「春秋訝ルレ闕クコトヲ二年ノ会。読誦還テ勤メヨ二一乗経ヲ一。」空乃書シテ二鳥ノ語ヲ一告レ衆、復ス二其ノ会ヲ一。天禄上皇〈六十四代円融院也〉遣レ使入レ山ニ。空、堅ク臥シテ不レ起。長保四年、寛和上皇〈六十五代華山院也〉幸ス二其ノ地ニ一。勅シテ二源闍梨ニ一図シム二其ノ像ヲ一。並ニ記ス二行業ヲ一。方ニ下セハレ筆ヲ而山川震動ス。上皇驚訝ル。空曰ク、「勿レレ訝ルコト。図シ已ラハ必ス再動セン。」已ニシテ而果シテ然リ。上皇、不レ覚作礼シ給。寛弘四年三月ニ滅ス。寿八十〈自レ此至二元禄*二年ニ一六百八十三年矣〉。本尊如意輪観音ノ像ハ者、性空菴居ノ之初メ傍ニ有二桜桃樹一。一日天人降リ来テ礼[1]シテレ樹作テレ偈ヲ曰、「稽首ス生木如意輪、能ク満二有情福寿ノ願ニ一。亦満ツ二往生極楽願一切衆生ノ心ニ所ニレ念スル。」空、斬テ二其ノ枝ヲ一就テ二其ノ根株ニ一造二如意輪ノ像一ヲ。長一尺五寸。命二シテ安鎮行者一ニ刻レシム之。於（14ウ）時ニ異鳥翔リ集ル。其ノ音似レタリ賀二。又殿下ニ清泉流出シテ、病者飲レハ之乃愈ユ。

【注】**書写山円教寺**　兵庫県姫路市書写。『元亨釈書』巻一一「性空」、巻二八「円教寺像」。

【校訂】1礼レシテ樹―〈底〉礼レ樹シテ

15〔筑紫〕観世音寺〈本朝三十九代天智帝ノ七年ニ創。至二元禄二年一ニ一千二十一年矣〉

筑紫太宰府ノ観世音寺ハ者、天智天皇薦二シテ舒明天皇〈三十五主、天智帝ノ之父也〉一ヲ所レ創也。其ノ後元明天王〈四十三主〉和銅二年二月ニ詔シテ曰、「筑紫ノ観世音寺ハ者淡海大津宮天皇〈天智帝也〉薦二シテ後岡本宮天皇一ヲ所レ創也〈舒明皇帝在二ス和州岡本宮一ニ〉。累世不レ竟。朕痛恥レツ焉。太宰府加二検校一ヲ速ニ修営セヨ。」又廃帝天皇〈四十七主〉天平宝字五年正月二十一日ニ勅シテ下野ノ薬師寺・筑紫ノ観世音寺ニ各〻立二戒壇一ヲ。充二ツヘシ東西ノ戒業一ニ也。

【注】**観世音寺**　福岡県太宰府市観世音寺。『元亨釈書』巻二一「元明皇帝」、巻二二「廃帝（淳仁）」。

16〔肥後〕正法寺〈本朝八十二代後鳥羽帝ノ建久年間創。自レ此至二元禄二年一ニ四百九十余年矣〉（15オ）

開基俊芿、字ハ不可棄、肥後州飽田《アキタ》郡ノ人也。母ハ藤氏。生レテ而数日ニシテ母棄二樹下一ニ。経テ二三日一ヲ無二シ禽獣ノ之害一。阿姉往テ見レ之以二為ラク祥児一ト抱キ帰テ付レシテ母ニ乳養シム。以レ故ヲ芿自字ス焉。或人問二フ所由一ヲ。曰ク、「十八部主ノ中ニ有二大不可棄ト云者一ノ。生テ棄二池中一ニ魚鱉戴テ浮フ。三日ニシテ不レ死セ。然シテ後収メ育フ。予生テ似レタリ之二。故ニ自名クト」云。四歳ノ時、母氏与二フ其ノ舅池辺寺ノ珍暁一ニ。童稚ニシテ而有二老成ノ之量一。十四ニシテ従テ二飯田山寺ノ之真俊一ニ学二顕密ノ之教一ヲ。十八ニシテ落髪。十九於テ二太宰府ノ観世音寺一ニ受テ二具戒一ヲ而、往二来シテ南北二京一ニ扣キ二諸ノ名宿一ヲ、倦遊シテ帰リ二本州一ニ棲二遅シ筒カ嶽一ニ、伐リ松ヲ芟テ荊ヲ創テ二一ノ伽藍一ヲ号二ス正法寺一ト。当テ夷クルニ二基趾一ヲ往往ニ有二礎石一。芿、以二古基偶合一ヲ為二勝地一ト晏二居於此一ニ。或授ケ二密灌一ヲ、或宣二戒法一ヲ。

往来ノ緇徒常ニ百余員。建久ノ（15ウ）六年、味木県ノ人弁慶夢ラク、入二一ノ山寺一ニ、空中忽ニ有テ二神僧一告テ曰、「筒嶽ノ之芿師ハ者、五百生修道ノ之人ナリ也。汝盍《サル》レソ拝レセ之。」覚テ後感喜シテ詣レテ、寺ニ礼謁ス。建久十年五月、入レ宋ニ、建暦元年ニ帰ル。嘉禄三年閏三月八日、於二京兆泉涌寺一ニ寂ス。年シ六十二〈自レ此至二元禄二年一ニ四百六十二年矣〉。

【注】正法寺　熊本県玉名市小岱山にあった。『元亨釈書』巻一三「俊芿」。

17〔丹波〕穴穂寺〈本朝六十二代村上帝ノ応和二年ニ創。自レ此至二元禄二年一ニ七百二十七年矣〉

此寺ハ者宇治宮成ト云者ノ所レ建也。平城ニ有二仏工感世ト云者一ノ。家業ノ之暇ニ読ムコト二法華一ヲ、或ハ一両巻、或ハ一二品、多少ハ随二工ノ之隙一ニ。又誦シテ二普門品三十三遍一ヲ為二日課一ト。丹波州桑田郡ニ有二宇治宮成ト云モノ一。命シテ二感世ニ刻シム二観自在ノ像一ヲ。已ニシテ而成ル。宮成、厚ク償フ二其ノ価一。感世、受テ二銭帛一ヲ帰ル二京師一ニ。宮成、忽ニ念テ而言ク、「我与ルニ工価一ヲ者多シ。（16オ）不レ如カ殺シテ二於路一ニ奪レンニハ之。他人亦不レ可レ知也。則追テ及テ二大江山一ニ殺シ二仏工一ヲ奪レテ財而帰ル。宮成、後ニ拝ルニレ像ヲ肩ノ上ニ割切ル。従二其ノ瘡一血流テ凝レル地ニ。宮成怪怖テ曰、「我レ斬ル二仏工一ヲ。像何ソ有ルヤレ之耶。」便チ使二使者シテ馳テレ都ニ見レセ世ヲ。世、無レシ恙。使者復レス命ヲ。宮成、驚惋シテ而急ニ詣テ二工家一ニ返シテ二奪財一ヲ備ニ言フ二所以一ヲ。世曰ク、「我レ於二大江山一ニ逢テレ賊ニ被ルレ掠メレ財ヲ。潜ニ逃レテ帰ルレ家ニ耳。今聞ク二君ノ言一ヲ。大悲尊代テレ吾ニ受ルレ刑ヲ也。」二人拍シテレ手ヲ感嘆ス。於レ是宮成、営テ二堂宇一ヲ安シテレ像ヲ勤修精進ス。于時ニ応和二年ナリ。自レ此与二感世一結二親友一ヲ。

【注】穴穂寺　京都府亀岡市曽我部町穴太東辻。穴太寺。『元亨釈書』巻一七「感世」。

18〔若州〕神願寺〈本朝四十四代元正帝ノ養老年間ニ創。自レ此至二元禄二年一ニ及二九百五十余年一ニ矣〉

*若州ノ神願寺ハ者、養老年間ニ州界疫起ル。連歳旱澇ス。時ニ比古神[1]ノ祝属、有二和赤[2]ト云者一ノ。帰シテ二仏乗一ニ棲ム二山林一ニ。比古大*神化シテレ人ニ（16ウ）来テ告曰ク、「此ノ地是我カ之有也。我受ニ生ヲ鬼神一ニ苦報甚多シ。欲[3]下フニ帰シテ二三宝一ニ出中ントト苦趣上ヲ、未レタ由シ也。

故ニ屢〱行フ二災癘ヲ一耳。汝能ク為ニレ我カ於ニ此ノ地ニ一営テ二伽藍ヲ一安セハ二仏像ヲ一、沴菑自滅テ年豊ニシテ民安ラン。」私赤、乃建ニ精舎ヲ一曰ニ神願寺ト一。後無ニ災害一。自レ此州民悉帰スニ三宝ニ一矣。

【注】神願寺　福井県小浜市神宮寺。若狭神宮寺。『元亨釈書』巻二八「神願寺」。

【校訂】1比古神―〈底〉比吉神　2和赤―〈底〉私赤《シアカ》　3欲フ下帰シテ二三宝ニ一出ント中苦趣ヲ上―〈底〉欲フ三帰シテレ三宝ニ出ント二苦趣ヲ一

19〔美州〕谷汲寺〈本朝五十代桓武帝ノ延暦年間建。自レ此至ニ元禄二年己巳ニ一及ニ九百年一矣〉

開基豊然法師、欲下営テ二精舎ヲ一安ント中観自在ノ像ヲ上。延暦ノ間、相《ミテ》レ攸ヲ至ニ美州ノ谷汲ニ一、搆ニ精藍一。当テレ平クルレ基ヲ鑿ルニ二一巌ヲ一。忽ニ石中ヨリ油出ズ。然、生スニ希有ノ思ヲ一。誓曰、「我於ニ此ノ地ニ一安ンニ大悲ノ像ヲ一。若シ博ク利セハニ来世ヲ一、願ハ此ノ油益〱多ラント。」言已テ湧クコト如シレ泉ノ。然、大ニ喜テ便チ安スニ十一面観音ノ像ヲ一。長ケ七尺五寸。自レ是霊感溢伝。延喜帝、聞テニ其ノ瑞応ヲ一賜ニ額ヲ華厳寺ト一。其ノ油漸クニ微ニシテ今猶ヲ足レリトニ殿前ノ常灯ニ一云。近来不レ見レ之。（17オ）

【注】谷汲寺　岐阜県揖斐郡揖斐川町谷汲徳積。谷汲山華厳寺。『元亨釈書』巻一四「豊然」。

20〔下野〕薬師寺〈本朝四十代天武帝ノ勅創也。自レ此至ニ元禄二年ニ一及ニ一千十年ニ一矣〉

下野州ノ薬師寺ハ者、天武天皇ノ之所レ創也。院宇巍巍然トシテ如シニ南都ノ七大寺ノ一。資産亦タ多シテ関東十州得度ノ者咸ナ萃テニ於此ニ一修練ス。其ノ後宝字五年正月ニ廃帝天皇〈四十七主〉勅テ築ニ戒壇ヲ一充ツニ関東ノ戒業ニ一也。又仁明天皇〈五十四主〉嘉祥元年十一月、勅シテ置テニ講師ヲ一兼テ為ニ受戒ノ阿闍梨ト一。

【注】薬師寺　栃木県下野市薬師寺にあった。『元亨釈書』巻二三「承和皇帝（仁明）」、巻二二「廃帝（淳仁）」。

21〔下野日光〕補陀落山神宮寺〈本朝五十代桓武帝ノ延暦三年ニ創レ之。自レ此至ニ元禄二年ニ一九百五年矣〉

開基沙門勝道、姓ハ若田氏、下野州ノ芳賀《ハカ》郡ノ人ナリ。早ク出二塵累ヲ一鑚一レ仰ス勝業ヲ一。州ニ有二補陀落山一。峰巒峻峙ナリ。振古未タレ有二陟リ躋ル者一。勝道、以二神護景雲元年四月ヲ一企ツ二跋渉一。路険ク雪深シテ雲霧晦瞑シテ不レ能レ登ルコト。止二山腹ニ一、凡ソ経テ二三七日ヲ一而還ル。天応元（17ウ）年四月、興二先志一、亦屈シテ而退ク。延暦之初メ季春ノ之月ニ発二大誓ヲ一致ス二勤修ヲ一。且曰、「者回《コノタヒ》不ンハレ到二山頂ニ一亦不レ至二菩提ニ一。」漸ニ達テ二于頂ニ一、衆峰環リ峙テ、四湖碧リ深シ。奇花異木殆ント非二人境ニ一。道、堅誓ノ所レ遂ル悦シメレ目ヲ喜シムレ心ヲ。乃結テ二蝸舎ヲ於西南ノ隅ニ一修懺スルコト又三七日。道、雖レ究ムト二山区一未レ尽二湖曲ヲ一。三年ノ之夏、造テ二小舡ヲ一浮二東湖ニ一。西南北湖、備ニ極ム二游蕩ヲ一。就テ二其ノ勝処ニ一建二伽藍一曰二神宮寺ト一。居ルコト四載、道行与二霊境一並ヘ伝フ。桓武帝、聞テレ之勅シテ任ス二上野ノ講師ニ一。又於二都賀郡ニ一創二華厳精舎ヲ一。大同二年、州界大ニ旱ス。令二道シテ祈レ雨ヲ一。道、上テ二補陀山ニ一行ス二法雩ヲ一。甘雨速ニ降テ百穀皆登《ミノル》。

【注】補陀落山神宮寺　栃木県日光市中宮祠。現在は日光二荒山神社中宮祠、中禅寺。『元亨釈書』巻一四「勝道」。

22〔常州〕築波山寺

開基徳一法師、不レ知二姓氏ヲ一。学二法相ヲ于修円ニ一。嘗テ依テ二本宗ニ一（18オ）作二新疏ヲ一、難一レ破ス伝教大師ヲ一。相徒称スレ之。徳一、開二常州ノ築波山寺ヲ一。道風高潔、門弟繁興。毎ニ見テ二衆僧ノ受用ノ過コトヲレ奢ニ一、甚タ悪ムレ之。躬ラ行シテ二杜陀ノ行ヲ一、弊衣破履、藿食藜羹、晏如タリ也。後終二于慧日寺ニ一。全身不レ壊。

【注】築波山寺　茨城県つくば市筑波にあった。筑波山知足院中禅寺、筑波山寺。現在は筑波山神社。『元亨釈書』巻四「徳一」。

23〔信州〕善光寺〈本朝三十六代皇極帝ノ元年ニ創。至二元禄二年一ニ一千四十七年矣〉

信州ノ善光寺ハ者、本多善光ノ所レ創也。本朝第三十主欽明帝十三年ニ百済国ノ聖明王、使下使者シテ貢中レ献如来ノ金像ヲ上上テレ

表曰、「是法於諸法中最為殊勝。難解難入。周公・孔子尚不能知也。是法能生無量無辺福徳果報。乃至成弁無上菩提。譬如人懐如意珠。所須依情。祈願随意無所乏欠。且夫遠自天竺爰泊《オヨンテ》三韓順教奉持。無（18ウ）不尊敬。由斯百済王臣明、謹遣倍臣怒利斯致奉伝帝国流通寰宇。又仏之所記、我法東流。聖識不虚。天皇知之。」帝大悦詔使者曰、「朕従昔以来未曽聞如是微妙之法。然朕不自決。姑待議焉。」乃歴《アマネク》問群臣。西蕃献仏。其貌偉麗。不知可拝不。大臣蘇稲目奏対曰、「海藩諸国一皆礼奉豊秋。日本豈独否乎。況百済王世《ヨヽ》承皇化。若貢妖神為忠藩。願陛下勿慮也。」大連物《モノヽ》尾輿《ヲコシ》〈守屋之父也〉・中臣《ナカトミ》鎌子等言、「我国家治天下也、恒以天地社稷一百八十神、春夏秋冬祭拝有典。方今改拝藩神恐致国神之怒。」帝曰、「卿等言爾也。然聖明之貢不可捨也。誰奉斯神者。」稲目、稽首請之。帝賜像蘇（19オ）氏。稲目、安小墾田《ヲハルタ》家。又捨宮宅為寺奉像〈自此至元禄二年一千百三十九年〉。其後敏達天皇〈三十一主〉十四年三月、大疫。物守屋《モリヤ》・中勝海奏曰、「癘災流衍専由蘇氏佞仏也。」因此停仏法。於是乎聖徳太子〈年十三也〉曰、「痛哉。二子之味也。仏法説因果。亦猶積善慶殃之余矣。二子殆不免焉。」二十八日守屋自縦火焼塔殿。収燼余仏像棄難波堀江。是日又無雲雨、又錮僧尼于市亭。于時帝患瘡、及守屋天下殆偏。死者相枕。其患者皆言、「如焚如撻。」人人曰、「焚寺像打僧尼之報也。」帝疾弥〳〵留不差、八月十五日崩。又用明天皇〈三十二主、聖徳太子之父也〉二年四月、不予。語侍臣曰、「朕、思帰三宝。卿等議之。」守屋・勝海、共言、「何（19ウ）背国神奉異域神。先皇以来未之有也。」蘇馬子曰、「已承叡旨何異謀之有於是乎。」太子〈年十六歳〉握蘇氏手曰、「三宝之奥庸人不委。姦党交〳〵進抑弊聖明。卿不屈邪誣。可謂忠直矣。」蘇子叩頭曰、「頼殿下之明徳耳《ノミ》。」守屋睨《ニランテ》蘇子而怒。太子語左右曰、「大逆不知因果。其敗可跂《クハタテ》而待矣。」帝疾篤而

四月初九日ニ崩ス。七月、蘇馬子、誘二諸王子一ヲ謀二ル守屋一ヲ。太子、群臣帥レテ師サヲ到二ル河内ノ渋河一ニ。守屋拒レム之。其ノ兵甚鋭シ。官師三ニ却ク。太子乃チ斮二テ白膠木《ヌルデ》一ヲ刻二四天王ノ像一ヲ、置二頂髪ノ中一ニ誓テ曰ク、「官軍得レハ勝コトヲ、当レニ作二護世四天王寺一ヲ。」馬子又誓テ、「営二テ寺宇一ヲ興二サント三宝一ヲ。」於レ是乎太子ノ舎人赤檮《イチヒ》、放レテ矢ヲ曰ク、「四天王ノ之箭ナリト。」便貫二テ守屋カ胸一ニ而死ス。物氏殲《ツキテ》焉。冬建二四（20オ）天王寺一ヲ。分二守屋カ田貨一ヲ為レ二一ト、一ハ納二レ于寺一ニ、一ハ賜二赤檮一ニ。自レ此仏法日ニ盛ニシテ、聖躬万歳矣。其ノ後信濃州ノ伊那郡ノ宇招村ニ有二土民一、名二本多善光《ヨシミツ》一。有レ子、曰二善佐《ヨシスケ》一。家貧シテ無二シ資産一。性慈心ニシテ而在二リ志シ于仏乗一ニ。時ニ従二テ大守一ニ至二ル京師一ニ。推古帝ノ九年、事満テ、廻二ル本州一ニ。偶〱遊二難波ノ堀江一ニ。有二テ水中ニ光一。忽飛テ至二善光カ之肩ノ上一ニ。驚怪視レハ之、如来ノ金像ナリ也。其ノ長一尺五寸。像告テ曰ハク、「勿レ生二ルコト恐怖一ヲ。我為レニ汝カ所レルコト持セ已ニ三世矣。汝在二テ天竺一ニ名二長者月蓋一ト。又為二百済国ノ王一ト、号二ス聖明一ト。今此ノ生二テ日域一ニ、曰二善光一ト。三世ノ縁至二ル於此一ニ。疾ク還二レ本州一ニ。我レ与レ汝到二テ東方一ニ利二益セン衆生一ヲ。」善光大ニ喜テ而奉二シテ如来一ヲ帰二テ信州一ニ、殿宇ヲ営ニ無レシ力。便チ安二シテ舎中一ニ供二養シテ香華一ヲ勤修精進ス。自レ此後四十一年、皇極帝〈三十六主〉元（20ウ）年ニ像告テ曰ハク、「本州ノ水内郡ノ芋井郷ニ可レシト移レス我ヲ。」善光、乃就二テ水内郡一ニ創二テ小宇一ヲ安二シ金像一ヲ名テ曰二本善堂一ト。霊応日ニ新ナリ矣。天皇、有二テ冥府ノ感一勅シテ建二大伽藍一ヲ移二シ金像一ヲ、榜シテ曰二善光寺一ト。荘飾極二メ人工一ヲ崇広厳麗、上映二シ雲漢一ニ宝鈴応二ス山川一ニ。皇帝大ニ悦テ慶讃ス。紫雲下リ覆ヒ天楽遥ニ鳴ル。帝詔シテ任二シテ善光父子一ヲ為ス甲斐信濃両州ノ太守一ト。自レ是此ノ寺ニ日益〱繁栄也。

【注】善光寺　長野市大字長野元善町。『元亨釈書』巻二〇「欽明皇帝」、「敏達皇帝」、「用明皇帝」。

24 〔越前〕越知山

開基泰澄、姓ハ三神氏、越前州ノ麻生津《アサフツ》人ナリ。父ハ安角《ヤススミ》、母ハ伊野氏。夢二テ白玉入レルト懐ニ而有レ孕ムコト。白鳳十一年六月十一日ニ生ル。時ニ白雪降落テ産屋ノ之上ニ積ムコト寸余。及二テ五六歳一ニ不レ交ハラ二児輩一ニ。唯以二泥土一ヲ作二リ仏像一ヲ、以二艸木一ヲ搆二堂宇一ヲ。澄十四歳ノ時、夢ラク、（21オ）身坐二シテ蓮華一ニ傍ニ有二テ沙門一語テ曰ク、「汝知ルヤ否ヤ。我ハ是汝カ本師ナリ也。住ハ在二西方一ニ。

汝カ所レ坐スル蓮ハ者観世音所持ノ之華也。汝可下シト以二比丘ノ形一ヲ施中ス十一面利生普照ノ之徳上ヲ。」覚テ而怪喜ス。其ノ冬登テ二越知ノ峰一ニ苦修練行シテ自薙《キ》リレ髪ヲ為ル二比丘一ト。衣二葉皮一ヲ食二松果一ヲ。修懺積テレ年ヲ発二得シテ自然一ニ感二悟ス密乗一ヲ。大宝二年、有二小沙弥一、自二能登ノ島一来謁ス。澄、含テレ笑ヲ曰ク、「相需《マツコト》者久シ矣。」便チ付シテレ鉢ヲ令二守護一セ焉。一日沙弥逢テ二北海ノ税《ゼイ》船一ニ飛シテレ鉢ヲ乞レ供ヲ。率ネ以為レ常ト。和銅五年、羽州ノ官租馳テレ船ヲ而過ク。沙弥又飛シテレ鉢ヲ乞レ米。船師神部《カンベ》清定曰ク、「此ハ官米、有二定数一、不レ足レ充ルニレ供ニ。」沙弥還ルレ山ニ。時ニ船中ノ斛米、如レ雁相連テ飛二来ル峰頂一ニ。清定、驚嘆シテ入レ峰ニ礼シテレ澄ヲ曰ク、「卑心多貪ニシテ恪ム二師ノ浄供一ヲ。而是官租ナリ。願ハ還セ二供余一ヲ。」澄笑テ曰、「非二我カ（21ウ）所ニ一レ知。小沙弥ノ之為《シハサナリ》也。汝向テレ彼ニ謝セヨレ之。」清定如スレ教ノ。沙弥曰、「只留テ二小供一ヲ余ハ尽ク還ンレ汝ニ。」如クレ前ノ皆飛還ル。清定、見テレ之感激転タ深シ。輸《イタシ》レ官ニ畢テ不レ帰ラ二本邦一ニ、入テレ山ニ事フレ澄ニ。採リレ果ヲ拾ヒレ薪ヲ、百役不レ倦。澄、名テ為二浄定行者一ト。養老六年、上不予也。宣シテレ澄ニ赴シムレ都ニ。在テレ行ニ只浄定一人而已。澄、及テレ晡レニ入レ宮ニ顧テ二浄定一ヲ曰、「吾カ三鈷杵在リ二白山ノ室ロニ一。急カニ採来レ。」浄定、還リレ山ニ採レ杵、黄昏ニ授クレ澄ニ。王公以下莫シレ不云コトレ嘆－伏セ。皆曰ク、「澄ヲハ不レ可レ言フ也。浄定又奇ナリ矣。」澄、以レ杵ヲ擬ス二玉体一ヲ。上、即愈。賜二号ヲ神融禅師一ト。神護景雲元年二月、以レ書与二僕射吉備公一ニ、辞シテレ帝ヲ曰、「吾将ニレ還二西方一ニ。願ハ留給ヘ二叡情ヲ於仏乗一ニ。」僕射以聞ス。帝、哀歎シテ灑《ヒタシテ》二宸筆一答レ澄ニ。澄、得二御書一ヲ誡テ二其ノ徒一ニ曰、「聖筆宝札置二*之ヲ高架一ニ。莫レ1忽諸《ユルカセニスルコト》。」三月十八日、結（22オ）跏趺坐シテ定印ニシテ而化ス。年シ八十六。頂ヨリ放二神光一ヲ、山谷変レ金二、天雨ス二蓮華一ヲ。門人閟《トツ》二遺骨ヲ于石函一ニ。

【注】越知山　福井県福井市と越前町との境界の山。『元亨釈書』巻一五「泰澄」。

【校訂】1忽諸《ユルカセニスルコト》　―〈底〉忽諸《ユルカセニスコト》

25〔加州〕白山〈本朝四十四代元正帝ノ養老元年ニ始テ泰澄登二此山一ニ。自レ此至二元禄二年一ニ九百五十八年〉

白山明神ハ者、伊弉諾尊《イザナギノミコト》ナリ也。初メ泰澄法師、棲ミ二越前州越知《ヲチノ》峰一ニ、常ニ望テ二白山一ニ曰ク、「彼ノ雪嶺ニハ必ス有ン二霊神一。我当ニ下登レテ彼ニ乞中顕応上ヲ。」霊亀二年、澄夢ラク、天女瓔珞厳身ニシテ出二テ紫雲ノ中一ヨリ曰ク、「霊威時至レリ。蚤ク可二シ戻イタリ止一マル。」養老元年四月一日、澄、往二テ白山ノ麓大野ノ隅笆《クマハコ》河ノ東伊野ノ原一ニ、乃専心ニ持誦ス。時ニ前ニ所レノ夢ル天女現レシテ身曰、「此ノ地大徳ノ之母産穢之所ニシテ非二結界ノ之地一ニ。此ノ東ノ林泉ハ吾所二也遊止一スル也。師移レレト彼ニ。」言已テ形隠ル。澄、到レテ彼ニ持念如レシ前ノ。天女又来テ曰、「我雖レ在二ト天嶺一ニ、恒ニ遊二此ノ林一ニ。此ノ林ハ我カ為二タリ中居一。（22ウ）上護二リ一人一ヲ、下撫二ヌ万民一ヲ。大徳諦ニ聴ケ。日本秋津島ハ本ト是レ神国ナリ也。国常立《クニトコタチノミコト》尊、乃神代最初ノ国主ナリ也。次ニ国狭槌《クニサツチノト》尊、次ニ豊斟渟《トヨクニフノ》尊、次ニ泥火《ウヒチ》瓊《ニノ》尊、沙土瓊《スヒチニノ》尊、次大戸之道《オホトノチノ》尊、大苫辺《トマベノ》尊、次ニ面垂《ヲモタレノ》尊、惶根《カシコネノ》尊、次ニ伊奘諾《イサナギ》伊奘冊《イザナミノ》尊。謂二フ之ヲ天神七代一ト。吾ハ是伊奘諾尊ナリ也。今号二ス妙理大菩薩一ト。此ノ神岳白嶺ハ者、我レ主レリシ国ヲ之時ノ都城ナリ也。我乃日域男女ノ之元神ナリ也。天《アマ》照大神《テルオホンカミ》者《ハ》我子ナリ也。天忍穂耳《アマノヲシホミミノ》尊ハ我孫ナリ也。其ノ子天津彦彦火瓊瓊杵《アマツヒコヒコホニニキ》ノ尊、受二ケ祖天照大神ノ勅一ヲ、降テ治二此ノ国一ヲ始テ為二タリ地居一。饗レルコト国ヲ三十一万八千五百四十二年、生二ム彦火火出見《ヒコホホテミ》ノ尊一ヲ。饗《ウクルコト》レ国ヲ六十三万七千八百九十二年、生二彦《ヒコ》波瀲武鸕鷀草葺不合《ナミサタケウカヤフキアハセス》ノ尊一ヲ。饗レルコト国ヲ八十三万六千四（23オ）十二年。是ヲ名二ク地神五代一ト。人皇第一ノ国主神武天皇者、鸕鷀草葺不合尊ノ第四ノ子ナリ也。在位七十六歳。天皇年シ四十六、始テ登二ル皇位一ニ。辛酉ノ之歳ナリ也云云。吾カ真身在二リ天嶺一ニ。大徳往テ見レ給ヘ之。」言已テ天女乃隠ル。澄、乃登二テ白山天嶺絶頂一ニ、居二テ緑碧池ノ側一ニ持誦専注ナリ。忽九頭ノ龍出二ス池面一ヨリ。澄曰ク、「是レ方便ノ現体、非二本地ノ真身一ニ。」持念弥確シ。頃刻ニ十一面観自在菩薩、妙相端厳光彩赫熾タリ。澄、稽首シテ礼レシ足ヲ白シテ言ク、「像末ノ衆生、願ハ垂二レ給ヘ救拯一ヲ。」于時ニ菩薩、揺二シ金冠一ヲ瞬二カシ蓮眼一ヲ而許レス之。拝不レルニ畢レ三ヲ妙体已ニ隠ル。澄、又渡二リ左澗一ニ上二孤峰一ニ値二一ノ偉丈夫一ニ。手ニ握二金箭一ヲ肩ニ横二テ銀弓一ヲ含レテ笑曰、「我是レ妙理大菩薩ノ之輔ナリ也。名テ曰二小白山大行事一ト。大徳当レニ知聖観自在ノ之変身ナリ也。」言（23ウ）已テ乃隠ル。澄、又昇二テ右峰一ニ見二ル一ノ奇服ノ老翁一。神宇閑雅ナリ。語テ曰、「我ハ是妙理大菩薩ノ之弼ナリ也。名曰二大己貴一ト。西刹ノ主ナリ也。」言已テ又隠ル。自レ此霊感益〱顕著ナリ也。澄、嘗テ語レテ人ニ曰ク、「妙理菩薩ノ曰、『我カ山中一草一木、無レシ不二云コト我カ眷属ノ之所居一ニ。一万ノ眷属妙徳ノ降迹、十万ノ金剛童子遍吉ノ垂化、五万八千ノ采女ハ堅牢女天之変作ナリ也。』」

【注】白山　石川県白山市と岐阜県大野郡とにまたがる山。『元亨釈書』巻一八「白山明神」。

26伊勢大神宮

天照皇大神ノ之廟ナリ也。神武天皇四十五代聖武帝、欲レス創二ント東大寺一ヲ。即思念ラク、「我カ国家歴代奉レス神ニ。今営二仏宇一ヲ、不レ知戻二ンヤ神意一ニ不ヤ。」欲レシテ試二ント機宜一ヲ天平十三年、勅二シテ行基法師一ニ授二テ仏舎利一粒一ヲ、詣二テ勢州一ニ献二シム皇太神宮一ニ。基、於二テ内宮ノ南門大杉（24オ）下一ニ縛レテ廬ヲ而居リ。期二シテ七日一ヲ持念シテ告二ク上ノ旨一ヲ。第七ノ之夜、神殿自ヲ開テ大声ニ唱テ曰、「実相真如ノ之日輪ハ照二却シ生死之長夜一ヲ、本有常住ノ之月輪ハ爍二破ス煩悩ノ之迷雲一ヲ。我今逢二難レキ遭ヒ大願一ニ、如二シ渡ニ得レルカ船一ヲ。又受二難レキ得宝珠一ヲ、如二シ暗ニ得レルカ炬一ヲ。師其レ持二シテ舎利一ヲ蔵二埋シテ飯高ノ郷一ニ、以頼二《サヒハイセヨ》邦家一ニ。」基、捧二シテ舎利一ヲ蔵二ム彼ノ所一ニ。反レテ都ニ奏レス事ヲ。皇情大悦テ、上又謂ラク、「朕、以二行基一ヲ為二廟使一ト。恐ハ不レ協二ハ朝儀一ニ。」十一月三日、重テ勅二シテ特進右僕射橘公一ニ詣二シム勢州一ニ。十五日、僕射復奏ス。其ノ夜、上夢ラク、皇太神宮告曰ハク、「日輪ハ是レ毘盧遮那ナリ也。帝得二テ此ノ意一ヲ為二営興一ヲ。」言已テ現二ス日輪相一ヲ。其ノ光赫如タリ也。帝覚テ感激ス。以レテ故東大寺ノ大像高一十六丈、蓋シ擬二ス毘盧一ヲ也。非二ス分身丈六ノ之量一ニ也。（24ウ）

【注】**伊勢大神宮**　三重県伊勢市宇治館町（内宮）・同豊川町（外宮）。伊勢神宮。『元亨釈書』巻一八「皇太神宮」。

27〔加州〕自生山那谷《ナタ》寺〈第四十四主元正帝養老年中ニ創。至二元禄己巳二年一ニ及二九百五十余年一ニ矣〉

加州小松城ヲ去ルコト一由旬ニ有二梵刹一。号二ス自生山那谷寺一ト。乃チ大悲観音ノ霊区ナリ也。養老年間ニ泰澄法師ノ所レナリ創ル。後廃已久シ。四十年前、本州ノ太守一峰菅公、治政ノ之暇ニ念二テ大悲ノ勝境一ヲ不レト可レ不レ復セ。輒チ重テ新レニス之。其ノ殿倚レテ岩ニ而構。其ノ後ヘニ有二大悲ノ龕室一。納二ル於石洞一ニ。其ノ洞玲瓏トシテ幽邃也。殿ノ之東ニ有二小石洞一。僅ニ深サ十尺許リ、可二シ頫レテ首ヲ而入一ル。既ニ出時ハ則県崖壁立ニシテ無二シ措レク足ヲ処一也。殿ノ之前ニ有二蓮華池一。池畔ニ有二北天王ノ石像一。高サ一丈許リ、卓二立シテ於嵓上ニ一威容トシテ可シレ畏ル。其ノ旁ニ復タ有二小石台一。高サ一二丈、上ニ置二一ノ石室一ヲ。蓋シ長明灯ナリ也。遥ニ望テ二前山一ニ有二石鐘楼・石塔一。又有二精盧梵宇及ヒ三成ノ木浮図一。皆依リレ岩ニ旁テレ石ニ而建ツ。（25オ）精巧特異ナリ。四辺多シ二蒼杉翠柏一。殿ノ之西ニ亦皆石洞アリ。或ハ置キ二地蔵一ヲ、或ハ置二観音一、或ハ置二伊勢大神一ヲ。倶ニ有二石級一。疑ラクハ是補陀浄刹カト乎。由テレ是ニ黒白男女、一タヒ礼謁スル者ノ靡シトレ不二云コト歓喜讃歎一セ云。

【注】**自生山那谷寺**　石川県小松市那谷町。『黄檗大円広慧国師遺稿』巻四「自生山那谷寺記」。

28〔播州〕大谷山大渓寺〈第三十七主孝徳帝ノ大化元年ニ創。至二元禄己巳二年ニ一千四十四年矣〉

播州ノ美嚢《ミキ》郡ニ有レ山。号ス二大谷一ト。昔シ孝徳天皇大化元年ニ、天竺ノ法道仙人ノ所ナリ二開闢スル一也。初メ道、在テ二天竺耆闍仙苑ノ中一ニ、与二五百ノ持明仙一、同ク修ス二梵行一ヲ。各〻獲テ二果証一ヲ、寿命無量ニシテ通力莫シレ測ルコト。於テ二須臾ノ頃一ニ遊テ二十方刹一ニ、導二利ス人天一ヲ。嘗テ乗シテ二紫雲一ニ出二仙苑一ヲ、越ヘ二支那一ヲ経テ二百済一ヲ抵リ二日東一ニ、寓ス二播州一ニ。恒ニ誦シ二法華一ヲ修ス二密観一ヲ。龍神鬼畜莫シレ不ト云コトレ帰セレ化ニ。其ノ神力種種。豈筆舌ノ所ナランヤ二能ク述ル一哉。一日見ル二河中ニ有リ二梵字一。乃チ北天王ノ之梵文ナリ也。道、異也トスレ之。遂ニ窮テ二（25ウ）水源一ヲ登リ二宝積谷一ニ、得二一ノ閻浮檀金ニテ所レ造ル多聞天ノ像一ヲ。道、大喜テ曰ク、「此ノ天、曩カシ於テ二霊山一ニ、与トレ我有二護法ノ之誓一ヒ。今既ニ得レ像ヲ。諒ニ此ノ地必ス霊区ナリ也。吾カ法ノ之興ランコト、其レ在リレ斯ニ乎。」輒チ有二創立フ之意一。俄ニ有テ二五老翁一至ル。竟ニ莫シレ知三其ノ所ヲ二自来一スル。中ニ有二持スルレ鉾ヲ者一ノ。告テ曰ク、「善キ哉ヤ。大仙欲セハ下立テ二蘭若一ヲ事ヘント中天像ニ上、須ク下以テ二此ノ鉾ノ仆ス処一ヲ乃チ可ナル上。」道、即チ以テ二其ノ鉾一ヲ卓レ之、仆ス二於西南方一ニ。遂ニ就テ二其ノ地一ニ経始ス。其ノ所レ卓スル処泉随テレ鉾ニ涌ク。清涼ニシテ甘滑ナリ。道乃チ問テ曰ク、「翁ハ何ニ人ソヤ耶。」曰ク、「吾等当山三坂《ミサカ》三社大明神ナリト也。」言ヒ訖テ与二三翁一倶ニ隠ル。道、即チ立テ二三者一ヲ為二護伽藍神一ト。厥ノ応如シレ響ノ。由テレ是ニ、隣群ノ之民偏ク尊二崇ス之一ヲ。其ノ後志深庄ノ之民、於テ二上ノ村ノ之中一ニ立テレ祠、奉シテレ之以テ為二土神一ト。次ニ二翁曰ク、「某シ係ル二此ノ山ノ之池神一ニ。即チ八岐大蛇《ヤマタノヲロチ》ノ之親（26オ）属ナリ也。号ス二深蛇大王一ト。当ニレ守二護仏法一ヲ。」言已テ亦隠ル。道益〻喜テ、輒チ於テ二池上一ニ設ク二小祠一ヲ。今ノ深蛇二神是レ也ナリ。

既ニシテ而多聞天告テレ之曰ク、「大仙既ニ置ケ二我ヲ於此ノ山ニ一。願クハ護シ二正法ヲ一、使メン二天下シテ昇平万民楽業ナラ一。」時ニ孝徳帝、聞キ二天像ノ之霊ヲ一、欽テ二道仙ノ之徳ヲ一、特ニ勅シテ建二金殿ヲ一、以テ妥キ二其ノ像ヲ一、兼テ賜二荘田若干頃ヲ一、遂ニ成ル二大伽藍ト一。題シテ以ス二今ノ名ヲ一。崇広厳麗上凌キ二霄漢ヲ一、晨鐘夕梵響キ応ス二山川ニ一。其ノ中所レ有子院僧坊、不レ下ラ二一百所ニ一。門頭有二一金剛大力士一〈俗号二王〉。神亀年中ニ行基ノ所ナリレ造ル。又有二雀子岡《スヽメカヲカ》・蓬莱石・宝鑑山・桐壺瀑《キリツボノタキ》・地獄谷ノ諸勝一。谷中往往ニ有二鶏鳴ノ声一。或ハ出ス二光怪ヲ一。亦不レ知三其ノ所二以ヲ然ル一也。花山上皇嘗テ幸給テ二其ノ寺ニ一、置テ二五部ノ大乗経ヲ一、以テ福ス二天下ニ一。於テレ是ニ文武百官輿馬塡ツレ門ニ。厥ノ後為ニ二祝（26ウ）融氏ノ一所テレ廃セ悉ク為ル二煨燼ト一。天正八年〈至二元禄二年ニ一一百九年矣〉、多聞坊隆恩公有二荷法ノ之志一。念テ二名山聖跡ヲ一、不ストレ可レ不ンハレ復セ。乃チ建テ二、草堂ヲ一居ルレ之。恨ラクハ天像已ニ失ス。不レ疑、為ニ二隣郡吉田氏ノ一所ルトレ得。吉田素トヨリ無シ二信向一。貪テ二其ノ金ヲ一、煆スルニ以シ二烈火ヲ一、置テ二砧上ニ一以テ二鉄鎚ヲ一撃ツレ之。砧鎚倶ニ陥テ而、天像不シテレ損セ放二金色ノ光ヲ一。始テ知ル、為《タル》コトヲ二大渓寺ノ之本尊一也。乃チ陰カニ送ル二於中門ノ下ニ一。遂ニ感ス三吉田患ルコトヲ二伽摩羅疾ヲ一〈此云癩病〉。一昔、恩公行次見ルニ二中門ヲ一、有二光怪一。即チ而視レハレ之天像ナリ也。驚喜無量ニシテ供ス二於草堂ニ一。自レ時レ厥ノ後、凡ソ殿堂ノ之所ノレ当レ立者ノ、皆ナ次第ニ落成ス。使二山川シテ復タ爛然シテ生セレ色ヲ。較ルニ二之ヲ往昔ニ一、亦タ不二多ク譲ラ一矣。以テレ是推シテ恩公ヲ為リ二中興ノ之祖ト一。及テ二恩遷化一、隆秀公来テ補ス二其ノ位ヲ一。秀ノ之後、澄政継クレ之ヲ。政既ニ往テ、今伽耶院澄順公、為リ二（27オ）当山ノ僧正ト一、提ヘレ綱ヲ振ヒレ紀ヲ、井井トシテ有レ条。一衆皆ナ仰テ而尊レ之。此ノ山素ヨリ無シ二僧正一。以テノ二順公声徳越タルヲレ倫ニ故ニ、有二是ノ任一也。先キレ是ヨリ、其ノ地多ク為ニ二里民ノ一所ルレ侵サ。因テ白ス二於相府ニ一。命シテ二有司ニ一勘験シ、責テ還シ二本寺ニ一、為ニ二立テ二界限ヲ一、又逓年賜二僧糧若干石ヲ一。及テレ今ニ大相国、凡ソ三代倶ニ有二令旨一。以テ二此ノ山乃チ道仙ノ肇啓ノ之処ヲ一而、豈ニレ功茂シレ徳。皆不レ可レ磨者ナリ也。

【注】 **大谷山大渓寺**　兵庫県三木市志染町大谷。大谿寺伽耶院。『元亨釈書』巻一八「法道」。『黄檗大円広慧国師遺稿』巻四「大谷山大渓寺碑記」。

29〔高野之新別処〕霊嶽山円通寺〈第百八主後陽成院ノ慶長ノ末年ニ創ム。至三元禄己巳二年二及二八十年一矣〉

開基律師、名ハ良永、字ハ賢俊、姓ハ添氏、対州ノ刺史ノ之子ナリ也。妙年ニシテ登テ二高野山ニ一薙染ス。天性有リ二英気一。及テレ長ナルニ居テ二中性院ニ一、究ム二密乗ノ之奥旨ヲ一。専ラ志ス二毘尼ノ之道ニ一。偶〻以テレ事ヲ帰ル二本州ニ一。時ニ明忍律師欲シテレ入ント二支那ニ一駐ム二錫ヲ此ノ地ニ一。永、乃チ啓シテレ之ニ曰ク、「某シ聞ク。法門ノ三（27ウ）学、以テレ戒ヲ為スレ首メト。然シテ後能ス二定慧ヲ一。苟モ戒根不ンハレ備ラ、定慧何シテ生。三学既ニ廃セハ、豈ニ曰テ二沙門ト一安シテ度センヤ二此ノ生ヲ一耶。願ハ律師授給ヘ二吾ニ戒法ヲ一。」忍曰ク、「汝志シ可シレ嘉ンス矣。京ノ之槙尾山ハ是予カ興律ノ之場ナリ也。汝当ニ三到テレ彼ニ遂ク二所願ヲ一。」永、承テレ誨ヘヲ而、往テ謁ス二慧雲・友尊二師ニ一。嘉シテ二其ノ誠志ヲ一遂ニ授ク二沙弥戒ヲ一。越テ明年、自誓テ受具ス。時ニ慶長十六年ナリ也。研究シテ律部ヲ一文理通達ス。後有テレ故ヘ隠レ二高野山ニ一、以レ道ヲ自適シ与《ト》レ世相ヒ忘ル。有二山口修理公ト云者一ト、寓ス二東南院ニ一。一見シテ如シ二旧識ノ一。為ニ創ントシテ二一寺ヲ一、請シテ択レシム地ヲ。永、擬ス二山内極テ幽邃ノ処ヲ一。東大寺ノ重源法師是レ其ノ隠レタル処ナリ。乃チ就テ二其ノ地ニ一営建ス。不シテレ久而成ル。公延テレ永ヲ為二開山ト一、永、乃榜シテ曰二霊嶽山円通寺ト一。安シテレ衆講スレ道ヲ。蔚トシテ成ル二律社ト一。即新別処是ナリ也。黒白侁侁シテ以テ承ク二教戒ヲ一。而声誉益〻著ル。永常ニ（28オ）曰ク、「方土雖レ浄シト非ス二吾カ所願ニ一。恒ニ生シテ二娑婆五濁悪世ニ一作テ二大導師ト一、令ン三一切群生シテ倶ニ登ラ二聖域ニ一。如《モシ》有ラハ下不幸ニシテ墜入ル三三途ニ一者上ノ、我レ願クハ代テレ彼ニ受ントレ苦ヲ。」故ニ生平汲汲シテ、以テ済人利物ヲ為ス二己カ任ト一。値テハ二飢者ニ一輒チ与ルニ以レ食ヲ。病者ニハ即チ施スニ以テ薬ヲ一。一日有テ二一ノ癩者一至リ、白レ永ニ曰ク、「我以テノ二夙業ヲ一故ニ罹リ二此ノ病ニ一、為レニ人ノ厭悪セラル。不レ知、以テカレ何ヲ得ンレ免ルコトヲ。」永曰ク、「汝チ帰セハ二三宝ニ一庶幾ハ脱ン二夙殃ヲ一。我レ当ニレ授ニ二三帰ヲ一。」乃命シテ上スレ席ニ。癩者辞シテ不ヘテ二肯上ラ一。永曰ク、「沙門以テ二慈等ヲ一為レ本ト。吾豈ニ以テ二浄穢ヲ一二ニセンヤ二其ノ心ヲ一耶。」遂ニ授ケ畢ル。癩者感泣シテ而去ル。又有テ二盗賊一、窺テ二永ノ不在ヲ一、入テレ室窃テ二衣物ヲ一而去ル。永、遇ニ二諸塗ニ一盗捨テ、亡《ニク》。永曰ク、「一任ス二持去ニ一。我不レ嗇《ヲシマ》也。」遂ニ咸ク以テ与レ之ニ。嘗テ修法ノ時、感ス三神童現シテレ身ヲ授ルニ二以スルコト秘法ヲ一。又一夜夢ニ神僧謂曰ク、「他后チ必ス生ン二安養ニ一。」永曰ク、「与《ト》二一（28ウ）切衆生一同ク生スルカ乎。」曰ク、「否ナ。」永曰ク、「然ハ則吾ハ不レ欲也。」曰、「以ノ二如レ是心ヲ一故ニ、可キレ得レ生ルコトヲ耳。」厥ノ後至テ二河ノ之磯《シ》長《ナカ》山叡福寺ニ一、見テ二仏塔ノ毀壊ヲ一為ニレ之修治ス。庶民助ケテレ力ヲ不シテレ日而成ル。正保四年、乃チ終二于叡福一。寿六十有三、臘三十又六。門徒奉二遺骨ヲ一窆二于円通一。得法ノ弟子真政忍等若干人而、黒白男女受ル二帰戒ヲ一者ノ不レ可二勝テ計ル一〈自二入寂一至二元禄二年ニ一四十六年矣〉。

【注】**霊嶽山円通寺**　和歌山県伊都郡高野町高野山。霊岳山律蔵院。『律苑僧宝伝』巻一五「賢俊永律師」。

30〔紀州〕熊野本宮〈第十主崇神天皇ノ六十五年ニ建。至二元禄己巳二年ニ一千七百二十年矣〉

*　熊野新宮[1]〈第十二主景行天皇ノ五十八年建。至二元禄己巳二年ニ一千五百七十六年矣〉

熊野那智

紀州熊野山大権現ハ者、伊弉冊尊《イザナミノミコト》ノ之神廟ナリ也〈天照大神ノ之母也〉。速玉之男《ハヤタマノヲ》・事解之男《コトサカノヲ》・伊弉冊尊、是レ熊野三所ノ権現ナリ也。（29オ）或ハ曰ク、自リ二天竺一飛ヒ来ルト矣。所レ謂本宮権現ハ者阿弥陀仏ノ之変身ナリ也。新宮権現ハ即チ薬師仏、那智ノ権現ハ即チ千手大悲也。乃号シテ曰二日本第一大霊験熊野三処ノ権現ト一也。即チ本朝第十主崇神天皇六十五年、始テ建二本宮ヲ一。復タ第十二代景行天皇五十八年ニ建二新宮ヲ一。厥ノ後、花山法皇幸シ二当山ニ一、抵二那智ニ一精修勤苦シ給フ三年。一日、神龍献ス二如意珠・水晶ノ念珠・海貝ヲ一。上皇大ニ悦テ納ム二于山中ニ一。平城天皇嘗テ幸レ之ニ、其ノ後チ白河法皇五ヒ登二其ノ山ニ一、及ヒ堀河帝、鳥羽法皇幸スルコト二于当山ニ一八次。自レ是至テレ今ニ苦行ノ者不レ絶ヘ。又解脱法師嘗テ詣ス二熊野ニ一。権現告テ曰ク、「諸仏ノ救世ハ者、住二於大神通ニ一、為ノレ悦メンカ二衆生ヲ一故ニ、現ス二無量ノ神通ヲ一。我為ノレ利二益センカ諸ノ人民ヲ一故ニ、垂ルト二跡ヲ於当山ニ一」。或ハ曰ク、秦ノ（29ウ）始皇、遣ルニ下方士徐福シテ将テ二童男女数千人ヲ一入テレ海求メ中蓬莱神仙ノ薬上ヲ、不レ得。徐福畏テレ誅ヲ不二敢テ帰一ラ。留リ二此ノ方ニ一居ス二熊野山ニ一。応安ノ初年、絶海津禅師求レ法ヲ入ルレ明ニ。太祖問二徐福カ事ヲ一。津、答ルニレ之ヲ以スレ詩ヲ。曰ク、「熊野峰前徐福カ祠　満山ノ薬草雨余肥メリ　祗今海上波濤穏カナリ　万里好風須ク二早ク帰ル一」太祖賜テレ和ヲ曰ク、「熊野峰前血食ノ祠　松根ノ琥珀モ也タ応シレ肥ツ　昔ノ時ミ徐福求テ二仙薬ヲ一　直ニ到テ二如今ニ一竟ニ不レ帰ラ」。

【注】**熊野本宮**　和歌山県田辺市本宮町本宮。熊野本宮大社。**熊野新宮**　和歌山県新宮市新宮本宮。熊野速玉大社。**熊野**

那智　和歌山県東牟婁郡那智勝浦町那智山。熊野那智大社。

【校訂】 1新宮―〈底〉親宮

31〈相州〉覚園寺〈第九十一主伏見院永仁四年創。至元禄己巳二年三百九十三年矣〉

開基道照律師、諱智海、字心慧、未詳姓氏。従宗灯律師究律部、兼学密教、得小野広沢等諸流之奥旨。又嘗伝通受法於忍性菩薩。永仁四年、大檀越平貞時（30オ）公、創鷲峰山覚園寺、延照為開山始祖。四衆雲集道風益〻盛。声光照曜於諸方。嘗手画聖無動像、修八千枚法五十余座。其像今猶在焉。

【注】覚園寺　神奈川県鎌倉市二階堂。鷲峰山真言院覚園寺。『律苑僧宝伝』巻一四「道照海律師」。

32〈鎌倉〉光泉寺幷極楽寺〈第八十九代亀山帝弘長元年創。至元禄己巳二年四百二十八年矣〉

開基忍性菩薩、字良観、和州磯城伴氏子也。父名貞行、母榎氏。自幼穎悟有超邁之操。年甫十一投信貴山、誓不茹葷腥。十六歳下髪、無何喪母。悲哀過礼。念親恩難報、至額安寺請衆僧作仏事、且図文殊像七幀安置諸刹、以助冥福。十九歳毎月詣生馬《イコマ》山、礼文殊大士、断食唱五字呪五洛叉。其後謁興正菩薩于西大寺。正、一見器許、授以十重戒。仁治元年春、依大（30ウ）悲菩薩聴梵網、尋入興正之輪下。受沙弥戒、次進具足戒。時年二十四也。日増益智証、名光達四方。既而扶錫至常州、啓律席。於清涼院学徒歓呼以為、「鉢華一現」。争依之。弘長元年抵相陽。副元帥時頼平公、欽性道風創光泉寺、延之為開山。文永二年、行具支灌頂。又武州刺史長時平公、請開山極楽寺。性、開甘露門、奔走四衆。無何寺為祝

融氏一ノ所レル廃セ。性、方レテ議二スルニ重営一ヲ夢ラク、文殊告レテ性ニ曰ク、「吾戮レテ力ヲ助建セン。汝勿レ慮ルコト也。」覚メテ後大ニ喜テ択レテ材ヲ締構ス。緇白趨レテ功ニ、不レノ久之間ニ咸ク復二ス旧貫一ニ。性、乃集レテ衆落慶ス。弘安四年、蒙古ノ兵欲レ侵二ント上邦一ヲ。後宇多帝*勅レシテ性ニ修二シム護国ノ法一ヲ。性、乃開二ク仁王会一ヲ。皇帝大ニ悦テ、挙二テ極楽一ヲ為二[1]官寺一ト。正応五（31オ）年、値二テ興正菩薩ノ大祥諱辰一ニ、届二リ西大一ニ設レ祭ヲ、以二テ衣千領一ヲ施二ス諸ノ僧伽一ニ。嘗テ集二ルコト伽摩羅疾ノ人一ヲ〈此云癩病〉十千余。給二シ其ノ食一ヲ、授ルニ以二ス八関斎戒一ヲ。有二一ノ癩者一。手足繚戻シテ不レ能二行乞一スルコト。性、憫レテ之、暁則負レテ之至レ市ニ、暮ニハ負テ帰レリ舎ニ、手自ラ洗撫シテ不レ嫌二ハ汚穢一ヲ。如レスルコト是多歳、雖二風雨寒暑一不レ輟《ヤマ》。常ニ以二テ檀嚫一ヲ散二ス於囹圄一ニ。或ハ放生、或ハ図二シ仏像一ヲ、或ハ鑿二リ義井一ヲ、或ハ架二シ橋梁一ヲ、或ハ修二ス道路一ヲ。又遇二ヘハ寒者一ニ与レヘ衣ヲ、貧者ニハ分レチ資ヲ、但タ有二レハ利益一莫レ不二云コト勤メ行一ハ。又逢二時ハ大荒一ニ則煮二テ糜粥一ヲ以テ飼レ饑ニ、大疫時ハ則チ集二テ疾者ヲ于門前一ニ養レテ之ヲ、遂ニ獲二痊損一スルコト。信ニ可レシ謂ツ、済世ノ大医王ト也。聞三テ昔シ聖徳太子設二ルコトヲ四院一ヲ、性、甚タ慕フ焉。乃随レテ処ニ立二療病・悲田之院一ヲ。二十年来痊ル者ノ四万六千八百人ナリ。副元帥時宗公、義二也トシテ其ノ所為一ヲ、捨二土州ノ大忍ノ荘一ヲ、（31ウ）充二其ノ費一ヘニ。永仁二年、勅レシテ性ヲ為二天王寺ノ主務一ト、以二テ俸余一ヲ益二ス悲・敬ノ二院一ヲ。寺ニ有二華表一。年久シテ将レニ壊。性、乃命レシテ工ニ聚レテ石ヲ、以テ一二新ス之一ヲ。其ノ長二十五尺。性、於二テ営構一ニ亦甚タ勤タリ矣。嘉元元年六月二十三日、示二ス微疾一ヲ。黒白男女慰問ノ者ノ、接レテ踵ヲ而至ル。性、接待スルコト如レシ常ノ。七月十二日ノ夜、著レ衣ヲ、召二シ衆僧一ヲ、遺誡已テ結レテ印ヲ誦レシ呪ヲ、端坐シテ而化ス〈至二元禄二年一ニ三百八十六年矣〉。門人闍維シテ収二メ霊骨一ヲ、得二ルコト舎利一ヲ無数。塔二ス于極楽・竹林・額安ノ三寺一ニ。遵二テナリ遺命一ニ也。世寿八十七、坐六十三夏、所度ノ弟子二千七百四十余人、白衣ノ弟子不レ可二勝テ計一。講二スルコト三大部一ヲ七編、菩薩戒宗要・教誡律儀各三十編、梵網古迹・浄心誡観等若干編、結界スル寺院七十九所、所レノ造伽藍八十三所、仏塔二十座、（32オ）大蔵経一十四蔵、諸州ニ河橋一百八十九条、令二ルコト諸卿シテ止レメ殺ヲ六十三所、所レノ捨仏像一千三百余幀、戒経三千三百余巻、袈裟三万余領。嘗テ造二ル丈六ノ文殊ノ像一ヲ。今ノ般若寺ノ之像是ナリ也。嘉暦二年、後醍醐帝追二崇シテ其ノ徳一ヲ賜二菩薩ノ之号一ヲ。

【注】 **光泉寺**　現廃寺。神奈川県鎌倉市付近か。　**極楽寺**　神奈川県鎌倉市極楽寺。霊鷲山感応院極楽寺。『元亨釈書』巻

一三「忍性」。『東国高僧伝』巻一〇「忍性」。『律苑僧宝伝』巻一三「忍性菩薩」。

【校訂】 1為二官寺一ト―〈底〉為一官寺一ト

33〔但州〕温泉寺〈第四十四代元正帝ノ養老年中ニ創テ、至二元禄二年一ニ凡及二九百六十余年一矣〉

但州城崎《キノ》郡ノ海畔、湯嶋ニ有二霊区一。号二ス末代山温泉寺一ト。以三中ニ有二ヲ温泉一故ニ名ク。本朝四十三代元明天皇和銅元年、日生下《ヒウケ》権ノ守ト云者ノ一夕夢ニ有二四老翁一。告曰ク、「我等出石明神ノ之眷属也也。為レノ利二益センカ諸ノ人民一ヲ故ニ、垂二跡ヲ於此ノ嶋一ニ。」言已テ乃覚ム。日生下氏大ニ驚怪、偏ク告二テ諸人一ニ立レ祠ヲ、号二ス四所大明神一ト。（32ウ）其ノ後経二テ十霜一ヲ、元正帝養老元年、道智上人常ニ事二トス利済一ヲ。経二行シテ諸州一ニ偶〳〵至二リ当地一ニ、聞二テ明神ノ之霊一ヲ謁二シテ神祠一ニ而、祈二ル上求菩提下化衆生ノ事一ヲ。時ニ神啓二テ殿戸一ヲ語テ曰ク、「汝欲レハ成二ント本願一ヲ者、自レ此東南ニ有二三杉樹一。是即チ釈尊三聖ナリ也。誓二テ一千日一ヲ修二シ八曼荼羅ノ法一ヲ、加二持セヨト薬湯一ヲ。」言已乃隠ル。道智大ニ喜テ、就二テ樹下一ニ設レ壇ヲ行二ス密法一ヲ。勤修精進スルコト既ニ一千日ヲ満足ス矣。時ニ亦神告テ曰ク、「於二当地三所一ニ有二柳樹八株一ニ。当下納二ハ香灰並ニ八曼陀羅一ヲ則チ温泉涌上ク矣。」智、依レテ教ニ奉行ス。忽チ温泉出。乃号シテ曰二曼荼羅湯一ト。諸人沐二其ノ泉一ニ、治レシ疾延レ齢ヲ。時ニ、京師ニ有二仏工稽文一ト云者ノ。嘗テ在二和州一ニ長谷ノ観音ノ得二余材一ヲ、以テ造二十一面大悲ノ像一ヲ。其ノ長六尺三寸。置二ク和州長楽寺一ニ。仏工俄ニ患二風疾一ヲ、里ニ有二疫災一。（33オ）村民以テ像ノ為レシテ祟リト、乃棄二ツ于神川一ニ。既ニシテ而稽文、聞三テ但州ニ有二ト霊湯一、乃至二湯嶋一ニ浴レシテ之即愈ユ。偶〳〵遊二海辺一ニ、視二ル十一面大士ノ像一ヲ。即チ所レノ棄二ル神川一ニ像也也。稽文、喜フコト甚シテ、奉レシテ像ヲ就二テ児嶋山一ニ、搆二テ草菴一ヲ置二観音一ヲ。無レシテ何クモ欲レ還二ラント故郷一ニ。忽チ患疾シテ不レシテ得レ帰乃曰ク、「大悲願力於二一切苦厄一ニ能ク為二作リ依怙一ト、慈眼ヲ以視二ハス衆生一ヲ。何ソ使二ムルヤ*我シテ如1レクナラ是乎。」遂ニ夢ニ大士告テ曰ク、「汝カ所レノ患者有レ故ヘ矣。昔シ我レ為レノ利二センカ諸ノ人民一ヲ故ニ、告二テ日生下氏一ニ垂二跡ヲ於此ノ地一ニ。厥ノ後示二テ道智一ニ加二持セシム薬湯一ヲ。満二テ、三歳一ヲ事成ル。我レ亦タ自二長楽寺一経二テ三白一ヲ至二ル当地一ニ。汝留レルコト此ニ二年シテ而、事満テ、須レク帰二ル本州一ニ。」稽文既ニ覚メテ大ニ喜テ、乃チ語二ル道智上人一ニ。智、始テ知ル、当社明神ハ乃チ観音大士ノ変身ナルコトヲ。

信ニ菩薩大慈感応不測也。因テ創テ二精藍ヲ一移シ二置尊像ヲ一、遂ニ成二大伽藍ト一。（33ウ）号シテ曰二温泉寺ト一。霊応日ニ新ニシテ、四来ノ黒白接テレ踵ヲ而至ル。聖武天皇聞給テ二其ノ霊感ヲ一、勅シテ賜レ額ヲ、曰二末代山ト一。自レ是当山愈〱増ス二光耀ヲ一。若シ有レ疾者ノ、信心ニシテ至二此ノ地ニ一、瞻二礼シ観音ヲ一沐二浴スル温泉ニ一者ノ、靡シレ不云コト二応験一矣。

【注】温泉寺　兵庫県豊岡市城崎町湯島。末代山温泉寺。

【校訂】1 如クナラレ是―〈底〉如クナラ レ是

34〔筑州〕善導寺〈未レ詳二年月一。至二元禄二年ニ一凡及二四百八十余年ニ一矣〉

筑紫ノ善導寺ハ聖光上人ノ開山之所也。光、名ハ弁長、筑前州ノ人也。九歳ニシテ従テ二菩提寺ノ妙公ニ一学ヒ、十四ニシテ受二具足戒ヲ一。学テ二天台ノ教ヲ於唯心・常寂ノ二師ニ一、日ニ益シ二智証ヲ一、遂ニ帰レ郷ニ。遇テ二胞弟ノ亡スルニ一、忽チ悟リ二世相ノ無常ナルコトヲ一、便チ棄テ、所学ヲ一、精二修ス浄業ヲ一。州ニ有リ二明星寺一。塔久ク廃シテ無シ二人ノ修治スル一。衆勧テレ其ヲ唱シムレ縁ヲ。光、乃チ持レ暦ヲ謁ス二礼公ニ一。公、因テレ感ニレ夢ノ助テ、喜二捨ス金ヲ一。光、乃チ入テ二大日山寺ニ一伐二塔ノ柱ヲ一、立二三層ノ塔ヲ一。建久（34オ）八年、入テレ京ニ見ユ二法然上人ニ一。法然一見シテ器トシレ之、問フ、「子チ修ス二何ノ業ヲ一。」曰ク、「建二立シテ塔婆ヲ一毎日誦スレ仏ヲ。」法然曰ク、「不レ修セ二雑行ヲ一。但タ念セヨ二弥陀一。」因テ広ク説ク二念仏ノ法門ヲ一。光、随侍スルコト二三月ニシテ而還リ、惟修ス二専念ニ一。緇白帰スルコトレ之、如シ二水ノ赴クカレ叡ニ。十年ノ春、又依ル二法然上人ニ一。授ルニ以テ二念仏撰択集ヲ一、使レ流二通于世ニ一。光、日日参請シ兼テ渉ル二余教ニ一。法然将ニレ滅セント。有テ二親盛ト云者ノ一問フ、「上人滅後、某シ当ニレ決ス二疑ヲ于何人ニ一。」曰ク、「可レ問二聖光・聖覚ニ一。」一日於テ二高良山下ニ一修ス二千日ノ念仏会ヲ一。衆議ラク、「此ノ山ハ乃チ台密二教ノ道場ニシテ、非二浄業ノ者ノ、所住ニ一、欲レ遣ントレ去ラ。」其ノ夜夢ラク、光明赫奕トシテ自レ西照シ二此ノ道場ヲ一、傍ニ有テレ人曰ク、「聖光上人念仏ス。故ニ仏光照曜スト。」寤テ後衆驚異シ、特ニ献テレ供ヲ懺謝ス。因テ建二善導寺ヲ一。嘉禎四年ノ春、染メトモレ恙ニ誦テレ仏ヲ不レ懈ラ、忽見二異香馥郁シテ紫雲垂レ室ニ（34ウ）仏来テ接引シ給一。遂ニ吉祥ニシテ而逝ス。実ニ是ノ年閏二月二十九日ナリ也。寿七十、臘六十四。光、生平三度感テ二唐ノ善導和尚ヲ一、見ル二浄土ノ変相・極楽ノ聖衆・地蔵菩薩示現シ給ヲ一。因テ述フト二三心議ヲ一云。

【注】**善導寺**　福岡市博多区中呉服町。光明山善導寺。『東国高僧伝』巻九「弁長」。

35〔播州〕清水寺〈未レ詳二年月一。推古帝ノ御宇ニ創テ、至二元禄己巳二年一ニ凡ッ及二千五十年一ニ矣〉

播州ノ御岳山清水寺ハ者、本朝三十四主推古天皇所シテ二勅シテ創給一、以テ二天竺ノ法道仙人ヲ一為二開山ノ之祖一ト。本殿ニ安二十一面大悲ノ像ヲ一。関西三十三所ノ観音ノ之霊区也也。迄テレ今ニ千有余年、諸堂仏閣猶ヲ在。第四十五代聖武天皇、嘗テ以二名山聖跡ヲ一勅シテ建二大講堂ヲ一。又有二常行三昧堂一。乃チ後白河帝所ナリ二勅建ノ一。又有二二層ノ大塔一。祇園皇后建給。又有二宝殿一。置ク二薬師如来ノ像ヲ一。又有二阿弥陀堂一。乃チ征夷大将軍源ノ頼朝公、捨（35オ）レ金鼎建シ、為ニ求ム二無上菩提ヲ一。門首ニ置二二金剛大力士ヲ一。又有二護摩堂・鐘楼・宝蔵・鎮守神社・地主権現ノ祠・子院・僧坊等若干所一。実ニ大伽藍也也。至テ二後小松帝一ニ、復タ修二葺ヒテ大塔ヲ一、安シ二五智ノ如来ノ像ヲ一、詔二安居院心憲法印一ニ為二落慶導師一ト。久シテ之毀壊ス。本山ノ僧明乗・明澄等有テ二興復ノ之志一シ、至二天和三年一ニ、募テ二諸ノ檀信一ニ重二興スト其塔ヲ一云。

【注】**清水寺**　兵庫県加東市平木。

36〔豊州〕彦山

豊州ニ有二高嶽聖跡一。号ス二彦山霊仙寺一ト。乃釈迦・弥陀・千手大士垂二跡ヲ於当山一ニ、以テ為二三社権現一ト而構テ二宝殿ヲ一、以テ奉シレ之、以二善正大師ヲ一為二開山ノ之祖一ト。厥ノ後役ノ小角寓スルコトレ之多年。継テ而大沙門法蓮主レ之、因テ重新ニ営構ス。於テレ是神社仏閣悉ク（35ウ）荘厳具足シテ、実ニ九州ノ勝刹、護国安民ノ大道場也也。本朝四十二代文武天皇御宇ニ、嘗テ錫二綸旨ヲ於法蓮一ニ。又五十二主嵯峨帝弘仁年間、賜テ二宸翰ヲ一、使三兼テ秉二天台宗教ヲ一。自レ是至レ今ニ、以テ二其法ヲ一而為二護国道場一ト也。

【注】**彦山**　福岡県田川郡添田町。彦山霊仙寺、英彦山神宮。

37 〔参州〕東観音寺〈第四十五代聖武天皇天平五年ニ創テ、至二元禄己巳二年一ニ已ニ九百五十六年矣〉

参州渥美《アツミ》ノ郡リ沙村ニ有二観音大士ノ霊区一。其ノ主山峨峨トシテ、林木華果玲瓏トシテ如レシ珠ノ。遥ニ望二ハ門前一ニ、滄波瀰漫シテ似二タリ碧瑠璃一ニ。其ノ風景絶出ニシテ、非三ス筆舌之所二能ク述一ル也。或ハ曰、豈ニ非二スヤト南海補陀ノ之梵刹一ニ乎。本朝四十五主聖武天皇天平四年ニ、行基菩薩偶〻謁二シテ熊野山一ニ、欲レ礼二セント権現ノ之本地一ヲ。乃チ誓二テ七日一ヲ精修苦行ス。時ニ殿内ニ有レテ声、神告テ曰ク、「我本身常ニ在二安養一ニ。為レノ利二センカ群（36オ）生一ヲ故ニ、遊二観ス自在海一ニ。汝欲レセハ見二ント大悲普門示現一ヲ者、当ニ到二ル参州渥美《アツミ》ノ郡リ小松原ラ沙村一ニ。彼ノ中ニ有二一ノ優婆塞名ヲ馬頭太良ト云者一ノ。乃チ東五更ノ時乗二テ白馬一ニ来ラン。是レ即チ具二シ一切ノ功徳一ヲ、慈眼ヲ以視二衆生一ヲ。福聚ノ海無量ナリ。是ノ故ニ応二ニ頂礼一シ奉ル。」基、礼拝シテ甚タ感激ス。雖レ然ト東ノ之字未レタ解セ。良久シテ以為《ヲモヘラク》、「大悲応現ノ日、豈ニ非二スヤ十八日一ニ耶。」天平五年正月十八日、抵二テ参州渥美ノ郡リ沙村一ニ而、物二色シテ之一ヲ至二リ小松原一ニ、已ニ至二テ五更ノ時一ニ、月皎ク風清シテ紫雲靉靆シ、果シテ見下ル一ノ優婆塞乗二テ白馬一ニ来上ルヲ。基、乃チ問テ曰ク、「君ハ何ニ人ソヤ耶。」答テ曰ク、「吾レハ是レ馬頭太良ナリト也。」云ヒ已テ忽チ西ニ飛テ而去リヌ。白馬ハ乃チ化シテ為二ル香木一ト。基、忻喜無量ニシテ尋テ以二テ此ノ霊木一ヲ、手ラ造二馬頭観音ノ像一ヲ、創二テ精藍一ヲ事レ之ニ。故ニ号シテ曰二東観音寺一ト。丹耀キ碧明ニシテ照二映ス林壑一ヲ。大悲ノ霊（36ウ）感日ニ新ニシテ、四来ノ道俗礼謁スル者ノ如レシ市ノ。基、以二テ造レルノ像之余木一ヲ為二シ殿前ノ幡柱一ト、誓テ曰ク、「大悲願海不レンハ尽キ者、此ノ幡柱モ永永不レト朽シ。」自レ是已来タ、雖二雨露一ト不レ侵サ。至レテ今ニ猶ヲ在レ焉。中ニ設二テ十五神社一ヲ為二鎮守神一ト。所レル謂ハ熊野・伊勢・白山・出雲・宇佐・住吉・賀茂・山王・松尾・伊豆・筥根・三嶋・諏訪・鹿嶋・熱田也。

【注】東観音寺　愛知県豊橋市小松原町坪尻。小松原山東観音寺。

38 〔参州〕鳳来寺〈第四十二代文武皇帝大宝元年ニ創テ、至二元禄己巳二年一九百八十九年矣〉

参州設楽《シタラ》ノ郡リ煙岩山鳳来寺ハ、利修仙人ノ開創ノ之所ニシテ、薬師如来ノ之霊場。亦タ大伽藍ナリ也。開山利修仙人者和州ノ人、出二ズ于高賀茂ノ家一ニ。母夢二テ金人来テ入レルト口ニ而孕ミ、乃チ本朝三十代欽明天皇ノ御宇、庚寅ノ四月初七日ニ生ル。字レシテ之ヲ曰㆓利修ト㆒。為リシ㆓童子㆒時キ、稟気正直天縦明敏ニシテ、常ニ慕テ㆓仏乗ヲ㆒無シ㆑意ロ㆓于（37オ）世栄ニ㆒。厥ノ後入テ㆓当山千寿峰ニ㆒勤㆓修ス梵行ヲ㆒。一夕夢ニ、五台山ノ長仙人来テ、授ルニ以テス㆓仙術ヲ㆒。而モ得ルト㆓寿命千歳ヲ㆒。覚メテ即得㆓其ノ道ヲ㆒。故ニ名テ曰㆓千寿峰ト㆒。自㆑是レ利修、常ニ修ス㆓護摩ノ法ヲ㆒。其ノ香煙薫シテ㆓岩石ニ㆒至㆑今ニ猶ヲ在。故ニ当山以テ㆓煙岩ヲ㆒名ク㆑之ヲ。其ノ殿ノ之西北ノ高峰ニ有リ㆓椙樹七株㆒。有テ㆓八天童㆒来テ礼シテ㆑之、而モ唱テ㆑偈曰ク、

椙木医王薬師仏　一歩一見諸ノ群生
現世安穏ニシテ得㆓長寿ヲ㆒　後生セン㆓無量寿仏国ニ㆒

*利修、乃チ取テ㆓此ノ椙樹一株ヲ㆒、手ラ造テ㆘薬師・日光・月光ノ三聖ノ像[1]ヲ毎ニ㆓一鐫㆒而モ三礼シ並ニ十二大将・四天王ヲ㆖、以テ安ス㆓于岩上ニ㆒。時ニ第四十二主文武天皇不予ナリ。上夢ニ一ノ異人奏シテ曰ク、「参州設楽《シタラ》ノ郡リ煙岩山ニ、有㆓利修仙人ト云者ノ㆒。能ク治セン㆓帝ノ患ヲ㆒。」覚メテ乃チ宣シテ㆓侍（37ウ）臣公宣ニ㆒、召㆓利修仙ヲ㆒。中使至ル㆓煙岩山ニ㆒。路次ニ、有テ㆓大河㆒不㆑得㆑渡ルコトヲ。俄ニ有テ㆓群猿㆒持㆓大木ヲ㆒来ル。乗シテ㆑之ニ得㆑至ルコトヲ㆓岸上ニ㆒。就テ㆓仙窟ニ㆒宣㆑旨ヲ。利修三タヒ辞ス。中使ノ以テ㆓固ク請スルヲ㆒、不㆑得㆑已ムコトヲ。乃チ乗シ㆑鳳ニ、吹テ㆑簫ヲ、入テ㆓金闕ニ㆒持念スルコト七日。聖躬平復シ給。龍顔大ニ悦給テ、以テ㆓玉帛ヲ㆒賜㆑之。利修曰ク、「某シ不㆑用。惟タ冀クハ陛下安シ㆑国ヲ、利シ㆑民ヲ、天下太平。使シテ《メ給時ハ》㆓仏法ヲ興隆セ㆒、則チ所㆑賜多シ矣。」帝由テ㆑是ニ勅シテ創シテ㆓精藍ヲ㆒、移シ㆓置尊像ヲ㆒。利修、嘗テ乗テ㆑鳳ニ入㆑宮ニ。因テ賜テ㆑額ヲ曰㆓鳳来寺ト㆒。時ニ大宝元年ナリ也。其ノ像霊応益〳〵盛ニシテ、一瞻一礼スル者ノ靡シ㆑不㆑得㆓其ノ利ヲ㆒矣。即チ薬師十二大願ニ曰ク、「願ハ我来世得ル㆓菩提ヲ㆒時キ、若シ諸ノ有情衆病ニ逼切セラレ無ク㆑救ヒ、無㆑帰スル、無㆑医、無㆑薬、無㆑親、無㆑家、貧窮ニシテ多カラン㆑苦。我カ之名号一タヒ経《フレ》ハ㆓其ノ耳ニ㆒、衆病悉ク除テ身心安楽ニシテ、家属資具悉皆豊足シ、乃至証㆓（38オ）得セント無上菩提ヲ㆒。」信トニ仏語不ナリ㆑虚也。其ノ中所㆑有堂閣・鎮守神社若干ク、又有リ㆓子院僧坊凡ソ数十所㆒。又有テ㆓寺産ノ荘田三千石㆒、実ニ一方ノ大伽藍ナリ也。其ノ後五十七代陽成帝元慶二年ニ、利修告テ㆑衆ニ曰ク、「我㆑以テ㆓此ノ身ヲ㆒入リ㆑定ニ、遠ク待タント㆓龍華ノ之会ヲ㆒。」乃チ入テ㆓当山ノ岩窟ニ㆒不㆑出。自㆑時㆑厥ノ後、有㆓清信者ノ㆒、時時《ヨリ〳〵》聞クト㆓鈴音ヲ㆒云。

【注】**鳳来寺**　愛知県新城市門谷鳳来寺。煙巌山鳳来寺。

【校訂】 1 像ヲ ― 〈底〉像ヲ一

39〔武州江戸〕増上寺〈開山自二示寂一至二元禄己巳二年一ニ二百七十三年矣〉

開山聖聡、字ハ酉誉、俗姓ハ千波氏。妙年ニシテ染レ衣ヲ、初メ学ヒ二密乗ヲ一、後ニ値テ二常福ノ冏公一ニ機鋒相投シ、学二浄業ヲ一。常ニ為シテ二採ルレノ薪ヲ之役ヲ一、無シ二難ル色一。冏公憐テ二其ノ志ヲ一、述テ二一蔵義併ニ略頌ヲ一授クレ之ヲ。聡、嘗テ就二江府一ニ創テ二増上寺ヲ一、弘二其ノ法ヲ一。四衆雲集シテ惟タ恐ルレ後レンコトヲ焉。遂ニ成二大道（38ウ）場一ト。至テ二応永二十四年七月十八日一ニ示寂ス。平生所レ述ル有二阿弥陀経ノ註記・大阿弥陀経ノ註記・曼荼羅ノ鈔等若干巻一。学者伝レ焉。近来為シテ二国君菩提ノ道場一ト而、殿堂・仏閣、瓊檐・宝楯、星月相攢リ、金楼・玉墀、雲霓為レ御ヲ。崇広厳麗上映シ二霄漢一ニ、晨鐘夕梵響キ応ス二山川一ニ。其ノ中所ル有子院僧坊不レ知二其ノ幾許一クト云ヲ。誠ニ関東第一ノ大伽藍ナリ也。

【注】 **増上寺**　東京都港区芝公園。三縁山広度院増上寺。『東国高僧伝』巻一〇「酉誉」。

40〔武州江戸〕東叡山〈寛永二年ニ創。至二元禄己巳二年一ニ六十五年矣〉

江府上野《ウヘノ》ニ有二大梵刹一。号ス二東叡山一ト。大相国秀忠公開創ノ之所ニシテ、慈眼大師ヲ為二開山始祖一ト。諸堂・仏閣・子院・僧坊、丹輝キ碧明ニシテ照二曜ス林巒ヲ一。山中ニ有二当家代代ノ霊廟一。荘厳華麗ニシテ、殆ト非二世ノ之所一レ有。開山慈眼大師、諱ハ天海、姓ハ三浦氏、（39オ）奥州高田ノ郷ノ人也。初メ父母無シレ子。祷テ二月天子一ニ即娠ム。大師自レ幼不レ茹ラハレ葷ヲ。十一歳ニシテ投シテ二本邑ノ弁誉公一ニ、薙髪受戒シテ学ヒ二顕密ノ二教ヲ一、既ニシテ而至二宇都宮《ウツノミヤ》一ニ、謁ス二皇舜僧正一ニ。舜、甚タ器二重ス之ヲ一。天文年間、従テ二実全公一ニ学二天台ノ教ヲ一、深ク入二閫奥一ニ。又学二倶舎性相ヲ於二三井ノ尊実公一ニ。後到二新川ノ善昌寺一ニ、聴キ二首楞厳ヲ一、甲州ノ信玄公、延テ二台家ノ諸師ヲ一論議ス。無慮《スヘテ》三千指、而モ大師為《タリ》二講主一。其ノ智弁、無二能ク及者一ノ。自レ是名聞ヘ二朝野一ニ、玄公、喜テ二其ノ博大秀傑ナルヲ一、益ス重スレ之。後帰テレ郷ニ参シテ二大寧禅師一ニ、発二明ス別伝ノ之旨ヲ一。又従テ二長楽ノ春豪・天寧ノ善恕二老一ニ、

受灌頂法。傍及洞宗。尽得其奥云。文禄二年夏、大旱。郡守集諸刹碩師行法。越月不応。於是請大師禁之。時臨淵作法。忽見一白蛇（39ウ）浮水面良久而入。既而黒雲四起、大注膏雨。群民大悦。慶長四年、住仙波喜多院、遷宗光寺講法華。東照大神君、欽其徳、命主天台之南光。嘗招至駿府。以大神君独信浄土法門弗聞台教、大師集衆為論台宗要旨。言詞精妙。大神君信入。恨相見之晩。既而擢為僧正。上皇詔住毘沙門堂、親灑宸翰以賜。厥後又入駿府。大神君、昕夕請益深明妙旨。而大師為印証焉。明年、大神君重興喜多院、命董之、捨糧五百石永充香積。又承命居日光山。元和初、大神君寝疾。遺命営葬於久能《クノ》山、至三載可遷日光。其後嗣君　大相国秀忠公、与《ト》大師及群臣奉遺命、迎霊骨入日光（40オ）山。賜廟号為東照大権現。大啓法会、大師為演法。時有三千五百衆共転法華。忽聞霊鳥鳴於会所。其音如呼仏法僧。俗名三宝鳥。大師曰、「我祖伝教大師、初上天台時、聞此鳥、其道大弘。今復鳴之。必有徴矣。」因勧相国公大赦天下。大師一夜夢、一異人、衣冠荘麗、容儀端厳、来告之曰、「自伝教大師寂後、我待師数百年矣。」大師問曰、「公為《スル》誰耶。」曰、「我是、桓武帝也。」既覚覓桓武帝旧廟、建九層之塔。寛永二年、相国公開東叡山、延大師為開山第一世。未幾金碧輝煌交映於山谷。遂成大伽藍。相国公之子　大将軍家光公、染疾。甚革《スミヤカ》也。諸医皆拱手。於是請大師救護。遂愈。時天台寺（40ウ）宇頽廃。大師白大将軍重新修葺。又改日光木塔為石。其塔頂石大難移。大師運心祷之。即能動。大将軍未有嗣子。甚憂之。大師為祷於慈慧大師並東照君廟。一夜席上忽得経文。云、「便生福徳智慧之男。」大師大喜。果生嗣君。寛永二十年七月、示微疾。衆欲祷之。大師不許。自知不起、遂書遺語五則。皆嘱為法門屏翰仁慈救世也。一日閲唯識論、及午盥漱具威儀観想誦経。忽見文殊現身。大師輒稽顙、知時節已

至一ルコトヲ、十月初一日訓レシ徒ニ畢テ、端坐合掌シテ而逝ス。留ムルコト四日、容貌如レシ生ルカ。時ニ有二リ紫雲天花ノ之瑞一。見者ノ感嘆ス。門弟子奉二テ全身一ヲ葬二ル於大黒山一ニ。緇白ノ弟子不レ可二勝テ計一。大将軍、為ニ建二影堂ヲ於日（41オ）光・東叡・台山ノ三処一ニ。又捨二腴田若干一ヲ、以テ充二香灯ノ之供一ニ焉。賜二諡ヲ慈眼大師一ト〈寿未レタ詳。以二年暦一ヲ考レルニ之、凡ソ及二百十余歳一ニ矣〉。

【注】東叡山　東京都台東区上野桜木。東叡山円頓院寛永寺。『東国高僧伝』巻一〇「慈眼大師」。

41 〔泉州〕水間寺〈自レ此至二元禄己巳二年一ニ凡ソ及二九百五十年一ニ矣〉

泉州水間《ミズマ》寺ハ者、本朝四十五代聖武天皇本願ニシテ而、行基菩薩ヲ為二シテ開山ノ之祖一ト、観世音ノ聖跡ナリ也。聖武皇帝某ノ年二月初午《ハツノムマ》ノ日、夜夢ミ給。皇城ノ之西南ニ有二テ救世観音大士ノ尊像一、常ニ擁二護ス聖躬一ヲ。帝覚メテ異レ也トス之ヲ。乃チ勅二シテ行基一ニ曰ハク、「朕嘗テ感二ス是ノ瑞夢一ヲ。」基、奏シテ曰ク、「陛下帰二崇シテ三宝一ヲ、掲二ケ仏日ヲ於四海一ニ、覆二フ慈雲ヲ於九洲一ニ。故ニ大悲守二*護シ給聖躬一ヲ。蓋[1]シ示二シ給万歳ノ之瑞相一ヲ矣。」皇情大ニ悦テ、乃勅シテ索二メシム尊像一ヲ。基、詣二テ泉州一ニ、尋レルニ之不レ得。於レ是ニ三昼夜精修礼敬シテ曰ク、「大悲願海深シテ、十方諸国土無二シ刹トシテ不レ云コト現レ身ヲ。願ク（41ウ）以二テ慈眼一ヲ視レ給ヘ我ヲ。」乃チ於二山川林野一ニ周ク物二色シテ之一ヲ、至二リ一ノ澗辺一ニ沿レ流ニ顧視ス。有二十六童子一。遊二戯ス於沙石ノ間一ニ。基、問テ曰ク、「不レ知、此中ニ有二リヤ大悲ノ霊場一否ヤ。」童子皆曰ク、「於二テ此ノ川源一ニ毎ニ有二リ光怪一。衆人以テ恐怖ス。故ニ無二シ到レ之ニ者一ノ。其ノ外無レシト他。」乃チ挽レテ基ヲ至二其ノ地一ニ。示教シ訖テ童子倶ニ不レ見。基、乃念テ曰ク、「此ノ諸ノ童子ハ、豈ニ非二ヤ是レ十六ノ応真一ニ耶。」至二テ三更ノ時一ニ、俄ニ雲起リ風巻キ、山川震動シテ波瀾激切ニシテ、忽チ有二テ神龍一出レ水ヲ、捧二テ一ノ大悲ノ像一ヲ以テ付二於基一ニ。基、大喜テ以二袈裟一ヲ裹レム之。時ニ龍、自《ミ》鬗二断テ一掌一ヲ付レ基ニ、以テ為二仏法守護ノ之誓一ヒト。基、歓喜踊躍シテ而帰テ以テ奏聞ス。皇帝大悦ヒテ、即勅シテ就二テ其ノ地一ニ創二テ精藍一ヲ、安二シ尊像一、以二テ龍掌一ヲ納二メ寺中一ニ、賜二テ荘田若干一ヲ、永ク為二香積一ト。遂ニ成二ル大梵刹一ト。尊像ノ之霊、日ニ益ス新ニシテ、道俗謁スル者ノ如レ蟻ノ。初メ聖（42オ）武帝、以二二月初午日一ヲ感レス夢ヲ。故ニ以二是ノ日一ヲ為二当山法会ノ之日一ト至レ今ニ。毎歳二月ノ初午《ハツムマ》ニ、黒白男女来謁スル者ノ、如二万水ノ赴レクカ壑一ニ。山中所レ有宝物、及ヒ聖武・光仁二帝ノ綸旨・

唐画・神像・龍掌・仏舎利・大般若経等、皆ナ希レナル世ニ之物也也。厥ノ後第百四主後土御門帝応仁年間、罹二兵火一ニ。於レ是ニ住僧避レケテ乱ヲ、持二テ宝物等一ヲ遁二ル高野山聖無動院一ニ。以レテ故ヲ、其ノ龍掌及ヒ宝物等ヲ以テ納二ム当院一ニ。近来因テ有レテ故、移二テ龍掌等一ヲ入二ル巴陵院一ニ。所レ謂水間ハ者、即無動院ノ之派下ニシテ而密宗ノ之浄刹ナリ也。寇火ノ之後、属二ス天台派下一ニ〈自二応仁一至二元禄己巳二年一ニ凡ッ及二二百二十余年一矣〉。

【注】**水間寺**　大阪府貝塚市水間。龍谷山水間寺。『黄檗大円広慧国師遺稿』巻四「泉州水間寺龍掌記」。

【校訂】1蓋シ―〈底〉盍シ

42〈泉州〉槙尾寺〈自レ此至二元禄己巳二年一ニ凡ッ及二一千一百余年一ニ矣〉

泉州槙尾寺ハ者、本朝三十代欽明天皇ノ本願ニシテ而、行満（42ウ）上人所二ナリ開創一也。上人ハ播州賀古ノ郡ノ人ナリ。自レ幼穎悟ニシテ、志シ慕二ヒ仏乗一ヲ、遂ニ離二テ世塵一ヲ苦行精進ス。常ニ欲下創二テ蘭若一ヲ以テ利中人民上ヲ。一夕夢ニ鍵陀羅国ノ世親菩薩告テ曰ク、「三宝弘興ノ之勝地ハ在二リ于南山一ニ。汝至レハ彼ニ、則チ有レテ人示レント之。」覚メテ而忻幸不レ已、尋テ赴二テ和泉ノ州一ニ、値二テ一ノ老翁一ニ、因テ問曰ク、「不レ知、此ノ州ニ有下リヤ可レ建二精舎一ヲ地上否ヤ。」老翁答テ曰ク、「我ニ有レ山。名二槙尾一ト。是レ福地ナリ也。」乃チ挽二テ上人一ヲ至レ山ニ。見二テ岩巒崤崒ニシテ林木蓁然一タルヲ、輒チ欲レ興二立ント精舎一ヲ。時ニ老翁曰ク、「上人欲下ハ創二テ精藍一ヲ興二シ三宝一ヲ福中セント天下上ヲ、吾レ当下ニ永ク在二テ此ノ山一ニ護中持ス仏法上ヲ。我ハ即チ世親是ナリト也。」言已テ不レ見。上人大ニ喜テ乃チ建二梵宇一ヲ、安二ス丈六ノ弥勒ノ尊像及ヒ文殊菩薩・四天王等一ヲ。設二テ世親ノ廟一ヲ為二護伽藍神一ト。其ノ外、諸堂荘厳具足シテ、上凌二雲漢一ヲ。法鼓闐トシテ（43オ）而応二シテ山谷一ニ、遂ニ成二ル大伽藍一ト。初メ上人居二ス葛木山一ニ。時ニ欽明帝不予ナリ。勅二シテ諸ノ名徳一ヲ呪願スルニ無レシ効。聞三ヒテ葛木山ニ有二ルコトヲ行満一、乃チ勅ス。中使至レテ山ニ宣レ旨ヲ。満、辞テ不レ赴カ。中使曰ク、「天下皆ナ王土ナリ也。君何ソ不レヤ応二セ皇勅一ニ乎。」満、忽チ騰テ坐二ス空中一ニ。中使還テ奏ス。皇帝異レシテ之重テ詔曰ハク、「朕聞ク、聖師為レニ法ノ不レシテ惜二身命一ヲ、利二益スト一切一ヲ。今何ッ不レヤ然耶。」満、因テ以テ持念ス。帝病即愈ユ。特ニ勅シテ創二ム精藍一ヲ。後有二テ法海上人一住二ス此ノ寺一ニ。乃チ行基菩薩ノ之高弟ナリ也。光仁天皇宝亀二年ニ有テ二客僧一至ル。竟ニ莫シレ知ルコト三其ノ所ヲ二自来一ル。毎日執ルコト二香水ノ之役ヲ一九旬不レ怠ラ。夏過将ニ入テレ海ニ、因テ乞フ二餞物ヲ一。海、悪《ニクン》テレ之不レ与ヘ。僧既ニ去ル。海、念、「彼レ一夏ノ中侍スレ我ニ。今日何ゾ不ンヤレ謝レ之ヲ乎。」自悔テ呼フレ之。其ノ僧不レ顧。疾ク走テ至リレ海ニ立ツ二于波ノ上一ニ。法海、見テレ之愕然トシテ而泣ス。僧（43ウ）告テ二法海ニ一曰ク、「汝不ヤレ知乎。吾ハ即南海補陀山ノ之主ナリト也。」言已テ忽チ化シテ作テ二千手大悲一ト飛去ル。法海感激シテ帰レ山ニ、乃チ造テ二千手観音ノ像ヲ一、建テ二宝殿ヲ一以テ安レ之。其ノ像霊応特ニ甚シ。自レ此毎歳十月十六日ヨリ至テ二十八日一ニ修シ二仏名経会ヲ一、及ヒ誦テ二法華ヲ一為ニス二祝国利民ノ一。厥ノ後、弘法大師至テ修ス二求聞持ノ法ヲ一。因テ手ラ造二五仏像ヲ一、搆テ二宝塔ヲ一以テ安二置之ヲ一。又画テ二両部ノ曼陀羅ヲ一、大ニ振二密法ヲ一。迄レ今マ八百余載ニシテ而、聖跡猶存ス。実ニ泉州ノ之霊岳ナリ也。

【注】槙尾寺　大阪府和泉市槙尾山町。槙尾山施福寺。

43 〔江州〕竹生嶋弁才天〈自レ此至二元禄己巳二年ニ一凡ッ及二八百四十年ニ一矣〉

江州琵琶湖竹生嶋《チクフシマ》ノ之大弁才天ハ者、神武五十四代仁明天皇ノ御宇ノ時、天台慈覚大師素トヨリ奉ス二弁天ヲ一。嘗テ入レ唐ニ伝テレ法ヲ還ル。至テ二海上ニ一値テ二風濤ノ之気ニ一、身体不レ安。慮テ二命不ルコトヲレ遠而（44オ）設ケ二壇儀ヲ一、誓テ二千日ヲ一修ス二証菩提ノ法ヲ一。修法既ニ畢ラントスル時キ、五雲靉靆シテ、有テ二日輪一現シ二壇上ニ一、中ニ有テ二八臂天女一乗シ二九頭ノ龍ニ一、並ニ十五童子左右ニ囲繞シテ而告テ二大師ニ一曰ク、「我ハ即弁才天ナリ也。往古ヨリ以来タ在テ二竹生嶋ニ一守二護シ帝都ヲ一、安シレ国ヲ利スレ民。我カ本事在リ二西方安養ニ一。為メノレ利ンカ二諸ノ衆生ヲ一故ニ、現ス二種種ノ方便ヲ一。譬ヘハ如シ三幻師ノ無カ二一トシテ不ト云コトレ現。或ハ為リ二西方ノ教主一ト、或ハ為二観世音一ト、或ハ為二諸ノ天主一ト、或ハ為テ二日天子一ト照シ二四天下ヲ一、或ハ為テ二宗廟ノ神一ト守二護シ国家ヲ一、為メノ二一切衆生ノ故ニ作レリ二種種ノ形一ト。若シ有ラハ二信心清浄ノ者一ノ、悉ク令レ得レ福ヲ。我レ毎歳巳ノ月巳ノ日ヲ以テ上リレ天ニ而註二記シ衆生ノ之福業ヲ一、亥月亥ノ日、降レ地ニ而与フ二福寿ヲ一。若シ有テ二浄信一欲セハレ祷ラント二福寿ヲ一者、我ニ有リ二秘法一。今以テ授ク二大師ニ一。或ハ有テレ人学テ修ハ二此法ヲ一、当ニ於ヨリ二巳ノ月一至リ二亥ノ月ニ一、或ハ於リ二亥ノ月一至二巳ノ（44ウ）月ニ一、共ニ七月ノ中受ケ二八斎戒ヲ一、毎日三度当下ニ向テ二日輪一ニ精進苦行上ス。爾ノ時我必ス現シ二日輪ノ中ニ、或ハ示サン夢中ニ。若シ病身下根ニシテ而、不ル堪ヘ長行苦行ニ者ハ、則チ従リ白月巳ノ日至亥ノ日ニ七日、当ニ如前ノ修行ス。若シ尚ヲ不ル堪ヘ者ハ、則チ当ニ於《ヨリ》月ノ初ノ巳ノ日、又タ六斎ノ日ニ持斎シテ供養三宝ヲ、発シテ大信心ヲ永ク断シ衆悪ヲ、常ニ修シ善根ヲ、於テ諸ノ有情ニ興ス大悲心。以テ是ノ因縁ヲ、当ニ獲テ無量ノ随心ノ福報ヲ常ニ有テ諸天擁護シ除諸ノ病苦災厄ヲ。若シ於巳《ミ》亥《イ》ノ日ニ有ハ好事者、当ニ知。即チ是レ弁天ノ之福助タリト矣。」大師以修法ノ力ヲ故ニ諸天降甘露ヲ、以テ与フ大師ニ。大師服テ之ヲ乃チ除諸ノ患ヲ。天女復タ告曰ク、「後チ欲ハ見ント我ヲ者、当ニ観此ノ像ヲ。」言ヒ已テ即隠ル。時ニ有テ弁天ノ像儼在ス壇上ニ。大師感激弗已。便チ就テ竹生嶋ニ新ニ搆ヘテ宝社ヲ、安シ天像ヲ、又タ別ニ建テ常（45オ）行堂ヲ、修ス六時念仏会ヲ。其ノ霊感日益シテ而、四来ノ黒白礼謁シテ、而モ依テ教ニ奉行スル者ノ、靡シ不云コト得其ノ応ヲ矣。故ニ華厳経ニ云ク、「諸ノ菩薩、譬ヘハ如シ幻師ノ無カ不云コト現。或ハ為リ長者邑中ノ主ト、或ハ為リ賈客商人導ト、或ハ為リ国王及ヒ大臣ト、或ハ作テ良医ト善シ衆論ヲ、或ハ於テ曠野ニ作リ大樹ト、或ハ為良薬衆ノ宝蔵ト、或ハ作テ宝珠ト随ヒ所ニ求ムル、或ハ以テ正道ヲ示シ衆生ニ、若ハ見テハ世界始テ成立シテ衆生未タ有資身ノ具、是ノ時菩薩為テ工匠ト、為ニ之カ示現シ種種ノ業ヲ、不作逼悩ヲ衆生ノ物ニ。但タ説ク利益スルノ世間ヲ事ヲ。」一切ノ菩薩修シテ大方便ヲ、引接シテ衆生ヲ令得解脱ヲ。猗《ア》歟、偉ヒ哉ナ。実ニ菩薩ノ之大方便ナリ也。

【注】竹生嶋弁才天　滋賀県長浜市早崎町。宝厳寺。

44〔江州木ノ本ノ地蔵〕浄信寺〈第四十主天武帝白鳳二年ニ創テ、至元禄己巳二年ニ一千十五年矣〉

東山道近江ノ州木ノ本トノ邑ニ有地蔵菩薩ノ霊区。其ノ像ハ乃チ南（45ウ）天竺国龍樹菩薩ノ所造ナリ也。本朝天武帝ノ時ニ乗シテ流ニ至リ難波ノ浦ニ、毎夜放ツ金光ヲ。衆人怪ム之。時ニ帝夢ラク、地蔵菩薩告テ曰ク、「我レ為ノ一切衆生ノ故ニ、久遠劫来現テ種種ノ身ヲ遊化シ六趣ニ、度脱ス剛強罪苦ノ衆生ヲ。又於テ忉利天宮ニ受テ如来ノ之付嘱ヲ、欲スルカ令メント娑婆世界ヲシテ至マテ弥勒出世ニ已来《ノタ》ノ衆生ヲ悉ク使メ解脱永ク離テ生死ヲ遇ハ仏ノ授記ニ故ニ、垂ル無量ノ方便ヲ。雖トモ然末法ノ衆生、志性無ク定メ、習フ悪者ノ多シ。縦ヒ発レハ善心須臾即チ退ク。若シ遇ヘハ悪縁ニ念念増長ス。以ノ是之故ニ、吾レ分テ是ノ形ヲ百千億ニ、随テ其ノ根性ニ而モ度㆓脱ス之㆒。若シ有テ㆓男子女人㆒聞キ㆓我カ名字㆒ヲ、或ハ一瞻一礼シ、或ハ彩㆓画刻㆔鏤塑㆕漆シテ形像㆒ヲ而供養恭敬セン者ノハ、不㆑堕㆓三悪道㆒ニ。可シ㆑得㆓無上ノ妙果㆒ヲ。故ニ来テ㆓此ノ土㆒ニ、今在㆓難波ノ浦㆒ニ。」帝覚メテ而異シテ㆑之、乃チ勅テ㆓薬師（46オ）寺ノ祚蓮法師㆒ニ物㆓色シ給之㆒ヲ。果シテ得㆓尊像㆒ヲ。長ケ六尺許ニシテ放ツ㆓金色ノ光㆒ヲ。蓮、大ニ喜テ乃チ奉㆑像ヲ上ル㆑表ヲ。帝聞㆓其ノ霊瑞㆒ヲ、即チ於テ㆓其ノ地㆒ニ建テ㆓精藍㆒ヲ、以テ安シ㆓其ノ像㆒ヲ、号ス㆓唐隔山金光寺㆒ト。於テ㆑是ニ文武百官車駕塡㆑門ニ、四方ノ謁者如㆓水ノ赴クカ㆒㆑壑ニ。明年三月、蓮、赴ク㆓越ノ之白山㆒。路経㆓木ノ本ノ邑㆒ヲ、見テ㆘此ノ地ニ有㆓紫雲㆒靉然トシテ而林岳幽邃ナルヲ㆖、知テ㆓必ス霊区㆒ナリト也、乃チ承テ㆑勅移シ㆓建ツ難波ノ之伽藍㆒ヲ。白鳳三年七月十九日ニ落成ス。傍ニ設テ㆓大音明神ノ祠㆒ヲ為㆓伽藍神㆒ト。遂ニ成㆓名刹㆒ト。弘仁三年五月、弘法大師聞㆓其ノ霊跡㆒ヲ、特ニ為ニ修治シ、手ラ書テ㆓金字ノ地蔵経一部㆒ヲ、以テ納㆑之ヲ。此ノ地嘗テ有テ㆓毒龍㆒悩ス㆑人ヲ。大師降㆓伏之㆒。醍醐天皇為ニ㆑国ノ修シ㆓法会㆒ヲ、勅シテ改テ為㆓長祈山浄信寺㆒ト。建武二年、大将軍尊氏源公為ニ㆑祝ンカ㆓天下昇平㆒ヲ、*遣テ㆑使ヲ毎年（46ウ）三長月修シ㆓法会㆒ヲ、[1]暦応元年復重テ修葺シ、特ニ捨テ㆓荘田八百石㆒ヲ、以テ充ツ㆓香積㆒ニ。自㆑是歴代将軍皆ナ尊㆓崇之㆒ヲ。其ノ後天正元年、罹テ㆓兵火㆒ニ悉ク為㆓灰燼㆒ト。時ニ秀吉公、暫ク締テ㆓小宇㆒ヲ移㆓置本尊㆒ヲ。後得テ㆓天下㆒ヲ因テ重㆓興ス之㆒ヲ。雖トモ㆑然有テ㆑故ヘ不㆑及㆑古ヘニ也。詳ニ在リ㆓本記㆒ニ。茲ニ略ス㆑之。

【注】 **浄信寺**　滋賀県伊香郡木之本町木之本。長祈山浄信寺。通称は木之本地蔵。

【校訂】 1暦応――〈底〉歴応

45 〔勢州津〕円明寺

伊勢ノ之津ニ有㆓蘭若㆒。号ス㆓岩田山円明寺㆒ト。開山覚乗上人。南都ノ西大寺大律師興正菩薩之弟子ニシテ有㆓戒行㆒。晩年ニ就テ㆓此ノ地㆒ニ創テ㆓梵刹㆒ヲ、号スルニ以ス㆓今ノ名㆒ヲ。居ルコト㆑之ニ有リ㆑年。嘗テ念ヘラク、「伊勢皇太神宮ハ者、日域之ノ宗廟ニシテ、而モ此ノ国仏法繁興ナルコトハ者、天照太神之内助ナリ也。何ヲ以テカ知ル㆑之。昔シ聖武天皇欲㆑創ント㆓東大寺㆒ヲ。嘗テ念ラク、（47オ）『我カ国家歴代奉ス㆑神。今営ス㆓仏宇㆒ヲ。不㆑知、戻ンヤ㆓神意㆒ニ不ヤ。』欲シテ㆑試ント㆑之、乃チ勅シテ㆓行基法師㆒ニ授テ㆓仏舎利一粒㆒ヲ、詣テ㆓勢州㆒ニ献シム㆓太

神宮。基、謁内宮、期七日持念告上旨。其夜神殿自啓、大声唱曰、『実相真如之日輪照却生死之長夜。本有当住之月輪爍破煩悩之迷雲。我今逢難遭大願、如渡得船、又受難得宝珠、如暗得炬。師、当持其舎利蔵飯高郷以福天下。』自時仏法益盛、上自王臣下至庶民、莫不帰崇。冀我瞻礼太神之真相。」乃誓一百日参謁内宮、勤修精進。満百夜、夢太神告曰、「師、当至外宮我必示現池上。」覚乃詣外宮。有大蛇出水上。乗曰、「此乃神之権化也。唯願瞻神真相。」即以袈裟掩之。神蛇入水。乗（47ウ）又期七日精修。復夢神曰、「陰陽不測曰神、法身無相曰仏。雖然、諸仏菩薩為利済衆生故、示現種種形相。師、今欲見我真体者、至国府《コフ》無量寿寺瞻《ミヨ》弥陀聖像。此即我昔化仏工所造也。」乗、忻幸不已。乃到国府啓龕扉見、前所奉之袈裟、在像首上。於是国人皆知、天照太神即阿弥陀如来之応化也。

【注】円明寺　三重県津市岩田にあった。岩田寺。『元亨釈書』巻一八「皇太神宮」。

46〇鳥飼八幡宮〈未詳経始之年代。依託宣按之村上帝時創、至元禄二年凡及七百四十年矣〉

淡州津《ツ》名郡鳥飼八幡宮者、応神天皇之霊廟而乃従山州男山請于此地。其左右二神即母皇気長足《キナカタラシ》姫〈神武帝之母皇〉・玉依姫也。又設若宮・若宮殿等神祠。中有精舎。号光明山宝樹寺。安弥陀・大日・観音・多聞天・聖徳（48オ）太子等像。又有地蔵大士像。若有懐妊婦人、信心瞻礼時、此像、則必安祥平産。故曰子安地蔵。毎歳八月十五日設放生会、十月十五日開法華会。霜月十五日修五部大乗経会、正月十一日建大般若会等、為祝天下昇平万民楽業、又十二月修仏名懺会、以行布薩法。当処往昔、神殿・仏宇荘厳殊妙、而、有上供田若干頃。僧院六所、巫覡等甚多、実祝国大道場也。以年久漸及零落、然神霊古今不革、至天和二年壬戌春三月廿三日、八幡大神忽付一里長家婦人曰、「我

是レ護二汝等一ヲ正八幡ナリ也。汝等愚脱ニシテ不レ会二トセ我語一ヲ。快《ハヤク》呼二ヒ社僧一来セ。将ニ示二サン微旨一ニ矣。」里長驚怪シテ、乃チ至二テ宝樹寺一ニ語二ル住持恭雄公一ニ。（48ウ）雄、即チ就二テ里長ノ家一ニ謹テ聴レ之。乃チ曰ク、

庄ノ長汝諦ニ聴ケ　汝等多貪ニシテ又暗昧ナリ
正直ヲ為《セリ》二神明一ト　可レ不レ得二遠ク求テ外ニ待一ツコトヲ
凡ソ為《シテ》二ハ人ノ之長一ト　敬レ上ヲ憐レテ下ヲ在二リ親愛一スルニ
我レ非レ不レルニハ守レ汝ヲ　汝自ラ受レ災ヲ不レ可レ怪シム
人伐二レリ我カ林藪一ヲ　緇白同ク可レシ制二ス境内一ヲ
汝等不レルカ知故ニ　再三来レテ此ニ有二相誡一ムルコト
我宮漏洩ルコト久シ　雨露湿レシテ軀ヲ暫モ不レ快カラ
早ク宜下ク葺二テ宮殿一ヲ　長ク勿レル令中ムルコト神境シテ頽廃上セ
皆悉守二テ五常一ヲ　時時起レシテ信ヲ莫二レ違背一スルコト
仏法及ヒ神道　傷下メリ懐二テ毒気一ヲ加中ルコト損害上ヲ（49オ）
汝欽メヤ哉思レヘ之　慈悲為《シテ》レ本ト勿レレ作レ罪ヲ
疑レテ我ヲ称二ス魑魅《チミ》一也ト　胡《ナンソレソ》為相侮テ可レヤ不レ拝セ
修レシテ善ヲ猶ヲ恵レクハ、物ヲ　当レニ知擁護シテ我レ常ニ在リト
恰如二影ノ随一レカ形ニ　昼夜相守テ更ニ不レ退カ
此ノ婦別ニ無レシ疾　巫医念僧モ不レ可レ頼ム
若能ク承二ケハ我語一ヲ　汝家ニ来リ告ルコト敢テ不レ再セ
従レ垂二レテ跡ヲ于此一ニ　総テ七百三十二歳

汝等勿レ疑レ之　　相疑テ蘖ヒ生シテ後勿レ悔ルコト

又曰ク、「汝等新ニ建テ二拝殿ヲ一、賑二我カ丹墀ヲ一。歓喜有リレ余。雖トモレ然ト汝等愚痴邪見ニシテ不レ識二因果ヲ一。常ニ殺テレ生ヲ行ス二不善ヲ一。由テレ是ニ受ク二其ノ報ヲ一。人民不レ知レ之。汝等自レ今反二復シテ之ヲ一、当ニレ修二諸ノ善業ヲ一。」言ヒ已テ婦人（49ウ）如クシテ二夢ノ而覚ムルカ一、了ニ不レ省二其ノ事ヲ一。寺主感激不レ已。乃チ援テレ筆ヲ書レ之。衆人聞者ノ莫シレ不云コト二驚嘆セ一。猗歟偉哉ナ。神霊不測ナリ也。誠ニ八幡大神ハ者無量寿仏ノ之応化ニシテ、而モ日域ノ仏法依テ二此ノ神助ニ一、而モ繁興スル者ノナリ也。可ンヤレ不レ信セ歟。

【注】鳥飼八幡宮　兵庫県洲本市五色町鳥飼中。石清水八幡宮領鳥飼庄鎮守。

47〔肥前〕温泉《ウンセン》山〈人皇四十二代文武天皇御宇ニ創テ、至テ二元禄己巳二年ニ一凡ッ及二九百九十余年ニ一矣〉

西海道九州肥前ノ国高来《タカク》ノ郡ニ有レ山。号ス二温泉ト一。巋然シテ深秀テ、高シテ隣二雲漢ニ一。下臨二大海ニ一、県崖壁立ナリ。其ノ中ニ有二種種ノ地獄一、多至二百余ニ一。如二経ニ所ノレ説、或ハ有二大火熾然タル一、或ハ有二煙焔一、或ハ有二沸湯一、或ハ有二寒水涌沸スル一。其ノ形種種ニシテ、見二聞スル之ヲ一者ノ莫レ不云コト二怖畏一。経ニ説ク地獄多種ニシテ、或ハ在二地下ニ一、或ハ在二地上ニ一、或ハ在二曠野山間ニ一、或ハ*在二虚空海中一。皆ナ[1]是レ、衆生ノ悪業ノ所感ニシテ自作自受、信ニ不也レ虚ノ（50オ）也。文武天皇ノ御宇、某ノ年四月八日菩薩僧*行基、偶〱登二此ノ山[2]ニ一、観テ二地獄ノ相ヲ一惨然トシテ不レ楽。為ニ禅誦スルコト三七日。其ノ夜五更ニ有テ二大蛇一出テ、長ケ二十丈。忽変シテ為二四面ノ美女ト一、告曰ク、「欲ハレ救二度ント受苦衆生ヲ一、至二此ノ東岳ニ一有二妙見菩薩ノ霊区一。能ク就二此ノ処ニ一建二精舎ヲ一、我レ当ニ二擁護ス一。」基、問テ曰ク、「婦ハ何ニ人ソヤ耶。」曰ク、「吾レハ即チ当山歓羅四面大鬼王ナリト也。」言ヒ訖テ不レ見。又有テ二悪鬼一為レ障ヲ。基、持念シテ伏レ之。尋テ化シテ為テ二頑石ト一、至レ今猶ヲ存ス。於レ是ニ基、奏シテ二文武天皇ニ一、乃チ勅シテ創二梵宇ヲ一、賜テ二荘*田若干頃ヲ一、号シテ曰二温泉山満明寺ト一。並ニ搆二四面大菩薩ノ祠ヲ一、為二護伽藍神ト一。其ノ外神社・仏[3]宇・華梁・朱棟掩二映林巒ニ一。子院僧坊甚多シテ、遂ニ成二九州ノ大名藍ト一矣。厥ノ後朱雀帝ノ時、羅テ二兵火ニ一悉ク為二灰燼ト一。今僅ニ有リ二蘭若一所一。古*老（50ウ）相ヒ伝テ謂ク、「此ノ山乃チ安寧天皇御宇ノ時ニ、従リ[4]二高麗国一飛ヒ来ルト。」基、嘗テ於二地獄ノ処ニ一安シ二地蔵菩薩ノ像ヲ一、亦書二大蔵経一ヲ以テ瘞レ之。由レテ是地獄減少シテ、今存二ス其半一ヲ。

【注】温泉山　長崎県雲仙市小浜町雲仙。雲仙山満明寺。

【校訂】1皆ナ―〈底〉皆ヲ　2山一ニ―〈底〉山ニ　3仏宇―〈底〉仏字　4従二リ―〈底〉従一リ

48

〔伯州〕大山寺《ダイセン》〈未レ詳二年月一。至二元禄己巳二年一ニ凡及二九百余年一ニ矣〉

山陰道伯耆ノ州ニ有二霊岳一。号二大山《セン》一ト。乃チ地蔵菩薩、為レメノ利二センカ人民一ヲ故ニ、垂二レテ跡ヲ於此一ニ号二大智明神一ト。昔シ此ノ山麓ニ有二俊方《トシカタ》ト云者一ノ。常ニ帰二シ地蔵大士一ニ、宅中安二ス其ノ像一ヲ。一日入二テ大山一ニ射レテ鹿ヲ、及レテ帰レルニ家ニ、瞻二礼地蔵一ヲ、見下テ山中所レノ射之箭悉ク著二テ於像一ニ而モ紅血流出上スルヲ、俊方大ニ驚。通身寒毛卓竪シ、感二シテ菩薩ノ大慈一ヲ、即チ懺二悔シ殺罪一ヲ、因テ剃二除シテ鬚髪一ヲ、而モ捨レ宅ヲ為レ寺ト、移二シ置テ尊像一ヲ苦行精進ス。時ニ称徳天皇聞二給テ其ノ霊異一ヲ、特ニ勅シテ建二神社仏閣一ヲ。遂ニ成二大霊場一ト。迄レテ（51オ）今ニ聖跡猶ヲ盛ナリ。但タ恨ラクハ未レタ得二全記一ヲ。故ニ不レ及二詳ニ述一ルニ。

【注】大山寺　鳥取県西伯郡大山町大山。角盤山大山寺。

49

〔丹波〕観音寺

丹波州多記ノ郡ニ有二千手大悲ノ梵刹一。号シテ曰二慈福山観音寺一ト。後山峨然トシテ而聳二ヘ千仞一ニ、遥カ望二ハ門前一ニ大河湯湯トシテ西ハ隣二ナリ大江《エ》一ニ、北ニ望時ハ則チ見二千犬カ岳ケ福知ノ城一ヲ。視二ルコト隣国ノ衆山一ヲ、如レシ指二カ諸掌一ヲ。其ノ風景絶出ナリ。乃チ空也上人ノ開創ノ之所ニシテ、迄レテ今ニ八百有余歳ニシテ而聖蹟猶ヲ存ス。山下ニ有二民家一、称二ス観音寺村一ト。

【注】観音寺　京都府福知山市観音寺の補陀落山観音寺か。

50

〔丹波〕岩瀧寺〈未レ詳二年月一。至二元禄二年一ニ凡及二八百五十余年一ニ矣〉

此寺在丹波州氷上《ヒカミ》郡香良村。乃弘法大師所開基也。大師昔遊此地、見林岳幽邃以為霊区。即創精舎、手造不動明王石像。以安置之、号曰無動山岩瀧寺。（51ウ）其霊特甚。其山最高岩巒峭崒、壁立千仞也。中有瀑布。高十丈許。其上有岩窟。闊二十尺、深三十間許。至其半有不動石像。其前立拝殿。実一方勝区也。

【注】**岩瀧寺**　兵庫県丹波市氷上町香良。

51〔丹後〕松尾寺〈自此至元禄己巳二年已七百八十七年矣〉

丹後州伽佐郡青葉山松尾寺者、本朝六十代醍醐天皇延喜二年草創之所、大殿安観世音像、一方梵刹也。厥後漸及零落。文治年間有唯尊上人、為之起廃、諸堂仏閣煥然一新。大士霊感益〻盛。時若州有漁父。名為光。常事観世音而、誦普門品三十三巻以為日課。一日入海。俄起黒風、漁舟・商舶悉皆漂堕。独為光流於羅刹鬼嶋。為光大懼、急念観世音名号。其夜（52オ）夢大士告曰、「明早海上有大木流来。汝疾乗之、則得解脱。」既覚至海浜。果見一浮木。乃乗此木而念曰、「或漂流巨海龍魚諸鬼難、念彼観音力、波浪不能没。」念未了、帰本国神野《カンノ》浦。即得到家。既而赴海浜視之、無有其木、而有馬足跡。為光異之、尋追馬跡。行至丹之松尾寺。即見其木在殿前。為光異之、益〻増信心。時有一異人来、取其木以刻馬頭観音像。長三尺五寸許。日出、不見其人。時朝廷聞其霊異、乃遣勅使併安本殿。時勅使入本殿啓龕扉。無有旧像。遂移置新像。其霊応特甚、未可以言宣也。由是士庶瞻礼者日接踵於道。於是為光発大心、従唯尊上人薙染受戒法。改（52ウ）名光心、結茅居焉。事観世音勤修精進。厥後寛永七年庚午八月十六日、逢舞馬之変、悉為灰燼、今僅有堂舎。不及往昔ニ一也。

【注】**松尾寺**　京都府舞鶴市松尾。青葉山松尾寺。

52〔丹後〕成相《ナリアイ》寺〈至二元禄己巳二年ニ一巳九百九十二年矣〉
丹後州与佐ノ郡リ日置村ニ有二観世音ノ霊区一。号ス二世野山成相寺ト一。人皇四十二代文武天皇慶雲元年、真応上人始二創テ之ヲ一、*手ラ造[1]二観世音ノ像ヲ一、以テ安二置之ヲ一。其ノ高一尺八寸。梵容靖深ニシテ、霊験特ニ甚シテ、四来謁者四序不シテレ絶、実ニ観世音ノ大名利ナリ也。

【注】**成相寺**　京都府宮津市成相寺。
【校訂】**1**造二―〈底〉造一

53〔但馬〕進美寺〈自レ此至二元禄二年ニ一九百九十一年矣〉
日前山進美寺ハ者、観世音菩薩ノ聖跡ニシテ、乃チ菩薩僧行基（53オ）所二也開闢スル一。文武帝慶雲二年、行基偶〱遊二此ノ地ニ一。一夕夢ニ大悲告曰ク、「此ノ山ニ有二小池一。我レ在二此ノ池底ニ一多年。今幸ニ逢レ汝。我欲レ利ント二諸ノ人民ヲ一。至テレ明当ニレ来二此ノ池畔ニ一。」及テレ覚ムルニ而感激不レ已。即チ至二山上ノ池辺ニ一徘徊ス。及テ二日欲レ出ント時ニ一、白山権現・山王明神倶ニ捧テ二閻浮金所造聖観自在ノ像、長ケ一尺二寸ナルヲ一、従リ二池中一出テ、以テ付ス二於行基ニ一。基、大ニ喜テ、以テ二僧伽梨ヲ一奉レ之。即チ創テ二大梵宇ヲ一、以テ安レ之。山上ニ搆ヘ二白山ノ之祠ヲ一、於テ二山麓ニ一設二山王ノ之祠ヲ一、以テ為二鎮守神ト一。遂ニ成二大梵刹ト一。厥ノ後逢テ二元亨ノ之乱ニ一、大衆避テレ難ヲ奔二馳ス四方ニ一。由レ是ニ郡主侵二其ノ寺産ヲ一。軍賊劫二奪シテ本尊ヲ一売二与ス治師ニ一。治師素トヨリ無シ二信向一。喜テ二其ノ真金ヲ一、以テ二烈火ヲ一煆スレ之。而尊像不レ損セ。復タ入テ二炉炭ニ一、至テ二七昼夜ニ一、然シテ後ニ以テ二鉄鎚ヲ一撃ツレ之。砧鎚倶陥而（53ウ）像不レ損。且放テ二金光ヲ一曰ハク、「苦ナル哉。痛シイ哉ナ。疾ク帰ラント二本寺ニ一。」治師一家、倶ニ患テ二熱病ヲ一而死ス。隣家ノ諸人大ニ驚

怪、乃陰送於日前山下。樵父視之、知為進美寺本尊、乃奉之、以移置本殿云。

【注】**進美寺**　兵庫県豊岡市日高町赤崎。日前山進美寺。

54〔但馬〕帝釈寺〈未詳開創之年代〉

但馬州養父《ヤフ》郡有妙見菩薩霊跡。号石原山帝釈寺。昔慶重密師、偶抵此地。一夕夢妙見大士放金色光、語慶重曰、「吾為利益諸衆生故、故為北辰擁護閻浮之有情。又有一千七百眷属之神。以一千神令往他方世界利諸有情。我与七百眷属神倶往古以来、在于此山。守護帝都、祝国利民。雖然、人民無有知我者。汝有夙縁今来于此。若有浄信聞我名字来相謁者、（54オ）則子孫昌栄、諸願満足。」既覚大以為異。乃登山四顧、岩巒峭崒、杉檜隠隠、秀接蒼穹。以為霊区。即創神社仏宇及僧坊等、遂成名場。其霊応日新、凡有所求靡不随意。由是四来謁者、憧憧不絶。厥後第四寺主重明欲建北斗七星祠・薬師仏殿・僧坊等。乃命其徒*重賢、募四方。既而薬師堂成。其余、尚未畢而賢遂卒。[1]以心上猶温、因不葬埋。経七日復穌曰、「有帝釈天、来謂予曰、『汝興造之功未畢。奈何来此。当疾帰而終其福業。』」諸人聞之、効《イタシ》子来之助、不久諸堂落成、丹耀碧明照映林巒。於是榜之曰帝釈寺。自時厥後大永二年夏六月、本州太守山名誠豊公、謀播州赤松氏。時謁（54ウ）此寺、為祈得勝有感。因捨荘田若干以資香積。其子孫相継尊崇、各捨珍財修葺之。其中所有僧坊十所・宝塔・経蔵・求聞持堂・山門等、荘厳具足、実密宗大道場也。後嬰永禄・元亀之乱、僅有神廟一所、僧坊三所。至慶安年中、住持真海、念当山為祝国大道場、以所由申官。大相国公給旧田并令旨。由是復旧貫、使山川復爛然生色也。

【注】帝釈寺　兵庫県養父市八鹿町石原。妙見山帝釈寺。
【校訂】1以二テ―〈底〉以二ノ

55〈但馬〉今瀧寺〈此寺在二但ノ之養父郡一ニ。未レ詳二経始ノ之年代一ニ〉
守人山今瀧寺ハ、乃チ覚増密師ノ所二ナリ開基一スル也。密師不レ知二何ノ許ノ人一ト云コトヲ。性明敏ニシテ好レム学ヲ。初メ登二テ台山一ニ習二ヒ止観一ヲ、後至二テ鼎峰一ニ稟二ク密教一ヲ。日ニ増二智証一ヲ、声光著レ聞テ、緇白来依ルコト如二シ水ノ赴一レクカ壑。密師厭二テ（55オ）憒閙一ヲ、因テ経二行ス諸州一ニ。偶〱抵二テ此ノ地一ニ、遥望二ハ北峰一ニ、有二テ異光一毎夜照二ス四山一ヲ。密師異レ也シテ之、尋テ至二テ其ノ山一見ルニ、其ノ山三朶ニシテ而如二シ鼎足一ノ。県崖壁立ニシテ高キコト聳二ヘ千仞一、疑ラクハ是レ鷲嶺飛来ルカト乎。且有二石洞瀑布一。実ニ神仙遊化ノ処ナリ也。既ニ至二テ峰頂一ニ四ニ顧ハ、林岳幽邃ニシテ而岩窟ノ中ニ有二聖観自在ノ像一。密師大ニ喜テ即チ締二構小宇一ヲ、以テ奉二シ尊像一ヲ礼懺精修ス。今ノ之岩滑《ナメラ》堂是ナリ也。厥ノ後延久元年春三月十八日、日下部八木《クサカベヤギ》ノ城主等、有二テ大悲ノ霊感一、倶ニ戮レテ力ヲ修二葺之一ヲ。設二テ熊野三所権現ノ祠一ヲ、以テ為二鎮守神一ト。又構二テ僧坊五所一ヲ、以テ表二ス金界五智ノ道場一ヲ。遂ニ成二名藍一ト、而モ題スルニ以二ス今ノ名一ヲ。後亦新ニ建二僧坊七所一ヲ。道風益〱盛ニシテ四衆雲集シテ、晨鐘夕梵響キ応二山川一ニ。大悲ノ霊感日ニ新ニシテ、黒白瞻依礼祝スルモノ、莫レシ不レ云コト遂レ願ヲ。（55ウ）

【注】今瀧寺　兵庫県養父市八鹿町今瀧寺。

56浅艸寺〈自レ此至二元禄己巳二年一ニ已一千六十年矣〉
武蔵州豊嶋《トヨシマ》ノ郡浅草寺ハ者、観世音ノ聖蹟ニシテ而、関東ノ之大霊区ナリ也。昔シ宮戸河ノ之〈今称二浅艸河一矣〉漁村ニ有二兄弟三人一。一リハ名二檜熊一ト、一ハ名二浜成一ト、一リハ名二竹成一ト。皆捕レ魚ヲ為レ業ト。時ニ人皇三十四代推古帝三十六年戊子ノ三月十八日ノ清早ニ、三人倶ニ至二宮戸河一ニ下レス網ヲ。忽チ河中有レ光。網ニ得二タリ観世音ノ像一ヲ。三子異レ也トシテ之、皆共ニ敬礼シテ、尋テ赴二七浦一下レ網ヲ。皆ナ不シテレ得レ魚而現ス二大悲ノ像一。於テレ是ニ大ニ驚、乃チ奉シテ二尊像ヲ一還ル二家ニ一。衆人異レ也トシテ之、三子乃チ結テレ茅ヲ以テ安二置之ヲ一。倶ニ礼シテレ像ヲ曰ク、「我等平生捕テレ魚ヲ以テ保ツ二生涯ヲ一。昨日不シテレ得レ魚ヲ而蒙ル二大悲ノ示現ヲ一。今日倘シ得ル二時ハ多漁一、則チ願足スト矣。」既（56オ）至テ二河中ニ一投スレ網ヲ。即チ得タリ二数万銭ノ之魚ヲ一。時ノ人皆曰ク、「菩薩ノ之方便ナリ也。」於テレ是ニ三人倶ニ発テ二大心ヲ一、鼎ニ建二宝殿ヲ一、以テ移ス二尊像ヲ一。遂ニ成ス二大名藍ト一。既ニシテ而三人西帰ス。其ノ子孫、為ニ設ク二三祠ヲ一。今ノ之護法三神社是レ也。厥ノ後、舒明天皇〈三十五主〉某ノ年正月十八日、為ニ二祝融氏ノ所一レテ廃セ、悉ク為ル二灰燼ト一。独リ大悲ノ像出テ二于燼中ヲ一、毫髪モ不レ損。見者ノ莫レ不ト云コト二感嘆セ一。時ニ像語テレ之ニ曰ハク、「此ノ地、乃チ多年殺生汚穢ノ之処ナリ。故ニ火ストレ之ヲ。」厥ノ後孝徳帝〈三十七主〉大化元年、有テ二勝海上人一感シテ二大悲ノ之霊ニ一、為ニレ之カ起シレ廃ヲ、煥然トシテ一新ス。其ノ霊応益〻盛ニシテ、黒白男女瞻礼スル者ノ、日ニ接ス二踵ヲ於道ニ一。自レ此久シテ之朱雀院〈六十一主〉天慶五年、安房ノ守公雅平ノ公奉レ勅ヲ赴ク二帝都ニ一。路経二（56ウ）宮戸河ヲ一、因テ謁ス二浅艸寺ニ一。曰ク、「我レ聞ク、此ノ寺ハ観音ノ霊区ナリト也。願ハ我レ得ントレ沐二聖恩ヲ一。」既ニ至ルレ朝。果シテ如シ二所願ノ一。及テレ帰ルニ以ノ二大士ノ霊応ヲ一故ニ、就テ二此ノ地ニ一重テ構ス之。及テ二経蔵・鐘楼・五層宝塔・子院・僧坊等ニ一、不シテレ久而成リ、丹耀碧明ニシテ照ス二映林壑ヲ一。従レ此後経テ二一百年ヲ一、後朱雀院ノ〈六十九主〉長久二年辛巳十二月廿二日ニ、大地震動シテ神社仏閣悉皆毀壊シ、至テ二永承六年ニ一、寂円阿闍梨、思テ三菩薩ノ勝迹不レ可二湮墜一、復タ修二葺ス之ヲ一。承暦三年己未十二月四日ニ、又タ厄カレテ二於災ニ一、所レ有琳宮紺殿悉ク為ル二煨燼ト一。而大士ノ像独リ飛テ移テ二于榎ノ木ニ一、不レ損二一毫モ一。後チ大将軍左馬ノ頭《カミ》義朝源公、偶〻謁シ二是ノ寺ニ一、聞テ二観音ノ霊異ヲ一、即チ取テ二其榎ノ木ヲ一、構ス二大殿ヲ一。後チ鎌（57オ）倉将軍頼朝源公、為ニレ征二平氏ヲ一因テ謁ス二此ノ寺ニ一、給二荘田三十六町ヲ一。建武年間、大将軍尊氏《タカウジ》源公征スルノ二鎮西ヲ一之時、於テ二船中ニ一感シテ二異夢ヲ一大ニ得レ勝コトヲ。以テレ故ヲ付ス二荘田若干ヲ一、以テ資ス二香灯ニ一。後円融院〈第一百主〉永和四年戊午十二月十三日ニ、復タ嬰《カヽリ》二舞馬之変ニ一、至テ二嘉慶元年ニ一、定済上人復タ募テレ衆ニ興スレ之ヲ。凡ソ殿堂ノ之所レノ当レ立者ノ、次第ニ落成シテ使ム二川山復タ爛然トシテ生セレ色ヲ矣。近来予親ク往テ観光見ルニ、画棟雕甍、飛楼涌殿、輪囷盤結シテ金碧流輝シテ、極ム二其ノ厳麗ヲ一。使メハレ無二大国君ノ之力一ニ、奚以テ臻サンレ此ヲ。且霊応如シテレ響ノ、雖二風雨寒暑トレ不分二昼夜ヲ一、貴賤男女接テレ踵ヲ而

至ル。実ニ本朝第一ノ観音大道場ナリ也。（57ウ）

【注】**浅草寺**　東京都台東区浅草。金龍山浅草寺。

57〔播州〕極楽山浄土寺〈自レ此至二元禄己巳二年ニ一凡四百九十六年矣〉

播州加東ノ郡リ大部ノ庄ニ有リ二精舎一。乃チ俊乗坊重源上人ノ所也二開山一也。昔シ高倉帝治承四年、南京東大寺厄ラレテ二於寇火一ニ、皆為ル二煨燼一ト。既ニシテ而朝廷令ム三源ノ領二幹事一ヲ。源奉レシテ詔ヲ募リ二縁ヲ于天下一ニ、巡二行シテ州県一ニ勧二化ス万民一ヲ。因ニ抵リ二此地一ニ、*観テ下廃寺之遺址有テ二若干所一而古像甚多上ヲ、雖レ有ト二興復ノ之意一、以[1]テ二東大ノ事繁キ一ヲ、不レ能二自営ムコト一。因テ命シテ二其ノ徒観阿弥一ニ営レ之ヲ。建久四年四月、観阿弥就テ二此ノ地一ニ創テ二一宇一ヲ、以テ奉ス二薬師ノ古像一ヲ。其ノ像高四尺許カリ。又新タニ造テ二日光・月光並ニ十二大将一ヲ、以テ置二其ノ左右一ニ。尋テ九介ノ廃寺ノ之古像、有リ二七百余軀一。咸ク移シ二置ク殿内一ニ。又建二一ノ金殿一ヲ。以テ名工湛慶カ所レノ造三聖ノ像ヲ置キ之、并ニ構二経蔵・鐘楼・食堂・浴（58オ）室等一ヲ。凡ソ寺ノ之所レノ当レ立者ノ次第ニ落成シテ、号シテ曰二極楽山浄土寺一ト。建久八年八月二十三日、請シテ二笠置《カサギ》ノ解脱上人一ヲ、為二落慶ノ導師一ト、遂ニ成ル二一宝坊一ト矣。同庄ニ有リ二茅地一。称ス二鹿野原一ト。源上人自闢《ミ》テ為レ田ト、因テ奏シテ二朝廷一ニ為二寺産一ト。於レ是ニ四衆雲ノ集リ道化甚盛也。嘉禎元年冬、立二八幡大神ノ祠一ヲ、為二鎮守神一ト。其ノ前ニ建二拝殿・華表一ヲ。又有二山王権現・弁才天祠・役行者堂并ニ牛王堂・護摩堂・開山塔一。其ノ西北方ニ置テ二阿弥陀ノ像一ヲ、号ス二往生院一ト。金碧流輝シテ照二映林巒一ヲ。緇白謁スル者ト如二水赴クカレ叡一ニ。既ニシテ而年代久遠ニシテ、或ハ罹リ二回禄一ニ、或ハ逢テ二国ノ変一ニ、漸次ニ衰微ス。天正八年大閤秀吉公、聞キ二名山聖蹟一ヲ、欽テ二重源ノ之徳一ヲ、賜フ二荘田三百石一ヲ。無クレ何クモ有テレ故ヘ寺産減ス二其ノ半一ヲ。元和元年九月十五日、（58ウ）台徳院先ノ国君賜二令旨一ヲ、付二荘田一百五十石一ヲ。至レ今ニ相続テ給フ二令旨一ヲ。因テ為二祝国ノ大道場一ト也。

【注】**極楽山浄土寺**　兵庫県小野市浄谷町。

【校訂】1以テ ― 〈底〉以テノ

58鳥海山龍願寺〈此ノ寺開創ヨリ至二元禄二年一已ニ八百三十九年矣〉

此ノ寺、乃チ本朝第五十四主仁明天皇嘉祥三年夏六月十五日、役ノ小角開創ノ之所ニシテ、為二シテ薬師如来ノ浄刹一ト、即チ羽州ノ之名山ナリ也。厥ノ後清和天皇〈五十六主〉貞観十二年、勅二シテ醍醐寺ノ聖宝法師一ニ重興シ給。改テ号二宝珠山浄瑠璃寺一ト。画棟雕甍、神社仏閣、輪囷盤結シテ、映二帯シ林巒一ヲ、子院僧坊有二十八所一。晨昏ノ鐘鼓鏗鏗トシテ互ニ答ヘ、道風特ニ盛ナリ。四来謁者憧憧トシテ不レ絶。其ノ峰最モ高シテ衆山仰レ之ヲ。其ノ形如二シ蟠龍一ノ。五雲常ニ靉ス。故ニ曰二龍願寺一ト。其ノ本尊ハ、先レ是ヨリ人皇四十四代元正天皇ノ御宇ノ（59オ）時、従二リ壺渓一出現シ、梵相甚異也。霊応非レ一ニ。未レ可二以テレ言ヲ宣一。凡ソ有レハ所レ求ムル、靡レシ不レ云コト随レ意ニ。故ニ懐レニシテ香ヲ謁スル者ノ往往ニ不レ絶。此ノ山即チ扶桑七山ノ之一ナリ也。所レ謂彦山・白山・羽黒・立山・石木・不動・鳥海山是ナリ也。絶頂ニ有二宝池一。方百歩許カリ。曰二鳥ノ之海一ト。因テ以テ為レ名ト。其ノ麓ニ有レ地。曰二華立一ト。東ニ有二一宇一。号二ス箸ノ王子一ト。西ニ有二小峰一。苦行ノ之者ノ咸ク集二会シテ之一ニ、以テ為二整レノ列ヲ処一ナリ也。俗名二ク山伏長根一ト。山上ニ有二三殿一。曰二本山・新山・火宿一ト也。本山ニハ置二役公ノ肖像一ヲ。左右ニ有二二鬼ノ像一。曰二善童・妙童一ト。即チ役君ノ侍使ナリ也。火宿ニハ奉二ス聖宝法師ノ影一ヲ。南北ニ有二霊峰一。曰二八長根一ト。有二三十六童子一。皆ナ不動明王ノ使者ナリ。幷ニ有二駒ノ王子ノ祠一。牛馬ノ守護神ナリ也。其ノ西ニ有二桑田一。乃チ菩薩応化シテ為レ蚕ト、益二ス人民一ヲ。其ノ西ニ過二テ二百（59ウ）歩許一カリヲ、曰二桑木坂一ト。有二十六善神ノ堂一。俗、称二善神長根一ト。其ノ傍ニ有二妖石一。往昔有二テ一鬼一住レ之。一ハ曰二手長一ト、一ハ曰二足長一ト。常ニ害二ス海上ノ商船及ヒ往来ノ人民一ヲ。一日為二天火ノ所一レ焼、化シテ為ルトレ石ト云。又有二一所一。曰二剣山一ト。若シ有ルレ病者ノ、奉二テ金木ノ剣一ヲ祝レスレハ之則チ愈ユ。又有二懺悔坂一。四来ノ謁者六根罪障悉ク滅ス。其ノ外ニ有二龍馬場・払ヒ川・御種池・渤汰瀧・小渡タリ・大渡タリ等ノ諸勝一。実ニ羽州ノ之名山ナリ也。

【注】鳥海山龍願寺　山形県と秋田県の境にある鳥海山にあった。

59〔羽州〕保呂羽山〈自レ此至二元禄二年一凡及二九百余年一矣〉

出羽州平鹿《ヒラカ》ノ郡リ、八沢木ノ邑ニ有レ山。号ニス保呂羽一ト。林岳深ク秀テ、琪樹玲瓏トシテ華果如レシ珠ノ。海似ニテ瑠璃一ニ、山如ニシテ幽谷一ノ、蔵王権現ノ霊区ナリ也。中ニ有ニ精藍一。号シテ曰ニ保呂羽山天国寺一ト。昔シ有ニ大友（60オ）藤原吉親ト云者《ヒト》一。因ニ遊ニテ此ノ山麓一ニ逢ニ一ノ猟者一ニ。問テ曰ク、「汝為《スル》レヤ誰トカ邪。」猟者答曰ク、「我名ニク遠藤太郎一ト。常ニ在ニテ油利ノ郡一ニ、以ニテ殺業一ヲ為レ活ヲ。」吉親、与ニ猟者一倶ニ登レル山ニ。時ニ有ニテ一ノ霊樹一、放ニツ金色ノ光一ヲ。吉親共ニ怪レム之ヲ。俄ニ有ニテ沙門一、至リ告レテ之曰ク、「此ノ木ニ有ニマス蔵王権現一。即チ釈迦牟尼如来ナリ也。為レ利ニンカ人民一故ニ現ニシ種種ノ方便一ヲ、垂ニル跡ヲ於和ノ之金峰山一ニ。此ノ州偏地ノ而利ニスルカ人民一ヲ故ニ、示ニ現此ノ地一ニ。汝等疾ク設ニテ社塔一ヲ、以テ奉ニセハ権現一ヲ、則チ国家昇平万民楽業ナラント矣。我即チ為ニ当山ノ鎮守神一ト。」言ヒ訖テ乃チ蜚ヒ升テ而去ル。即チ地蔵菩薩ナリ也。吉親、感激不レシテ已、与ニ猟師一至ニリ山下一ニ、告ニク民家一ニ。村人異レトス之。士庶効《イタシ》ニテ子如ニ来リ之助一ヲ不レシテ久而成ル。神社・仏宇・子院・僧坊、丹耀キ碧明ニシテ映ニ徹山川一ニ。遂ニ成ニル祝国ノ大道場一ト。時ニ天平宝字丁酉ノ年八月（60ウ）十五日ナリ也。霊験日ニ新《タ》ニシテ、道俗随喜瞻礼スル者ノ、莫レシ不レ云コト遂レ願ヲ。由レテ是ニ次第諸堂落成ス。山下ニ有ニ普賢堂・白山ノ祠一。其ノ外ニ於ニ山下ノ村中一ニ、有ニ熊野・稲荷・白山・童子・仁王・若宮・弥勒等ノ諸堂一。咸ナ為ニ当山ノ属社一ト也。（61オ）

【注】保呂羽山　秋田県横手市大森町八沢木。保呂羽山波宇志別神社。

伽藍開基記巻第七

天王山志源菴釈道温編輯

〇阿州霊刹

1霊山寺〈自レ此至二元禄己巳一年ニ凡及二九百五十年一ニ矣〉
南海道阿波州板野郡板東村ニ有リ二梵刹一。号ス二竺和山霊山寺一ト。又曰ニ二一乗院一ト。本朝第四十五主聖武天皇勅創之所ナリ也。厥ノ後、弘法大師至テレ此ニ、手ラ造テ二釈迦・大日・弥陀ノ三像一ヲ、本殿ニ安シ二釈尊一ヲ、及ヒ搆ヘテ二両堂一ヲ置二二仏ノ像一ヲ、以テ祝シレ国ヲ利スレ民。其ノ外神社・仏宇、荘厳具足シテ而照二曜林巒一ヲ。実ニ一方ノ精藍ナリ也。自レ時レ厥ノ後、数〳〵罹ハ二寇火一ニ、悉ク為ル二煨燼一ト。然トモ以テ二名山聖跡一ヲ、僣《シキリニ》廃レ僣リニ興リ、至テ二於今日一ニ堂堂トシテ如シレ故ノ。今之寺ハ者、万治年間、両州ノ之太守光隆《ミツタカ》公、捨テレ金ヲ修二葺ス之一ヲ。亦タ前ノ住持快栄、建テ二大師（1オ）堂一ヲ、及ヒ鎮守神社幷ニ造二二金剛ノ像一ヲ。於テレ是ニ益盛也也。此ノ山即南海四国霊場遍礼ノ之第一ナリ也。寺ノ之北ニ有リ二大峰一。号ス二大麻山一ト。其ノ峰最モ高シテ、遥ニ望メハ二四方一ヲ、隣国八州如シレ視ルカ二諸掌一ヲ。其ノ麓ニ有リ二大麻彦権現ノ之祠一。称シテレ之ヲ曰ニ二霊山ノ奥ノ院一ト。

【注】**霊山寺**　徳島県鳴門市大麻町。四国八十八所第一番。『四国偏礼霊場記』巻三「笠和山霊山寺一乗院」。

2極楽寺〈至二元禄己巳一年ニ已及二九百余年一ニ矣〉
*日照山極楽寺ハ者、乃チ菩薩僧行基所レニシテ[1]創ムル、有二手造ノ阿弥陀仏ノ像一。長ケ四尺五寸。其ノ左ニ置キ二瑠璃光如来一ヲ、右ニ有二弘法大師ノ像一。此ノ寺在リ二阿ノ之板野郡檜村一ニ。本ト密宗ノ之刹ナリ。不レ知、何レ時易テ為ニ二禅刹一ト。至テレ今ニ禅門下ノ之僧住スレ焉ニ。

【注】極楽寺　徳島県鳴門市大麻町。四国八十八所第一番。『四国偏礼霊場記』巻三「日照山極楽寺」。
【校訂】1創《ムル》――〈底〉創《ムルシテ》

3金泉寺〈自レ此至二元禄己巳二年《ニ》一凡及二八百五十余年《ニ》一矣〉
此《ノ》寺在二阿州板野郡大寺村《ニ》一。高野大師開闢《シテ》、以《テ》安二釈（1ウ）迦《ノ》尊像《ヲ》一、号《シテ》曰二亀光山金泉寺《ト》一。或《ハ》名《ク》二釈迦院《ト》一。又搆《ヘテ》二宝塔《ヲ》一置二五仏《ノ》像《ヲ》一。及《ヒ》設《ケテ》二牛頭天王・自在天神等《ノ》祠《ヲ》一為二護伽藍神《ト》一。遂《ニ》成二一《ノ》勝刹《ト》一。其後第八十九主亀山法皇、勅《テ》興二復之一。因以《テ》准二京兆蓮華王院《ニ》一、建《テ》二三十三間堂《ヲ》一、以《テ》安《シ》二千手大悲《ノ》像《ヲ》一、幷《ニ》置二大蔵経《ヲ》一。名《テ》曰二経処坊《ト》一。賜《テ》二荘田若干《ヲ》一、以《テ》資二僧膳《ヲ》一。由《テ》レ是《ニ》大衆雲集《シテ》学《フ》二顕密教《ヲ》一。山中《ニ》有二亀山法皇《ノ》霊廟《ノ》之遺址一。
【注】金泉寺　徳島県板野郡板野町。四国八十八所第三番。『四国偏礼霊場記』巻三「亀光山釈迦院金泉寺」。

4黒谷寺〈未レ詳二年月一。至二元禄己巳二年《ニ》一凡及二八百余年《ニ》一矣〉
昔《シ》弘法大師偶〱遊二阿州《ニ》一、至《ル》二板野郡黒谷村《ニ》一。因《テ》如法《ニ》造《リ》二大日《ノ》尊像《ヲ》一、遂《ニ》設《テ》二精舎《ヲ》一、以《テ》安《シ》レ焉、榜《シテ》曰二黒岩山黒谷寺《ト》一。又曰二遍照院《ト》一。其《ノ》余《ノ》諸堂坊舎、荘厳殊妙。以《テ》二年代久遠《ナルヲ》一而（2オ）漸《クニ》破壊《ス》。応永年間、有《テ》二松法師一、因《テ》二夢《ノ》感《ニ》一修二葺《ス》之《ヲ》一。後為《ニ》三住持《ノ》僧某《シ》有《ルカ》二荷法《ノ》之志《ヲ》一、念《テ》二名山聖跡《ヲ》一、不レ可レ不《ンハ》レ復《クセ》。乃《チ》募《テ》二万人《ニ》一重興《シ》、遂《ニ》復《ス》二旧観《ニ》一。当村《ニ》有二安芸木工兵衛《ト云》者《ト》一。捨レ金《ヲ》造《テ》二大鐘《ヲ》一、以《テ》架《ス》二楼上《ニ》一。其《ノ》音透《リ》二雲間《ニ》一、四衆聞《テ》レ之莫レ不《ト云コト》レ起レ信《ヲ》。
【注】黒谷寺　徳島県板野郡板野町。大日寺。四国八十八所第四番。『四国偏礼霊場記』巻三「黒岩山遍照院黒谷寺」。

5地蔵寺〈承和二年大師示寂。至二元禄己巳二年《ニ》一八百五十四年矣〉

阿州矢武村有地蔵大士之刹。号無尽山地蔵寺。或名華厳院。開山弘法大師、嘗赴此処。時有熊野神化為老翁、持一霊木、以授大師曰、「当地仏法有縁之霊区也。応刻像置焉則国家昇平万民豊饒矣。」言已不見。大師大喜、乃創精藍。以其神木手造地蔵菩薩像。其長僅一寸八分。其霊応如響、四衆礼謁者如市。其（2ウ）後、住持沙門定宥、因夢感、又造一尺七寸地蔵像、納前小像於胸中。並造弥陀・薬師等像。傍構熊野・伊勢太神廟、以為鎮守。又名工雲慶所造多聞・持国等像置之中門頭。本殿之西南有小山。号摩尼珠。往昔大師建精舎、以納宝珠。故名。其遺趾礎石猶存焉。寺中所有宝物、有大師手画不動・五大尊・普賢大士・三宝荒神等。又有大涅槃像。乃京兆東福、兆殿主所画。又有小野篁《タカムラ》所画釈尊大像。其外有牧渓・雪舟・金岡等所画若干。皆希世之物也。

【注】**地蔵寺**　徳島県板野郡板野町。四国八十八所第五番。『四国偏礼霊場記』巻三「無尽山荘厳院地蔵寺」。

6 瑞運寺〈未詳年月〉

上古阿州引野村有温泉。有疾者浴之即愈。弘法大（3オ）師嘗遊此地。念諸仏菩薩有大慈方便故、手刻薬師仏像、乃創梵宇、以安之、号瑠璃山瑞運寺。院名日光。従是法化日盛。既而構僧坊十二所、遂成一霊場、晨鐘夕梵響応山川、四来黒白礼謁者、莫不起信。厥後為寇所廃、今僅本殿・鎮守神社・弥勒像及大師道影等存焉。

【注】**瑞運寺**　徳島県板野郡上板町。四国八十八所第六番。安楽寺。『四国偏礼霊場記』巻三「瑠璃山日光院瑞運寺」。

7 十楽寺

阿州板野郡高尾村ニ有ニ精舎一。号ニスル十楽寺一ト。本殿ニ安ニス阿弥陀仏ノ像一ヲ。殿ノ之右ニ有ニ大師影堂一。其ノ左ノ傍ラニ有ニ小菴院一。

此ノ寺未レタ詳ニ来由一ヲ。故ニ略レス之。

【注】十楽寺　徳島県阿波市土成町。四国八十八所第七番。『四国偏礼霊場記』巻三「十楽寺」。

8 熊谷寺（3ウ）

普明山熊谷寺者ハ、未レタ知三開基ノ之所ニ以ヲ然一ル。其ノ境致林巒甚タ幽邃ニシテ、亦タ一方ノ勝区ナリ也。本殿ニ安ニス千手大悲ノ像一ヲ。其ノ長ケ六尺許リ。以ニテ仏舎利百二十六粿一ヲ、以テ納ニムト其ノ頂内一ニ云。左右ニ置ニ不動・毘沙門ノ像一ヲ。乃チ名工運慶カ所レ也造也。又有ニ三十二応神ノ像一。未レタ知ニ何人ノ所レ云コト作ル。殿ノ之右ニ有ニ大師ノ影堂一。其ノ前ニ有ニ鐘楼一。中門頭ニ有ニ運慶カ所造ノ二金剛大力士一。又有ニ大師手書ノ額一。山中ニ有ニリ鎮守神社一。乃チ熊野・八幡之二神ナリ也。

【注】熊谷寺　徳島県阿波市土成町。四国八十八所第八番。『四国偏礼霊場記』巻三「普明山真光院熊谷寺」。

9 法輪寺

此寺、本殿ニ安ニシ弘法大師ノ所造一尺五寸ノ釈迦如来ノ像一ヲ、号シテ曰ニ白蛇山法輪寺一ト。

【注】法輪寺　徳島県阿波市土成町。四国八十八所第九番。『四国偏礼霊場記』巻三「白蛇山法輪寺」。

10 切幡寺（4オ）

阿州阿波郡切幡村ニ有ニリ霊場一。号ニス得度山切幡寺一ト。弘法大師嘗テ抵ニル此ノ地一ニ。時ニ空中ニ有ニテ一ノ幡一降ル。其ノ色五綵。至ニテ*山阿一ニ忽チ切レテ為ニ両段一ト[1]。其ノ一、颯然トシテ上ニル飛テ于天一ニ。大師異レ也トシテ之、乃チ創ニ蘭若一ヲ、手ラ彫ニテ千手観音ノ像一ヲ、以テ置レ之。其ノ龕堅ク鎖シテ不レ啓カ。左右ニ安ニ不動・多聞ノ像一ヲ。皆ナ大師ノ之手造ナリ也。殿ノ之右ニ有ニ大日堂・鎮守神社・大師影堂等一。殿ノ之左ニ構ニ大鐘堂一ヲ。中門頭ニ有ニ雲慶カ所レノ造ル多聞・持国二天ノ像一。大門ノ中ニ置ニ二金剛一ヲ。亦タ雲慶カ所レ也彫也。山中所レ有神社・仏宇・子院・僧坊若干所、漸クニ廃壊シテ、其ノ遺趾存レス焉。其ノ後、本朝九十七代光明帝暦応年間、左武衛将軍源ノ直義《タヽヨシ》公、就ニテ当山一ニ建ニツ支提一ヲ。其ノ落慶ノ之疏、至レ今ニ猶ヲ存レス焉。（4ウ）

【注】切幡寺　徳島県阿波市市場町。四国八十八所第一〇番。『四国偏礼霊場記』巻三「得度山灌頂院切幡寺」。

【校訂】1両段―〈底〉両叚

11藤井寺

寺在ニテ阿州麻槙《ヲエ》郡一ニ、弘法大師ノ開闢ノ之所ニシテ、本殿ニ安ニス大師手造ノ薬師如来ノ像一ヲ。号ニス金剛山藤井寺一ト。殿前ニ構レヘテ楼ヲ架ニス大鐘一ヲ。其ノ傍ニ建ニテ、小堂一ヲ、以テ安ニス地蔵ノ像一ヲ。又有ニ鎮守神社一。山門頭ニ置ニ二金剛大力士一ヲ。殿ノ之前ニ有ニテ古藤一、岩間ヨリ清泉流レ下ル。其ノ風景可レシ愛シツ。近来有ニテ禅門下ノ僧一住レス焉。

【注】藤井寺　徳島県吉野川市鴨島町。四国八十八所第一一番。『四国偏礼霊場記』巻三「金剛山藤井寺」。

12焼山寺

阿州ニ有レ山。名ニク摩盧一ト。其ノ山最モ高シテ而、四山朝レシテ之ニ、国中第一ノ高山ナリ也。中ニ有ニ精舎一。号ニス焼山寺一ト。乃チ大師空海ノ所レ也創ムル。殿中ニ有ニテ手造ノ虚空蔵ノ像一、大ニ弘ニム密法一ヲ。緇白帰崇者ノ多シ矣。殿ノ之左ニ有ニ開山塔一。幷ニ熱田明神・熊野権現等ノ祠ヲ為ニ護伽藍（5オ）神一ト。又有ニ鐘楼・大門・中門・十二所権現等一。寺ノ之左ニ有ニ奥ノ院一。其ノ傍ニ有ニ祇園ノ祠一。又有ニ三面大黒天ノ堂一。乃チ大師ノ手造ナリ也。又有ニ蛇窟・護摩窟・聞持窟等一。山ノ之頂ニ有ニ弥山《ミセン》権現ノ祠一。其ノ下ニ有ニ霊泉一。号ニス蛇池一ト。其ノ外有ニテ若干ノ勝境一、実ニ一ノ名刹ナリ也。

【注】焼山寺　徳島県名西郡神山町。四国八十八所第一二番。『四国偏礼霊場記』巻三「摩盧山性寿院焼山寺」。

13一宮寺
阿州名東《ナヒカシ》郡大栗山大日寺者、在一宮境内。故世人号曰一宮寺。大師嘗遊此処、手造大日如来像、以安之。今之本尊者十一面観音也。即一宮之本地云。従此西去十八町有奥院。大師手造薬師仏以置焉。又有聞持堂之遺趾。此地有禁、女人不能到也。（5ウ）

【注】一宮寺　徳島市一宮町。大日寺。四国八十八所第一三番。『四国徧礼霊場記』巻三「大栗山華厳院大日寺」。

14常楽寺
昔弘法大師偶抵阿州。名東郡有霊区。因創梵宇、手彫弥勒菩薩像、以安之。号盛寿山常楽寺、以益人民、永為福田。至龍華会、証菩提果、皆得常楽。以年代久漸次廃亡而、本殿并坊舎等遺趾猶存焉。今僅有草堂及小菴而、人跡罕到。

【注】常楽寺　徳島市国府町。四国八十八所第一四番。『四国徧礼霊場記』巻三「盛寿山常楽寺」。

15国分寺〈自此至元禄己巳二年、九百五十一年矣〉
法養山国分寺者、神武四十五代聖武天皇天平九年、令天下六十六州建国分寺、安丈六釈迦三聖像、并納般若経六百巻、又置四天王像。特賜荘田若干、永資僧糧、修吉祥懺会、以安国利民。此寺其一也。自（6オ）時厥後、屢逢逆寇之変、無興復之者、今僅構草堂安薬師仏像。其傍結茅、一僧居焉、以供香灯。嗚呼惜哉。

【注】国分寺　徳島市国府町。四国八十八所第一五番。『四国徧礼霊場記』巻三「法養山金色院国分寺」。

16観音寺

阿州名東郡ニ有二観音大士ノ聖跡一。号ス二光耀山観音寺一ト。或ハ曰二千手院一ト。乃チ弘法大師開創ノ之所也。因テ彫テ二六尺ノ大悲ノ像一ヲ、以テ安レ之。其ノ左右置二不動尊・多聞天一ヲ。丹耀キ碧明ニシテ照二映ス林壑一ヲ。其ノ像霊応日ニ新ニシテ、四来ノ黒白男女、礼謁スル者ノ、莫レ不レ云コト獲二其ノ感一ヲ矣。厥ノ後日月積累シテ風雨侵凌シ、殿舎久ク廃テ無二シ人ノ修治一スル。至テ二万治年間一ニ、住持沙*門宥雄、有テ二興復ノ之志一、白テ二本州ノ太守[1]光隆《ミツタカ》公一ニ修二葺焉一ヲ。殿ノ之左ニ有二大日堂一。右ニ有二鎮守神社一。及ヒ往昔ミノ遺趾存スレ焉。（6ウ）

【注】観音寺　徳島市国府町。四国八十八所第一六番。『四国徧礼霊場記』巻四「光耀山千手院観音寺」。

【校訂】1光隆《ミツタカ》―〈底〉光隆《ミツタリ》

17明照寺

瑠璃山明照寺ハ在二阿ノ之名東郡井土寺村一ニ。故ニ俗名テ曰二井土寺一ト。当山開基ノ之祖ハ、乃チ弘法大師、或ハ曰二聖徳太子一ト、*或ハ曰二行基菩薩一ト。未[1]タレ知二孰ヲ是一トスルコト。中ニ有二大師手造聖像一。高五尺許リ。左右ニ有二日光・月光等ノ像一。又有二四天王ノ像一。殿ノ之左ニ設ク二八幡及ヒ楠明神等ノ祠一ヲ。此ノ山昔シ称ス二大伽藍一ニシテ而子院僧坊十有三所一ト。今廃而遺趾存ス焉。山門ノ外ニ有二宝池一。池上ニ有二弁天ノ祠一。又有二神廟一。名ニ若宮一ト。其ノ前ニ有二宝塔ノ之遺趾一。

【注】明照寺　徳島市国府町。井戸寺。四国八十八所第一七番。『四国徧礼霊場記』巻四「瑠璃山明照寺真福院」。

【校訂】1未タレ知二―〈底〉未レ知二タ

18恩山寺

阿州勝浦《カツラ》ノ郡リ田野村ニ有二梵刹一。号ス二母養山恩山寺一ト。住持ノ之坊ヲ名ク二宝樹院一ト。係テ二聖武天皇一ニ、行基菩薩開山ノ之所ニシテ、殿（7オ）中ニ有二基手造ノ薬師如来ノ像一。又有二僧坊三十二所一。帝特ニ賜二荘田幷ニ山林若干ヲ一。由テレ是ニ四来ノ学子蟻クニ聚リ、惟恐ルレ後レンコト焉。自レ時レ厥ノ後、漸及二零落ニ一。時ニ弘法大師見二其ノ勝境ヲ一。乃チ修二葺シ之ヲ一、特ニ奉シテ二其ノ母ノ遺骨ヲ一瘞二于山中ニ一。其ノ上ニ立二石碑ヲ一、以テ報ス二劬労ニ一。因テ革テレ之曰二母養山恩山寺ト一。非二旧号ニ一也。後大将軍源ノ頼朝公、復タ重二興之ヲ一。及ヒ大相国尊氏公、与二細川氏一皆ナ為ニ修葺ス。厥ノ後罹テ二寇火ニ一悉ク為ル二煨燼ト一。本州ノ太守蓬菴公、復タ新シレ之ヲ、給フ二米若干石ヲ一。至テレ是ニ復ス二旧観ニ一。較フルニ二之ヲ往昔ミニ一、亦タ不二多ク譲ラ一矣。既ニシテ而又為ニ二祝融氏ノ所ルレ廃。近代ノ太守営ニ二本殿一而、今僅ニ有二大師影堂及ヒ鎮守神社・方丈等一。

【注】**恩山寺**　徳島県小松島市田野町。四国八十八所第一八番。『四国偏礼霊場記』巻四「母養山恩山寺宝樹院」。

19立江寺〈幷取星寺〉（7ウ）

橋池山立江寺、或ハ曰二地蔵院ト一。乃チ本朝四十五主聖武天皇、為ニ二太子平産ノ一勅シテ造リ給二地蔵菩薩ノ像ヲ一。因テ創テ二精藍ヲ一、以テ安ス二其ノ像ヲ一。故ニ曰二子安《コヤス》ノ地蔵ト一。後弘法大師来謁シテ、以テ二像小キヲ一、為ニ造給二大像ヲ一。高サ六尺許リ。殿ノ之左ニ有二大師ノ影堂一。此ノ寺昔シ称テ二大伽藍ト一、其ノ地方八町、今所ハレ存スル僅ニ百歩許リ。自レ此過テ二三十町ヲ一、曰フ二岩涌《イワワキ》ト一村ノ中ニ有二精舎一。号ス二取星寺ト一。有二珠宝一。名ク二大師鉤召星ト一。便チ安シ二蓮台ニ一、納ム二于龕中ニ一。又過ルコト二十町ニシテ至ル二星石山ニ一。其ノ中ニ有二霊処一。曰二星谷ト一。有二大岩窟一。号ス二星ノ岩屋《イハヤ》ト一。其ノ闊サ方二丈許リ。即チ取星寺ノ之鉤召星ハ者、降ル二于此ノ岩ニ一。故ニ名クレ之。

【注】**立江寺**　徳島県小松島市立江町。四国八十八所第一九番。『四国偏礼霊場記』巻四「橋池山地蔵院立江寺」「付取星寺・星谷」。**取星寺**　徳島県阿南市羽ノ浦町。立江寺奥之院。『四国偏

20慈眼寺

月頂山慈眼寺ハ者、相ヒ伝、即チ鶴林寺ノ之奥ノ院也ト也。本殿ニ安二（8オ）弘法大師所造十一面大悲ノ像ヲ一。又有テ二覚鑁上

人手ラ彫ル不動ノ像一、誠ニ一方ノ霊区ナリ也。其ノ峰峨峨トシテ林岳幽邃ニシテ、欲レスル時ハ登二ント山頂一ニ、則チ県崖壁立ニシテ無二シ措レク足ヲ処一。其ノ半ニシテ有二木率都波一。長キコト十尺許リ。亦タ大師ノ所レナリ立ル。国人瞻レテ之莫レ不二ト云コト嘆異一。此ノ山ニ有二岩窟一。甚タ暗シテ持レテ炬ヲ而入ル。過ルコト六七丈ニシテ而、左右ニ有二曼陀羅一。諸仏菩薩及ヒ天龍・幡蓋・華鬘等皆ナ刻レテ石而成ス。精巧特異ナリ。又有二瀑布一。名二灌頂瀧一ト。高キコト二十余丈。若シ青天白日ニシテ而日映二スル時瀑水一ニ、則チ不動明王出現ス。故ニ世人称レテ之曰二不動瀧一ト矣。信心ナル者ノハ恒ニ瞻二礼之一ヲ。

【注】**慈眼寺**　徳島県勝浦郡上勝町。鶴林寺奥之院。四国八十八所番外札所。四国別格二十霊場第三番。『四国偏礼霊場記』巻四「月頂山慈眼寺」。

21 鶴林寺

阿州勝浦郡ノ霊鷲山鶴林寺ハ者、未レタ詳二創始一ヲ。弘法大師（8ウ）偶〳〵有レテ感到レ山ニ。時ニ聞三テ林中ニ有二ルヲ異香一、仰テ視二樹上一ヲ。有レ鶴。展二ヘテ両翼一ヲ覆レ之。遂ニ去ル。須臾ニ復タ有レテ鶴来ル。其ノ事如レシ前ノ。大師異レシテ之、乃チ登レテ樹ニ見ニ、有二地蔵菩薩ノ金像一。甚小シ。乃チ手ラ造二リ三尺ノ大像一ヲ、以二小像一ヲ納二メ于胸中一ニ、因テ構二ヘテ宝殿一ヲ、以テ安レ之。榜シテ曰二鶴林寺一ト。此ノ山最モ秀テ、不レス異二天竺ノ霊山一ニ。殿ノ之右ニ有二大師ノ相堂一。左ノ方ニ構二鎮守神社並ニ天照太神・八幡・春日・荒神等ノ祠一ヲ。又有二六角ノ殿一。安二ス地蔵六軀一ヲ。山ノ中ニ所レ有神社・仏宇・子院・僧坊甚多シテ而、本朝第五十主桓武天皇以来タ、代代賜二寺産一ヲ。其ノ綸旨尚ヲ在リ。後鎌倉将軍頼朝源公、因二テ夢ノ感一ニ、命レシテ使ニ迎二テ本尊ヲ於鎌倉一ニ拝覧、即チ献二ス金ノ錫杖・宝物等一ヲ。并捨二米田若干頃一ヲ、以テ充二ツ香積一ニ。其ノ金錫至レ今ニ猶ヲ存ス。既ニシテ而尊像ヲ還二ス本寺一ニ。時ニ有二（9オ）伊勢ノ之*神官福[1]井氏一。乗レシテ船而赴ク。俄ニ起二テ黒風一甚タ危シ。幸ニ有二テ尊像ノ之霊一、得レ到二ルコトヲ彼岸一ニ。由レテ是福井氏発二シテ大心一ヲ、毎歳助二ク香灯ノ之料一ヲ。是ノ山門ノ外ニ有二リ猟師塚一。以昔シ有二テ猟師一、遇二テ野猪一ニ而モ射レル之。猪中レテ矢ニ而、走テ入二テ本殿ノ内一ニ、遂ニ不レ見。而モ仏龕ノ中ヨリ血流レ出ス。猟者愕然トシテ啓レテ龕ヲ視レル之。見二ル本尊胸間ニ有レ矢而紅血流出一ルヲ。於レテ是ニ猟師大悔テ、即チ剃リレ髪染メテレ衣ヲ、従レ此道心堅固ニシテ、逝ス後以二全身ヲ一瘞ムレ之ニ。故ニ名ク。蓋シ菩薩悲願広大ニシテ而、現シテ二種種ノ方便ヲ一救二済シ給群生ヲ一也。殿ノ後ニ有二弁才天及ヒ十五童子一。皆ナ大師ノ手造ナリ。又有二一尺三寸ノ地蔵一。乃チ天竺毘首羯摩カ所也レ造ル。其ノ外ニ有二大師手造ノ之像若干及ヒ覚鑁上人所ノレ造ル愛染像一。又有二唐画ノ大涅槃像一。又有二御制ノ不動及ヒ愛染等ノ画像一。又（9ウ）有二覚鑁手ラ画ク五大尊・不動及ヒ十三仏ノ像並ニ大師所造五種ノ鈴一。其ノ余ノ宝物甚多シテ、実ニ阿州第一ノ名藍ナリ也。

【注】 **鶴林寺**　徳島県勝浦郡勝浦町。四国八十八所第二〇番。『四国偏礼霊場記』巻四「霊鷲山鶴林寺宝珠院」。

【校訂】 **1**福井氏一――〈底〉福井氏

22大龍寺

寺在二阿州那賀郡ニ一。号ス二舎心山大龍寺ト一。乃チ本朝五十代桓武天皇ノ本願ニシテ而、当州ノ刺史藤原ノ文山、奉シテ二詔督ヲ一造ル。殿中ニ奉ス二虚空蔵菩薩ノ像ヲ一。殿ノ之左ニ搆ヘ二鎮守神社并ニ宝塔・経蔵・鐘楼等ヲ一、其ノ傍ニ有二弘法大師ノ影堂一。大師未タ二剃髪一時キ、登テ二是ノ山ニ一修二求聞持ノ法ヲ一。時ニ空中有テ二宝剣一、降テ二壇上ニ一而山震ヒ谷響ク。其ノ外有二神社・仏宇・僧坊若干所一。実ニ一方ノ霊刹ナリ也。其ノ後淳和天皇、賜二荘田若干并ニ宸翰ヲ一。自レ此代代ノ有二綸旨一。又有二将軍令旨若干一、存スレ之。又本州ノ太守、代代皆ナ給二寺（10オ）産ヲ一、或ハ修ス二伽藍ヲ一。天正十六年十一月、罹テ二天火ニ一諸堂為二煨燼ト一。時ニ豊臣大閤秀*吉公、因テレ征スルニ二[1]高麗ヲ一誓テ建二本殿ヲ一。本山ノ南北ニ有二舎心嶽一。又東南ニ去ルコト二三町ニ有二石洞一。名ク二龍王窟ト一。以昔シ有二神龍一居スレ焉。故ニ曰二大龍寺ト一。

【注】 **大龍寺**　徳島県阿南市加茂町。太龍寺。四国八十八所第二一番。『四国偏礼霊場記』巻四「舎心山常住院大龍寺」。

【校訂】 **1**征スルニ二――〈底〉征スル二

23平等寺

阿州白水山平等寺ハ者、弘法大師手造ノ薬師如来ノ之霊場ナリ也。而モ諸堂仏閣荘厳具足シテ而、山中ニ有二テ子院十二所一、雖レ為二リト大伽藍一ト、以二年代久遠一ナルヲ漸次ニ毀壊シテ、今僅ニ本殿及ヒ大師ノ相堂・方丈等存レス焉。本殿ノ之傍ニ有二清泉一。故ニ分二テ泉ノ字一ヲ、以テ為二山之名一ト。毎歳正月十六日修二行ス法会一。郡中ノ諸民来謁スル者ノ如レシ市ノ。（10ウ）

【注】平等寺　徳島県阿南市新野町。四国八十八所第二二番。『四国偏礼霊場記』巻四「白水山医王院平等寺」。

24薬王寺

此寺在二阿州海部郡一ニ。乃チ行基菩薩開闢ノ之所。号二ス医王山薬王寺一ト。既ニシテ而聖武天皇聞レ給テ之、挙テ為二ス官寺一ト。於レテ是ニ神社仏閣荘厳殊妙ニシテ、遂ニ成二大伽藍一ト。自レ時厥ノ後、弘法大師法齢四十二、為二除厄一ノ故ニ手ラ造二リ薬師如来・日光・月光幷ニ十二大将ノ像一ヲ、並ニ建二テ宝殿一ヲ、以テ安レ之。第五十三主淳和天皇、聞二給テ当山ノ霊場一ヲ、賜二荘田若干一ヲ。又五十六代清和天皇、為二ノ禳厄一故ニ勅シテ賜二宝剣及ヒ錦ノ帳一ヲ、以テ供二ス本尊一ニ。又八十二主後鳥羽帝、勅テ重テ新ニ修二葺之一ヲ。寛永十六年、遭二テ回禄一ニ悉ク為二ル煨燼一ト。時ニ本州ノ太守光隆公、念二テ名山聖跡一ヲ、輒チ再二営之一ヲ。由レテ是ニ又タ一新ス。然トモ不レ及二往昔一ミニ矣。殿ノ之傍ラニ搆二一層宝塔一ヲ、以安二千（11オ）手大悲幷ニ二十八部衆ノ像一ヲ。皆行基ノ之手造ナリ也。又設二テ白山権現ノ祠一ヲ、以テ為二護伽藍神一ト。其ノ外所レ有、大師影堂・鐘楼・護摩堂・釈迦堂・六地蔵堂幷ニ住吉・愛宕・山神等ノ祠・楼門・山門・子院十余所ナリ。従レ此西ニ去二テ六十余町一ヲ、有二リ奥ノ院一。其ノ山ニ有レ岩。曰二玉厨子一ト。中ニ置二大師手造ノ仏像一。嘗テ修治スル時キ、此ノ像自ラ移テ在二リ堂中一ニ。衆人聞レテ之莫レ不レ生レ信ヲ。

【注】薬王寺　徳島県海部郡美波町。四国八十八所第二三番。『四国偏礼霊場記』巻四「医王山無量寿院薬王寺」。

○讃州霊刹

25 善通寺

南海道讃岐州多度ノ郡ニ有ル五岳山善通寺ハ者、弘法大師ノ開創ノ之所ナリ。即チ大師誕生ノ之地ナルカ故ニ曰二誕生院一ト。開山大師、諱ハ空海、弘法ハ其ノ謚号ナリ也。父姓ハ佐伯《サイキ》氏、名ハ善通、母ハ阿（11ウ）刀氏。夢テ二梵僧入ルトレ懐ニ一有レ身《ハラム》コト。至二十二月一ニ而生ス。自レ幼聡敏穎悟ニシテ、博ク通二世典一ニ。弱冠ニシテ離レレ塵ヲ、投テ二勤操法師一ニ薙染受戒シテ、飽クマテ学ヒ二経論一ヲ、既ニシテ而入レ唐ニ、遇二慧果《ケイクワ》阿闍梨一ニ。果、一見シテ而喜テ曰ク、「吾レ待ツコトレ子ヲ久シト矣。」顧テ二諸徒一ヲ曰ク、「是ノ沙門ハ者第三地ノ菩薩ナリ也。」輒チ授ルニ以ス二秘密ノ法幷ニ諸ノ法具一ヲ。本朝大同元年ニ帰テ大ニ弘ム二其ノ法一ヲ。大師念ヘラク、「此ノ山ハ乃チ誕生ノ之地ナリ。当下ニ建二精舎一ヲ以テ報ス中父母ノ之恩上ニ。」遂ニ模テ二唐国ノ青龍寺一ヲ、以テ営シレ之ヲ、手ラ造テ二丈六ノ薬師ノ三聖幷ニ四天王ノ像一ヲ、以テ答フ二劬労一ニ。即チ以二父ノ名一ヲ為レ号ト。其ノ講堂中ニ有二大師所雕ノ釈尊ノ像一。又有二二層宝塔一。中ニ掛ク二大師自画ノ肖像一ヲ。先キレ是ヨリ大師欲ルレ入ントレ唐ニ時、其ノ母痛哭ス。大師為メノレ慰メンカレ母ヲ故ニ、手ラ写ス二此像一ヲ。又有テ二灌頂堂・護摩堂・経蔵・鎮守神社等一、誠ニ讃州ノ之名藍ナリ（12オ）也。寺ノ中ニ有二亀山帝ノ御書金字法華経及ヒ大師ノ法衣・鉢盂・錫杖並ニ手書ノ妙経等一。又有二宸翰及ヒ将軍ノ令旨若干幅一。

【注】**善通寺**　香川県善通寺市善通寺町。四国八十八所第七五番。『東国高僧伝』巻二「高野弘法大師伝」。『四国偏礼霊場記』巻一「五岳山誕生院善通寺」。

26 出釈迦寺

当山ハ即チ所ルレ謂ハ、曼陀羅寺ノ之奥ノ院ナリト也。昔シ弘法大師此ノ登テ二山頂一ニ、以テ修二密観一ヲ。時ニ於二松樹ノ上一ニ出二現釈迦如来一。大師定ヨリ起テ、礼拝シテ感激不レ已。即チ書二写シテ妙経一ヲ、以テ瘞テレ之、其ノ上ニ建テ二宝塔一ヲ、号ス二我拝師山出釈迦寺一ト。後廃テ、今遺趾存スレ焉。其ノ峰峨峨トシテ県崖千尋也。欲スル二瞻礼セント一者ノ、即チ扶リレ杖ニ傴僂シテ而登ル。其ノ左ニ有リ二高峰一。名ク二舎身カ

嶽《ケト》一。初《メ》大師為二求法利生《ノ》一、欲三登《テ》レ之捨二身《セント》一。時《ニ》有《テ》二天人一俄《ニ》来《テ》救護《ス》。故《ニ》名《ク》。近年有《テ》二宗善道人一、於二其《ノ》下《ニ》一建《ツ》二蘭若《ヲ》一。（12ウ）今尚《ヲ》存《ス》焉。

【注】**出釈迦寺**　香川県善通寺市吉原町。四国八十八所第七三番。『四国偏礼霊場記』巻一「我拝師山出釈迦寺」。

27曼陀羅寺

讃州曼陀羅寺、或《ハ》曰二延命院《ト》一。乃《チ》弘法大師開山《ノ》之所《ニシテ》、手《ラ》造《テ》二七仏薬師等《ノ》像《ヲ》一、以《テ》安《ス》二金堂《ニ》一。其《ノ》外諸堂具足《シテ》遂《ニ》成《リ》二梵刹《ト》一、晨鐘昏鼓響二応《ス》山川《ニ》一。其後元杲・仁海・成尊、諸《ノ》名徳皆《ナ》居《ス》レ焉《ニ》。久《シテ》之為二寇火一所レ廃《レテ》、遂《ニ》成二狐狼《ノ》之穴・魑魅《ノ》之場《ト》一。厥《ノ》後本州《ニ》有二三野氏《ノ》某《シ》一。帰二敬《ス》三宝《ニ》一。嘗《テ》念《テ》二名山聖跡《ヲ》一、不レ忍二坐視《ニ》一。乃《チ》捨《テ》二私田若干《ヲ》一、以《テ》資《ク》二香灯《ヲ》一。今所《ノ》レ存者《ハ》、本殿幷《ニ》護摩堂・鐘楼・鎮守神社・方丈等《ナリ》也。

【注】**曼陀羅寺**　香川県善通寺市吉原町。四国八十八所第七二番。『四国偏礼霊場記』巻一「我拝師山曼荼羅寺延命院」。

28甲山寺

此《ノ》寺《ハ》本《ト》薬師如来《ノ》聖跡《也》。故《ニ》号二医王山甲山寺《ト》一。歳久《シテ》漸《ク》（13オ）廃《テ》、今殿中僅《ニ》有二弘法大師《ノ》所造《ノ》薬師仏《ノ》像一。其《ノ》傍《ニ》構《テ》二僧坊一所《ヲ》一、号《ス》二多宝院《ト》一。

【注】**甲山寺**　香川県善通寺市弘田町。四国八十八所第七四番。『四国偏礼霊場記』巻一「医王山多宝院甲山寺」。

29本山寺

此寺或《ハ》名二持宝院《ト》一。本殿《ニ》安《シ》二馬頭観音《ヲ》一、左右《ニ》置二弥陀・薬師《ノ》像《ヲ》一。皆《ナ》弘法大師《ノ》手造《ナリ》也。殿《ノ》之前《ニ》有二古松樹一。不レ知二幾《ク》百千歳《ト云コト》一。其《ノ》枝条垂布《テ》、殆《ント》非二世《ニ》之所《ニ》一レ有《ル》。山門頭《ニ》置二二金剛神《ヲ》一。其《ノ》前《ニ》有二長流川一。山中所レ有《ル》

松・杉・桜・椿、蓁然トシテ其ノ風景可レシ嘉ッ。

【注】**本山寺**　香川県三豊市豊中町。四国八十八所第七〇番。『四国偏礼霊場記』巻一「本山寺宝持院」。

30 観音寺

讃州七宝山観音寺ハ者、昔シ弘法大師自リ二唐国一帰テ、乃チ謁二テ当州ノ琴弾八幡宮一ニ、以テ行二ス法施一ヲ。時ニ感二シテ神託一ヲ、因テ就二テ当地一ニ創二シテ（13ウ）梵宇一、手ラ造二テ観音大士ノ像一ヲ、以テ安レス之。又刻二テ丈六ノ薬師如来幷ニ四天王ノ像一ヲ、以テ置二金堂一ニ。又有二弥勒殿・愛染堂・宝塔並ニ子院七所一。大師嘗テ為レ国ノ祝釐、以テ二七種ノ宝物一ヲ、以レテ納二ムルヲ山中一ニ、由テレ是ニ名二クト七宝山一ト云。

【注】**観音寺**　香川県観音寺市八幡町。四国八十八所第六九番。『四国偏礼霊場記』巻一「七宝山観音寺」。

31 琴弾八幡〈自レ此至二元禄己巳二年一ニ已ニ九百八十七年矣〉

讃州琴弾八幡宮ハ者、本朝四十二代文徳天皇大宝三年、従二豊ノ之宇佐一遷リ給二于当処一ニ。時ニ五雲靄然トシテ覆二ヒ蔵シテ日光一ヲ而、異香満レッ空ニ。時ニ海浜ニ有リレ船。船中ニ一ノ衣冠ノ人、弾二ス玉琴一ヲ。其ノ音微妙ナリ。時ニ当山ニ有二沙門日証一。異トシテレ之問テ曰ク、「鼓スルハレ琴ヲ者誰ソヤ。」答テ曰ク、「我ハ豊州宇佐ノ八幡大神ナリ也。当ニ為下メノ守二護皇都一ヲ利二益センカ万民上ヲ故ニ、至ルニ此ノ地一ニ。」証、大ニ喜テ白二大神一ニ言ク、「雖トモレ然ト庶民愚惑ニシテ、尚ヲ疑テ（14オ）而不レ信セ。当ニレ示二現ス方便一ヲ。」於レ是ニ其ノ夜、海中十余町生二シ緑竹一ヲ、浜沙十余歩為ル二松林一ト。見聞スル者ノ莫レ不二云コト驚怪一セ。証即チ語テ二郡民一ニ、因テ十二三歳ノ童子数百人呼来、神船ヲ挽二上山頂一ニ。乃チ搆ヘテ二新殿一ヲ、以テ二玉琴神船一ヲ納メ二殿内一ニ、号シテ曰二琴弾八幡宮一ト。従レ此レ神霊日〳〵ニ新ニシテ而、*四来謁者如二水ノ赴クカレ壑ニ。本社ノ之左ニ設二武内大臣ノ祠一ヲ。右ニ有二[1]住吉明神ノ祠至レテ下ニ若宮権現幷ニ鐘楼一。又山中所レル有小社七十五神、以二青丹明神一ヲ為レ首ト。又有二華表二所一。山下ノ之石華表ニ掛二ク御書ノ額一ヲ。此ノ山巋然トシテ而聳ヘ立テ、三方望《テ》二海水一、実《ニ》讃州《ノ》之霊岳《ナリ》也。

【注】**琴弾八幡**　香川県観音寺市八幡町。琴弾八幡宮。『四国偏礼霊場記』巻一「琴弾八幡宮」。

【校訂】**1**住吉明神《ノ》祠―〈底〉住吉明神《ノ》祠一

32大興寺〈自レ此至二元禄己巳二年一《ニ》、已《ニ》八百六十七矣〉

讃州豊田《ノ》郡《ニ》有二霊区一。号《ス》二小松尾山大興寺一《ト》。神武五十（14ウ）二代嵯峨《ノ》天皇弘仁三年、弘法大師就《テ》二当山一《ニ》創二精藍一《ヲ》。手《ラ》彫《テ》二薬師如来幷《ニ》不動・毘沙門等《ノ》像一《ヲ》、以《テ》安二置《ス》之一《ヲ》。其《ノ》左右《ニ》有二十二大将《ノ》像一。古《ヘノ》名工湛慶《カ》之所《也》二彫刻一《スル》也。殿《ノ》之右《ニ》搆《ヘ》二熊野権現《ノ》祠一《ヲ》、左《ノ》方《ニ》有二大師影堂一。其《ノ》像亦《タ》湛慶《カ》之所造《ナリ》也。尚《ヲ》有二宝塔・鐘楼等一。近来毀壊《シテ》而遺跡猶《ヲ》存《ス》。

【注】**大興寺**　香川県三豊市山本町。四国八十八所第六七番。『四国偏礼霊場記』巻一「小松尾山大興寺」。

33雲辺寺

巨鼇山雲辺寺《ハ》者、弘法大師所《ニシテ》レ創《ル》、観音《ノ》道場《ナリ》也。其《ノ》山高《キコト》五十町。至《ル時ハ》二峰頂一、則《チ》飄然《トシテ》如《シ》レ雲《ノ》。故《ニ》号《ス》二雲辺寺一。遥《ニ》望《ハ》二予州《ト》与二山陽道八州一、及《ヒ》阿土《ノ》両州如レ視二諸掌一《ヲ》。大師就《テ》二峰頂一《ニ》建二宝殿一《ヲ》。手《ラ》造二千手大悲一《ヲ》、以《テ》置レ之。其《ノ》左右《ニ》有二不動・多聞《ノ》像一。殿《ノ》之左《ニ》立《テ》二小宇一《ヲ》、安《ス》二仏像一千軀一《ヲ》。其《ノ》傍《ニ》有二大師《ノ》影（15オ）堂又鎮守神社幷《ニ》鐘楼等一。殿《ノ》之下《ノ》右《ノ》傍《ニ》有二僧坊一。名《ク》二千手院一《ト》。山門頭《ニ》置《テ》二二金剛一《ヲ》、誡《ニ》一《ノ》名刹《ナリ》也。当処《ニ》有二米成《ト云》者一《ノ》。以《テ》レ矢《ヲ》射《ル》レ鹿《ヲ》。鹿帯《テ》レ矢走《テ》入二殿内一《ニ》。米成追《ヒ》至《テ》、仰《イテ》視《ルニ》二本尊一《ヲ》、胸前《ニ》有《テ》レ矢紅血流出《ツ》。於レ是《ニ》悔レ罪《ヲ》、出家修道《スト》云。華厳経《ニ》功徳林菩薩《ノ》曰《ク》、「我《レ》無始世《ヨリ》来《タ》、与二諸《ノ》衆生一、皆悉互《ニ》作《テ》二父母・兄弟・姉妹・男女一《ト》、具二貪瞋癡・憍慢・諂誑及《ヒ》余《ノ》一切諸《ノ》煩悩一《ヲ》故《ニ》、更相《ヒ》悩害《ス》。遞《ヒ》相陵奪・姦婬・傷殺《シテ》、無《シ》二悪《トシテ》不《云コト》レ造《ラ》。一切《ノ》衆生、

悉ク亦如シレ是。以テ二諸ノ煩悩一ヲ、備サニ造ル二衆悪一ヲ。」是ノ故ニ諸仏菩薩示二現シテ種種ノ方便一ヲ、利二益シ給一切ノ有情一ヲ。信トニ不レ可レ不ンハレ慎マ矣。

【注】**雲辺寺**　徳島県三好市池田町。四国八十八所第六六番。『四国徧礼霊場記』巻一「巨鼇山雲辺寺千手院」。

34 金毘羅

讃州金毘羅権現ハ者、未タレ詳ニ二其ノ年代縁起一ヲ。世ニ伝、已テニ三千（15ウ）年ナリト矣。此ノ山遠望メハ似タリ二象首一ニ。故ニ名ク二象頭山一ト。其ノ中ニ有二精舎一。号ス二松尾寺一ト。本坊ヲ曰二金光院一ト。山中所レ有神社仏閣甚多シテ而、厳麗殊妙ニシテ映二照ス山川一ニ。其ノ神霊応如シレ響。文武崇敬、所ノレ賜荘田有ト二三百余石一云。

【注】**金毘羅**　香川県仲多度郡琴平町。金刀比羅宮。『四国徧礼霊場記』巻一「金毘羅権現」。

35 弥谷《ヤコク》寺

剣五山弥谷寺ハ、或ハ曰二千手院一ト。乃チ観世音ノ浄刹ニシテ而、菩薩僧行基ノ所也二開闢一スル也。弘法大師、聞二其ノ霊異一ヲ、登リ二是ノ山一ニ、因テ修シ給二求聞持ノ法一ヲ。時ニ空中有テ二五ノ宝剣一、降ル二于壇上一ニ。因テ以テ名クレ山ニ。或ハ曰二剣御山一ト〈五トレ与御和音同故也也〉。其ノ峰三朶ニシテ高キコト千仭、東西北方県崖壁立ニシテ、而モ岩窟石洞甚タ多シ。大師就テ二山上ノ石洞一ニ、手ラ刻二仏像一ヲ。洞ノ之前ニ建テ二、宝殿一ヲ、安二千手大悲ノ像并ニ不動・毘沙門一ヲ。殿ノ（16オ）之左ノ視レハ二大磐石一ヲ、有二弥陀ノ三尊ノ像并ニ仏号九行一。乃チ大師ノ之手筆ト云。殿ノ之下ノ傍ニ有二石洞一。名二護摩窟一ト。闊サ丈余。中ニ有テ二不動・弥勒・弥陀等ノ像一、卓二立ス於石上一ニ。又有リ二求聞持窟一。深サ僅ニ丈余。四壁ニ彫二画ス五仏ノ像及ヒ虚空蔵・地蔵大士等一ヲ。其ノ中間ニ安二弥陀及ヒ弥勒ノ石像一ヲ。此ハ是レ大師準シテ二父母ノ之影一ニ、以テ彫二刻ス之一ヲ。故ニ今ノ人称シテ曰二大師ノ之二親仏一ト矣。并ニ有二大師影像一。其ノ窟前ニ建二拝殿一ヲ。闊サ四丈許リ。大師初テ登レ山ニ時、蔵王権現示現擁護ス。故ニ手ラ作テ二其ノ像一ヲ、以テ為二鎮守神一ト。長ケ八尺

許《リ》。威容《トシテ》可《シ》畏《ツ》。其《ノ》旁《ノ》之岩石、悉皆《ナ》彫《ル》阿字文《ヲ》。又立大鐘堂《ヲ》。山《ノ》半《ニシテ》之構《フ》僧坊《ヲ》。山門《ノ》之左《ニ》有岩窟。其《ノ》中《ニ》立薬師堂《ヲ》。山中所有岩頭石間、悉《ク》皆《ナ》五輪・石塔・石仏像徧満《シテ》、其《ノ》数無（16ウ）量《ナリ》。視《ル》之者《ノ》莫《シト》不《云コト》感嘆云。

【注】**弥谷寺**　香川県三豊市三野町。四国八十八所第七一番。『四国徧礼霊場記』巻二一「剣五山弥谷寺千手院」。

36金倉寺〈未詳年月。至元禄己巳二年、凡及八百余年矣〉

此《ノ》寺《ハ》智証大師開山《ノ》之所《ニシテ》、号《ス》鶏足山金倉寺《ト》。或《ハ》曰道善寺《ト》。即《チ》智証誕生之本地《ナリ》也。大師諱《ハ》円珍、姓《ハ》和気氏《也》。智証《ハ》其《ノ》諡号《ナリ》也。係《テ》弘法大師《ノ》之外甥、父名《ハ》宅成、母《ハ》佐伯氏。一夕夢《テ》乗舟海上《ニ》呑《ムト》日輪《ヲ》、有娠《ムコト》。弘仁六年《ニ》誕《ス》。自幼穎悟聡達《ニシテ》、目《ニ》有《リ》重瞳。甫《テ》八歳《ニ》白父《ニ》曰《ク》、「内典応《ニ》有因果経。我欲《ス》読誦《セント》。」父陰奇《也トス》之。即《チ》索《テ》経《ヲ》、以《テ》与珍《ニ》、日課《シテ》不絶《ヘ》。十歳《ニシテ》読毛詩・漢書・文選《ヲ》、悉《ク》能《ク》了《ス》其《ノ》大義《ヲ》。十五《ニシテ》師《トシ》事《フ》天台《ノ》座主義真公《ヲ》。既《ニシテ》而薙染納戒。居《ルコト》山《ニ》一十二載、極《テ》力《ヲ》薫練《ス》。於《テ》是声光達《ス》朝野《ニ》。嘉祥三年、夢《ニ》感《シテ》山王《ノ》神霊《ヲ》、入（17オ）唐《シテ》求法《ヲ》。既《ニ》帰《テ》而開《テ》三井寺《ヲ》、以《テ》安《シ》経像《ヲ》、其《ノ》後還《テ》本州《ニ》、因《テ》念《フ》。「此《ノ》地乃《チ》父母《ノ》之家園《ナリ》。応《ニ》蘭若《トシ》以《テ》報《ス》劬労《ニ》。」遂《ニ》建《テ》宝殿《ヲ》、安《ス》薬師仏《ノ》像《ヲ》。及《ヒ》搆《テ》八幡大神《ト》与《ト》《ノ》山王権現《ト》之廟《ヲ》、以《テ》為護伽藍神《ト》。本殿《ノ》之右《ニ》有鐘楼幷《ニ》開山相堂。左《ノ》方《ニ》有僧坊。曰宝幢院《ト》。其《ノ》後永暦二年、帝勅《シテ》修葺《シ給》之《ヲ》。

【注】**金倉寺**　香川県善通寺市金蔵寺町。四国八十八所第七六番。『東国高僧伝』巻四「延暦寺智証大師伝」。『四国徧礼霊場記』巻二一「鶏足山金倉寺宝幢院」。

37道隆寺

讃州桑田山道隆寺ハ者、昔シ第四十三主元明天皇ノ御宇ノ時、有二リ和気氏道隆ト云者一ト。乃チ大和武《ヤマトタケ》ノ之裔ナリ也。其ノ園中ニ有二一ノ大桑一。隆感二シテ異瑞一ヲ、因テ斬二テ其ノ桑樹一ヲ、以テ刻二ミ薬師如来ノ像一ヲ、新ニ搆二テ小宇一ヲ安レス之。延暦ノ末ヘ、隆カ之孫有二朝祐ト云者一ト。逢二テ弘法大師一ニ、告ルニ以二ス本尊ノ縁起一ヲ。大師感二シ給隆カ之厚信像ノ之霊異一ヲ。但シ見ルニ其ノ（17ウ）像一ヲ、甚小シテ恐レ失ンコトヲ、乃チ手ラ刻二二尺五寸ノ之像一ヲ、納二ム小像ヲ於腹内一ニ。朝祐大ニ喜テ、即チ剃二除シ鬚髪一ヲ、染衣受戒シテ捨二テ園地・家財一ヲ為二精舎一ト。又搆二テ弥勒堂幷ニ宝塔・鐘楼・山門等一ヲ、遂ニ成二一ノ梵刹一ト。延二テ大師一ヲ為二開山ノ之祖一ト。為レメノ不レランカ忘二レ其ノ本一ヲ故ニ、以二テ道隆一ヲ為二寺ノ名一ト。弘仁元年、請二シテ大師一ヲ修二ス結縁灌頂ノ法会一ヲ。由レテ是ニ四衆来謁スル者ノ、不レ可二勝テ計一ニ。時ニ有二子院・僧坊十余所一。今僅ニ一院一菴在リ焉。

【注】 **道隆寺**　香川県仲多度郡多度津町。四国八十八所第七七番。『四国偏礼霊場記』巻二「桑田山道隆寺明王院」。

38道場寺

此ノ寺ハ弘法大師啓闢ノ之所ニシテ、号二ス仏光山道場寺一ト。本殿ニ安二阿弥陀如来ノ像一。乃チ大師ノ之手造ナリ也。殿ノ之傍ニ有二鎮守神社・鐘楼及ヒ僧坊等一。為二密宗ノ之霊区一ト。不レ知、何ノ時カ為二ル時宗ノ（18オ）之場一ト矣〈時宗ハ遊行之派下也〉。

【注】 **道場寺**　香川県綾歌郡宇多津町。郷照寺。四国八十八所第七八番。『四国偏礼霊場記』巻二「仏光山道場寺」。

39妙成就寺

此ノ山十一面大悲ノ之浄刹ニシテ、号シテ曰二金花山妙成就寺一ト。以二テ弘法大師一ヲ為二開山第一祖一ト。殿ノ之前ニ有二崇徳天皇ノ之廟一。故ニ俗称二テ此ノ山一ヲ曰二崇徳天皇一ト。殿ノ之右ニ設二テ金山明神ノ祠一ヲ、以テ為二鎮守神一ト。自レ古至レテ今ニ、毎歳修二ス祭祀ノ之会一ヲ。殿ノ之後ニ有二僧坊一。名二ク摩尼珠院一ト。従レ此西ニ去ルコト六十歩ニシテ有二霊泉一。名二野沢《ノサハ》一ト。若シ飲二ム時ハ此ノ泉一ヲ、則チ治二ス諸ノ病痛一ヲ。従レ此山上二百歩許リニ有二薬師ノ石像一。乃チ弘法ノ手造ナリ也。其ノ泉、従二リ薬師ノ足下一涌キ出ス。若シ此ノ像ヲ安二木座一ニ、則チ水渇ク。若シ置二ク時ハ石座一ニ、則チ水溢ル。亦タ可レシ謂ツ奇ナリト矣。

【注】妙成就寺　香川県坂出市西庄町。四国八十八所第七九番。天皇寺。『四国偏礼霊場記』巻二「金花山妙成就寺摩尼珠院」。

40国分寺（18ウ）

讃州白牛山国分寺ハ者、本朝四十五代聖武天皇、帰三仰シ給仏乗一ヲ、弁レ道ヲ奉レ仏ヲ、起レテ寺ヲ度レ僧ヲ、安レシ国利レス民ヲ。天平九年、詰二詔天下一ニ、使三各州シテ建二国分寺一ヲ、安二丈六ノ三尊ノ像一ヲ、并ニ納二大乗経一ヲ、特ニ賜二荘田若干頃一ヲ、以テ福二ス天下一ヲ。猗《ア》歟偉哉ナ。掲ケ二仏日ヲ於四海一ニ、覆二慈雲ヲ於九洲一。人ト謂二之ヲ仏心天子一ト。信ト哉ナ、使レメハ非二サラ仏菩薩ノ之大慈方便一ニ者、何ソ能ク如レナランヤ是乎。時ニ行基菩薩、奉レテ勅ヲ為ニ創二此ノ寺一ヲ。本殿東西九間、南北八間ナリ。中ニ安二丈六ノ千手観音ノ像一ヲ。乃チ弘法大師ノ手造ナリ也。殿ノ之東ニ有二薬師堂一。其ノ傍ニ搆二春日明神ノ祠一ヲ。殿ノ之左ニ有二一ノ大枯木一。名二ク勅木一ト。即チ本尊ノ之残木ト云。殿ノ之前ニ有二蓮花池一。其ノ上ニ架二ス虹橋一。其ノ傍ニ建二鐘楼一。門頭ニ有二二金剛一。山中ニ有二僧坊若干ク所一。実ニ一方ノ霊区ナリ也。（19オ）

【注】国分寺　香川県高松市国分寺町。四国八十八所第八〇番。『四国偏礼霊場記』巻二「白牛山国分寺千手院」。

41白峰寺

綾松山白峰寺ハ者、弘法大師開二テ此ノ山一ヲ、為ニ国家鎮護一ノ以二テ宝珠一ヲ瘞二テ石洞ノ中一ニ、而モ修二密法一ヲ。厥ノ後、智証大師従レ唐帰テ、就二テ本州ノ鶏足山一ニ、創二テ金倉寺一ヲ、移レテ錫ヲ居レ焉。貞観二年ノ初冬、俄ニ海上鳴動、光明熠然トシテ異香普ク薫ス。人ト皆ナ疑怪ス。時ニ智証登二テ峰頂一ニ見ルニ、山上ニ有二岩窟一。彼ノ海上ノ光明、直ニ映二ス窟中一ニ。有二一ノ老翁一。謂二テ智証一ニ曰ク、「吾レハ此ノ山ノ之主ナリ也。久ク在二テ神道一ニ、未レタ沾二サ法味一ヲ。今幸ニ逢二聖師一ニ。此ノ海上ニ有二霊木一。乃チ補陀洛山ヨリ流レ至ル。師取二テ此ノ木一ヲ為二ハ仏像一ト、則チ利益不レト少シ。」即チ挽二テ智証一ヲ至二リ海畔一ニ、同ク負レテ木ヲ還レリ山ニ、老翁即チ不レ見。智証以二其ノ木一ヲ刻二観世音ノ像十躯一ヲ。以二テ一躯一ヲ持シテ至二此ノ山一ニ、建二テ、宝殿一ヲ、以テ安レス之。其ノ霊応特ニ甚シテ、四来ノ士庶（19ウ）礼謁ノ者ノ如レ蟻ノ。殿ノ之傍ニ有二鎮守神祠・薬師堂・千仏殿・大師ノ相堂・鐘楼・子院・僧坊等一。山中別ニ搆二崇徳天皇ノ神廟一ヲ。其ノ左ニ立二千手大士ノ堂一ヲ。右ニ立二天狗相模坊ノ祠一ヲ。是ノ本地不動ニシテ而南海守護ノ神ナリ也。廟ノ之後ニ有二天皇ノ之陵一。左右ニ有二為義《タメヨシ》・為朝《タメトモ》二公ノ石塔一。所レル謂崇徳天皇ハ者、神武七十五代ノ之帝ナリ也。因二テ保元ノ之乱一ニ幸二此ノ州一ニ。三年ノ暇日ニ手ラ書二シ給ヒ五部ノ大乗経一ヲ、勅シテ納二帝都ノ霊刹一ニ。時ニ有二少納言信西ト云者一。惟テ曰ク、「豈ニ非三スヤ為二呪咀ノ一乎。」即チ以レ経ヲ還二ス讃州一ニ。天皇大ニ怒テ曰ハク、「朕為二テ大魔王一ト報二セント怨ヲ於天下一ニ。」乃チ誓テ刺レテ血為レ墨ト、書二給ヒ願文一ヲ、与二ト五大部経一倶ニ納二レ一篋一ニ、外ニ題二シテ龍宮城一ト、即チ入二海底一ニ。時ニ海上俄然トシテ、火起テ有二テ一ノ童子一出二ス水上一ニ。天皇視レ之大ニ悦曰ハク、「朕カ願成《ナリヌ》ト矣。」即遷二幸アテ（20オ）鼓カ岳ノ之堂一ニ、経二給ヒ六年一ヲ、長寛二年八月二十六日ニ崩ス。乃チ葬二ル於此ノ山一ニ。従レ此威霊特甚シ。先レキ是ヨリ帝称二ス讃岐院一ト。至二テ安元ノ之末一ニ、改テ号二ス崇徳天皇一ト。又修二葺シテ霊廟一ヲ、荘厳具足ス。特ニ付二テ上供料若干ク石一ヲ、有二後小松帝ノ御書額一ク曰二フ頓証寺一ト。有二崇徳天皇ノ自画ノ御影並ニ後嵯峨帝所レノ納メ給青磁ノ香炉・華瓶等一。其外種種ノ宝物倶ニ在リト云フ。

【注】白峰寺　香川県坂出市青海町。四国八十八所第八一番。『四国偏礼霊場記』巻二「綾松山白峰寺洞林院」。

42 根香《ネコロ》寺

昔シ弘法大師、至二テ讃ノ之青峰山一ニ建二精舎一ヲ。刻二テ千手観音ノ像一ヲ、以テ安レシ之、号シテ曰二根香寺一ト。殿ノ之傍ニ設二山王権現ノ祠一ヲ、為二護伽藍神一ト。以テ弘二ム其ノ法一ヲ。後智証大師移二テ錫ヲ此ノ山一ニ、修二ス台密ノ二法一ヲ。既ニシテ而智証ノ之徒、作二テ大師ノ之像一ヲ、乃チ搆レヘテ堂ヲ以テ置レク之。又有二本（20ウ）坊一。曰二千手院一ト。其ノ中ニ有二二十五条木蘭色割截ノ衣一。是レ弘法・智証両大師所レ遺ス、不レ知、誰ノ之衣ト云コトヲ一云。

【注】**根香寺**　香川県高松市中山町。四国八十八所第八二番。『四国偏礼霊場記』巻二「青峰山根香寺千手院」。

43 一宮寺

讃州蓮華山一宮寺ハ者、未タレ詳セ二其ノ始ヲ一。本殿ニ安二観世音ノ像ヲ一。殿ノ之傍ラニ有二鐘楼幷ニ稲荷明神ノ祠一。本坊ヲ号ス二大宝院ト一。一ノ宮ハ者寺ノ之前ニ搆ヘテ二別ニ一処ヲ一、号ス二田村大明神ト一。即チ猿田彦ノ命《ミコト》ノ之霊廟ナリ。或ハ曰ク、人皇七代孝霊天皇ノ之太子ナリト也。左ノ方ニ有二霊泉一。名ク二花ノ井ト一。

【注】**一宮寺**　香川県高松市一宮町。四国八十八所第八三番。『四国偏礼霊場記』巻二「蓮華山一宮寺大宝院」。

44 屋島寺〈自レ此至二元禄己巳二年一ニ、九百三十五年矣〉

讃州ノ南面山屋嶋寺ハ者、昔シ大唐楊州ノ鑑真律師、聞テ三日域ニ有ルコト二道化一、乗シテレ船ニ東渡ス。当テ二本朝四十六主孝謙天皇天（21オ）平勝宝六年正月十二日ニ一、著ク二太宰府ニ一。尋テ赴クレ京ニ。於二船中ニ一見テ三此ノ山ニ有ヲ二瑞光一、乃チ著テレ船ヲ登ルレ焉。時ニ有二一ノ白髪ノ翁一。告テ二律師ニ一曰ク、「此ノ山ハ過去七仏ノ説法ノ之場ニシテ而、天仙亦タ常ニ遊化スト。」言已テ不レ見。律師感激不シテレ已、即チ搆テ二一堂ヲ一、以二大唐ヨリ所ノレ帯ル普賢菩薩ノ像ヲ一、以テ安レ之。又置二諸経ヲ一。時ニ有二諸天・十羅刹女等一。来リ現ス二種種ノ神変ヲ一。律師留ルコト五十余日ニシテ、即チ入リ二皇城ニ一、大ニ興ス二其法ヲ一。厥ノ後、弘法大師至テレ寺ニ、刻テ二千手大悲ノ像ヲ一、以テ安シテレ之号ス二千手院ト一。本殿ノ之傍ニ有二弥陀・薬師・釈迦及ヒ熊野・荒神等一。遂ニ成ルト二名藍ト一云。

【注】**屋島寺**　香川県高松市屋島東町。四国八十八所第八四番。『四国偏礼霊場記』巻二「南面山屋島寺千光院」。

45 八栗寺

讃州ニ有二五剣山一。凡ソ三朶、高キコト七百余丈。常ニ有テ二五雲一靉然タリ。（21ウ）而琪樹玲瓏トシテ、登ルノ者ノ下モ視レハ二八州ヲ一、如シレ指スカ二諸掌ヲ一。遥ニ望メハ二東北ニ一、滄海漫漫トシテ、誠ニ讃州ノ霊岳ナリ也。昔シ弘法大師、登テ二此ノ山ニ一而修ス二密観ヲ一。時ニ金剛蔵王出現シテ告テ二大師ニ一曰ク、「此ノ山ハ乃チ諸仏ノ霊場、神仙遊化勝区ナリ也。若シ能ク立ハ二梵刹ヲ一、則チ我レ当ニ二擁護ス一。」大師大ニ喜、乃チ行二求聞持ノ法ヲ一、至テ二一七日ニ一、而モ明星現ス。三七日ニ空中ニ有テ二五剣一降二壇上ニ一。大師感激シテ、乃チ以テ二五剣ヲ一埋二岩岫ノ中ニ一、以テ鎮ス二此ノ山ヲ一。故ニ名ク。既ニシテ而創シテ二精藍ヲ一、手ラ刻二千手観音ノ像ヲ一、以テ安二本殿ニ一。号シテ曰二八栗寺ト一。初メ大師欲二求テレ法入ントレ唐ニ。時ニ有テ二志願一、以テ煨レテ二栗八枚ヲ一植テ二当地ニ一試ムレ之ヲ。少時ラクシテ而芽生シテ、次第ニ枝葉蓁然タリ。故ニ以テ*名クレ寺ニ。於テ二山上ニ一搆二蔵王堂ヲ一。其ノ北ニ有リ二弁才天一。南ニ有二天照太神一。其ノ下タ県崖壁立数十丈ニシテ、而モ無キ二措[1]クレ足ヲ処一。其ノ岩面ニ彫二刻ス丈（22オ）六大日如来ノ像ヲ一。乃チ大師ノ所彫ナリ也。山中所レ有岩窟七所。其ノ窟ノ中ニ有二仙人ノ木像一。又五窟ノ中ニ各〱有二如来ノ像一。或ハ阿閦・宝生・弥陀・釈迦・大日等ナリ也。殿ノ之上、四町許リニ有二求聞持窟一。其ノ前ニ有二大岩一。即チ現ス二明星一処ナリ也。殿ノ之傍ノ岩洞ノ中ニ有二不動明王ノ像一。又有二護摩窟九層ノ浮図并ニ五輪塔一。本坊ヲ名ク二千手院ト一。其ノ後ニ有二阿伽井一。名ク二独鈷水ト一。大師持テ二独鈷ヲ一而持念ス。忽チ清泉涌出ス。故ニ名レ之。其ノ傍ニ又有二蓬莱岩一。其ノ形相如シ二宝珠ノ一。本殿ノ之傍ニ立二鐘楼ヲ一、門頭ニ置二多聞・持国ノ二天ノ像ヲ一。長五尺許リ。往昔ミ所レ有子院・僧坊四十八所。厥ノ後、為ニ二兵火ノ一所レ廃、皆ナ為二煨燼ト一。有テ二松平頼章公一、重テ新ニシテ二本殿ヲ一、毎歳三長月自二十七日一至テ二二十三日ニ一、開テ二仏帳一而修ス二法会ヲ一。至テレ是ニ黒（22ウ）白男女来謁スル者ノ如シレ市。

【注】八栗寺　香川県高松市牟礼町。四国八十八所第八五番。『四国偏礼霊場記』巻二「五剣山八栗寺千手院」。

【校訂】1措クレ足ヲ―〈底〉指クレ足ヲ

46 志渡寺

此ノ山号ス二補陀洛山志渡寺ト一。乃チ行基菩薩所レ開、観音ノ霊場ナリ也。其ノ像ハ、本朝二十七代継体天皇十一年、江州朽《クツ》木《キ》谷ニ有テ二一ノ霊木一流出ズ。到ル処皆ナ為レ祟リヲ。故ニ諸人不二敢テ取ラ一。漸ク流テ著ク二此ノ浦ニ一。時ニ有二園子尼一。挙テ置ク二岸上ニ一。

推古三十三年ニ南海補陀ノ之観音来現シテ、其ノ霊木ヲ以テ造二尊像一ヲ。厥ノ後、行基開二テ此ノ山一ヲ、即チ安二ス其ノ像一ヲ。故ニ号二ス補陀洛一ト。本殿ノ之傍ニ有二閻魔堂一。此ノ閻王ノ像ハ与レト世ノ甚タ異也。其ノ像首即チ十一面観音ナリ也。其ノ外ニ有二鎮守神社・鐘楼・子院・僧坊等若干所一。此ノ海浜ヲ名二房前《フササキ》ノ浦一ト。乃チ房前ノ大臣誕生ノ之所ナリ。世人皆ナ知レル之。故ニ不二詳ニ記一セ。（23オ）

【注】**志度寺**　香川県さぬき市志度。四国八十八所第八六番。『四国偏礼霊場記』巻二「補陀洛山志度寺清浄光院」。

47長尾寺

讃州ノ補陀洛山長尾寺、或曰二観音院一ト。係二テ聖徳太子一ニ所二也開創一スル也。後チ弘法大師以二テ当山霊刹一ナルヲ、手ラ造二テ大悲ノ像一ヲ置レ中ニ。殿別ニ搆二テ一宇一ヲ、奉二ス阿弥陀仏ノ像一ヲ。及ヒ設二テ天照太神ノ廟一ヲ為二鎮守一ト。山門頭ニ置二二金剛大力士一ヲ。

【注】**長尾寺**　香川県さぬき市長尾西。四国八十八所第八七番。『四国偏礼霊場記』巻二「補陀洛山長尾寺観音院」。

48大窪寺

此ノ寺行基菩薩開山之所、号二ス医王山大窪寺一ト。後弘法大師中二興シテ之一ヲ、手ラ刻二テ薬師如来ノ像一ヲ、以テ安二ス大殿一ニ。大ニ弘二ム密教一ヲ。有二リ如法堂一。安二ス弥陀ノ像一ヲ。此ノ堂ハ乃チ寒川ノ郡幹、藤原ノ元正ノ之所レ也建也。殿ノ之傍ニ搆二鎮守権現并ニ弁才天祠一ヲ。又有二大師ノ影堂一。本州ノ太守吉家公ノ所レ造ニシテ、特ニ給二香灯一ヲ。有二多宝塔一。近（23ウ）来毀壊シテ而、遺趾猶ヲ存レス焉。山中元ト有二子院四十二所一。今皆ナ漸ニ廃ス。

【注】**大窪寺**　香川県さぬき市多和兼割。四国八十八所第八八番。『四国偏礼霊場記』巻二「医王山大窪寺遍照光院」。

○土州霊区

49最御崎寺《ホツミサキ》〈至二元禄己巳二年一ニ、凡ッ及二八百七十余年一ニ矣〉

南海道土佐ノ州安喜郡ニ有二虚空蔵大士ノ霊場一。号ス二室戸山最御崎寺一ト。俗名ニ東寺一ト。弘法大師、嘗テ到テ二此ノ地一ニ修二求聞持ノ法一ヲ。有テ二霊応一因テ以創レ寺ヲ。乃チ刻テ二虚空蔵菩薩ノ像一ヲ、以テ安シレ之、大ニ振二其ノ法一ヲ。時ニ弘仁某ノ年ナリ也。山ノ麓モトニ有二大岩窟一。其ノ濶サ六七尺。深サ五丈許リ。中ニ有リ二如意輪観音ノ石像一。長ケ二尺許リ。此ノ像ハ来レル自リ二龍宮一。精巧特異ニシテ、非三人工ノ所二能ク及一フ也。又有二大石龕一ノ。中ニ置ク二一金剛神一ヲ。龕ノ之両扉皆ナ諸ノ天像アリ。其ノ東ニ有二大窟一。深サ（24オ）十余丈、濶サ一丈、或ハ二三丈、或ハ五丈。其ノ中ニ有リ二五神社一。名二愛満権現一ト。又有二岩窟一。立二天照太神ノ廟一ヲ。山門遥下ニ立テレ石ヲ、禁ス二女人上ルコトヲレ山。此ノ地ニ有レ物。似テレ芋ニ内ニ有二青泥一、不レ可レ食フ。俗曰二不食芋《クハスイモ》一ト。

【注】最御崎寺　高知県室戸市室戸岬町。四国八十八所第二四番。『四国偏礼霊場記』巻五「室戸山明星院最御崎寺」。

50津照寺

宝珠山津照寺ハ者、在リ二土州室津ノ浦一ニ。俗ニ曰二津寺《ツテラ》一ト。本尊地蔵菩薩ハ者、弘法大師ノ手造ナリ也。常ニ封鎖シテ不レ啓カ。殿前ノ至テ二石階一ニ、南望メハ二滄海一ニ、長風時至テ浪花貫レキ玉、漁舟商舶如シレ鴎ノ。亦タ寺ノ之奇観ナリ也。

【注】津照寺　高知県室戸市室津。四国八十八所第二五番。『四国偏礼霊場記』巻五「宝珠山真言院津照寺」。

51金剛頂寺

土州安喜ノ郡龍頭山金剛頂寺、亦タ曰二西寺一ト。昔シ弘法大（24ウ）師至二此ノ地一ニ、見テ二林岳幽邃ナルヲ一、以テ為二勝区一ナリト。即チ創テ二精藍一ヲ、乃チ造リ二瑠璃光如来ノ像一ヲ、已テ大師向テレ像ニ祝シテ曰ク、「殿宇已ニ落成ス。尊像支体備足ス。疾ク移リ給ヘ二大殿一ニ。」時ニ尊像自ラ遷テ入リ給二龕中一ニ。其ノ霊応聞テ二于朝一ニ、嵯峨ノ天皇聞給テ二像ノ之霊一ヲ、即チ挙テ為二官寺一ト。又淳和帝賜フ二綸旨一ヲ。由テレ是ニ文武百僚皆共ニ崇敬ス。此ノ地ニ有二大楠樹一。中ニ虚ニシテ而、天狗多ク聚二テ其ノ中一ニ而障二ユ営搆一ヲ。大師呪レス之ヲ。忽チ火焔発出シテ、天狗尽ク退二ク木洞一ヲ。殿ノ之右ニ有二若一王子ノ祠一。是レハ当山ノ地主ナリ也。門ノ中ニ置二キ二金剛大力士一ヲ、掛二ク大師ノ手書ノ額一ヲ。文明年間罹二ル回禄一ニ。独リ本尊儼然トシテ、毫髪モ不レ損。衆人聞レテ之莫レ不二云コト感歎一セ。昔シ山中、子院甚タ多シ。今僅ニ五所存レ焉。

【注】**金剛頂寺**　高知県室戸市元乙。四国八十八所第二六番。『四国偏礼霊場記』巻五「龍頭山光明院金剛頂寺」。

52神峰寺（25オ）

竹林山神峰寺ハ昔シ為二タリ大伽藍一。後遭二テ祝融氏一ニ所レ廃、僅ニ存二ス本殿幷ニ弘法大師ノ影堂・鎮守神社等一。山ノ麓《モト》ニ有レ菴。名二ク養心一ト。其ノ傍ニ有レ貝。外ニ有二テ文彩一、如レシテ蛤ノ而、内泥土ナリ也。故ニ曰二不食貝《クハスカ》一ト。

【注】**神峰寺**　高知県安芸郡安田町。四国八十八所第二七番。『四国偏礼霊場記』巻五「竹林山神峰寺」。

53大日寺

寺在二テ土州香美《カミ》郡大谷村一ニ、号二ス法界山大日寺一ト。住持ノ之坊ヲ名二ク高照院一ト。未レタ詳二セ開創ノ年代来由一ヲ。或ハ曰二欽明天皇ノ時一ト、或曰二敏達帝ノ時一ト。本殿安二ス行基菩薩所レノ造ル大日如来ノ像一ヲ。豈ニ行基所二ナランヤ開基一スル乎。厥ノ後、弘法大師中二興シテ之一、以テ為二密宗ノ道場一ト。去レルコト殿ヲ三十歩ニ、有二一ノ楠ノ枯木一。大サ八囲許リ。大師彫テ為二薬師ノ像一ト。其ノ霊応特ニ甚シ。伝此ノ寺、昔シ有二リト寺産八百石・子院（25ウ）二十五所一。

【注】**大日寺**　高知県香南市野市町。四国八十八所第二八番。『四国偏礼霊場記』巻五「法界山高照院大日寺」。

54国分寺

土州長岡郡ニ有二摩尼山国分寺一者、聖武天皇天平九年、詔シテ二天下一ニ、毎ニレ州建レ寺ヲ。此ノ寺其ノ一ナリ也。以テ二年代久遠ナルヲ一、漸次ニ廃亡シテ、今本殿ニ安二行基手造ノ千手大士幷ニ不動・多聞ノ像一ヲ。殿ノ之西ニ有二弘法ノ影堂一。其ノ傍ニ立二崇徳天皇ノ祠一ヲ。又有二地蔵堂・鎮守神社一。左ノ傍ニ有二冥官十王堂一。東ニ有二住持ノ之坊一。名二宝蔵院一ト。又有二僧坊四所一。

【注】**国分寺**　高知県南国市国分。四国八十八所第二九番。『四国偏礼霊場記』巻五「摩尼山国分寺宝蔵院」。

55 神宮寺

土州一ノ宮ニ有二神宮寺一。本尊阿弥陀如来ノ銅像ハ者、天竺ノ所造ナリ也。一ノ宮ハ乃チ高鴨大明神ノ之廟ナリ。本朝二十二代雄(26オ)略天皇、嘗テ猟ス二于和州葛城山一ニ。時ニ有二一ノ老翁一。来リ止レ之ヲ。天皇怒テ即チ左二遷ス于此一ニ。

【注】**神宮寺**　高知市一宮しなね。善楽寺。四国八十八所第三〇番。『四国偏礼霊場記』巻五「一ノ宮百々山神宮寺」。

56 竹林寺

土州長岡郡ニ有二大霊区一。号ス二五台山竹林寺一ト。或ハ曰二金色院一ト。昔シ聖武天皇、因テ二夢ノ感一ニ、勅シテ二行基菩薩ニ一所レ創也。基以テ二赤旃檀一ヲ造テ二文殊大士ノ像一ヲ、以テ安レス之。因テ以テ為レ号ト。是ノ山ニ有二東岱・南衡・西華・北恒・中嵩一。又有二諸堂仏閣一。瓊檐玉楯、丹耀碧明ニシテ土州第一ノ名藍ナリ也。延暦ノ末ヘ、為ニ二寇賊ノ一所レレ侵、因テ荒涼衰微ス。後チ弘仁ノ間、弘法大師修二治シテ之一ヲ而弘ム二密乗一ヲ。衆苦ムレ無レキコトヲ水。大師持テ二独鈷杵一ヲ作法ス。忽チ清泉溢レ出ス。故ニ名ク二独鈷水一ト。自レ時厥ノ後、亦タ及テ二零落一ニ、今尚ヲ所ハレ存者、本殿幷ニ三層ノ宝塔・鐘楼・(26ウ)鎮守神社・開山塔及ヒ弘法大師ノ影堂・護摩堂・経蔵等ナリ也。其ノ外山中ニ有二寺院・僧坊若干所一。山下ニ有二禅刹一。名ク二吸江寺一ト。乃チ夢聡国師ノ所ナリ二開創スル一也。有二国師手造ノ肖像一。存スレ焉。

【注】**竹林寺**　高知市五台山。四国八十八所第三一番。『四国偏礼霊場記』巻五「五台山金色院竹林寺」。

57禅師峰寺

八葉山禅師峰寺ハ者、昔シ弘法大師偶〱遊レ此ニ、此ノ山勝境也トシテ乃チ創ムレ之。時ニ未レ有二聖像一。忽チ空中ニ有テ二[illegible]如ノレ是梵文一降ル。大師視テレ之曰ク、「十一面観音ノ種字ナリト也。」乃チ以テ為シテ二本尊一ト、納ム二龕中一ニ。甚タ称ス二霊感一ト。後逢テ二天災一ニ、而モ梵字無シレ損スルコト。殿ノ之右ニ有二大師ノ影堂一。左ニ有二鎮守神社一。又有二住持ノ之坊一。名ク二求聞持院一ト。山中ニ有二一ノ岩窟一。昔シ有テ二大毒龍一居レ焉。大師入テレ定ニ降スレ之。毒龍已ニ去テ、大師所持ノ念珠ヲ以テ納メ二其中一ニ、称テレ之曰二奥ノ院一ト。（27オ）

【注】**禅師峰寺**　高知県南国市十市。四国八十八所第三十二番。『四国偏礼霊場記』巻五「八葉山求聞持院禅師峰寺」。

58高福寺

土州長岡郡長浜村ニ有リ二精舎一。本殿ニ安ス二弘法大師ノ所レ刻ノ薬師如来ノ像一ヲ。号ス二保寿山高福寺一ト。後将軍秀吉公ノ之臣、長曽家部《カベ》元親帰テ二此ノ寺一ニ、以テ為二菩提ノ場一ト、改テ為二雪渓寺一ト。今為二禅刹一ト、京兆妙心派下ノ僧住スレ焉。

【注】**高福寺**　高知市長浜。雪蹊寺。四国八十八所第三十三番。『四国偏礼霊場記』巻五「保寿山高福寺」。

59種間《タネマ》寺

種間寺ハ在二土州吾川《アガハ》郡秋山村一ニ。昔シ聖徳太子、建二摂ノ之天王寺一ヲ。時ニ有二百済国ノ仏工・寺匠二人一、来リ事ト畢テ乗シテレ船ニ而還ル。忽チ海上逢テ二逆風一ニ、船ヲ著二此ノ海岸一ニ。乃チ留テ二当山一ニ、刻テ二薬師仏ノ像一ヲ、以テ祷ルレ之。俄ニ有二二鶴一。来リ各〱負テ二其ノ人一ヲ而去ル。諸人皆ナ異ントシテレ之ヲ、乃チ就テ二山上一ニ建レ殿ヲ。以テ安シ二其ノ像一ヲ、遂ニ成二梵刹一ト。後チ清和天皇ノ御（27ウ）宇ニ、粟田関白道兼公ノ之子信衡《ヒラ》者、有テレ故ヘ謫ス二此ノ地一ニ。其ノ子信定、於テ二山下一ニ搆ヘテ二殿宇一ヲ、移シ二置キ尊像一ヲ、以テナリ二山路険峻一ニシテ謁者良苦一ヲ。村上天皇、欽ヒテ二其ノ霊場一ヲ、勅シテ二使トシテ藤原信家一ヲ、賜二宸書ノ額一ヲ。時ニ信家公有テ二志願一、欲下シテ写テ二大般若経一ヲ以テ納ント中此ノ寺上ニ不レ果サ。時ニ有二一ノ異僧一、至リ語テ二信家一ニ曰ク、「吾レ助ケント二君カ之願望一ヲ。」即チ留テ二殿中一ニ、写シ二般若

＊六百巻ヲ一、畢テ因テ二落慶ノ事一ニ、其ノ僧大ニ怒テ忽チ不レ見。而モ経悉ク為ル二白紙一ト。故ニ曰二白紙般若一ト。冷泉天皇聞ヒテ而、異トシテレ[1]之、詔シテ迎テ二白経ヲ一入レ二金闕一ニ、別ニ賜二大般若一部幷ニ十六善神ノ画像ヲ一。由テレ是ニ毎歳修シ二般若会ヲ一、為ニ祝ス二昇平ヲ一。正保三年、本州ノ太守忠義公、建テ二殿ヲ山上一ニ、移シ二置ク本尊ヲ一。荘厳具足シテ霊感甚タ多シ。

【注】種間寺　高知市春野町。四国八十八所第三四番。『四国徧礼霊場記』巻五「本尾山朱雀院種間寺」。

【校訂】1 異トシテレ之―〈底〉異ト也シテレ之

60 清瀧寺 （28オ）

土州高岡郡ニ有リ二蘭若一。号ス二医王山清瀧寺一ト。本殿ニ安ス二行基菩薩所ノレ彫ル薬師如来幷ニ日光・月光ノ像ヲ一。殿ノ之左ニ設ク二鎮守神社ヲ一。右ニ構二弘法大師ノ影堂ヲ一。下ニ有リ二僧坊一。名ク二鏡智院一ト。大師堂ノ之傍ニ有二真如法親王ノ石塔一。親王嘗テ入唐。海上値テ二風難一ニ、暫ク憩テ二此ノ地一ニ、観テ二生死事大ヲ一、預メ立二此ノ塔ヲ一。既ニシテ而入リ二大唐一ニ、赴キ給二西域一ニ。至テ二流沙一ニ遂ニ化去ル。乃チ親王ハ者、第五十一主平城天皇ノ第三ノ太子ナリ也。

【注】清瀧寺　高知県土佐市高岡町。四国八十八所第三五番。『四国徧礼霊場記』巻五「医王山清瀧寺鏡智院」。

61 青龍寺

寺在二土州高岡ノ郡竜村一ニ。昔シ弘法大師在テ二唐国一ニ、以テ二独鈷杵ヲ一遥ニ擲ケ給二日本一ニ。即チ落二在ス此ノ山一ニ。大師帰テ、因テ就テ二当山一ニ、創シテ二伽藍ヲ一、刻テ二薬師如来幷ニ不動尊ノ像ヲ一、以テ安シレ之、号ス二独鈷山青龍寺一ト。（28ウ）傍ニ構テ二白山権現ノ祠ヲ一、為ニ護二伽藍神一ト。殿ノ之右ニ有二大師ノ影堂一。本殿西ニ去ルコト四町許リニ有二大石龕一。中ニ有テ二大師所ノレ彫ル不動ノ石像一、号シテ曰二奥ノ院一ト。

【注】青龍寺　高知県土佐市宇佐町。四国八十八所第三六番。『四国徧礼霊場記』巻五「独股山青龍寺伊舎那院」。

62金剛福寺

土佐ノ之幡多《ハタ》郡ニ有二観世音ノ霊場一。乃チ役ノ小角開創ノ之所ナリ。本殿ニ安二シ千手大悲ノ像一ヲ、左右ニ置二二十八部衆一ヲ。時ニ此ノ山ニ有テ二魔鬼一作スレ障リヲ。小角呪レ之、魔退ク。先レ是ヨリ寺在二山上一ニ。後チ弘法大師奉テレ勅ヲ移シ二立ツ下一ニ。殿ノ之左ニ有二二層ノ宝塔一。安二ス大日如来ノ像一ヲ。乃チ摂津ノ守多田満仲公、為ニレ薦《センカ》二清和天皇一ヲ所也レ建。右ニ有二十三層ノ石支提一。本州前ノ太守*忠義公ノ所也レ立也。又有二愛染堂・薬師堂・開山塔・弘法影堂・鐘楼・護摩堂・熊野権現・（29オ）[1]伊勢太神ノ廟一。其ノ外神社・仏宇・子院・僧坊甚多シ。嵯峨・宇多・醍醐・円融・冷泉五帝ノ之御書在テ焉、実ニ一方ノ名藍ナリ也。

【注】**金剛福寺**　高知県土佐清水市足摺岬。四国八十八所第三八番。『四国徧礼霊場記』巻五「蹉跎山補陀洛院金剛福寺」。

【校訂】1伊勢太神ノ廟一――〈底〉伊勢太神ノ廟

63延光寺

赤木山延光寺ニ、有二弘法大師所造ノ薬師如来ノ像一。殿ノ之右ニ有二大師ノ影堂一。山上ニ有二鎮守神社五所一。又有二瀑布泉一。其ノ風景幽邃ニシテ、称二ス絶出一ナリト也。

【注】**延光寺**　高知県宿毛市平田町。四国八十八所第三九番。『四国徧礼霊場記』巻五「赤木山寺山院延光寺」。

○予州勝地

64観自在寺

南海道伊予州宇和ノ郡リ平城村ノ観自在寺ハ者、乃チ弘法大師開山ノ之所ニシテ、本殿ニ安二ス薬師如来幷ニ観音大悲ノ像一ヲ。殿ノ之傍ニ搆二開山ノ影堂・鎮守神社・鐘楼等一ヲ。有二本坊一。名二ク薬師（29ウ）院一ト。山門ノ前ニ有二潮湊一。其ノ景甚タ佳シ。故ニ郡ノ之太守構ヘテレ亭ヲ為ニ政ノ暇遊観ノ之所一ト。

【注】**観自在寺**　愛媛県南宇和郡愛南町。四国八十八所第四〇番。『四国偏礼霊場記』巻六「平城山薬師院観自在寺」。

65観世音寺

予州篠山ハ者観音大士ノ之霊刹ニシテ而、山高キコト数百仞、白雲帯テ二山腰一而、倒ニ映ス二南海一。登テレ峰ニ西ニ望時ハ、則チ見ルコト二九州一ヲ如シレ掌ノ。弘法大師霊二区也トシテ之一、因テ乃創テ二梵宇一ヲ、安ス二十一面大悲ノ像一ヲ。山ノ上ニ設テ二熊野三所権現ノ廟一ヲ、以テ為ス二伽藍神一ト。其ノ傍ニ有二池水一。中ニ有二大岩一。如シ二矢筈《ヤハス》一ノ。池辺皆ナ生スレ篠ヲ。故ニ以テ名クレ山ニ。

【注】**観世音寺**　現存しない。篠山神社（愛媛県南宇和郡愛南町正木）の神宮寺だった。『四国偏礼霊場記』巻六「篠山観世音寺」。

66仏木寺

此ノ寺在リ二予ノ之宇和ノ郡リ則村一ニ。昔シ弘法大師、至テレ此ニ見ルニ二楠木ノ上一ヲ、有テ二宝珠一放ツレ光ヲ。大師異トシテレ之、乃チ伐テ二其ノ木一ヲ刻ニ二大日ノ像一ヲ。以テ納メ二（30オ）其ノ珠ヲ於像首一ニ、乃チ建ニ二宝殿一ヲ。以テ安シレ之、号ス二一顆山仏木寺一ト。殿ノ之右ニ構ヘ二熊野権現・弁才天ノ祠・地蔵堂一ヲ、左ニ有二大師堂・鐘楼等一。又仏ノ残木、至テレ今ニ尚ヲ存ス焉。住持ノ之坊ヲ曰二毘盧舎那院一ト。

【注】**仏木寺**　愛媛県宇和島市三間町。四国八十八所第四二番。『四国偏礼霊場記』巻六「一顆山毘盧舎那院仏木寺」。

67明石寺

源光山明石寺ノ本尊ハ、千手観音并ニ二十八部衆、皆弘法大師ノ所ナリレ彫ル也。殿ノ之右ニ立二熊野十二所権現ノ祠一ヲ、以テ為ニ二鎮守神一ト。其ノ属社若干ク存スレ焉。山ノ上ニ構ヘ二薬師堂一ヲ、南ニ設ク二地蔵堂一ヲ。其ノ傍ニ有二神石一。名ク二白王権現一ト。設二瑞籬《タマカキ》一ヲ囲ムレ之ヲ。特ニ有リト二霊異一云。

【注】明石寺　愛媛県西予市宇和町。四国八十八所第四三番。『四国偏礼霊場記』巻六「源光山明石寺円手院」。

68大宝寺〈自レ此至二元禄己巳二年一、已ニ及二九百八十九年一矣〉（30ウ）

予州浮穴《フケ》ノ郡リ菅生山大宝寺ハ者、本朝四十二代文武天皇大宝元年四月十八日ニ、有テ二一ノ猟者一入レ山ニ。俄ニ岩樹動揺シテ＊紫雲靉靆、異光如シ二閃電ノ一。猟者尋ルニレ之、即チ十一面大悲ノ像ナリ也。乃チ取テレ菅ヲ敷キ[1]レ坐ヲ、奉シ二其ノ像ヲ一、掩ニレ之ヲ以テス二生菅ヲ一。猟者乃チ蜚ヒ升テ而去ル。即チ高殿明神ナリ也。朝廷聞ヒテレ之ヲ、特ニ勅シテ建二金殿ヲ一、移シ二置尊像ヲ一。遂ニ成テ二大伽藍ト一而、題スルニ以ス二今ノ名ヲ一。玉楼・宝楯、荘厳華麗ニシテ照二映ス山川ヲ一。其ノ中所ルレ有子院・僧坊一十二所。本坊ヲ名テ曰二大覚院ト一。殿ノ之左ニ搆ヘ二赤山権現幷ニ自在天神・弁才天等廟ヲ一、右ニ設ク二三嶋大明神・百百尾権現ノ祠ヲ一。又有二阿弥陀堂・文殊堂・鐘楼等一。楼門ニ置キ二二金剛神ヲ一、其ノ下ニ有テ二冥官十王堂一、実ニ予州ノ霊場ナリ也。弘仁二年、弘法大師嘗テ駐メテレ錫ヲ居レ焉ニ。（31オ）因テ建テ二、岩屋寺ヲ一、以テ為二奥ノ院ト一。

【注】大宝寺　愛媛県上浮穴郡久万高原町。四国八十八所第四四番。『四国偏礼霊場記』巻六「菅生山大宝寺大覚院」。

【校訂】1敷キレ坐ヲ―〈底〉数キレ坐ヲ

69岩屋寺

海岩山岩屋寺ハ在二予州浮穴《フケ》ノ郡ニ一。乃チ弘法大師開山ノ之所ニシテ、其ノ山峨峨トシテ壁立千仞ナリ。弘仁年間、大師以テレ石ヲ造リ二不動ノ像ヲ一、建テレ殿ヲ、以テ安シレ之、以テ修二其ノ法ヲ一。殿ノ之上ノ大岩ノ中ニ有二法華仙人ノ堂一。其ノ像弘法所也レ刻也。因テ従リ二大殿一架シテレ梯ヲ登ルレ之ニ。其ノ上ニ数十仞ニ有リ二一率都婆一。乃チ大師為ニ二親ノ一所也レ立ル也。険岨壁立ニシテ、無シ二人トシテ能ク至ルコト一。其ノ下ニ有二弥陀ノ銅像一。乃チ他方ヨリ飛来ル。故ニ名ク二飛来仏ト一。又右ニ有二石洞一。名二仙人窟ト一。殿ノ之傍ニ有二大師ノ影堂幷ニ丹ニ生《ウ》ノ明神ノ祠一。其下ニ搆二僧坊一ヲ。後ノ山ニ設二白山権現ノ社一ヲ。即以レ鉄ヲ造レル之。右ノ岩上ニ有二別山神幷ニ高祖権現ノ祠一。又有二子守《コモリ》・勝《カツ》（31ウ）手テ・金峰・大那智等ノ廟一。其ノ余ノ諸勝甚多シテ、実ニ一方ノ名山ナリ也。

【注】**岩屋寺**　愛媛県上浮穴郡久万高原町。四国八十八所第四五番。『四国偏礼霊場記』巻六「海岸山岩屋寺」。

70浄瑠璃寺

予州浮穴郡ニ有二蘭若一。未レタ詳二開基一ヲ。殿中ニ安二薬師如来幷ニ日光・月光・十二大将ノ像一ヲ。号二ス医王山浄瑠璃寺一ト。傍ラニ設二テ牛頭天王ノ祠一ヲ、以テ為二伽藍神一ト。石階ノ下ニ立二住持ノ之坊一ヲ、名テ曰二養珠院一ト。門ノ前ニ有二テ長川一、亦タ勝地ナリ也。

【注】**浄瑠璃寺**　愛媛県松山市浄瑠璃町。四国八十八所第四六番。『四国偏礼霊場記』巻六「医王山養珠院浄瑠璃寺」。

71八坂寺

浮穴ノ郡八坂村熊谷山八坂寺ハ者、未レタ詳二セ来由一ヲ。伝フ二往昔ミ伽藍一ナリト也。今所レノ存スル本尊阿弥陀如来ノ像ハ者、慧心僧都ノ所造ナリ也。殿ノ之前ニ立二大鐘堂一ヲ。其ノ傍ニ有二鎮守神社一。

【注】**八坂寺**　愛媛県松山市浄瑠璃町。四国八十八所第四七番。『四国偏礼霊場記』巻六「熊谷山妙見院八坂寺」。

72西林寺（32オ）

此ノ寺十一面観音ノ霊跡ニシテ、号シテ曰二清涼山西林寺一ト。在二予ノ之浮穴ノ郡リ高井村一ニ。以テ二三所権現一ヲ為二護伽藍神一ト。本院ヲ名テ曰二安養一ト。其ノ前ニ有二泉池一。名二杖淵一ト。昔シ此ノ寺無レシ水。弘法大師卓レ杖ヲ持念ス。忽清泉沸騰ス。故ニ名ク。

【注】**西林寺**　愛媛県松山市高井町。清滝山安養院西林寺。四国八十八所第四八番。『四国偏礼霊場記』巻六「清涼山安養院西林寺」。

73 浄土寺

予州久米ノ郡リ鷹子村西林山浄土寺ハ者、神武四十六代孝謙天皇勅創ノ之所ニシテ、金殿・玉楼、荘厳具足ス。以二年久ヲ一漸クニ廃シ、鎌倉将軍源ノ頼朝、重テ復スレ之。厥ノ後、郡伺河野氏帰二崇シ此ノ寺一ニ、為リ二外護ト一、復タ修二治之ヲ一。大殿ニ安二釈尊ノ像ヲ一。左ニ弥陀堂并ニ鐘楼・弁才天祠、右ニ設二弘法ノ影堂ヲ一。門頭ニ置二二金剛神ヲ一。本坊ヲ名二三蔵院ト一。（32ウ）

【注】浄土寺　愛媛県松山市鷹子町。四国八十八所第四九番。『四国偏礼霊場記』巻六「西林山三蔵院浄土寺」。

74 繁多寺

此ノ寺乃チ孝謙天皇ノ所立ニシテ而、神社仏閣、金碧輝煌、交二映シ於林巒ヲ一、子院・僧坊有二三十六所一。後廃シテ無二シ人トシテ修治スル一。弘安年間、有二住持沙門聞月一、中二興シテ之ヲ一、至レ今ニ所レハ存者、本殿ニ安二行基所レノ刻薬師仏ノ像ヲ一、護摩堂ニ置二伝教大師手造ノ不動ノ像ヲ一。殿ノ之左ニ有二熊野ノ祠一。其ノ後ニ有二求聞持堂一。山門ニ置二名工運慶カ所レノ作二金剛大力士ヲ一。長ケ九尺五寸。本坊ヲ名二瑠璃光院ト一。寛文ノ初メ、有テ二龍孤比丘一復タ修二治之ヲ一。此ノ寺在テ二予ノ之温泉郡一ニ、其ノ界甚タ広シ。

【注】繁多寺　愛媛県松山市畑寺町。四国八十八所第五〇番。『四国偏礼霊場記』巻六「東山瑠璃光院繁多寺」。

75 石手寺

＊予州温泉郡熊野山ハ者、本朝四十三主元明天皇和（33オ）銅五年二月、本州ノ刺史玉興公[1]、就テ二此ノ山一ニ建二神廟ヲ一、以テ奉ス二白山権現ヲ一。後経テ二十六年ヲ一、聖武天皇神亀五年ニ、勅シテ建二伽藍ヲ一、安二薬師如来ノ像ヲ一。延テ二行基菩薩ヲ一為二落慶ノ導師ト一。又孝謙帝詔シテ立二山門及ヒ東西ノ後門ヲ一、置二韋駄尊天・金剛神等ヲ一。又賜テ二大般若経ヲ一、遂ニ成リ二大伽藍ト一、大衆雲集シテ学二法相宗ヲ一。厥ノ後、嵯峨ノ天皇弘仁年間、請テ二良賢法師ヲ一為二住持ト一。由テレ是ニ為二密宗ノ道場ト一。本州ノ太守河野息方、因ニ握テレ石ヲ而生レ、及テレ長ナルニ帰二仰当山ニ一。因テ修二治シ之ヲ一、亦タ別ニ新ニ構二熊野十二所権現ノ之廟ヲ一。先レ是ヨリ寺ヲ号ス二安養一。

於レテ是、改テ為二シ熊野山石手寺一ト、捨二テ私田若干一ヲ、以テ充二香積一ニ。有二子院・僧坊六十六所一。晨鐘昏鼓、震二動ス林岳一ヲ。会第六十二主村上天皇、賜二テ綸旨一ヲ、修二行伝法灌頂（33ウ）会一ヲ。特ニ勅二シテ源頼義・北条親経等一ニ、重二興シ給伽藍一ヲ。至二テ白河帝永保二年ノ夏一、天下大旱リス。詔二シテ当寺一ニ祷レシム雨ヲ。因テ賜二御書ノ額一ヲ、及ヒ住持良覚ヲ為二大僧都一ト。又堀河帝、特ニ賜二テ弘法大師ノ之影一ヲ、即チ勅二シテ北条親経一ニ建レ堂ヲ、以テ置二其ノ影一ヲ。後永久二年、頼義公ノ之季子河野ノ冠者親清、発二テ無上大心一ヲ、為二ニ国家昇平一ノ修二治ス堂社一ヲ。高倉天皇賜二大般若一部一ヲ。大将軍頼朝公、乃至尊氏公、代代給二フ令旨一ヲ。弘安二年、河氏対馬ノ守通有公、新ニ搆二テ三嶋大明神ノ祠及ヒ拝殿十六王子ノ社一ヲ、毎歳九月十六日行二ス祭祀ノ法一ヲ。又三月三日、有二リ十二所権現ノ大祭会一。奏二ス音楽一ヲ。至レ今ニ、神社・仏閣・子院・僧房甚多シテ、実ニ予州ノ之大霊刹ナリ也。（34オ）

【注】**石手寺**　愛媛県松山市石手。四国八十八所第五一番。『四国偏礼霊場記』巻六「熊野山石手寺」。

【校訂】1玉興──〈底〉玉奥

76太山寺

瀧雲山太山寺ハ者、観世音ノ梵刹ナリ也。聖武天皇勅二テ行基菩薩一ニ創レ之、並ニ造二リ給大悲ノ像一ヲ。其ノ霊応甚タ盛ニシテ而謁者如レシ蟻ノ。殿ノ之左ニ有二五層ノ石浮図一。乃チ孝謙天皇ノ勅建ナリ也。前ニ有二五神廟・鐘楼・厨下一。石階ノ下ニ立二地蔵堂・五智ノ如来堂一ヲ。其ノ東ニ有二僧坊若干所一。本坊ヲ名二護持院一ト。総門ノ前ニ有二蓮花池一。池畔ニ設二ク弁才天ノ祠一ヲ。後冷泉・後三条・堀河・鳥羽・崇徳・後白河等ノ六帝、倶ニ勅テ造二十一面大士ノ像一ヲ、以テ賜二当寺一ニ。各〻記二スト其ノ年月一ヲ云。此ノ寺在二リ予州和気ノ郡一ニ。

【注】**太山寺**　愛媛県松山市太山寺町。四国八十八所第五二番。『四国偏礼霊場記』巻七「瀧雲山護持院太山寺」。

77円明寺

予州和気ノ郡ニ有二菩薩僧行基ノ開創ノ之霊区一。号二ス須賀山（34ウ）円明寺一ト。奉二無量寿仏一ヲ、以二テ市杵島《イクシマ》明神一ヲ為二鎮守一ト。其ノ傍ニ有レ池。池上ニ設二弁天ノ祠一ヲ。門頭ニ置二二金剛神一ヲ。其ノ内ニ建二大鐘堂一ヲ。住坊ヲ名二ク正智院一ト。弘法大師嘗テ中二興シテ之一ヲ、大ニ弘二テ其ノ法一ヲ、以テ為二密宗ノ浄刹一ト。

【注】**円明寺**　愛媛県松山市和気町。四国八十八所第五三番。『四国偏礼霊場記』巻七「須賀山正智院円明寺」。

78 延命寺

近見山延命寺、或ハ曰二不動院一ト。殿中ニ安二行基菩薩所造ノ不動明王ノ像一ヲ。此ノ寺不レ詳二来由一ヲ。故ニ略レス之。

【注】**延命寺**　愛媛県今治市阿方甲。四国八十八所第五四番。『四国偏礼霊場記』巻七「近見山不動院延命寺」。

79 光明寺

予州越智ノ郡リ大積山光明寺ニ有二三島明神ノ廟一。乃チ上古有二軻遇突智《カグツチ》ト云者一ノ。因テ有レ故、被二テ伊弉諾《イザナキ》ノ尊ニ以レ剣ヲ斬一ラ、*為ニル[1]三段一ト。其ノ霊神垂レ跡ヲ三所一ニ、即チ豆州ノ賀茂ノ郡リ、摂州ノ島下ノ郡リ、当社（35オ）是レナリ也。厥ノ後、太宰府ノ大弐佐理、乗シテ船ニ還ル京ニ。逢テ逆風ニ泊ス此ノ岸ニ。佐理夜夢ニ神告テ曰ク、「汝能ク書レ額ヲ。掛ケハ我カ廟上ニ、必ス得ント順風ヲ。」覚メテ而異ントシテ之、乃チ書ス日本惣鎮守三島大明神一ト。寺ノ之前ニ有二弘法大師ノ影堂一。有二社僧ノ之坊二所一。名ク金剛院・南光坊一ト。

【注】**光明寺**　愛媛県今治市別宮町。南光坊。四国八十八所第五五番。『四国偏礼霊場記』巻七「大積山金剛院光明寺」。

【校訂】1三段―〈底〉三段

80 泰山寺

金林山泰山寺ハ者、弘法大師ノ開基ノ之所ニシテ、堂中ニ安二ス地蔵菩薩ノ尊像一ヲ。未レタ詳二来由一ヲ。故ニ不レ能二具ニ記一スルコトヲ。

【注】**泰山寺**　愛媛県今治市小泉。四国八十八所第五六番。『四国徧礼霊場記』巻七「金林山泰山寺」。

81仙遊寺

予州佐礼山仙遊寺ハ者、乃チ本朝三十九代天智天皇ノ勅創ノ之所ニシテ、千手観音ノ浄刹ナリ也。厥ノ後、歴代相ヒ継テ賜二綸旨・院宣及ヒ将軍令旨一ヲ。（35ウ）

【注】**仙遊寺**　愛媛県今治市玉川町。四国八十八所第五八番。『四国徧礼霊場記』巻七「佐礼山千光院仙遊寺」。

82国分寺

金光山国分寺ハ者、昔シ聖武天皇所レシテ建テ給、六十六ノ大伽藍ノ之一ナリ也。年久シテ而毀テ、今所レハ存者、本殿ニ安二ス薬師如来ノ像一ヲ。其ノ傍ニ有二春日明神ノ祠一。有二僧坊一。名二ク最勝院一ト。

【注】**国分寺**　愛媛県今治市国分。四国八十八所第五九番。『四国徧礼霊場記』巻七「金光山国分寺最勝院」。

83横峰寺

寺在二予州周布《スシキ》ノ郡一ニ。号二ス仏光山横峰寺一ト。昔シ此ノ山ニ有二一ノ仙人一。名二ク石仙菩薩一ト。神妙不測ノ人ナリ也。人皇五十代桓武天皇、聞二給テ石仙ノ之徳一ヲ、欲二ス詔シテ見一ント。中使至レテ山ニ宣旨ス。石仙辞シテ不レ赴カ。中使曰ク、「普天ノ之下、率土ノ之浜、莫レシ非二云コト王臣一ニ。雖レ在リト世外一ニ、豈ニ不《ス》レヤ居二王地一ニ乎。君速ニ可レシ応レス詔ニ。」石仙乃チ卓二テ、錫杖ヲ於地一ニ而坐二ス杖頭一ニ。中使曰ク、「杖下豈ニ非二ヤ王土一ニ耶。」石仙飄然トシテ而住二ス空中一ニ。（36オ）中使還テ奏ス。帝異レシテ之、即チ勅二石仙一ニ、創二ム伽藍一ヲ。或ハ曰ク、役ノ行者所二也ト開基一ノ也。未レタ知二孰カ是一トスルコトヲ。今本殿ニ安二大日如来并ニ多聞・持国ノ二天ノ像一ヲ。右ニ有二弘法手造ノ如意輪観音ノ像一。左ニ置キ二弘法大師自ラ刻ム肖像一、殿ノ之傍ニ立二大鐘堂一ヲ。山門頭ニ置二一金剛神一ヲ。山ノ上ニ有二蔵王権現ノ廟幷ニ三十六王子ノ之小社一。峰頂ニ有二鉄華表一。山下ニ有二本坊一。名ク二福智院一ト。弘法大師手書ノ上品上生ノ額、及ヒ石仙所ノレ書スル仏光山ノ額ク、尚ヲ存スレ焉。

【注】**横峰寺**　愛媛県西条市小松町。四国八十八所第六〇番。『四国偏礼霊場記』巻七「仏光山福智院横峰寺」。

84香苑寺

伊予ノ之周布郡ノ梅檀山香苑寺ハ者、昔シ高野大師偶〱至二此ノ地一ニ。時ニ有二梅檀ノ之気一、満ツ二林巒一ニ。大師知テレ為《タル》コトヲ二霊区一、乃チ創二精舎一ヲ。安シ二大日ノ尊像一ヲ、号スルニ以ス二今ノ名一ヲ。又住持ノ之坊ヲ名ク二教王院一ト。（36ウ）

【注】**香苑寺**　愛媛県西条市小松町。四国八十八所第六一番。『四国偏礼霊場記』巻七「梅檀山教王院香苑寺」。

85宝寿寺

天養山宝寿寺ハ在テ二予州周布郡一ニ、乃チ十一面観音ノ霊利ナリ也。此ノ寺未タレ詳ニ二開基ノ来由一ヲ。世人称テレ之曰二一ノ之宮一ト。不レ*知レ所ロ二以ヲ然ル一。疑[1]ラクハ是鎮守一ノ宮ノ之神カ乎。

【注】**宝寿寺**　愛媛県西条市小松町。四国八十八所第六二番。『四国偏礼霊場記』巻七「天養山観音院宝寿寺」。

【校訂】**1**疑ラクハ――〈底〉疑ラハ

86吉祥寺

密教山吉祥寺ハ者、昔シ在テ二東南ノ方一ニ、称ス二大伽藍一。後至テ二天正十三年一ニ、罹テ二兵火一ニ、堂舎・僧坊悉ク為ル二煨燼一ト。独リ本殿無シレ事ト。於レ是ニ移ス二于今ノ地一ニ。本尊毘沙門天ハ者、乃チ弘法大師所也レ刻ム也。殿ノ之傍ニ有二大師影堂幷ニ天神ノ祠一。本坊ヲ名ニ胎蔵院一ト。今ノ此ノ寺在二予ノ之新居《ニヰ》郡リ氷見村一ニ。寺ノ外ニ有二清泉一。名二柴井一ト。村民苦ムレ無コトヲレ水。大師為ニ加持シテ而涌ク。人民用ルニレ之有リレ余リ。（37オ）

【注】**吉祥寺**　愛媛県西条市氷見乙。四国八十八所第六三番。『四国偏礼霊場記』巻七「密教山胎蔵院吉祥寺」。

87 里前神寺

予州新居ノ郡リ氷見村ニ有二蔵王ノ霊岳一。乃チ役ノ小角ノ開山ノ之所ナリ。衆山積雪、岩岫壁立ニシテ、常ニ無シ二人ノ到ルコト一。毎歳六月ノ朔ヨリ至二三日一ニ、有テレ人登ルレ之ニ。夜間映シテレ炬ヲ念シレ呪ヲ、唱ヘテ二聖号ヲ一登ルコト一里許ニシテ、有二五険一。所レ謂《ル》、一ノ之坂・表白坂・禅師峰・大久保ノ森・責破《セリハリ》嶽ナリ也。其ノ三所懸ク二鉄ノ鎖《クサリ》ヲ一。其ノ長十丈、或ハ十五六丈。攀テレ之ヲ而上ル。既ニ至レハ二絶頂一ニ、林岳幽邃ニシテ、琪樹玲瓏トシテ而、諸仏菩薩甚多シ。名テ曰二兜率内院一ト。誠ニ別ニ一世界ナリ也。殿ノ之東南ニ有二九層ノ大石浮図一。従リレ地涌出ス。高サ二十余丈。中ニ有二大日ノ尊像一。弘法大師嘗テ至テレ此ニ修ス二護摩ノ法ヲ一。又去ルコトレ此ヲ三町許ニシテ有リ二仙窟一。中ニ安二薬師仏ノ像ヲ一。所レ謂南海四州第一ノ高山霊岳ナリト也。（37ウ）

【注】**里前神寺**　石鎚山（愛媛県西条市小松町）山麓にあった。現在は石鎚神社。『四国偏礼霊場記』巻七「里前神寺」。

88 三角寺并仙龍寺

庾嶺山三角寺、在二予州宇麻ノ郡一ニ。本尊十一面大悲者、弘法大師手造ナリ也。常ニ封鎖シテ不レ啓。至テ二甲子ノ暦一ニ、始テ開帳、修ム二法会ヲ一。殿ノ之左ニ有二弥勒堂・弥陀堂・文殊・護摩堂等一。又有二鐘楼及ヒ雨沢龍王ノ祠一。是レ一方ノ名刹ナリ也。従レ此過テ二五十八町一、有二本寺ノ奥ノ院一。号ス二金光山仙龍寺一ト。本殿ノ中ニ安二弘法大師ノ像ヲ一。其ノ南ニ有二仙人堂一。又有二高峰一。*名ク二釈[1]迦嶽《カダケ》一ト。有リ二仙窟一。大師修法ノ処ナリ也。（38オ）

【注】**三角寺**　愛媛県四国中央市金田町。四国八十八所第六五番。**仙龍寺**　愛媛県四国中央市新宮町。三角寺奥之院。『四

国偏礼霊場記』巻七「庚嶺山慈尊院三角寺」。

【校訂】1釈迦嶽《カダケ》一ト―〈底〉釈迦嶽《カダケ》一ハ

伽藍開基記巻第七終（38ウ）

伽藍開基記巻第八

天王山志源菴釈道温編輯

禅林勝地

1〔洛東〕東山建仁寺〈第八十三代土御門帝ノ建仁二年ニ創。至二元禄二年一ニ四百八十四年矣〉

開山禅師、諱ハ栄西、号ス二明菴一ト。備中州吉備津宮ノ人。賀陽氏刺史貞政公ノ之曽孫ナリ也。母田氏懐妊八月ニシテ而誕ス。八歳ニシテ従テレ父ニ、読ム二倶舎論一ヲ。十一ニシテ師トシ二事フ安養寺ノ静心一ヲ。十四、落髪受戒ス。十九ニシテ従テ二叡山ノ有弁一ニ学ヒ二台教一ヲ、*又謁シテ二白州大山ノ基好一ニ習ヒ二密乗一ヲ、[1]仁安三年、過テレ宋ニ登二天台一ニ。不シテレ久即帰ル。得タリ二天台新章疏三十余部一ヲ。師常ニ思ヘトモ下遊テ二身毒《ケン》一ニ礼ンコトヲ中仏塔上ヲ、不レ果。文治三年ニ復タ入二大宋一ニ、至二赤城一ニ登テ二万年寺一ニ、参ス二虚菴敞禅師一ニ。及三菴遷ルニ二天童一ニ、師亦輔ケ行ク。其ノ後辞シテ帰ル。菴付ルニ、以ス二僧伽梨・法語並ニ（1オ）仏祖源流図一ヲ。帰テ至二平戸ノ島一〈建久二年辛亥矣〉。戸部侍郎清貫公、創テ二小院一ヲ延クレ之。率ヒテ二十数輩一ヲ行フ二禅規一。未タレ幾、海衆争ヒ集ル。遂ニ入テ二王都一ニ、大ニ倡フ二禅宗一ヲ。時ニ台徒忌テレ之、訴二於朝一ニ。竄逐六年、逮テ二恩免一ニ、師種種開導ス。台徒服膺シテ、反テ輔ク二禅化一ヲ。建久三年、造テ二報恩寺一ヲ、行二菩薩大戒一ヲ。六年、創二聖福寺ヲ於博多一ニ。建仁二年、大将軍源ノ頼家公、就テ二京東一ニ営二大禅苑一ヲ。即以二建仁一ヲ名クレ之ニ。*平ノ侍郎、奏シテ賜二紫衣一ヲ。[2]建保元年、擢二僧正一ニ。三年、之テ二相州一ニ構二寿福禅寺一ヲ。一日、辞ス二僕射実朝公一ヲ。公曰ク、「師已ニ老ヒ、寺尚ヲ未レ竣ナラ。将二何ニカ之一ント。」師曰、「欲ス下入二王都一ニ取ントレ滅ヲ上耳。」僕射曰ク、「至人ノ出没、豈ニ択ンヤレ地ヲ乎。」師曰ク、「都人初テ聞二禅宗一ヲ、疑信相半ナリ。我当ニ下唱二末後ノ句一ヲ顕中煥ス王都上ヲ。」即命シテレ駕ヲ入レ京ニ、示二微疾一ヲ。六月晦日、布（1ウ）薩ノ次テ告テレ衆ニ曰ク、「孟秋単五、吾カ之終ナリ也。」都人喧ク伝聞シテ、至ルレ朝ニ。及テレ期ニ、上、遣二中使一慰問ス。至テ二晡時一ニ、安然トシテ坐脱ス。有テ二彩虹一現ス二於寺ノ上一ニ。実ニ七月初五日ナリ也。世寿七十有五、法臘六十三〈至二元禄二年一ニ

四百七十四年矣〉。先レ是《ヨリ》、師常《ニ》謂レ《テ》衆《ニ》曰《ク》、「我《カ》歿後五十年、禅宗大《ニ》興二《ラン》於世一《ニ》。」文応・弘長《ヨリ》以降《ノタ》、円爾興二《リ》慧日一《ニ》、蘭渓興二《ル》巨福一《ニ》。果《シテ》如二《シ》其《ノ》言一《ノ》。

【注】**東山建仁寺**　京都市東山区小松町。『扶桑禅林僧宝伝』巻一「明菴西禅師」。

【校訂】1仁安―〈底〉安仁　2建保―〈底〉建宝

2〈洛東〉慧日山東福寺〈第八十七代後嵯峨帝《ノ》寛元年間《ニ》創。至二元禄二年一四百四十余年矣〉

開山国師、諱《ハ》弁円、字《ハ》円爾。姓平氏、駿州《ノ》人。母夢レ《テ》採二《ルト》明星一《ヲ》有レ《リ》妊《ムコト》。自レ是常《ニ》夢《ラク》、天女随侍《スト》。母疑怪《シテ》詣二《テ》久能山一《ニ》、謁二《シテ》尭弁法師一《ニ》欲レ《シテ》決二《セント》所疑一《ヲ》、見二《ルニ》壁間一《ヲ》、有二画像一。如二《シ》夢《ニ》所レ《ノ》見《ル》。問《テ》曰《ク》、「此レ何《ノ》像《ソ》。」弁曰《ク》、「弁才天女《ナリ》也。」母曰《ク》、「我常《ニ》夢二《ルコトハ》此《ノ》天相《ヒ》随一《ト》何《ソヤ》也。」（2オ）弁曰《ク》、「恐《ハ》懐中有二《ルカ》聖子一乎。」母大《ニ》喜《テ》曰《ク》、「果《シテ》爾《ラハ》、他日、当三《ニ》投レ《シテ》師《ニ》為二《ス》弟子一《ト》。」建仁二年十月十五日、卯《ノ》時《ニ》誕《ス》。天降二《テ》瑞雪一《ヲ》、室《ニ》有二《リ》金光一。範、方二《テ》五歳一《ニ》、携《テ》謁二《シメテ》弁師一《ニ》、学二《シム》台教一《ヲ》。十八《ニシテ》薙染受戒《ス》。嘉貞元年、入二大宋一《ニ》登二《テ》径山一《ニ》、礼二《ス》無準範和尚一《ヲ》。範、一見《シテ》器許《シ》、令レ侍二《セ》左右一《ニ》。晨昏参請。飫《アクマテ》領二《シテ》玄提一《ヲ》而、辞《シテ》帰《ル》。範、以二法衣・頂相一《ヲ》付レ《ス》之。仁治二年《ニ》帰《テ》、抵二博多一《ニ》。居二崇福・承天《ノ》両寺一《ニ》、倡二祖道一。時《ニ》大相国藤道家公、欽二《テ》師《ノ》法化一《ヲ》、聘請《シテ》問レ道《ヲ》。恨《ラクハ》相見《ノ》之晩《キコトヲ》。正嘉元年《ニ》、寛元上皇〈第八十七主後嵯峨〉勅レ《シテ》師《ニ》、於二亀山《ノ》宮一《ニ》授二菩薩《ノ》大戒一《ヲ》。後《ニ》文応上皇〈第八十九主亀山院〉、詔《シテ》問レ道、説レ《シム》戒。大相国公建二《テ》東福寺一《ヲ》、総州《ノ》別駕源公創二実相寺一《ヲ》。皆以レ《テ》師《ヲ》為二《ス》開山一《ト》。寛元四年、大相国公、以二《テ》東福洪営晩《ク》成一《ルヲ》、先《ツ》立二（2ウ）普門寺一《ヲ》開堂《シム》。令二爾《シテ》居一。建長七年、東福開堂。正嘉二年、住二持《シム》建仁一《ニ》。弘安三年《ノ》春、示二微疾一《ヲ》。夏移二常楽菴一《ニ》。十月至二《テ》十六夜一《ニ》、与二諸《ノ》弟子一叙レ《テ》別而問《テ》曰《ク》、「是レ何《ノ》時《ソヤ》耶。」侍僧曰《ク》、「鶏已《ニ》鳴《ヌ》。」師乃上二《ル》禅椅一《ニ》。左右乞二遺偈一《ヲ》。書《シテ》曰、「利生方便七十九年。欲レ《ハ》知二《ント》端的一《ヲ》仏祖不伝。」擲レ《テ》筆《ヲ》而逝《ス》〈至元禄二年四百十年矣〉。正和《ノ》始《メ》、賜二謚《ヲ》聖一国師一《ト》。国師号、始二《ル》于爾一《ニ》矣。

【注】慧日山東福寺　京都市東山区本町。『元亨釈書』巻七「弁円」。『扶桑禅林僧宝伝』巻二「聖一国師」。

3 〔東福寺境内〕万寿寺〈第八十九代亀山帝文永九年創。至元禄二年四百十七年矣〉
開山禅師、諱湛照、号東山。賜諡宝覚禅師。備中州人也。早遊講肆。聞東福聖一国師化権鼎盛、更衣入室。弘安三年、国師遺命、嘱為第二世。師、辞不就職。四年、藤丞相、以国師有命、再四堅請。不得已応之。無何即退、（3オ）師初開三聖禅苑、乃移焉。正応帝〈第九十一主伏見院〉、嘗詔師問道。及師開山万寿、帝賜寺産。四年秋八月初八夜、有巨盗。伺其室。師知之、即泊然而化。闍維収霊骨。舎利粲然不可数。塔於円通〈至元禄二年四百九年矣〉。

【注】万寿寺　京都市東山区本町。『扶桑禅林僧宝伝』巻三「宝覚禅師」。

4 〔洛東〕瑞龍山南禅寺〈第八十九代亀山帝之龍山離宮也。未詳年月。開山自示寂至元禄己巳二年三百九十九年矣。後、第百一主後小松院至徳三年、始為五山之上。至元禄二年三百四年矣〉
開山国師、諱普門、号無関。信州源氏子。処胎十二月而誕、口具双歯。目有重瞳。七歳依正円寺伯父寂円為駆烏。十三薙髪、始遊講肆、慧業日進。十九歳従長楽寺釈円、受菩薩大戒。習顕密二教、名徳既著。俄聞（3ウ）聖一国師開法于慧日山、特往参謁、機鋒契合。親炙五霜、日入玄奥。師偶経行、至越之華報寺。寺主忻然譲席、与居、乃革教為禅。遂杖錫踰海、至会稽参荊叟珏公。継入浄慈、見断橋倫和尚。倫、一見甚相器許。自是時時参請。始知、慧日尋常、揚眉・瞬目・嬉咲・怒罵、無非善巧方便也。於是、周遊諸老之門十有二載、後帰慧日、省侍国師。命分座訓徒。職満、入信州。受請居光雲寺。弘安四年、大相国実経藤公、招師補慧日。弁香酬恩。卒帰之於国師。臨衆一十余載。正応間、文応上皇〈第八十九主亀山院〉、在龍山離宮。宮怪日作。妃嬪等、屡遭其魅。上皇甚悪之。乃集群臣、議其事。或曰、「此地、妖怪聞（4オ）之久矣。非仏法力、決不可治。」於是、勅南都西大寺叡尊。尊、奉勅、率弟子二十員、昼夜振鐸誦呪。至三月、妖事如故。尊、退。上皇復詔師、詢其事。且曰、「師能居乎。」師奏曰、「妖不勝徳、世書尚有之。況釈子乎。釈子居之、何怪之有。」上皇荘其言、勅有司、導師入其宮。師、但与衆僧安居禅宴而已。無他事也。自爾妖事永息。上皇大悦、乃傾心宗門、執弟子之礼、習坐禅受衣鉢。特勅師、開山南禅。一日、師寝疾。上皇幸臨慰問。臨終書頌坐脱。頌曰、「来無所従、去無方所。畢竟如何。喝、不離当処。」時某年十二月十二日、子時也。寿八十、夏六十二。塔於慧日之龍吟岡。嘉元年中、諡仏心禅師。元亨癸亥（4ウ）歳、賜諡大明国師。

【注】瑞龍山南禅寺　京都市左京区南禅寺福地町。『扶桑禅林僧宝伝』巻三「大明国師」。

5　〔洛北〕龍宝山大徳寺〈第九十四主花園帝之御宇創。至元禄二年三百七十余年矣〉

開山国師、諱妙超、号宗峰。播州揖西県紀氏子也。父母祷観音大士、夢僧授以五葉白蓮而生。肌膚瑩潔、疎眉秀骨。目光射人。十一歳、師事書写山戒信律師。経書過目成誦。一日嘆曰、「仮使究尽三蔵百家之書、争若入単伝直指之宗乎。」遂叩洛下相陽諸尊宿、及謁仏国禅師、与語機契、遂祝髪受戒。後参大応国師于韜光菴、日夕参請不怠。応、令看雲門関字。及応赴相之建長、師亦随従、未及旬日、忽然契悟。急趨方丈通所見。応、愕然曰、「你真再来人也。」師掩耳而出。翌日、呈（5オ）二偈。即蒙印可。其後、居洛北紫野。有洗心子。偕儒者数輩奏于

朝一ニ、欲レス破二ント禅宗一ヲ。特ニ来テ問難ス。一ヒ聞二テ師ノ語一ヲ、皆稽首服膺ス。而洗心子、崇信特ニ甚シ。自レ是入室参禅シテ大ニ有二造詣一。因テ捨レテ、宅ヲ、為二大徳ノ方丈一ト。今ノ雲門菴是ナリ也。師、気宇如レシ王ノ。道貌徳威、極テ難二シ親付一シ。雖下老二タル于叢林一ニ者上ト、見レテ之汗下ル。荻原上皇、聞二テ其ノ風一ヲ詔シテ入二大内一ニ。奏対称レ旨ニ。簡コト在二帝ノ心一ニ。勅二シテ大徳一ヲ、為二第一祝聖道場一ト。特ニ賜二興禅大灯国師ノ之号一ヲ。後醍醐天皇即位而、恩寵尤加。嘗テ詔レシテ師ニ問レ道ヲ。上、書二シテ投機頌一ヲ、以テ賜。頌ニ曰ク、「二十年来辛苦ノ人、逅レ春不レ換旧風煙。著衣喫飯恁麼ニシ去ル。大地那ソ曽テ有二ン一塵一。」一日延レテ師、就二テ禁中一ニ陞座。上、与二百官一親ク聴二ク提唱一ヲ。加二増シ高照正灯国師一ト、仍テ施二シテ庄田若（5ウ）干一ヲ、正中年間、南禅虚レ席。上、三ヒ詔ス。師、堅臥シテ不レ赴。築州ノ大守、請シテ住二シム崇福一ニ。師、以二先人行道ノ之地一ヲ、忻然シテ応レス之ニ。方ニ一期ニシテ退テ帰二テ大徳一ニ、室中嘗垂二テ三転語一ヲ示レス衆ニ。少レシ也有下ルコト契二ノ其ノ機一ニ者上ノ。建武四年ノ冬、召二シテ首座亭公一嘱二シ後事一ヲ、畢テ遂ニ示レ疾ヲ。至二テ臘月二十一夜一ニ、遺二誡シテ諸ノ弟子一ニ云、「我去テ後、火化シテ置二骨石ヲ于丈室一ニ。勿二レ別ニ造レルコト塔ヲ。」二十二日午ノ刻、欲二ス端坐シテ示一レント滅ヲ。因三テ久ク患二ルニ足疾一、不レ能ハ加二趺一スルコト。師、竟ニ以レ手ヲ盤レシテ足ヲ而、左ノ膝傷折ス。流血沾レス衣ヲ。遺ノ偈ニ曰、「截二断シテ仏祖一、吹毛常ニ磨ス。機輪転スル処、虚空咬レム牙ヲ。」擲レテ筆ヲ而逝ス。時ニ大鑑禅師、住二ス南禅一ニ。聞二テ師ノ遺頌一ヲ嘆シテ曰、「不レリキ意ハ、日本ニ有二ントハ明眼ノ宗師一。恨ラクハ、不レ及二一面一耳ノミ。」師、世寿五十六、臘三十四。嗣法ノ弟子若干人。尊二テ遺命一ヲ、奉二シテ骨石一ヲ、塔二ス于丈室ノ中一ニ。賜テ（6オ）レ名ヲ、曰二霊光一ト。

【注】龍宝山大徳寺　京都市北区紫野大徳寺町。『扶桑禅林僧宝伝』巻四「大灯国師」。

6 〔嵯峨〕霊亀山天龍寺〈第九十七主光明院ノ暦応三年ニ創。至二元禄二年一ニ三百四十九年矣〉

開山国師、諱ハ智曤。姓ハ源氏。勢州ノ人也。宇多天皇九世孫ナリ。其ノ母無レシ子。祷二ル観音一ニ。夢レテ呑二ト金色ノ光一ヲ而孕ム。歴二テ十三月一ヲ、始テ生ル。九歳出家シ、十歳ニシテ誦二シ法華一ヲ七日、以テ報二ス親恩一ニ。十八ニシテ為二大僧一ト受具。尋テ学二顕密ノ二教一ヲ。一夕夢ニ、僧持二シテ達磨ノ像一ヲ授レテ之曰ク、「爾善ク事レヨ之ニ。」覚メテ曰ク、「洞二明スルハ吾カ本心一ヲ者、禅観カ乎。」遂ニ更二メ字ヲ夢聡一、

至相州参一山寧和尚。寧、一見甚相器重、令為侍者。俄遊奥州、聴天台止観、得無礙弁才。然、終以心地未明為慊。因往万寿、見高峰日和尚扣請。一夕坐久。偶作倚壁勢、身忽仆去。豁然大悟。亟見高峰求印可。峰、喜（6ウ）溢顔面。受付嘱已、師、回棲甲州龍山菴。高峰、招住長楽寺。師、力辞卓菴濃州古渓。正中二年、師年五十一。後醍醐帝〈第九十五主矣〉、詔住南禅寺。師又引退、於勢州新建善応寺、為開山祖。又棄去至相州。主浄智寺、尋帰金屏山、営瑞泉練若。元徳二年、羽州守藤道蘊、創慧林寺請師。元弘年、賜国師之号。暦応二年、摂州守某、革西芳教寺為禅、与師。三年、大将軍尊氏公造天龍寺、以助冥福。聘師住持。康永元年、上皇親往受戒、願為弟子。観応元年、両宮国母、請師於仙洞受五戒。師、以年高退兜率内院。二年九月朔日、召門弟子曰、「吾世寿七十七、僧臘六十矣。旦夕将西帰。有所疑、可頻（7オ）叩焉。」於是、衆集如雲。随機開示。皆充然、有得而去。越七日示微疾。両宮洊臨、問起居。師、為開導。神色不少衰。至二十九日、作偈別大将軍、復書辞世頌。三十日、鳴鼓、集衆告別。翛然而逝〈至元禄二年三百三十八年矣〉。時有白光貫室。黒白二万余人、皆哀慟不能勝。弟子奉全身[1]、塔于内院之後。師、為三朝帝師。嗣法弟子二十余員。無極玄、其上首也。所度四衆弟子、具名于籍者、凡一万三千余人。四明東陵璵和尚、嘗為師撰塔上之銘。金華宋文憲公濂、奉勅、述碑紀徳焉。

【注】霊亀山天龍寺　京都市右京区嵯峨天龍寺芒ノ馬場町。『扶桑禅林僧宝伝』巻四「夢窓国師」。

【校訂】 1全身ヲ――〈底〉全身ニ

7 〈洛戊亥〉正法山妙心寺〈第九十四主花園帝離宮也。建武末勅為官寺。至元禄二年三百五十余年矣〉

開山国師、諱ハ慧玄、号ハ関山。姓ハ源氏。信州ノ人ナリ也。幼ニシテ而穎（7ウ）異也。礼シテ二相陽ノ広厳和尚ヲ一薙染。長テ知レ有ルコト二宗門ノ中ノ事一。而立ノ之歳、値テ二建長開山忌一ニ、赴テ二西来院一ニ諷経。問テ二同列一ニ曰ク、「方ニ今ノ宗師、称スル二第一ト一者ハ誰ソ。」或人曰ク、「無シレ過ルハ二洛ノ之大灯一ニ。」師聞得テ、喜テ入レ洛ニ。直ニ至テ二丈室一ニ曰ク、「新到相看ト。」灯拠ルレ位ニ。師礼拝シテ、才ニ起テ便問、「如何ルカ是レ、宗門向上ノ事。」灯曰ク、「関。」師、払袖シテ便出。灯曰ク、「作家禅客天然自在。」翌日求ム二掛搭一ヲ。灯令シテ二侍者一ニ曰ク、「若シ要セハ二掛搭一ヲ、先ツ須ク下持シ二介紹一ヲ来上ル。」師曰ク、「夫レ善知識ハ者、具ス二金剛ノ正眼一ヲ。跨レハ二門限一ニ便見二徹ス人ノ心肝一ヲ。更ニ説ン二甚麼ノ介紹一トカ。」灯笑テ而許スレ之。一夕、忽然シテ悟二得ス雲門ノ関ノ字一ヲ。亟カニ上テ二方丈一ニ、呈ス二所見一ヲ。灯拊テレ手ヲ曰ク、「你真ニ再来ノ人ナリ也。你初テ到ル前ニ、一夕、老僧夢ム二雲門大師来一ト。故ニ以テ二関ノ字一ヲ示スレ你ニ。今既ニ透徹スルコト如シレ此ノ。宜ク三号ヲ為二関山一ト。」乃作レ頌ヲ、以テ証ス（8オ）レ之。自レ是親二炙シテ輪下一ニ、究二尽ス玄微一。嘗テ領ス二蔵主ノ之職一ヲ。会〻後醍醐帝〈第九十五主矣〉、詔シテ二大灯一ニ問二仏法一ヲ。灯、偶〻不安ナリ。命シテレ師ニ赴シムレ詔ニ。師、承テレ命ヲ入朝ス。奏対称レ旨ニ、帝大ニ悦。元徳二年、入テ二濃陽ノ深山一ニ、縛テレ菴而居レリ。其ノ後、灯示スレ疾ヲ。花園上皇〈第九十四主矣〉勅シテ曰ク、「灯和尚ノ法子ノ中、誰カ是レ最得二大機用一ヲ者ノ。」灯対テ曰ク、「唯、慧玄蔵主、実ニ得タリ二其ノ髄一ヲ。然トモ、天生風顚漢ニシテ、居ニ無シ二定所一。他時異日、宜ク降シテレ旨召レ之。」中使、回テ奏ス。上、悦テ復遣シテレ使、宣旨シテ曰、「朕将ニ下捨二花園ノ離宮一ヲ為ス中禅苑上ト。当ニ下請シテ二玄関山一ヲ住持セシム上。師、当ニ三預メ立二山寺ノ之名一ヲ。」大灯、乃擬シテ二正法山妙心禅寺一ト、進覧。及テ二灯ノ遷化一ニ上、即遣シテレ使ヲ、請シテ建テ二、妙心禅寺一ヲ、為二開山ノ之祖一ト。即日入寺シテ開堂ス。黒白瞻礼者ノ、如シレ市。上皇、就テ二丈室ノ後一ニ創テ二玉鳳院一ヲ以テ居シ、常ニ入室シテ（8ウ）問レ道ヲ。其ノ後、信州ノ高梨氏ノ某シ来謁シテ、見テ二丈室ノ破壊一ヲ、願フ二為ニ修葺一センコトヲ。師叱シテレ之ヲ曰ク、「者《コノ》俗漢来テ相看スル時ハ則已ンヌ。管シテ二我カ屋一ヲ作ン二什麼一カ。」一日、有テレ客至ル。師、令ニ人ヲ設ケレ浴ヲ。浴主、以ス二無レ柴辞一ヲ。師曰ク、「撤二下シテ担板一ヲ便焼ケ。怕ン二什麼ノ無キコトヲレ柴。」或ハ見テ二僧ノ来参一ヲ便罵ル。僧曰ク、「某甲シ特ニ為ニシテ二生死ノ一而来ル。」師怒テ曰ク、「我カ這裏ニ無シ二生死一。連棒ニ趁出ス。」大凡号令、皆如シレ此ノ。尋常不レ拘二禅誦規式一ニ、無シレ意二興作一ニ。一室蕭然、無シ二長物一。綰テレ藤、以テ作ル二衣環一ニ。嗣ク二其ノ法一ヲ者ノ、独リ授翁弼公一人ノミ。一日、頂テレ

*笠《ヲ》携《テ》弼《ヲ》[1]、到《テ》風水泉《ノ》大樹《ノ》下《ニ》、談《シ》出世《ノ》始末《ヲ》畢《テ》、泊然《シテ》化《シ》去《ル》。延文庚子五年十二月十二日《ナリ》也。弼乃告《テ》衆《ニ》、昇《テ》入《ニ》丈室《ニ》。奉《シテ》遺殖於本山《ニ》瘞《ム》焉〈至《ニ》元禄二年己巳《ニ》二百二十九年矣〉。榜《シテ》其《ノ》菴《ヲ》曰《ニ》微笑《ト》。寿八十有四、僧臘六十有四。賜《ニ》号《ヲ》本(9オ)有円成仏心覚照国師《ト》。

【注】正法山妙心寺　京都市右京区花園妙心寺町。『扶桑禅林僧宝伝』巻一〇「関山国師」。

【校訂】1弼《ヲ》――〈底〉弼《ノ》

8〈洛中〉万年山相国寺〈第百一主後小松院《ノ》明徳三年《ニ》創。至《ニ》元禄二年己巳《ニ》二百九十八年矣〉

開基国師、名《ハ》妙葩、号《ス》春屋《ト》。又自号《シテ》曰《ニ》不軽子《ト》。甲州平氏《ノ》子《ナリ》。母《ハ》源氏、夢《テ》呑《ムト》雷《ヲ》而孕《ム》。曁《ンテ》生《ニ》師《ヲ》而体無《シ》悩《ミ》。甫《ンテ》七歳《ニ》不茹《ハ》葷《ヲ》。父母異《ム》之。送《テ》就《ニ》夢窓国師《ニ》、学《シム》出世《ノ》法《ヲ》。窓《ハ》乃師《ノ》之従祖《ナリ》也。一見《シテ》而喜《ヒ》、授《クルニ》以《ス》法華《ヲ》。日《ニ》誦《ス》一軸《ヲ》。人謂《ニ》之《ヲ》神童《ト》。及《テ》長《ルニ》、侍《ス》浄智《ノ》於竺仙和尚《ニ》。又参《シテ》南禅《ノ》於清拙和尚《ニ》為《ニ》典蔵《ト》。一日、窓、建《テ》天龍寺《ヲ》成《ル》。設《ケ》慶讃《ノ》会《ヲ》、因《テ》師《ノ》有《ルニ》音声、屈《シテ》為《シ》堂司《ト》、表《セシム》宣仏事《ヲ》。因《テ》問《フ》、「興化打《ツ》克賓《ヲ》意旨如何《ン》。」師云《ク》、「五逆聞《ク》雷《ヲ》。」窓、点首《ス》。後毎《ニ》以《テ》古徳《ノ》機縁《ヲ》詰《ル》之《ヲ》。随《テ》問《ニ》而答《フ》。了《トシテ》無《シ》疑滞。遂《ニ》以《テ》衣鉢《ヲ》付《ス》之《ニ》。臨川寺災《アリ》。寺僧知《テ》師能《ク》(9ウ)起《コトヲ》廃《ヲ》、請《シテ》補《セシム》位《ヲ》。不《シテ》数月《ニ》而還《ス》旧観《ニ》。遷《テ》主《ル》天龍《ヲ》。化風益〻振《フ》。大明国《ノ》恕中愠和尚聞《テ》師《ノ》名《ヲ》、寄《スルニ》以《ス》偈文《ヲ》。高麗国《ノ》王遣《シテ》使《ヲ》、贈《ルニ》以《ニ》金縷《ノ》袈裟《ヲ》。仍《テ》命《シテ》写《シ》道影《ヲ》、帰《テ》国《ニ》供養《ス》。是《ノ》歳、朝廷勅《シテ》総《シム》僧録《ノ》司事《ヲ》。久《シテ》之又勅《シテ》主《シム》南禅《ニ》。一日詔《シテ》入《テ》内裏《ニ》、説法称《フ》旨《ニ》。乃賜《ニ》智覚普明国師《ノ》之号《ヲ》。朝臣、有《ル》感《スル》異夢《ヲ》者《ノ》。欲《ス》為《ニ》国家《ノ》延《ント》福《ヲ》。乃出《シテ》内帑《ヲ》、創《テ》寺《ヲ》于覚雄山《ニ》曰《ニ》大福田《ト》。迎《テ》師《ヲ》為《ス》開山初祖《ト》。落成《ノ》日、師陞座説法。有《ニ》雨花《ノ》之瑞。見聞《スルモノ》起《ス》信《ヲ》。別《ニ》創《テ》一院《ヲ》、為《ス》開山塔所《ト》。榜《シテ》曰《ニ》鹿王《ト》。蓋《シ》其《ノ》地有《テ》白鹿現《スレハ》也。明徳三年、将軍義満公建《テ》于京師《ニ》相国禅寺《ヲ》、請《シテ》師《ヲ》為《ス》第一世《ト》。備州《ノ》之天寧・予州《ノ》之安国・羽州《ノ》之崇禅、皆師《ヲ》為《ス》初祖《ト》。道化増盛《ナリ》。嘉慶二年八月十二

（10オ）日夜、語左右曰、「山僧、世縁已尽。不可無語与汝等永別。」乃索筆書曰、「幻生七十有余年、了却、先師未了縁。一国黄金収拾去、古帆高掛合同船。」黎明、怡然而逝。寿七十有八、僧臘六十四。門人奉全身、窆于鹿王院〈至元禄二年三百二年矣〉。所化四部弟子、八千五百余人。嗣法上足、中淵・梵雲・梵相等若干人。師、生平神異甚多。嘗誦呪時、感舎利如雨、或雨金粟云。

【注】万年山相国寺　京都市上京区相国寺門前町。『扶桑禅林僧宝伝』巻七「春屋普明国師」。

9〔洛北〕大雲山龍安寺〈第百二主後花園御宇細川勝元公創之。至元禄二年及二百二十年矣〉

＊開基禅師、諱玄詔、字義天。土州人。蘇姓[1]入鹿《イルカ》大臣之裔也。幼而穎異。父以王法師名之。十五歳、師事本州天忠寺義山和尚。十八得度。為大僧、即上京。入建仁、（10ウ）初為侍客。次転侍香。謁諸老叩宗要両年。荷策東遊、参日峰舜和尚于瑞泉、極力参究、至忘寝食。或堅坐磐石、或経行月下。如是者五白。人、不堪其労苦。而処之欣欣也。故所詣甚奥。日峰印之、付以法語。未幾、丁父憂旋故里。里人喜曰、「枌楡今現烏鉢花。豈非大幸邪。当創寺以＊延。」因請名於師。師、書龍門山瑞巌禅寺与之。復上京。時右京兆細川勝元公、就洛之北山[2]創大雲山龍安禅寺。起師住持。既入寺、奉日峰和尚為開山始祖。於是、海衆雲臻。儀制粛如。明年、勝元公復於丹波建米山龍興寺。請師開山。当経始日、師与勝元公躬運土一簣、以先清衆之労。然、丹与洛、僅一日（11オ）程。師、毎往来勘験学者。一日降勅、請師住大徳寺。入寺日、天使臨莚。勝元公、与諸官員擁護森厳。開堂罷、詣闕謝恩。帝大悦。退帰龍安。寛正三年三月十八日、集衆垂示訖、翛然而化。寿七十。塔于大雲山。雪江、嗣其法〈至禄己巳二年二百二十七年〉。

【注】大雲山龍安寺　京都市右京区龍安寺御陵下町。『扶桑禅林僧宝伝』巻一〇「詔禅師」。
【校訂】1入鹿《イルカ》―〈底〉入鹿《イレカ》　2創ニ―〈底〉創一

10 〔洛北〕等持寺〈第九十九主後光厳院延文年間革教為禅。至元禄己巳二年及三百三十年矣〉

開山禅師、諱印原、字古先。世《ヨ》居相州。姓藤氏。生有異徴。垂髫時、輒刻木為仏陀像、持以印空。父、奇之。甫八歳、帰桃渓悟公、執童子之役。年十三即剃髪、受具足戒。自時厥後、徧参諸師。咸無所証入。乃嘅然嘆曰、「中夏乃仏法淵藪。盍《ンヤ》往求之乎。」於是不憚鯨波之険、奮（11ウ）然南遊。初参無見覩和尚于華頂峰。覩語之曰、「汝縁不在斯。中峰本公、現唱高峰之道于天目山。炉鞴正赤《サカン也》。学徒無不受其煅煉。此真汝師也。汝宜急行。」師即往、謁中峰機鋒契合、親受嘱帰。会〻清拙澄和尚、将東渡。師輔之。其後、出世甲州之慧林、弁香酬恩、的《マサ》帰之中峰。黒白来依、猶万水之赴壑。延文間、左武衛将軍古山公〈大将軍尊氏公之弟也〉議、革城州等持教寺為禅。物論、「非師、無以厭伏衆心。」竟迎師、為遷改之開山。四衆雲集、弘振化風。俄遷真如。又遷万寿。又遷相之浄智。已而謝事行化奥州。師之兄藤君、新建普応寺。延師為第一住持。師、応之。関東連帥源公、建長寿院于相州。請（12オ）師開山。兼主円覚。俄徙建長。師説法度人、孜孜弗懈。一如慧林時。俄退帰長寿。有終焉之志。応安六年甲寅春正月、示疾。至二十三日、夜参半、召門人謂曰、「吾明日逝矣。爾等即龕瘞之。毋狗世俗行祭奠之礼。」翌日及午、呼侍者曰、「時至矣。可持瓶翰来。」及至復曰、「吾塔已成。唯未書額耳。」大書心印二字、遂端坐泊然入滅。世寿八十、僧臘六十。又八所度弟子一千余人〈至元禄己巳二年三百十六年矣〉。

【注】等持寺　京都市中京区等持寺町にあった。『扶桑禅林僧宝伝』巻八「古先原禅師」。

11安国寺〈第九十七主光明帝ノ康永元年ニ革二テ北禅一ヲ為二安国一ト。至二元禄己巳二年一ニ三百四十一年矣〉
開山禅師、名ハ至孝、字ハ無徳。越前ノ平葺藤氏ノ子ナリ。妙年ニシテ入レテ洛ニ、礼二シテ無為大智海禅師一ヲ祝髪受戒ス。時ニ無為ノ座下、皆英（12ウ）霊ノ衲子、頭角嶄然タリ。師自負《ハヂテ》二初学一ヲ、一旦憤然シテ至二関東一ニ。励レシテ志ヲ習レテ業ヲ、不レ捨二昼夜一ヲ。僅ニ二三載ニシテ而学成ル。遂ニ嗣二クニ其ノ法一。且ツ精二シ于易一ニ。推二スニ吉凶禍福一ヲ、無レシ不レ云コト中ラ。応長元年ニ無為示寂ス。火後有二舎利一。師曰ク、「諸老有二ルコト舎利一者、多ク為二時ノ人一ノ所《ル》レ疑。吾当ニレ決二ス其ノ真偽一ヲ。」乃取二テ鉄槌一撃レツ之。舎利陥テ入二ル鎚中一ニ。於レ是ニ一衆嘆二ス其ノ希有一ヲ。元弘ノ初メ、師在二南禅ノ竺仙和尚ノ会中一ニ。為二座元一ト。忽有二詔旨一、令二版首秉払一セ。聖駕臨レ莚ニ。師、陞座説法。龍顔大ニ悦。康永元年、師寓二ス北禅一ニ。左武衛将軍古山源公常ニ言ク、「安レシ国ヲ利レスルコトハ民ヲ、莫レシ如《シク》二ハ仏乗一ニ。」乃令三天下ノ各州シテ建二テ安国寺一ヲ。亦遷二シ改テ北禅一ヲ為二安国一ト。且ツ列二シテ于十刹一ニ、以レテ師為二遷改ノ開山一ト。緇白靡然向レ化ニ。暮年、承レテ旨主二トル南禅一ヲ。貞治二年正月十一日、書シテ（13オ）レ偈ヲ而化ス。享二ルコト報齢一ヲ八十〈至二元禄己巳二年一ニ三百二十六年矣〉。

【注】安国寺　京都市中京区錦大宮町にあった。『扶桑禅林僧宝伝』巻五「無徳孝禅師」。

12〔嵯峨〕霊亀山臨川寺〈元弘年間ニ創。至二元禄二年己巳一ニ三百五十六年矣〉
此ノ寺ハ、元弘年間ニ後醍醐天皇、以二テ介子都督親王ノ之邸一ヲ、更メテ為二霊亀山臨川禅寺一ト。命二シテ夢窓一ヲ為二ラシム其ノ長一。賜二以テ国師ノ之号一ヲ。建武元年ノ秋、某ノ妃薨ス。帝、留二ルコト師ヲ宮中一ニ一七日。罷レメテ政ヲ而講レス法。因テ請レテ師ニ説二シメ大戒一ヲ、執二テ弟子ノ之礼一弥〳〵謹メリ。

【注】霊亀山臨川寺　京都市右京区嵯峨天龍寺造路町。『扶桑禅林僧宝伝』巻四「夢窓国師」。

13〈嵯峨〉檀林寺〈第五十五主文徳帝斉衡年間ニ創テ、至二元禄己巳二年一ニ八百三十余年矣〉
開山義空禅師ハ者、大唐ノ人ナリ也。事二フ塩官ノ斉安国師一ニ。室中推シテ為二ス上首一ト。本朝斉衡ノ初メ、慧蕚法師入レテ唐ニ覓レム法ヲ。皇太后橘氏〈第五十二主嵯峨天皇ノ皇后檀林也〉、欽二テ唐地ノ之禅化一ヲ、委二シテ金幣ヲ於蕚一ニ、扣二聘ス有道ノ尊宿一ヲ。蕚、到二杭州ノ霊池院一ニ参二シ于国師一ニ、備ニ宣二フ大（13ウ）后ノ之旨一ヲ。国師感二シテ其ノ誠信一ヲ、特ニ推レシテ師ヲ受レシム命ヲ。遂ニ与二ト法師一同渡テ、至二太宰府一ニ。蕚、先ツ奏聞ス。皇后大ニ悦テ、迎レテ師館二ス于京師ノ東寺ノ西院一ニ。皇帝、慰労勤至、寵錫甚タ隆ナリ。既ニシテ而太后、創二檀林寺一ヲ居シム焉。時時ニ礼謁シテ、詢二フ禅要一ヲ。至二ルマテ於官僚一ニ、執レテ礼ヲ問レ道ヲ。得二ル其ノ旨一ヲ者良ニ多シ。如二キ中散大夫藤公兄弟一ノ、其ノ首也也。居ルコト三年ニシテ帰二ル大唐一ニ。慧蕚法師復タ入唐シテ、請二シテ蘇州ノ開元寺ノ沙門契元一ニ、撰二シテ日本国首伝禅宗記一ヲ、立二碑ヲ于羅城門ノ側一ニ、旌二ハス其ノ徳一ヲ。後碑廃ス。故ニ不レ詳二ニセ厥ノ終一ヲ。

【注】檀林寺　京都市右京区嵯峨天龍寺芒ノ馬場町にあった。『元亨釈書』巻六「義空」。『東渡諸祖伝』上「義空大禅師」。

14長興寺〈第九十八主崇光帝観応元年ニ創。至二元禄己巳二年一ニ三百三十九年矣〉
開山禅師、諱ハ義沖、字ハ太陽、号二ス黙菴一ヲ。筑前ノ人也。姓ハ藤氏。幼ニシテ穎悟ニシテ、善ク読レム書。稍ホ長テ投二テ無為元和尚一ニ、剃髪シテ服勤スルコト久レシ之。（14オ）去テ遊二関左一ニ。余二テ二十載一ニ帰二リ京師一ニ、首二タリ衆ニ于龍峰一ニ。嘗テ分座説法、以レ位望レ之。崇屢〻遷二ル名刹一ニ。観応元年ノ冬、移二錫ヲ龍峰一ニ。応レシテ詔ニ入二テ大内一ニ説戒ス。帝、問二即心即仏ノ話一ヲ。師、奏対称レヒ旨ニ、龍顔大ニ悦給。中条武庫郎威公、創二テ長興寺ヲ於高橋郡一ニ、挙レシテ師ヲ為二第一祖一ト。師、毎朝課二ス金剛三十巻一ヲ。都人嘗テ夢ラク、空中ニ声アテ曰ク、「帝釈善法堂中、諸聖輪次ニ講経ス。太陽和尚其ノ一リ也ト。也」師、稟気正直、天縦明敏ニシテ、涵二タシ九流ヲ于胸次一ニ、翻二ス三蔵ヲ于舌端一ニ。外溢二レ群書一ニ、傍ニ探二ル密教一ヲ。尋常不二妄ニ発レセ言ヲ、言時ハ則人以テ為レス重ト。文和元年正月、示二微恙一ヲ。集二門弟子一ヲ遺誡シ、已テ索レテ筆ヲ書レシ偈曰ク、「直ニ証二シ無生忍一ヲ、重テ転二ス大法輪一。南辰後ニ合掌シ、北斗裏ニ蔵レス身ヲ。」奄然シテ而化ス。寿七十一〈至二元禄己巳二年一ニ三百三十七年矣〉。（14ウ）

【注】**長興寺**　愛知県豊田市長興寺。『扶桑禅林僧宝伝』巻五「太陽沖禅師」。

15〔宇治〕黄檗山万福寺〈寛文辛丑元年ニ創ム。至二元禄己巳二年ニ一二十九年矣〉

開山初祖、諱ハ隆琦、字ハ隠元。大明福州福清ノ人也。姓ハ林氏。父名ハ徳龍、母ハ龔氏。有二賢行一。喜フ二施済ヲ一。兄弟三人、師ハ其ノ季子ナリ也。六歳ニシテ父客タリ二于楚ニ一。未タレ遑二攻読ニ一。九歳ニシテ入学。嘗テ静夜、与二二三侶一坐二-臥シ喬松ノ下ニ一、仰テ観テ二天河ノ運転星月流輝スルヲ一、「誰カ繋キ、誰カ主テ、躔度シテ不レ忒《タカワ》。」心ニ窃ニ異シムレ之。私ニ擬ラク、「此ノ理、非ンハ二仙仏ニ一難レ明メ。」遂ニ有テ二慕仏ノ之意一、無シレ心二于世ニ一。二十歳ニシテ、母欲二為ニ定ント一レ聘ヲ。師曰ク、「男児生テレ世ニ、親恩為レ重シト。今、父遠遊。不レ知ラ二処所ヲ一。孝道有レ鈌ルコト。奚ソ亟亟トシテ議スルコトレ娶ルコトヲ為《セン》。願ハ面シテレ父ニ後ニ娶ルコト、未タレ晩カラ也。」母不レ奪ハ二其ノ志ヲ一、許スレ之。於テレ是羸ビシテレ足ニ直ニ抵リ二予章ニ一、赴キ二金陵ニ一、復タ往キ二寧波ノ舟山ニ一歴二三載ヲ一、至二普陀山ニ一。朝二-礼シテ観音ヲ一意為《ヲモヘラク》、「観音ノ霊感求ハレ之、必ス能ク陰二-助セン（15オ）尋ヌルノレ父ヲ之願ヲ一。」及テレ到ニ、見テ三仏境殊勝ニシテ大ニ非ルヲ二人世ニ一、一時ニ凡念氷釈シテ即発心持素シ、投シテ二潮音洞主ニ一領シ二茶頭ノ執事ヲ一、日ニ供シテ二万衆ニ一不レ憚レ労ヲ。久シテ之往ク二茶山ニ一。未タレ得レ面コトヲレ父。既ニシテ而帰テレ閩ニ省スレ母ヲ。母喜テ、「自レ天降ルカト。」喩トシテレ母ヲ、事ヘレ仏ニ持斎セシム。常ニ慮テ二出家弗ルコトヲ一レ就ラ、一日登テ二石竹山ノ九仙観ニ一祈ルレ夢ヲ。夢ニ遊二深山岩崖ノ中ニ一。有二三僧一。坐シテ二磐石ノ上ニ一、方ニ食ス二西瓜ヲ一。部テ而為レ四ト。見テ二師ノ来ヲ一忻然シテ、以二一弁ヲ一分ツレ之。師食ヒ畢テ遂ニ寤ム。喜テ曰ク、「四沙門ノ果、吾レ預レリ二其ノ一ニ一。吾事済《ナレリ》矣。」及テ二母ノ亡スルニ一、竭シテレ貲ヲ以修シ二冥福ヲ一、明年入テ二黄檗ニ一、礼シテ二賜紫ノ大徳鑑源寿公ヲ一剃落ス。時ニ年シ二十九、泰昌元年ナリ也。嘗テ遊二講席ニ一、聴ク二楞厳・涅槃・法華ヲ一。参シテ二金粟ニ于密雲老和尚ニ一、而モ有リレ省。天啓六年、師為二客堂主ト一。其ノ後、住ス二獅子岩ニ一。崇禎六年、径山容和尚、補ス二（15ウ）黄檗ノ席ヲ一。挙テレ師ヲ居シム二第一座ニ一。因テ問曰ク、「打著ス、昔時ノ旧痛処、於今猶ヲ恨、棒頭ノ軽コトヲ。」和尚末後ノ一頓。」山打テ云ク、「旧瘡瘢上ニ著クレ艾ヲ。」進テ云ク、「恁麽時ハ則徹骨徹髄シ去レリ也。」山云ク、「如何ナルカ是レ汝カ徹底ノ意。」進テ云ク、「時清シテ休ムレ唱ルコトヲ、太平ノ歌。」山云ク、「引二-得タリ一半ヲ一。」師礼シテ退ク。師、書シレ頌呈二-上ス方丈ニ一。和尚即圏出シテ、粘シテ二法堂前ニ一示スレ衆ニ。鳴レ鼓ヲ陞座、授ス二与払子ヲ一。師、職満テ、辞シテ回ル二獅岩ニ一。崇禎十年、黄檗虚シレ席。起テレ師継シテレ之、一時ノ龍象湊集シテ、至ル二数千指ニ一。先キレ是、師在二獅子岩ニ一。岩側ニ一ノ巨石側チ峙テ如シレ舟。衆患フ二其ノ不平ナルコトヲ一。師曰ク、「時節若シ至ニ、自然平ナラン矣。」一夜晏二坐シ其ノ上ニ一、黙シテ以テ二道ノ之行否ヲ一為スレ祝ヲ。黎ヒレ明ル、石平ナリ。乃名テ曰二自平石ト一。作テレ銘記スレ之。十七年、主ル二福厳ヲ一。隆武ノ初メ、閩中ノ檀越等、以テ二長楽ノ龍泉寺ヲ一、迎テレ師開法。師、明年（16オ）帰ル二黄檗ニ一。甲午ノ夏、応聘東渡ス。師年シ六十三ナリ。七月六日、抵リ二長崎ニ一進ム二東明山興福寺ニ一。于時ニ承応四年ナリ也〈至二元禄己巳二年ニ一三十六年矣〉。寺主請ス二開堂演法ヲ一。緇白満ツ二数千ニ一。次ニ移ル二崇福寺ニ一。明暦元年、摂州富田ノ普門寺賜紫ノ沙門龍渓公、欽テ二師ノ名徳ヲ一、迎レ師ヲ主シム二寺事ヲ一。尋テ逼テレ師ヲ、祝国開堂シム。座下至ル者、皆ナ諸山ノ名徳。棒喝交馳、風蜚ヒ雷厲、実ニ龍象ノ蹴踏ナリ也。自レ時レ厥ノ後、宰官、問道ノ者ノ常ニ多シ。其ノ最モ存ル二弘護ヲ一、莫シレ如クハ二閣老空印・京尹独真ノ二居士ニ一。万治元年、大将軍延見。時ニ列国ノ侯伯倶ニ在テ、冠蓋連レ輝ヲ。無シレ異ルコト二蓬莱ノ一会ニ一。将軍大ニ喜テ、明年捨テ二宇治ノ郡大和ノ勝地ヲ一、起レ師ヲ為ス二開山ノ初祖ト一。寛文元年ノ秋九月、草創シテ移シテレ錫居ス焉。名テ曰二黄檗ト一。未タレ幾、施者塡レ門ニ、車馬無シ二虚日一。（16ウ）於レ是ニ承ニ二鈞旨ヲ一、為ニレ国ノ開堂ス。大将軍、復捨テ二庄田若干頃ヲ一、永ク資ク二僧膳ヲ一。太上皇〈第百九主後水尾院〉、欽テ二師ノ道価ヲ一、宣シテレ旨ヲ請フ二法語ヲ一。師、傾テレ帙敷奏ス。允ニ称ニ二皇情ニ一、龍顔大ニ悦給。三年ノ冬十二月、設ク二禅門大乗戒壇ヲ一。受者ノ数千指。四年ノ秋九月、命シテ二座元瑫公ニ一補シメ二其ノ席ヲ一、乃退二休ス松隠ニ一。十三年二月十九日、師率テレ衆ヲ啓テ二寿蔵ヲ一、踞テ二龕中ニ一嘱シテレ之曰ク、「老僧他日委息セハ、停ムルコトレ龕三年。然シテ後、入ヘシトレ塔ニ。」言已テ、帰ル二方丈ニ一。下午、示ス二微疾ヲ一。諸山ノ門弟子並ニ宰官・居士・省侍問候ス。師、応答如シレ常ノ。三月三十日、上皇遣シテレ使ヲ存問ス。進ム二謝恩ノ偈ヲ一。下午、書シテレ偈示スレ衆ニ。四月ノ朔、遣シテレ偈ヲ謝ス二大将軍ヲ一。初二日、上皇、復遣シテレ人恩顧。特ニ賜ニ二大光普照国師ノ之号ヲ一。聞ヒテ二師ノ病不ルコトヲレ起嘆シテ曰ク、「師ハ者国ノ之宝ナリ也。倘シ世寿可ンハレ続ク、朕（17オ）願クハ以レ身ヲ代ンレト之。」其ノ尊崇至ルレ此ニ。振古《ムカシヨリ》未タレ有ラ也。初三早刻、謂テ二左右ニ一曰ク、「今日不レ得ニ遠離ルコト一。吾カ行期逼レリト矣。」至テ二午ノ刻ニ一、遽カニ起テ趺ニ坐ス。左右愕然シテ、進テ二觚翰ヲ一請フ二遺偈ヲ一。師奮テレ筆ヲ大ニ書シテ曰ク、「西来楖栗

振二雄風一ヲ　幻二出シテ檗山一ヲ不レ宰レセ功ヲ　今日身心倶ニ放下シテ　頓ニ超二フ法界一ヲ一真空ト。」書シ已テ、奄然長逝。実ニ寛文十三年癸丑四月初三日、未ノ時也也。世寿八十有二、夏若干ク。詳ニ在二本伝一ニ。茲ニ略シテ記ス〈至二元禄己巳二年一ニ一十七年矣〉。

【注】黄檗山万福寺　京都府宇治市五ケ庄。『東渡諸祖伝』下「隠元琦禅師」。

16〔伏見〕天王山仏国寺〈延宝戊午ノ六年開創。至二元禄己巳二年一ニ十二年矣〉

此ノ寺ハ、予カ本師和尚開山ノ之所。為《タリ》二伏陽第一ノ勝区一也。和尚、諱ハ性激、字ハ高泉。大明福州府福清県ノ人也。姓ハ林氏。父名ハ悟玄、母ハ趙氏。崇禎五年癸酉十月初八日ニ生ル。容（17ウ）貌端正也。自リレ幼穎悟ニシテ、目光射ルレ人ヲ。好ク通二シテ経書一ニ、善二シ詩文一ニ。少小ヨリ慕二テ仏乗一ヲ、不レ楽二世栄一ヲ。性仁慈アリ。十三歳ニシテ登二テ黄檗山一ニ礼二シテ無住尊宿一ヲ薙髪受戒シテ、服勤スルコト久シ之。樹ヘレ徳ヲ積レ学ヲ、不レ間二寒燠一。甲午ノ夏、黄檗隠元老和尚、命二シテ座元慧門和尚一ニ補二シメ其ノ席一ヲ、乃チ応シテレ請ニ東渡ス。自レ時レ厥ノ後、師、入二慧門和尚ノ之室一ニ機鋒契合シ、受テレ嘱ヲ東渡ス。本朝寛文元年辛丑六月十六日、抵リ二長崎一ニ、次テ到二テ黄檗一ニ〈至二元禄二己巳年一ニ二十九年矣〉、礼二シテ祖翁隠老和尚一ヲ侍二ス籌室一ニ。衆、見二テ師ノ風儀一ヲ咸ナ嘆服ス。自レ是声名達二ス於諸方一ニ。四年甲辰ノ秋、奥州二本松ノ太守丹羽玉峰居士、欽二テ師ノ名徳一ヲ、創二テ法雲蘭若一ヲ、請シテレ師ヲ問二法要一ヲ。此ノ地無二シ知識一。一ヒ逢二テ師ノ至一ルニ、咸ク生二シテ希有ノ之心一ヲ士庶革メレ志ヲ、順スルレ化ニ者ノ多シ。寛文七年丁未ノ秋、退テ帰二テ黄（18オ）檗一ニ寓二ス曇華室一ニ。越テ明年戊申五月十八日、就二テ本寺ノ之南一ニ闢二テ法苑禅院一ニ、移シテレ錫居レス焉。四衆来朝シテ、山川増レス色ヲ。太上法皇欽二テ師ノ道風一、詔二シテ南都一乗院法親王一ニ、宣シテレ旨問二禅要一ヲ。師奏答、允ニ称二皇情一ニ。龍顔大ニ悦テ、毎歳賜二テ黄金若干一ヲ、資二ク僧糧一ヲ。法親王、屢〱詢二フ禅要一ヲ。由テレ是ニ、上ミ自リ二王臣一下モ及二テ士庶一ニ、靡シレ不二云コト望レ風慕ハレ化ヲ焉。延宝四年丙辰ノ秋、加州ノ主事横山居士等、欽二テ師ノ道徳一ヲ革二テ献珠寺一ヲ、請シテレ師ヲ為二開山ノ祖一ト。車馬塡ツレ門ニ。無シテレ何クモ帰二ル法苑一ニ。六年戊午ノ夏、伏陽御香宮ノ道官、捨二ス勝地一。申テレ官ニ創二伽藍一ヲ。号二ス天王山仏国禅寺一ト。明年己未ノ四月十日、移シテレ錫居ス焉。弘ニ振二道風一ヲ。四衆雲クニ集。未タレ幾、施者塡テレ門ニ、禅林ノ之所レノ当レ備ル者ノ、悉ク挙レ之。山川映帯、梵宇

精厳、実伏陽第一（18ウ）霊区也。太上法皇、賜宸書額曰大円覚並黄金若干、以慶落成。八年庚申春二月、摂州太守青木居士、聘師住仏日。天和二年壬戌二月十七日、退帰天王山、道化益〻盛。諸山名徳来謁、請示法要。及士庶乞法名求、授戒者不可称計矣。元禄二年春、京師有長者。為建開山塔、安寿像。荘厳具足。先是、大殿之釈迦尊像者、乃師前遊南都招提寺、時見梵相甚多。皆散置於殿角塵埃漫漶。師見而嘆之。因勧、以施人。寺僧忻然、以一軀献師。其高三尺計。即開山鑑真律師上首、唐思託阿闍黎所造也。又有毘沙門天王像者、師、開法苑時、欲奉多聞天王為伽藍神、不果。無何、不肖道温、（19オ）偶〻遊古寺得一像首。還不能弁証。諸仏工皆曰、「此弘法大師、手造北天王也。」師大悦、謀将造身、不果。経三載、古寺更新。*温、復得身手四段[1]於瓦礫中、浣而合之。則全像也。但闕一脳蓋。不二日、倶得之。師、感其霊応、即命装飾。立身三尺許。儼然一古像矣。霊感甚多。師向来、有所編述不下百巻。書林競求、鏤梓。釈問孝伝一巻・曇華筆記一巻・山堂清話三巻・法苑略集五巻・黄檗清規・及有馬温泉記各〻一巻・扶桑僧宝伝十巻・本朝高僧伝十巻・続僧宝伝三巻・仏国詩偈六巻・一滴艸四巻・語録二十四巻・洗雲集二十二巻・亀谷近草六巻、皆悉行世。（19ウ）

【注】天王山仏国寺　京都市伏見区深草大亀谷古御香町。

【校訂】 1段―〈底〉段

17〈宇治。点黒圏者洞宗下也〉興聖寺〈第八十六主四条院天福元年創。至元禄己巳二年四百五十六年矣〉

開山、道元禅師、自大宋帰、寓京之建仁。天福元年春、弘誓院正覚大師、於宇治郡営宝坊、請師為開山之祖。嘉貞二年、開堂法演。座下嘗盈万指。其禅規典則、一皆取法于天童。題其梠《カフキ》曰興聖宝林禅寺ト一。

【注】 **興聖寺**　京都府宇治市宇治山田。『扶桑禅林僧宝伝』巻一「道元禅師」。

18〔洛西〕地蔵寺〈第一百主後円融院ノ応安七年ニ開山遷化。至二元禄己巳二年一ニ三百十五年矣〉

開基禅師、諱ハ周皎、字ハ碧潭。北条大将軍ノ之後也。生シ時、父母感ス二瑞夢ヲ一。世ニ号ス二地蔵再生ト一。棄テレ髪ヲ染シテレ衣ヲ、初テ習二密部ヲ一。凡ソ教門底蘊、部析無シレ遺スコト。知徳既ニ周シ。進テ二灌頂大阿闍梨位ニ一、為ニ二密学者ノ一所ル二宗ヒ仰カ一。然トモ、非三己カ之所ロ二自足シト一也。聞テ二天龍正覚国師ノ禅化ヲ一、窃カニ心慕ヒ焉、更ヘレ衣ヲ造タリ二其ノ室ニ一。日夕親炙シテ洞二徹ス性（20オ）源ニ一。国師授ルニ、以ス二僧伽梨・法具ヲ一。後醍醐ノ上皇、御シテ二城南ノ平等院ニ一、挹《クミテ》二其ノ高風ヲ一、降シテ二手詔ヲ一召対。至ル時ハ則賜テレ坐ヲ、詢ヒ二法要ヲ一、恩寵特ニ甚シ。大将軍義詮源公、丁タツテ二母ノ憂ニ一、廬シ二於平等院ノ側ニ一、請シテレ師宣シムルコト二梵典ヲ一者百日、以テ資ク二冥福ヲ一。一時ノ公卿大人、問道無シ二虚日一。故ニ湫禅師、題シテ二其ノ照容ニ一、有下教禅兼学テ剣開キレ匣ヲ、宗説倶ニ通シテ鏡絶スレ塵ヲ。徳洋洋シテ充二宇宙ニ一、道声籍籍トシテ動スルノ二王臣ヲ一之語上。武州頼之源公、治政ノ之暇恒ニ問二道ヲ於師ニ一。日ニ有二深造タルコト一。特ニ就テ二城西ニ一創テ二地蔵禅寺ヲ一、起テ、為二開山第一世ト一。師、不二自任セ一。譲テレ之、以テ尊二其ノ師ヲ一。武州公、益〳〵義アリトスレ之。寺成テ、公、自ノ立テ二肖像ヲ于寺ニ一、以テ示ス二護法ノ之厳キコトヲ一。応安甲寅七年正月五日、年シ八十四。唱二滅ヲ于当寺ニ一。門弟子恋慕シテ不レ已。塔ス二全身ヲ于尸陀林ニ一。勅シテ諡ス二（20ウ）宗鏡禅師ト一。

【注】 **地蔵寺**　京都市西京区山田北ノ町。『続扶桑禅林僧宝伝』巻一「碧潭皎禅師」。

19〔葛野〕●松山寺〈第百二主称光院ノ応永二十四年ニ創。至二元禄己巳二年一ニ二百七十三年矣〉

開山禅師、諱ハ性欽、号ス二牧翁ト一。京兆ノ人。姓ハ藤氏、近衛相公ノ之子也也。五歳ニシテ辞シレ家ヲ、従テ二永谷ノ英仲俊禅師ニ一為シレ師ト、十三ニシテ落髪受具ス。俊知テ二其ノ大器ナルコトヲ一、特ニ加フ二提誨ヲ一。師、拳拳シテ服膺シテ、究メ二玄旨ヲ一忘ル二寝食ヲ一。如ナルコトレ是者四稔。一日与レ俊問答スル。次テ忽チ悟入ス。俊曰ク、「你莫シャレ有ルコト二妙悟一麼。」曰ク、「設ヒ有ルトモ二妙悟一也、須ク二吐却一ス。」俊微笑ス。服勤スルコト三載。応永十一年、詣テ二葛野一ニ立ルコト二死関一ヲ十有三年。厥ノ後、漸クニ成シ二叢席一ヲ、号シテ為二松山寺一ト。及テ二俊殁スルニ一、起レ師ヲ補シム二永谷ノ席一ヲ。経テ二十寒暑一ヲ寺災アリ。一切倶ニ毀セリ。独リ上皇ノ所レノ造如意輪ノ聖像、出テ、二于灰燼一不レ損セ二一毫一モ。朝野瞻礼シテ、無シレ不云コト二感激一セ。師乃毅然シテ、以二興復一ヲ（21オ）為二己カ任一ト。不ルニ二数年一、釈梵ノ之宮復タ現ス二于山中一ニ。暮年、赴二永沢一ニ大ニ開ク二炉鞴一ヲ。輪下ノ参徒、余レリ二万指一ニ。文安五年、率テ二衆五百一ヲ拠ル二越ノ之慈眼一ニ。明年、還ル二永谷一ニ。康正元年臘月十九日、無シテレ病随テレ例ニ入リレ浴、畢テ歛メテレ衣ヲ拠リレ座ニ、顧テレ僧ヲ曰ク、「打レ鐘ヲ著セヨト。」及テ二鐘鳴テ衆集ルニ一誡テレ之曰ク、「山僧カ世縁已ニ尽ク。你等当ニ三精進修持シテ毋レレ違コト二仏制一ニ。衲衣下ニ失二-却スレハ人身一ヲ、則万劫ニモ難シレ復ヘリ。慎メレ之、慎メレ之。」復タ書シテレ頌、投シテレ筆而化ス。寿七十有二。衆奉シテ二遺殖一ヲ、塔ス二于山谷一ニ。

【注】松山寺　兵庫県丹波市氷上町三原にあった。『続扶桑禅林僧宝伝』巻三「牧翁欽禅師」。

20〔洛西〕葉室《ハムロ》山浄住寺〈第八十九代亀山帝文応元年ニ創。至三元禄二年一ニ四百二十九年矣〉

平安城ノ西ニ有二勝刹一。号ス二葉室山浄住寺一ト。昔シ大律師興正菩薩所ナリ二開創一也。律師、名ハ叡尊。歳シ十一ニシテ離レレ家ヲ、師トシ二-事シテ醍醐山叡賢一ヲ、十七ニシテ落髪、学ニ二密乗一ヲ。初メ唐ノ鑑真、天平勝宝六年、（21ウ）伝二-持律蔵一ヲ流二-衍ス上邦一ニ。年代久遠ニシテ、其ノ学漸ク微ナリ。尊、常ニ痛ミ二律幢ノ之摧圮一ヲ、嘉禎二年、与三同志ノ者四人一ニ、依テ二大乗三聚通受ノ法一ニ、自誓受戒ス。自レ爾居テ二南都ノ西大寺一ニ、盛ニ弘ム二戒法一ヲ。四律・五論・三大・五部、無レ不云コト二研究一セ。寛元三年、於テ二泉州ノ家原寺一ニ、又行ス二別受ノ法一ヲ。此ノ歳、授ケ二法華寺ノ文篋ニ沙弥尼戒一ヲ、建長元年、於二法華寺一ニ授ク二慈善等ニ大比丘尼戒一ヲ。至テレ此ニ七衆皆備ル。戒学再ヒ興ルコト、成レリ二于尊一ニ也。文応元年、黄門侍郎、従テレ尊ニ下シレ髪ヲ受レ戒ヲ。名ヲ曰二定然一ト。尋テ造テ二浄住寺一ヲ、延テレ尊ヲ住セシムレ之。尊、乃チ結テ二僧界一ヲ、大ニ弘二戒法一ヲ。亀山上皇、聞二尊ノ之戒行一ヲ、詔シテ入レ宮、受二菩薩ノ大戒一ヲ。后妃公侯、同ク受ル者ノ多シ矣。尊、内ニハ持シ二密教一ヲ、外ニハ興シ二律宗一ヲ、旁ラニ渉リ二唯識一ニ、徳化振二四方一ニ。密観ノ者ノ七十余人。

黒白受レ戒ヲ者ノ、（22オ）不レ知二幾ク万人一ト云コト。置二放生池ヲ於諸州一ニ、凡ソ一千三百五十六所。正応三年八月二十五日、終二于西大寺一ニ。寿九十〈至二元禄二年一ニ四百年矣〉。永仁中ニ賜二諡ヲ興正菩薩一ト。厥ノ後、寺廃已ニ久シテ而遺圯存ス焉。元禄二年、弘福鉄牛和尚、復タ重テ興レス之。於レ是ニ始テ為二禅崛一ト。大ニ振二ヒ宗風一ヲ、四衆雲集。山川増レシ色ヲ、実ニ一ノ禅坊トナル也。師ハ乃チ黄檗第二代木菴和尚。日域ノ之上足ニシテ而道高ク徳広シテ、声誉著レ聞フ。嘗テ住二シテ江府ノ之瑞聖寺一ニ、大ニ轟二シ法雷一ヲ、震二動ス山川一ヲ。久シテ之退テ、居二弘福寺一ニ。黒白男女帰スル者ノ如レシ市ノ。師ノ所レノ至処、士庶靡然シテ莫レ不二云コト帰仰一セ。凡ソ為《スル》二開山一者若干所、及ヒ菴院共ニ七十所。誠ニ法門ノ之英雄ニシテ、雖二トモ先徳一ト亦不二多ク譲一ラ也。

【注】葉室山浄住寺　京都市西京区山田開キ町。『元亨釈書』巻一三「叡尊」。『東国高僧伝』巻十「叡尊」。

21〔洛東〕高台寺（22ウ）

洛ノ之東ニ有二勝刹一。号二ス鷲峰山高台寺一ト。乃チ豊臣太閤秀吉公ノ之夫人、名二ク政所《マントコロ》一ト。所創テ捨二テ荘田五百石一ヲ為二僧糧一ト。嘗テ請二シテ建仁ノ常光院ノ三江和尚一ヲ住レセシメ之ニ、夫人下レシテ髪ヲ、号二ス高台寺湖月一ト。因以テ名レク之ニ。其ノ中ニ有二子院六所一。或ハ有二宝池一。名二ク菊潭水一ト。或ハ有二大桜桃樹一。京兆第一ノ名花ナリ也。

【注】高台寺　京都市東山区高台寺下河原町。『雍州府志』巻四「高台寺」。

22〔東山銀閣寺〕慈照寺〈京師相国寺派下也〉

此寺、大相国義政公剃髪シテ、号二ス慈照院一ト。洛之東山、退二居シテ浄土寺村一ニ、遂ニ以二テ此ノ地一ヲ為二仏宇一ト。号シテ曰二慈照寺一ト。奉二シテ夢窓国師一ヲ為二開山一ト。方丈ノ東ニ搆レテ殿ヲ安二シ仏像一ヲ、榜シテ曰二東求堂一ト。又南庭ニ有二宝池一。池畔ニ建二楼閣一ヲ。第一ヲ号二シ心空殿一ト、其ノ二ヲ名二ク潮音閣一ト。皆以二銀箔一ヲ餝レリ之ヲ、荘厳精麗也。故ニ世人称シテ曰二銀閣寺一ト。相公、（23オ）常ニ嗜レ茶ヲ而、愛二シ陸羽カ之業一ヲ、好二テ葉氏カ之風味一ヲ而、方十尺許リノ結二テ草廬一ヲ号二シ同仁斎一ト、於レ中ニ開レ炉ヲ烹レル茶ヲ。或ハ掛二古キ書画一ヲ、或ハ置二テ古キ器物等一ヲ、自酌レテ茗ヲ新二ニシテ其ノ意一ヲ而、養二浩然ノ之気一ヲ。亦使三工ヲシテ造二ラ諸ノ器物一ヲ。其ノ精微至巧也。至レ今ニ、世間以レ之ヲ称二東山殿ノ奇物一ト。而蔵レテ之為二家宝一ト也。又於二庭前一ニ設二仮山一ヲ。其ノ風景異レニシテ常ニ、非三ス笔墨ノ所二能ク及一也。自レ此世上ニ以テ為二スト仮山ノ模一ト云。

【注】慈照寺　京都市左京区銀閣寺町。

23〔北山金閣寺〕鹿苑寺〈第一百一主後小松帝応永四年ニ創。至二元禄己巳二年一二百九十三年矣〉

洛ノ之北山ニ有二勝刹一。号シテ曰二鹿苑寺一ト。大相国義満公ノ所レナリ創ル也。公、髯髪シテ号二鹿苑院道義一ト。応永四年、就二テ当山一ニ創二メ蘭若一ヲ、自ラ書レシテ額ヲ曰二鹿苑院一ト。復設二ケ三層ノ楼閣一ヲ、第一ヲ号二シテ法水院一ト安二シ釈尊ノ像一ヲ、左右ニ置二観音・勢至一ヲ。西ノ側ニ安二シテ夢窓国師ノ之頂相一ヲ（23ウ）為二開山ノ之祖一ト、並ニ置二ク道義ノ之肖像一ヲ。第二閣ヲ名二潮音洞一ト、置二自然木ノ之観音及四天王ノ像一ヲ。第三閣、後小松帝賜二テ宸書ノ額一ヲ、名二ク究竟頂一ト。此閣皆以二金箔一ヲ餝レリ之、荘厳ノ特ニ甚シ。故ニ世人称二ス金閣寺一ト矣。寺中ニ有二八景一。所レル謂法水院・潮音洞・究竟頂。閣ノ之南面ニ有二鏡湖池・岩下水・龍門瀑・銀河泉・安民沢一也。池畔ニ有二九川八海石一。又タ有二夜泊石・赤松石一〈此ノ赤松石者ハ武臣赤松氏ノ所レ也献。故ニ名レ之矣〉。応永十五年戊子三月八日、後小松帝幸二シテ当山一ニ、駐二ルコト鳳輦一ヲ三日。龍顔大ニ悦テ、賜二テ荘田若干一ヲ永ク充二ツ僧膳一ニ。此ノ寺、今属シテ相国寺派下タリ也。

【注】鹿苑寺　京都市北区金閣寺町。『雍州府志』巻五「鹿苑寺」。

24〔衣笠山下〕真如寺〈未詳年月〉

大将軍尊氏仁山公ノ之勇臣、高ノ武蔵ノ守師直、創レテ之号二シ（24オ）真如寺一ト、請二シテ夢窓国師一ヲ為二シ住持一ト、大殿ニ安二シ宝冠ノ釈迦ノ像一ヲ、宝座ノ下ニ置二仏光国師ノ之真一ヲ。傍ニ立二大元東陵璵禅師ノ所レノ作ル碑ノ銘一ヲ。左辺ニ置二仏国・夢窓及ヒ無著禅尼等ノ三像一ヲ〈無著尼ハ者世ニ曰フ千代野ナリ也〉。初メ無著尼、就二テ当地一ニ、建二正脈菴一ヲ。請二シテ仏光国師一ヲ居シム焉。国師既ニ逝シテ而収二テ骨石一ヲ塔二ス于当地一ニ。故ニ置二仏光及ヒ無著ノ像一ヲ。近来、後水尾帝ノ皇女宝鏡院、葬二ル于当寺一ニ。由レテ是ニ、後水尾帝重二興シ給之一ヲ。此ノ寺、相国寺ノ之派下ニシテ而十刹ノ之第三位ナリ也。

【注】真如寺　京都市北区等持院北町。

25 〔洛西〕瑞鳳山龍翔寺〈延慶二年ニ創。至二元禄二年一ニ三百八十年矣〉

此寺、本朝第九十代後宇多上皇勅創ノ之所ニシテ、即チ大応国師ノ之塔所也也。国師、諱ハ紹明、字ハ南浦。駿州安部郡ノ人。出二藤氏一ニ。妙年ニシテ従二テ本州ノ建穂寺ノ浄弁師一ニ、学二出世ノ法一ヲ。年シ十（24ウ）五ニシテ薙髪受戒シテ、参二シ建長蘭渓和尚一ニ、正元ノ間、入二大宋一ニ。偏ク叩二ク諸方一ヲ。時ニ謁二シテ虚堂愚和尚ニ于浄慈一ニ、機鋒相契。堂、大ニ喜テ令レ典二ラ賓客一ヲ、日夕咨扣ス。一日写二テ堂和尚ノ頂相一ヲ、請レフ讃ヲ。堂書ス。有二リ紹既ニ明白語不レ失レ宗ヲ句一。既ニシテ而堂奉レシテ詔ヲ遷二径山一ニ。携レテ師ヲ与ニ倶ニス。師益〻勉励ス。一夕定ヨリ起テ、大悟シテ呈レス偈ヲ。堂、報レシテ衆ニ曰ク、「者ノ漢、参禅大徹セリ矣。」自レ是一衆改レ観ヲ。師、辞レシテ堂ヲ帰レル国ニ。于時ニ本朝文永四年也。入二ル建長寺一ニ。蘭渓和尚、命シテ秉払提唱セシム。七年ノ秋、出二世シテ於筑州ノ興徳一ニ、大ニ振二徳風一ヲ。越テ明年、移二リ太宰府ノ之崇福一ニ、居ルコト三十三年。参徒日ニ盛ナリ。嘉元年間、奉レシテ詔ヲ入二京師一ニ。太上皇〈本朝九十代後宇多天皇〉召テ対二シ宮掖一ニ、問答称レフ旨ニ。勅シテ主二シム万寿禅寺一ヲ。宰官問レ道ヲ者ノ、車馬塡レ門ニ。又以二東山ノ故址一ヲ興二造シテ嘉元（25オ）禅寺一ヲ、延レ師ヲ為二開山一ト。徳治丁未、奉レシテ旨ヲ赴二キ関東一ニ、留二正観寺一ニ。而相州ノ太守平崇演、請レ師ヲ、就二署所一ニ演法セシメ、復タ敷奏シテ請テ、主二シム建長寺一ヲ。明年ノ春、太上皇降二シテ手詔一ヲ存問ス。恩礼優至。当二テ入寺ノ之夕一ニ小参、有レ曰ヘルコト。「今年臘月二十九日、来ニ無二ク所来一、明年臘月二十九日、去ニ無二シ所去一。」衆驚訝。莫レシ諭二スルコト其ノ意一ヲ。明年、当二テ延慶元年戊申臘月二十九日一ニ、忽示二微疾一ヲ。至二テ二鼓一ニ、書レ頌ヲ畢テ加趺シテ而逝ス。世寿七十有四、坐六十夏。所度ノ弟子千有余人。得法ノ者ト若干人。火後得二ルコト舎利一ヲ無数。上皇哀慕不レ已。勅シテ諡二シ円通

大応国師、仍勅於洛西安井村建精舎、榜曰瑞鳳山龍翔寺。塔骨石舎利于寺之後山。塔曰普光。菴曰祥雲。厥後、此寺移建於大徳之中。（25ウ）唯塔所存焉。弟子、在崇福者、奉舎利建塔。菴曰瑞雲。他日失火。及半、天忽雨雪、火遂滅。求所蔵舎利塔、失所在。徒僧方憂。至夜半見岩阿、発光。迹《タツネテ》之得焉。遠近尤異之。大宋杭州中天竺住持延俊大師、嘗為師撰塔上之銘。有語録三巻。天界寺季潭泐禅師、為序。又有明極俊・西澗曇諸大老、跋其後〈自示寂至元禄二年三百五十七年矣〉。

【注】瑞鳳山龍翔寺　京都市北区紫野大徳寺町。『抹桑禅林僧宝伝』巻二「南浦大応国師」。

26〔嵯峨〕宝幢寺〈第百代後円融帝康暦二年創。至元禄己巳二年三百九十矣〉

開山、普明国師、名妙葩、号春屋。甲州平氏子也。母源氏、夢呑雷而孕。生甫七歳、不茹葷。父母異之、送就夢窓国師、学出世法。及長、参叩諸刹、其後入夢窓国師之室、機鋒契合。国師遂以衣鉢付之。臨川寺災。寺僧知（26オ）師能起廃、請補位。不数月而還旧観。越二年、遷主天龍。化風益〱振。久之受勅、主南禅。一日詔入大内、説法称旨。乃賜智覚普明国師之号。康暦二年、大相国義満公、有感異夢者、欲為国家延福。乃出内帑、創寺于覚雄山、曰大福田宝幢寺〈異人告曰、「公、今年有大患。若能建伽藍安宝幢菩薩・観音大士・北天王之像、則免之。」故創斯寺、曰大福田宝幢寺〉。請師為開山之祖。落成日、師陞座説法。有雨花之瑞。見聞起信。別創一院、為開山塔所。榜曰鹿王。蓋其地有白鹿出現也。嘉慶二年八月十二日夜、索筆書偈、怡然而逝。寿七十有八、臘六十又四夏。門人奉全身、窆于鹿王院。詳在本伝。茲略記。自時厥後、年代久遠、惜寺廃壊、唯鹿王院（26ウ）存焉。

【注】宝幢寺　京都市右京区嵯峨北堀町。『扶桑禅林僧宝伝』巻七「春屋普明国師」。

27妙光寺〈在二洛西鳴瀧ノ北山一ニ。未レ詳二年代一〉
此ノ寺、法灯国師開山ノ之所也。二品内府華山師継藤公ニ有二二子一。長子右少将忠季、不幸ニシテ早ク逝ス。父師継公、命二シテ其ノ弟二品内府師信一ニ、便チ為レニ兄ノ令レテ建レ寺ヲ而、延二テ法灯一ヲ為二開山ノ之祖一ト。号シテ曰二妙光寺一ト。為二ニ忠季ノ一永ク資二ク冥福一ヲ。山上ニ有二紫雲台一。其ノ景極妙也。又有レ菴。曰二藻虫一ト。京師ノ長者打宅氏カ之所レナリ建。傍ニ搆二テ小堂一ヲ、置二和歌ノ祖人丸ノ像一ヲ。打宅氏好二ム和歌一ヲ故ナリ也。此ノ寺、今属二ス東山建仁寺一ニ矣。法灯ノ伝、在二リ紀州西方寺ノ記一ニ。茲ニ略レス之。

【注】妙光寺　京都市右京区宇多野上ノ谷町。『雍州府志』巻五「妙光寺」。

28西芳寺〈在二松尾神祠ノ之南一ニ。未レ詳二開創ノ年代一ヲ〉（27オ）
洛ノ之西ノ岡ニ有二梵宇一。昔シ聖徳太子手創ニシテ、有二手刻ム阿弥陀ノ像一。故ニ号シテ曰二西方寺一ト。厥ノ後、行基菩薩、重テ新レニス之。亦タ弘法大師、暫ク駐二ムト錫ヲ於此ノ地一ニ云。本朝五十一代平城帝ノ之皇子真如法親王、駐二トム駕ヲ当寺一ニ。将軍田村公、屢〻訪二フ法親王一ヲ。其ノ後、小松平重盛公、諫二ム父相国清盛ノ之奢侈一。相国不レ聴。故ニ重盛、暫ク蟄二居ス寺中一ニ。其ノ後天龍夢窓国師、復タ興レシテ之而、改二テ方ノ字一ヲ為レ芳ト。於レ是ニ始テ為二禅窟一ト。山川生レシ色ヲ、禅化益〻盛ナリ。方丈ノ前ニ有二仮山一。国師自ラ設レク之。其ノ水石樹木ノ之妙、非三ス筆舌ノ之所二ロニ能ク述一ル也。国師ノ塔所ヲ名テ曰二指東菴一ト。即チ真如法親王ノ之遺趾也。

【注】西芳寺　京都市西京区松尾神ケ谷町。『雍州府志』巻五「西芳寺」。

29〈宇治田原〉●禅定寺〈本朝六十六代一条帝正暦二年ニ創テ、至二元禄己巳二年一ニ六百九十九年矣〉（27ウ）

山城州宇陽、南ニ去ルコト三里ニシテ、綴喜《ツヽキ》ノ郡桑在《クワアリ》ノ郷ニ有二リ観音ノ霊刹一。号二ス補陀落山禅定寺一ト。或ハ曰二妙智院一ト。乃チ南都正法院、平崇上人開闢ノ之所ナリ。其ノ山最モ高シテ、群山朝レス之ニ。御二シテ于峰頂一ニ而遥ニ望レメハ北ニ。天台倒マニ映二ス琵琶湖一ニ。南ハ隣二ナリ鷲峰山一ニ、東西ノ諸峰皆ナ仰レテ之ヲ、可レシ謂二ツ補陀浄刹一トモ也。開山平崇上人、学二ヒ華厳宗一ヲ、兼テ習二密乗一ヲ。深ク得二テ顕密ノ一教一ヲ、常ニ入二那伽定一ニ、修二ス阿字観一ヲ。三学倶ニ備ル。凡ソ誦経スル時ハ、則チ口ニ放二ツ金光一ヲ。以レテ故ヲ声華溢二レ於朝野一ニ、本朝六十六代一条ノ天皇正暦元年、除二ラレ東大寺ノ別当一ニ、於レテ是ニ道化弘ニ振。四衆雲集シテ、惟タ恐レル後レンコトヲ焉。崇、厭二テ諠閙一ヲ、越ヘテ明年辛卯ノ春、退レテ職ヲ就二テ当山一ニ搆二ヘ精藍一ヲ、安二ス十一面大悲ノ像一ヲ。長ケ八尺許カリ。左右ニ置二テ文殊・普賢一ヲ、遂ニ成二大伽藍一ト。長徳四年戊戌ノ（28オ）十月十九日、設二テ大斎会一ヲ以テ落二ス其ノ成一ヲ。其ノ余、有二諸堂仏閣一。所有ル像設、或ハ四天ノ像、悉皆法橋定朝カ所レ也造ル也。崇、以二衣鉢ノ余力一ヲ置二テ荘田若干一ヲ、以テ充二テ香積一ニ、其ノ道大ニ揚ク。四衆帰レスルコト之ニ如レシ蟻ノ。長保四年壬寅ノ十月七日、端坐シテ而化ス。世寿七十有七。塔二ス于寺ノ西塢一ニ〈自レ此至二元禄己巳二年一ニ六百八十八年矣〉。其ノ後二十七年ニシテ至二長元二年一ニ、御堂《ミダウ》ノ関白道長公ノ之長子左僕射頼通公、挙二テ当山一ヲ為二祝国ノ道場一ト。由レテ是ニ益〱盛ナリ。既ニシテ而頼通公、以二テ宇治ノ別業一ヲ為二平等院一ト。従レ此当寺漸ク廃シテ、延久ノ初メ、有二テ覚勢阿闍黎ト云者一、以二此ノ寺一ヲ而属二シテ平等院一ニ派下トス。自レ時レ厥ノ後至二テ貞応元年一ニ、定仁法師与ト二藤原ノ兼重一、議シテ而設二テ熊野・山王ノ両処権現及ヒ十八伽藍ノ祠一ヲ、為二鎮守神一ト。弘安六年ニ、建二薬師（28ウ）及ヒ多聞ノ両殿一ヲ。正暦四年、住持信快一和尚、沙弥乗願・藤ノ石熊丸等ト倶ニ、戮レテ力ヲ而修二葺ス之一ヲ。無レシテ何クモ為二祝融氏ノ所一レ廃セ、悉ク為二煨燼一ト。於レテ是ニ、僅ニ搆二テ小宇一ヲ置二諸像一ヲ。其ノ後久シテ之、無二シ人ノ修治一スル。至二テ寛文年間一ニ、慈仁律師、偶〱遊二此ノ寺一ニ。念二テ名山聖跡一ヲ、不レト可レ不レンハ復セ。乃チ於二殿ノ傍一ニ縛レテ茅ヲ憩焉。就二開山塔処一ニ立レ石ヲ、記二ス其ノ徳一ヲ。無レシテ何クモ、仁、西帰ス。後チ宇治ノ興聖ノ之僧、有レテ病寓二シ此ノ寺一ニ、一夕夢ニ一ノ老僧告テ曰ク、「此ノ地欲二スル興復一セント者ノ多シ。然トモ皆非二ス其ノ人一ニ。当下ニ有二テ一実人一来上ル。我レ姑ク待レト之ヲ。」自レ是郷人、聞二テ夢中ノ事一ヲ云ク、「果シテ如レナラハ是ノ、豈ニ非二スヤ観音大士一ニ耶。未レタ知、一実人ト云ハ者、是レ誰トカセン乎。」時ニ洞下ノ老宿月舟禅師、嘗テ応レシテ請ニ住二シ加ノ之大乗寺一ニ、十年如二一日一ノ、大ニ倡二道風一ヲ。延宝八年庚申ノ秋、命二シテ座元卍山公ニ一補セシメ二其ノ席ヲ一、乃チ（29オ）退テ帰二京師ニ一。聞テ二補陀落山ノ林巒幽邃ナルヲ一、輒チ欲レ就レ之ニ。乃チ申テレ官ニ修葺シ、移テレ錫ヲ居スレ焉ニ。座下ノ納子充ツ二一千指ニ一。寺中素トヨリ無シレ水。大衆苦シムレ之ヲ。師一日、以テレ杖ヲ穿ツ二石罅ヲ一。泉随テレ杖ニ涌キ、清涼甘滑ニシテ而、足テレ用ルニ有レ余。郷人視テレ之ヲ驚怪シテ而云ク、「往昔ミ、病僧所ノレ夢ル一実人ハ者、非スヤ二此ノ和尚ニ一乎。大悲ノ霊感、正ニ不レ虚ナラ矣。」於テレ是ニ、黒白男女帰スル者ノ甚タ多シ。詳ニ在二本記ニ一。茲ニ略スレ之。

【注】**禅定寺**　京都府綴喜郡宇治田原町禅定寺。

鎌倉五山

30〔鎌倉〕亀谷山寿福寺〈第八十四主順徳帝建保三年ニ創。至二元禄己巳二年ニ一四百七十四年矣〉

開山栄西禅師、文治三年ノ夏入レ宋ニ。天童ノ虚菴和尚ノ之得テレ法ヲ而、建久二年ニ帰朝ス。其ノ後、在二相陽鎌倉亀谷ニ一。創テ二寿（29ウ）福寺ヲ一、丕ニ振フ二化風ヲ一。一日、辞ス二僕射源ノ実朝公ヲ一。実朝曰ク、「師已ニ老ヌ。寺未タ二円満セ一。何ソ事スルヤレ行ヲ乎。」対テ曰ク、「我レ欲下入テ二京師ニ一取ント上レ滅ヲ耳。」実朝曰ク、「至人出没、豈ニ択ンヤレ地乎。」対テ曰ク、「都人初テ聞二宗門ヲ一、疑信胥《アヒ》半ハ也。我当下ニ唱二末後ノ句ヲ一顕中煥ス王都ヲ上耳。」即命シテレ駕帰テ二建仁ニ一、夏示ニ二微疾ヲ一。六月晦ノ布薩ノ次テ、告レ衆ニ曰ク、「孟秋五日ハ吾カ之終也ト也。」果然シテ到テレ期ニ、安祥トシテ而逝ス。実ニ七月五日也。

【注】**亀谷山寿福寺**　神奈川県鎌倉市扇ガ谷。『元亨釈書』巻二「栄西」。『扶桑禅林僧宝伝』巻一「明菴西禅師」。

31〔鎌倉〕巨福山建長寺〈第八十七主後嵯峨帝ノ建長元年ニ創。至二元禄己巳二年ニ一四百四十年矣〉

開山大覚禅師、諱ハ道隆、号ス二蘭渓ト一。宋国ノ西蜀涪江ノ人也也。姓ハ冉氏。年シ十三ニシテ脱ニ白シテ于成都ノ大慈寺ニ一、遊テ二諸刹ニ一雖トモ二日ニ参請ス一、都テ無シレ所ロ二契入スル一。又至テ二陽山ニ一、止ル二無明性禅師ノ輪下ニ一。一日、聞ク三性ノ室中ニ挙ヲ二水牯牛過窓櫺ノ

話。始有省。嘗聞人称此（30オ）方為《タリ》仏地、有観光之意。遂本朝寛元四年、付商船至宰府。乃入都城、寓泉涌寺之来迎院。継至鎌倉。副元帥平時頼公聞之、大喜迎居常楽寺、軍務之暇、毎命駕問道。尋択巨福山、創建長興国禅寺、起師為開山。施庄田若干頃、以資食輪。居十三年、移平安城之建仁。都下緇白、欽挹《イウス》禅化。時寛元上皇〈第八十七主後嵯峨院也〉、欽其徳、詔見禁中。師進偈曰、「夙縁深厚到扶桑　忝主精藍十五霜　大国八宗今鼎盛　建禅門廃仰賢王。」上皇、感師護宗志篤留三載、返建長。師丈室後有松樹。一日其枝垂及地、若有人厭之者。衆僧無不疑訝。師曰、「有一偉服人、降于松上与我叙話。問其所居則曰、『在（30ウ）山之左鶴岡。』言已、即没。故松偃耳。」僧曰、「鶴岡者八幡大神之廟也。和尚所見、将必是乎。」乃指其松曰霊松。時衆中有背逆之輩、流言興謗。時頼公、惑謫師于甲州。甲州之宦民、帰師之徳。久之帰相陽、主寿福寺。六群之徒、流言復起、又移于甲。亡何還寿福。弘安元年、帰建長。秋七月初、示微疾、至二十四日書偈、辞衆而寂。闍維得五色舎利。没後時頼公、輒悲恋不已。一昔夢、師告之曰、「死者人之常也。公、何故自傷。老僧有古鏡一面。平生所持。今、在徒僧徳温処。欲見老僧、但見此鏡足矣。」翌日取而覧之、髣髴若有人影。疑若塵土所蝕、令人磨之。乃瞭然、見観自在像。相好具足。平帥、合（31オ）十作礼。後寧一山、為記。時頼公、奏賜諡大覚禅師〈自滅至元禄己巳二年四百十一年矣〉。

【注】巨福山建長寺　神奈川県鎌倉市山ノ内。『元亨釈書』巻二八「道隆」。『東渡諸祖伝』上「蘭渓隆禅師」。

32〔鎌倉〕稲荷山浄妙寺〈第八十七主後嵯峨院正嘉元年改。至元禄己巳二年四百三十二年矣〉

開山禅師、名了然、号月峰。京兆人也。初為大学博士、後棄俗入禅。聞蘭渓隆和尚道誉、肩

錫ヲ参訪。久ク依レル座‐下ニ。渓、極テ器許シ、挙テ為二版首一ト。初メ住二ス極楽寺一ニ。後、正嘉元年ニ改テ号二ス浄妙一ト。広ク振二宗風一ヲ。臨終ニ説レテ偈曰ク、「七十一年、夜夢紛然。一旦覚メ来テ有二何事一カ。水ハ在二澄潭一ニ月ハ在レ天ニ。」有下携二テ其ノ語一ヲ入二ル大宋一ニ者上。衍石帆・曇希叟ノ諸ノ尊宿、皆ナ著語シテ称歎スト云。

【注】**稲荷山浄妙寺**　神奈川県鎌倉市浄明寺。『元亨釈書』巻六「了然」。『扶桑禅林僧宝伝』巻二「月峰禅師」。

33〔鎌倉〕瑞鹿山円覚寺〈第九十一主後宇多帝弘安五年ニ創。至二元禄己巳二一年四百七年矣〉

開山仏光国師、諱ハ祖元、号二ス無学一ト。宋ノ慶元府ノ人。姓ハ許氏。（31ウ）父ハ伯済、母ハ陳氏。夢下テ一ノ沙門抱二テ嬰児一ヲ与上ト之、乃娠ム。母思二テ煩重一ヲ、欲レス壊レント胎ヲ。又夢ラク、一ノ白衣ノ女子、指二テ其ノ腹一ヲ曰ク、「此ノ児、佳男子也也。善ク保レシテ之勿レレト棄ルコト。」及レテ生ルニ、有二テ白光一照レス室ヲ。十三歳ニシテ喪レス父。至二テ浄慈一ニ礼二シテ北礀簡和尚一ヲ、薙髪シテ受二ケ具戒一ヲ、謁二ス仏鑑和尚ニ于径山一ニ。鑑、令レ参二セ狗子無仏性ノ話一ヲ。師、刻志参究スルコト五霜。一夜忽チ有レリ省。呈レス偈。鑑、可レス之。本朝弘安二年、応レシテ請二ニ将軍平ノ時宗公一ノ、六月著二キ太宰府一ニ、八月到二テ相州鎌倉一ニ入二建長寺一ニ。五年ノ冬、時宗公創二テ円覚興正禅寺一ヲ、請シテ為二ス開山第一世一ト。開堂ノ之日、群鹿臨レム筵ニ。一衆歎異ス。因テ以テ号二ス瑞鹿山一ト。七年ノ夏、平公薨ス。師歎シテ曰ク、「哲人云ニ亡ス。金二‐湯タル吾カ道一ニ者ノ誰ソ歟。」乃辞シテ帰二ル建長一ニ。初メ師在レシ宋ニ時、於二禅定ノ中一ニ常ニ見二ル一ノ神人一。峨冠偉服。執レテ簡ヲ（32オ）告レテ之曰ク、「願ハ和尚、慈二‐愍シ衆生一ヲ、降二‐臨セヨト我国一ニ。」如レナルコト是者数四。毎二ニ神至一ル、先有二テ金龍一頭一、入二ル其ノ神ノ袖中一ニ。又有二鴿子一群一。或ハ遶二リ其ノ身一ヲ、或ハ登二ル其ノ膝一ニ。師、竟ニ不レ知二其ノ故一ヲ。至レテ是ニ有レ僧。請シテ謁二シム八幡ノ祠一ニ。見二ルニ梁上一ヲ、有二リ木鴿子数対一。因テ問二其ノ故一ヲ。僧曰ク、「此乃神ノ之使者ナリ也。」師始テ悟二ル定中ノ所見即此ノ神一ナルコト也。乃熏香致敬シテ而返ル。弘安九年八月ノ末ニ示レシ疾ヲ、九月三日、発二シテ遺書一ヲ別二ル諸ノ檀越故旧一ヲ。下午、書レシテ偈示レシ衆ニ、至二テ中夜一ニ更レヘ衣、端坐シテ書レシテ頌、遂ニ置レテ筆ヲ而寂ス。後七日、火浴。函二テ遺骨一ヲ、塔二ス于寺山ノ之麓一ニ。寿キ六十一。賜レテ号ヲ曰二仏光国師一ト。影ノ左右ニ設二ク金龍・白鴿一ヲ〈自二示寂一至二元禄己巳二一年ニ四百三年矣〉。

【注】**瑞鹿山円覚寺**　神奈川県鎌倉市山ノ内。『元亨釈書』巻八「祖元」。『東渡諸祖伝』上「無学元国師」。

34〔鎌倉〕金峰山浄智寺〈開山自二示寂一至二元禄己巳二年一ニ四百年矣〉（32ウ）
此ノ寺ハ、平ノ師時《モロトキ》公、創レテ之、号二シ金峰山浄智寺一ト、請二シテ仏源禅師一ヲ為二開山ノ祖一ト。禅師、諱ハ正念、号二ス大休一ト。永嘉ノ人也。受二決ヲ于石谿月和尚一ニ東渡ス。本朝文永六年、至二相陽一ニ。副元帥時宗平ノ公、以レ礼ヲ迎テ主二シム禅興一ヲ。次ニ移二リ建長・寿福・円覚諸刹一ニ、弘ニ振二玄風一ヲ。初メ師在二シ禅興一ニ時キ、嘗テ夢ニ、観音大士授クルニ以二スト逢レハ、強ニ則チ止レノ之記一ヲ。師莫レシ測二ルコト其ノ由一ヲ。後十年、由二リ建長一ニ移二リ亀谷一ニ、仰テ見二寺額一ヲ。有二リ金剛ノ二字一。始テ釈然シテ曰ク、「吾カ縁、止《タ、》有レ斯ニ矣。」乃鑿二テ西南ノ一岩一ヲ刻二ミ補陀ノ像一ヲ、営二ミ寿蔵一ヲ、以二テ正応二年十一月二十九日一ヲ、示レ疾而蛻ス。臨終ニ集レメ衆ヲ入室。遺頌ニ曰ク、「拈二起シテ須弥槌一ヲ、撃二砕虚空ノ鼓一ヲ。蔵レシテ身没二ス影跡一ヲ。日輪正ニ当レル午一ニ。」荼毘シテ収二メ骨石一ヲ、得二舎利ヲ於灰燼ノ中一ニ。門人塔二ス于亀谷一ニ。諡ヲ曰二仏源禅師一ト。嗣法ノ弟（33オ）子、陝崖・鉄菴等若干人。

【注】**金峰山浄智寺**　神奈川県鎌倉市山ノ内。『元亨釈書』巻八「正念」。『東渡諸祖伝』上「大休念禅師」。

伽藍開基記巻第八終（33ウ）

伽藍開基記巻第九

天王山志源菴釈道温編輯

禅林勝地

1 〔築前博多〕聖福寺〈第八十二主後鳥羽院ノ建久六年ニ創。至二元禄己巳二年一ニ四百九十四年矣〉

開山栄西禅師、建久二年、自二リ大宋一乗二シテ楊三綱カ船一ニ著二ク平戸ノ島葦《アシ》ノ浦一ニ。戸部ノ侍郎清貫、創二テ小院一ヲ延レク之。率二テ数十輩一行二禅規一ヲ。未レ幾海衆争ヒ集ル。建久三年ニ築紫ノ香推《カスイ》神宮ノ側ニ搆二報恩寺一ヲ、行二菩薩大戒一ヲ。初メ師在レシ宋ニ時キ、虚菴語テ曰ク、「菩薩戒ハ禅門ノ一大事ナリ也。因テ授レク之。」幷ニ付二ス宝瓶・柱杖・白払等一ヲ。至レテ是、始テ依レテ法ニ施行ス。建久六年、創二テ聖福寺ヲ於博多一ニ、大倡二フ禅宗一ヲ。建仁二年ニ大将軍頼家公、創二テ建仁寺一ヲ、請テ為二開山ノ祖一ト。詳ニ在二リ本伝一ニ。（1オ）

【注】聖福寺　福岡市博多区御供所町。安国山聖福寺。『扶桑禅林僧宝伝』巻一「明菴西禅師」。

2 〔築前宰府〕崇福寺〈第八十六主四条院ノ仁治二年ニ創。至二元禄己巳二年一ニ四百四十九年矣〉

開山聖一国師、仁治二年七月、自レ宋至二博多一ニ。湛慧、就二テ横嶽山一ニ建二テ精舎一ヲ、聞二テ聖一ノ帰一ヲ即日ニ来テ、請シテ入院開堂セシム。初メ在レシ宋ニ時キ、無準、臨レテ別レニ自書二シテ勅賜万年崇福禅寺ノ八字一ヲ、嘱シテ而曰ク、「女チ最初ノ住院、以レテ是為セヨレ額ト。」聖一、受已テ白シテ言ク、「他日若シ庇《カクサ》二ハ身ヲ茆廬一ニ、或ハ掲二ケン崇福ノ名一ヲ。勅賜ノ二字、豈ニ我カ之有ナランヤ哉。」無準曰ク、「女チ気宇必ス為二王公ノ欽崇一セラレン。女チ只タ将チ去レ。不レ得二避遜一スルコトヲ也。」携テ而帰リ、乃チ名二ク此ノ寺一ニ。其ノ後宰府ノ有《ウ》智《チ》山寺ハ者、西州ノ之大講肆ナリ也。嫉二テ聖一ノ之禅化一ヲ、欲レ毀二ントレ新寺一ヲ。執事ノ者ノ聞二ス于朝一ニ。寛元元年、勅シテ賜二テ承天・崇福ノ両刹一ヲ為二ス官寺一ト。而息二ム有智山ノ之濫寇一。於レ是ニ、高ク掲二ク準和尚ノ所レノ書勅賜ノ大字一ヲ。又協二ヘリ無準ノ之遠識一ニ

（1ウ）也。

【注】**崇福寺**　福岡県太宰府市白川にあった。現在は福岡市博多区千代。横岳山崇福寺。

3〔築前博多〕承天寺〈第八十六主四条院仁治三年創。至元禄己巳二年四百四十八年矣〉

開山聖一国師、仁治二年七月、自宋帰居崇福寺、盛振宗風。三年秋、謝国明、於博多東偏創承天寺、請師為主持。無準、聞新寺事、書承天禅寺及諸堂額・諸牌等大字、寄之。聖一、已入京兆創東福寺、不振道風。

【注】**承天寺**　福岡市博多区博多駅前。万松山承天寺。

4〔豊前〕万寿寺〈第八十六主四条院御宇創。至元禄己巳二年及四百四十年矣〉

開山禅師諱栄尊、号神子。法嗣聖一国師、鎮西人判官康頼平公子也。母藤氏。師生時、口有異光。長依本鎮永勝寺僧都琳公学台教、兼修浄業。依宇佐八幡之告、東遊上野謁長楽寺栄朝、於機下有省。居無何（2オ）栄朝遷化。師、悲恋不已。去入大宋、参諸名宿。謁無準和尚於径山。以語言不通、不相契。時聖一、在準丈室。師、従聖一研究。深悟朝師之旨、越二載帰。遂於国中建興聖万寿寺、又報恩・朝日・円通・妙楽諸刹、皆師開山之地。一日詣宇佐宮、与神語甚久。侍僧聴之、不知其所以然。因問其故。師曰、「吾為神授無相甚深正戒。神謝戒法、号吾為神子師。」又師在洛陽、将至賀茂社。路次値一峨冠人。下車語曰、「吾賀茂神主也。昨夜夢神云、『東方有金色如来、将至吾所。汝当出迎。』今果遇聖師。神語果無妄耳。」乃引師登殿。以文永九年十月二十八日示微疾、端坐而逝。寿七十八〈至元禄己巳二年四百

十七年矣〉。（2ウ）

【注】**万寿寺**　佐賀市大和町川上。水上山万寿寺。『扶桑禅林僧宝伝』巻三「神子尊禅師」。

5〈豊前〉光隆寺〈開山永和二年七月四日ニ示寂ス。至二元禄己巳二年一三百十三年矣〉

開山禅師、名ハ普在、字ハ凌雲、号ス二在菴一ト。姓ハ源氏。阿波州ノ倉本県ノ人ナリ也。父ノ諱ハ覚念。母ハ藤氏、夢テ二日光入ルト一レ口ニ而孕ム。及テレ生ルニ異光満ツレ室ニ。甫ンテ二十歳一ニ依テ二宝覚律師一ニ受二経典一ヲ。能ク作ス二大字一ヲ。通ス二外書一ニ。得度納戒之後、忽チ自嘆シテ曰ク、「夫レ為テ二沙門一ト須クレ学ス二出世間ノ法一ヲ。其レ可ンヤ三区区トシテ泥《ナスム》二於此一ニ邪。」即去テ、参シテ二法光源禅師一ニ服二勤スルコト左右一ニ久シテ之、至リ二相陽一ニ参シ二諸禅師一ニ、師就テ二明極禅師一ニ、領ス二記室一ヲ。及テ三法光住スルニ二建仁一ニ、師往テ輔クレ之ヲ。法光問、「諸仏未タ二出世一セ時如何ン。」師曰ク、「海晏河清。」「出世シテ後如何ン。」師云ク、「天昏ク地黒ラシ。」法光一日上堂、挙ス二狗子無仏性ノ話一ヲ。師以レ偈ヲ呈ス二所見一ヲ。法光、忻然シテ印可ス。豊ノ之円通寺、虚シテレ席聘請ス。為ニ二法光ノ一拈スレ香。豊前ノ之（3オ）巨族宇佐氏、創テ二光隆禅寺一ヲ、延テレ師ヲ為二開山ノ始祖一ト。其後主トル二相ノ之禅興一ヲ。房州源ノ頼秀公、申テ二弟子ノ礼一ヲ受ケ二菩薩戒一ヲ、延テレ師ヲ建ツ二＊興源寺一ヲ。又赴ク二京ノ之妙光一ニ。三年シテ遷ル二[1]常興建仁一ニ。未タレ幾、奉シテ二詔旨一ヲ主ル二天龍一ヲ。三載ニシテ又勅シテ徙ル二南禅一ニ。晩年ニ又宣シテ入二建長一ニ。経テ二一夏一ヲ示シ二微疾一ヲ、謝シレ事ヲ退二勝因寺一ニ。七月三日、集メレ衆嘱シ二後事一ヲ已テ、浄髪澡身シテ登座シテ入二禅晏一ニ。至テ二次ノ日未ノ刻一ニ、翛然シテ而逝ス。実ニ永和二年閏七月四日也也。寿七十九、坐六十六夏。諡ス二仏慧広慈禅師一ト。

【注】**光隆寺**　大分県宇佐市北宇佐にあった。『扶桑禅林僧宝伝』巻八「在菴禅師」。

【校訂】1常興―〈底〉光与

6〈豊後〉万寿寺〈第九十三主後二条院ノ御宇ニ創。至二元禄己巳二年一及二三百八十余年一矣〉

開山禅師、諱ハ智侃《カン》、号ス二直翁一ト。野州ノ源氏ノ子也。丱歳ニシテ出家シテ習二台教一ヲ、兼テ学二密乗一ヲ。聞テレ有リト二教外別伝ノ之旨一、乃更ヘレ衣ヲ遊方ス。初メ（3ウ）参ス二建長ノ蘭渓隆和尚ニ一。隆、一見シテ而喜ヒ、命シテ侍シム二左右ニ一。久シテ之有二南詢ノ之志シ一。付テレ船ニ入宋シテ、偏ク参テ二諸老ニ一、始テ知ル、法無キコトヲ二異味一。再ヒ入二隆師ノ之室ニ一。後ニ謁シテ二聖一国師ニ于東福ニ一、機鋒相契。依二席下ニ一、日ニ益ス二智証ヲ一。時ニ筑前ノ承天寺、虚シレ席。衆請シテレ師ヲ住持セシム。羽林平ノ貞親公、於テ二豊ノ之府内ニ一、創テ二蒋山興聖万寿禅寺ヲ一、延テレ師ヲ為二開山ノ祖ト一。師領シテレ衆行道。晨昏鐘鼓分明、二時ノ粥飯清潔。其ノ規矩礼楽、雖二三代ト一蔑シ二以テ加ルコト一矣。延慶中ニ関白藤ノ忠教公、欽テ二師ノ道徳ヲ一、起テ、住セシム二東福ニ一。師、行道既ニ久シ。元亨元年四月十六日、書シテレ偈ニ坐化ス。寿七十八。勅シテ謚ス二仏印禅師ト一〈至二元禄己巳二年一ニ三百六十八年矣〉。

【注】**万寿寺**　大分市金池町。蒋山万寿寺。『扶桑禅林僧宝伝』巻三「直翁侃禅師」。

7〔豊後〕●泉福寺〈第一百主後円融院ノ永和元年ニ創。至二元禄己巳二年一ニ三百十四年矣〉

開山禅師、名ハ妙融、号ス二無著ト一。出ス二隅州ノ藤氏ニ一。自レ幼不レ群ナラ。神（4オ）志英発シ、眼光射ルレ人ヲ。胸ニ列ヌ二五星ヲ一。年シ十九シテ、往テ二日州ノ大慈寺ニ一礼シテ二剛中柔禅師ヲ一、剃度シテ受ケ二満足戒ヲ一、精勤練行シテ食不レ過レ中ヲ、夜不二打睡セ一。其ノ後謁シ二三光国師ニ於鷲峰ニ一、無シテレ何クモ帰二本州ニ一。掛ケ二錫ヲ霊山ノ興聖寺ニ一、禁足三年。一夏焼キ二香ヲ於左足ノ上ニ一、至二夏末ニ一。喫スルレ粥ヲ次テ、見テ三香烟ノ印スルヲ二鉢水ニ一、有レ省。作ヲレ偈ヲ曰ク、「霊山ノ不嘱絶ス二言詮ヲ一。迦葉破顔伝不伝。端的全提有二何ニ物カ一。看ヨ看心月本ト孤円ナルコト。」遂ニ往テ二薩州ノ副田ニ一、卓テレ菴ヲ行道。二六時中、不二少モ間断セ一、打成一片ナリ。時ニ聞三総持ノ無外円照和尚駐ムト二錫ヲ於隣里ニ一。師、具シテ二威儀ヲ一参見ス。既ニ蒙リ二示誨ヲ一、益〱加フ二淬砺ヲ一。其ノ夜寓シ二檀越ノ家ニ一、坐シテ至二四更ニ一。忽然トシテ契悟シ、急ニ呈ス二所解ヲ一。外、深ク肯フレ之ヲ。時ニ年シ三十歳也矣。後ニ無外主ツテ二日州ノ皇徳ヲ一、毎ニ挙ス二洞上ノ宗旨ヲ一。皆一一妙（4ウ）契ス。乃以テ二院事ヲ一付スレ之。貞治四年、経行シテ至二薩州麑ノ島ニ一。明年、開二山ヲ於日州ノ河江ニ一。*号ス二太平ト一。衆満ツ二一百人ニ一。嘗テ住ス二豊後ノ永泉寺ニ一。永和元年、太守田原氏ノ母嚮テ二其ノ徳ヲ一、請シテ就テ二来崎[1]ノ横手村ニ一開クレ山ヲ。恨ムレ無キコトヲレ水。顧二眄スルノ之一際タニ、忽チ一ノ童子アリ。風貌清爽ニシテ、不レ知二何クヨリ来コト一。手ニ執リ二如意ヲ一、指シテ二一処ヲ一曰ク、

「此ノ処ニ有レ水。」言已テ即隠ル。師、以二テ柱杖一ヲ卓二ス其ノ指ス処一ヲ。泉随レテ杖ニ涌テ、甘芳異レナリ常ニ。今ノ文殊泉是レ已ノミ。随二テ衆ノ多少一ニ亦如レシ之。遂ニ創二テ伽藍一ヲ、号二ス泉福寺一ト。常ニ居二五百僧一ヲ。永徳三年ノ春、結二テ茅ヲ於天山ノ陽一ニ、座盈二ツ万指一ニ。秋移二ル松浦ノ医王寺一ニ。衆モ亦タ如レシ前ノ。師処二スルコト衆中一ニ、殆ント不レ減二ラ星中ノ月一ニ也。至徳ノ初メ、尼大師本了、創二テ玉林寺ヲ於春日山一ニ、迎レテ師ヲ卓レシム錫。禅衲奔赴シテ、不レ下二ラ千二百五十人一ニ。明徳二年、至二テ築後ニ建二大生（5オ）雲峰ノ一刹一ヲ、至二テ豊後一ニ創二ム永照一ヲ。三年ノ秋還二リ泉福一ニ、四年七月示二シ微疾一ヲ、八月十二日、沐浴剃髪シテ拠二リ禅椅一ニ、書レ頌ヲ投レテ筆ヲ而逝ス。師、適〻檀越下野ノ守、至テ作礼嗟嘆ス。師、忽開レテ目ヲ慰問ス。移レシ時ヲ微笑シテ而行ク。守、不レ勝二ヘ感激一ニ。再拝シテ而去ル。師、寿六十有一、夏四十又二。瘞二ム于寺ノ之西北ノ隅一ニ。塔ヲ曰二普門一ト。諡二ス真空禅師一ト〈至二元禄己巳一年二二百九十七年矣〉。

【注】 **泉福寺**　大分県国東市国東町横手。妙徳山泉福寺。『続扶桑禅林僧宝伝』巻三「無著融和尚」。

【校訂】 1来崎―〈底〉東崎

8〔薩磨〕●玉龍山福昌寺〈第百一主後小松院ノ応永元年ニ創。至二元禄己巳一年二二百九十六年矣〉

開山禅師、諱ハ真梁、号二ス石屋一ト。出二ス薩州ノ藤氏一ニ。母ハ阿多氏。夢二テ白衣ノ大士降臨一スト有レ身ムコト。及レテ生異二ナリ常児一ニ。六歳ニシテ投二シテ本州ノ広済寺一ニ、執二ル童子之役一ヲ。夙智ノ所レロ発スル、凡ソ所二ロ習学一スル、了トシテ無二シ凝滞一。延文ノ間、入二テ京師一ニ礼二シテ南禅ノ蒙山公一ヲ為二力生一ト。十六歳ニシテ落髪シテ進二ミ具（5ウ）足戒一、出テ、謁二ス東陵ノ璵和尚ニ於西雲一ニ。璵、喜二テ其ノ風骨秀異一ナルヲ、授ルニ以二ス今ノ号一ヲ。嘗テ謁二シテ妙喜月公・寂室ノ諸老一ニ、各〻有二警発一。一旦詣二シテ観音ノ聖境一ニ、限二テ三七日一ヲ祈祷ス。夢ラク、大士以二テ福玉ノ二字一ヲ与レフ之。師、疑テ為二シテ賜福之意一ト、乃白二シテ大士一ニ曰、「我カ所ハ願フ者究竟之ノ法也。世間ノ之福ハ非レ所レニ欲スル也。」大士曰、「但タ持去レ。無レシ傷ムコト。時至ラハ当二ニ自ラ知一レ之。」遂ニ寤ム。過二テ泉ノ之高瀬一ニ、謁二シ雲樹ノ的子古剣訥公一ニ、機語脗合ス。尋テ往二テ丹波ノ之永沢一ニ、参二シ通幻老師一ニ、問テ曰ク、「生死到来ノ時如何ン。」幻曰ク、「把二将チ生死一ヲ来レ。」師無語。遂ニ求二ム掛塔一ヲ。幻、嘗テ挙二シテ天台詔国師ノ偈一ヲ、以問フ。師、於二テ言下一ニ領レス旨ヲ。由レテ是服勤無間、造詣益〻深シ。永和ノ間、参二シテ大拙能公ニ於東野一ニ、機鋒相契テ、能極レテ口称道ス。嘗テ入二テ宇都ノ宮一ニ、閲二スルコト蔵教一者五白。忽チ夢ラク、通幻老（6オ）師、持二シテ袈裟一ヲ見レト召サル、。未レタ幾、幻有二リ総持寺ノ之命一ヲ。招レ師輔ケ行シム。果シテ以二テ信衣一ヲ相付ス。永徳二年、島津大道、創二テ妙円寺一ヲ、延レテ師為二開山始祖一ト。明年帰二ル薩州一ニ。応永元年、三箇州ノ太守島津公、建二テ梵刹一ヲ、起レテ、師ヲ為二開山一ト。師、以二テ玉龍福昌一ヲ名レク之。蓋シ表二スト也昔日夢中ノ所授一也。常居一千五百指、鐘磬交〳〵鳴テ規縄井井、譪然シテ成二ル一方ノ望刹一ト。三箇州ノ緇白、靡然シテ帰向ス。暮年受レテ請ヲ補二ス総持一ヲ。懐中ノ弁香特ニ為二通幻老師ノ拈出一ス。既ニシテ而謝レシテ事ヲ帰二リ玉龍一ニ、値二テ幻老師ノ三十三周ノ忌日一ニ、師領レシテ衆至二リ永沢一ニ、設二万僧供一ヲ。因テ従容トシテ謂レテ衆ニ曰ク、「我留二メテ残喘一ヲ、*至レ今。不レルコトハ忍二遽カニ行一クニ者、正ニ為二也先師今日ノ事一ノ也。今能事既ニ畢ヌ。吾レ当[1]レニ行ク矣。」乃チ沐浴シテ更レヘ衣、奄然シテ坐脱ス。時応永二十九年癸丑五月十一日（6ウ）也。世寿七十有九。闍維ス。歯牙数珠不レ壊。舎利累累然シテ、粘二綴其ノ間一ニ。遂ニ塔二ス於永沢ノ之側一ニ。分二テ所レノ不レ壊者一ヲ、帰二葬ス於玉龍一ニ云〈至二元禄己巳二年一ニ二百六十七年矣〉。

【注】玉龍山福昌寺　鹿児島市池之上町にあった。『扶桑禅林僧宝伝』巻八「石屋梁禅師」。

【校訂】 1当レニ——〈底本〉嘗レニ

9〔薩磨〕●宝福寺〈第百二主称光院ノ応永二十六年ニ創。至二元禄己巳二年一ニ二百七十一年矣〉

開山禅師、名ハ覚卍、号二ス字堂一ト。薩州藤氏ノ子也。母ハ某氏。懐娠ノ時ニ、胸ニ現二ス卍字ノ相一ヲ。因テ以テ為レ名ト。生ル時有二テ祥雲一覆レ室ヲ。族人皆異レ也トス之。自レ幼英敏也。父母察二テ其ノ非レルヲ凡ニ、命シテ投二シテ京師ノ南禅ノ椿庭公一ニ剃染シム。服勤余二二十載一ニ。嘗テ閲二シテ蔵経一ヲ、慧業日ニ新也。毎ニ与レニ人ノ講二ス楞厳一ヲ。詞弁濬発ス。咸ク称レシテ之曰二義虎一ト。嘗テ于二テ本州一ニ結レ菴、文二テ其ノ楣一ニ曰二秦鑚一ト。居ルコト五白。経二行シテ樋脇ノ邑一ニ創二玄豊寺一ヲ。聞三テ洞下竹窓厳和尚開二クト法ヲ于瑞川一ニ、往テ参レス之。会〳〵窓、与レメニ衆ノ論二ス十玄（7オ）談一ヲ。師作レ偈曰ク、「一二三四五、五四三二一。逆順十玄全シテ、自然合二フ呂律一ニ。眼前流水屋后ノ山、対談夜夜兼二日日一ヲ。」雖二機弁不レト屈セ、以二テ大事一ヲ未レタ明。為レ憂ト。一日聞二テ窓ノ提唱一ヲ、忽チ督地也。有下等間ニ触破ス、太虚空ノ之句上。窓、領シテレ之授ルニ以ス二衣払一ヲ。時ニ年已ニ五十八也矣。尋テ還テ二本州一ニ寓ス二烏帽一ニ。無シテレ何クモ捨テ去リ、入テ二熊嶽一ニ行ス二頭陀ノ法一ヲ。昼夜坐シテ二石上一ニ不レ避ケ二寒暑一ヲ。草衣木食スルコト者三年。偶〻一ノ猟人入レ山ニ。見テ三師ノ坐スルヲ二石上一ニ問テ曰ク、「師ハ何人ソヤ耶。」師曰ク、「我ハ字堂ナリト也。」猟人感シテ二其ノ苦行一ヲ、即チ棄テ、二弓箭一ヲ、為ニ結フ二草廬一ヲ。今ノ宝福是レ也。於レ是ニ、群衲至ルコト者盈ツ二千指一ニ。皆結テレ茅ヲ以テ居リ、以テ便リス二参叩一ニ。時ニ三州ノ大藩主島津久豊公、与ト二世子忠国一悦テ二其ノ道一ヲ、願フレ施ンコトヲ二腴田一ヲ。師力メテ辞スルニ、誓フ下遵シテ二仏勅一ニ行シテ二頭陀一ヲ以テ終ント中其ノ身上ヲ。至マテレ今ニ寺衆、皆（7ウ）効フテレ之ニ不二敢テ廃一セ。先レ是ヨリ、其ノ地険隘ニシテ不レ足レ容ルニレ衆ヲ。其ノ徒、将ニ欲ス二他ニ徙一ント。師曰ク、「待テ下老僧カ向テ二山神一ニ乞ヲ上地ヲ去レ。」即以テレ鉢ヲ盛リレ米ヲ、遶テレ山ヲ散スレ之。其ノ山一時震動シテ、陥テ為ル二平地一ト。聞ク者ノ莫レ不二云コト嘆異一セ。師、不ルコトレ出レ山ヲ十有六載。以二永享丁巳九年九月初七日一ヲ唱レ滅。世寿八十一年。坐若干《ソコハク》夏。門徒奉シテ二遺骼一ヲ、塔ス二于熊嶽ノ之東南ノ隅一ニ〈至二元禄己巳二年一ニ二百五十二年矣〉。

【注】**宝福寺**　鹿児島県南九州市川辺町にあった。『続扶桑禅林僧宝伝』巻三「字堂卍禅師」。

10〔日向臼杵〕●安居寺〈第百一主後小松院ノ明徳ノ初ニ創。至二元禄己巳二年一ニ及二三百年一ニ矣〉

開山禅師、名ハ妙光、字ハ明窓。俗姓ハ田部氏。日州ノ臼杵郡ノ人ナリ也。年シ十九ニシテ依テ二皇徳ノ無外和尚一ニ出家シ、二十一ニシテ登壇受具シ、釁シテレ足ニ遊方。参シテ二諸ノ尊宿一ニ後、過テ二登州ノ定光寺一ニ謁シ二実峰秀和尚一ニ、越テ二七載一ヲ発二明ス己事一ヲ。有リ二時節不レ覚ヘ拊ツテレ掌笑ヒ三千刹（8オ）界知人少ナルノ之句一。嘗テ任ス二都寺・蔵主一ニ。以至ル二第一座一ニ。至徳二年十五夜、入テレ室ニ伝テ二衣法一ヲ、辞シテ去リ二薩州一ニ、開テ二永泉・大明・泉徳ノ三寺及ヒ諸ノ菴院一ヲ、以テ居シ二禅衆一ヲ、還テ二本貫一ニ創メ二安居寺一ヲ、念テ二親恩難キヲレ報シ、躬ラ営ミ二父母ノ塔塚一ヲ、俾《シム》三親属シテ悉ク受ケ二戒法一ヲ。継テ遷リ二兜率一ニ、一坐二十年。化権丕ニ振フ。北原周防ノ守玄昌公、敬テ二其ノ徳一ヲ事ルニ以ス二師ノ礼一ヲ。応永十六年、受レ命ヲ赴ク二総持一ニ。一時ノ名山ノ碩徳、四来ノ学子、咸ク争ヒ二集ル于輪下一ニ。既ニシテ而退二休シテ兜率一ニ、二十二年六月二十二日ニ示寂。閲世六十六、座四十八夏。門人奉シテ二全身一ヲ瘞ム二于本山ノ西北ノ

*隅。塔曰養老。得法上首十三人、伝戒受業者若干人〈至元禄己巳二年[1]二百七十五年矣〉。

【注】安居寺　日向国臼杵郡（現在の宮崎県北部）にあったか。『続扶桑禅林僧宝伝』巻三「明窓光禅師」。

【校訂】1二年―〈底本〉二年

11〔日向〕仏日山大光寺〈康安二年八月二日開山示寂。至元禄己巳二年三百二十七年矣〉（8ウ）

開山禅師、諱長甫、号嶽翁。勢州人也。参乾峰広智国師相契。嘱以偈曰、「千仏伝来一縷頭。太空縛住半肩収。当機分付嶽翁了、句引児孫弘祖猷。」幷副以南山衣盂、以表伝法之信。*出、住山州安養寺。偶〻杖錫遊日州。太守田島氏[1]、一見如平生歓。就仏日山創大光禅寺、延師為第一代開山。湧殿飛楼照映林巒、千楹列而巍巍、四衆雲集、道風益〻盛也。康安二年、将告終、召門弟子曰、「山僧滅後、不踰時日当茶毘。不必作仏事報訃音。茶毘之後、収骨灰投水、不用挙哀造塔。」又云、「本山住持当選其器。所謂器者、不道有才有智。唯以道行慈忍為先。次以護戒明律為当。其共住者、亦須遵（9オ）法持律而究明個事。若乏糧時応毎日出隊老少相将。至草衣木食辛勤行道、正先徳遺風出家人所応為者也。至嘱至嘱。」臨終、復書偈別衆。有虚空落地大海連天之句。遂加趺而逝。実康安二年八月初二日也。門弟子行闍維法、塔于宝峰、榜曰多福。有語録若干巻。天正間、罹于回禄無復存矣。

【注】仏日山大光寺　宮崎市佐土原町上田島。『続扶桑禅林僧宝伝』巻二「嶽翁甫禅師」。

【校訂】1田島氏―〈底本〉田島氏

*12〔肥前〕朝日山安国寺〈至元[1]弘元年七月二十三日開山遷化。至元禄己巳二年三百五十八年矣〉

開山禅師、名ハ巧安、号二ス嶮崖一ト。生二ル肥前州ノ某ノ氏一ニ。茂年ニシテ入レ道ニ、有二大志一。博学多識シテ、為二儕輩一ノ所レル推。会〱宋ノ大休仏源和尚東来シテ、開法シテ唱二フ径山石渓ノ之道一。師、依レルコト焉久シテ之得二テ其心要一ヲ、就二テ本州ノ朝日山一ニ創二テ安国寺一ヲ、弘ニ振二宗風一ヲ。其ノ後、主二リ浄妙・東（9ウ）山・亀谷・瑞鹿ノ諸名藍一ヲ、所レル至山川改レメ観、法席増〱盛ナリ。嗣二ク其ノ法一ヲ者ノ若干人。元ノ清拙大鑑禅師、嘗テ題二シテ其ノ真一ニ曰、「此ノ大和尚、年シ尊《タカク》徳尊シ。平ナルコト如二シ嶮崖一ノ。凜タルコト若二シ春ノ温一ナルカ。休翁亀山ノ之文章ヲ品藻シ、磵翁鹿山ノ之風月ヲ平分ス。入二テハ浄妙国土一ニ説二キ稲荷三昧門一ヲ、処二シテ関西一ニ説二キ安国三昧門一ヲ、止二テハ上京一ニ説二ク東山三昧門一ヲ。来二テ相陽一ニ説二亀谷三昧門一ヲ、居二テハ山ノ内一ニ説二瑞鹿三昧門一ヲ。滔滔トシテ胸襟ヨリ流出ス。浩浩トシテ雷霆駿奔ス。今則端坐シテ悟本一ニ、超然シテ眼蓋二フ乾坤一ヲ。更ニ有二一処ノ三昧門一ヲ、莫二シ軽シク道破一スルコト。聴教ハアレ月旦評論スルニ八十ニ加ヘテ三ヲ、方ニ当二レリ春秋未レ艾之日一ニ。七百ノ甲子、更ニ結二フ衲僧不レルノ已之冤一ヲ。夫レ是レ之ヲ謂二蔵六仏源ノ之跨灶天地仏海ノ之賢孫一ト也。」元弘元年七月二十三日辞世。説レテ偈ヲ曰ク、「臨レム行ニ一（10オ）著不レ仮二両脚一ヲ。踢倒シ須弥一ヲ踏翻ス碧落一ヲ。」於レ是ニ夷然シテ而化ス。門人奉二シテ遺殖一ヲ塔二ス于亀谷寿福一ニ。曰二悟本一ト。賜二諡ヲ仏智円応禅師一ト云。

【注】朝日山安国寺　佐賀県神埼市神埼町城原にあった。『続扶桑禅林僧宝伝』巻一「嶮崖安禅師」。

【校訂】1元弘元年――〈底〉弘元年

13〔肥後〕●大慈寺〈第九十主後宇多天皇ノ弘安六年ニ創。至二元禄己巳二年一ニ四百六年矣〉

開山禅師、名ハ義尹、号ハ寒巖。顕徳帝ノ第三ノ子也也。出家シテ登二台山一ニ、学二ヒ一心三観ノ之旨一ヲ、捨レテ、之参二シテ永平ノ道元禅師一ニ、猶ヲ恐ク、未タレルコトヲ尽二サ洞上ノ之道一ヲ。時ニ航レシテ海ニ入レ宋ニ。謁二シテ天童ノ浄和尚一ニ、閲二シテ四載一ヲ告帰シテ、寓二ス博多ノ聖福寺一ニ。継テ遷二ル肥後州一ニ。建治二年、造二リ大渡ノ長橋一ヲ、人民頌レス徳ヲ。刺史源泰明公、重二シテ其ノ道価一ヲ為二ル法ノ外護一ト。弘安六年、募二テ諸ノ檀信一ニ、復タ創二梵刹ヲ於大渡一。榜シテ曰二大慈一ト。設二ク梵像窣堵一ヲ。極二ム其ノ厳麗一ヲ。為二一方ノ之福田一ト云。亀山ノ上皇、聞テ（10ウ）レ之毎ニ賜二テ宸翰一ヲ、以テ旌二奨ス之一。正安二年八月、謝レス世ヲ。報齢八十四。塔ヲ曰二霊根一ト焉〈至二元禄己巳二年ニ三百八十九年矣〉。

【注】**大慈寺**　熊本市南区野田。大梁山大慈寺。『扶桑禅林僧宝伝』巻二「寒厳禅師」。

14仏通寺〈第百主後円融帝ノ応安中ニ創。至二元禄己巳二年一及二三百廿年一矣〉

開山禅師、諱ハ周及、字ハ愚中。濃州ノ人。姓ハ藤氏。父母無シレ嗣。祷テ二観音大士一ニ有テレ感而孕ム。及テレ生ルニ室ニ有二異香一。五歳ニシテ能ク誦ス二普門品一ヲ。七歳ニシテ父携テ至二東山教院一ニ、令レ学ハ二内外ノ典一ヲ。亡シテレ何クモ、父有レ難。将ニレ罹ントレ刑ニ。挙テレ家惶怖シテ無シレ所レ措ク。師、独リ詣シテ二観音ノ像前一ニ至心ニ祈祷ス。父果シテ獲タリレ免ルコト。自レ此深ク厭ヒ二世相一ヲ、年シ十三ニシテ礼ス二夢窓国師一ヲ于臨川一ニ。窓、見二師ノ骨相神異一ヲ、即為ニ剃落ス。時ニ有リ下勧テレ師ヲ習シムル二儒典一ヲ者上ノ。師曰ク、「若シ論セハ二本分一ヲ、仏語祖語尚ヲ不レ可ラレ学。況ヤ外文ヲヤ耶。」暦応三年ニ南遊シテ抵リ二明州一ニ、参ス二月江和尚一ニ。又タ往テ二金山一ニ謁ス二即（11オ）休仏通和尚一ニ。休、先キ一夜夢ム二仏印元禅師至一ルト。及テ二師相見一スルニ大ニ喜テ、遇ルコトレ之甚タ渥シ。乃チ命シテ近侍セシム。以テ便チ煆煉ス。師、入室問答。於テ二言下一ニ脱然シテ契悟シテ、即チ呈シテレ頌曰ク、「不レ知二禅ハ者非ルレ禅ニ者一ノヲ。二十余年只一疑、打コ破シテ鼓山ノ塗毒鼓一ヲ、普天帀地尽ク弥弥。」乃辞シテ帰ル二日本一ニ。休、自ノ題シテ二頂相一ニ、付シテレ之ヲ曰ク、「妙高峰頂ニ行リレ船ヲ、楊子江心ニ走シムレ馬ヲ。唐ノ人不レ識二這ノ容儀。付コ与ス日東ノ及侍者一ニ。」会〻勅シテ二金山一ニ修セシム二水陸一ヲ。休、留レ師ヲ典シム二蔵教一ヲ。至正十年ニ、休示ス二微疾一ヲ。令レ帰レ国ニ。示スニ以スレ偈ヲ。師、遂ニ帰テ省コ侍ス夢窓国師一ニ。未タレ幾、国師遷化ス。諸僧皆ナ散去ル。師、留ルコト二塔下一ニ心喪三年。以テ報ス二受業ノ之恩一ニ。貞治四年、金山天寧寺虚シレ席。檀越延テレ師ヲ住持セシム。師、忻然応スレ之。晩年有二勝居士トムモノ。創ム二龍門菴一ヲ。師、与二禅衲数輩一坐夏ス。夏末（11ウ）示シテレ衆ニ云、「龍門ノ一衆玉稜層　内証還テ如シ二寒谷ノ氷一ノ　不下向二鑊湯爐炭一ニ避上ケ　頓ニ明ム心地絶ス二炎蒸一ヲ。」八月出テ二龍門一ヲ、路経二芸陽一ヲ。会〻平氏檀越、創テ二精藍一ヲ迎レ師ヲ居シム焉。乃名テ曰二仏通寺一ト。示ストレ也不ルコトレ忘レ師ヲ也。衆僅ニ十余輩ニシテ而、禅誦清規与二金山一同シ。応永八年ノ春、師、遊二播州ノ雲門古刹一ニ。愛シテ二其ノ幽邃一ヲ、卓テレ菴曰二景徳一ト。冬帰ル二芸州一ニ。時ニ師、年已ニ八十矣。方来ノ衲子、参叩不レ已。

就寺外縛茅、以栖。応永十五年、源相公、延師入京。不得已而師乃赴京。寓等証院。相公来参謁。問仏法要旨。於是、洛京緇素競来求謁。師、堅拒不接。即宵遁去至紀之禅頭寺。相公、遣使賜紫方袍、請回金山。夏日謂衆曰、「我在此不久。秋来必行脚去矣。」八月望日、師、扶杖（12オ）登山定闍維場、其夜侍僧夢、大殿梁折。知師将入滅。十七日示微疾、二十五有施主、設斎。斎訖遺誡弟子已、即説偈曰、「出行得好日。快馬痛著鞭。万回瞠其後。雲門豈争先。」乃加趺而逝。実応永十六年八月二十五日也。塔于金山・仏通両寺。平生所剪爪髪、皆生五色舎利。寿八十七、坐七十一夏。勅諡仏徳大通禅師〈至元禄二年三百八年矣〉。

【注】仏通寺　広島県三原市高坂町許山。御許山仏通寺。『扶桑禅林僧宝伝』巻八「愚中及禅師」。

15〔雲州〕雲樹寺〈応永三年五月二十四日開山示寂。至元禄己巳二年三百五十三年矣〉

開山国済国師、諱覚妙、号孤峰。奥州平氏子也。生而岐嶷。甫七歳喪母。父鍾愛使読書。無経世意。白父、願従事空門。十七依講師良範得度、登天台受具足戒。究（12ウ）法華奥義、修止観。既而知有宗門中事、即棄経論参法灯心禅師于霊鷲。問、「如何是学人自己。」灯曰、「即今問底是誰。」師領旨。灯曰、「聡明利智須求妙悟。然後、一一自胸中流出、蓋天蓋地也。若於文字語言中学得来底如数他宝。於己無益。」師服膺。留左右久之。益〳〵臻玄奥。謁高峰・南浦横嶽、咸器之。去結菴於信州居無何、浮海入支那、参中峰等諸老宿。既還本*国寓相之巨福。次徙洞谷。時瑩[1]山瑾公、唱洞上之道。因与博約。瑾記曰、「汝縁[2]在雲州。*行矣。無自滞。」去菴于雲之宇賀庄。人莫[3]能親疎之。久而帰者益〳〵衆、室無所容。檀施雲委、漸成叢席。先是嘗夢、二老僧持刀擬其臂、且授雲樹（13オ）二字云、「他日雲

門霊樹ニシ去ラント。」至テ是ニ徴タリトシテ所夢ヲ、因テ以テ雲樹ヲ名ケ其ノ寺ニ、出世シテ為ス法灯ノ之嗣ト。後醍醐天皇、遊幸ノ時聞テ師ノ名ヲ、詔シテ至ラシム行在ニ。問仏法ヲ。允ニ協聖情ニ、乃受戒法ヲ。大駕還テ、復タ詔シテ師ニ至ラシメ闕ニ、賜号ヲ国済国師ト。及テ還ルニ山ニ、尋テ詔シテ居シム瑞龍山ニ。師、称シテ疾ト不起。遂ニ移霊鷲ニ。雲水奔赴シテ、満ツ八千指ニ。後徙テ居ス京師ニ。新ニ天子践祚、尤モ留ム神ヲ仏法ニ。以テ師為ス先帝ノ所ルヲ敬、恩礼特ニ厚シ。上、与皇后太子倶ニ受ケ戒法ヲ、加号ヲ三光国師ト。復錫フ法衣ヲ。勅シテ建大雄寺ヲ於高石ニ、詔シテ師ニ開山ラシム。康永三年辛丑五月、示ス微疾ヲ。二十四日将ンス入滅セント。弟子請フ遺偈ヲ。師、乃説キ偈ヲ訖テ長往ス。寿九十有一〈至元禄己巳二年三百五十三年矣〉。

【注】雲樹寺　島根県安木市清井町。瑞塔山雲樹寺。『扶桑禅林僧宝伝』巻六「国済三光国師」。

【校訂】　**1**瑩―〈底〉営　**2**縁―〈底〉緑　**3**莫ニシ―〈底〉莫ニシ

16〈但馬黒川〉雲頂山大明寺〈第九十九主後光厳帝ノ貞治中ニ創。至テ元禄己巳二年ニ三百二十余年矣〉（13ウ）

開山禅師諱ハ宗光、号ス月菴ト。俗姓江氏。濃州ノ人也。母夢ラク、踞シ高山ニ持シ宝蓋ヲ、身朝スト日光ニ。覚メテ即有孕ムコト。*自リ爾絶テ葷羶ヲ課ス法華ヲ。於嘉暦[1]元年四月八日ニ生ル。自幼聡穎ニシテ、目光射ル人ヲ。出家シテ礼シテ峰翁一和尚ヲ為ス師ト。年十五ニシテ祝髪進具。初メ参シ古先・夢窓ノ二老ニ、学ス坐禅ヲ。会〳〵謁シテ竺仙和尚ニ于南禅ニ。仙、命シテ典シム賓寮ヲ。及テ仙遷ルニ建長ニ、師亦タ従ヒ行ク。充ツ侍香ニ。既ニシテ而帰リ省シテ受業ヲ、服シ勤シテ左右ニ孜孜トシテ参叩ス。力メテ究メ雲門ノ関ノ字ヲ、有リ省。一日、翁、喚テ師ヲ与健侍者来シム。纔ニ入レハ門ニ翁曰ク、「是レ甚麼ソ。」二人茫然トシテ無シ対ルコト。翁呵シテ之曰ク、*「数年費シ却シテ多生ノ間飯ヲ、養ヒ得タリ這ノ両[2]箇ノ畜生《シクサン》ヲ。」二人潜然シテ而出ツ。師、帰テ侍者寮ニ徹夜躁悶ス。黎ヒ明ル、髪尽ク白シ。見ル者ノ駭然タリ。一日晩参ノ後、翁取テ払子・蒲団ヲ召シテ師ト与健ヲ曰ク、「你（14オ）両人、造詣已ニ至レリ。然トモ不可得少為足レリ。更ニ大ニ有リ事ノ在ル。不ヤ見道フコト。末後ノ一句始テ到ト牢関ニ。老僧百年後、当ニ晦シ迹ヲ林巒ニ共ニ相商略ス。」遂ニ以テ払子ヲ付シ健ニ、以テ蒲団ヲ付シテ師ニ曰ク、「汝当ニ為ル人天ノ眼目ト。」復付シテ袈裟ヲ曰ク、「此ハ是レ老僧四十年説法ノ之衣ナリ也。汝善ク保護セヨト。」及二翁ノ遷化一ニ、師、偏ク叩二テ諸老一ヲ、不三敢テ自怠二ラ。忽自惟曰ク、「大虫岑公ハ我カ先師ノ嫡嗣ナリ。現ニ在二テ予州一ニ掩関ス。若シ不ス三親炙セ一失二セハ此ノ機会一ヲ、則先師ノ之道、或ハ恐ハ墜レント地ニ耳。」乃チ往テ謁ス。互ニ相ヒ挨*拶シテ、不レハ至二ラ撲落一ニ不レ已。一旦於二テ岑公ノ言下一ニ大悟シテ、乃チ罷参ス。已ニシテ而南紀・伊・洛、随レテ縁[3]ニ隠レシ跡ヲ、貞治ノ間タ遊二ヒ但州ノ黒川一ニ、愛二シテ其ノ山幽邃一ヲ寓レス焉ニ。縛レテ柴ヲ為レ牀ト、練レテ楮ヲ為レ衣ト。枯淡自守テ与レ世邈然タリ。未レ幾、毳侶雲臻。拒レトモ之不レ可キカ。乃相与ニ誅レリ茅挿レテ艸、遂ニ成二シテ禅坊一ヲ（14ウ）為二開山始祖一ト。今ノ雲頂山大明禅寺是也也。若二キ円通・大同・禅昌ノ諸刹一ノ、亦皆師ノ前後所レ也開。康応元年三月二十三日中夜、坐化ス。寿六十有四。諡二ス正続大祖禅師一ト。

〈至二元禄己巳二年一三百一年矣〉。

【注】雲頂山大明寺　兵庫県朝来市生野町黒川。『扶桑禅林僧宝伝』巻九「正続大祖禅師」。

【校訂】 **1**嘉暦―〈底〉喜暦　**2**両箇―〈底〉両筒　**3**縁―〈底〉緑

17〔丹波〕高源寺〈第九十六主光厳院ノ之御宇ニ創。至二元禄己巳二年一三百五十余年矣〉

開山禅師、諱ハ祖雄、号二ス遠渓一ト。丹波州氷上《ヒカミ》郡ノ人也。姓ハ藤氏。父ノ諱ハ光基《テルモト》。師生テ而風神峭抜ニシテ、識量寛和ナリ。*年シ十三ニシテ有レ志[1]二於道一ニ。宅辺ニ有二リ古松樹一。槃結シテ如二シ蒲輪一ノ。師毎ニ加二趺ス其ノ上一ニ。如レスルコト是七載、時ノ人指二シテ其ノ松一ヲ曰二坐禅松一ト。其ノ父聞レテ之嘆シテ曰、「梅檀ハ出レテ、土而香シ。苦瓠ハ従レシテ根而苦シ。天然ノ法器也。豈ニ世網ノ所二ナランヤ能ク拘一ル哉。」令二シム出家一セ。師大ニ喜テ、尋テ投二シテ一山寺一ニ薙髪受戒ス。時ニ年シ十（15オ）有九也矣。徳治元年、航レシテ海ニ登二テ天目山一ニ、参二シテ中峰和尚一ニ服勤スルコト十霜。密ニ授二心印并ニ大戒源流等一ヲ。一昔中峰夢ラク、日本ノ丹州ニ有二一山一。形似二タリ天目一ニ。上ニ有二観世音ノ像一。既ニ覚テ、召レ師ヲ詢レフ之。師曰ク、「某シ嘗テ有二是ノ夢一。」中峰曰ク、「子チ於二テ此ノ地一ニ有レ縁。当下ニ亟ニ帰上ル。」師曰ク、「和尚在世、某シ何ソ忍二ン遽ニ違一サル。」復留ルコト二三載。俄ニ得二老母ノ書一ヲ、乃理二ス帰楫一ヲ。和尚、以二テ自賛ノ頂相一ヲ与レ之ヲ。及レテ帰ルニ、其ノ母已ニ謝レス世ヲ矣。師、悲哀不レ已。乃遁二テ跡ヲ於築ノ之岩穴一、経二テ十載一ヲ得二テ了菴ノ悟公一ヲ、嗣二ク其ノ法一。後ニ入レテ里ニ、覓下テ所二ノ夢感一スル之地上ヲ、卓レテ、菴以居ス。久シテ之漸ク成二ル叢席一ト。即号二ス高源寺一ト。師ノ之風聞二ヘ四表一ニ、名達二ス九重一ニ。屢〻嬰二ル寵錫一ニ。一日設レテ斎ヲ、会二シテ諸ノ檀越一ヲ道話シ、斎罷テ索レテ筆書レシテ頌曰ク、「悟二了ス生死一ヲ、五十九年。来来去去、白日青天。」端坐シテ而蛻ス。時ニ（15ウ）康永三年六月二十七日ナリ也。寿五十九〈至二元禄己巳一年ニ二百九十四年矣〉。

【注】高源寺　兵庫県丹波市青垣町桧倉。瑞巌山高源寺。『扶桑禅林僧宝伝』巻八「遠渓雄禅師」。

【校訂】1有レ志二於道一ニ―〈底〉有レ志二於道ニ

18〔丹波〕●永沢寺〈第百主後円融院ノ之御宇ニ創。至二元禄己巳一年ニ及二三百二十余年一ニ矣〉

開山禅師、名ハ寂霊、号ハ通幻。洛陽勇士某氏ノ子也。其ノ母、初メ無レシ嗣。因テ祷二ル於清水寺ノ観音一ニ。限二テ一百日一ヲ誦二ス普門品千巻一ヲ。遂ニ有レ妊ムコト。将ニ欲二分娩一ンセント、其ノ母遽カニ亡ス。父悲傷シテ不レ已。瘞二ム于古廟ノ之側一ニ。自《ソノ》後行人往来、輒スレハ聞三ク廟ノ側ニ有二ルコト嬰児ノ声一。聞二及ホス其父一ニ。開レテ壙ヲ視レレハ之、師已ニ誕ス矣。其ノ父且ツハ喜、且ツハ愕ク。懐キ帰テ沐浴スレハ、気体芳潔ナリ。祖母撫二育ス之一。甫二ンテ一歳一ニ父喪ス。稍長テ問二テ祖母一ニ曰ク、「人皆有二父母一。我独リ無キコトハ何ソヤ也。」祖母大ニ喜テ、十（16オ）一歳ニシテ入二テ台山一ニ受レ業ヲ。天性英敏ニシテ、凡ソ内外ノ経史一ヒ経二レハ其ノ目一ニ、無レシ不二云コト通暁一セ。座主及ヒ衆僧称歎ス。十四ニシテ薙髪シテ、師慕二ヒ禅門直指ノ之説一ヲ、乃往二テ能登ノ之総持寺一ニ参二ス峨山碩和尚一ニ。山ハ永平五葉ノ孫也。師、礼拝シテ才カニ起ツ。山問、「甚ノ処ヨリ来ル。」師云ク、「天台ヨリ来ル。」山云、「欲レス求二ント何ニ事一ヲカ。」師云、「某甲シ於二テ止観ノ之理一ニ未レ決二セ所疑一ヲ。請フ、師指示セヨ。」山云、「莫レ妄二想スルコト、莫レ妄二想一。便チ起チ去レト。」師、疑情愈〻熾セリ。研究不レ怠ラ。一日聞三テ山挙二ヲ心身脱落ノ話一ヲ、忽然シテ大悟シテ云ク、「我会セリ也。」山云ク、「汝作麼生カ会ス。」師云ク、「和尚莫レンハ瞞レスルコト人ヲ好シ。」山云ク、「心身脱落ノ時キ如何ン。」師云ク、「倒ニ騎二テ仏殿一ニ出二山門一ヲ。」山云ク、「莫レ乱二走スルコト一。」師云ク、「羅籠スレトモ不レ住ラ。呼喚スレトモ不レ回ラ。」払袖シテ便去ル。山微笑ス。後ニ以二古人ノ公案節角誵訛ノ処一ヲ、一一ニ詰問ス。師、応答如シレ流ルカ。逮テ二山ノ滅後一ニ、檀（16ウ）越細川氏、欽テ二師ノ玄化一ヲ、創テ二永沢寺一ヲ請シテレ師ヲ為二開山一ト。毎ニ往二来ス総持寺一ニ。越前ノ刺史、乃於二中路一ニ立テ二龍泉寺一ヲ、為二師ノ駐錫ノ之所一ト。応安中ニ、後円融帝賜テレ師ニ為二天下ノ僧録一ト。自レ是洞上ノ之宗、大ニ扇ク二於時一ニ。明徳二年四月ノ末ヘ示シレ疾、五月ノ朔稍ホ愈ユ。至テ二端午ノ日一ニ、随テレ例ニ上堂。午ノ刻、召シテ二大衆一ヲ誡テレ之曰ク、

*「我去テ後、汝等諸人当ニ下屏二息シテ[1]万縁一ヲ究二明シテ一大事一ヲ使中洞上玄風シテ不セレ墜二於地一ニ。若シ貪二著セハ文字語言・名聞利養一ニ、非二吾徒一ニ也。時節已ニ至リヌ。吾レ欲スレ行ントト矣。」衆請フ二遺偈一ヲ。師書シテ曰ク、「閻浮来往満ツ二七十年一ニ。転身端的両脚捎《カスム》レ天ヲ。」擲テレ筆而逝ス。留ルコトレ龕ヲ三日、貌チ如シレ生ルカ。門弟子奉シテレ龕、窆二於寺ノ之西北ノ隅一ニ〈至二元禄己巳二年一ニ二百九十九年矣〉。

【注】**永沢寺**　兵庫県三田市永沢寺。青原山永沢寺。『扶桑禅林僧宝伝』巻八「通幻霊禅師」。

【校訂】1万縁―〈底〉万緑

19〔丹波〕●永谷寺〈第一百主後円融院ノ永徳二年ニ創。至二元禄己巳二年一ニ三百七年矣〉（17オ）

開山禅師、名ハ法俊。畿内平安城ノ人也。姓ハ源。尊氏大将軍第四ノ子也。母夢テ三如意輪観音付スルニ以テ二金鉢一ヲ而、生レテ神儀爽抜ニシテ、目ニ有二重瞳一。稚歯ニシテ喜ヒレ読ムコトヲ二仏書一ヲ、会テ二緇流一ニ如シ二旧識一ノ。時ニ号シテ為二聖子一ト。方ニ七歳ニシテ喪レ母。哀哭シテ不レ休マ。自念シテ、「人ノ命危脆、名利靡シレ常。不トレ如シ下カ亟カニ裂テ二世網一ヲ入二無為一ニ以テ報中センニハ罔極ノ之恩上ニ。」於レ是ニ決シテレ意学道ス。年シ十一ニシテ従テ二天龍ノ夢窓国師一ニ、執ル二童子ノ役一ヲ。明年、窓下世ス。聞テ三天真性和尚出二世ス丹ノ之永沢一ニ、往テ依ルレ之。性、一見シテ驩然タリ。及テ三性ノ移ルニ二北越一ニ、師従レ之ニ。文和四年、削テレ髪受具ス。時ニ年十有六耳。晨参昏叩、孳孳トシテ弗レ怠ラ。凡ソ洞上ノ宗要、無シレ不二云コト探討一セ。性、一日上堂。師、対シテレ衆ニ問話。于テ二性ノ言下一ニ豁然シテ領スレ旨。嗣《ソノ》後常ニ命シテ秉払提唱セシム。暇ノ日、遊二丹ノ之氷上《ヒカミ》郡一ニ。愛シテ三其ノ山深ク秀テ、飽キ（17ウ）レ柴ニ飽キレ水ニ足レリ二寓スルニ枯禅一ニ、乃趺二坐スルコト磐石ノ上一ニ凡ソ七年、如シ二一日一ノ。永徳二年、義満将軍奉シテ二聖旨一ヲ、就テレ山ニ造二永谷寺一ヲ。勅シテ為二開山第一代一ト。

賜二寺額荘田一ヲ、兼テ賜二英仲禅師ノ之号一ヲ。至徳ノ中、太上皇帝、復タ錫二テ紫伽梨一ヲ俾《シム》レ為《タラ》二国師一。師固ク辞シテ不レ受。而声華《ナ》日ニ起リ、郷大夫及レテ門ニ問レヒ道ヲ、而モ師ヲ礼スル者ノ、輪蹄無二シ虚日一。座下ノ犀顱、盈二万指一ニ。時常《ヨノツネ》室中牢把二関津一ヲ、不二軽〳〵シク許可一セ。以レテ故ヘヲ仮二ル鶏声ノ韻一ヲ者ノ、不レ能二冒シ度一ルコト矣。晩年出二シテ一ノ欽侍者一ヲ、受嘱シテ補レフ位。豈ニ衆角ノ之一麟カ歟。応永二十三年二月廿六日、召レシテ衆謂テ曰ク、「吾行カン矣。他後莫レレ違二フコト吾法一ニ。」衆乞二遺偈一ヲ。乃索レテ筆ヲ書シテ曰ク、

「七十七年　風花雪　月来往天然」遂ニ泊然シテ坐化ス。弟子奉二シテ全身一ヲ塔二ス于寺後一ニ〈至二元禄己巳二年一ニ二百七十四年矣〉。

（18オ）

【注】永谷寺　兵庫県丹波市氷上町御油。永谷山円通寺。『続扶桑禅林僧宝伝』巻三「英仲俊禅師」。

20

〔丹波〕米山龍興寺〈第百三主後花園院ノ之時ニ創。至二元禄己巳二年一ニ及二二百二十年一矣〉

開山禅師、諱ハ玄詔、字ハ義天。土州ノ人ナリ。蘇氏入鹿大臣ノ之裔也也。十八ニシテ薙髪シテ為二大僧一ト。即上レ京ニ、叩二テ諸刹一ヲ参二ス日峰舜和尚ニ于瑞泉一ニ。峰、印レス之。付スルニ以二ス法語一ヲ。其ノ後、右京兆細川勝元源公、聞三テ師住二スト養源一ニ、枉レテ駕ヲ参礼シ、因テ就二洛ノ之北山一ニ建テ、龍安寺ヲ、起レテ、師住持セシム。師既ニ入寺シテ、奉二シテ日峰和尚一ヲ為二開山始祖一ト。細川勝元公、復タ於二テ丹波ノ州一ニ建二テ、精舎一ヲ、請レシテ師開山トス。其ノ村ヲ名二八木一ト。故ニ号シテ曰二米山一ト。寺ヲ曰二龍興一ト。当ニ経始ノ日一ニ、師与二勝元公一躬ラ運二テ土一簣一ヲ、以テ先ツ二清衆ノ之労一ニ。寺成テ大ニ起二ス宗風一。詳ニ在二本伝一ニ。

【注】米山龍興寺　京都府南丹市八木町八木西山。『扶桑禅林僧宝伝』巻一〇「詔禅師」。

21

〔阿波〕大雄山宝冠寺〈第百一主後小松院ノ至徳二年ニ創。至二元禄己巳二年一ニ三百五年矣〉

*開山禅師、名ハ中津、字ハ絶海。自《ミ》号二ス蕉堅道人一ト。土佐州藤（18ウ）原氏ノ之子。母ハ惟宗氏。祷二ル于五台ノ文殊ノ像[1]一ニ。夢レテ授レクト剣ヲ有レ身ムコト。於二建武三年一ニ吉祥ニシテ而誕ス。年十三ニシテ入二天龍一ニ、侍二ス夢窓国師一ニ。十六、為二大僧一ト。毎ニ昼夜

坐禅礼仏シテ無二空過一スコト。十八歳ニシテ掛二錫ス東山建仁一ニ。居ルコト一十二載、禅誦不レ怠。貞治三年、遊テ二関東一ニ依ル二仏満禅師ノ法席一ニ。応安ノ初メ入テ二支那一ニ、寓シ二杭ノ之中天竺一ニ、侍ス二季潭泐和尚一ニ。未タレ幾、掄マレテ掌ル二蔵室一ヲ。常ニ遊ブ二用貞・清遠二老ノ之門一ニ。洪武四年、季潭和尚住ス二径山一ニ。延テレ師ヲ為ス二座元一ト。師不レ就カ。九年、太祖高皇帝、召シテ見ヘテ二于英武楼一ニ問フ二法要一ヲ。師奏対称フレ旨ニ。帝、因ニ指シテ二日本ノ図一ヲ、命シテ賦セシムレ詩ヲ。即作ルレ詩ヲ。帝賜フ二御和一ヲ。在リ二于本伝一ニ。略スレ之ヲ。康暦元年、帰ル二日本一ニ。会〻性海、住ス二天龍一ニ。請シテレ師ヲ居シム二第一座一ニ。二年ノ秋、応シテ二鈞命一ニ開ク二甲州ノ乾徳山慧林禅寺一ヲ。当テ二入（19オ）寺ノ時一ニ、四方ノ雲衲萃リ止ル。至レトモレ無レ所ロレ容ル、、師不二之ヲ拒一マ。皆随テレ機ニ而接スレ之。大ニ唱ヘ二窓師ノ之道一ヲ、弘ニ起ス二化風一ヲ。至徳元年、師、以テ二直言一ヲ忤フ二大相国一ニ。長揖而去テ隠ル二于銭原一ニ。二年ノ秋、檀越桂岩居士、就テ二阿州ノ大雄山一ニ建テ二宝冠寺一ヲ、聘シテレ師ヲ為ス二開山一ト。後、大相国有テレ悔ルコト、徴シテレ師ヲ住セシム二等持寺一ニ。師辞スルニ以スレ疾ヲ。鈞命再ヒ至ル。乃応スレ之ニ。応永八年、師六十六歳。寓ス二鹿苑院一ニ。檀越請シテ、再住セシム二相国寺一ニ。是ノ年十二月、辞スレ世ヲ。頌ニ曰ク、「虚空落テレ地ニ　火星乱飛　倒ニ打シテ二筋斗一ヲ　扶二過ス鉄囲一ヲ」諡ヲ曰二仏智広照浄印翊聖国師一ト。有リ二語録・詩集一。盛ニ行ル二于代一ニ〈至二元禄己巳一二年ニ二百七十三年矣〉。

【注】大雄山宝冠寺　徳島県阿波市土成町にあった。『扶桑禅林僧宝伝』巻七「絶海翊聖国師」。

【校訂】1像ニ—〈底〉像テ

22〔淡州〕安国寺〈第九十七主光明院ノ貞和中ニ創。至テ二元禄己巳一二年ニ三百四十余年矣〉

開山禅師、名ハ一以、号ス二大道一ト。姓ハ平氏、雲州浮浪山ノ人也。生シテ（19ウ）而異質、頭ニ有リ二肉角一、手ニ有リ二印紋一。方テ二八九歳一ニ、好テ坐禅ス。絶ヘテ無シレ意二于世一ニ。性仁慈。見テハ二群稚ノ捕チルヲ鳥ヲ一、必ス求テレ母ニ贖ナツテ以テ放ツレ之。年シ十一ニシテ投シテ二本州ノ枕木山一ニ下髪ヌ。十四ニシテ登テ二台山一ニ受レ戒。礼シテ二光明院ノ蔵山和尚一ヲ、為ニ依止一ト。謁ス二規菴ニ於南禅一ニ。規、遷化ス。一山寧和尚、主トルレ席ヲ。師沾スコト二一老ノ法味一ヲ既ニ久シ。後ニ侍ス二南山ニ於東福一ニ。至テ二於双峰瑞龍ノ諸刹一ニ、皆任ス二両班ノ之職一ニ。

虎関和尚、出世東福。挙師充後版。及再住、擢居第一座。康永元年、夢窓国師聞其道風、招住補陀。数載之間、禅規大振。後謝事菴居。淡州太守、以所居菴改為安国寺。益重師也。居三載、釈迦之殿・演法之堂・以至旃檀林・祖堂・山門等、煥然一新。四衆随喜者、疑是釈梵之宮下墜人世。淡（20オ）州叢林、自此始矣。文和間、藤丞相、延居普門古刹。晩年遷主東福。方周歳、遂帰于淡州之小院云。

【注】安国寺　兵庫県南あわじ市八木大久保にあった。棲賢山安国寺。『扶桑禅林僧宝伝』巻五「大道以禅師」。

*23〔摂州水田〕●牛頭山護国寺[1]〈第百主後円融院康暦二年創。至元禄己巳三百九年矣〉

開山禅師、名宗令、号大徹。大隅州人也。幼穎異。至僧舎見僧誦経、輒訢然有棄俗之志。稍長、即剃落受具。好行慈済、忘其身。時人、以其苦行、号為菩薩。師毎恨大法未明、聞総持峨山碩和尚唱洞上之道望尊一時、径造焉。問答之間、瞥然契悟。自是、咨扣日深、承受記莂。康暦二年、経行摂州下島郡、創梵刹、手造地蔵像奉於正殿。即今之護国也。於是開堂演法。為峨山焼香。衲子麕至。後詣越中之立山、愛其風景建寺、号（20ウ）立川。継開南明。凡三処皆為開山之祖。其在立川時、偶経行林外。有衣冠異人。出迎曰、「望師道価久矣。今幸一遇。願授戒法。」師、乃授以無相禅戒。其人礼謝已、尋升立山、乗空而去。衆始知為当山権現神也。下野那須原有石妖、常損人。号為殺生石。民患之聞於朝。帝、集群臣僉議。咸曰、「凡安国利民、必藉乎仏慈。」帝、欲擢禅教有道之士。時議非宗令無以能応命、乃詔師。師詣石、示教訖以杖撃之。石即震吼汗下。自爾妖絶。上大*悦。於是声起朝野。尋帰総持侍峨山者数白。一日示微疾。謂左右曰、「我死後荼毘[2]、収骨

灰ヲ一勿レ二遠ク去ルコト一。只瘞メ二此ノ山一ニ。蓋シ我死生不レ欲セレ離ルヽコトレ師ヲ也。」又云、「我曽テ手ラ造ル地蔵、(21オ)在二護国一ニ。即我カ幻軀ナリ。毋レ三復タ立ルコト二肖像一ヲ。」言訖テ坐脱ス。一僧高声ニ嘆シテ曰、「師既ニ去ル矣。奈何ソ不ルヤレ留メ二最後ノ之語一ヲ乎。」師、即開テレ目書シレ頌、擲テレ筆而去ル。時ニ応永十二年正月二十五日也。春秋七十有六。僧臘五十有九。四方ノ聞ク者ノ、無シレ不ルコト二嘆異セ一。門人遵テ二遺命一ヲ、窆ム二于本山ノ西北ノ隅一ニ。塔ヲ曰二伝法一ト〈至二元禄己巳二年ニ二百八十五年矣〉。嗣ク二其ノ法一ヲ者ノ十有六人、而帰依シテ授ルレ戒ヲ男女莫シレ知ルコト二其数一ヲ。

【注】**牛頭山護国寺**　大阪府吹田市高浜町にあった。『続扶桑禅林僧宝伝』巻三「大徹令禅師」。
【校訂】**1**牛頭山―〈底〉午頭山　**2**荼毘―〈底〉荼昆

*24〔河内丹比〕楞[1]伽宝寿禅寺〈第九十七主光明帝ノ暦応三年創。至二元禄二年ニ三百四十九年矣〉

開山禅師、諱ハ慈照、号ス二高山一ト。姓ハ菅氏。京師白川ノ人也。菅ノ丞相大自在天神ノ之後ナリ也。二歳ニシテ喪スレ父。七歳ニシテ母使シムレ読マレ書ヲ。能ク通二大義一ニ。十四ニシテ薙髪シテ、従テ二観律師一ニ受ケ二具足戒一ヲ、往テ参ス二法灯国師一ニ。一日、呈シテ二百丈ノ野狐ノ頌一ヲ曰ク、「百丈ノ野狐　不昧不落　前身(21ウ)後身　一夢両覚」灯、即チ印二可ス之一。執侍スルコト六年、去テ謁ス二南浦明禅師ニ于万寿一ニ。命シテ侍香タラシム。又謁ス二高峰日禅師一ニ。峰、大ニ器重ス。周二旋ス建長・円覚ノ両刹一ニ。紀ノ之大慈、虚スレ席ヲ。諸山挙スレ師。使者三ヒ返シ、堅ク臥シテ不レ起。檀越勤旧、再四方便ス。不シテレ得レ已コトヲ応スレ之。弁香嗣ク二法灯一ニ。受テ二大檀越并ニ諸山ノ請一ヲ、主タリ二京ノ之万寿一ニ。俄ニ被テレ旨住ス二東山建仁一ニ。移シテ二東海源公一ヲ、補二処タラシム万寿一ニ。金昆・玉季、敲唱相ヒ応ス。法灯ノ之道、盛ニ行ハル二于時一ニ。庚辰ノ歳シ六月、大ニ旱ス。奉シテレ旨ヲ請スレ雨ヲ。許スニ以二三日一ヲ。黙二坐ス丈室一ニ。至二二日ノ夕一ニ、雲騰リ雨澍ク。遠辺周給ス。咸ク称ス二道力ノ之験一ト。居ルコト一年、請レ還ンコトヲ二故山一ニ。河内ノ太守橘公、創テ二寺ヲ西浦一ニ請シテレ師開山トス。既ニ至テ、榜シテ為ス二楞伽宝寿禅寺一ト。於テレ是ニ南都興福寺ノ諸僧議シテ曰ク、「昔シ吾宗ノ三祖道照法師、発足南(22オ)遊シテ、首メ参シテ二慧満禅師一ニ、伝テ二仏心宗一ヲ受ク二楞伽経四巻一ヲ。又謁シテ二玄奘法師一ニ、授カル二西天戒賢論師ノ衣鉢一ヲ。

且《ツ》嘱《シテ》曰《ク》、『他日、此《ノ》宗盛《ニ》化東方《ニ》。今始《ム》於汝《ニ》。』法師帰《テ》国《ニ》、大《ニ》弘《ム》法相《ノ》宗旨《ヲ》。為慈恩《ノ》之初祖《ト》焉。記《ス》、『我《カ》滅後六百歳《ニ》、有一《ノ》肉身《ノ》大士。名《テ》曰慈照《ト》。於《テ》吾《カ》生地《ニ》、創《テ》宝寿寺《ヲ》興《サント》仏心宗《ヲ》。』歳数既《ニ》符《ヘリ》。高山禅師、適〳〵此《ニ》説法《ス》。異《ナル》哉《ナ》。乃専使、齎《テ》讖《ヲ》奉賀《ス》。其与先徳《ノ》密契毫髪《モ》無《シ》差《フ》。」非《ンハ》乗《ルニ》輪《ニ》、能《ク》若《ナランヤ》是乎。癸《ノ》未《ノ》十二月十五日、示疾《ヲ》。十九日夜半、山岳震動《シテ》、鳥獣悲号《ス》。寺衆莫《シ》不《ト云コト》驚懼《セ》。師、謂《テ》左右《ニ》曰《ク》、「吾《カ》行《ノ》之徴《シナリ》。」其在自在天神閟忌《ノ》之日《ニ》。至《テ》廿五戊《ノ》時《ニ》沐浴剃髪《シ》、趺坐《シテ》訓《シ》徒《ニ》訖《テ》、索《テ》筆《ヲ》書《シテ》偈曰《ク》、「呵《シ》仏罵《ルコト》祖《ヲ》七十八年、末後《ノ》一句臘雪連《ル》天《ニ》。」擲《テ》筆而逝《ス》。停《ルコト》龕（22ウ）七日《ニシテ》荼毘《ス》。煙気所及、雨《ス》舎利《ヲ》。如《シ》菽《ノ》。備《フ》五綵《ヲ》。寿七十八〈至元禄己巳二年三百四十七年矣〉。

【注】楞伽宝寿禅寺　大阪府羽曳野市西浦にあった。『扶桑禅林僧宝伝』巻六「高山照禅師」。

【校訂】1楞伽宝寿禅寺―〈底〉楞伽宝寿福寺

25〔紀州〕鷲峰山西方寺〈第八十八主後深草院《ノ》之時《ニ》創。至《テ》元禄己巳二年《ニ》四百三十余年矣〉

開山法灯国師、名《ハ》覚心。信州《ノ》神林県《ノ》人也。母祈《テ》仏《ニ》、感夢《ヲ》而生、少小《ニシテ》即《チ》有超塵《ノ》之志《シ》。十五《ニシテ》投《シテ》神宮寺《ニ》読《ム》仏書《ヲ》。十九《ニシテ》落髪受具《シテ》登《リ》高野山《ニ》、染《ム》指《ヲ》三密《ニ》。因《テ》謁《シテ》行勇公《ニ》於三昧院《ニ》、始《テ》知有《ルコトヲ》教外《ノ》之旨。易《テ》服《ヲ》親《ク》侍《ス》。勇、遷《ル》相《ノ》之亀峰《ニ》。師、為《ニ》統綱記《ヲ》。建長元年、航《シテ》海《ニ》至双径《ニ》、参《ス》痴絶沖和尚《ニ》。不契。去《テ》遊道場・天台・育王・大梅・浙東《ノ》霊区《ニ》。足跡殆《ント》徧《シ》。恨《ラクハ》法眼未《タ》明《メ》。値《テ》郷僧源心《ニ》、相与《ニ》謁《ス》仏眼和尚《ニ》于護国《ニ》。眼、問《テ》曰、「汝名《ハ》什麼《ソ》。」師曰《ク》、「覚心。」眼曰《ク》、「心即是仏、仏即《チ》是心。（23オ）心仏如如亘《リ》古《ニ》亘《ル》今《ニ》。」時《ニ》徴詰数転語、即承印記《ヲ》。宝祐二年、告帰《ス》。眼、以像賛《ヲ》授《テ》之曰《ク》、「用迷子《ノ》訣《ヲ》、飛《ス》紅炉雪《ヲ》。一喝当《テ》鋒《ニ》、崖《シ》崩石裂《ク》。化《シテ》死蛇《ヲ》作《シ》活龍《ト》、点《シテ》黄金《ヲ》為《ス》生鉄《ト》。去《ケ》縛解《シ》粘《ヲ》、抽《キ》釘抜《ク》楔。更《ニ》将仏祖不伝《ノ》機《ヲ》、此界他方倶《ニ》漏洩。」既《ニ》帰《テ》〈建長六年〉隠《ル》高野《ノ》之故居《ニ》。明年、出世《ス》于三昧院《ニ》。懐中《ノ》弁香、為《ニ》仏

眼一ノ拈出ス。弘安四年、亀山ノ上皇、詔シテ住二セシム城東ノ勝林寺一ニ。奏対称レヒ旨ニ、声ナ震二寰宇一ニ。師、退二居ス紀州一ニ。始テ師遊二鷲峰一ニ。楽二テ其ノ絶勝一ヲ、営二構テ梵宇一ヲ、名テ曰二西方寺一ト。栖レムコト此ニ四十余歳。化ヲ被二シム南紀一ニ。永仁六年四月十一日、示二シ微疾一ヲ、十月十三日、道俗慰問ス。師如レシ常ノ。入レテ夜ニ神色稍異ナリ、左右請レフ偈ヲ。師笑テ曰ク、「我レ生平屛《シリソク》二筆硯一ヲ。今何ソ特地ナランヤ耶。」左右曰ク、「師歛レテ容寂坐ス。（23ウ）得レンヤ非レルコト欲レスルニ離レント世ヲ歟。」師曰、「諾ク。」師、泊然シテ而去ル。荼毘シテ得二五色舎利一ヲ。春秋九十有二。賜二諡ヲ法灯円明国師一ト〈至二元禄二年一ニ三百九十一年矣〉。

【注】鷲峰山西方寺　和歌山県日高郡由良町門前。興国寺。『扶桑禅林僧宝伝』巻一「法灯円明国師」。

26〔勢州〕安養寺〈幷〉大福寺〈未詳年代〉

開山禅師、諱ハ大慧、字ハ痴兀、自ミ号二ス平等一ト。未レタ詳二ニセ其ノ姓氏一ヲ。初メ為二タリ台衡ノ之徒一ト。聡慧博聞ニシテ、凡ソ国中所レユル有ラ八宗ノ之学、無レ不二云コト歴渉一セ。其ノ最モ精者ハ密教ナリ。多レシ所二ロ発明一スル。東台両家ノ密者、伝テ為二平等ノ義一ト。時ニ慧日国師、初テ興二ス禅化一ヲ。師、聞レテ之憤然シテ、欲三ス往テ而觝二排セント之一ヲ。因テ与ニ問答徴詰ノ処、伎倆頓ニ尽テ、乃易レテ服ヲ入室ス。居ルコト無レシテ何クモ、命シテ掌二トラシム記室一ヲ。遂ニ首二タラシム於衆一ニ。嘗テ于二テ勢州ノ長松山一ニ創二メ安養寺一ヲ、又於二テ瑞雲山一ニ創二テ大福寺一ヲ、遂ニ為二両寺ノ開山ノ始祖一ト。晩年自闢二塔院ヲ于安養一ニ。以二宝篋ノ二字一ヲ文二ス其楣一ニ。臨終遺偈ニ曰、（24オ）「高ク超二方便一ヲ自証自然、為レニ物ノ応レス世ニ八十四年。」闍維シテ収二霊骨一ヲ、得二舎利一ヲ。五色ナル者ノ無数。勅シテ諡二ス仏通禅師一ト。所レノ著ス有二十牛訣・枯木集等若干巻一。

【注】安養寺　三重県多気郡明和町上野。長松山安養寺。　**大福寺**　三重県鳥羽市鳥羽にあった。瑞雲山大福寺。『扶桑禅林僧宝伝』巻三「仏通禅師」。

27〔江州〕瑞石山永源寺〈第九十九主後光厳院ノ康安元年ニ創。至二元禄己巳二年一ニ三百二十八年矣〉

開山禅師、諱ハ元光、字ハ寂室。作州ノ望族藤氏ノ子ナリ。生ル時、神光照レス室ヲ。自リ二卯歳一入テ二京師一ニ、従テ二大智海禅師一ニ学ヒ二出世ノ法一ヲ、十五ニシテ薙髪受具。偶〱見二僧ノ傫レテ壁ニ打坐一スルヲ、忻然シテ慕レフ之。有レ僧。謂レテ之曰ク、「子カ才気不レ凡。胡ソ匏二繋スル於此一ニ。関左ニ有テ二約翁倹公一、天下ノ巨匠ナリ也。学者仰レクコト之、若シ二景星鳳皇一ノ。今炉鞴正ニ熾ナリ。子能ク就レハ之ニ、何ソ患レン無レコトヲ成ルコト。」師、即与レ之偕ニ往ク。翁、一見シテ機契フ。先キニ一夜、翁夢ラク、諸聖降臨、光リ照二スト山河一ヲ。故ニ名レルニ之ニ以ス二元光一ヲ。志レスト也瑞ニ也。徳治（24ウ）二年、翁主ル二建仁一ヲ。命シテ侍シム二湯薬一ニ。一日問レ翁ニ、「如何ルカ是レ末後ノ一句。」翁、劈面一掌ス。師、豁然シテ大悟。時ニ年十八也。一山国師、一見シテ拊レテ掌ヲ称美ス。二十歳ニシテ侍ス二国師ニ于南禅一ニ。文保四年、聞テ三天目ノ中峰本和尚道ヲ振ト二華夷一ニ、乃絶《ワタツテ》レ江ヲ参扣ス。次ニ謁シテ二元叟・古林・清拙・霊石・絶学・無見・断崖ノ諸ノ尊宿一ニ、請益不レ怠。及テ二帰楫一ニ値二風濤一ニ。白衣ノ大士現ス二于空中一ニ。風濤遂ニ息ム。建武ノ初メ、受テレ請ヲ居リ二永徳寺一ニ、継テ遷ル二摂ノ之福厳・江ノ之往生一ニ。延文中、師七十一歳。江州ノ太守、重シテ二師ノ名徳一ヲ、献シテ二奥ノ島・雷渓一ヲ、与レメニ師ノ為二駐錫ノ之地一ト。且曰ク、「此ノ二境、吾カ州山水ノ之眉目ナリ也。師、任セテレ性居セヨ焉。」康安元年、入二雷渓一ニ、見テ二林巒幽邃一ヲ甚タ愜フ二其ノ意一ニ。乃芟リレ蕪ヲ剔テレ薉ヲ締フ二梵宇一ヲ。山下ノ吏民、効《イタシ》二テ子ノ如来リ之助一ヲ、不シテレ日ナラ而成ル。丹（25オ）耀キ碧明ニシテ、照二耀林壑一ヲ。名テ二其ノ山一ヲ、曰二瑞石一ト。寺ヲ曰二永源一ト。当テ二是ノ時一ニ、雲水二万指、皆ナ一時ノ之名徳等ナリ。倚リレ山傍テレ澗ニ、縛テレ茅ヲ以栖ム。有二大師慈源ト云者一ノ。施二土田若干一ヲ。以テ充ツ二香積一ニ。光明帝〈九十七主〉屢〱賜テ二手詔一ヲ、旌ハス二乎厥ノ徳一ヲ。応安二年九月一日、遺二戒シテ門人一ニ、訖テ書シテレ偈曰ク、「屋後ノ青山　檻前ノ流水　鶴林ノ双趺　熊耳ノ隻履　又是空花　結フ二空子一ヲ」書シ畢テ、擲テレ筆ヲ而逝ス。世寿七十八、坐六十六夏。門人奉シテ二全軀一ヲ窆ス二于含空台一ニ。所度ノ弟子千余人。白衣男女、授カル二法諱一ヲ者ノ、又不レ知二其ノ幾一ト云コト矣〈至二元禄己巳二年一ニ三百二十一年矣〉。

【注】瑞石山永源寺　滋賀県東近江市永源寺高野町。『扶桑禅林僧宝伝』巻四「寂室光禅師」。

28〔江州〕仏日山退蔵寺〈未詳年月〉

開山禅師、諱ハ秀格、号二ス越渓一ト。甫二テ志学一ニ、無二処レスル俗ニ意一ロ。遂ニ登二テ飯高山一ニ、礼二シテ寂室和尚一ヲ為レシ師ト、晨夕服勤シテ不レ離二左右一ヲ。一日請二（25ウ）問ス做工夫一ヲ。寂、示スニ以二ス古徳ノ之話一ヲ。師、蒙レリ誨ヲ愈〳〵加二フ精励一ヲ。昼夜孜孜トシテ脇不レ至レ席ニ。一旦豁然シテ通レス所レヲ詣ル。寂、深ク肯レフ之。師、天性孤硬シテ、甘テ休二ス岩壑一ニ。由レテ是ニ択二テ地ヲ於高野ノ村ノ東一ニ、縛レテ

*茅以テ居ル。衲子慕レヒ風継テ至ル。漸ニ成二ル梵刹一ト。即仏日山退蔵寺是ナリ也。仏通ノ[1]愚中禅師、題二シテ其ノ像一ニ云、「不二是レ耆闍窟一ニ。亦非二ス嵩少林一ニ。退蔵面壁ノ意、超越ス古来今。」後示寂シテ塔二ス于寺ノ后一ニ。謚二ス円照仏慧禅師一ト。

【注】**仏日山退蔵寺**　滋賀県東近江市青野町。『続扶桑禅林僧宝伝』巻二「渓格禅師」。

【校訂】**1**愚中禅師~退蔵―〈底〉誤脱（岩瀬文庫本により補う）

29〔江州〕曹源寺〈未詳年代〉

開山禅師、名ハ禅英、霊仲ハ其ノ号ナリ也。儁彦ニシテ絶《スクレ》レ倫ニ、江湖播レス誉ヲ。聞二テ光寂室ノ道風高古一ナルコトヲ、往テ依レル焉ニ。尽ク棄二テ、平生所レル有知解一ヲ、単単ニ図レル洞二明センコトヲ自己一ヲ。既ニシテ而回二ル梓里一ニ。寂、示スニ以二法語一ヲ云ク、「嘗テ聞ク、提二撕シテ公案一ヲ做二ス工夫一ヲ。底ハ如三手ニ握二ルカ鏌鎁一ヲ。如レ撃二カ塗毒鼓一ヲ相似タリ。嬰リ（26オ）レ之ニ触レル、之者ノ、屍横二フ万里一。説二カン甚《ナン》ノ生死ノ魔軍・煩悩ノ結賊一トカ。仮使ヒ黄頭老・碧眼胡モ亦須二ク倒退三千一ス。僧問二趙州一ニ、『狗子還テ有二仏性一、也タ無ヤ。』州云ク、『無。』唯タ於二テ無ノ字一ニ起二シ大疑情一ヲ、痛ク著二テ精彩一ヲ、看二ヨ是レ箇ノ什麼ノ道理一ソト。忽爾トシテ一旦噴地一下セハ、則千七百則ノ陳爛葛藤、和二シテ這ノ無ノ字一ニ、一時ニ瓦解氷消セン。豈ニ不レンヤ快カラ哉。」其ノ後発明シテ蒙二リ印可一ヲ、以二寂ノ頂相一ヲ請レ讃ヲ。有下衆角叢中得二ルノ一麟一ヲ之句上。江左ノ檀信建二テ、曹源寺一ヲ、延テ為二開山第一世一ト。復タ循二テ衆ノ請一ニ董二ス永源一ヲ。大将軍平公、聞二テ其ノ

*道誉一ヲ、[1]遣レシテ使ヲ問下做二スノ工夫一要旨上ヲ。師書二シテ法語一ヲ曰ク、「万法帰レス一ニ。一帰二ス何ノ処一ニ。這箇ハ是レ三世諸仏ノ骨髄、歴代祖師ノ眼目。百千法門無量ノ妙義、従二此ノ話頭上一流出シ、将チ来テ照映シ、古今爍二破ス天地一ヲ。只将二テ此ノ公案一ヲ、切ニ置二テ鈎（26ウ）抱一、語黙動静、歴レシ縁ヲ対レスル境ニ処、逼二起シテ疑情一ヲ、究メ来リ究メ去ナハ、則必ス有二大悟大徹底ノ時節一ヲ。謂下之ヲ

横ニ按二シテ鏌鋣一ヲ截‐断二スレハ魔軍一ヲ過量ノ大人上ト。至祝至祷。」行レコト道ヲ既ニ久シ。於二テ某ノ年五月廿八日一ニ示寂ス。諸ノ弟子奉二シテ遺骼一ヲ、葬二於集雲峰下一ニ。賜二諡ヲ円知悟空禅師一ト。

【注】曹源寺　滋賀県東近江市永源寺高野町にあった。集雲山曹源寺。現在は同市愛東外町。龍吟山曹源寺。『続扶桑禅林僧宝伝』巻二一「霊仲英禅師」。

【校訂】1遺レシテ―〈底〉遣レシテ

30〔江州今須〕●妙円寺〈第百主後小松院ノ永徳二年ニ創。至二元禄己巳二年一三百七年矣〉島津大道公創二妙円寺一ヲ。請二石屋梁禅師一ヲ為二開山第一祖一ト〈詳ニ在二福昌寺ノ之記一ニ〉。

【注】妙円寺　底本欄外に「江州今須」とあるが、鹿児島県日置市伊集院町徳重の妙円寺か。『扶桑禅林僧宝伝』巻八「石屋梁禅師」。

31〔若州〕高成寺〈第九十九主後光厳院ノ之時ニ革レメ教ヲ為レ禅ト。至二元禄己巳二年一ニ及二三百三十年一ニ矣〉開山禅師諱ハ法延、字ハ大年。姓ハ藤氏、予州ノ人也。早トニ出レ俗ヲ。壮歳ニシテ経‐行二シ四方一ニ、徧‐参二ス諸大老一ニ。後至二関東ノ浄妙寺一ニ、入二竺仙和尚ノ室一ニ。仙、一見シテ印可ス。付スルニ以二シ従上的伝ノ之衣一ヲ、命シテ充二ツ首座一ニ。（27オ）暮年入二ル京師一ニ。尊氏相公、嚮二フ其ノ道風一ヲ。相公幕下、有二大高伊予ノ守重成一トニモノ。鎮二ス若州一ヲ。革テ教寺ヲ為レ禅ト。特ニ聘レシテ師ヲ為二開山ノ之祖一ト。即チ高成寺是也。貞治二年十月初二日、端坐シテ示寂ス〈至二元禄己巳二年一ニ三百二十六年矣〉。

【注】高成寺　福井県小浜市青井。青井山高成寺。『扶桑禅林僧宝伝』巻六「大年延禅師」。

32〔摂州有馬〕清涼院〈自レ此至二元禄己巳二年一ニ凡及二五百十余年一ニ矣〉

摂州有馬温泉ノ之東ニ有二禅刹一。号ス二清涼院一ト。乃チ行基菩薩ノ所ニシテレ創ムル、慈心房尊慧上人ヲ為二中興ノ之祖一ト。上人、初メ登テ二天台山一ニ、修二法華三昧一ヲ。後チ住二摂ノ之河辺郡清澄寺一ニ、精二修ス梵行一ヲ。既ニシテ而到二有馬温泉山一ニ、観テ二林巒幽邃一ナルヲ、修ス二以テ為二霊区一ト。駐メテレ錫ヲ居焉。常ニ誦ス二法華一ヲ。時ニ承安二年十二月廿二日、閻羅王、為ニ二利生安民一ノ集テ二十万ノ衆僧一ヲ、修ス二法華十万部融通本願会一ヲ。（27ウ）請シテ二尊慧上人一ヲ為二慶讃導師一ト。修法既ニ畢テ、閻王以テレ偈ヲ讃ス二持経者一ヲ。上人謂テ二閻王一ニ曰ク、「一切衆生、愚痴邪見ニシテ不レ識二因果一ヲ。死者受クレ報ヲ。生者不レ知。以テレ故ヲ受者方ニ苦シム。作者ノ仍テ熾ナリ。即チ宣テ二之ヲ大聖金口一ニ、載ス二之ヲ貝葉宝函一ニ。尚疑テ而不レ信セ。良ニ可シ二悲愍一。惟タ願クハ、以テ二方便一ヲ救二済給ヘ之一ヲ。」閻王乃チ書テレ偈ヲ、付二与シテ上人一ニ曰ク、「

妻子王位財眷属　死去テ無シ二一トシテ来相ヒ親シム一

常ニ随テ業鬼繋二縛ス我一ヲ　受レ苦ヲ叫喚ス無辺際

譬ハ如三梅陀羅ノ駆テレ牛就カ二屠所一ニ。歩歩近ク二死地一ニ、人ノ命モ庶《ホトント》過キタリレ是ニ。」亦曰ク、「是ノ日已ニ過ク。命モ亦随テ減ス。如シ二少水ノ魚一ノ。斯ニ有ラン二何ノ楽一カ乎。師以テレ之ヲ示セ二一切衆生一ニ。我レ愍ムコト二有情一ヲ、猶シ如シ二一子一ノ。衆生顛倒シテ而、随テレ業ニ受クレ苦。今日死来ル者ノ二百三人。其ノ中往二生スル楽土一ニ者ノ（28オ）九人。」閻王、以テ二執照一ヲ授テレ之ニ、便チ為二善人往生ノ之券契一ト。彼レ報スルニレ之ヲ以ス二銅銭六個一ヲ。自レ此世人送二葬スルトキ死屍一ヲ、則チ奠二六銭一ヲ。世称シテレ之ヲ曰二六道銭一ト。上人問テ二閻王一ニ曰ク、「今日往生ノ中、無キコトハ二女人一何ソヤ耶。」曰ク、「従来女人ハ多ク貪嫉痴ニシテ而、憍慢邪見ナルカ故ニ、得ルコト二往生一ヲ甚タ難シ。是ヲ*以テ、仏説給フ二転女成仏経一ヲ。」[1]上人曰ハク、「願クハ得二其ノ経一ヲ、以テ利セン二一切ノ女人一ヲ。」閻王、乃以テレ経ヲ付スレ之。上人大ニ喜テ曰ク、「我カ日域ニ有二大相国入道静海平ノ公一。開テ二摂州和田ノ御崎《ミサキ》一ヲ、延テ二一千ノ僧一ヲ執二行シ経会一ヲ、恭敬供養ス。以テ二此ノ経一ヲ貢セハ二大相国一ニ、利益不レ少《シ》カラ。」閻王曰ク、「彼ノ相国ハ者天台慈慧僧正ノ之後身ニシテ而、為ニ二仏法擁護一ノ今為レリ二相公一ト矣。」乃書テレ偈ヲ以テ寄セ送ル。上人曰ク、「貧道後生センヤ二何ノ処一ニ乎。」閻王曰ク、「師徳ク鏡《アキラカニ》二玄流一、業高シ二清素一ニ。精修苦行シテ而福助（28ウ）無量ナリ。」即勅シテ二冥官一ニ、索メテレ簿ヲ勘験シテ曰ク、「当ニ教テ二他人一ニ読シムルコトレ経ヲ一百一千一万六千七百八十四部。

講経二千一百六十座。念仏六百億七千一百四十万遍也。又自所《ミ》読誦法華三万六千七百五十四部。念仏三十六万七千余遍。大般若教誡品・教授品・讃般若品・難信品・授量功徳品等、暗誦凡二万一千二百巻。如是有大福業。若寿報尽時、則生第四天兜率。」閻王、乃手書金字妙経以、覗之曰、「日本国有往生浄土梵刹。即清澄寺及温泉山是也。又日域今上皇帝者、往昔讃州之金剛院主（29オ）某之再生也。乗夙願而為擁護三宝。惜聖算僅四七。少一《カク》。」上人曰、「還有延寿術否。願垂方便。」閻王曰、「若能於温泉山建法華堂、延持戒浄行禅僧修妙典会、以為常法者、聖算増四十五矣。」亦曰、「温泉山即釈迦・薬師・観音遊化之梵刹而、薬師如来悲願広大、為諸衆生乃化此泉、以利済之。若有疾者至此地、礼薬師仏沐浴温泉者、非特現在治疾、于未来世必証菩提。」上人大悦、乃構宝殿、蔵妙経安多宝仏像、修法華会。遂成禅刹。近来、有惟善公住焉。属黄檗山派下也〈世称曰温泉之奥院〉（29ウ）。

【注】清涼院　兵庫県神戸市北区有馬町。有馬山温泉寺。

【校訂】1上人曰ハク―〈底〉上人曰ハ

33〔肥後〕○雲岩寺〈自此至元禄己巳二年凡及三百三十余年矣〉

西海道肥後州飽田郡有観世音聖跡。号宝華山雲岩寺。其観音像自異域至。海上値風難、船師以楫誤融之。其像、独乗片板至此岸。自入岩洞中。故曰巌殿《イワド》。後観応二年、大元東陵璵禅師、荷洞上之印至此邦。因就此地、将創精舎。其地有大淵、不堪営構。師憂之。一夕夢有異類、自称為淵主。号梭尾螺。「居之有年。因和尚止営構。故龍王責我。今願、捨此淵為寺址、我当徙于西谷。以金鱗螺殻為記。」言已遂覚、而其淵果涸有鱗殻。師大喜、即就其

地ニ建二梵宇一ヲ。号スルニ以二今ノ名一ヲ。禅師名ハ永璵、号二ス東陵一ト。四明ノ人ナリ。天童雲外岫和尚ノ之法子ナリ也。先ニ（30オ）開二法ヲ于本州ノ天寧一ニ。学侶輻湊ス。後チ東渡シテ、大ニ振二洞上ノ之風一。貞治乙巳ノ年五月六日ニ示寂ス。朝廷聞テレ之、不レ勝ヘ二嗟惜一スルニ。賜二諡ヲ妙応光国慧海慈済禅師一ト。久シテ之寺漸クニ零落ス。時ニ本州ノ前ノ太守加藤忠広公、復タ修二葺之一ヲ。巌殿ノ之前ニ有二一ノ巨石一。時ノ人患テ二其ノ不平一ナルヲ、将ニレ砕レ之。其ノ夜、石精拊テレ人言テ曰ク、「我レハ乃載二観音ノ像一ヲ之船師ナリ也。以三誤テ損二スルヲ其ノ像一ヲ故ニ為二テ頑石一ト、在二テ于像前一ニ以テ償二フ其ノ罪一ヲ。罪尚ヲ未タレ訖ラ。汝何カ故ニ欲レ壊ント我ヲ。若シ如レセハ是ノ者、我レ為レニ汝カ作二ラン七世ノ怨一ト矣。」因テ止レム之。故ニ曰二船頭石一ト。至レ今ニ猶存ス。近ロ有二テ隠士道感ト云者一、患テ二巌殿ノ屢〳〵壊一スルヲ、申テレ官ニ以テ二堅石一ヲ修二営ス之一ヲ。義峰・慈門ノ二沙門相ヒ継テ住シレ焉、常ニ修二ス其ノ廃一ヲ。特ニ立二開山ノ石塔一ヲ。可シレ謂善ク継二クト人ノ之志一ヲ矣。（30ウ）

【注】**雲岩寺**　熊本市西区松尾町平山。宝華山（岩殿山）雲巌禅寺。『東渡諸祖伝』下「東陵璵禅師」。

34〔肥後〕○釈迦院〈第五十三桓武帝ノ延暦年ニ創テ、至二元禄己巳二年一凡及二九百年一ニ矣〉

鎮西肥後ノ之八代城過二ルコト東南一ニ凡ソ五拘盧舎ニシテ有レ山。号二ス金海一ト。其ノ峰最高キコト、計スル数百丈。千山翹翹トシテ仰レ之、百川湯湯トシテ帰レ之ニ。其ノ中ニ有二太白峰・試死巌・不動窟・涌仏池・舞来岩・撃松等ノ諸勝一。而モ琪樹碧竹玲瓏トシテ、実ニ一方ノ勝概ナリ也。昔シ桓武天皇延暦ノ初メ、弉善大師開基ノ之所ニシテ、迄テレ今ニ九百有余載ニシテ而聖跡猶存ス。大師、小ノ字ハ薬蘭。本州ノ種《タネ》山県ノ之人。自レ幼敏捷穎悟ニシテ、有テ二脱白ノ之想一、無シレ意二於世栄一ニ。年方ニ十三ニシテ投テ二花室寺一ニ、薙染受戒シテ、勤修精進ス。偶〻出テ望ハ二東峰一ニ、紫雲靉然トシテ而モ有リ二異光一。大師異レ之、尋テ至二其ノ山一ニ。岩巒崷崒、林木幽邃ナリ。是レ必ス霊区也。輒チ有テ二創立ノ之意一ヲ、而モ顧レハ二於四方一ニ、有二釈迦ノ之金（31オ）像一。忽チ従レ地涌出ス。長ケ三尺許リ而暖ナルコト如シ二人ノ膚一ヘノ。大師、忻幸弗レ已。乃チ創テ二梵宇一ヲ、以テ安二置シ之一ヲ、号シテ曰二涌出釈迦院一ト。諸堂荘厳具足シテ、遂ニ成二大名藍一ト。尊像ノ霊応如シレ響。四方ノ聞者ノ、無レ不二云コト嘆異一セ。緇白謁スルコトレ之ニ、如シ二水ノ赴クカレ壑ニ。自レ時レ厥ノ後、歳月積累シテ、風雨侵凌シ、或ハ厄シ二於火一ニ、既ニ及テ二荒涼零落一ニ、僅ナル有二草舎一。置ク二諸仏像一ヲ。至テ二寛文元年一ニ、有テ二沙門禅瑞公二至二此地一ニ。観二其勝境一ヲ、念テ二名山聖跡ヲ一有二興復ノ之志一。乃チ申テレ官ニ、募リ二郡県一ニ、営ス二大恩禅寺一ヲ。遠近ノ士庶戮セレ力ヲ、里民効《イタシ》二子ノ来テ之助一ヲ、不シテレ久落成ス。次テ立テ二、大悲閣・僧舎等一ヲ、遂ニ復ス二旧観一ニ。瑞公ハ者、奥之端巌雲居膺和尚ノ之高弟ナリ也。即チ以テ二其ノ師ヲ一為ス二中興ノ之祖一ト。延宝五年ノ冬、本州ノ刺史綱利公、為ニ二福国祐民ノ一捨テ二、上門《カミカト》・深山《ミヤマ》二村ノ田一ヲ、永ク充二香（31ウ）積一ニ。以テ為ス二京兆妙心之ノ派下一ト。於レ是山川生スレ色。蓋シ名山勝利、必ス藉テレ人ニ而顕ル之。微セハ二瑞公一奚ヲ以テカ知《カ》ラン二斯ノ山一ヲ。誠ニ千載ノ一遇ナル者ナリ也。

【注】釈迦院　熊本県八代市泉町柿迫。

35〔摂州〕〇福海寺〈建武年間ニ創テ、至テ二元禄二年一ニ凡及二三百五十余年一ニ矣〉

摂州兵庫ノ津、大光山福海興国禅寺ハ者、昔シ光厳天皇建武年中、大将軍尊氏源公、為ニ二祝国安民ノ一所ナリレ創ル。中ニ有テ二雲慶カ所ノレ造釈尊三聖ノ像一、榜シテ曰二雲会堂一ト。延テ二在菴円有和尚一ヲ為二開山始祖一ト。特ニ捨テ二荘田若干一ヲ、涌殿・飛楼、輪囷盤結シテ、四衆雲集シテ化風大ニ振。師ハ乃チ太宋径山無準和尚ノ之法子、兀菴禅師四世ノ之孫ニシテ而、道高ク徳広ク、為レ衆ノ所レ宗。貞和五年己丑霜月二十一日、書テレ偈ヲ辞スレ世ヲ。偈ニ曰ニ、「八十四年（32オ）笑ヿ倒祖仏一ヲ。一句臨テレ行ニ寒嵐払払。」擲テレ筆而逝ス。寿八十有四。京兆天龍石室玖和尚、讃二其ノ頂相一ニ曰ク、「仏鑑嫡裔兀菴真孫。掃ヿ除シテ枝葉一ヲ廓ニ徹ス二根源一ニ。権ヿ与シ名刹一ヲ無二刀斧ノ痕一ト。茆草一茎主元ト在リ。法身堅固鉄渾崙。」延文ノ秋キ、尊氏公、征シ二鎮西一ヲ泊ス二此ノ津一ニ。因テ謁シテレ之、手ラ書二其ノ額一ヲ、曰二福海興国禅寺一ト。厥ノ後、其ノ孫義満相国公、亦タ手ラ書ス二山寺ノ之号一ヲ。至レ今猶存スレ焉。嘗テ有二異僧一。負ヒレ笛来テ、「以テ二観世音ノ像并ニ多聞天ノ梓一ヲ奉スト之。」言ヒ已テ即去ル。竟ニ莫レ知レ所ヲ二自来一スル。或曰、高野大師ノ之化身ナリト也。既ニシテ而嘉吉ノ間、寺災アツテ一切倶ニ毀ス。独リ此ノ尊像出テ二、于灰燼一ニ、不レ損二一毫一モ。霊験特ニ新。四方ノ道俗瞻礼スル者ノ如レ蟻ノ。先レキ是、寺在二西南数百歩一ニ。因テ火後、乃チ移ス二今ノ之地一ニ。（32ウ）

【注】**福海寺**　兵庫県神戸市兵庫区西柳原町。大光山福海寺。

36〔摂州〕〇禅昌寺〈本朝九十九代後光厳帝延文年中ニ創テ、至二元禄己巳二年ニ一凡及二三百三十年一矣〉
八部《ヤタベ》ノ郡板宿村ニ有リレ山。号ス二帝釈神撫ト一。俗称ス二鷹取山ト一。其ノ山蔚然トシテ深秀テ、縣崖千仞。北ハ擁シ二千山ヲ一、南望二滄海ニ一。曠若トシテ無クレ涯。雲帆雲棹、来往如シレ飛カ。其ノ風景可シレ喜ッ。中ニ有リレ寺。曰二禅昌一。開山禅師、諱ハ宗光、号ス二月菴ト一。延文年中、師、就テ二此ノ地ニ一開創ス。殿中ニ有テ二安阿弥カ所ノレ造十一面観音ノ像一、衲子蝟聚シテ大ニ播ス二化風ヲ一。康応元年三月廿三日中夜、坐化ス。寿キ六十有四。賜二諡ヲ正続大祖禅師ト一。厥ノ後、遇二豊臣公ノ之変ニ一、寺産倶ニ廃ス。至テ二慶安年間ニ一、本郡ノ太守念テ二名山聖蹟ヲ一、以テ聞二相府ニ一。重テ復二旧観ニ一、特ニ賜二令旨ヲ一。由テレ是ニ、其ノ上司京兆南禅真乗院ニ所ノレ蔵仏牙舎利、幷ニ開山月菴禅師自賛ノ頂相、法衣等鎮ス二于当（33オ）山ニ一。於テレ是煥然トシテ一新シテ山川生スレ色ヲ。

【注】**禅昌寺**　兵庫県神戸市須磨区禅昌寺町。神撫山禅昌寺。『扶桑禅林僧宝伝』巻九「正続大祖禅師」。

37〔摂州〕〇海清寺〈本朝百一代後小松帝応永三年創。至二元禄己巳二年ニ一二百九十四年矣〉
五畿内摂ノ之西ノ宮ノ東北ニ有二禅刹一。京兆妙心ノ退蔵院ノ派下タリ也。開山禅師諱ハ宗因、字ハ無因。俗姓ハ平氏。尾州ノ人ナリ也。九歳ニシテ投シテ二建仁寺ノ可翁ニ一、薙染シテ為二駆烏ト一。十七歳ニシテ為二大僧ト一。気宇高潔ニシテ、天性霊聡ナリ。素トヨリ嗜シム二社詩ヲ一。最モ善シ二周易ニ一。値テ三可翁住二持東山ニ一、挙テレ師ヲ為二侍者ト一。後転ス二維那ノ之職ニ一。会〻妙心授翁和尚、弘二闡シテ宗旨ヲ一、震二撼四方ニ一。学者麕クニ集リ、惟タ恐ソルレ後レンコトヲ焉。師大ニ喜テ、毎ニ随テレ衆ニ参請スルコト久シテ而愈〻篤シ。果シテ達シテ二本源ニ一、遂ニ嗣テ二其ノ法ヲ一、為二開山国師ノ之的孫ト一矣。時ニ有二雲州ノ太守波多野ノ義公ト云者一。其ノ家歴代帰ス二曹洞宗ニ一。因ニ在二洛下一。密カニ扣二師ノ室一。頗フル有テ二見処一、遂ニ傾ケ二心ヲ（33ウ）臨済ノ之道ニ一、就二城中ニ一建テレ、院ヲ、以テ棲シメレ師ヲ、扁シテ曰二退蔵ト一。後師就テ二此ノ地ニ一開キ二巨鰲山海清寺ヲ一、移テレ錫ヲ居レ焉。大ニ轟ス二法雷ヲ一。又主トル二洛ノ之円福寺ヲ一。嘗テ移シ二建ッ退蔵院ヲ於妙心ノ之中ニ一。

其法子日峰舜公、於尾州犬山創瑞泉寺、請師為開山之祖。晩年大相国義持源公、欽其道、欲請相見。師、以老病不赴。遂退帰于海清。応永十七年六月初四日示寂。世寿八十有五。門人奉全身塔于寺中。得其法者、関西・徳翁・日峰・春夫等皆一方導師也。

【注】海清寺　兵庫県西宮市六湛寺町。巨鼇山海清寺。『扶桑禅林僧宝伝』巻十「因禅師」。

38〔伊勢〕朝熊《アサマ》岳

勢州内宮之東有虚空蔵菩薩霊蹟。曰朝熊岳。其山巋然而聳立、県崖千仞。琪樹玲瓏、有大磐石。其精、化（34オ）為金色大熊。諸魔視之退散、猶如朝露。故名朝熊。又有霊泉。曰明星水。中有梵刹。号勝峰山金剛証寺。昔淳和帝天長二年正月十六日、弘法大師登此山、修求聞持法。時天照太神告曰、「此地有菩薩。名虚空蔵。常以大慈擁護衆生、猶如一子。若有清信礼謁者、則子孫繁栄、凡有所求、莫不随意。」又有雨宝童子曰、「吾為一切衆生、毎日一時周巡十方界、救済諸苦悩衆生。若謁此山者、如慈母憶子矣。」大師忻然感激、即手造虚空蔵菩薩像。因建宝殿以安置之。以明星水灌其頂。修灌頂涌福法、以慶讃之。其像首、能動揺。時天照太神、輙傾誠作礼。住《スミ》仏谷有弁才天・大荒神・春日・（34ウ）丹生《ニウ》・清瀧・白山・三輪等祠。又有仏牙舎利。其分不知幾許、会〻仁明天皇無子。下勅、使修求聞持法。即生太子。皇情大悦、遊幸此山。文武百僚輿馬塡門。由是、四来謁者四序不絶。能州石動《イスルキ》・房州清栖・信州浅間・山州嵯峨・奥州柳井津《ヤナイツ》、此五所皆従当山所勧請而、本朝虚空蔵大霊岳也。按虚空蔵経云、「若有衆生、貧窮困苦欲求大富、欲多誦習、欲楽多聞、欲求解脱、欲求離欲、欲求禅定、欲求名称、欲求第一、欲求善巧、欲得自在、欲得端正、欲求好色、欲得妙声、欲得上味、

欲レ求二好触ヲ一、欲レ得二飲食ヲ一、欲レ求二勇健ヲ一、欲レ得二種姓高貴ヲ一、欲二願テ生レ男ヲ、欲二願テ求レ女、欲レ得二眷属ヲ一、欲レ求二福徳ヲ一、欲レ得レ成二就スルコトヲ六波羅密ヲ一、（35オ）欲レ得二巧言ヲ一、欲レ求レ覆二護一切ノ衆生ヲ一、欲レ得レ免二脱スルコト一切ノ牢獄ヲ一、*欲ハ下断二一切諸ノ悪律儀ヲ一発二菩提心ヲ一住[1]セント中四梵行ニ上者、当ニ称シ二虚空蔵菩薩ノ名ヲ一、至心ニ帰命シ恭敬礼拝スル時ハ、則チ虚空蔵菩薩、観テ二此ノ衆生ノ心心ノ善根ヲ一、具二大慈悲ヲ一、於二其ノ夢中ニ一現二種種ノ形ヲ一、即以二方便ヲ一応シテ二其ノ所求ニ一、而モ為ニ説法シ、或ハ於二目前ニ一示シ二種種ノ形ヲ一、亦以二方便ヲ一開二正直道ヲ一、破シ二諸ノ悪業邪見ヲ一、悉ク令レ得二解脱ヲ一。」此ノ寺、今属二京兆南禅ニ一派下タリ也。

【注】 **朝熊岳**　三重県伊勢市朝熊町岳。勝峰山金剛証寺。

【校訂】 **1** 住セント中―〈底〉住セトン中

39〔丹後切戸〕智恩寺

山陰道丹後ノ州宮津城ノ之海畔ニ有二文殊大士ノ聖跡一。号ス二天橋山智恩寺ト一。未タレ詳三開闢ノ之所二以ヲ然ル一。或ハ曰三天照太神ノ所也ト二経始シ給一也。原ルニ夫レ上古此ノ日域ノ地未タレ成、大海渺瀰タリ。于時ニ（35ウ）天照太神ノ之父伊弉諾《イサナギ》ノ尊《ミコト》、在テ二天上ニ一下モ視ルニ二海底ヲ一、有リ二大日如来ノ印文一。怪テレ之下テレ鉾ヲ捜ル二印文ヲ一。其ノ鉾ノ滴リ凝テ而為二此ノ洲ト一。於レ是ニ魔王波旬、遥ニ見テ曰ク、「此ノ滴成ルレ地ト。当来ス必ス興ラン二仏法一。我レ欲スレ壊レ之ヲ。」乃チ自レ天降テ為テ二大悪神ト一、名ヲ曰二荒海《アルウミ》ト一。時ニ伊弉諾ノ尊、欲レ降二伏セント之ヲ一曰ク、「五台山ニ有二文殊大聖一。三世ノ諸仏ノ之母十方如来、初発心ノ時、皆ナ是ノ文殊ノ教化也。一切ノ天魔波旬ヲ聞レ名ヲ見テレ身ヲ、莫レ不二云ト調伏セ一。」乃チ請ス二文殊大士ヲ一。時ニ文殊大士、現ス二丹ノ之宮津ニ一。諸天龍神、悉ク来テ集会ス。爾ノ時ニ文殊、為ニ説キ給二妙法ヲ一。各〻得二其ノ利ヲ一。時ニ荒海神、心伏シテ而退キヌ。諸龍受二梵戒ヲ一。因テ嚫スルニ以ス二宝石ヲ一。曰二文殊石ト一。至テレ今猶ヲ存ス。故ニ此ノ処ヲ名ク二戒岩寺ト一。其ノ後天照太神、開テ二今ノ之地ヲ一、移シ二置キ給文殊大士ヲ一。日域本ト是レ神国ニシテ而、第一（36オ）神国常立《クニトコタチ》ノ尊《ミコト》・第二国狭槌《クニサツチ》ノ尊ト・第三豊酙渟《トヨクニフ》ノ尊・第四泥火瓊《ウヒチニ》ノ尊・第五沙土瓊《スヒチニ》ノ尊・第六大戸《ト》ノ之道《チ》尊。第七伊《イ》弉諾《ナギ》ノ尊。謂之ヲ天神七代ト。伊弉諾尊ハ者、本地妙理大菩薩ナリ也。其ノ子孫ニ有五。一ハ天照太神・二ハ天《アマ》ノ忍穂耳《ヲシホミミ》ノ尊《ミコト》・三天津《アマツ》彦彦《ヒコヒコ》火瓊瓊杵《ホニニキ》ノ尊・四ハ彦火火出見《ヒコホホテミ》ノ尊・五彦波瀲武鸕鷀草葺不合《ヒコナギサタケウカヤフキアハセズ》ノ尊、是ヲ名ク地神五代ト。鸕鷀草葺不合尊ノ之第四ノ子ヲ名ク神武天皇ト。是レ人皇第一ノ国主ナリ也。自リ此レ後、至テ一千一百余載ニ、第三十主欽明天皇十三年十月十三日、従リ百済国所ノ献スル仏像経論等ヲ、蘇ノ稲目、創テ向原寺ヲ以テ安スル其ノ像ヲ。是レ日本像設ノ之始ナリ也。自レ是大ニ興テ仏法、上ミ自王臣下モ及ヒテ士庶ニ、莫シ不云コト帰敬三宝ニ。厥ノ後、第六十代醍醐（36ウ）天皇延喜年間ニ、勅シテ号ス天橋山知恩寺ト。豈ニ此ノ寺延喜帝ノ所ナランヤ開創シ給乎。神代未タ有仏法。不審、為スルコトヲ天照太神ノ開創ト乎。予常ニ聞ク、此ノ寺文殊大士本朝三所ノ之大名刹タルコトヲ。雖トモ然ト、未タ得其ノ伝記ヲ。既ニシテ而有テ此ノ寺前ノ住持ノ之徒《ト》某シ、携ヘ其ノ記ヲ来テ示ス之ヲ。余、忻幸シテ閲ス之。未タ審セ其ノ事ヲ。然トモ、念テ名山聖跡ヲ不可不ンハ記セ。因テ以テ記其ノ大概ヲ云。此ノ寺属テ京兆妙心寺ニ所也管。

【注】**智恩寺**　京都府宮津市天橋立文珠切戸。天橋山（五台山）智恩寺。

40〔肥後〕●広福寺

肥後ノ州玉名ノ郡紫陽山広福禅寺ハ者、乃チ永平道元和尚六世ノ孫、大智禅師ノ所也開闢スル也。禅師名ハ大智、号ス祖継ト。未タ詳ニ其ノ姓氏ヲ。肥後ノ州宇土ノ郡ノ人也。正応元年ニ生レテ、三歳マテ尚ヲ不言ハ。父甚タ憂。二月十五日、携テ遊大慈寺ニ。謁シテ大殿ニ、礼シテ涅（37オ）槃像ヲ始テ言。大慈和尚、一見シテ而曰ク、「此ノ児非凡流ニ。」乃チ字シテ之曰満千代丸ト。師、自幼聡明穎悟ニシテ、風神奇秀也。七歳ニシテ入テ学ニ、内外ノ典籍自能ク通暁ス。尤モ善シ詩文ニ。十七歳ニシテ薙髪染衣シ、既ニシテ而入テ京師ニ、謁諸山ノ名徳ニ。宗門ノ事業、悉皆洞徹ス。二十四ニシテ随テ商舶ニ入太元ニ。見ヘ名山ノ尊宿ニ、益〱得機用ヲ。抵テ天冠山ニ礼シテ育王ノ塔ヲ曰ク、「八万四千七宝ノ塔、空山惟有古基ノミ留。黄金骨冷ニシテ無人ノ葬。日炙風磨ヌ百草頭。」又礼シテ天衣ノ塔ヲ曰ク、「撑破ス爺爺没底ノ船。葛藤子椿倒スルコト多年。只留牙歯一具骨ヲ。雨竹風松皆説禅。」登二径山・天童一ニ、既ニ経テ二七寒暑一ヲ、思レ帰ヲ。蒙リ二朝廷ノ詔許一ヲ、因テ進テレ偈曰ク、「万里ノ北朝宣二玉詔一ヲ、三山ノ東海送二帰船一ヲ。皇恩至厚将レ何ヲ報セン。一炷ノ心香祝ス二万年一ヲ。」帰ル二至テ二海中一ニ、忽チ（37ウ）遇テ二逆風一ニ吹レテ入二高麗一ニ。以レ偈呈レ王ニ曰ク、「曠却飄流ス生死海。今朝更ニ被二業風ニ吹一。無レ端失却ス帰家ノ路。空ク望二扶桑一ニ日ノ出ル時。」王、留ルコトレ師ヲ三年。既ニ帰テ、受二菩薩戒ヲ於法観寺ノ釈運和尚一ニ。尋テ謁シテ二洞谷ノ瑩山瑾和尚一ニ、機鋒契合シテ、乃チ呈シテレ偈曰ク、「蓮華台上舎那ノ身。天上人間称二独尊一ト。七仏以前伝二血脈一ヲ。釈迦弥勒是レ児孫。六代伝衣到二野僧一ニ。千年継レ踵嶺南能。碓春日久工夫熟ス。祖室堪タリレ挑ニ無尽ノ灯。建化門中表ス二嗣承一ヲ。天南地北覔二寃憎一ヲ。誰知ヌ父子相ヒ逢処。古鏡台前不レ借レ灯ヲ。」其年八月十五日、瑾和尚遷化。師、為ニ建レ塔ヲ乃チ云、「湘南潭北撮二黄金一。一勺団圝トシテ塔様新。大地撮来無シ二寸土一。不レ知何ノ処カ葬二全身一ヲ。」厥ノ後、入テ二明峰哲禅師ノ之室一ニ得レ旨ヲ。哲、以二（38オ）法衣一ヲ付レ之云ク、「昔年ミ詣テ二先師ノ密室一ニ、伝二受仏祖ノ之正脈一ヲ。今日入二老僧カ奥室一ニ、決二択ス自家ノ之大事一ヲ。」又示レ偈曰ク、「飲光大士保任ノ事、頂戴奉持鶏足ノ下。祖室伝灯無シ二断絶一。龍華会上続二心宗一。」時ニ加州河内ノ庄ニ有二寂心ト云者一ト。欽テ二師ノ道価一ヲ、建テ二獅子山祇陀寺一ヲ請テレ住セシムレ之。化門大ニ起テ、緇白雲集ス。又創テ二鳳儀山聖護寺一ヲ、延テ為ニ主シムレ席ヲ。本州ノ太守菊池武時公ノ之子武重、就テ二玉名郡紫陽山一ニ創テ二広福寺一ヲ、延テ為二開山ノ之祖一ト。付テ二荘田若干頃一ヲ、以テ資二僧糧一ヲ。遂ニ成二大禅崫一ト。大ニ振二洞上ノ之風一ヲ。四来ノ雲衲、惟タ恐ルレ後ンコトヲ焉。既ニシテ而奏シテ二朝廷一ニ為二官寺一ト。以テ為ル二祝国ノ大道場一ト也。師、道高ク徳広シテ、天下ノ之衲子、靡然トシテ向レ風ニ。丙午ノ十二月十日ニ化去ル。寿七十有七。有テ二法語・偈頌一行ル二于世一ニ。（38ウ）

【注】**広福寺**　熊本県玉名市石貫。紫陽山広福寺。

41〔摂州多田庄波豆村〕普明寺

摂ノ之河辺《カハナベ》郡多田ノ荘ニ有リ二慈光山普明寺一者。本朝五十六代清和天皇ノ之玄孫《ヒマゴ》多田満仲公ノ之子、満照法師所創ノ之所ニシテ、後山峨然トシテ林岳幽邃也。門前有テ二長河一其ノ景絶出ニシテ、実ニ一方ノ勝区也也。開基法師、俗姓ハ源氏。早ク登ル二禄位ニ一。俗名ヲ上総ノ允満正ト云。然レトモ以テレ病ヲ遁レテレ世ヲ入リ二此ノ山ニ一、剃染改号シテ曰フ二満照ト一。構テ二精舎ヲ一居レ焉。精進苦行ス。手ツカラ写シテ二五大部経ヲ一以テ瘞ミレ之ヲ、其ノ上ニ栽フレ松ヲ。至テレ今ニ猶ヲ存ス。厥ノ後漸ク及フ二零落ニ一。時ニ長徳帝〈六十六代一条ノ院也〉勅シテ重二興ス之ヲ一。於テ二金堂上ニ一安ス二千手大悲ノ像ヲ一。乃チ開山満照法師所ニ鐫ニシテ、一鐫ニシテ而三礼スル者也。中堂ニ置二行基菩薩手造ノ阿弥陀仏ノ像ヲ一。内道場ニ奉ス二春日神所造ノ地蔵菩薩ノ像ヲ一。遂ニ（39オ）成ル二大伽藍ト一。自リレ時レ厥ノ後、京兆天龍夢聡国師、駐ス二錫ヲ此ノ寺ニ一。後国師ノ之法孫一菴禅師、中二興シテ之ヲ一為ス二天龍ノ派下ト一矣。今丹波ノ永沢ノ之末寺、属シテ二六ノ瀬ノ景福寺ニ一派下タリ也。此ノ寺有テ二馬頭一宝トス。先キレ是ヨリ康保四年ノ冬、満仲公入テ二能勢《ノセ》山ニ一遊猟シ給フ。其ノ夜、夢ニ一リノ美女告テレ之ニ曰ク、「君ニ有テ二靠頼ノ事一至ル。」満仲問テ曰ク、「卿チ為スレ誰トカ邪。」曰ク、「妾ハ龍女也。此ノ川下ノ之池ニ有テ二大蛇一住スレ之ニ。我レ与《ト》レ彼レ争フコト多年。今幸ニ逢フ二大君ニ一。願クハ治シ給ヘト二彼ノ蛇ヲ一。」即チ以テ二龍馬一頭ヲ一贈ルレ之ヲ。既ニ覚メテ而龍馬在リレ側ニ。満仲大ニ喜ヒ、即チ御シテレ之ニ退二治シ其ノ蛇ヲ一、及ヒ擁二護シ給フ国家ヲ一。満仲逝シテ後、其ノ孫満信、得テ二其ノ馬ヲ一敬フコトレ之ヲ如シレ神ノ。馬死シテ瘞ムレ之ヲ。号ス二駒塚山ト一。既ニシテ而満仲ノ之臣下藤原ノ仲光、銘シテ二其ノ馬首ニ一亦瘞ムレ之ヲ。其ノ上ニ建テ二小宇ヲ一、号ス二峰ノ堂ト一。文明二年三月十八日ヨリ、（39ウ）毎夜従リ二駒塚一放テレ光ヲ、直ニ至ル二普明寺ニ一。時ノ住持玉岩、異トシテレ之ヲ尋テ抵テ二其ノ山ニ一、誦ス二普門品ヲ一。俄ニ雷霆震動シテ而、馬首出現ス。玉岩大ニ喜ヒ、乃チ持チ還リ、納メ二金堂ニ一、名ク二龍馬神ト一。甚タ有リトレ霊云フ。

【注】**普明寺**　兵庫県宝塚市波豆字向井山。慈光山普明寺。

*42〔丹波〕安国寺〈未レ詳二年月一。至二元禄二[1]年ニ一凡及二三百四十余年ニ一矣〉

景徳山安国寺ハ、在二丹波州何鹿《イカルカ》ノ郡安国寺村ニ一。昔シ大将軍尊氏源公常ニ念ヘラク、「安シレ国ヲ利スルコトハレ民ヲ、莫シレ如《シク》ハ二仏乗ニ一。」乃チ欲レ使メント三天下各州ヲシテ建二安国寺ヲ一。即チ先ツ創二此ノ寺ヲ一。延テ二天庵妙受禅師ヲ一、為二開山始祖ト一。此ノ寺所三以ハ為《スル》二安国*第一ト一者、乃チ尊氏公誕生ノ之地ナリ也。故ニ先ツ創テレ之、以テ報ス二勋労ニ一。未タレ詳セ二開山禅師ノ伝記ヲ一。有[2]二遺偈一曰ク、「幻生幻

*滅寂滅現前。千江ニ有レ水千江ノ月。万里無レシテ雲万里ノ天。康[3]永四年十月二十一日妙受書スト。」諡ニス号ヲ仏（40オ）性禅師一ト。

【注】安国寺　京都府綾部市安国寺町寺ノ段。景徳山安国寺。

【校訂】1二年ニ―〈底〉二年ニ　2有ニ遺偈一―〈底〉有ニ遺偈　3康永―〈底〉庚永

43〔丹波〕円悟寺〈未レ詳ニ年月一。至ニ元禄己巳二年一ニ凡ッ及ニ一千余年一ニ矣〉

丹ノ之氷上《ヒカミ》ノ郡林際山円悟寺ハ者、乃チ聖徳太子所創ニシテ、並ニ手ラ造ニ瑠璃光如来及ヒ日月光ノ三聖ノ像一ヲ、以テ奉ニ本殿一ニ。其ノ余ノ諸堂、荘厳具足シテ遂ニ成ニ宝坊一ト。厥ノ後年代久遠ニシテ、漸次ニ零落ス。時ニ京兆妙心寺ノ愚中禅師、中ニ興之一ヲ、大ニ起ニス其ノ風一ヲ。後逢テレ災ニ成ニ煨燼一ト。独リ尊像出テ、于灰中ヲ不レ損。諸人瞻礼シテ無レシ不ニト云コト感激一。於レ是ニ寺主、募ニ四方一ニ再ヒ建ニ草堂一ヲ。荘ニ厳シ三尊一ヲ、新ニ造テニ十二大将及ヒ韋駄尊天・達磨大師・伽藍神等ノ像一ヲ、以テ移ニシ置テ之一、使ニ山川ヲシテ復タ生レ色ヲ也。

【注】円悟寺　兵庫県丹波市氷上町香良。林際山円悟寺。

44常観禅寺〈自レ此至ニ元禄己巳二年一ニ凡ソ八百八十一年矣〉（40ウ）

山陰道丹波州桑田ノ郡リ北タ金岐《カナキ》村ニ有ニ観世音ノ梵刹一。乃チ桓武天皇〈本朝第五十主〉勅建ノ之所ニシテ、号ニス紫雲山常観禅寺一ト。後山峨然トシテ林岳幽邃ニシテ、遥カニ望ニメハ門前一ニ弘河湯湯トシテ、可レシ謂ッ、補陀ノ之浄刹ナリト也。考ニルニ其ノ聖像一ヲ、当山ノ之東南三百歩許リニ、有ニテ柿林一茂盛ナリ。故ニ称ニス柿木原一ト。中ニ有ニリ一ノ大樹王一。延暦二十三年八月十八日、忽チ雲起リ風巻キ、雷声闐闐トシテ、大地震動シテ而樹王倒折ス。中ニ有ニシテ大悲ノ像一、金光燭レ漢ヲ、紫雲覆レフ地ヲ。村民驚怪シテ、乃チ造ニテ柿木原一ニ、見ニル一ノ如意輪観自在ノ像儼然トシテ坐ニシ給ヲ於柿株ノ中一ニ。村民異レトシテ之、奉ニシテ其ノ像一ヲ、即チ就ニテ此ノ山一ニ創ニメテ茅宇一ヲ、即チ以ニ柿木一ヲ為レ座ト、以テ安二置ス之一ヲ。俄ニ有二老僧一至ル。莫レ知三其ノ所二自来一スル。乃チ曰ク、「善哉大悲、無二シ刹トシテ不《ス》レ云コト現レ身ヲ。我レ於二此ノ地一ニ為二ラント開山ノ之始祖一ト乎。」衆人怪問テ（41オ）曰ク、「大徳為レルヤ誰トカ耶。」曰ク、「吾カ名ハ無得ト。」言訖テ詣二像前一ニ、禅誦精進ス。無得上人ハ、不レ知二其ノ姓氏一ヲ。其ノ術如レシ神ノ。疑ラクハ是レ大悲ノ応化ナラン。後チ莫レ知ルコト所レ終。其ノ像、霊感特ニ甚シテ、四来ノ謁者、日ニ接二踵ヲ於道一ニ。時ニ平城天皇〈人皇第五十一主也〉聞二給テ大悲ノ之霊一ヲ、特ニ勅シテ建二金殿及ヒ一層ノ宝塔一ヲ。本殿ヲ扁シテ曰二円通閣一ト。又設二弁才天ノ祠一ヲ、為二護伽藍神一ト。兼テ賜二テ荘田三百町一ヲ、永ク資二ケ僧膳一ヲ、遂ニ成二大名藍一ト。題スルニ以二ス今ノ名一ヲ。于レ時大同元年三月十八日ナリ也。自レ時レ厥後、罹二テ元亨建武ノ之乱一ニ、為二ニ寇賊ノ所一レ侵サ、荒涼衰微ス。至二テ永禄十一年十一月二日一ニ、本郡ノ主股野但馬守、念二テ名山聖跡一ヲ、以テ奏二ス朝廷一ニ。皇帝、勅二シテ華渓菊禅師一ニ主レシム之ヲ。特ニ賜二フ本田三百町一ヲ。由レテ是、山川復タ煥然トシテ生レス色ヲ。菊禅師ハ即チ但馬守ノ第三子ナリ也。小字《ヲサナヽ》ヲ（41ウ）菊ク千代丸ト云。年シ方二テ舞象一ニ、因二テ夢ノ感一ニ出家シテ、三学並ニ進、声光著レ聞フ。天正七年、因二テ明知《アケチ》日向守カ之戦一ニ悉ク皆零落ス。自レ此無下シ修二治スル之一ヲ者上ノ。至二テ元禄年間一、摂ノ之坂陽瑞龍鉄眼光和尚ノ之徒正智公、因ニ遊二此ノ地一ニ。観二テ勝境一ヲ有二興復ノ之志一。遂ニ修二葺シ之一ヲ、即以二テ其ノ師一ヲ為二中興ノ之祖一ト、属二ス黄檗派下一ニ。於戯《アヽ》、此ノ山自レ始迄レテ今ニ、及二九百歳一ニ矣。其ノ間隆替不レシテ一ナラ而了ニ不レ可レ磨者ノハ、非二スヤ大悲ノ之霊応一ニ乎。（42オ）

【注】常観禅寺　京都府亀岡市大井町北金岐観音下。紫雲山常観寺。

伽藍開基記巻第十

天王山志源菴釈道温編輯

禅林勝地

1〔越前〕●永平寺〈第八十七主後嵯峨院ノ寛元二年ニ創ム。至ニ三元禄己巳二年一ニ四百四十五年矣〉

開山禅師、名ハ道元、京兆ノ人也。源姓亜相通忠ノ之子也。母懐妊ノ時、聞クニ二空中ノ声一ヲ曰、「此五百年来ノ聖人也也。為ニレ法ノ済フレ世ヲ。故ニ来テ托胎スト。」及テレ誕ニ室ニ有二白光一ヲ。自レ幼聡穎ニシテ越レ倫ニ、目ニ有二重瞳一。七歳ニシテ読二毛詩・左伝一ヲ。自リレ是凡ソ閲スルニ二一切経史一ヲ、不レ由二師訓一ニ、自能ク通達ス。建暦二年ノ春、潜ニ就テ二台山楞厳院一ニ鬀落ス。時ニ年シ十三也。登壇受戒シ、博ク通二大小乗一ニ。次ノ年、往テ見ユ二建仁ノ西公一ニ。公称シテ為二法器一ト。貞応二年、師年二十四、随テ二商舶一ニ入レ宋ニ、参ス二諸刹ノ之知識一ニ。登テ二天童山一ニ見ユ二浄和尚一ニ。浄大ニ喜フ。或者疑レ之ヲ。浄曰ク、「吾レ（1オ）昨夕夢ラク、悟本大師至ルト。此ノ子恐クハ是レ其ノ再来ラン也。向後当ニ三大ニ弘ム二吾カ宗一ヲ。」一日浄示レ僧ニ、次テ師従リレ傍聞テレ之豁然シテ大悟シテ服勤スルコト四年、*尽ク得二其ノ底蘊一ヲ。偶〻有二江西ノ之行一、暮レニ宿ス二荒村一ニ。値二一虎一ニ、鼓シテレ牙而向。師ノ拄杖、忽変シテ為レ龍。[1]虎即怖テ走ル。黎ヒレ明ル有テ二童子一告曰ク、「師当ニ下帰テレ国ニ竪ニ二無勝幢一唱フ中直指ノ之道上ヲ。毋レレ滞ルコト二於此一ニ。」師曰、「卿チ何ニ人ソ。」曰ク、「我ハ韋将軍ナリ也。」言已テ不レ見。於テレ是ニ帰テ辞ス二浄師一ヲ。浄以テ二僧伽梨並ニ自ノ頂相一ヲ付テレ之嘱ラク、「深山ニ隠遁シテ勿レレ近クコト二王臣一ニ。」及テレ帰ニ海上値レ難ニ。観音大士現ス二濤上一ニ。既ニシテ而登テレ岸ニ寓ス二京ノ之建仁一ニ。天福元年ノ春、創テ二宇治ノ之興聖寺一ヲ、嘉貞二年ニ開堂、大ニ振二化風一ヲ。寛元二年、於テ二越前州一ニ創二精舎一ヲ、名テ曰二永平寺一ト。宝治元年、鎌倉ノ副元帥平ノ時頼公聘シテレ師ヲ至シメ二相陽一ニ、受二菩（1ウ）薩ノ大戒一ヲ、執ル二弟子ノ礼一ヲ。元師別ニ立テ二、伽藍ヲ一延クレ師ヲ。不レ就。後嵯峨天皇、聞ヒテ二師ノ道化一ヲ、賜二紫衣徽号一ヲ。師辞シテ不レ允ケ。乃作テレ偈上謝ス。上大ニ悦給。一日示ス二微疾一ヲ。王公等促シテレ師ヲ就シメレ京ニ、館ス二於西洞院ニ一。道俗作礼シテ問レ法ヲ者ノ無シ二虚日一。上皇勅シテ二国医ニ一診視セシメ、師談笑如レ常。一夜澡浴シ畢テ書シテレ偈別レ衆、即投シテレ筆ヲ怡然シテ坐化ス。実ニ建長五年八月二十八日ナリ也。乃移シテレ龕帰二興聖ニ一。留ルコト三日、神色如シレ生ルカ。異香満レ堂ニ。火浴シテ得ルコト二舎利ヲ一無シレ算。門弟子收テ二霊骨ヲ一塔ス二于永平之西北ノ隅ニ一。世寿五十有四。嘗テ著ス正法眼蔵・叢林清規学道用心集並ニ語録、行ル二于世ニ一〈至二元禄己巳二年一ニ四百三十六年矣〉。

【注】永平寺　福井県吉田郡永平寺町。『扶桑禅林僧宝伝』巻一「道元禅師」。

【校訂】1虎―〈底〉虎ト

2〈越前〉●弘祥寺〈第九十七主光明帝ノ暦応年間ニ創。至二元禄己巳二年一ニ及二三百五十年一ニ矣〉（2オ）

開山禅師、名ハ円旨、字ハ別源、越州ノ平氏ノ子也。母祷テ二薬師仏ノ像ニ一、夢テレ呑ムト二明珠ヲ一有レ孕ムコト。十六歳ニシテ投シテ二仏種寺ノ竹菴圭和尚ニ一、断髪シテ受二具戒ヲ一。一日圭謂テレ師曰ク、「観ルニ二汝カ根器ヲ一、不レ当カラ三久ク滞ル二村院ニ一。我レ聞ク、東明日和尚来テレ自リ二中国一、以テ二洞上ノ之宗ヲ一盛ニ行フ二于関東ニ一。亟ニ往テ拝セヨレ之。」師受テレ命ヲ而行ク。時ニ東明主ル二円覚ヲ一。一見シテ許ス二入室ヲ一。遂ニ執二侍スルコト左右ニ一十二載、師資契合ス。元応ノ間タ、航シテレ海ニ入二大元ニ一、参二諸刹ノ大尊宿ニ一。帰テ二本朝ニ一寓シ二円覚一、任ス二後版ニ一。秉払一衆改ムレ観ヲ。未タレ幾遷ル二建長ニ一。居ス二前版ニ一。暦応ノ間、東明遷化。帰ル二越州ニ一。朝倉金吾開テ二弘祥寺ヲ一、挙シテレ師為二第一祖ト一。居ルコト無シテレ何クモ、赴ク二鎮西ノ寿勝寺ノ請ニ一。明年、巻テレ席ヲ帰ル二弘祥ニ一。又有テ二檀信一創テ二善応・吉祥ノ二寺ヲ一、延テレ師ヲ為二開山ト一。文和三年、東陵璵和尚住ス二南禅ニ一。招テ（2ウ）レ師分座ス。延文二年、承テ二鈞命ヲ一主ル二京ノ之真如ヲ一。明年ノ秋、以レ疾ヲ辞シテ帰ル二于越ニ一。貞治三年、建仁ノ公命至ル。師力メテ辞ス。不シテレ得レ免ルコト、乃チ扶テレ病ヲ応スレ之。九月九日上堂。十一日晩参罷テ病革カ也。諸ノ尊宿詣シテレ室ニ問候ス。師応接如シレ常ノ。国医診視シテ謂ク、「師不レ起シ止在リ二旦夕タ、ニ一。」師咲テ曰ク、「吾カ精神未レ耗セ。尚ヲ可シレ待二三十日ヲ一。」時ニ有下求ニ偈頌題賛ヲ一者上。皆走シメテレ筆ヲ而応スレ之ニ。無二難メル色一。十月朔日、征夷大将軍、遣シテレ使ヲ慰問シ、陞セテ二弘祥寺ヲ一位列ス二諸山ニ一。蓋シ重スルレ師ヲ故也。初八日、諸ノ弟子就テ二建仁ノ東偏ニ一平ケ二塔基ヲ一、構二テ菴宇一ヲ曰二洞春一ト。晩間、舁レテ師至二ル塔所一ニ。師環視シテ云ク、「此ノ地隣二ル千光入定ノ之処一ニ。今老僧帰レス此ニ。得レンヤ不レコトヲ幸歟。」至二テ夜半一ニ更レヘ衣ヲ、書レシテ頌坐化ス。寿七十有一、僧臘五十又四〈至二元禄己巳二年一ニ三百二十五年矣〉。（3オ）

【注】**弘祥寺**　福井市金屋町にあった。『扶桑禅林僧宝伝』巻六「別源旨禅師」。

3〔越州〕●普門山慈眼寺〈第百一主後小松院ノ之時創。至二元禄二己巳年一ニ及二三百年一ニ矣〉

開山禅師ハ奥州ノ人也。諱ハ自性。其ノ祖本ト為レタリ官。因レテ謫二居スルニ于奥一ニ、遂ニ為二奥ノ人一ト。幼ニシテ喪レス父ヲ。家貧シテ乃鬻レテ塩ヲ養レフ母ヲ。有二テ慕レ道志一シ、日ニ課二シテ普門品三十三偏一ヲ、久シテ而弗レ懈ラ。一日遣三ム牛シテ負レ塩ヲ過二ラ急ニ流ル川一ヲ。石滑ニシテ牛不レ得レ進ムコト。痛ク策レツ之。牛悲鳴シテ不レ已。師嘆シテ曰ク、「彼乃受レ業ヲ償レフ債ヲ。予為レニ営レカ生ヲ、奚ソ忍レント累レハスニ彼ヲ。」即時ニ棄二テ其ノ所レヲ負、放二テ之ヲ于野一ニ、帰レテ家ニ白レシテ母ニ乞レ為レンコトヲ僧ト。母諾レス之。径ニ担レテ簦ヲ入レ洛ニ、訪二フ明師一ヲ。聞三テ永沢ノ通幻老人ノ道化参徒万指称シテ為二スルコトヲ肉身ノ大士一ト、乃チ造レタル焉ニ。幻問、「你跣レニシテ足ヲ遠来テ欲レ求二ント何事一ヲカ。」師云ク、「唯求二テ薙染一ヲ学二無上道一ヲ。」幻知二テ是レ法器一ナルコト、為レ之剃落ス。時ニ年シ十九。明年登壇受具シテ、常ニ修二シ観音三昧一ヲ、昼夜精進シテ廃二ス寝食一ヲ。永和ノ間タ、辞レシテ幻ヲ（3ウ）遊方シテ徧二謁有道ノ宗匠一ニ。所レ至ル皆以テ為二英俊衲子一ト。時ニ義堂公董二ス南禅一ヲ。往テ依レル之ニ。令レルニ看二セ香厳上樹ノ話一ヲ、有二所入一回二テ永沢一ニ請二益シ其ノ師一ニ、輒チ閉レテ戸ヲ研究ス。一夜晏二坐ス法堂一ニ。至二テ夜半一ニ、忽チ堂中放レテ光、如二シ琉璃世界一ノ。光中見二ル諸ノ菩薩示現一給ヲ。即傾レテ身ヲ頂礼ス。一ノ大士謂レテ之曰ク、「你親ク得二観音三昧一ヲ。向後当下ニ於二越州ノ宅良谷一ニ建レテ刹ヲ、行レシテ道以二テ普門慈眼一ヲ名レケハ之ニ可上ナル也。」言訖テ即隠ル。師感二シテ其ノ霊異一ヲ、待レテ旦ヲ白レス幻ニ。幻問フ、「観音三昧、你チ作麼生カ会ス。」曰、「鵓鳩樹上ニ鳴ク。」幻首二肯ス之一ヲ。至徳丙寅三年、付スルニ以二ス衣法一ヲ。復タ服勤スルコト数載、尽ク探二ル其ノ底蘊一ヲ。時ニ中国ニ有二リ藤大師一。嚮二トヒ其ノ道一ヲ、将二ニ建レ寺ヲ以テ相ヒ延一ント。師力メテ拒テ弗レ従ハ。藤扣二ク其ノ所以一ヲ。乃以二テ大士ノ語一ヲ告レ之。藤忻然シテ就二テ其ノ地一ニ以テ営二テ紺宇一ヲ、遂ニ号二ス普門山慈眼（4オ）寺一ト。迎テ為二サシム開法一ヲ。大ニ唱二テ洞上ノ之旨一ヲ而禅子翕然シテ来帰ス。常ニ満二三千指一ニ。乞レ戒ヲ問レ道ヲ者ノ不レ知二其ノ幾一クト云コト。継テ主トル二丹ノ之永沢・能ノ之妙高・越ノ之龍泉一ヲ。到ル処参請無シ二虚日一。応永二十五年、辞シテ帰ル二普門一ニ。二十七年癸巳正月十三日、無シテレ疾忽チ召シテレ衆ヲ遺誡シ畢テ、書シテレ頌ヲ而化ス。衆皆嘆異シ、奉シテ二全身一ヲ葬二于寺ノ後一ニ。有二得法上首一、曰二機堂・快翁・英仲・希谷一ト。各〻開ク二化ヲ一方一ニ〈至二元禄己巳二年ニ二百七十年矣〉。

【注】**普門山慈眼寺**　福井県南条郡南越前町。『続扶桑禅林僧宝伝』巻三「天真性禅師」。

4〔越州〕●龍門寺〈第百三主後花園院ノ御宇ニ創。至二元禄己巳二年ニ二百三十余年矣〉

開山禅師、諱ハ為璠、字ハ器之、自《ミ》号ス二天遊子一ト。出ス二隅州ノ藤氏一ニ。幼ニシテ薙二髪シ於里院一ニ、従テ二南禅ノ双桂肖禅師一ニ習フ二内外ノ典一ヲ。性慧利ニシテ勤テレ学ヲ不レ輟マ。故ニ肖字シテレ之曰二器之一ト。忽自念言ラク、「文字ハ乃チ古（4ウ）人ノ糟粕耳。豈ニ衲僧ノ所ナランヤレ重スル耶。生死事大無常迅速、豈ニ可ンヤ三久ク滞ル二於此一ニ。」即払テレ衣往キ二長州ノ太寧一ニ、参二竹居猷和尚一ニ、帰ス二侍司一ニ。久シテ之猷授二与シ衣鉢杖払一ヲ、記シテレ之曰ク、「吾宗到テレ汝ニ大ニ興ラン。汝善ク護持セヨ。」適〻猷有二越州ノ龍泉ノ之命一ヲ。師従二其ノ行一ニ、後随テレ猷帰二太寧一ニ。越州ノ盛政陶公創テ二龍門寺一ヲ、招テレ猷主シムレトモレ席、不レ赴。挙テレ師代ラシムレ之。住シテ後、室中嘗テ問二衆ニ曰ク、「万仭ノ龍門坐断スル時、如何ン。」衆無語。自代テ云、「仏祖モ立二下風一ニ。」亡シテレ何クモ学者輻湊シ、道風鼎二盛ナリ。寛正四年、遷二丹ノ之永沢一ニ。座下ノ犀顱盈二七千指一ニ。後辞シテレ衆ヲ還テ二龍門一ニ、暇日就テ二寺ノ之南一ニ搆テ二小亭一ヲ号シ二視雲一ト、為ス二禅燕ノ処一ト。応仁二年五月、示二微疾一ヲ。上首大菴来テ省侍ス。即チ令レ補セ二其席一ヲ。四日、委順シテ而化ス。塔ス二于視雲亭側一ニ。春秋六十五矣〈至二元禄己（5オ）巳二年ニ二百二十一年矣〉。

【注】**龍門寺**　福井県越前市元町。『続扶桑禅林僧宝伝』巻三「器之璠禅師」。

＊5〔越州〕双林寺〈第百四主後土御門院ノ長享[1]元年ニ開基遷化。至二元禄己巳二年ニ二百二年矣〉

＊開基禅師、名ハ正伊、号ス二一州一ト。俗姓ハ藤氏、周防[2]ノ熊毛《クマケ》郡ノ人ナリ也。父ハ稲田。母ハ某氏、夢下白玉一顆有テ二白蛇一蟠上

繞ス之一、俄ニシテ而玉躍リ起テ従ニ右ノ脇一入ルト上其ノ腹一ニ。母驚覚テ有レ娠ムコト。及テレ生ニ室ニ有ニ白光一。稍長テ投ニシテ本州ノ般若寺一ニ為ニ童子一ト。早朝臨ムニレ鏡ニ無シレ影。或人以為ス二不祥一ト。師笑テ曰ク、「豈ニ不スヤレ聞三通身無キコトヲ二影像一乎。」十三歳ニシテ薙染、受ニ具足戒一ヲ。遊方シテ至テ二京師一ニ謁ス二日峰和尚一ニ。峰、授ルニ以ス二碧岩集一ヲ。師一閲シテ悉ク契ニ其ノ旨一ニ。去テ謁ス二牧翁和尚ニ於円通一ニ。翁一見而顧テ二傍僧一ヲ曰ク、「新到ノ禅客、非スト二凡流一ニ也。」師毎ニ与レ衆論スルニ二五家七宗極則ノ処一ヲ、皆能ク徹ス二其ノ淵源一ニ。於レ是ニ道価日ニ増ス。方来雲衲莫シ三（5ウ）敢テ嬰ルモノ二其ノ鋒一ニ。入テレ越ニ見ユ二希明和尚一ニ。明問フ、「渾金璞玉堪ンレ作スニカ二何ノ用一ヲ。」曰テ三「至宝不ストニ彫琢一セ。」払袖シテ、便行ヒテ参シ二月江文和尚ニ於大川一ニ、服労スルコト十余載。江授ルニ以ス二信衣一ヲ。長尾氏ノ檀越景信公、創テ二双林禅寺一ヲ、延テ為ニ開山第一代一ト。師不ニ自任一セ。以テ二其ノ師月江一ヲ為ニ開山一ト。住シテ後、学子雲クニ臻ル。凡ソ掛ケレ錫ヲ隷スル二名ヲ於僧籍一ニ者ノ、不レ下ラ二七千人一ニ。皆充然シテ得テ二法利一ヲ而去ル。嘗テ居ニ尾ノ之楞厳一ニ、三ヒ董ス二最乗及ヒ玉泉・三*鋸ノ諸刹一ヲ。徒衆恒ニ六百余人。後以テレ老ヲ帰ル二双林一ニ。長享[3]元年十一月初四日、将ニレ唱ントレ滅ヲ、集テレ衆嘱シ二後事一ヲ、已テ溘然シテ而寂。閲世七十二、坐五十九夏〈至ニ元禄己巳一年ニ二百二年矣〉。

【注】双林寺　底本欄外に「越州」とあるが、群馬県（上野国）渋川市中郷の雙林寺か。『続扶桑禅林僧宝伝』巻三「一州伊禅師」。

【校訂】1・3亨―〈底〉亨　2防―〈底〉隅

6〈加州道元三世〉●大乗寺〈第九十一主後伏見院ノ正応五年革ニ真言院一為ニ禅寺一ト。至ニ元禄己巳一年ニ四百一年矣〉

開山禅師、諱ハ徹通、字ハ義介。越前州羽郷ノ人也。大将軍利（6オ）仁藤公ノ之後也。年シ方テ二舞勺一ニ投シテ二本州ノ懐鑑和尚一ニ、執ル二童子ノ之役一ヲ。明年、剃度受具シテ習ニ天台ノ教一ヲ。鑑公令レ究メ二楞厳ノ深旨一ヲ。兼テ修ス二浄業一ヲ。仁治二年、改テレ衣参ス二道元和尚一ニ。一日、聞テ二元ノ示衆一ヲ有リレ省。自リレ爾シ為ニレ法ノ忘レレ身夙夜増進ス。寛元二年ニ元創ニ永平寺一ヲ。師、従ヒ往テ充ツ二監寺一ニ。昼ハ則営ミ二弁シ衆事一ヲ、夜ハ則坐禅ス。元嘆シテ曰ク、「真ノ道人ナリ也。」及テ二元ノ逝後一ニ、奘公来テ補ス二其ノ席一ヲ。令ニ師シテ首タラレ衆ニ。師、一日問テレ奘ニ曰ク、「師兄先師、尋常垂二示スル諸法実相一ヲ外、別ニ有二密意一否ヤ。」奘曰ク、「実ニ無シト二密意一云。」再三商量、得レ法ヲ已テ作礼而退テ、正元元年ニ師渡テレ海ヲ入レ宋ニ。偏ク扣テ二諸方一ヲ、乃帰テ二本寺一ニ丕ニ振二化風一ヲ。以二文永四年一ヲ補レ席ヲ、瑞世、陞堂、演法、奔二走シム四方ノ龍象一ヲ。住持六載ニシテ退レ位ヲ。造リ二養母堂一ヲ、及テ二二十載一ニ不レ赴レ請ニ。時ニ（6ウ）加州ノ大乗寺ニ有二澄海阿闍梨一ト云人。聞テ二其道徳一ヲ請益服膺ス。革二真言院一ヲ為レ禅ト、与二大檀越藤原ノ家尚公一請シテレ師為二大乗寺第一祖一ト。建テ二大法幢一、当テ二祝国開堂ノ日一ニ、諸山耆徳四表浄檀星ノ如二聚雲クニ奔ル。一日示レ疾。集テ二諸ノ門人一ヲ説二生平ノ行脚始末ノ事務一ヲ。畢テ復説テレ偈ヲ云、「七顛八倒　九十一年　蘆花覆レ雪　午夜月円ナリ」乃奄然シテ坐化。時ニ延慶二年九月十四日也。閲レ世九十一年。塔ス二于寺ノ之西北ノ隅一ニ。院ヲ曰二定光一〈至二元禄己巳二年一ニ三百八十年矣〉。

【注】大乗寺　石川県金沢市長坂町。『扶桑禅林僧宝伝』巻二「義介通禅師」。

7〔能州道元四世〕●総持寺〈第九十五主後醍醐帝ノ元亨年間ニ革テ二律院一為二禅寺一。至二元禄己巳二年一ニ三百六十七年矣〉

開山禅師、諱ハ紹瑾、号二瑩山一ト。俗縁ハ藤氏、越前州多弥郡ノ人ナリ也。母夢テレ呑トニ日光一ヲ有レ孕ムコト。自レ此毎日、詣テ二観音像前一ニ礼スルコト三（7オ）百三十拝、課スルコト二普門品一ヲ三十三巻、願フレ生ンコトヲ二聖子一ヲ。及テレ生ニ、果シテ穎異不レ類セ二時童一ニ。年十三ニシテ投シテ二永平ノ奘和尚一ニ、祝髪納戒。奘、察テ二其ノ志一ヲ、輒チ嘆シテ曰ク、「此ノ子有二大人之作一。他日成ンコト二人天ノ師一ト必セリ矣。」逮テ二奘ノ滅後一ニ、師依ル二大乗ノ義介通和尚一ニ。夙夜参請シテ脇キ不レ至レ席ニ、食不レ甘セレ味。一日、聞テ三通挙スルヲ二趙州ノ平常心是道一ヲ、豁然シテ大悟。乃云、「我レ会セリ也。」通云ク、「你作麼生カ会ス。」師云ク、「黒漆崑崙夜裏ニ奔ル。」通云ク、「未在。更ニ道。」師云ク、「逢テハレ茶ニ喫シレ茶、逢レ飯ニ喫スレ飯ヲ。」通笑テ云、「子チ向後当レ起二洞上ノ宗風一ヲ。」尋テ以テ二宝鏡三昧・三種滲漏・五位顕訣等一ヲ、一一ニ究メ尽シテ無シ二余蘊一矣。」嗣《ソノ》後、住ス二大乗一ニ。檀施雲ノ如二委シ。海衆川クニ臻タル。果シテ不レ爽《タカハ》二奘通二師ノ之記一ニ。嘗テ受二能州加州ノ諸檀越ノ請一ヲ、開ク二永光・浄住ノ二刹一ヲ。又能州ノ之総持寺ハ初メ（7ウ）為タリ二律院一。後革テ而為二禅寺一ト、以レ師ヲ為二開山ノ之祖一ト。元亨ノ間タ、帝垂二十種疑問一ヲ、師奏答詳明ナリ。帝大ニ悦テ、特ニ賜テ二総持寺一ヲ為二賜紫出世ノ道場一ト。正中二年八月ノ初メ、示二シ微疾一ヲ、至テ二十五ノ夜半一ニ召二シテ門人一ヲ云ク、「吾レ化縁已ニ尽。泥洹時至レリ。当二ニ鳴レシテ鐘ヲ集一レ衆。」衆集ル。師垂示シ已テ、門人請レ偈ヲ。復書レシテ偈坐脱ス。火浴得二ルコト舎利一ヲ無数、塔二ス於大乗・永光・浄住・総持ノ四処一ニ。世寿五十八、坐四十六夏。謚二ス仏慈禅師一ト〈至二元禄己巳二年一ニ三百六十四年矣〉。

【注】**総持寺**　石川県輪島市門前町。現在は総持寺祖院。『扶桑禅林僧宝伝』巻四「瑩山瑾禅師」。

8〔越中〕摩頂山国泰寺〈第九十五主後醍醐帝ノ之時ニ創。至二元禄己巳二年一ニ三百六十余年矣〉

開山禅師、諱ハ妙意、号二ス慈雲一ト。信州ノ人也。自レ幼頴悟ニシテ越レヘ倫ニ、薙染ノ之後、偏ク訪二諸方一。機鋒迅発ス。人皆異レ也トス之。後嗣二法ヲ于三光国師一ニ〈法燈国師ノ之法子也〉。先レ是、国師常ニ見二ルニ師ノ所住ノ処一ヲ、有二テ祥雲一（8オ）覆二其ノ上一。異レ也トシテ之曰ク、「此ノ地ニ必ス有二ラン奇人一。」一日造二タリ其ノ室一ニ。与ニ語テ大ニ悦テ乃携ヘテ参二シム法灯ニ于鷲峰一ニ。今為二タルコト法燈ノ的孫一、蓋シ有レ由矣。師後ニ於二テ北陸ノ摩頂山一ニ創二国泰禅寺一ヲ、為二開山第一世一ト。雖レ韜二晦スト海隅一ニ、而道風日ニ起テ諸方仰レクコト之、若二シ光明幢一ノ。後醍醐帝欽二テ其ノ徳一、嘗テ詔請シテ入レ京宣二シム法要一ヲ。龍顔大ニ悦テ賜二号ヲ清泉禅師ト並ニ紫衣法服一ヲ。師辞謝シテ而帰ル。帝益〻重レス之。復重テ徴トモ不レ応セ。暮年、光明帝慕二テ其ノ道一ヲ、勅シテ問二祖意一ヲ。奏答称レ旨ニ、特賜二紫伽梨一ヲ、以テ旌二ハス厥ノ徳一ヲ。貞和元年五月ノ末ニ示二シ微疾一ヲ、六月ノ初二日、鳴レシテ鼓辞シ衆垂二レ遺誡一ヲ、以二テ言辞懇切一ナルヲ、聞者ノ莫レシ不二云コト悲感一セ。明日、沐浴シテ易二ヘ浄衣一ヲ、拠レ室ニ泊然シテ而逝ス。寿七十二、夏六十。闍維烟リ所ノレ到処、皆有二舎利一、結テ如二零ル露一ノ。迄レマテ今ニ寺中猶ヲ有二存者一ノ。（8ウ）以テ逓代ノ住持所二也勤テ奉一スル焉。門弟子収二テ骨石一ヲ建二塔ヲ于本山一ニ。号二ス正脈一ト。構二テ室ヲ其ノ上一ニ、扁ノ曰二大円一ト。光明帝、毎ニ嗟惜テ不レ已、勅シテ謚二ス慧日聖光国師一ト〈至二元禄己巳二年一ニ三百四十四年矣〉。

【注】**摩頂山国泰寺**　富山県高岡市太田町。『続扶桑禅林僧宝伝』巻一「慈雲意禅師」。

9〔越中〕興化寺〈幷〉兜率寺〈未詳年代〉

開山仏林慧日禅師、諱運良、号恭翁。未詳其氏。或云羽州人。頎然豊碩、神智高遠一切文字不仮師訓、自然通暁。礼玉泉寺了然明和尚為師。十九歳遊方登壇受具。初参洞谷瑾禅師、尽得*洞上之旨。当授受間[1]窃自惟曰、「禅有伝授。豈仏祖自悟自証之法乎。」乃棄去叩法燈国師於南紀。燈示以趙州無字。師帰単下勇力提撕、従初夜至五鼓、豁然大悟。急趨方丈、通所（9オ）*見。私自念、曰者老和尚不可譲。燈、見其来便曰、「除[2]郤胸中剣子。」師、不覚流汗浹背。自是鍼芥相投、服勤数稔、去遊諸方。燈曰、「子縁在北地、不必他往。」因至京師、謁南浦*明和尚、毎激揚此道。浦甚得之。遊北地、受請住大乗。檀施川如臻、学侶雲[3]如萃。既而寓白山。時衆多染瘟疫。師怒責土地神、不能加護、棄之于河。不日疫止。俄有檀信。於越中射水郡、建興化・兜率二寺、延師為始祖。殿宇巍巍然。毎陞堂説法、則破諸方邪解。死学者偸心。以是緇白皆翕然向化。暦応四年八月初、示微恙。十二日、垂訓僧衆付嘱後事訖、書辞世頌投筆、吉祥而逝。寿七十五。火浴煙所及処、皆得五色舎利。（9ウ）塔于常寂之室。号曰大光。諡仏慧。後小松帝、加諡仏林慧日禅師。加州大野寺、奉師自画大士像。忽罹火而像不壊〈自開山示寂至元禄己巳二年三百四十八年矣〉。

【注】興化寺　富山県射水市にあった。**兜率寺**　富山県射水市にあった。『扶桑禅林僧宝伝』巻六「仏林慧日禅師」。

【校訂】 1間二―〈底〉間二　2除一郤―〈底〉除レ郤　3雲如二―〈底〉雲ノ如クニ

10〈濃州〉雲龍山大興寺〈未詳年代。自開山遷化至元禄己巳二年三百二年矣〉

開山禅師、諱周沢、号龍湫。俗姓武田氏。甲州人也。甫六歳投夢窓国師為駆烏沙弥。与春屋葩公為法中昆弟、亦同日出家。嘗就濃州、開雲龍山大興禅寺。当経始日、有龍、含珠而出。乃名其山曰龍珠峰。落成時、又有天華之瑞。一昔夢、伝無準範和尚衣。翌日、果有遺衣者。儕輩以為異也。輒声《ノベ》詩賀之。号曰応夢衣。又伝得密菴和尚竹篦、室中常用之、以策龍象。朝廷聞其（10オ）道望、拝為国師。師力辞謝。以嘉慶二年九月九日、終于西山之寿寧院。春秋八十有一矣。

【注】**雲龍山大興寺**　岐阜県揖斐郡揖斐川町。『扶桑禅林僧宝伝』巻七「龍湫沢禅師」。

11〈尾州〉定光寺〈第九十六主光厳帝建武年中創。至元禄己巳二年三百五十余年矣〉

開山禅師、名処斉、字平心。肥前州千葉氏之子也。母平氏、夢地蔵菩薩而生。甫九歳依瓊林叟和尚為駆烏。十七歳入洛、従延暦寺興円公習天台教一年、去参清拙和尚於寿福充侍香。正和二年、往雲岩寺参叩高峰日和尚。又及峰応円覚、命師掌記室。又参竹翁於濃州。乃帰寿福、省侍瓊林叟。毎入室請益、唯遭打罵。一夕風清月朗。燕坐于磐石之上、不覚睡倒豁然悟入。一笑而起呈偈曰、「海本非凹、山也不凸。等間平（10ウ）呑、虚空無骨。」叟頷《ウナヅク》之。一日叟拈起竹＊篦云、「脱体現成[1]坐断虚空、黒漆竹篦振起[2]宗風。」師云、「孝子不使爺銭。」叟云、「如何是汝自受用底。」師、払袖便行。無何叟挙法衣云、「此是大覚禅師説法之衣也。吾今付汝表信。汝善護持。」師、礼謝而退。久之一峰禅師応東福。延師居第一座。職満晦影於黄梅。建武間、尾州山内某公、就水野応夢山建定光寺、請師開堂。演法風動四方。応安二年十二月二十九日、至臨終書偈投筆而化。寿八十有三。勅諡覚源禅師〈至元禄己巳二年三百二十年矣〉。

【注】**定光寺**　愛知県瀬戸市定光寺町。『扶桑禅林僧宝伝』巻三「平心斉禅師」。

【校訂】**1**坐断―〈底〉坐断　**2**宗風―〈底〉宗風

12〈尾州〉妙興寺〈未レ詳二年代一。自二開山示寂一至二元禄己巳二年一三百十二年矣〉

開山禅師、諱ハ宗興、字ハ滅宗。尾州ノ人。姓ハ源氏、帝王ノ之裔也（11オ）也。天姿秀発シテ絶二出ス同倫ニ一。七歳ニシテ習二経書ヲ于光明寺ニ一。十九歳ニシテ入テ二円興寺ニ一薙染受具シテ、遊二相陽ニ一。依テ二柏菴意公ニ一受レク業ヲ。意ハ大応国師ノ之高弟ナリ也。一見シテ器許ス。親炙スルコト数載、忽チ辞レス意ヲ。意、以二大応国師ノ頂相ヲ一付シテレ之為二法信ト一。於レ是ニ出世シテ為二大応ノ之嗣ト一。後還テ二本州ニ一創二妙興禅寺ヲ一。居ルコト無シテレ何クモ禅衲麕ノ如ニ至リ、盈ツ二二千指ニ一。自レ時レ厥ノ後、随テレ処ニ立ルコト二幢刹ヲ一、凡ソ八大座。*又於二近・尾・駿ノ三州ニ一開二ク接待菴ヲ一。四方ノ雲水、徳トスル二其ノ恵ヲ一者ノ夥シ矣。応安五年、師六十二歳、首[1]タリ二衆ニ于慧日ニ一。築前ノ崇福寺虚レ席延レク師。師不レ応、遷二西京ノ龍翔ニ一。未レタ幾帰リ二妙興ニ一、投シテ二老ヲ于天祥寺ニ一、西南二里許カリニ有二吉壌一。松竹青蒼シテ可レシ愛ツ。師自掘シテ二一穴ヲ一置キ二瓮ヲ於内ニ一、顧テ謂テレ徒ニ曰、「我死ハ即昇テレ我ヲ蔵ヨト二于瓮中ニ一。」永徳二年七月十（11ウ）一日、忽端坐シテ化シ去ル。門人尊テ二遺命ヲ一、奉シテ二全身ヲ一瘞ミレ焉、乃塔ス二其ノ上ニ一。曰二天瑞ト一。春秋七十三。謚ス二円光大照禅師ト一。

【注】妙興寺　愛知県一宮市大和町。『扶桑禅林僧宝伝』巻四「滅宗興禅師」。

【校訂】1首タリ二―〈底〉首タリ

13〈遠州〉奥山方広寺〈第百一主後小松院ノ至徳年間ニ創。至二元禄己巳二年一三百五年矣〉

開山禅師、諱ハ元選、号ス二無文ト一。京兆ノ人。後醍醐天皇ノ遺子ナリ也。美ハシ二姿容ニ一。喜ンテ二趺坐ヲ一不レ事セ二児戯ヲ一。甫テ二七歳ニ一有二乳母亡スルコト一。師悲恋不レ已。或人有レ問フ二其ノ故ヲ一。師曰、「死ハ者人ノ之常ナリ也。何ソ足ラン二以テ悲ニ一。奈セン彼レ為テ二女流ト一未レタ修セ二一善ヲモ一而往ク。是レ可レ悲矣。」聞者ノ、莫レ不ト云コト二称異セ一。嘗テ入二山寺ニ一、学二内外ノ典ヲ一無レ怠ルコト。年シ十八ニシテ至テ二建仁ニ一、依二明窓鑑和尚ニ一為二大僧ト一。一時ノ儕輩数百人、無シレ出ルモノ二其ノ右ニ一。師、入テ二大元ニ一至二温州ニ一。遇テ二異人ニ一与ニ語テ深ク契。留ルコト数時、由レ是音語相通ス。遊二歴シテ諸州ニ一参ス二諸ノ知識ニ一。諸山ノ大徳、皆称二歎ス於師ヲ一。及テ二元ノ至（12オ）正十六年ニ一、至二博多ニ一。有二旧識一、慕ヒ二其ノ徳ヲ一、欲下施シテ二巨庄ヲ一起レ師ヲ住院セシメント上。師曰ク、「吾レ天性孤貧ヲ甘テ休ス二林壑ニ一。且ツ智徳倶ニ闕ク。平昔有レ願、寧ロ将テ二此ノ身ヲ一投ストモ二熾然タル猛火ニ一、終ニ不下拠リ二叢林ノ之席ニ一謁セ中豪貴ノ之門ニ上。但可下与ニ二草木一ト同ク腐上耳。」嘗テ行ス二悲敬ノ二田ヲ一。或ハ与メニ二疥癩ノ者ノ一沐浴剃髪、或ハ捨テ二衣鉢ヲ一飯スレ僧ニ。終マテレ身不レ怠ラ。後誅テ二茅ヲ于西山ニ一、曰二帰休一ト。至徳年間、入二遠州ノ奥山ニ一、喜ンテ二其ノ幽邃ヲ一居スレ焉。未タレ幾ナラ化シテ二荒墟ヲ一為二金碧一ト、号シテ曰二方広寺一ト。禅納螘聚シテ盈二数百人ニ一。俄ニ至二美濃ノ之椿洞ニ一坐夏ス。衆相尋テ而至者ノ不レ下二三万指ニ一。師倦テ二于応接ニ一、復退テ帰二方広寺ニ一。臨終、遺二誡シ門人ニ一畢テ説テレ偈ヲ云、「生平顚倒　今日郎当　末後ノ一句　雪上ニ加レ霜ヲ」遂ニ終二于正寝一。実ニ康応二年閏三月二十二日也。年六十有八、(12ウ) 坐五十一夏〈至二元禄己巳一年ニ三百年矣〉。

【注】奥山方広寺　静岡県浜松市北区引佐町。『扶桑禅林僧宝伝』巻八「無文選禅師」。

14〔信州〕開善寺

開山禅師、諱ハ正澄、号ス二清拙一ト。大元福州連江劉氏ノ子也。母ハ孫氏、夢テ三僧ノ授クルニ以ストニ神珠ヲ一有レ身ムコト。及テレ生ルニ白光満レ室ニ。四歳ニシテ入学、神智渙発ス。舞象ノ之年、依テ二城南ノ報恩寺ニ一薙髪シテ、明年稟ク二具戒ヲ於開元ニ一。出テ、参二鼓山聳和尚ニ一。其ノ後、入テレ浙ニ至二浄慈ニ一。謁二仏心愚極慧禅師ニ一、入室得法ス。受レ請ヲ出コ世シテ鶏足山ニ一、於レ是ニ説法為二仏心ノ之嗣一ト。未レ幾化声四ニ出テ四衆悦服ス。久シテ之遂ニ又赴二松江真浄ノ之請ニ一。丕ニ振二化権ヲ一、泰定年中ニ受テレ請東来シテ、与二嗣子永鎮等一寓シ二博多ニ一、明年正月入二京師ニ一。承レ旨ヲ居二建長ニ一。鐘鼓之声上徹ス二霄漢ニ一。三年、移リ二浄智ニ一、又タ舁ル二円覚ニ一。所レ至ル皆ナ(13オ) 有二成績一。已ニシテ而退コ間ス於巨福山ノ禅居ニ一。未タレ幾、朝廷詔シテ住シム二京ノ之建仁ニ一。一日帝宣シテレ師ニ入二大内ニ一、命シテ主セシム二南禅ニ一。信州ノ太守小笠原貞宗公、欽二其ノ徳ヲ一、与二公子等一申ヘ二弟子ノ之礼ヲ一、受レ戒法ヲ而去テ、就テ二本州ノ畳秀山ニ一創テ二開善寺ヲ一、起レ師ヲ為二開山第一世一。専ラ行フ二百丈ノ清規ヲ一。禅林ノ礼楽於テレ是ニ為レ盛也ト。居ルコト三年、陞座シテ辞シレ衆ヲ、携テ二拄杖ヲ一径ニ入二東山ノ禅居ニ一。聞シテ及フ二朝廷ニ一。有レ旨、命シテ董シム二東山ノ寺事ヲ一。師力メテ辞スルニ以スレ疾ヲ。詔三ヒ至ル、乃就レ之。暦応己卯正月十日示ニシ微疾一ヲ、十七日索レテ筆書レシテ偈曰ク、「毘嵐巻レテ空海水立ツ、三十三天星斗湿、地
*神怒テ把ル鉄牛ノ鞭、石火電光追モ莫レシ及コト。」擲レテ筆ヲ而逝ス。寿六十有六、僧臘五十又三〈至ニ元禄己巳二[1]年一ニ三百五十年矣〉。（13ウ）

【注】開善寺　長野県飯田市大字上川路。『東渡諸祖伝』下「清拙澄禅師」。

【校訂】1二年ニ―〈底〉二年ニ

15〔信州〕安楽寺〈未詳年代〉

開山禅師、名惟仙、号ニス樵谷一ト。未レタ詳ニセ何ノ許ノ人一ト云コトヲ。志趣超邁也。嘗テ航レ海ニ南遊シテ得ニ法ヲ於天童ノ別山智和尚一ニ。帰テ住ニシ信州ノ安楽寺一ニ、為ニ開山第一祖一ト。大振ニ宗風一ヲ。厥ノ後不レ知レ所レヲ終ル。

【注】安楽寺　長野県上田市別所温泉。『扶桑禅林僧宝伝』巻四「樵谷仙禅師」。

16〔甲州〕乾徳山慧林寺〈第百主後円融帝康暦二年創。至ニ元禄己巳二年一ニ三百九年矣〉

開山絶海禅師ハ夢窓国師ノ之法子ナリ也。康暦二年ノ春、檀越赤松氏聘レシテ師、居ニシム法雲寺一ニ。師、挙ニシテ汝霖佐公一ヲ、代レラシム之。是秋応ニス鈞命一ニ。開ニ甲州ノ乾徳山慧林禅寺一ヲ。当ニテ入寺ノ時一ニ、四方ノ雲納萃リ止テ、至レル無ニ所レロ容ル、。師不ニ之ヲ拒一マ、皆随レテ機ニ而接レ之。大ニ唱ニ窓師ノ之道一ヲ、臘八上堂。透コ得シテ金輪天子ノ位一ヲ、入レルコトハ山ニ容リ易ク、出レコトハ山ヲ難シ。明星
*横レテ暁ニ人皆見ル。只有ニテ瞿曇一ノミ被ニ[1]ルト眼睛一セ。（14オ）

【注】乾徳山慧林寺　山梨県甲州市塩山小屋敷。『扶桑禅林僧宝伝』巻七「絶海翊聖国師」。

【校訂】1被ニルト―〈底〉被ニルコト

17〔甲州〕塩山向岳寺〈第百一主後小松院《ノ》至徳元年《ニ》建。至元禄己巳二年三百六年矣〉

開山禅師、名《ハ》得勝、号《ハ》抜隊。相州《ノ》藤氏《ノ》子《也》。母感《シテ》奇夢《ヲ》而生《ム》。十四歳《ニシテ》喪《ス》父。其家設《テ》祭《ヲ》延《ク》僧《ヲ》。師問《テ》僧《ニ》曰《ク》、「吾父已《ニ》死《ス》。無《シ》形。云何《カ》能《ク》享《ケン》。」僧曰《ク》、「形《ハ》雖喪《スト》而神尚《ヲ》存《ス》。」師惟《テ》曰《ク》、「神既《ニ》存《ハ》当《ニ》在《ニ》何《ノ》処《ニカ》。」輒《チ》欲明《ント》之。」従此疑情不釈。稍長《テ》聞《テ》三塗之苦《ヲ》、日《ニ》生《シテ》怖畏《ヲ》、若《シ》無《キカ》所《ロ》容《ル》、。又疑、「即今見聞*覚知是箇[1]《ノ》什麼《ソト》。」如是起《シテ》疑《ヲ》而忘《テ》其《ノ》身《ヲ》、如《シ》入《ニ》禅定《ニ》。忽然《シテ》胸中洞然《シテ》明白《也》。自笑《ヒ》自喜《フ》。尋《テ》以《テ》所見《ヲ》語《ル》諸時《ノ》僧《ニ》。無《シ》能《ク》弁《スル》者《ノ》。或《人》有謂《ルコト》曰《ク》、「你霊利《ノ》人、胡《ソ》不学《ハ》文。」師曰《ク》、「若《シ》実《ニ》霊利《ナラハ》当《ニ》学《フ》解脱《ノ》法《ヲ》。何《ソ》必《シモ》学《ンヤ》文《ヲ》。」乃往《テ》治福寺《ニ》、投《シテ》応衡公《ニ》受業《ヲ》。俄《ニシテ》而嘆《シテ》曰《ク》、「生死事大不可緩《ス》也。」従是用《ルコト》功《ヲ》益〻切《也》。或《ハ》遊行《シテ》而忘移《スコト》（14ウ）足《ヲ》、或《ハ》露坐《シテ》而忘《ル》驟雨《ヲ》。里人憐《テ》之縛《テ》草屋《ヲ》与《ニ》居《シム》。自誓《テ》畢《マテ》生脇不至席《ニ》。一日聞《テ》鶏声《ヲ》、豁然契悟、一笑《シテ》而作《ツ》。直《ニ》往《テ》鎌倉《ニ》謁《シ》肯山公《ニ》問答。師便《チ》礼拝《シテ》而出《ツ》。聞《テ》称《スルヲ》出雲州《ノ》雲樹《ノ》孤峰国師最《モ》是作家《ノ》宗匠《也ト》、特《ニ》往《テ》請益《ス》。問答《ノ》之下命根頓《ニ》断《シテ》、遂《ニ》承密印《ヲ》。至《テ》播州《ニ》有全菴主《ト云モノ》。始《テ》為《ニ》衆《ノ》開室《シテ》集《ム》百余人《ヲ》。師越《テ》宿《ヲ》而去《ル》。訪《テ》江州《ノ》寂室光和尚《ヲ》道話《ス》。室大《ニ》称嘆《ス》。師遊行《シテ》諸方《ニ》、任《テ》縁《ニ》寄寓《ス》。初《メヨリ》無定止、偶〻至《テ》豆州《ニ》菴《ス》于鍋沢山《ニ》。山後有大岩。師未至時《ニ》山下《ノ》居民夢《ラク》、岩中《ニ》有異類《ノ》鬼神。互《ニ》相告《テ》曰《ク》、「此《ノ》地雖是我等《カ》所《也ト》拠《ル》、近《ロ》有尊者来《ル》。我等当《ニ》遠《ク》去《ル》。」由《テ》是道俗皆敬《ヒ》事《フ》之。坐《スルコト》両夏、振錫《ヲ》甲州《ニ》。居《ルコト》三載《ニシテ》衆盈数百《ニ》。受請移塩山《ニ》。不《シテ》久成《ル》大法社《ト》。（15オ）名《テ》曰向岳寺《ト》。学侶雲従《シテ》至《ル》万余指《ニ》。至徳四年二月二十日、臨終。示《シテ》衆《ニ》曰《ク》、「端的看《ヨ》是什麼《ソト》。恁麼《ニ》看《ハ》必《ス》不錯。」乃奄然《シテ》坐脱《ス》。報年六十一。有語録行《ル》世《ニ》〈至元禄二年三百三年矣〉。

【注】 **塩山向岳寺**　山梨県甲州市塩山上於曽。向嶽寺。『扶桑禅林僧宝伝』巻八「抜隊勝禅師」。

【校訂】 **1**箇《ノ》――〈底〉筒《ノ》

18
〔武州〕常興山国済寺〈第百一主後小松院明徳年中創。至二元禄己巳二年一及二三百年一矣〉

開山禅師、名ハ令山、号二ス峻翁一ト。武州秩父郡ノ人ナリ也。年シ十四ニシテ従二テ了機道人一ニ居レシ山ニ、執二薪水ノ之役一ヲ。聞三テ機ノ説二ク生死事大無常迅速一ト、輒チ心驚キ毛竪テ不レ遑二安処一スルニ。機、令レ看二狗子無仏性ノ話一ヲ耳。諭レトシテ之曰ク、「汝若シ明得スル時ハ、則生可レシ超、死可レシ脱ス。無二レ復慮一ルコト矣。」経二テ三載一ヲ、随レテ機ニ登二天台一ニ、稟二具足戒一ヲ。其ノ後、聞三抜隊勝和尚居二スト相州一ニ、乃往テ参謁ス。尋テ随レテ隊ニ至二テ青山一ニ卓レ菴、力メテ究二テ此ノ事一ヲ脇不レ至レ席ニ、忘二レ寒暑一ヲ廃ス飲食一。一日、蒲団上定ヨリ起テ不レ覚身心（15ウ）脱落シテ、疑情氷クニ釈ケ、因テ問レ隊ニ曰ク、「万機休罷スル時如何ン。」隊曰ク、「挙話ノ者ノ又是レ什麼人ゾ。」於レ是ニ問答数転シテ而退ク。既ニシテ而杖レテ錫ヲ謁二シ大拙・月堂・特峰・通幻ノ諸老一ニ、帰二隠シテ于深山一ニ、足不レ入レ俗ヲ、受二其ノ化一ヲ者ノ甚夥シ。後移二シテ居ヲ金峰山一ニ、閲二スルコト大般若一ヲ十年、再ヒ参二ス隊師ニ于塩山一ニ。命シテ典二シム蔵室一ヲ。職満テ、帰二ル武州一ニ。一夜夢二ム明月西ニ墜一ト。正疑慮間タ、俄ニ聞二テ隊示レスト疾ヲ、急ニ往テ省侍ス。隊即嘱スルニ以二シ後事一ヲ、密ニ挙二シテ古徳誵訛公案一ヲ、遂一ニ勘験ス。乃曰ク、「吾カ滅後有二リ子ノ在一ル。雖レ滅スト而未二タ嘗滅一セ也。」且記レシテ之曰ク、「子カ縁在二武州一ニ。未レ可二他ニ往一ク。」隊ノ遷後、尋テ帰二武ノ之香積菴一ニ。一坐三年、緇白帰者ノ如レシ市ノ。康応元年ノ秋七月、衆起レ師補二シ塩山一ヲ、甫レンテ入レ院ニ、席下集二ム八千指一ヲ。大守武田氏入レ山ニ、申二弟子ノ礼一ヲ。尋テ謝レシテ事赴二武州ノ横山一ニ、（16オ）創二広円院一ヲ。朝臣藤原氏憲英公悦二其ノ道一ヲ、就二武ノ之常興山一ニ建二国済禅寺一ヲ、迎テ為二開山第一世一ト。師起テ応レス之。群衲至ル者ノ千有余人。諸ノ若二キ光厳・西方・東皎・瑞岩・報恩・長契・大圭ノ諸刹一ノ、朝貴皆以レ師為二開山一ト。応永六年ノ夏、大ニ旱ス。師祷レル之。立ロニ応アリ。臨終辞世シテ曰ク、「前際嘗テ不レ来、後際亦タ不レ去。赴レテ感ニ現二ス塵塵一、随レテ縁ニ応二ス処処一ニ。」賜二諡ヲ法光円融禅師一ト〈至二元禄己巳二年ニ三百九十一年矣〉。

【注】常興山国済寺　埼玉県深谷市国済寺。『続扶桑禅林僧宝伝』巻一「峻翁山禅師」。

19
〔上野州〕泉龍寺〈第百二主称光院ノ之時ニ建。至二元禄己巳二年ニ二百八十余年矣〉

開山禅師、名ハ宝生、号ハ白崖。河陽橘氏ノ子也。眉目清秀シテ姿風間雅、能ク作レル歌ヲ。善二シ騎射一ニ。自レ幼不レ楽二塵俗一ヲ、往二テ金剛峰一ニ求二ム出家一ヲ。至二禿《カムロ》坂ノ之地一ニ、逢二一ノ龐眉ノ老僧一ニ。問テ曰ク、「子何ニカ往ク。」師曰ク、（16ウ）「吾レ欲レシテ離レント塵ヲ特ニ入二此ノ山一ニ。」僧曰ク、「愛根牽纏仏道広遠、不レンハ有二猛利大心一、焉ンゾ能ク行二セン其ノ難レキヲ行シ。欲三セハ真ニ求二ント出離一ヲ、宜レク入二禅門一ニ。毋レレ滞二ルコト於此一ニ。」師諾然シテ相揖シテ別去ル。訪二テ山中ノ旧識一ヲ薙染シテ、即日擔レテ簦ヲ遊方シテ至二鎌倉一ニ。依二テ清隠寺ノ至一公一ニ受具シ、去テ礼二ス房州ノ虚空蔵菩薩一ヲ。適〻一老僧同寓ス。揖シテ而言曰ク、「往日禿坂ニ所二邂逅一スル者、非レスヤ子ニ也耶。」乃令レ参二セ永源ノ寂室翁一ニ。師、依レテ教ニ造タル焉。屢〻蒙二示誨一ヲ。一日以レ事ヲ赴二河内一ニ。道経二吉野一ヲ、聞二テ風戛レスル竹ヲ声一ヲ、恍然シテ有省。時ニ年方ニ二十一、即帰テ告レ室ニ。室云、「後生宜ク保任シテ以テ成二其ノ器一ヲ。慎テ勿二レ造次一ナルコト。」遂ニ服勤スルコト四載、及二室ノ順世一ニ訪二フ月堂ヲ於越後一ニ。歳余ツテ堂亦化シ去ル。師、悵然シテ失レス望ヲ。師、一日早間*煮レル粥。偶〻粥鍋破裂ス。豁然シテ大悟。走テ見二ヘ大拙禅師一ト、乃蒙二ル印[1]可一ヲ。（17オ）自レ是一鉢雲遊、徧ク訪二諸山一。凡ソ見二ユルコト知識一ニ五十五員、所レ至皆虚レシテ左以待ツ。後寓二紫陽精舎一ニ衆乍集ル。受レ請ヲ住二興禅一ニ、遷二円通一ニ。有二那波大江氏一。於二上野州一ニ造二テ泉龍寺一ヲ、延レ師為二開山始祖一ト。於レ是四方包笠シテ至ル者ノ、恒ニ憧憧トシテ不レ絶、堂中不レ下二五千指一ニ。蒙二テ師ノ道化一ヲ、莫レシ不二云コト篤志参究一セ。一旦示二微疾一ヲ、昉二テ一七一ニ、即集レ衆嘱二シテ後事一ヲ、書レシテ頌ヲ坐化ス。実ニ応永二十一年九月初七日也。閲レスルコト世七十有二、坐五十三夏。葬二於寺ノ之西南ノ隅一ニ。賜二諡ヲ普覚円光禅師一ト。塔ヲ曰二法雨一ト焉〈至二元禄己巳二年一二百七十六年矣〉。

【注】 **泉龍寺**　群馬県吾妻郡高山村。『扶桑禅林僧宝伝』巻八「白崖生禅師」。

【校訂】 **1**印可一ヲ―〈底〉印可ヲ

20

20〔下野那須〕東山雲岩寺〈第九十主後宇多天皇之時ニ創。至二元禄己巳二年一及二四百十余年一矣〉

開山仏国国師、諱ハ顒日、字ハ高峰。後嵯峨ノ太子也也。母ハ藤（17ウ）氏。師誕生ノ夜、宮中有二異光一、上ミ徹二ス霄漢一ニ。

衆人疑ニ是レ失火ーカト。師自レ幼不レ茹レ葷ヲ、不ニ嬉戯ーセ、坐スレハ必ス加趺ス。帝甚タ異レ也トス之。十六歳ニシテ従ニ聖一国師ー薙髪受戒ス。値ニテ普請ノ次ーニ、見ニテ人ノ剗レ草誤テ断ニ蚯蚓ーヲ、問ニテ聖一ー曰ク、「蚯蚓斬断ス。両頭揺ク未審シ。仏性在ニル那頭ーニカ。」国師曰ク、「須弥不レ高、大海不レ深、便領レス旨ヲ。」居ルコト数載、会〻大宋ノ兀菴寧和尚応ニス建長ーニ。師入室機語相ヒ契フ。菴領レシテ之、遂ニ命シテ侍ニシム湯薬ーニ。既ニシテ而避ニテ叢林ーヲ縛ニテ茅ヲ山谷ーニ、無レ有ニルコト知者ーノ。久シテ之衲子麕クニ至ル。師堅ク拒テ不レ納レ。有ニ檀越ー、欲ニ為レニ師ノ創ーニント精藍ーヲ。師正レシテ色ヲ責レム之。檀越曰ク、「昔シ賢于為レニ仏ノ立ニ精舎ーヲ。未レタ聞ニ如来禁止ーヲ。今師固辞スルコト、何ソ哉ヤ。」師乃許レス之。未レタ幾成ニル大宝坊ート。即号ニ東山雲岩寺ート。逮下テ開ニ雲堂ーヲ日上ニ而衆盈ニ万指ーニ。弘安二年、平*将軍請ニシテ無学[1]（18オ）祖元ーヲ、住ニシム長楽ーニ。師往テ侍ニ籌室ーニ。毎ニ機鋒相触ール、雷揮ヒ電払フ間ニ不レ容レ髪。一日元和尚索ニム師ノ平日述作ーヲ。師答レ偈ヲ曰ク、「一ニ見シテ明師ーヲ意転タ間也。痴憨終日坐ニス煙巒ーニ。飽レ柴飽レテ水無ニシ余事ー。禅道文章何ノ処ニカ安セン。」及ニテ再参ノ日ーニ、元付スルニ以ニス衣法ーヲ。並示ニ法語ーヲ。時ニ弘安四年、既ニ得法シテ帰ニル雲岩ーニ。嘉元ノ初、師住ニ乾明山万寿寺ーニ。時ニ夢窓、叩ニテ一山和尚ニ于円覚ーニ、不レ契ハ。詣レシテ師ニ咨決シテ有レ省。三年、師在ニ鎌倉ノ浄智寺ーニ。窓、再参シテ機契印レス之。及三テ師再ヒ領ニスルニ万寿ーヲ、窓、来テ省侍ス。師授ルニ以ニス法衣ー。正和五年十月二十日中夜、書レ偈ヲ坐脱ス。有ニ偈ニ曰ク、「坐脱立亡平地ノ骨堆、虚空翻ニシテ筋斗ーヲ、刹海動ニス風雷ーヲ。」勅シテ謚ニス仏国応供広済国師ート。住山五処七会。有ニ語録ー行レル世ニ〈自ニ示寂ー至ニ元禄二年ーニ三百七十三年矣〉。（18ウ）

【注】東山雲岩寺　栃木県大田原市雲岩寺。雲厳寺。『扶桑禅林僧宝伝』巻二「高峰仏国国師」。

【校訂】 1無学―〈底〉無覚

21〔下野州〕浄因寺〈第百主後円融院ノ永徳元年創。至ニ元禄己巳二年ーニ三百八年矣〉

開山禅師、諱ハ方裔、号ニス偉仙ート。嗣ニク仏満禅師ーニ。下野州藤原氏ノ子也也。母夢ラク、神人賜ニテ宝珠ーヲ呑レムト之。覚テ即有レ妊ムコト。不レ御ニセ葷物ーヲ、偶〻御スル時ハ則嘔吐ス。師処ニスルコト母胎ーニ十三月ニシテ而生ル。時ニ建武元年八月十五夜也也。甫ニテ三歳ーニ父没ス。欲下求テ二出家ヲ一報ント中罔極ノ之恩ヲ上。母忻然シテ許スレ之。投シテ二本郡ノ鑁阿寺ノ明範ニ一為二童子ト一。学ヒ二内外ノ典ヲ一、十六歳ニシテ薙染シテ登テ二台山ニ一習二毘尼ヲ一。又従テレ範ニ修ス二両部ノ密法ヲ一。忽嘆シテ曰、「慧業雖レ富リト倘シ心地不レ明。将レ何ヲ以カ抵‐敵センヤ二生死ヲ一乎。」乃奮テレ志入レ禅ニ、尋テ往テ二建長ニ一謁二大喜忻和尚ニ一。参請有レ年。去テ謁二大光禅師ニ一居二雲堂ニ一。光、毎ニ二入堂一撫シテ二師ノ背ヲ一曰ク、「子大法器也。厚ク自保愛セヨ。他日未レ可レ量也。」既ニシテ而戢ヲサムルコト二影ヲ于野ノ之補陀ニ一凡ソ三載、(19オ) 回テレ郷ニ養レ母ヲ。暇日閲スルコト二大蔵一者三ヒ、毎ネニ講シテ二四十二章経ヲ一感ス二天華粉墜スルコトヲ一。永徳元年、営テ二蘭若ヲ于行道山ニ一、号ス二浄因寺ト一。居恒ニ兼‐修ス二浄業ヲ一。四衆忻仰シテ、施者日ニ接シテレ踵ヲ不レ絶。応永ノ初メ、副元帥大全基公、重シテ二其名徳ヲ一報シテ二大元帥ニ一、屈シテレ師ヲ入ルレ府ニ。師堅ク拒テ不レ赴。天下咸ク高シトス二其ノ風ヲ一。俄ニ示レ疾、端坐シテ而殁ス。時ニ応永二十一年正月二十五日ナリ也。世寿八十有一〈至二元禄己巳二年一二百七十六年矣〉。

【注】浄因寺　栃木県足利市月谷町。『扶桑禅林僧宝伝』巻九「偉仙裔禅師」。

22●紫雲山慶徳寺〈第九十六主光厳帝ノ建武二年ニ創。至二元禄己巳二年一三百五十四年矣〉

開山禅師、諱ハ元翁、名ハ心昭。越後州ノ荻里ノ人。姓ハ源氏。生ル時、空中有レ楽ノ音一。自レ幼穎異ニシテ不レ受二世縁ノ控勤ヲ一。七歳ニシテ願フレ棄ンコトレ家ヲ。父察シテレ志ヲ、送‐入シテ二陸上寺ニ一為シム二童子ト一。読ム二倶舎論三十巻ヲ一、即(19ウ)能ク暗誦シテ如シ二夙習ノ一。一衆驚異ス。十六ニシテ剃染シテ、三蔵聖教紬繹殆ント偏シ。忽チ自惟テ曰ク、「教乗ハ乃方便ノ権門也。苟モ執著シテ不ンハレ回、是レ覓テレ縄自縛ス。若シ欲セハ二頓悟成仏ント一、曷ソ若カンレ求ンニハ二別伝ノ之旨ヲ一乎。」去テ謁二峨山碩和尚ニ于総持ニ一充ツ二維那ニ一。碩喜ヒレ得ルコトレ師ヲ、謂テ二其ノ徒ニ一曰、「昭、維那末代ノ仏種也ト也。」毎ニ欲シテレ游ント二大元ニ一不レ果。後嗣二法ヲ于大徹令和尚ニ一、経行シテ至ル二芸州ニ一。龍王現シテレ身ヲ出二海上ニ一。稽首シテ求ムレ度ヲ。師、履テレ水為ニレ之説クレ法。龍王大ニ悦テ献スルニ以ス二異物数種ヲ一。弗レ納メ、唯領シテ二閻浮檀金若干ヲ一、以テ鋳ル二阿弥陀仏ノ像ヲ一。時ニ丁テ二国ノ変ニ一東ノ方避テ二耶麻郡ニ一、結テ二蝸盧ヲ一以テ容ルレ膝ヲ。郡主詮盛平公、偶〳〵出テ猟ス。望テ下盧上ニ有二紫雲一盤覆セルヲ上、指テレ之曰ク、「其ノ下ニ必ス有ラント二異人一。」径ニ造テレ焉見三師ノ枯‐坐二一室ニ一。顧ルニ二壁間ヲ一、唯主丈・払子而已《ノミ》。守、信入シ尋テ為ニ闢テニ其ノ地ヲ一（20オ）建ニ宝坊ヲ一、号スニ紫雲山慶徳寺トヿ。一坐八年、戸外ノ之履常ニ満ツ。下野州ノ那須ノ原ニ有ニ妖石一。常ニ犯スレ人ヲ。乃妖狐所ロ也レ化スル。大徹令和尚、曽テ奉シテレ詔ヲ示諭ス。妖漸ク伏スレトモ其ノ＊魂尚ヲ未タレ殄《タヘ》。師為ニ説法シ、以ニ柱杖ヲ一卓スレ之。砕テ為ニ三段[1]トヿ。一昔狐現シテニ女人ノ身ヲ一、向ヒレ師ニ礼謝シテ而去ル。永和六年十二月ノ末、示シニ微疾ヲ一、至テニ明年正月初七日ニ一、鳴シテレ鐘ヲ集シテレ衆ヲ遺誡シ畢テ、書シテレ頌曰ク、「四大仮ニ合ス七十一年、末後端的踏ニ翻ス鉄船ヲ一。」投テレ筆ヲ奄然シテ而逝ス。良久シテ化シテ為テニ千手大悲ト一凌テレ空ヲ而去ル。一衆嘆異ス。門弟子、乃チ以テニ所レ遺ス爪髪ヲ一樹テレ塔ヲ而瘞ムレ之。賜ニ号ヲ法王禅師トヿ。閲レ世七十有一、坐六十又四夏〈至ニ元禄二年ニ三百九年矣〉。

【注】**紫雲山慶徳寺**　福島県喜多方市慶徳町。『続扶桑禅林僧宝伝』巻三「元翁昭禅師」。

【校訂】**1**三段―〈底〉三段

23〔奥州〕普応寺〈未詳年代〉（20ウ）

開山禅師、諱ハ印原、字ハ古先。世《ヨ》居スニ相州ニ一。姓ハ藤氏。生レテ有ニ異徴一。垂髫ノ時、輒チ刻テレ木為リニ仏陀ノ像ヲ一、持スルニ以スニ印空ヲ一。父奇トス也レ之。甫テニ八歳ニ一、帰シテニ桃渓悟公ニ一執ル童子ノ之役ヲ一。年十三ニシテ即剃髪シテ受ニ具足戒ヲ一。自レ時レ厥後、徧ニ参スヿ諸師ニ一。咸ク無レ所ニ証入一。乃入リニ支那ニ一至ニ天目ニ一、謁スニ中峰ニ一。峰、一見シテ侍シムニ左右ニ一。久シテ之一旦忽有ニ所省一、現前ノ境界一白無際也。急ニ趨テニ丈室ニ一告テレ峰ニ曰ク、「印原撞ヿ入銀山鉄壁ニ一去レリ也。」峰曰ク、「既ニ入ラハニ銀山鉄壁ニ一、来テレ此ニ何カ為《セ》ン。」師超然シテ領解ス。十二時触テレ物ニ円融シ、無シニ繊毫ノ凝滞一。師、辞シテ帰テ出ヿ世シテ甲ノ之慧林寺ニ一、弁香酬恩、的ニ帰スニ之ヲ中峰ニ一。黒白来依ルコト、猶ヲニ万水ノ之赴カレ壑ニ一。古山源公、議シテ革テニ山州ノ等持教寺ヲ一為ニ禅寺トヿ。物論非ンハレ師ニ、無シト三以テ厭ヿ伏スル衆心ヲ一。竟ニ迎テレ師主シムレ之。俄ニ住スニ真如ニ一。又遷ルニ万寿ニ一。又（21オ）遷ニ相ノ之浄智ニ一。已ニシテ而謝シテレ事行ヿ化ス于奥州ニ一。師ノ之兄藤君、新ニ建ニ普応寺ヲ一、延テレ師為ニ開山始祖トヿ。師応スレ之。関東ノ連師源公、建ニ長寿寺于相陽ニ一、請レ師開山トス。兼テ主ルニ円覚ヲ一。俄ニ徙ニ建長ニ一。師説法度人、孜孜シテ弗スレ懈ルコト。一ヘニ如シニ慧林ノ時ノ一。俄ニ退テ帰ルニ長寿ニ一。有リニ終焉ノ之

志一。応安六年甲寅正月示レ疾。二十四日及《テ》レ午《ニ》、呼《テ》二侍者《ヲ》一曰、「時至《レリ》矣。可《シ》下持二觚翰《ヲ》一来《ル》上。」及《テ》レ至《ニ》復曰《ク》、「吾《カ》塔已《ニ》成《ル》。唯未レ書レ額《ヲ》耳。」大《ニ》書《シテ》二心印《ノ》二字《ヲ》一、遂《ニ》端坐《シテ》泊然《シテ》入滅《ス》。寿八十、僧臘六十八。所度弟子一千余人〈至二元禄己巳二年一《ニ》三百十六年矣〉。

【注】**普応寺**　福島県須賀川市諏訪町。『扶桑禅林僧宝伝』巻八「古先原禅師」。

24〈奥州〉勝満寺〈幷〉東昌寺〈第九十主後宇多帝弘安年中《ニ》創。至二元禄己巳二年《ニ》一及二四百余年《ニ》一矣〉

開山仏智禅師、名《ハ》慧雲、姓《ハ》丹治。武州《ノ》飯沢《ノ》人《也》也。母《ハ》平氏。十七歳《ニシテ》下《ロシ》レ髪、十八《ニシテ》赴二上都《ニ》一、謁《ス》二聖一国師《ニ》一。正嘉二年（21ウ）入二大宋《ニ》一。会〱礼二断橋倫和尚《ヲ》於南屛《ニ》一。問《テ》曰《ク》、「如何《カ》是《レ》祖師西来意。」橋、指《テ》二壁間《ノ》黒梅《ヲ》一示《ス》レ之。師呈《ス》レ偈。橋笑《テ》曰《ク》、「這《ノ》和闍梨、会二得《ス》梅意《ヲ》一。」時《ニ》和宋新到者《ノ》三百余人、橋独《リ》許《ス》二師《ノ》参堂《ヲ》一。又謁二方菴圻公・清虚心公《ニ》一。懐《ニシテ》レ香《ヲ》請益《ス》。二師咸《ナ》称《ス》レ之。文永五年《ニ》帰国《シテ》省二聖一国師《ヲ》一。国師命《シテ》分座説法《シム》。無《シテ》レ何《クモ》出二世築《ノ》之承天《ニ》一、弁香《シテ》嗣《ク》二国師《ニ》一。継《テ》遷二宰府《ノ》之崇福《ニ》一。奥州《ノ》檀越某《シ》建《テ》二勝満寺《ヲ》一、延レ師《ヲ》為二開山初祖《ト》一。既《ニ》入寺《ス》。檀越聞《テ》二其《ノ》説法《ヲ》一生二大忻慰《ヲ》一。又創《テ》二東昌寺《ヲ》一、以《テ》請《シテ》レ師《ヲ》住持《シム》。在レ奥《ニ》十年。奥《ノ》之黒白男女、仰《クコト》レ之若二光明幢《ノ》一。永仁《ノ》歳《シ》、東福《ノ》虚《ス》レ席。丞相忠教藤公、請《シテ》レ師補《セシム》二其《ノ》処《ヲ》一。亀山上皇、欽《テ》二其《ノ》徳《ヲ》一幸駕《シテ》聴レ法《ヲ》、皇情大《ニ》悦。正安三年七月《ノ》初《メ》、示二微疾《ヲ》一。初九夜、命《シテ》二（22オ）左右《ニ》一鳴《シ》二法鼓《ヲ》一、集レ衆《ヲ》昇《テ》上二法堂《ニ》一。左右請《フ》レ止《ヲ》。乃就《テ》二丈室《ニ》一索《テ》レ筆《ヲ》書レ頌云《ク》、「忘《シテ》二去来《ノ》機《ヲ》一無依《ニシテ》独《リ》帰《ル》、照《ス》レ天夜月満地光輝。」擲《テ》レ筆而逝《ス》。寿七十五。正和三年、勅《シテ》諡《ス》二仏智禅師《ト》一〈自二入滅一至二元禄己巳二年《ニ》一三百八十八年矣〉。

【注】**勝満寺**　宮城県仙台市青葉区柏木。現在は満勝寺。　**東昌寺**　宮城県仙台市青葉区青葉町。『扶桑禅林僧宝伝』巻三「仏智雲禅師」。

25〔越前〕●龍泉寺

*越前ノ之府中ノ城ニ有二禅刹一。号ス二龍泉寺[1]一ト。開山通幻禅師、名ハ寂霊。京兆ノ人ナリ。初メ登テ二天台一ニ博ク究メ二経論一ヲ、後嗣テ二法ヲ於総持ノ之峨山碩和尚一ニ、既ニ開テ二永沢寺一ヲ、大ニ振ヒ二宗風一ヲ、盛ニ轟ス二法雷一ヲ。声光遠ク聞ヘテ、越前ノ太守欽テ二其ノ道化一ヲ、即チ建二精藍一ヲ、請テレ師ヲ為二開山ノ之祖一ト。四衆帰スルコトレ之ニ如シ二水ノ赴クカレ壑ニ。応安年中、後円融帝、賜テレ師ニ為二天下ノ僧録一ト。自レ是洞上ノ之宗大ニ扇ク二于時一ニ。明徳二年四月ノ（22ウ）末ヘ示シ二微恙一ヲ、至ヲ二端午ノ日一ニ随テレ例ニ上堂、午ノ刻ニ召テ二大衆一ヲ遺誡シ畢テ書シレ偈擲テレ筆ヲ而逝ス。詳ニ在リ二永沢ノ之記一ニ。慈ニ略スレ之。（23オ）

【注】龍泉寺　福井県越前市深草。『扶桑禅林僧宝伝』巻八「通幻霊禅師」か。

【校訂】 1 龍泉寺ト ― 〈底〉龍泉寺ニ

26○僧綱階

第三十四代推古天皇三十二年四月初三日、一ノ比丘執テレ斧ヲ殴《ウチ》二祖父一ヲ而死ス。帝聞給テ召シテ二群臣一ヲ謂曰ハク、「夫レ出家ノ者帰ス二三宝一ニ。具ス二戒法一ヲ。何ソ無シテ二慚慎一輒作ス二悪逆一ヲ。」乃詔シテ二諸寺一ニ索メシメ二悪比丘一ヲ、又詔シテ曰、「夫レ道人尚ヲ犯スレ法ヲ。何ヲ以カ誨ヘンレ俗ニ乎。自レ今以往、応下ニ置二僧正・僧都一ヲ検中校ス僧尼上ヲ。」百済ノ沙門観勒ヲ任ス二僧正一ニ。兼二法（23ウ）務一ヲ。徳積ハ僧都、又置テ二寺司一ヲ曰二法頭一ト。阿曇連任二法頭一ニ〈至二元禄己巳二年一ニ一千六十五年矣〉。

第四十五代聖武皇帝天平十年ニ、信行為ル二律師一ト。兼二法務一ヲ是始也也〈至二元禄己巳二年一ニ九百五十一年矣〉。

第四十九代光仁帝宝亀三年ノ勅ニ曰ク、「僧正准二従四品一ニ、僧都ハ正五品、律師ハ従五品。」〈凡ツ僧正ニ有レ三、大正権也。

*大ハ行基始レ之。正ハ観勒始レ之。権ハ壱[1]演始レ之〉。

第五十代桓武天皇延暦七年四月、礼部ノ牒ニ曰ク、「僧階有二五位一。入位、住位、満位、法師位、大法師位。今配シテ二官

位一《ニ》知二階差一。無位《ハ》当二《ル》八位一《ニ》。入《ハ》七、住《ハ》六、満《ハ》五、法師《ハ》四、大法師《ハ》三、三綱其レ悉《セヨ》焉。」〈至二元禄己巳二年一《ニ》九百一年矣〉。（24オ）

第五十六代清和天皇貞観六年二月六日勅《シテ》曰《ク》、「国典《ノ》僧綱、元《ト》有二三階一。満位、法師位、大法師位《ナリ》。近来、賢愚濫糅《シテ》似レ《タリ》無二尊卑一。今、三階之外、更《ニ》立二三位一《ヲ》。法橋上人位、法眼和尚位、法印大和尚位、此《ノ》三位《ヲ》以《テ》為二三綱階一《ト》。法印位《ハ》為二僧正階一《ト》、法眼位《ハ》僧都階、法橋位《ハ》律師階《也》也。」〈至二元禄己巳二年一《ニ》八百二十五年矣〉。

第六十六代一条帝正暦五年勅《シテ》曰、「自レ今僧正《ノ》正権《ハ》可レ《シ》依二臘次一《ニ》。」蓋《シ》真義少レ《シテ》賀為レ正《ト》故《ニ》、有二此《ノ》詔一。此《ノ》日、沙門隆円、直《ニ》任二《ス》僧都一《ニ》。年十五、僕射道綱第六《ノ》子《也》。少年《ノ》僧綱自レ此始《ル》〈至二元禄己巳二年一《ニ》六百九十六年矣〉。

長保四年七月、雅慶・勝算《ノ》二師、為二僧正一《ト》。自レ此不レ言二《ハ》正（24ウ）権一《ヲ》〈至元禄己巳二年六百八十八〉。

長保五年、沙門聖清、任二《ス》法印大和尚位一《ニ》。散位《ノ》之始也。

台宗

貞観八年七月十四日、最澄《ニ》賜二諡《ヲ》伝教大師《ト》円仁《ニ》慈覚大師一《ト》。大師《ノ》之号、自レ此始《ル》〈至二元禄己巳二年一《ニ》八百二十三年矣〉。

貞観十一年二月、沙門遍照《ニ》賜二法眼和尚位一《ヲ》。台徒綱位《ノ》之始《ナリ》。

第五十七代陽成帝元慶三年《ニ》、遍照《ヲ》為二権僧正一《ト》。台徒《ノ》僧正《ハ》照《ヲ》為レ始《ト》〈至二元禄己巳二年一《ニ》八百一十年矣〉。

第五十三代淳和帝天長元年《ニ》、義真《ヲ》任二《ス》天台座主一《ニ》。此《ノ》職、自レ真始《ル》〈至二元禄二己巳年一《ニ》八百六十五年矣〉。（25オ）

第六十代醍醐天皇延長元年五月、増命《ヲ》任二《ス》法務一《ニ》。台徒《ノ》之始《ナリ》也〈至二元禄己巳二年一《ニ》七百六十六年矣〉。

密宗

第五十三代淳和帝天長元年、空海《ヲ》為二僧都一《ト》。密宗《ノ》綱位、自レ此始《ム》〈至二元禄己巳二年一《ニ》八百六十五年矣〉。

第五十四代仁明皇帝承和三年《ニ》、実慧為二東寺《ノ》長者一《ト》。此《ノ》任、自レ慧始《ル》〈至二元禄己巳二年一《ニ》八百五十三年矣〉。

第五十五代文徳帝斉衡三年十月、真済為二僧正一ト。密徒之始也〈至二元禄己巳二年一八百三十三年矣〉。

第七十五代崇徳帝保延三年正月、沙門定海為二僧正一ト。四年十一月、為二大僧正一ト。醍醐ノ徒為ルハ二大僧正一ト、定海ヲ為レ（25ウ）初ト〈至二元禄己巳二年一五百五十三年矣〉。

王孫

第六十三代冷泉帝安和元年、沙門寛忠為二律師一ト。兵部尚書敦固《アツカタ》親王ノ第三ノ子也。寛平法皇ノ之孫也。王孫任二僧綱一ニ、自レ忠始ル〈至二元禄己巳二年一七百二十一年矣〉。

第七十二代白河帝永保三年二月、仁和寺ノ性信ヲ叙ス二二品一ニ。僧位、自レ信始ル〈至二元禄己巳二年一六百五年矣〉。

第七十三代堀河帝康和元年正月、仁和寺ノ覚行ヲ冊ス二親王一ニ。覚行ハ白河帝ノ之子也。皇子出家ノ後為ルハ二親王一ト、自レ行始ル。俗曰二法親王一ト〈至二元禄己巳二年一五百九十年矣〉。

輦車（26オ）

第五十六代清和帝貞観六年ニ、貞観寺ノ真雅僧正ニ賜二輦車ノ詔一ヲ。比丘ノ之輦、自レ雅始ル〈至二元禄己巳二年一八百二十四年矣〉。

第六十八代後一条帝寛仁四年ニ、済信許サル二牛車一ヲ。沙門牛車、自レ信始ル〈至二元禄己巳二年一六百六十九年矣〉。

仏工

後一条帝治安二年ニ、仏工定朝得二法橋上人位一ヲ。仏工ノ綱位、自レ朝始ル。朝造テ二法成寺ノ仏像一ヲ好シ。故ニ登ル二綱位一ニ〈至二元禄己巳二年一六百六十七年矣〉。

十禅師

第四十九代光仁帝宝亀三年三月、勅シテ置二十禅師一ヲ。詔シテ曰、「禅師秀南・広達・延秀・延慧・首勇・法浄・法義・尊教・承（26ウ）興・光信或ハ智定、可レシ貴。或ハ慈行有レ名。官賜テ二供給一ヲ、永ク終ン二其身一ヲ。時ニ称シテ為二十禅師一ト。其ノ後

有闕、撰名徳補之。」〈至元禄己巳年九百十八年矣〉。

禅門

第八十三代土御門帝建仁二年、栄西賜紫衣。禅門紫衣、自此始〈至元禄己巳年四百八十七年矣〉。

第九十四代花園帝正和元年、円爾賜諡聖一国師。国師号、始于爾矣〈至元禄己巳年三百七十七年矣〉。

隆蘭渓賜諡大覚禅師。本朝禅師之号、始于隆矣。

【注】**僧綱階**　『元亨釈書』巻二〇「推古皇帝」、巻二三「光仁皇帝」、巻二三「桓武皇帝」、巻二四「貞観皇帝（清和）」、巻二五「永延皇帝（一条）」。**台宗**　『元亨釈書』巻二四「貞観皇帝（清和）」、巻二四「元慶皇帝（陽成）」、巻二三「天長皇帝（淳和）」、巻二四「昌泰皇帝（醍醐）」　**密宗**　『元亨釈書』巻二三「天長皇帝（淳和）」、巻二三「承和皇帝（仁明）」、巻二四「仁寿皇帝（文徳）」、巻二六「天治皇帝（崇徳）」　**王孫**　『元亨釈書』巻二五「安和皇帝（冷泉）」、巻二五「承保皇帝（白河）」、巻二六「寛治皇帝（堀川）」　**輦車**　『元亨釈書』巻二四「貞観皇帝（清和）」、巻二五「寛仁皇帝（後一条）」　**仏工**　『元亨釈書』巻二五「寛仁皇帝（後一条）」　**十禅師**　『元亨釈書』巻二三「光仁皇帝」　**禅門**　『元亨釈書』巻二六「正治皇帝（土御門）」。

【校訂】1壱演―〈底〉壱寅

27〇戒壇

第四十六代孝謙天皇勝宝五年四月、勅唐鑑真律(27オ)師於東大寺建戒壇〈至元禄己巳年九百三十六年矣〉。

第四十七代廃帝天皇天平宝字五年正月二十一日勅、下野薬師寺・築紫観世音寺、各立戒壇〈至元禄己巳年九百二十八年矣〉。

第五十二代嵯峨天皇弘仁十年三月、伝教上表、乞於台山建菩薩戒壇。南京護命等之七師、捧表斥《キラフ》之。

十一年春正月、伝教上顕戒論。南寺諸師、無敢間議者。於是建戒壇〈至元禄己巳年八百六十九年矣〉。

第六十九代後朱雀帝長久元年五月、奏於三井建戒壇。勅問于諸宗立不〈至元禄己巳二年六百四十九年矣〉。

【注】戒壇　『元亨釈書』巻二一「孝謙皇帝」、巻二二「廃帝（淳仁）」、巻二三「弘仁皇帝（嵯峨）」、巻二五「張暦皇帝（後朱雀）」。

28○度者制禁（27ウ）

第五十代桓武天皇延暦十七年四月、勅曰、「双林西変三乗東流、明譬炬燈慈同舟楫。是以弘道持戒事資《トル》真僧。済世化人、貴在高徳。而年度者、例而勿取童。頗習二経之文、未委三学之趣。苟避課役、纔忝緇徒。還棄戒法、頓廃修業。形似入道、行同在家。鄭璞成嫌、斉竿相濫。言《コ、ニ》念迷途、寔合改轍。自今以後、度者宜択年三十五以上操履已定智行可崇兼習正音堪為僧者充之。毎歳十二月以前、僧綱有司、択有業者、相対簡試所習経論。総試大義十条、取通五已上者、具状申官、至期令度。其受戒之日、更加審試、通八以上、令得受戒。又沙門之行、護持戒律。苟乖斯道、豈曰仏（28オ）子。而今不崇勝業、或事生産、周旋閭里。無異編戸衆庶。以之軽慢聖教。由此陵替非只黷乱真諦。固亦違戻国典。自今以往、如是之輩不得住寺。凡有斎会、莫関法筵。三綱知而不糺者、罪並按。若有改過修行者、聴帰住。使夫住法之侶、弥篤精進之行、厭道之徒、更起慚愧之意」〈至元禄己巳二年八百九十一年矣〉。

延暦二十年四月勅曰、「去十七年、度者去幼取壮者。然性有敏鈍、成有早晩。局《カキル》以壮年、恐失英彦。自今聴取年二十已上。三綱有司悉之。」

【注】**度者制禁**　『元亨釈書』巻二三「桓武皇帝」。

29○私営寺院禁

延暦二年六月ノ勅ニ曰ク、「京畿定額ノ諸寺、有㆓定数㆒。自㆑今禁ス㆔（28ウ）民間私㆓営スルコトヲ寺院ヲ㆒。有司按察セヨ。」〈至㆓元禄己巳二年ニ㆒九百六年矣〉。

【注】**私営寺院禁**　『元亨釈書』巻二三「桓武皇帝」。

30○貿易寺宇禁

延暦二十四年正月、詔ニ曰ク、「定額ノ諸寺、各書㆓檀越ノ姓名于寺記ニ㆒。近聞ク、檀家ノ貧孫売ル㆑寺ヲ。浮矯ノ富民買テ為㆓己寺ト㆒。不㆑貴ヒ㆓仏法ヲ㆒、恣ニ用㆓田地ヲ㆒。非㆔唯蔑スルノミニ㆓仏乗ヲ㆒、又還テ違㆓国憲ニ㆒。或ハ聞、随テ㆓其ノ要害ニ㆒、任テ㆑情ニ貿㆓易スト寺宇ヲ㆒。自㆑今不㆑許㆑貿㆓売スルコト寺院ヲ㆒。」〈至㆓元禄己巳二年ニ㆒八百八十四年矣〉。

又二十五年八月、詔ニ曰ク、「営㆑寺構㆑院、大小雖㆑殊也ト、種ヘ㆑徳ヲ植ウ㆑功ヲ、尊卑不㆑異ナラ。故ニ天下大小ノ寺宇、其ノ始檀越ノ之者ノ、皆能ク納レテ㆓田畝ヲ㆒充㆓資産ニ㆒。累世崇敬シテ伝テ至ル㆓雲仍ニ㆒。近聞ク、権豪官史、放㆓逐シテ檀胤ヲ㆒、改メ㆓換フト僧職ヲ㆒。寺田刹圃、恣ニシテ㆑事ヲ侵掠ス。朕九重深（29オ）密ニシテ、欠ク㆑聴クコトヲ㆓外事ヲ㆒。有司有ラハ㆑知ルコト、急ニ奏シテ不㆑匿サ。聴テ而不ハ㆑言、罪在㆓不赦ニ㆒。」又詔シテ曰ク、「近聞、天下寺院、其ノ檀越ノ者ノ、管㆓収シテ寺産ヲ㆒、拒㆑置コトヲ知事ヲ㆒。寺ノ之奴婢、役㆓過タリ家僕ニ㆒。寺ノ之樹木、斫テ為㆓薪柴ト㆒。恣ニ改メ㆓三綱ヲ㆒、殆ント替フ㆓一寺ヲ㆒。自㆑今有ラハ㆑一モ㆓於此ニ㆒、刺史・三綱及ヒ大衆、付シ㆓有司ニ㆒、奏達セヨ。知テ而容ハ㆑隠コトヲ、罪不㆑赦。」

【注】**貿易寺宇禁**　『元亨釈書』巻二三「桓武皇帝」。

31〇男女入寺制

第五十二代嵯峨天皇弘仁三年四月、勅曰ク、「比来俗輩男女、入二僧尼ノ院一、託シテ二于講聴一、屢〻有二侵忤一。外似トモ二勝因一、内汙ス二浄業一ヲ。自レ今禁下男ノ入二尼寺一女ノ赴クコトヲ中僧寺上。」

又弘安九年五月、勅シテ、許スニ男女入コトヲ二僧尼ノ之院一。初メ三年ニ有レ禁。俗間愁レ廃スルコトヲ二勝業一ヲ。因テレ茲ニ解クレ焉。而トモ令三

*僧綱シテ加二厳密一ヲ〈至二元(29ウ)禄己巳二[1]年一八百七十一年矣〉。

第五十七代陽成帝元慶八年五月、詔ニ曰ク、「天下ノ寺院、廃朽相仍ル。宜ク下以二各寺ノ田産一ヲ加中修造上ヲ。来冬仲月、降シテ二監使一検察シテ、若シ有ヲハ二弛怠一、罪不レ寛セ。」〈至二元禄二年一八百五年矣〉。

【注】**男女入寺制**　『元亨釈書』巻二三「弘仁皇帝（嵯峨）」、巻二四「元慶皇帝（陽成）」。

【校訂】**1**二年一―〈底〉二年

32〇放生

第四十四代元正帝養老四年九月ニ、日隅ノ二州乱ル。朝延祈ル二宇佐神宮一ニ。平クレ寇ヲ。八幡大神託シテ曰ク、「交ルレ鋒ヲ之間、死傷多シ矣。我甚タ憐ムレ之。願ハ寇平テ之後、置ケト二放生ヲ於諸州一ニ。」八幡ノ放生会、自レ此始ル焉〈至二元禄己巳二年一九百五十五年矣〉。

第四十五代聖武皇帝天平十三年七月、詔シテ曰ク、「去年天下ノ諸州、営テ二寺宇一ヲ置ク二像経一ヲ。今茲《コトシ》風雨順序ニシテ五穀豊稔、(30オ)霊貺如シレ響ク。仏事可シレ崇。自レ今天下ノ諸州、毎月六斎日、不レ得レ二漁猟殺生一スルコト。刺史加ヘヨ二検察一ヲ。」〈至二元禄己巳二年一九百四十八年矣〉。

*第七十五代崇徳帝天治[1]二年ノ冬、天下放生〈至二元禄己巳二年一五百六十五年矣〉。

【注】**放生**　『元亨釈書』巻二二「元正皇帝」、巻二二「聖武皇帝」、巻二六「天治皇帝（崇徳）」。

【校訂】 1天治二年―〈底〉天治元年

33〇神祠舎利

第七十代後冷泉帝永承四年十一月、献二ス仏舎利ヲ于天下ノ神祠一ニ〈至二元禄二巳年一ニ六百四十年矣〉。

*第七十一代後三条帝[1]延久二年十一月、献二ス仏舎利ヲ于天下ノ神祠一ニ〈至元禄二巳年六百二十年矣〉。

【注】 **神祠舎利** 『元亨釈書』巻二五「永承皇帝（後冷泉）」、巻二五「延久皇帝（後三条）」。

【校訂】 1延久二年―〈底〉延久元年

伽藍開基記巻第十終（30ウ）

余居二志源精舎一ニ、禅余無事、常ニ閲二シ元亨釈書及ヒ古今伝記一ヲ。見ルニ二本国名山大刹一ヲ、指ヲ不レ勝ヘ屈スルニ、誠ニ不レ異ナラ二竺天一ニ也。但名師英衲、韵士騒人、観光遊覧ノ者、或ハ作二伝記一ヲ、或ハ作二詩賦一ヲ。往往難レ弁三其ノ年代・出処及剏建ノ之師ト与二夫ノ成壊隆替ノ之由一。不レ能レ（1オ）無レ憾焉。余不レ揣ラ二蒙昧一ヲ、探リ二其ノ実跡一ヲ、考テ二其ノ年代一ヲ、勉テ成二ス斯ノ記一ヲ。凡ソ若干ク巻、又恐テ二弗レ文不ルコトヲレ能レ伝レ遠、因テ呈二本師老人一ニ、蒙リ二為ニ筆削一ヲ、并ニ賜二弁言一ヲ。余忻怍シテ弗レ已。兹将付二ス剞劂一ニ。尤審、本朝梵刹良ニ多コトヲ。恨クハ未タレ得二其ノ伝記一ヲ。故ニ不レ及二倶ニ述一ニ。兹ニ所レノ編者ハ、乃千百ノ（1ウ）中ノ之十カ一ナリ也。諸方有二好事者一ノ、当ニ出テ而続時ハレ之、則幸莫シレ大ナルハレ焉ヨリ。

時

元禄庚午三年夷則月中浣日

志源菴主温懐玉跋

（印「僧道温」）（印「懐玉之印」）（2オ）

元禄五年初冬

田原加兵衛
田中庄兵衛
丸屋源兵衛（2ウ）

近世における寺誌・僧伝の形成と受容
──『伽藍開基記』解題──

山崎　淳

はじめに

『伽藍開基記』（以下、『開基記』）は、四百を越える寺院（範囲は東北から九州に及ぶ）の話を収録した作品である。『本国諸宗伽藍記』『諸宗伽藍記』の名称（いずれも本書序に見える）もある。

『開基記』は『日本歴史地名大系』（平凡社）に利用されるなど、その存在は知られていたが、正面から取り上げた研究はほとんどなかったと言ってよい(1)。わずかに高木利太氏『家蔵日本地誌目録　続篇』（昭和5）の同書の項（47～48頁）、和田万吉氏『古版地誌解題』（大岡山書店　昭和8）の同書の項（25～28頁）が挙がるくらいであろうか(2)。

したがって、今回の全文翻刻により、研究の深化が望まれる。本解題ではその端緒となるべく、現時点で得られた情報に基づき、編者、書誌、板元、諸本、叙述形式、配列、年数、享受について記していくことにする。

一、編　者

編者の懐玉道温（以下、道温）は黄檗派の僧侶で、高泉性潡（黄檗山萬福寺第五代、伏見天王山仏国寺開山）の弟子である。道温については、『黄檗文化人名辞典』（思文閣出版　昭和63）に立項されており（54～55頁）、長谷部幽蹊氏「禅籍拾遺―道温輯『緇門寶鑑』―」（『黄檗文華』125　平成18・6）でも、その事跡に言及がある。

詳しくは右の先行研究を参照されたいが、それらからかいつまんで記すと、道温は、寛永十六年1639生、高泉のもとで出家（高泉が寛文元年1661来日なので、それ以降か）、貞享元年1684頃に仏国寺塔頭志源菴に居住、宝永四年1707七月十五日志源菴で示寂（享年六十九）、姓氏などについての詳細は不明とのことである[3]。伝記資料は、今後も発掘を続けていくべきであろう[4]。

著作は『開基記』のほかに、『暦鑒輯要』一冊（元禄十一年1698刊）、『黄檗開山国師伝』二巻二冊（元禄十五年刊）、『閑葛藤』一冊（元禄十六年自跋。刊本）、『法林輯要』四巻四冊（宝永元年刊）、『緇門宝鑑』一冊（刊年未詳）、『古今正法眼（集）』[5]五巻がある。

『開基記』の高泉序には、道温が幼少より聡明であったと記されている。師匠が弟子に与えた序、という点で差し引いて考える必要があるかもしれないが、「以《テ》二其《ノ》能《ク》治《ヲ》一レ事《ヲ》、命《シテ》住《セシム》二志源菴《ニ》一」ともあるように、有能な人物であったと見ていいだろう。また、『法林輯要』の高泉序によれば、道温は天王山（仏国寺）にあった大蔵経を坐禅の合間に常に閲覧していたという。高泉の目には、勉学・修行に励む道温の姿が映っていたのだろう。こうした研鑽の上に、道温の著作は成り立っているのである。

二、書　誌

今回の翻刻で底本とした筑波大学付属図書館蔵本（以下、筑波本）の書誌を記す。ただし、主たる情報は、筑波本を含む刊本に共通しているものであることを断っておく。

十巻十冊。原表紙（薄茶）。匡郭は四周単辺。判型は大本。原則として、行数は半面11行、1行当たりの字数は20字（例外は後掲の各巻書誌参照）。句点は、書名など何かを列挙する場合、引用した経文の句切れを示す場合に施される。板心上部と中央に長方形枠（後者の内部に柱題）。中央長方形枠の下（外側）に丁付。板心下部は墨の長方形。各冊天側小口に墨書で「伽藍記」。本文所々に紅の貼紙あり（巻第九には黄の貼紙もあり）。

序（巻第一）は高泉で、末尾に「時／元禄己巳二年嘉平月／既望／仏国澂老人題於／瑞竹軒（印「一字高泉」）（印「性澂之印」）」（引用中の／は改行を示す）。跋（巻第十）は道温で、末尾に「時／元禄庚午三年夷則月中浣旦／志源菴主温懐玉跋／（印「僧道温」）（印「懐玉之印」）」。印はいずれも刷られたもの（これらの印は［付記］の後に掲出）。跋に続き刊記「元禄五年初冬／　田原加兵衛／田中庄兵衛／丸屋源兵衛」（序・跋・刊記は翻刻も参照）。

高泉の二種の印は、元禄六年1693刊・高泉『続扶桑禅林僧宝伝』自序（貞享三年1686）、元禄三年刊・霊棄（中国・清）『地蔵菩薩本願経科註』高泉序（貞享五年）、高泉『翰墨禅』自序（元禄四年）、高泉『黄檗宗鑑録』自序（元禄五年）に類似のものがある。また、道温の二種の印は、『黄檗開山国師伝』の道温自序に類似のものがある。なお、高泉に多くの印があったことは種々の資料から知れるが、(6)道温の印で現在確認しているのは、『開基記』のものを含め五種である（一つは『暦鑒輯要』自序の「懐玉」。『閑葛藤』自跋の二種は、『開基記』と同じ文字だが、字形がやや異なる）。

底本各巻の書誌情報は以下の通り。

巻第一：所蔵番号185.9/Sh12/1。表紙寸法27.3cm（タテ）×19.1cm（ヨコ）。匡郭（内）寸法20.3cm×15.1cm（本文一丁表のノド側と天側）。墨付25丁。外題「伽藍開基記　一」（書題簽）。序題「諸宗伽藍記序（印「臨済正宗」）」（印は刷られたもの）。目録題「伽藍開基記目次」。内題「伽藍開基記巻第一／天王山志源菴釈道温　編輯」。柱題・丁付「伽藍開基記序　一（〜三）」（序）、「伽藍開基記巻目録　首（一、二）」、「伽藍開基記巻　三」、「伽藍開基記巻目録之　四」、「伽藍開基記巻目録　五（〜十）」（以上目録）、「伽藍開基記巻一　一（〜十一）」（本文）。小口書「伽藍記一」（地側。以下同じ）。

巻第二：所蔵番号185.9/Sh12/2。表紙寸法27.2cm×19.0cm。匡郭寸法20.4cm×14.9cm（一丁表）。墨付36丁。外題「伽藍開基記　二」（書題簽）。内題「伽藍開基記巻第二／天王山志源菴釈道温　編輯／〇摂州霊区」（巻の途中に「河内州霊区」）。柱題・丁付「伽藍開基記巻二　一（〜三十五）」、「伽藍開基記巻二　終　三十六」（「終」は柱題と同じ枠内）。一、二丁は半面8行。二十四丁は半面10行。二十三丁表7行目のみ21字。二十六丁裏5行目から5行分は空白で、10行目の「河内州霊区」から本文が再開する（10、11行の末尾2行分は上側の匡郭に切れ目があり、埋木と判断される）。小口書「伽藍記二」。

巻第三：所蔵番号185.9/Sh12/3。表紙寸法27.2cm×19.0cm。匡郭寸法20.3cm×14.9cm。墨付41丁。外題「伽藍開基記三」（書題簽）。内題「伽藍開基記巻第三／和州霊区　天王山志源菴釈道温編輯」。尾題「伽藍開基記巻第三終」。柱題・丁付「伽藍開基記巻三　一（〜四十一）」。二十丁は半面12行。小口書「伽藍記三」。

巻第四：所蔵番号185.9/Sh12/4。表紙寸法27.2cm×18.9cm。匡郭寸法20.6cm×15.1cm。墨付34丁。外題（なし。題簽跡あり）。内題「伽藍開基記巻第四／山城州霊地　天王山志源菴釈道温編輯」。尾題「伽藍開基巻第四終」（「終」の字は行幅の半分程度を右にずらした配置。巻第五も同じ）。柱題・丁付「伽藍開基記巻之四　一（〜三十一）」、

「伽藍開基記巻四　三十二（〜三十四終）」。小口書「伽藍記四」。

巻第五：所蔵番号185.9/Sh12/5。表紙寸法27.2cm×18.9cm。匡郭寸法20.4cm×15.1cm。墨付25丁。外題「伽藍開基記五」（書題簽）。内題「伽藍開基記巻第五／山城州霊地　天王山志源菴釈道温編輯」。尾題「伽藍開基記巻第五終」。柱題・丁付「伽藍開基記巻之五　一（〜二十五終）」。一、二丁は半面10行。小口書「伽藍記五」。一丁裏の上部欄外に「此註五十三代／清和帝此清和／可作淳和帝」の墨書（大覚寺の見出し下の割注に対し）。

巻第六：所蔵番号185.9/Sh12/6。表紙寸法27.1cm×18.9cm。匡郭寸法20.3cm×15.0cm。墨付61丁。外題「伽藍開基記六」（書題簽）。内題「伽藍開基記巻第六／諸州勝地　天王山志源菴釈道温編輯」。柱題・丁付「伽藍開基記巻之六　一（〜五十五）」、「伽藍開基記巻六　五十六（五十七終）」、「伽藍開基記巻六　五十八（〜六十）」、「伽藍開基記巻之六　六十一」。五十八〜六十一丁の丁付は柱題と同じ枠内。五十六、五十七丁は半面10行。小口書「伽藍記六」。

巻第七：所蔵番号185.9/Sh12/7。表紙寸法27.2cm×18.9cm。匡郭寸法20.4cm×15.0cm。墨付38丁。外題「伽藍開基記七」（書題簽）。内題「伽藍開基記巻第七／〇阿州霊刹（巻の途中に「〇讃州霊刹」「〇土州霊区」「〇予州勝地」）天王山志源菴釈道温編輯」。尾題「伽藍開基記巻第七終」。柱題・丁付「伽藍開基記巻之七　一（〜十二）」、「伽藍開基記巻七　十三（〜二十）」、「伽藍開基記巻之七　二十一（〜二十八）」、「伽藍開基記巻七　二十九（〜三十六）」、「伽藍開基記巻之七　三十七（三十八終）」。小口書「伽藍記七」。

巻第八：所蔵番号185.9/Sh12/8。表紙寸法27.3cm×19.0cm。表紙寸法20.5cm×15.2cm。墨付33丁。外題「伽藍開基記八」（書題簽）。内題「伽藍開基記巻第八／禅林勝地　天王山志源菴釈道温編輯」。尾題「伽藍開基記巻第八終」。柱題・丁付「伽藍開基記巻八　一（〜三十二）」、「伽藍開基記巻之八　三十三終」。小口書「伽藍記八」。

巻第九：所蔵番号185.9/Sh12/9。表紙寸法27.2cm×19.0cm。匡郭寸法20.4cm×15.0cm。墨付42丁。外題「〔禅林〕伽藍開基記諸宗九」（刷題簽・原題簽。「禅林」は円内。［　］は残画から推定）。内題「伽藍開基記巻第九／禅林勝地　天王山志源菴釈道温編輯」。柱題・丁付「伽藍開基記巻之九　一（～二十八）」、「伽藍開基記巻九　二十九」、「伽藍開基記巻之九　三十（～四十二終）」。四十一、四十二丁の丁付は柱題と同じ枠内。二十九丁は半面9行。四丁表1、3、6、7行目は21字。小口書「伽藍記九」。

巻第十：所蔵番号185.9/Sh12/10。表紙寸法27.3cm×19.0cm。表紙寸法20.6cm×15.0cm。墨付32丁。外題「伽藍開基記十」（書題簽）。内題「伽藍開基記巻第十／禅林勝地　天王山志源菴釈道温編輯」。尾題「伽藍開基記巻第十終」（三十丁末尾）。柱題・丁付「伽藍開基記巻之十　一（～三十）」、「伽藍開基記巻　一（二）」（末尾2丁は跋）。小口書「伽藍記十」。

巻第二、三、五、九は、巻の冒頭もしくは途中に、行数や字数が原則から外れる丁がある。具体的な事情は不明だが、何らかの紙数調整が行われたと推察される。

巻第六（全六十一丁）の五十六、五十七丁も、巻の途中でイレギュラーな行数になる例である。ただし、早印と目される愛知県常滑市龍雲寺蔵本（以下、龍雲寺本。後述。↓［付記2］）では、五十七丁で巻が終わっている。巻第六はもともと五十七丁が末丁だった可能性が高い。しかも龍雲寺本の行数は筑波本と同じである。そのような箇所に、行数を1行減らして紙数調整をする蓋然性（紙の節約でないことは確かである）を今のところ見出せていない。この例を含め、行数・字数に関しては今後も検討されるべきであろう。

書誌情報であまり触れなかったものに、巻の途中で現れる四箇所の空白がある。そのうち三箇所は「河内州霊区」の前5行分（巻第二・既述）、「鎌倉五山」の前1行分（巻第八）、「僧綱階」の前14行分（巻第十）である。前二者は地域が変わる箇所、後一者は「付（巻頭目録）」が始まる箇所であり、大きなブロックとブロックとの境に位置する。空白の原因は不明だが、何らかの編集の結果生じてしまったのかもしれないし、ブロックの境であることが考慮されているのかもしれない。

残る一箇所は、巻第二・鷲尾山（鷲仙寺）の前にある2行分の空白である。注意されるのは、頭注に「此寺在河内州」（この情報は龍雲寺本では見出し下の割注にある）、巻第一の巻頭目録に「此寺在河内」とある点である（いずれも印刷）。鷲仙寺の本文には「河州交野郡」とあり、一見問題はないのだが、実はこの話は「摂州」のブロックにある。頭注や目録の記述はその点を踏まえているのである。元来はこの位置になかったとおぼしく、事実、稿本である岩瀬本（後述）では河内のブロックに組み込まれている。刊本にする過程で何らかのミス、あるいは調整の必要が生じたのだろうか。詳細はやはり不明だが、この例にしても地域が変わる箇所に空白が存在することにはなる。

筑波本独自のものに、二種の蔵書印がある。一つは各巻一丁表右下に押された「静水」（陽刻単辺朱方印。一辺1.8㎝）である。もう一つは各巻最終丁左下（巻第十のみ右下）に押された印（陰刻墨方印。タテ2.65㎝×ヨコ2.75㎝）で、仮に「悳（＝徳）如山」と読んでおく。下に挙げた「静水」は巻第二、「悳如山」は巻第九のもの（以降の写真も含め全て筑波大学付属図書館蔵）。これらの蔵書印が誰の所持品だったのかは不明である。

ただし「静水」の方は、早稲田大学図書館蔵『源氏物語和歌』（九曜文庫〔中野幸一氏旧蔵〕。写本）に同一とおぼしき蔵書印がある[7]。『源氏物語和歌』を実見していないので断定はできないが、枠の右側や上側の欠けなど形状が一致している。筑波本『開基記』と早稲田大学図書館蔵『源氏物語和歌』が同じ人物によって所持されていた可能性は、きわめて高いと言っていいだろう。

このほか、巻第九最終丁裏に「無益書／誰摩経」（後半3字は仮に読んだもの。最後の字は重書か。［付記］の後に掲出。ご教示を請う）、裏表紙見返しに「無益書」の墨書がある。「無益」は人名であろうか。残念ながら現時点では当該墨書について、これ以上記す材料がない。

巻第二１オ

巻第九42ウ

三、板　元

『開基記』の板元は三名で、いずれも京都の書肆である。彼らについては、市古夏生氏『元禄・正徳　板元別出版書総覧』（勉誠出版　平成26）に情報がまとめられている。田中庄兵衛と丸屋源兵衛は、様々な書物を手がけており、多彩な出版活動を展開していたことがわかる。それに対し、田原加兵衛の出版点数は非常に少ない。禅宗関係の書物の板元としては田原仁左衛門がよく知られており、高泉の著作もいくつかを手がけているが、この田原加兵衛と関係があるかどうかは不明である。

付言しておくと、田中庄兵衛は、道温『法林輯要』（宝永元年1704刊、貞享三年1686高泉序）でも板元（古川三良兵衛との相板）を務めている。また、田原加兵衛は、『雲棲大師山房雑録』（元禄六年1693刊）や『雲棲大師遺稿』（元禄七年刊）を田中庄兵衛と相板で出版している。さらに、『名所都鳥』（元禄三年刊）の刊記には、丸屋源兵衛他一名とともに「田原嘉兵衛」という名が見え、これが田原加兵衛と同一人物ならば（前掲市古著書に言及あり）、同書は田原加兵衛と丸屋源兵衛の相板ということになる。

これ以上の深入りはしないが、道温と書肆との関係（書肆同士の関係も含め）については今後の課題である。(8)

四、諸　本

『開基記』には写本と刊本があり、刊本には元禄五年版（以下、五年版）と元禄七年版（以下、七年版）が存在する。それらの伝本の中で、実見し得たものについて主に記す。未見のものについては、所蔵機関の目録やホームページを参照した。

（1）写本

写本は一点だけが知られている。愛知県西尾市岩瀬文庫蔵本（八巻八冊。以下、岩瀬本）である。当該本については、岩瀬文庫「古典籍書誌データベース（試運転）」（以下、岩瀬DB）の『伽藍開基記』詳細画面（https://www.i-repository.net/il/meta_pub/detail）に、有益な情報が詳述されている。今後の研究において、まず参照すべき基本文献である。

岩瀬本の特徴は、刊本と巻数・冊数が異なるのみならず、話数も若干少ないことである。すなわち、金蓮寺[9]（刊本巻第四）、浄土寺、龍願寺、保呂羽山（以上、刊本巻第六）、常観禅寺（刊本巻第九）が岩瀬本にはない（ただし刊本でも龍雲寺本は異なる。後述）。

また、国文学研究資料館・電子資料館「日本古典籍総合目録データベース」（以下、資料館DB）に画像が公開されているので確認されたいが、岩瀬本は一見すると板本かと思われるような字体で書かれている[10]。岩瀬DBでは「自筆稿本」「字体は明朝体、板下本風の清書本」、資料館DBでは「原稿本」と位置付ける[11]。これらはおおむね首肯できる見解である。1行あたりの字数が一定しない（18〜21字）部分もあるなど、整理途上の側面を持つものの、岩瀬本は多分に板下を意識して成立した伝本であると考えられる[12]。以下、その点について記しておく。

岩瀬DBでは、「四周双辺枠墨刷用箋」、「貼紙による訂正箇所多数」とある。実見して確認したが、匡郭は印刷されたものであり、そこに手書きで本文が記され、さらに訂正が加えられていた[13]。したがって、岩瀬本は板下、もしくは刊本に至る過程を如実に示す伝本と言える。

刊本との関連からは、次の点も付け加えておきたい。岩瀬本には、上部欄外に朱の書入がいくつかある。その中でも注目されるのが、「山州（山城州）」でのものである。「山州」は、岩瀬本の巻第三、刊本の巻第四、巻第五に相当する。岩瀬本では、各話見出し（寺院名）の上部欄外のほとんどに漢数字が記されている。一番目の頂法寺には「一」とあり、そこから十一番目の六波羅蜜寺の「十一」まで順番通りに数字が並ぶ。ところが、それより後では、数字と寺院の順番の対応が完全に崩れる。例えば、十五番目の行願寺に対しては「廿七」という具合である。

実はこの「廿七」は、刊本での行願寺の順番と一致する。そして、刊本巻第四、巻第五の寺院の順番（巻第四からの通し。ただし巻第四最後の金蓮寺を除く）に、岩瀬本の数字を対照させてみると、果たしてほぼ完全に一致するのである。この数字は記事組換えの注記だった可能性がある。(14)

さらに、岩瀬本巻第一の巻頭にある全体の目録にも、上部欄外に興味深い書入がある。それは、本文「巻第一」に対して「一」、「巻第二」に「三」、「巻第三」に「四」、「巻第四」に「六」、「巻第五」に「七」、「巻第六」に「八」、「巻第七」に「九」、「巻第八」に「十」、というものである。これらの書入は、刊本での巻数に対応している。また、巻数の箇所にない「二」と「五」は、それぞれ「摩尼山　温泉寺　中山寺」、「心浄光院　遍照寺　九品寺」とある行の上部欄外にある。これが分割を指示する注記ならば、八巻から刊本の十巻形態への変更が、岩瀬本の段階で決定していたことを意味しよう。しかも、刊本巻第五の第一話は遍照寺である。注記が反映されていることにもなる。(15)

このように岩瀬本は、『開基記』唯一の写本というだけでなく、近世の文化を考える上で重要な「出版」に関する貴重なサンプルでもある。これ自体が興味深い研究対象であると言えよう。また、山州の部分は、前述の如く配列が刊本と全面的に異なる。他の部分では、岩瀬本の配列を刊本がほぼ踏襲しているだけに、特異な部分と言える。(16) 岩瀬本、刊本それぞれの配列について検討していくことも、今後の課題の一つである。

（2）元禄五年版

筑波本がこの版なので、基本的な情報は「書誌」に記した通りである。現存する『開基記』では、最も点数が多い。

このうち龍雲寺本は、前述のように巻第六が五十七丁で終わっており、丁付の「終」と対応している。これに対して、筑波本では五十八丁からさらに三話（浄土寺、龍願寺、保呂羽山）が続く。それらは、稿本である岩瀬本にも収録されていない。また、筑波本に収録されている巻第四・金蓮寺と巻第九・常観禅寺も、龍雲寺本にはない。この点も岩瀬本と同じである。したがって、龍雲寺本は、五年版の中でも先行する伝本、すなわち初印、もしくはそれに近い早印本と考えられる。

国立公文書館内閣文庫蔵の二点（十冊本と三冊本）は、筑波本に近い五年版である（三冊本は合冊本）。このほか、大谷大学図書館蔵本、龍谷大学図書館蔵本、天理図書館蔵本（高木文庫本か）、東洋大学図書館蔵本もある[17]（大谷本以下は未見）。

これら五年版においては、龍雲寺本が重要な存在となることは言を俟たない。同時に、筑波本、内閣文庫本以下の五年版諸本の中で、先後関係や相違があるかどうかについても追究されていくべきであろう。

（3）元禄七年版

国立国会図書館蔵本と金刀比羅宮図書館蔵本が元禄七年版である（後者は未見）。七年版は、匡郭の欠損など、形状が五年版と重なる。五年版と同一の板木を用い、刊記の「五」を「七」に改めた版である。

七年版は、刊記以外に五年版と大きく異なる点がある。それは既存の一話が大幅に増補改訂されたこと、新たに三話が追加されたことである。

増補改訂されたのは巻第八の興聖寺である。五年版では見出しを含めて5行（二十丁表1～5行目）であった分量が、七年版では九倍以上の47行になっている。すなわち、五年版の十九丁と二十丁の間に新たに2丁が挿入され、五年版での興聖寺の5行分が、七年版の末尾5行分と埋木で差し替えられている[18]。それに合わせ、丁付にも手が加えられている。五年版の「二十」は、七年版では「又後二十」に改められ、その前の増補分2丁は「二十」「又二十」の丁付になっている。

このうち二十丁の行数は半面11行で他の丁と同じだが、1行の字数は19字で1字減少している。又二十丁は、半面10行・1行19字（表7行目のみ21字）である。又後二十丁は冒頭の5行（興聖寺の末尾5行）が1行19字となっている。興聖寺に続く地蔵寺からは1行20字に戻る。興聖寺における19字という字数は、増補改訂に際し、次の地蔵寺の位置を動かさないように分量の調整をしたことを物語っている。

新たに追加された三話は、巻第九末尾に並ぶ、永明寺（阿波）、王龍寺（大和州）、羅漢寺（豊前）である。分量にして4丁弱となっている。(19) この三話は、巻第一の巻頭目録にも追加されている。なお、三話の前に置かれているのが、前述の如く岩瀬本と龍雲寺本にはない常観禅寺である。したがって、岩瀬本（稿本）↓五年版（龍雲寺本・早印）↓五年版（筑波本等・改訂）↓七年版（国会本等・再改訂）という成立の順序が、この追加状況からも確認できる。

五、叙述形式

ここからは、『開基記』の内容について記していく。次の例は、巻第六12法華山寺（12は翻刻での番号。以下同じ）の冒頭部分である（a〜dは稿者）。

a 播州
b 法華山寺
c 本朝三十七代孝徳帝白雉元年法道仙所建也自此至元禄二年一千三十九年
d 開基法道仙人者天竺人也初靈鷲山中有仙苑五

このように『開基記』は、a頭注、b見出し、c割注、d本文、というのが1話の基本的な形式となっている。aは寺院の所在地であることが多い。あるいは巻第四15蓮華王院の「三十三間堂」のように通称・別称の場合もあるし、aがない場合もある。なお、巻第二のみ、この位置に◯がくるものがある。[20]

bは寺号がほとんどだが、山号のみ、山号＋寺号のパターンもある。神社の場合はその名がくる。巻第八以降に現れる●は、同巻17興聖寺のaに「点黒圏者洞宗下也」とあるように、曹洞宗寺院を意味する。また、◯が巻第三（44吉野山大峰から54龍泉寺まで）、巻第六（46鳥飼八幡宮）、巻第九（33雲岩寺から37海清寺まで）に付されている。[21]

cには、基本的に①寺の創建年（「未詳年月」等も含む）、②元禄二年1689までの年数（後述）が記されている。①に、その時の天皇や開基（寺を創始した僧侶[22]）の名が加わっている場合、創建年ではなく開基の没年が記されている場合もある。また、①②どちらかの場合もある（①が欠けることが多い）。そのほか、c自体がない（巻第二24道明寺など）、ごく少数ながら、①②ではなく、寺産の石高（巻第三28秋篠寺）、地理的位置（同51法貴寺）、本寺（巻第八22慈照寺）が記されているものもある。

dが主要部分であるのは言うまでもない[23]。ここで前掲法華山寺が、開基である法道仙人についての記事から始まっていることに注目したい。この冒頭に端的に表れているのだが、実は『開基記』では、寺そのものよりも人物に紙数を費やすケースが目立つ[24]。

典型的な例を挙げてみる。巻第二29観心寺である（bから。傍線、四角囲みは稿者）。

b観心寺c〈神武五十三代淳和帝天長四年、弘法大師ノ之徒実慧創レ之。自レ此至二元禄二年一ニ八百六十二年矣〉

d開基釈ノ実慧、姓ハ佐伯氏、讃州ノ人也。初メ事ヘテ二大安寺ノ泰基一ニ学二唯識一ヲ。後ニ従テ二弘法大師一ニ稟ク二両部ノ密法一ヲ。弘法称告シテ曰ク、「我カ法ノ之興ラン、汝カ之力也。」付ルニ以ス二東寺一ヲ。天長四年ニ建テ二内州ノ観心寺一ヲ、大ニ修ス二密法一ヲ。承和十年、奏シテ於二東寺ノ灌頂院ニ一修ス二春秋ノ結縁灌頂ヲ一。初メ三年ニ勅シテ為ス二東寺ノ長者ト一。此ノ任自リレ慧始ル。嵯峨ノ天皇・淳和天皇、崇信過タリ二流輩ニ一。十四年十一月十三日ニ化ス。寿六十三〈自レ此至テ二元禄二年ニ一八百四十二年矣〉。

傍線部にあるように、dには実慧による観心寺創建が記されており、bcと対応している。しかしながら、右のd全体は、観心寺の縁起や沿革を記しているものとは言い難い。むしろ、これは実慧の伝記である。道温跋によれば、日本に名山大刹は多いが、その「年代出処」「剏建之師」「成壊隆替之由」が往々にしてよくわからないので、「実跡」を採り、「年代」を考えて『開基記』を作ったという。法華山寺や観心寺のdは、「剏（創）建之師」の部分が前面に押し出されていることになる。極端なところでは、巻第三11菅原寺のように、創建の情報がcのみにあり、dは行基菩薩の伝記になっているという例さえある（菅原寺は行基遷化の場として末尾に出てくるのみ）。

こうした点については、前掲和田解題に早くから指摘があり、「往々寺院の沿革を叙せる処もあれど、多くは開基僧侶の伝歴に止まれり」と記されている。『開基記』の内容は、僧伝に近いと言える。

『開基記』が、かくの如き叙述となっている一因として、出典との関係が考えられる。観心寺の場合、次の『元亨釈書』巻第三・慧解二之二・東寺実慧が出典である。

釈実慧、姓ハ佐伯氏、讃州人。初事テ二大安寺ノ泰基ニ一学フ二唯識ヲ一。後ニ従テ二弘法大師ニ一稟ク二両部ノ密法ヲ一。法称告シテ曰、「我法ノ之興ンコトハ汝之力也。」付スルニ以ス二東寺ヲ一。天長四年、建ツ二内州ノ観心寺ヲ一。承和十年、奏シテ於テ二東寺灌頂院ニ一修ス二春秋ノ結縁灌頂ヲ一。初三年勅シテ為ス二東寺ノ長者ト一。此ノ任自レ慧始マル。弘仁天長ノ二帝、崇信過タリ二流輩ニ一。十四年十一月十三日滅。年六十三。

（寛永元年1624刊整版本。句読点は稿者）

ほぼ同文であり、『開基記』の観心寺の話は、『元亨釈書』（以下、『釈書』）の実慧伝をスライドさせたものだったことが確認できる。東寺の名が三箇所見える（四角囲み）のも、この点から理解される。

詳しくは翻刻【注】を参照されたいが、『開基記』の主要な出典の一つ、おそらくは最大の出典が『釈書』である。(25)道温が『釈書』を見ていたことは、『開基記』自跋の「常ニ閲二シ元亨釈書及ヒ古今伝記一ヲ」から明らかである。『釈書』は「紀伝体の形式を採用」(26)しており、僧侶の伝記が大部分を占める。それを利用した『開基記』が、人物中心の叙述に傾くのも自然な流れと言える。

そもそも、「伽藍開基記」という書名自体に思いを致すべきである。本書は、「開基＝寺を創始した人物」の「記」なのである。(27)先の観心寺のような内容は、この書名に相応しいものだろう。象徴的なのが巻第一後半である。見出しとして立てられている3桜井寺、4坂田寺、5四天王寺、6法興寺、7蜂岡寺、8大安寺は、(28)聖徳太子の伝記（出典は『釈書』。後述）に沿って登場する。(29)ここでウェイトを占めているのは、多くの寺院を創建したとされる太子についての記事である。こうした事例から見ると、『開基記』は、寺院をファサードとしつつ、人物をメインに据えた作品と捉えることができるだろう。(30)

道温は、後の『黄檗開山国師伝』における「各菴院の開基の事」でも、黄檗派の菴院名を見出しとし、本文では主に創建した僧侶の伝記を綴っている。右に述べた『開基記』でのスタイルは、道温が好んで用いたものだったと言えるのではないだろうか。

六、配　列

『開基記』は、天竺・中国・日本における寺院の濫觴を記す巻第一を除き、巻第二が摂州・河内、巻第三が和州、巻第四・巻第五が山州、巻第六が諸州、巻第七が四国、巻第八が京兆・鎌倉（禅林）、巻第九・巻第十が諸州（禅林）というように、地域でブロック分けされた形になっている。[31] ここには確かに地誌的な側面が認められる。ところが、一話一話の並びを見ると、必ずしも位置的に隣り合っている、あるいは同じ街道沿いにあるなどとはなっていない。話の配列には地理的要因以外のものも考えてみる必要があろう。

ここで一つの指標となる部分がある。それは巻第八末尾の「鎌倉五山」のブロックである。配列は、30寿福寺、31建長寺、32浄妙寺、33円覚寺、34浄智寺となっている。『新編鎌倉志』（貞享二年 1685 刊）で確認できる地理的な関係（建長寺、円覚寺、浄智寺が比較的近い位置にある）は、ここには認められない。また、『下学集』（元和三年 1617 版以下、刊本あり）巻下、『鎌倉日記』（延宝二年 1674 成立）、『新編鎌倉志』に見える序列（建長寺、円覚寺、寿福寺、浄智寺、浄妙寺）とも重ならない。

『開基記』の鎌倉五山は、年代を意識して並べられているらしい。見出し下の割注には、寿福寺（建保三年 1215 創建）、建長寺（建長元年 1249 創建）、浄妙寺（正嘉元年 1257 禅刹に改む）、円覚寺（弘安五年 1282 創建）、浄智寺（正応二年 1289 開山遷化）という年の情報が記されており、年代順の並びであることがわかる。同じく割注にある元禄二年までの年数（四百七十四年、四百四十年、四百三十二年、四百七年、四百年）も、これらの年に連動し、当然ではあるが年代順（逆順）になっている。

配列と年代との関係は、次の巻第九の冒頭三話にも見出せる。巻第九は「諸州」の禅林の集成で、冒頭三話は「筑前」（頭注）で一つのまとまりを成している（四話目は肥前）。割注の情報は創建についてであり、1聖福寺（建久六年 1195）、2崇福寺（仁治二年 1241）、3承天寺（仁治三年 1242）と年代順になっている。同じく「諸州」の集成である巻第六でも、「紀州」の8粉河寺（宝亀元年 770）から11円明寺（保延六年 1140）までの四寺が創建順に並んでいる。

さらに、後者の例では、次の「播州」12法華山寺（白雉元年 650）で年代がリセットされている。これは、年代による配列が、地域というブロックと連動していることを示している。そして、この形は巻第十26以降の「付」とも通じている。「付」でも、各種制度がブロック分けされ、そのブロックの中で制度の濫觴の記事が基本的に年代順に並び、新たなブロックに移ると年代がリセットされるのである。

もちろん、すべてが整然と並んでいるわけではない。同じ地域で年代が逆転している箇所もある。創建年が曖昧、未詳の寺も当然ながら存在しており、年代順に並べるには限界もあったと推察される。あるいは、刊行までにいくつかの改訂を経ていること、ブロックによっては地理的なものを含め別の要因が関わっている可能性も考慮すべきである。配列については、一筋縄ではいかないものと認識した方がいいだろう。

しかしながら、一つの傾向として、配列に年代が意識されている点は認めてもいいのではないだろうか。跋において道温が「考テ二其ノ年代ヲ一」と記していることにも留意したい。

ところで、年代順ということに関連していると考えられるのが、『釈書』である。伝と「資治表」と「志」から構成される『釈書』は、周知の如く「我が国最初の本格的仏教史[32]」である。伝の部分は「伝智」「恵解」などと部門分けされており、各部門の内部では、収録された伝がほぼ年代順に推移していく配列になっている。「資治表」は年表であり、「志」では諸宗や寺院や音芸などについて記されている。この「志」とは、紀伝体において「部門別に歴史の推移を述べ[33]」る部分である。

道温が『釈書』を常に閲覧していたこと、及び『開基記』に『釈書』の伝が利用されていることは、すでに前節で触れた。ここでは、「資治表」と「志」も利用されていることを指摘しつつ、年代への意識について考察してみる。

「資治表」の利用には、例えば次のようなものがある。巻第四7東寺は、『釈書』巻第一・伝智一之一・金剛峰空海と巻第二十三・資治表四を組み合わせて作文されている。また、巻第一では、2向原寺の途中から聖徳太子の記事が始まり、そこから太子薨去の記事までが年表風に綴られる。そして、その後に改めて太子の伝が置かれ巻が終了する。

年表風の記事は『釈書』巻第二十・資治表一、最後の太子の伝は巻第十五・方応八・聖徳太子に拠っている（一部、『東国高僧伝』）。このような伝の部分と「資治表」の組み合わせは、『開基記』にいくつか見出せる（「資治表」単独の場合もある）。年表である「資治表」の利用に、年代への意識があることは言うまでもないだろう。

「志」では、『釈書』巻第二十八・志二・寺像六の利用を指摘できる。当該巻は各地の寺院や仏像について記す巻である。『開基記』各話が寺院を見出しに掲げる形である以上、この巻が利用されているのも不思議なことではない。

ところが寺院の並びを見ると、『開基記』と『釈書』との間に、さらに興味深い関連が浮かび上がってくる。以下は、『釈書』寺像六での順番（丸数字）と、『開基記』の地域とそこでの順番（括弧内）を示したものである（巻第一のものは除く。×は未収録）。

①向原寺（巻第一）	②四天王寺（巻第一）	③**元興寺（和州1）**	④**大安寺（和州2）**
⑤頂法寺（山州1）	⑥**禅林寺（和州3）**	⑦犬寺（播州2）	⑧崇福寺（近州2）
⑨**興福寺（和州5）**	⑩神願寺（若州1）	⑪**長谷寺（和州6）**	⑫**東大寺（和州7）**
⑬石山寺（近州5）	⑭葛木像（和州×）	⑮鵜田寺（遠州×）	⑯**招提寺（和州8）**
⑰**西大寺（和州9）**	⑱粉河寺（紀州1）	⑲神護寺（山州3）	⑳慈氏像（紀州×）
㉑村岡像（和州×）	㉒勝尾像（摂州1）	㉓鞍馬寺（山州5）	㉔清水寺（山州8）
㉕山王像（山州6）	㉖園城寺（近州3）	㉗貞観寺（山州24）	㉘感応寺（山州20）
㉙円教像（播州3）	㉚蟹満寺（山州40）		

特に和州（太字ゴチ）が注目される。『開基記』巻第三（和州）の第一話から第九話まで（第四話薬師寺を除く）が、『釈書』寺像六から抜き出した和州の寺院と同じ順番になるのである。文章の重なりから利用していることが明らかなので、話の順番も『釈書』のそれを踏襲していると見ていい。

『釈書』寺像六全体に目を転ずれば、ここでは年を示さなかったが、寺院はおおむね創建の年代順に並んでいる（これは先ほどの「志」の説明に叶うものである）。したがって、右の和州の寺院は、『開基記』においても年代順に並んでいることになる。もっとも、『釈書』寺像六から順番通りに抜き出せば、それと意識せずとも、話は年代順になる。『開基記』で和州の寺院が年代順になっているのは、偶然の産物だった可能性もある。

しかし、道温は和州というだけで抜き出しているわけではない。『開基記』では、禅林寺⑥と興福寺⑨の間に薬師寺が挿入されている。創建はそれぞれ禅林寺が白鳳二年674、薬師寺が白鳳九年681、興福寺が和銅三年710となっている。薬師寺創建の記事は、『釈書』巻第九・感進四之一・薬師寺祚蓮や巻第二十一・資治表二に見え、『開基記』ではそれらを組み合わせて（主として前者）取り込んでいる。『釈書』寺像六が年代順に並んでいることを道温が具体的に把握していたからこそ、こうした挿入は可能だったと言えよう。

和州の並びの一致は、年代順という点を含め、他巻についても示唆を与える。『開基記』の山州のブロックが、岩瀬本（巻第三）と刊本（巻第四、巻第五）で大きく配列を異にしていること、ただし、第一話から第十一話までは同じ配列であることはすでに記した（「諸本」の節参照）。第一話から第十一話は、刊本にする際に道温が変えようとしなかった部分ということになる。その第一話目が頂法寺である。右に挙げた『釈書』において、山州の第一番目が頂法寺⑤であるのは、偶然の一致ではないだろう。(34)しかも頂法寺は、聖徳太子創建の、山州では古い寺院の一つである。やはり、ここにも年代への意識が認められる。そのほか、『開基記』巻第二の摂州の第一番目である勝尾寺が、『釈書』寺像六に唯一摂州の寺院㉒として入っていることも興味深い事実である。

このように『釈書』の利用は、話材の摂取にとどまらず、話の配列とも深く関わっている。そして、そこには年代への意識が見られた。この点で、『釈書』を継承しようとする姿勢を『開基記』に認めてもいいだろう。『開基記』は、『釈書』と同様、日本仏教史の構築を目指した作品と見なすことができるのである。

さらに、右の事例で見たように、『開基記』においては『釈書』寺像六が地域という要素で再編されていた。このことから、道温は地域ごとの仏教史をも目論んでいたと考えられる。『開基記』が巻毎に地域でブロック分けされていること、地域によっては寺院が創建順に並んでいることも、その表れであろう。(35)『開基記』は『釈書』を引き写しただけのものではなく、「地域」と「開基」という観点から『釈書』を展開させた作品であるという位置付けも可能ではないだろうか。

なお、配列からは話が逸れるが、資料性という面で見れば、『釈書』との関わりによって『開基記』に様々な問題が生じていることも事実である（無論、『釈書』と直接関係しない問題点も存在する）。伝の部分と「資治表」で同じ出来事なのに年が違うという『釈書』の矛盾(36)（聖徳太子没年が、伝は推古天皇二十八年、「資治表」は二十九年）を抱え込んでしまっていることはその最たるものであろう。

そのような点を批判することはたやすい。しかしながら、宗派（巻第八以降は禅宗）、地域、寺院、開基によって、日本仏教史を多角的・総合的に把握しようとした『開基記』の試みは、積極的に評価したい。

七、年　数

『開基記』には、作品全体を通して、ある年から元禄二年までの年数を記す、という大きな特徴がある。主として、見出し下の割注には寺創建の年からの年数が、本文の割注には開基の没年からの年数が記されている。

例えば巻第八29禅定寺では、見出し下の割注に、「本朝六十六代一条帝正暦二年ニ創テ、至二元禄己巳二年ニ一六百九十九年矣」、本文の割注に、開山・平崇が遷化した長保四年に対し「自レ此至二元禄己巳二年ニ一六百八十八年矣」とある。また、創建年が不明確であれば、「凡〜年余」などとなる。特に多数の寺院の開基とされる有名人の場合、聖徳太子は千百余年、役行者は千余年、行基は九百から九百五十余年、空海は八百から八百五十年余と幾度となく示されているので、これらの人物が出てくれば、たとえ年数が記されていなくてもおおよその年数が把握できるようになっている。

このような年数を記すことは、古くから行われているが、近世には、神代・古代まで遡って年数を算出できる『和漢合運』（『倭漢皇統編年合運図』）のような年表も刊行され、版を重ねた(37)。実際に利用したかどうかは別にして、こうした書物の存在が、『開基記』のような作品が成立する背景の一つにあったと見ていいだろう。

ところが、『開基記』の年数を見ていくと、奇妙な点が浮かび上がってくる。年数が当時の通常の方法で算出したものとは異なるケースが頻発するのである。通常の方法とは、起点を1とする、いわゆる「数え」である。貞享三年1686なら、元禄二年1689まで四年となる。『和漢合運』などが用いているのは、もちろんこちらである(38)。

それに対して『開基記』の年数は、通常のものと一年、二年、十年、十二年…などのずれを見せる。巻第九17高源寺の場合、開山・遠谿祖雄が遷化した康永三年1344に対し「二百九十四年」という年数が挙がっているが、正しくは「三百四十六年」であり、五十二年ずれている。これは、康永三年を「應永三年1396」と誤ったためらしい。ただし、すべてがこのような誤字で説明できるわけではない。ずれが多様なため、原因もそれぞれで考えていかねばならないようである。

本解題では、通常の年数より一年少ないケースを取り上げる。例えば巻第五2大覚寺では、創建の貞観十八年876に対し、元禄二年までの年数は八百十三年になっている。正しくは八百十四年である。ずれの中では、この形が最も多い。通常の年数に合致しているのが六十例程度であるのに対し、こちらは二百三十例を越える。尋常な数ではない。

ここで前提として、道温が年数の算出において、当時の常識に則っていたことを確認しておく。巻第八16仏国寺では、開山・高泉が来日した寛文元年1661に対し二十九年、寺創建の延宝六年1678に対し十二年という年数になっている。これは通常のものと合致している。元禄二年に近く、干支が一回りしていない範囲なので、簡単な計算、あるいは単に年表を数えることで、これらは導き出せたと考えられる（「一年少ない年数」は、巻第五7槙尾寺の慶長十五年1610に対してのものが最後）。まして、自分の師匠の話でもある。年数を誤る可能性は比較的低いだろう(39)。また、元禄二年を起点としないケース、例えば巻第三7東大寺の見出し下の割注（重源による再建）では、治承四年1180より後の十六載を建久六年1195としている(40)。まさしく「数え」による年数である。

ならば、「一年少ない年数」は何に拠るのだろうか。単純な計算ミス、出典での誤り、通常とは異なる方法での算出、などが考えられるが、実はここにも『釈書』が関わっているのではないかということを、一つの可能性として提示してみたい。

藤田琢司氏「『元亨釈書』について(41)」は、『釈書』の「資治表」に大きな問題点があることを指摘している。それは、「立年称元から踰年称元への改訂、すなわち即位の年をその天皇の元年とせず、即位の翌年を元年と改めた」というものである。藤田論考では、《通常なら孝徳天皇の即位年（元年）は皇極天皇四年（皇極はこの年に崩御）＝大化元年645だが、「一年に二人の君はいない」という『春秋』の考えに基づき、翌年646を孝徳天皇元年＝大化元年とした》という「資治表」の操作（「孝徳之例」）に言及し、大化以降にそれが適用された年を挙げている。

この藤田論考の指摘は、『開基記』を考える上できわめて重要である。『開基記』巻第六28大渓寺では、大化元年の創建から元禄二年までを千四十四年（実際は千四十五年）としているが、これは孝徳天皇元年＝大化元年646であれば導き出される年数である。『開基記』に「資治表」が利用されていることは、先に見た通りである。「資治表」の利用が、「孝徳之例」という年表上の操作にまで及んでいるとすれば、少なくとも「一年少ない年数」が説明可能となるのである(42)。

この操作に関し注目されるのが干支である。「孝徳之例」においては、ある年と対応する干支は、通常より一年後のものになる（＝干支と対応する年が、通常の一つ前の年となる）。確かに本来は乙巳である大化元年が、「資治表」では一つ後の丙午となっている。

もっとも、「資治表」では、すべての年が干支と一年ずれているわけではない。「孝徳之例」は、旧帝の退位・譲位・崩御と新帝の即位とが同年中にあり、その年が新帝の元年とされる場合に適用されるものだからである。例えば、孝徳天皇崩御の翌年655に即位した斉明天皇の場合、「資治表」での即位年＝元年の干支は乙卯で、史実と合致している。したがって、斉明治世の間にずれは生じない。これは、孝徳の前帝である皇極の治世においても同様である。

しかしながら、『開基記』では、斉明天皇三年657に対する年数は、通常ならば千三十三年であるが、一千三十二年（巻第五24山階寺）となっている。皇極天皇元年642に対する年数も、通常ならば千四十八年であるが、やはり一千四十七年（巻第六23善光寺）となっている。もし道温が、大化元年に対し「資治表」を踏まえて操作を加えたとすれば、右の事例は、そこでずらした干支と年を、それ以前にもそれ以後にも適用したということを意味するのである。

では、『開基記』の中でも、『釈書』（元亨二年1322成立）もしくは「資治表」（承久三年1221が最終年）よりも後の時代の話ではどうであろうか。これらは、当然のことながら『釈書』や「資治表」と直接は関係しない。まず「一年少ない年数」は、元亨二年より後で四十例近く、承久三年より後なら七十例を越える。通常と合致しているのが『開基記』全体で六十例ほどであれば、これは決して少ない数ではない。ここに道温が、「孝徳之例」を『釈書』以前の時代のみならず、それより後の時代にまで拡大し適用した（あるいは年表全体を一年ずらした）可能性を見出せる。(43)

中でも明確に干支に関わるのが、次のケースである。巻第九8福昌寺では、開山・石屋真梁の入滅が応永二十九年1422、元禄二年までの年数は二百六十七年となっている。通常は二百六十八年である。注意されるのは、同じ話の中で、福昌寺創建が応永元年1394、年数が二百九十六年となっており、こちらは正しいことである。つまり、一方は通常の年数に合致し、一方はずれているという矛盾が同一話内で生じていることになる。真梁の入滅を他作品で確認すると、『玉龍山福昌寺開山石屋禅師塔銘并叙』（永享六年1434成立）では「（応永）癸卯」、『延宝伝灯録』（延宝六年序）では「応永三十年」（巻第八2話）となっている。応永癸卯は三十年が正しく（道温の時代でも『和漢合運』などで確認できる）、現在でも真梁の入滅は応永三十年とされている。しかも、至徳から応永にかけては、実は『開基記』の中でも長期間にわたり通常の年数と合致する部分である。[44] こうなると、この話に限っては「二十九年」はミスで、一年のずれはその結果のように見えるが、ことはそう単純ではない。

ポイントは干支である。『開基記』では、真梁の入滅は「応永二十九年癸卯」と記されている。実際の応永二十九年は壬寅なので、「ある年に対応する干支が通常より一年後のもの」となっている。この話は出典が判明している。高泉『扶桑禅林僧宝伝』[45]（以下『僧宝伝』）巻第八「玉龍山石屋梁禅師伝」である。そこでの真梁の没年は「（応永）癸卯」と干支のみが記されている。『開基記』の話は『僧宝伝』と同文的に一致する。よって『開基記』の「二十九年」は、道温が加えたと考えるのが妥当である。「二十九年」としたのは、ミスではなく、むしろ「孝徳之例」を敷衍し、意図的に「干支に通常より一年前の年を対応させた」からではないだろうか。

これに類似するのが巻第八10等持寺である。開山・古先印原（印元）の入滅は応安六年1373甲寅（享年八十）、元禄二年までの年数は三百十六年（応安六年なら通常は三百十七年）となっている。この話も『僧宝伝』が出典（巻第八「建長寺古先原禅師伝」）と認められる。『僧宝伝』では、印原の入滅は「甲寅」と記されるのみである。[46]『僧宝伝』の当該話には他の部分にも年号がなく、いつの甲寅かということが問題になるが、これは特定できる要素が記されている。すなわち、入滅よりも前の部分に、清拙正澄が来日する記事、「古山源公」こと足利直義が禅刹に改めた等持寺に印原を開山として迎える記事がある。清拙来日は『開基記』巻第十14開善寺に「泰定（中国・元の年号）年中1324～1327」の出来事として記され、「古山源公」は『開基記』では「左武衛将軍古山公」として「大将軍尊氏公ノ弟也」の注が追加されている（巻第八11安国寺では「左武衛将軍古山源公」）。したがって、道温が印原の活躍時期を南北朝期と認識していたのは、ほぼ間違いないだろう。

ただし、この時期で甲寅となるのは応安七年1374である（この場合、元禄二年までの通常の年数は三百十六年になる）。事実、『新編鎌倉志』巻之四・浄光明寺（慈恩院の項）や『延宝伝灯録』巻第五「建長古先印元禅師」でも、印原の入滅を「応安七年」としている（現在も没年を七年とする）。となると、ここにも「干支に通常より一年前の年を対応させる」操作の形跡がうかがえるのである(47)。

元禄二年までの年数は記されていないが、興味深い例がもう一つある。巻第八16仏国寺における高泉の誕生年「崇禎五年癸酉」である。実は崇禎五年は壬申であり、癸酉ならば崇禎六年1633である。とすれば、道温は自分の師匠の誕生年を間違ってしまったことになる（現在でも高泉は崇禎六年生とする）。しかしながら、もし初めに与えられた情報が干支のみなら（癸酉という干支は正しい）、崇禎五年という年が導き出される可能性がある。癸酉で元禄二年（高泉が還暦に達していない）に一番近いのは、日本なら寛永十年1633、中国では崇禎六年となる。ここで「干支に通常より一年前の年を対応させる」操作があれば、癸酉は寛永九年、中国では崇禎五年になるのである。「崇禎五年癸酉」も、間違いというよりは、先の応永や応安の例に連なるものと考えた方がいいのではないだろうか(48)。

以上、『開基記』における「一年少ない年数」には、『釈書』に基づく道温の操作が関わっていた可能性を探ってみた。もちろん、あくまで一つの可能性である。これですべてが解決するわけでもない。通常より年数が、一年多い、二年少ない、といったケースも複数存在する。それらが別の何かに基づいているのか、あるいは『釈書』との関わりから説明できるのか、などという問題は今後も追究されるべきである。また、通常の年数に合致するケースが一方にあることも、看過すべきではないだろう。後考を待ちたい。

八、享受

最後に、『開基記』の近世における享受について、現時点で見出した確例を挙げておく。時代順に、必夢『延命地蔵菩薩経直談鈔』（元禄十年1697刊）、岡田徯志『摂陽群談』（元禄十四年刊）、秋里籬島『拾遺都名所図会』（天明七年1787刊）、同『摂津名所図会』（寛政八、十年1796、1798刊）、菅江真澄『雪の出羽路』（文政九年1826成立か）、南里居易『肥前考』（天保八年1837成立）である。

『延命地蔵菩薩経直談鈔』では、巻第三38話に「伽藍記ニ見エタリ」として『開基記』巻第六47温泉山を、巻第七8〜11話に「已上ノ四験本朝伽藍記ニ見エタリ」として巻第六48大山寺、59保呂羽山、巻第七5地蔵寺、巻第九41普明寺を、巻第九20話に「伽藍記九巻ニ見エタリ」として巻第九23護国寺を、巻第十29話に「伽藍記六巻ノ説ナリ具ニハ御伝ニ見ユ」として巻第六34善導寺を、巻第十一24話に「伽藍記七巻ニ見エタリ」として巻第七21鶴林寺を、ほぼ書き下した形で全文引用している。当然のことながら、これらは「地蔵菩薩」という観点からの利用である。

『摂陽群談』では、巻第一「摂陽群談引書」に「伽藍開基記」が挙がっており、巻第十三・寺院上二から巻第十五・寺院下二にかけて「伽藍開基記ニ云ク」として二十二寺の引用がある。内訳は、『開基記』巻第二と巻第九における摂州の二十一寺、及び巻第九の丹波の一寺である。[49] いずれもほぼ全文の引用である。

以上の二作品は、今のところ確認できている『開基記』享受の最も早い例で、しかも同時代のものである。また、後者は地誌類の中でも、『開基記』引用が特に多いものである。

次からはやや時代が下る例で、すべて地誌類である。『拾遺都名所図会』では「伽藍開基記曰」として、巻之四・九品寺の項と浄瑠璃寺の項に、それぞれ『開基記』巻第五22九品寺と巻第五42浄瑠璃寺を引用している。『摂津名所図会』では巻之五（寛政十年刊）・補陀洛山総持寺の項に「伽藍開基記大意」として『開基記』巻第二8総持寺を、巻之六（寛政十年刊）・神秀山満願寺千手院の項に「伽藍開基記曰」として巻第二10満願寺を、巻之七（寛政八年刊）・鷲林寺の項に「伽藍開基記云」として巻第二20鷲林寺を引用している。いずれもほぼ書き下しの全文引用（仮名は平仮名）である。

『雪の出羽路』では、平鹿郡三・大慈寺の項で「肥後国ニ同名あり。諸宗伽藍記云」として『開基記』巻第九13大慈寺の冒頭部分を、平鹿郡四・保呂羽山縁起の項に「伽藍開基記六巻諸州之部云」として巻第六59保呂羽山の全文を引用している（保呂羽山の引用については、平鹿郡五・木ノ根坂の項で二度にわたって触れている）。さらに後者の引用の後には、以下のように記されている。

　また地蔵経鼓吹品〈延命地蔵経真（ママ）談鈔ともいへり〉七巻に、復次に羽州平鹿ノ郡矢沢木ノ邑に山あり保呂波と号す云々。こは伽藍開基記を和解したるのみ也。

これは先述の『延命地蔵菩薩経直談鈔』における引用についての指摘である。傍線部などは、『開基記』享受研究の先駆けと言ってもいいものである。

『肥前考』（写本十四巻五冊）は岩瀬文庫に蔵されており、岩瀬DBによれば、巻第一に『開基記』の引用がある。なお、成立年未詳だが、内閣文庫に『播磨国伽藍開基記』（写本一冊）が蔵されている。これは『開基記』から播磨国の分を抜き出したものである。

享受例は、今後も発掘されていくだろう。『開基記』がどのような作品として認識されていたかを考える上で、このような事例の蓄積が必要となるのは言うまでもない。

おわりに

『開基記』について、現段階で気づいたことをいくつかの点から記してみた。全文の紹介は、研究の一つのスタートラインである。十巻十冊という分量としても充実した作品であり、多様なアプローチが可能であろう。

例えば出典に関しても、『釈書』に依拠している、というところで思考停止して終わらせてはならない。どのような観点から利用しているのか、どのように手を加えているのか、他作品での利用との共通点や相違点は何か、そういったことなどが検証されていかなければならない。それは『釈書』という作品が近世において、あるいは（道温が中国人かその子孫とすれば[50]）日本人以外の人々からどのように受け止められていたのかを理解することにつながっていくだろう。

今回の翻刻が、『開基記』と同書が成立した近世のみならず、様々な時代の文学、歴史、宗教、地理、あるいは民俗、異文化理解などの研究の拡充へと進んでいくことを願い、本解題を終える。

注

（1）近時、高井恭子氏による「黄檗僧懐玉道温編『伽藍開基記』について」（日本印度学仏教学会　第65回学術大会　平成26年8月31日　於武蔵野大学）という研究発表があったが、稿者はその情報を大会開催後に知り、残念ながら拝聴できなかった。今後の公刊を待ちたい（→［付記1］）。
（2）両書とも、国立国会図書館ホームページの「近代デジタルライブラリー」で公開されている。なお、高木目録はもと私家版だが、昭和51年に名著出版から復刻版が出た。
（3）愛知県西尾市岩瀬文庫「古典籍書誌データベース」（「諸本」の節で触れる）に「編者は中国人」とある。ただ、現時点で道温が中国から渡来したことを裏付ける資料を稿者は見出せていない。『黄檗文化人名辞典』の「懐玉道温」の項には、「寛文元年に渡来し、登檗した高泉性潡に投じて出家する」とあるが、この「渡来し」はおそらく「高泉」にかかるものであり、道温が渡来したことを示す記述ではないだろう。もっとも、道温『黄檗開山国師伝』自序に見える、和文での隠元の伝記の執筆を書肆（柳枝軒）から依頼された際の、「予やまと文の言葉を知らざれば。あへてうけがはず」によれば、道温が日本人でなかった可能性はある。彼が中国人かどうかという点に関しては、中国・厦門大学の林観潮氏から「（渡来僧とは思われないが）もし唐僧であれば、唐人の子孫として長崎に生まれたのではないか」というきわめて示唆に富む御見解をいただいた。

（4）前掲和田解題では、『開基記』序から、道温が絵事に巧みであったことを指摘する。高井恭子氏「初期日本黄檗における『華嚴經』―宗旨と経典の関係を視点にして」（『黄檗文華』125　平成18・6）では、道温が延宝八年1680に『八十華厳経』を書写し、高泉がそれに序（『高泉禅師語録』巻第二十所収）を付したことを報告している。高泉の語録の一つである『仏国大円広慧国師語録』下には、道温が弥勒菩薩を造像した際に高泉の記した文章が収録されている。

（5）『新撰書籍目録』（享保十四年1729刊）、『合類書籍目録大全』（享和元年1801刊）により存在のみが知られている。後者は長谷部論考に指摘あり。

（6）時代は降るが、『捃印補遺』（文化七年1810刊）に収録された高泉の印（模刻）は十九種。

（7）『源氏物語和歌』（文庫30 D0141／題簽「源語歌集」。書名は内容に拠るとのこと）は、早稲田大学図書館「古典籍データベース」で公開されている（http://archive.wul.waseda.ac.jp/kosho/bunko30/bunko30_d0141/bunko30_d0141_p0002.jpg）。この蔵書印は、国文学研究資料館・電子資料館「蔵書印データベース」（http://base1.nijl.ac.jp/infolib/meta_pub/G0038791ZSI_49761）でも確認できる。ただし、ともに2文字目は未詳となっている（平成27年1月29日閲覧。平成28年7月16日再閲覧）。

（8）古川三良兵衛は『閑葛藤』の板元でもある（文華殿蔵本刊記）。

（9）以下、寺院名は本文見出しのものを挙げる。山号は特別な場合を除き省略。「幷」などで複数の寺が見出しになっている場合は、二寺目以下は省略。

（10）このほか、高泉序と道温跋での印が実際に押された朱印であり、しかも高泉の印は刊本と異なることも報告しておく。

岩瀬本では「高泉」「釈性潡印」である。貞享三年1686刊・真常『地蔵本願経手鑑』高泉序（貞享三年）、貞享四年刊・晦巌道熙『地蔵菩薩感応伝』高泉序（貞享三年）、貞享五年刊・高泉『東国高僧伝』自序（貞享四年）、元禄二年1689刊・運敞『寂照堂谷響集』高泉序（元禄二年）、元禄四年刊・高泉『常喜山遊覧集』自序（元禄四年）に類似の印が刷られている。

(11) ただし資料館DBでは、岩瀬本について、同一ページで「写」であったり「刊」であったりするという相違が見られる。撮影された写真も「刊」と分類されている。

(12) 板本のような字体で記された写本の例として、松ヶ岡文庫蔵『大円広慧国師遺稾』がある。『高泉全集』Ⅰ（黄檗山萬福寺文華殿　平成26）の大槻幹郎氏解題で、同書は出版を企図したものであったが成就しなかったこと、貼紙による補訂が何箇所も存在することが報告されている。

(13) 上から貼紙をしての訂正もある一方で、もとの本文を切り抜き、丁の袋の裏側から紙を貼り付け、そこに訂正本文を記すというケースが非常に多く見られる。

(14) 注記がないのは九例。例えば、岩瀬本七十七番目の蓮台寺（刊本三十五番目）と八十四番目の霊岩寺（刊本三十七番目）には注記がない。ところが、岩瀬本四十四番目の北野天満宮には「卅六」の注記があり、刊本でも三十六番目に配されている。注記のないものは、書き忘れか保留だった可能性がある。全体の組換えはほぼ確定していたと見ていいだろう（ただし、こうした注記は刊本と対照して書き入れられた可能性もある）。

(15) 刊本巻第二は勝尾寺から始まるので、岩瀬本の注記とは異なる。変更があったか。ただし、勝尾寺を含む行は、「摩尼山　温泉寺　中山寺」の直前行である。注記がややずれた可能性もある。

(16) 山州以外で配列が異なるのは、鷲尾山（「書誌」の節に既述）と浅草寺（岩瀬本巻第四、刊本巻第六）である。浅草寺は、岩瀬本では四十八話目で、巻末の今瀧寺（五十六話目）より前に配されているが、刊本では五十六話目で、今瀧寺の次に移されている。これらは部分的なものであり、やはり山州での大幅な組換えは特異である。なお山州では、特に刊本が、東山なら東山、寺町なら寺町と、さらに細かく地域ごとに寺院を集成しており、地理的な面に対する意識が強くなっている。

(17) 資料館DBで道温の著作として挙がる「大日本諸宗伽藍記」。『東洋大学図書館蔵書目録』によれば、元禄五年版『開基記』である。「大日本諸宗伽藍記」は題簽によるとのことである（未見なので刷題簽か書題簽かは不明）。

(18) 差し替え部分の上下の匡郭に切れ目があり、埋木であることが確認できる。また、興聖寺に続く地蔵寺の見出し下の割注右行「後花園」の「後」の右に、右半分が見えない3字分の小さな文字列がある。これは五年版の興聖寺最終行で「楣《カブキ》」とあったルビの左半分が残ったもの。

(19) 国会本の増補改訂・追加分の四話は、〈付録〉として本解題の後に翻刻を載せた。

(20) この○の意図については、判断を保留している。岩瀬本では寺ごとに**a**の位置に○がある（巻第六を除く）。刊本巻第二の○は、それが残ったものか。

(21) **a**での場合と同様、**b**でこの符号が使われた理由も不明である。この符号は、基本的に「○摂州霊区」（巻第二）のように、大きなブロックの見出しに使われる。これは巻第十26以降（日本仏教における制度の初例などを記述）でも同じである。また、巻第一2向原寺、3桜井寺、6法興寺では、記事において年が改まると改行し、○を行頭に置く。

(22) 俗人の場合（巻第六8粉河寺の本文冒頭「開基孔子古」）もある。また、『開基記』では、おおむね禅宗以外に開基、禅宗に開山の語を使うが、徹底して区別しているわけではないようである。例えば、禅宗では「開基国師」（巻第八8相国寺）の例がある。禅宗以外では、同一人物に対して「開基慶俊」（巻第四4愛宕山白雲寺）・「愛宕開山慶俊」（巻第五5月輪寺）、「開基忍性菩薩」（巻第六32光泉寺）・「為二開山ト一」（同上）という例があり、ほぼ同じ意味であると判断される。なお、「開山」には、創建後に初代住持として招かれたもの、弟子が師匠を開山としたものも含む。これらの語に関しては今後も検討が必要であろうが、出典との関わりを考慮すべきかもしれない。

(23) **d**がないもの（巻第一4坂田寺、巻第五10寂光院、巻第五11霊山寺、巻第六10伝法院）もある。

(24) もちろん、中興・再建、現在の状況といった寺の沿革を中心に記すもの（巻第五18宝積寺など）も確実に数を占めている。中には寺の所蔵品を中心に記したもの（巻第二36天野山）もある。

(25) すでに前掲高木目録で、「いづれも各寺院の開基又は縁起を叙すると雖もその主たるものは元亨釈書その他僧伝によりて開山又は興隆の僧侶の伝歴を記しあり」との指摘がある。なお『釈書』以外に、寂本『四国徧礼霊場記』を巻第七の出典、高泉『扶桑禅林僧宝伝』『続扶桑禅林僧宝伝』などを巻第八以降の出典として指摘できる（他は翻刻の各【注】参照）。このうち巻第七と『四国徧礼霊場記』との関係については、山崎「岩瀬文庫蔵『伽羅開基記』の形成過程について―巻第五を中心に―」（『人間科学研究　日本大学生物資源科学部人文社会系紀要』13　平成28・3）参照（↓［付記3］）。

（26）藤田琢司氏「『元亨釈書』について」（同氏『訓読 元亨釈書』下巻　禅文化研究所　平成23）。

（27）もちろん、「海弁僧正ノ開基ス」（巻第三41壺坂寺）のように、「開基」が出来事を意味する例もある。しかし、全体としては、「開基聖徳太子」（巻第二6中山寺）、「開基諱ハ覺鑁」（巻第六11円明寺）のように人の意味合いが強い例の方が多い。なお、本解題冒頭に挙げたように、高泉序には「諸宗伽藍記」と記されている。高泉が本書を「筆削」（道温跋）し、序を記した元禄二年十二月の時点では、「伽藍開基記」という書名ではなかったかもしれない。しかし、稿本たる岩瀬本の段階では、外題・内題ともに「伽藍開基記」となっており、少なくとも道温跋に見える元禄三年七月中旬（岩瀬本・刊本とも同じ）以降にはこの書名が確定していたと見ていいだろう。

（28）僧伝の各話見出しに寺院名が入ることは、『釈書』などにもあり、珍しくはないが、それらは僧名との組み合わせで掲出される。寺院名のみの『開基記』は、その点で異なっている。それが『開基記』に「地誌・寺誌」のイメージを与えているとも言える。

（29）このうち聖徳太子が直接の開基となるのは四天王寺、蜂岡寺、大安寺。これら六寺の見出しは本文の前だけでなく、巻頭目録にも掲げられている。

（30）この点からすれば、本文で引用した和田解題の指摘は、『開基記』の性格をいち早く言い当てたものと見ることができる。「伝歴に止まれり」という部分に、『開基記』に対するマイナスの評価がうかがえるが、「地誌・寺誌」という観点からすれば当然の帰結ではあろう。

（31）巻第十26以降は「付」。注（21）。

（32）注（26）藤田論考。

（33）『国史大辞典』第四巻（吉川弘文館　昭和59）「紀伝体」の項。

（34）以下の山州の寺も、『開基記』の並びに近いところがある。清水寺㉔と延暦寺㉕。創建は延暦七年（788）が逆転しているが、『釈書』では後に清水寺となる地に延鎮が菴を占めた宝亀九年778の方を、『開基記』では坂田村（坂上田村麻呂）が清水寺を事実上創建した延暦十七年798の方を優先したためだろうか。感応寺㉗と貞観寺㉘が逆転している理由は不明。ともに清和天皇貞観期の創建となっているが、感応寺の方は年を確定させていない。なお、『開基記』巻第四1頂法寺から7東寺までの七寺は、時計回りに大きく平安京を取り囲む形になるが、これが意図的なものかどうかは即断できない。

(35) 地域のブロック分けは、先に触れた『釈書』の部門分け（「恵解」など）に対応するものと捉えることができる。また、巻第十の「付」も、『釈書』の「志」に対応していると言えよう。

(36)『釈書』内に不整合が存在することは、注（26）藤田論考で指摘されている。

(37)『開基記』に先行し、かつ近い時期に刊行されたものには、寛文元年1661版、延宝二年1674版、貞享元年1684版がある。そのほか、『本朝年代記』（貞享元年刊）や『和漢歴代備考』（貞享四年刊）、地誌では『和州旧跡幽考』（延宝九年刊）が、このような年数を挙げている。

(38)『和漢合運』の場合、刊行年から過去のある年に遡る、いわゆる逆算年数だが、結局数値は同じである。なお、逆算年数については、野口泰助氏「暦と逆算年数」（暦の会編『暦の百科事典』新人物往来社　昭和61）など参照。

(39) ただし、巻第八15萬福寺では、隠元来日という黄檗派にとって重要な記事に問題点がある。本文の「甲午ノ夏、応聘東渡ス」は承応三年1654のはずだが、「于時ニ承応四年ナリ也」となっている（承応四年は明暦元年）。この齟齬は岩瀬本の段階からあり、後の『黄檗開山国師伝』にも踏襲されている（しかも、『開基記』元禄七年版で追加された巻第九・王龍寺では、隠元の来日を「承応甲午三年」とし、さらに矛盾が生じている）。一方、隠元来日から元禄二年までの年数は三十六年になっている。これは甲午を起点としたものとすれば、数字の上では正しい。また、萬福寺創建の寛文辛丑元年1661に対する年数は二十九年、隠元遷化の寛文十三年癸丑1673に対する年数は十七年で、これらも正しい。「承応四年」に限って言えば、出典と目される『東渡諸祖伝』（翻刻【注】参照）の「（東明山興福禅寺の滞在が）係ニレリ承応四年ニ也（承応四年まで及んだ）」という記述を読み誤った可能性がある。

(40) 同話にある重源の伝では「十余歳」（出典『釈書』でも「十余歳」）。

(41) 注（26）。

(42)『釈書』には、即位年を一年前に遡らせる「寛平之例」という操作もあるが（注26藤田論考参照）、『開基記』にそれが適用された形跡は現時点で見出していない。

（43）道温は、『釈書』に基づき個人的に年表を作っていたか、既製の年表をカスタマイズするかしていたかもしれない。

（44）正暦二年991から寛弘四年1007にかけての期間も、通常の年数と合致する。

（45）『扶桑禅林僧宝伝』（全十巻）の序は延宝三年、跋は貞享五年である。刊記は元禄六年だが、同書巻頭の「進扶桑僧宝伝表」によれば、延宝三年に後水尾院に進上されており、その時点で成立していたことがわかる。また、『開基記』巻第八16仏国寺の末尾で高泉の著作を列挙する中には「扶桑僧宝伝十巻」とある。これは岩瀬本でも同じである。したがって、『開基記』成立・刊行前に道温が見ていたことは確実である。もちろん、『扶桑禅林僧宝伝』より有力な出典が存在する可能性、あるいは複数の資料を重ね合わせた可能性も、選択肢として残しておくべきではあろう。

（46）巻第十23普応寺でも「応安六年甲寅」とある。普応寺は古先印原が開山であり、この話も巻第八10等持寺と同じく、『僧宝伝』巻第八「建長寺古先原禅師伝」が出典と認められる。

（47）同じ巻第八18地蔵寺では、開基・周皎碧潭の入滅を「応安七年甲寅」とする。同一巻内で矛盾していることになるが、出典の『続扶桑禅林僧宝伝』巻第一「地蔵碧潭皎伝」では「応安甲寅七年」と明記しており、それを踏襲したようである。ただし『開基記』では、見出し下の割注で「開山遷化」を「応安七年」とした上で、元禄二年までの年数を「三百十五年」と記す。これも「通常より一年少ない年数」である。こうなると一話の中においても矛盾を来すことになるのだが、巻第八10等持寺・巻第十23普応寺での「応安六年から元禄二年までは三百十六年」とは連動しているのである。ちなみに、年と干支の対応が正しく、かつ元禄二年までの年数が記されている場合、巻第八18地蔵寺を含め年数が通常より一年少ないのは五例、通常と合致しているのは十例（うち近世五例）である（全十六例。一例は通常より二年少ない）。なお、『続扶桑禅林僧宝伝』（全三巻）の刊記も『僧宝伝』と同じく元禄六年だが、やはり『開基記』巻第八16仏国寺の末尾に「続僧宝伝三巻」とあり、『開基記』成立・刊行前に道温は見ていたと言える。

（48）以上の三例は、注（39）の隠元のケースとは異なる。

（49）摂州の寺院で『開基記』の引用がないのは、勝尾寺、金龍寺、摩尼山、多田院、大覚寺。丹波の永沢寺が引用されているのは、『摂陽群談』によれば同寺が播磨、丹波、摂津の境にあるため。

（50）注（3）参照。あるいは、中国人による『釈書』の理解という点では、むしろ師匠の高泉の方が該当すると言えよう（『僧宝伝』自序に『釈書』を閲覧・利用した旨が記されている）。

※引用は以下の通り。『黄檗開山国師伝』—内閣文庫蔵本、『元亨釈書』—架蔵本、『玉龍山福昌寺開山石屋禅師塔銘并叙』—曹洞宗全書、『延宝伝灯録』—大日本仏教全書、『扶桑禅林僧宝伝』『続扶桑禅林僧宝伝』—高泉全集、『延命地蔵菩薩経直談鈔』—渡浩一編・勉誠出版刊、『摂陽群談』—大日本地誌大系、『拾遺都名所図会』—新修京都叢書、『摂津名所図会』—版本地誌大系、『雪の出羽路』—菅江真澄全集。なお、原本の画像が研究機関や図書館のWeb上に公開されている場合、それらでも本文を確認した。

［謝辞］　貴重な資料の閲覧・使用を許可して下さった黄檗山萬福寺文華殿、西尾市岩瀬文庫、諸機関に深く感謝いたします。また、萬福寺文華殿主管田中智誠師、厦門大学哲学系副教授林観潮先生には、貴重なご教示を賜りました。厚く御礼申し上げます。

［付記1］　本稿提出後、髙井恭子氏「黄檗僧懐玉道温編『諸州伽藍開基記』について」（『印度學佛教學研究』63-2　平成27・3）が発表された。併せて参照されたい。

［付記2］　龍雲寺本については田中智証師からご教示をいただいた。注（25）の旧稿で、同本を黄檗山萬福寺文華殿蔵本と記述したが、誤りである（文華殿に蔵されているのは写真版）。この場を借りてお詫びし、訂正する。この龍雲寺本と同じ特徴を持ったバイエルン州立図書館蔵本が、グーグルブックスに「諸宗伽藍開基記」としてアップされている。匡郭の欠損などから見て、板木は元禄五年版と同一である。ただし、バイエルン本には刊記がなく、龍雲寺本との関係が今後の課題となる。なお、注（25）旧稿の英文要旨では「道温」を*Doun*としたが、*Dōon*に訂正し、お詫びする。

［付記3］　注（25）の旧稿では、巻第七25善通寺、36金倉寺に『釈書』を部分的に利用した可能性があるとしたが、これは翻刻の【注】がそれぞれ指摘するように、高泉『東国高僧伝』の利用と見るのが適切である。『釈書』利用の場合も、『東国高僧伝』などを綯い交ぜにしているとおぼしい話があり、出典についてはさらに検討していく余地がある。

［付記4］　本解題は、科学研究費助成事業（学術研究助成基金助成金）基盤研究（C）「近世仏教説話集の形成・出版・享受についての研究」（課題番号26370248）の成果の一部でもある。

［序跋の印］

巻第一・高泉序

巻第十・道温跋

［巻第九最終丁ウラ墨書］

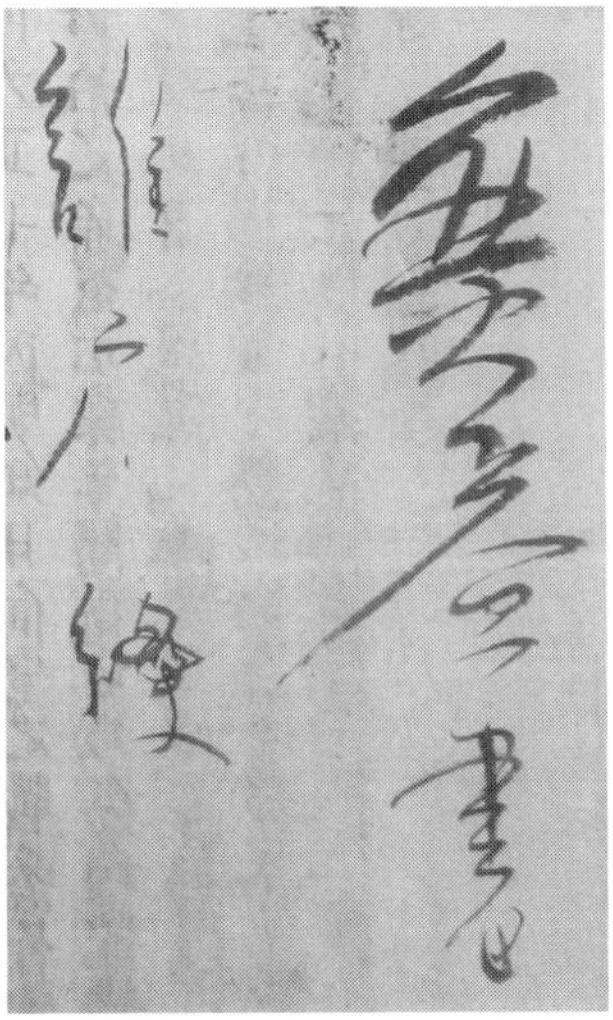

〈付録〉国立国会図書館蔵元禄七年刊本増補・追加分

〔凡例〕
一、原則として、本編翻刻の凡例に従う。
一、難読と思われる字句にはひらがなでルビを付した。

A　巻第八17

〔点黒圏者洞宗下也〕●興聖寺〈八十六代四条ノ院天福元年癸巳遷改シテ、至二元禄己巳二年一ニ凡四百五十六年矣〉
山在二宇治一ニ。距ルコト二洛城一ニ一由旬、杳篠清奥、実ニ瑞気ノ所レナリ鍾《あつまる》。中ニ有二興聖宝林禅寺一。茲ノ寺、旧《モト》在二本州紀伊ノ郡リ深草ノ里一ニ。故《モト》ノ名ハ深草山極楽寺ト云。四百年前、東海洞宗ノ盟主仏法道元禅師、開法ノ之初地ナリ也。蓋シ四条ノ院天福初元、応シテ二弘誓院・正覚大師ノ請一ニ、転シテ為二禅苑一ト、号ス二仏徳山一ト。以テ二興聖宝林一ヲ、為二寺ノ名一ト。或人曰ク、「師ニ有二長子孤雲奘公一。勅シテ賜フ二仏徳禅師一ト。然トモ奘公辞ス二皇賜一ヲ。以テ二王言ノ不レヲ可レ返ル而更メテ為二山ノ名一ト。」未タレ知、是ナリヤ否ヤ。元師、当テ二嘉禎二年ノ冬十月十五日一ニ開堂。祝聖衆常ニ万指。禅規森厳トシテ、一ヘニ法《のつと》ル二四明一ニ〈詳ニ見二行状紀年一ニ〉。蓋シ禅苑開山第一祖トス。然モ此ノ寺、自リ三転シテ為テ二禅林一ト已降タ、元（20オ）師ノ之参徒散二処スル四方一ニ者ノ、迫《オヨンテ》二為レ法ノ為レニ衆ノ出世進院一スルニ、則稟《うけ》二上方ノ之帖一ヲ、伝二之ヲ蓮府一ニ、奏二於紫宸一ニ、綸綍降レル自二リ鸞台一。此ヲ為二恒例一ト。況ヤ賜二　皇詔明券一ヲ、付二之ヲ常住一ニ、陞《あ》ケテ為二一派ノ本寺一ト也。此等ノ盛事、非三擅《ほしい》マヽニ鳴二虚実一ヲ、尽ク出二於槐門ノ口実一ニ。与下他山ノ之接レ響ヲ捕レ影ヲ、縁飾四出、言ト浮ル二于実一ニ者上、不レ可二同シテレ日ヲ而語一ル焉。又曰ク、「本州深草ノ里ト、稲荷ノ社ロ・藤ノ杜《モリ》ノ之交《アハヒ》、由リシテ二馳道一而東シ可《ハカリ》ニ二　一百二十武一、有二極楽寺村一。村ノ上霞ミカ谷ハ、故《モト》ノ極楽寺ニシテ而後ノ興聖宝林ノ所在。」元師、唱ルコトレ道ヲ数二載ニシテ於此一ニ、以下テ此ノ境逼二リテ都輦一ニ輪蹄紛沓上ナルヲ、欲三且ク阻二ンコトヲ香塵一ヲ、此去テ東南徙二ス寺ヲ於宇治山一ニ。彼此先後幾トント乎。一紀領レシ衆ヲ匡レシ徒ヲ、叢規画一。当二テ是ノ之時一ニ、明菴ノ之門猶ヲ駁ナリ矣。西来ノ真（20ウ）吼震二フ于日下一ニ者ハ、元師一人而已《ノミ》。慧山・福山鳴二ル于後一ヘニ也。然トモ而一錫北ニ去、鳳毛分飛シテ法席弗レ継カ。璽書・丹券・百《モ、》ノ常住、与二山門一倶ニ付二ス兵燹《セン》一ニ。蕩トシテ為二ル免葵燕麦ノ之場一ト。荒煙落照佹《ホトント》四百年矣。今ノ之世為《タル》二其ノ瓜瓞一者ノ、一種ノ尺鷃井蛙、揚レテ言ヲ曰ク、「元和尚在二テ四明一ニ、受下莫レノ住二スルコト城邑聚落一ニ之記上ヲ。一挙千里潜レシ輝ヲ鏟《けづ》レル彩ヲ、宜ナリ也。舎二テ、興聖一ヲ投二ス北越一ニ。宝林ノ之不レルコト*茂セ、於レ祖ニ何ヲカ恤《うれへ》ント。」嗟《ア、》乎斯ノ言、知二テ其ノ一一ヲ未レタ知[1]二其他一ヲ。祖師ノ之陸沈径庭、第《タ、》為レ折下伏スルカ末造ノ之名利無レ厭コト、多ク遊二族姓一ニ者上ヲ、特ニ見二ハス其ノ踪一ヲ耳《ノミ》。裕後・貽厥宏量、誰レカ測二ラン其ノ涯一ヲ。徒《タ、》酌《ニハカリ》二勤惰ヲ於顕晦一ニ、剤《カキツテ》二喧僻ヲ於朝野一ニ而望二ム時ハ師ノ之道一ヲ、則相ヒ隔ルコト（又20オ）天淵矣。師晩レニ養二痾ヲ京城西ノ洞院覚念カ館一ニ。知二テ病劇フシテ不レルコトヲ起、経二行シテ宅中一ニ、唱二ヘテ蓮経神力品ノ「若於園林樹下　若於僧坊白衣舎　当知是処即是道場」一ト、即チ泊然シテ而逝ス。滅後分二蔵ム霊骨ヲ於興聖・永平両山一ニ。豈ニ与二嫌レヒ囂ヲ耽レル寂ニ鑿坏鼠竄ノ畸人・灰断無余ノ癡禅一、可二ンヤ参伍一乎哉。厥ノ後慶安元年、本州淀ノ城主永井尚政崑山居士、念二テ名山勝境一ヲ不レ可レ不レンハ復セ。因以テ重二興之一ヲ。嘗テ欽二テ元師ノ之遠孫万安禅師ノ名徳一ヲ、聘請シテ主《つかさど》レラシメ之、以テ問二法要一ヲ。安公、二年己丑ノ秋九月二十六日開堂、以テ為二ル中興ノ之祖一ト。於レ是ニ規縄井井トシテ道風益〳〵盛ナリ。座下ノ雲衲満二一千指一ニ、鍾鼓一新、山（又20ウ）川改レ色。此ノ地乃チ洛南ノ之勝境ニシテ而、山*中所レル有名花種種、松杉桜桃蓁蓁然タリ。山門前ニ有二大河一。左隣二リ喜撰カ岳ケ・朝日山一ニ、右ニ擁[2]二群巒一ヲ。林木花果玲瓏シテ如レ画カ。清風明月不レ分二四時一ヲ而其ノ風景絶出ニシテ、非三筆舌ノ之所二能ク述一ル。実一方ノ勝刹ナリ也。詳ニ在二リ本記一ニ。茲ニ略ス之。

【注】 **興聖寺**　本編翻刻【注】参照。

【校訂】 **1** 知二其他一ヲ―〈底〉知其他一ヲ　**2** 擁二群巒一ヲ―〈底〉擁一群巒一ヲ

Ｂ　巻第九45

〔阿波〕永明寺

南海四国阿陽城ノ西南中津《ナカツ》ノ之界ニ有レ刹。号二ス仏日山永明寺一ト。或ハ曰二竹林院一ト。以ノ二蒼筠翠篠鬱然トシテ四環一ナルヲ故ナリ也。此ノ地本ト密宗ノ之遺址也。以二年代久遠一ナルヲ、未レタ詳□セ其ノ経始一ヲ。寛文庚戌ノ（42オ）十年、鉄崖空禅師愛二シテ其ノ形勝一ヲ、因テ再二興之一ヲ。本殿ニ安二慧心僧都手造ノ釈尊ノ像一ヲ。高サ四尺許カリ、梵容如レシ生ルカ。其ノ外、僧舎等次第輪奐シテ、遂ニ成二禅崫一ト。黄檗ノ一枝伝二于此ノ州一ニ、此ヲ為レ始メト也。其寺ノ後ニ有二屏山一、前ニ有二鏡潭一。乃チ当代ノ太守ノ所レナリ捨。中ニ有二十三層石浮図一。未レタ知、誰人ノ建セムコトヲ。又有二清浄観〈安二置観自在ノ像一ヲ〉・補陀院・慈現岩・梯雲橋・一超関・般若台・盛玉池・多聞嶺・入流洞・臥牛潭ノ十景一。実ニ一ノ禅刹ナリ也。崖禅師ハ、乃チ黄檗第二代木菴瑫和尚ノ之法子ニシテ、三学悉＊具シ、飽マテ飡二シ法味一ヲ、道高徳宏シテ、厭レヒ入二ルコトヲ名場一ニ、喜二テ自韜晦一ヲ、高ク懸二ケ仏日一ヲ、永ク簸《ひあ》二ク声光一ヲ。時人莫レシ不下云コト慕[1]二其ノ風一ヲ而欽服上セ焉。誠ニ当今ノ之尊宿ナリ也。

【注】永明寺　現在は竹林院。徳島県徳島市八万町。

【校訂】1慕二其ノ風一ヲ─〈底〉慕二其ノ風ヲ

Ｃ　巻第九46

＊〔大和州〕王龍寺〈自レ昔至[1]二元禄己巳一□□二凡及二三百五十四年矣〉（42ウ）

大和州添《サフ》ノ下モ郡ノ之西ニ有レ山。曰二海瀧《ウナタキ》一ト。距二コト南都一ニ六拘盧舎、林巒幽邃ニシテ松檜蔚然トシテ巌崖奇秀ナリ。中ニ有二巨石一。高サ一丈五尺許カリ、鐫《ゑ》二リ成ス十一面観音大士ノ立像一ヲ。梵容厳麗ニシテ、見ル者ノ生レス敬ヲ。其ノ左ニ刻二不動明王ノ像一ヲ。威霊特ニ甚シ。其ノ右ニ識ルシテ之曰二「建武丙子三年二月十二日、大願主ノ僧千貫・行人ノ僧千蔵一ト。」計ルニ此ノ山、自二リ建武丙子一迄二テ今元禄二年一ニ、凡ソ三百五十四年ナリ矣。上ニ有二堂宇一覆レ之ヲ。堂ノ之傍ラ数十歩ニ、有二伊勢・八幡・春日三神ノ之祠一。

堂ノ後ニ有二弁才天ノ祠一。即チ本山ノ護伽藍神ナリ也。下ニ臨テ有レ赫《あきらかな》ルコト。或ハ有テ二病者一至心ニ懇祷レハ、輒チ有二霊応一。由レ是ニ帰向礼拝スル者ノ衆シ焉。村民無知ニシテ有レハ下窃ニ侵ス二其ノ山林ノ木石ヲ一者上、其ノ家必ス罹ルレ禍《ハサワイ》ニ。然トモ能ク悔ヒテレ過チヲ、還セハ二其ノ所ノレ侵之物ヲ一、則チ已ム。山ニ有二瀑布泉一。（43オ）因テ以テ為レ名ト。以二此ノ中山明カニ水秀テ、気象幽清ナルヲ一、見者ノ皆知ル、其ノ為タルコトヲ二古霊場一也。貞享丙寅三年、和州郡山ノ城主本多野州ノ太守、創テ二法光禅寺ヲ一、聘テ二福清寺梅谷用禅師ヲ一、為二住持一ト。先レ是太守、嘗テ問二法要ヲ于黄檗開山隠老和尚一ニ、次ニ参二木菴和尚暨《およ》ヒ諸ノ善知識一ニ、莫レ不云コト二叩問一セ。深ク信シ二西来直指ノ之宗ヲ一、治政廉能ニシテ民ミ感ス二其ノ徳ヲ一。師、偶〱遊二此ノ山一ニ、見テ二蔚然トシテ鍾レ霊ヲ、岩巒峭崪ナルヲ一、以テ為二勝区一ト。山久ク闕クレ主ヲ。元禄己巳二年ノ冬十二月、受テ二郡守ノ命ヲ一、復重二興之ヲ一。由レ是ニ諸堂次第ニ告レ成ヲ、朝梵夕鐘、上ミ祝二国王万歳天下昇平ヲ一、次ニ期シ二郡守ノ高増禄位ヲ一、僧海安寧、庶民楽レ業ヲ。便チ山川煥然トシテ一新シテ、遂ニ為二禅林一ト。実ニ一方ノ勝刹タリ也。禅師、諱ナハ道用、字ハ惟照、号ス□梅谷□ト。肥前州長崎ノ人、（43ウ）中村氏ノ子ナリ也。年シ十二ニシテ投二本地ノ興福寺一ニ、礼二逸然融公一ニ為レ師ト、祝髪受戒。越テ二三載ヲ一、承応甲午三年、融公、請シテ二黄檗隠元琦老和尚ヲ一東渡、主二興福一、大ニ振二祖風ヲ一。師、以テ二其ノ師融公ノ年邁ナルヲ一、代テ侍ルコト二隠老和尚ニ一、二十年如二一日一ノ。老和尚、遷二化ス于松隠堂ニ一。厥ノ後、延宝庚申ノ春二月初三日、機鋒相契、受テレ嘱ヲ為二紫雲木菴瑫大和尚ノ法子一ト。故ニ付嘱ノ偈ニ有二「二十余年松隠裏今朝仮手紫雲主」ト云ノ之句一。師為リレ人、従レ少敏捷操履。真実ニシテ且有二忠肝一。義胆越二乎倫類一ニ。真ニ法門ノ之孔明ナリ也。

【注】王龍寺　奈良市ニ名。
【校訂】1至二元禄一〈底〉至二元禄

D　巻第九47

〔豊前〕●羅漢寺〈自レ昔至二元禄己巳二年一凡及二三百五十年一ニ矣〉

原ルニ夫レ羅漢トハ者、即仏在世ノ比丘ナリ也。比丘トハ者、辞シレ親ヲ出家シテ、識（44オ）レ心ヲ達シテレ本ニ、解シ二無為ノ法ヲ一、常ニ持シ二一

百五十戒、進止清浄為四真道行、出三界獄、断一切結、成阿羅漢、能飛行変化、住寿曠劫、感動天地矣。如是者不可称計。其中受世尊之遺嘱、紹隆末世仏法者、十六大阿羅漢与五百応真是也。皆外現声聞身、内秘菩薩心、応化法界、導利人天矣。震旦天台山者勝境也。有五百羅漢住処。昔帛道猷、初渉于石橋迄今、現于聖迹者、憧憧不絶。本朝西海道豊前州下毛郡跡田村、有五百羅漢聖跡。号耆闍崛山。寺曰羅漢。山之半有大岩窟。深若干丈、東西若干丈、可容万指。傍有瀑布泉。高十余丈、岩屏東列、石橋前横、亦日域勝地也。昔本朝九十七代（44ウ）主光明院暦応之始、有僧昭覚、来見此境、以為霊迹。有興造之志、乃手絵十六応真、以安置窟中、廬于岩下居焉。扁曰幻住庵。居未幾、移錫于他山。距窟纔一舎、即睡龍山智剛寺是也。延文四年、復有僧健順、慕昭覚之風、一見如旧識。或時語及窟中事。順、聴之、忻然翌日如彼。若所嘗遊。眷眷不忍去。恨幻住久廃。乃入窟晏息、澗飲蔬飡、幾及一年。後就幻住旧趾、結茅称安心。於是村民資供。順、一日謁覚曰、「此窟勝槩幽邃、迥《はるか》逾赤城之境。若鐫石為像、納于窟中、得不美乎。」覚師、撃節嘆曰、「斯吾素願也。同声相応、同気相求。豈非此時乎。」於是幡然倶走四方、募縁于道俗。遐邇響如（45オ）応、石工之事、即日経始焉。許多盤陀、不鞭而来、不逼而集。二僧工伎鮮麗、鎚鑿一運《めぐら》妙相成就。其長三尺許。坐者立者、曲《つぶさ》尽精神、殊儀異貌、凜然如生。殆非人工所能及也。既而欲装以彩色、則堀地而獲之。装罷則尽亦奇矣。其中懸石如蓋。其下安如来像、左右置文殊・普賢二大士、前列十大弟子。乃至二八応真・半千尊者、洎《およ》侍衛之者、無慮《スヘテ》七百余軀、儼然囲繞、雲聚星列。窟之右又有重岩。中安千軀石地蔵及十閻君。窟之左復有大*洞。積翠玲瓏諸峰掩映。僧舎納其中。後祀開山昭覚禅師。其外樹間石上、皆有聖像。不可[1]称計。

有二テ鑑水ノ者一、前ニ穿二ツ盆池一ヲ。如二シ斗ノ大□サノ。其ノ夜清泉觱《ヒツ》沸シテ、雖（45ウ）レ遭二ト雨暘一ニ、亦不レ竭キ不レ溢レ。凡ソ周歳ニシテ而功□ハリ、五年十月十四日、請二テ月堂禅師一ヲ慶賛。是ノ日九州ノ之緇素輻輳シテ、檀施川ノ如ニ聚リ、四来ノ雲衲一千余人、供レシ職ニ共ニ弁シテ、余ハ周二シ寒丐一ニ。翌日、順、語レテ人ニ曰ク、「吾カ事了ハンヌ矣。乃チ行カン焉。」諸人泣テ而留レトモ之、不レ可《キカ》。携二ヘテ杖笠一ヲ下レリ山ヲ、付二テ商舶一ニ渉二リ于大漠一ヲ、達二テ台ノ之国清寺一ニ、無レシテ何クモ而卒ス。厥ノ後、覚ノ之徒祖訣《ト》、次テ住二シ安心一ニ、普ク化二シテ四民一ヲ、置二貝葉五千余軸一ヲ。因テ作二テ蔵殿一ヲ、以テ庋《お》レク焉。遂ニ成二ル大名刹一ト。茲ノ地乃チ扶桑無双ノ勝境ナリ也。峰巒層出シテ、宛モ似二テ削リ成一スニ、千岩競ヒ秀テ、如レク剣ノ如レシ戟ノ。万壑争レヒ泫ヲ、奏レシ琴ヲ奏レス瑟ヲ。朝雲夕霧、変化無常。自二天地開闢一已来タ、即チ有二此ノ山此ノ窟一。実ニ聖賢神仙ノ之所二ナリ棲遅一スル也。乾坤深ク掩ヒ、山霊秘閉シテ、不レルコト令二世人ヲシテ知一レラ之爾リ。豈ニ得レンヤ非レルコトヲ時ニ。及二テ像（46オ）季一ニ、道澆俗薄ニシテ、人少《ま》二レナリ正信一ニ。当二テ于此ノ時一ニ、尊者弗レ忘二レ親嘱一ヲ、以二テ方便ノ力一ヲ、彰レシ応ヲ垂レル化ヲ。由レテ是霊感日ニ彰レ、衆人見聞ノ之者ノ、莫レシ不二ト云コト感激一セ。信ナルカナ哉、使レメハ非二サラ諸聖ノ方便一ニ者、何ンソ能ク如レクナランヤ是乎。猗《ア》歟、偉《おほ》ヒナル哉ナ、京兆東福聖一国師四世ノ之法孫高庵芝丘禅師、為レニ之カ作レテ銘ヲ曰ク、「滄海ノ西偏

豊ノ之山沢　嵌岩邃竇ニシテ　天開地闢　雲霧深ク蔵　神仙窟宅シ　龍天護持ス　諸聖ノ降迹　偉《よ》ヒ哉ナ覚順　点二化ス頑石一ヲ

人天崇敬　福祐奕奕タリ。」（46ウ）

【注】羅漢寺　大分県中津市本耶馬渓町。

【校訂】1可二称テ計一―〈底〉可称テ計一

『伽藍開基記』収録寺社地域別所在一覧

凡例

一、本一覧は、『伽藍開基記』に標題として掲載された寺社を、地域別に一覧したものである。

一、都道府県名は原則として北から南に、市町村は五十音順に掲した。

一、寺社名表記は原則として『伽藍開基記』標題に記載のものとし、標題に山号のみが記される場合は本文記載の寺院名も掲した。異称や通称などについては、本文および【注】を参照されたい。

一、所在地は『伽藍開基記』本文に対応するものを示した。『伽藍開基記』本文に示された所在地に関わる情報と、実際の所在地とに齟齬のある場合は、備考欄に「※」を付して本文の情報を示した。

一、標題寺社が西国三十三所、四国八十八所の霊場である場合、備考の欄に示した。西国三十三所は『西国洛陽三十三所観音霊験記』、四国八十八所は『四国徧礼霊場記』に従い、それぞれ「西国＋順番」「四国＋順番」のごとく略し掲した。

一、本表は、内田・原田・本井・山崎が作成した。

	寺社名	所在地	巻	話	備考
宮城	勝満寺	仙台市青葉区柏木	十	24	
	東昌寺	仙台市青葉区青葉町	十	24	
秋田	保呂羽山	横手市大森町八沢木	六	59	
	鳥海山龍願寺	秋田県と山形県の境	六	58	
福島	慶徳寺	喜多方市慶徳町	十	22	
	普応寺	須賀川市諏訪町	十	23	
茨城	築波山寺	つくば市筑波	六	22	
栃木	浄因寺	足利市月谷町	十	21	
	雲岩寺	大田原市雲岩寺	十	20	
	薬師寺	下野市薬師寺	六	20	
	補陀落山神宮寺	日光市中宮祠	六	21	
群馬	泉龍寺	吾妻郡高山村	十	19	
	双林寺	渋川市中郷	十	5	※「越州」
埼玉	国済寺	深谷市国済寺	十	18	
東京	浅艸寺	台東区浅草	六	56	
	東叡山	台東区上野桜木	六	40	
	増上寺	港区芝公園	六	39	
神奈川	寿福寺	鎌倉市扇ガ谷	八	30	
	極楽寺	鎌倉市極楽寺	六	32	
	浄妙寺	鎌倉市浄明寺	八	32	
	覚園寺	鎌倉市二階堂	六	31	
	建長寺	鎌倉市山ノ内	八	31	
	円覚寺	鎌倉市山ノ内	八	33	
	浄智寺	鎌倉市山ノ内	八	34	
	光泉寺	鎌倉市か。	六	32	
富山	興化寺	射水市	十	9	
	兜率寺	射水市	十	9	
	国泰寺	高岡市太田町	十	8	
石川	大乗寺	金沢市長坂町	十	6	
	那谷寺	小松市那谷町	六	27	
	白山	白山市と岐阜県大野郡の境	六	25	
	総持寺	輪島市門前町	十	7	
福井	龍泉寺	越前市深草	十	25	
	龍門寺	越前市本町	十	4	
	高成寺	小浜市青井	九	31	

福井	神願寺	小浜市神宮寺	六	18	
	慈眼寺	南条郡南越前町	十	3	
	弘祥寺	福井市金屋町	十	2	
	越知山	福井市と越前町の境	六	24	
	永平寺	吉田郡永平寺町	十	1	
山梨	慧林寺	甲州市塩山小屋敷	十	16	
	向岳寺	甲州市塩山上於曽	十	17	
長野	開善寺	飯田市大字上川路	十	14	
	安楽寺	上田市別所温泉	十	15	
	善光寺	長野市大字長野元善町	六	23	
岐阜	大興寺	揖斐郡揖斐川町	十	10	
	谷汲寺	揖斐郡揖斐川町谷汲徳積	六	19	西国33
静岡	方広寺	浜松市北区引佐町	十	13	
愛知	妙興寺	一宮市大和町	十	12	
	鳳来寺	新城市門谷鳳来寺	六	38	
	定光寺	瀬戸市定光寺町	十	11	
	長興寺	豊田市長興寺	八	14	
	東観音寺	豊橋市小松原町坪尻	六	37	
三重	朝熊岳	伊勢市朝熊町岳	九	38	
	伊勢大神宮	伊勢市宇治館町（内宮） 豊川町（外宮）	六	26	
	安養寺	多気郡明和町上野	九	26	
	円明寺	津市岩田	六	45	
	大福寺	鳥羽市鳥羽	九	26	
滋賀	浄信寺	伊香郡木之本町木之本	六	44	
	建福寺	大津市	六	1	
	梵釈寺	大津市	六	7	
	石山寺	大津市石山寺	六	5	西国13
滋賀	園城寺	大津市園城寺町	六	3	西国14
	新羅明神宮	大津市園城寺町	六	4	
	延暦寺	大津市坂本本町	四	6	
	無動寺	大津市坂本本町	四	19	
	崇福寺	大津市滋賀里	六	2	
	竹生嶋弁才天	長浜市早崎町	六	43	西国30
	退蔵寺	東近江市青野町	九	28	
	永源寺	東近江市永源寺高野町	九	27	
	曹源寺	東近江市永源寺高野町	九	29	
京都	安国寺	綾部市安国寺町寺ノ段	九	42	
	常光寺	宇治市宇治東内	五	38	
	慧心院	宇治市宇治山田	五	39	
	興聖寺	宇治市宇治山田	八	17	
	興聖寺	宇治市宇治山田	国	A	
	平等院	宇治市宇治蓮華	五	36	
	万福寺	宇治市五ヶ庄	八	15	
	三室戸寺	宇治市菟道滋賀谷	五	37	西国10
	相応寺	乙訓郡大山崎町	二	28	※「河内州」
	宝積寺	乙訓郡大山崎町銭原	五	18	
	山崎寺	乙訓郡大山崎町付近か	五	17	
	常観禅寺	亀岡市大井町北金岐観音下	九	44	
	穴穂寺	亀岡市曽我部町穴太東辻	六	17	西国21
	蟹満寺	木津川市山城町綺田	五	40	
	浄瑠璃寺	木津川市加茂町西小札場	五	42	
	広隆寺	京都市右京区太秦蜂岡町	四	2	
	蜂岡寺	京都市右京区太秦蜂岡町	一	7	
	妙光寺	京都市右京区宇多野上ノ谷町	八	27	
	神護寺	京都市右京区梅ヶ畑高雄町	四	3	
	高山寺	京都市右京区梅ヶ畑栂尾町	五	6	

京都				
槙尾寺	京都市右京区梅ヶ畑槙尾町	五	7	
円宗寺	京都市右京区御室	四	40	
仁和寺	京都市右京区御室大内	四	39	
白雲寺	京都市右京区嵯峨愛宕町	四	4	
大覚寺	京都市右京区嵯峨大沢町	五	2	
月輪寺	京都市右京区嵯峨清滝月ノ輪町	五	5	
清涼寺	京都市右京区嵯峨釈迦堂藤ノ木町	五	3	
臨川寺	京都市右京区嵯峨天龍寺造路町	八	12	
天龍寺	京都市右京区嵯峨天龍寺芒ノ馬場町	八	6	
檀林寺	京都市右京区嵯峨天龍寺芒ノ馬場町	八	13	
宝幢寺	京都市右京区嵯峨野北堀町	八	26	
遍照寺	京都市右京区嵯峨広沢西裏町	五	1	
桜井寺	京都市右京区の西山か	四	41	
妙心寺	京都市右京区花園妙心寺町	八	7	
龍安寺	京都市右京区龍安寺御陵下町	八	9	
法成寺	京都市上京区	四	26	
感応寺	京都市上京区梶井町	四	20	
清浄華院	京都市上京区北之辺町	四	30	
相国寺	京都市上京区相国寺門前町	八	8	
北野天満宮	京都市上京区馬喰町	四	36	
大報恩寺	京都市上京区溝前町	四	34	
鹿苑寺	京都市北区金閣寺町	八	23	
円成寺	京都市北区鷹峰北鷹峰町	四	23	
真如寺	京都市北区等持院北町	八	24	
霊岩寺	京都市北区の北山	四	37	
蓮台寺	京都市北区紫野十二坊町	四	35	

京都				
大徳寺	京都市北区紫野大徳寺町	八	5	
龍翔寺	京都市北区紫野大徳寺町	八	25	
一乗寺	京都市左京区一乗寺	六	6	
禅林寺	京都市左京区永観堂町	四	9	
寂光院	京都市左京区大原草生町	五	10	
勝林寺	京都市左京区大原勝林院町	五	8	
来迎院	京都市左京区大原来迎院町	五	9	
慈照寺	京都市左京区銀閣寺町	八	22	
鞍馬寺	京都市左京区鞍馬本町	四	5	
金戒光明寺	京都市左京区黒谷町	四	18	
修学院	京都市左京区修学院藪添	四	25	
東北院	京都市左京区浄土寺真如町	四	31	
真如堂	京都市左京区浄土寺真如町	四	29	
知恩寺	京都市左京区田中門前町	四	17	
南禅寺	京都市左京区南禅寺福地町	八	4	
融通寺	京都左京区大原付近か。	五	10	
霊山寺	京都左京区大原付近か。	五	11	
観勝寺	京都市左京区の東岩倉山	四	21	
光堂	京都市左京区の東岩倉山	四	22	
平等寺	京都市下京区因幡堂町	四	33	
行願寺	京都市中京区行願寺門前町	四	27	西国19
誓願寺	京都市中京区桜之町	四	32	
等持寺	京都市中京区等持寺町	八	10	
頂法寺	京都市中京区堂之前町	四	1	西国18
金蓮寺	京都市中京区中之町	四	42	
安国寺	京都市中京区錦大宮町	八	11	
心浄光院	京都市中京区壬生梛ノ宮町	四	38	
法輪寺	京都市西京区嵐山虚空蔵山町	五	4	
三鈷寺	京都市西京区大原野石作町	五	16	

京都	良峰寺	京都市西京区大原野小塩町	五	14	西国20
京都	金蔵寺	京都市西京区大原野石作町	五	12	
京都	西芳寺	京都市西京区松尾神ヶ谷町	八	28	
京都	地蔵寺	京都市西京区山田北ノ町	八	18	
京都	浄住寺	京都市西京区山田開キ町	八	20	
京都	清水寺	京都市東山区清水	四	8	西国16
京都	高台寺	京都市東山区高台寺下河原町	八	21	
京都	蓮華王院	京都市東山区三十三間堂廻り町	四	15	
京都	泉涌寺	京都市東山区泉涌寺山内町	四	10	
京都	戒光寺	京都市東山区泉涌寺山内町	四	12	
京都	方広寺	京都市東山区茶屋町	四	14	
京都	大谷寺知恩院	京都市東山区林下町	四	16	
京都	智積院	京都市東山区東瓦町	四	13	
京都	東福寺	京都市東山区本町	八	2	
京都	万寿寺	京都市東山区本町	八	3	
京都	建仁寺	京都市東山区小松町	八	1	
京都	六波羅蜜寺	京都市東山区轆轤町	四	11	西国17
京都	法琳寺	京都市伏見区小栗栖北谷町	五	33	
京都	恋塚寺	京都市伏見区下鳥羽城ノ越町	五	23	
京都	醍醐寺	京都市伏見区醍醐東大路町	五	30	西国11
京都	安楽寿院	京都市伏見区竹田中内畑町	五	21	
京都	法界寺	京都市伏見区日野西大道町	五	35	
京都	貞観寺	京都市伏見区深草	四	24	
京都	即成院	京都市伏見区深草大亀谷	五	32	
京都	仏国寺	京都市伏見区深草大亀谷古御香町	八	16	
京都	真宗院	京都市伏見区深草真宗院山町	五	31	
京都	大善寺	京都市伏見区桃山町西町	五	34	
京都	東寺	京都市南区西九条蔵王町	四	7	
京都	大通寺	京都市南区八条町	四	28	
京都	九品寺	京都市南区東九条上御霊町	五	22	
京都	随心院	京都市山科区小野御霊町	五	29	
京都	勧修寺	京都市山科区勧修寺仁王堂町	五	28	
京都	元慶寺	京都市山科区北花山河原町	五	26	
京都	山階寺	京都市山科区御陵大津畑町	五	24	
京都	安祥寺	京都市山科区御陵平林町	五	27	
京都	笠置寺	相楽郡笠置町笠置笠置山	五	43	
京都	鷲峰山寺	相楽郡和束町原山	五	41	
京都	禅定寺	綴喜郡宇治田原町禅定寺	八	29	
京都	光明寺	長岡京市粟生西条ノ内	五	13	
京都	海印寺	長岡京市奥海印寺	五	15	
京都	龍興寺	南丹市八木町八木西山	九	20	
京都	観音寺	福知山市観音寺	六	49	
京都	松尾寺	舞鶴市松尾	六	51	西国29
京都	知恩寺	宮津市天橋立文殊切戸	九	39	
京都	成相寺	宮津市成相寺	六	52	西国28
京都	男山八幡宮	八幡市八幡高坊	五	19	
京都	法園寺	八幡市八幡源氏垣外	五	20	
大阪	久安寺	池田市伏尾町	二	14	
大阪	槙尾寺	和泉市槙尾山町	六	42	西国4
大阪	惣持寺	茨木市総持寺	二	8	西国22
大阪	四天王寺	大阪市天王寺区四天王寺	一	5	
大阪	水間寺	貝塚市水間	六	41	
大阪	光徳寺	柏原市雁多尾畑	二	37	
大阪	獅子窟寺	交野市私市	二	38	
大阪	天野山	河内長野市天野町	二	36	
大阪	河合寺	河内長野市河合寺	二	26	
大阪	観心寺	河内長野市寺元	二	29	

地域	寺社名	所在地	巻	頁	備考
大阪	観心寺	河内長野市寺元	二	32	
大阪	護国寺	吹田市高浜町	九	23	
大阪	金龍寺	高槻市成合	二	3	
大阪	神峰山寺	高槻市原	二	11	
大阪	龍泉寺	富田林市龍泉	二	33	
大阪	誉田八幡宮	羽曳野市誉田	二	27	
大阪	楞伽宝寿禅寺	羽曳野市西浦	九	24	
大阪	西琳寺	羽曳野市古市	二	21	
大阪	鷲尾山鷲仙寺	東大阪市上石切町	二	17	
大阪	井上寺	藤井寺市	二	30	
大阪	道明寺	藤井寺市道明寺	二	24	
大阪	葛井寺	藤井寺市藤井寺	二	31	
大阪	高貴寺	南河内郡河南町平石	二	35	
大阪	弘川寺	南河内郡河南町弘川	二	34	
大阪	叡福寺	南河内郡太子町	二	22	
大阪	勝尾寺	箕面市粟生間谷	二	1	西国23
大阪	箕面寺	箕面市箕面公園	二	2	
大阪	勝軍寺	八尾市太子堂	二	23	
兵庫	大明寺	朝来市生野町黒川	九	16	
兵庫	浄光寺	尼崎市常光寺	二	16	
兵庫	大覚寺	尼崎市寺町	二	18	
兵庫	昆陽寺	伊丹市寺本	二	9	
兵庫	浄土寺	小野市浄谷町	六	57	
兵庫	法華山寺	加西市坂本町	六	12	西国26
兵庫	清水寺	加東市平木	六	35	西国25
兵庫	多田院	川西市多田院	二	15	
兵庫	満願寺	川西市満願寺町	二	10	
兵庫	犬寺	神崎郡神河町中村	六	13	
兵庫	温泉寺	神戸市北区有馬町	二	5	

地域	寺社名	所在地	巻	頁	備考
兵庫	清涼院	神戸市北区有馬町	九	32	
兵庫	須磨寺	神戸市須磨区須磨寺町	二	19	
兵庫	禅昌寺	神戸市須磨区禅昌寺町	九	36	
兵庫	大龍寺	神戸市中央区再度山	二	7	
兵庫	摩耶山忉利天上寺	神戸市灘区摩耶山町	二	12	
兵庫	福海寺	神戸市兵庫区西柳原町	九	35	
兵庫	永澤寺	三田市永沢寺	九	18	
兵庫	鳥飼入八幡宮	洲本市五色町鳥飼中	六	46	
兵庫	中山寺	宝塚市中山寺	二	6	西国24
兵庫	普明寺	宝塚市波豆字向井山	九	41	
兵庫	清澄寺清荒神	宝塚市米谷	二	13	
兵庫	高源寺	丹波市青垣町桧倉	九	17	
兵庫	永谷寺	丹波市氷上町御油	九	19	
兵庫	岩瀧寺	丹波市氷上町香良	六	50	
兵庫	円悟寺	丹波市氷上町香良	九	43	
兵庫	松山寺	丹波市氷上町三原	八	19	
兵庫	温泉寺	豊岡市城崎町湯島	六	33	
兵庫	進美寺	豊岡市日高町赤崎	六	53	
兵庫	摩尼山神呪寺	西宮市甲山町	二	4	
兵庫	海清寺	西宮市六湛寺町	九	37	
兵庫	鷲林寺	西宮市鷲林寺町	二	20	
兵庫	円教寺	姫路市書写	六	14	西国27
兵庫	大渓寺	三木市志染町大谷	六	28	
兵庫	安国寺	南あわじ市八木大久保	九	22	
兵庫	帝釈寺	養父市八鹿町石原	六	54	
兵庫	今瀧寺	養父市八鹿町今瀧寺	六	55	
奈良	法隆寺	生駒郡斑鳩町	三	22	
奈良	中宮寺	生駒郡斑鳩町	三	29	
奈良	竹林寺	生駒市有里町	三	31	

奈良

大蔵寺	宇陀市大宇陀栗野	三	42	
室生寺	宇陀市室生	三	52	
興善寺	橿原市戒外町	三	46	
国源寺	橿原市大久保町	三	40	
久米寺	橿原市久米町	三	15	
今来寺	葛城市	三	34	
石光寺	葛城市染野	三	32	
禅林寺	葛城市当麻	三	3	
達磨寺	北葛城郡王寺町	三	33	
金剛山転法輪寺	御所市高天	二	25	
阿部崇敬寺	桜井市阿部	三	43	
多武峰	桜井市多武峰	三	10	
長谷寺	桜井市初瀬	三	6	西国8
本光明寺	磯城郡田原本町	三	50	
法貴寺	磯城郡田原本町	三	51	
坂田寺	高市郡明日香村	三	19	
橘寺	高市郡明日香村	三	38	
川原寺	高市郡明日香村	三	39	
本元興寺	高市郡明日香村	三	53	
法興寺	高市郡明日香村飛鳥	一	6	
坂田寺	高市郡明日香村阪田	一	4	
向原寺	高市郡明日香村豊浦	一	2	
桜井寺	高市郡明日香村豊浦	一	3	
子嶋寺	高市郡高取町	三	14	
壺阪寺	高市郡高取町	三	41	西国6
永久寺	天理市杣之内町	三	36	
龍福寺	天理市滝本町	三	48	
長岳寺	天理市柳本町	三	49	
秋篠寺	奈良市秋篠町	三	28	

奈良

伝香寺	奈良市小川町	三	20	
招提寺	奈良市五条町	三	8	
西大寺	奈良市西大寺芝町	三	9	
超昇寺	奈良市佐紀町	三	26	
菅原寺	奈良市菅原町	三	11	
東大寺	奈良市雑司町	三	7	
大安寺	奈良市大安寺	一	8	
大安寺	奈良市大安寺	三	2	
霊山寺	奈良市中町	三	27	
元興寺	奈良市中院町	三	1	
中川寺	奈良市中ノ川町	三	18	
薬師寺	奈良市西ノ京町	三	4	
王龍寺	奈良市二名	国	C	
円成寺	奈良市忍辱山町	三	21	
興福寺	奈良市登大路町	三	5	西国9
般若寺	奈良市般若寺町	三	13	
白毫寺	奈良市白毫寺町	三	47	
菩提山	奈良市菩提山町	三	23	
阿閦寺	奈良市法華寺町	三	12	
法華寺	奈良市法華寺町	三	24	
海龍王寺	奈良市法華寺町	三	25	
八嶋寺	奈良市八島町	五	25	※「山城州」
来迎寺	奈良市来迎寺町	三	37	
額安寺	大和郡山市額田部寺町	三	30	
金剛山寺	大和郡山市矢田町	三	16	
吉野山大峰	吉野郡	三	44	
天川弁才天	吉野郡天川村坪内	三	45	
龍泉寺	吉野郡天川村洞川	三	54	
龍門寺	吉野郡吉野町	三	17	

地域	寺社名	所在地	巻	番号	霊場
	如意輪寺	吉野郡吉野町	三	35	
和歌山	金剛峰寺	伊都郡高野町高野山	六	9	
和歌山	伝法院	伊都郡高野町高野山	六	10	
和歌山	円通寺	伊都郡高野町高野山	六	29	
和歌山	円明寺	岩出市根来	六	11	
和歌山	粉河寺	紀の川市粉河	六	8	西国3
和歌山	熊野新宮	新宮市新宮	六	30	
和歌山	熊野本宮	田辺市本宮町本宮	六	30	
和歌山	熊野那智	東牟婁郡那智勝浦町那智山	六	30	
和歌山	西方寺	日高郡由良町門前	九	25	
鳥取	大山寺	西伯郡大山町大山	六	48	
島根	雲樹寺	安木市清井町	九	15	
広島	仏通寺	三原市高坂町許山	九	14	
徳島	大龍寺	阿南市加茂町	七	22	四国21
徳島	平等寺	阿南市新野町	七	23	四国22
徳島	取星寺	阿南市羽ノ浦町	七	19	四国19奥之院
徳島	切幡寺	阿波市市場町	七	10	四国10
徳島	十楽寺	阿波市土成町	七	7	四国7
徳島	熊谷寺	阿波市土成町	七	8	四国8
徳島	法輪寺	阿波市土成町	七	9	四国9
徳島	宝冠寺	阿波市土成町	九	21	
徳島	金泉寺	板野郡板野町	七	3	四国3
徳島	黒谷寺	板野郡板野町	七	4	四国4
徳島	地蔵寺	板野郡板野町	七	5	四国5
徳島	瑞運寺	板野郡上板町	七	6	四国6
徳島	薬王寺	海部郡美波町	七	24	四国23
徳島	慈眼寺	勝浦郡上勝町	七	20	四国番外
徳島	鶴林寺	勝浦郡勝浦町	七	21	四国20
徳島	立江寺	小松島市立江町	七	19	四国19
徳島	恩山寺	小松島市田野町	七	18	四国18
徳島	一宮寺	徳島市一宮町	七	13	四国13
徳島	常楽寺	徳島市国府町	七	14	四国14
徳島	国分寺	徳島市国府町	七	15	四国15
徳島	観音寺	徳島市国府町	七	16	四国16
徳島	明照寺	徳島市国府町	七	17	四国17
徳島	永明寺	徳島市八万町	国	B	
徳島	焼山寺	名西郡神山町	七	12	四国12
徳島	霊山寺	鳴門市大麻町	七	1	四国1
徳島	極楽寺	鳴門市大麻町	七	2	四国2
徳島	雲辺寺	三好市池田町	七	33	四国66
徳島	藤井寺	吉野川市鴨島町	七	11	四国11
香川	道場寺	綾歌郡宇多津町	七	38	四国78
香川	白峰寺	板出市青梅町	七	41	四国81
香川	妙成就寺	板出市西庄町	七	39	四国79
香川	金毘羅	沖多度郡琴平町	七	34	
香川	道隆寺	沖多度郡多度津町	七	37	四国77
香川	観音寺	観音寺市八幡町	七	30	四国69
香川	琴弾八幡	観音寺市八幡町	七	31	
香川	志度寺	さぬき市志度	七	46	四国86
香川	大窪寺	さぬき市多和兼割	七	48	四国88
香川	長尾寺	さぬき市長尾西	七	47	四国87
香川	金倉寺	善通寺市金蔵寺町	七	36	四国76
香川	善通寺	善通寺市善通寺町	七	25	四国75
香川	甲山寺	善通寺市弘田町	七	28	四国74

香川	出釈迦寺	善通寺市吉原町	七	26	四国73
香川	曼荼羅寺	善通寺市吉原町	七	27	四国72
香川	一宮寺	高松市一宮町	七	43	四国83
香川	国分寺	高松市国分寺町	七	40	四国80
香川	根香寺	高松市中山町	七	42	四国82
香川	八栗寺	高松市牟礼町	七	45	四国85
香川	屋島寺	高松市屋島東町	七	44	四国84
香川	弥谷寺	三豊市三野町	七	35	四国71
香川	本山寺	三豊市豊中町	七	29	四国70
香川	大興寺	三豊市山本町	七	32	四国67
愛媛	延命寺	今治市阿方甲	七	78	四国54
愛媛	泰山寺	今治市小泉	七	80	四国56
愛媛	国分寺	今治市国分	七	82	四国59
愛媛	仙遊寺	今治市玉川町	七	81	四国58
愛媛	光明寺	今治市別宮町	七	79	四国55
愛媛	大宝寺	上浮穴郡久万高原町	七	68	四国44
愛媛	岩屋寺	上浮穴郡久万高原町	七	69	四国45
愛媛	仏木寺	宇和島市三間町	七	66	四国42
愛媛	横峰寺	西条市小松町	七	83	四国60
愛媛	香苑寺	西条市小松町	七	84	四国61
愛媛	宝寿寺	西条市小松町	七	85	四国62
愛媛	里前神寺	西条市西田甲	七	87	
愛媛	吉祥寺	西条市氷見乙	七	86	四国63
愛媛	三角寺	四国中央市金田町	七	88	四国65
愛媛	仙龍寺	四国中央市新宮町	七	88	四国65奥之院
愛媛	明石寺	西予市宇和町	七	67	四国43
愛媛	石手寺	松山市石手	七	75	四国51
愛媛	浄瑠璃寺	松山市浄瑠璃町	七	70	四国46
愛媛	八坂寺	松山市浄瑠璃町	七	71	四国47
愛媛	太山寺	松山市太山寺町	七	76	四国52
愛媛	西林寺	松山市高井町	七	72	四国48
愛媛	浄土寺	松山市鷹子町	七	73	四国49
愛媛	繁多寺	松山市畑寺町	七	74	四国50
愛媛	円明寺	松山市和気町	七	77	四国53
愛媛	観自在寺	南宇和郡愛南町	七	64	四国40
愛媛	観世音寺	南宇和郡愛南町	七	65	
高知	神峰寺	安芸郡安田町	七	52	四国27
高知	神宮寺	高知市一宮しなね	七	55	四国30
高知	竹林寺	高知市五台山	七	56	四国31
高知	高福寺	高知市長浜	七	58	四国33
高知	種間寺	高知市春野町	七	59	四国34
高知	大日寺	香南市野市町	七	53	四国28
高知	延光寺	宿毛市平田町	七	63	四国39
高知	青龍寺	土佐市宇佐町	七	61	四国36
高知	清瀧寺	土佐市高岡町	七	60	四国35
高知	金剛福寺	土佐清水市足摺岬	七	62	四国38
高知	国分寺	南国市国分	七	54	四国29
高知	禅師峰寺	南国市十市	七	57	四国32
高知	津照寺	室戸市室津	七	50	四国25
高知	最御崎寺	室戸市室戸岬町	七	49	四国24
高知	金剛頂寺	室戸市元乙	七	51	四国26
福岡	彦山霊仙寺	田川郡添田町	六	36	
福岡	観世音寺	太宰府市観世音寺	六	15	
福岡	崇福寺	太宰府市白川	九	2	
福岡	聖福寺	福岡市博多区御供所町	九	1	
福岡	善導寺	福岡市博多区中呉服町	六	34	
福岡	承天寺	福岡市博多区博多駅前	九	3	

佐賀	安国寺	神埼市神埼町城原	九	12	
	万寿寺	佐賀市大和町川上	九	4	
長崎	温泉山満明寺	雲仙市小浜町雲仙	六	47	
熊本	雲岩寺	熊本市西区松尾町平山	九	33	
	大慈寺	熊本市南区野田	九	13	
	広福寺	玉名市石貫	九	40	
	正法寺	玉名市小岱山	六	16	
	釈迦院	八代市泉町柿迫	九	34	
大分	光隆寺	宇佐市北宇佐	九	5	
	万寿寺	大分市金池町	九	6	
	泉福寺	国東市国東町横手	九	7	
	羅漢寺	中津市本耶馬渓町	国	D	
宮崎	大光寺	宮崎市佐土原町上田島	九	11	
	安居寺	(県北部)日向国臼杵郡	九	10	
鹿児島	福昌寺	鹿児島市池之上町	九	8	
	宝福寺	南九州市川辺町	九	9	
	妙円寺	日置市伊集院町徳重	九	30	※「江州今須」

あとがき

本書刊行に至る経緯について、以下簡潔に記しておきたい。

神戸説話研究会の活動は、未だ会の名称も定まらない始発期から数えると、優に四十年を超す長きに及んでいる。その間の共同研究の成果は『続古事談注解』（一九九四年）・『春日権現験記絵注解』（二〇〇五年）・『宝永版本 観音冥応集 本文と説話目録』（二〇〇六年）に結実し、既に一定の評価を得たものと信じる。その後、われわれ研究会の中では、近時の研究活動の総括のため、論文集と資料集とを上梓する計画が浮上した。この企画の下、先に刊行した『論集 中世・近世説話と説話集』（二〇一四年）とあわせて、世に問うものが本書である。

本書刊行に至る実質的作業に従事したのは、研究会の中でも比較的若い世代に属する人たちである。現在、神戸説話研究会では『世継物語』の精読を目指す輪読が続けられているが、毎回それとは別に時間を設け、本書刊行の準備が着実に進められてきた。その過程で、作業を分担した会員各位の総力が結集されたことは当然として、『伽藍開基記』については山崎淳が、『和州寺社記』については森田貴之が、個別に作品の成立基盤や時代状況に及ぶ考察を加え、解説論文執筆の労を執ることとなった。また、学的厳密度を目指す作業成果の取りまとめ、細部に及ぶ点検・検証については、内田澪子・木下華子・柴田芳成・原田寛子・本井牧子の献身的な尽力があった。とりわけ、平素の会の運営に関する実務や、担当会員各位との連絡や調整については、内田澪子の功の大なるものがあった。これら諸氏の尽力なくして、真の意味での共同研究の成果たる本書は生まれ得なかっただろう。

なお刊行に際しては、独立行政法人日本学術振興会から、平成28年度科学研究費助成事業・研究成果公開促進費の交付を受けた。その申請は、筆者（田中）の勤務校である大阪府立大学を通じて行った。学内関係部署担当者各位のご助力に感謝したい。昨今の学術図書出版事情を鑑みると、この助成なくして刊行は困難であっただろう。幸い、森田貴之・山崎淳の行き届いた解説論文を備えることで、単なる翻刻資料集の域に留まらない本書の価値が認められたものと考えるが、その結果を会の喜びとしつつ助成に深謝したい。

最後に、研究会の編にかかる右記諸書に引き続き、本書の刊行をお引き受け頂いた和泉書院廣橋研三社長と、編集・刊行に御尽力頂いた皆さんに深甚のお礼を申し上げる。本書が広く活用され、新たな研究の地平を切り開く契機となることを願っています。

神戸説話研究会　田中宗博（大阪府立大学）

本刊行物は、JSPS 科研費　JP16HP5046（研究成果公開促進費）の助成を受けたものです。

索　引

凡例

一、本索引は、『和州寺社記』『伽藍開基記』本文中の、主要な「神仏名・人名」「地名・寺社名」「書名」の索引である。

一、各索引共、項目を『和州寺社記』『伽藍開基記』に本書で与えた各標題寺社番号で検索することを目的とする。

一、項目の所在は、『和州寺社記』巻上 14「西大寺」ならば「和上 14」、『伽藍開基記』巻第六 23「善光寺」ならば「伽六 23」などの形で示した。

一、『和州寺社記』巻下末の「南都町之内御朱印寺」部は「和下末」とし、『伽藍開基記』元禄七年刊本増補分四話（山崎論文付録収載）は「伽国A（～D)」とした。

一、各項目は原則として慣用的な訓みにしたがい、現代仮名遣いで表記した場合の五十音順に配列した。

一、項目に二つ以上の表記がある場合、「→」で見出し項目名を示し、見出しの項では、見出し以外のものを［　］内に示した。

一、俗人名は、原則として名を見出しとし、氏が比定可能な場合は(　)に入れて示し、別称などは［　］に入れて適宜示した。

一、本索引は、各担当者が担当箇所から項目を抽出し、これを統合した上、内田澪子・柴田芳成・本井牧子が調整し作成した。

神仏名・人名

あ 行

阿育王［育王］　伽三 8, 伽九 40
愛染　和上 14, 和下 27, 伽三 42, 44, 49, 伽五 41, 伽七 21, 30, 62
阿逸多 → 弥勒
相殿 → 姫大神
愛満権現　伽七 49
青丹明神　伽七 31
赤童子　和下 1
赤松氏　伽六 54, 伽十 16
赤麿(和)［和赤］　伽六 18
顕実(藤原)　伽三 18
秋篠氏　和上 5, 伽六 7
安芸木工兵衛　伽七 4
白元(永井)［永井弥右衛門］　和上 1
阿佐　伽一 6
阿姉　伽四 10
阿氏　伽三 17
足長　伽六 58
阿閦仏　和上 8, 伽三 12, 伽七 45
阿曽麻呂(中臣)　伽三 9
阿多伽　和上 21
愛宕　和下 17, 伽七 24
阿多氏　伽九 8
敦固親王　伽十 26
熱田明神　伽七 12
敦実親王　伽五 1
阿曇連　伽十 26
敦盛(平)　伽四 18

阿刀氏　伽三 25, 伽六 9, 伽七 25
穴師明神　和下 14
穴吹の神　和下 2
穴穂部皇子[穴穂王子]　伽一 5, 伽三 19
穴穂部間人皇女[間人皇后]
和上 23, 伽三 29
阿那律　伽二 12
阿難　伽一 1
阿耨達龍王[龍王]　伽四 7
安部氏　伽三 28
阿保親王　和上 6, 和下 9, 伽二 31, 伽三 50
天照大神[天照太神・天照皇大神・伊勢・伊勢太神・皇太神宮・太神・太神宮]
和上 1, 6, 14, 21〜23, 31, 和下 2, 19, 24, 伽二 24, 伽三 46, 伽五 12, 伽六 25〜27, 30, 45, 伽七 5, 21, 45, 47, 49, 62, 伽九 38, 39, 伽国 C
天押雲命　和下 2
天児屋命[天津児屋根命・天児屋根命]
和下 2, 19, 24, 伽三 10
天太玉命[天の太玉の命]　和下 2
阿弥陀[西方教主・無量寿仏]
和上 5, 8, 12, 18, 23, 26, 28, 和下 1, 6, 8, 11, 21, 27, 伽二 7, 10, 11, 14, 22, 27, 37, 伽三 1, 3, 21, 22, 43, 45, 47, 48, 伽四 9〜11, 16, 17, 22, 29, 32, 42, 伽五 2, 12, 16, 19, 21, 22, 34, 39, 42, 伽六 30, 34, 36, 45, 46, 57, 伽七 1, 2, 5, 7, 29, 35, 38, 44, 45, 47, 48, 55, 68, 69, 71, 73, 77, 88, 伽九 14, 41, 伽十 22
阿弥陀三尊[西方三聖]
伽二 10, 伽五 32, 伽七 35
雨僧正 → 仁海
天忍穂耳尊　伽六 25, 伽九 39
天御中主神[天御中主の尊]　和下 2
文子(多治比)　伽四 36
荒海神[荒海]　伽九 39
在数(菅原)　伽二 15
在常(紀)　和下 9
淡路公 → 淳仁天皇
安阿弥 → 快慶
安閑天皇　伽二 21
安公 → 万安禅師
安鎮　伽六 14
安寧天皇　和下 26, 伽六 47
安然　伽五 26
家綱(徳川)　和上 5
家尚(藤原)　伽十 6
家政(蜂須賀)[蓬庵]　伽七 18
家光(徳川)[大相国]　和上 5, 伽六 28, 40, 54
家宗(藤原)　伽五 35
家康(徳川)[東照大神君・東照権現・東照大権現]　和下 1,
伽二 11, 伽三 21, 伽四 13, 伽六 40
医王 → 薬師
雷電神　伽四 36
活玉依姫 → 玉依姫
生駒明神[生駒大明神]　和上 19
生駒山鳳山　和上 19
率川の宮　和下 2
伊弉諾尊[伊弉尊]
和下 2, 伽六 25, 伽七 79, 伽九 39
伊弉冉尊[伊弉冊尊]　伽六 25, 30
石熊丸(藤原)　伽八 29
石凝姥命　和下 24
惟照 → 梅谷
韋将軍 → 韋駄天
惟肖得巌[双桂肖禅師]　伽十 4
出石明神　伽六 33
伊勢人(藤原)　伽四 5, 7
偉仙方裔　伽十 21
五十猛の命　和下 2
韋駄天[韋駄尊天・韋将軍]
伽二 33, 伽七 75, 伽九 43, 伽十 1
一庵一麟[一菴]　伽九 41
一以 → 大道一以
赤檮(迹見)　伽一 5, 伽六 23
櫟氏　伽四 19
壱演[一演・慈済]　伽二 28, 伽四 20, 伽十 26
市杵島明神　伽七 77
一乗院御門主 → 真敬
一乗院法親王 → 真敬

一条天皇［長徳帝］　和下 13，伽三 23，伽四 25，27，38，伽六 14，伽八 29，伽九 41，伽十 26
市ノ上人 → 空也
一峰菅公 → 利常
一山一寧［一山寧・寧一山］　伽八 6，31，伽九 22，27，伽十 20
一州正伊　伽十 5
逸然性融［逸然融］　伽国 C
一遍［智心］　伽四 42
一峰通玄　伽十 11
懿徳天皇　和下 26
伊都内親王［伊豆内親王］　和上 6，和下 9，伽三 50
稲垣氏　伽二 38
稲田　伽十 5
稲田姫命　和下 2
稲目（蘇我）　伽一 1，2，伽二 21，伽六 23，伽九 39
稲荷　伽二 11，伽七 43
伊野氏　伽六 24
今川氏　伽三 20
妹子（小野）　伽一 9
入阿弥 → 古勢女
入鹿（蘇我）　和上 23，和下 1，19，伽三 5，伽六 13，伽八 9，伽九 20
斎主命　和下 2
岩船大明神　伽二 35
印原 → 古先印元
院源　伽四 26
隠元隆琦［隠元琦・大光普照国師・隆琦］　伽二 8，伽八 15，16，伽国 C
殷宗 → 高宗（殷）
泥土煮尊［泥火瓊尊］　伽九 39
魚名（藤原）　和上 2
倉稲魂尊　和下 2
鸕鷀草葺不合尊［彦波瀲武鸕鷀草葺不合尊］　伽六 25，伽九 39
浮雲の明神 → 武甕槌神
宇佐氏　伽九 5
宇佐八幡　伽九 4
宇治関白 → 頼通
氏能（田原）［下野ノ守］　伽九 7
氏頼（佐々木）［江州ノ太守］　伽九 27
雨沢龍王　伽七 88
打宅氏　伽八 28
宇多天皇［寛平皇帝・寛平法皇・空理・満徳法主天］　伽二 13，伽四 23，35，39，伽五 1，30，伽七 62，伽八 6，伽十 26
内子　和下 17
内麿（藤原）［長岡大臣］　和下 1
優塡王　和下 23，伽五 3
采女　和下 1
泥火瓊尊　伽六 25
有弁　伽八 1
雨宝童子　伽九 38
厩子 → 聖徳太子
馬子（蘇我）［蘇我公・蘇公・蘇氏・蘇子］　和上 21，27，伽一 3，5～7，伽二 33，伽三 1，19，53，伽四 41，伽六 23
厩戸皇子 → 聖徳太子
梅の宮 → 文智女王
浦島の子［水江浦島子］　伽二 4
漆氏　伽四 16
表筒男命　和下 2
雲外雲岫［雲外岫］　伽九 33
運慶［雲慶］　和上 1，和下 8，27，伽二 6，伽三 44，伽四 42，伽五 15，伽七 5，8，10，74，伽九 35
雲居希膺［瑞公・瑞巌雲居膺和尚］　伽九 34
運敞［泊如・如］　伽四 13，34
雲門文偃　伽八 7
永意　伽五 9
永観　伽四 9
叡空　伽四 16
栄西［明菴・西公］　伽三 7，伽四 10，伽八 1，30，伽九 1，伽十 1，26，伽国 A
叡尊［興正菩薩・思円］　和上 3，14，伽三 24，29，伽五 38，伽六 32，45，伽八 4，20
栄尊 → 神子栄尊
栄湛　伽二 1
永忠　伽六 7

英仲法俊[英仲俊・法俊・聖子]
伽八 19, 伽九 19, 伽十 3
栄朝 → 釈円栄朝
永鎮　伽十 14
永平 → 道元
永禄帝 → 正親町天皇
慧隠[恵陰]　和下 19, 伽三 10, 伽四 32
慧運　伽五 27
慧雲　伽六 29
慧雲 → 山叟慧雲
慧蕚　伽八 13
懐鑑　伽十 6
慧灌[恵灌]　和上 3, 28, 伽二 30, 伽三 3
慧基　伽二 9, 伽三 11
役行者 → 役小角
慧玄 → 関山慧玄
慧思[念禅師]　和上 10, 伽三 8
慧慈[恵慈]　和上 28, 和下 22, 伽一 9, 伽三 53
廻心 → 真空
恵心(慧心) → 源信
慧善尼　伽一 3, 伽四 41
慧聡[恵聡]　和下 22, 伽二 6, 伽三 1, 53
越渓秀格[円照仏慧・秀格]　伽九 28
慧日国師 → 慈雲妙意
榎氏　伽六 32
慧便[恵便]　伽一 3, 伽二 6, 伽四 41
慧満　伽二 16, 伽三 1, 伽九 24
恵美押勝(恵美仲・恵美の大臣) → 仲麻呂
慧門如沛　伽八 16
延慧　伽十 26
閻王(炎王・琰王) → 閻魔
円覚[美丈御前]　伽二 10
円覚 → 導御
円鑑梵相[梵相]　伽八 8
延喜帝 → 醍醐天皇
延久帝 → 後三条天皇
円行　伽四 37
円空[立信]　伽五 31
遠渓祖雄[祖雄]　伽九 17
延幸　伽五 36
円光大照 → 滅宗宗興
延秀　伽四 6, 伽十 26
延俊　伽八 25
円照[実相照公]　伽四 28
円照仏慧 → 越渓秀格
延成法皇 → 後水尾天皇
衍石帆 → 石帆惟衍
円知悟空 → 霊仲禅英
遠地大明神　和上 21
円珍[智証大師]　和上 23, 26, 和下 17, 伽五 34, 37, 伽六 3, 4, 伽七 36, 41, 42
延鎮　伽四 8
円通大応国師 → 南浦紹明
円爾[聖一・聖国師・弁円]
伽四 28, 伽八 1〜4, 伽九 2〜4, 6, 伽十 20, 24, 26, 伽国 D
円仁[慈覚大師]　伽二 11, 伽四 19, 29, 30, 伽六 43, 伽十 26
役行者[役小角・役君・谷公氏・小角]
和上 19, 28, 30, 31, 和下 11, 27, 伽二 2, 4, 11, 17, 25, 26, 32, 34, 35, 伽三 3, 42, 44, 45, 54, 伽五 30, 41, 伽六 36, 57, 伽七 62, 83, 87
延福　和上 1
閻魔[炎魔・琰摩・閻羅・閻摩]　和上 17, 和下 6, 伽二 6, 13, 伽三 16, 47, 伽四 38, 伽五 34, 伽七 46, 伽九 32, 伽十 11
円融天皇[天禄上皇]
伽二 15, 37, 伽三 40, 伽四 29, 伽五 1, 42, 伽六 14, 伽七 62, 伽十 16
閻羅 → 閻魔
王羲之[王右軍]　伽三 8
応衡　伽十 17
生石大神　伽六 12
応俊　伽四 39
王遵　伽一 1
応神天皇[誉田天皇広幡八幡]　和上 2, 伽二 27, 伽四 6, 伽五 19, 伽六 46
黄檗開山老和尚 → 隠元隆琦
王法師 → 義天玄詔
淡海大津宮天皇 → 天智天皇
大麻彦権現　伽七 1

大江氏［江氏］　伽九 16
正親町天皇［永禄帝］　伽三 7, 20, 伽四 14
大国主命［大己貴命・大己貴尊・大己貴］　和下 2, 10, 15, 伽六 25
大蔵僧都 → 行誉
大陶祇神［大陶祇］　和下 15
大田田根子［太田々根子］　和下 15
大津皇子　伽五 43
大戸之道尊［大戸ノ之道尊］　伽六 25, 伽九 39
大苫辺尊　伽六 25
大友皇子［太師大友氏］　伽六 3
大中臣氏　伽二 28, 伽十 10
大那智 → 那智山権現
大己貴命 → 大国主命
大満（出雲）　伽三 6
大三輪の神 → 三輪
大物忌神［大物忌の命］　和下 2
大屋の姫　和下 2
大山土作命　和下 2
息方（河野）　伽七 75
奥津彦　和下 2
奥津姫　和下 2
荻原上皇 → 花園天皇
尾輿（物部）　伽一 2, 伽六 23
刑部親王　伽三 3
押勝（紀）　伽一 2
男玉（柿本）　和上 1
緒嗣（藤原）　伽四 10
小角 → 役小角
遠敷明神［遠布の明神］　和上 1, 伽三 7
篁（小野）　伽三 47
思兼尊　和下 24
思姫　和下 2
面垂尊　伽六 25
親恋ノ地蔵　伽四 42
温懐王 → 懐玉道温
飲光大士 → 慈雲妙意

か　行

快栄　伽七 1
快翁玄俊　伽十 3
開化天皇　和下 2
懐玉道温［温懐玉・道温］　伽一序, 伽八 16, 伽十跋
快慶［安阿弥］　和上 1, 和下 23, 24, 伽二 21, 伽三 43, 46, 伽五 18, 伽九 36
快賢　伽四 38
戒賢　伽九 24
戒算　伽四 29
開成　伽二 1, 11
戒信　伽八 5
崖禅師 → 鉄崖空
海弁　和下 25, 伽三 41
戒明　和上 11, 伽二 28
可翁宗然　伽九 37
嘉応帝 → 高倉天皇
鏡女王　和下 1
岳翁長甫［嶽翁・長甫］　伽九 11
覚行　伽五 21, 伽十 26
覚憲　和上 1
覚源 → 平心処斎
覚師 → 昭覚
覚寿［天神之姨娘］　伽二 24
覚乗　伽六 45
覚盛［大悲菩薩］　伽四 28
覚信 → 花山天皇
覚心 → 心地覚心
覚勢　伽八 29
覚増　伽六 55
軻遇突智　伽七 79
覚念　伽九 5, 伽国 A
覚鑁［正覚］　和上 26, 和下 17, 伽五 21, 伽六 10, 11, 伽七 20, 21
覚卍字堂［字堂］　伽九 9
覚妙 → 孤峰覚明
雅慶　伽十 26
華渓菊［菊千代丸］　伽九 44
景信（長尾）　伽十 5
過去七仏　伽七 44
華山院 → 花山天皇
峨山韶石［峨山碩・峨山韶磧］

伽九 18,23,伽十 22,25
花山天皇[華山院・華山上皇・華山法皇・覚信・寛和上皇]　伽二 6,15,伽六 14,28,30
惶根尊　伽六 25
鹿嶋大明神　和下 2
迦葉　伽三 3,伽四 34,伽九 7
膳菩岐岐美郎女[膳氏・膳夫妃・膳大娘・芹橋]　和上 19,和下 23,伽一 9,伽二 22
春日(仏師)　和上 5,18,24,和下 6,17
春日権現[春日・春日大明神・春日明神・春日神・春日大神]　和上 10,17,21～23,和下 1,2,11～13,17,伽二 37,伽三 7,21,47,48,伽四 32,伽五 12,21,伽七 21,40,82,伽九 38,41,伽国 C
春日若宮[若宮]　和下 2
嘉智子(橘)[皇后檀林・皇太后橘氏]　伽八 13
月蓋　伽六 23
月光菩薩[二菩薩]　伽二 25,38,伽三 15,伽六 38,57,伽七 17,24,60,70,伽九 43
月舟宗胡　伽八 29
勝手明神　和下 2,27,伽三 44,伽七 69
克賓　伽八 8
勝海(中臣)　伽一 3,5,伽三 19,伽六 23
且元(片桐)[片桐市ノ正]　伽三 24
勝元(細川)　伽八 9,伽九 20
葛城鴨の明神 → 葛城明神
葛城明神[葛城鴨の明神・一言主]　和上 30,31,和下 1,2
賀登　伽五 12
門守の神　和下 18
香取大明神　和下 2
金岡(巨勢)　和上 18,26,和下 11,27,伽七 5
金山彦尊　和下 2
金山明神　伽七 39
兼家(藤原)[法興院]　和下 13,伽三 23
兼実(藤原)[月輪禅定]　和下 13,伽四 16,伽五 5
兼重(藤原)　伽八 29
賀備能(藤原)[藤ノ賀能]　伽四 6
鹿深[麻深]　伽一 3
鎌子 → 鎌足
鎌足(藤原・中臣)[鎌子・大織冠]　和下 1,19,伽一 2,伽二 36,伽三 5,10,伽五 24,伽六 23
亀山天皇[文応上皇]　和上 3,伽二 38,伽四 28,伽六 32,伽七 3,25,伽八 2～4,20,伽九 13,25,伽十 24
賀茂氏　伽四 27
賀茂大明神　伽四 17
賀茂役公　伽三 43
火雷気毒王[火雷神]　伽四 36
辛国　和上 1
軽王子 → 孝徳天皇
川勝(秦)　伽一 7,伽四 2
観阿弥　伽六 57
寛恵　和下 11
磵翁 → 北磵居簡
観覚　伽四 16
寒巌義尹[大慈]　伽九 13,40
歓喜光仏　和上 12
願暁　伽五 30
寛空　伽三 21,伽四 35,伽五 1,37
観賢　和上 3,伽三 13,伽六 9
鑑源興寿[鑑源寿]　伽八 15
寛元上皇 → 後嵯峨天皇
願公　伽五 31
関西宗文　伽九 37
関山慧玄[慧玄・玄関山・本有円成仏心覚照国師]　伽八 7
菅氏 → 菅原氏
観自在 → 観音
菅丞相 → 道真
鑑真[真公]　和上 1,10,伽三 7,8,18,52,伽四 38,伽七 44,伽八 16,20,伽十 27
感世　伽六 17
寛忠　伽十 26
寛朝　伽五 1
菅天神 → 道真
寛和上皇 → 花山天皇

観音[観自在・観世音・大悲・大悲尊]　和上 1,5,6,8,11,14,18,28,和下 1,3,17,19,27,伽一序,6,伽二 1,4,6〜8,11,12,14,16,19,20,26,34,36,伽三 3,7,14,16,17,21,22,34,35,40,41,44,45,伽四 5,8,11,20,28,伽五 12,15,18〜20,32,39,伽六 5,12,17,19,24,27,32,33,37,41,42,46,51〜56,伽七 16,30,33,35,41,43,46,47,62,64,65,76,伽八 5,6,15,23,26,29,34,伽九 8,14,17,18,32,33,35,44,伽十 1,3,7,9,伽国 B
がんひ　和上 1
寛平皇帝(寛平法皇) → 宇多天皇
寛弁　和下 8
寛遍　伽三 21
桓武天皇　和上 6,13,和下 9,18,伽二 1,伽三 14,28,50,伽四 1,5〜8,32,伽五 25,伽六 7,11,13,19,21,40,伽七 21,22,83,伽九 34,44,伽十 26,28
歓羅四面大鬼王　伽六 47
観律師　伽九 24
観勒　伽十 26
規菴祖円　伽九 22
義尹 → 寒巌義尹
義淵　和上 1,和下 20,伽二 9,伽三 7,11,17,25
祇園皇后　伽六 35
義介通 → 徹通義介
窺基[慈恩基公]　伽三 17
義空[求法]　伽四 34,伽八 13
菊千代丸 → 華渓菊
基好　伽八 1
希谷 → 希明清良
義山　伽八 9
器子為璠[天遊子]　伽十 4
鬼子母神　伽二 32
義静　伽三 8
祈親　伽六 9
義真　伽四 37,伽六 3,伽七 36,伽十 26
希叟紹曇[曇希叟]　伽八 32
祇陀太子　伽一 1
季潭宗泐[季潭泐]　伽八 25,伽九 21
吉祥天　和上 23,伽七 15
吉蔵　伽二 30
義沖 → 太陽義沖
橘公　伽九 24
吉山明兆[兆殿主]　伽七 5
義天玄詔[玄詔・王法師]　伽八 9,20
義堂周信　伽十 3
機堂長応　伽十 3
気長足姫　伽六 46
基忍[文篋]　伽三 24,伽八 20
義範 → 範俊
貴船[貴布祢]　伽二 18,伽四 5
義峰　伽九 33
鬼魅　伽五 9
国公麿　和上 1
義明　伽五 42
希明清良[希谷]　伽十 3,5
休翁 → 大休正念
九社明神　伽二 22
虚庵懐敞[虚庵敞]　伽八 1,30
僑　伽二 8
行叡　伽四 8
教円　和下 23
行円[革上人・円]　伽四 21,27
恭翁運良[大光・仏慧・仏林慧日]　伽十 9
行賀　和下 1
教海 → 空海
行基　和上 1,11〜13,18,20,23,和下 12,17,伽二 5,7,9,11,14,17,31,36,38,伽三 6,7,11,17,22,27,31,48,伽四 21,42,伽五 4,18,21,42,伽六 26,28,37,41,42,45,47,53,伽七 2,17,18,24,35,40,46,48,53,54,56,60,74〜78,伽八 28,伽九 32,41,伽十 26
行教　和下 4,伽四 23,伽五 19
行賢　伽四 28
興日　伽二 1
慶重　伽六 54
興秀尼[秀尼]　和上 5

慶俊　伽四 4
行巡　伽二 1
興晴　和下 1
行清　伽五 20
教待　伽六 3,4
行表　伽四 6
刑部卿親王　和上 28
尭弁　伽八 2
行満　伽四 6,伽六 42
行勇 → 退耕行勇
行誉[大蔵僧都]　伽五 34
橋倫 → 断橋妙倫
清河(藤原)　和上 10,伽三 8
玉岩　伽九 41
清定(神部) → 浄定
清貫(藤原)　伽四 36,伽八 1,伽九 1
虚堂智愚[虚堂愚]　伽八 25
清麻呂(和気)[和清]　伽二 7,伽三 9,伽四 3
清水原天皇 → 天武天皇
清盛(平)[浄海・静海・大相国]　和上 1,28,和下 1,伽五 34,伽八 28,伽九 32
覲子[宣陽門院]　伽五 32
金峰 → 蔵王権現
公雅(平)　伽六 56
欽明天皇　和上 22,和下 21,伽一 1,2,伽二 21,27,伽五 19,伽六 23,38,42,伽七 53,伽九 39
公行(佐伯)　伽四 25
空印 → 忠勝
空海[弘法大師・高野大師]　和上 1,9,11,18,21,24〜26,31,和下 1,2,4,6,11,12,14,18,20,23,26,伽二 4,7,14,16,20〜22,29,32〜36,伽三 13,21,26,28,39,42,47〜49,52,54,伽四 3,7,9,24,27,42,伽五 4,7,15,18,伽六 3,9,11,42,44,50,伽七 1〜14,16〜30,32,33,35〜42,44,45,47〜54,56〜58,60〜69,72,73,75,77,79,80,83,84,86〜88,伽八 15,16,28,伽九 35,38,伽十 26
空覚 → 鳥羽天皇
空鉢 → 法道
空鉢上人 → 法道
空也[市ノ上人・光勝]　伽四 11,伽五 5,伽六 49
空理 → 宇多天皇
久我公 → 通親
愚極知慧[仏心愚極慧]　伽十 14
日下部八木城主　伽六 55
孔子古(大伴)　伽六 8
孔雀明王　和上 31,伽三 44
薬子(藤原)　伽三 26
楠明神　伽七 17
弘誓院 → 教家
救世観音　和上 1,伽一 9,伽六 41
百済王 → 聖明王
百済国后妃　伽二 1
愚中周及[仏徳大通]　伽九 14,43
功徳林菩薩　伽七 33
瞿曇 → 釈迦
国狭槌尊　伽九 39
国常立尊　和上 1,伽六 25,伽九 39
国光(藤原)　伽三 40
国宗(桜嶋)　和上 1
求法 → 義空
窪弁才天　和下 1
熊野権現[熊野・熊野神・熊野山大権現]　和上 23,和下 11,12,伽四 42,伽六 30,伽七 5,8,12,32,44,62,66,74,伽八 29
熊野三所権現[三所権現]　伽六 30,55,伽七 65,72
熊野十二所権現[十二所権現]　伽三 48,伽七 12,67,75
久米仙人　和下 26,伽三 15
倉内(阿部)　伽六 12
車持夫人　和下 19
古林清茂　伽九 27
慧果[恵果]　伽三 42,伽六 9,11,伽七 25
景果　和下 1
慶雅　伽四 16
慶海　伽二 16

桂岩居士 → 頼之
契元　伽八 13
景公(宋)［宋景］　伽五 24
冏公　伽六 39
景行天皇　伽六 30
瑩山紹瑾［瑩山瑾・仏慈］　伽九 15,40,伽十 7,9
慧日聖光国師 → 慈雲妙意
稽主勲　和下 17,伽二 31,伽三 6
慶俊　伽五 5
慶政［勝月上人］　伽三 33
荊叟如珏［荊叟珏］　伽八 4
継体天皇　伽七 46
慶命　伽四 31
稽文会　和下 17,伽二 31,伽三 6,伽六 33
恵偎　伽四 41
瓊林叟 → 林叟徳瓊
解脱 → 貞慶
月江正印　伽九 14
月江正文　伽十 5
月菴宗光［正続大祖禅師・宗光］　伽九 16,36
月堂宗規　伽十 18,19,伽国 D
月峰了然［了然］　伽八 32
気比明神　和上 1
玄栄　伽五 30
磵翁 → 北磵居簡
嶮崖巧安［巧安・仏知円応・険崖］　伽八 34,伽九 12
厳覚　伽三 18
玄関山 → 関山慧玄
源空 → 法然
賢憬　和下 18,伽三 8,52
源賢　伽二 15
元光 → 寂室元光
元杲　伽五 1,3,伽七 27
源光　伽四 16
源算　伽五 14,16
元師 → 道元
源氏　和下 1,伽二 1,伽六 14,伽八 4,6〜8,26,伽九 5,6,19,41,伽十 12,22
賢実　伽二 14
羂索菩薩 → 不空羂索観音
源闍梨　伽六 14
元寿　伽四 13
兼俊　和下 13,伽三 23
賢俊　伽六 29
健順　伽国 D
元照［照公］　伽五 33
玄昌(北原)　伽九 10
玄詔 → 義天玄詔
玄奘　伽三 1,伽九 24
元正天皇　和下 1,3,22,25,伽三 53,伽五 12,伽六 18,25,27,33,58,伽十 32
憲深　伽五 20
源心　伽九 25
源信［慧心・恵心］　和上 28,伽二 10,伽四 16,伽五 32,39,伽七 71,伽国 B
賢正　伽二 7
玄宗　和下 1,伽三 8
元叟行端　伽九 27
源智［勢観］　伽四 17,伽五 13
壑通　伽二 38
献帝　伽一 2,伽四 6
顕徳帝 → 後鳥羽天皇
源仁　伽四 23,伽五 30
源翁心昭［元翁心昭・法王禅師］　伽十 22
玄賓　和下 1
源兵衛(川口)　和上 1
玄昉　和上 7,和下 1,伽三 17,25
乾峰士曇［乾峰広智国師］　伽九 11
元明天皇　和上 11,20,和下 1,3,4,伽三 2,伽五 4,伽六 15,33,伽七 37,75
玄宥［尭性］　伽四 13
厳琳［琳公］　伽九 4
堅牢女天　伽六 25
虚菴懐敞　伽九 1
後一条天皇　和下 2,伽二 14,伽三 21,34,伽四 26,31,伽五 14,34,伽十 26
幸阿弥　伽五 13
巧安 → 嶮崖巧安
高庵芝丘　伽国 D
興意　伽四 14

光影　伽二 38
興円　伽十 11
広円　伽四 6
皇円　伽四 16
高貴王菩薩　伽二 35
皇極天皇　和下 1,19,伽三 2,伽六 23
公慶　伽三 7
康慶　和上 1
皇慶　伽五 8
興化存奨　伽八 8
広厳　伽八 7
孝謙天皇　和上 1,2,10,23,28,伽三 7,9,12,14,伽五 24,伽七 44,73〜76,伽十 27
光孝天皇[仁和帝]　伽二 19,伽四 39
光厳天皇　伽九 17,35,伽十 11,22
高山慈照[慈照]　伽九 24
降三世　伽二 21,36
孔子　伽一 2,伽六 23
高子(三善)　伽四 8
江氏 → 大江氏
恒寂　伽五 2,3
光寂室 → 寂室元光
皇舜　伽六 40
迎接　伽三 21
高照正灯国師 → 宗峰妙超
興正菩薩 → 叡尊
光信　伽十 26
光心　伽六 51
荒神 → 三宝荒神
公宣　伽六 38
高泉性潡[性潡・潡老人]　伽一序,伽八 16
興禅大灯国師 → 宗峰妙超
高宗(殷)[殷宗]　伽五 24
高祖権現　伽七 69
高台院[高台寺湖月]　伽八 21
高台寺湖月 → 高台院
皇太神宮 → 天照大神
広達　伽十 26
後宇多天皇　和下 1,伽六 32,伽八 25,33,伽九 13,伽十 20,24
剛中玄柔[剛中柔]　伽九 7
光朝　伽四 33
高珍　伽五 7
黄頭老 → 釈迦
孝徳天皇[軽王子]　和上 29,和下 1,19,23,伽三 5,10,43,伽五 38,伽六 12,13,28,56
光仁天皇　和上 13,伽二 1,11,伽三 3,9,28,伽四 3〜5,伽五 30,37,伽六 8,41,42,伽十 26
興然　伽五 6
河野氏　伽七 73
革上人 → 行円
高範　伽三 20
高弁 → 明恵
高峰顕日[高峰日・仏国応供広済国師]　伽八 5,6,24,伽九 15,24,伽十 11,20
弘法大師 → 空海
光明子(藤原)[光明皇后]　和上 1,4,7,8,10,23,和下 1,5,伽二 36,伽三 5,9,12,24,25
光明天皇　伽七 10,伽八 6,11,22,伽九 22,24,27,伽十 2,8,伽国 D
孔明　伽国 C
広目天　和上 23,和下 1
高野大師 → 空海
光宥　伽二 38
杲隣　伽四 37
孝霊天皇　和上 25,伽七 43
孤雲懐奘　伽十 6,7,伽国 A
後円融天皇　伽二 7,伽四 30,伽六 56,伽八 18,26,伽九 7,14,18,19,23,伽十 21,25
牛王　和下 1,伽六 57
後岡本宮天皇 → 舒明天皇
護伽藍神　伽六 42
虎関師錬　伽九 22
虚空蔵　和上 23,和下 14,23,25,伽三 49,伽五 4,43,伽七 12,22,35,49,伽九 38,伽十 19
国済国師 → 孤峰覚明
悟玄　伽八 16
古剣智訥[古剣訥]　伽九 8

後光厳天皇　伽八 10，伽九 16，27，31，36
後小松天皇　和下 1，伽二 8，伽四 30，伽六 35，伽七 41，伽八 4，8，23，伽九 8，10，21，30，37，伽十 3，9，13，17，18
後嵯峨天皇［寛元上皇］　伽七 41，伽八 2，31，32，伽十 1，20
古山源公 → 直義
古山公 → 直義
鼓山聳 → 平楚聳
後三条天皇［延久帝］　伽四 22，40，伽五 28，伽七 76，伽十 33
呉子　伽二 25
高志氏　伽二 9，伽三 11
後白河天皇［後白川天皇］　和下 8，伽二 6，36，伽三 7，伽四 15，伽五 34，伽六 35，伽七 76
小白山大行事　伽六 25
後朱雀天皇［長歴帝］　伽四 31，伽六 56，伽十 27
牛頭天王［牛頭天神］　和上 23，和下 27，伽二 33，伽三 44，45，伽四 20，伽六 12，伽七 3，70
古勢女［入阿弥］　和下 23
古先印元［古先印原・印原］　伽八 10，伽九 16，伽十 23
後醍醐天皇　和下 1，11，19，27，伽二 10，32，36，伽三 35，44，伽六 32，伽八 5～7，12，18，伽九 15，伽十 7，8，13
五大明王［五大尊］　和上 18，伽二 14，35，伽七 5，21
五大力菩薩　和下 1
五智如来　和下 11，伽六 35，伽七 76
兀菴普寧［兀菴寧］　伽九 35，伽十 20
後土御門天皇　和上 3，伽二 15，伽六 41，伽十 5
事解之男　伽六 30
事代主　和下 2
後鳥羽天皇［顕徳帝・元暦上皇］　和上 1，和下 1，伽二 5，34～36，伽三 7，伽四 3，10，伽五 11，32，43，伽六 16，伽七 24，伽九 1，13
後奈良天皇　伽四 17
後二条天皇　和上 24，伽九 6
近衛天皇　伽二 14
後花園天皇　和下 2，伽八 9，伽九 20，伽十 4
五百応真 → 五百羅漢
五百羅漢［五百応真・半千尊者］　和下 25，伽国 D
後深草天皇　伽五 31，伽九 25
後伏見天皇　和下 1，伽四 42，伽十 6
五仏　伽二 13，14
孤峰覚明［覚妙・三光国師・国済国師］　伽九 7，15，伽十 8，17
後堀河天皇　伽二 37，伽四 10，12，34，伽五 13
悟本大師 → 洞山良价
小町（小野）　和上 2
駒ノ王子　伽六 58
後水尾天皇［延成法皇］　和下 7，伽四 25，伽八 15，24
護命　伽四 6，伽十 27
後村上天皇　伽二 32，36
子守三社大明神　伽三 44
子守明神　和下 2，27，伽七 69
子安地蔵　伽六 46，伽七 19
後陽成天皇　伽五 7，伽六 29
後冷泉天皇　和下 1，伽五 36，伽六 6，伽七 76，伽十 33
是助（草部）　和上 1
是忠（中臣）　和下 2
惟宗氏　伽九 21
惟善　伽九 32
金剛蔵王 → 蔵王権現
金剛薩埵　伽四 36，伽六 14
金剛手［金剛大力士・金剛力士］　伽二 10，11，伽三 44，伽四 36，伽五 12，15，伽六 28，35，伽七 8，11，47，51，74
金剛童子　伽二 11，伽六 25
崑山居士 → 尚政
金熟 → 良弁
金精神［金精大明神］　和上 31
勤操［種操］

和下 6, 伽三 47, 伽四 6, 伽六 9, 伽七 25
誉田天皇広幡八幡 → 応神天皇
金鐘 → 良弁
金毘羅　伽二 11
金理　伽二 38

さ 行

斉安　伽八 13
在庵円有　伽九 35
在庵普在［普在・仏慧広慈・凌雲］　伽九 5
蔡愔　伽一 1
西行　和下 27, 伽三 44
西光　伽五 34
最勝園寺 → 貞時
最澄［伝教大師］
和上 31, 和下 4, 伽四 6, 19, 伽五 35, 39, 伽六 22, 40, 伽七 74, 伽十 26, 27
最珍　伽四 36
西方教主 → 阿弥陀
西方三聖　伽五 32
最明寺［西明寺］ → 時頼
斉明天皇　和下 1, 伽三 39, 伽五 24
佐伯氏［佐氏］　伽二 29, 伽六 3, 9, 伽七 25, 36
三枝明神　和下 2
蔵王権現［金峰神・金剛蔵王］
和上 1, 22, 31, 和下 27, 伽二 11, 25, 伽三 35, 44, 54, 伽四 36, 伽五 41, 伽六 5, 59, 伽七 35, 45, 69, 83, 87
嵯峨天皇
和上 1, 6, 9, 伽二 29, 伽三 5, 16, 26, 42, 伽四 7, 伽五 2, 3, 35, 伽六 9, 36, 伽七 32, 51, 62, 75, 伽八 13, 伽十 27, 31
酒弥豆男　和下 2
酒弥豆女　和下 2
相模坊　伽七 41
坂本　和上 21
貞純親王　伽二 15
貞親(大友)　伽九 6
定親(藤原)　伽四 28
定嗣(葉室)［定然］　伽八 20
貞時(北条)［最勝園寺・崇演］
伽二 10, 伽六 31, 伽八 25
貞憲(藤原)　伽五 43
貞藤(二階堂)［藤ノ道蘊］　伽八 6
貞政(賀陽)　伽八 1
貞宗(小笠原)　伽十 14
佐太夫　伽六 8
貞行(伴)　伽六 32
聡者八耳 → 聖徳太子
讃岐院 → 崇徳天皇
実経(藤原)　伽八 4
実朝(源)　伽五 42, 伽八 1, 30
真麿(高市)　和上 1
猿田彦神［猿田彦命］　和下 2, 伽七 43
三江紹益　伽八 21, 伽十 8
三社権現　伽六 36
三十二応神　伽七 8
三十八所権現　和下 27
三十番神　和上 22, 23
三十六王子　伽七 83
三十六童子　伽六 58
三殊勝地蔵　和上 23
三所権現 → 熊野三所権現
山叟慧雲［仏智禅師］　伽十 24
山王権現［山王明神］　伽二 11, 伽六 3, 4, 53, 57, 伽七 36, 42, 伽八 29
三宝荒神
伽二 1, 13, 14, 伽四 42, 伽七 5, 21, 44
三面大黒天　伽七 12
慈雲妙意［清泉禅師・慧日聖光国師・欽光大士］　伽九 26, 40, 伽十 8
慈恵(慈慧) → 良源
思円 → 叡尊
思縁　和上 23
慈恩基公 → 窺基
慈覚大師 → 円仁
直翁智侃［仏印］　伽九 6
志貴皇子　伽三 9
竺仙梵僊　伽八 8, 11, 伽九 16, 31
慈訓　伽三 7
重兼(青木)　伽八 16
重国(平)　伽五 6

重成（大高）　伽九 31
重衡（平）［頭中将］　和上 1,3,28,和下 1
重通（波多野）［波多野ノ義公］　伽九 37
重盛（平）　伽四 17,伽八 28
慈源　伽九 27
慈眼大師［慈現大師］ → 天海
始皇帝［太祖］　伽六 30,伽八 11
持国天　和上 23,和下 1,11,伽二 13,36,伽七 5,10,45,83
慈済 → 壱演
自在天神 → 道真
慈氏 → 弥勒
慈勝　伽五 15
慈照 → 高山慈照
自性 → 天真自性
慈照院 → 義政
四条天皇　伽四 34,伽五 20,伽八 17,伽九 2～4,伽国 A
四所大明神　和下 2,伽六 33
四神　伽二 4,伽三 22
慈信　伽五 17
慈心房 → 尊恵
慈善　伽三 24,伽八 20
地蔵　和上 1,3,4,17,18,22,24,25,28,和下 1,2,6,27,伽二 11,14,21,伽三 16,44,45,47,伽四 38,42,伽五 34,伽六 27,34,44,46～48,59,伽七 5,11,19,21,35,50,54,66,67,76,80,伽八 18,伽九 23,41,伽十 11,伽国 D
慈尊 → 弥勒
思託　伽八 16
しだら　和上 10
七大金剛童子　伽二 25
七仏薬師　伽七 27
実慧　伽二 29,伽四 7,9,伽五 27,伽十 26
即休契了［仏通］　伽九 14
実全　伽六 40
実相ノ照公 → 円照
実忠　和上 1,伽三 7
実範　伽三 18
実峰良秀　伽九 10
実祐　伽二 7
四天王　和上 11,14,18,23,28,和下 1,11,17,21,伽一 5,伽二 1,23,伽三 5,9,14,22,伽六 23,38,42,伽七 15,17,25,30
字堂 → 覚卍字堂
持統天皇［天武天皇の皇后］　和上 11,伽二 2,伽三 4,伽六 3
級長津彦命［長神］　和下 2,伽二 22
級長戸辺命　和上 22,和下 2
慈仁　伽八 29
司馬達等　伽一 3,6
島津大道 → 元久
四面大菩薩　伽六 47
慈門　伽九 33
釈迦［尺迦牟尼・釈尊・世尊・瞿曇・黄頭老］　和上 1,8,14,23,28,29,31,和下 1,2,3,11,17,19,21,22,27,伽一 1,2,7,伽二 12,21,伽三 5,12,44,52,伽四 9,12,17,34,42,伽五 3,伽六 1,33,36,59,伽七 1,3,5,9,24～26,44,45,73,伽九 22,24,29,32,34,35,40,伽国 B
釈迦三尊［釈尊三聖］　伽三 22,24,伽七 15
釈運　伽九 40
寂円　伽六 56,伽八 4
釈円栄朝［栄朝］　伽八 4,伽九 4
尺迦牟尼 → 釈迦
寂源　伽五 8
寂室元光［元光・光寂室・寂室光］　伽九 8,27～29,伽十 17,19
寂心　伽九 40
釈尊 → 釈迦
寂霊 → 通幻寂霊
謝国明　伽九 3
舎利弗　伽一 1
十一面観音［十一面大士・十一面大悲］　和上 1,7,8,16,23,24,26,29,和下 1,9,12,17,21,伽二 6,9,12,20,21,24,26,伽三 6,7,21,22,30,48,50,伽四 11,36,伽五 17,伽六 19,24,25,33,

35,伽七 13,20,39,46,57,65,68,72,76,85,88,伽八 29,伽九 36,伽国 C
修円　和下 1,伽四 6,伽六 22
十王[冥官十王・十閻君]　伽二 14,伽三 45,伽七 54,68,伽国 D
秀格 → 越渓秀格
周及 → 愚中周及
周公　伽一 2,伽六 23
周皎碧潭[碧潭・宗鏡]　伽八 18
十五童子　和下 27,伽二 4,伽六 43,伽七 21
執金剛神[金剛神・金剛]　和上 1,伽二 22,伽三 7,伽六 5,伽七 1,10,29,33,40,49,68,73,75,77,83
十三仏　伽七 21
宗善　伽七 26
十大声聞　伽二 13
十大弟子　伽三 12,伽四 34,伽国 D
秀南　伽十 26
十二所権現 → 熊野十二所権現
十二神将[十二大将]　和上 11,18,23,伽二 38,伽三 22,伽五 35,伽六 38,57,伽七 24,32,70,伽九 43
十二天　和上 26,和下 11
周文徳　伽二 1
宗峰妙超[妙超・興禅大灯国師・高照正灯国師]　伽八 5,7
十羅刹女　和上 23,伽七 44
十六王子　伽七 75
十六応真 → 十六大阿羅漢
十六権現　和上 18
十六善神　伽三 54,伽六 58,伽七 59
十六大阿羅漢[十六応真・二八応真・十六羅漢]　和上 1,和下 11,16,伽三 51,伽五 3,伽国 D
十六童子　伽六 41
授翁宗弼　伽八 7,伽九 37
樹慶　伽五 20
朱元璋[太祖高皇帝]　伽九 21
寿広　和下 1
須達　伽一 1
十廻光菩薩　和上 20
十穀　伽四 32
守敏　和下 1,伽二 4,伽三 52,伽四 7
首勇　伽十 26
淳于氏　伽十 8
俊円　伽二 37
春屋妙葩[妙葩・智覚普明国師・普明国師・不軽子]　伽八 8,26,伽十 10
順暁　伽四 6
順慶(筒井)　伽三 20
春豪　伽六 40
俊芿[不可棄]　伽四 10,伽六 16
俊乗房(俊乗坊) → 重源
順徳天皇[建暦上皇]　伽三 23,伽四 10,伽五 13,伽八 30
淳和天皇[天長帝]　伽二 4,14,16,20,29,伽三 39,54,伽四 3,伽五 2,4,8,伽七 22,24,51,伽九 38,伽十 26
淳仁天皇[廃帝天皇・淡路公・廃帝]　伽三 3,8,9,14,伽五 24,伽六 15,20,伽十 27
峻翁令山[法光円融]　伽十 18
淳祐　伽三 13,伽六 9
浄阿 → 真観
祥庵梵雲[梵雲]　伽八 8
聖一国師 → 円爾
常胤[妙法院]　伽四 15
定慧　和下 19,伽三 10,39
定円　伽二 13
正応帝 → 伏見天皇
勝海　伽六 56
性海　伽二 16
浄海 → 清盛
定海　伽十 26
性海霊見　伽九 21
昭覚　伽国 D
正覚 → 覚鑁
聖覚　伽六 34
定覚　和上 1
正覚国師 → 夢窓疎石
正覚禅尼[正覚大師]　伽八 17,伽国 A
静観 → 増命

乗願　伽八 29
貞観帝 → 清和天皇
聖観音　和上 22,23,和下 27,伽六 25,53,55
浄教　和上 13
常暁　伽三 28,33
性欽 → 牧翁性欽
性空　和上 24,伽二 6,伽六 14
上宮太子 → 聖徳太子
勝軍地蔵　和上 25
貞慶［解脱］
和上 27,伽三 33,伽五 43,伽六 30,57
勝月 → 慶政
蕉堅道人 → 絶海中津
承興　伽十 26
聖光　伽六 34
称光天皇
伽四 12,30,伽八 19,伽九 9,伽十 19
樵谷惟仙　伽十 15
勝居士　伽九 14
浄金　伽四 34
定済　伽六 56
勝算［智観］　伽四 25,伽十 26
彰子（藤原）［皇大后・上東門院］
和下 2,伽四 31,伽六 6
璋子（藤原）［待賢皇后］　伽五 9
象耳 → 泉奘
暲子内親王［八条女院］　伽五 21
常寂　伽六 34
聖守［中道］　伽五 20
趙州従諗　伽九 29
定照　伽五 13
浄定［清定（神部）］　伽六 24
性信　伽十 26
浄信　伽四 41
静心　伽八 1
場仁紹　伽二 1
聖清　伽十 26
清拙正澄［清拙澄］　伽八 8,10
貞禅　伽四 28
奘善大師［薬蘭］　伽九 34
聖聡　伽六 39
浄蔵　伽二 37
成尊　伽五 28,伽七 27
定尊　伽六 11
昌泰帝 → 醍醐天皇
正智広因　伽九 44
定朝　伽二 14,伽三 21,
伽四 26,伽五 32,42,伽八 29,伽十 26
聖天 → 大聖歓喜天
勝道［満願］　伽二 10,伽六 21
常騰　和下 1
上東門院 → 彰子
聖徳太子［厩戸皇子・上宮太子・八耳・豊聡耳・聡者八耳］
和上 10,18,19,21～24,26～28,和下 1,2,4,16,21～23,伽一 2,3,5～9,伽二 6,18,22～24,伽三 1～3,5,8,19,22,29,30,33,38,42,51,53,伽四 1,2,35,伽五 17,18,伽六 13,23,32,46,伽七 17,47,59,伽八 28,伽九 43
称徳天皇　和上 14,和下 2,伽二 7,伽三 9,10,伽四 3,伽六 48
性激 → 高泉性激
定仁　伽八 29
正念 → 大休正念
定然 → 定嗣
正能　伽四 6
春夫宗宿　伽九 37
浄弁　伽八 25
聖宝　和上 3,伽三 13,44,伽五 30,伽六 58
勝満 → 聖武天皇
紹明 → 南浦紹明
浄名　和上 8,23
聖武天皇［勝満］　和上 1～4,10,12,15,16,18,23,25,和下 1,4,5,17,伽二 5,9～11,14,31,36,38,伽三 2,5～9,11,12,22,24,伽五 18,24,伽六 5,26,33,35,37,41,45,伽七 1,15,18,19,24,40,54,56,75,76,82,伽十 26,32
定宥　伽七 5
照曜権現　伽二 37
正和　伽二 16

承和帝 → 仁明天皇
如円　伽五 31
如真 → 高岳親王
恕中無慍　伽八 8
徐福　伽六 30
舒明天皇[後岡本宮天皇]
和下 4, 伽三 2, 伽四 32, 伽六 15, 56
汝霖妙佐　伽十 16
白河天皇　和下 10,
伽五 32, 34, 伽六 30, 伽七 75, 伽十 26
新羅王　伽一 7
信一　伽五 31
心慧　伽六 31
信円　和下 13, 伽三 23
真応　伽六 52
真王　伽二 4
真雅　和上 26, 伽四 7, 24, 伽五 30, 伽十 26
晋海　伽五 7
真海　伽六 54
信快一　伽八 29
真観[浄阿]　伽四 42
信行　伽十 26
真暁　伽四 7
真空[廻心・中観]　伽四 28
神功皇后[神宮皇后]
和上 2, 3, 9, 19, 和下 2, 伽一 2, 伽二 4
新宮権現　伽六 30
真空 → 無著妙融
真敬[一乗院法親王・一乗院御門主]
和下 2, 伽八 16
秦景　伽一 1
心憲　伽六 35
信玄(武田)　伽六 40
真公 → 鑑真
真言八祖[八祖大師]　和上 26, 和下 11
神子　伽九 4
神子栄尊[栄尊]　伽九 4
心叔　和下 1
真俊　伽四 10, 伽六 16
信証　伽五 21
真紹　伽四 9
信盛　伽二 16, 伽四 13
真政　伽六 29
信西　伽七 41
真済　伽四 19, 伽七 41, 伽十 26
真然　伽四 39
神泰　和下 19, 伽三 10
深蛇大王　伽六 28
心地覚心[法灯円明・覚心・法灯国師]
伽四
42, 伽八 27, 伽九 15, 24, 25, 伽十 8, 9
真如　伽五 2
真如 → 高岳親王
真如房　和上 23, 伽三 29
真然　伽四 7, 伽五 30
神武天皇
和下 2, 26, 伽一 2, 4, 6, 9, 伽三 39, 40,
伽五 12, 伽六 25, 26, 43, 46, 伽九 39
神融 → 泰澄
心誉宗厳　伽四 18
新羅明神[新羅国之神]　伽六 3, 4
親鸞　伽四 18
真梁 → 石屋真梁
瑞巌雲居膺 → 雲居希膺
推古天皇　和上 23, 24, 26～28,
和下 3, 22, 26, 伽一 5～9, 伽二 18,
22, 24, 30, 伽三 2, 3, 29, 30, 33, 38, 伽
四 2, 伽六 23, 35, 56, 伽七 46, 伽十 26
沙土煮尊[沙土瓊尊]　伽六 25, 伽九 39
綏靖天皇　和下 26
菅原氏[菅氏]　伽九 24
資業(藤原)　伽五 35
祐房(中臣)　和下 2
佐理(藤原)　伽七 79
佐道(藤原)　伽二 1
資茂(日野)[日野右中弁]　和上 1
資盛(平)　和下 19
崇光天皇　伽八 14
朱雀天皇　伽二 10, 伽六 47, 56
素戔嗚尊[素戔尊・すさ・素盞鳥尊]
和下 2, 10, 15
崇峻天皇　和上 22, 伽一 6,

伽三 1,53,伽四 41,伽五 25,伽六 30
崇徳天皇［讃岐帝］　和下 2,伽五 21,伽六 10,11,伽七 39,41,54,76,伽十 26,32
住吉明神　和上 18,22,和下 2,伽七 24,31
諏訪明神　和下 2
清遠懐渭　伽九 21
清海　和上 9
勢観 → 源智
西澗子曇　伽八 25
清虚心公　伽十 24
勢至　和上 5,18,伽三 22,伽五 19,伽八 23
聖子 → 英仲法俊
済信　伽十 26
西聖老人　和下 23
清拙正澄［清拙大鑑・大鑑］　伽八 5,伽九 12,27,伽十 11,14
清泉 → 慈雲妙意
正続大祖禅師 → 月菴宗光
誓哲　伽四 30
聖明王［百済王］　伽一 1,2,伽二 21,伽六 23
清瀧　伽九 38
清凉寺ノ栴檀仏　伽四 42
清和天皇［貞観帝・水尾上皇］　和下 2,伽二 1,11,15,28,伽四 6,19,24,30,42,伽五 2,3,19,26,30,伽六 58,伽七 24,59,62,伽九 41,伽十 26
瀬織津姫　和下 2
石屋真梁　伽九 8,30
赤山権現　伽七 68
石室善玖　伽九 35
石仙　伽七 83
石帆惟衍　伽八 32
施暁　伽六 7
世親　伽六 42
世尊 → 釈迦
絶海中津［絶海津・蕉堅道人・仏智広照浄印翊聖国師］　伽六 30,伽九 21,伽十 16
絶学世誠　伽九 27
石渓心月［石渓月］　伽八 34,伽九 12
雪江宗深　伽八 9
雪舟　伽七 5
芹橘 → 膳菩岐岐美郎女
全庵主　伽十 17
宣恵　和上 3
善恵　伽五 31
禅英 → 霊中禅英
暹覚　伽三 43
千観　伽二 3
千貫　伽国 C
宣教　伽三 17
善財童子　和下 23
善算　伽二 1
膳氏 → 膳菩岐岐美郎女
善珠　和下 1,伽三 28
千手院　和上 2
千手観音［千手大悲・千手千眼・千手千目・千臂千目］　和下 1,8,25,27,伽二 1,3,8,10,14,17,18,31,伽三 21,41,伽四 8,15,伽五 5,伽六 8,12,13,30,36,42,49,伽七 3,8,10,24,33,35,40～42,44,45,54,62,67,81,伽九 41,伽十 22
善恕　伽六 40
泉奘［象耳］　伽三 20
善正　伽六 36
洗心子　伽八 5
善心尼［足子(佐伯)・善信尼・島］　伽一 3,5,6,伽三 41,伽四 41
禅瑞　伽九 34
千蔵　伽国 C
善聡　伽一 6
禅蔵尼　伽一 3,伽四 41
善仲　伽二 1
善導　和上 28,伽三 37,伽六 34
善童　伽六 58
善女龍王　和下 18,伽二 14,36,伽三 52,54
善妙　伽二 7
善無畏　和下 13,26,伽三 23
宣陽門院 → 覲子
宗因 → 無因宗因
崇演 → 貞時
相応　伽四 19

増賀　和下 19
宋景 → 景公
双桂肖禅師 → 惟肖得巌
宗光 → 月菴宗光
蔵山順空　伽九 22
総州別駕源公 → 満氏
増俊　伽五 29
蔵俊　伽四 16
霜台 → 久秀
増長　和上 11
増長天　和上 14,23,和下 1,8,伽三 9
宗灯　伽六 31
双峰宗源　伽九 22
増命[静観]　伽二 13,伽四 39,伽十 26
宗令 → 大徹宗令
祖継 → 大智祖継
祖訣　伽国 D
祖元 → 無学祖元
底筒男命　和下 2
園子尼　伽七 46
染殿 → 明子
染殿地蔵　伽四 42
祖雄 → 遠渓祖雄
麤乱神　伽二 4,20
祚蓮　和上 11,伽三 4,伽六 44
尊意[法性坊]　伽五 6
尊恵[慈心房]　伽二 13,伽九 32
尊教　伽十 26
孫子　伽二 25
孫氏　伽十 14
尊実　伽五 6,伽六 40

た 行

大菴須益　伽十 4
大威徳明王　伽四 19
大慧 → 痴兀大慧
大円　伽四 21
大応国師 → 南浦紹明
大音明神　伽六 44
大覚 → 蘭渓道隆
大鑑 → 清拙正澄
泰基　伽二 29
大喜方忻[仏満]　伽九 21,伽十 21
大休正念[正念・休翁・仏源]　伽八 34,伽九 12
大空　伽二 13
大歇勇健　伽九 16
待賢皇后 → 璋子
大光 → 恭翁運良
退耕行勇[行勇]　伽九 25
大荒神　伽九 38
大光 → 復庵宗己
大光普照国師 → 隠元隆琦
大黒天[大黒天神]　和下 11,27,伽二 14,25,伽三 44,伽四 42
醍醐天皇[延喜帝・昌泰帝]　和下 19,伽三 13,伽四 23,36,39,伽五 6,17,30,伽六 3,9,19,44,51,伽七 62,伽九 39,伽十 26
大慈 → 寒巌義尹
自在天神 → 道真
帝釈天[梵釈二天・忉利天帝]　伽二 9,11,伽三 22,伽四 36,伽六 54,伽九 22
大政威徳天 → 道真
大聖歓喜天[聖天]　和下 1,伽二 33
大将軍　伽三 45
大将軍平公 → 義持(足利)
大政天 → 道真
大織冠 → 鎌足
太神宮 → 天照太神
大拙祖能　伽九 8,伽十 18,19
泰善　伽三 40
大仙 → 法道
大全基公　伽十 21
太宗(宋)　伽五 3
太宗(唐)　伽三 54
太宗 → 始皇帝
太祖高皇帝 → 朱元璋
大智海 → 無為昭元
大智祖継[満千代丸・祖継]　伽九 40
大智明神　伽六 48
袋中　和上 3

大虫宗岑［大虫岑］　伽九 16
泰澄［神融］
伽二 11, 伽三 7, 伽五 41, 伽六 24, 25, 27
大徹宗令［宗令］　伽九 23, 伽十 22
大灯 → 宗峰妙超
大道一以［一以］　伽九 22
大塔宮 → 譲良親王
台徳院 → 秀忠
台徳大君 → 秀忠
大日　和上 9, 16, 23, 和下 3, 8, 11, 25, 26, 伽二 36, 伽三 22, 26, 43, 伽六 46, 伽七 1, 2, 4, 10, 13, 16, 45, 53, 62, 66, 83, 84, 87, 伽九 39
大寧　伽六 40
大年法延［法延］　伽九 31
大不可棄　伽四 10, 伽六 16
当麻　和上 28
大明国師 → 無関普門
太陽義沖［義沖・黙庵］　伽八 14
第六天魔王［天魔波旬・魔王波旬］　伽九 39
田うへ毘沙門　和上 31
尊氏（足利）［仁山公］
和上 1, 伽六 44, 56, 伽七 18, 75, 伽八 6, 10, 23, 24, 伽九 19, 31, 35, 42
高岳親王［真如・如真］　和上 9, 伽二 28, 伽三 26, 伽七 60, 伽八 28
高景（朝倉）　伽十 2
高賀茂　伽三 44, 伽六 38
高鴨大明神　伽七 55
高倉天皇［嘉応帝］
和下 1, 19, 伽二 13, 36, 伽三 7, 伽四 15, 16, 伽五 6, 伽六 57, 伽七 75
高殿明神　伽七 68
高額媛　和上 19
高房（藤原）　伽二 8
高光（藤原）［如覚］　和下 19
高魂尊　和下 2
多賀明神　和下 2
篁（小野）　和上 17, 和下 6, 17, 伽二 11, 伽三 16, 伽五 34, 伽七 5
高山右近　伽二 11
田公（佐伯）　伽六 9
田霧姫　和下 2
武重（菊池）　伽九 40
武田氏　伽十 10, 18
武時（菊池）　伽九 40
竹成　伽六 56
武内宿禰［武内大臣］　伽四 23, 伽七 31
武甕槌神［武雷槌命・浮雲の明神］　和下 2
建御名方　和下 2
田島氏　伽九 11
太政天 → 道真
多須那（鞍作）［鞍部多須那］
伽一 5, 6, 伽三 19, 伽四 41
忠明（藤原）　伽四 34
忠勝（酒井）［空印］　伽八 15
忠国（島津）　伽九 9
忠季（花山院）　伽八 27
忠信（佐藤）　和下 27
忠教（藤原）　伽九 6, 伽十 24
忠平（本多）［本多野州太守］　伽国 C
忠広（加藤）　伽九 33
忠通（藤原）　伽六 11
忠岑（壬生）　伽四 38
忠義（山内）　伽七 59, 62
直義（源）［古山公・古山源公］
伽七 10, 伽八 10, 11, 伽十 23
手力雄命　和下 2
橘氏　伽二 3, 伽六 11, 伽十 19
橘氏 → 三千代
橘工部 → 良基
竜子（京極）［松ノ丸］　伽四 32
龍田姫　和下 2
龍田明神［龍田大明神］　和上 22, 23, 伽三 22
達等（司馬）　伽四 41
立山権現　伽九 23
七夕神　和上 2
田部氏　伽九 10
田原氏　伽九 7
田部王 → 新田部親王
多宝如来［多宝仏］　伽九 32
玉興（越智）　伽七 75

玉垣大明神　和下 11
玉依姫[活玉依姫]　和下 15, 伽六 46
多美子(藤原)[藤皇后]　伽四 19
田村大明神　伽七 43
田村麻呂(坂上)　伽四 8
為里(物部)　和上 1
為朝(源)　伽七 41
為光　伽六 51
為義(源)　伽七 41
多聞天　和上 21, 23, 和下 1, 11, 伽二 11, 13, 14, 37, 伽四 5, 伽五 39, 伽六 12, 28, 46, 伽七 5, 10, 16, 33, 45, 54, 83, 伽八 16, 伽九 35
達磨[碧眼胡]　和上 18, 27, 伽一 9, 伽二 22, 伽三 33, 伽四 6, 伽八 6, 伽九 29, 43
太郎(遠藤)　伽六 59
丹羽玉峰 → 光重
湛慧　伽九 2
淡海公 → 不比等
断崖了義　伽九 27
断橋妙倫[断橋倫・橋倫和尚]　伽八 4, 伽十 24
湛慶[堪慶]　和下 27, 伽二 6, 伽三 44, 伽六 57, 伽七 32
談山権現　和下 19
丹治　伽十 24
湛照 → 東山湛照
湛然[荊渓]　伽四 6
智慧輪　伽六 3
智海　伽六 31
親清(河野)　伽七 75
智曤 → 夢窓疎石
智覚普明国師 → 春屋妙葩
親経(北条)　伽七 75
親元(源)　伽四 22
親守(橘)　伽二 4
親盛　伽六 34
智侃 → 直翁智侃
智観 → 勝算
智顗[智者大師]　伽四 6, 10
竹菴士圭[竹菴圭]　伽十 2
竹翁　伽十 11
竹居正猷[竹居猷]　伽十 4
竹窓智厳[竹窓厳]　伽九 9
智光　和下 3, 伽三 1, 11
痴兀大慧[平等・仏通禅師・大慧]　伽九 26
智周　和下 1, 伽三 17, 25
智定　伽十 26
智証大師 → 円珍
智心 → 一遍
痴絶道沖[痴絶沖]　伽九 25
智泉　伽五 7
智蔵　伽三 1
千波氏　伽六 39
千葉氏　伽十 11
智鳳　伽三 17
智満　伽三 8
仲哀天皇[中哀天皇]　和上 2, 伽一 2
中淵 → 万宗中淵
中観 → 真空
中瓘　伽三 26
中巌円月[月公]　伽九 8
中将姫　和上 28, 和下 1, 伽二 36
忠次郎(土屋)　和上 1
中津 → 絶海中津
忠仁公 → 良房
中道 → 聖守
中峰明本[天目中峰本]　伽八 10, 伽九 15, 17, 27, 伽十 23
張栄　伽五 3
朝延　伽十 32
潮音洞主　伽八 15
澄海　伽十 6
重賢　伽六 54
澄憲　伽四 34
重源[俊乗房・俊乗坊]　和上 1, 伽三 7, 伽六 29, 57
長歳　伽五 15
澄順　伽六 28
長神 → 級長津彦命
澄政　伽六 28
長仙人　伽六 38

兆殿主 → 吉山明兆
長徳帝 → 一条天皇
奝然 伽五 3
長甫 → 岳翁長甫
重明 伽六 54
長歴帝 → 後朱雀天皇
千代野（安達）［無著禅尼］ 伽八 24
知礼 伽五 39
珍暁 伽四 10，伽六 16
椿庭海寿 伽九 9
陳和桂 和上 1
通幻寂霊［寂霊］ 伽九 8，18，伽十 3，18，25
月輪禅定 → 兼実
土御門天皇 伽五 5，6，13，伽八 1，伽十 26
綱利（細川） 伽九 34
経通（藤原）［藤丞相］ 伽九 22
経基（源）［六孫王］ 伽二 15，伽四 28
角振の神 和下 2
壺（錦織） 伽四 41
杌津姫命 和下 2
貫之（紀） 和下 17
定家（藤原） 和下 15
鉄庵道生 伽八 34
徹翁義亨 伽八 5
鉄翁守一［鉄翁一］ 伽四 12
鉄崖空［崖禅師］ 伽国 B
鉄眼道公［坂陽瑞龍鉄眼光］ 伽九 44
鉄牛道機 伽八 20
徹通義介［義介通］ 伽十 6，7
手長 伽六 58
光基（藤原） 伽九 17
天海［慈眼大師・南光］ 和下 27，伽六 40
天川弁財天 和下 28
伝教大師 → 最澄
天智天皇［中大兄皇子・淡海大津宮天皇］
和上 28，和下 1，6，17，19，20，伽二 26，伽三 2，3，5，9，17，32，47，54，伽四 32，伽六 1〜3，15，伽七 81
天照皇太神 → 天照大神
天真自性［自性］ 伽九 19，伽十 3
天台徳詔［天台詔］ 伽九 8
天童 伽五 39
天道如浄 伽九 13，伽十 1
天庵妙受［仏性禅師］ 伽九 42
天魔波旬 → 第六天魔王
天武天皇［清水原天皇］
和上 11，和下 1，4，19，伽二 34，伽三 2〜4，9，10，39，伽五 43，伽六 3，20，44
天目中峰本 → 中峰明本
天遊子 → 器子為播
天禄上皇 → 円融天皇
道蘊 → 貞藤
道温 → 懐玉道温
東海竺源［東海源公・法光源・法光］
伽九 5，24
道感 伽九 33
道岸 伽三 8
等熙［仏立恵照国師］ 伽四 30
道基 伽三 41
導御［円覚］ 伽四 38
道教 伽五 31
道鏡（弓削）［大臣禅師・鏡］ 伽三 9，伽四 3
道契 伽四 28
桃渓徳悟［桃渓悟］ 伽八 10，伽十 23
道賢 → 日蔵
道元［永平］ 伽八 17，伽九 13，18，40，伽十 1，6，伽国 A
東山湛照［湛照・宝覚］ 伽八 3
洞山良价［悟本大師］ 伽十 1
道慈 和下 4，伽三 2，7，17，伽四 4
道昌 伽五 4
道昭［道照］
伽三 1，伽五 38，伽六 31，伽九 24
道証 伽四 6
東照権現（東照大神君） → 家康
道邃 伽四 6
道宣［南山］ 和上 10，伽二 12，伽三 20
道詮 和上 23
道璿 和上 1，伽三 7，8
藤大師 伽十 3
道智 伽六 33
道澄 伽四 14

道風(小野)　和上 23
道明　伽三 6
東明慧日[東明日]　伽十 2
道雄　伽五 15
忉利天帝 → 帝釈天
道隆 → 蘭渓道隆
東陵永璵[永璵・東陵璵・妙応光国慧海慈済]　伽八 6,24,伽九 8,33,伽十 2
十市氏　和下 14
戸隠明神　和下 2
時風(中臣)　和下 2
時国(漆間)　伽四 16
世良親王[都督親王]　伽八 12
時平(藤原)　伽四 36
時宗(北条)[平将軍・北条大将軍]　伽六 32,伽八 18,33,34,伽十 20
時頼(北条)[最明寺・西明寺]　和上 23,伽二 10,伽六 32,伽八 31,伽十 1
徳一　伽六 22
徳胤　伽四 1
徳翁宗古　伽九 37
徳温　伽八 31
徳光　伽三 11
得子[美福門院]　伽五 21
篤上人　伽六 14
独真　伽八 15
徳斉 → 多須那
徳道　和下 17,伽二 6,伽三 6
特峰妙奇　伽十 18
徳龍　伽八 15
徳蓮　伽三 6
俊方　伽六 48
淑子(藤原)　伽四 23
年足(石川)　和上 2
利常(前田)[一峰菅公]　伽六 27
利仁(藤原)　伽十 6
俊政(本多)[本田因州]　和下 25
俊正 → 明忍
渡都岐(高賀茂)　伽三 3
徳光　伽二 9
都督親王 → 世良親王
舎人親王　和上 11,伽三 9
鳥羽天皇[空覚]　和下 1,11,伽三 36,伽五 9,21,22,伽六 30,伽七 76
具平親王　伽三 21
朝祐(和気)　伽七 37
豊酙渟尊　伽六 25,伽九 39
豊聡耳 → 聖徳太子
豊成(藤原)[横佩・拱佩・横萩右大臣]　和上 28,和下 1,伽三 3
豊安　伽五 33
止利(鞍作)[鳥・鳥仏師]　和上 23,和下 22,伽三 22
曇希叟 → 希叟紹曇
頓誉琳公[頓誉林]　伽五 34

な 行

直家(熊谷)[熊谷小次郎]　和上 28
直実(熊谷)[蓮生]　伽四 18
尚政(永井)[崑山居士]　伽国 A
長明(源)　伽四 16
魚養(朝野)　和上 11
永井弥右衛門 → 白元
長岡大臣 → 内麿(藤原)
中筒男命　和下 2
長時(北条)　伽六 32
仲成(藤原)　伽三 26
中大兄皇子 → 天智天皇
仲麻呂(藤原)[恵美押勝・恵美仲・藤仲]　和下 1,伽三 8,9,伽四 3
仲麿(安倍)　和下 23
仲光(藤原)　伽九 41
中村氏　伽国 C
長屋王[長屋親王・長屋の皇子]　和上 10,11
長安(大久保)[大久保石見守]　和上 1
長逸(三好)[三好日向守]　伽三 7
長良(藤原)　伽四 20
名代(中臣)　和上 10
那智[大那智]　伽六 30,伽七 69
奈良の帝 → 平城天皇
業平(在原)　和上 6,和下 9,伽三 50
業光(柳原)[柳原右中弁]　和上 1

那波大江氏　伽十 19
縄手(益田)　和上 1
南光 → 天海
南山 → 道宣
南山士雲　伽九 11, 22
南浦紹明[紹明・大応国師・円通大応国師・南浦明]　伽八 5, 25, 伽九 15, 24, 伽十 9, 12
新田部親王[田部王・新田皇子]　和上 10, 伽三 8
丹生明神　和下 11, 伽二 36, 伽六 9, 伽七 69, 伽九 38
仁王[二王]　和上 23, 伽二 33, 伽三 44, 伽六 28
西の宮 → 蛭児
西八条禅尼[八条ノ禅尼]　伽四 28
二十五菩薩　伽五 32
二十八部衆　伽二 14, 伽七 24, 62, 67
二条天皇　伽五 42
日浄　和上 23, 伽三 29
日蔵[道賢]　和下 27, 伽三 35, 44, 伽四 36, 伽五 41
日誉　伽四 13
日羅[羅]　伽一 2, 9, 伽二 18
日光菩薩[二菩薩・日光・日]　和上 11, 伽二 25, 38, 伽三 15, 伽六 38, 57, 伽七 17, 24, 60, 70, 伽九 43
日証　伽七 31
新田皇子 → 新田部親王
日天子　伽六 43
日峰宗舜[日峰舜]　伽八 9, 20, 37, 伽十 5
瓊瓊杵尊[天津彦彦火瓊瓊杵尊]　伽六 25, 伽九 39
二八応真 → 十六大阿羅漢
日本大政威徳天 → 道真
若一王子　伽七 51
如意　伽二 4, 20
如一　伽二 4
如意輪観音　和上 1, 23, 和下 7, 20, 27, 伽二 4, 7, 22, 32, 伽三 29, 伽四 1, 12, 伽六 5, 14, 伽七 49, 83, 伽八 19, 伽九 19, 44
如円　伽二 4
如覚 → 高光
如空 → 空海
如宝　伽三 8
仁海[雨僧正]　伽五 1, 伽七 27
仁康　伽五 34
仁弘　伽四 27
仁山公 → 尊氏
忍性[良観]　和上 24, 伽二 15, 伽三 13, 30, 伽四 42, 伽六 31, 32
仁西　伽二 5
仁和帝 → 光孝天皇
仁明天皇[承和帝]　和上 6, 17, 伽二 11, 32, 伽三 41, 伽四 7, 37, 伽五 2, 15, 27, 伽六 3, 20, 43, 58, 伽九 38, 伽十 26
怒利斯致契[怒利斯致]　伽一 2, 伽六 23
寧一山 → 一山一寧
寧子(藤原)[後伏見院ノ皇后・両宮国母]　伽四 42, 伽八 6
念禅師 → 慧思
信家(藤原)　伽七 59
信定(藤原)　伽七 59
誠豊(山名)　伽六 54
信長(織田)　伽五 35
信衡(藤原)　伽七 59
信房(藤原)　伽四 10
教家(藤原)[弘誓院]　伽八 17, 伽国 A
範資(赤松)[赤松範公]　伽二 7
憲英(藤原)　伽十 18
詮盛(平)　伽十 22

は 行

梅谷用[道用・惟照]　伽国 C
廃帝天皇 → 淳仁天皇
柏庵宗意[柏庵意]　伽十 12
白王権現　伽七 67
白崖宝生[普覚円光]　伽十 19
伯済　伽八 33
白山権現　和下 11, 23, 伽二 14, 伽六 25, 53, 59, 伽七 24, 61, 69, 75, 伽九 38

白山弁財天　和下 27
帛道猷　伽国 D
泊如 → 運敞
白龍　伽五 33
間人皇后 → 穴穂部間人皇女
羽嶋(吉備)　伽一 2
長谷　伽六 33
長谷川　和上 6
秦氏　伽四 16
波多野ノ義公 → 重通
八王子　伽三 44
八条女院 → 暲子内親王
八条ノ禅尼 → 西八条禅尼
八条若挟前司之夫人　伽二 10
八大童子[八大金剛童子]　和上 31, 和下 11
八大菩薩　伽四 19
八大龍王　伽三 54
八天童　伽六 38
八部衆[八部神衆]　伽三 8, 22
八幡[護国霊験威身大自在王菩薩・大神]　和上 2, 15, 21, 23, 伽二 1, 27, 伽三 7, 9, 伽四 2, 3, 36, 伽五 12, 19, 伽六 46, 57, 伽七 8, 17, 21, 31, 36, 伽八 31, 伽十 32, 伽国 C
八龍神　和下 2
八所権現　和下 15, 27
抜隊得勝[抜隊勝]　伽十 17, 18
八祖大師 → 真言八祖
八臂天女　伽六 43
馬頭観音　伽六 37, 51, 伽七 29, 伽九 41
馬頭太良　伽六 37
花園天皇[荻原上皇]　伽四 42, 伽八 5, 7, 伽十 26
浜成(藤原)　伽五 35, 伽六 56
速玉之男　伽六 30
隼房　和下 2
婆羅門僧正　和上 12, 24
春時(小野)　伽三 21
班子女王[母后]　伽四 39
範俊[俊・義範・義]　伽五 28
反正天皇　伽二 31
半千尊者 → 五百羅漢
万安　伽国 A
般若怛羅　伽六 3
坂陽瑞龍鉄眼光 → 鉄眼道公
費隠通容　伽八 15
日生下氏　伽六 33
東山殿 → 義政
比古大神 → 若狭彦大神
彦火火出見尊　伽六 25, 伽九 39
膝付氏　伽四 13
久豊(島津)　伽九 9
久秀(松永)[松永弾正・霜台]　和上 1, 21, 伽三 7
毘沙門[北大王・多聞]　和上 21〜23, 31, 和下 27, 伽二 14, 36, 37, 伽三 45, 伽四 5, 伽五 8, 9, 18, 伽六 12, 27, 28, 伽七 8, 32, 35, 86, 伽八 16, 26, 伽九 35
毘首羯摩　伽七 21
美丈御前 → 円覚
敏達天皇　和下 1, 3, 伽一 2, 3, 9, 伽三 5, 伽四 41, 伽六 23, 伽七 53
秀忠(徳川)[台徳大君・台徳院]　和下 1, 伽四 34, 伽六 40, 57
秀長(羽柴)[大和亜相公]　和上 5
秀長(中条)[中条武庫郎威公]　伽八 14
秀衡(藤原)　伽四 34
秀行(中臣)　和下 2
秀吉(豊臣)　和下 24, 27, 伽二 16, 伽三 46, 伽四 14, 18, 32, 伽六 44, 57, 伽七 22, 58, 伽八 21, 伽九 36
秀頼(豊臣)　和下 27, 伽三 24, 伽四 14, 伽五 21
一言主[葛城]　和上 29, 30, 和下 1, 2, 伽三 44
人丸　伽八 27
檜熊　伽六 56
日の前の宮　和下 2
熯速日　和下 2
美福門院 → 得子
姫大神[相殿]　和下 2
白衣観音　伽九 8, 27
百万　和上 14

平崇 伽八 29
平等 → 痴兀大慧
飛来天神 → 天御中主神
飛来仏 伽七 69
平岡明神 和上 22, 和下 2
枚夫 伽六 13
比良明神 伽六 5
毘藍婆 伽二 11
蛭児[西の宮] 和下 2
毘盧遮那[大仏・盧舎那仏] 和上 1,2,
伽二 14, 伽三 7,8, 伽四 14, 伽六 9,26
広瀬明神 和下 2
広田神 伽二 4
広嗣(藤原) 和下 1
弘世(和気) 伽四 6
賓頭盧 和上 23
不可棄 → 俊芿
普覚円光 → 白崖宝生
傅毅 伽一 1
復庵宗己[大光] 伽十 21
福井氏 伽七 21
不空 伽四 10
不空羂索観音[羂索]
和上 1, 和下 1, 伽三 5,8
福亮 伽五 24
不軽子 → 春屋妙葩
普賢[金剛薩埵・徧吉・不賢]
和上 1,23, 和下 11, 伽二 7,10, 伽四 36, 伽六 59, 伽七 5,44, 伽八 29, 伽国 D
普在 → 在庵普在
房前(藤原) 和下 1,17, 伽三 6, 伽七 46
総光(広橋)[広橋右中弁] 和上 1
藤井 伽六 12
藤井氏 伽四 4
伏見天皇 和上 24, 伽五 41, 伽六 31, 伽八 3
仏鑑 → 無準師範
無準師範[仏鑑・無準範]
伽八 2,33, 伽九 4,35, 伽十 10
普照 和上 10, 伽三 8
藤原氏 和下 1,
伽三 18, 伽四 10, 伽六 16, 伽八 10, 11,14,19,25, 伽九 4,5,7〜9,14,17, 21,27,31, 伽十 4,5,7,10,17,20,21,23
仏慧 → 恭翁運良
仏慧広慈 → 在庵普在
仏眼清遠 伽二 6, 伽九 25
仏光国師 → 無学祖元
仏国応供広済国師 → 高峰顕日
仏慈 → 瑩山紹瑾
仏性 → 天庵妙受
仏心愚極慧 → 愚極知慧
仏心 → 無関普門
仏陀婆梨 和下 23
仏知円応 → 嶮崖巧安
仏智広照浄印翊聖国師 → 絶海中津
仏智 → 山叟慧雲
仏通 → 痴兀大慧
仏哲 和上 1,12, 伽三 7
仏徳 → 孤雲懐奘
仏徳大通 → 愚中周及
経津主 和下 2
仏法道元 → 道元
仏満 → 大喜方忻
仏立恵照国師 → 等熙
仏林慧日 → 恭翁運良
不動 和上 11,22,23,26, 31, 和下 11,12,23,27, 伽二 7,11,14, 21,25,32,36, 伽三 21,44,48,54, 伽四 7,19, 伽五 1,15,18,21, 伽六 11, 50,58, 伽七 5,8,10,16,20,21,32, 33,35,41,45,54,61,69,74,78, 伽国 C
不比等(藤原)[淡海公]
和上 4,8, 和下 1,19, 伽三 5,10,12,24
文山(藤原) 伽七 22
普明国師 → 春屋妙葩
普門 → 無関普門
冬嗣(藤原) 和下 1, 伽三 5
布留明神 和下 2,10,11
文応上皇 → 亀山天皇
文鏡 伽二 19
文篋 → 基忍
聞月 伽七 74

文憲公濂　伽八 6
文智女王[梅の宮]　和下 7
文璐　伽五 33
文屋氏　伽四 35
平氏　伽六 11,伽八 2,8,26,伽九 14,15,22,37,伽十 2,11,24
平心処斎[覚源]　伽十 11
平城天皇[奈良の帝]　和上 9,和下 1,9,伽二 19,31,伽三 26,50,伽六 30,伽七 60,伽八 28,伽九 44
平楚聳[鼓山聳]　伽十 14
平仁　伽五 30
碧眼胡 → 達磨
碧潭 → 周皎碧潭
別源円旨　伽十 2
別山祖智[別山智]　伽十 15
徧吉 → 普賢
弁慶　伽六 16
弁光　伽二 6
弁才天[弁財天・弁財天女・大弁才天・弁才天女・弁天]　和上 18,20,和下 18,27,28,伽二 4,13,14,18,22,33,36,伽三 45,47,52,伽五 12,伽六 43,57,伽七 17,21,45,48,66,68,73,76,77,伽八 2,伽九 38,44,伽国 C
遍照　伽十 26
弁長　伽六 34
弁円 → 円爾
弁誉　伽六 40
蒲庵古渓[古渓]　伽四 14
蓬庵 → 家政
方庵圻公　伽十 24
法恵　伽五 31
峰延　伽四 5
法円　伽二 37
法延 → 大年法延
法王禅師 → 源翁心昭
峰翁祖一[峰翁一]　伽九 16
報恩　伽三 14,伽四 8
法海　伽六 42
宝覚　伽九 5
宝覚 → 東山湛照
法起　和上 31,伽二 25
法義　伽十 26
宝鏡院 → 理昌女王
法光円融 → 峻翁令山
法光源 → 東海竺源
豊国　伽一 5,伽三 19
宝厳院　和上 1
法俊 → 英仲法俊
宝生　伽七 45
法浄　伽十 26
法勢　和下 17
法全　伽六 3
法陀　伽三 35
法灯 → 心地覚心
宝幢　伽八 26
法道[空鉢・大仙・道仙]　伽二 12,伽三 6,伽五 17,伽六 12,28
法灯円明(法灯国師) → 心地覚心
法然[源空]　和上 28,和下 13,伽三 23,伽四 16～18,32,伽五 11,13,伽六 34
豊然　伽六 19
法蘭　伽一 1
法力　伽十 8
法蓮　伽六 36
牧翁性欽[性欽]　伽八 19,伽十 5
北礀居簡[北礀簡・礀翁]　伽八 33,伽九 12
北天王 → 毘沙門
北斗七星　伽六 54
法興院 → 兼家
火酢芹尊　和下 2
細川氏　伽七 18,伽九 18
菩提僊那　和上 1,12,和下 4,伽三 7,8
法華仙人　伽七 69
法性　伽五 9
北峰宗印[印]　伽四 10
堀河天皇[寛治帝]　和下 1,伽四 16,22,伽六 30,伽七 75,76,伽十 26
本有円成仏心覚照国師 → 関山慧玄
梵雲 → 祥庵梵雲
本宮権現　伽六 30

品治氏　伽四 23
梵相 → 円鑑梵相
梵天　伽二 9,11,伽三 22,伽九 22
本了　伽九 7

ま 行

魔王波旬 → 第六天魔王
間賀介(高賀茂)　伽三 3
真備(吉備)[吉備公]　伽六 24
正成(楠)[政成]　和上 31,伽二 25
正純(本多)[本田上野介]　和上 1
正親(卜部)　伽五 39
雅信(源)　伽五 8
匡房(大江)[都督江公]　伽五 28
股野但馬守　伽九 44
松尾火雷神　和下 2
松尾明神　伽四 11
松風　伽二 19
真綱(和気)　伽四 7
松永弾正 → 久秀
松ノ丸 → 竜子
松法師　伽七 4
松浦明神　和下 1
万里小路家　伽四 30
摩騰　伽一 1
麻深 → 鹿深
摩耶　伽二 12
希世(平)　伽四 36
麻呂子親王[麻魯古]　和上 28,伽三 3
満願 → 勝道
満慶 → 満米
卍山道白　伽八 29
曼殊 → 文殊
万宗中淵　伽八 8
満照 → 満政
満千代丸 → 大智祖継
満徳天 → 宇多天皇
満米[満慶]　和上 17,伽三 16
満誉　伽四 18
三浦氏　伽六 40
三尾明神　伽六 4
水分明神　伽二 25,36
三坂三社大明神　伽六 28
三島明神　伽七 68,75,79
水江浦島子 → 浦島の子
水尾上皇 → 清和天皇
弥山権現　伽七 12
弥陀ノ三尊 → 阿弥陀三尊
通有(河野)　伽七 75
道家(藤原)　伽八 2,3
通方(源)　伽四 10
道兼(藤原)　伽七 59
道真(菅原)[菅丞相・菅天神・日本大政威徳天・北野天満大自在天神]　和上 3,和下 6,18,27,伽二 21,24,伽三 35,44,47,52,54,伽四 36,42,伽七 3,68,86,伽九 24
道隆(和気)　伽七 37
通忠(源)　伽十 1
通親(久我)　伽五 31
通嗣(近衛)　伽八 19
道綱(藤原)　伽十 26
道長(藤原)[藤道長公・藤公・道長公]　伽四 25,26,伽八 29
三千代(県犬養)[橘氏]　和上 8,和下 1
満氏(源)[総州別駕源公]　伽八 2
密雲円悟　伽八 15
光重(建部)　伽下 27
光重(丹波)[丹波玉峰]　伽八 16
光隆(蜂須賀)　伽七 1,16,24
密菴咸傑　伽十 10
光豊(勧修寺)[勧修寺右中弁]　和上 1
満仲(源)[多田満仲]　伽二 10,15,伽五 42,伽七 62,伽九 41
満信(源)　伽九 41
光秀(明智)[明知日向守]　伽九 44
満政(源)[満正・満照]　伽九 41
三見の宿祢　和下 2
岑守(小野)　伽四 6
三野氏　伽七 27
壬生氏　伽三 43
宮成(宇治)　伽六 17

明菴 → 栄西
明恵[高弁]　伽五 6
妙応光国慧海慈済 → 東陵永璵
明戒　伽五 31
妙観　伽二 1
妙見　伽六 47,54
明賢　伽三 18
妙光明窓[明窓]　伽六 34,伽九 10
明乗　伽六 35
命禅　伽三 21
明窓宗鑑[明窓鑑]　伽十 13
妙智　伽三 21
妙超 → 宗峰妙超
明澄　伽六 35
妙童　伽六 58
妙幢　和下 1
明忍[俊正(中原)]　伽五 7,伽六 29
妙葩 → 春屋妙葩
明範　伽十 21
妙融 → 無著妙融
妙理大菩薩　伽六 25,伽九 39
弥勒[阿逸多・慈氏・慈尊]　和上 1,11,14,21,28,和下 1,3,11,21,27,伽一 3,7,伽二 1,7,伽三 3,8〜10,20,32,34,44,52,54,伽四 2,伽五 6,39,41,伽六 3,4,9,42,44,伽七 6,14,30,35,37,88,伽九 40
三輪明神　和下 2,15,伽九 38
明極楚俊[明極俊]　伽八 25,伽九 5
無為昭元[無為元・無為大智海]　伽八 11,14,伽九 27
無因宗因[宗因]　伽九 37
無外円照　伽九 7,10
無学祖元[祖元・仏光国師]　伽八 24,33,伽十 20
無関普門[大明国師・普門・仏心]　伽八 4
無極志玄[無極玄]　伽八 6
無見先覩[無見覩]　伽八 10,伽九 27
無住　伽八 16
無尽意　和下 1
夢窓疎石[夢窓国師・夢聡国師・智曜・正覚国師]　伽七 56,伽八 6,8,12,18,22〜24,26,28,伽九 14,16,19,21,22,41,伽十 10,16,20
武智麿(藤原)　和下 1
無著禅尼 → 千代野(安達)
無著妙融[妙融・真空禅師]　伽九 7
無徳至孝[無得・至孝]　伽六 31,伽八 11,伽九 44
宗高(那須)[与一]　伽五 32
致房(藤原)　伽二 1
無明慧性[無明性]　伽八 31
無文元選　伽十 13
村上天皇　和下 27,伽二 3,24,伽四 11,33,35,36,伽五 34,伽六 17,46,伽七 59,75
紫式部　和上 23
村雨　伽二 19
無量寿仏 → 阿弥陀
明子(藤原)[染殿]　伽四 42
明窓 → 妙光明窓
明帝　伽一 1
明峰素哲[明峰哲]　伽九 40
滅宗宗興[円光大照]　伽十 12
馬鳴　伽五 39
毛音毛頭　伽二 12
蒙山智明　伽九 8
黙庵 → 太陽義沖
木庵性瑫[木菴瑫]　伽八 15,20,伽国 B,C
持遠(遠藤)　伽四 3,伽五 23
牧渓法常[もっけい]　和上 1,伽七 5
基氏(足利)[連帥源公]　伽十 23
元親(長宗我部)　伽七 58
元信(狩野)[古法眼]　和上 26
元久(島津)[島津大道・島津公]　伽九 8,30
基房(藤原)　和下 19
元正(藤原)　伽七 48
百枝(三津)　伽四 6
百百尾権現　伽七 68
百世(稲部)　和上 1
盛遠(遠藤) → 文覚
盛政(陶)　伽十 4

守屋（物部）［物氏］　和上21,伽一3,5,伽二23,伽三1,19,53,伽六23
護良親王［天台座主二品法親王・大塔宮・太塔宮］　和上3,和下11,伽二10
師氏（細川）［淡州ノ太守］　伽九22
諸兄（橘）［橘公］　和上1,伽六26,伽九24
師輔（藤原）　伽四36
師忠（藤原）　伽三21
師継（花山院）　伽八27
師時（北条）　伽八34
師直（高）　伽八24
師信（花山院）　伽八27
師宗（中原）　伽四42
師盛（平）　伽四17
文覚［盛遠］　伽四3,伽五6,23
文篋　伽八20
文殊［文珠・曼殊・文］　和上1,3,20,23,和下2,6,11,19,24,27,伽二7,伽三10,13,31,43,46,47,52,伽四11,18,伽六32,40,42,伽七56,68,88,伽八29,伽九21,39,伽国D
文徳天皇　伽四9,10,伽五33,34,伽六4,伽七31,伽八13,伽十26
文武天皇　和上30,和下25,27,伽二11,伽三7,17,41,44,伽六36,38,47,52,53,伽七68

や 行

宅成（和気）　伽六3,伽七36
薬王菩薩　和下1,伽二13
約翁徳倹［約翁倹公］　伽九27
八種雷の神　和下2
薬師［瑠璃光如来・医王］　和上11,13,14,18,22〜24,26,28,31,和下1,2,5,11,13,16,26,伽二1,5,9,14,33,34,36,38,伽三15,22,23,27,28,30,42,44,45,51,52,伽四6,33,34,伽五21,24,35,39,42,伽六30,32,35,38,54,57,58,伽七2,5,6,11,13,15,18,23,24,28〜30,32,35〜37,39〜41,44,48,51,53,58〜64,67,70,74,75,82,87,伽九32,43,伽十2
薬師三尊［薬師三聖］　伽三22,伽七25
薬上菩薩　和下1,伽二13
益信　伽二13,伽四23,39
薬蘭 → 牸善
夜叉［夜叉王・夜叉神］　和下27,伽二11,伽三44,伽四36,38
泰明（河尻）　伽九13
康雄（中原）　伽五7
安角（三神）　伽六24
康綱（中原）　伽五7
泰時（北条）　伽二10
康頼（平）　伽九4
八耳 → 聖徳太子
夜菩（漢人）　伽四41
山内某公　伽十11
山口修理公　伽六29
山背大兄皇子　和上23,和下1,19,伽三5
八岐の大蛇　和下10
日本武尊［大和武］　伽七37
惟首　伽五26
唯心　伽六34
唯尊　伽六51
宥雄　伽七16
祐快　伽二6
祐宜　伽四13
有慶　伽四9
友尊　伽六29
宥貞　伽四13
脩然　伽四6
酉誉　伽六39
雄略天皇　伽七55
行平（橘）　伽四33
行平（在原）　伽二19
与一 → 宗高
栄叡　和上10,伽三8
楊貴妃　和下1
楊三綱　伽九1
葉氏　伽八22
陽成天皇　和上6,伽五26,34,伽六38,伽十26,31

用貞輔良　伽九 21
用明天皇　和上 22,23,28,和下 17,22,伽一 2,4,5,9,伽二 6,23,伽三 3,19,22,伽四 1,伽六 23
与喜天神　和下 17
横佩(藤拱佩・横萩右大臣) → 豊成
横山居士　伽八 16
義詮(足利)　伽八 18
義家(源)　伽二 15
吉家(藤原)　伽七 48
善佐(本多)　伽六 23
義澄(足利)　伽五 34
喜蔵(吉川)　和上 21
吉田氏　伽六 28
吉田大明神　和下 24
良種(神)　伽四 36
吉親(大友)　伽六 59
義経(源)　和下 1,27,伽五 32
義朝(源)　伽六 56
義仲(木曽)　和上 14
善根(橘)　伽六 14
良房(藤原)[忠仁公]　伽二 28,伽四 24
義政(足利)[慈照院・東山殿]　伽四 42,伽八 22
良相(藤原)　伽六 3
善通(佐伯)　伽七 25
義満(足利)[大相国・鹿苑院道義]　伽二 11,伽四 42,伽八 8,23,26,伽九 19,21,35
善光(本多)　伽六 23
義持(足利)[大将軍平公・源相公]　伽九 14,29,37
良基(橘)[橘工部]　伽五 19
与多(大友)　伽六 3
米成　伽七 33
頼章(松平)　伽七 45
頼家(源)　伽八 1,伽九 1
頼氏(牧野)　伽四 42
頼朝(源)　和上 1,24,27,28,伽二 13,22,36,伽三 7,伽四 3,伽六 35,56,伽七 18,21,73,75
頼信(源)　伽二 15
頼秀(源)　伽九 5
頼政(源)[源三位]　伽二 19
頼通(藤原)[宇治関白]　伽三 21,伽五 36,伽八 29
頼光(源)　伽二 15
頼之(細川)[桂岩居士]　伽八 18,伽九 21
頼義(源)　伽二 15,伽七 75

ら 行

礼光　伽三 1
礼公　伽六 34
頼鑁　伽二 16
邏覚　和下 23
蘭渓道隆[大覚禅師・道隆・蘭渓隆]　伽八 1,25,31,32,伽九 6,伽十 11,26
藍婆　伽二 11
陸羽　伽八 22
利修　伽六 38
理昌女王[宝鏡院]　伽八 24
理宗　伽四 12
立信 → 円空
隆円　伽十 26
龍王　和上 10,18,和下 1,2,伽二 37,伽九 33,伽十 22
隆恩　伽六 28
隆寛　伽五 13
隆琦 → 隠元隆琦
龍渓性潜　伽八 15
龍孤比丘　伽七 74
劉氏　伽十 14
龍樹[龍猛]　和下 13,伽二 2,伽三 23,伽四 36,伽五 39,伽六 44
隆秀　伽六 28
龍湫周沢　伽八 18,伽十 10
隆俊　和下 24,伽三 46
龍神　和上 10,和下 25,伽五 38
龍蔵権現　和下 25,伽三 41
隆尊　和上 1,伽三 17
隆長　伽四 13
龍女　伽九 41

隆豊　伽五 12
龍猛 → 龍樹
隆蘭渓 → 蘭渓道隆
了庵玄悟[了菴ノ悟公]　伽九 17
凌雲 → 在庵普在
亮慧　伽三 36
良永(添)　伽六 29
良賀　伽五 9
良覚　伽七 75
良観 → 忍性
了機道人　伽十 18
良賢　伽七 75
良源[慈慧・慈恵]　和下 19, 伽四 17, 伽五 18, 39, 伽六 40, 伽九 32
了宏　伽四 10
良重　伽二 6
両所権現　伽八 29
了然 → 月峰了然
良忍　伽五 9, 10
了然法明[了然明]　伽十 9
良範　伽九 15
龍馬神　伽九 41
霊石如芝　伽九 27
琳公 → 厳琳
林叟徳瓊[瓊林叟]　伽十 11
盧舎那仏 → 毘盧遮那
瑠璃光如来 → 薬師
冷泉天皇　伽七 59, 62, 伽十 26
霊中禅英[円知悟空・禅英・霊仲]　伽九 29
蓮光　和下 13, 伽三 23
蓮入　伽三 34
良弁[金熟・金鐘]　和上 1, 伽三 7, 17, 伽六 5
六師外道　伽一 1
六地蔵　伽七 24
六孫王 → 経基

わ 行

若狭彦大神[比古大神・比古神]　伽六 18
若田氏　伽二 10, 伽六 21
稚日姫　和下 2
若宮 → 春日若宮
若宮権現　伽七 31
若宮三十八所　伽三 44
若山作命　和下 2
和気氏　伽七 36

地名・寺社名

あ 行

阿威山　和下 19, 伽三 10
粟生　伽五 13
青榊神社　和下 2
青根　和下 27
青葉山　伽六 51
青峰山　伽七 42
青山　伽十 18
赤蔵　和下 2
赤乳神社　和下 2
赤根が淵　和下 25
赤八王子　和下 27
吾川　伽七 59
安喜　伽七 49, 51
安芸[芸州・芸陽]　伽九 14, 伽十 22
秋篠　和上 13
秋篠寺　和上 13, 伽三 28
飽田郡　伽四 10, 伽六 16, 伽九 33
秋津島　伽六 25
秋山　伽七 59
安居院　和下 22, 伽六 35
麻生津　伽六 24
浅香山　和下 1
浅草河[浅艸河]　伽六 56
朝倉橘広庭宮[橘の都]　和上 22, 和下 20, 伽三 38
朝原寺　和上 31

朝日寺　伽四 36
朝日山　伽国 A
朝熊岳　伽九 38
浅間山　伽九 38
芦墉宮　和上 23
葦浦　伽九 1
阿閦寺　和上 8, 伽三 12
飛鳥　伽三 1, 39
飛鳥川　伽三 39
飛鳥寺[本元興寺]　和下 1, 3, 22, 25
飛鳥岡本宮　和下 1, 20, 伽三 17, 伽六 15
飛鳥川原宮[明香川原の宮]　和下 1, 伽三 39
足羽郡[羽郷]　伽十 6
愛宕　伽五 5
愛宕山[愛宕]　伽二 11, 伽四 4
熱田　伽六 37
渥美郡　伽六 37
迹田村　伽国 D
穴穂寺[穴太寺]　伽六 17
穴栗神寺　和下 2
穴師坐兵主神社[穴師明神の社]　和下 14
繊沙上の陵 → 畝傍山南繊沙渓上陵
穴太　伽四 29
阿耨達池　伽四 7
阿鼻城　伽三 16
阿部利山　和上 1
阿部　伽三 43
安部　伽八 25
尼崎　伽二 18, 伽四 34
味木　伽六 16
天磐戸　和下 24
天香久山[天香来山・青香久山] → 興善寺
天川　伽三 45
雨師龍王　和下 27
阿陽城　伽国 B
荒池　和下 1
荒陵　伽一 5
在田郡　伽五 6
蟻唐渡　和下 27, 伽三 44
在原山 → 本光明寺
有馬　伽九 32
有馬温泉　伽二 5, 伽九 32
有馬温泉山　伽九 32
在原寺 → 本光明寺
阿波[阿・阿州]
伽四 11, 伽七 1～7, 10～14, 16～18, 21～24, 33, 伽九 5, 21, 伽国 B
安房[房州]
伽四 22, 伽六 56, 伽九 5, 38, 伽十 19
淡路[淡州]　伽三 9, 伽四 1, 伽六 46, 伽九 22
安国寺[朝日山](肥前)　伽九 12
安国寺[景徳山](丹波)　伽九 42
安国寺(淡路)　伽九 22
安国寺(山城)　伽八 11
安国寺(予州)　伽八 8
安国寺村　伽九 42
安居寺　伽九 10
安居の屋　和下 2
安祥寺　伽五 27
安心　伽国 D
安禅寺　和下 27, 伽三 44
安全所　和下 15
安民沢　伽八 23
安養院　伽七 72
安養寺[大沢山]　伽二 14
安養寺[長松山]　伽九 26
安養寺(北袋町)　和下末
安養寺(吉備)　伽八 1
安養寺(山城)　伽九 11
安楽寺　伽十 15
安楽寿院　伽五 21
飯沢　伽十 24
飯高郷　和上 1, 伽六 26, 45
飯高山　伽九 28
飯田山寺　伽四 10, 伽六 16
医王院 → 大蔵寺
医王寺　伽九 7
庵戸宮[廬戸宮・黒田の都]　和上 25
伊賀　和下 2
斑鳩　和上 22, 23, 伽一 9
斑鳩山　伽三 22
鵤尼寺 → 中宮寺

何鹿郡　伽九 42
斑鳩の宮　和上 23,27,和下 19
育王山　伽九 25
井栗神社　和下 2
池上　伽五 8
池後寺　伽一 9
生駒谷　和上 19
生駒山［往駒山・胆駒山・生馬山］
和上 19,21,23,伽三 31,伽四 3,伽六 32
揖西　伽八 5
率川神社［子守三枝の明神］　和下 2
石川郡　和上 27,伽一 3,伽二 22,伽四 41
石川寺　伽二 6
石木山　伽六 58
石手寺［熊野山］　伽七 75
石寺　和上 31
石原山　伽六 54
石山寺　和上 1,伽六 5
伊豆［豆州］
伽三 44,伽六 37,伽七 79,伽十 17
伊豆大嶋　和上 30
和泉［泉州］　伽二 9,
伽三 11,伽六 41,42,伽八 20,伽九 8
出雲［雲州］　伽六 37,伽九 15,22,37,伽十 17
出雲路　伽四 27
石動　伽九 38
伊勢［勢州］　和上 1,2,19,伽六 26,37,
45,伽七 21,伽八 6,伽九 11,26,38
伊勢神宮［伊勢・伊勢太神宮・皇太神宮・
大神宮］　和上 1,6,31,和下 24,伽六 26,45
磯馴松　伽二 19
石上神宮［石上・布留社］　和下 9,10
板野　伽七 1〜4,7
板宿村　伽九 36
一牛玉　和下 27
一条　伽四 29,32
一条院　和下 1
一乗院 → 霊山寺（阿波）
一乗山 → 葛城山
一乗寺　和下 27,伽六 6
一乗止観院　伽四 6
一之坂　伽七 87
一谷　和上 28
一宮　伽四 33,伽七 13,43,55
一之宮 → 宝寿寺
一宮寺［大栗山大日寺］　伽七 13
一宮寺［蓮華山］　伽七 43
一宮寺（讃岐）　伽七 43
一夜酒の宮　和下 15
一山寺　伽九 17
一超関　伽国 B
伊都　伽六 8
井土寺 → 明照寺
井土寺（地名）　伽七 17
伊那　伽六 23
稲岡　伽四 16
猪名川　伽二 14
因幡［因州］　伽四 33,伽五 14,16
因幡堂　伽四 33
印南　伽六 12
印南川［南河］　伽六 12
稲村の城　和上 21
稲荷堂　伽六 59
稲荷社　和下 27,伽国 A
犬寺　伽六 13
犬山　伽九 37
井上寺　伽二 30
伊野原　伽六 25
伊吹山　伽二 11
揖穂　伽四 11
今来寺［石光寺］　伽三 34
今須　伽九 30
今出川　伽四 29
射水郡　伽十 9
芋井　伽六 23
妹背山　和下 27
弥谷寺［千手院］　伽七 35
伊予［予州］
伽四 28,伽七 33,64〜66,68〜70,72〜
77,79,81,83〜88,伽八 8,伽九 16,31
入谷　和下 28
岩倉山　伽五 12

石清水　伽五 20
石清水八幡宮[男山八幡宮]
和下 11, 伽五 19
岩瀬　和上 22
岩瀧寺　伽六 50
岩田山　伽六 45
巌殿　伽九 33
岩本神社　和下 2
岩屋寺　伽七 68, 69
岩涌　伽七 19
印度 → 天竺
陰府 → 地獄
上野　伽六 40
上之坊　伽五 12
上の屋　和下 2
宇賀荘　伽九 15
右京　伽四 36
浮穴　伽七 68〜72
右近馬場　伽四 36
宇佐　和上 2, 15, 伽五 19, 伽六 37, 伽七 31
宇佐八幡　伽三 9,
伽四 6, 伽五 19, 伽九 4, 伽十 32
宇治[宇陽]　伽五 32, 36〜39,
伽八 15, 17, 29, 伽十 1, 伽国 A
宇治郡　和下 1, 伽五 35
宇治田原　伽八 29
宇治大橋　伽五 38, 39
宇治山　伽国 A
羽州 → 出羽
宇招　伽六 23
臼杵郡　伽九 10
太秦　伽四 2, 伽五 34
宇陀　伽三 42
宇智郡　和下末
内崎山　伽五 6
内山　和下 11
内山永久寺[金剛乗院]
和下 10, 11, 伽三 36, 37
有智山寺 → 大山寺
宇都宮　伽六 40, 伽九 8
宇土郡　伽九 40
海瀧　伽国 C
畝傍山　和下 26, 伽三 40
畝傍山西南御陰井上陵[御影の井上]
和下 26
畝傍山南纖沙渓上陵[纖沙上の陵]　和下 26
采女神社　和下 1
鵜の社　和上 1
菟原郡[兎原郡]　伽二 12
宇麻　伽七 88
厩坂　和下 1
厩坂寺 → 興福寺
海本神社　和下 2
梅尾　伽五 6
うるし谷　和下 28
宇和　伽七 64, 66
雲会堂　伽九 35
雲岩寺[東山]　伽十 11, 20
雲岩寺[宝華山]　伽九 33
温州　伽六 3, 伽十 13
雲樹寺　伽九 8, 15, 伽十 17
温泉山　伽六 47
雲辺寺　伽七 33
雲峰寺　伽九 7
雲門庵　伽八 5
雲門寺　伽九 14
永嘉　伽八 34
永観堂　伽四 9
永源寺[瑞石山]　伽九 27, 29, 伽十 19
叡山 → 比叡山
瀛洲　伽二 13
永勝寺　伽九 4
永照寺　伽九 7
永泉寺(薩摩)　伽九 10
永泉寺(豊後)　伽九 7
永徳寺　伽九 27
叡福寺[科長山・磯長山・上太子]
伽二 22, 伽六 29
英武楼　伽九 21
永平寺　伽九 13, 伽十 1, 6, 7, 伽国 A
永明寺[竹林院]　伽国 B
慧心院　伽五 32, 39

越後　伽八4,伽十19,22
越前　伽六24,25,伽八11,伽九18,伽十1～7,25
越州　伽四6,伽六7,44,伽八19
越中　伽九23,伽十8,9
江戸[江府]　伽六39,40,伽八20
慧日寺(中国)　伽三10
恵日寺[慧日寺]　和下19,伽六22
榎本神社　和下2
家原寺　伽八20
烏帽子岳　伽九9
慧林寺[乾徳山]　伽八6,10,伽九21,伽十16,23
閻王宮　伽二11
円覚寺[円覚興正禅寺・瑞鹿山]　伽八10,33,34,伽九12,24,伽十2,11,14,20,23
塩官　伽八13
煙岩山　伽六38
円教寺[書写山]　伽二6,伽六14,伽八5
円興寺　伽十12
延光寺　伽七63
円悟寺[林際山]　伽九43
遠州 → 遠江
円宗寺　伽四40
円照寺[普門山・矢嶋の御所]　和下7
円証寺　和下末
矢嶋の御所　和下7
円城寺　伽四23
円成寺[忍辱山]　和下8,伽三21,伽四23
円通閣　伽九44
円通寺　伽四42,伽八3,19,伽九4,5,16,伽十19
円通寺[霊嶽山]　伽六29
円福寺　伽九37
閻浮提[閻浮・閻浮利]　伽一1,伽二6,伽三11,16,伽六54
円明寺　伽六11,45,伽七77
延命寺[不動院]　伽七78
延暦寺[台山]　伽四6,26,36,伽六3,14,伽十11
円隆坊　伽五18
奥州 → 陸奥
往生院　伽五16,31,伽六57,伽九27
黄檗 → 萬福寺(日本)
黄檗 → 萬福寺(中国)
近江[江州近・江左・近州]　和上1,和下17,伽三6,7,9,伽四6,19,29,36,46,伽五26,伽六1～7,43,44,伽七46,伽九27～30,伽十12,17
王龍寺　伽国C
麻槙　伽七11
大麻山　伽七1
大井川　伽五4
大江山　伽六17
大亀谷　伽五32
大川辺　和下27
大窪寺　伽七48
大久保森　伽七87
大蔵寺[医王院・雲管山]　伽三42
大蔵山　和下28
大坂　和上20
大忍ノ荘　伽六32
大嶋　伽三44
大杉の釜　和下27
大隅[隅州]　伽九7,23,伽十4,32
大谷　伽四16,伽五13,伽六28,伽七53
大谷山　伽六28
大谷寺　伽五11
大津　和下17
大寺村　伽七3
大鳥郡　伽二9,伽三11
大野　伽一3,伽六25
大野寺　伽十9
大野丘　伽一3
大原　伽五8～11
大原山　伽五9
大部庄　伽六57
大峰山　和上31,和下27,伽二11,伽三44
大峰山寺[山上の蔵王堂]　和下27
大宮四所　和下2
大神神社[三輪社]　和下15

大屋蓮華寺[大屋寺]　伽四 39
大湯屋の釜　和下 1
大渡　伽六 58,伽九 13
御鏡の池　和下 24
岡寺[真珠院・東光山・龍蓋寺]　和下 20,伽三 17
荻里　伽十 22
檍原　和下 2
奥海印寺　伽五 15
奥島　伽九 27
小倉寺　和上 19
小栗栖　伽三 28,伽五 33
小篠　和下 27
椎坂[推坂]　和上 22
御種池　伽六 58
苧玉巻の杉　和下 15
小田原　伽三 21,伽五 42
越智　伽五 41,伽七 79
越知山[越知峰]　伽六 24,25
乙訓郡　伽五 15
男山　伽五 19,伽六 46
音無川[無音河]　和上 1,伽三 7
音名山　和上 19
鬼か城　和上 19
鬼取　和上 19
小野　伽五 1,28,29
尾花谷[尾華か谷]　和下 1
小墾田　伽一 2,伽六 23
御室　伽四 39
尾張[尾州]　和下 1,伽三 52,伽四 11,伽五 9,伽九 37,伽十 5,11,12
恩山寺　伽七 18
園城寺[御井寺・三井寺]　伽二 3,37,伽四 13,21,22,伽五 37,伽六 3,4,11,40,伽七 36
温泉郡　伽七 74,75
温泉山　伽九 32
温泉寺[有馬山]　伽九 32
温泉寺[常喜山]　伽二 5
温泉寺[末代山]　伽六 33

か 行

河州 → 河内
甲斐[甲州]　伽六 23,40,伽八 6,8,10,26,31,伽九 21,伽十 10,16,17,23
海印寺　伽五 15
戒岩寺　伽九 39
会稽山　伽八 4
開元寺(温州)　伽六 3
開元寺(蘇州)　伽八 13
開元寺(福州)　伽六 3
開元寺　伽十 14
戒光寺　伽四 12
海清寺[巨鼇山]　伽九 37
開善寺　伽十 14
海部　伽七 24
海龍王寺[興福寺・隈寺]　和上 7,伽三 25
加賀[加・加州]　伽六 25,27,伽八 16,29,伽九 40,伽十 6,7,9
香川郡[香河]　伽五 4
柿木原　伽九 44
臥牛潭　伽国 B
額安寺　和上 24,伽三 30,伽六 32
鰐淵寺[浮浪山]　伽九 22
覚園寺　伽六 31
覚昇坊　伽五 18
額塚 → 茶臼山
神楽岡　伽四 29
鶴林寺　伽七 20,21
嘉元寺[嘉元禅寺]　伽八 25
賀古郡　伽六 42
笠置　和上 1,伽三 33,伽五 43,伽六 57
笠置寺　伽五 43
伽佐郡　伽六 51
風宮神社[風の宮]　和下 2
香椎宮[香椎神宮]　和上 9,伽九 1
花室寺　伽九 34
橿原宮　和下 26
鹿嶋　和下 1,2,伽六 37
鹿島神宮[常陸明神]　和下 2
勧修寺　伽五 28

火宿殿　伽六 58
柏木　和上 24
春日大鳥居　和下 1
春日大社[春日・春日社]　和上 5, 和下 2
春日野　和下 1
春日山　伽五 43, 伽九 7
春日若宮神社[春日若宮]　和下 1
上総　伽四 42
霞谷　伽五 31, 伽国 A
かすり井　和下 1
風市　伽六 8
片岡　和上 18, 27, 伽一 9, 伽三 33
片岡山　和上 27
交野郡　伽二 17
勝尾山　伽二 1, 伽五 13
勝尾寺[弥勒寺]　伽二 1, 11
華頂峰　伽八 10
葛下郡　和上 18, 27〜31, 伽三 6, 32, 33
勝手　和下 27
勝手神社　和下 27
勝部寺　伽四 11
桂　伽五 34
勝浦　伽七 18, 21
葛上郡[葛木上郡]　伽二 2
葛木郡　伽五 39
葛城山[葛木山・葛城嶺・一乗山]　和上 19, 30, 伽二 2, 11, 25, 伽三 44, 伽六 42, 伽七 55
葛城神社　和下 2
葛城寺　伽一 9
華亭県　伽四 10
加東郡　伽六 57
葛井寺　伽五 4
葛野村[葛野]　伽八 19
蟹満寺　伽五 40
金掛　和下 27
鐘掛　伽三 44
鐘取大明神の御社　和上 1
神峰山　伽二 11
神峰山寺[根本山]　伽二 11
甲山　伽二 4
華報寺　伽八 4
鎌倉　和上 28, 伽二 10, 伽三 30, 伽四 28, 42, 伽六 32, 伽七 21, 伽八 30〜34, 伽十 1, 19, 20
釜口　和下 14, 伽三 49
香美　伽七 53
神川　伽六 33
神河浦　伽三 6
上郡　伽三 15
上鳥羽　伽五 23
上門村　伽九 34
紙幡寺　伽五 40
上村　伽六 28
神垣森　和下 2
禿坂　伽十 19
亀山離宮[亀山ノ宮]　伽八 2
賀茂　伽六 37, 伽七 79
鴨河　伽四 20, 27
加茂坂　和下 1
賀茂神社[賀茂ノ社・賀茂神祠]　伽四 17, 27, 伽九 4
賀茂河原屋　伽四 17
賀茂御祖神社[賀茂ノ中宮]　伽四 27
賀茂別雷神社[賀茂ノ上ノ宮]　伽四 27
伽耶院　伽六 28
かやの御所　和上 6
賀陽宮　伽四 10
茆原村　伽二 2
河陽 → 河内
辛榊神社　和下 2
烏丸　伽四 33
華林寺　伽五 33
加露津[加留津]　伽四 33
川上町　和下末
河内[河州・河陽・内州]　和上 1, 20, 21, 23, 27, 28, 31, 和下 2, 28, 伽一 2, 伽二 11, 17, 21〜32, 36, 38, 伽三 1, 3, 29, 伽四 4, 35, 伽五 38, 伽六 8, 23, 伽九 24, 伽十 19
河内荘　伽九 40
川辺郡[河辺郡]

伽二 9,10,13,15,16,伽九 32,41
瓦屋　和下 2
漢　和上 23,28,伽一 1
観音寺[千手院](阿波)　伽七 16
観音寺(讃岐)　伽七 30
勧学院[中院の屋]　和下 1
岩下水　伽八 23
くわんきく　和上 21
元慶寺　伽五 26
含空院[含空台]　伽九 27
元興寺[建興寺・建通寺・南寺・法興寺]
和下 3,22,伽一 6,7,9,伽二 30,伽三 1,41,53,伽四 6,伽五 24,30,33,38
漢国神社[漢国明神]　和下 2
関西　伽六 35,伽九 12
観自在寺　伽七 64
勧修坊　和下 1
灌頂院　伽二 29,伽四 7
観勝寺　伽四 21
灌頂瀧　伽七 20
観心寺[檜尾山]　伽二 29,32
観世音寺(筑紫)　和下 1,
伽三 25,伽四 10,伽六 15,16,伽十 27
観世音寺(予州)　伽七 65
関東[関左]　伽二 8,伽六 20,伽八 10,14,25,伽九 21,27,31,伽十 2,23
神南備川　和上 22
神南の森　和上 22
感応寺　伽四 20
神呪寺　伽二 4
神野浦　伽六 51
観音院　伽四 5,28
観音寺　伽六 49
観音寺(南都町)　和下末
観音寺村　伽六 49
神林県　伽九 25
紀伊[紀州・紀・南紀]
和上 31,伽五 6,伽六 8,9,11,30,伽九 14,16,24,25,伽十 9
紀伊郡　伽五 23,伽国 A
紀伊神社[紀の社]　和下 2,伽国 A
祇園院　伽二 17
祇園社[祇園之社]　和下 2
祇園精舎　和下 4,伽三 2,伽四 33
帰休寺　伽十 13
菊潭水　伽八 21
菊の屋　和下 2
喜光寺[菅原寺]　和上 12
岸間薬師堂　和下 27
鬼子母 → 広瀬神社
耆闍崛山[耆崛]　伽六 12,伽国 D
耆闍仙苑　伽六 28
祇樹給孤独園[太子祇陀樹給孤独食園]
伽一 1
喜撰岳　伽国 A
喜多院　伽六 40
喜多院家の寺　和下 1
北金岐村　伽九 44
祇陀寺[獅子山]　伽九 40
北野　伽二 24,伽四 34,36
北野天満宮　伽四 36,42
北袋町　和下末
北向荒神　和下 1
北向不動院　伽五 21
北室　和下 1
北山　伽四 5,37,伽八 9,23,27,伽九 20
祇陀林寺　伽四 42,伽五 34
吉祥寺　伽七 86,伽十 2
木津　和上 3
木津川　伽五 42
吉水院 → 吉水神社
契丹[ケイタン]　和上 3
紀寺町　和下末
衣笠山　伽八 24
城崎郡　伽六 33
木本　伽六 44
木本弁才天　和下 27
吉備津宮　伽八 1
久安寺[大沢山・安養院]　伽二 14
吸江寺　伽七 56
窮邃亭　伽四 25
九仙観　伽八 15

教王院　伽七 84
教王護国寺[東寺]　伽二 11,29
行願寺[革堂]　伽四 27
京極　伽四 26,27,29,31
鏡湖池　伽八 23
経処坊　伽七 3
鏡潭　伽国 B
鏡智院　伽七 60
敬田院　伽六 32
行道岩[行堂岩]　和下 27,伽三 44
行道山　伽十 21
清川原　和下 27
玉泉寺　伽十 5,9
玉鳳院　伽八 7
玉林寺　伽九 7
清栖　伽九 38
清瀧寺[医王山]　伽七 60
清滝ノ峰　伽四 6
清水寺(東山)　伽四 8,伽九 18
清水寺[御岳山]　伽六 35
雲母坂　伽四 29
霧島山[霧カ島]　伽六 14
桐壺ノ瀑　伽六 28
切幡　伽七 10
切幡寺　伽七 10
切戸　和下 23,伽三 43,伽九 39
金海　伽九 34
金閣寺　伽八 23
銀閣寺　伽八 22
銀河泉　伽八 23
径山寺[径山・双径]　伽四 10,伽八 2,15,25,33,伽九 4,12,21,25,35,40
近州 → 近江
金峰山[金峰]　和上 1,30,和下 27,伽二 11,伽三 44,伽四 36,伽五 30,41,伽六 5,59,伽八 34,伽十 18
金峰山寺[一の蔵王]　和下 27
金屏山　伽八 6
巾峰　伽四 12
金龍寺　伽二 3
金陵　伽八 15
空鉢塚　伽六 12
九条　伽四 7
九頭瀧　伽二 11
久世郡　伽五 40
百済[白済]　和上 1,3,11,23,28,31,和下 3,16,21,伽一 1～3,5,6,9,伽二 1,6,9,18,21,伽三 11,19,51,53,伽四 41,伽五 17,18,伽六 12,23,28,伽七 59,伽九 39,伽十 26
百済川　和下 4,伽三 2
百済大寺 → 大安寺
朽木谷　伽七 46
究竟頂　伽八 23
功徳院　伽四 16
久能山　伽六 40,伽八 2
来崎　伽九 7
弘福寺[川原寺]　伽三 39
九品寺　伽五 22
熊嶽　伽九 9
熊毛郡　伽十 5
熊凝　和下 4,伽一 9
熊凝精舎[熊凝の寺]　和下 4
熊凝村　伽一 8,伽三 2
熊谷寺　伽七 8
熊野　和下 27,伽三 35,伽六 30,37
熊野山　伽六 30,37
熊野新宮[新宮]　伽四 42,伽六 30
熊野神社[熊野神祠]　伽二 5
熊野那智大社[那智]　伽六 30
熊野本宮大社[熊野・熊野本宮・本宮]　伽二 11,伽六 30
隅筥河　伽六 25
久米　伽七 73
久米寺[釈迦山・東塔院]　和下 26,伽三 15
雲居坂[雲井坂]　和上 2
蛛のいわや　和上 29
求聞持窟　伽七 35,45
求文字堂　和下 28
闇峠　和上 20
蔵橋山　和上 19
鞍馬寺　伽四 5,伽五 9

倉本県　伽九 5
栗柄神社[栗辛]　和下 2
栗野　伽三 42
暮合の橋　和下 2
黒川　伽九 16
黒谷　和下 13,伽三 7,伽四 16,18,30,伽七 4
黒谷寺[遍照院]　伽七 4
黒田の都 → 庵戸宮
桑在　伽八 29
桑木坂　伽六 58
桑田　伽六 17
桑田郡　伽九 44
慶賀門　和下 2
慶元府 → 寧波
擎松　伽九 34
鶏足山(中国)　伽十 14
鶏足山　伽七 41
景徳庵　伽九 14
慶徳寺[紫雲山]　伽十 22
景福寺　伽九 41
景福寺(中国)　伽四 10
芸陽 → 安芸
外宮　伽六 45
華厳寺 → 谷汲寺
華厳精舎　伽六 21
華厳寺[枕木山]　伽九 22
蹴抜塔　和下 27,伽三 44
煙岩　伽六 38
元[大元・太元]　伽八 24,伽九 12,33,40,伽十 2,13,14
遣迎院　伽五 31
建興寺 → 元興寺
剣御山　伽七 35
羂索院 → 法華堂
幻住庵　伽国 D
献珠寺　伽八 16
建穂寺　伽八 25
健達羅国[鍵陀羅国]　和上 8,和下 1,伽六 42
建長寺[建長興国禅寺・巨福山]　伽八 1,5,7,10,25,31,33,34,伽九 5,6,15,16,24,伽十 2,14,20,21,23,伽国 A
建通寺 → 元興寺
建仁寺[東山]　伽四 10,伽八 1,2,9,17,21,27,31,伽九 1,5,12,21,24,27,37,伽十 1,2,13,14
建福寺　伽六 1
玄豊寺　伽九 9
鯉塚　伽五 23
恋塚寺　伽五 23
杭 → 杭州
光雲寺　伽八 4
広円院　伽十 18
香苑寺　伽七 84
向岳寺[塩山]　伽十 17,18
甲賀寺　和上 1,伽三 7
高貴寺[神下山・香花寺]　伽二 35
興化寺　伽十 9
興源寺　伽九 5
向原寺　伽一 1,2,伽九 39
高源寺　伽九 17
高香山　和下 25,伽三 41
興国寺[鷲峰山・霊鷲]　伽九 7,15,25
光厳寺　伽十 18
江左 → 近江
広済寺　伽九 8
衡山[南岳山・南岳]　和上 10,伽一 9,伽三 8,22
衡山寺　伽一 9
高山寺　伽五 6,7
高算堂　和下 27
向州　伽二 1
杭州　伽八 13,25,伽九 21
江州 → 近江
甲州 → 甲斐
江州 → 近江
高照院　伽七 53
興聖寺[興聖宝林禅寺・宝林]　伽八 17,29,伽九 7,伽十 1,伽国 A
弘祥寺　伽十 2
高成寺　伽九 31
荒神寺　伽二 13
香水井　伽三 28

上野[野州]　伽六 21, 伽九 4, 6, 19, 伽十 19
江西　伽十 1
香積庵　伽十 18
光泉寺　伽六 32
興善寺[文殊院・香久山]　和下 24, 伽三 46, 伽六 3
興禅寺　伽十 19
高山の社 → 鳴雷神社
高台寺[鷲峰山]　伽八 21
皇太神宮 → 伊勢神宮
革堂 → 行願寺
興徳寺　伽八 25
皇徳寺　伽九 7, 10
光徳寺[照曜山・東広山]　伽二 37
神野神社[高野社]　和下 2
神野寺[高野寺]　和下 2
神峰寺　伽七 52
鴻の宮　和下 15
江府 → 江戸
興福寺 → 海龍王寺
興福寺[日輪山・山階寺・厩坂寺]　和上 8, 13, 和下 1〜3, 18, 19, 伽一 2, 伽三 5, 12, 18, 52, 伽五 24, 30, 43, 伽九 24
興福寺[東明山]　伽八 15, 伽国 C
広福寺[紫陽山]　伽九 40
弘福寺　伽八 20
高福寺　伽七 58
光明院　伽五 32, 伽九 22
光明山　伽六 46
光明寺　伽十 12
光明寺[大積山]　伽七 79
光明寺[報国山]　伽五 13
光明寺(高麗)　伽四 1
光明山寺　伽三 18
高野山　伽五 21, 伽六 9〜11, 29, 41, 伽九 25
甲山寺　伽七 28
江陽県　伽三 8
高麗　和上 28, 伽一 2, 3, 9, 伽二 30, 伽四 1, 18, 41, 伽六 47, 伽七 22, 伽八 8, 伽九 40
高良山　伽六 34
香良村　伽六 50
光隆寺　伽九 5
広隆寺　伽一 7, 伽四 2, 伽五 13
広陵館　伽五 33
高林寺[高坊]　和下 1
鴻臚寺　伽一 1
江淮　伽三 8
郡山　和上 8, 和下末, 伽国 C
五岳(中国)　伽五 5
木上山　伽五 15
粉河寺　伽六 8
後漢　伽一 2
国源寺　伽三 40
国済寺[常興山]　伽十 18
国清寺　伽四 6, 伽国 D
国泰寺[摩頂山]　伽十 8
国分寺[金光明四天王護国寺]　伽三 12, 24, 伽四 11, 伽七 15, 40, 54, 82
国分尼寺 → 法華寺
極楽[安養・西刹・西方浄土・無量寿仏国]　和上 28, 伽二 11, 伽三 1, 21, 伽五 7, 伽六 25, 32, 38, 43
極楽院　和下 3, 末
極楽山　伽六 57
極楽寺　伽三 37, 伽七 2, 伽国 A
極楽寺(鎌倉)　伽三 30, 伽四 42, 伽六 32, 伽八 32
極楽寺村　伽国 A
極楽坊　伽五 18
五剣山　伽七 45
五劫院阿弥陀堂　和下末
御香宮神社　伽八 16
護国院 → 多武峰
護国寺[牛頭山]　伽九 23
護国寺(中国)　伽九 25
鼓山　伽九 14
護持院　伽七 76
麑島　伽九 7
子嶋寺　伽三 14
児嶋山　伽六 33
五条　伽四 33

五条橋　伽四 14
牛頭天王社　和下 27,28
五台山[台山・清涼山]　和上 1,10,和下 19,伽二 8,伽三 8,10,伽六 38,伽九 21,39
五大輪寺　伽三 21
琴弾八幡宮　伽七 30,31
木幡　伽四 28,伽五 34
木幡寺 → 大善寺
小浜村　伽二 16
護法三神社　伽六 56
悟本庵　伽九 12
護摩窟　和下 18,伽七 12,35,45
駒塚山　伽九 41
小松城　伽六 27
小松原　伽六 37
護摩岩屋　和下 27,伽三 44
薦生　和下 2
子守大明神の社 → 吉野水分神社
子守町　和下末
子守の川 → 菩提川
子安神社　和上 1
昆陽池　伽二 5
御霊御神　和下 2
小渡　伽六 58
金戒光明寺　伽四 18,30
金光院　伽七 34
金剛院　伽七 79,伽九 32
金剛山　和上 19,29,31,伽二 25,38,伽十 19
金剛山寺[矢田寺]　和上 17,和下末,伽三 16
金剛三昧院　伽四 28,伽九 25
金光寺[唐隔山]　伽六 44
金剛寺[天野山]　伽二 36
金剛證寺[勝峰山]　伽九 38
金剛頂寺[西寺]　伽七 51
金剛福寺　伽七 62
金剛峰寺[高野]　伽二 11,伽五 30,伽六 9
金光明四天王護国寺 → 国分寺
金泉寺[釈迦院]　伽七 3
金倉寺　伽七 36,41
金蔵寺　伽五 12
金粟寺　伽八 15
誉田八幡宮　伽二 27
金毘羅　伽七 34
興福尼院　和上 5
昆陽寺[崑崙山]　伽二 5,9
今瀧寺　伽六 55
金蓮寺[錦綾山太平興国金蓮寺]　伽四 42

さ 行

西雲院　伽四 18
西円堂(法隆寺)　和上 23
最乗寺　伽十 5
最勝院　伽七 82
西刹 → 極楽
西大寺　和上 3,6,14,23,和下 3,4,18,伽三 9,13,24,29,伽五 7,38,伽六 32,45,伽八 4,20
宰府 → 太宰府
西方寺　伽十 18
西方寺[鷲峰山]　伽九 25
西芳寺　伽八 6,28
最明寺　伽二 10
西明寺　和下 4,伽二 12,伽三 2
西来院　伽八 7
西林寺[西琳寺](河内)　和上 23,伽一 2,伽二 21,伽三 29
西林寺(筑州)　伽四 12
西林寺(予州)　伽七 72
蔵王堂　和下 27,伽三 35
佐保川　和上 3
佐保山　和上 3
嵯峨　伽四 42,伽五 2〜4,伽八 6,12,13,26,伽九 38
逆川　伽二 14
坂田寺　伽一 4,5,伽三 19
坂田村　伽四 8
酒殿　和下 2
相模[相州・相陽]　和上 1,伽三 1,7,伽六 31,32,伽八 1,5〜7,10,25,30,33,34,伽九 5,12,15,25,伽十 12,17,18,23

坂本の陵　和下 2
鷺原　和下 1
作州 → 美作
桜井寺　伽四 41
桜井寺　伽一 3,6
桜木ノ宮　和下 27
桜本坊　伽五 12
佐軍神社　和下 2
篠山　伽七 65
茶山　伽八 15
薩摩[薩州]　伽九 7〜10
薩摩の浦　和上 10
里前神寺　伽七 87
讃岐[讃州]　伽二 29,伽三 13,伽四 16,伽五 4,13,30 伽六 3,9,伽七 25,27,30〜32,34,37,40〜45,47,伽九 32
佐野渡　和下 15
佐保川　和上 3
寒川　伽七 48
沙村　伽六 37
佐良気神社[左投]　和下 2
猿沢池[猿沢・猿沢の池]　和下 1
三角寺　伽七 88
三月堂 → 法華堂
懺悔坂　伽六 58
三光寺　伽三 36
三鈷寺　伽五 16
三鋸寺　伽十 5
参州 → 三河
山州 → 山城
讃州 → 讃岐
三十三間堂[蓮華王院]　伽四 15,伽七 3
三十八神社[三十八所・三十八の社]　和下 2,27
三条　伽四 32
三聖寺　伽八 3
三倉　和上 1
三蔵院　伽七 73
三昧堂[四月堂・不賢堂]　和上 1
椎坂[推坂]　和上 22
紫雲院　伽国 C
視雲亭　伽十 4
四恩院　和下 1
慈園寺　伽二 14
志賀　伽六 1
滋賀　伽四 6,伽六 4
滋賀郡　和上 1
四月堂 → 三昧堂
志賀里　伽三 7
鹿野原　伽六 57
志賀都　伽六 1
紫香楽宮[信楽ノ京・志賀の京]　和上 1,伽三 7
磯城郡　伽六 32
志紀郡　伽二 24
式下郡　和上 25,伽三 51
城下郡　伽三 6
信貴山　和上 21,伽六 32
磯城嶋　伽一 2
信貴畑　和上 21
志源菴　伽一序,1,伽十 1
慈現岩　伽国 B
慈眼院　伽二 16
慈眼寺[月頂山]　伽七 20
慈眼寺[普門山]　伽八 19,伽十 3
慈光山 → 普明寺
地獄[陰府・冥府・地府]　和上 17,伽三 16,伽五 7,伽六 47
地獄谷　伽六 28
試死巌　伽九 34
獅子窟寺[普見山]　伽二 11,38
止止斎　伽四 25
志深庄　伽六 28
四十九重ノ摩尼殿　伽三 7
四条　伽四 38,42
慈照院　伽四 42
慈照寺　伽八 22
四条道場　伽四 42
四川[西蜀涪江]　伽八 31
地蔵寺　伽八 18
地蔵寺[華厳院]　伽七 5
地蔵堂　和下 28

設楽ノ郡　伽六 38
七条坊　伽四 36
実城寺　和下 27, 伽三 44
実相　伽四 28
実相院　和下 16, 伽三 51
実相寺　伽八 2
しでかけ　和下 27
四天王寺[護世四天王寺・天王・荒陵寺]
伽一 5, 9, 伽二 6, 11, 23, 伽四 1, 伽六 23
指東庵　伽八 28
志渡寺　伽七 46
支那 → 中国
磯長山　伽六 29
科長山下　和上 27
信濃[信州]　伽二 1, 伽四 14, 伽六 23,
伽八 4, 7, 伽九 15, 25, 38, 伽十 8, 14, 15
柴井　伽七 86
渋河　伽一 5, 6, 伽二 23, 伽六 8, 23
渋河郡　伽二 23
慈福山　伽六 49
治福寺　伽十 17
渋田　伽六 8
嶋上郡　伽二 11
島下　伽七 79
島下郡　伽二 8
嶋宮　和上 1
清水町　和下末
持明院　伽四 13
慈明寺山　和下 26
四明山
伽三 7, 伽四 10, 伽八 6, 伽九 33, 伽国 A
下総　和下 2
下海印寺　伽五 15
下毛郡　伽国 D
下島郡　伽九 23
下太子 → 勝軍寺
下野[東野・野州]
伽二 10, 伽四 13, 伽五 32, 伽六 15,
20, 21, 伽九 8, 23, 伽十 20〜22, 27
下野薬師寺　伽三 9
下鳥羽　伽五 23
蛇池　伽七 12
舎衛国　伽二 6
釈迦院[湧出釈迦院・大恩禅寺・金海]
伽九 34
釈迦院 → 金泉寺
釈迦カ嶽　伽七 88
釈迦嶽　和下 28
釈迦堂 → 大報恩寺
若州 → 若狭
赤城寺　伽四 10
蛇窟　伽七 12
舎身カ嶽　伽七 26
舎心嶽　伽七 22
石橋　伽国 D
寂光院　伽五 10
集雲峰　伽九 29
修学院　伽四 25
舟山　伽八 15
秀州　伽四 10
十住心院　伽四 42
終南山　和上 10
周布　伽七 83〜85
十楽寺　伽七 7
十輪院　和下末
十輪院町　和下末
鷲林寺　伽二 20
寿月観　伽四 25
取星寺　伽七 19
寿勝寺　伽十 2
守人山　伽六 55
鷲仙寺[鷲尾山]　伽二 17
出釈迦寺　伽七 26
酒堂寺　伽二 25
寿寧院　伽十 10
寿福寺[亀谷山]
伽八 1, 30, 31, 34, 伽九 12, 伽十 11
鷲峰山　伽六 31, 29
鷲峰山寺　伽五 41
須弥山　伽四 19
首楞厳院　伽十 1
鷲嶺 → 霊鷲山

淳和院　伽五 2
勝因寺　伽九 5
浄因寺　伽十 21
松隠堂　伽国 C
祥雲庵　伽八 25
正円寺　伽八 4
正覚寺　和下末
正観寺　伽八 25
常観寺［紫雲山］　伽九 44
貞観寺　伽四 24, 伽五 30, 伽十 26
上宮王院 → 夢殿
勝軍寺［下太子・椋樹山］　伽二 23
聖護院　伽四 14
松江　伽十 14
照高院　伽四 14
常光院　伽八 21
常光寺［橋寺］　伽五 38
浄光寺［補陀洛山］　伽二 16
定光寺　伽九 10, 伽十 11
常興寺　伽九 5
相国寺［大雲山］　伽八 8, 22〜24, 伽九 21
盛玉池　伽国 B
焼山寺［摩廬］　伽七 12
松山寺　伽八 19
浄慈寺　伽八 4, 25, 33, 伽十 14
城州 → 山城
常州 → 常陸
畳秀山　伽十 14
浄住寺［葉室山］　伽八 20, 伽十 7
上乗院　和下 11
清浄観　伽国 B
清浄華院　伽四 30
紫陽精舎　伽十 19
成身院　和下 1
浄信寺　伽六 44
精進峰 → 室生寺
聖禅院　伽五 3
招提寺（唐）　和上 10
正智院　伽七 77
浄智寺［金峰山］
　伽八 6, 8, 10, 34, 伽十 14, 20, 23
聖天宮　和下 28
承天寺　伽八 2, 伽九 2, 3, 6
浄土寺（播州）　伽六 57
浄土寺（予州）　伽七 73
浄土寺村　伽八 22
城南　伽五 21, 伽八 18, 伽十 14
常念観音院　伽三 7
笙ノ岩屋　伽五 41
菖蒲池町　和下末
聖福寺　伽八 1, 伽九 1, 13
常福寺　伽六 39
蒸餅峰　伽三 7
正法院　和下 1, 末, 伽八 29
正法寺　伽六 16
勝満寺　伽十 24
正脈庵　伽八 24
浄妙寺 → 大善寺
浄妙国土　伽九 12
称名寺　和下 28
稲荷　伽九 12
浄妙寺［稲荷山］　伽八 32, 伽九 12, 31
聖無動院　伽六 41
常楽庵　伽八 2
常楽寺　和上 23, 伽七 14, 伽八 31
正暦寺［菩提山・菩提山正暦寺・龍花樹院］
　和下 13, 伽三 23
青龍寺　伽七 61
勝林院　伽五 8
勝林寺　伽五 8, 伽九 25
浄瑠璃寺　伽五 42, 伽六 58, 伽七 70
聖霊院　和上 23
書写山 → 円教寺
白河［白川］　伽四 14, 伽九 24
新羅　和上 3, 和下 1〜3,
　伽一 2, 伽二 4, 9, 伽三 5, 11, 伽六 4
白乳神社　和下 2
城橋　和下 27
白峰寺　伽七 41
秦　伽六 30
神願寺（若州）　伽六 18
新宮 → 熊野新宮

神宮山　和上 9
心空殿　伽八 22
新黒谷　伽四 18
神護寺[神願寺・神護国祚寺]　伽四 3, 伽五 4
真言院　伽三 28, 伽四 7
真言院(加州)　伽十 6
真言院(東大寺)　和下末, 伽五 20
新山殿　伽六 58
信州 → 信濃
真宗院　伽五 31
神秀山　伽二 10
真乗院　伽九 36
心浄光院[宝幢寺・壬生地蔵・壬生寺]　伽四 38
真正極楽寺 → 真如堂
津照寺　伽七 50
真浄寺　伽十 14
新禅院　和下 1
神泉苑[神仙苑]　伽四 7, 伽五 28, 33
新蔵院　伽五 41
深草山　伽国 A
震旦　和下 20, 伽一 9, 伽国 D
身毒 → 天竺
真如寺　伽八 10, 24
真如堂[鈴声山・真正極楽寺]　伽四 29, 伽十 2, 23
新忍辱山　伽三 21
新別処　伽六 29
進美寺　伽六 53
新薬師寺　和下 5
新羅明神宮　伽六 4
隋　伽一 9, 伽二 30
瑞雲菴　伽八 25
瑞運寺[日光院]　伽七 6
瑞岩寺　伽十 18
瑞厳寺[龍門山]　伽八 9
瑞聖寺　伽八 20
随心院　伽五 29
瑞川寺　伽九 9
瑞泉寺[金屏山]　伽八 6
瑞泉寺(尾州)　伽八 9, 伽九 20, 37
瑞竹軒　伽一序
崇敬寺 → 文殊院
崇徳寺　和下末
横嶽山　伽九 15
崇福寺(近江)　伽六 2, 3
周防　伽十 5
菅原寺　和上 1, 20, 伽三 11, 31
菅原寺 → 喜光寺
枚之屋　和下 2
椙本神社[枚本]　和下 2
豆州 → 伊豆
雀子岡　伽六 28
崇徳天皇(山名)　伽七 39
須磨　伽二 19
須磨寺 → 福祥寺
隅寺 → 海龍王寺
住仏谷　伽九 38
住吉　和下 2, 伽六 37
住吉四社　和下 2
駿河[駿州]　伽三 20, 伽八 2, 25, 伽十 12
諏訪　伽六 37
諏訪大社上社[諏訪ノ南宮]　伽二 1
駿州 → 駿河
駿府　伽六 40
清隠寺　伽十 19
西雲庵　伽九 8
西華　伽七 56
西華門　伽五 3
誓願寺　伽四 32, 伽五 31
勢州 → 伊勢
清浄門　和下 2
西蜀涪江 → 四川
清澄寺[蓬莱山]　伽二 13, 伽九 32
成都　伽八 31
西南院　伽三 39
晴明か瀧　和下 27
青龍寺(上州)　伽七 61
青龍寺(唐)　伽四 37, 伽六 3, 9, 伽七 25
清涼院　伽六 32
清涼権現の宮　和上 14

清涼山　和下 21
清涼山 → 五台山
清凉寺［嵯峨］　和上 14，伽四 42，伽五 3
赤城　伽国 D
赤城山　伽八 1
石竹山　伽八 15
世尊寺　和下 27
勢多　伽六 5
雪渓寺　伽七 58
石光寺［慈雲山］　和上 28，伽三 32
石光寺 → 今来寺
摂州 → 摂津
浙州　伽十 14
雪山　伽一 1
接待庵　伽十 12
摂津［摂州］　和上 1，20，24，和下 2，19，伽一 5，伽二 1〜4，8〜16，18〜20，23，伽三 7，10，11，伽五 13，17，伽七 59，62，79，伽八 6，15，16，伽九 23，27，32，35〜37，41，44
浙東山　伽九 25
銭原　伽九 21
背振山　伽六 14
施薬院　伽三 12
世野山　伽六 52
責破嶽　伽七 87
善応寺　伽十 2
善応寺（勢州）　伽八 6
千犬カ岳　伽六 49
浅古　和下 23
千光院　伽四 39
善光寺　和上 23，伽四 14，伽六 23
禅興寺　伽八 34，伽九 5
洗詩台　伽四 25
禅師峰寺　伽七 57
禅師峰　伽七 87
千手院　伽七 33，42，44，45
千手院山　和上 2
泉州 → 和泉
千寿峰　伽六 38
禅昌寺　伽九 16，36
善昌寺　伽六 40
禅定寺［妙智院］　伽八 29
善神長根　伽六 58
浅草寺［浅艸寺］　伽六 56
善通寺　伽七 25
千塚　和下 14，伽三 49
禅頭寺　伽九 14
善導寺　伽六 34
泉徳寺　伽九 10
泉涌寺［仙遊寺・法輪寺］　伽三 20，伽四 10，12，伽六 16，伽八 31
仙人窟　伽七 69
仙波　伽六 40
泉福寺　伽九 7
千本　伽四 34
仙遊寺（予州）　伽七 81
仙龍寺　伽七 88
泉龍寺　伽十 19
仙涼坊　伽五 18
禅林寺　伽四 9
禅林寺（唐）　伽六 3
当麻寺［禅林寺・禅琳寺］　和上 28，伽三 3
楚　伽八 15
宋［大宋・太宋・趙宋］　和上 1，伽二 1，伽三 7，伽四 10，12，伽五 3，39，伽六 16，伽八 1，2，6，17，25，30〜33，伽九 1〜3，4，6，12，13，35，伽十 1，6，20，24
相応寺　伽二 28
曹源寺　伽九 29
宗光寺　伽六 40
艸山　伽五 31
惣持寺［補陀落山］　和上 23，伽二 8
総持寺（能登）　伽九 7，8，10，18，23，伽十 7，22，25
相州 → 相模
増上寺　伽六 39
象頭山　伽七 34
崇禅 → 崇福寺
藻虫庵　伽八 27
添下郡　伽国 C
崇福寺　伽四 10

崇福寺［崇禅］（長崎）　伽八 15
崇福寺［横嶽山・勅旨万年崇福禅寺］　伽四 36，伽八 2，5，25，伽九 2，3，15，伽十 12，24
崇福寺（羽州）　伽八 8
草野仙房　和上 20
相陽 → 相模
相楽郡　伽五 41～43
双林寺　伽十 5
添上郡　和上 1，和下 1，2，8，26，伽三 7，23
添下郡　和上 2，9～12，15～18，20，伽三 26～28
副田　伽九 7
即成院　伽五 32
蘇州　伽八 13
袖ふり山　和下 27
染井　伽三 3
染寺　伽三 3
染殿井　和上 28
染野寺 → 石光寺

た 行

大安寺［大官大寺・南大寺・百済大寺］　和上 12，和下 4，伽一 8，伽二 11，29，伽三 2，21，伽四 4，23，伽五 19
大安寺八幡宮　和上 3
大雲寺　伽三 8
大雄寺　伽九 15
大恩禅寺 → 釈迦院
大覚院　伽七 68
大覚寺［月峰山］　伽二 18
大覚寺（嵯峨）　伽五 2
大官大寺 → 大安寺
大圭寺　伽十 18
大渓寺　伽六 28
大興寺［雲龍山］　伽十 10
大興寺［小松尾山］　伽七 32
大光寺［仏日山］　伽九 11
大黒山　伽六 40
大極殿　伽三 9
醍醐山　伽五 28，伽八 20
醍醐寺　和上 1，13，伽三 13，18，44，伽四 28，伽五 30，伽六 9，58，伽十 26
泰山［東岱］　伽七 56
台山 → 五台山
台山 → 天台山
台山 → 比叡山
太山寺　伽七 76
泰山寺　伽七 80
大山寺　和上 1
太子祇陀樹給孤独食園 → 祇樹給孤独園
大慈寺　伽八 31，伽九 7
大慈寺（肥後）　伽九 13，40
大慈寺（紀伊）　伽九 24
帝釈寺　伽六 54
帝釈神撫 → 鷹取山
対州 → 対馬
台州　伽二 1，伽四 6，10，伽六 3
大生寺　伽九 7
大乗寺（加賀）　伽八 29，伽十 6，7，9
大神宮 → 伊勢神宮
大山　伽六 48
大山寺　伽三 34，伽六 48，伽八 1
大山寺［有智山寺・有智山］　伽九 2
大川寺　伽十 5
大善寺［浄妙寺・木幡寺］　伽五 34
胎蔵院　伽七 86
退蔵院　伽九 37
退蔵寺［仏日山］　伽九 28
大通寺　伽四 28
大同寺　伽九 16
大徳寺［龍宝山］　伽四 14，伽八 5，9，25
大日山寺　伽六 34
大日寺［法界寺］　伽七 53
大日寺［大栗山］ → 一宮寺
大日瀧　伽二 25
太寧寺　伽十 4
大梅山　伽九 25
太白峰　伽九 34
大福寺［瑞雲山］　伽九 26
大福寺［満嶋山］　和上 26
大仏殿（東大寺）　和上 1，2，12

太平寺　伽九 7
大宝院　伽七 43
大報恩寺[瑞応山]　伽四 13,34
大宝寺　伽七 68
当麻郷　和上 28,和下 17,伽三 3,6
当麻寺[禅林寺・二上山・万法蔵院]　和上 28,伽三 3
大明寺[雲頂山]　伽三 8,伽九 10,16
大龍寺[摩尼山]　伽二 7,伽七 22
高井　伽七 72
高石　伽九 15
高市郡　和上 1,11,和下 1,3,4,17,19〜22,26,伽三 2,10,14,15,17,19,38〜41,53
高尾　伽五 7,伽七 7
高雄　伽四 6
高岡　伽七 60,61
高尾山　伽四 3,伽五 23
高雄山　伽五 6
高尾寺　和上 28
高雄寺　伽五 39
高城　和下 27
高来郡　伽六 47
高嶋郡　和下 17,伽三 6,9,伽五 26
多賀神社[金剛童子の社]　和下 2
高瀬　伽九 8
高嶽　和下 28
高田郷　伽六 40
高槻　伽二 11
鷹取山[帝釈神撫]　伽九 36
鷹子　伽七 73
鷹の鳥屋　和下 27
高野村　伽九 28
高橋　和上 2,伽八 14
高畠　和下 5,末
高天寺　和上 29
高安郡　和下 9
高山八幡宮　和上 15
宝寺　伽五 18
宝峰　伽九 11
多記郡　伽六 49
宅良谷　伽十 3
竹田　伽五 21,22
太宰府[鎮西府・宰府]　伽二 1,8,伽三 8,9,伽四 10,12,36,42,伽六 15,16,伽七 44,79,伽八 13,25,31,33,伽九 2,伽十 24
丹比　伽九 24
但馬[但州]　伽六 33,53〜55,伽九 16
但馬の屋　和下 2
多田　伽二 10,伽三 37
多田院[鷹尾山]　伽二 15
多田荘　伽九 41
手力雄神社　和下 2
橘寺[仏頭山・菩提寺・上宮王院]　和下 21,伽一 9,伽三 38
橘の都 → 朝倉橘広庭宮
立江寺[地蔵院]　伽七 19
龍田川　和上 22,23
龍田新宮　和上 22,23
龍田本宮[立野本宮]　和上 22
龍田山　和上 22
達天の宮　和下 1
立野　和上 22
立山　伽六 58,伽九 23
多天山　和下 27
陀天堂　和下 28
多度　伽六 9,伽七 25
田辺　和下 9
谷汲寺[華厳寺]　伽六 19
多弥郡　伽十 7
種間寺　伽七 59
種山県　伽九 34
田野　伽七 18
多福塔　伽九 11
多宝院　伽七 28
玉垣大明神の社 → 山辺御県神社
玉厨子　伽七 24
玉造　伽一 5
玉名郡　伽九 40
手向山[八幡山]　和上 2
多門院　伽五 41

多門山　和上 21
多聞坊　伽六 28
多聞嶺　伽国 B
達磨寺[片岡山]　和上 27, 伽三 33
達磨墳　伽三 33
丹後[丹州]　和下 23, 伽二 4, 伽三 43, 伽六 51, 52, 伽九 39
但州 → 但馬
丹州 → 丹後
丹州 → 丹波
淡州 → 淡路
誕生院　伽七 25
誕生寺[誕生堂]　和下 1
丹南郡　伽二 26, 31
丹波[丹州]　伽六 17, 49, 50, 伽八 9, 伽九 8, 17～20, 41～44, 伽十 3, 4
丹北郡　伽三 1, 伽五 38
檀林寺　伽四 36, 伽八 13
智恵光院　和下 11
知恩院[大谷寺]　伽四 16, 18, 伽五 23
知恩寺　伽四 17, 伽五 34
智恩寺[天橋山]　伽九 39
筑後　伽九 7
筑紫[築紫]　和上 15, 和下 1, 24, 伽三 25, 伽六 15, 34, 伽九 1, 伽十 27
筑州[築州]　伽八 5
筑前[築前]　和上 9, 伽二 8, 伽六 14, 34, 伽八 14, 25, 伽九 1～3, 6, 17, 伽十 12
竹生嶋弁才天　伽六 43
竹林院[仏日山・永明寺]　伽国 B
竹林寺　和上 20, 伽三 31, 伽六 32
竹林寺[五台山・金色院]　伽七 56
智剛寺[睡龍山]　伽国 D
智積院　伽二 16, 伽四 13, 34
知足院 → 文殊院
智足院 → 文殊院
秩父郡　伽十 18
智徳院　伽五 41
千早城　和上 31
千早村　和上 31
茆原村　伽三 44
池辺寺　伽四 10, 伽六 16
茶臼山[額塚]　和下 1
中院町　和下末
中院の屋 → 勧学院
中宮寺[鵤尼寺・法興寺]　和上 23, 伽一 9, 伽三 29
中国[支那・東震・中夏]　伽一 1, 伽二 12, 22, 伽三 7, 21, 26, 伽四 6, 伽五 5, 伽六 28, 29, 伽八 10, 伽九 15, 21, 伽十 2, 3, 23
中性院　伽六 29
中嵩　伽七 56
中天竺　伽六 3
中天竺寺　伽八 25, 伽九 21
中道院　伽四 6
長安　和下 19, 伽三 1, 8, 10, 伽六 3
潮音閣　伽八 22
潮音洞　伽八 23
鳥海山　伽六 58
超果教院　伽四 10
長岳寺[長岳山]　和下 14, 伽三 49
長祈山　伽六 44
長弓寺[真弓山]　和上 16
長契寺　伽十 18
長興寺　伽八 14
朝護孫子寺[信貴山]　伽二 37
長寿院　伽八 10
長州 → 長門
趙州　伽十 9
朝集殿　伽三 8
長寿寺[長寿院]　伽八 10, 伽十 23
超勝寺　伽三 26
超昇寺　和上 9
朝鮮　伽四 18
長善寺[兜率山]　伽九 10
朝日寺　伽九 4
頂法寺 → 六角堂
長楽(中国)　伽八 15
長楽寺　伽六 40, 伽八 4, 6, 伽九 4, 伽十 20
長楽寺(和州)　伽六 33
勅木　伽七 40

千代橋　伽二 14
陳　伽一 9,伽三 22
椿山寺　和下 27
鎮西府 → 太宰府
椿洞寺　伽十 13
津　伽六 45
通合神社　和下 2
杖淵　伽七 72
都賀　伽六 21
桃花鳥田丘上陵[鳥田の丘]　和下 26
月峰　伽二 18
月輪寺[鎌倉山]　伽五 5
筑波山寺　伽六 22
対馬[対州]　伽六 29
つた葉の森　和下 1
筒嶽　伽六 16
綴喜　伽八 29
つゝじの岡　和下 27
鼓カ岳　伽七 41
津寺　伽七 50
津名郡　伽六 46
海石榴市　伽一 3
椿峰　伽四 23
椿本神社　和下 2
壺阪寺[壺坂寺・南法華寺]　和下 25,伽三 41
壺のうち　和下 28
鶴岡　伽八 31
剣の沢　和下 2
劔山　伽六 58
梯雲橋　伽国 B
鼎峰　伽六 55
手蓋町[手貝町]　和上 2
転害門[手蓋門]　和上 1,2
豊嶋郡[豊島郡]　伽二 14
寺町　伽四 22,32
出羽[羽州]　伽四 11,34,伽六 24,58,59,伽八 8,伽十 9
天界寺　伽八 25
天川[天川弁才天]　和下 2,28,伽三 45
天冠山　伽九 40
伝香寺　和下末,伽三 20
天国寺　伽六 59
天山　伽九 7
天竺[印度・身毒・梵]　和上 1,8,12,18,和下 1,4,20,伽一 1,2,伽二 1,12,伽三 2,7,8,伽四 33,伽六 12,23,28,30,35,伽七 21,55,伽八 1
天寿国　伽三 29
天祥寺　伽十 12
天神社[天満天神]　和上 26,和下 2
天台山[台・台山]　伽三 7,伽四 6,11,伽六 3,伽八 1,伽九 25,伽国 D
天台山 → 比叡山
天忠寺　伽八 9
天童山　伽十 1
天童寺　伽八 1,17,30,伽九 13,40,伽十 15
天寧寺　伽六 40
天寧寺[金山]　伽九 14,33
天寧寺(備州)　伽八 8
天王寺　和上 24,伽二 1,伽三 53,伽六 32,伽七 59
天皇の宮　和下 15
伝法庵　伽九 23
伝法院　和下 1,伽五 21,伽六 10,11
伝法浦　伽二 16
転法輪寺　伽二 25
天目山　伽八 10,伽九 17,伽十 23
天龍寺[霊亀山]　伽八 6,8,18,26,28,伽九 5,19,21,35,41
十市郡　和下 23～25,伽三 37,43,46
唐[大唐・李唐]　和上 1,7,10,11,28,和下 4,19,伽二 7,8,伽三 1,2,8,10,17,25,26,28,37,42,44,54,伽四 6,7,10,32,伽五 27,33,38,伽六 2～4,7,9,11,34,43,伽七 25,30,36,41,45,61,伽八 13,16,20,伽九 14,伽十 27
唐院　和下 1
東叡山　伽六 40
東円堂　和下 1
東観音寺　伽六 37
東求堂　伽八 22
韜光菴　伽八 5

唐興県　伽四 6
東皎寺　伽十 18
東金窟　和上 31
東金堂　和下 1, 伽一 2, 伽三 5
東山教院　伽九 14
東寺[教王護国寺]　和下 13, 伽二 11, 29, 伽三 21, 伽四 5, 7, 23, 39, 伽五 27, 28, 41, 伽八 13, 伽十 26
等持寺　伽八 10, 伽九 21, 伽十 23
登州 → 能登
豆州 → 伊豆
洞春菴　伽十 2
等証院　伽九 14
道場山　伽九 25
東昌寺　伽十 24
道場寺　伽七 38
唐招提寺　和上 10, 和下 18, 伽二 7, 18, 伽三 8, 18, 20, 伽四 38, 伽八 16
同仁斎　伽八 22
洞泉寺　和下末
道善寺　伽七 36
東大寺[国分金光明寺]　和上 1, 2, 4, 8, 10, 15, 24, 和下 3〜5, 28, 伽二 11, 伽三 7, 8, 12, 21, 24, 26, 52, 伽四 9, 13, 26, 39, 伽五 3, 4, 6, 30, 伽六 5, 9, 26, 29, 45, 57, 伽八 29, 伽十 27
東南院　伽三 39, 伽四 28, 伽五 30, 伽六 29
唐坊[唐院]　伽六 3
多武峰[談の峰・護国院・妙楽寺]　和下 1, 3, 19, 伽三 10
東福寺[慧日山]　伽四 28, 伽七 5, 伽八 1〜4, 伽九 3, 6, 22, 伽十 24, 伽国 A, D
東北院　伽四 31
道明寺　伽二 24
東野 → 下野
忉利天　伽二 12, 伽六 44
忉利天上寺[仏母摩耶山]　伽二 12
道隆寺　伽七 37
東林寺　伽四 12
遠江[遠州]　伽十 13
とくまか原　和上 6
土佐[土州]　伽三 41, 伽六 32, 伽七 33, 49〜51, 53〜56, 58〜62, 伽八 9, 伽九 20, 21
豊嶋郡　伽六 56
土州 → 土佐
兜率寺　伽十 9
兜率天[都率・覩史宮]　和上 14, 21, 24, 和下 19, 伽三 10, 20, 34, 54, 伽五 39, 伽九 32
兜率内院[覩史ノ内宮・弥勒の内院]　和上 14, 和下 4, 伽三 2, 7, 伽六 9, 伽七 87, 伽八 6
独鈷水　伽七 45, 56
轟の橋　和上 2
鳥羽　伽五 21, 34
飛石　和下 27
飛火野　和下 1
富緒川　和上 23, 27
鳥見川　和上 18
富田　伽五 9
外山　和上 13
豊原宮　和下 3
豊田　伽七 32
鳥飼八幡宮　伽六 46
鳥之海　伽六 58
鳥見谷　和上 15, 16
洞籠川[洞川]　伽三 54
曇華室　伽八 16
頓証寺　伽七 41
富田　伽二 8, 伽八 15

な 行

内宮　和上 1, 和下 24, 伽六 26, 45, 伽九 38
内州 → 河内
那珂　伽六 3
那賀　伽六 8, 伽七 22
永井　伽三 43
永江(奥州)　和下 23
長岡　伽七 54, 56, 58
長尾寺[観音院]　伽七 47
長尾神社　和下 2

中川寺[成身院]　伽三 18
長崎　伽八 15,16,伽国 C
長洲浦　伽二 18
中津　伽国 B
長門[長州]　和下 2,伽四 6,伽十 4
長野　伽二 27
中川山　伽三 18
長浜　伽七 58
仲麿塚　和下 23
長峰の薬師堂　和下 27
中村　和上 28
中山　伽五 17
中山寺[紫雲山]　伽二 6
那須　伽五 32,伽十 20,22
那須野が原　伽九 23
那谷寺[自生山]　伽六 27
那智 → 熊野那智大社
那智山　伽五 28
夏箕　和下 27
夏身郷　和下 2
七浦　伽六 56
難波　和上 1,10,伽一 5,伽三 5,7,11,伽六 44
難波長柄豊崎宮　和下 23
難波堀江　伽一 3,伽六 23
名張郡　和下 2
名東　伽七 13,14,16,17
鍋沢山　伽十 17
岩滑堂　伽六 55
奈良京 → 平城京
奈良坂　和上 3,伽三 13
奈良志岡　和上 22
那良志山　和下 27
那闌陀寺　伽六 3
成相寺　伽六 52
鳴雷神社[高山の社]　和下 2
鳴瀧　伽八 27
南円堂　和下 1,伽三 5
南岳 → 衡山
南紀　伽九 16,25,伽十 9
南宮神社　和下 2
南湖　伽五 39
南衡　伽七 56
南光坊　伽七 79
南山　伽六 42
南禅寺[瑞龍山]　和上 27,伽八 4〜6,8,11,26,伽九 5,8,9,15,16,22,27,36,38,伽十 2〜4,14
南大寺 → 大安寺
南大門　和上 1,2,和下 1
南天竺　和上 1,和下 4,伽六 44
南屛寺　伽十 24
南明寺　伽九 23
新居　伽四 28,伽七 86,87
仁王堂　伽六 59
二王門　和下 27
二階堂[仁階堂]　和下 23
二月堂　和上 1,伽三 7
西岩倉　伽五 12
西浦　伽九 24
西河　和下 27
西河の瀧　和下 27
西坂下　伽六 6
西谷薬師院　和下 11
西洞院　伽十 1,伽国 A
西望[西ののぞき]　和下 27,伽三 44
西宮　伽九 37
弍下郡　和下 16
西山　伽四 41,伽五 13〜16,31,伽十 10,13
二上山[二上嶽]　和上 28
日前山　伽六 53
日南国　伽三 8
新川　伽六 40
日光　伽六 21
日光山　伽二 10,伽六 40
日向寺　伽一 9
日州 → 日向
入流洞　伽国 B
如菴　伽四 10
如意輪寺[塔尾山]　和下 27,伽三 35,44
仁和寺　和上 1,和下 26,伽四 39,40,伽五 37,伽六 11,伽十 26

忍辱山　伽三 18
額田部村　伽三 30
布引　伽三 44
寧波[慶元府]　伽八 15,20,33
根来　伽六 11
根来山[根嶺]　伽四 13
根香寺　伽七 42
根来寺　伽六 11
濃州 → 美濃
能州 → 能登
濃陽 → 美濃
野上神社[野神・野神の宮]　和上 2,和下 2
野神の宮　和上 18
野沢　伽七 39
能勢　伽二 16,18
能勢山　伽九 41
能登[能州・登州]　伽九 10,18,38,伽十 3,7
能登島　伽六 24
野守池　和下 1
則村　伽七 66

は 行

羽買山　和下 2
芳賀郡　伽二 10,伽六 21
博多　伽三 37,伽八 1,2,伽九 1〜3,13,伽十 13,14
白雲寺　伽四 4
白済国 → 百済
白山[白嶺]　伽六 24,25,37,44,58
白山寺　伽十 9
白山神社　和上 26
白州 → 伯耆
伯州 → 伯耆
白馬寺　伽一 1
羽黒山　伽六 58
白露池　伽二 1
筥根　伽六 37
箸尾　和上 26
箸ノ王子　伽六 58
土師里　伽二 24
波豆村　伽九 41
長谷寺[泊瀬寺・豊山]　和下 17,伽二 6,8,伽三 6,9,34,伽四 11,13,伽六 9
幡多　伽七 62
八王子社　和上 16,和下 27
蜂岡寺　伽一 7,9,伽四 2
八長根　伽六 58
八幡宮(東大寺)　和上 2,和下 2
八幡宮(薬師寺)　和上 11
八幡山　和上 2
初瀬川[長谷川]　和下 4,15,17,伽三 6
初瀬山[泊瀬山]　和下 17
初宮神社[初度の明神]　和下 2
鴿峰　伽五 19
花関屋　和下 19
花園離宮　伽八 7
華立　伽六 58
花ノ井　伽七 43
華の源　和下 27
華山[花山]　和上 3
林小路町　和下末
払川　伽六 58
祓戸神社　和下 2
播磨[播州]　和下 17,伽四 11,25,伽六 12〜14,28,35,42,54,57,伽八 5,伽九 14,伽十 17
巴陵院　伽六 41
播州 → 播磨
般舟堂　伽五 31
繁多寺　伽七 74
鍐阿寺　伽十 21
般若岩屋　和上 20,伽三 31
般若寺　和上 3,8,伽三 13,伽六 32,伽十 5
般若台　伽一 9,伽国 B
坂陽城　伽二 12,19
比叡山[台山・叡山・天台山]　和上 31,和下 19,伽二 11,伽四 6,13,18,19,25,29,34,39,伽五 6,9,13,14,16,35,39,伽六 3,4,14,40,55,伽八 1,29,伽九 13,15,18,22,32,伽十 1,18,21,25,27
日置村　伽六 52

東望［東ののそき］　和下 27，伽三 44
東山　伽三 21，
伽四 8，10，12，13，18，21，23，34，42，
伽八 1，22，25，27，伽九 24，伽十 14
氷上郡　伽六 50，伽九 17，19，43
光堂　伽四 22
引野　伽七 6
肥後　伽四 10，伽六 16，伽九 13，33，34，40
英彦山［彦山］　伽六 36，58
菱潟池　伽五 19
毘沙門山　和上 21
毘沙門堂　和下 28
備州　伽二 28，伽八 8
尾州 → 尾張
美州 → 美濃
微笑菴　伽八 7
肥前　伽六 11，47，伽九 12，伽十 11，伽国 C
常陸［常州］　和上 9，和下 2，伽六 22，32
備中　伽八 1，3
悲田院　伽三 12，伽六 32
一言主神社　和上 30，和下 2
日野　伽五 35
檜原神社［檜原の宮］　和下 15
氷見　伽七 86，87
秘密荘厳院　伽五 42
檜村　伽七 2
氷室神社［氷室明神］　和下 2
白毫寺　和下 6，伽三 47
百万遍　伽四 17
日向［日州］　和下 2，24，伽
五 12，伽六 14，伽九 7，10，11，伽十 32
兵庫津　伽九 35
拍子神社［拍子の宮］　和下 1
兵主神社　和下 2
平等院　伽五 36，38，伽八 18，29
平等寺　和下 15，伽四 33，伽七 23
表白坂　伽七 87
飛来天神社　和下 2
平鹿郡　伽六 59
比良山　伽二 11，伽四 36
平戸島　伽八 1，伽九 1
平野　和上 3
飛龍瀧　伽二 11
毘盧舎那院　伽七 66
弘川寺［龍池山］　伽二 34
広沢　伽五 1
広沢池　伽五 1
広瀬　和上 26
広瀬神社［鬼子母］　和下 2
樋脇　伽九 9
琵琶湖　伽六 43，伽八 29
閩　伽八 15
備後［備州］　伽四 23，伽八 8
風水泉　伽八 7
普応寺　伽八 10，伽十 23
深草　伽四 32，伽五 31，伽国 A
福貴寺　和上 23
不空院　和下末
福海寺［大光山・福海興国禅寺］　伽九 35
福柑子　和上 2
福厳寺　伽八 15，伽九 27
福寿院　伽五 5，41
福州　伽六 3，伽八 15，16，伽十 14
福昌寺［玉龍山］　伽九 8，30
福祥寺［上野山・須磨寺］　伽二 19
福清　伽八 15，16
福清寺　伽国 C
福智院　伽七 83
福智院（清水町）　和下末
福知城　伽六 49
普光　伽八 25
藤井　伽三 37
葛井寺［剛琳寺］　伽二 31
藤井寺　伽七 11
富士山　伽三 44
節渡山　和下 15
藤杜　伽国 A
藤森神社［藤森神廟］　伽五 32
伏見［伏陽］　和上 12，伽五 32，34，伽八 16
武州 → 武蔵
藤原京［藤原宮］　和下 3
豊前［豊州］

伽五 19, 伽六 36, 伽九 4, 5, 伽国 D
不退寺　和上 6
補陀院　伽国 B
普陀山(中国)　伽八 15
補陀寺　伽九 22
再度山[再山]　伽二 7
補陀落[補陀洛]
和上 22, 和下 1, 17, 伽二 19, 伽六 21, 27, 37, 42, 伽七 41, 46, 伽九 44
府中城　伽十 25
仏国寺[天王山]　伽八 16
仏種寺　伽十 2
仏通寺　伽九 14, 28
仏徳山　伽国 A
仏日寺　伽八 16
仏母院　伽二 8
仏木寺　伽七 66
仏隴寺　伽四 6
不動窟　伽九 34
不動山　伽六 58
不動瀧　伽七 20
不動嶽　伽三 54
舟戸神社[船渡]　和下 2
普明寺　伽五 30
普明寺[慈光山]　伽九 41
普門院　伽九 22
普門寺　伽八 2, 15
普門塔　伽九 7
古市郡　伽一 2, 伽二 21, 27
古河野辺　和下 15
布留社 → 石上神宮
布留の川　和下 10
豊後　伽三 43, 伽七 31, 伽九 6, 7
平安京[平安城]　和上 6, 伽四 1, 32, 伽五 43, 伽六 14, 伽八 20, 31, 伽九 19
屛山　伽国 B
平城京[平城の宮・奈良の京]
和上 11, 和下 1, 3, 4, 22, 伽三 2, 5, 8, 21, 53, 伽五 16, 伽六 17, 伽七 64
平群郡　和上 19〜24, 伽三 22, 29, 31
遍照院(興福寺)　和下 1
遍照院(高天寺)　和上 29
遍照光寺[華蔵山]　伽三 20
遍照寺(遍照密寺)　伽五 1
汴都　伽五 3
法雲院　和下末
法雲寺　伽八 16, 伽十 16
法園寺　伽五 20
報恩院　伽五 20
法苑院　伽八 16
報恩寺　伽八 1, 伽九 1, 4, 伽十 14, 18
法界寺[東光山・日野薬師]　伽五 35
宝冠寺[大雄山]　伽九 21
法観寺　伽九 40
宝鑑山　伽六 28
伯耆[白州・伯州]　伽三 34, 伽六 48, 伽八 1
法貴寺　和下 16, 伽三 51
宝光寺　伽四 29
方広寺[奥山]　伽四 14, 伽十 13
法興寺 → 元興寺
法興寺 → 中宮寺
法光寺　伽国 C
豊国社　伽四 13
宝積寺[補陀落寺]　伽五 18
宝積谷　伽六 28
豊州　伽六 36, 伽七 31
房州 → 安房
宝珠山　伽六 58
宝寿寺[一之宮・天養山]　伽七 85
宝樹寺　伽六 46
宝寿禅寺[楞伽](河内)　伽九 24
法成寺　伽四 26, 伽十 26
宝蔵院　伽七 54
宝池院[清涼山]　和下 19, 伽三 10
宝地院　伽五 12
宝幢院　伽七 36
宝幢寺[覚雄山・大福田]　伽八 8, 26
宝福寺　伽四 42, 伽九 9
法満寺　和下 22
蓬莱　伽二 4, 13, 伽八 15
鳳来寺　伽六 38
法楽寺　和上 25

法隆寺　和上22,23,伽一9,伽三12,22,29,30,伽四36
法琳寺　伽五33
法輪寺　伽五4,伽七9
鄮嶺　伽三7
宝蓮華寺　伽二27
北越　伽九19,伽国A
北円堂　和下1
北禅寺　伽八11
星石山　伽七19
星谷　伽七19
星岩屋　伽七19
細蔵　和下2
細峠　和下19
菩提川[子守の川]　和下2
菩提寺　伽四16,伽六34
菩提谷　和下1
法華山寺　伽六12
法華寺[国分尼寺・法華滅罪寺・法華尼寺]　和上7,8,伽三24,25,伽四4,伽八20
法華堂[三月堂・金鐘寺・羂索院]　和上1,伽三7
北恒　伽七56
法水院　伽八23
渤汰瀧　伽六58
最御崎寺[東寺]　伽七49
穂積橋　伽二8
芳山　和上3
保良宮　伽三9
保呂羽山　伽六59
本宮　和下2
本宮 → 熊野本宮大社
本光明寺[在原寺・在原山]　和下9,28,伽三50
本山寺[持宝院]　伽七29
本山殿　伽六58
梵釈寺　伽六7
本善堂　伽六23

ま 行

摩伽陀国　和下17
槙尾　伽六42
牧岡　和下2
槙尾山　伽二38,伽五7,伽六29
槙尾寺　伽五7,伽六42
厩峰　伽五19
松尾寺　伽六51,伽七34
末代山　伽六33
松院　和下1
松尾大社[松尾神祠]　伽六37,伽八28
松坊　伽五18
松浦　伽九7
摩尼山[再山]　伽二7
摩尼山[如意輪摩尼峰・摩尼峰]　伽二4,20
摩尼珠　伽七5
摩尼珠院　伽七39
大豆山町　和下末
摩耶山　伽二7,12
摩廬山　伽七12
満願寺[神秀山]　伽二10
満願寺 → 文殊院
万寿寺[蔣山興聖万寿禅寺・乾明山]　伽八3,6,10,25,伽九4,6,24,伽十20,23
万祥山　伽四28
曼陀羅寺[延命院]　伽七26,27
曼荼羅湯　伽六33
満嶋弁財天　和上26
万日寺　伽四18
万年寺　伽八1
萬福寺(中国)[黄檗]　伽国C
萬福寺(日本)[黄檗山]　伽八15,16,伽九32,44,伽国B,C
満明寺　伽六47
三井寺 → 園城寺
三尾崎　和下17,伽三6
三尾山　伽三6
御垣原　和下27
三笠山　和上2,19,和下1,2
三上の閼伽井　和上28
三河[参州]　伽六37,38
水分山　和下27

眉間寺　和上 4
眉間寺山　和上 4
獼猴池　和下 1
三坂　伽六 28
みささぎか森　和上 4
三嶋　伽六 37
水田　伽九 23
水野応夢山　伽十 11
水間寺　伽六 41
水谷神社　和下 2
弥山[弥仙]　和下 28, 伽三 45
弥陀井　伽四 11
御嶽山　伽六 35
みとりい池　和下 1
御菩薩池　伽五 34
南浦　和下 24
南河 → 印南川
南法華寺 → 壺坂寺
峰合寺[鶏足寺]　伽四 11
美濃[美州・濃州・濃陽]　伽六 19, 伽八 6, 7, 伽九 14, 16, 伽十 10, 11, 13
美嚢郡　伽六 28, 伽八 6, 7
箕面山　伽二 2, 3
箕面寺　伽二 2
水内　伽六 23
御墓山　伽二 22
御船山　和下 27
壬生村　伽四 38
美作[作州]　伽四 16, 伽九 27
三室戸寺　伽五 37
三室の岸　和上 22
三室山　和上 22
宮瀧　和下 27
宮津　伽九 39
宮津城　伽九 39
宮戸河　伽六 56
深山村　伽九 34
宮山　和下 10
妙円寺　伽九 8, 30
明王嶽　伽二 11
妙覚門　和下 27
妙観院　伽五 31
妙喜庵　伽九 8
妙光寺　伽八 27, 伽九 5
妙高寺　伽十 3
妙興寺　伽十 12
妙高峰　伽九 14
明星寺　伽六 34
妙成就寺　伽七 39
明星水　伽九 38
妙心寺[正法山]　伽七 58, 伽八 7, 伽九 34, 37, 39, 43
妙智院 → 禅定寺
妙楽寺　伽九 4
妙楽寺 → 多武峰
弥勒寺 → 勝尾寺
弥勒の内院 → 兜率内院
三輪　和下 15, 伽三 21
三輪社 → 大神神社
三輪神社[一童]　和下 2
三輪山　和下 15
明　伽八 8, 15, 16
向原　伽一 2, 伽二 21
向原寺　伽二 21
向日神社　伽五 12
武庫郡　伽二 4, 5, 20
武庫山　伽二 20
武蔵[武州]　伽二 10, 伽六 32, 39, 40, 56, 伽八 18, 伽十 18, 24
武蔵野　和下 2
務州　伽二 1
六田　和下 27
陸奥[奥州]　和上 1, 和下 23, 伽三 43, 伽四 11, 伽六 5, 8, 40, 伽八 6, 10, 16, 伽九 15, 34, 38, 伽十 3, 23, 24
六瀬　伽九 41
無動院　伽六 41
無動山　伽六 50
無動寺　伽四 19
紫野　伽八 5
無量寿院　伽四 28
無量寿仏国 → 極楽

室生寺[宀一山・精進峰]　和下 18,伽三 52
室津　伽七 50
明州　伽三 7,伽四 6,伽九 14
明照寺[井戸寺・井土寺]　伽七 17
明石寺　伽七 67
冥府 → 地獄
めうか平　和下 28
蒙古　伽六 32
蒙山　和下 27
餅飯殿町　和下 1
本長谷寺　和下 17
桃尾滝　和下 12,伽三 48
聞持窟　伽七 12
文殊院[阿部山・崇敬寺・知足院・智足院・満願寺・文殊堂]　和下 2,23,伽三 43
文殊院 → 興善寺
文殊泉　伽九 7
文殊の岩屋　和上 31

や 行

八木　伽九 20
八木郷[八木の里]　和下 17
焼寺　伽二 4
薬王院　伽四 9
薬王寺　伽七 24
薬師院　伽七 64
薬師寺　和上 11,伽二 9,28,伽三 4,11,伽六 15,20,44,伽十 27
八栗寺　伽七 45
八坂　伽七 71
八坂寺　伽七 71
八沢木ノ邑　伽六 59
屋島寺　伽七 44
八嶋寺　伽五 25
安井村　伽八 25
安井門跡　伽四 21
矢武　伽七 5
矢田寺 → 金剛山寺
八部郡　伽九 36
八代城　伽九 34
柳井津　伽九 38
養父郡　伽六 54,55
耶麻郡　伽十 22
山崎　伽五 17〜19
山崎寺　伽五 17,18
山科[山階]　和下 19,伽四 8,伽五 25〜27,34
山階郷　和下 1,19
山階寺 → 興福寺
山城[山州・城州]　和上 1,3,和下 1,19,24,伽三 28,44,伽四 1,32,伽五 15,17,19,24,38,40〜43,伽六 46,伽八 10,29,伽九 11,38,伽十 23
山田郡　和上 28
山田郷　伽三 3
大和[和州]　和上 1,3,20,31,和下 1,2,17,19,伽一 2,伽二 2,6,25,伽三 3,5〜8,10,13〜17,19〜22,28〜30,33,34,37,38,41〜47,49〜52,54,伽四 10,13,伽五 20,24,38,39,伽六 1,5,15,32,33,38,伽七 55,伽八 15,伽国 C
山内　伽九 12
山辺御県神社[玉垣大明神の社]　和下 11
山伏長根　伽六 58
山辺郡　和下 9〜11,伽三 36,50
湧仏池　伽九 34
雪消の沢　和下 1
湯篠　和下 24
湯嶋(阿州)　伽四 11
湯嶋(但州)　伽六 33
融通寺　伽五 10
夢殿[上宮王院]　和上 23,伽一 9,伽三 22
油利郡　伽六 59
養源寺　伽九 20
永光寺[洞谷山]　伽九 15,40,伽十 7,9
陽山　伽八 31
養珠院　伽七 70
揚州　伽三 8,伽七 44
養心　伽七 52
揚子江　伽九 14
永沢寺　伽八 19,伽九 8,18,19,41,伽十 3,4,25
横川　伽三 18,伽五 39

横嶽山　伽九 2
横手村　伽九 7
横峰寺　伽七 83
横山　伽十 18
与謝[余佐郷]　伽二 4
与佐郡　伽六 52
宜寸川[よしき川]　和上 2
吉田　和下 24
吉野[芳野]　和上 22, 和下 19, 27, 伽二 5, 伽三 34, 35, 伽十 19
吉野川　和下 21, 25, 27, 伽五 30
吉野郡　和下 28, 伽三 45
吉野水分神社[子守大明神の社]　和下 27
吉野山　和下 1, 15, 27, 伽三 14, 44
吉水　伽四 16
吉水神社[吉水院]　和下 27
良峰　伽五 14
良峰寺　伽四 27, 伽五 14, 16
予州 → 伊予
予章　伽八 15
淀　伽国 A
淀川　和上 1, 伽二 8, 伽三 7, 伽四 8
米田(米堕)　伽六 12

ら 行

雷渓　伽九 27
来迎院　伽五 9, 13, 伽八 31
来迎寺　伽三 37
羅越国　伽三 26
羅漢寺　伽国 D
羅城門　伽八 13
陸上寺　伽十 22
利生院　和上 13
龍王窟　伽七 22
龍蓋寺 → 岡寺
龍願寺　伽六 58
龍吟岡　伽八 4
龍宮　和上 11, 23, 和下 1, 伽三 4, 伽七 41, 49
隆化寺　伽三 1
流沙　伽三 7
龍山庵　伽八 6
龍山離宮　伽八 4
龍珠峰　伽十 10
龍松院　伽三 7
龍翔寺　伽八 25, 伽十 12
立川寺　伽九 23
龍泉寺[都支多山](大和)　伽三 54
龍泉寺(越前)　伽九 18, 伽十 3, 4, 25
龍泉寺(河内)　伽二 33, 伽四 7
龍泉寺(中国)　伽八 15
龍ノ馬場　伽六 58
龍福寺[桃尾山]　和下 10, 12, 伽三 17, 48
龍峰寺　伽八 14
竜村　伽七 61
龍門菴　伽九 14
龍門山　伽八 9
龍門寺(越前)　伽十 4
龍門寺(大和)　伽三 17
龍門峠　和下 19
龍門西谷　和下 19
龍門の瀧　和下 19
龍門の巻　和下 19
龍門瀑　伽八 23
龍安寺　伽八 9, 伽九 20
龍興寺(米山)　伽八 9, 伽九 20
楞厳寺　伽十 5
猟師塚　伽七 21
霊樹寺　伽九 15
霊鷲山[霊山・鷲嶺]　和上 1, 18, 伽六 1, 12, 14, 伽九 7
霊山寺[鼻高山]　和上 18, 伽三 27
霊山寺(阿波)　伽七 1
霊山寺(大原)　伽五 11
霊仙寺[彦山]　伽六 36
療病院　伽四 33, 伽六 32
臨安　伽四 10
隣雲亭　伽四 25
臨川寺[霊亀山]　伽八 8, 12, 26, 伽九 14
輪王寺[日光山]　伽三 21
林邑　和上 1, 12
瑠璃光院　伽七 74
琉璃世界　伽十 3

霊嶽山　伽六 29
霊厳寺[霊岩寺]　伽四 37
霊光塔　伽八 5
霊根塔　伽九 13
霊池院　伽八 13
蓮華王院 → 三十三間堂
蓮華三昧院　伽二 38
連江　伽十 14
蓮成寺　和下末
蓮台寺　伽四 35
蓮池院　伽四 18
鹿王院　伽八 8,26
鹿苑寺[鹿苑院]　伽八 23,伽九 21
六地蔵　伽五 34
六地蔵村　伽五 34
鹿鷲山　伽五 43
六波羅蜜寺　伽四 11
六角堂[頂法寺]　伽二 4,伽四 1

わ 行

淮南　伽五 33
若草山　和上 2,和下 2
若狭[若州]
和上 1,伽三 7,伽六 18,51,伽九 31
若狭井　和上 1
若宮　伽七 17
和気　伽七 76,77
鷲尾の鐘楼　和下 27
鷲尾山　伽二 17
和州 → 大和
和田岬　伽九 32
和束　伽五 41

書　　名

あ 行

阿弥陀経[弥陀経]　伽五 9
阿弥陀経註記　伽六 39
阿弥陀疏[弥陀疏]　伽五 39
有馬温泉記　伽八 16
一乗要訣　伽五 39
一滴艸　伽八 16
因果経 → 過去現在因果経
因明論　伽五 15
往生要集　伽四 16,伽五 39
往生論註鈔 → 浄土往生論註解鈔
黄檗清規　伽八 16
小野流之六義　伽五 1

か 行

戒経　伽五 38,伽六 32
学道用心集　伽十 1
過去現在因果経[因果経]　伽七 36
葛城心経　和上 31
観経疏記　伽五 31
漢書　伽七 36
観世音菩薩普門品[普門品・法華普門品]
伽五 40,
伽六 17,51,伽九 14,18,41,伽十 3,7
亀谷近草　伽八 16
紀州西方寺ノ記　伽八 27
教誡律儀　伽六 32
旧事記 → 旧事本紀
旧事本紀[旧事記]　和下 24
倶舎 → 倶舎論
孔雀王呪法[孔雀明王呪]　伽二 2,25
倶舎論　伽五 6,伽八 1,伽十 22
求聞持法 → 虚空蔵求聞持法
華厳経　和上 1,伽二 25,伽六 43,伽七 33
偈頌(大智祖継)　伽九 40
顕戒論　伽四 6,伽十 27
玄義 → 法華玄義
元亨釈書　伽十跋
虚空蔵経 → 虚空蔵菩薩経
虚空蔵求聞持法[求聞持法]　伽六 42
虚空蔵菩薩経[虚空蔵経]　伽九 38

五部の大乗経[五大部経]　伽一序，伽二24，伽六28，46，伽七41，伽九41
枯木集　伽九26
語録(岳翁長甫)　伽九11
語録(高泉)　伽八16
語録(高峰顕日)　伽十20
語録(絶海中津)　伽九21
語録(道元)　伽十1
語録(南浦紹明)　伽八25
語録(抜隊得勝)　伽十17
金剛般若経[金剛経・金剛]　伽二28，伽四6，伽八14
金光明最勝王経[金光明経・最勝王経]　和上4，伽二36，伽三24，伽四6

さ 行

最勝王経 → 金光明最勝王経
左伝 → 春秋左氏伝
三千仏名経 → 仏名経
三大部(法華玄義・法華文句・摩訶止観)　伽六32
山堂清話　伽八16
三廟鈔　伽四28
三論　伽三1，伽五20
三論玄義　伽四28
止観 → 摩訶止観
詩経[毛詩]　伽七36，伽十1
詩集(絶海中津)　伽九21
四十二章経　伽十21
地蔵経　伽六44
釈問孝伝　伽八16
十因文集　伽四28
周易　伽九37
十牛訣　伽九26
十玄談　伽九9
首楞厳経[楞厳]　伽六40，伽八15，伽九9
珠林輯要　伽一序
春秋左氏伝[左伝]　伽十1
春夜神記[春夜の記]　和下2
春夜の記 → 春夜神記
称讃浄土仏摂受経　和上28
浄心誡観　伽六32
浄土往生論註解鈔[往生論註鈔]　伽四28
浄土三部経　和下8
正法眼蔵　伽十1
勝鬘経[勝曼経]　和上23，和下21，伽三38
神社考 → 本朝神社考
心地観経　伽三54
宗鏡録　伽四28
洗雲集　伽八16
選択集 → 選択本願念仏集
選択本願念仏集[念仏撰択集・選択集]　伽四16，伽五13，伽六34
千手陀羅尼[千手大悲呪・千手神呪]　伽四27
蔵経 → 大蔵経
続僧宝伝 → 続扶桑禅林僧宝伝
続扶桑禅林僧宝伝[続僧宝伝]　伽八16

た 行

大阿弥陀経註記　伽六39
大経要義 → 大経要義抄
大経要義抄　伽三18
大乗経　伽五19，伽六28，伽七40
大蔵経[大蔵・一切経]　和上3，伽三8，21，伽四11，伽五3，伽六32，47，伽七3，伽九9
大蔵経律論　伽五9
偈頌(大智祖継)　伽九40
法語(大智祖継)　伽九40
大日経　和下26
大般若経[般若・般若経]　和上3，11，和下2，10，伽二1，11，14，伽三24，伽四11，19，伽六41，46，伽七15，59，75，伽九32，伽十18
大悲心陀羅尼[大悲陀羅尼]　伽六8
徹選択集　伽五13
天台新章疏　伽八1
転女成仏経　伽九32
東国高僧伝　伽四21
杜詩　伽九37
曇華筆記　伽八16

な 行

二蔵義　伽六 39
日本国首伝禅宗記　伽八 13
日本記 → 日本書紀
日本書紀[日本記]　和下 24
如意輪呪　伽二 4,20
涅槃 → 涅槃経
涅槃経　和上 1,伽八 15
念仏撰択集 → 選択本願念仏集

は 行

白紙般若　伽七 59
破地獄法　伽五 7
般若 → 大般若経
般若経 → 大般若経
般若理趣分　伽四 19
広沢流之六義　伽五 1
福昌寺之記　伽九 30
扶桑僧宝伝　伽八 16
仏国詩偈　伽八 16
仏名経[三千仏名経]　伽二 23,伽六 42
碧岩集　伽十 5
法苑珠林　伽一序
法苑略集　伽八 16
宝篋印陀羅尼経　伽三 21
法語(大智祖継)　伽九 40
法華経[妙法蓮華経・法華妙典・法華・妙法華・妙法・妙典・妙経・蓮経]　和上 23,和下 19,21,伽一 9,伽二 6,11,13,22,36,伽三 21,22,24,40,伽四 6,11,36,伽五 4,伽六 9,12,14,17,28,40,42,46,伽七 25,26,伽八 15,伽九 15,16,32,伽国 A
法華経 → 観世音菩薩普門品も参照
菩薩戒宗要　伽六 32
法華・法花 → 法華経
法華義疏　伽四 28
法華玄義[玄義](三大部)　伽三 8,伽六 32
法華三宗相対釈文　伽二 3
法華妙典 → 法華経
法華文句[文句](三大部)　伽三 8,伽六 32
本国諸宗伽藍記　伽一序
本朝高僧伝　伽八 16
本朝神社考[神社考]　和下 2
梵網 → 梵網経
梵網経　和上 23,伽六 32
梵網古迹　伽六 32

ま 行

摩訶止観[止観](三大部)　伽三 8,伽六 32
曼荼羅鈔　伽六 39
弥陀経 → 阿弥陀経
弥陀疏 → 阿弥陀経疏
妙経 → 法華経
妙典 → 法華経
妙法蓮華経 → 法華経
無量寿経　伽四 32
毛詩 → 詩経
文句 → 法華文句
文選　伽七 36

や 行

薬師経　伽五 35
遺教経　伽四 34
維摩 → 維摩経
維摩経　和上 23,和下 19,伽五 24
融通念仏　伽五 9

ら 行

理趣経　伽三 21
両界曼荼羅[両部曼荼羅]　伽二 14,伽六 42
楞伽経　伽三 1,伽九 24
楞厳 → 首楞厳経
両部曼荼羅 → 両界曼荼羅
蓮経 → 法華経

◆執筆者紹介および担当一覧

池上洵一（いけがみ じゅんいち）
1937年岡山県生／東京大学大学院（博）／神戸大学名誉教授

田中宗博（たなか むねひろ）
1956年京都府生／神戸大学大学院（博）／大阪府立大学人間社会学部教授

池上保之（いけがみ やすゆき）
1986年大阪府生／大阪府立大学大学院（在学中）／『和州』上1（p.10～11）・下2（p.54～56）・『伽藍』巻一

内田澪子（うちだ みおこ）
1964年兵庫県生／神戸大学大学院（博）／お茶の水女子大学比較日本学教育研究センター研究協力員／『和州』上29～31・下19・27～28・『伽藍』巻三・四・六28～末・所在一覧

大坪亮介（おおつぼ りょうすけ）
1981年大阪府生／大阪市立大学大学院（博）／大阪市立大学都市文化研究センター研究員／『和州』上1（p.5～9）・下1（p.52～末）・『伽藍』巻九

加美甲多（かみ こうた）
1978年兵庫県生／同志社大学大学院（博）／京都精華大学人文学部専任講師／『和州』上4～7・下1（p.44～48）・『伽藍』巻四

木下華子（きのした　はなこ）
1975年福岡県生／東京大学大学院（博）／ノートルダム清心女子大学文学部准教授／『和州』上18～21・下17～18・『伽藍』巻二・三

久留島元（くるしま はじめ）
1985年兵庫県生／同志社大学大学院（博）／同志社大学嘱託講師／『和州』上8～9・下1（p.49～51）・『伽藍』巻三

柴田芳成（しばた よしなり）
1970年大阪府生／京都大学大学院（博）／大阪大学日本語日本文化教育センター准教授／『和州』上10～12・下9～11・『伽藍』巻三・四・十

旅田　孟（たびた はじめ）
1988年和歌山県生／大阪府立大学大学院（在学中）／『和州』上1（p.12～末）・下2（p.57～末）・『伽藍』巻八

原田寛子（はらだ ひろこ）
1978年鳥取県生／神戸大学大学院（博）／『和州』上2～3・下3～8・『伽藍』巻四・七・所在一覧

本井牧子（もとい まきこ）
1971年新潟県生／京都大学大学院（博）／筑波大学人文社会系准教授／『和州』上22～28・『伽藍』巻三・四・六1～27・所在一覧・関連文献調査

森田貴之（もりた たかゆき）
1979年京都府生／京都大学大学院（博）／南山大学人文学部准教授／『和州』上13～17・下12～16・本文校閲・諸本調査・分布図・『伽藍』巻三・四・五

山崎　淳（やまざき じゅん）
1968年奈良県生／大阪大学大学院（博）／日本大学生物資源科学部准教授／『伽藍』本文校閲・所在一覧・関連文献調査

San Emeterio Cabanes Gonzalo
（サン エメテリオ カバネス ゴンサロ）
1980年スペイン生／マドリッド自治大学東アジア研究学部講師／『和州』下20～26

研究叢書480

近世寺社伝資料
『和州寺社記』・『伽藍開基記』

二〇一七年二月二〇日初版第一刷発行
（検印省略）

編者　神戸説話研究会
発行者　廣橋研三
印刷所　亜細亜印刷
製本所　渋谷文泉閣
発行所　有限会社和泉書院
大阪市天王寺区上之宮町七-六
〒五四三-〇〇三七
電話　〇六-六七七一-一四六七
振替　〇〇九七〇-八-一五〇四三

ISBN978-4-7576-0822-1　C3393

研究叢書

書名	著者	番号	価格
栄花物語新攷 思想・時間・機構	渡瀬　茂　著	471	一二〇〇〇円
鷹書の研究 宮内庁書陵部蔵本を中心に	三保忠夫　著	472	二八〇〇〇円
伊勢物語校異集成	加藤洋介　編	473	一八〇〇〇円
中世近世日本語の語彙と語法 キリシタン資料を中心として	濱千代いづみ　著	474	九〇〇〇円
中古中世語論攷	岡崎正継　著	475	八五〇〇円
紫式部日記と王朝貴族社会	山本淳子　著	476	一二〇〇〇円
国語論考 語構成的意味論と発想論的解釈文法	若井勲夫　著	477	九〇〇〇円
万葉集防人歌群の構造	東城敏毅　著	478	一〇〇〇〇円
『保元物語』系統・伝本考	原水民樹　著	479	一六〇〇〇円
近世寺社伝資料 『和州寺社記』・『伽藍開基記』	神戸説話研究会　編	480	一四〇〇〇円

（価格は税別）